北京大學《儒藏》編纂與研究中心 編

《儒藏》精華編選刊

詩三家義集疏（上）

〔清〕王先謙 撰
陳錦春 王承略 校點

北京大學出版社
PEKING UNIVERSITY PRESS

圖書在版編目(CIP)數據

詩三家義集疏：上中下 /（清）王先謙撰；北京大學《儒藏》編纂與研究中心編. —北京：北京大學出版社，2023.8
（《儒藏》精華編選刊）
ISBN 978-7-301-33954-1

Ⅰ.①詩… Ⅱ.①王… ②北… Ⅲ.①《詩經》－注釋 Ⅳ.①I222.2

中國國家版本館CIP數據核字（2023）第068026號

書　　名	詩三家義集疏 SHI SANJIAYI JISHU
著作責任者	〔清〕王先謙 撰 陳錦春　王承略　校點 北京大學《儒藏》編纂與研究中心　編
策劃統籌	馬辛民
責任編輯	周　粟
標準書號	ISBN 978-7-301-33954-1
出版發行	北京大學出版社
地　　址	北京市海淀區成府路205號　100871
網　　址	http://www.pup.cn　　新浪微博：@北京大學出版社
電子郵箱	編輯部 dj@pup.cn　總編室 zpup@pup.cn
電　　話	郵購部 010-62752015　發行部 010-62750672 編輯部 010-62756449
印 刷 者	三河市北燕印裝有限公司
經 銷 者	新華書店
	650毫米×980毫米　16開本　92.5印張　1060千字 2023年8月第1版　2023年8月第1次印刷
定　　價	360.00元（上中下）

目録

上册

詩三家義集疏卷六

詩三家義集疏卷十

詩三家義集疏卷十一

詩三家義集疏卷十二

下册

詩三家義集疏卷二十六　一三三五

詩三家義集疏卷二十七　一三五六

詩三家義集疏卷二十八　一三九〇

校點説明

《詩三家義集疏》二十八卷，清王先謙撰。

王先謙，字益吾，人稱葵園先生，湖南長沙人。生於清道光二十二年（一八四二），卒於中華民國六年（一九一八）。同治四年（一八六五）進士，授翰林院庶吉士，散館授編修，歷官雲南、江西、浙江鄉試正副考官，國子監祭酒。光緒十一年（一八八五）出任江蘇學政，於江陰創辦南菁書院，光緒十五年離任。翌年起，歷主思賢講舍、城南書院、嶽麓書院，達十年之久。

王氏幼從其兄王先和、王先惠學，復從縣學生閔振瀚、林樹棠遊，又師事黄錫燾、曾國藩等，博綜諸家。其初學古文詩詞，復總理衆家，漸循乾嘉遺軌。又善揄揚湖湘學風，講究經世致用，務以通達爲念。平生著述頗豐，經史子集，無不涉獵，而尤擅集解之作。撰著有《尚書孔傳參正》、《釋名疏證補》、《漢書補注》、《後漢書集解》、《日本源流考》、《荀子集解》、《莊子集解》、《虚受堂文集》、《虚受堂詩存》、《虚受堂書札》等，纂輯有《皇清經解續編》、《南菁書院叢書》、《東華録》、《東華續録》、《續古文辭類纂》、《律賦類纂》、《駢文類纂》等，校理有

《郡齋讀書志》、《合校水經注》、《鹽鐵論》等。《清史稿》入《儒林傳》。民國十年（一九二一）其子王興祖將其詩文、書札及《王先謙自定年譜》匯刊爲《葵園四種》，徐世昌等編纂《清儒學案》爲立「葵園學案」，皆可考其學行。

漢代《詩》學昌盛，齊、魯、韓三家立於學官，《毛詩》僻在河間。自鄭衆、賈逵、馬融作《毛詩傳》，鄭玄作《毛詩箋》，《毛詩》遂行，三家逐漸式微。《隋書·經籍志》云《齊詩》亡於魏，《魯詩》亡於西晉，而《韓詩》唐時雖存，無傳之者。宋靖康之後，南渡諸儒不復講論《韓詩》，蓋《韓詩内傳》即亡於此間兵燹。三家《詩》傳至今日，僅剩《韓詩外傳》。南宋王應麟摭取三家遺説以成《詩考》，繼亡續絶，以存三家古説；篳路藍縷，創爲輯佚之學。後學踵事增修，元、明間有繼作，至清則蔚爲大觀。有清一代，致力於輯考三家佚文者，如范家相、馮登府、阮元、丁晏、臧庸、宋綿初、徐璈、周曰庠、嚴蔚、胡文英、迮鶴壽、江瀚、顧震福、陶方琦、馬國翰等，不下六十家。或輯録佚文，訂補《詩考》；或獨闢蹊徑，撰成專書。至陳壽祺、陳喬樅父子作《三家詩遺説考》，賅綜諸家，將三家《詩》遺説網羅殆盡。其於蒐採三家遺説，用力可謂勤矣，故其所得亦遠較同儕爲多。

王氏此書即以陳氏父子書爲基礎纂集而成。其初名《三家詩義通繹》，屬稿於江蘇學政任上，至《衛風·碩人》而中輟。民國二年（一九一三），王氏寓居平江縣，賡續此書，蓋至是年冬月成之，題爲今名。

是書依《漢書·藝文志》著録三家《詩》經文卷數爲準的，將《毛詩》邶、鄘、衞三《國風》詩總爲一卷，全書都爲二十八卷（其中《邶鄘衞》分上、中、下三部分，實際仍爲三十卷）。又依《毛詩正義》孔穎達疏，各卷小題在上，大題在下。因三家經本不傳，故以《毛詩》爲經文。篇名、經文下列「注」，「注」下分列先秦以還諸典籍所稱引三家《詩》遺説。下復列「疏」，篇名「疏」下首列《毛詩序》、鄭箋，次指出「注」中所輯三家遺説之出處，以説解本篇大義，如三家無説或搜尋未備，則標示「三家無異義」或「三家義未聞」等。經文「疏」下首列毛傳、鄭箋，次依經文之序詳述「注」中所輯三家遺説之出處，復引諸家之説以證成三家，如有創説，則標示「案」、「愚案」或「先謙案」，獨下己意。

是書向來被譽爲輯集三家《詩》遺説的集大成之作，然其經文、《毛詩序》、毛傳、鄭箋大抵據依阮元刻《十三經注疏》本《毛詩正義》；其蒐採三家《詩》遺説，則多屬意於陳壽祺、陳喬樅父子書；其説解則多取資於陳喬樅、魏源、陳啓源、皮錫瑞、馬瑞辰、胡承珙、陳奂、黄山等，或增删成文，或披波探源，要不離於諸家之解。至其案斷，亦多取之於以上諸家，而尤以馬瑞辰、陳喬樅、胡承珙三家爲夥，乃至有攘取他人之説以爲一己獨得之見者。《詩三家義集疏序例》云「自愧用力少而取人者多」，可謂實事求是。

是書之失，約而言之，有如下數端：一曰承陳氏父子之失，膠固於師法、家法、地域與異文，强分三家。李慈銘《越縵堂讀書記》譏陳氏父子所輯《齊詩》説除緯書與《春秋繁露》或可採信外，「餘皆推測流派，近於影響之談」。尤其是將鄭玄《禮》注和班固《漢書》志所引《詩》當作《齊詩》，甚爲荒謬。章炳麟《國學講演録》亦云：「喬樅好爲牽附，謂《儀禮》引《詩》皆《齊詩》説，又謂《爾雅》爲《魯詩》之學，恐皆未然。」而王氏書悉依違於陳氏父子，且於陳氏父子有疑詞處更榷而實之，可謂有過之而無不及。二曰矜尚三家，貶抑毛傳、鄭箋，甚而强經就我，曲護三家。王氏《詩三家義集疏序例》云是書之作，在「期於破除墨守，暢通經恉，對近世治傳、箋之學者，亦加擇取」。所謂「墨守」，既指「疏不破注」之原則，亦指當時篤信《毛詩》之學者。是書既以《毛詩》爲經文、《詩》説之根基，不得不載録信守《毛詩》學者之説解，然王氏亦非無擇焉。如其於陳奂《詩毛氏傳疏》，凡陳氏推詳毛氏之説解，大抵皆遭摒棄；而陳氏云某異文某佚説或出自三家者，則多被採録。又如於鄭箋，凡鄭氏與毛異者，則往往極力贊同，以爲係據三家改毛；而凡於鄭同於毛者，則多引馬瑞辰、胡承珙説以駁之。至於所輯三家《詩》説，可榷而論之者，則務要證成其長於毛氏，而於無可如何者，則略云蓋係推演之詞。三曰强分今古，將三家遺説曲申爲一體，忽視三家自身之區别。如王氏認爲三家並以《關雎》爲刺詩，故《焦氏易林·履之頤》「雎鳩淑女，聖賢配耦。宜家受福，吉善長久」及《姤之無妄》「雎鳩淑女，賢妃聖偶。宜家壽母，福禄長久」等雖顯無「刺」意，猶囫圇立説。四曰拙於小學，疏於考證，往往强爲解經，破碎大義。王氏長於纂集，巧於論辯，而拙於古音之學，考據往往難稱精審。如《詩·小雅·十月之交》「豔妻煽方處」，毛傳解「豔妻」爲「褒姒」，確然不移。「豔」，兩漢典籍或作「閻」、「剡」，馬瑞辰《毛詩傳箋通釋》云「閻、剡皆豔字之同音假借」，可謂一語中的。而王氏以爲褒、閻爲二人，定然不錯，「幽王之好内嬖，必不止一褒姒。詩人隨時紀實，亦猶漢成初年許、班之貴」。如此説《詩》，可謂强辭奪理。五曰全書體例雖稱略備，而尚未完善。是書前三卷即已占至全書三分之一篇幅，蓋多年經營，故裒輯可觀。自第四卷以下則多寡不一，所蒐尋亦多未備。

然王氏經年董理古籍，長於集解之業，故此書於網羅放失，不可謂無功。學者持一書而三家《詩》説皆備，展一字而衆家説解紛呈，故是書亦非不可觀。至王氏之疏釋，亦能别擇甄録，不枝不蔓，尚得疏家之精要，故是書得與馬瑞辰《毛詩傳箋通釋》、胡承珙《毛詩後箋》、陳奂《詩毛氏傳疏》並稱。

是書成書後，蓋於民國三年（一九一四）付梓，而刻成於民國四年（一九一五）五月，其間曾改訂二次（見《藝風堂友朋書札》）。主要版本有民國四年虚受堂刻本。此本扉頁爲八分題書名，復有「乙卯仲夏虚受堂刊」木記。後印本書首首列民國十一年（一九二二）溥儀諭旨，次列《南書房覆奏稿》，曰「今其身故已久」云云。又次列《陳君進呈稿》（陳君，蓋王氏學生陳毅，曾作《先師長沙祭酒王先生墓表》）。是此本之刷印，當不早於民國十一年。今海内外所提及，如《續修四庫全書》、《詩經要籍集成》等所影印者，皆爲此本。其刊刻錯簡衍奪，魯魚亥豕，終版皆是。於王氏自刻諸書中，其刊刻質量當屬最下。

此次校點，亦以上述民國四年虚受堂刻後印本爲底本，《詩經》經文、《毛詩序》、毛傳、鄭箋主要校以明萬曆間世德堂本《毛詩》、一九九七年上海古籍出版社影印原世界書局縮印清嘉慶間（一七九六—一八二〇）阮元刻《十三經注疏》本《毛詩正義》。《三家詩遺説考》校以《皇清經解續編》本（《校記》分爲《魯詩遺説考》、《齊詩遺説考》、《韓詩遺説考》，以便翻覽）。《毛詩傳箋通釋》校以《廣雅書局叢書》本。《毛詩後箋》主要校以《皇清經解續編》本，參校求是堂本。《詩毛氏傳疏》校以中國書店影印道光二十七年（一八四七）武林愛日軒刻本。《經典釋文》校以一九八四年上海古籍出版社影印宋元遞修本、《通志堂經解》本。其他參校書各詳校記。書中徵引《説文》情況比較複雜，故我們對每條徵引都詳覈中華書局影印清同治十二年（一八七三）陳昌治刻《説文解字》、經韻樓本《説文解字注》、清咸豐二年（一八五二）連筠簃楊氏刻《説文解字義證》、清道光十九年（一八三九）祁寯藻刻影宋鈔本《説文解字繫傳》。又，底本中「丘」字避孔丘諱作「邱」，今一仍其舊，未作回改。

此書原無目録，我們根據其内容編製了一個詳細目録，以便讀者查閲。此書原由陳金麗、張緒峰初步標點，特致謝忱。後陳錦春重新校點，王承略審讀。其中錯誤難免，敬祈學者教正。

校點者　陳錦春　王承略

諭　旨❶

南書房壬戌年二月初十日欽奉諭旨：已故前内閣學士銜降調國子監祭酒王先謙所著《詩三家義集疏》，發交南書房閲看。兹據奏稱該書計二十八卷，網羅散佚，獨具苦心，折衷異同，義據精確，洵屬有益《詩》學，堪以留備乙覽，請旨一片。王先謙著加恩開復降調處分，以示獎勸。欽此。

❶「諭旨」，原無，據文義補。

南書房覆奏稿

發下内閣學士銜降調國子監祭酒王先謙《詩三家義集疏》二十八卷，臣等公同閱看。伏查孟子説《詩》，謂「不以文害辭，不以辭害志，以意逆志，是爲得之」。是《詩》至戰國，已無塙解。西漢之時，齊、魯、韓三家並列學官。蓋以去古未遠，師承有自，未容偏廢也。毛傳既出，鄭康成爲之作箋，三家之傳遂微。其散見於各家所徵引者，吉光片羽，搜采爲難，學者憾焉。王先謙於千載後，網羅散佚，獨具苦心，使西漢經師遺言奥旨，萃於一編，朗若列眉。嘉惠來學，實非淺鮮。至其折衷異同，義據精確，尤爲有益《詩》學，堪以留備乙覽。再查王先謙生平著述，不下千卷。光緒三十四年，前撫臣岑春蓂采進所著《尚書孔傳參正》三十六卷、《漢書補注》一百卷、《荀子集解》二十卷、《日本源流攷》二十二卷，奉旨賞給内閣學士銜。嗣因飢民滋事案内，被已革湖廣督臣瑞澂誤劾鐫級，士林冤之。辛亥以後，遁迹窮鄉，不問世事。今其身故已久，可否加恩開復降調處分，以示獎勸之處，出自聖裁，臣等未敢擅便。謹奏。

陳君進呈稿

爲恭進業師遺箸，呈請代奏，仰祈聖鑒事：竊臣業師在籍已故特賞内閣學士銜前國子監祭酒王先謙，由翰林院編修，光緒初累官至祭酒。歷充庚午雲南、乙亥江西、丙子浙江鄉試正副考官，甲戌、庚辰會試同考官，江蘇學政。任滿假歸修墓，因病陳請開缺。其在史館，編成《東華録》六百三十卷，使薄海内外仰見列聖謨烈，承顯彌昭。督學江蘇，奏刊《皇清續經解》一千四百三十卷、《南菁書院叢書》一百四十四卷，尤能昌明經術，俾弘儒效。❶歸里以後，歷主城南嶽麓書院，務以經典導迪造成純懿之材。迨學堂初開，則又力挽澆漓，講明正學。既設師範館以研究教旨，復設簡易小學十餘處，以養正童蒙，裨益學風，良非淺鮮。三十二年，升任湖北按察使梁鼎芬，以該祭酒覃思經術，忠愛敢言，著書滿家，士林模楷，稱爲一代大師，奏請擢用。三十三年，故大學士升任湖廣督臣張之洞，會同前湖南撫臣岑春蓂，亦以該祭酒學術純正，博通古今，衞道憂時，士林宗仰，咨由學部奏派，充湖南學務

❶「弘」，原作「宏」，係避清高宗乾隆諱改字，今回改。下文不再一一出校。

公所議長。復經張之洞稱其純正博通，當今山斗，函聘爲存古學堂總教。三十四年，禮部奏纂《禮書》，聘爲禮學館顧問。各在案。是年，撫臣岑春蓂采進該祭酒所著《尚書孔傳參正》三十六卷、《漢書補注》一百卷、《荀子集解》二十卷、《日本源流攷》二十二卷。六月初三日，奉上諭：「前國子監祭酒王先謙所著各書，洵屬學有家法，精博淵通，淹貫古今，周知中外。著加恩賞給内閣學士銜，用示嘉奬宿儒之至意。欽此。」是該祭酒學術純正，早在先皇睿鑒之中。宣統二年，因飢民滋事案内，被已革湖廣督臣瑞澂誤劾鐫級，當時寃之。辛亥以來，遯居窮鄉，絶迹城市，流離顛沛，不忘朝廷。憂憤既深，以九年十一月二十六日在鄉病故。所著書籍，除岑春蓂采進四種外，尚有《詩三家義集疏》二十八卷、《釋名疏證補》八卷、《後漢書集解》百二十卷、《新舊唐書合注》二百五十卷、《元史拾補》十卷、《合校水經注》四十卷、《外國通鑑》三十三卷、《五洲地理志略》三十六卷、《莊子集解》八卷、《校正鹽鐵論》十卷、《世説新語》八卷、《虚受堂文集》十五卷、《詩集》十九卷、《續古文辭類纂》三十四卷、《駢文類纂》四十四卷、《律賦類纂》十四卷。而《詩三家義集疏》一種，尤爲有益聖經。三家在西漢本皆立於學官，非毛傳所得比肩。自鄭康成爲毛作箋，三家遂佚。該祭酒於千載後，網羅殘缺，折衷異同，使西漢遺經，還爲完籍。重以義據精塙，家法犂然，其功視孔氏正義，殆不多讓。合之曩進《尚書孔傳參正》及《荀子集解》二種，揆諸國朝史例，實屬有光儒林。臣查《漢書·儒林傳》諸傳經博士，莫不稱述師説，貢之於朝。臣自愧學無所成，不足揚扢皇風。惟該祭酒係臣業師，既承授以遺經，未忍斯文之墜。兹特將所著《詩三家義集疏》裝潢成帙，恭呈乙覽。固爲表章師儒起見，似於典學之暇，亦不無裨助於萬一。所有恭進業師遺著緣由，理合呈請代奏，仰祈皇上聖鑒訓示。謹呈。

詩三家義集疏序例

經學昌於漢，亦晦於漢。自伏壁《書》殘，其後僞孔從而亂之。《詩》則魯、齊、韓三家立學官，獨毛以古文鳴。獻王以其爲河間博士也，頗左右之。劉子駿名好古文，嘗欲兼立《毛詩》，然其《移太常書》僅《左氏春秋》、《古文尚書》、逸《禮》三事而已。東漢之季，古文大興。康成兼通今、古，爲毛作箋，遂以翼毛而凌三家。蓋毛之詁訓非無可取，而當大同之世，敢立異説，疑誤後來，「自謂子夏所傳」，以掩其不合之迹，而據爲獨得之奇，故終漢世少尊信者。魏、晉以降，鄭學盛行，讀鄭箋者必通毛傳。其初，人以信三家者疑毛，繼則以宗鄭者暱毛，終且以從毛者屏三家，而三家亡矣。衆喣漂山，聚蟁成雷，乃至學問之途，亦與人事一轍。君子觀於古今盛衰興亡之故，可不爲長太息哉！有宋才諝之士以《詩》義之多未安也，咸出己見，以求通於傳、箋之外，而好古者復就三家遺文異義爲之攷輯。近二百數十年來，儒碩踵事搜求，有斐然之觀。顧散而無紀，學者病焉。余研覈全經，參匯衆説，於三家舊義采而集之，竊附己意，爲之通貫。近世治傳、箋之學者亦加擇取，期於破除墨守，暢通經恉。毛、鄭二注仍列經下，俾讀者無所觖望焉。書成，名之曰集疏，自愧用力少而取人者多也。癸丑冬，平江旅次。

《詩》有美有刺，而刺詩各自爲體：有直言以刺者，有微詞以諷者，亦有全篇皆美而實刺者。美一也，時與事不倫，則知其爲刺矣。自毛出亂經，不復可辨。然即以毛論，《楚茨》以下諸篇，毛以爲「刺幽王」者，篇中皆無刺義。雖與三家合否不可究知，然其體固存也。今並列以明之。如《關雎》，魯說：「畢公刺康王也。」齊、韓説：「刺也。」《騶虞》，魯説：「歎傷之詞也。」《羔裘》，毛序：「刺朝也。」《女曰雞鳴》，毛序：「刺不説德也。」《鳲鳩》，毛序：「刺不壹也。」《鹿鳴》，魯説：「刺也。」《魚麗》，齊説：「思初也。」《楚茨》，毛序：「刺幽王也。」《信南山》，毛序：「刺幽王也。」《甫田》，毛序：「刺幽王也。」《瞻彼洛矣》，毛序：「刺幽王也。」《裳裳者華》，毛序：「刺幽王也。」《桑扈》，毛序：「刺幽王也。」《鴛鴦》，毛序：「刺幽王也。」《魚藻》，毛序：「刺幽王也。」《采菽》，毛序：「刺幽王也。」《瓠葉》，毛序：「大夫刺幽王也。」此皆同體。《關雎》之爲刺，三家《詩》説並同。《琴操》《騶虞》、《鹿鳴》諸篇，亦與衆説相應，無一家獨自立異者。雖舊文散落，大致尚堪尋繹。而毛於《關雎》、《騶虞》别剏新説，又以《騶虞》配《麟趾》爲《鵲巢》之應，私意牽合，一任自爲。其居心實爲妄繆，宜劉子駿不敢以之責太常也。

「《南陔》，孝子相戒以養也。《白華》，孝子之絜白也。《華黍》，時和歲豐，宜黍稷也。有其義而亡其辭。」《毛詩》列《魚麗》之後。箋云：「此三篇者，《鄉飲酒》、《燕禮》用焉。曰『笙入，立于縣中，奏《南陔》、《白華》、《華黍》』是也。孔子論《詩》『《雅》、《頌》各得其所』時俱在耳，篇第當在於此。遭戰國及秦之世而亡之，其義則與衆篇之義合編，故存。至毛公爲《詁訓傳》，乃分衆篇之義，各置於其篇端。又闕其亡者，以見在爲數，故推解什首，❶遂通耳，而下非孔子之舊。」

「《由庚》，萬物得由其道也。《崇丘》，萬物得極其高大也。《由儀》，萬物之生各得其宜也。有其義而亡其辭。」《毛詩》列《南山有臺》之後。箋云：「此三篇者，《鄉飲酒》、《燕禮》亦用焉。曰：『乃間歌《魚麗》，笙《由庚》；歌《南有嘉魚》，笙《崇丘》；歌《南山有臺》，笙《由儀》。』亦遭世亂而亡之。《燕禮》又有『升歌《鹿鳴》，下管《新宮》』，《新宮》亦《詩》篇名也，辭、義皆亡，無以知其篇第之處。」

宋洪邁《容齋續筆》云：「《南陔》、《白華》、《華黍》、《由庚》、《崇丘》、《由儀》六詩，毛公爲《詩詁訓傳》，各置其名，述其義，而亡其辭。《鄉飲酒》、《燕禮》云『笙入堂下，磬南北面立。樂奏《南陔》、《白華》、《華黍》』，『乃間歌《魚麗》，笙《由庚》；歌《南有嘉魚》，笙《崇丘》；歌

---

❶「解」，明萬曆世德堂本（以下稱「明世德堂本」）《毛詩》、清阮元刻《十三經注疏》本（以下稱「阮刻本」）《毛詩正義》並作「改」。

《南山有臺》，笙《由儀》。乃合樂《周南·關雎》、《葛覃》、《卷耳》，《召南·鵲巢》、《采蘩》、《采蘋》』。切詳文意，❶所謂歌者，有其辭所以可歌，如《魚麗》、《嘉魚》、《關雎》以下是也；亡其辭者不可歌，故以笙吹之，《南陔》至於《由儀》是也。有其義者，謂『孝子相戒以養』、『萬物得由其道』之義；亡其辭者，元未嘗有辭也。鄭康成始以爲及秦之世而亡之，又引《燕禮》『升歌《鹿鳴》，下管《新宮》』爲比，謂《新宮》之詩亦亡。案：《左傳》宋公享叔孫昭子，賦《新宮》，杜注爲逸詩，則亦有辭，非諸篇比也。陸德明《音義》云：『此六篇蓋武王之詩，周公制禮，用爲樂章，吹笙以播其曲。孔子删訂在三百一十一篇内。及秦而亡。』乃祖鄭説耳。且古詩逸不存者多矣，❷何獨列此六名於大序中乎？束皙《補亡》六篇，不作可也。《左傳》叔孫豹如晉，晉侯享之，金奏《肆夏》、《韶夏》、《納夏》，工歌《文王》、《大明》、《緜》、《鹿鳴》、《四牡》、《皇皇者華》。三《夏》者，樂曲名，擊鐘而奏，亦以樂曲無辭，故以金奏之，若六詩則工歌之矣，尤可證也。」皮錫瑞《詩經通論》云：「漢初馬遷、王式諸人，皆云《詩》三百五篇，無有云三百十一篇者，是不數六笙詩甚明。毛傳不以六笙詩列什數，序云『有其義而亡其辭』，

❶「切」，影印文淵閣《四庫全書》本（以下稱「四庫本」）《容齋隨筆》之《續筆》卷十五作「竊」，當據改。
❷「逸」上，思賢書局刻《經學通論·詩經》、四庫本《容齋隨筆》之《容齋續筆》卷十五有「經删及」三字。

『亡』字當讀『有無』之『無』，鄭君以爲『亡逸』之『亡』。自鄭爲此説，陸德明、孔穎達、成伯璵諸人皆以爲《詩》三百十一篇，與漢初人云三百五篇不合矣。杜子春《周禮·鍾師》注引《春秋傳》『金奏《肆夏》之三』，云：『《肆夏》與《文王》、《鹿鳴》俱稱三，謂其三章也。以此知《肆夏》，《詩》也。』吕叔玉云：『《肆夏》、《繁遏》、《渠》，皆《周頌》也。《肆夏》，《時邁》也。《繁遏》，《執傹》也。《渠》，《思文》也。肆，遂也。❶夏，大也。謂遂於大位，謂王位也。故《時邁》曰：「肆于時夏，允王保之。」繁，多也。遏，止也。言福禄止於周之多也。故《執傹》曰：「降福穰穰，降福簡簡，福禄來反。」渠，大也。言以后稷配天，王道之大也。故《思文》曰：「思文后稷，克配彼天。」』鄭謂：『以《文王》、《鹿鳴》言之，則九《夏》皆《詩》篇名，《頌》之族類也。此歌之大者，載在樂章，樂崩亦從而亡，是以《頌》不能具。』案：吕説蓋以《時邁》、《思文》皆有『時夏』之文，而《執傹》一篇在其間，故據以當三《夏》。其説近傅會，鄭説是也。特以爲《頌》之族類，樂崩亦從而亡，則猶未知金奏與工歌不同，本不在三百五篇中也。」愚案：洪、皮二説皆是。詩之緣起，先有辭而後有聲。古詩無不入樂，故有歌以宣之，即有聲以播之，未有有其聲而無其辭者也。惟聲既入譜，即各自爲書，不復與本詩相涉。《漢·藝文

---

❶「遂」，原作「遏」，據思賢書局刻《經學通論·詩經》、阮刻本《周禮注疏》改。

志》有《河南周歌詩》七篇，别有《河南周歌詩聲曲折》七篇；有《周謠歌詩》七十五篇，别有《周謠歌詩聲曲折》七十五篇。是詩自爲詩，聲自爲聲，不相參雜之證。《宋書·樂志》云：「詩章詞異，興廢隨時。至其韻逗曲折，皆繫於舊。」又詩廢而聲不同廢之證。《南陔》以下六詩之亡逸，不知何時，要決不在三百五篇之内。僅有《儀禮》古學尚存「笙詩」之名，此即當時詩廢而聲未廢，故止能笙而不能歌也。毛欲藉此以標異於今文之學，序又成於其手，撰爲詩義，羼入三百五篇之中，然尚不敢大破籬藩，竟改什數，此其心迹之可窺見者也。自鄭君信之，遂併爲一談，牢不可破矣。

《史記》稱：「韓生推詩人之意，爲内、外傳數萬言，頗與齊、魯間殊，然其歸一也。」所謂「其歸一」者，謂三家《詩》言大恉不相悖耳。《毛詩》則詭名子夏，而傳授茫昧，姓名參錯；其大恉與三家歧異者凡數十，即與古書不合者亦多，徒以古文之故，爲鄭偏好。諸家既廢，苟欲讀《詩》，舍毛無從。撫今者溯往事而不平，望古者覩遺文而長歎。是以窮經之士，討論三家遺説者，不一其人，而侯官陳氏最爲詳洽。甄録弁言，藉明梗概，其文其義，散具篇章。

陳喬樅《魯詩遺説攷序》云：「《漢書·藝文志》：『《詩經》二十八卷，魯、齊、韓三家。《魯故》二十五卷。《魯説》二十八卷。』《楚元王傳》云：『元王少時，嘗與魯穆生、白生、申公俱受《詩》於浮邱伯。文帝時，聞申公爲《詩》最精，以爲博士。申公始爲《詩傳》，號《魯詩》。』然則《志》載《魯故》、《魯説》，蓋即申公所爲之《詩傳》矣。《史記・儒林傳》言：『漢高祖過魯，申公以弟子從師入謁於魯南宫。』又言：『申公以《詩》教授，弟子自遠方至受業者千餘人。』是三家之學，魯最先出，其傳亦最廣，有張、唐、褚氏之學，又有韋氏學、許氏學，皆家世傳業，守其師法。終漢之世，三家並立學官，而魯學爲極盛焉。魏、晉改代，屢經兵燹，學官失業，『《齊詩》既亡，《魯詩》不過江東』，其學遂以寖微。然而馬、班、范三史所載，漢百家著述所稱，亦未嘗無緒論之存，足資攷證佚文，采摭異義。失在學者因陋就簡，不能修學好古、實事求是耳。宋王厚甫《詩攷》，據《儀禮・士昏禮》鄭注引《魯詩》説，《公羊傳》何注引《魯詩傳》，及《漢書・文三王傳》、《杜欽》、《谷永傳》注、《續漢書・輿服志》注、《後漢書・班固傳》注所引《魯訓》、《魯傳》，采爲《魯詩》，疏漏尚多。其石經《魯詩》殘碑，惟取與毛異者，餘皆棄而不録。顧《魯詩》今不傳，止此殘碑，雖文與毛同，亦當備載，俾得據以考證，不宜取此棄彼也。案：《魯詩》授受源流，《漢書》可攷。❶申公受《詩》於浮邱伯，伯乃荀卿門人也。劉向校録《孫卿書》，亦云『浮邱伯受業於孫卿，爲名儒』，是申公之學出自荀子。《荀

❶「可」上，《皇清經解續編》本（以下稱「續經解本」）《三家詩遺説攷》有「章章」二字。

子》書中説《詩》者，大都爲魯説所本。今綴之，列於《魯詩》，原其所自始也。孔安國從申公受《詩》，爲博士，至臨淮太守，見《史記・儒林傳》。太史公從孔安國問業，所習當爲《魯詩》。觀其傳儒林首列申公，敘申公弟子首數孔安國，此太史公尊其師傳，故特先之。劉向父子世習《魯詩》，攷《楚元王傳》言『元王好《詩》，諸子皆讀《詩》，王子郢客與申公俱卒學。申公爲《詩傳》，元王亦次之《詩傳》，號《元王詩》』。向爲元王子休侯富曾孫，漢人傳經，最重家學，知向世修其業。《説苑》、《新序》、《列女傳》諸書，其所稱述，出《魯詩》無疑矣。《後漢》：『建初四年，下太常，將、大夫、博士、議郎、郎中及諸生、諸儒會白虎觀，講議五經同異，使五官中郎將魏應承制問，侍中淳于恭奏，帝親制臨決，如孝宣石渠故事，作《白虎議奏》。』今於《白虎通》引《詩》，皆定爲魯説，以當時會議諸儒，如魯恭、魏應，皆習《魯詩》，而承制專掌問難，又出於魏應也。《爾雅》亦《魯詩》之學。漢儒謂《爾雅》爲叔孫通所傳。叔孫通，魯人也。臧鏞堂《拜經日記》以《爾雅》所釋《詩》字訓義皆爲《魯詩》，允而有徵。郭璞不見《魯詩》，其注《爾雅》多襲漢人舊義。若犍爲舍人、劉歆、樊光、李巡諸家注解徵引《詩經》，皆魯家今文，往往與毛殊。郭璞沿用其語，如《釋故》『陽，予也』，注引《魯詩》『陽如之何』；《釋草》『藚，莖』，注引《詩》『山有藚』，文與石經《魯詩》同，尤其確證。熹平石經以《魯詩》爲主，間有齊、韓字，蓋敘二家異同之説，此蔡邕、楊賜奉詔同定者也。若夫張衡《東京賦》『改奢即儉，制美《斯干》之語，與《劉向傳》説《詩》義合；王逸《楚詞注》『繁鳥萃棘，負子肆情』之解，與《列女傳》歌《詩》事同。至如『佩玉晏鳴，《關雎》歎之』，臣瓚謂『事見《魯詩》』，而王充《論衡》、楊雄《法言》亦並以《關雎》爲康王之時；『仁義陵遲，《鹿鳴》刺焉』，史遷蓋語本魯説，而王符《潛夫論》、高誘《淮南注》亦均以《鹿鳴》爲刺上之作。互證而參觀之，夫固可以攷見家法矣。」

又《齊詩遺説攷序》云：「《漢書・藝文志》載：『《詩經》齊家二十八卷。《齊后氏故》二十卷。《孫氏故》二十七卷。《齊后氏傳》三十九卷。《孫氏傳》二十卷。《齊雜記》十八卷。』《隋書・經籍志》云『《齊詩》魏已亡』，是三家《詩》之失傳，齊爲最早。魏、晉以來，學者尟有肄業及之者矣。宋王厚甫所撰《詩攷》，其於《齊詩》，僅據《漢書・地理志》及《匡衡》、《蕭望之傳》與《後漢書・伏湛傳》中語録入數事，寥寥寡證。間摭晁説之、董彦遠説，往往持論不根，難以徵信。近世余蕭客、范家相、盧文弨、王謩、馮登府諸君，皆續有采輯。然擇焉不精，語焉不詳，於《齊詩》專家之學，究未能尋其端緒也。竊攷漢時經師，以齊、魯爲兩大宗。文、景之際，言《詩》者魯有申培公，齊有轅固生。《春秋》、《論語》亦皆有齊、魯之學，其大較也。漢儒治經，最重家法，學官所立，經生遞傳，專門命氏，咸自名家。三百餘年，雖《詩》分爲四，《春秋》分爲五，文字或異，訓義固殊，要皆各守師法，持之弗失，寧固而不肯少變，斯亦古人之質厚，賢於季俗之逐波而靡也。喬樅比補緝《齊詩》佚文、佚義，於經徵之《儀禮》、大小戴《禮記》，於史徵之班固《漢書》、荀悦《漢紀》，於諸子百家徵之董仲舒《春秋繁露》、焦贛《易林》、桓寬《鹽鐵論》、荀悦《申鑒》諸書，皆確有證據，不逞私臆之見，不爲附會之語，蘄於實事求是而已。夫轅生以治《詩》爲博士，諸齊以《詩》貴顯者，皆固之弟子，而昌邑太傅夏侯始昌最明。始昌通五經，后蒼事始昌，亦通《詩》、《禮》，爲博士。訖孝宣世，《禮》學后蒼最明，戴德、戴聖、慶普皆其弟子，三家立於學官，《詩》、《禮》師傳既同出自后氏，則《儀禮》及二戴《禮記》中所引佚《詩》，皆當爲《齊詩》之文矣。鄭君本治《小戴禮》，注《禮》在箋《詩》之前，未得毛傳，《禮》家師説均用《齊詩》，鄭君據以爲解，知其所述多本《齊詩》之義，故《鄭志》答炅模云：『《坊記》注以《燕燕》爲夫人定姜之詩，先師亦然。』『先師』者，謂《禮》家師説也。《齊詩》有翼、匡、師、伏之學，班固之從祖伯少受《詩》於師丹，誦説有法，故彪、固世傳家學。《漢書·地理志》引『子之營兮』及『自杜沮漆』，並據《齊詩》之文。又云『陳俗巫鬼』、『晉俗儉陋』，其語亦與匡衡説《詩》合，是其驗已。荀悦叔父爽師事陳實，實子紀傳《齊詩》，見陸德明《經典釋文》。《後漢書》言荀爽嘗著《詩傳》，爽之《詩》學，太邱所授，其爲齊學明矣。轅固生作《詩》内、外傳，荀悦特著於《漢紀》，尤足證荀氏家學皆治《齊詩》，故言之獨詳耳。至如公羊氏本齊學，治《公羊春秋》者，其於《詩》皆稱齊，猶之穀梁氏爲魯學，治《穀梁春秋》者，其於《詩》亦稱魯也。董仲舒通五經，治《公羊春秋》，與齊人胡母生同業，則習齊可知。《易》有孟、京卦氣之候，《詩》有翼奉五際之要，《尚書》有夏侯洪範之説，《春秋》有公羊災異之條，皆明於象數，善推禍福，以著天人之應。淵源所自，同一師承，確然無疑。孟喜從田王孫受《易》，得《易》家候陰陽災異書，喜即東海孟卿子，焦延壽所從問《易》者，是亦齊學也。故《焦氏易林》皆主《齊詩》説，豈僅『甲戌己庚，達性任情』之語與翼氏《齊詩》言五性六情合，『亥午相錯，敗亂緒業』之辭與《詩氾曆樞》言『午亥之際爲革命』合已哉！若夫桓寬《鹽鐵論》以《周南》之『罝兔』爲刺，義與魯、韓、毛迴異；以《邶風》之『鳴雁』爲『⿰干隹』，❶文與魯、韓、毛並殊，又其顯然易見者耳。夫以二千餘年湮没無傳之絶學，墜緒茫茫，苟能獲其單詞隻義，已不啻吉光片羽，良可寶貴，況乎沿流溯源，尚有涯涘之可尋。雖未足以盡梗概，而其佚時時見於他説者，猶存什一於千百，抑不可謂非幸也。」

又《韓詩遺説攷序》云：「自魏、晉改代，毛、鄭《詩》行，而三家之學始微。《韓詩》雖最後亡，持其業者蓋寡，惟杜瓊著《韓詩章句》十餘萬言，見於《蜀志》；張紘從濮陽闓受《韓詩》，

---

❶「⿰干隹」，掃葉山房石印《百子全書》本（以下稱「《百子全書》本」）《鹽鐵論·結和》篇作「鳱」。

見於《吳書》；崔季珪少讀《韓詩》，就鄭氏學，見於《魏志》；晉大康中，何隨治《韓詩》，研精文緯，見於《華陽國志》。外此不數覯焉。夫去聖久遠，學不厭博。漢世褒顯儒術，建立五經，爲置博士。一經之學，數家競爽。凡别名家者，皆增置博士，各以家法教授，所以扶進微学，尊廣道藝也。後之人因陋就簡，安其所習，毁所不見，師法既失，家學就湮，豈非學士大夫之過與？稽之《漢書·藝文志》：『《韓詩》經二十八卷。《韓故》三十六卷。《内傳》四卷。《外傳》六卷。《韓説》四十一卷。』而《隋書·經籍志》止載：『《韓詩》二十二卷，薛氏章句。』《唐書·藝文志》則載：『《韓詩》卜商序、韓嬰注二十二卷。又《外傳》十卷。』然觀唐人經義及類書所引《韓詩》，要皆薛氏章句爲多。至於《内傳》，僅散見一二焉。據《後漢書·儒林傳》言薛漢『世習《韓詩》，父子以章句著名』。又言杜撫少『受業於薛漢，定《韓詩章句》。其所作《詩題約義通》，學者傳之，曰杜君注』。疑《唐書·藝文志》所載，當即此種，故卷數與《漢志》不同。雖題爲『韓嬰注』，知非太傅之舊本。蓋《韓故》、《韓説》二書，其亡佚固已久矣。他如趙長君《詩細》，世雖不傳，然《韓詩譜》二卷、《詩曆神淵》一卷、侯包《韓詩翼要》十卷具列《隋志》，是其書猶未盡佚。惜當時定《五經正義》專主《毛詩》鄭箋，獨立國學，《韓詩》雖在，世所不用，課士不取，人無能明之者。陸元朗《經典釋文》間采毛、韓異同，而罣漏尚多，斯亦稽古者之大憾也。宋、元以後，毛、鄭《詩》亦復罕有專門，而《韓詩》之傳遂絶，其僅有存者，《外傳》十篇而已。說者因班《志》有『取《春秋》，采雜說，咸非其本義』之語，遂訾其不合《詩》意。不知董仲舒有言『《詩》無達詁』，劉向亦言『《詩》無通故』。讀《詩》之法，亦貴善以意逆志耳。太史公《儒林傳》稱『韓生推詩人之意，而爲内、外傳數萬言，其語頗與齊、魯閒殊，然其歸一也』。夫《詩》三百篇中，『邇之事父，遠之事君』，興觀羣怨之旨，於斯焉備。其主文而譎諫也，言者無罪，聞之者足以戒。善惡美刺，蓋不可不察焉。孟子曰：『王者之迹熄而《詩》亡，《詩》亡然後《春秋》作。』《詩》之與《春秋》，固相與維持世道也。子夏序《詩》，言『國史明乎得失之迹，傷人倫之廢，哀刑政之苛，吟詠性情以諷其上，達於事變而懷其舊俗者也』。今觀《外傳》之文，記夫子之緒論與《春秋》雜說，或引《詩》以證事，或引事以明《詩》，使爲法者章顯，爲戒者著明。雖非專於解經之作，要其觸類引伸，斷章取義，皆有合於聖門商、賜言《詩》之意也。況夫微言大義，往往而有，上推天人性理，明皆有仁義禮智順善之心；下究萬物情狀，多識於鳥獸草木之名；考《風》、《雅》之正變，知王道之興衰。固天命性道之蘊，而古今得失之林邪！」

《鄭志》答趙商云：「凡賦《詩》者，或造篇，或誦古。」孔疏：「誦古，指《常棣》也。」夫周公作《常棣》，召穆公於厲王時重歌之，而《左傳》富辰謂之「作詩」，是「誦古」亦爲賦《詩》之明證也。顧《常棣》今知爲周公作，《伐木》則無知之者。蓋《伐木》之詩，因文王少未居位時，藉端求賢，與友生伐木山阪；迨身爲國君，山林之朋友已爲朝廷之故舊，宴飲敘情，事非周公不能知，詩非周公不能作也。詳具本詩。年遠世衰，賢人隱於伐木，歌此詩以見志，聞之者以爲其所作，故云「周衰作刺」，又謂「《伐木》廢，朋友之道缺」也。若非古説尚有流傳，此義當塵霾千載。鄭箋《常棣》云：「周公弔二叔之不咸，而使兄弟之恩疏，召公爲作此詩，而歌之以親之。」儻無《左傳》爲證，則詩屬召公矣。《伐木》亦其比也。故《常棣》、《伐木》二詩爲「誦古」一體，全經止此二篇，因論《詩》體，並爲揭出。

魏源《詩古微》云：「漢興，《詩》始萌芽。齊、魯、韩三家盛行，毛最後出，未立博士。蓋自東京中葉以前，博士弟子所誦習，朝野羣儒所稱引，咸於是乎在。與施、孟、梁邱之《易》，歐陽、夏侯之《書》，公羊、穀梁之《春秋》，並旁薄世宙者，幾四百年。末造而古文之學漸興，力剷博士今文之學。然肅宗令賈逵撰《齊魯韓毛異同》，六朝崔靈恩作《毛詩集注》，皆兼采三家。使其書並傳，切劘六義，羽翼『四始』，詎不羣燎之燭長夜，衆造之證疑獄也哉！鄭康成氏少習《韓詩》，晚歲舍韓箋毛。及鄭學大昌，毛遂專行於世。人情黨盛則抑衰，孤學易擯而難輔，於是《齊詩》魏代即亡，《魯詩》亡於西晉。《韓詩》唐、宋尚存，《新書·藝文志》、《崇文總目》猶載其書，《御覽》、《集韻》多引其文，而久亦亡於北宋。物極必反，情鬱思申，於是攻毛議序者亦起於北宋。不揣其本，兩敗俱傷，天之將喪斯文也，夫何怪歟！辯生於末學，言止於甌臾，要其矯誣三家者，不過三端，曰：齊、魯、韓皆未見古序也；《毛詩》與經傳諸子合，而三家無證也；毛序出子夏、孟、荀，而三家無攷也。請一一破其疑，起其墜，以質百世。案程大昌曰：『三家不見古序，故無以總測篇意。毛惟有古序，以該括章旨，故詁訓所及，會全《詩》以歸一貫。』然攷《新唐書・藝文志》『《韓詩》二卷，卜商序，韓嬰注』，而《水經注》引《韓詩・周南敘》曰：『其地在南郡南陽之間。』至諸家所引《韓詩》，如『《關雎》，刺時也』、『《漢廣》，説人也』、『《汝墳》，辭家也』、『《芣苢》，傷夫有惡疾也』、『《黍離》，伯封作也』、『《蝃蝀》，刺奔女也』、『《溱與洧》，説人也』、『《雞鳴》，讒人也』、『《夫栘》，燕兄弟也』、『《伐木》，文王敬故也』、『《鼓鐘》，刺昭王也』、『《賓之初筵》，衛武公飲酒悔過也』、『《抑》，衛武公刺王室以自戒也』、『《假樂》，美宣王之德也』、『《雲漢》，宣王遭亂仰天也』、『《雨無極》，正大夫刺幽王也』、『《四月》，歎征役也』、『《閟宫有侐》，公子奚斯作也』、『《那》，美襄公也』，皆與《毛詩》首語一例，則《韓詩》有序明矣。《齊詩》最殘缺，而張揖魏人，習《齊詩》，其《上林賦》注曰：『《伐檀》，刺賢者不遇明王也。』其爲《齊詩》之序明矣。劉向，楚元王孫，世傳《魯詩》，其《列女傳》以《芣苢》爲蔡人妻作，《汝墳》爲周南大夫妻作，《行露》爲召南申女作，《邶・柏舟》爲衛大夫作，《碩人》爲莊姜傅母作，《燕燕》爲定姜送婦作，《式微》爲黎莊夫人及傅母作，《載馳》爲許穆夫人作，視毛序之空衍者，尤鑿鑿不誣。且其《息夫人傳》

曰：『君子故序之於《詩》。』《黎莊夫人傳》曰：『君子故序之以編《詩》。』而向所自著書亦曰《新序》，是《魯詩》有序明矣。且三家遺説，凡《魯詩》如此者，韓必同之；《韓詩》如此者，魯必同之。《齊詩》存什一於千百，而魯、韓必同之，苟非同出一原，安能重規疊矩，三人占則從二人之言？謂毛不見三家古序則有之，三家烏用見毛序爲哉！程氏其何説之詞！王氏引之曰：「《藝文志》：『《詩經》二十八卷，魯、齊、韓三家。』蓋以十五《國風》爲十五卷，《小雅》七十四篇爲七卷，《大雅》三十一篇爲三卷，三《頌》爲三卷，與毛傳同。而《志》言《毛詩》經故二十九卷者，毛以《詩序》别爲一卷，與三家之序冠各篇者異也。今魯、齊二家序不可攷，《韓詩序》則《楊震傳》引《蝃蝀》篇、《御覽》引《黍離》篇，皆以序與經文連引，則知不别爲卷矣，而毛又分《周頌》三十一篇爲三卷，故今《詁訓傳》爲卷三十也。」案：王氏説於《漢志》似符，而於《新唐書志》又不合。且《韓詩》邶、鄘、衛分合不可知，則以序二卷與十三國數之，亦適符《漢志》之數也。鄭樵曰：『毛公時《左傳》、《孟子》、《國語》、《儀禮》未盛行，而先與之合，世人未知《毛詩》之密，故俱從三家。及諸書出而證之，諸儒得以攷其異同得失，長者出而短者自廢，故皆舍三家而宗毛。』應之曰：《齊詩》先《采蘋》而後《草蟲》，與《儀禮》合；《小雅》『四始』、『五際』，次第與樂章合。魯、韓《詩》説《碩人》、《二子乘舟》、《載馳》、《黄鳥》，與《左氏》合；説《抑》及《昊天有成命》，與《國語》合；説《騶虞》『樂官備』，與《射義》合；説《凱風》、《小弁》，與《孟子》合；説《出車》與《采薇》非文王伐玁犹，與《尚書大傳》合；《大武》六章，次弟與樂章合。其不合諸書者安在？而《毛詩》則動與牴牾，其合諸書者又安在？顧謂西漢諸儒未見諸書，故舍毛而從三家，則太史公本《左氏》、《國語》以作《史記》，何以宗《魯詩》而不宗毛？賈誼、劉向博極羣書，何以《新書》、《説苑》、《列女傳》宗魯而不宗毛？謂東漢諸儒得諸書證合，乃知宗毛而舍三家，則班固評論四家《詩》，何以獨許魯近？《左傳》由賈逵得立，服虔作解。而逵撰《齊魯韓毛詩異同》，服虔注《左氏》，鄭君注《禮》，皆顯用《韓詩》。即鄭箋毛，亦多陰用韓義。許君《説文敘》自言《詩》稱毛氏，皆古文家言，而《説文》引《詩》，什九皆三家。《五經異義》論罍制、論《鄭風》、論《生民》，亦並從三家説。豈非鄭、許之用毛者，特欲專立古文門户，而意實以魯、韓爲勝乎？若云『長者出而短者自廢』，則鄭、荀、王、韓之《易》賢於施、孟、梁邱，梅賾之《書》賢於伏生、夏侯、歐陽，《韓詩外傳》賢於《韓詩内傳》，《左氏》之杜預注賢於賈、服，而逸《書》十六篇、逸《禮》七十篇亡所當亡耶？至錢氏大昕據《孟子》『勞於王事，不得養父母』爲孟子之用小序，《緇衣》篇『長民者衣服不貳，從容有常』爲公孫尼子之用小序，則不如據《論語》『《關雎》樂而不淫，哀而不傷』爲夫子用小序之爲愈也。梅賾之僞古文《書》，其亦三代經傳襲用梅氏耶？鄭氏其何説之詞！葉氏夢得謂：「漢文章無引毛序者，惟魏黄初四年詔曰『《曹風》刺遠君子、近小人』，毛序至是始行於世。」陳氏啟源駁之，謂：「司馬相如《難蜀父老》

文『王事未有不始於憂勤，❶終於逸樂』爲用《魚麗》序，班孟堅《東都賦》『大德廣之所及』爲用《漢廣》序。」❷即不知衛宏續序多剽取經傳陳言，即如首篇《關雎》「憂在進賢，不淫其色，哀窈窕，思賢才，而無傷善之心」，即穿鑿《論語》，齟齬《詩》義，何論其他！馬氏端臨曰：『譬之聽訟，《毛詩》，其左證到案之人也；齊、魯、韓，其逋亡無證不到案之人也。今所存魯、韓遺説，如以《關雎》爲畢公作，以《柏舟》爲衛宣夫人作，後儒皆不從之。夫同一魯、韓《詩》也，他序可從，而《關雎》、《柏舟》之序，獨不可從乎？』應之曰：《詩》三百五篇，篇自爲案，各不相謀。三家《詩》有亡逸者，有到案者，馬氏但就其所到之案，虚公讞之可矣。且其未到之案，或可連類旁證、比例互知者，亦有之矣。今以其有他案未到，乃并其見存左證之百十案一切置之，而惟《毛詩》一面之詞，遂不煩他證，不問是非虚實，一切直之，❸可乎？馬氏又曰：『《詩》之見録者，必其序説明白，而旨意可攷。其删佚不録者，必其序説無傳，旨意難攷。』如其言，是聖人折衷六藝，衡鑒貿然，惟以序説爲去取。然《貍首》、《新宫》之屬，當以序不明而置之矣。其所存二《雅》諸序，

---

❶「事」，清嘉慶十四年胡克家刻《文選》（以下稱「胡刻《文選》」）卷四四作「者」。

❷「都」，原作「郡」，據續經解本《詩古微》一、胡刻《文選》卷一改。「大德廣之所及」，續經解本《詩古微》一、《皇清經解》本《毛詩稽古編》卷六十八作「德廣所被」，胡刻《文選》卷一作「德廣所及」。

❸「直」，疑當作「置」。

當必與禮樂相表裏，乃《大雅》正篇，莫一詳其樂章之所用，何耶？十三國之無『正風』，與燕、蔡、莒、許、杞、薛之并無『變風』，既皆以序不明而置之矣，則所存諸國之序，當必可爲詩史，乃《國風》小序於史有世家者，皆傅之惡謚，至魏、檜之史無世家者，則但以爲刺其君、其大夫，而無一謚號、世次之可傅會，又何耶？其明白者安在？其出國史者安在？馬氏其何説之詞！姜氏炳璋曰：『漢四家《詩》，惟毛公出自子夏，淵源最古。且《魯頌》傳引孟仲子之言，《緇衣》序別高子之言，《北山》序同《孟子》之語，則又出於孟子。而大毛公親爲荀卿弟子，故毛傳多用荀子之言，非三家所及。』應之曰：《漢書·楚元王傳》言『浮邱伯傳《魯詩》於荀卿』，則亦出荀子矣。《唐書》載『《韓詩》，卜商序』，則亦出子夏矣。《韓詩外傳》高子問《載馳》之詩於孟子，孟子曰：『有衛女之志則可，無衛女之志則怠。』又載荀卿《非十二子篇》，獨去子思、孟子。且《外傳》屢引七篇之文，則亦出孟子矣。故《漢書》曰：『又有毛公之學，自言子夏所傳。』『自言』云者，人不取信之詞也。至《釋文》引徐整云：三國吳人。『子夏授高行子，高行子授薛倉子，薛倉子授帛妙子，帛妙子授河間人大毛公。毛公爲《詩故訓傳》於家，❶以授趙

❶「故」，原作「敘」，據一九八四年上海古籍出版社影印宋元遞修本《經典釋文》（以下稱「宋本《釋文》」）、《通志堂經解》本《經典釋文》（以下稱「通志堂本《釋文》」）改。

人小毛公，小毛公爲河閒獻王博士。』『云子夏授曾申，申傳魏人李克，克傳魯人孟仲子，孟仲子傳根牟子，根牟子傳趙人孫卿子，孫卿子傳魯人大毛公。』夫同一《毛詩》傳授源流，而姓名無一同，且一以爲出荀卿，一以爲不出荀卿；一以爲河閒人，一以爲魯人。展轉傅會，安所據依？豈非《漢書》『自言子夏所傳』一語已發其覆乎？以視三家源流，孰傳信，孰傳疑？姜氏其何説之詞！」愚案：魏説明快，足破近儒墨守陋見，故備録之。攷毛之不爲人信者，以序獨異。故脱有如蔡邕之録《周頌》序者，但使齊、魯、韓皆存其序，三家雖亡猶若未亡，而任其散失，不一顧念者，則今、古相仇，意見横出之過也。《毛詩》之在西漢，自杜欽、欽説《小弁》用《毛詩》，蓋亦言不純師者。賈捐之外，鮮肄業及之者。鄭箋一出，學者靡然。以當時衆所不信之書，特起孤行，又值魏、晉不甚説學之朝，肅、謐之徒見而生心，競起作僞，致聖人雅言之教並蒙其殃，宜其流至朱明，尚有《子貢詩説》出也。

《爾雅》、《魯詩》之學，先儒已有定論。兹取其顯明者列注，餘詳疏中。毛「維」字，三家作「惟」，或作「唯」；「彼其」之「其」，三家作「己」，全《詩》大同，然非古書稱引，不輒出之。

毛傳巨謬，在僞造周、召二《南》新説，羼入大序之中，及分邶、鄘、衛爲三國。二南疆域，三家具存其義。若如毛説，是十五《國風》不全也。孔子云：「人而不爲《周南》、《召南》，其猶正牆面而立也與？」推詳聖意，蓋因周立國最久，至孔子時已六七百年，二南規制既遠，史册無徵，惟據《詩》篇，尚存崖略，故有「不爲」、「牆面」之歎。秦、漢之際，經亦幾亡，毛傳乘隙奮筆，無敢以爲非者，古文勃興，永爲宗主。幸三家遺説猶在，不可謂非聖經一綫之延也。

詩三家義集疏卷一

長沙王先謙益吾著

周南關雎弟一

【注】魯説曰：「古之周南，即今之洛陽。」又曰：「洛陽而謂周南者，自陜以東，皆周南之地也。」【疏】《史記·太史公自序》：「天子始建漢家之封，而太史公留滯周南。」「古之」至「洛陽」，裴駰注引摯虞文。「洛陽」至「地也」，《漢書·司馬遷傳》顔注引張晏文。此魯家相承舊説也。楊雄《方言》：「窕，美也。陳、楚、周南之間曰窕。」以陳、楚、周南地望相接，特並舉之。遷、雄皆《魯詩》家也。洛陽，《漢志》河南郡雒陽縣。今河南洛陽縣。陜，《漢志》弘農郡陜縣。今河南潁州。❶《水經·河水注》云：「昔周、召分陜，以此城爲東、西之别。東城即虢邑之上陽也。」周南《詩》篇有《汝墳》，周南大夫之妻作；有《芣苢》，蔡人之妻作；有《漢廣》，江、漢合流之地所作。《漢志》：「汝南郡，莽曰汝墳。」今本誤「汾」。「女陰縣，莽曰汝墳，故胡國。」今潁州府阜陽縣。「上蔡，故蔡國。」今汝甯府上蔡縣。江夏郡沙羨，江、漢合流之地屬焉，皆周南地也。云「自陜以東，皆周南之地」者，就周、陳、楚、衛之間推測，二南四至：

❶「潁」，據四庫本《詩地理考》、《大清一統志》當作「陜」。

召南見後。周南之西與周都接，以陝爲界；其東北與召南接，以汝南郡汝陰縣爲界；其東南與陳接，前漢淮陽國，後漢陳國，今陳州府淮甯縣。東與楚接。漢楚國，今徐州府銅山縣。蓋周業興於西岐，化被於江、漢。汝、蔡、江、漢所爲詩，並得登於《周南》之篇。其地在周之南，故以「周南」名其國。江、漢蒙化，雖皆服屬於周。然諸侯衆盛，各君其國，如《晉語》之蔡原、《考工記》注之蚡胡，猶可考案，周特羈縻撫輯之而已。迨文王受命稱王，召公代行方伯之職，南土日闢，故別爲召南國名。武王滅商之後，戡定南國，別建列侯。《禮・樂記》：「《武》始而北出，再成而滅商，三成而南，四成而南國是疆。」即《詩》「南國」究竟矣。詩人之作，或當時采自風謡，或後世追述往事。《周南》是歸美文王，故云「王者之風」；《召南》則兼美召伯，故云「諸侯之風」。總覽《詩》恉，憭然易明。乃《毛詩》大序云：「然則《關雎》、《麟趾》之化，王者之風，故繫之周公。南，言化自北而南也。《鵲巢》、《騶虞》之德，諸侯之風也，先王之所以教，故繫之召公。」孔疏：「《關雎》、《麟趾》之化，是王者之風，文王之所以教民。王者必聖，周公聖人，故繫之周公。不直名爲『周』，而必連言『南』者，言此文王之化，自北土而行於南方故也。《鵲巢》、《騶虞》之德，是諸侯之風，先王大王、王季所以教化民也。諸侯必賢，召公賢人，故繫之召公。」又《魏書・儒林傳》：「梁武帝問於李業興曰：『《詩・周南》，王者之風，繫之周公；《召南》，仁賢之風，繫之召公。何名爲繫？』對曰：『鄭注《儀禮》曰：「昔大王、王季居於岐陽，躬行召南之教，以興王業。及文王，行今周南之教，以受命作邑於酆，分其故地，屬之二公。」』武帝又問曰：『若是故地，應自統攝，何由分封二公？』業興曰：『文王爲諸侯時，所化之本國。今既登九五之尊，不可復守諸侯之地，故分封二公。』」愚案：《周南》之詩，不及周公一語，曷爲繫之於公？若以公爲周聖人，然則文王非周乎？抑非聖乎？文王之先，起自諸侯；召公分土，亦任方伯之職。既云繫之召公，曷爲以諸侯之風，歸之太王、王季乎？且兩言之中，析周、召言人，二《南》言化，杜撰不辭。聖門親授之指，殆不若是。「然則」八句，語意難通，且與上「詩之至也」不相貫注。鄭《譜》説曲袒毛序，啟梁武分封之疑，業興臆測，助成其詞，亦非塙論也。孔疏：「《關雎》者，《詩》篇之名。既以《關雎》爲首，遂以《關雎》爲一卷之目。《金縢》云：『公乃爲詩以貽王，名之曰《鴟鴞》。』然則篇名皆作者所自名。既言『爲詩』，乃云『名之』，則先作詩，後爲名也。名篇之例，義無定準。多不過五，少纔取一。或偏舉兩字，或全取一句。偏舉則或上或下，全取則或盡或餘。亦有捨其篇首，撮章中之一言；或復都遺見文，假外理以定稱。『黄鳥』顯『緜蠻』之貌，『草蟲』棄『喓喓』之聲，『瓜瓞』取『緜緜』之形，『瓠葉』捨『番番』之狀；『夭夭』與『桃』名而俱舉，『蚩蚩』從『氓』狀而見遺；《召旻》、《韓奕》則采合上下，《騶虞》、《權輿》則並取篇末。其中躋駮，不可勝論。豈古人之無常，何立名之異與？以作非一人，故名無定目。」據孔説，是舊目如此，三家當然。今從之。「關雎」下，毛加「詁訓傳」三字，今删。孔又云：「《説文》：『第，次也。字從竹、弟。』稱『第一』者，言其次第當一，所以分別先後也。」愚案：《説文》：「弟，韋束之次弟也。」不從竹。《五經文字》：「弟，從韋省，象圍市次弟之形。」孔誤，今正。

詩國風【注】齊説曰：「《詩》三百五篇。詩者，持也。在於敦厚之教，自持其心。諷刺之道，可以扶持邦家者也。」【疏】孔疏：「『詩國風』，舊題也。」又云：「『周南關雎第一詩國風』，元是大師所題。」今從之。鄭箋：「『國』者，總謂十五國；『風』者，諸侯之詩。從《關雎》至《騶虞》二十五篇，謂之正風。」孔疏：「『詩』者，一部之大名。『國風』者，十五國之總稱。不冠於『周南』之上，而退在下者，案：鄭注三禮、《周易》、《中候》、《尚書》，皆大名在下。孔安國、馬季長、盧植、王肅之徒，其所注者，莫不盡然。然則本題自然，非注者移之。定本亦然。當以皆在第下，足得總攝故也。」

「《詩》三百五篇」者，《詩譜序》正義引《詩含神霧》文，齊説也。孔云：「據今者及亡詩六篇，凡有三百十一篇。云『三百五篇』者，闕其亡者，以見在爲數也。《樂緯動聲儀》、《詩緯含神霧》、《尚書璿璣鈐》皆云『三百五篇』者，漢世毛學不行，三家不見《詩序》，不知六篇亡失，謂其唯有三百五篇。讖緯皆漢世所作，故言『三百五』耳。」愚案：《史記·孔子世家》云：「古者詩本三千餘篇，去其重，取其可施於禮義者三百五篇。」義，讀曰「儀」。可施於禮儀，謂可以入樂，凡賓客宴享皆用之也。《漢書·儒林傳》王式云：「臣以三百五篇諫。」遷、式，皆學《魯詩》者。《漢書·藝文志》：「孔子純取周詩，上采殷，下取魯，凡三百五篇。」班氏，學《齊詩》者。是魯、齊二家皆言「三百五篇」。《韓詩》無考，而孔云「三家謂唯三百五篇」，《韓傳》後亡，孔猶及見，知韓與魯、齊同也。六篇亡失，應以見在爲數。孔謂「毛學不行」所致，然班志藝文，兼收毛傳，並非不知毛學，亦云「三百五篇」，是「三百五」者，漢儒通論稱之如此。孔用以尊毛而抑三家，非也。「詩者，持也」者，亦《譜序》孔疏引《含神霧》文，取聲同字爲訓。孔云：「《内則》説負子之禮，云『詩負之』，注云：『詩之言承也。』《春秋説題辭》云：『在事爲詩，未發爲謀，恬澹爲心，思慮爲志，詩之爲言志也。』然則『詩』有三訓：承也，志也，持也。作者承君政之善恶，述己志而作詩，爲詩所以持人之行，使不失隊，故一名而三訓也。」「在於」至「者也」，成伯璵《毛詩指説》引《含神霧》文，釋「持」兼二義，較孔尤備矣。《詩大序》：「風，風也，教也。」又云：「下以風刺上，故曰風。」釋「風」兼二義，與此兼「教」、「刺」義合。《周禮・大師》：「教六詩，曰風，曰賦，曰比，曰興，曰雅，曰頌。」鄭司農注：「古而自有風、雅、頌之名，故延陵季子觀樂於魯，時孔子尚幼，未定《詩》、《書》，而曰：『爲之歌《邶》、《鄘》、《衛》，曰：「是其《衛風》乎？」又爲之歌《小雅》、《大雅》，又爲之歌《頌》。』」賈疏：「若然，此經有風、雅、頌，則在周公時，明不在孔子時矣。風是十五《國風》，從《關雎》至《七月》，是總號。」愚案：古有風、雅、頌之名，當如先鄭説，非孔子所定。《漢書・儒林傳》序言「孔子論《詩》則首《周南》」，蓋孔子未定以前，或篇次倒亂，與今書不同，與《史記》言删《詩》爲三百五篇，疑皆三家舊説。

關雎【注】魯説曰：「周道缺，詩人本之衽席，《關雎》作。」又曰：「后妃之制，夭壽、治亂、存亡之端也。是以佩玉晏鳴，《關雎》歎之，知好色之伐性短年，離制度之生無厭，天下將蒙化，陵夷而成俗也。故詠淑女，幾以配上，忠孝之篤，仁厚之作也。」又曰：「周之康王夫人晏出朝，《關雎》豫見，思得淑女，以配君子。」又曰：「周衰而詩作，蓋康王時也。康王德缺於房，大臣刺晏，故詩作。」又曰：「昔周康王承文王之盛，一朝晏起，夫人不鳴璜，宫門不擊柝，《關雎》之人，見幾而作。」又曰：「周漸將衰，康王晏起。畢公喟然，深思古道。感彼關雎，性不雙侶。願得周公，配以窈窕。防微消漸，諷諭君父。孔氏大之，列冠篇首。」齊説曰：「孔子論《詩》，以《關雎》爲始。言太上者，民之父母。后、夫人之行，不侔乎天地，則無以奉神靈之統，而理萬物之宜。故《詩》曰：『窈窕淑女，君子好仇。』言能致其貞淑，不貳其操，情欲之感無介乎容儀，宴私之意不形乎動静，夫然後可以配至尊而爲宗廟主。此綱紀之首，王教之端也。」韓敍曰：「《關雎》，刺時也。」韓説曰：「詩人言雎鳩貞潔慎匹，以聲相求，隱蔽於無人之處，故人君退朝，入於私宫，后妃御見有度，應門擊柝，鼓人上堂，退反宴處，體安志明。今時大人内傾於色，賢人見其萌，故詠《關雎》，説淑女，正容儀，以刺時。」【疏】毛序：「后妃之德也。《風》之始也，所以風天下而正夫婦也。故用之鄉人焉，用之邦國焉。」○《釋文》：「舊説此是小序。自『風，風也』訖末，名爲大序。沈重云：『案鄭《詩譜》意，大序是子夏作，小序是子夏、毛公合作。卜商意有不盡，毛更足成之。』或云小序是東海衛敬仲所作。」愚案：大序末云「然則《關雎》」至「召公」，已見上。又云：「是以《關雎》樂得淑女，以配君子，憂在進賢，不淫其色。哀窈窕，思賢才，而無傷善之心。是《關雎》之義也。」箋：「哀，蓋字之誤也，當爲『衷』。衷，謂中心恕之。無傷善之心，謂『好逑』也。」愚謂此本「子曰：樂而不淫，哀而不傷」二語。「樂而不淫」，謂「琴瑟友之」、「鼓鍾樂之」。「哀而不傷」，謂「寤寐思服」、「展轉反側」。哀之爲言愛，思之甚也。《吕覽·報更》篇「人主胡可以不務哀士」，高注：「哀，愛也。」古哀、愛字通。《釋名·釋言語》：「哀，愛也，愛乃思念之也。」與此「哀」意合。聖人言教，子夏豈有不知，而作如此解釋？其爲毛竄入之迹顯然。鄭破字爲「衷」，失之。○「周道」至「雎作」，史遷《十二諸侯年表》文。云「詩人本之衽席」者，《玉府》「衽席、牀笫，凡褻器」，鄭司農注：「衽席，單席也。」賈疏：「衽席者，燕寢中卧席。」古人燕褻之地，或言「衽席」，或言「牀笫」，其義一也。王后晏起，周道始缺，詩人推本至隱而作《關雎》。《儒林傳》序「周室衰而《關雎》作」，義與此同。「后妃」至「作也」，《漢書·杜欽傳》文。欽言作《關雎》之人歎在上之好色無度，冀得淑女配君子也。顔注引：「李奇曰：『后、夫人鷄鳴佩玉去君所，周康王后不然，故詩人歎而傷之。』臣瓚曰：『此《魯詩》也。』」「周之」至「君子」，劉向《列女·魏曲沃負傳》文。云「晏出朝」者，據下引虞貞節注，明「朝」字衍文。云「《關雎》豫見」者，與《杜欽傳》贊「《關雎》見微」、《楊賜傳》言「《關雎》見幾」同義。今本「豫見」作「起興」，王氏念孫謂：「後人不曉《魯詩》之義而妄改之，王應麟《詩攷》引《列女傳》，尚作『豫見』。」《文選·後漢皇后紀論》李善注引虞貞節曰：「其夫人晏出，故作《關雎》之歌以感誨之。」《列女傳》古有虞貞節注，此引即注文。據李奇、劉、虞説，知詩爲康王后、夫人作。李稱康王后，劉、虞言康王夫人者，古后、夫人得通稱，猶後世后、妃異號，而韓説以后、妃止是一人也。見下。《匡衡傳》以「后夫人」統言之，亦齊説之明證。《列女傳》云：「宣王嘗夜卧晏起，后夫人不出房，姜后請罪，宣王曰：『非夫人之罪也。』」引詳《庭燎》篇。稱姜后曰「夫人」，而姜后之外，又别有「后夫人」，此魯説，可以推見周制矣。「周衰」至「詩作」，王充《論衡·謝短篇》文。上引「《詩》家曰」，魯説也。云「周衰詩作」者，專以風刺之詩言。《淮南·氾論訓》：「王道缺而《詩》作，周室廢，禮義壞，而《春秋》作。《詩》、《春秋》，學之美者也，皆衰世之造也。」與此義同。「昔周」至「而作」，袁宏《後漢紀》楊賜語。賜與蔡邕同定石經《魯詩》，亦用魯説。云「夫人不鳴璜」者，璜是夫人佩玉。佩玉上有葱珩，下有雙璜，珩、璜相準，行步成聲，詳《鄭風·女曰鷄鳴》。故曰鳴璜。今則鷄鳴時過，而珩、璜無聲也。「不鳴」與上「佩玉晏鳴」同義。云「宫門不擊柝」者，以下引薛君説互證之，蓋夫人已去君所，然後應門擊柝，鼓人上堂，否則宮門不擊柝也。《後漢·楊賜傳》「康王一朝晏起，《關雎》見幾而作」，李注：「此事見魯，今亡失也。」又《皇后紀論》「故康王晚朝，《關雎》作諷」，注亦云：「見《魯詩》。」又楊雄《法言·孝至》篇：「周康之時，頌聲作乎下，《關雎》作乎上，習治也。故習治，則傷始亂也。」《文選·齊竟陵王行狀》李注引應劭《風俗通義》云：「昔康王一朝晏起，詩人以爲深刺。天子當夜寢蚤作，身省萬機。」楊、應二家與以上諸説同。蓋《魯詩》王、后並刺。李奇諸人以爲歎后，王充諸人以爲刺康王，非有異也。「周漸」至「篇首」，《古文苑》張超《誚青衣賦》文。《後漢·文苑傳》：「超，河間人。」與蔡邕同時者。超以《關雎》爲畢公作，與《論衡》「大臣刺晏」合，是大臣乃畢公，《魯詩》所傳如此也。云「願得周公」者，願得如周公之聖德。羅泌《路史·高辛紀》云：「康王一晏朝，而暴公作《關雎》之詩以諷。」乃本超賦而竄易之。《世説》：「謝征西稱《關雎》有不妒忌之德，夫人問：『詩是誰人所作？』曰：『周公作也。』」襲《周南》詩繫周公之説，亦無根據。「孔子」至「端也」，《漢書·匡衡傳》文，其上云「臣聞之師曰」，衡受《齊詩》於后蒼，此引后氏《詩》説也。其謂「后、夫人之行，不侔乎天地」，明主刺義。姚氏鼐謂：「衡本學《齊詩》，以《關雎》爲刺晏起，故云『情欲之感』、『宴私之意』。朱子善其語，取入《集傳》。然其説《詩》，實不同是也。」班固《漢書·杜欽傳》贊曰：「庶幾乎《關雎》之見微。」《後漢·明帝紀》「昔應門失守，《關雎》刺世」，李注引：「《春秋説題辭》曰：『人主不正，應門失守，故歌《關雎》以感之。』宋均注：『應門，聽政之處也。言不以政事爲務，則有宣淫之心。《關雎》樂而不淫，思得賢人與之共化，修應門之政者也。』」班、宋皆傳齊學，合觀諸説，知《齊詩》非主頌美也。「《關雎》，刺時也」者，王應麟《詩攷》六引《韓詩敘》文。「詩人」至「刺時」，《後漢·明帝紀》李注引《韓詩》薛君章句文。云「退反晏處」者，指后、夫人言。云「今時大人内傾於色」者，「大人」當爲「人君」。《後漢·馮衍傳》衍《顯志賦》云「美《關雎》之識微兮，愍王道之將崩」，注：「薛夫子《韓詩章句》曰：『詩人言雎鳩貞潔，以聲相求，必於河之洲，蔽隱無人之處，故人君動静，退朝入於私宫，妃后御見，去留有度。今人君内傾於色，大人見其萌，故詠《關雎》，説淑女，正容儀也。』」互校《明紀》注「大人内傾于色」，「大人」是「人君」之誤。「大人見其萌」，「大人」又「賢人」之誤也。綜覽三家，義歸一致。蓋康王時，當周極盛，一朝晏起，應門之政不修而鼓柝無聲，后、夫人璜玉不鳴而去留無度，固人君傾色之咎，亦后、夫人淫色專寵致然。畢公，王室藎臣，覩衰亂之將萌，思古道之極盛，由於賢女性不妒忌，能爲君子和好衆妾，其行侔天地，故可配至尊，爲宗廟主。今也不然，是無以奉神靈之統，而理萬物之宜。陳往諷今，主文譎諫，言者無罪，聞者足戒。風人極軌，所以取冠全《詩》。毛傳匿刺揚美，蓋以爲陳賢聖之化，則不當有諷諫之詞，得粗而遺其精，斯巨失矣。《韓詩外傳》五引孔子曰：「《關雎》至矣乎！夫《關雎》之人，仰則天，俯則地；幽幽冥冥，德之所藏；紛紛沸沸，道之所行；如神龍變化，斐斐文章。大哉，《關雎》之道也！萬物之所繫，羣生之所懸命也。」愚案：賢妃和好衆妾，取則天地，廓乎有容，以宫闈之幽深而德藏其内，嬪御之紛沸而道行其間，型家化國，以成天下，是以萬物羣生，於焉託命，爲孔子所深取。否則匹君子，稱好逑耳，於萬物羣生何與乎？又案：《鄉飲酒》鄭注云：「《關雎》，言后妃之德。」《燕禮》注同。此因後世樂歌推言其義，與當日詩恉無涉。《關雎》乃西都畿内之詩，附録於《周南》者，以《召南·野有死麕》、《何彼襛矣》二詩例之，《關雎》篇次，蓋在《汝墳》之後，《麟趾》之前。自孔子列冠篇首，合樂者因之。固知《禮經》合樂在後，不在周公之世。吾聞周公作樂，不聞周公合樂也。

關關雎鳩，【注】魯説曰：「關關，音聲和也。」又曰：「鴡鳩，王鴡。」又曰：「夫雎鳩之鳥，猶未嘗見乘居而匹處也。」齊説曰：「貞鳥雎鳩，執一無尤。」**在河之洲。**【注】三家「洲」作「州」。【疏】傳：「興也。關關，和聲也。雎鳩，王雎也，鳥摯而有别。水中可居者曰洲。后妃説樂君子之德，無不和諧，又不淫其色，慎固幽深，若關雎之有别焉，然後可以風化天下。夫婦有别則父子親，父子親則君臣敬，君臣敬則朝廷正，朝廷正則王化成。」箋：「摯之言至也，謂王雎之鳥，雌雄情意至然而有别。」〇「關關，音聲和也」者，《釋訓》文。《史記·佞幸傳》索隱：「關，通也。」《尚書大傳》「雖禽獸之聲，猶悉關於律」，注：「關，猶入也。」案：入亦通也。《太玄·玄測都序》注：「關，交也。」「關」訓「通」，亦訓「交」。鳥之情意通，則鳴聲往復相交，故曰關。重言之曰「關關」，謂鳥聲之兩相和悦也。《玉篇》：「關關，和鳴也。或爲『唁』。」《廣韻》：「唁，二鳥和鳴。」《説文》無「唁」字，此後起之義。「鴡鳩，王鴡」，《釋鳥》文。陸德明《毛詩》釋文：「雎，依字且邊隹，旁或作鳥。」《説文》「鴡」下云：「王鴡也。」從鳥，不從隹，則「鴡」是正字。《爾雅》郭璞注：「鴡類大小如鴟，深目，目上骨露，幽州人謂之鷲，而楊雄、許慎皆曰：『白鷢，似鷹，尾上白。』」愚案：《説文》「鷢」下云：「白鷢，王鴡也。」段玉裁注謂轉寫之誤。案:「王鴡也」三字,緣下科「鴡」字注誤衍,段説是也。《廣韻》:「白鷢,善捕鼠。」與捕魚之鴡是二物。《禽經》:「鴡鳩,魚鷹。」郝懿行《爾雅義疏》云:「能扇波令魚出,食之,故《淮南·説林訓》謂之沸波。」邵晉涵《爾雅正義》云:「《史記正義》:『王鴡,金口鶚也。』今鶚鳥能翺翔水上,捕魚而食,後世謂之魚鷹。其鳴緩而和順,與白鷢相似而色蒼,非即白鷢也。」參稽衆説,是鴡鳩即魚鷹矣。《左·昭十七年傳》「鴡鳩氏,司馬也」,杜注:「鴡鳩,王鴡也。摯而有别,故爲司馬,主法制。」摯虞《槐樹賦》「嘉别鷙之王雎」,劉勰《文心雕龍·比興》篇「關雎有别,后妃方德。德貴其别,不嫌於鷙鳥」,皆以鴡鳩爲鷙猛之鳥。毛傳「鳥鷙而有别」,《釋文》「摯,本亦作『鷙』」。《釋鳥》郭注引毛傳亦作「鷙」。「摯」、「鷙」古通用,非有異義。鄭箋「摯之言至也,謂王鴡之鳥,雌雄情意至然而有别」,夫詩詠關雎,情意已顯,與别鷙之義相成而不相妨,鄭讀「摯」爲「至」,增文成訓,轉失之矣。「有别」兼「遊不雙侣」、「死不再匹」二義。「夫雎」至「處也」,《列女傳·魏曲沃負》篇文。《廣雅·釋詁》:「乘匹,❶二也。」言雎鳩非不乘匹,而人弗之見,與張超賦「性不雙侣」義同。讀者勿以詞害意。《文選》張衡《東京賦》:「雎鳩麗黄,關關嚶嚶。」《思玄賦》:「雎鳩相和。」《歸田賦》:「王雎鼓翼,鶬鶊哀鳴。交頸頡頏,關關嚶嚶。」「交頸」、「關關」承王雎言,「頡頏」、「嚶嚶」承鶬鶊言。和鳴在無人之區,有别於衆見之地也。「貞鳥鴡鳩,執一無尤」者,《易林·晉之同人》文,下云:「寢門治理,君子悦

❶「乘匹」,中華書局影印鍾宇訊校改本王念孫《廣雅疏證》(以下稱「鍾校《廣雅疏證》」)卷第四上二字乙,且不連屬。

喜。」執一，言其貞專也。陸賈《新語・道基》篇：「關雎以義鳴其雄。」《淮南・泰族訓》：「《關雎》興於鳥，而君子美之，謂其雌雄之不乖居也。」不乖居，言不亂耦。羅願《爾雅翼》引與《淮南》今本同。或改「乖」爲「乘」，以合《列女傳》，非。陰陽自然變化，論雎鳩不再匹，皆其義。此鳥德最純全，故詩人取以起興。○「三家『洲』作『州』」者，《説文》「州」下云：「水中可居曰州。周繞其旁，從重川。《詩》曰：『在河之州。』」「洲」俗字，知三家作「州」也。云「在河之洲」者，以洲上有林木，此鳥有別，其和鳴必在林木隱蔽之處，故君子取之。《後漢・張衡傳》「泗河林之蓁蓁兮，偉《關雎》之戒女」，李注：「蓁蓁，茂貌。」❶引此詩，以爲「衡覩河洲而思之也」。《薛君章句》言雎鳩以聲相求，必於河洲隱蔽無人之處。衡見河洲林木茂密，雎鳩和鳴，思詩人諷戒之情而偉之，與河洲隱蔽之説相成。衡學《魯詩》，據此，知魯、韓義同。毛傳但云「水中可居曰洲」，則詩恉不憭。窈窕淑女，【注】魯説曰：「窈窕，好貌。」韓説曰：「窈窕，貞專貌。」君子好逑。【注】魯、齊「逑」作「仇」。魯説曰：「言賢女能爲君子和好衆妾也。」齊説曰：「《關雎》有原，冀得賢妃，正八嬪。」韓説曰：「淑女奉順坤德，成其紀綱。」【疏】傳：「窈窕，幽閒也。淑，善；逑，匹也。言后妃有關雎之德，是幽閒貞專之善女，宜爲君子好匹。」箋：「怨耦曰仇。言后妃之德和諧，則幽閒處深宫貞專之善女，能爲君子和好衆妾之怨者。言皆化后妃之德，不嫉妬，謂三夫人以下。」○「窈窕，好貌」者，王逸《楚詞・九歌》注文，下引《詩》曰：「窈窕淑女。」王學《魯詩》，此魯説也。《廣雅・釋詁》：「窈窕，好也。」《方言》：「窕，美也。陳、楚、周南之閒曰窕。自

---

❶「茂」下，民國四年虛受堂刻《後漢書集解》（以下稱「《後漢書集解》」）有「盛」字。

關而西，秦、晉之閒，凡美色或謂之好，或謂之窕。美狀爲窕，美心爲窈。」以「美」釋「窈窕」，並與王説合。《釋文》引王肅云：「善心曰窈，善容曰窕。」與《方言》義同。析言之，則「窈」、「窕」義分；渾言之，但曰「好」也。「窈窕，貞專貌」者，《文選》顔延年《秋胡詩》李注引《薛君章句》文。《説文》：「窕，深遠也。」《釋言》「冥，幼」，孫炎本「幼」作「窈」，云：「冥，深暗之窈也。」《説文》又云：「窕，深肆極也。」《釋言》：「窕，閒也。」又：「肆也。」郭注：❶「輕窕者好放肆。」非也。「肆」與「肆極」同義。「肆極」者，狀其深遠之至。《淮南·兵略訓》「谿肆無景」，高注：「肆，極也。極谿之深，不見景也。」與《説文》「肆極」義合。惟貞專，故幽閒；惟幽閒，故穆然而深遠，意皆相承爲訓。薛釋「窈窕」爲「貞專貌」，主其根心之容而言，以應上文「雎鳩貞一」之恉，於義最長。匡衡云：「致其貞淑，不貳其操。」曰「貞」、曰「不貳」，即「貞專」之義，明齊、韓説同。《説文》：「淑，清湛也。」《廣雅·釋詁》：「淑，清也。」言女之容德，如水之湛然而清，亦深遠意也。○「魯『逑』作『仇』」者，《釋詁》：「仇，匹也。」《衆經音義》引李巡注：「仇，怨之匹也。怨耦曰仇。」郭注：「《詩》曰：『君子好仇。』」據此，魯作「仇」。「齊『逑』作『仇』」者，《匡衡傳》及《禮·緇衣》引作「仇」，乃齊作「仇」之驗。《後漢·張衡傳》、《邊讓傳》李注、《文選·景福殿賦》李注、嵇康《琴賦》注、嵇康《贈秀才入軍詩》注、白居易《六帖》十七引作「仇」，並用魯、齊《詩》。「言賢」至「妾也」者，《列女·湯妃有㜪傳》云：「《詩》曰：『窈窕淑女，君子好仇。』言賢女能爲君子和好衆妾也。」今本《列女傳》作「好逑」。案：既云「和好衆妾」，字當作「仇」，今本乃後人據《毛詩》妄改。謂衆妾有怨

---

❶「郭」，原作「鄭」，據宋監本《爾雅》、阮刻本《爾雅注疏》改。

者，淑女能和好之。此魯義也。《女曰鷄鳴》篇「知子之好之」，箋：「謂與己和好。」❶彼亦釋「好」爲「和」。《常棣》篇「妻子好合」，謂妻子和合也。《孟子》「凡我同盟，既盟之後，言歸於好」，謂言歸於和也。箋云「言后妃之德和諧，則幽閒處深宮貞專之善女，能爲君子和好衆妾之怨者，言皆化后妃之德，不嫉妒」，係用魯說改毛。孔疏：「此衆妾所以得有怨者，以其職卑德小，不能無怨，故淑女和好之。見后妃和諧，能化羣下，雖有小怨，和好從化，亦所以明后妃之德也。」「關雎」至「八嬪」，《御覽·皇親部》引《詩推度災》文。宋均注：「八嬪正於內，則可以化四方矣。」「《關雎》有原」者，夫婦爲王化之原，惟《關雎》詩義有之，故宋云「可以化四方」也。八嬪，陳喬樅云：「古者天子、諸侯一娶九女，一爲適妻，餘皆爲嬪。《孟子》引《詩》『刑於寡妻』，趙岐注：『言文王正己適妻，則八妾從。』八妾，即此所謂『八嬪』也。」愚案：《詩緯》用齊說，趙注用魯說，義正相通。「冀得賢妃，正八嬪」，與「求淑女，和好衆妾」合。經言「好」，緯言「正」者，和好之，俾各消釋怨妒，以禮制情，是即所以正之，其義相成也。「淑女」至「紀綱」，《文選》顏延年《宋元皇后哀策》李注引《韓詩》文。言此淑女能奉順后妃之坤德，紀綱衆妾，和好怨者，義與魯、齊同。此云「成其紀綱」，《匡衡傳》言「綱紀之首」，語亦同也。《易林·履之頤》：「雎鳩淑女，聖賢配耦。宜家受福，吉善長久。」《姤之无妄》：「《關雎》淑女，賢妃聖耦。宜家壽母，福禄長久。」《小畜之小過》：「《關雎》淑女，配我君子。少姜在門，君子嘉喜。」皆以淑女爲即聖配，不分「后妃」、「淑女」爲二人。「少姜在門」，未達其義。

---

❶「和」，明世德堂本《毛詩》、阮刻本《毛詩正義》及本書卷五《女曰鷄鳴》並作「同」。

參差荇菜，【注】三家「參」作「槮」，「荇」作「⿱艹洐」。左右流之。【注】魯説曰：「左右，勴也。流，擇也。」窈窕淑女，寤寐求之。【注】韓説曰：「寐，息也。」【疏】傳：「荇，接余也。流，求也。后妃有關雎之德，乃能共荇菜，備庶物，以事宗廟也。寤，覺；寐，寢也。」箋：「左右，助也。言后妃將共荇菜之菹，必有助而求之者。言三夫人、九嬪以下，皆樂后妃之事。后妃覺寐，則常求此賢女，欲與之共己職也。」〇孔疏：「言此參差然不齊之荇菜。」參，借字。「三家『參』作『槮』，『荇』作『⿱艹洐』」者，《説文》：「槮，木長貌。《詩》曰：『槮差⿱艹洐菜。』」《文選·長笛賦》「森槮柞樸」，注：「森槮，木長貌。」《西京賦》「橚爽櫹槮」，注：「皆草木盛貌也。」《説文》「差」下云：「貳也，差不相值也。從左，從𠂹。」《廣雅·釋詁》：「差，次也。」槮差，謂如木有長者，有次者，槮差然不齊一也。荇，俗字。《説文》「莕」下云：「菨餘也。」「⿱艹洐」下云：「莕，或從洐，同。」盧文弨云：「今本《説文》『⿱艹洐』誤脱水旁，《五經文字》不誤，云：『莕、⿱艹洐二同。』《爾雅》釋文亦云：『莕，《説文》作「⿱艹洐」。』當據以訂正。」毛作「參」、「荇」，知許引三家文也。《釋草》：「莕，接余。」《説文》「菨餘」，同音借字。孔疏引陸璣云：「接余，白莖，葉紫赤色，正圓，徑寸餘，浮在水上。根在水底，與水深淺。莖大如釵股，❶上青下白，鬻其白莖，以苦酒浸之爲菹，❷脆美可案酒。」李時珍云：「葉徑一二寸，有一缺，而形圓如馬蹄者，蓴也。葉似蓴而稍鋭長者，荇也。」《爾雅翼》：「陂澤多有，今人猶止謂之荇菜，非難識也。葉亦卷，漸開，雖圓而稍羡，不若蓴之極圓

---

❶「莖」，阮刻本《毛詩正義》作「等」，當據改，屬上讀。

❷「爲菹」，阮刻本《毛詩正義》無此二字。

也。花則出水，黃色，六出。今宛陵陂湖中彌覆頃畝，日出照之如金，俗名『金蓮子』，狀亦似蓴，猪亦好食，民以小舟載取之，以飼猪，又可糞田，或因是得『猪蓴』之名。」○「左右，勴也」者，《釋詁》文。邢疏引《詩》「左右流之」。《說文》：「勴，助也。」「勴」即「勴」字之渻。箋「左右，助也」，與《雅》訓合。《釋文》：「上音佐，下音佑。」讀與毛異，明用魯義。「流，擇也」者，《釋詁》文。郭注、邢疏引同。《釋言》：「流，求也。」郭亦引《詩》爲證。陳氏奐云：「三家《詩》或用《釋詁》文，訓『流』爲『擇』。」愚案：《爾雅》本之周公，亦兼有衆家附益。毛取「流，求」釋經，「流，擇」固是魯義。於參差不齊中，而擇其長成佳美者，是「擇」與「求」義亦相近。左右擇之，猶言「黽勉求之」。睢鳩、荇菜，並即所見起興。○「寐，息也」者，慧琳《音義》十四引《韓詩》文。《說文》「寤」下云：「寐覺而有信曰寤。」「寐」下云：「臥也。」顧震福云：「毛傳：『寐，寢也。』《廣韻》：『寐，寢也，息也。』蓋兼采毛、韓二說。《論語・公冶長》鄭注：『寢，臥息也。』《文選・永明九年策秀才文》李注：『寢，猶息也。』足證毛、韓義同。」愚案：寤寐，猶言「不寐」，謂求此淑女，至於不寐也。《柏舟》「耿耿不寐」，《易林》作「耿耿寤寐」可證。鄭箋釋爲「覺寐」，「覺寐」即「不寐」矣。《後漢・應奉傳》：「奉上書：『母后之重，興廢所因。宜思《關雎》之所求，遠五禁之所忌。』」據注，奉爲《韓詩》學，「五禁」用《外傳》文，「《關雎》所求」用《韓詩》「寤寐求之」文。

求之不得，寤寐思服。【注】魯說曰：「服，事也。」【疏】傳：「服，思之也。」箋：「服，事也。求賢女而不得，覺寐則思己職事，當誰與共之乎。」○「服，事也」者，《釋詁》文。郭注：「見《詩》。」邢疏：「『服』者，《周南・關雎》云：『寤寐思服。』」此魯義也。「思服」者，思得此賢妃以和衆妾之事。箋用魯義易毛，仍說爲后妃求淑女，故云「思共己職事」，以曲成毛義也。桓寬《鹽鐵論・執務》篇：「《詩》云：『求之不得，寤寐思服。』有求如《關雎》，好德如《河廣》，何不濟不得之有？」言其求誠也。桓學《齊詩》，此齊說。悠哉悠哉，輾轉反側。【注】三家「輾」作「展」。韓說曰：「展轉，反側也。」魯說曰：「展轉，不寐貌。」【疏】傳：「悠，思也。」箋：「思之哉，思之哉，言己誠思之。卧而不周曰輾。」○《說文》：「悠，憂也。」不得淑女，以爲己憂。悠哉悠哉，猶「悠悠」也，二「哉」字增文以成句。《楚詞・初放》「悠悠蒼天兮」，王注：「悠悠，憂貌。」與《說文》義合。重言之，見其憂之長也。「三家『輾』作『展』」者，《釋文》：「輾，本亦作『展』。呂忱從車、展。」是「輾」字始見《字林》，知三家作「展」。《說文》：「驏，馬轉卧土中。」人轉卧謂之展，故馬轉卧即於展旁加馬謂之驏，益證字之不當爲「輾」也。「展轉，反側也」者，《廣雅・釋詁》文，即以本句互釋。《廣雅》兼有魯、韓義，此韓義也。《說文》：「展，轉也。」是「展」、「轉」義同。《禮・曲禮》鄭注：「側，反側也。」蓋分言之，則「反」訓「覆」、「側」訓「旁」。連言之，則「反」、「側」義亦同。故「展轉」訓「反側」，「反側」亦訓「展轉」。《何人斯》箋：「反側，展轉也。」與《廣雅》互證而義益顯。詩重言以申意，總謂不安之狀耳。孔子言「《關雎》哀而不傷」，即謂此也。「展轉，不寐貌」，《楚詞・九歎》王注文，引本詩蓋魯義。

參差荇菜，左右采之。窈窕淑女，琴瑟友之。【注】魯、韓說曰：「友，親也。」【疏】傳：「宜以琴瑟友樂之。」箋：「言后妃既得荇菜，必有助而采之者。同志爲友。言賢女之助后妃共荇菜，其情意乃與琴瑟之志同。共荇菜之時，樂必作。」○《說文》：「采，捋取也。」琴瑟，大祭祀及房中樂皆用之。箋云「共荇菜之時，樂必作」，是以琴瑟爲祭樂。疏引孫毓云：「若在祭時，則樂爲祭設，何言德盛？設女德不盛，豈祭無樂乎？又琴瑟樂神，何言友樂也？豈得以祭時之樂友樂淑女乎？以此知毛意思淑女未得，假設之詞也。」愚案：傳上云「后妃有關雎之德，乃能共荇菜，備庶物，以事宗廟」，下云「德盛者宜有鍾鼓之樂」，既明言「事宗廟」，又鍾鼓不能奏於房中，是毛意以爲祭樂。鄭申成之，孫駁箋袒傳，未爲公論。然樂爲淑女設，即不得是祭樂，孫說實有裨經指。如《韓詩》「鍾鼓」一作「鼓鍾」，知琴瑟與鍾皆房中所用，可無祭樂之疑。賴此孤證，袪毛傳數千年之惑，誠古經之幸矣。「友，親也」者，《廣雅・釋詁》文，魯、韓義也。《釋名・釋親屬》：「友堉，言相親友也。」孔疏：「思念此女，若來，則琴瑟友而樂之。思設樂以待之，親之至也。」又云：「言『友』者，親之如友。」與《廣雅》合。

參差荇菜，左右芼之。【注】魯說曰：「芼，搴也，取也。」齊說曰：「芼，草覆蔓。」韓「芼」作「覒」。

【疏】傳：「芼，擇也。」箋：「后妃既得荇菜，必有助而擇之者。」○「芼，搴也」者，《釋言》文。郭注：「謂拔取菜。」邢疏云：「孫炎曰：『皆擇菜也。』某氏曰：『搴，猶拔也。』郭云：『謂拔取菜。』以『搴』是『拔』之義。《關雎》云『左右芼之』，毛云『芼，擇』，亦謂拔菜而擇之也。」案：《釋言》是魯說，與毛異，孫溷爲一，邢遷就其說，非是。「拔」、「擇」自二義，不相通假。「芼，取也」者，《廣雅・釋詁》文。又云：「搴，取也。」是「搴」、「取」義同。並魯訓。「芼，草覆蔓」者，《說文》文，引《詩》曰：「左右芼之。」陳壽祺云：「《昏義》言婦人將嫁，『教於宗室，教成祭之，牲用魚，芼之以蘋藻』，即『覆』之義也。」愚案：以荇菜覆蔓於牲上以爲祭品，許說正本《昏義》，齊說也。「韓『芼』作『覒』」者，《玉篇・見部》引：「《詩》曰：『左右覒之。』覒，擇也。覒，亦本作『芼』。」顧野王時惟《韓詩》存，而引字作「覒」，與毛異。證以《玉篇》中它所引《詩》，知顧用《韓詩》也。《說文》：「覒，擇也。從見，毛聲。」毛訓「芼」爲「擇」，以「芼」爲「覒」借字。徐璈云：「《廣雅》：『覒，視也。』諦視而擇之。」其義相成。

窈窕淑女，鍾鼓樂之。【注】韓「鍾鼓」亦作「鼓鍾」。韓説曰：「后妃房中樂有鍾磬。」【疏】傳：「德盛者宜有鍾鼓之樂。」箋：「琴瑟在堂，鍾鼓在庭，言共荇菜之時，上下之樂皆作，盛其禮也。」○《説文》：「鍾，酒器也。從金，重聲。」「鐘，樂鐘也。秋分之音，物種成。從金，童聲。」今經典通作。「韓『鍾鼓』作『鼓鍾』」者，《外傳》五引《詩》曰：「鼓鍾樂之。」徐璈云：「鼓鍾，謂擊鍾也。故《靈臺》曰『於論鼓鍾』，又曰『鼉鼓逢逢』，蓋編鍾，《左傳》所謂『歌鍾』也。」「后妃房中樂有鍾磬」者，《隋書·樂志》引漢侯包《韓詩翼要》文。杜佑《通典》百四十七、陳暘《樂書》百十三引同。《隋書·經籍志》：「包著《韓詩翼要》十卷。包，一作『苞』。」云「房中樂有鍾磬」者，鍾磬，所以節樂，此證成《韓詩》「鼓鍾」之義。侯云然者，《磬師》「掌教擊磬、擊編鍾，教縵樂、燕樂之鍾磬」，鄭注：「磬亦編，於鍾言之者，鍾有不編，不編者鍾師擊之。縵樂，謂雜聲之和樂者也。燕樂，房中之樂，所謂陰聲也。二樂皆教其鍾磬。」據此，房中樂有鍾磬。詩上詠淑女，下言作樂，明是奏樂於房，故云「鼓鍾樂之」。言鍾，則有磬可知，此即《禮》文可明《詩》義也。《鍾師》云：「掌金奏。凡樂事，以鍾鼓奏《九夏》。凡祭祀饗食，奏燕樂。」鄭注：「以鍾鼓奏之。」賈疏：「饗食，謂與諸侯行饗食之禮。在廟，故與祭祀同樂。」據此，燕樂奏於房中，用鍾磬。奏於祭祀饗食，用鍾鼓。猶《磬師》「凡祭祀，奏縵樂」。既繫於磬師，知縵樂用鍾磬。《鍾師》「掌鼙鼓縵樂」，鄭注：「謂作縵樂，鼓鼙以和之。」既繫於鍾師，則縵樂用鼙，其義一也。《燕禮》云：「若與四方之賓燕，有房中之樂。」鄭注：「絃歌《周南》、《召南》之詩，而不用鍾磬之節也。」鄭知不用鍾磬者，以用之賓燕與諸侯饗食之禮同，必是以鍾鼓奏之，故言「不用鍾磬」，與《鍾師》

注義相發。賈疏乃謂「磬師教房中樂，待祭祀而用之，故有鍾磬。房中及燕則無鍾磬」，殊未明晰，自來亦無達鄭恉者。陳祥道《禮書》因謂「鄭氏注義岐出爲自惑」，誣鄭甚矣。《韓詩外傳》一：「古者天子左五鍾。將出，則撞黄鍾，而右五鍾皆應之。馬鳴中律，駕者有文，御者有數。立則磬折，拱則抱鼓，行步中規，折旋中矩。然後大師奏升車之樂，告出也。入則撞蕤賓，以治容貌。容貌得則顔色齊，顔色齊則肌膚安。蕤賓有聲，鵠震馬鳴，及倮介之蟲，無不延頸以聽。在内者皆玉色，在外者皆金聲。然後少師奏升堂之樂，即席告入也。此言音聲相和，物類相感，同聲相應之義也。《詩》曰：『鍾鼓樂之。』此之謂也。」韓此引又作「鍾鼓」，足證《詩》古本元不同。《韓傳》各據所見爲説。《磬師》疏云：「《鍾師》云『掌金奏』，又云『以鍾鼓奏《九夏》』，明是鍾不編十二辰，零鍾也，若《書傳》云『左五鍾，右五鍾』也。」所引《書傳》正與《外傳》合。《大司樂》「王出入，則令奏《王夏》」，疏云：「王出入，據大祭祀言。」案：《王夏》即《九夏》之一。既奏《王夏》，明當用鍾鼓，足證《外傳》言天子出入，亦主祭祀言也。大抵《外傳》雜采諸家，不專一義，解者惟擇所宜。侯作《翼要》，專主鍾磬之説，以《韓内傳》作「鼓鍾」，本義宜然也。孔子曰：「《關雎》樂而不淫。」云「樂」、云「不淫」，明指房中言。即此語推之，知聖人所見《詩》經必作「鼓鍾」，而「鍾鼓」乃後出誤本。毛傳「共荇菜，備庶物，以祭宗廟」，蓋所據本作「鍾鼓」，故以爲祭祀，不云房中之樂。此二説不可得兼，後人用《毛詩》「鍾鼓」之文，仍取韓説房中之義，斯爲謬矣。房中樂者，惟燕樂奏於房，故以「房中」名之，蓋今俗所云「細樂」。《鄉飲酒禮》「乃合樂《周南·關雎》、《葛覃》、《卷耳》，《召南·鵲巢》、《采蘩》、《采蘋》」，鄭注：「《周南》、《召南》，《國風》篇也，王后、國君夫人房中之樂歌也。」《燕禮》鄭注：「謂之『房中』者，后夫人之所諷誦，以事其君子。」《磬師》賈疏：「房中之樂，即《關雎》，二《南》也。謂之『房中』者，房中謂婦人。后妃以風喻君子之詩，故謂之房中之樂。」蓋周之後世，樂歌廣及二《南》，此房中後起之義，與詩本義無涉。

《關雎》五章，章四句。故言三章，一章章四句，二章章八句。【疏】《釋文》：「五章是鄭所分。『故言』以下是毛本意。後放此。」

葛覃【注】魯説曰：「《葛覃》恐其失時。」【疏】毛序：「后妃之本也。后妃在父母家，則志在於女功之事，躬儉節用，服澣濯之衣，尊敬師傅，則可以歸安父母，化天下以婦道也。」箋：「躬儉節用，由於師傅之教，而後言尊敬師傅者，欲見其性亦自然。可以歸安父母，言嫁而得意，猶不忘孝。」○「《葛覃》恐其失時」者，《古文苑》蔡邕《協和婚賦》云：「考遂初之原本，覽陰陽之綱紀。乾、坤和其剛柔，艮、兑感其脢腓。《葛覃》恐其失時，《摽梅》求其庶士。唯休和之盛代，男女得乎年齒。婚姻協而莫違，播欣欣之繁祉。」徐璈云：「賦意蓋以葛之長大而可爲絺綌，如女之及時而當歸於夫家。刈濩汙澣，且以見婦功之教成也，故與《摽梅》並稱。是亦士大夫婚姻之詩，與何休謂『歸寧，非諸侯夫人之禮』者義同。魯家之訓也。」愚案：徐説是也。蔡賦「恐失時」用首章詩意。次章已嫁，三章歸寧，正美其不失時。玩賦末四語，歸美意可見。文王化行國中，婚不違期，非獨士大夫爲然，此就本詩説之。《鄉飲酒》、《燕禮》鄭注：「《葛覃》，言后妃之職。」此推言房中樂歌義例。若用以説詩，則不可通，以澣衣、歸寧皆非后妃事也。

葛之覃兮，施于中谷，維葉萋萋。【注】韓「維」作「惟」。韓説曰：「惟，辭也。萋萋，盛也。」魯説曰：「萋萋，茂也。」【疏】傳：「興也。覃，延也。葛，所以爲絺綌，女功之事煩辱者。施，移也。中谷，谷中也。萋萋，茂盛貌。」箋：「葛者，婦人之所有事也。此因葛之性以興焉。興者，葛延蔓於谷中，喻女在父母之家，形體浸浸日長大也。葉萋萋然，喻其容色美盛也。」○《説文》：「葛，絺綌草也。」《釋言》「覃，延也」，❶郭注：「謂蔓延。」蔡賦作「葛蕈」，陳喬樅以爲三家文。案：《釋文》：「葛覃，本亦作『蕈』，徒南反。」是《毛詩》有作「蕈」者。《淮南·原道訓》高誘注：「潭，讀『葛覃』之『覃』。」又：「潯，讀『葛覃』之『覃』。」高用《魯詩》，而「覃」字不皆從艸。《禮·緇衣》釋文：「葛覃，本亦作『蕈』。」知《齊詩》亦不皆從艸。是「蕈」字乃衆家異文也。《説文》：「蕈，桑荋。」「覃，長味也。」引申之，凡延長者皆訓「覃」。「蕈」借字，「覃」正字。顔師古《匡謬正俗》云：「『施于中谷』與『施于條枚』，義兼訓『移』，音亦爲『貤』。言葛生於此，而蔓延漸移於彼也。」孔疏：「『中谷，谷中』，倒其言者，古人之語皆然，《詩》文多此類也。」又引王肅云：「葛生於此，蔓延於彼，猶女之當外成也。」孔駮之云：「案下句『黄鳥于飛』喻女當嫁，若此句亦喻外成，於文爲重，毛意必不然。」愚案：傳云「興也」，未嘗指定某句興某事。如鄭説黄鳥飛集灌木，興女有嫁於君子之道，則王喻外成爲重，然與毛意無涉，孔疏非也。葛生延蔓，猶在谷中，鄭説較勝。但黄鳥翔集和鳴，見雌雄情意之至，陽春融和，草木暢茂，時鳥音變，淑女有懷，天機所流，有觸斯感。魯説以爲恐婚姻之失時，義優於毛、鄭也。此從已嫁後追詠其

❶「言」，原作「詁」，據宋監本《爾雅》、阮刻本《爾雅注疏》改。

情事。「惟，辭也」者，《文選》楊雄《羽獵賦》、阮籍《詠懷詩》李注引薛君《韓詩章句》文。據此，《毛詩》「維」字，韓皆作「惟」，它篇並同，疏不復出。「萋萋，盛也」者，《文選》潘岳《藉田賦》李注引《章句》文。「萋萋，茂也」者，《廣雅·釋訓》文，魯説也。「茂」、「盛」義同，故毛云：「萋萋，茂盛貌。」黄鳥于飛，集于灌木，其鳴喈喈。【注】魯説曰：「倉庚，幽、冀謂之黄鳥。」魯「灌」亦作「樌」。【疏】傳：「黄鳥，搏黍也。灌木，藂木也。喈喈，和聲之遠聞也。」箋：「葛延蔓之時，則搏黍飛鳴，亦因以興焉。飛集藂木，興女有嫁于君子之道。和聲之遠聞，興女有才美之稱達於遠方。」○「倉庚，幽、冀謂之黄鳥」者，《吕覽·仲春紀》高注：「倉庚，《爾雅》曰：『商庚。黎黄，楚雀也。』秦人謂之黄離，齊人謂之搏黍，幽、冀謂之黄鳥。《詩》曰『黄鳥于飛，集于灌木』是也。」此魯説也。《方言》：「鸝黄，自關而西謂之鸝黄，或謂之黄鳥，或謂之楚雀。」楊亦用魯説。孔疏引陸璣云：「黄鳥，黄鸝留也。或謂之黄栗留。幽州人謂之黄鸎。一名倉庚，一名商庚，一名鵹黄，一名楚雀。齊人謂之搏黍。當葚熟時，來在桑閒，故里語曰：『黄栗留，看我麥黄葚熟。』亦是應節趨時之鳥也。」與楊、高説合。今楚人亦謂之黄鸎，不獨幽州爲然。《説文》「離」下云：「離黄，倉庚也。鳴則蠶生。」「⿰黎隹」下云：「⿰黎隹黄也。從隹，黎聲。一曰楚雀。其色黎黑而黄。」據此，正今之黄鶯。《七月》詩「春日載陽，有鳴倉庚」，鄭箋亦以倉庚鳴爲可蠶之候，與《説文》合。「驪」即「鸝」字，與「黎」、「離」、「鵹」、「鵹」同音通用。「離黄」之爲「黄離」，猶「螽斯」之爲「斯螽」。「離」、「栗」一聲之轉，「離」、「留」又雙聲，短呼爲「離」，長呼得「離留」二字也。《釋鳥》「倉庚，商庚」，郭注：「即鵹黄也。」又云「鵹黄，楚雀」，注：「即倉庚也。」又云「皇，黄鳥」，注：「俗呼黄離留，亦名搏黍。」案：「皇，黄鳥」郭注誤。《馬屬》黄白曰皇，此鳥名皇，知非鵹黄之鳥也。而段玉裁、焦循遂謂毛傳以摶黍釋黃鳥，不云即倉庚，是《詩》之倉庚爲黃鶯，而黃鳥爲今之黃雀。黃雀啄粟，故有「搏黍」之名。因改「摶」爲「搏」，以成其義。攷《釋文》「摶黍，徒端反」，不音「搏」。禽蟲隨地異名，不煩强釋。必謂啄粟，故名「搏黍」，然則螽斯名「舂黍」，亦能啄粟乎？黃鳥名「楚雀」，惟楚地有乎？竊謂「啄粟」之黃鳥、「交交」之黃鳥是黃雀，它詩皆黃鶯。郝懿行云：「其鳴聲和調而圓亮，故《葛覃》云：『其鳴喈喈。』其毛色陸離而鮮明，故《東山》云：『熠燿其羽。』其爲鳥柔易而近人，故《凱風》云：『睍睆黃鳥。』其頸端有細毛雜色，故《小雅》云：『綿蠻黃鳥。』《文選》注引《薛君章句》云：『綿蠻，文貌也。』」其說是矣。于，詞也。于飛，猶「聿飛」，説詳《桃夭》。「魯『灌』亦作『樌』」者，《釋木》「灌木，叢木」，郭注：「《詩》曰：『集于灌木。』」陳喬樅云：「《爾雅》釋文：『樌木，字又作「灌」。』下文『木叢生爲樌』，《釋文》同。據陸所見《爾雅》本作『樌』，則注引《詩》當亦作『集於樌木』，郭用舊注《魯詩》之文，故字同作『樌』，與毛異。或本《爾雅》及《吕覽》高注作『灌木』者，是後人依《毛詩》改之。」愚案：《詩》釋文「灌木」下毛無「亦作」本，則作「樌」者，魯家異文也。《説文》：「喈，鳥鳴聲。」重言「喈喈」，鳴相和也。《玉篇·口部》「喈」下引：「《詩》云：『其鳴喈喈。』喈喈，和聲之遠聞也。」

葛之覃兮，施于中谷，維葉莫莫。【注】魯、韓説曰：「莫莫，茂也。」【疏】傳：「莫莫，成就之貌。」箋：「成就者，其可采用之時。」○「莫莫，茂也」者，《廣雅·釋訓》文。《説文》：「莫，日且冥也。從日在茻中。」詩重言「莫莫」，其義自衆草翳不見日引申而出，以狀葛葉延蔓廣遠。後人增水旁爲「漠漠」，詩家言「廣遠」義多承用之，自此詩始也。《詩·巧言》章、《禮·内則》注，《釋文》並云：「莫，又作『漠』。」是其證矣。是刈是濩，爲絺爲綌，服之無斁。【注】韓説曰：「刈，取也。濩，瀹也。」魯説曰：「是刈是鑊，鑊，煮之也。」韓説曰：「結曰絺，辟曰綌。」魯、齊「斁」作「射」。齊説曰：「射，厭也。言己願采葛，以爲君子之衣，令君子服之無厭，言不虛也。」【疏】傳：「濩，煮之也。精曰絺，麤曰綌。斁，厭也。古者王后織玄紞，公侯夫人紘綖，卿之内子大帶，大夫命婦成祭服，士妻朝服，庶士以下各衣其夫。」箋：「服，整也。女在父母之家，未知將來所適，故習之以絺綌煩辱之事，乃能整治之無厭倦，是其性貞專。」○「刈，取也」者，《詩》釋文文：「是艾，本亦作『刈』，魚廢反。《韓詩》云：『刈，取也。』」據此，毛作「艾」，韓作「刈」。孔疏本毛作「刈」，是所見本異。《爾雅》釋文：「是乂，本亦作『刈』。」是陸據《爾雅》本作「乂」。《説文》：「乂，芟草也。或從刀作『刈』。」今案：葛但言芟，其義不全，故韓申訓曰「取」也。「濩，瀹也」者，《釋文》「是濩」下云：「胡郭反，煑也。《韓詩》云：『濩，瀹也。』音羊灼反。」愚案：《説文》：「瀹，漬也。」服虔《通俗文》云：「以湯煮物曰瀹。」《既夕禮》「其實皆瀹」，注：「皆湛之湯。」李黼平云：「《説文》：『濩，雨流霤下貌。』則濩爲浸漬淋灕之狀，與『瀹』字意同，皆謂浸漬而煮之也。」「是刈是鑊，鑊，煮之也」者，《釋訓》文。陳喬樅云：「《爾雅》『是鑊』，《釋文》：『又作「濩」。』《毛詩》作『濩』，即『鑊』之叚借。《詩正義》引《爾雅》云云，又申之曰：『以煮之於鑊，故曰「鑊煮」，非訓「鑊」爲「煮」。』今本並改爲「濩」，誤。據此，知孔見《爾雅》本作『是鑊』。『鑊』字亦是《魯詩》文也。」郝懿行云：「《説文》：『鑊，鑴也。』『鑴，瓽也。』《淮南·説山訓》注：『無足曰鑊。』鼎、鑊皆煮器，惟有足、無足爲異。然則『刈』亦芟草之器，因名芟爲『刈』。且『刈』與『鑊』配，並是器名。故《齊語》『挾其鎗、刈、耨、鎛』，韋昭注：『刈，鎌也。』《方言》云：『刈，鉤。』《説文》『鉤』作『𠛎』，云：『鎌也。』」愚案：「刈」、「鑊」器名，而以爲用器之稱，此魯義實字虛用例也。○「爲」者，煮葛以爲衣。《説文》：「絺，細葛也。」「綌，粗葛也。」「結曰絺，辟曰綌」者，《玉篇・糸部》引《韓詩》文。❶顧震福云：「《説文》：『結，絺也。』❷『絺，結不解也。』《釋名》：『結，束也。』《柏舟》釋文：『辟，本又作「擘」。』《孟子・滕文公》篇『妻辟纑』，《高士傳》作『擘纑』。《喪大記》『絞一幅爲三，不辟』，正義：『古字假借，讀「辟」爲「擘」。』《詩》言績葛爲布，結束使密則精，擘分使疏則粗也。」《説文》：「斁，厭也。《詩》曰：『服之無斁。』」此引《毛詩》。「魯、齊『斁』作『射』」者，《釋詁》「射，厭也」，郭注：「《詩》曰：『服之無射。』」《楚詞・招魂》王注：「射，厭也。《詩》曰：『服之無射。』」是述魯文。《禮・緇衣》：「《葛覃》曰：『服之無射。』」是齊作「射」。「斁」、「射」字經典叚借通用。「射厭」至「虛也」，《緇衣》鄭注文。云「爲衣令君子服之」者，是以爲女適人後事，較箋云「在父母家，習絺綌煩辱之事」者，其義爲長。此齊説也。《易林・兑之謙》：「葛生衍蔓，絺綌爲願。」焦用《齊詩》，言「爲願」與注「言己願」同。云「無厭」者，見君子安其所服，恒德永好之意。「言不虛也」者，孔疏云：「君子實得其服而不虛也。」案：《詩》言絺綌之事，始於爲而終於服，見婦功之實有成，故彼文引以爲證。此「君子」，謂大夫。以魯説推之，仲春昏時，女子覩物有懷，未夏適人，親治絺綌爲君子服，見文王聖化隆洽，國中士女婚期無愆，此歌詠所由起。如傳、箋所云，當葛葉成就之時，女尚在父母家，過時不婚，非詩意也。

---

❶「糸」，原作「系」，據中華書局影印羅振玉本《原本玉篇》改。

❷「絺」，清同治十二年陳昌治刻《説文解字》（以下稱「陳刻《説文》」）、經韻樓本《説文解字注》（以下稱「《説文注》」）並作「締」。下「絺」字同。

言告師氏，言告言歸。【注】魯説曰：「婦人所以有師者何？學事人之道也。」【疏】傳：「言，我也。師，女師也。古者女師教以婦德、婦言、婦容、婦功。祖廟未毀，教于公宮三月。祖廟既毀，教于宗室。婦人謂嫁曰歸。」箋：「我告師氏者，我見教告于女師也。教告我以適人之道。重言『我』者，尊重師教也。公宮、宗室，於族人皆爲貴。」○《釋詁》：「言，我也。」此女自我也。詩云我告師氏矣，我告者何？我歸耳。歸，即末章「歸寧」之「歸」。毛傳「婦人謂嫁曰歸」，今知非者，上章詠適人後事，此不當復言嫁也。「婦人」至「道也」，班固《白虎通・嫁娶》篇文，下引此詩二句爲證。云「婦人有師」者，《説文》：「娿，女師也。從女，加聲。杜林説：『加教於女也。』讀若阿。」「娒，女師也。從女，每聲。讀若母。」案：「娒」與「姆」同，亦作「母」。《史記・倉公傳》作「阿母」，蓋轉寫失真，音存字變，即此「師氏」矣。云「學事人之道也」者，《昏義》孔疏云：❶「《昏禮》『姆纚笄綃衣，在其右』，鄭注：『姆，婦人五十無子，出而不復嫁，能以婦道教人者。』鄭知女師之姆必是無子而出者，以女已出嫁，母尚隨之。《公羊・襄三十年傳》曰：『宋災，伯姬存焉。傅至，母未至，逮火而死。』若非出而不嫁，何以得隨女在夫家？母既如此，傅亦宜然。」孔疏又云：「《南山》鄭箋：『文姜與姪娣及傅姆同處，襄公不宜往雙之。』則傅亦婦人也。何休云：『選老大夫爲傅，大夫妻爲母。』禮重男女之別，大夫不宜教女子，大夫之妻當從夫氏，不當隨女而適人，事無所出，其言非也。」愚案：孔據《昏禮》、《公

❶「昏義孔疏」，疑有誤，其下引文係孔穎達《毛詩正義》，而不見於阮刻《禮記正義・昏義》。下一「孔疏」同。

羊傳》知姆當隨女往夫家,《説文》釋「姆」爲「女師」,是姆、女師非有二義。陳氏奐謂:「女師與傅姆異,女師在公宫、宗室,不隨行,傅姆隨女同行。」臆爲區别,以證成毛傳「在父母家」之義,其説非是。《内則》「大夫以上立師、慈、保三母」,亦證此爲大夫家婚姻之詩矣。薄汙我私,薄澣我衣。害澣害否,【疏】傳:「汙,煩也。私,燕服也。婦人有副褘盛飾,以朝事舅姑,接見于宗廟,進見于君子,其餘則私也。害,何也。私服宜澣,公服宜否。」箋:「煩,煩撋之,用功深。澣,謂濯之耳。衣,謂褘衣以下至褖衣。我之衣服,今者何所當見澣乎?何所當否乎?言常自潔清,以事君子。」○《後漢·李固傳》「薄言震之」,李注引《韓詩》曰:「薄,辭也。」全《詩》義同。《説文》:「汙,薉也。」《衆經音義》引《字林》:「穢也。」《釋名》:「洿也。」私,近身衣。凡親褻者皆謂之私。近身衣爲私衣,猶言「褻服」矣。「私」與「衣」不分二事,「我私」、「我衣」對文以見義,省字以成句。上言「我衣」,❶則知上「我私」爲私衣,猶《大田》篇「雨我公田,遂及我私」,上言「公田」,則知下「我私」爲私田也。《説文》:「澣,❷濯衣垢也。」二句相屬爲文,言我之私衣既薄汙矣,則薄澣之。「害」、「曷」雙聲,古借「害」爲「曷」,故「害」易訓「何」。此衣服中又有未汙而不必澣者,故云:「何者當澣乎?何者當否乎?」心口相商之詞也。歸寧父母。【注】魯説曰:「自大夫妻,雖無事,歲一歸寧。」【疏】傳:「寧,安也。父母在,則有時歸寧耳。」○《釋詁》:「寧,安也。」《説文》:「寧,願詞也。」「寍,安也。」今訓「安」之

❶「上」,疑當作「下」。

❷「澣」,陈刻《説文》、《説文注》作「𤅊」。

「寍」，《詩》通作「寧」。「自大夫妻，雖無事，歲一歸寧」者，《公羊·莊二十七年傳》何休《解詁》云：「諸侯夫人尊重，既嫁，非有大故不得反。惟自大夫妻，雖無事，歲一歸寧。」徐彦疏：「自，從也。言從大夫妻以下，即《詩》云『歸寧父母』是也。《詩》是后妃之事，而云『大夫妻』者，何不信毛敘故也。」案：古天子、諸侯夫人皆不歸寧，《穀梁》以婦人既嫁踰竟爲非禮，《傳》凡八見。《春秋經·莊二十七年》：「冬，杞伯姬來。」《左傳》：「凡諸侯之女歸寧曰來，出曰來歸。」《公羊傳》：「直來曰來，大歸曰來歸。」二《傳》解經意同，非謂有當於禮。蓋春秋以降，多違禮自恣，若魯文姜、杞伯姬皆是。《泉水》、《載馳》皆以父母既没，義不得往，則知因父母存而歸寧者必多。然如《國策》趙左師觸讋對太后云：「媪之送燕后，祭祀必祝之曰：『必勿使反。』」時至戰國，猶知此義。在西周之初，自無后妃歸寧之事。毛説疑與禮不合，惟大夫妻有歸宗之道，見《禮·喪服傳》。又《鄭志》答趙商曰：「婦人有歸宗，謂目其家之爲宗者。大夫稱家。」與《解詁》合。詳詩恉，以魯爲長。《説文》：「晏，安也。《詩》曰：『以晏父母。』」段玉裁云：「引三家《詩》。」愚案：此或齊、韓文。

《葛覃》三章，章六句。

卷耳【注】魯説曰：「思古君子官賢人，置之列位也。」【疏】毛序：「后妃之志也。又當輔佐君子求賢審官，知臣下之勤勞，内有進賢之志，而無險詖私謁之心，朝夕思念，至於憂勤也。」箋：「謁，請也。」○「思古」至「位也」，《淮南·俶真訓》云：「《詩》云：『采采卷耳，不盈頃筐。嗟我懷人，寘彼周行。』以言慕遠世也。」高注：「《詩·周南·卷耳》篇也。言采易得之菜，不滿易盈之器，以言君子爲國，執心不精，不能以成其道，猶采易得之菜，不能滿易盈之器也。『嗟我懷人，寘彼周行』，言我思古君子官賢人，置之列位也，誠古之賢人，各得其行列，故曰『慕遠』也。」此魯説。《左・襄十五年傳》：「君子謂楚於是能官人。官人，國之急也。能官人，則民無覦心。《詩》云：『嗟我懷人，寘彼周行。』能官人也。王及公、侯、伯、子、男，甸、采、衛大夫，各居其列，所謂『周行』也。」杜注：「周，偏也。詩人嗟歎，言我思得賢人，置之偏於列位。」《左氏》引《詩》固多斷章取義，此説「周行」與魯合，是《詩》本義如此。參證《荀子・解蔽篇》，引見下。此詩爲慕古懷賢，欲得偏置列位，思念深長。諸家無異説。《藝文類聚》三十引束皙云：「詠《卷耳》則忠臣喜。」《唐書・劉墝傳》同。蓋人君志在得人，是以賢才畢集，樂爲效用，而國勢昌隆也。《鄉飲酒》、《燕禮》鄭注：「《卷耳》，言后妃之志。」亦後來樂歌義例，無關詩恉。

采采卷耳，不盈頃筐。【注】魯「卷」亦作「菤」。韓説曰：「頃筐，欹筐也。」【疏】傳：「憂者之興也。采采，事采之也。卷耳，苓耳。頃筐，畚屬，易盈之器也。」箋：「器之易盈而不盈者，志在輔佐君子，憂思深也。」○《芣苢》薛君説云：「采采而不已。」此「采采」詩義當同。采而又采，是「不已」也。《釋草》「菤耳，苓耳」，《釋文》：「菤，謝作『卷』」，《詩》『卷耳』是也。」《本草》作「枲耳」，云：「一名胡枲，一名地葵，一名葹，一名常思。」陶注云：「一名羊負來，昔中國無此物，言從外國逐羊毛中來也。」《廣雅》云：「苓耳、蒼耳、葹、常枲、胡枲之類耳。」案：《爾雅》「菤」字，魯家異文。《説文》：「蓩，卷耳也。」「苓，卷耳也。」是卷耳有二。《玉篇》以「蓩」爲「毒艸。」《楚詞・九思》「枲耳兮充耳」，王注：「枲耳，恶草也。」此「枲耳」當即是

「蓩」。《説文》之「苓」，則《詩》所謂「卷耳」。蓋名、狀俱同，毒、不毒有別。孔疏引陸璣云：「葉青白色，似胡荽，白華，細莖，蔓生，可煮爲茹，滑而少味。四月中生子，如婦人耳中璫，今或謂之耳璫，幽州人謂之爵耳是也。」案：《列子》釋文引《蒼頡篇》云：「葈耳，一名蒼耳。」《埤雅》引《荆楚記》同。陳啟源、桂馥皆以爲即今藥中蒼耳子是也。箋「器之易盈而不盈者」，「憂思深也」，即用《荀子》引《詩》意。見下。《御覽》九百九十八引《毛詩·卷耳》曰：「采采卷耳，不盈傾筐。」《易林·鼎之乾》：「傾筐卷耳，憂不能傷。」《易林》用《齊詩》，是齊、毛俱有異文作「傾」。《説文》：「頃，頭不正也。」「傾，仄也。」字當以「傾」爲正。「頃筐，欹筐也」者，《詩》釋文引《韓詩》文。《説文》：「欹，持去也。」無「傾側」義。《玉篇》「欹」下云：「今作不正之『攱』。」「攱」下云：「傾低不正。亦作『欹』。」是「欹」爲「攱」之借字。《説文》：「箸，飯敧也。」段玉裁云：「當作『飯攱』，箸必傾側用之，故曰『飯攱』。宗廟宥坐之敧器，古亦當爲『攱器』。」愚案：《説文》：「攱，攱𨻶也。」「攱𨻶」與「崎嶇」音義同，傾側不正之意也。《宫正》「奇衺之民」，注：「奇衺，譎觚非常。」是「奇衺」猶「敧邪」。言傾側不正者，當以「奇」爲正字，「攱」字尚屬後起，俗書緣「奇」誤「敧」，遂以「敧」代「攱」，「敧」行而「奇」義遂別，即「攱」義亦隱矣。頃筐後高前低，其爲製傾低不正，故韓以「敧筐」釋之。傾則前淺，故易盈也。

嗟我懷人，寘彼周行。【注】魯、韓説曰：「周，徧也。」【疏】傳：「懷，思；寘，置；行，列也。思君子官賢人，置周之列位。」箋：「周之列位，謂朝廷臣也。」〇嗟，歎息之詞。我者，文王自我。懷，思也。人，謂古君子。《説文》：「窴，實也。」無「寘」字，《新附》有之，云：「置也。」《廣雅·釋詁》：「寘，塞也。」「寘」當爲「窴」之誤字。《東山》篇釋文「寘」作「窴」，「大千反，從穴下真。」不誤。彼，彼賢人。

「周，徧也」者，《廣雅・釋詁》文，杜注本之。《釋文》：「行，列位也。」嗟我思古君子，欲得寘彼賢人徧於行列，❶故《淮南》云「慕遠世」，猶《緑衣》篇「我思古人」意。《荀子・解蔽篇》：「《詩》云：『采采卷耳，不盈頃筐。嗟我懷人，寘彼周行。』頃筐易滿也，卷耳易得也，然而不可以貳周行。故曰：心枝則無知，傾則不精，貳則疑惑。」楊注：「采易得之物，實易滿之器，以懷人寘周行之心貳之，則不能滿。況乎難得之正道，而可以他術貳之乎？」案：楊以「懷人寘周行」五字連文，説與諸家同。荀此引與《淮南》高注意微異，荀云因懷人寘周行，故采卷耳不盈頃筐，賦也；高云采易得之卷耳，不滿易盈之頃筐，以見執心不精，不能成道，故君子爲國，宜憂勞求賢，興也。説《詩》不同，大義則一。

陟彼崔嵬，我馬虺隤。【注】三家「虺」作「瘣」，「隤」作「頹」。【疏】傳：「陟，升也。崔嵬，土山之戴石者。虺隤，病也。」箋：「我，我使臣也。臣以兵役之事行出，離其列位，身勤勞於山險，而馬又病，君子宜知其然。」〇此下三章言遠行求賢之事。《説文》：「陟，登也。」「崔，大高也。」「嵬，高而不平也。」《釋山》：「石戴土謂之崔嵬。土戴石爲砠。」案：如許訓，「崔嵬」是高而不平，明石在土上，則土戴石爲崔嵬，《雅》訓誤也。《釋名》：「崔嵬，土山之戴石者。石山戴土曰砠。」毛傳同，並與《爾雅》相反。馬瑞辰云：「《説文》：『兀，高而上平也。』『屼，石山戴土也。』高而上平者爲石山戴土，則知高而不平者爲土山戴石矣。」此説是也。《釋詁》：「虺隤，病也。」《釋文》引孫炎云：「馬退不能升之病也。」「三家『虺』作『瘣』，『隤』作『頹』」者，《釋文》

❶ 「寘」，疑當作「窴」。本篇下同。

引：「《説文》『虺』作『痕』，『隤』作『頽』。」據此，《説文》引《詩》「我馬痕頽」，今本無之，明轉寫遺奪。郝懿行云：「『痕』字誤，《説文》作『瘣』，云：『病也。』《詩》、《爾雅》『虺』字俱『瘣』之假借。」愚案：郝説是也，《易林·賁之小過》正作「玄黃瘣隤」。《釋詁》釋文出「痕」字，云：「呼回反。《字林》云：『病也。』」今經注無此字，蓋「痕」即「瘣」之篆文誤字，陸氏忽不加察耳。《説文》：「虺，以注鳴。」無「病」義。「瘣」正字，「虺」借字。《説文》：「隤，下隊也。」「穨，禿貌。」「頽」即「穨」之隸變。「頽」、「隤」通用字。蔡邕《述行賦》：「我馬虺頽以玄黃。」王逸《楚詞·九思·逢尤》篇：「車軏折兮馬虺頽。」蔡、王並述《魯詩》，明魯作「虺頽」。《易林》三作「虺隤」，一作「瘣隤」，是「瘣」爲《齊詩》異文，「隤」字又與《説文》不合，然則作「瘣頽」者，《韓詩》也。**我姑酌彼金罍，維以不永懷。**【注】三家「姑」作「夃」。韓説曰：「金罍，大器也。天子以玉，諸侯、大夫皆以金，士以梓。」【疏】傳：「姑，且也。人君黃金罍。永，長也。」箋：「我，我君也。臣出使，功成而反，君且當設饗燕之禮，與之飲酒以勞之，我則以是不復長憂思也。言且者，君賞功臣，或多於此。」○「三家『姑』作『夃』」者，《説文》：「秦人市賈多得爲夃。❶從乃，從夂，益至也。《詩》曰：『我夃酌彼金罍。』」《玉篇》「夃」下亦有此文，又引《論語》曰：「求善價而沽諸。」是「夃」即「沽」正字。《説文》：「沽，水。出漁陽塞外，東入海。」後人借爲市買之字，「沽」行而「夃」廢。此詩作「姑」，又「沽」之借字。凡從古得聲之字，音義多相通借。《既夕禮》注：「古文『沽』作『古』。」《士虞禮》注：「古文『苦』爲『枯』。」《鄉射禮》注釋文：「枯，字又作『楛』。」《釋詁》釋

❶「賈」，陳刻《説文》、《説文注》並作「買」，當據改。

文：「詁，本作『故』。」《荀子・勸學篇》注：「楛，讀爲『沽』。」《彊國篇》注：「楛，讀爲『盬』。」《鹽人》、《典婦功》注皆「苦」讀爲「盬」，是其例也。詩字作「姑」，義仍爲「沽」。毛傳「姑，且也」，以「姑」爲語詞，望文生訓，失古義矣。文王遠行求賢，酒或不給，取之於夃，情事宜然。《伐木》篇「無酒酤我」，箋、疏皆以爲「市買」，與此義同。《説文》：「酌，盛酒行觴也。」彼，亦彼賢人。求而得之，則設饗燕之禮，與之飲酒也。「金罍」至「以梓」，許慎《五經異義》六言罍制引《韓詩》文。云「大器也」者，孔疏引作「大夫器」。案：「夫」字衍，下既云「諸侯、大夫皆以金」，此不得云「大夫器」。《司尊彝》疏引無「夫」字，是也。《毛詩》説言「大一碩」，孔疏引阮諶《禮圖》亦云「大一斛」，故韓言「大器也」。云「天子以玉」者，《詩》釋文引作「天子以玉飾」，孔疏云：「經無明文。」案：《明堂位》「爵，夏后氏以琖，殷以斝，周以爵」，孔疏：「琖，夏爵名，以玉飾之。故前云『爵用玉琖仍雕』也。」《説文》：「斝，玉爵也。」《左・昭七年傳》「賂以斝耳」，杜注：「斝耳，玉爵。」《明堂位》疏又云：「《太宰》『贊玉几、玉爵』。然則周爵或以玉爲之，或飾之以玉。」據此，夏、殷、周爵皆用玉，是「天子以玉」也，孔偶有不照耳。云「諸侯、大夫皆以金」者，《釋文》作「諸侯、大夫皆以黄金飾」。《異義》又云：「《毛詩》説：『金罍，酒器也，諸臣之所酢。人君以黄金飾，尊大一碩，金飾龜目，蓋刻爲雲雷之象。』」是《毛詩》以金飾罍，與韓同。惟毛言「人君」，統天子、諸侯言之，韓以諸侯、大夫言，唯是爲異。疏云：「『人君黄金罍』，謂天子也。《周南》，王者之風，故皆以天子之事言。」愚案：《周南》之詩，是文王未稱王時作，無嫌於金罍爲諸侯之制。毛傳統言「人君」，所以成其曲説，不若韓之得實也。云「士以梓」者，《釋文》同。孔疏：「《司尊彝》注：『罍，亦刻而畫之，爲山雲之形。』言『刻畫』，則用木矣，故《禮圖》依制度云『刻木爲之』。韓説言『士以梓』，士無飾，言其木體，則以上同用梓而加飾耳。」疏又云：「謂之罍者，取象雲雷博施，如人君下及諸臣。」《説文》「櫑」下云：「龜目酒尊，刻木作雲雷，象施不窮也。從木，雷聲。」「罍」下云：「櫑或從缶。」「𤅲」下云：「櫑或從皿。」「𤅲」下云：「籀文櫑。」《文選》班固《東都賦》「列金靁」，「靁」借字，固用《齊詩》，蓋齊作「靁」。《漢書·文三王傳》「梁孝王有𤅲尊」，顔注引應劭曰：「《詩》云：『酌彼金𤅲。』𤅲，畫雲雷之象，以金飾之也。」劭蓋用《魯詩》説。又引鄭氏曰：「上蓋刻爲雲雷之象。」顔疑刻、畫不同，故兩引之。案：據《毛詩》説、《司尊彝》注皆「刻」、「畫」並舉，非有異義。陳喬樅云：「《食貨志》注引鄭氏稱《詩·蔈有梅》作『蔈』，與魯、韓、毛文異，知此據《齊詩》也。」《説文》：「永，長也。」言如此，則我不至以賢之不見，長久懷思，冀望之詞也。蓋文王當日以官人爲急，慮巖棲谷隱之賢伏而不出，不憚跋涉勞瘁，躬親訪求，故有崔嵬、高岡、馬病、僕痡之事。獵呂尚於磻溪，舉顛、夭於山林，皆其明證。故知不通三家，未可言《詩》也。

陟彼高岡，我馬玄黃。【注】韓説曰：「峛崺曰岡。峛崺者，即《爾雅》所説山脊也。」魯説曰：「玄黃，病也。」我姑酌彼兕觥，維以不永傷。【注】韓説曰：「一升曰爵。爵，盡也，足也。二升曰觚。觚，寡也。飲當寡少。三升曰觶。觶，適也。飲當自適也。四升曰角。角，觸也。不能自適，觸罪過也。五升曰散。散，訕也。飲不自節，爲人謗訕。總名曰爵，其實曰觴。觴者，餉也。觥亦五升，所以罰不敬。觥，廓也，所以著明之貌。君子有過，廓然著明，非所以餉，不得名觴。」魯説曰：「傷，思也。」【疏】傳：「山脊曰岡。玄馬病則黄。兕觥，角爵也。傷，思也。」箋：「此章爲意不盡，申殷勤也。觥，罰爵也。饗燕所以有之者，禮，自立司正之後，旅醻必有醉而失禮者，罰之，亦所以爲樂。」○「峛崺」至「脊也」，《玉篇·山部》引《韓詩》

文，《説文》同，倶本《爾雅》「山脊，岡」爲訓。邢疏引孫炎曰：「長山之脊也。必言『長』者，膂脊骨長。」顧震福云：「孫説是也。《孔叢子》云：『登彼邱陵，峛崺其阪。』《法言》云：『升東嶽而知衆山之峛崺也。』是『峛崺』爲卑小之邱。《玉篇》引《埤蒼》云：『峛崺，沙邱也。』慧琳《音義》七十八引《考聲》云：『峛崺，沙邱皃也，卑且長也，委曲相接也。』《廣韻》：『峛崺，沙邱狀。峛，音邐。』《集韻》：『峛崺，山卑長也。或作「邐迤」。』『邐迤』即『峛崺』之本字。《釋丘》『邐迤，沙邱』，❶郭注：❷『旁行連延。』《説文》：『邐，行邐邐也。』『迤，衺行也。』蓋沙土所積，横亘連延，卑於高大有石之山，謂之『邐迤』。或作『峛崺』，亦謂之『岡』，即邱陵也。詩人所陟之岡乃卑中之高者，故特曰『高岡』，非岡本高山之名也。《釋名》：『山脊曰岡。岡，亢也，在上之名也。』殊誤。」陳奐云：「『虺穨』疊韻，『玄黄』雙聲，皆合二字成義。『玄黄』之不可分釋，猶『虺穨』之不能分釋也。黄本馬之正色，黄而玄爲馬之病色。若以玄爲馬色，而黄爲馬病，則不通矣。」愚案：陳説是。「玄黄，病也」者，《釋詁》文，與毛異，此魯説。蔡邕《述行賦》：「我馬虺穨以玄黄。」《易林·乾之革》：「玄黄虺隤，行者勞罷。役夫憔悴，踰時不歸。」《師之臨》、《震之艮》同。《文選》曹子建《贈白馬王彪詩》：「修坂造雲日，我馬玄以黄。玄黄猶能進，我思鬱以紆。」蔡學魯，焦學齊，曹學韓，皆「玄黄」連讀，知毛義誤。此章「姑」字，以上章例之，三家亦當爲「夃」。○《説文》「𤉡」下云：「如野牛而青。象形，與禽、离頭同。」「兕」下云：「古文從几。」❸

❶「丘」，原作「地」，據宋監本《爾雅》、阮刻本《爾雅注疏》改。

❷「郭」，原作「鄭」，據宋監本《爾雅》、阮刻本《爾雅注疏》改。

❸「几」，《説文注》作「儿」。

「觵」下云：「兕牛角可以飲者，其狀觵觵，故謂之觵。」「觥」下云：「俗觵從光。」「一升」至「名觴」，孔疏引許慎《異義》引《韓詩》文。《士昏禮》疏引作《韓詩外傳》，《梓人》疏引作「今《韓詩》説」，云：「古《周禮》説亦與之同。」《特牲饋食禮》「篚在洗西，❶南順，實二爵、二觚、四觶、一角、一散」，鄭注引此又作「舊説云」。「一升曰爵」者，《禮器》、《士昏》注、《論語・雍也》篇集解、《燕禮》疏、《廣雅・釋器》同。《梓人》亦云：「爵一升。」云「爵，盡也」者，《禮器》疏引《異義》同。《曲禮》「長者舉未釂」，注：「盡爵曰釂。」「釂」與「醮」音義同，「醮」亦訓「盡」。《荀子・禮論篇》「利爵之不醮也」，注：「醮，盡也。」《左・隱元年傳》「未王命，故不書爵」，疏引服注云：「爵，醮也，所以醮盡其材也。」《白虎通・爵》篇：「爵者，盡也。各量其職，盡其才也。」《王制》「王者之制禄爵」，疏：「爵者，盡也。」爵本酒器，一升至少而易盡，故訓爲「盡」，引申爲「爵秩」之字，亦並取「盡」意。「爵，盡」，雙聲字爲訓也。云「足也」者，《禮器》疏引同。飲不可多，盡一升爲已足，故又云「足也」。《説文》：「𩰫，禮器也。象𩰫之形，❷中有鬯酒。又，持之也，所以飲。器象𩰫者，取其鳴節節足足也。」「爵」、「節」、「足」三字雙聲，故又訓「爵」爲「足」。云「二升曰觚」者，《禮器》注、《雍也》篇集解、《燕禮》疏、《廣雅・釋器》同。《梓人》「觚三升」，鄭注：「觚，當爲『觶』。」賈疏：「鄭《駁異義》云：『觶字角㫄支，汝、潁之間師讀所作。今《禮》角㫄單，古書或作角㫄氏。角㫄氏，則與「觚」字相近。學者多聞「觚」，寡聞「觝」，寫此書亂之而作

❶「篚」，原作「筐」，據阮刻本《儀禮注疏》改。
❷「𩰫」，陳刻《説文》作「爵」，《説文注》作「雀」。下一「𩰫」字同。

「觚」耳。』《禮器制度》云：『觚大一升，觶大三升。』是故鄭從二升觚，三升觶也。」案：《説文》：「觴受三升者謂之觚。」《雍也》篇馬注：「三升曰觚。」並緣《周禮》字誤。《燕禮》「坐取觚洗」，注：「古文皆爲『觶』。」又「公坐取賓所媵觶」作「觚」，足證古書二字多相亂。云「觚，寡也。飲當寡少」者，「觚」、「寡」雙聲字，《禮器》疏引《異義》同。云「三升曰觶」者，《士冠禮》、《禮器》注、《行葦》釋文、《廣雅·釋器》同。《説文》：「觶，鄉飲酒角也。《禮》曰：『一人洗，舉觶。』觶受四升。」許以觚爲三升，故云「觶受四升」，溷「觶」於「角」也。云「觶，適也。飲當自適也」者，《士冠禮》釋文引《字林》云：「觶，音至。」「至」、「適」雙聲字。云「四升曰角」者，《禮器》注、《廣雅·釋器》同。云「角，觸也。不能自適，觸罪過也」者，角所以觸，此緣文生訓也。《釋樂》釋文引劉歆云：「角，觸也。物觸地而出，戴芒角也。」《廣雅·釋言》亦云：「角，觸也。」禮戒多飲，故以「觸罪過」爲訓。云「五升曰散」者，《禮器》《大射儀》注、《廣雅·釋器》同。注並云：「散，方壺之酒也。」蓋此器如壺而方。云「散，訕也。飲不自節，爲人謗訕」者，「散」、「訕」同聲字爲訓。《淮南·精神訓》注：「散，雜亂貌。」《荀子·修身篇》注：「散，不拘檢者也。」多飲而散，則爲人所訕。此器受酒愈多，故以「散」爲名。韓又推其義釋之。云「總名曰爵」者，《禮器》疏引《異義》同。對文則異，散文即通。云「其實曰觴」者，《禮器》疏引同。《説文》：「觶實曰觴，虚曰觶。」據韓説，凡爵實酒而進之皆曰觴，不獨觶也。《大戴禮·曾子事父母》篇注亦云：「實之曰觴。」云「觴者，餉也」者，以飲食進人皆謂之餉。《説文》：「餉，饟也。」亦謂之饗，《吕覽·長攻》篇、《達鬱》篇注並云：「觴，饗也。」「餉」、「饗」同聲字。云「觵亦五升，所以罰不敬。觵，廓也，所以著明之貌。君子有過，廓然著明，非所以餉，不得名觴」者，《左·成十四年傳》孔疏引同。《異義》此下又云：「《毛詩》説：『觵大七升。』許慎謹案：觥罰有過，一飲而盡，七升爲過多。」明許主韓「五升」之説，不然毛義也。《釋文》引《韓詩》云：「容五升。」與《異義》引同。又讀《禮圖》云「容七升」，彼蓋據毛爲説，非也。《周禮・小胥》「觵其不敬者」，注：「觵，罰爵也。」《閭胥》「掌其比觵撻罰之事」，注：「觵撻者，失禮之罰也。」韓據《禮》爲説，故云「以罰不敬」。宋綿初云：「觥從光得聲，廓從郭得聲，『光』、『郭』一聲之轉。《説文》：『光，明也。』觥從光聲，亦即此義。《方言》：『張小使大謂之廓。』張大即著明之義。」愚案：君子有過，人皆見之，廓然著明，所以爲大。《説文》：「其狀觵觵然，故謂之觵。」言此器觵觵然大也。故《越語》韋注云：「觥，大也。」《後漢・郭憲傳》李注：「觥觥，剛直之貌。」移狀物之義以貌人，與韓説「君子有過，廓然著明」意正相發。此觥既是罰爵，非以餉人，乃受罰者自取飲而盡之。它爵實酒曰「觴」，觥雖實酒，不以進客，不得名「觴」也。此詩言酌賢人，亦用兕觥者，饗、燕之禮有兕觥，不必定是罰爵，特就國君所有爲言耳。《七月》篇：「朋酒斯饗，稱彼兕觥。」《左・昭元年傳》：「趙孟、叔孫豹、曹大夫入于鄭，鄭伯兼享之。趙孟爲客。穆叔、子皮及曹大夫興，拜，舉兕爵，飲酒樂。」是饗、燕皆用兕觥，非以爲罰。韓説乃制觥之初義，其後爲禮，亦得通用也。〇「傷，思也」者，《釋詁》文。郭注：「感思也。」邢疏：「傷者，《周南・卷耳》云：『維以不永傷。』」《説文》：「傷，創也。」「慯，㥑也。」「傷」是「慯」假借字。此言君子思賢，且與上文「永懷」一例，故不訓「傷」爲「㥑」，而訓爲「思」。它處無訓「傷」爲「思」者，足證此文諸家無異義。

陟彼砠矣，我馬瘏矣，我僕痡矣，云何吁矣。【注】齊、韓「砠」作「岨」。韓説曰：「云，辭也。」魯「吁」作「盱」。魯説曰：「盱，憂也。」【疏】傳：「石山戴土曰砠。瘏，病也。痡，亦病也。吁，憂也。」箋：「此章言臣既勤勞於外，僕、馬皆病，而今云何乎，其亦憂矣。深閔之辭。」○「齊、韓『砠』作『岨』」者，《説文》：「岨，石戴土也。《詩》曰：『陟彼岨矣。』」案：《爾雅》作「砠」，是《魯詩》同毛。其作「岨」者，齊、韓文。皮嘉祐云：「《釋名·釋山》：『石戴土曰岨。岨，臚然也。』成國作『岨』不作『砠』，本齊、韓義。」《説文》：「瘏，病也。《詩》曰：『我馬瘏矣。』」「痡，病也。《詩》曰：『我僕痡矣。』」《釋詁》：「痡、瘏，病也。」邢、孔疏並引孫炎曰：「痡，人疲不能行之病。瘏，馬疲不能進之病。」案：孫以「痡」爲「疲不能行」，此魯義也。蔡邕《述行賦》：「僕夫疲而劬勞兮，我馬虺頹以玄黄。」融會《詩》文，易「痡」爲「疲勞」，蔡用魯説，正與孫合。《易林》：「玄黄虺隤，行者勞罷。役夫憔悴，踰時不歸。」「勞罷」與「疲勞」義合，「役夫憔悴」又申言之。《賁之小過》：「踰時不歸，處子畏哀。」正釋末句意。「處子」無義，乃「君子」之誤。「云，辭也」者，《文選》傅咸詩注引《薛君章句》文。言此行云何？我之憂矣。鄭箋「而今云何」，正「云何」二文連讀，猶言「云如之何」。「魯『吁』作『盱』」者，《釋詁》「盱，憂也」，郭注：「《詩》曰：『云何盱矣。』」邢疏：「《卷耳》及《都人士》文也。」郭引與毛異，明據舊注《魯詩》文。《釋文》：「盱，本或作『忓』。」陳喬樅云：「訓『憂』當從心，『吁』、『盱』疑皆『忓』之假借。」愚案：《説文》：「盱，張目也。」《列子》釋文引作「仰目也」。「張目」、「仰目」，皆遠望意。不見賢人，憂思長望，故曰「盱，憂也」，意自貫注，非必借字。

《卷耳》四章，章四句。

樛木【疏】毛序：「后妃逮下也。言能逮下，而無嫉妬之心焉。」箋：「后妃能和諧衆妾，❶不嫉妬其

---

❶「和」，原脱，據明世德堂本《毛詩》、阮刻本《毛詩正義》補。

容貌，恒以善言逮下而安之。」○美文王得聖后，受多福也。《文選》潘安仁《寡婦賦》云：「伊女子之有行兮，爰奉嬪於高族。承慶雲之光覆兮，荷君子之惠渥。顧葛藟之蔓延兮，託微莖於樛木。」李注：「葛、藟，二草名也。言二草之託樛木，喻婦人之託夫家也。《詩》曰：『南有樛木，葛藟纍之。』」案：潘以女子之奉君子，如葛藟之託樛木，李引此詩爲釋，是古義相承如此，不以樛木喻后妃，葛藟喻衆妾也。且詩明以「樛木」、「君子」相對爲文，無「后妃逮下，不妒忌衆妾」意。《文選》班孟堅《幽通賦》「葛緜緜於樛木兮，詠南風以爲綏」，李注引曹大家曰：「《詩·周南國風》曰：『南有樛木，葛藟纍之。樂只君子，福履綏之。』此是安樂之象也。」潘、李所用《詩》義，不能明爲何家。大家用齊義，而説此詩，亦不及「后妃逮下」，知三家與毛義異。

南有樛木，葛藟纍之。【注】韓「樛」作「朻」。魯説曰：「藟，巨荒也。虆，緣也。」【疏】傳：「興也。南，南土也。木下曲曰樛。南土之葛藟茂盛。」箋：「木枝以下垂之故，故葛也、藟也得纍而蔓之，而上下俱盛。興者，喻后妃能以意下逮衆妾，使得其次序，則衆妾上附事之，而禮義亦俱盛。南土，謂荆、揚之域。」○南者，文王所治周南。箋「謂荆、揚之域」，案：下「南有喬木」言化行江、漢，則「南」是荆、揚之域。此詩之「南」，其爲陝、洛、荆、揚，不可得知。毛下言「荆、揚之域」，故鄭説本之。詩言「南有」，益證毛以「化自北而南」釋二《南》字義爲非矣。「韓『樛』作『朻』」者，《釋文》：「木下曲曰樛。馬融、《韓詩》本並作『朻』。《説文》以『朻』爲『木高』。」胡承珙云：「馬習《魯詩》，疑魯本作『朻』，與韓同也。」《説文》「朻」下云：「高木也。」「樛」下云：「下句曰樛。」桂馥云：「此與『朻』字訓互誤。《説文》：『丩，相糾繚也。』與『下句』意合。『翏，高飛也。』與『木高』意合。《釋木》『下句曰朻』，《釋文》：『本又作「樛」，同。』『樛』、『朻』二字，同聲相通。」愚案：桂説是。蓋古書以二字音同，轉寫互誤，宜據以訂正。《文選·高唐賦》李注引《爾雅》作「下句曰糾」。「朻」與「糾」音義同。糾繚相結，正枝曲下垂之狀，明《釋文》「又作」本爲誤。韓作「朻」，正字；毛作「樛」，借字。後人據各書改併《説文》二字之義，則遷就而失其真矣。葛，見《葛覃》。《説文》：「藟，艸也。《詩》曰：『莫莫葛藟。』一曰：秬鬯也。」又云：「蘽，木也。」《繫傳》：「《本草》謂嬰奧爲千歲蘽，即今人言萬歲藤，大者如盌。」❶案：《廣雅·釋草》：「藟，藤也。」即《説文》之「藟，草。」《釋木》「諸慮，山櫐」，郭注：「今江東呼櫐爲藤，似葛而麤大。」即《説文》之「蘽，木」，所謂嬰奧也。二者並是藤，而有草木、大小之不同。《釋文》：「藟，本亦作『蘽』。」則其字後人誤溷爲一。「藟巨」至「緣也」者，劉向《楚詞·九歎》「葛藟虆於桂樹兮」，王注：「藟，巨荒也。虆，緣也。《詩》曰：『葛藟虆之。』」陳喬樅云：「孔疏引陸璣云：『藟一名巨荒，似燕薁，亦延蔓生，葉似艾，❷白色，其子赤，亦可食，酢而不美。』「巨荒」，今本並誤作「巨苽」。❸《易·困卦》釋文「苽」作「荒」，不誤。又多「幽州謂之推藟」句。臧鏞堂云：「宋槧傳箋本載《釋文》作『巨荒』，不誤。」元恪《草木疏》末著魯、齊、韓、毛四家《詩》授受四篇，雖以毛爲主爲之作疏，實兼取三家説，故説《葛藟》與叔師所述魯訓合。」愚案：「藟」爲「秬鬯」，古訓無徵。《説文》「秬鬯」，蓋亦「巨荒」之譌。「嬰薁」即「燕薁」，音同字異耳。《説文》：「纍，綴得理也。」無「虆」

❶ 「盌」，清道光十九年祁嶲藻刻影宋鈔本《説文解字繫傳》（以下稱「祁刻《説文繫傳》」）卷第十一作「盎」。

❷ 「似」，續經解本《魯詩遺説攷》一、阮刻本《毛詩正義》無此字。

❸ 「本」，原作「文」，據續經解本《魯詩遺説攷》一改。

字，蓋後人以葛藟是草，加艸作「虆」。《釋文》：「纍，力追反，纏繞也。本又作『虆』。上附，時掌反。」是《毛詩》亦有作「虆」者。「纏繞」、「上附」，陸分二義。王訓「虆」爲「緣」，與「上附」意合。藟既上緣，自然纏繞，與「纍」無異義。高注《吕覽・季春紀》「纍牛」，云：「纍，讀如《詩》『葛纍』之『纍』。」高用《魯詩》，明魯本又作「纍」。

樂只君子，福履綏之。【注】魯説曰：「履，福也。」【疏】傳：「履，禄；綏，安也。」箋：「妃妾以禮義相與和，又能以禮樂樂其君子，使爲福禄所安。」○《説文》：「只，語已詞也。從口，象气下引之形。」《廣雅・釋詁》：「詞也。」語相屬而氣微下引以舒之，故爲語已詞。句中皆然，不獨句末。「樂只君子」，猶樂哉君子矣。君子，謂國君。毛此章傳云：「履，禄也。」「履，福也」者，《釋詁》「履，福也」，郭注：「《詩》曰：『福履綏之。』」《釋言》「履，禄也」，郭注：「《詩》曰：『福履將之。』」引與傳異，明舊注《魯詩》義如此。《説文》：「福，祐也。」「履，足所依也。」與福相依，無所不順，故「履」訓「福」也。《釋言》：「履，禮也。」《説文》：「禮，履也，所以事神致福也。」「履」、「禮」互訓。《説文》釋「禮」亦言「致福」，與「履，福也」義合。《説文》：「綏，車中把也。從糸，❶從妥。」爲形聲兼會意字。《釋詁》：「妥，安也。綏，安也。」「妥」、「綏」古同字，「妥」爲「安」，故《詩》、《書》中「妥」皆借訓爲「安」。上「之」，之朻木；下「之」，之國君。上言夫人託體於君子，猶葛藟延緣於朻木，爲夫人慶也；下言樂哉君子，已得夫人，有此百福以安之，又爲國君慶也。

---

❶「糸」，原作「系」，據陳刻《説文》、《説文注》、祁刻《説文繫傳》改。

南有樛木，葛藟荒之。樂只君子，福履將之。【注】魯説曰：「履，禄也。」【疏】傳：「荒，奄；將，大也。」箋：「此章申殷勤之意。將，猶扶助也。」○《説文》：「荒，蕪也。一曰：草掩地也。」兩訓相成，草多則荒蕪，而所掩覆者大。《釋言》「荒，奄也」，郭注：「奄，奄覆也。見《詩》。」邢疏：「孫炎曰：『荒大之奄。』《周南》云：『葛藟荒之。』」郭云「奄覆」，即「掩覆」矣。「荒」、「蕪」一聲之轉，「蕪」與「幠」音同義近，「荒」又作「幠」，《魯頌》「遂荒大東」，《釋詁》郭注引作「遂幠大東」。《説文》：「幠，覆也。」則知「蕪」亦有「覆」義矣。參證兩文郭注，知《魯詩》「荒」、「幠」同字，並言掩覆之大。葛藟延緣朻木蔓生，既久，則掩覆者亦大也。魯訓「履」爲「禄」者，引見上文。「履」、「禄」聲轉義同，「禄」亦「福」也。《釋詁》「禄，福也」，邢疏：「福、禄對文則小異，散則禄亦福也。《商頌・玄鳥》篇『百禄是何』，鄭箋：『謂擔負天之多福。』」《説文》亦云：「禄，福也。」《禮・少牢饋食禮》「使女受禄于天」，鄭注：「古文『禄』爲『福』。」是「福」、「禄」字訓並通。「履」之爲「禄」，猶「履」之爲「福」矣。魯變文立訓，故郭引不同。《釋詁》：「將，大也。」與上「荒之」文義相對。首言「安之」，此乃大矣，成則更進，次弟如此。

南有樛木，葛藟縈之。樂只君子，福履成之。【注】魯、韓「縈」作「蘔」。【疏】傳：「縈，旋也。成，就也。」○《説文》：「蘔，❶草旋貌也。《詩》曰：『葛藟蘔之。』」《説文・衣部》：「褮，讀若『葛藟縈之』。」與

❶「蘔」，陳刻《説文》、《説文注》、清咸豐二年連筠簃楊氏刻《説文解字義證》（以下稱「楊刻《説文義證》」）並作「䕎」。下一「蘔」字同。

《毛詩》同。此作「蘽」者，三家文也。《士喪禮》鄭注：「蜸，讀若《詩》曰『葛藟縈之』之『縈』。」鄭《禮》注用《齊詩》，作「縈」，與毛同，則作「蘽」者，乃魯、韓本。《説文》：「縈，收卷也。」葛藟緣木暢茂，言「收卷」，則非其義。「蘽」訓「草旋貌」，謂草之盤旋而上達。詳詩義，「蘽」正字，「縈」借字。《説文》：「成，就也。從戊，丁聲。戚，古文『成』，從午。」萬物丁實而長大，此物之終也，故詩終言之。

《樛木》三章，章四句。

螽斯【疏】毛序：「后妃子孫衆多也。言若螽斯不妬忌，則子孫衆多也。」箋：「忌，有所諱惡於人。」○周南詩人美后妃子孫多且賢也。《韓詩外傳》九舉「孟母教子」、「爲相還金」二事，終篇兩引《詩》「宜爾子孫，繩繩兮」，言賢母使子孫賢也。《外傳》多采雜事，而大義必與《内傳》相應，證以「振振」、「繩繩」、「蟄蟄」之義，知韓説此詩美后妃能使子賢也。《御覽》百三十七引《續漢書》：「順烈梁皇后曰：『陽以博施爲德，陰以不專爲義。蓋詩人螽斯之福，「則百斯男」之祚所由興也。』」《後漢·皇后紀》言：「后治《韓詩》，能舉大義。」此引《螽斯》詩即韓説，而云「陰以不專爲義」，知韓言后妃不妒忌，與毛同。《後漢·荀爽傳》：「爽對策略云：『衆禮之中，婚姻爲首。故天子娶十二，天之數也。諸侯以下皆有等差，事之降也。陽性純而能施，陰禮順而能化。㠯禮濟樂，節宣其氣，故能豐子孫之祥，致老壽之福。竊聞後宮采女五六千人，臣愚以爲諸非禮聘未嘗幸御者，一皆遣出，使成妃合，配陽施，祈螽斯。』」爽治《齊詩》，其論「陽施」、「螽斯」之旨，與韓、毛同。《譙玄傳》：「時趙飛燕爲皇后，專寵懷忌。玄上書諫曰：『臣聞王者承天，繼宗統極，保業延祚，莫急胤嗣，故《易》有「幹蠱」之義，《詩》詠衆多之福。』」《襄楷傳》：「楷上疏曰：『昔文王一妻，誕至十子。今宫女數千，未聞慶育。宜修德省刑，以廣螽斯之祚。』」《文選》張茂先《女史箴》：「比心螽斯，則繁爾類。」說《詩》並同。是此詩美后妃不妒忌，以致子孫衆多，能使皆賢，自來說《詩》者無異詞。序說「言若螽斯不妬忌，則子孫衆多」，螽斯微蟲，妬忌與否，非人所知，箋說因之而益謬。陳氏奐祖傳，於「斯」字斷句，究屬牽强。

螽斯羽，詵詵兮。【注】三家「斯」作「蜤」，「詵詵」作「𡖖𡖖」。【疏】傳：「螽斯，蚣蝑也。詵詵，衆多也。」箋：「凡物有陰陽情慾者，無不妬忌，維蚣蝑不耳，各得受氣而生子，故能詵詵然衆多。后妃之德能如是，則宜然。」○「三家『斯』作『蜤』」者，《衆經音義》十引《詩》曰「螽蜤羽」，十三引同，與毛異，蓋三家文。螽蜤與螽截然二物，《毛詩》作「斯」，故後人以「斯」爲語詞，而溷螽斯與螽爲一物，此大謬也。《說文》「螽」下云：「蝗也。從䖵，宊聲。宊，古文『終』字。」「蝝」下云：「螽或從虫，衆聲。」「蝗」下云：「螽也。」《廣雅·釋蟲》：「螽，蝗也。」《衆經音義》四：「蝗，螽也，謂蝗蟲也。小曰蝩，「蝩」即「螽」之異文。大曰蝗，魚子化作也。」今案：凡魚蝦子，遇天旱水涸乾，著岸旁即可化蝗，得雨水還復爲魚蝦。若化蝗生子，須掘地出之，毋俾遺種，此食苗爲災之螽也。《說文》「蜙」下云：「蜙蝑，以股鳴者。從虫，松聲。」「蚣」下云：「蜙或省。」「蝑」下云：「蜙蝑也。從虫，胥聲。」「蜙蝑」二字相連爲文，此即《詩》之「螽斯」也。毛傳：「螽斯，蚣蝑也。」《方言》：「舂黍謂之蜙蝑。」《廣雅·釋蟲》：「蚣蝑，蟅蟒也。」孔疏引陸璣云：「幽州人謂之舂箕。舂箕即舂黍，蝗類也。長而青，長角，長股，股鳴者也。或謂似蝗而小，班黑，其股似瑇瑁。又五月中，❶以兩股相切作聲，聞數十步是也。」愚案：螽斯、蚣蝑、䗥蝑、春箕、春黍，一物數名，並字隨音變。「螽」、「蚣」、「春」、「䗥」疊韻字，「斯」、「黍」、「蝑」、「箕」一聲之轉。「螽斯」二字爲一蟲名，與單名「螽」者迥別。緐呼之曰蚣蝬，《方言》「春黍」又爲「蚣蝬」。《釋蟲》「蜤螽，❷蚣蝑」，郭注「蚣蝬也，俗呼蝽蠑」是也。「蚣蝑」之爲「蚣蝬」，猶今人呼「蟋蟀」爲「蟋蟋」，急口呼之則音變也。倒呼之曰「斯螽」，《豳風》「五月斯螽動股」、《玉篇》「蚣蝑，斯螽」是也。又曰「蜤螽」，《釋蟲》「蜤螽，蚣蝑」是也。「斯」、「析」雙聲字，故《釋文》云：「蜤，❸本又作『蟴』。」與《衆經音義》所引「螽蟴」文合。螽蟴隨地皆有，初不爲害，與食苗爲災之螽形略同而性絶異。自李巡釋《爾雅》「蜤螽」諸物概以爲分别蝗子異方之語，陸璣以「螽斯」爲蝗類，范甯注《穀梁·桓五年傳》「蟲災之螽」云「蚣蝑之屬」，後人展轉相沿，螽斯與螽遂併爲一物，而莫可究詰矣。郭璞《方言注》：「江東呼爲蚱蜢。」郝懿行《爾雅義疏》云：「驗此類有三種：一種碧緑色，腹下淺赤，體狹長，飛而以股作聲戛戛者，蚣蝑也，陸《疏》前説是也。一種似蝗而斑黑色，股似瑇瑁文，相切作聲咨咨者，陸《疏》後説是也。又一種亦似蝗，而尤小，青黄色，好在沙草中，善跳，俗呼『跳八丈』，亦能以股作聲，甚清亮。此三者皆動股屬也。」郭廣異號，適符今名。郝據目驗，尤詳形質矣。螽蟴羣飛，故以「羽」言。〇「『詵詵』作『辥辥』」者，《釋

---

❶ 「又」，阮刻本《毛詩正義》附《校勘記》與阮刻《爾雅注疏》附《校勘記》並云當作「叉」。清同治四年郝氏家刻本《爾雅義疏》（以下稱「郝氏家刻《爾雅義疏》」）作「文」。並屬上讀。

❷ 「蜤」，原作「蜇」，據宋監本《爾雅》、阮刻本《爾雅注疏》改。下一「蜤」同。

❸ 「蜤」，原作「蜇」，據宋本、通志堂本《釋文》之《爾雅音義》、宋監本《爾雅》、阮刻本《爾雅注疏》改。

文》：「詵詵，衆多也。《説文》作『𡖊』，音同。」陳喬樅云：「《説文》無『𡖊』字，陸氏所據，蓋古本有之。《玉篇·多部》：『𡖊，多也。或作「莘」、「騂」、「㹶」、「兟」、「甡」。』《玉篇》『𡖊』字即本於《詩》文。又《説文》：『詵，致言也。《詩》曰：「螽斯羽，詵詵兮。」』文與毛同，則『𡖊』字爲三家今文。」愚案：「詵」無「衆多」義，乃「𡖊」之假借。段玉裁亦以陸所據《説文》有「𡖊」字爲三家《詩》。馬瑞辰云：「『先』、『辛』雙聲通用。《小雅》『駪駪征夫』，《説文》引作『莘莘』。『伊尹耕於有莘之野』，『有莘』或作『有侁』。」是也。《廣雅·釋詁》：「𡖊，多也。」明所引三家義。兮，語助，説詳《緑衣》。 宜爾子孫，振振兮。【注】魯説曰：「文王十子：伯邑考、武王發、周公旦、管叔鮮、蔡叔度、曹叔振鐸、成叔處、霍叔武、康叔封、南季載。」【疏】傳：「振振，仁厚也。」箋：「后妃之德寬容不嫉妒，則宜女之子孫，使其無不仁厚。」○《禮·内則》注：「宜，猶善也。」韓云能使子賢，是能善其子也。爾，爾太姒。「文王」至「季載」，《白虎通·姓名》篇引《詩》傳文，《列女傳·母儀》篇同，所引《魯詩》傳也。皮錫瑞云：「太史公用《魯詩》，《管蔡世家》云：『武王同母兄弟十人，長子曰伯邑考，次曰武王發，次曰管叔鮮，次曰周公旦，次曰蔡叔度，次曰曹叔振鐸，次曰郕叔武，次曰霍叔處，次曰康叔封，次曰冉季載。』其次序、人名略異。《魯詩》以周公爲兄，管叔爲弟，成叔名處，霍叔名武。《史記》以管叔爲兄，周公爲弟，郕叔名武，霍叔名處。或史公用古文説歟？ 古《毛詩》説無明文，古《左氏》説次序更異。《思齊》毛傳但云『太姒十子』，孔疏引《史記》云云，曰：『其次不必如此，其十子之名當然也。』皇甫謐云：「文王取太姒，生伯邑考、武王發，次管叔鮮，次蔡叔度，次成叔武，次霍叔處，次周公旦，次曹叔振鐸，次康叔封，次聃季載。」不知謐何所據，而別於馬遷也。』《左·定四年傳》注『蔡叔，周公兄』，孔疏亦引《史記》云云，曰：『如彼文，則蔡叔，周公弟也。今以蔡叔爲周公兄者，以僖二十四年《傳》富辰言文之昭十六國，蔡在魯上，明以長幼爲次。賈逵等皆言蔡叔周公兄，故杜從之。史遷之言多辟謬，故不用爲説。』案：孔疏以毛、鄭無明説，依違其辭。《左傳疏》則以《傳》有明文，堅執爲是。竊疑富辰隨意舉之，不必皆以長幼爲次。若以爲次，不特管、蔡周公兄，成、霍亦周公兄。皇甫以周公列第七，正據《左傳》，孔謂不知何據，疏矣。周公若次第七，不應越四兄攝政，又不應其後魯爲宗國。賈、杜、皇甫雖據《左傳》，恐非《左》意。《史記》以管叔列周公上，猶相去不遠。而漢世今文通行，多同《魯詩》。《白虎通·誅伐》篇：『《尚書》曰：「肆朕誕以爾東征。」誅弟也。』《後漢·樊儵傳》『周公誅弟』，注：『周公之弟管、蔡二叔流言於國。』《張衡傳》：『《思玄賦》：「旦獲讟於羣弟兮。」』注：『周公攝政，其弟管叔等謗言。』《魏志·毋丘儉傳》：『《討司馬師表》云：「《春秋》之義，大義滅親，故周公誅弟。」』《傅子·通志》篇：『管叔、蔡叔，弟也。爲惡，周公誅之。』《舉賢》篇：『周公誅弟，而典型立。』皆今文説。趙岐注《孟子》云：『周公惟管、蔡弟也，故愛之。管叔念周公兄也，故望之。』後人多疑其非，不知漢時今文説如是也。《鄧析子·無厚》篇：『周公誅管、蔡，此於弟無厚也。』又在漢人前。武氏石刻畫象，武王同母兄弟十人，序次自後而前，首伯邑考，次武王發，次周公旦，次一人名泐，蓋管叔鮮，次蔡叔度，次二人名泐，蓋曹叔振鐸、霍叔武，次『叔處』，上一字泐，微見鉤挑，似是『成』字，次康叔封，次『季載』，上一字泐，當是『南』字。石刻所列，與《白虎通》、《列女傳》合。《白虎通》云『成叔處，霍叔武』，《列女傳》云『霍叔武，成叔處』，石刻『叔處』在後，與《列女傳》合，與《白虎通》次序稍異，而周公列武王後、管叔前，則分明可據，足爲《魯詩》之證。」愚案：《襄楷傳》李注引《史記》，言伯邑考等「同母兄弟十人」，是衆妾所生者尚不在此數，故

《大雅》言「百男」。詩上二句喻衆多，下二句美善教。孔疏：「言『孫』者，協句。生子衆，則孫亦多。」愚謂作是詩時，后妃必已有孫，非協句也。《説文》：「振，奮也。」《釋言》「振，訊也」，郭注：「振者，奮迅。」《太玄・玄瑩》、《玄文》句並云：「振，動也。」重言之，則曰「振振」。言后妃子孫受賢母之教，莫不奮迅振動，有爲之象也。《有駜》傳：「振振，羣飛貌。」《左・僖五年傳》注：「振振，盛貌。」《晉語》注：「振振，威武也。」並與「振」字本義近，亦與此「振振」義合。《麟趾》「振振」同。

螽斯羽，薨薨兮。宜爾子孫，繩繩兮。【注】韓「薨」作「⿰犭厷」。韓説曰：「繩繩，敬貌也。」【疏】傳：「薨薨，衆多也。繩繩，戒慎也。」○「韓『薨』作『⿰犭厷』」者，《釋訓》釋文引舍人本「薨薨」作「雄雄」，「雄」當爲「⿰犭厷」，「⿰犭厷」亦作「翃」，因誤爲「雄」。《廣雅・釋訓》：「⿰犭厷⿰犭厷、⿱⿳艹罒冖羽⿱⿳艹罒冖羽，飛也。」《集韻・十七登》：「《博雅》：『⿱⿳艹罒冖羽⿱⿳艹罒冖羽，飛也。』或作『⿰犭厷』，通作『薨』。」據此，「⿰犭厷」、「⿱⿳艹罒冖羽」一字。舍人本之「雄雄」，有作「⿰犭厷⿰犭厷」、「⿱⿳艹罒冖羽⿱⿳艹罒冖羽」者，故《廣雅》引之而訓爲「飛」也。《釋訓》同《毛詩》，「薨薨」是借字，《廣雅》本所引迺韓文。《玉篇》：「⿰犭厷，蟲飛也。⿱⿳艹罒冖羽，羣鳥弄翅也。」二字分屬，非是。「繩繩，敬貌也」者，《玉篇・糸部》引《韓詩》文。❶《釋訓》：「繩繩，戒也。」毛傳釋「繩繩」爲「戒慎」本之。顧震福云：「韓説『敬貌』，『敬』當讀爲『警』。《常武》『既敬既戒』，《夏官・序官》注作『既儆既戒』。《隸僕》注釋文：『儆，字又作「警」。』古『警』與『敬』通。箋云：『敬之言警也。』《釋名》：『敬，警也，恒自肅警也。』《説文》：『警之言戒也。從言，從敬，敬亦聲。』《繫傳》云：『《禮》曰：「先鼓

---

❶「糸」，原作「系」，據中華書局影印《原本玉篇殘卷》之羅振玉鈔本（以下稱「羅本《玉篇》」）改。

以敬戒。」」『敬戒』即『警戒』。《下武》篇『繩其祖武』，傳：『繩，慎也。』《管子・宙合》篇：『故君子繩繩乎慎其所先。』《漢書・禮樂志》『繩繩意變』，應劭注：『繩繩，敬謹更正意也。』韓訓『繩』爲『敬』，與毛訓『戒慎』義同。」

螽斯羽，揖揖兮。【注】魯、韓「揖」作「集」。宜爾子孫，蟄蟄兮。【注】魯説曰：「蟄，静也。」

【疏】傳：「揖揖，會聚也。蟄蟄，和集也。」○「魯、韓『揖』作『集』」者，「揖」無「聚」義，陳奂云：「《廣雅・釋訓》：『集集，衆也。』説或本三家。『揖』通作『集』，如《説文》『鏶』或作『鍓』之例。」馬瑞辰云：「『揖』蓋『集』之假借。《詩》『辭之輯矣』，《新序》引作『集』。《説文》：『卙，詞之集也。』又曰：『雧，羣鳥在木上也。或省作「集」。』是『集』本鳥羣集，引申爲凡聚之稱。重言之，則曰『集集』。《廣雅》本三家《詩》。」愚案：「揖」、「輯」、「集」古字通用。《書・舜典》「輯五瑞」，《史記・五帝紀》、《漢書・郊祀志》作「揖五瑞」。《漢書・兒寬傳》「統楫羣元」，注：「輯、楫、集三字同。」是「揖」、「集」互通之證。它書「集集」無連文，明是此詩魯、韓訓。○「蟄，静也」者，《釋詁》文。郭注：「見《詩》傳。」案：毛傳無此訓，陳奂云：「此三家義。」何楷云：「《説文》：『蟄，藏也。』物伏藏則安静，故又訓爲『静』。蟄蟄，安静而各得其所也。」愚案：此魯説。陳又云：「《説文》：『卙卙，盛也。』徐鍇《繫傳》云：『《詩》曰：「宜爾子孫，蟄蟄兮。」蟄蟄，衆也。此「卙」義近之也。』據此，或三家有作『卙卙』訓『盛』者。《淮南・原道》注：『蟄，讀「什伍」之「什」。』《吕覽・孟春紀》注、《音律》注：『蟄，讀如《詩》「文王之什」。』此『蟄』、『什』同音之證。」馬瑞辰云：「『卙卙』音義與『蟄蟄』同。」愚案：二説近附會。「振振」、「繩繩」、「蟄蟄」皆主性情言，《釋詁》義合。

《螽斯》三章，章四句。

桃夭【疏】毛序：「后妃之所致也。不妬忌，則男女以正，婚姻以時，國無鰥民也。」箋：「老而無妻曰鰥。」〇《易林·否之隨》：「春桃生花，季女宜家。受福多年，男爲邦君。」《師之坤》、《謙之夬》、《噬嗑之既濟》、《大過之蹇》、《解之歸妹》同。《師之坤》「多年」作「且多」，下多「在師中吉」一句。《大過之蹇》「生花」作「始華」。《師之坤》、《謙之夬》、《噬嗑之既濟》「邦君」作「封君」，古「封」、「邦」字通用。又《復之解》：「春桃萌生，萬物華榮。邦君所居，國樂無憂。」又《困之觀》：「桃夭少華，婚悅宜家。君子樂胥，長利止居。」陳喬樅云：「據《易林》說，則《桃夭》之詩，蓋當時實指其事。張晏云：『《桃夭》如爲民間嫁娶之詩，《大學》何由即指爲實能宜家而可以教國？詳《易林》之語，似是武王娶邑姜事。然則《大學》引之，非虛詞矣。』」愚案：張說無徵。然《易林》云「男爲邦君」，是《齊詩》說不以爲民間嫁娶之詩甚明。參之《大學》「宜家」、「教國」之義，非國君不足以當之，不知爲周南何國之詩也。魯、韓未聞。

桃之夭夭，灼灼其華。【注】魯、韓「夭夭」作「枖枖」，又作「媄媄」。魯、韓說曰：「媄媄，茂也。灼灼，明也。」【疏】傳：「興也。桃有華之盛者，夭夭，其少壯也。灼灼，華之盛也。」箋：「興者，喻時婦人皆得以年盛時行也。」〇《說文》：「枖，木少盛貌。從木，夭聲。《詩》曰：『桃之枖枖。』」「媄。巧也。一曰女子笑貌。《詩》曰：『桃之媄媄。』從女，夭聲。」❶並三家文。《九經字樣·木部》出「枖」、「夭」二字，注云：「音妖，

---

❶「夭」，陳刻《說文》、《說文注》、楊刻《說文義證》並作「芺」，當據改。

木盛貌。《詩》云：『桃之枖枖。』上《説文》，下經典，相承隸省。」據此，「枖」正字，「夭」渻字。《玉篇·木部》「枖」下云：「木盛貌。」《廣韻·四宵》「枖」下云：「《説文》云：『木盛貌。《詩》云：「桃之枖枖。」』本亦作『夭』。」案：三引並删去《説文》「少」字，非是。毛傳「桃有華之盛者，夭夭，其少壯也」，「少壯」與《説文》「少盛」意同。徐鍇《繫傳》云：「『桃之夭夭』，喻女子在家形體日盈長也。」若無「少」字，喻意不明。《易林》云「少華」，明齊義同。《大學》引《詩》「桃之夭夭」，《易林》云「桃夭少華」，是齊、毛同作「夭」，則作「枖」、「妖」者，魯、韓本也。《玉篇》：「妖，媚也。」與《説文》訓「妖」爲「女子笑貌」合。「妖妖，茂也」者，《廣雅·釋訓》文。許以「女子笑貌」釋字義，張以「茂」釋《詩》義，兩訓相成，正喻乃明。「灼灼，明也」者，亦《廣雅·釋訓》文，與毛傳「灼灼，華之盛也」義異。《説文》：「灼，炙也。」「炙」是「灸」之誤。上文「灸，灼也」，互相爲訓。「灼」無「明」義，乃「焯」借字。《説文》：「焯，明也。《周書》：『焯見三有俊心。』」今《書》作「灼」，此「灼」、「焯」字通之證。連言「灼灼」者，《文心雕龍·物色》篇「『灼灼』狀桃花之鮮」是也。《文選》阮籍詩劉良注：「夭夭，美貌。灼灼，明貌。」並用三家義。 華者，《説文》「𠂹」下云：「艸木華葉𠂹。象形」。「雩」下云：「艸木華也。從𠂹，亏聲。」「䔢」下云：「榮也。從艸，從雩。」《釋草》：「木謂之華，草謂之榮。」對言則異，散言則通。榮從木，木著華亦爲榮，故《説文》訓「華」爲「榮」，後世代以「花」字，而「華」義别行。 據《易林》「春桃生花」，則「華」之爲「花」，自漢已然。《月令》：「仲春之月，桃始華。」《通典》五十九：「《五經通論》引束皙曰：『《桃夭》篇序美婚姻以時，蓋謂盛壯之時，而非日月之時。故「灼灼其華」以喻盛壯，非謂嫁娶當用桃夭之月。其次章曰「其葉蓁蓁」、「有蕡其實」、「之子于歸」，此豈仲春之月乎？ 詩人之興，取義繁廣，或舉譬類，或稱所見，不必皆可定候也。』」案：東辨正毛序，足解箋、疏之惑。之子于歸，宜其家室。【注】魯、齊説曰：「之子者，是子也。」【疏】傳：「之子，嫁子也。于，往也。宜以有室家，無踰時者。」箋：「宜者，謂男女年時俱當。」○「之子者，是子也」者，《釋訓》文，此《魯詩》「之子」通訓，與毛「嫁子」義異。《大學》引「之子于歸」，鄭注：「之子者，是子也。」明齊義同魯。馬瑞辰云：「《釋詁》『如』、『適』、『之』、『嫁』並訓爲『往』，傳以『之』與『嫁』同義，故以『之子』爲『嫁子』。然《詩》言『之子』甚多，如『之子于征』之類，不得訓爲『嫁』，當從《釋訓》訓爲『是子』。」是也。又云：「傳『于，往也』，以『于』爲『如』之叚借，故訓爲『往』。然『婦人謂嫁曰歸』，詩既言『歸』，不必更以『于』爲『往』。《爾雅》：『于，曰也。』曰古讀若聿，聿、于一聲之轉。『之子于歸』正與『黄鳥于飛』、『之子于征』爲一類。于飛，聿飛也；于征，聿征也；于歸，亦聿歸也。又與《東山》詩『我東曰歸』，《采薇》詩『曰歸曰歸』同義，『曰』亦『聿』也。『于』、『曰』、『聿』皆詞也。舊皆訓『于』爲『往』，或讀『曰』如『子曰』之『曰』，並失之。」愚案：此説足正自來注家之誤。《説文》：「宜，所安也。」「室，實也。從宀，從至。至，所止也。」「家，居也。」「宜其室家」，猶言安其止居。《易林》「長利止居」，正「宜其室家」之文。此齊説也。毛以爲「有室家無踰時」，似非詩義。

桃之夭夭，有蕡其實。之子于歸，宜其家室。【疏】傳：「蕡，實貌。非但有華色，又有婦德。家室，猶室家也。」○「有蕡其實」者，舉蕡以狀桃實之大也。字當爲「黂」，借「蕡」字耳。《説文》：「蕡，雜香草。」無「實」義。《釋草》「黂，枲實」，《釋文》：「黂，本作『蕡』。」《籩人》「其實麷蕡」，注：「麻曰蕡。」《喪服傳》釋文「蕡，麻實」，《内則》注釋文：「蕡字又作『黂』，大麻子。」並「蕡」、「黂」通叚之證。《説文》：「實，富也。從宀，從貫。貫，貨貝也。」引申之，凡物盈於内皆謂之實，故草木果亦曰實也。上「室家」，此「家室」，倒文合均。

桃之夭夭，其葉蓁蓁。之子于歸，宜其家人。【注】齊説曰：「夭夭、蓁蓁，美盛貌。」魯説曰：「蓁蓁，茂也。」韓説曰：「蓁蓁，盛貌。」【疏】傳：「蓁蓁，至盛貌。有色、有德，形體至盛也。一家之人盡以爲宜。」箋：「家人，猶室家也。」○「夭夭、蓁蓁，美盛貌」者，《禮・大學》鄭注文。以「美」釋「夭夭」，「盛」釋「蓁蓁」。「蓁蓁，茂也」者，《廣雅・釋訓》文。「茂」、「盛」同義。「蓁蓁，盛貌」者，《菁菁者莪》釋文引薛君説，此詩義當同也。《大學》引「之子于歸，宜其家人」，申之曰：「宜其家人，而後可以教國人。」與《易林》「男爲邦君」及「邦君所居，樂國無憂」義合，此《齊詩》推演之説也。上言宜家室，但謂安其居止。此言宜家人，則能安一家之人，故以家人、國人對待言之。惟自安其室家，然後其家之人皆安之也。

《桃夭》三章，章四句。

兔罝【注】韓説曰：「殷紂之賢人退處山林，網禽獸而食之。文王舉閎夭、泰顛於罝網之中。」【疏】毛序：「后妃之化也。《關雎》之化行，則莫不好德，賢人衆多也。」○「殷紂」至「食之」，《文選》桓温《薦譙元彦表》「兔罝絶響於林中」，劉良注云：「罝，兔網也。殷紂之賢人退處山林，網禽獸而食之。」唐惟《韓詩》存，劉注本韓説也。「文王舉閎夭、泰顛於罝網之中」者，《墨子・尚賢》篇文，下云：「授之政，西土服。」據此，劉注所稱「殷紂之賢人」即閎夭、泰顛。《墨子》所述，實《兔罝》詩篇古義。劉注係節引，故未言文王舉賢。以《左傳》説《詩》義推之，知韓説此詩本末如此也。夭、顛先臣事紂，見其無道，逃遁山林，文王舉之，詩人閔商之危亂，惡夭、顛之不終事王朝而爲公侯腹心，故作此詩，蓋祖伊、微子之志也。時文王化被南方，三分有二，汝、蔡、江、漢閒先爲殷地，皆已屬周，賢才樂爲文王用，而忠於商者有深疾焉，是以爲刺。《左・成十二年傳》：「郤至曰：『共儉以行禮，慈惠以布政。政以禮成，民是以息。百官承事，朝而不夕，此公侯之所以扞城其民也。故《詩》曰：「赳赳武夫，公侯干城。」及其亂也，諸侯貪冒，侵欲不忌，争尋常以盡其民，略其武夫，以爲己腹心股肱爪牙。故《詩》曰：「赳赳武夫，公侯腹心。」天下有道，則公侯能爲民扞城而制其腹心。亂則反之。』」其以文王爲諸侯，略武夫爲己腹心。他國之詞，不嫌已甚，仍繫之《周南》者，南人所作也與？下三章皆一地一時事。

肅肅兔罝，椓之丁丁。【注】魯説曰：「罝，兔網也。」❶又曰：「肅肅兔罝，椓之丁丁，言不怠於道也。」齊説曰：「兔罝之容，不失其恭。」【疏】傳：「肅肅，敬也。兔罝，兔罟也。丁丁，椓杙聲也。」箋：「罝兔之人，鄙賤之事猶能恭敬，則是賢者衆多也。」○《説文》：「肅，持事振敬也。從聿在𣶒上，戰戰兢兢也。」重言之，則曰「肅肅」。《釋訓》：「肅肅，敬也。」魯、毛義同。「罝，兔網也」者，《吕覽・季春紀》高注文，引《詩》首句爲釋，《淮南・時則訓》注同。《釋器》：「兔罟謂之罝。」「網」、「罟」義同。「肅肅兔罝」，言設此兔罝之人，雖

---

❶「罝兔」，原乙，據續經解本《魯詩遺説攷》一、《諸子集成》本《吕氏春秋》及本疏下文乙正。

託業微賤，能持恭敬之道。「肅肅」至「道也」者，《列女傳·楚接輿傳》云：「夫安貧賤而不怠於道者，惟至德能之。《詩》曰：『肅肅兔罝，椓之丁丁。』言不怠於道也。」「兔罝之容，不失其恭」者，《易林·坤之困》文。據此，魯、齊、韓釋「肅肅」義同。《説文》：「椓，擊也。」設罝於地，椓擊其橜，然後張之。陳奂云：「椓杙謂之朾橜，丁，古『朾』字。」愚案：《説文》：「朾，橦也。」桂馥謂：「橦，當爲『撞』。《五音集韻》：『朾，擊也。』」義與「丁」合。丁上從入，丨象所以入之物。丁丁椓之，使深入地。習勞苦之事，則易生慢易之容。今此賢人椓杙入地，勞云至矣，而終始持以肅肅，故劉云「不怠」，焦云「不失」，深美之也。夭、顛隱居山林，网兔爲食，王充《論衡·宣漢篇》云：「猶守株待兔之蹊，藏身破罝之路也。」趙岐《孟子章指》云：「兔罝窮處。」並用此事，與劉良説合。王、趙皆學《魯詩》，明魯、韓義同。

赳赳武夫，公侯干城。【注】魯説曰：「赳赳，武也。干，扞也。」韓「赳」或作「糾」。魯説曰：「言其賢可爲公侯扞難其城藩也。」又曰：「諸侯曰干城，言不敢自專，禦於天子也。」【疏】傳：「赳赳，武貌。干，扞也。」箋：「干也、城也，皆以禦難也。此罝兔之人，賢者也。有武力可任，爲將帥之德，諸侯可任以國守，扞城其民，折衝禦難於未然。」○《説文》：「赳，輕勁有材力也。」「赳赳，武也」者，《釋訓》文。《廣雅·釋詁》：「赳，材也。」材亦武也。魯作「赳」，與毛同。「韓『赳』或作『糾』」者，《後漢·桓榮傳》李注引謝承《後漢書》云：「糾糾武夫，公侯干城。」借「糾」爲「赳」，此韓異文。「言其賢可爲公侯扞難其城藩也」者，《吕覽·報更》篇云：「宣孟德一士，猶活其身，而況德萬人乎？《詩》曰：『赳赳武夫，公侯干城。』『濟濟多士，文王以寧。』」高注：「言其賢可爲公侯扞難其城藩也。」「干，扞也」者，《釋言》文，與《左傳》義合。云「扞難其城藩」者，《堯典》「而難任人」，枚傳：「難，拒也。」扞難猶扞拒也。《衆經音義》

二十引《蒼頡篇》：「藩，蔽也。」城，所以爲蔽，故曰「城藩」。「諸侯」至「子也」，《初學記》二十四引《白虎通》逸文云：「天子曰崇城，言崇高也。諸侯曰干城，言不敢自專，禦於天子也。」訓「干」爲「禦」，與「扞難」義合。云「不敢自專，禦於天子」者，城乃天子之城，非諸侯所得專，但爲天子扞禦而已。《公羊·定十二年傳》「天子周城，❶諸侯扞城」，何注：「軒城者，闕南面以受過也。」或因「干」、「軒」同聲，以謂與《白虎通》合。案：《傳》自言周城、闕城之制，非此「干城」義也。諸侯爲天子扞禦其城，此赳赳然雄武之夫，又能爲公侯宣力以扞城，故郤至以爲天子有道之事。徵諸往籍，如齊之管仲，晉之狐、趙諸人，皆能輔霸主以尊王室。漢世韓安國、張羽以梁孝王將軍爲漢廷扞吴、楚七國之難，皆其證矣。郤云「公侯所以扞城其民」，又云「公侯能爲民扞城而制其腹心」者，公侯代天子牧民，故但以民言。云「扞城其民」者，郤釋「扞城」並爲虚字，蓋古説如此，與高注、《白虎通》異。《左傳》孔疏：「蔽扞其民若城然，故云『所以扞城其民』也。」云「制其腹心」者，諸侯能奉公守法，不敢私略武夫爲己腹心，若天子制之然。毛用《左傳》義，迺於三章「公侯腹心」句下云「可以制斷公侯之腹心」，斯爲謬矣。劉向《説苑·復恩》篇：「《詩》曰：『赳赳武夫，公侯干城。』『濟濟多士，文王以寧。』人君胡可不務愛士乎？」此亦魯説。言人君愛士則得武夫，與公侯共爲干城，與郤至言「天下有道」意合。

肅肅兔罝，施于中逵。【注】韓「逵」作「馗」。韓説曰：「中馗，馗中，九交之道也。」【疏】傳：「逵，

❶ 「天子周城諸侯扞城」八字，阮刻本《春秋公羊傳注疏·定公十二年》係何休注，「扞」作「軒」。

九達之道。」○施，與《葛覃》「施于中谷」聲義同。《釋宫》：「九達謂之逵。」魯文與毛同。郭注：「四道交出，復有旁通者。」《釋名》：「九達曰逵。齊、魯謂道多爲逵師，此形然也。」「中馗」至「道也」，《文選》鮑照《蕪城賦》李注引：「《韓詩》曰：『肅肅兔罝，施于中馗。』薛君曰：『中馗，馗中，九交之道也。』」顔延年《皇太子釋奠詩》、王粲《從軍詩》注引同。《説文》：「馗，九達道也。似龜背，故謂之馗。從九，從首。或作『逵』。」王念孫云：「馗，從九，首聲，故與『好仇』韻。《毛詩》作『逵』，『逵』在尤韻，字從坴得聲，讀如『逐』。今韻『馗』、『逵』並入脂，爲渠追切。作叶音者，以『好仇』之『仇』爲渠之切以韻『逵』字。讀《韓詩》，自知其誤。」云「中馗，馗中」者，《詩》倒句爲文，如《葛覃》「中谷」之例。云「九交之道也」者，與郭注「四道交出，復有旁通」義同。《左·隱十一年傳》「及大逵」，杜注：「道方九軌也。」劉炫規之，以爲「九道交出」。孔疏引李巡《爾雅注》亦取「並軌」之義，因以劉爲非。案：《考工記》「國中經涂九軌」，此言其廣，不名曰逵。若九達之逵，以縱横交午爲言，其義各别。且兔罝之設，必在野外九達之區，而非國中並軌之地。言「逵」義者，當以此經爲斷。薛説「九交之道」，爲得其實。《雅》訓、《左》義，皆可據以訂正。　赳赳武夫，公侯好仇。【疏】箋：「怨耦曰仇。此罝兔之人，敵國有來侵伐者，可使和好之，亦言賢也。」○《關雎》「好仇」用三家義改毛，知此訓「仇」爲「怨耦」，亦三家説如此。上言「扞禦」，此言「和好」，其義相屬，亦主追思治世言，謂武夫與公侯爲天子和好敵國。

肅肅兔罝，施于中林。赳赳武夫，公侯腹心。【注】三家説曰：「肅肅兔罝，施于中林，處獨之謂也。」【疏】傳：「中林，林中。可以制斷公侯之腹心。」箋：「此兔罝之人於行攻伐，可用爲策謀之臣，使之慮事，亦言賢也。」○「肅肅」至「謂也」，徐幹《中論·法象》篇云：「人性之所簡也，存乎幽微。人情之所忽也，存乎孤獨。夫幽微者，顯之原也。孤獨者，見之端也。胡可簡也？胡可忽也？是故君子敬孤獨而慎幽微，雖在隱蔽，鬼神不得窺其隙也。《詩》曰：『肅肅兔罝，施于中林。』處獨之謂也。」案：此與《列女傳》、《易林》云云，亦本三家爲説。「中林，林中」，劉良注：「所謂退處山林也。」徐以「中林」爲「隱蔽」，與《關雎》篇薛君言「河洲隱蔽無人之處」，張衡以爲「河林」，其義正合。蓋夭、顛處山林幽獨之處，仍不改其肅敬之容，故文王以爲賢而舉之，與臼季識郤缺、郭泰得茅容事相類。上二章「公侯」泛言治世之諸侯，此「公侯」謂文王。文王任牧伯，居商公侯之位。云「腹心」者，郤至所謂「略武夫爲己腹心」，詩人蓋歎商之失人將亡也。桓寬《鹽鐵論·備胡》篇：「賢良曰：『匈奴處沙漠之中，生不食之地，如中國之麋鹿耳。好事之臣，求其義，責之禮，使中國干戈至今未息，萬里設備，此《兔罝》之所刺，故小人非公侯腹心干城也。』」胡承珙云：「此言當時之臣異於周南之賢人，不能折衝禦難，爲國干城，將不免爲《兔罝》詩人之所刺也。」愚案：胡説是。此與詩本義無涉。

《兔罝》三章，章四句。

芣苢【注】魯説曰：「蔡人之妻者，宋人之女也，既嫁於蔡，而夫有惡疾。其母將改嫁之，女曰：『夫不幸，乃妾之不幸也。奈何去之？適人之道，壹與之醮，終身不改。不幸遇惡疾，不改其意。且夫采采芣苢之草，雖其臭惡，猶將始於捋采之，終於懷擷之，浸以益親，況於夫婦之道乎？彼無大故，又不遣妾，何以得去？』終不聽其母，乃作《芣苢》之詩。君子曰：宋女之意，甚貞而壹也。」

韓敘曰：「《芣苢》，傷夫有惡疾也。」韓説曰：「芣苢，澤寫也。芣苢，臭惡之菜，詩人傷其君子有惡疾，人道不通，求己不得，發憤而作。以事興芣苢，雖臭惡乎，我猶采采而不已者，以興君子雖有惡疾，我猶守而不離去也。」【疏】毛序：「后妃之美也。和平則婦人樂有子矣。」箋：「天下和，政教平也。」○「蔡人」至「壹也」，劉向《列女傳·貞順》篇文。宋陳邈妻鄭氏《女孝經》云：「《芣苢》興歌，蔡人作誡。」本此。魏源云：「《國語》『文王即位，諏于蔡原』，韋昭以爲蔡君，則文王時已有其國矣。蔡、宋無風，賴是詩存之。」徐璈云：「《路史》言：『蔡，黄帝後，姞姓國。』《樂記》：『武王下車，而投殷之後於宋。』蔡、宋皆古國名也。」云「壹與之醮，終身不改」，與《郊特牲》「壹與之齊，終身不改」義同。《説文》：「醮，冠昏禮祭。」《列女傳·賢明篇·宋鮑女宗》曰：「婦人一醮不改。」《貞順篇·息君夫人》曰：「終不以身更貳醮。」與此傳合。《潛夫論》云：「貞潔寡婦，守一醮之禮，成同穴之義。」「一醮」正用傳語。「無大故」者，夫未死。「又不遣妾，何以得去」者，《白虎通·嫁娶》篇云：「夫有惡行，妻不得去者，地無去天之義也。」「芣苢」至「去也」，《文選》劉孝標《辨命論》李注引《韓詩》薛君章句文。《韓詩》此下又云：「《詩》曰：『采采芣苢，薄言采之。』」蓋韓序也。《御覽》七百四十二引作《韓詩外傳》，誤。云「求己不得」者，反求而不得其故，即《小弁》「何辜于天，我罪伊何」意。云「發憤而作」，與《列女傳》云「不聽其母」微異，而守而不去則同。女子貞壹，被文王之化而然也。

采采芣苢，薄言采之。采采芣苢，薄言有之。【注】韓「苢」作「苡」。韓説曰：「直曰車前，瞿曰芣苢。」魯、韓説曰：「有，取也。」【疏】傳：「采采，非一辭也。芣苢，馬舃；馬舃，車前也，宜懷妊焉。薄，辭也。采，取也。有，藏之也。」箋：「薄言，我薄也。」〇「采采」者，采而又采，薛君以爲「采采而不已」是也。「直曰車前，瞿曰芣苢」者，《釋文》：「苢，本亦作『苡』。芣苡，馬舃也，又名車前。《韓詩》曰：『直曰車前，瞿曰芣苡。』」是《韓詩》作「苡」，與毛「亦作」本同。又引：「陸璣云：『幽州人謂之牛舌，又名當道。其子治婦人生難。』《本草》云：『一名牛遺，一名勝舃。』《山海經》及《周書·王會》皆云：『芣苢，木也。實似李，食之宜子，出於西戎。』衛氏傳及許慎並同此，王肅亦同，王基已有駮難也。」皮錫瑞云：「今醫家無用車前治難産者，陸《疏》云云，疑傳會毛序『婦人樂有子』而爲之説，世無夫有惡疾，人道不通，而婦猶樂有子者。魯、韓二説與毛序正相反也。」陳喬樅云：「《大觀本草》六引陶隱居云：『《韓詩》乃言芣苢是木，似李，食其實，宜子孫，此爲謬矣。』此陶引《韓詩》而駮之也，然與《毛詩》釋文、《文選》注所引不合，豈陶誤記耶？又《王會解》作『桴苡』，恐與《詩》之『芣苡』爲二物。衛氏傳當是衛宏所作，而《釋文·序録》不言。《後漢書》謂宏作訓旨，殆即是也。衛、許皆習古文《詩》，皆宗毛，不知何以解『芣苢』誤草爲木。」愚案：《説文》：「芣苢，一名馬舃。其實如李，令人宜子。从艸，㠯聲。《周書》所説。」許以「芣苢，一名馬舃」爲一事，「其實如李，令人宜子。《周書》所説」爲一事，兩存其義，以廣異聞，非誤解也。徐鍇《繫傳》云：「《本草》：『芣苢，一名車前，服之令人有子。』《爾雅注》亦同。《韓詩》云：『芣苢，木名，實似李。』則非也。許慎但言李，則其子之苞亦似李，但微小耳。」案：小徐爲許曲解，非《説文》本義。其引《韓詩》，則緣隱居之誤也。韓云「直曰車前，瞿曰芣苢」者，《釋草》「芣苢，馬舃；馬舃，車前」，郭注：「今車前草，大葉長穗，好生道邊，江東呼爲蝦蟆衣。」郝懿行云：

「瞿，謂生於兩旁。然芣苢即車前，何有瞿、直之分？蘇頌《圖經》：『春初生，苗葉布地如匙面，累年者長及尺餘，抽莖作長穗如鼠尾。花甚細，青色，微赤。結實如葶藶，赤黑色。』今驗此有二種，大葉者俗名馬耳，小葉者名驢耳。《圖經》所説葉長尺餘，似是馬耳。今藥所收，乃是驢耳，野人亦煮啖之。其馬耳水生，不堪啖也。」愚案：陸《疏》云：「芣苢，一名當道。」《廣雅·釋草》亦云：「當道，馬舄也。」韓所云「瞿」、「直」者，蓋以當道及生道之兩旁而言，直之爲言當也。直道中，故曰車前，一名當道。生道之兩旁，則曰芣苢。《説文》：「䀠，左右視也。」「瞿，鷹隼之視也。」瞿從䀠取義。鷹隼下擊，必左右視之以取物，故曰瞿。引申之，人左右視亦謂之瞿，《易林·震之離》「持心瞿目，善數搖動」，是其證。「瞿」行而「䀠」遂廢。芣苢生道兩旁，故左右視而取之。韓釋異名，郝誤駁也。《莊子·至樂》篇：「得水土之際，則爲鼃蠙之衣。生於陵屯，則爲陵舄。」司馬彪注：「言物因水成而陸産，生於陵屯，化作車前，改名陵舄也。」「陵舄」即郝云「小葉，俗名驢耳」者，是道上所生，故爲陵舄。「鼃蠙之衣」即郭所謂「蝦蟆衣」，郝云「大葉，名馬耳，水生，不堪啖」者，以水生，故名「鼃蠙衣」也。「芣苢」、「牛遺」，音同字變。「牛舌」、「驢耳」，又音之轉。「馬舄」、「蓄衣」、「鼃衣」、「馬耳」，亦是音轉字變也。《釋草》云「芣苢，馬舄；馬舄，車前」，以芣苢、車前與馬舄有生陵、生水之別，故互釋之，使人知名異物同，正與《莊子》義相發。韓又即芣苢、車前分釋之。薛云：「芣苢，澤舄也。」「寫」亦作「舄」。案：此「馬舄」轉寫誤「澤舄」也。韓訓「車前」，薛不應與之違異。《釋草》「蕍蕮」，郭注：「今澤蕮。」是車前、澤蕮二物，《雅》訓甚明。司馬《莊子注》云：「陵舄，一名澤舄。」《詩》「言采其藚」，傳：「藚，水舄。」陸《疏》：「今澤瀉也。其葉如車前草大，其味亦相似。」是二物形狀相近，司馬因而誤注耳。「有，取也」者，《廣雅·釋詁》文，與毛傳「有，藏之也」義異。陳奐云：「訓『有』爲『取』，本三家《詩》義。」王念孫云：「《詩》之用詞，不嫌於複，『有』亦『取』也。首章泛言取之，次則言其取之之事，卒乃言既取而盛之以歸耳。若首章既言藏之，而次章復言掇之、捋之，則非其次矣。」

采采芣苢，薄言掇之。采采芣苢，薄言捋之。【疏】傳：「掇，拾也。捋，取也。」○掇之者，《説文》：「掇，拾也。」「拾，掇也。」互相訓。「叕」下云：「綴聯也。象形。」「掇」聲、義並從叕。蓋以手聯綴取之，言其易也。捋之者，《説文》：「捋，取易也。」「寽，五指捋也。」是捋之爲言掬也，較掇更易，故云「取易」也。

采采芣苢，薄言袺之。采采芣苢，薄言襭之。【注】魯説曰：「袺謂之䄻，襭謂之裹。」【疏】傳：「袺，執衽也。扱衽曰襭。」○「袺謂之䄻」，❶《廣雅・釋器》文。云「袺謂之䄻」者，《釋器》文云：❷「⿴衣胡，❸袖也。」《集韻》：「䄻，或書作『⿴衣胡』。」《玉篇》：「䄻，衣袚也。」字或作「⿴衣胡」，通作「胡」。《深衣》「袂圓以應規」，注：「謂胡下也。」《釋名》：「褠，禪衣之無胡者也。」此「胡」爲「袖」也。《管子・輕重戊》篇「丁壯者胡丸操彈」，胡丸謂袖丸也。采物既多，以袖受之，此「袺」之義也。《釋器》：「執衽謂之袺。」蓋衣裳皆有衽，以手執其兩旁交裂處，並合向前以受物。毛傳本《雅》訓，《廣雅》迺魯義也。云「襭謂之裹」者，《説文》：「裹，俠

❶「䄻」，原作「裹」，據鍾校《廣雅疏證》卷第七下改。
❷「文」，疑當作「又」。
❸「⿴衣胡」，原作「裹」，據鍾校《廣雅疏證》卷第七下改。

也。」「懷，念思也。」古字通用。《漢書·地理志》、《外戚傳》並以「褱」爲「懷」。《列女傳》云：「始於捋采之，終於懷襭之。」訓「襭」爲「懷」，與《廣雅》合，此魯義同符之證。《釋器》：「扱衽謂之襭。」《説文》「襭」下云：「以衣衽扱物謂之襭。」「擷」下云：「襭或從手。」「扱」下云：「收也。」「趿」下云：「進足有所擷取也。」引《爾雅》「扱謂之襭」作「趿謂之擷」，是「擷」爲進足向前，以衣收物滿貯之，與「褱」、「襭」義同。郭注《爾雅》云：「扱衣上衽於帶。」蓋盛物滿褱，則上衽於帶，情事宜然，郭以意推之。始「采」終「襭」，《列女傳》所謂「浸以益親」也。

《芣苢》三章，章四句。

漢廣【注】韓敘曰：「《漢廣》，説人也。」【疏】毛序：「德廣所及也。文王之道被于南國，美化行乎江漢之域，無思犯禮，求而不可得也。」箋：「紂時淫風徧於天下，維江漢之域先受文王之教化。」○「《漢廣》，説人也」者，《文選》曹植《七啟》李注引《韓詩》敘文。陳啟源云：「韓敘『説人』，夫説之，必求之。然惟可見而不可求，則慕説益至。」其説是也。江、漢之閒，被文王之化，女有貞絜之德，詩人美之，以喬木、神女、江漢爲比。三家義同。

南有喬木，不可休息。【注】魯説曰：「喬木上竦，少陰之木。」韓「息」作「思」。漢有游女，不可求思。【注】魯説曰：「江妃二女者，不知何所人也。出游於江漢之湄，逢鄭交甫。見而悦之，不知其神人也，謂其僕曰：『我欲下請其佩。』僕曰：『此間之人皆習於辭，不得，恐罹侮焉。』交甫不聽，遂下與之言曰：『二女勞矣。』二女曰：『客子有勞，妾何勞之有？』交甫曰：『橘是柚也，我盛之以笥，令附漢水將流而下，我遵其傍，采其芝而茹之，以知吾爲不遜也。願請子之佩。』二女曰：『橘是柚也，我盛之以筥，令附漢水順流而下，我遵其傍，采其芝而茹之。』遂手解佩與交甫。交甫悦，受而懷之中當心。趨去數十步，視佩，空懷無佩；顧二女，忽然不見。《詩》曰：『漢有游女，不可求思。』此之謂也。」齊説曰：「喬木無息，漢女難得。橘柚請佩，反手離汝。」韓説曰：「游女，漢神也。言漢神時見，不可得而求之。」**【疏】**傳：「興也。南方之木美。喬，上竦也。思，辭也。漢上游女，無求思者。」箋：「不可者，本有可道也。木以高其枝葉之故，故人不得就而止息也。興者，喻賢女雖出游漢水之上，人無欲求犯禮者，亦由貞絜使之然。」○南者，《楚地記》：「漢江之北爲南陽，漢江之南爲南郡。」文王化行江漢，適當其地，明與召南疆域相接。「喬木」至「之木」，《淮南·原道訓》高注文。《説文》：「喬，高而曲也。從夭，從高省。」引《詩》。《釋木》：「上句曰喬。」又云：「小枝上繚爲喬。」「上句」、「上繚」，與高注「上竦」同意，故《説文》以爲「高而曲」也。《説文》：「休，息止也。從人依木。」喬木高而少陰，故不可休。孔疏：「傳解『喬木』之下，先言『思，辭』，然後始言『漢上』，疑經『休息』之字作『休思』也。《詩》之大體，韻在辭上。疑『休』、『求』字爲韻，二字俱作『思』。」「韓『息』作『思』」者，《外傳》一引作「不可休思」，《藝文類聚》八十八引同。案：《列女傳》一引作「不可休息」，《易林》云「喬木無息」，是魯、齊作「息」，與毛同。○《説文》「漾」下云：「水。出隴西氐道，東至武都爲漢。」「漢」下云：「漾也。東爲滄浪水。」「浪」下云：「滄浪水也。南入江。」敘漢水原流與《禹貢》合。《詩》「江」、「漢」並舉，知非水初出之地也。游女，神女。詩舉昔漢水之所有，以興今貞女之不可求也。「江妃」至「謂也」，劉向《列仙傳》文，《文選》阮籍《詠懷詩》李注引略同。吴淑《事類賦》引《列仙傳》云：「鄭交甫至漢皋臺下，見二女佩兩珠，大如荆雞卵。

二女解與之，既行反顧，二女不見，佩珠亦失。」此無「佩珠」語，傳寫闕逸。《文選・琴賦》注引《列女傳》：「游女，漢水神。鄭大夫交甫於漢皋見之，聘之橘柚。」「列女」是「列仙」之誤。《文選》楊雄《羽獵賦》「漢女水潛」，李注引應劭云：「漢女，鄭交甫所逢二女也。」張衡《南都賦》云：「游女弄珠於漢皋之曲。」王逸《楚辭・九思》云：「周徘徊兮漢渚，求水神兮靈女。」楊、應、張、王，皆學《魯詩》者也。「喬木」至「離汝」，《易林・萃之漸》文。又《頤之既濟》：「漢有游女，人不可得。」《噬嗑之困》：「二女寶珠，誤鄭大夫。君父無禮，自爲作笑。」「君」是「交」之誤，「父」、「甫」字同。並齊説。「游女」至「求之」，《文選》嵇康《琴賦》注引薛君説。曹植《七啟》、謝朓《齊敬皇后哀策文》注引略同。郭璞《江賦》注引《韓詩内傳》曰：「鄭交甫遵彼漢皋臺下，遇二女，與言曰：『願請子之佩。』二女與交甫，交甫受而懷之，超然而去十步，循探之，即亡矣。回顧二女，亦即亡矣。」又《南都賦》注引《韓詩外傳》曰：「外」字誤，當作「内」。「鄭交甫將南適楚，遵彼漢皋臺下，乃遇二女，佩兩珠，大如荆雞之卵。」《御覽》八百二引《韓詩内傳》曰：「漢女所弄珠，如荆雞卵。」《説文》：「魃，鬼服也。《韓詩傳》云：『鄭交甫遇二女魃服。』」《初學記・地部下》引《韓詩》曰：「鄭交甫過漢皋，遇二女妖服，佩兩珠。交甫與之言曰：『願請子之佩。』二女解佩與交甫，而懷之去十步，探之，則亡矣。回顧二女，亦不見。」此《韓詩》説可參考者。曹植《七啟》云：「諷《漢廣》之所求，覿游女於水濱。」《洛神賦》云：「感交甫之棄言兮，悵猶豫而狐疑。」曹學《韓詩》者也。陳琳《神女賦》云：「贊皇師以南假，濟漢水之清流。感詩人之攸嘆，想神女之所游。」《琴賦》云：「游女飄焉而來萃。」《江賦》云：「感交甫之喪佩。」《敬皇后哀策文》云：「清漢表靈。」阮籍《詠懷詩》云：「二妃游江濱，逍遥順風翔。交甫懷環佩，婉孌有芬芳。」皆用三家義。徐璈云：「游女之爲漢神，猶《楚辭》之有湘君、湘夫人也。鄭交甫事未審係何時代，亦以證漢神之實有耳。詩以漢女之袝不可犯興『之子』，非謂『游女』即『之子』也。」斯言是矣。《列女傳》六、《韓詩外傳》一載「孔子、子貢見阿谷處女」事，終引此詩，則説《詩》者推演之詞，不爲正訓。漢之廣矣，不可泳思。江之永矣，不可方思。【注】魯「永」作「羕」。韓「永」作「漾」，云：「漾，長也。」魯「方」作「舫」。【疏】傳：「潛行爲泳。永，長；方，泭也。」箋：「漢也、江也，其欲渡之者，必有潛行乘泭之道。今以廣長之故，故不可也。又喻女之貞絜，犯禮而往，將不至也。」○《説文》：「廣，殿之大屋也。」引申之爲凡遠大之辭。《説文》：「泳，潛行水中也。」江者，《禹貢》岷山所導，至今湖北江夏縣，合漢水入海。「魯『永』作『羕』」者，《説文》：「永，長也。象水巠理之長。《詩》曰：『江之永矣。』」引與毛同。又云：「羕，水長也。《詩》曰：『江之羕矣。』」兼采《魯詩》。《釋詁》：「羕，長也。」正釋此義。韓云「漾，長也」者，《文選》王粲《登樓賦》「川既漾而濟深」，李注引：「《韓詩》曰：『江之漾矣，不可方思。』薛君曰：『漾，長也。』」漾，水名。韓借「漾」爲「羕」，故訓「長」。「魯『方』作『舫』」者，《釋言》「舫，泭也」，邢疏：「孫炎曰：『舫，水中爲泭筏也。』《周南·漢廣》云：『不可方思。』『舫』、『方』音義同。」案：《爾雅》作「舫」，與毛異字，此《魯詩》文。《説文》：「方，併船也。」「舫，舟師也。」「泭，編木以渡也。」「方」正字，「舫」借字。《方言》：「泭謂之簰，簰謂之筏。筏，秦、晉之通語也。」《楚辭·惜往日》篇注：「編竹木曰泭，楚人曰泭，秦人曰撥。」《詩》釋文：「泭，本亦作『䈏』，又作『桴』，或作『柎』，並同。」又引郭云：「木曰簰，竹曰筏，小筏曰泭。」説雖微異，大旨則同。此詩之「方」，言併木以渡，非謂併船。併船可入江，編木爲小筏則不可。詩以併木爲方，又自併船義引申之。此章喬木、神女、江漢三者，皆興而比也。

翹翹錯薪，言刈其楚。之子于歸，言秣其馬。漢之廣矣，不可泳思。江之永矣，不可方思。【注】魯、韓説曰：「翹翹，衆也。」【疏】傳：「翹翹，薪貌。錯，雜也。秣，養也。六尺以上曰馬。」箋：「楚，雜薪之中尤翹翹者，我欲刈取之，以喻衆女皆貞絜，我又欲取其尤高絜者。之子，是子也。謙不敢斥其適己，於是子之嫁，我願秣其馬，致禮餼，示有意焉。」○《説文》：「翹，尾長毛也。」引申之，凡衆盛而高舉者，皆謂之翹。重言之爲「翹翹」也。「翹翹，衆也」者，《廣雅·釋訓》文。王念孫云：「《詩》『翹翹錯薪』，『翹翹』與『錯薪』連文，則『翹翹』爲衆貌，言於衆薪之中刈取其高者。傳、箋以『翹翹』爲『高』，則與下句相複。《廣雅》以爲『衆』，蓋本於三家。」愚案：此魯、韓説。《文選》陸機《歎逝賦》「翫春翹而有思」，李注：「翹，茂盛貌。《詩》曰：『翹翹錯薪。』」「茂盛」與「衆」義合，亦用魯、韓説。木衆盛已有高義，又於其中刈取尤高者，以喻衆女之中欲取其尤高絜者也。《説文》：「錯，金涂也。」謂以金塗物，其文錯雜。引申之，凡物雜亂皆爲錯。《説文》：「薪，蕘也。」《急就篇》顔注：「取木而然之曰薪。」《詩》以「薪」言「木」者，目中之木，即意中之薪，謂此翹翹然高而雜亂者，皆我之薪也，故先言「薪」，後言「刈」，若已是「薪」，則於「翹翹」義無當，何煩更刈取乎？陳氏奐以「錯薪」爲「集草與木」，失之。《説文》：「楚，叢木。一名荆也。」「荆，楚木也。」陳啟源云：「荆有二，牡荆、蔓荆。楚乃叢木，非蔓生，蓋牡荆也。蔓荆子大，牡荆子小，故又名小荆。有青、赤二種，青者爲荆，❶赤者爲楛。嫖條皆可爲筥箱，古貧女以此爲釵，即此二木也。」《説文》：「秣，食馬穀也。」惠周惕云：「《昏義》壻親

❶「者」，原作「赤」，據《皇清經解》本《毛詩稽古編》改。

迎之後，『出，御婦車，而壻授綏，御輪三周。』故曰：『之子于歸，言秣其馬。』言得如是之女歸於我，則我將親迎而身御之。不言御車而言秣馬，欲速其行，且微其詞也。又《左傳》有『反馬』之文，鄭《詩》有『同車』之語，故《漢廣》以『秣馬』、『秣駒』爲言。若箋言『禮餼』，則納徵，無用馬者。」馬瑞辰云：「《聘禮》『餼之以其禮，上賓太牢，積惟芻禾』，注：『禾以秣馬。』是秣馬亦禮餼之一。又《士昏禮》：『主人爵弁，纁裳緇衣，乘墨車，從車二乘，執燭前馬，婦車亦如之。』鄭《箴膏肓》據此謂『士妻始嫁，乘夫家之車』，是親迎必載婦車以往。秣馬，正載車以往之事，箋謂『致禮餼』，非也。」胡承珙云：「《東山》『之子于歸，皇駁其馬』。則士、庶人亦有送女之馬。」愚案：鄭説「禮餼」，非不可通，但「秣馬」承上「于歸」言，自以惠、馬、胡諸説爲是。箋意與韓敘「悦人」旨合，敬慕之至也。

翹翹錯薪，言刈其蔞。【注】魯「刈」作「采」。之子于歸，言秣其駒。漢之廣矣，不可泳思。江之永矣，不可方思。【疏】傳：「蔞，草中之翹翹然。五尺以上曰駒。」○「魯『刈』作『采』」者，《楚辭·大招》王注：「蔞，香草也。《詩》曰：『言采其蔞。』」《廣韻·十九侯》引《詩》同。陳喬樅云：「據叔師所引，知《魯詩》『刈』字作『采』，不與毛同。木言刈，草言采。刈、采散文亦通。然以全《詩》例之，如采蘋、采藻、采葑、采菲、采芑、采薇，凡草之類皆言采，其義尤合。陸《疏》釋『蔞』云：『其葉似艾，白色，長數寸，高丈餘，好生水邊及澤中，正月根芽生旁莖正白，食之香而脆美，其葉又可蒸爲茹。』是蔞爲香草也。元恪多采三家《詩》説。」《説文》：「蔞，草也，可以烹魚。」《繫傳》云：「今人所爲蔞蒿。」《釋草》「購，蔏蔞」，❶郭注：「蔏蔞，蔞

❶「蔏」，原作「蔄」，據宋監本《爾雅》、郝氏家刻《爾雅義疏》改。

蒿也。生下田，初出可啖，江東用羹魚。」郝疏：「京師人以二三月賣之，唯葉不中食。今驗其葉，似野麻而疏散，蔞亦可啖，陸以爲『似艾，白色』，蓋其初生時耳。」愚案：蔞高丈餘，故亦言「翹翹」。蔞是草而言薪者，《說文》「薪」、「蕘」互訓，《詩·板》釋文、《文選·長楊賦》李注引許書，「蕘」下「薪也」二字並作「草薪也」。《漢書·賈山傳》、《楊雄傳》顔注並云：「蕘，草薪。」是草可稱薪也。《說文》：「馬二歲曰駒。」二章、三章重舉「江」、「漢」，以深致其贊美。長言之不足，又咏嘆之。

《漢廣》三章，章八句。

汝墳【注】魯説曰：「周南之妻者，周南大夫之妻也。大夫受命平治水土，過時不來。妻恐其懈於王事，蓋與其鄰人陳素所與大夫言：國家多難，惟勉强之，無有譴怨，遺父母憂。昔舜耕於歷山，漁於雷澤，陶於河濱。非舜之事，而舜爲之者，爲養父母也。家貧親老，不擇官而仕；親操井臼，不擇妻而娶。故父母在，當與時小同，無虧大義，不罹患害而已。夫鳳鳥不離於罻羅，麒麟不入於陷穽，蛟龍不及於枯澤。鳥獸之智，猶知避害，而況於人乎？生於亂世，不得道理，而迫於暴虐，不得行義，然而仕者，爲父母在也。乃作詩曰：『魴魚赬尾，王室如毀。雖則如毀，父母孔邇。』蓋不得已也。君子是以知周南之妻而能匡夫也。」韓敘曰：「《汝墳》，辭家也。」【疏】毛序：「道化行也。文王之化，行乎汝墳之國，婦人能閔其君子，猶勉之以正也。」箋：「言此婦人被文王之化，厚事其君子。」○「周南」至「夫也」，劉向《列女傳·賢明》篇文。云「周南大夫之妻」者，毛序

「文王之化，行乎汝墳之國」，是此大夫本汝墳國之大夫。而曰「周南大夫」者，以其國在南國疆域之中，時服屬於周也。《易林・兑之噬嗑》：「南循汝水，伐樹斬枝。過時不遇，惄如周飢。」「過時不遇」，與《列女傳》「過時不來」合，是齊與魯同。「《汝墳》，辭家也」者，《後漢・周磐傳》李注引《韓詩》文。《傳》稱「磐居貧養母，儉薄不充，嘗誦《詩》至《汝墳》之章，慨然而嘆，迺解韋帶，就孝廉之舉」，注稱《韓詩》，實韓序也。云「辭家」者，此大夫以父母之故，不得已而出仕，義與《列女傳》同，故磐誦之而就舉也。詳《薛君章句》。引見下。鄭箋謂「王室之酷烈，是時紂存」，與《列女傳》「生於亂世，迫於暴虐」合。孔疏：「文王率諸侯以事殷，故汝墳之國，大夫猶爲殷紂所役。若稱王以後，則不復事紂。六州文王所統，不爲紂役也。」案：《論語・泰伯》篇：「三分天下有其二，以服事殷。」此詩之作，正當其時。婦人知商王暴虐，君子勤勞，猶勉其無怠王事，貽父母憂，非被文王之化，何以能此！

遵彼汝墳，伐其條枚。【注】魯、韓説曰：「遵，行也。條，枝也。」【疏】傳：「遵，循也。汝，水名也。墳，大防也。枝曰條，榦曰枚。」箋：「伐薪於汝水之側，非婦人之事，以言己之君子，賢者而處勤勞之職，亦非其事。」○「遵，行也」者，《廣雅・釋詁》文。明魯、韓訓「遵」爲「行」。《易林》：「南循汝水。」是齊訓「遵」爲「循」，與毛同。案：《説文》：「循，順行也。」諸家訓異義同。汝墳者，《漢志》：「汝南郡定陵縣，高陵山，汝水出，東南至新蔡入淮。」《説文》：「汝，水。出弘農盧氏還歸山，東入淮。」《水經・汝水》篇「汝水出河南梁縣勉鄉西天息山」，酈注：「《地理志》曰『出高陵山』，即猛山也。亦言出南陽魯陽縣之大盂山，又言出弘農盧氏還歸山。《博物志》曰：『汝出燕泉山。』並異名也。」又云：「汝水出東南逕奇雒城西北，❶今南潁川郡治也，濆水出焉，世亦謂之大㶏水。《爾雅》曰：『河有雍，汝有濆。』然則濆者，汝別也。故其下夾水之邑，猶流汝陽之名。是或濆、㶏之聲相近矣，亦或下合㶏、潁，兼統厥稱耳。」案：《釋水》「汝爲濆」，郭注：「《詩》曰：『遵彼汝濆。』」是郭所見《詩》本作「濆」。《御覽》七十一引《詩》曰：「《汝濆》，道化行也。文王之化，行乎汝墳之國也。遵彼汝濆，伐其條枚。」陳喬樅以「濆」爲三家今文，非也。《列女傳》及《周磐傳》注引《韓詩》並作「汝墳」，又王逸《楚辭·九章》注：「水中高者爲墳。「中」，疑「旁」字之誤。《詩》云：『遵彼汝墳。』」是三家《詩》不作「濆」，「濆」自《毛詩》異文。《御覽》所引是《毛詩序》，尤其明證。特不見於陸氏《釋文》耳。陳喬樅云：「《釋水》又云：『江有沱，河有灉，汝有墳。』郭注以爲『上水重見』。孔疏引李巡曰：『江、河、汝旁有肥美之地名。』攷《史記·高祖功臣年表》汝陰爲夏侯嬰國。《漢志》『汝陰』，注：『莽曰汝墳。』《續志》『汝陰』，注：『《地道記》有陶邱鄉，《詩》所謂「汝墳」也。』水旁之地多肥美者，《大司徒》：『辨五地之物生，❷四曰墳衍。其動物宜介物。』鄭注『墳』爲『水厓』，以『介物』爲『龜鼈之屬，水居陸生者』。是墳、衍皆指水旁之地言，高者曰墳，平者爲衍也。『墳』、『濆』古字通用。然《詩》『汝墳』字不作『濆』，郭於『汝爲濆』下引《詩》曰『遵彼汝濆』，非是。據《釋文》云：『濆，《字林》作「涓」，衆《爾雅》本皆作「涓」。』則『濆』乃譌字。《釋水》上言『汝爲涓』，此大

❶「出」，清光緒十八年思賢講舍刻《合校水經注》（以下稱「《合校水經注》」）作「又」。「雒」，《合校水經注》作「頟」。

❷「五」，原作「土」，據續經解本《魯詩遺說攷》一、阮刻本《周禮注疏》改。

水溢出別爲小水之名，故與『河爲灉』、『江爲沱』諸別出之水以類言之。下言『汝有墳』，此汝旁肥美之地名，故與『江有沱』、『河有灉』諸水旁之地亦以類言之。下又云『滸，水厓。水草交爲湄』，皆指水旁之地也。李巡於『江有沱』注云『江溢出流爲沱』，則於『汝爲涓』下注云『亦當然』，是分辨二者極爲明晰。自郭本『涓』誤爲『濆』，遂誤仞《詩》之『汝墳』即《爾雅》之『汝爲濆』，而引《詩》以實之。又於下文『江有沱』諸句注云：『上水別出重見。』《水經注》本之，以誤沿誤，後人疑義紛起，或執其説，釋《詩》『汝墳』爲《爾雅》別出之水；或糾其失，謂《爾雅》『汝爲濆』爲郭私改之本。不知《釋水》之文前後別言，判然各異。李注彼此異解，昭然無疑也。」愚案：《説文》：「墳，墓也。」「濆，水厓也。」是訓「水厓」之字本作「濆」，其作「墳」者，乃假字。陳因分別《雅》訓，必謂《詩》「汝墳」字不作「濆」，亦屬非是。《爾雅》此注李義爲優，郭但不應於「汝爲濆」下引《詩》實之。至云「汝有濆」爲水旁肥美之地，則《説文》義訓自合，不在争執文字也。酈氏爲「濆濦」作注，謂「濆」是「汝別」，即本《雅》訓，特所據非作「涓」之本。然「濆」、「濦」異稱，「濦」，即今河南郾城縣之大溵水。酈氏考實此水，固是不妄。今以作「涓」者爲是，據《説文》，「涓」訓「水流」，未聞是水名也。陳攻郭而侵酈，殆失之矣。《文選》鮑明遠《蕪城賦》李注：「《詩》曰：『遵彼汝墳。』又曰：『鋪敦淮墳。』《爾雅》：『濆莫大於河墳。』❶此蓋三墳。」《考工記》注：「妢胡，胡子之國，在楚旁。」《説文》：「坋，大防也。」《釋丘》：「墳，大防。」「墳」、「坋」義通，「妢」蓋「坋」字之借。《漢志》：「汝陰，故胡國，莽曰汝墳。」證以《續志》引《詩》所謂「汝墳」之國，即

---

❶ 「濆」，胡刻《文選》、宋監本《爾雅》、阮刻本《爾雅注疏》並作「墳」，當據改。

其地矣。《説文》云：「伐，擊也。從人持戈。」「條，枝也」者，《廣雅・釋言》文。毛傳「枝曰條，幹曰枚」，《易林》「伐樹斬枝」，「伐樹」謂枚，「斬枝」謂條，是三家訓「條」爲「枝」，與毛同義。《説文》：「枚，❶幹也。可爲杖。」幹是築牆耑木，此許書借訓，謂木之堅直可豎立者，言己之君子伐薪汝側，爲平治水土之用，勤勞備至也。治水需用薪柴，漢武帝時命羣臣從官負薪寘河，是其證。箋謂「伐薪，非婦人之事，以喻君子處勤勞之職，亦非其事」，失之。未見君子，惄如調飢。【注】韓「惄」作「愵」。魯説曰：「惄，思也。一曰飢也。」魯「調」作「朝」，齊作「周」。【疏】傳：「惄，飢意也。調，朝也。」箋：「惄，思也。未見君子之時，如朝飢之思食。」○「未見君子」，《列女傳》所謂「過時不來」，《易林》所謂「過時不遇」也。「韓『惄』作『愵』」者，《釋文》：「惄，《韓詩》作『愵』，音同。」《説文》：「愵，惪貌。從心，弱聲。讀與『惄』同。」❷《方言》：「愵，憂也。自關而西，秦、晉之間或曰惄。」《衆經音義》四：「愵，思也，傷也。」「愵」訓「憂傷」，則如爲比擬之詞，故《説文》：「惄，飢餓也。一曰憂也。從心，叔聲。《詩》曰：『惄如朝飢。』」後説謂心憂如飢，與韓義合；前説直謂「惄」爲「飢」，則「如」讀爲「然」，言惄然而朝飢，正狀其憂傷之切。「惄，思也」者，《釋詁》文。「惄，飢也」者，《釋言》文。皆魯説。《雅》訓兩釋與《説文》合。孔疏引李巡曰：「惄，宿不食之飢也。」宿不食即朝飢矣。「魯『調』作『朝』」者，《説文》：「朝，旦也。從倝，舟聲。」蔡邕《青衣賦》：「思爾念爾，惄焉且飢。」「且」乃「旦」之譌，「旦

❶「枚」，原作「枝」，據陳刻《説文》、《説文注》、楊刻《説文義證》改。

❷「讀」，原脱，據陳刻《説文》、《説文注》、楊刻《説文義證》補。

飢」即「朝飢」。蔡用《魯詩》，知《説文》作「朝」爲魯文。晉郭遐周詩：「言别在斯須，惄焉如朝飢。」正用《詩》語。「齊作『周』」者，《易林》作「周飢」。朝從舟聲，舟、周古通。

遵彼汝墳，伐其條肄。既見君子，不我遐棄。【注】魯、韓説曰：「肄，枿也。」【疏】傳：「肄，餘也。斬而復生曰肄。既，已；遐，遠也。」箋：「已見君子，君子反也。君子已反得見之，知其不遠棄我而死亡，於思則愈，故下章而勉之。」〇「肄，枿也」者，《廣雅·釋詁》、《釋木》文。《方言》：「烈、枿，餘也。陳、鄭之間曰枿，晉、衛之間曰烈，秦、晉之間曰肄，或曰烈。」烈即蘖也，音同字異。《書·盤庚》「若顛木之有由蘖」，《釋文》：「蘖，本又作『枿』。馬注：『顛木而肄生曰枿。』」《説文》「甹」下云：「木生條也。」引《書》「由蘖」作「甹枿」。「巘」下云：「伐木餘也。」引《書》作「甹巘」。「蘖」下云：「巘或從木，辥聲。」「櫱」下云：「古文『巘』。」「枿」即「櫱」變體，與「巘」、「蘖」一字。據《説文》「甹」爲「木生條」，是《書》之「甹枿」與此詩「條肄」同義。既顛之木，復有發生，長枝爲條，小栽爲肄也。《説文》：「棄，捐也。」「不我遐棄」，猶云「不遐棄我」。孔疏：「婦人以君子處勤勞之職，恐避役死亡。今思之，覬君子事訖得反。我既得見君子，即知不遠棄我而死亡，我於思則愈。」詳三家《詩》義，大夫踰時不歸，妻恐其懈於王事，則是君子未反，孔疏得之。

魴魚赬尾，王室如燬。雖則如燬，父母孔邇。【注】齊「赬」作「䞓」。韓「燬」作「𤈦」。韓説曰：「赬，赤也。𤈦，烈火也。孔，甚也。邇，近也。言魴魚勞則尾赤，君子勞苦則顏色變，以王室政教如烈火矣，猶觸冒而仕者，以父母甚迫近饑寒之憂，爲此禄仕。」【疏】傳：「赬，赤也。魚勞則尾赤。燬，火也。孔，甚；邇，近也。」箋：「君子仕於亂世，其顏色瘦病，如魚勞則尾赤。所以然者，畏王室之酷烈，是時紂存。辟此勤勞之處，或時得罪。父母甚近，當念之以免於害，不能爲疏遠者計也。」○《説文》：「魴，赤尾魚。」馬瑞辰云：「《爾雅》『魴，魾』，郭注：『江東呼魴魚爲鯿。』鯿、魴、魾三字一聲之轉。《本草綱目》云：『有一種火燒鯿，頭、尾俱似魴，而脊骨更隆，上有赤鬣連尾，黑質赤章。』今江南有鯿魚，其腹下及尾皆赤，俗稱與《綱目》説同，殆即古之魴魚。詩以魚尾之赤，興王室之如燬。」愚案：《字林》、《玉篇》、《衆經音義》十九並云：「魴，赤尾魚。」與《説文》合。馬説鯿之別種，殆即赤尾魴魚矣。「齊『赬』作『經』」者，《説文》：「經，赤色也。《詩》曰：『魴魚經尾。』」「赬」下云：「經或從貞。」案：《列女傳》、《韓詩》俱作「赬」，與毛同，則「魴魚經尾」爲《齊詩》文。其以魴爲赤尾魚，當本齊説也。「王室」，紂之朝廷。「如燬」，《列女傳》作「如毀」，王氏《補注》：「言王室多難，如將毀缺，不堅完也。」此魯義。《釋言》「燬，火也」，郭注：「《詩》曰：『王室如燬。』燬，齊人語也。」《爾雅》，《魯詩》之學。據此，亦兼有齊文。《詩》釋文：「齊人謂火曰燬。」是齊當作「燬」，與毛同。「韓『燬』作『焜』」者，《説文》「燬」下云：「火也。《春秋傳》曰：『衛侯燬。』」「焜」下云：「火也。《詩》曰：『王室如焜。』」魯作「毀」，齊作「燬」，明《説文》作「焜」者爲《韓詩》文。《周磐傳》注引《韓詩》曰：「魴魚赬尾，王室如焜。雖則如焜，父母孔邇。」兩引並作「焜」，足可證合。王應麟《詩攷》載《後漢書》注引《韓詩》作「如焜」，今本李注作「燬」。《韓詩外傳》一引《詩》「雖則如燬」二句，亦當爲「如焜」，今本亦作「燬」，皆後人妄改。段玉裁《説文注》謂字當爲「焜」，徑删「燬」篆，由不知《詩》文各異耳。「赬赤」至「禄仕」，《周磐傳》注引《薛君章句》文。云「魴魚勞則尾赤，君子勞苦則顔色變」者，以明詩取喻之義。其言魚勞尾赤，與毛傳同。孔疏：「魴魚之尾不赤，故知勞則尾赤。《左・哀十七年傳》『如魚赬尾，衡流而彷徉』，鄭氏云：『魚肥則尾赤，以喻蒯聵淫縱。』不同者，此自魴魚尾本不赤，赤故爲勞也。」説與薛合。鯿魚尾本不赤，據尋常目驗言之，義各有歸，不嫌互異。「燬」、「焜」，皆謂火烈。王室政教如之，言暴虐也。「孔，甚」，《釋言》文。《説文》：「孔，通也。從乙，從子。乙，請子之候鳥也。乙至而得子，嘉美之也。古人名嘉，字子孔。」案：「嘉」者，美之至，故引申爲「甚」義，《詩》通詁也。「邇，近」，《釋詁》文。言君子所以觸冒危難而仕者，因父母甚迫近飢寒之憂，藉祿以養。釋「孔邇」爲與飢寒甚切近，此韓義也。《列女傳》「迫於暴虐，不得行義」，釋「王室如燬」句；「然而仕者，爲父母在」，釋「父母孔邇」句，言父母不能遠避，則當無懈王事，以貽親憂。「孔邇」屬父母言，此魯義也。鄭箋「父母甚近，當念之以免於害」，與魯訓合。《列女傳》所云「素與大夫言」，即末章之恉。

《汝墳》三章，章四句。

麟之趾【注】韓説曰：「《麟趾》，美公族之盛也。」【疏】毛序：「《關雎》之應也。《關雎》之化行，則天下無犯非禮。雖衰世之公子，皆信厚如麟趾之時也。」箋：「《關雎》之時，以麟爲應。後世雖衰，猶存《關雎》之化者，君之宗族猶尚振振然，有似麟應之時，無以過也。」○「美公族之盛也」者，《文選》王融《曲水詩序》張銑注文，此韓説也。詩兼言子姓，而專以爲「美公族」者，子孫之盛，已見《螽斯》篇義，可參考得之。時文王大業日隆，族姓既多且賢，故詩人歎之。《螽斯》之美，乃后妃不妒善教所成。至於公族多賢，則國運鼎盛，休徵日臻。歷覽興朝，莫不如此。自是文王丕建周基，擇賢佐理，召公分治，遂別爲《風》，此二《南》所由分矣。

麟之趾，振振公子，于嗟麟兮。【注】韓「于」作「吁」。韓説曰：「吁嗟，歎辭也。」【疏】傳：「興也。趾，足也。麟信而應禮，以足至者也。振振，信厚也。于嗟，歎辭。」箋：「興者，喻今公子亦信厚，與禮相應，有似於麟。」〇麟，「麐」借字。《説文》：「麟，大牝鹿也。」「麒，仁獸也。」「麐，牝麒也。」《史記・司馬相如傳》索隱引張揖曰：「雄曰麒，雌曰麟。」《釋文》出「麟之止」三字，云：「止，亦本作『趾』，兩通。」《説文》無「趾」字。《廣雅・釋獸》：「麒麟步行中規，折還中榘，不履生蟲，不折生草。」此趾之德也，故首章以「趾」爲興。振振，解見《螽斯》。言此振奮有爲之公子應運而出，即是麟也。公子，諸侯之子。文王位爲牧伯，此「公」謂文王，「公子」即是武、周諸人。文王而稱曰「公」，足證《周南》之詩在文未稱王時。「吁嗟，嘆辭也」者，《文選》謝朓《八公山》詩李注引《薛君章句》文。據此，《韓詩》「于」作「吁」，「于」、「吁」古今字。《説文》：「吁，驚也。」「䜋，咨也。一曰痛惜也。」「嗞，嗟也。」篆文無「咨」、「嗟」字，説解「咨」、「嗟」，當仍爲「嗞」、「䜋」。《釋詁》：「嗟、咨，䰈也。」「䰈」訓「髮好」，亦借字。「吁」、「嗟」二字合訓，是驚歎詞。見公子多賢，故異而美之。

麟之定，振振公姓，于嗟麟兮。【注】魯「定」作「頞」。【疏】傳：「定，題也。公姓，公同姓。」〇「魯『定』作『頞』」者，《釋言》「頞，題也」，郭注：「題，頞也。」引此詩。案：毛作「定」，則作「頞」者，魯家文也。《説文》：「題，頟也。」《莊子・馬蹄》篇「齊之以月題」，《釋文》引司馬崔云：「題，馬頟上當顱如月形者也。」《廣雅・釋獸》：「麒麟狼題。」《京房易傳》云：「麟狼頟。」即詩所謂「定」矣。姓之爲言生也。《禮・特牲饋食》「子姓兄弟，如主人之服」，鄭注：「子姓者，子之所生，亦謂孫也。」《喪大記》「卿大夫父兄子姓，立於東方」，注：「子姓，謂衆子孫。」是也。是「姓」訓爲「孫」，「公姓」即「公孫」。上章「公子」，此章「公孫」，下章「公族」，次弟如此。或釋「姓」爲「子」，謂「公姓」即「公子」；或據「公孫之子以王父字爲姓」，謂「公姓」是「公孫之子」，並失之。

麟之角，振振公族，于嗟麟兮。【注】魯説曰：「麟似麕，一角而戴肉，設武備而不害，所以爲仁也。」齊説曰：「麟，木之精。」【疏】傳：「麟角，所以表其德也。公族，公同祖也。」箋：「麟角之末有肉，示有武而不用。」○「麟似」至「仁也」，《公羊·哀十四年傳》何休《解詁》文。❶下引：「《詩》云：『麟之角，振振公族。』是也。」「麟，木之精」者，《路史·後紀》注引《詩含神霧》文。陳喬樅云：「木性仁，故麟爲仁獸，角端有肉。」《藝文類聚》引《春秋感精符》曰：「麟一角，明天下共一主也。王者不刳胎，不破卵，則出於郊。德及幽隱，不肖斥退，賢者在位，則至。明於興衰，武而仁，仁而有慮，禽獸有埳穽，非時張獵，則去。明王動則有義，静則有容，乃見。」蓋亦本之齊説。《左·隱八年傳》「諸侯以字爲謚，因以爲族」，杜注：「諸侯不賜姓，其臣因氏其王父字，或即先人之謚稱以爲族。」據此，孫以祖字爲姓，因以祖字爲族。族出於公，公孫之子爲公族也。

《麟之趾》三章，章三句。

周南之國十一篇，三十六章，百五十九句。

---

❶「四」，原作「五」，據阮刻本《春秋公羊傳注疏》改。

詩三家義集疏卷二

長沙王先謙益吾著

召南鵲巢弟二

【注】齊説曰：「周南、召南，聖人所在。」韓説曰：「其地在南郡、南陽之閒。」【疏】「周南、召南，聖人所在」者，焦延壽《易林·大過之頤》文，下云：「德義流行，民悦以喜。」言皆文王轄治之地，得兆民和也。此齊説。蓋文王先有周南，後有召南，其名爲「召南」者，以召公所撫定也。《大雅·召旻》篇：「昔先王受命，有如召公，日闢國百里。」是召公之闢召南，在文王受命後矣。文王稱王，明見《尚書大傳》，非獨詩人言之。召公之在召南，位在諸侯之上，所任者牧伯之職，文王或不仍西伯舊稱。《方言》又云：「衆信曰諒，周南、召南、衛之語也。」蓋召公自周南境内闢土，而南直抵衛境，與紂都相鄰，諸侯慕義來歸，如嬰孺之投慈母。文王無敵之師，終身抑而不用，宜孔子稱爲「至德」也。「其地在南郡、南陽之閒」者，《水經注·江水》篇引韓嬰敘《詩》文，言秦拔鄢郢，以漢南地置南郡。又引《逸周書》「南氏二臣分爲二南國」，與周、召二南無涉。以地理經文參證之，韓敘指召南疆域也。漢南郡，今湖北荆州府荆門州襄陽、施南、宜昌三府境。南陽，今河南南陽府汝州境。《周南》詩有《汝墳》，是其境至汝。周南東北，即召南西南也。據《水經注·夏水》、《江水》篇，江汜在江津豫章口，與《楚詞》合；

江沱在枝江，與《漢志》合，皆在南郡境内。《行露》，召南申女作，申國在南陽郡宛縣，知此文爲召南敘無疑。《羔羊》篇、《摽有梅》篇，毛序皆云「召南之國」，《殷其雷》篇云「召南之大夫」，是毛非不知有召南國，而託名《大序》，公然作僞，不知是何居心也。

詩國風【疏】召公分治南國後，其地所爲詩，及非召南人詩，而其詞歸美召公者，皆在焉。《野有死麕》、《何彼襛矣》二篇，西都畿内之詩，因召公分主陝西，亦從附録。

鵲巢【疏】毛序：「夫人之德也。國君積行累功，以致爵位，夫人起家而居有之，德如鳲鳩，乃可以配焉。」箋：「起家而居有之，謂嫁於諸侯也。夫人有均壹之德，如鳲鳩然，而後可配國君。」○《鄉飲酒》鄭注：「《鵲巢》，言國君夫人之德。」《南齊書·五行志》云：「《鵲巢》，夫人之德也。」三家無異義。國君者，南國諸侯，時皆服屬於周，而自治其國，不能知爲何國也。文王受命稱王，召公分治南土，政教大行，歌詠斯起，後人就地采詩，别爲《召南》。蓋猶是南國，既在召公分治後，即不能不以諸侯之風目之，所謂「諸侯之風」，有異於《周南》「王者之風」者，以此。毛序「國君」語，意亦非指文王。迺孔疏云：「文王之迎太姒，未爲諸侯，而言『國君』者，《召南》諸侯之風，故以夫人、國君言之。文王繼世爲諸侯，而云『積行累功，以致爵位』者，言爵位致之爲難。」夫未爲諸侯，即不當言「國君」，何爲因後日《召南》諸侯之風而言之？繼世爲諸侯，即不當言積累以致爵位，何爲因爵位致之爲難而言之？設詞大爲難通。陳奂《疏》又云：「《關雎》、《麟止》，王者之風，故曰后妃。《鵲巢》、《騶虞》，諸侯之風，故曰夫人。后妃、夫人，皆謂大姒。」是一文王，而忽王者，忽諸侯；一大姒，而忽后妃，忽夫人，事理亦殊不合。《釋文》云：「《周南》是先王之所以教，聖人之深迹。《召南》是先王之教化，文王所行之淺迹。」同一先王教化，何故迹有淺深？此皆牽就舊文，不求通貫，明知其非是而故亂之者矣。《御覽》五百七十八引蔡邕《琴操》云：「古琴曲有歌《詩》五曲：一曰《鹿鳴》，二曰《伐檀》，三曰《騶虞》，四曰《鵲巢》，五曰《白駒》。」今《琴操》《鵲巢》亡闕。

維鵲有巢，維鳩居之。【注】齊説曰：「鵲以復至之月始作室家，鳲鳩因成事，天性如此也。」【疏】傳：「興也。鳩，鳲鳩，秸鞠也。鳲鳩不自爲巢，居鵲之成巢。」箋：「鵲之作巢，冬至架之，至春乃成，猶國君積行累功，故以興焉。興者，鳲鳩因鵲成巢而居有之，而有均壹之德，猶國君夫人來嫁，居君子之室，德亦然。室，燕寢也。」○鵲者，《説文》「舄」下云：「䧿也。象形。」「䧿」下云：「篆文舄。」「雗」下云：「雗鷽也。」「鷽」下云：「雗鷽，山鵲，知來事鳥也。」《廣雅·釋鳥》：「鳱鵠，鵲也。」《淮南·氾論》「乾鵠知來而不知往」，《大射儀》鄭注引作「鳱鵠」。高注：「乾鵠，鵲也。人將有來事憂喜之徵則鳴，此知來也。知歲多風，卑巢於木枝，人皆探其卵，故曰不知往也。」是山鵲、乾鵲、乾鵠、鳱鵠、雗鷽，一物數名，音轉字變，即今俗稱喜鵲。「鵲以」至「此也」，孔疏引《詩推度災》文。云「鵲以復至之月始作室家」者，《月令》疏引《詩緯》作「復之月鵲始巢」。復於消息十一月卦。《淮南子·天文》篇曰：「冬至，鵲始加巢。」是巢在復之月也。箋「冬至架之」，「架」、「加」文同。「至春乃成」，故此言「始」。《月令》：「十二月，鵲始巢。」《周書·時訓解》：「小寒之日又五日，鵲始巢。鵲不始巢，國不寧。」與此不同者，彼以架巢至遲之候言，過此不架，則爲災也。云「鳲鳩因成事，天性如此」者，毛傳：「鳩，鳲鳩。」《釋鳥》「鳲鳩，秸鞠」，郭注：「今之布穀也。江東呼爲穫穀。」《西山經》「南山鳥多尸鳩」，郭注：「尸鳩，布穀類也。」《吕覽・仲春紀》「鷹化爲鳩」，高注：「鳩，蓋布穀鳥。」《釋文》：❶「《埤蒼》云『鴶鵴』，《方言》曰『戴勝』，謝氏曰『布穀類也』。諸説皆未詳，布穀者近得之。」愚案：鳩爲布穀，諸家初無塙詁。今布穀鳥南北多有，小兒聆聲能識，其不居鵲巢甚明。崔豹《古今注》：「鴝鵒，一名鳲鳩。」嚴粲《詩緝》、李時珍《本草綱目》、毛奇齡《續詩傳鳥名》、陳啟源《毛詩稽古編》皆謂「鴝鵒」即今之「八哥」，喜居鵲之成巢，是也。鵲性好潔，鴝鵒伺鵲出，遺汙穢於巢，鵲歸見之，棄而去，鴝鵒入居之。又鵲避歲，每歲十月後遷移，則鴝鵒居其空巢。吾鄉諺云：「阿鵲蓋大屋，八哥住見窩。」謂此。《衆經音義》十八：「鴝鵒，似百舌。」《荆楚歲時記》：「五月，鴝鵒子毛羽新成，俗好登巢取養之，以教其語。今南方人猶喜弄之。」是八哥即鴝鵒，鴝鵒即尸鳩。古者鴝鵒不踰泲，北方罕見此鳥，故多以爲不祥。因悟古人呼尸鳩爲布穀，實即八哥。「布」與「八」、「穀」與「哥」，皆雙聲字。高、郭北人，聞南方呼「八哥」，以爲即是「布穀」，又無解於催耕之「布穀」異物同名。云「類」、云「蓋」，皆存疑莫定之詞。或以爲化生，則吾無能知之矣。《文心雕龍・比興》篇：「尸鳩貞一，夫人象義。義取其貞，無從於夷禽。」夫風人罕譬，但取一端，不關全體。鳩居鵲巢，以喻婦道無成有終之意。《推度災》謂「鳲鳩因成事」，最合詩旨。必謂象夫人之貞一，其失也拘矣。之子于歸，

❶「釋文」，疑當作「孔疏」，以下引文係本詩孔穎達正義。

百兩御之。【注】魯説曰：「車一兩爲兩。兩，相與爲體也。」又曰：「車有兩輪，故稱爲『兩』。猶履有兩隻，亦稱爲『兩』。」三家説曰：「此國君之禮。夫人自乘其家之車也。」又曰：「御，侍也。」【疏】傳：「百兩，百乘也。諸侯之子嫁于諸侯，送御皆百乘。」箋：「之子，是子也。御，迎也。是如鳲鳩之子，其往嫁也，家人送之，良人迎之，車皆百乘，象有百官之盛。」○「車一」至「體也」，《藝文類聚》七十一引應劭《風俗通義》文。「車有」至「爲兩」，《書·牧誓》序疏引《風俗通》文。「兩，相與爲體也」者，凡物得耦而成體者，謂之兩。一車必兩輪而後行，否則車體不具，故云：「兩，相與爲體也。」《説文》：「兩，從一、兩，平分。」錢二銖爲兩，幣二端亦爲兩，並以耦爲名。《媒氏》「無過五兩」，注：「凡於娶禮，必用其類。五兩，十端也。必言『兩』者，欲得其配合之名。」車亦娶禮所用，故不言「百車」，而言「百兩」。「車有兩輪，故稱『兩』」，又引見《後漢·吴祐傳》注。履亦稱「兩」者，《齊風》「葛屨五兩」是也。「百兩」，總言其多。「此國」至「車也」，鄭康成《箴膏肓》引：「《士昏禮》曰：『主人爵弁，纁裳，從車二乘。婦車亦如之，有裧。』則士妻始嫁，乘夫家之車也。」又引此詩，云：「此國君之禮，夫人自乘其家之車也。」據本詩孔疏引。《左·宣五年傳》疏、《士昏禮》疏引略同。孔疏：「夫人之嫁，自乘家車。故《箴膏肓》又云：『禮雖散亡，以《詩》義論之，天子以至大夫，皆有留車反馬之禮。』」據此，鄭初解《詩》，以「百兩」爲夫人家車，三家義也。夫人乘家車，則侍從者亦乘夫人家車可知。「御，侍也」者，《廣雅·釋言》文。《釋文》引：「王肅魚據反，云：『侍也。』」與《廣雅》合，知王肅用三家義。《華嚴經音義》引《蒼頡篇》：「侍，從也。」《論語·先進》皇侃疏：「卑者在尊者之側曰侍。」訓「御」爲「侍」，謂衆媵也。《公羊傳》：「諸侯一娶九女，二國往媵之，以姪娣從，凡有八人。」《韓奕》：「諸娣從之，祁祁如雲。」是其義也。傳

「諸侯之子嫁於諸侯，送御皆百乘」，箋「御，迎也。家人送之，良人迎之，車皆百乘，象有百官之盛」，鄭依毛作訓，又以爲良人迎車，與《箴膏肓》異。案：國君夫人自乘其家之車，故首章爲從車，次章爲送車，正取與《禮》證合。且詩以「鳩」喻「之子」，「百兩」之「御」、「將」、「成」，與上「居」、「方」、「盈」相承爲義，自當併屬「之子」説。若以首章爲壻車，與喻意不貫，知三家義優矣。皮錫瑞云：「《儀禮》鄭注：『士妻之車，夫家共之。大夫以上嫁女，則自以車送之。』疏曰：『云「大夫以上嫁女，則自以車送之」者，案宣公五年冬《左傳》云云，以此鄭《箴膏肓》言之，則知大夫已上嫁女，自以其車送之。若然，《詩》注以爲王姬嫁時自乘其車，《箴膏肓》以爲齊侯嫁女，乘其母王姬始嫁時車送之。不同者，彼取三家《詩》，故與《毛詩》異也。』據賈疏以《箴膏肓》爲取三家，竊疑齊、魯《詩》久亡，唐時惟《韓詩》存，賈氏不明引《韓詩》而統言『三家』者，因其與《毛詩》不同，未必別有明證。何劭公作《膏肓》以難《左氏》，言禮無反馬之法，是今《春秋公羊》説無大夫以上嫁女自以車送之説矣。鄭云禮有反馬之法，是據古《春秋左氏》説。孔、賈二疏皆申鄭義，孔廣森《公羊通義》、劉逢禄《箴膏肓評》皆略同孔疏，與何君義違。惟陳立《公羊義疏》曰：『按反馬之説，出於《左氏》。推《士禮》以言，大夫以上婦人出嫁，亦當乘其夫家之車，男帥女、女從男之義，所以重恥遠嫌也。《詩》之「百兩御」、「百兩將」，自美其送迎之盛爾，不得據爲婦人自乘其車之證。何知婦車不在「百兩御之」中乎？《昏禮》雖士禮，如三月廟見諸節皆同，何所見婦車一節獨異焉？』錫瑞謂陳説申何近是。反馬之説，不見於他經，蓋出於古文《左氏》説。據何、鄭兩義，可以攷見今、古文駁異之一端。三家《詩》皆今文，當與今《春秋公羊》説同，不當與古《春秋左氏》説同。賈疏以《箴膏肓》爲取三家，似與漢人今、古文家法未合。若鄭君《詩》注以爲王姬嫁時自乘其車，《箴膏肓》以爲齊侯嫁女乘其母王姬始嫁時車，雖説稍不同，皆自以其車送之，非夫家之車，皆有反馬之禮，與何君云禮無反馬異也。」愚案：鄭注《昏禮》在未見《毛詩》前，故賈定《箴膏肓》爲取三家。既無明證定爲何家，故統言之。劭公意在難《左》，不關《詩》旨。《公羊》與三家雖同一今文學，容有異説。即三家，已不能悉合也。釋《禮》之旨，女乘家車，明不敢自安爲婦。三月之後，返自壻家，以示永爲夫婦，義本《左傳》孔疏。與三月廟見之禮相成。陳以乘夫家車爲帥女從男，知其一，不知其二。又謂「何知婦車不在百兩之中」，似又依違其説矣。

維鵲有巢，維鳩方之。之子于歸，百兩將之。【疏】傳：「方，有之也。將，送也。」○《説文》：「方，併船也。」引申之，物相併皆謂之「方」。《鄉射禮》注：「方，猶併也。」或訓「並」，或訓「比」，皆引申義。此「方之」亦謂比並而居之。《釋言》「將，送也」，孫炎注：「將者，行之送也。」《淮南·詮言訓》高注：「將，送也。」此詩魯義亦當訓「送」。孔疏引《左傳》云：「凡公女嫁於敵國，姊妹則上卿送之，公子則下卿送之。凡大國，雖公子，亦上卿送之。」是「將之」之義也。

維鵲有巢，維鳩盈之。之子于歸，百兩成之。【注】齊説曰：「以成嘉福。」【疏】傳：「盈，滿也。能成百兩之禮也。」箋：「滿者，言衆媵姪娣之多。是子有鳲鳩之德，宜配國君，故以百兩之禮送迎成之。」○《説文》：「盈，滿器也。」引申之，物滿至不能容，皆謂之「盈」，視「方之」義進。「以成嘉福」者，《易林·節之賁》云：「鵲巢百兩，以成嘉福。」謂夫人有此嘉福，用百兩之禮以成之也。孔疏：「箋以『御』爲迎夫人，『將之』謂送夫人，『成之』謂成夫人，故易『以百兩之禮送迎成之』。」案：「之」者，夫人，則「成之」

是「成夫人」，非謂「能成百兩之禮」，箋意與《易林》合，知鄭參用《齊詩》義也。《左·昭元年傳》：「鄭伯享趙孟。穆叔賦《鵲巢》，趙孟曰：『武不堪也。』」杜注：「喻晉君有國，趙孟治之。」案：臣道與妻道一也，故取爲喻。

《鵲巢》三章，章四句。

采蘩【疏】毛序：「夫人不失職也。夫人可以奉祭祀，則不失職矣。」箋：「奉祭祀者，采蘩之事也。不失職者，『夙夜在公』也。」○《鄉飲酒》鄭注：「《采蘩》，言國君夫人不失職也。」案：「不失職」者，助祭祀是國君夫人之職。能供祭祀，是不失也。《射義》：「士以《采繁》爲節。《采繁》者，樂不失職也。」此言士當不失職事，故射以《采繁》爲節，由此詩「不失職」之義推而用之。《射禮》鄭注：「樂不失職者，謂《采繁》曰：『被之僮僮，夙夜在公。』」仍舉《詩》義明之，與《鄉飲酒》注義同。三家無異義。王符《潛夫論·班禄》篇：「背宗族而《采蘩》怨。」疑「蘩」是「蘋」之譌。彼詩「宗室牖下」，言嫁女祭於宗室，故「背宗族」則因以致諷，説自可通。或是彼詩魯義，與《關雎》、《騶虞》魯説同。若《采蘩》詩義，無一語及宗族，知其誤也。陳氏喬樅以爲此詩魯説，非是。

于以采蘩？于沼于沚。于以用之？公侯之事。【注】齊「蘩」作「繁」。【疏】傳：「蘩，皤蒿也。于，於；沼，池；沚，渚。公侯夫人執蘩菜以助祭，神饗德與信，不求備焉，沼沚谿澗之草，猶可以薦，王后則荇菜也。之事，祭事也。」箋：「于以，猶言往以也。執蘩菜者，以豆薦蘩菹。言夫人於君祭祀而薦此豆也。」○「于以」者，箋「猶言往以也」，馬瑞辰云：「《釋詁》：『爰、粤，于也。』又曰：『爰、粤、于，於也。』凡《詩》言『于以』，猶言『爰以』、『粤以』，皆語詞。箋訓爲『往以』，失之。」案：馬説是也。《釋文》：「蘩，本亦作『緐』。」案：《射義》作「緐」，是《齊詩》「蘩」當爲「緐」，與毛「亦作」本同。《釋草》：「蘩，皤蒿。」又云：「緐，由胡。」「蘩」、「緐」通用字。《左・隱三年傳》疏引陸璣云：「凡艾白色爲皤蒿，今白蒿也。春始生，及秋香美，可生食，又可蒸。一名由胡，北海人謂之旁勃。」《夏小正》「二月，榮堇采蘩」，戴德傳：「堇，菜也。蘩，遊胡。遊胡者，蘩母也。蘩母者，旁勃也。皆豆實也，故記之。」《廣雅・釋草》：「蘩母，蒡葧也。」「蒡葧」即「旁勃」。《説文》「沼」下云：「池水。」「沚」下云：「小渚曰沚。《詩》曰：『于沼于沚。』」《釋名》：「沚，止也，小可以止息其上也。」孔疏：「白蒿非水菜，此言『沼』、『沚』者，謂於其旁采之。下『于澗之中』亦謂於曲内，非水中。」胡承珙云：「《爾雅翼》謂『莪，蘿蒿，生澤田沮洳之處』，莪即古之蘩。《圖經》又云：『白蒿，蓬也。生中山川澤。』然則皤蒿水、陸皆有，通可名蘩，故《爾雅》又云『蘩之醜，秋爲蒿』也。」愚案：白蒿有水、陸二種，《爾雅》通謂之蘩。云「蘩，皤蒿」者，今陸生艾蒿，辛薰不美。云「蘩，由胡」者，今水生蔞蒿，辛香而美。云「蘩之醜，秋爲蒿」者，通水、陸二種言。詳李時珍《本草綱目》。此「蘩」是水生蔞蒿，故曰采於沼、沚也。箋云「以豆薦蘩菹」，與戴傳「豆實」訓合。大戴《禮》學與《齊詩》同源，以知此「豆薦蘩菹」之説，齊義如此，而鄭用之。《醢人》：「掌四豆之實。」凡祭祀，共薦羞之豆實。」祭之事，夫婦親之，《祭統》「夫人薦豆」，是其義矣。「公侯之事」者，謂祭公侯之事。蘩雖微物，亦供祭祀。《左・隱三年傳》：「苟有明信，澗、谿、沼、沚之毛，蘋、蘩、薀、藻之菜，筐、筥、錡、釜之器，潢、汙、行、潦之水，可薦於鬼神，可羞於王公。」又云：「《風》有《采蘩》、《采蘋》，《雅》有《行葦》、《泂酌》，昭忠信也。」杜注：「《采蘩》、《采蘋》，義取於不嫌薄物。」文三年《傳》：「《詩》曰：『于以采蘩？于沼于沚。于以用之？公侯之事。』秦穆有焉。」杜注：「言沼沚之蘩至薄，猶采以共公侯，喻秦穆不遺小善。」昭元年《傳》：「鄭伯享趙孟，穆叔賦《采蘩》，曰：『小國爲蘩，大國省穡而用之，其何實非命？』」杜注：「《詩・召南》，義取蘩菜薄物，可以薦公侯，享其信，不求其厚。穆叔言小國微薄猶蘩菜。」釋此詩義並同。「可羞於王公」，疏云：「上言『鬼神』，此言『王公』，是生王公也。或以爲王公亦謂鬼神，非生王公也。《泂酌》論天子之事，是羞於王；《采蘩》云公侯之事，是羞於公。」案：後說是也。公侯，謂已往之公侯享祭者，非生公侯。知者，下文「公侯之宮」是公侯廟寢，則此「公侯」亦非生者也。杜云「薄物可薦公侯，享其信，不求其厚」，是謂薦公侯而享之，亦以此詩「公侯」非生公侯。

于以采蘩？于澗之中。于以用之？公侯之宮。【注】魯説曰：「廟寢總謂之宮。」【疏】傳：「山夾水曰澗。宮，廟也。」○「廟寢總謂之宮」者，蔡邕《獨斷》文，下引此詩「公侯之宮」爲證。《公羊・文十三年傳》：「周公稱太廟，魯公稱世室，羣公稱宮。」推尊周、魯二公，廟稱不同。其餘武宮、煬宮之屬，並以宮稱。以此例之，是諸侯廟謂之宮。《釋宮》：「室有東西廂曰廟，無東西廂、有室曰寢。」《月令》鄭注：「前曰廟，後曰寢。」孔疏：「廟是接神之處，其處尊，故在前。寢，衣冠所藏之處，對廟爲卑，故在後。」《隸僕》賈疏：「寢廟大況是同，有廂、無廂爲異耳。必須寢者，祭在廟，薦在寢，故立之。」《後漢・明紀》李注：「宮者，存時所居，緣生事死，因以爲名。」

被之僮僮，夙夜在公。被之祁祁，薄言還歸。【注】三家「僮僮」作「童童」。魯、韓説曰：「童童，盛也。」齊説曰：「夙夜在公，不離房中。」【疏】傳：「被，首飾也。僮僮，竦敬也。夙，早也。祁祁，舒遲也，去事有儀也。」箋：「公，事也。早夜在事，謂視濯溉饎爨之事。《禮記》：『主婦髲髢。』言，我也。祭事畢，夫人釋祭服而去髲髢，其威儀祁祁然而安舒，無罷倦之失。我還歸者，自廟反其燕寢。」〇《釋文》：「髲，本亦作『髢』。」孔疏：「箋引《少牢》之文，云『主婦髲鬄』，與此『被』一也。案：《少牢》作『被裼』，注云：『被裼，讀爲髲鬄。古者或剔賤者、刑者之髮，以被婦人之紒爲飾，因名髲鬄焉。此《周禮》所謂「次」也。』又《追師》『掌爲副編次』，注云：『次，次第髮長短爲之，所謂髲髢。』即與次一也。知者，《特牲》云『主婦纚笄』，《少牢》云『被錫』，纚笄，笄上有次而已，故知是《周禮》之『次』也。此言『被』，與『髲鬄』之文同，故知『被』是《少牢》之『髲鬄』，同物而異名耳。」陳奂云：「『副笄六珈』，傳：『副者，后、夫人之首飾，編髮爲之。』彼傳以『副』爲『首飾』，則『副』與『被』同物。副用編髮，被亦用編髮。編髮，即《周禮・追師》之『編次』也。鄭改《少牢》『被』爲『髲』，又讀《詩》之『被』爲『髲髢』之『髲』。髲髢，婦人常服，后、夫人副雖用編髮作成，與髲髢制相似，然亦不以髲髢爲從祭之服。鄭注《追師》及《士昏》、《少牢》以『髲髢』爲《周禮》之『次』，而『次』又非后、夫人從祭之服也，箋《詩》與注《禮》又不合。」愚案：鄭以此詩之「被」即《少牢》之「被錫，讀爲髲鬄」，《士昏》、《追師》之「次」亦即「髲髢」，箋《詩》與注《禮》非不合。陳謂「被」即是「副」，「副」用編髮爲之，即《追師》之「編次」，誤「編」、「次」爲一物。案：《追師》：「掌王后之首服，爲副編次，追衡笄。爲九嬪及内外命婦之首服，以待祭祀賓客。」賈疏：「此經云『副編次，以待祭祀賓客』，明燕居不得著次。」則「次」未嘗非從祭之服。又鄭注云：「副之言覆，所以覆首爲之飾，其遺象若今步繇矣。服之以從王祭祀。「步繇」，即「步摇」，「繇」、「摇」一聲之轉。「副笄六珈」，箋：「副既笄而加飾，如今之步摇上飾。」《釋名》：「步摇，上有垂珠，步則摇也。」《晉書・輿服志》：「皇后首飾，則假髻、步摇，俗謂之珠松是也。」詳「步摇」名義，今婦人首飾上有之。編，編列髮爲之，其遺象若今假紒矣。服之以告桑也。「假紒」，即《晉志》之「假髻」。字又作「帤」，《説文》：「帤，簪結也。」「結」即「髻」字。《廣雅・釋詁》：「帤，髻也。」次，次第髮長短爲之，所謂髲髢，服之以見王。《説文》「髲」下云：「鬄也。」「鬄」下云：「髲也。」「髢」下云：「鬄或從也聲。」「鬄」下云：「鬀髮也。」案：「鬄」、「鬄」字、義並通。髲鬄者，鬄人髮以被己髮，古有此飾。《左・哀十七年傳》：「見己氏之妻髮美，使髡之，以爲吕姜髢。」《吴志》：「薛綜上事，言漢朱崖叛，以長吏覩其人好髮，髡取爲髲，故百姓怨叛。」《釋名》：「髲，被也。髮少者得以被，助其髮也。」王后之燕居，亦纚笄總而已。凡諸侯夫人於其國，衣服與王后同。」詳鄭此文，皆據目驗，以明古制，假紒、髲髢，確爲二物。《士昏禮》「女次」，注：「次，首飾也，今時髲也。」彼注言「今時」，與《追師》注兩「若今」同，皆據時目驗。蓋髲髢，所以益髮美觀。假紒則編成以冠首，從而施步摇於其上，爲首服極盛之飾，惟從祭用之。告桑則有編次，而不用副。見王則有次，而不用編。其服遞殺。燕居惟纚笄總而已，並次不用。文義甚明，非謂從祭止用副，而無編、次也。鄭但引《禮》「髲髢」證此詩之「被」者，以彼文「被裼」義㬎，舉其一端，下言「僮僮」，則被上盛飾自見，副、編皆包舉在内。繹詩「被之」之字義固如是，鄭特引而未發。《釋名》：「王后首飾曰副。副，覆也，以覆首也。亦言副，貳也，兼用衆物成其飾也。編，編髮爲之也。次，次第髮也。」「副」、「編」、「次」分三物，與鄭説同。《君子偕老》傳云：「副者，后、夫人之首飾，編髮爲之。」此毛誤也。副若止是編髮，不得即謂是盛飾，與褘之盛服相稱，理至易曉。若《追師》「副編次」是一物，但言「副」，不言「編」、「次」可矣。古書簡要，何用繁文？《廣雅・釋器》：「假結謂之鬠。」變「副」爲「鬠」。《後漢・東平王蒼傳》李注：「副，婦人首飾，三輔謂之假紒。」副、編溷爲一事，其誤自毛傳啟之，非鄭君據時制一一剖析，《詩》、《禮》古義並就湮廢矣。「童童，盛也」者，《廣雅・釋訓》文。王念孫云：「『僮』與『童』通，『童童』爲『盛』，蓋本三家。《釋名》：『幢，童也，其貌童童然也。』《蜀志・先主傳》云：『有桑樹高五丈餘，遥望見童童如小車蓋。』《藝文類聚》引作『幢幢』。張衡《東京賦》：『樹羽幢幢。』皆謂盛貌。『童』、『僮』、『幢』古同聲而通用。」愚案：《射義》鄭注亦引作「童童」。據此，「僮僮」三家並作「童童」。《説文》：「夙，早敬也。從丮。持事雖夕不休，早敬者也。」「夜，舍也，天下休舍也。從夕，亦省聲。」此「夙夜」本義。《詩》「夙夜」二字連讀，猶言「早夜」。《史記・齊悼惠王世家》：「魏勃常獨早夜埽齊相舍人門外。」「早夜」，未旦之詞，與此「夙夜」義合。馬瑞辰謂：「《詩》言『夙夜』不一，有兼指朝暮言者，《陟岵》『行役夙夜無已』之類是；有專指夙興言者，此詩『夙夜在公』及它詩『豈不夙夜』、『夙夜敬止』、『庶幾夙夜』、『我其夙夜』、『莫肯夙夜』是。」其説是也。「在公」，猶言「在廟」。「不離房中」者，《易林・大過之小過》文。《特牲》迭言「主婦盥于房中」、「洗爵于房」、「適房」、「反于房」，《少牢》亦言「主婦興，入于房」，與此「房中」同義，足證「在公」爲從祭於廟也。《釋訓》：「祁祁，徐也。」此魯説，與毛義同。《説文》：「徐，安行也。」《韓奕》傳亦云：「祁祁，徐靚也。」與此「祁祁」訓同。「薄言還歸」者，祭事畢，則夫人歸於燕寢。

《采蘩》三章，章四句。

草蟲【注】魯説曰：「孔子對魯哀公曰：『惡惡道不能甚，則其好善道亦不能甚。好善道不能甚，則百姓親之也亦不能甚。《詩》云：「未見君子，憂心惙惙。亦既見止，亦既覯止，我心則説。」』詩人之好善道也如此。』」【疏】毛序：「大夫妻能以禮自防也。」❶○「孔子」至「如此」，劉向《説苑・君道》篇文，與毛序異。《左・襄二十七年傳》：「鄭七子享趙孟，子展賦《草蟲》，趙孟曰：『善哉，民之主也！抑武也不足以當之。』」杜注：「子展以趙孟爲君子。」又曰：「子展其後亡者也，在上不忘降。」杜注：「降，《詩》『我心則降』也。」與《説苑》「好善道」義合。是詩爲「好善」作，故趙孟聞子展之賦，即美爲「民之主」，又自謙不足以當君子也。在民上之人好善，見君子而心降，故以「不忘降」爲美德。若妻見君子而心降，禮固當然，何足稱美？且與「在上」義亦不合，以此知魯説最古。《文選》劉孝標《廣絶交論》：「夫草蟲鳴則阜螽躍，雕虎嘯而清風起。」以蟲之同類相從，喻友之同道相合，正用魯説。徐幹《中論・法象》篇：「良霄以《鶉奔》喪年，子展以《草蟲》昌族。君子感凶德之如彼，見吉德之如此。故立必磬折，坐必抱鼓。周旋中規，折旋中矩。」又就「好善」推演其義也。

喓喓草蟲，趯趯阜螽。【注】魯、韓説曰：「喓喓，鳴也。趯趯，跳也。」魯説曰：「草螽，負蠜。阜螽，蠜。」【疏】傳：「興也。喓喓，聲也。草蟲，常羊也。趯趯，躍也。阜螽，蠜也。卿大夫之妻待禮而行，隨從君子。」箋：「草蟲鳴，阜螽躍而從之，異種同類，猶男女嘉時以禮相求呼。」○「喓喓，鳴也。趯趯，跳也」者，《廣

---

❶ 「大夫」，原作「夫人」，據明世德堂本《毛詩》、阮刻本《毛詩正義》改。

雅・釋訓》文。「草螽，負蠜」者，《釋蟲》文。郭注：「《詩》曰：『喓喓草蟲。』謂常羊也。」案：《月令》「蟲螟爲害」，蔡邕《章句》作「螽螟」，是「蟲」、「螽」古通用。《詩》作「草蟲」，《爾雅》作「草螽」，郝懿行謂《詩》變文以韻句，是也。孔疏引陸璣云：「小大長短如蝗也，奇音，青色，好在茅草中。」郝云：「如陸説，蓋今之青頭郎，大小如蝗而色青，即蝗類，未聞能鳴。今驗一種青色善鳴者，登萊人謂之聒子，濟南人謂之聒聒，並音如乖。順天人亦謂之聒聒，音如哥。體青緑色，比蝗麤短，狀類蟋蟀，振翼而鳴，其聲清滑。及至晚秋，鳴聲猶壯。《詩・出車》箋：『草蟲鳴，晚秋之時。』及陸《疏》『奇音，青色』，唯此足以當之。」愚案：郝説即今之蟈蟈也。以爲草蟲，近之。常羊，未聞。「𧒂螽，蠜也」者，亦《釋蟲》文。郭注：「《詩》曰：『趯趯𧒂螽。』」《集韻》：「阜，或作『𧒂』。」是「阜」、「𧒂」同字。據《爾雅》經注，《魯詩》作「𧒂」。孔疏引：「李巡曰：『蝗子也。』陸璣云：『今人謂蝗子爲螽子，兖州人謂之螣。』」是李、陸皆以阜螽爲蝗。案：《説文》：「螽，蝗也。」「蝗，螽也。」「蠜，自蠜也。」未嘗以蠜爲蝗，明蠜、蝗是二物。且阜螽爲自蠜，草蟲爲負蠜，「負」、「阜」同音字，負之爲阜，猶螽之爲蟲。凡蟲鳥草木之名，或是變文，或緣音轉，初無定字。草蟲、阜螽同類，故草蟲鳴而阜螽跳從之，以喻聲應氣求之義。若阜螽是蝗，與草蟲非類，何得聞聲相從？經文不可通矣。未見君子，憂心忡忡。【注】魯「忡」作「爞」。魯説曰：「爞爞，憂也。」齊作「沖」。【疏】傳：「忡忡，猶衝衝也。婦人雖適人，有歸宗之義。」箋：「未見君子者，謂在塗時也。在塗而憂，憂不當君子，無以寧父母，故心衝衝然。是其不自絶於其族之情。」○君子，謂善人。「爞爞，憂也」者，《廣雅・釋訓》文。臧庸云：「忡忡，三家《詩》必有作『爞爞』者。」愚案：《楚辭・雲中君》王注：「爞爞，憂心貌。」張、王訓義並合。據此，魯作「爞爞」。嚴忌《哀時命》「心煩寃之惙惙」，亦用魯義。《鹽鐵論·論誹》篇引《詩》云：「未見君子，憂心冲冲。」桓寬所引乃齊異文，「冲」當爲「沖」，俗渻。《説文》：「沖，水涌摇也。」心之憂勞似之也。亦既見止，亦既覯止，我心則降。【注】魯「覯」作「遘」。【疏】傳：「止，辭也。覯，遇；降，下也。」箋：「既見，謂已同牢而食也。既覯，謂已昏也。始者憂於不當，今君子待己以禮，庶自此可以寧父母，故心下也。《易》曰：『男女覯精，萬物化生。』」○「魯『覯』作『遘』」者，《釋詁》「遘，遇也」，邢疏引《草蟲》曰：「亦既遘止。」陳喬樅云：「邢疏所引必據《爾雅》舊注之文，知是《魯詩》也。《説苑》引《詩》亦當作『遘』爲正。」愚案：《説文》：「遘，遇也。」「覯，遇見也。」上言「見」，下不當複言「遇見」，《魯詩》作「遘」義長。止，詞也。《釋言》：「降，下也。」《後漢·東平王蒼傳》引《詩》「我心則降」，李注：「降，下也。」《説文》：「夅，服也。從夂、ヰ相承，不敢並也。」「降」、「夅」字同。

陟彼南山，言采其蕨。未見君子，憂心惙惙。亦既見止，亦既覯止，我心則説。【疏】傳：「南山，周南山也。蕨，虌也。惙惙，憂也。説，服也。」箋：「言，我也。我采者，在塗而見采虌，采者得其所欲得，猶己今之行者，欲得禮以自喻也。」○南山，山之在南者，與《采蘋》「南澗」同。即目興懷，非有指實。毛謂是「周南山」，説者遂以終南、太一山當之，非也。《釋草》：「蕨，虌。」《説文》：「蕨，虌也。」《釋文》：「俗云其初生似龞腳，故名焉。」是「龞」不當從草。郝懿行云：「蕨菜全似貫衆而差小，初出如小兒拳，故名拳菜。其莖紫色，故名紫蕨。」愚案：今京師每用供客，以夷齊窮餓所食，更其名曰「吉祥菜」。詩言蕨菜至微，以其可食，尚不憚登山之勞以采之，況善人有益於我甚大，豈可不求見乎？故未見則憂，既見則説也。《説文》：「惙，憂也。《詩》曰：『憂心惙惙。』」《衆經音義》四引《聲類》：「惙，短气皃也。」《釋訓》：「惙惙，憂也。」

單言曰「惙」，重言曰「惙惙」，憂之至也。《説文》：「説，説釋也。」中心喜説而釋然。《静女》篇「説懌女美」，鄭讀「懌」爲「釋」，「説釋」即「説懌」也。

陟彼南山，言采其薇。【疏】傳：「薇，菜也。」○《説文》：「薇，菜也。似藿。」孔疏引陸璣云：「山菜也。」戴侗《六書故》引項安世云：「今之野豌豆也。莖、葉、花、實皆似豌豆而小，莢可茹，蜀人謂之小巢菜。豌豆謂之大巢。」《釋草》「薇，垂水」，郭注：「生於水邊。」案：薇是山菜，故須陟山采之。夷齊作歌亦云：「登彼西山兮，采其薇矣。」或謂生山間水邊，不害爲山菜。然於登陟而采之之義未合，《雅》廣二名，不當泥視。

未見君子，我心傷悲。亦既見止，亦既覯止，我心則夷。【注】魯説曰：「夷，悦也，喜也。」【疏】傳：「嫁女之家，不息火三日，思相離也。夷，平也。」箋：「維父母思己，故己亦傷悲。」○「傷悲」較「憂」義進，極言其誠。「夷，悦也」者，《釋言》文。郭注：「《詩》曰：『我心則夷。』」較毛訓「平」義進，《魯詩》訓也。「夷，喜也」者，《楚詞・九懷》「羨余術兮可夷」，王注：「《詩》曰：『我心則夷。』夷，喜也。」「喜」、「悦」義同。詩「降」、「説」、「夷」對上「憂」、「傷悲」言，「夷」訓「喜悦」尤合。《釋詁》「悦，服也」，郭注：「謂喜而服從。」「降」、「服」義同，是「降」亦「悦」也。

《草蟲》三章，章七句。

采蘋【疏】毛序：「大夫妻能循法度也。能循法度，則可以承先祖，共祭祀矣。」箋：「女子十年不出，姆教婉娩聽從。執麻枲，治絲繭，織紝組紃，學女事以供衣服。觀於祭祀，納酒漿、籩豆、葅醯，禮相助奠。十有五而笄，二十而嫁。此言能循法度者，今既嫁爲大夫妻，能循其爲女之時所學所觀之事，以爲法度。」○《鄉飲酒》鄭注：「《采蘋》，言卿大夫之妻能修其法度也。」案：《射義》「《采蘋》，樂循法也」，鄭注：「樂循法者，謂《采蘋》曰：『于以采蘋？南澗之濱。』循澗以采蘋，喻循法度以成君事也。」彼言射禮樂章，卿大夫以《采蘋》爲節，是取以循法爲節之義，亦由此詩「卿大夫妻能循法度」之義推而用之。據《射義》，毛序作「循」，《鄉飲酒》注「能修其法度」之「修」，當爲「循」字傳寫之譌，古書「循」、「修」字多相亂。《困學紀聞》引曹粹中《詩説》云：「《齊詩》先《采蘋》，而後《草蟲》。」陳喬樅云：「據《儀禮》，合樂歌《周南》，則《關雎》、《葛覃》、《卷耳》三篇同奏。歌《召南》，則《鵲巢》、《采蘩》、《采蘋》三篇同奏。是知古《詩》篇次原以《采蘋》在《草蟲》之前，三家次弟容與毛異，曹説非無據也。」愚案：曹氏即本《儀禮》爲説，三家皆同，不獨齊也。

于以采蘋？南澗之濱。【注】韓説曰：「沈者曰蘋，浮者曰薸。」于以采藻？于彼行潦。

【疏】傳：「蘋，大蓱也。濱，涯也。藻，聚藻也。行潦，流潦也。」箋：「古者婦人先嫁三月，祖廟未毁，教于公宫。祖廟既毁，教于宗室。教以婦德、婦言、婦容、婦功。教成之祭，牲用魚，芼用蘋藻，所以成婦順也。此祭女所出祖也。法度莫大於四教，是又祭以成之，故舉以言焉。蘋之言賓也，藻之言澡也。婦人之行尚柔順，自絜清，故取名以爲戒。」○「沈者曰蘋，浮者曰薸」者，《釋文》引《韓詩》文「薸」誤「藻」，盧文弨云：「王應麟《詩攷》引《韓詩》『藻』作『薸』，當據以改正。」今從之。《説文》無「蘋」字，「蕒」下云：「大蓱也。」據此，「蕒」正字，「蘋」俗字。鄭箋「蘋之言賓也，藻之言澡也」，皆舉字形以見義，是鄭所見本「蘋」作「蕒」，古從賓、從頻之字多相亂。《釋草》「苹，蓱」，郭注：「水中浮蓱，江東謂之薸，音瓢。」又曰「其大者蘋」，郭注：「《詩》曰：『于以采蘋。』」《爾雅》以「蘋」爲「大蓱」，與《説文》合，即韓所謂「沈者」。其「浮蓱」，即韓所謂「浮者」，今之浮薸是也。《爾雅翼》云：「蘋根生水底，葉敷水上，不若小浮蓱之無根而漂浮。故《韓詩》云：『沈者曰蘋，浮者曰薸。』」薸音瓢，即小蓱也。蘋亦不沈，但比萍則有根，不浮游耳。「薸」、「藻」形似致誤。《埤雅》引《韓詩》亦作「浮者曰藻」，遂謂藻出水上，非也。李時珍云：「蘋莖細於蓴莕，其葉大如指頂，面青背紫，有細文，頗似馬蹄、決明之葉，四葉合成，中拆十字，夏秋開小白花，故稱白蘋。」《説文》無「濱」字，「瀕」下云：「瀕，水厓，人所賓附，頻蹙不前而止。從頁，從涉。」據此，「瀕」正字，「濱」俗字。《宋書・何尚之傳》：「袁淑書曰：『舍南瀕之操。』尚之宅在南澗寺側，故書曰『南瀕』，《毛詩》所謂『于以采蘋？南澗之瀕』也。」足證《詩》古本「濱」作「瀕」。《説文》：「薻，❶水艸也。從艸，從水，巢聲。《詩》曰：『于以采薻。』」是許所據《詩》本作「薻」。「薻」下云：「藻或從澡。」箋「藻之爲言澡也」，是鄭所據《詩》本作「藻」。《左・隱三年傳》「蘋、蘩、薀藻之菜」，杜注：「薀藻，聚藻也。」《説文》：「薀，積也。」「積」、「聚」義同，亦一聲之轉。聚，言其叢生之狀也。《齊民要術》引陸璣云：「藻生水底，有二種：其一種葉如鷄蘇，莖大如箸，可長四五尺；一種莖大如釵股，葉如蓬，謂之聚藻。此二藻皆可食，煮熟，挼去腥氣，米麪糝蒸，爲茹佳美，荆、揚人飢荒以當穀食。」愚案：葉如鷄蘇者，舟行小河中常鉤得之，莖連綿長數尺，在水底有根，《説文》所謂「莙，牛藻也」。牛藻葉大，故別之曰莙。

❶「薻」，原作「藻」，據陳刻《説文》、《説文注》、楊刻《説文義證》改。下一「薻」同。

葉如蓬者，今人盆盎中貯水多蓄之，藂生可玩，無根易活，俗謂之絲草，蓬茸水中，不生水底，《左傳》所謂「藴藻」，陸所稱「聚藻」也。二種人並不食，古今之異。《説文》：「潦，雨水大皃。」《漢書·司馬相如傳》注引張揖曰：「潦，行潦也。」《泂酌》毛傳：「行潦，流潦也。」足證「行潦」二字相連爲義。行之爲言流也。雨水流行，渟蓄汙下之處，其水無原，故曰「行潦」。其渟蓄處，則謂之「潢汙」。《左·隱三年傳》「潢汙行潦之水」，杜注：「潢汙，渟水。」《周語》韋注：「大曰潢，小曰污。」《夏小正》「七月，湟潦生苹」，傳：「湟，下處也。」「湟」訓水名，即「潢」之借字。《詩》無「潢汙」之文。《左傳》取與「行潦」相配爲義，蓋但有「行潦」而無「潢汙」不能生物，《夏正》是其明證，《傳》文非虚設也。孔疏：「行者，道也。潦，雨水也。行潦，道路之上流行之水。」案：「行」雖有「道」義，但雨水道路流行，豈遂有藻可采？孔疏非也。

于以盛之？維筐及筥。【注】魯説曰：「方底曰筐，員底曰筥。」于以湘之？維錡及釜。【注】韓「湘」作「鬺」。韓説曰：「鬺，飪也。」【疏】傳：「方曰筐，圓曰筥。湘，亨也。錡，釜屬。有足曰錡，無足曰釜。」箋：「亨蘋藻者，於魚湆之中，是鉶羹之芼。」○「盛之」者，盛黍、稷也。言「盛」即知是黍、稷者，《説文》：「盛，黍、稷在器中以祀者也。」是「盛」爲「黍、稷在器中以祀」之專義。筐、筥又是飯器，與它處泛言者不同。鄭箋云「其粢盛蓋以黍、稷」，專言蘋、藻，於詩義不備也。《昏義》鄭注亦云：「其齊盛用黍。」疏云：「以其告祭，不用正牲，則無稻、粱。既以蘋、藻爲羹，則當有齊盛。士祭特牲黍、稷，故知此亦用黍也。」據此，知「盛」不屬蘋、藻言。《説文》：「匡，飯器，筥也。或從竹。」「筥，箱也。」「箱，一曰飯器，容五升。」「箱，飯筥也，受五升。秦謂筥曰箱。」「箱」即「箱」之異文。《廣雅》：「箱，籐也。」「籐」即「筥」之異文。今楚俗謂撈飯竹器爲「筲箕」，即是筥也。毛傳「方曰筐，圓曰筥」，許書不言，疑傳説非是。《淮南・時則訓》高注：「方底曰筐，員底曰筥。」足證筐、筥之異，止是底有方、員。今世筥名不縣，筐隨地有之，底方上員，猶存古製矣。「韓『湘』作『鬺』」者，《漢書・郊祀志》「鬺亨上帝鬼神」，師古注：「鬺、亨一也。鬺亨，煮而祀也。《韓詩》曰：『于以鬺之，惟錡及釜。』」陳喬樅云：「『鬺』爲古『烹飪』字，下『亨』乃古『亨祀』字也，音香兩反。服虔音義云『以亨祀上帝也』，正釋『亨』字。師古以『鬺』、『亨』爲一，非是。」陳壽祺云：「《説文》無『鬺』字，《鬲部》：『䰞，煮也。從鬲，羊聲。』《玉篇》：『䰞，式羊切。亦作「⿱將鬲」。鬺，同上。』《廣韻》：『⿱將鬲，亦「䰞」字。』《集韻・十陽》：『䰞，或作「⿱將鬲」、「鬺」、「⿰鬲奇」。』《類篇》：『䰞，或作「鬺」、「⿰鬲商」。』是《説文》『䰞』字即《韓詩》『于以鬺之』之異文。」「鬺，飪也」者，《廣雅・釋詁》文，正用韓説。《説文》：「飪，大熟也。」《左・桓十四年傳》疏：「飪是熟肉。」鄭箋「亨蘋、藻者，於魚湆之中」，本《昏義》爲説。魚爲俎實，故須飪熟。言「鬺之」，則魚自在内，不須縣文也。不用它物者，鄭以爲魚、蘋、藻皆水物，陰類，於婦人教成之祭爲宜。此告事，非正祭。《説文》：「錡，鉏鋤也。江、淮之間謂釜曰錡。」「鋤」下云：「鋤或從吾。」《廣韻》：「鉏鋙，不相當也。」《方言》：「鍑，江、淮、陳、楚之間謂之錡。」注云：「或曰三腳釜也。」案：《釋文》亦云：「錡，三足釜也。」釜是三腳，不相當對，故謂之「鉏鋙」，《方言》注是也。錡從奇聲，亦取不偶之義，爲形聲包會意字。《説文》：「䰛，三足鍑也。」「錡」、「䰛」疊韻，故又轉爲「䰛」。《説文》：「釜，鬴，鍑屬。」「釜」下云：「鬴或從父，金聲。」當爲「從金，父聲」，傳寫誤倒。經典「鬴」、「釜」通用。毛傳「無足曰釜」，今人家常用之器，俗呼曰「鍋」。《説文》「䰝」下云：「秦名土釜曰䰝。從鬲，干聲。讀若過。」因誤爲「鍋」矣。

于以奠之？宗室牖下。誰其尸之？有齊季女。【注】韓「齊」作「齋」。韓説曰：「齋，好也。」【疏】傳：「奠，置也。宗室，大宗之廟也。大夫、士祭於宗廟，奠於牖下。尸，主；齊，敬；季，少也。蘋、藻，薄物也。澗潦，至質也。筐、筥、錡、釜，陋器也。少女，微主也。古之將嫁女者，必先禮之於宗室，牲用魚，芼之以蘋、藻。」箋：「牖下，户牖間之前。祭不於室中者，凡昏事，於女禮設几筵於户外，此其義也與？宗子主此祭，維君使有司爲之。主設羹者季女，則非禮也。女將行，父禮之而俟迎者，蓋母薦之，無祭事也。祭事，主婦設羹。教成之祭，更使季女者，成其婦禮也。季女不主魚，魚俎實男子設之，其粢盛蓋以黍、稷。」○《説文》：「奠，置祭也。從酋，酋，酒也。下其丌也。」《釋名》：「喪祭曰奠。奠，停也，言停久也。」引申其義，凡祭而設酒，久停置之，皆謂之「奠」。奠之必於宗室者，教於大宗之室，則奠祭於大宗之廟也。《左·襄二十八年傳》「寘諸宗室」，「寘」與《説文》「置祭」之「置」同，即《詩》所謂「奠」矣。《昏義》：「古者婦人先嫁三月，祖廟未毁，教于公宮。祖廟既毁，教于宗室。教以婦德、婦言、婦容、婦功。教成祭之，牲用魚，芼之以蘋、藻，所以成婦順也。」《禮》文與《詩》相表裏，知齊説同。《士昏禮》：「祖廟未毁，教于公宮三月。若祖廟已毁，則教于宗室。」與《昏義》文同。宮、室，皆廟也。《獨斷》：「廟寢總謂之宮。」是宮爲廟也。《洛誥》「王入大室，祼」，馬注：「大室，廟中之夾室。」魯公廟稱「世室」，是室爲廟也。《定之方中》「作于楚宮」，箋：「楚宮，謂宗廟也。」「作于楚室」，傳：「室，猶宮也。」《釋宮》：「宮謂之室，室謂之宮。」知廟得通稱宮、室。蓋祖廟未毁，則於女所出之祖廟教之：女出於君之高祖，則教於高祖之廟；出於君之曾祖，則教於曾祖之廟。若與君四從以外，同高祖之父以上，其廟既毁，則此女與君絶屬，就繼别大宗之廟教之，此禮之不得不然，非意爲輕重厚薄也。教於女所出之祖廟，追教成而祭，則亦於其廟也。《士昏禮》、《昏義》鄭注兩解「宗室」，一云「宗子之家」，一云「大宗之家」，訓「室」爲「家」，疑皆非是。若如其說，《詩》言「宗室牖下」，傳言實諸宗室，義不可通。《白虎通·嫁娶》篇云：「婦人學一時，足以成矣。與君有緦麻之親者，教於公宫三月。與君無親者，各教於宗廟疑「子」。宗婦之室。國君取大夫之妾、士之妻老無子而明於婦道者禄之，使教宗室五屬之女。大夫、士皆有宗族，自於宗子之室學事人也。」案：《内則》：「大夫以上，立師、慈、保三母。女子十年不出，姆教婉娩聽從。」於嫁前三月，更就尊者之宫教之。三月爲一時，則天氣變，物有成，故學足以成也。「緦麻」，舉五屬最疏者，是與君有屬皆就公宫教之可知。至其廟既遷，就大宗教之者，宗子收族，宗婦又主教女之事也。《昏義》注：「宗室，宗子之家也。」孔疏：「鄭不云大宗、小宗，則大宗、小宗之家悉得教之。與大宗近者，於大宗教之。與大宗遠者，於小宗教之。」案：《士昏禮》鄭注明言「宗室，大宗之家」，孔偶有不照。賈疏：「小宗不就之教者，小宗卑故也。」其説允矣。《白虎通》又言：「大夫、士皆有宗族，自於宗子之室學事人也。」此詩爲卿大夫妻作，而云奠於宗室，知亦是教於宗子之室，與彼説合。鄭云：「宗子之家，若其祖廟已毁，則爲壇而告焉。」詩云「牖下」，故孔疏云：「此言『牖下』，又非於壇，知是大宗之廟也。」《説文》：「牖，穿壁也。以木爲交窗也。」奠必於牖下者，胡培翬云：「大夫、士宗廟之制，室在中，有東、西房，房、室皆向堂開户，房有户無牖，室則户、牖俱有，户在東，牖在西，故以户牖間爲尊位。」愚案：《論語》「王孫賈」章皇侃疏：「室向東南開户，西南安牖。」《士昏禮》「納采用雁，主人筵于户西，西上右几」，鄭注：「主人，女父也。筵，爲神布席也。户西者，尊處。將以先祖之遺體許人，故受其禮於禰廟。席西上，右設几。」案：户西近牖，言

「西上」，則就牖下布席。雖無「牖下」明文，其禮神於牖下甚明。《司几筵》賈疏：「生人則几在左，鬼神則几在右。」故此「右几」也。主人徹几，改筵東上，然後迎賓於廟門外。納吉、納徵、請期，如初禮。及初昏，壻至門外，女父復筵於户西，西上右几以告神。以此推之，神事不同，廟制則一。教成祭祖，亦當是西上右几，故云「牖下」也。《司几筵》云：「筵國賓於牖前，左彤几。」其諸侯祭祀，右彫几，不言「牖前」，以通禮，故略之。牖前、牖下，其義同也。《説文》：「誰，何也。」《釋詁》：「尸，主也。」言何人主此祭也，設爲問答之詞，《詩》例多有之。「韓『齊』作『齋』」者，《玉篇・女部》「齋」下云：「阻皆切。『有齋季女』。」引《詩》「齊」作「齋」，是據《韓詩》。「齋，好也」者，《廣雅・釋詁》文，正用韓説。《説文》：「齋，材也。從女，齊聲。」亦謂女之「材」者，與「好」義近。馬瑞辰云：「《左傳》晉君謂齊女爲少齊，蓋取『齋，好』之義。古文渻借作『齊』，毛遂以『敬』釋之耳。」《説文》：「季，少稱也。」❶季女，少女，即大夫妻。猶稱「女」者，明是未嫁之詞。已嫁則爲主婦，助夫氏之祭，不得言「尸之」矣。必女尸之者，惟大夫以下則然。知者，《昏義》鄭注：「君使有司告之。」孔疏：「此約《雜記》『釁廟，使有司行之』，故知此告成之祭，亦使有司也。若卿大夫以下，則女主之宗子掌其禮也。」案：祭禮，主婦設羹。將嫁時，先使習之。推本言之，知其必能循法度以成婦禮也。召南大夫之妻，娶異國之女，推其在家教成而祭之時而言。《左傳》：「濟澤之阿，行潦之蘋藻，寘諸宗室，季蘭尸之，敬也。」正釋此詩。「濟阿」，蓋季女所居。「蘭」，或季女之姓。惜古義就湮，莫可尋究矣。

---

❶「少」，原作「二」，據陳刻《説文》、《説文注》、楊刻《説文義證》改。

《采蘋》三章，章四句。

甘棠【注】魯説曰：「召公之治西方，甚得兆民和。召公巡行鄉邑，有棠樹，決獄政事其下。自侯、伯、庶人，各得其所，無失職者。召公卒，而民人思召公之政，懷甘棠不敢伐，歌詠之，作《甘棠》之詩。」又曰：「《詩》曰：『蔽芾甘棠，勿翦勿伐，召伯所茇。』傳曰：『自陝以東者，周公主之。自陝以西者，召公主之。召公述職，當桑蠶之時，不欲變民事，故不入邑中，舍於甘棠之下而聽斷焉，陝間之人皆得其所，是故後世思而歌詠之。善之，故言之；言之不足，故嗟歎之；嗟歎之不足，故歌詠之。夫詩思然後積，積然後滿，滿然後發，發由其道而致其位焉。百姓歎其美而致其敬，甘棠之不伐，政教惡乎不行。孔子曰：「吾於《甘棠》，見宗廟之敬也。甚尊其人，必敬其位，順安萬物，古聖之道幾哉。」』」又曰：「《詩》曰：『蔽芾甘棠，勿翦勿伐，召伯所茇。』言召公述職，親税舍於野樹之下也。」又曰：「燕召公奭，與周同姓。武王滅紂，封召公於燕。成王時，入據三公，出爲二伯，自陝以西，召公主之。當農桑之時，重爲所煩勞，不舍鄉亭，止於棠樹之下聽訟決獄，各得其所。❶壽百九十餘乃卒。後人思其德美，愛其樹而不敢伐，《詩·甘棠》之所爲作也。」齊説曰：「召公，賢者也，明不能與聖人分職，常戰慄恐懼，故舍於樹下而聽斷焉。勞身苦體，然後乃與聖人齊，是故《周南》無美而《召南》有之。」又曰：「古者春省耕以補不足，秋省斂以助不給。民

---

❶「各」上，《百子全書》本《風俗通義》卷一有「百姓」二字。

勤於財則貢賦省，民勤於力則功業牢。陳喬樅云：「『業牢』是『築罕』之譌，《穀梁・莊二十九年傳》：『民勤於力則功築罕。』可證。」爲民愛力，不奪須臾，故召伯聽斷於甘棠之下，爲妨農業之務也。」韓説曰：「昔者周道之盛，召伯在朝，有司請營召以居。召伯曰：『嗟！以吾一身而勞百姓，此非吾先君文王之志也。』於是出而就烝庶於阡陌隴畝之間，而聽斷焉。召伯暴處遠野，廬於樹下，百姓大悦，耕桑者倍力以勸，於是歲大稔，家給人足。其後在位者驕奢，不恤元元，稅賦繁數，百姓困乏，耕桑失時。於是詩人見召伯之所休息樹下，美而歌之。《詩》曰：『蔽芾甘棠，勿翦勿伐，召伯所茇。』此之謂也。」又曰：「昔召公述職，當民事時，舍於棠下而聽斷焉，是時人皆得其所。後世思其仁恩，至乎不伐甘棠，《甘棠》之詩是也。」【疏】毛序：「美召伯也。召伯之教，明於南國。」箋：「召伯，姬姓，名奭。食采於召，作上公，爲二伯，後封于燕。此美其爲伯之功，故言伯云。」〇「召公」至「之詩」，《史記・燕召公世家》文。西方，謂陝以西。鄉邑，召公舊封。《淮南・繆稱訓》：「召伯以桑蠶耕種之時，弛獄出拘，使百姓皆得反業修職。」與此云「各得所，無失職」合。彼但言百姓，此更兼及侯伯，明方伯職尊，其統屬有侯伯也。「詩曰」至「幾哉」，劉向《説苑・貴德》篇文。所稱「傳」，《魯詩》傳也。云周、召分主二陝者，與《公羊・隱五年傳》文合。何休彼注：「陝，在弘農陝縣。」《郡國志》：「陝縣有陝陌，二伯所分。」《括地志》：「陝原在陝州陝縣西南二十里，分陝從原爲界。」《集古録》：「陝州石柱，相傳以爲周、召分陝所立，以別地里。」《白虎通・封公侯》篇：「所分陝者，是國中也。若言面，八百四十國矣。」謂周、召分治，各得四州之地，有八百四十國也。云「召公述職」者，《孟子》：「諸侯朝于天子曰述職。」明召公因入朝，得至其鄉邑也。「詩曰」至「下也」，楊雄《法言・巡狩》篇文。又《先知》篇云：「昔在周公，征於東方，『四國是王』。召公述職，『蔽芾甘棠』，其思矣夫。」並以爲召公述職事，與劉説同。「燕召」至「作也」，應劭《風俗通義》一文。云「與周同姓」者，以召公非文王子。《史記・燕世家》、《漢書・人表》並云：「召公，周同姓。」據應説，知聽訟棠下，事在成王時。又《淮南・氾論訓》高注：「召康公用理民物，有《甘棠》之歌。」王符《潛夫論・愛日》篇：「邵伯訟不忍煩民，聽斷棠下，而致刑錯。」《忠貴》篇：「周公東征，後世追思。召公甘棠，人不忍伐。見愛如是，豈欲私害之者哉！」王充《論衡・須頌篇》：「宣王惠周，《詩》頌其行。召伯述職，周歌棠樹。」高及二王，皆用魯説者也。「召公」至「有之」，《初學記・人事部》引《樂動聲儀》文。《白虎通》又云：「不分南北何？東方被聖人化日少，西方被聖人化日久，故分東、西，使聖人主其難，賢者主其易，乃俱致太平也。」上言「被聖人化」，「聖人」謂文王；下言「聖人主其難」，「聖人」謂周公。勞身苦體，非但聽訟棠下，此其一端。後代論周室開國元輔，周、召並稱，是「與聖人齊」也。《周南》不斥文王，此詩明頌召伯，是《周南》無美，《召南》有美」也。毛傳「《甘棠》，美召伯也」，孔疏：「諸《風》、《雅》正經皆不言『美』，此言『美召伯』者，二《南》，文王之風，唯不得言美文王耳。召伯臣子，故可言美也。」案：孔兼舉二《南》，其説未晰。言美召伯不美文王，義與《動聲儀》合。「古者」至「務也」，桓寬《鹽鐵論・授時》篇文。云「爲妨農業」，與劉、應二説合。「昔者」至「謂也」，《韓詩外傳》一文。宋人以爲就烝庶於隴畝，是墨子之道，不知召公因述職而在朝，非常常如是。胡承珙譏《外傳》爲附會，謬矣。「昔召」至「是也」，《漢書·王吉傳》文。云「當民事時，舍於棠下」，正與魯、齊説同。《外傳》但言「耕桑者倍力以勸」，故略其文耳。合觀三家，是召公分陝後，因述職入朝，至其舊封召邑，不忍勞民，以妨農務，聽訟棠下，卒後人思其德，而作是詩。《論衡·氣壽篇》云：「邵公，周公之兄也。至康王時，尚爲太保。傳稱邵公年百八十。」與《風俗通》言「壽百九十餘」者略異。《竹書紀年》：「康王二十四年，召公薨。」《竹書》雖不可信，而其人康王朝尚存，則《論衡》言之，明此詩之作，在康王末矣。《藝文類聚》五十引謝朓文云：「召公分陝，流《甘棠》之德。」以此詩爲分陝後事，用魯義。八十一引孫楚賦云：「昔在邵伯，聽訟述職。《甘棠》作誦，垂之罔極。」又張纘賦云：「伊宗周之令望，巡召南而述職。」以此詩爲述職時事，用魯、韓義。《樂記》：「五成而分，周公左，召公右。」是分陝在「疆南國」後。《武》成以來，二陝授政，列國分封，無復文代二南之舊，此仍爲召南之風者，因詩歸美召公，義從附録，亦猶歌詠周公之詩，牽連入於《豳風》也。張纘以爲「巡召南而述職」，試思巡在召南，何以謂之述職？六代詞人之説，蓋無足深辨矣。《左·襄十四年傳》士鞅稱欒武、昭二年《傳》季孫譽韓宣，並以《甘棠》、召公爲比，是此詩歸美召公，古無異義。

蔽芾甘棠，【注】韓「芾」作「茀」。勿翦勿伐，【注】韓「翦」作「剗」。魯亦作「剗」，又作「鬋」。召伯所茇。【注】魯「召」亦作「邵」。魯説曰：「王者所以有二伯者，分職而授政，欲其亟成也。」齊「茇」作「废」。

【疏】傳：「蔽芾，小貌。甘棠，杜也。翦，去；伐，擊也。」箋：「茇，草舍也。召伯聽男女之訟，不重煩勞百姓，止舍小棠之下，而聽斷焉。國人被其德，説其化，思其人，敬其樹。」○《説文》：「蔽蔽，小草也。」桂馥《義證》引此詩毛傳，云「『蔽蔽』，宜作『蔽芾』」，非也。《釋詁》：「蔽，微也。」《廣雅·釋詁》：「蔽，障也，隱也。」「蔽蔽」者，草木初生，微有所掩蔽。重言之，猶「夭夭」、「灼灼」之例。「蔽芾」，即「蔽蔽」也。其本字當爲「蔽茀」，借作「蔽芾」，茀之爲言蔽也。《説文》：「茀，道多草不可行。」《周語》韋注：「茀，草穢塞路也。」是「茀」有「蔽」義。《碩人》篇「翟茀以朝」，傳：「茀，蔽也。」《采芑》篇「簟茀魚服」，箋：「茀之言蔽也。」其義皆自「多草不可行」引申之。《采芑》釋文：「茀，本又作『芾』。」「芾」亦「蔽」也。《説文》：「市，韠也。上古衣蔽前而已，市以象之。韍，篆文『市』。」《玉藻》「一命緼韍幽衡」，注：「韍之言亦蔽也。」《白虎通·紼冕》：「紼者，蔽也。」古書「芾」、「茀」、「紼」、「紱」、「黻」、「韍」字並通用。「韓『芾』作『茀』」者，《韓詩外傳》引作「蔽茀甘棠」，《家語·廟制》篇引同。足證韓作「蔽茀」，正字；毛「蔽芾」，借字。《巾車》注引《詩》「翟茀以朝」。作「翟蔽」，明古書「茀」、「蔽」二字非特義訓相通，字亦互叚。《説文》「蔽蔽」，即《詩》之「蔽茀」。它書無「蔽蔽」連文，此詩必有作「蔽蔽甘棠」者，不能考究爲何家異文矣。汲古閣本《漢書·王吉傳》師古注：「《邵南》之詩曰：『蔽苿甘棠。』蔽苿，小樹貌。」案：「朩」即《説文》朩字，古書從市、從朩之字多相亂。洪适《隸釋·涼州刺史魏元丕碑》「幣芾其縱」，「幣」，俗字。《金薤琳瑯·漢蕩陰令張遷碑》「幣沛甘棠」，「沛」、「芾」古通。○《釋木》：「杜，甘棠。」又云：「杜，赤棠，白者棠。」是謂杜兼二名，棠、杜之分，在色之赤、白也。《有杕之杜》疏引陸璣云：「赤棠與白棠同耳，但子有赤白美惡。子白色爲白棠，甘棠也，少酢，滑美。赤棠子澀而酢，無味，俗語云『澀如杜』是也。赤棠木理韌，亦可以作弓幹。」陳啟源云：「甘棠乃赤棠無疑。陸《疏》既以甘棠爲赤棠，又以爲白棠，前後自相反，必有誤也。」愚案：陸以赤、白棠同有子，無可區別，乃分子之赤、白，以子白而甘者爲甘棠，致與《雅》訓相背。然其所言，亦據目驗。郭注「杜，甘棠」云：「今之杜梨。」郝懿行云：「其樹如梨，葉似蒼朮而大，二月開華，白色。結實如小楝子，霜後可食。」邵晉涵説同。是結實之杜何嘗非白？似未可末殺陸《疏》。《説文》「棠」下云：「牡曰棠，牝曰杜。」「杜」下云：「甘棠也。」徐鍇《繫傳》云：「木之性有牝牡，牡者華而不實，林中伐去其牡，則牝者亦不實。」疑棠、杜之分，止當據牝、牡爲定。蓋有子者通是杜，甘棠木實雖甘，恒多微酢，杜或亦然。陸專於子之赤白、甘酢致辨，未免拘泥。土宜隨地輒殊，木之性色容有改易。牝牡之別，古今大同。許書不用《雅》訓，爲得其實耳。○「勿」者，勉而止之之詞。《説文》：「勿，州里所建旗，象其柄，有三游，雜帛。幅半異，所以趣民，故宂遽稱勿勿。」《祭義》「勿勿乎其欲饗之也」，注：「勿勿，猶勉勉也。」《小雅》「黽勉從事」，《漢書》引作「密勿」。勿之爲勉，其義自「趣民」引申之，故禁止之詞亦借「勿」義。《説文》：「𠝣，齊斷也。」「歬」下云：「不行而進謂之歬。」「翦」下云：「羽生也。一曰采羽。」後世隸變，以「𠝣」爲「前後」之「前」，而「歬」廢。又變「翦」爲「齊斷」之「翦」，而「翦」之本義亦亡。故《釋言》云：「翦，齊也。」《閟宮》箋云：「翦，斷也。」「韓『翦』作『剗』」者，引見《釋文》，《集韻》「剗」字注引同。據此，上引《外傳》「勿翦勿伐」之文，亦當爲「勿剗勿伐」。作「翦」者，後人亂之。秦《詛楚文》「欲剗伐我社稷」，「剗伐」連文，即同《韓詩》。「魯亦作『剗』」者，蔡邕《劉鎮南碑頌》：「蔽芾甘棠，召公聽訟。周人勿剗，我賴其楨。」蔡述《魯詩》，是魯本亦作「剗」。「又作『鬋』」者，《漢書·韋玄成傳》：「劉歆廟議云：『《詩》云：「蔽芾甘棠，勿鬋勿伐，邵伯所茇。」思其人，猶愛其樹，況宗其道而毀其廟乎？』」據此，魯異文作「鬋」。《韋賢傳》「鬋茅作堂」，顔注：「鬋，與『翦』同。」「翦」、「鬋」通用字。《説苑》、《白虎通》兩引《詩》「勿翦勿伐」，知魯又作「翦」也。「伐」義具《汝墳》。○召者，《水經注·渭水》篇：「雍水東逕召亭南，故召公之采地。京相璠曰：『亭在周城南五十里。』」「魯『召』亦作『邵』」者，《韋玄成傳》引作「邵伯」，明「邵」亦魯異文。「王者」至「成也」，《白虎通·封公侯》篇文。下引《王制》「八伯各以其屬屬於天子之老二人，分天下以爲左右，曰二伯」，及此詩首章爲證。「二伯」是殷、周之制。《王制》以明殷制，《詩》以明周制也。《職方》鄭注引《公羊傳》云：「自陝以東，周公主之；自陝以西，召公主之。是東西二伯也。」案：召公稱伯者，《大宗伯》「八命作牧」，注：「謂侯伯有功德者，加命，得專征伐於諸侯。」「九命作伯」，注：「謂上公有功德者，加命爲二伯，得征五侯九伯者。鄭司農云：『長諸侯爲方伯。』」《典命》亦云：「上公九命爲伯，王之三公八命，及其出封，皆加一等。」據此，「二伯」是方伯，爲一方之長，與「侯伯」之「伯」不同。《五經通義》云：「何以爲二伯乎？曰：以二公在外稱伯，東西分爲二，所以稱爲伯。何欲抑之也？三公，臣之最尊者也，又以王命行天下，爲其盛，故抑之也，明有所屈也。」此以公稱伯爲「有所屈」，與《周禮》、《白虎通》不合，其説非也。「分職而授政，欲其亟成也」者，列國分封，政教不一，王者欲治化亟成，故分二伯之職而授其政，以王朝之三公爲之，上承流於朝廷，下宣化於列國，故治功之成可幾也。「齊『茇』作『废』」者，《説文》：「废，舍也。《詩》曰：『召伯所废。』」《釋文》引「舍」上有「草」字，《玉篇》亦云：「废，草舍也。」《毛詩》作「茇」，《説文》「茇」下云：「草根也。」無「舍」義。箋訓「茇，草舍」，是讀「茇」爲「废」。據《説苑》、《法言》、《白虎通》、《韋玄成傳》、《韓詩外傳》所引，明魯、韓用借字作「茇」，與毛同。許引作「废」者，《齊詩》文也。棠下可舍，自非小樹。言「蔽芾」者，謂今雖此樹旁生之小枝葉，亦不可翦伐，而箋遂以爲「召公當日止舍小棠之下」，失之拘矣。

蔽芾甘棠，勿翦勿敗，召伯所憩。【疏】傳：「憩，息也。」○《集韻・二十六産》「剗」字注：「翦也。」引《韓詩》曰：「勿剗勿敗。」《説文》：「敗，毁也。從攴、貝。」擊扑其貝，是「敗」義也，與「伐」同意。《釋詁》：「憩，息也。」《釋文》：「憩，本又作『揭』。」《集韻》：「憩，本作『愒』，或作『憇』。《説文》：『愒，息也。』」明「揭」是「愒」之譌。《漢書・楊雄傳》「度三巒兮偈棠棃」，顔注：「偈，讀作『愒』。」又借「偈」爲「愒」。

蔽芾甘棠，勿翦勿拜，召伯所説。【注】魯、韓「拜」作「扒」。魯、韓説曰：「扒，擘也。」【疏】傳：「説，舍也。」箋：「拜之言拔也。」○「魯、韓『拜』作『扒』」者，《廣韻・十六怪》：「扒，拔也。《詩》曰：『勿翦勿扒。』」陳喬樅云：「『扒』得與『拜』通者，司馬相如《上林賦》：『洶湧澎湃。』韓愈、孟郊《征蜀聯句》云：『獠江息澎汃。』『澎汃』即『澎湃』也，此足爲『扒』、『拜』通叚之驗。」愚案：「扒」、「拜」以雙聲通轉。「扒，擘也」者，《廣雅・釋詁》文，正釋此義。知作「扒」者爲魯、韓《詩》矣。《廣雅》又云：「擘，分也。」以手批而分之，亦「拔取」之意，「擘」、「拔」聲轉而義通。《毛詩》作「拜」，箋「拜之言拔也」，陳奂云：「本三家義。」愚案：箋不用「拜」之本義而訓爲「拔」者，見三家作「扒」是正字，毛作「拜」是借字，故讀「拜」爲「拔」也。《釋詁》「説，舍也」，郭注：「《詩》曰：『召伯所説。』」《釋文》：「説，或本作『税』。」《文選》曹植《應詔詩》注引《毛詩》亦作「税」。或以爲作「税」是三家今文，非也。《易林・師之蠱》：「精潔淵塞，爲讒所言。證訊結請，❶繫於枳温。

---

❶「結」，《百子全書》本《焦氏易林》卷一作「詰」。

甘棠聽斷，怡然蒙恩。」又《復之巽》：「閉塞復通，與善相逢。甘棠之人，解我憂凶。」《小過之坤》：「謹慎重言，不幸遭患。周邵述職，謂周之邵公也。脱免牢關。《既濟之觀》：「結衿流粥，遭讒桎梏。周召述職，身受大福。」是召公聽訟棠下，實政可稽。惜齊義就湮，無可取證矣。

《甘棠》三章，章三句。

行露【注】魯説曰：「召南申女者，申人之女也。既許嫁於酆，夫家禮不備而欲迎之。女與其人言，以爲夫婦者，人倫之始也，不可不正。傳曰：『正其本則萬物理，失之毫釐，差之千里。』是以本立而道生，源始而流清。❶故嫁娶者，所以傳重承業，繼續先祖，爲宗廟主也。夫家輕禮違制，不可以行，遂不肯往。夫家訟之於理，致之於獄。女終以一物不具，一禮不備，守節持義，必死不往，而作詩曰：『雖速我獄，室家不足。』言夫家之禮不備足也。君子以爲得婦道之宜，故舉而揚之，傳而法之，以絶無禮之求，防淫泆之行。又曰：『雖速我獄，亦不女從。』此之謂也。」齊説曰：「婚禮不明，男女失常。《行露》反言，出争我訟。」又曰：「《行露》之訟，貞女不行。」韓説曰：「傳曰：夫《行露》之人許嫁矣，然而未往也，一物不具，一禮不備，守志貞理，守死不往，君子以爲得婦道之宜，故舉而傳之，揚而歌之，以絶無禮之求，防汙道之行。《詩》曰：『雖速我訟，亦不爾從。』」

---

❶「始」，《文選樓叢書》本《列女傳》（以下稱「《列女傳》」）卷四作「治」。

【疏】毛序：「召伯聽訟也。衰亂之俗微，貞信之教興，彊暴之男，不能侵陵貞女也。」箋：「『衰亂之俗微，貞信之教興』者，此殷之末世，周之盛德，當文王與紂之時。」○「召南」至「謂也」，劉向《列女傳·貞順》篇文。申者，南陽被化之邦。酆者，崇侯虎之故地，文王伐崇後所作邑也。「禮不備而欲迎之」者，夫不親迎也。女不肯往，以不親迎爲輕禮違制也。蓋既許嫁，則非至迎娶之時，無以明其不往，而夫家或其時實有不能親迎之故，遂相持以至於争訟，女乃必死不往，此詩之所爲作也。古禮最重親迎，《列女傳·貞順》篇云：「宋恭伯姬，魯宣公之女，成公之妹也。其母曰繆姜，嫁伯姬於宋恭公。恭公不親迎，伯姬迫於父母之命而行。既入宋，三月廟見，當行夫婦之道，伯姬以恭公不親迎，故不肯聽命。宋人告魯，使大夫季文子如宋，致命於伯姬。」《春秋·成九年》公羊、穀梁二《傳》注疏言「致女」義同。夫宋公不親迎，伯姬迫於父母之命而行。若非迫於奉命，伯姬必不往可知也。既廟見而猶不肯成昏，至於宋人告魯，遣使致命，而後從夫，其視親迎之重如此。若在士庶家而遇此事，未必不致争訟也。《貞順篇》又云：「齊孝孟姬，華氏之長女，齊孝公之夫人也。好禮貞壹，齊中求之，禮不備，終不往。齊國稱其貞，孝公聞之，乃修禮親迎於華氏之室。遂納於宫，三月廟見，而後行夫婦之道。」《傳》先言「禮不備，不往」，後言「修禮親迎」，明親迎是備禮之大端也。孟姬初未許人，而云「禮不備不往」者，議昏之時，先言必備禮而後往，其守禮之嚴如此。若既許嫁而不親迎，則孟姬之不往又可決也。此二事可與申女事參證以明之。《士昏禮·記》云：「若不親迎，則婦入三月，然後壻見於妻之父母。」可見周時原有不親迎者。張爾岐謂「周公制禮，因其舊俗而但爲之節文」，是也。風俗之同，人情之所可通，雖聖王不能强使齊壹。夫不親迎者，事之權，酆人、宋公是也。女不肯往者，義之正，申女、伯姬是也。女守義，男備禮，相得益彰者，古禮之大明，齊侯、孟姬是也。或疑申女節太高而過中，據《周禮》「凶荒則殺禮而多昏」，是禮不備，女非不可往。此誤解「一物不具，一禮不備」之義。申女嫁時，其爲年荒與否，書無明文。《士昏禮・記》云「女子許嫁」，鄭注：「許嫁，已受納徵之禮也。」《列女傳》及《韓詩傳》皆言申女許嫁，時在納采、問名、納吉三禮之後，此後則惟請期、親迎，所謂「玄纁束帛儷皮」者，當時業已備具，豈猶煩斷斷於聘幣之多寡？凡禮，皆藉物以行。親迎時，冕服攝盛、執雁御輪諸事，禮也，亦物也。禮既不行，物即不具。是申女所謂禮、物不備具者，即指親迎言之，明矣。「婚禮」至「我訟」，《易林・大壯之姤》文。「行露」至「不行」，《无妄之剥》文。所稱「婚禮不明」、「貞女不行」，與《列女傳》「輕禮違制」、「女不肯往」合。「傳曰」至「爾從」，《韓詩外傳》文。所稱「傳曰」，蓋《内傳》文。並以此詩爲申女守志，夫禮不備，雖訟不行而作。《左・宣元年傳》正義引服虔曰：「古者一禮不備，貞女不從。《詩》曰：『雖速我訟，亦不女從。』」正用三家義。

厭浥行露，【注】魯、韓「厭」作「湆」。魯、韓説曰：「湆浥，濕也。」豈不夙夜，謂行多露。【疏】傳：「興也。厭浥，濕意也。行，道也。豈不，言有是也。」箋：「夙，早也。厭浥然濕，道中始有露，謂二月中，嫁取時也。言我豈不知當早夜成昏禮與？謂道中之露太多，故不行耳。今彊暴之男以此多露之時，禮不足而彊來，不度時之可否，故云然。《周禮》『仲春之月，令會男女之無夫家者』，行事必以昏昕。」〇「厭浥」者，

「厭」無「溼」義，當爲「湆」借字。《説文》：「湆，幽溼也。」「浥，溼也。」「湆浥，溼也」者，《廣雅・釋詁》文。「湆浥」連文，與下「漸洳」連文同，是此詩魯、韓義。據此，魯、韓「厭」作「湆」。《釋文》：「厭，於立反。」湆，去急反，正與「於立反」同音。《小戎》「厭厭良人」，《列女傳》二作「愔愔良人」。《湛露》「厭厭夜飲」，《釋文》：「《韓詩》『厭厭』作『愔愔』。」足證魯、韓二家「厭」與從音之字相通假。彼借「厭」爲「愔」，知此詩亦借「厭」爲「湆」也。「湆」、「浥」二字，聲轉義同，故疊文爲訓。徐鍇《説文繫傳》：「今人多言浥湆也。」浥湆，猶「湆浥」矣。《易林・未濟之損》：「厭浥晨夜，道多湛露。沾我襦袴，一作「濺衣濡襦」。重難以步。」《革之豫》：「迷行晨夜，道多湛露。濺我袴襦，重不可涉。」「涉」字是「步」之誤。是《齊詩》訓「行」爲「道」，與毛同。《説文》：「露，潤澤也。」《玉篇》：「露，天之津液，下所潤萬物也。」《藝文類聚》九十八引《五經通義》曰：「和氣津液凝爲露，從地生也。」二説不同。案：露騰爲霜，如雲升爲雨，特陰陽氣異，《通義》是也。○「夙」訓「早」，義具《采蘩》。言豈不欲早夜而往夫家，謂道中多露，不可往耳。露多難往，但取喻不可行意，因是夫家，於義當往，故云「豈不夙夜」。《左・僖二十年傳》：「君子曰：隨之見伐，不量力也。量力而動，而過鮮矣。善敗由己，而由人乎哉？《詩》曰：『豈不夙夜，謂行多露。』」杜注：「言豈不欲早暮而行，懼多露之濡己，以喻違禮而行，必有汙辱。是亦量宜相時而動之義。」又襄七年《傳》：「晉韓獻子告老，公族穆子有廢疾，將立之，辭曰：『《詩》曰：「豈不夙夜，謂行多露。」』」杜注：「《詩》曰雖欲早夜而行，懼多露之濡己，義取非禮不可妄行。」於「豈不夙夜」句順文釋之，而義自明。

誰謂雀無角，何以穿我屋？誰謂女無家，何以速我獄？雖速我獄，室家不足。【注】魯説曰：「言夫家之禮不備足也。」【疏】傳：「不思物變而推其類，雀之穿屋，似有角者。速，召；獄，埆也。昏禮，純帛不過五兩。」箋：「女，女彊暴之男。變，異也。人皆謂雀之穿屋似有角。彊暴之男召我而獄，似有室家之道於我也。物有似而不同，雀之穿屋不以角，乃以咮。今彊暴之男召我而獄，不以室家之道於我，乃以侵陵。物與事有似而非者，士師所當審也。幣可備也，室家不足，謂媒妁之言不和，六禮之來彊委之。」○《説文》：「雀，依人小鳥也。」「穿，通也。」「屋，居也。」雀本無角，鼠本無牙，以其能爲害，反言之，言誰謂雀無抵觸之角而不爲害乎？苟雀無抵觸之角而不爲害，何以能穿我屋？誰謂女無成家之道而非我夫乎？苟無成家之道而非我夫，何以能速我獄？然雖速我獄，而禮物有未具，是室家之道尚不備足，無怪我之不往也。「言夫」至「足也」，劉向説，見上文。《孟子》：「丈夫生而願爲之有室，女子生而願爲之有家。」上指其夫，故專言「家」；下論夫婦之道，故兼言「室家」。對彊暴不得如此立言，知三家義長。《説文》：「速，疾也。」「獄，确也。从犾，从言。二犬，所以守也。」「速我獄」者，言疾致於我獄。

誰謂鼠無牙，何以穿我墉？誰謂女無家，何以速我訟？雖速我訟，亦不女從。【注】韓「女」作「爾」。【疏】傳：「墉，牆也。視牆之穿，推其類，可謂鼠有牙。不從，終不棄禮而隨此彊暴之男。」○《説文》：「牙，牡齒也。」段注：「『牡』，當作『壯』，石刻《九經字樣》不誤。壯，大也。壯齒，齒之大者也。統言之，皆稱齒、稱牙。析言之，則前當脣者稱齒，後在輔車者稱牙。牙較大於齒，非有牝牡也。鼠齒不大，故云『無牙』。東方朔説騶牙曰：『其齒前後若一，齊等無牙。』此爲齒小牙大之明證。」胡承珙云：「《左・隱五年傳》疏：『頷上大齒謂之爲牙。』徐鍇《説文繫傳》：『比於齒爲牡也。』此『牡』字亦當爲『壯』，蓋徐所見《説文》作『壯齒』，故云『比於齒爲壯』。若本作『牡齒』，而云『比於齒爲牡』，則不成語矣。」愚案：段、胡說是。《說文》：「墉，城垣也。」引申之，凡垣皆稱墉，故《釋宮》云：「牆謂之墉。」《說文》：「訟，争也。」「韓『女』作『爾』」者，《外傳》作「亦不爾從」，陳喬樅云：「『女』、『爾』古字通用。《桑柔》『告爾憂恤，誨爾序爵』，《墨子·尚賢》篇引並作『女』，是其證。」愚案：據《外傳》，上文二「女」字皆當爲「爾」。「室家不足」、「亦不女從」，二章義互相備。《易林·井之益》：「穿室鑿牆，不直生訟。褰裳涉露，雖勞無功。」「穿室鑿牆」，即詩「穿屋」、「穿墉」之喻。「不直生訟」，以夫家生訟爲無禮，聽訟者不直之。「褰裳涉露」，本首章詩意而反用之，守禮者云「謂行多露」，則無禮者是「褰裳涉露」矣。「雖勞無功」，乃此詩訟事究竟，非聖王化洽，賢臣秉公，不能完女節而明禮教。毛序以爲「召伯聽訟」，蓋信而有徵矣。

《行露》三章，一章三句，二章章六句。

羔羊【注】齊說曰：「羔羊皮革，君子朝服。輔政扶德，以合萬國。」韓說曰：「詩人賢仕爲大夫者，言其德能稱，有絜白之性，屈柔之行，進退有度數也。」【疏】毛序：「《鵲巢》之功致也。召南之國，化文王之政，在位皆節儉正直，德如羔羊也。」箋：「《鵲巢》之君積行累功，以致此《羔羊》之化。在位卿大夫競相切化，有如此羔羊之人。」○「羔羊」至「萬國」，《易林·離之復》文，《謙之離》同。云「羔羊皮革，君子朝服」，足證「退食」非居私家。云「輔政扶德，以合萬國」，非任方伯之職者，不足以當之。蓋《齊詩》以此爲美召公作也。《晉之臨》「皮革」作「皮弁」，「弁」即「革」之譌；

「萬國」作「萬福」。《漢書·儒林傳》：「谷永疏曰：『王法納乎聖聽，功烈施乎政事。退食自公，私門不開。德配周召，忠合《羔羊》。』」永學《魯詩》，疏舉《羔羊》大義，以「周召」、「羔羊」對言，是《羔羊》美召公，魯説亦如此。「詩人」至「數也」者，《後漢·王涣傳》：「故洛陽令王涣，秉清修之節，蹈《羔羊》之義，盡心奉公，務在惠民。」李注引《薛君章句》云云，是《韓詩》以此爲美召南大夫，與魯、齊不同。其以詩「素絲」爲喻「絜白屈柔」，引見下。與齊説但言「君子朝服」者亦異。《漢書·薛宣傳》：「谷永疏曰：『竊見少府宣材茂行絜，達于從政，有「退食自公」之節。臣恐陛下忽於《羔羊》之詩，捨功實之臣，任虚華之譽，是以越職陳宣行能。』」《楚詞·九思》「士莫志兮《羔羊》」，王注：「言士貪鄙，無有素絲之志，皎潔之行也。」永云「行絜」，逸云「皎潔之行」，與薛云「素，喻絜白」合，是魯、韓義同。《古文苑》二載曹大家《鍼縷賦》云：「退逶迤以補過，似素絲之羔羊。」「退食」、「補過」，與永疏「私門不開」、「忠合《羔羊》」同意。大家學《齊詩》，是魯、齊義同也。

羔羊之皮，素絲五紽。【注】《韓詩》曰：「羔羊之皮，素絲五紽。」韓説曰：「小者曰羔，大者曰羊。素，喻絜白。絲，喻屈柔。紽，數名也。」魯説曰：「紽，數也。」退食自公，委蛇委蛇。【注】魯説曰：「退食自公，私門不開。」齊、韓「委蛇」作「逶迤」。韓又作「褘隋」。韓説曰：「逶迤，公正貌。」【疏】傳：「小曰羔，大曰羊。素，白也。紽，數也。古者素絲以英裘，不失其制。大夫羔羊以居。公，公門也。委蛇，行可從迹也。」箋：「退食，謂減膳也。自，從也。從於公，謂正直順於事也。委蛇，委曲自得之貌。節儉而順心志定，故可自得也。」〇「羔羊」至「名也」者，《王渙傳》注引《薛君章句》文，引經明韓、毛文同。「小者曰羔，大者曰羊」者，《説文》：「羔，羊子也。」故薛謂小者羔，大者羊。孔疏：「此説大夫之裘，宜直言『羔』而已。兼言『羊』者，以『羔』亦是『羊』，故連言以協句。」「素，喻絜白」者，《説文》：「素，白緻繒也。」「紈，素也。」《急就篇》顔注：「素，謂絹之精白者。紈，即素之輭細者。」漢班婕妤詩：「新製齊紈素，鮮潔如霜雪。」故薛云「喻潔白」也。薛以性言，謂其心之精白。谷、王以行言，美其行之潔清也。「絲，喻屈柔」者，《説文》：「絲，蠶所吐也。」《皇皇者華》篇「六轡如絲」，傳：「如絲，言調忍也。」「調忍」即「屈柔」之義，故薛云「喻屈柔」也。屈柔以行言，立德尚剛，而處事貴忍，故屈柔亦爲美德。「紽，數名也」者，與毛傳「紽，數也」義同。「紽，數也」者，《廣雅・釋詁》文，是魯、韓説並合。孔疏：「此章言『羔羊之皮』，卒章言『羔羊之縫』，互見其用皮爲裘，縫殺得制也。素絲爲飾，唯組紃耳。若爲綫，則所以縫裘，非飾也。故《干旄》篇曰『素絲組之』，傳曰：『總以素絲而成組也。』紃亦組之類，則素絲可爲組紃矣。既云『素絲』，即云『五紽』、『五緎』，是裘縫明矣。又明素絲爲組紃，而施於縫中，故《下雜記》注云：『紃施諸縫，若今之絛。』是有組紃而施於縫中之驗。」孔因毛傳言「古者素絲以英裘」，疏之如此。陳氏奐謂「素絲爲裘緣邊之飾，如漢世偏諸」，非也。王引之云：「案三章文義，不當如《爾雅》所訓，『紽』、『緎』、『總』皆『數』也。五絲爲紽，四紽爲緎，四緎爲總。五紽二十五絲，五緎一百絲，五總四百絲。故《詩》先言『五紽』，次言『五緎』，次言『五總』也。《西京雜記》載鄒長倩遺公孫弘書曰：『五絲爲䋑，倍䋑爲升，倍升爲緎，倍緎爲紀，倍紀爲緵，倍緵爲襚。』《豳風・九罭》釋文云：『緵，字又作

「總」。』然則緎者二十絲，總者八十絲也。孟康注《漢書·王莽傳》云：『緵，八十縷也。』《史記·孝景紀》『令徒隸衣七緵布』，正義與孟注同。《晏子春秋·雜篇》云：『十總之布，一豆之食。』《說文》作『稯』，云：『布之八十縷爲稯。』正與『倍紀爲緵』之數相合。紽之數今失其傳，《釋文》云：『紽，本又作「佗」。』春秋時，陳公子佗字五父，則知『五絲爲紽』，即《西京雜記》之『纑』矣。」馬瑞辰云：「佗字五父，蓋取《詩》『五佗』爲義，非必佗即五數也。『佗』即古『他』字。《管子·輕重甲》篇：『夫得居裝而賣其薪蕘，❶一束十他。』『他』，一本作『倍』。《墨子·經》篇：『倍，爲二也。』『他』與『倍』通，則『他』亦二數矣。《柏舟》篇『之死矢靡他』，猶云有死無二也。《小雅》『人知其一，莫知其他』，猶云知其一，不知其二也。『紽』通『佗』，蓋二絲之數。」愚案：素絲施諸裘縫，《雅》訓元不誤。「紽」、「緎」、「總」皆數名，當如王說。《玉篇》、《廣韻》並云：「紽，絲數。」陳氏奂訓「數」爲「簇」，謂即密縫之意，亦非也。「紽」爲二絲，當如馬說。五紽得十絲之數，以《西京雜記》證之，與「倍纑爲升」同義。薛以「紽」、「緎」、「總」是數名，故探下文「退食」、「委蛇」之義，復總釋之曰：「言其德能稱，有絜白之性，屈柔之行，進退有度數也。」羔羊是大夫朝服，大夫之德又能稱此服，詩人以賦爲比，合《章句》與《楚詞注》觀之，知喻義古矣。羔羊朝服，齊説甚明。毛傳「大夫羔裘以居」，孔疏：「謂居於朝廷，非居於家也。《論語》『狐貉之厚以居』，注云：『在家所以接賓客。』則可知不服羔裘矣。《論語》注又云：『緇衣羔裘，諸侯視朝之服。卿大夫朝服亦羔裘，唯豹袪，與君異耳。』明此爲朝服之裘，非居家也。」案：朝廷不可言

❶「夫」上，《百子全書》本《管子》有「農」字。

「居」，孔曲釋之，不以傳説爲然，足與齊義證合。「退食」至「不開」，谷永説，見上文。「退食自公」者，自公朝退而就食，非謂退歸私家。永疏「私門不開」，正釋「自公」之義。卿大夫入朝治事，公膳於朝，不遑家食，故私門爲之不開也。《漢衡方碑》云：「禕隋在公。」「自公」即「在公」也。《詩攷》：「『禕隋』，即『委蛇』，出《韓詩内傳》。」婁機《漢隸字源》云：「禕隋，出《韓詩》。」足證魯、韓釋「退食自公」義同。《後漢・楊秉傳》「逶迤退食，足抑苟進之風」，李注：「退食，謂減膳也。從於公，謂正直順於事也。」《宋弘傳》「以全素絲羔羊之潔焉」，李注：「言卿大夫皆衣羔羊之裘素絲，自減膳食，從於公事，行步委蛇自得。」並用鄭箋，非三家義也。「齊、韓『委蛇』作『逶迤』」者，《釋文》：「委蛇，《韓詩》作『逶迤』，云：『公正貌。』」案：曹大家賦「逶迤補過」，是齊作「逶迤」，與韓同。《楊秉傳》「逶迤」二字，正用齊、韓文。「韓又作『禕隋』」者，陳喬樅云：「據《釋文》，韓作『逶迤』，『禕隋』非《韓詩》經文，乃《内傳》釋經『逶迤』之訓。」愚案：《衡方碑》「禕隋」，洪适謂本《韓詩》，與王、婁説合。衆家皆有異文，「禕隋」是韓異文，《釋文》失引耳。《釋訓》「委委、蛇蛇，美也」，《釋文》作「禕禕它它」，是「禕」、「委」通用。「逶迤」，疑或作「委隨」，故隸省「隨」作「隋」，又變「隋」爲「隋」也。云「公正貌」者，陳啟源云：「毛『委蛇』，傳以爲『行可從迹』。韓『逶迤』，訓作『公正貌』。兩義意正相成。惟其公正無私，故舉動光明，始終如一，可蹤迹倣效，即毛序所謂『正直』也。」愚案：《説文》「委」下云：「委隨也。」「逶」下云：「逶池，衺去之貌。」「池」下云：「衺行也。」「迤」，俗「池」字。箋「委曲自得之貌」，人臣敬爾在公，但云容體自得，於義未備。且「逶迤」之訓，疑於衺曲，故韓以「公正貌」釋之，深爲有裨經恉。曹大家云「逶迤補過」，兼得賢臣退思之隱。三家説《詩》以意逆志，較毛傳「行可從迹」尤深切著明。《左・襄七年傳》：「衛孫文子來聘，公登亦登。穆叔語之，孫子無辭，亦無悛容。穆子曰：『孫子必亡，爲臣而君，過而不悛，亡之本也。《詩》曰：「退食自公，委蛇委蛇。」謂從者也。衡而委蛇，必折。』」此因孫子之不悛而言，順理乃可委蛇，若不順理而委蛇，必折矣。亦爲此詩「委蛇」補義，與三家説相發。

羔羊之革，素絲五緎。委蛇委蛇，自公退食。【注】魯説曰：「緎，羔羊之縫也。」齊「緎」作「黬」。韓説曰：「緎，數也。」【疏】傳：「革，猶皮也。緎，縫也。」箋：「自公退食，猶『退食自公』。」○《説文》：「革，獸皮治去其毛。革更之象。」❶此言羔裘，明非去毛，孔疏謂「對文言之則異，散文則『皮』、『革』通」，是也。「緎，羔羊之縫也」者，《釋訓》文，郭注：「縫飾羔皮之名。」《詩》釋文引孫炎云：「緎，縫之界域。」孔疏：「縫合羔羊皮爲裘，縫即皮之界域，因名裘縫爲緎。《爾雅》獨解『緎』者，舉中言之。」緎言縫，則紽、總亦縫可知。」「齊『緎』作『黬』」者，《説文》：「黬，羔羊之縫。從黑，或聲。」此三家異文。魯、韓與毛同，則作「黬」者爲《齊詩》。《繫傳》：「《詩》曰：『羔羊之黬。』以黑爲縫也。」許引《詩》文雖異，不云裘縫是黑，小徐引《詩》既有奪文，「以黑爲縫」，亦文不成義。「以黑」，疑「以黬」字奪其半也。蓋羔裘色黑，以素絲爲縫裘之飾，則其縫之處黑白益明，故字從黑取義。《玉篇》：「䩍，羔裘縫。亦作『緎』、『黬』。」是「黬」、「䩍」皆「緎」或體矣。

❶「象」下，陳刻《説文》、《説文注》、楊刻《説文義證》有「古文革之形」五字，「象」並屬下讀。

「緎，數也」者，《玉篇・糸部》引《韓詩》文。❶據此，知韓於「紽」、「緎」、「總」并訓「數」。倍升爲緎，得二十絲之數。五緎，一百絲也。緎爲數名，如縷一枚爲紌、緯十縷爲綹、十五升布爲緦之比。首章十絲，次章一百絲，三章四百絲，數取遞增，文因合均，非謂一裘之縫止用四百絲，不當泥視，猶《無衣》篇之「豈曰無衣七兮」、「豈曰無衣六兮」，《干旄》篇之「良馬四之」、「良馬五之」、「良馬六之」，分章協句，非有定數也。《文選》五臣注本潘安仁《馬汧督誄》「牧人逶迤，自公退食」，李善本作「逶迤」，與齊、韓文合。「迱」又「迆」之本文。李注引《毛詩》曰：「逶迤逶迤，自公退食。」「毛」是「韓」之誤。

羔羊之縫，素絲五總。委蛇委蛇，退食自公。【疏】傳：「縫，言縫殺之大小得其制。總，數也。」○《說文》：「縫，以鍼紩衣也。」「紩，縫也。」「總，聚束也。」又云：「絩，綺絲之數也。漢律曰：『綺絲數謂之絩，布謂之總。』」此詩絲數亦稱總，與漢律異，古今之別耳。絲縷既多，聚而束之，故又爲總也。《掌客》釋文：「總，本作『緵』。」《莊子・則陽》篇「是稯稯何爲者」，《釋文》：「字亦作『總』。」明「總」與「緵」、「稯」字同。據《說文》，布之八十縷爲稯，《漢書・王莽傳》注「緵，八十縷」，五總正得四百絲。鄒長倩書「倍紀爲緵」，知漢世絲數亦互稱總也。

《羔羊》三章，章四句。

---

❶「糸」，原作「系」，據中華書局影印《原本玉篇殘卷》之黎庶昌鈔本（以下稱「黎本《玉篇》」）、羅本《玉篇》改。

殷其靁【疏】毛序：「勸以義也。召南之大夫遠行從政，不遑寧處，其室家能閔其勤勞，勸以義也。」箋：「召南大夫，召伯之屬。遠行，謂使出邦畿。」○孔疏：「文王未稱王，召伯爲諸侯之臣，其下不得有大夫。此言『召南大夫』，則是文王都豐，召伯受采之後。」説與召南別爲《風》詩之義相發，但孔尚未悟召南建國不與召伯采地相涉也。三家無異義。

殷其靁，在南山之陽。【注】韓「殷」作「𩃬」。韓説曰：「𩃬，隱也，雷也。」【疏】傳：「殷，靁聲也。山南曰陽。靁出地奮，震驚百里。山出雲雨，以潤天下。」箋：「靁以喻號令。於南山之陽，又喻其在外也。召南大夫以王命施號令於四方，猶靁殷殷然發聲於山之陽。」○「韓『殷』作『𩃬』」者，臧鏞堂云：「《廣韻・六脂》：『𩃬，雷也。出《韓詩》。』」「𩃬，隱也，雷也」者，《玉篇》文，即此詩注。《廣雅・釋天》：「𩃬，雷也。」正用韓説。陳喬樅云：「《集韻》：『𩃬，隱也。』『殷』、『隱』古字通用。『𩃬』訓『隱』、『雷』，『隱』或作『䡣』，亦作『磤』，『磤』訓爲『雷聲』，見《通俗文》及《玉篇》。則『𩃬』亦當爲『雷聲』矣。《禮・玉藻》『端行頤霤如矢』，注：『頤，或爲「𩃬」。』《釋文》云：『𩃬，音夷。』《中庸》『壹戎衣』，注：『衣，讀如殷，聲之誤也。齊人言殷聲如衣。』案：『殷聲如衣』，𩃬音爲夷，故『殷』、『𩃬』古得通假。」愚案：臧云《詩》建本『殷』作『隱』，《釋詁》邢疏「《召南》『隱其雷』」，與臧所見建本同。《釋文》：「殷，音隱。」字又作「隱」。「殷」、「隱」、「衣」三字，以音轉通叚。《中庸》「衣，讀如殷」，《白虎通》云「衣者，隱也」，即用雙聲字釋義。「衣」、「夷」、「頤」亦一聲之轉。「𩃬」音同「夷」，故與「頤」通，亦與「殷」、「隱」字通用也。「其」者，《廣雅・釋詁》：「詞也。」《説文》「靁」下云：「陰陽薄動靁雨，生物者也。」《釋文》：「靁，亦作『雷』。」《初學記》一引《詩》作「雷」，與《釋文》合。南山，召南山，義同

《草蟲》。《穀梁·僖二十八年傳》：「山南爲陽。」《南齊書·五行志》引《洪範五行傳》云：「雷者，人君之象。」雷聲震驚，以喻上之命令臣下遠行，不遑安處，勉君子震恐致福，因取義焉。「在南山之陽」，賦而興也。何斯違斯，莫敢或遑。振振君子，歸哉歸哉。【疏】傳：「何此君子也。斯，此；違，去；遑，暇也。振振，信厚也。」箋：「何乎此君子適居此，復去此轉行，遠從事於王所命之方，無敢或閒暇時，閔其勤勞。大夫，信厚之君子，爲君使，功未成。歸哉歸哉，勸以爲臣之義，未得歸也。」○《釋詁》：「斯，此也。」上「斯」，斯君子；下「斯」，斯地。《説文》：「違，離也。」《廣雅·釋詁》同。毛傳訓「去」，「離」、「去」義近。《廣雅·釋詁》：「或，有也。」「或」、「有」古通。《書·洪範》「無有作好」，《吕覽·貴公》篇作「無或作好」，高注：「或，有也。」是「或」爲「有」也。《釋文》：「遑，本或作『偟』。」《釋詁》：「遑，暇也。」《説文》無「遑」、「徨」、「偟」三字，當正作「皇」。言何斯人而離斯地乎？以奉君命，故莫敢有暇耳。因又曰，此振奮有爲之君子，庶幾畢王事而得歸哉。重言之，切望之也。箋云「歸哉歸哉，勸以爲臣之義，未得歸也」，本毛序爲説。案：《詩》恉明望君子之歸，非勸勉語。它詩如「悠哉悠哉」，悠也；「懷哉懷哉」，懷也，句例正同，皆順文爲説。推之「玼兮玼兮」、「瑳兮瑳兮」、「舍旃舍旃」、「左之左之」、「右之右之」、「有瞽有瞽」、「式微式微」、「采薇采薇」、「曰歸曰歸」之類，凡遇疊語，都無反言。「歸哉歸哉」，與「曰歸曰歸」同義。風人之旨，於征役勤勞，不諱言歸，全詩可按。閔其勞而望其歸，此正室家至情，不煩補義也。

殷其靁，在南山之側。何斯違斯，莫敢遑息。振振君子，歸哉歸哉。【疏】傳：「亦在其陰與左右也。息，止也。」○《説文》：「側，旁也。」「息，喘也。」「莫敢遑息」，猶言不暇喘息也。《桑柔》箋「如仰疾風，不能息也」，疏：「息，謂喘息。」與此意同。毛傳訓「息」爲「止」，乃引申義。

殷其靁，在南山之下。何斯違斯，莫或遑處。振振君子，歸哉歸哉。【注】韓「遑」作「皇」。

【疏】傳：「或在其下。處，居也。」箋：「下，謂山足。」○「在南山之下」者，《易·頤卦》：「山下有雷。」聲已出地，不爲隱伏。箋云「下，謂山足」，是也。《説文》：「処，止也。得几而止。」「處」下云：「処或從虍聲。」「韓『遑』作『皇』」者，《衆經音義》六引《詩》曰：「莫或皇處。」「遑」作「皇」，陳喬樅云：「玄應，用《韓詩》者。」據《韓詩》推，此上二章，「遑」亦當爲「皇」。

《殷其靁》三章，章六句。

摽有梅【疏】毛序：「男女及時也。召南之國被文王之化，男女得以及時也。」○蔡邕《協和婚賦》：「《葛覃》恐其失時，《摽梅》求其庶士。唯休和之盛代，男女得乎年齒。婚姻協而莫違，播欣欣之繁祉。」此魯義，與毛序「召南被文王之化，男女得以及時」指合。《媒氏》疏引張融云：「《摽有梅》之詩，殷紂暴亂，娶失其盛時之年，習亂思治，故戒文王能使男女得及其時。」《經義雜記》云：「『戒』，當作『嘉』。」張説蓋相傳古義。召南被文王之化，男女及時，故既幸之，而又唯恐失之也。《左·襄八年傳》：「晉范宣子來聘，告將用師于鄭。公享之。宣子賦《摽有梅》，季武子曰：『誰敢哉？今譬於草木，寡君在君，君之臭味也。歡以承命，何時之有？』」杜注：「宣子欲魯及時共討鄭，取其汲汲相赴。」雖係斷章，亦見詩唯恐失時之指。

摽有梅，其實七兮。【注】魯、韓「摽」作「苃」，齊作「蔈」。韓「梅」作「楳」。【疏】傳：「興也。摽，落也。盛極則隋落者，梅也。尚在樹者七。」箋：「興者，梅實尚餘七未落，喻始衰也。謂女二十春盛而不嫁，至夏則衰。」○《釋文》：「摽，婢小反。落也。」「魯、韓作『苃』，齊作『蔈』」者，孫奭《孟子音義》：「《莩有梅》，丁云：『《韓詩》也。』」陳喬樅云：「趙岐《孟子章句》引：『《詩》曰：「苃有梅。」❶苃，零落也。』《漢書·食貨志》贊引《孟子》『莩』作『苃』，注引鄭德云：『苃，音「蔈有梅」之「蔈」。苃，零落也。』《説文》：『𠬪，物落上下相付也。讀若《詩》「摽有梅」。』段注以《毛詩》『摽』字爲『𠬪』之假借，《孟子》作『莩』者，『苃』之字誤。唐惟《韓詩》尚存，故丁公著《音義》，云『苃』是《韓詩》，實則趙所引據《魯詩》文。蓋此詩魯、韓同作『苃』，與毛異。蔡邕賦作『摽梅』，亦後人順毛改字也。鄭引作『蔈』，當據《齊詩》之文。」愚案：毛作「摽」，「摽」訓「擊」，非此詩義，故許但於「𠬪」字下句云「讀若『摽有梅』」，以寓正字之意。「物落上下相付也」，段據《韻會》「落」下補「也」字，分二句讀。桂馥云：「《增韻》云：『《詩》「摽有梅」，本作「𠬪」。』『𠬪』變爲『孚』，轉寫譌耳。凡『餓殍』、『莩落』字從孚者，本皆作『𠬪』，非『孚信』之『孚』。程瑶田云：『《韓詩》所謂「苃」者，即「𠬪」字轉寫之異。孟子言人飢腹中空而死，如華秀不實者之𠬪落也。』」參觀諸説，「摽」字塙當爲「𠬪」，魯、韓之「苃」，齊之「蔈」，皆非正字。「韓『梅』作『楳』」者，《釋文》又云：「梅，木名也。《韓詩》作『楳』。」陳壽祺云：「《韓詩》言『楳』不言『苃』，丁音言『苃』不言『楳』，皆疏。」愚案：《説文》：「某，酸果也。」「梅，枏也。可食。」「楳」下云：「或從某。」梅是

---

❶「苃」，續經解本《魯詩遺説攷》一、明永懷堂刻《孟子章句·梁惠王上》作「莩」。下一「苃」同。

枏木，非可食者。桂馥謂「《説文》『可食』字，後人誤加」，是也。《詩》正作「某」，「梅」、「楳」皆借字。「其實七兮」者，毛傳：「盛極則隋落者，梅也。尚在樹者七。」鄭箋：「梅實尚餘七未落，喻始衰也。」孔疏：「十分之中，其三始落，是梅始衰。興女年十六七，亦女年始衰，宜及此善時以爲昏。」《左傳》杜注：「梅盛極則落，詩人以興女色盛則有衰，衆士求之，宜及其時。」亦與毛説同。箋復以仲春昏期爲言，非詩取喻之恉。求我庶士，迨其吉兮。【注】韓説曰：「迨，願也。」【疏】傳：「吉，善也。」箋：「我，我當嫁者。庶，衆；迨，及也。求女之當嫁者之衆士，宜及其善時。善時，謂年二十，雖夏未大衰。」○《説文》：「庶，屋下衆也。」引申爲「衆」義。士，事也。能理事者謂之爲士，乃男子之美號。《荀子·非相篇》「處女莫不願得以爲士」，楊注：「士者，未娶妻之稱。」與此「庶士」義合。《釋言》：「迨，及也。」「迨」即「逮」或字。「迨，願也」者，《釋文》引《韓詩》文。陳喬樅云：「韓訓即《孟子》所云『丈夫生而願爲之有室，女子生而願爲之有家』，疑韓以此詩爲父母之詞。」愚案：陳説是。《詩》「迨」字多屬「願望」意，《匏有苦葉》篇「迨冰未泮」，《鴟鴞》篇「迨天之未陰雨」，《伐木》篇「迨我暇矣」，皆是。《説文》：「吉，善也。」「迨其吉兮」者，女之父母願望衆士及此女善時也。訓「迨」爲「及」，疑於「已及」之詞，故韓探詩意而爲之説。鄭箋「我，我當嫁者」，孔疏：「言此者，以女被文王之化，貞信之教興，必不自呼其夫，令及時之取己。鄭恐有女自我之嫌，故辨之，言我者，詩人我此女之當嫁者，亦非女自我。」孔申箋義，以爲「詩人我此女」，是詩人即女之父母。據韓「迨，願」之訓，亦必以此爲父母之詞。鄭訓「迨」爲「及」，不用韓義。然以詩人爲女父母，固與韓合矣。

摽有梅，其實三兮。求我庶士，迨其今兮。【疏】傳：「在者三也。今，急辭也。」箋：「此夏鄉晚，梅之隋落差多，在者餘三耳。」〇「其實三兮」，梅落益多，喻時將過也。今者，即時也。《史記》、《漢書》「今」以多爲「即」，❶與此詩義合。

摽有梅，頃筐塈之。【注】韓「頃」作「傾」，「塈」作「摡」。韓説曰：「摡，取也。」【疏】傳：「塈，取也。」箋：「頃筐取之，謂夏已晚，頃筐取之於地。」〇「韓『頃』作『傾』，『塈』作『摡』」者，《玉篇·手部》「摡」下引《詩》云：「頃筐摡之。」「頃」、「傾」字通。《卷耳》「頃筐」，齊、毛本亦作「傾」。箋「頃筐取之於地」，《説文》：「塈，仰涂也。」無「取」義。「摡」下云：「滌也。《詩》曰：『摡之釜鬵。』」亦不訓「取」。「摡，取也」者，《廣雅·釋詁》文，塙爲此詩韓訓。「既」有「盡」義，加手則爲「盡取」之意。時過而梅盡落，故以頃筐盡取之。求我庶士，迨其謂之。【疏】傳：「不待備禮也。三十之男、二十之女，禮未備，則不待禮會而行之者，所以蕃育民人也。」箋：「謂，勤也。女年二十而無嫁端，則有勤望之憂。不待禮會而行之者，謂明年仲春，不待以禮會之也。時禮雖不備，相奔不禁。」〇「謂，勤」，《釋詁》文。郭注：「《詩》曰：『迨其謂之。』」此魯説也，故箋以易毛。鄭於《北門》「謂之何哉」、《隰桑》「遐不謂矣」並云：「謂，勤也。」《釋名》：「謂，猶謂也，猶得敕不自安，謂謂然也。」謂謂，憂危之意。故云「有勤望之憂」，勤之爲言望之深也。《穀梁·僖二年傳》「不雨者，勤雨也」，范注：「言不雨，是欲得雨之心勤也。」《江有汜》序「勤而無怨」，孔疏：「勤者，心企望之。」「迨其謂之」，言願望甚勤。「女年二十」，明婚期以此爲限。

---

❶「以多」，疑當作「多以」。

《摽有梅》三章，章四句。

小星【注】韓説曰：「懷其寶而迷其國者，不可以語仁。窘其身而約其親者，不可以語孝。任重道遠者，不擇地而息。家貧親老者，不擇官而仕。故君子橋褐趨時，當務爲急。傳曰：『不逢時而仕，任事而敦其慮，爲之使而不入其謀，貧焉故也。』《詩》曰：『夙夜在公，實命不同。』」又曰：「嘒彼小星，喻小人在朝也。」齊説曰：「旁多小星，三五在東。早夜晨行，勞苦無功。」【疏】毛序：「惠及下也。夫人無妬忌之行，惠及賤妾，進御於君，知其命有貴賤，能盡其心矣。」箋：「以色曰妬，以行曰忌。命，謂禮命貴賤。」○「懷其」至「不同」，《韓詩外傳》一文。言貧仕卑官，而引《詩》以明之。「任重道遠，不擇地而息，任事而敦其慮」，是「夙夜在公」也。「家貧親老不擇官，不逢時而仕，爲之使不入其謀」，是「實命不同」也。上文云：「曾子仕於莒，得粟三秉。方是之時，曾子重其禄而輕其身。親没之後，齊迎以相，楚迎以令尹，晉迎以上卿。方是之時，曾子重其身而輕其禄。」言曾子親在，則禄仕爲重；親没，雖卿相不往。《外傳》多推演之詞，而義必相比，明此詩是卑官奉使，故取與曾子仕莒事相儗。唐白居易《六帖・奉使類》引此詩「肅肅宵征，夙夜在公」，正用韓義。宋洪邁《容齋隨筆》云：「《小星》『肅肅宵征，抱衾與裯』，是詠使者遠適，夙夜征行，不敢慢君命之意。箋釋此兩句，謂『諸妾肅肅然而行，或早或夜，在於君所，以次序進御』。又云：『裯者，牀帳也。謂諸妾夜行，抱被與牀帳待進御。』且諸侯有一國，其宮中嬪御雖云至下，固非閶閻微賤之比，何至於抱衾而行？況於牀帳，勢非一己之力所能致者，其説可謂陋矣。」宋章俊卿、程大昌亦謂此爲使臣勤勞之詩，皆本韓爲説。「喻小人在朝也」者，《文選》五臣本魏文帝《雜詩》吕向注文。唐惟《韓詩》存，所引乃韓義。《外傳》雖無「小人在朝」之文，然云「不入其謀」，則小人間阻可知。以此推之，嘒星喻小人在朝，蓋韓《内傳》説如此。「旁多」至「無功」，《易林·大過之夬》文。「旁多小星」，喻君側有小人，故使臣雖勞無功，與《外傳》所云「爲之使而不入其謀」合，是齊、韓義同也。召南諸侯之臣，勤勞任使，義命自安，固其人之賢能，亦由漸被王化所致。「旁多小星」，指諸侯之朝。言或以爲殷紂，非也。《召南》，諸侯詩，在文王受命後，不得援《汝墳》「王室」爲詞矣。

嘒彼小星，三五在東。【注】韓「嘒」作「嘒」。【疏】傳：「嘒，微貌。小星，衆無名者。三心五噣，四時更見。」箋：「衆無名之星，隨心、噣在天，猶諸妾隨夫人，以次序進御於君也。心在東方，三月時也。噣在東方，正月時也。如是終歲，列宿更見。」〇「韓『嘒』作『嘒』」者，《玉篇·日部》「嘒」下云：「衆星貌。」《廣韻》「嘒」下云：「《小星》詩亦作『嘒』。」俱不言出何詩。以《篇》、《韻》引《詩》例推之，用韓義也。云「詩亦作『嘒』」者，兼采《毛詩》。《説文》：「嘒，小聲也。《詩》曰：『嘒彼小星。』」《詩》語疑後人妄加。《玉篇》「嘒」下引《詩》「鳴蜩嘒嘒」，云：「嘒嘒，小聲也。」「嘒」訓「小聲」，與許合。星本無聲，嘒從日，以光芒言，韓義爲優。「彼」，猶《論語》「彼哉彼哉」之「彼」，外之之詞也。「三五在東」，傳以爲「三心五噣」，王引之云：「此即下章言『惟參與昴』也。《文選》任彦昇《宣德皇后令》注引《論語比考讖》曰：『堯觀河渚，乃五老游渚，流爲飛星，上入昴。』又引注曰：『入昴宿則復爲星。』據此，漢以前相傳昴宿五星，故有降精爲五老之説。其參之三星，《史記·天官書》明著之。昴、參相距不遠，故得俱見東方。若心、噣，相距甚遠，心在東，則噣在西，不得言『三五在東』矣。三、五，舉其數也；參、昴，著其名也，其實一而已矣。」愚案：王説是。據傳、箋所云，詩蓋即一日夜行所見之星以起興，必不舉終歲更見之列宿，知「三心五噣」之説不可通矣。

肅肅宵征，夙夜在公，寔命不同。【注】魯説曰：「宵，夜也。」韓「寔」作「實」，云：「有也。」【疏】傳：「肅肅，疾貌。宵，夜；征，行；寔，是也。命不得同於列位也。」箋：「夙，早也。謂諸妾肅肅然夜行，或早或夜，在於君所，以次序進御者，是其禮命之數不同也。凡妾御於君，不當夕。」○肅肅，敬也，解具《兔罝》。「宵，夜也」者，《楚詞·九歎》王注文。下引《詩》曰：「肅肅宵征。」《説文》：「征，正行也。」夙夜，早夜，解具《采蘩》。夙夜則嚮晨矣，故《易林》云「早夜晨行」，是齊説亦釋「夙夜」爲「早夜」，連文讀之。「在公」，從於公也。詩言彼微小之星，方光明而在東，我乃敬戒夜行，不敢怠慢，而早夜以從公者，非君恩之不我逮，乃有命不同故耳，曷敢怨乎？「『寔』作『實』」，云『有也』」者，《釋文》引《韓詩》文。陳喬樅云：「《韓奕》『實墉實壑』，箋云：『「實」，當作「寔」。趙、魏之間，「實」、「寔」同聲。』《頍弁》箋云：『實，猶是也。』《釋詁》：『寔，是也。』是音、義並同。」愚案：《説文》：「寔，止也。」與「是」義不合，緣「寔」、「是」同聲，古書多借「寔」爲「是」，因亦訓爲「是」。《説文》：「實，富也。」《易·大有·上九》注：「大有，豐富之世也。」《列子·説符》篇「羨施氏之有」，注：「有，猶富也。」是「富」、「有」義通。「實」訓「富」，亦可訓「有」。《韓詩》作「實」，故就本義引申之，訓爲「有」也。

嘒彼小星，維參與昴。 肅肅宵征，抱衾與裯，寔命不猶。【注】三家「裯」作「幬」。魯説曰：

「幬謂之帳。」韓説曰：「幬，單帳也。」【疏】傳：「參，伐也。昴，留也。衾，被也。裯，單被也。猶，若也。」箋：「此言衆無名之星，亦隨伐、留在天。裯，牀帳也。諸妾夜行，抱衾與牀帳，待進御之次序。不若，亦言尊卑異也。」〇參、昴者，並西方宿。《開元占經・西方七宿占》引石氏云：「參十星。」《天官書》云：「參爲白虎，三星直是也。❶下有三星，兑，曰罰。其外四星，左右肩股也。」「罰」亦作「伐」。《説文》：「昴，白虎宿星。」《廣雅・釋天》：「參謂之實沈，昴謂之旄頭。」《秦策》韋注：「抱，持也。」《説文》：「衾，大被。」「裯」下云：「衣袂，袛裯。」「袛」下云：「袛裯，短衣。」「襤」下云：「裯謂之襤褸。襤，無緣也。」案：衾既爲被，裯不應又爲襌被。若訓爲「袛裯」，則無緣之短衣，亦未宜與被同抱。「三家『裯』作『幬』」者，《鄭志》：「張逸問：『此箋不知何以易傳？』答曰：『今人名帳爲裯，雖古無名被爲裯。』」是「裯，帳」之訓，三家説同。「幬謂之帳」者，《釋訓》文。郭注：「今江東亦謂帳爲幬。」陳喬樅云：「《爾雅》『幬，帳』之訓，正釋此詩『幬』字。邢疏言『幬』與『裯』音義同，知三家作『抱衾與幬』。」「幬，單帳也」者，慧琳《音義》六十三引《韓詩外傳》文。顧震福云：「《説文》：『幬，單帳也。』《文選・寡婦賦》注引《纂要》曰：『單帳曰幬。』《廣雅・釋器》：『幬，帳也。』《後漢・馬融傳》注同，並與韓訓合。」愚案：《爾雅》釋文：「幬，本或作『㡓』。」《説文》無「㡓」字，蓋即「裯」之俗體，故鄭云「今人名帳爲裯」也。早夜啟行，僕夫以被帳之屬從，須抱持之，極言寢息不遑之狀。《文選》曹子建《贈白馬王彪詩》「何必同衾幬，然後展殷勤」，李注：「『幬』與『裯』古字同。」曹學《韓詩》者，言雖不與彪同行，而殷勤之

---

❶「是也」，清乾隆四年武英殿本（以下稱「殿本」）《史記》作「者是爲衡石」。

意，可以詞達。足證衾幬爲遠役攜持之物，非燕私進御之物。若如傳説，曹詩義不可通矣。鄭云「古無名被爲裯」，而毛云然，意以言帳，則賤妾進御，何至併帳攜行，故釋爲「襌被」，欲以成其曲説。《釋言》「猷，❶若也」，郭注：「《詩》曰：『寔命不猷。』」「猷」、「猶」字訓同。

《小星》二章，章五句。

江有汜【注】齊説曰：「江水沱汜，思附君子，伯仲爰歸。「伯仲」，陳喬樅本作「仲氏」，非也。《遯之巽》「爰」誤「受」，《明夷之噬嗑》不誤。不我肯顧，姪娣恨悔。」【疏】毛序：「美媵也。勤而無怨，嫡能悔過也。文王之時，江沱之間，有嫡不以其媵備數，媵遇勞而無怨，嫡亦自悔也。」箋：「勤者，以己宜媵而不得，心望之。」〇「江水」至「恨悔」，《易林・明夷之噬嗑》文，《遯之巽》同。陳喬樅云：「《比之漸》云：『南國少子，才略美好。求我長女，薄賤不與。反得醜惡，後乃大悔。』《泰之震》、《漸之困》、《涣之巽》同。《噬嗑之夬》「薄賤」作「賤薄」，「南國」作「齊侯」，緣下「齊侯」而誤。詳《易林》之語，南國本求婚長女，而女家不與，但以仲女往媵之，故云『仲氏爰歸』。迨嫡不以其媵備數，因而恨悔，此《江有汜》之詩所爲作也。後其長女所嫁，反得醜惡之人，乃更大悔前事。《比之漸》云云，及《明夷之觀》所云『長女不嫁，後爲大悔』，皆指此事言。毛序以此詩爲美媵，是據其後言之。蓋至江

❶「猷」，原作「猶」，據宋監本《爾雅》、阮刻本《爾雅注疏》改。

漢之間，被文王、后妃之化，嫡乃自悔其過。此詩之作，美媵之遇勞無怨，又以嘉嫡之能悔過自止也。宜合齊説、毛序參觀之，其義始備。」愚案：《比之漸》等所云「求婚不與」之事，與此詩無涉。彼但云「求我長女」，並無不與長女而與次女之説，陳强合爲一，易「伯仲」爲「仲氏」以成其義，謬矣。古者諸侯一娶九女，二國媵之，其本國之媵，或以君之庶女，或以同姓大夫之女。媵八歲備數，十五從嫡，二十承事君子，未任承事，還待年父母之國。見《公羊·莊十九年傳》何注。繹焦説「伯仲爰歸」，是伯爲嫡，仲爲媵。媵以君之庶女，則仲是庶女也。媵既從嫡，嫡不令承事君子，是「不我肯顧」。媵非一人，故有姪娣。詩蓋仲所作，兼言「姪娣恨悔」，統詞也。《釋親》：「女子謂晜弟之子爲姪。同出謂先生爲姒，後生爲娣。」《公羊傳》「以姪娣從」，是也。「恨」、「悔」義同。《廣雅·釋詁》：「悔，恨也。」《荀子·成相篇》注：「恨，悔也。」《説文》：「恨，怨也。」《廣雅·釋詁》：「怨，恨也。」是「恨」、「悔」總謂「怨」。媵作此詩，怨而不怒，故美而録之。「不我以」、「不我與」、「不我過」，就目前情事言，即《易林》所云「不我肯顧」。「其後也悔」、「其後也處」，料嫡他日必悔過而與處，勤望之心，立言最爲婉至。「其嘯也歌」，媵自明作詩之意，義訓本自分明。自《詩序》謂「嫡能悔過」，此詩遂無正解。推究序文，語意三截，「美媵也」三字，當日相傳古義。「勤而無怨，嫡能悔過也」二句，與「美媵」意不貫注，乃毛所推衍，誤以其後悔、處爲已然之事，非「美媵」二字所能賅，從而爲之詞。「文王之時，江沱之間，有嫡不以其媵備數，媵遇勞而無怨，嫡亦自悔也」五句，與上二句語意重復，又後人暢發「嫡能悔過」之指，蓋衛敬仲輩所塗附也。夫嫡能悔過，序豈容獨言「美媵」？爲毛説者，因謂嫡之悔，由媵之勞而無怨，故爲推本之詞。尊卑倒值，莫此爲甚。譬如君父放逐其臣子，臣子萬無怨懟之理。其後君父悔悟，遂歸美臣子，以爲君父悔悟，由於臣子之不怨懟，可乎？且如毛説，末章「嘯歌」，義不可通，知序之不出一人。參以《易林》之文，而詩之本義出矣。

江有汜，之子歸，不我以。不我以，其後也悔。【注】魯、韓「汜」作「洍」。【疏】傳：「興也。決復入爲汜。嫡能自悔也。」箋：「興者，喻江水大，汜水小，然而並流，似嫡、媵宜俱行。之子，是子也。是子，謂嫡也。婦人謂嫁曰歸。以，猶與也。」○「魯、韓『汜』作『洍』」者，《説文》：「汜，水別復入水也。從水，巳聲。《詩》曰：『江有汜。』」「洍，水也。從水，𦣞聲。❶《詩》曰：『江有洍。』」一引《毛詩》，一引三家今文。「汜」、「洍」古今字，非別有水地。❷呂祖謙《讀詩記》引董氏曰：「石經作『洍』。」據《易林》「江水沱汜」，是《齊詩》作「汜」，與毛同。作「洍」者，爲魯、韓文矣。《漢書·敘傳》「芈彊大於南汜」，顔注：「汜，江水之別也。」《水經·夏水》篇：「夏水出江津于江陵縣東南。又東，過華容縣南。又東，至江夏雲杜縣，入于沔。」酈注：「江津豫章口東有中夏口，是夏水之首，江之汜也。屈原所云『經夏首而西浮，顧龍門而不見』也。」案：酈注所云，正此詩之江汜。又《江水》篇「東過魚復縣南」，注云：「江水又東，右逕汜溪口，蓋江汜決入也。」地望懸隔，非

---

❶「𦣞」，原作「洍」，據陳刻《説文》、《説文注》、楊刻《説文義證》、祁刻《説文繫傳》改。
❷「地」，疑當作「也」。

此汜矣。鄭箋：「江水大，汜水小，然而並流，似嫡、媵宜俱行。」❶案：《易林》：「江水沱汜，思附君子。」是齊義江喻君子，汜以自喻，思得附江以行，與箋意不同。之子，謂嫡。歸，謂嫁。我，媵自我。《説文》：「㠯，用也。」「不我以」，謂嫡不以自侍。重言之，以實見在情事。「其後也悔」，逆料而勸望之，風人忠厚之恉也。傳「嫡能自悔也」，誤爲已然事。

江有渚，之子歸，不我與。不我與，其後也處。【注】韓説曰：「水一溢一否爲渚。」又曰：「水一溢而爲渚。」【疏】傳：「渚，小洲也。水枝成渚。處，止也。」箋：「江水流而渚留，是嫡與己異心，使己獨留不行。止，嫡悔過自止。」○「水一溢一否爲渚」者，《釋文》引《韓詩》文。「水一溢而爲渚」者，《文選》張衡《西京賦》李注引《韓詩章句》文。陳喬樅云：「《釋水》『水中可居者曰洲，小洲曰渚』，李巡注：『四方皆有水，中央獨高可處，故云。但大小異其名耳。』《釋名》：『渚，遮也。體高能遮水，使從旁回也。』韓云『水一溢一否』者，謂一溢而一涸，即今俗所云水濱之洲，東坍而西漲者也。『水枝成渚』，亦謂江水之枝分者，溢而成渚耳。」愚案：水中小洲曰渚，洲旁之小水亦稱渚。《鶴鳴》「魚在于渚，或潛在淵」，「渚」與「淵」對文，是水深者爲淵，淺者爲渚。《楚辭・湘君》注：「渚，水涯也。」足證渚非無水之地。《韓詩》「水一溢一否」，謂水甫溢入，繼無來源，暫時渟聚，故謂之渚。《説文》：「洔，水暫益且止未減也。」「洔」與「渚」同義，「益」即「溢」也。「暫益且止」，即「一溢一否」之謂，許説與韓義正合。薛云「一溢爲渚」，亦謂水流溢於旁地，而渟聚者爲渚。

❶「似」，原作「以」，據明世德堂本《毛詩》、阮刻本《毛詩正義》改。

蓋渚之爲言瀦也。水決入它水，而仍流入本水者曰汜。水決即入本水者曰沱。決出而不復有所入者曰渚。毛傳「水枝成渚」，亦不以渚爲無水之洲。以上下文「沱」、「汜」例之，此詩「渚」字不當用《雅》訓爲釋。陳氏「東坍西漲」之解，失之。《後漢·淮陽憲王欽傳》注：「與，偕也。」《説文》：「処，止也。或作『處』。」《廣雅·釋詁》：「處，凥也。」「居」、「止」義同，詩「與」、「處」二字又相足，言今日不偕我居，其後必悔而偕我居也，較首章義進。箋云「嫡悔過自止」，非。

江有沱，之子歸，不我過。不我過，其嘯也歌。【注】齊説曰：「江沱出枝江縣西，東入江。」魯、齊「嘯」作「歗」，「歌」作「謌」。韓説曰：「歌無章曲曰嘯。」【疏】傳：「沱，江之別者。」箋：「岷山道江，東別爲沱。嘯，蹙口而出聲。嫡有所思而爲之，既覺，自悔而歌。歌者，言其悔過，以自解説也。」○「江沱出枝江縣西，東入江」者，班固《漢書·地理志》文。《説文》：「沱，江別流也。出嶓山東，別爲沱。」案：江沱更有數處，《水經注·江水》篇云：「江水又東，別爲沱，開明之所鑿也。郭景純所謂『玉壘作東別之標』者也。縣即汶山郡治，劉備之所置也。」此一沱也。又云：「犍爲郡有鄨江入焉，出江原縣，首受大江，東南流至武陽縣，注于江。」此無「沱」名，亦一沱也。又云：「魚復縣有夷溪，即佷山清江也。經所謂『夷水出焉』。」《夷水》篇云：「夷水出巴郡魚復縣江，逕宜都北，東入大江。」此又一沱也。諸水之源，並在三峽以上。又云：「江水又東逕上明城北。❶其地夷敞，北據大江，江汜枝分，東入大江，縣治洲上，故以枝江爲稱。《地理志》曰：『江沱

❶「又」，原作「之」，據《合校水經注》卷三十四改。

出西，東入江。』是也。」案：酈引《漢志》班注，在「南郡枝江」下，準之韓敘所稱召南地望適合，明班爲此詩設證矣。《漢書・陸賈傳》注：「過，至也。」「不我過」，謂不至我所。「魯、齊『嘯』作『歗』，『歌』作『謌』」者，《説文》「嘯」下云：「吹聲也。籒文從欠作『歗』。」「歌」下云：「詠也。或作『謌』。」又出「歗」字，云：「吟也。《詩》云：『其歗也謌。』」小徐本「吟」作「吹」，云：「歗者，吹氣出聲也。」是「歗」、「嘯」二字聲義相同，經典通用。許引《詩》「歗」、「謌」字與毛異，蓋出三家。韓作「嘯」、「歌」，則「歗」、「謌」爲魯、齊文矣。「歌無章曲曰嘯」者，慧琳《音義》十五引《韓詩》文。顧震福云：「封演《聞見記》云：『激於舌端而清謂之嘯。』成公綏《嘯賦》：『動脣有曲，發口成音。觸類感物，因歌成吟。』蓋嘯者，蹙口激舌，其聲清長，有似歌曲，而不成章。」愚案：《韓詩・園有桃》章句云：「有章曲曰歌，無章曲曰謡。」此「嘯」無章曲，而亦得稱「歌」者，發聲清激，近似高歌耳。詠歎攄懷，自明作詩之指，《易林》所謂「恨悔」也，與《白華》「嘯歌傷懷」同意。凡言「歗」者，感傷之詞。《中谷有蓷》之「條其歗矣」，亦一證也。若謂嫡悔過而蹙口作歌，於義難通。陳氏奂以爲媵備數而與君子歗歌，與感傷之詞不合，且與上句文義不屬也。

《江有汜》三章，章五句。

野有死麕【注】韓説曰：「平王東遷，諸侯侮法。男女失冠昏之節，《野麕》之刺興焉。」【疏】毛序：「惡無禮也。天下大亂，彊暴相陵，遂成淫風。被文王之化，雖當亂世，猶惡無禮也。」箋：「無禮者，爲不由媒妁，雁幣不至，劫脅以成昏，謂紂之世。」〇「平王」至「興焉」，劉昫《舊唐書・禮儀志》文。劉唐末人，所用《韓詩》義也。魏源云：「此東周時所采西都畿内之風也。周初，雒邑與宗周通爲邦畿千里。平王東遷後，秦文公破戎，收地至岐，岐以東獻之周。及惠王，尚與虢公以酒泉。是西畿地東遷百餘年尚爲周有。虞、芮、西虢亦錯處西畿之内，未爲秦、晉所併，故《甘棠》『思召伯』、《何穠》『美王姬』，皆陜以西畿内之風。《野有死麕》亦猶此例，其詩既不采於東都王城，使不附於《召南》，陜以西之風將何所屬？」愚案：魏氏采風之説，塙不可易。參以下章「平王之孫」，時代吻合，此詩爲東遷後西都畿内之人所作無疑。雖時當衰亂，猶知見不善而惡之，斯周初禮教之遺、聖主賢臣之化，入人爲至深矣。

野有死麕，白茅包之。【疏】傳：「郊外曰野。包，裹也。凶荒則殺禮，猶有以將之。野有死麕，羣田之，獲而分其肉。白茅，取絜清也。」箋：「亂世之民貧，而彊暴之男多行無禮，故貞女之情，欲令人以白茅裹束野中田者所分麕肉，爲禮而來。」○《説文》：「野，郊外也。」「麇，麞也。籀文作『麕』。」《釋文》云：「亦作『麏』。」引陸疏云：「麏，麞也。青州人謂之麏。」《説文》：「茅，菅也。」《本草》「茅根」，陶隱居云：「此即白茅。其根如渣芹，甜美。」《嘉祐圖經》：「春生牙，布地如鍼，俗間謂茅鍼，亦可噉。夏生白花茸茸然，至秋而枯。其根至潔白，亦甚甘美。」《釋文》「包」作「苞」，云：「裹也。」《木瓜》疏引亦作「苞」。《説文》：「苞，艸也。南陽以爲麤履。」「包，象人裹妊，巳在中，象子未成形也。」「勹，裹也。」據此，「勹」本字，「包」借字，「苞」誤字。有女懷春，【注】魯説曰：「春女感陽則思。」吉士誘之。【疏】傳：「懷，思也。春，不暇待秋也。誘，道也。」箋：「有貞女思仲春以禮與男會，吉士使媒人道成之。疾時無禮而言然。」○「春女感陽則思」者，《淮南・繆稱訓》：「春女思，秋士悲，而知物化矣。」高注：「春女感陽則思，秋士感陰則悲。」「感陽則思」與「懷春」義合，高用此詩魯訓。《媒氏》：「仲春之月，令會男女。」當春興懷，以婚姻不及時也。「吉士誘之」者，吉士猶言善士，男子之美稱。《説文》：「羑，相訹呼也。或作『誘』。」《吕覽・決勝》篇注：「誘，導也。」詩人覽物起興，言雖野外之死麕，欲取而歸，亦必用白茅裹之，稍示鄭重之意，況昏姻大事，豈可苟且？乃有女懷春，而爲吉士者，不待父母之命、媒妁之言，遂欲以非禮誘導此女，是愛人不如愛物矣。

林有樸樕，野有死鹿。白茅純束，有女如玉。【注】三家「純」作「屯」。【疏】傳：「樸樕，小木也。野有死鹿，廣物也。純束，猶包之也。如玉，德如玉也。」箋：「樸樕之中，及野有野鹿，皆可以白茅裹束以爲禮。廣可用之物，非獨麕也。純，讀如屯。如玉者，取其堅而絜白。」○《説文》：「平土有叢木曰林。」「樸，木素也。」非此「樸」義。「樕」下云：「樸樕，木。」李燾本作「樸樕，小木」，是也。徐鍇《繫傳》云：「即今小槲樹。」《釋木》「樸樕，心」，郭注：「槲樕別名。」邢疏引：「某氏曰：『樸樕，斛樕也。有心能溼，江河間以作柱。』孫炎云：『樸樕，一名心。』」陳啟源云：「《爾雅注》皆言樸樕即槲樕。案：槲樕與櫟相類，華、葉似櫟，亦有斗，如橡子而短小。有二種，小者叢生，大者高丈餘，名大葉櫟。然則毛傳言其小者，某氏注指其大者與？」愚案：陳説是。高丈餘者爲櫟，亦名槲。小而叢生者爲小槲，亦名樸樕。「槲」、「樸」一聲之轉，本字當爲「槲樕」，「樸」是借字，故許書「樸」下無「小木」義也。櫟木理多拳曲，不中宮室大材，而堅固耐溼，江河間橋柱用之，亦可作小屋柱。樸樕但供作薪。《釋木》「樸，枹者」，郭注：「樸屬叢生者爲枹。」《考工記》注：「樸屬，附著堅固貌。」「樸樕」、「樸屬」亦是音轉字異，狀其叢生附著，故以爲名耳。《漢書・息夫躬傳》「諸曹樸遬不足數」，顔注：「樸遬，凡短之貌。」《關尹子・八籌》篇「草木俄茁茁，俄停停」，注：「停停，樸遬不長也。」與此「樸樕」字異義通。「三家『純』作『屯』」者，鄭箋「純，讀如屯」，孔疏云：「以『純』非『束』之義，故讀爲屯。」陳喬樅云：「《史記・蘇秦傳》『錦繡千純』，索隱引：『《國策》高注音屯，屯，束也。與鄭讀合。』是古『屯束』字多假作『純』。《左傳》『執孫蒯于純留』，《志》作『屯留』。《史記・張儀傳》『當屯留之道』，亦即『純留』也。《史記》、《漢書》並作『屯』，《左傳》作『純』，是古文以『純』爲『屯』，然則三家今文當作『屯』。」愚案：陳説是也。「純」、「屯」古字通用，故「屯」亦爲「純」。「純束」者，總聚而束之。尋詩義，謂併樸樕、死鹿而總束之也。《釋文》：「屯，聚也。」《説文》：「總，聚束也。」《漢書・藝文志》「孔子純取周詩」，即謂總取周詩，與此「純束」義正同。言林有樸樕，僅供樵薪之需；野有死鹿，亦非貴重之物，然我取以歸，亦須以白茅總聚而束之，防其隊失。今有女如無瑕之玉，顧不思自愛乎？上章刺男，此章刺女。曰「如玉」，惜之至也，語意藴含不盡。傳云「德如玉」，或説以爲色如玉，皆非。

舒而脱脱兮，無感我帨兮，【注】三家「脱」作「娧」，「感」作「撼」。無使尨也吠。【疏】傳：「舒，徐也。脱脱，舒遲也。感，動也。帨，佩巾也。尨，狗也。非禮相陵，則狗吠。」箋：「貞女欲吉士以禮來，脱脱然舒也。又疾時無禮，彊暴之男相劫脅。奔走失節，動其佩飾。」○《説文》：「舒，緩也。」「而」讀爲「如」，古「如」、「而」字通用。舒如，猶舒然。「三家『脱』作『娧』」者，陳奂云：「《集韻・十四泰》：『娧娧，舒遲貌。一曰喜也。』此三家《詩》義。《玉篇》：『娧，好貌。』『娧娧』爲本字，『脱脱』爲假借字。」愚案：陳説是。《説文》：「娧，好也。」《方言》、《廣雅・釋詁》同。舒遲則容儀安好，故「娧」訓爲「好」。重言之曰「娧娧」，《集韻》

引與《詩》合。「脱」訓「消肉臞」，無「舒遲」義。《淮南・精神訓》「則脱然而喜矣」，「脱」亦當爲「娧」，故《集韻》「娧」下云：「一曰喜也。」「三家『感』作『撼』」者，《釋詁》：「感，動也。」陳喬樅云：「毛作『感』，『撼』之消借。《釋文》：『感，如字。又胡坎切，動也。』胡坎切，即『撼』字之音。」愚案：《御覽》九百四引《國風》曰：「無撼我帨兮。」此三家異文。《説文》「感」下云：「感，動人心。」「撼」下云：❶「摇也。」以手取物，作「撼」爲正。我，我女子。《説文》：「帥，佩巾也。或從兑作『帨』。」《内則》「女子生，設帨於門右」，注：「帨，事人之佩巾也。」又「左佩紛帨」，注：「所佩之物，皆是備尊者使令之用。紛以拭器，帨以拭手，皆巾也。」《士昏禮》「母施衿結帨」，是女事人所用之佩巾，始生設之，嫁時母爲結之，事舅姑用之。物雖微而禮至重，故以爲詞，謂禮不可犯，意不專重帨也。《説文》：「尨，犬之多毛者。《詩》曰：『無使尨也吠。』」詩人代爲女拒男之言，云士姑緩來，我帨本不可動，且無使犬吠而驚他人。既儆以禮之難越，又喻以人之可畏，詞婉意嚴，可謂善於立言矣。《左・昭元年傳》：「子皮賦《野有死麕》之卒章，趙孟賦《常棣》，且曰：『吾兄弟比以安，尨也可使無吠。』」杜注：「義取君子徐以禮來，無使我失節而使狗驚吠。」杜云「徐以禮來」，深得《詩》恉，非欲其緩來，正拒其不來也。

《野有死麕》三章，二章四句，一章三句。【疏】陳奂本「二章」下增「章」字，是。

何彼襛矣【注】三家説曰：「言齊侯嫁女，以其母王姬始嫁之車遠送之。」【疏】毛序：「美王姬也。

---

❶「撼」，陳刻《説文》、《説文注》、楊刻《説文義證》作「摵」。徐鉉云：「今别作『撼』，非是。」

雖則王姬，亦下嫁於諸侯，車服不繫其夫，下王后一等，猶執婦道，以成肅雝之德也。」箋：「下王后一等，謂車乘厭翟，勒面繢總，服則褕翟。」○「言齊」至「送之」，《士昏禮》賈疏引鄭説云：「《何彼襛矣》篇曰：『曷不肅雝，王姬之車。』言齊侯嫁女，以其母王姬始嫁之車遠送之。」下云：「鄭《箴膏肓》言之。」明此爲《箴膏肓》文也。又云：「《詩》注以爲王姬嫁時自乘其車，《箴膏肓》以爲齊侯嫁女，乘其母王姬始嫁時車送之。不同者，彼取三家《詩》，故與《毛詩》異也。」案：如三家説，是「齊侯之子」，爲齊侯所嫁之女；「平王之孫」，周平王之外孫女也。平王女王姬先嫁於齊，留車反馬。今所生之女，嫁西都畿内諸侯之國，榮其所自出，故以其母王姬始嫁之車送之。詩人見此車而貴之，知其必有肅雝之德，故深美之也。魏源云：「傳以平王爲文王，王姬爲武王女、文王孫，適齊侯之子。武王元妃邑姜，若女適齊侯之子，無論丁公、乙公，皆違《春秋傳》譏取母黨之例。見《白虎通義》。且天子女適人，曷不云『帝王之子』，而必遠繫之祖？《詩》三百篇皆稱文王，不應此獨易稱平王，不見它經傳也。或謂平王崩於魯隱三年，《春秋》惟莊元年、十一年兩書『王姬歸於齊』。❶兩者之中，齊襄無道，魯主讎昏，王姬爲齊繼室，違諸侯不再取之義。惟莊十年適齊桓者，❷卒謚共姬，

❶「元」，原作「三」，據續經解本《詩古微》七、阮刻本《春秋左傳正義》、《春秋公羊傳注疏》、《春秋穀梁傳注疏》改。

❷「十」下，疑脱一「一」字。

意其有肅雝之德。事在莊王十四年，❶則王姬是平王之元孫。不知《韓奕》『汾王之甥，蹶父之子』，美韓姞一人也。《碩人》『齊侯之子，衛侯之妻，東宫之妹，邢侯之姨』，美莊姜一人也。頌魯僖曰「周公之孫，莊公之子」，亦同。無一稱其妻，一稱其夫，分屬二人者。至齊襄取王姬，立已五年。齊桓取王姬，立已三年。尚稱『齊侯之子』，亦乖『君薨稱世子，既葬稱子，逾年稱君』之例。唯《箴膏肓》得之。平王四十九年以前，未入春秋，安知無王姬適齊，而所生之女别適它國者？齊女所嫁，當是西畿諸侯虞、虢之類。其詩采於西都畿内，既不可入東都王城之《風》，又不可入《齊風》，故從召南陝以西之地而録其風爾。」

何彼襛矣，唐棣之華。【注】韓「襛」作「茙」。【疏】傳：「興也。襛，猶戎戎也。唐棣，栘也。」箋：「何乎彼戎戎者，乃栘之華。興者，喻王姬顔色之美盛。」○何，初見而驚訝之詞。彼，彼華。《説文》：「襛，衣厚貌。❷《詩》曰：『何彼襛矣。』」此據《毛詩》，以衣厚擬華之盛多也。《五經文字》：「襛，見《詩》風。從禾者譌。」「『襛』作『茙』」者，《釋文》引《韓詩》文，云：「茙，音戎。」陳喬樅云：「毛傳『襛，猶戎戎也』，『戎』當即『茙』省文。『戎』又通作『茸』，《旄丘》『狐裘蒙戎』，《左傳》云『狐裘蒙茸』，是其驗也。《説文》：『茸，艸茸茸貌。』然則『戎戎』猶言『茸茸』耳。」愚案：《釋草》『菺，茙葵』，《釋文》云：「茙，本作『戎』。」又「戎叔」，《列子·

❶「王」，原作「公」，據續經解本《詩古微》七、殿本《史記·十二諸侯年表》改。
❷「衣」，原脱，據陳刻《説文》、《説文注》、楊刻《説文義證》補。

立命》篇作「茙菽」，是「茙」、「戎」同字。傳云「禯，猶戎戎」，正釋「禯」爲「茙」，因借字義不可通，以正字明之。《釋詁》：「戎，大也。」然則「茙」亦「大」也。唐棣之華盛大，故以「茙」狀之。胡承珙云：「傳『唐棣，栘也』，《爾雅》、《常棣》傳：『常棣，棣也。』與今本《爾雅》同。正義引舍人注：『唐棣，一名栘；常棣，一名棣。』又皆與郭注同。後人據以爲唐棣、常棣之分，而所言華實、形色又多溷淆。王氏引之云：『「常棣，棣」，本或作「常棣，栘」。《秦・晨風》傳：「棣，唐棣也。」《論語・子罕》篇注：「唐棣，棣也。」今本作「唐棣，栘也」，此後人依郭本《爾雅》改之。皇疏云：「唐棣，棣也。」《釋文》不出「栘」字之音，則舊本作「唐棣，棣也」可知。則與郭本殊。蓋所見《爾雅》舊本作「常棣，栘。唐棣，棣」也。今案：《小雅》「常棣之華」，《藝文類聚・木部》引三家《詩》作「夫栘之華」，則名「栘」者，乃「常棣」而非「唐棣」甚明。《常棣》傳「常棣，棣也」，當依或本作「常棣，栘也」。《何彼禯矣》傳「唐棣，栘也」，及箋内之「栘」，俱當作「棣」，後人據郭本《爾雅》改之也。以三家《詩》及毛傳、陸《疏》、《本草》考之，似作「常棣，栘。唐棣，棣」者爲長。《玉篇》「唐」作「榶」，云：「棣也。」與《晨風》毛傳、《論語》何注合。蓋因「常」、「唐」聲近，遂致相亂耳。』承珙案：王説是也。《説文》：『栘，棠棣也。』『棣，白棣也。』『棠棣』即『常棣』，『棠』、『常』形聲皆相近。《漢書・杜鄴傳》引《小雅・常棣》作『棠棣』，顔注亦同。《文選》曹子建《求通親親表》『中詠棠棣匪他之誠』，李注引毛序云：『《棠棣》，燕兄弟也。』又謝宣遠《於安城答靈運》詩，注引《毛詩》曰：『棠棣之華，蕚不韡韡。』蓋許氏以『栘』爲『棠棣』，即《小雅》之『常棣』。《毛詩》『常棣』，據《選》注，有作『棠棣』者，殆即許所本與？其又以『棣』爲『白棣』者，意當時惟白棣得專棣名，故以色別之，此即《召南》及《論語》之『唐棣』。蓋唐棣可單稱棣，故《秦風》『山有苞棣』，止言『棣』，而毛傳曰：『棣，唐棣也。』常棣又可單稱常，故《小雅》但言『維常之華』，而毛傳曰：『常，常棣也。』然則《召南》之『唐棣，栘』，當作『唐棣，棣』。《小雅》之『常棣，棣』，當作『常棣，栘』。由於後人互易致誤，其故瞭然矣。」又云：「《論語·子罕》篇疏引此詩陸《疏》云：『唐棣，奥李也。一名雀梅，當作「李」。亦曰車下李。所在山皆有之。其華或白或赤，六月中熟，大如李，子可食。』《齊民要術》引《豳風》陸《疏》：『鬱樹高五六尺，實大如李，正赤色，食之甜。《廣雅》曰：「一名雀李，又名車下李，又名郁李，亦名棣，亦名奥李。」』二疏正與《神農本草》『郁李一名雀李』、《御覽·果部十》『郁李一名車下李，一名棣』者皆合。『奥』、『郁』字之通，『鬱』、『奥』聲之轉，總之皆唐棣也。陸氏此疏甚爲明晰。惟於『常棣之華』疏云：見《爾雅》邢疏引。『常棣，許慎曰白棣樹也。如李而小，如櫻桃，正白，今官園種之。』此則微誤。《説文》以『棣』爲『白棣』，而訓『栘』爲『棠棣』，未嘗以常棣爲白棣也。陸又云：『又有赤棣樹，亦似白棣，葉如刺榆葉而微圓，子正赤，如郁李而小，五月始熟。自關西天水隴西多有之。』此所言白棣、赤棣，以其子色别之。蓋唐棣子名郁李，其大如李。常棣子如郁李而小，其實皆棣樹而種微異耳。自郭注以唐棣爲白栘，謂似白楊，陸佃、羅願遂以唐棣爲白楊，而唐棣之别有郁李、車下李諸名，又以常棣當之。名實糾紛，不可董理。不知《詩》言唐棣、常棣，皆取華爲形容，姑無論其子之大小。陸於常棣雖不言其華，然《齊民要術》引《詩義疏》云：『承華者蕚，其實似櫻桃、薁李。』蓋常棣不獨子如郁李，其華當亦如郁李之華，故二者皆以棣名。詩人並取其華之美。❶即常棣名栘，亦與栘楊無涉。《古今注》云：『栘楊亦曰栘柳，亦曰

❶「美」下，續經解本《毛詩後箋》有「盛」字，當據補。

蒲移。圓葉弱蒂，微風善搖。』故云與白楊同類。古詩曰：『白楊多悲風。』夫白楊安得有偏反之華，韡韡之萼耶？」**曷不肅雝，王姬之車。**【疏】傳：「肅，敬；雝，和。」箋：「曷，何；之，往也。何不敬和乎？王姬往乘車也。言其嫁時始乘車，則已敬和。」○《説文》：「雝，雝鷄也。」「雝」之訓「和」，蓋自鳥聲和鳴引申之，凡「邕」、「廱」等字，故訓皆有「和」義，本義俱不爾。別作「雍」、「噰」，其訓並同。此以唐棣之襛華，興車服之盛美，因決其婦德之肅雝。言之子于歸，何有不肅雝者乎？不見所乘者，乃其母王姬初嫁之車乎？因母可以知女也。《釋文》：「姬，周姓也。」杜預云：「王姬，以王爲尊。」《易林·艮之困》：「王姬歸齊，賴其所欲，以安邦國。」荀悦《申鑒·時事》篇：「尚主之制，非古也。釐降二女，陶唐之典。《歸妹》元吉，帝乙之訓。王姬歸齊，宗周之禮。」蓋當日王姬歸齊，能順成婦道，安定邦國，宜詩人知其女之必賢。惜書缺有間，無可證明矣。宣五年，「齊高固及子叔姬來，反馬」，大夫禮也。《泉水》「還車言邁」，是諸侯夫人用嫁時乘來之車。「王姬之車」，是天子嫁女所留之車，知天子至大夫皆有留車反馬之禮。

何彼襛矣，華如桃李。平王之孫，齊侯之子。【疏】傳：「平，正也。武王女，文王孫，適齊侯之子。」箋：「華如桃李者，興王姬與齊侯之子顏色俱盛。正王者，德能正天下之王。」○「華如桃李」，猶桃李之華。唐棣、桃、李華俱極盛，故取以爲比。「華」在上者，倒文以合韻。孔疏謂「唐棣之華如桃、李之華」，是興之外又有興矣。又云「箋言『華如桃李者，興王姬與齊侯之子顏色俱盛』，是以華比華」，而顏色不得即謂之華，二義皆非也。孫者，外孫。馬瑞辰云：「言平王之外孫，則於詩句不類，故渻言之曰『孫』。猶《閟宮》『周公之孫』，不言『曾孫』而但言『孫』也。」魏源云：「《爾雅》：『女子子之子爲外孫。』《儀禮》：『外孫緦麻三月。』

《春秋・僖五年》『杞伯姬來朝其子』，何休曰：『禮，外孫初冠，有朝外祖之道。』《漢書・西域傳》：『龜兹國王上書，自言得尚漢外孫女，謂公主女細君也。』」愚案：《喪服傳》「孫適人者」，注：「孫者，子之子。女孫在室，亦大功也。」是「女孫」稱「孫」，則外孫女亦可稱「孫」矣。《爾雅》「女子子之子爲外孫」，「子」兼男、女言之，知外孫統男、女也。「平王之孫」，與《韓奕》「汾王之甥」同一義例，推所自出，以見其尊貴。《曲禮》注：「言『子』者，通男、女。」「齊侯之子」，義與《碩人》同。

其釣維何？維絲伊緡。齊侯之子，平王之孫。【疏】傳：「伊，維；緡，綸也。」箋：「釣者，以此有求於彼，何以爲之乎？以絲爲之綸，則是善釣也。以言王姬與齊侯之子，以善道相求。」〇《説文》：「釣，鉤魚也。」「緡，釣魚繁也。」謂繫絲於竿以釣也。《釋詁》：「伊，維也。」維、伊，皆語詞。《漢書・禮樂志》顔注：「伊，是也。」言釣用何物，維絲是緡耳。與《抑》「言緡之絲」對文見義。《釋言》「緡，綸也」，郭注：「《詩》曰：『維絲伊緡。』緡，繩也。江東謂之綸。」案：郭説嫌於緡、繩不分。「維絲伊緡」，當與《采緑》「言綸之繩」參看。蓋絲是單絲，綸紨兩股，繩則總數絲而合之。「維絲伊緡」，是絲以爲綸。「言綸之繩」，是綸以爲繩也。若如郭説，則言綸之繩爲言繩之繩，《詩》義不當如此。

《何彼襛矣》三章，章四句。

騶虞【注】魯説曰：「《騶虞》者，邵國之女所作也。古者聖王在上，君子在位，役不踰時，不失嘉會。內無怨女，外無曠夫。及周道衰微，禮義廢弛，强陵弱，衆暴寡，萬民騷動，百姓愁苦，男怨於外，女傷於内。内外無主，内迫情性，外逼禮儀。歎傷所説，而不逢時，於是援琴而歌。」魯、韓説曰：「騶虞，天子掌鳥獸官。」齊説曰：「五範四軌，優得饒有。陳力就列，騶虞悦喜。」又曰：「《騶虞》，樂官備也。」【疏】毛序：「《鵲巢》之應也。《鵲巢》之化行，人倫既正，朝廷既治，天下純被文王之化，則庶類蕃殖，蒐田以時，仁如騶虞，則王道成也。」箋：「應者，應德，自遠而至。」○「騶虞」至「而歌」，蔡邕《琴操》文。《文選》李陵《與蘇武詩》李注引《琴操》云：「《騶虞》者，邵國之女所作也。古者役不踰時，不失嘉會。」曹子建《贈丁儀王粲詩》注引《琴操》曰：「古者君子在位，役不踰時。」《琴操》蔡邕所撰，所引並同。「聖王」，謂文王。「君子」，謂虞官。云「役不踰時，不失嘉會」者，謂葭茁，是春田之候，始於此時狩獵也。云「歎傷所説，而不逢時」者，追慕盛時，不可得見。「于嗟乎騶虞」者，歎傷之詞也。《琴操》五曲，唯《鵲巢》亡闕，《騶虞》、《伐檀》、《鹿鳴》、《白駒》並存。其三詩皆合古義，則以《騶虞》爲邵女所作，亦古訓相傳如此。《召南》列於《國風》，故召南亦稱召國。三家説《詩》，雖推演之詞或有不同，而大義必無譌舛，大題非蔡能臆造也。「騶虞，天子掌鳥獸官」者，《鍾師》疏引《韓詩》説。許君《五經異義》引「今《詩》韓、魯説同」，明魯、韓同義。「天子」，謂文王。《孟子·滕文公》趙注：「虞人，守苑囿之吏也。囿中有鳥獸，皆其所掌。」《易·屯》卦虞注：「虞，謂虞人，掌鳥獸者。」與此説同。《新書》云：「虞者，囿之司獸者也。」因《詩》詠「豝」、「豵」，故專以「獸」言，非此虞但司獸也。「五範」至「悦喜」，《易林·坤之小畜》文。云「五範」者，範，法也，與「範我馳驅」義同。《保氏》「教國子以六藝，四曰五馭」，司農注：「五馭，鳴和鸞，逐水曲，過君表，舞交衢，逐禽左。」是「五範」也。云「四軌」者，《說文》：「軌，車轍也。」《保氏》賈疏：「舞交衢者，衢，道也，謂御車在交道，車旋應於舞節。」《釋宫》「四達謂之衢」，郭注：「交道四出。」則舞交衢，是四軌也。云「優得饒有」者，《説文》：「優，饒也。」「優」、「饒」皆「多」意。壹發而五豝、五豵，是優得饒有也。云「陳力就列」者，用《論語·季氏》篇文。云「騶虞悦喜」者，謂騶囿之虞官得其人，可悦喜也。「《騶虞》，樂官備也」者，《禮·射義》文，「樂」即「悦喜」意，與《易林》合，並齊說。《晉語》「詢於八虞」，❶韋昭注引賈、唐曰：「八虞，周八士，皆在虞官，伯達、伯适、仲突、仲忽、叔夜、叔夏、季隨、季騧。」蓋其時君子盈朝，官制大備，即司獸之官，亦仁賢畢集也。《鄉射禮》「樂正命大師曰：『奏《騶虞》間若一。』乃奏《騶虞》，以射」，鄭注：「《騶虞》，《國風·召南》之詩篇也。其詩有『一發五豝、五豵，于嗟乎騶虞』之言，樂得賢者衆多，嘆思至仁之人以充其官。」其云嘆思仁人，與《琴操》合，良由文王樂與民同，雉、兔、芻蕘，聽其采取。遊斯囿者，覩王制之崇隆，美良臣之衆盛，而又蒐田以時，嘉會不失，怨曠胥無，世稱極樂。及周道衰微，王迹湮息，畿内之民，思昔時所慕説，傷聖澤之不逢，故召女作此詩以寄慨，與《關雎》陳古刺今，同一恉趣，而文王當時，仁賢在職，民康物阜，王業大成，於斯畢見，故以爲二《南》之殿云。

彼茁者葭，壹發五豝。于嗟乎騶虞！【注】三家「壹」作「一」。齊説曰：「彼茁者葭，一發五豝，

---

❶「晉」，原作「魯」，據士禮居翻刻宋明道本《國語》（以下稱「《國語》」）卷十《晉語》四改。

孟春獸肥草短之候也。」魯説曰：「古有梁騶。梁騶者，天子獵之田也。」又曰：「禮者，臣下所以承其上也。故《詩》云：『一發五豝。吁嗟乎騶虞！』騶者，天子之囿也。虞者，囿之司獸者也。天子佐輿十乘，以明貴也。貳牲而食，以優飽也。虞人翼五豝，以待一發，所以復中也。作此詩者，以其事深見良臣順上之志也。良臣順上之志者，可謂義矣。故其歎之長，曰吁嗟乎。雖古之善爲人臣者，亦若此而已。」魯「于」作「吁」。

【疏】傳：「茁，出也。葭，蘆也。豕牝曰豝。虞人翼五豝，以待公之發也。騶虞，義獸也。白虎黑文，不食生物，有至信之德則應之。」箋：「記蘆始出者，著春田之早晚。君射一發而翼五豬者，❶戰禽獸之命。必戰之者，仁心之至。于嗟者，美之也。」○《説文》：「茁，艸初生出地貌。從艸，出聲。《詩》曰：『彼茁者葭。』」是「茁」爲形聲兼會意字。趙岐《孟子章句》云：「茁，生長貌。《詩》云：『彼茁者葭。』」「生長」亦「出地」意也。《釋草》「葭，華」，樊光注：「《詩》云：『彼茁者葭。』」郭注：「即今蘆也。」《説文》：「葭，葦之未秀者。」「葦，大葭也。」《夏小正傳》：「葦未秀爲蘆。」是「葭」、「蘆」同也。《史記·司馬相如傳》：「其卑溼則生藏莨蒹葭。」此舉囿中澤地所有。「三家『壹』作『一』」者，《爾雅》、《説文》、《詩氾歷樞》、《新書》「壹」皆作「一」，明三家今文與毛異。「彼茁」至「候也」，《説郛》十引《詩氾歷樞》文。言葭茁者，所以著春田之候，獸肥中殺，草短便射，故《詩》云然。與《琴操》「不失嘉會」合，足證魯、齊義同。發，發矢。《釋獸》「豕牝，豝」，郭注：「《詩》曰：『一發五豝。』」《説文》：「豝，牝豕也。一曰：二歲，能相把拏也。《詩》曰：『一發五豝。』」《廣雅·釋獸》：「獸二歲

❶「豬」，明世德堂本《毛詩》作「豝」。

爲豝。」與《説文》「一曰」義合。「古有」至「田也」，《文選·魏都賦》「邁梁騶之所著」，張載注：「《魯詩》傳曰：『古有梁騶。梁騶者，天子獵之田也。』」《東都賦》注「魯」誤作「毛」，毛無此説。《後漢·班固傳》注引同。一作「梁鄒」，《文選·東都賦》：「制同乎梁鄒，誼合乎靈囿。」「梁鄒」即「梁騶」也。《漢書·人表》「鄒衍」，《史記·孟子傳》作「騶衍」。《韓勑碑陰》「騶韋仲卿」，「鄒」作「騶」。是「騶」、「鄒」古通。陳喬樅以《漢志》「濟南郡梁鄒」當之。案：梁鄒在今鄒平縣四十里孫家嶺，去西都地望絶遠，不得取以爲證。梁騶亦單名騶，故賈誼云：「騶者，天子之囿也。」蓋文王受命後，於西都畿内爲囿，以供田獵。《大雅·靈臺》之篇，《孟子》七十里之對，昭然可證。騶者，文王命名；靈囿，民所稱美。《書傳》不言，文王二囿，騶囿即靈囿也。「禮者」至「而已」，賈誼《新書·禮》篇文，引此詩以明臣下承上之義。賈時惟有《魯詩》，所引魯訓也。云騶是囿，虞是司獸之官，與張載引魯傳，賈、許引魯、韓説合。云「天子佐輿十乘，以明貴也」者，《田僕》「掌佐車之政」，賈疏引《少儀》注云：「朝祀之副曰貳，戎獵之副曰佐。」是佐輿爲田車。《大戴禮》：「天子貳車十有二乘，率諸侯而朝日東郊，所以教尊尊也。」《戎僕》「掌王倅車之政」，賈疏亦云：「副車十二乘。」《大行人》：「上公之禮，貳車九乘，侯、伯七乘，子、男五乘。」此言佐車十乘，天子異等爲尊。視朝祀之貳車，又少殺其數，皆所以明貴也。云「⿰亻貳牲而食，以優飽也」者，《中庸》釋文：「『貳』，本作『⿰亻貳』。」❶是「貳」、「⿰亻貳」字同。《曲禮》「雖貳不辭」，注：「貳，謂重殽膳也。」牲者，成用之名。⿰亻貳牲而食，明奉上之禮不同，所以優飽，故《詩》有「一發五豝」

❶「本」，原作「木」，據宋本、通志堂本《釋文》改。

之文也。云「虞人翼五豝以待一發，所以復中也」者，《書·多士》注：「翼，猶驅也。」毛傳亦云「翼五豝以待上之發」，以五豝備一發，非一發得五豕，一矢不能貫五也。獸雖多，不忍盡殺，一發中則殺一而已。一發失之，則待復中。此虞人驅禽之義，所以順上之志也。箋云「戰禽獸之命」，不若賈義爲長。良臣將事，雖古無加。曰「于嗟乎」，長歎而深美之。五豝殺一，仁也。驅禽備射，賢也。《射義》注：「樂官備者，謂《騶虞》曰『壹發五豝』，喻得賢衆多也。『于嗟乎騶虞』，歎仁人也。」以五豝喻衆賢，鄭君推演之文，非古義。「于嗟」，解具《麟趾》。韓彼作「吁」，此當同。據《新書》，魯作「吁」。皮錫瑞云：「自毛傳孤行，多信毛傳而疑三家，且以《周書》、《山海經》、《書大傳》爲毛傳之塙證。錫瑞謂諸書雖以騶虞爲獸，然未嘗明言即《詩》之『騶虞』。《大傳》於陵氏取怪獸，雖文王時事，亦非釋《詩》。緯書如《元命苞》、《演孔圖》、《援神契》、《河圖括地象》並以騶虞爲獸，而皆他經之緯，非《詩》緯。《爾雅》同《魯詩》，故《釋獸》無騶虞。申公、轅固生、韓太傅、賈太傅，必無不見《周書》、《山海經》、《書大傳》，而不引以解《詩》，知諸書所謂『騶虞』，非《詩》之『騶虞』也。毛傳晚出，見諸書言『騶虞』，與《詩》『騶虞』二字偶合，遂據以易三家。其蹤跡可尋，毛已自發其覆。傳云『虞人翼五豝，以待公之發』，『虞人』即『騶虞』也。下忽綴以『騶虞，義獸』云云，與上文不相承，良由牽合古書，欲剏新義，上『虞人』字不及追改，葛龔故奏，貽笑後人，此乃毛傳一大瑕。許、鄭諸公，爲古文所壓，不復攷其本末，取毛傳所據者轉以證毛，舍三家古義而從之，其亦惑矣。後人所以不信三家而信毛者，一因『騶虞』二字與古書相合，不知官名、獸名，不妨相同。如太皞氏以龍紀官，不必龍官即是龍。少皞氏以鳥紀官，不必鳳鳥氏以下，至五鳩、五雉、九扈即是鳥。《周官》有虎賁、趣馬，不必虎賁、趣馬即是獸也。一因『于嗟』二字與《麟趾》相同，不知『于嗟』屢見於《詩》。如『于嗟闊兮』、『于嗟洵兮』、『于嗟鳩兮』、『于嗟女兮』，皆詩人常言，豈必兩兩相對？以《麟趾》爲《關雎》之應，《騶虞》爲《鵲巢》之應，亦是毛義，三家無明文。即論毛義，兩詩亦不相對。《麟之趾》序箋云『有似麟應之時』，疏引張逸問云『致信厚，未致麟』，是文王時無致麟之事。若騶虞，據《大傳》云『散宜生取以獻紂』，是文王實致騶虞矣。一未實致，一是實致；一喻言，一本事。又安得相對乎？《癸巳類稾》、《詩古微》皆駁毛，猶未知古書所云『騶虞』，非《詩》之『騶虞』，未能絶袒毛者之口實，更詳辨之，以扶三家之義。」

彼茁者蓬，壹發五豵。于嗟乎騶虞！【疏】傳：「蓬，草名也。一歲曰豵。」箋：「豕生三曰豵。」

○《説文》：「蓬，蒿也。籀文作『莑』。」蓬之爲言莑莑然，枝葉緐盛，故謂之蓬。《史記·老子傳》正義：「蓬，其狀若皤蒿，細葉，蔓生於沙之中。」《御覽》九百三引《詩》曰：「一發五豵。」「壹」作「一」，以上文例之，亦本三家《詩》。《釋獸》：「豕生三，豵。」魯訓也。箋意一歲不中殺，故以易毛。

《騶虞》二章，章三句。

召南之國十四篇，四十章，百七十七句。

詩三家義集疏卷三上

長沙王先謙益吾著

邶鄘衛柏舟弟三

【疏】《毛詩》「邶柏舟詁訓傳第三」、「鄘柏舟詁訓傳第四」、「衛淇奧詁訓傳第五」，三家《詩》當爲一卷。體式如此，知者，《漢書·藝文志》云：「《詩經》二十八卷，魯、齊、韓三家。」又云：「《毛詩故訓傳》三十卷。」案：古經、傳皆别行，《毛詩》作傳，取二十八卷之經，析邶、鄘、衛《風》爲三卷，故爲三十卷。三家故、説、傳、記别行，其全經皆二十八卷，十五《國風》爲十三卷，邶、鄘、衛共一卷；《小雅》七十四篇，爲七卷；《大雅》三十一篇，爲三卷；《周頌》三十一篇，爲三卷；魯、商《頌》各爲一卷，故二十八卷也。邶、鄘、衛詩本同風，不當分卷。《左·襄二十九年傳》：「吴公子札聘魯，觀周樂，爲之歌《邶》、《鄘》、《衛》，曰：『美哉淵乎！吾聞衛康叔、武公之德如是，是其衛風乎！』」以《邶》、《鄘》、《衛》皆爲《衛風》，即其明證。《漢書·地理志》：「河内本殷之舊都，周既滅殷，分其畿内爲三國，《詩》風邶、鄘、衛國是也。邶，以封紂子武庚；鄘，管叔尹之；衛，蔡叔尹之，以監殷民，謂之三監。故《書序》曰：『武王崩，三監畔。』周公誅之，盡以其地封弟康叔，號曰孟侯，以夾輔周室。遷邶、庸之民於雒邑，故邶、庸、衛三國之詩相與同風。《邶詩》曰『在浚之下』，《庸》曰『在浚之郊』，《邶》又曰『亦流于淇』，『河水洋洋』。「洋洋」，乃「泮泮」之誤。《庸》曰『送我淇上』，『在彼中河』。《衛》曰『瞻彼淇奥』，『河水洋洋』。」詩既同卷，仍分《邶》、《庸》、《衛》者，蓋爲卷分上、中、下，或一、二、三。班習《齊詩》，是齊説以爲三詩同風。魯、韓爲卷既同，知其義亦同也。《地理志》又云：「至十六世，懿公亡道，爲狄所滅。齊桓公帥諸侯伐狄，更封衛於河南曹、楚丘，是爲文公。而河内殷虚，更屬於晉。」又云：「衛地，營室、東壁之分野也。今之東郡及魏郡黎陽，河内之野王、朝歌，皆衛分也。衛本國既爲狄所滅，文公徙封楚丘，三十餘年，子成公徙於帝丘。故《春秋經》曰：『衛遷於帝丘。』今之濮陽是也。本顓頊之虚，故謂之帝丘。凡四十世，九百年，最後絶，故獨爲分野。衛地有桑間、濮上之阻，男女亦亟聚會，聲色生焉，故俗稱鄭衛之音。」《御覽》百五十七《州郡部》引《詩含神霧》曰：「邶、鄘、衛、王、鄭，此五國者，千里之城，此「域」之誤。處州之中，名曰地軸。」陳壽祺云「州」上脱「九」字。《乙巳占》引《詩推度災》曰：「邶，結蝓之宿。鄘，天漢之宿。衛，天宿斗衡。」宋均注：「結蝓之宿，謂營室星。天漢之宿，謂天津也。」陳喬樅云：「《丹鉛總録》五引作「邶國，結蝓之宿」，趙在翰云：「「結」，宜作「蛞」。《本草》「蛞蝓」，❶《蜀本圖經》云：「即蝸牛也，頭有四角。」《廣雅》云：「蝸牛，螔蝓也。」蛞蝓四角，蓋營室之精。」」此亦《齊詩》家説。案：邶、鄘、衛本紂畿内地，周分爲三，以居武庚、管、蔡，因三人分治，各有疆界，故即其舊地之名稱之，若三國然。此周初權立之制，特以鎮撫頑民。管、蔡自有所封本國，《志》但云「尹之」，知此邶、鄘、衛不爲封國。或以三監爲三國君，非也。周公誅

---

❶「蛞」，原作「蛣」，據續經解本《齊詩遺説攷》二改。

三監，盡以其地封康叔，故邶、鄘、衛同風，所詠詩皆衛事，亦非至康叔子孫并兼邶、鄘也。鄭《譜》云：「置三監，使管叔、蔡叔、霍叔尹而教之。魏源云：「班《志》三監有武庚無霍叔者，霍叔監邶，相禄父故也。《周書·作雒解》：『武王克殷，乃立王子禄父，俾守商祀。建管叔於東，建蔡叔、霍叔於殷，俾監殷臣。』孔晁注：『霍叔相禄父。』鄭據《書大傳》，言禄父及三監叛，非禄父自監。皇甫謐《帝王世紀》亦言霍叔監邶，周公誅三監，霍叔罪輕，以武庚、管叔主謀也。」❶自紂城而北謂之邶，南謂之鄘，東謂之衛。」《玉篇》：「紂城東曰衛，南曰鄘，北曰邶。」《廣雅》：「紂之畿内國名，東曰衛，南曰鄘，北曰邶。」皆本鄭説。《説文》「邶」下云：「故商邑，自河内朝歌以北是也。從邑，北聲。」「鄘」下云：「南夷國也。」謂春秋楚所滅之「庸」，不著此「鄘」爲何地。孔疏云：「鄭以詩人之作，自歌土風，驗其水土之名，知其國之所在。《衛》曰『送子涉淇，至于頓丘』，頓丘今爲縣名，在朝歌紂都之東也。紂都河北，而《鄘》曰『在彼中河』，鄘境在南明矣。都既近西，明不分國，故以爲邶在北。」愚案：三詩同爲《衛風》，則詩人所歌，不足分證國地。服虔、王肅以爲鄘在紂都之西，孫毓云：「紂城之西，迫於西山，南附洛邑，檀伯之封，温、原、樊川，皆爲列國。《鄘風》所興，不出於此。」説與服、王同。陳氏奐云：「《周書》云『建管叔於東』，《漢志》云『庸，管叔尹之』，是鄘在朝歌東矣。」證合經史，陳説爲長。《周書》又言：「周臨衛攻殷，殷大震潰。俾康叔宇於殷，俾中旄父宇於東。」孔晁注：「中旄父代管叔。」此康叔居衛，而中旄父居鄘，在其東，權時立制，俾相康叔。其三監之地，卒盡封之，

❶「主」，原作「王」，據續經解本《詩古微》二改。

當如《漢志》所云也。《桑中》之詩云：「爰采葑矣，沬之東矣。云誰之思？美孟庸矣。」據《漢志》「鄘」作「庸」，知「鄘」、「庸」一也。蓋居此之人，取舊邑之稱，以爲族姓，故曰「孟庸」。是鄘在沬東之塙證。「邶」聲，義並從北。沬之北即邶也，沬鄉即衛也。「沬」借字亦作「妹」。《詩》稱「沬鄉」，猶《尚書》言「妹邦」矣。《水經注·淇水》篇云：「其水南流東屈，逕朝歌城南。《晉書·地道記》曰：『本沬邑也。《詩》云：「爰采唐矣，沬之鄉矣。」殷王武丁始遷居之，爲殷都也。』紂都在《禹貢》冀州大陸之野，即此矣。有新聲靡樂，號邑朝歌。」又云：「武王以殷之遺民封紂子武庚於茲邑，分其地爲三，曰邶、鄘、衛。使管叔、蔡叔、霍叔輔之，爲三監。叛，周討平，以封康叔爲衛。」説與《漢志》合。《釋文》：「邶，本又作『鄁』。」《魯語》、《漢書》顔注、《廣韻》同。又作「背」，《隸釋·衛尉衡方碑》「感背人之《凱風》」，《通志·氏族略》二同，此隸渻。

詩國風

柏舟【注】魯説曰：「衛宣夫人者，齊侯之女也。陳喬樅云：「宣，《御覽》四百四十一引作『寡』。郝懿行妻王氏《列女傳補注》云：『此與「魯寡陶嬰」、「梁寡高行」、「陳寡孝婦」同，作「宣」者，形之誤耳。《説卦》「寡髮」作「宣髮」，亦其例。』」嫁於衛，至城門，而衛君死。保母曰：『可以還矣。』女不聽，遂入。持三年之喪畢，弟立請曰：『衛，小國也，不容二庖，願請同庖。』終不聽。衛君使人愬於齊兄弟，齊兄弟皆欲與君。使人告女，女終不聽，乃作詩曰：『我心匪石，不可轉也。我心匪席，不可卷也。』厄窮而不憫，勞辱而不苟，然後能自致也。言不失也，然後可以濟難矣。《詩》曰：『威儀棣棣，不可選也。』言其左右無賢臣，皆順其君之意也。君子美其貞壹，故舉而列之於《詩》也。」又曰：「貞女不二心以數變，故有『匪石』之詩。」齊説曰：「汎汎柏舟，流行不休。耿耿寤寐，心懷大憂。仁不逢時，復隱窮居。」【疏】毛序：「言仁而不遇也。衛頃公之時，仁人不遇，小人在側。」箋：「不遇者，君不受己之志也。君近小人，則賢者見侵害。」〇「衛宣」至「詩也」，《列女傳·貞順》篇文。「願請同庖，終不聽」者，蘇輿云：「據此，知禮國君，惟夫婦得同庖也。《禮·玉藻》『夫人與君同庖』，鄭注：『不特殺也。』《膳人》鄭注：『后與王同庖。』鄭云然者，以《玉藻》文推知之。繹《禮》微恉，非惟重特殺，亦以明繫屬，辨嫌疑。弟請同庖，女終不聽，則知其時君與夫人同庖，已成通禮。女聞更制，恐漸取辱，守死不聽，防杜深矣。《御覽·人事部》八十二引《列女傳》『願請同庖』，下作『唯夫妻爲同庖。夫人不聽』。推尋文義，疑作『夫人曰：「惟夫妻爲同庖。」不聽』。《御覽》倒誤，又脱『曰』字。此『終』字則緣下『女終不聽』而衍也。范氏《詩補傳》『終不聽』上有『夫人曰惟夫婦同庖』八字，即據《御覽》增。下文『皆欲與君』，與，許也，言欲許同庖之請也。」「貞女」至「之詩」，王符《潛夫論·斷訟獄》篇文，皆魯義也。「汎汎」至「窮居」，《易林·屯之乾》文，《咸之大過》同。貞女確守節義，而稱爲「仁」者，與孔子謂夷齊「求仁得仁」義同。「復」，疑「伏」之誤字。「隱」是「伏處」之詞，義通男、女。或謂此與毛序「仁而不遇」合，非也。《藝文類聚》十八引湛方生《貞女解》云：「志存『匪石』之固，守節窮居。」「伏隱窮居」與「守節窮居」一也。魯、齊義同。

汎彼柏舟，亦汎其流。【疏】傳：「興也。汎汎，流貌。柏，木所以宜爲舟也。亦汎汎其流，不以濟度也。」箋：「舟，載渡物者。今不用，而與衆物汎汎然俱流水中。興者，喻仁人之不見用，而與羣小人並列，亦猶是也。」○《說文》「汎」下云：「浮皃。從水，凡聲。」「泛」下云：「浮也。從水，乏聲。」二字義同。「氾」下云：「濫也。」蓋廣遠之意，後人承用，三字不分，故《廣雅·釋訓》云：「汎汎、氾氾，浮也。」《莊子·德充符》釋文：「氾，不係也。」貞女言今汎汎然而浮者，是彼陽剛至堅之柏木所爲舟也，乃亦汎濫流行於水中，無所係賴乎？喻己志節確然，而衛君臣及齊兄弟皆不足依據，致成此象。蘇輿云：「『亦汎其流』，與《小弁》『譬彼舟流，不知所屆』同義。」愚案：《易林》「流行不休」，引見上。正釋「流」爲舟流不休，與「不知所屆」意亦同也。柏一名椈，《釋木》：「柏，椈。」其樹經冬不彫，蒙霜不變，故節義之婦，取以自況，此及後《柏舟》皆然。

耿耿不寐，如有隱憂。微我無酒，以敖以遊。【注】魯「耿」作「炯」，「隱」亦作「殷」。齊、韓作「殷」。魯說曰：「隱，幽也。」齊說曰：「殷，大也。」韓說曰：「殷，深也。」【疏】傳：「耿耿，猶儆儆也。隱，痛也。非我無酒，可以敖遊忘憂也。」箋：「仁人既不遇，憂在見侵害。」○「魯『耿』作『炯』」者，《楚詞》嚴忌《哀時命》云「夜炯炯而不寐，懷隱憂而歷茲」，王注：「言己中心愁怛，目爲炯炯而不能眠，如逢大憂，常懷戚戚。」洪興祖《補注》：「『隱』，一作『殷』。隱，痛也。殷，大也。注言『大憂』，疑作『殷』者是。」《楚詞·遠遊》云「夜炯炯而不寐兮」，王注：「憂以愁戚，目不眠也。《詩》云：『炯炯不寐。』」王用《魯詩》，知魯作「炯炯」。陳喬樅云：「《遠遊》之『目不眠』釋『炯炯』字義，即引《詩》證之，本亦作『耿耿』。舊校云：『耿，一作「炯」。』作『炯』者是也。今注作『耿耿，猶儆儆』，引《詩》云：『耿耿不寐。』此後人據《毛詩》所改，遂以毛傳語竄入，非王注本文，《哀時命》仍作『炯炯』可證。」愚案：陳說是也。《淮南·說山訓》高注：「《詩》曰：『耿耿不寐，如有殷憂。』」高用《魯詩》，引「耿耿」當爲「炯炯」，亦後人傳寫改之。《易林》云：「耿耿寤寐。」引見上。《韓詩》亦作「耿耿」。見下。明齊、韓與毛同。「寤寐」、「不寐」同義。《説文》：「寐覺而有信曰寤。」「寐覺」即「不寐」矣。《魯詩》「『隱』亦作『殷』」者，據上引王、高二注，知魯作「殷」。《吕覽·貴生》篇高注：「隱，幽也。《詩》曰：『如有隱憂。』」此引又作「隱」。《楚詞·悲回風》王注引《詩》亦作「隱」，是魯「隱」、「殷」兩作。「齊、韓作『殷』」者，《易林》云：「心懷大憂。」引見上。知齊作「殷」。《文選》陸機《歎逝賦》、阮籍《詠懷詩》、劉琨《勸進表》、嵇康《養生論》李注並引《韓詩》曰：「耿耿不寐，如有殷憂。」知韓作「殷」矣。「隱，幽也」者，引見上文高注。「殷，大也」者，據《易林》「心懷大憂」文。「殷，深也」者，《歎逝賦》李注引《韓詩》下文。陳喬樅云：「李不言爲誰氏訓義，然上既引《韓詩》爲證，知用韓説也。」「幽」、「深」義合。「如」讀爲「而」，古「如」、「而」字通。言炯炯然不得寐，而心懷大憂。微，非也。言非我無酒遨遊以解憂，特此憂非飲酒遨遊所能解。陳氏奂謂此四句皆合二句爲一句，是也。《説文》：「敖，出遊也。從出，從放。」二「以」字，語助足句。《泉水》、《竹竿》皆言「出遊」、「寫憂」，合證此詩，明飲酒遨遊，婦人所不諱，詩又設想之詞耳。❶

我心匪鑒，不可以茹。【注】韓説曰：「茹，容也。」【疏】傳：「鑒，所以察形也。茹，度也。」箋：「鑒之察形，但知方圓白黑，不能度其真僞。我心非如是鑒，我於衆人之善惡外内，心度知之。」○匪，竹器。詩借爲「非違」之「非」。《釋文》：「監，本又作『鑒』，鏡也。」據此，陸所見作「監」。《説文》無「鑒」字，「監」下云：「臨下也。」「鑑」下云：「大盆也。一曰：鑑諸，可以取明水於月。」「諸」上脱「方」字。《司烜氏》「掌以鑒取明水於

❶「又」，疑當作「文」。

月」，鄭注：「鑒，鏡屬。」「鑒」是後起之字，《釋文》「監」則「鑑」之渻也。「茹，容也」者，《韓詩外傳》一云：「故新沐者必彈冠，新浴者必振衣，莫能以己之皭皭，容人之混污然。《詩》曰：『我心匪鑒，不可以茹。』」徐璈云：「《外傳》意以鑒之照物，無論妍媸美惡，皆能容納。我則不能以身之察察，受物之汶汶矣。」愚案：《小雅》「柔則茹之」，《釋文》引《廣雅》：「茹，食也。」影入鑒中，若食之入口，無不容者，故詩人取譬於茹，而韓傳申義爲「容」。貞女守節不失，是其皭皭。請同庖而聽之，則容人混污，如鑒之茹物，故不可也。亦有兄弟，不可以據。薄言往愬，逢彼之怒。【疏】傳：「據，依也。彼，彼兄弟。」箋：兄弟至親，當相據依。言亦有不相據依，以爲是者希耳。責之以兄弟之道，謂同姓臣也。」○兄弟，《列女傳》所云「齊兄弟」。《説文》：「據，持杖也。從手，豦聲。」《廣雅・釋言》：「據，杖也。」《釋詁》：「逢，遇也。」言亦有齊國之兄弟，而不可以據杖。今以不可同庖之義往愬於彼，反遇其怒，尚得謂可據乎？《列女傳》言衛君使人愬齊兄弟，不及女愬事。據詩，女不聽，亦使愬兄弟，而兄弟怒之，情事宜然，與傳義互相備。

我心匪石，不可轉也。【注】魯説曰：「言守善篤也。」我心匪席，不可卷也。【疏】傳：「石雖堅，尚可轉。席雖平，尚可卷。」箋：「言己心志堅平，過於石、席。」○《説文》：「轉，運也。」「言守善篤也」者，《漢書・劉向傳》上封事引《詩》文。《楚詞・九辯》王注：「我心匪石，不變轉也。執履忠信，不離善也。」守之篤，則與善不離。並魯義也。《説文》：「席，藉也。」「卷，厀曲也。」引申之，凡曲皆爲卷。詩言石雖堅，可轉運；席雖平，可卷曲。我以善道自守，必不可奪此心，匪石、非席，豈能聽人之轉運卷曲乎？《列女傳》所謂「厄窮而不憫，勞辱而不苟」也。當時女既不聽，必有厄窮勞辱之事，故以轉石卷席爲喻，言能屈其身，不能挫其志，所以濟難者恃此，自致其心而不失也。《說苑・立節》篇、《新序・節士》篇、《韓詩外傳》一、《外傳》九屢引此四語，皆斷章推演之詞，非詩本義。

威儀棣棣，不可選也。【注】魯說曰：「夫有威而可畏，謂之威。有儀而可象，謂之儀。富不可爲量，多不可爲數。故《詩》曰：『威儀棣棣，不可選也。』棣棣，富也。不可選，衆也。言接君臣、上下、父子、兄弟、內外、大小品事之各有容志也。」又曰：「言其左右無賢臣，皆順其君之意也。」三家「選」作「算」。【疏】傳：「君子望之儼然可畏，禮容俯仰，各有威儀耳。棣棣，富而閑習也。物有其容，不可數也。」箋：「稱己威儀如此者，言己德備而不遇，所以慍也。」○「夫有」至「志也」，賈子《新書・容經》篇文。時惟《魯詩》，此魯說也。《左・襄三十一年傳》：「北宮文子曰：『《衛詩》云：「威儀棣棣，不可選也。」言君臣、上下、父子、兄弟、內外、大小，皆有威儀也。』」「皆」者，言非一端，正釋「棣棣」之義。下文「故君子在位可畏」云云，文子引申之詞，賈說本之，並專言威儀之盛。「棣棣，富也」者，承上「富不可爲量」言。《釋文》：「棣，本或作『逮』，同。」「棣」借字，「逮」正字。《禮・孔子閒居》：「『威儀逮逮，不可選也』，無體之禮也。」《漢書・韋玄成傳》「儀服此恭，棣棣其則」，顏注引《詩》作「逮逮」，並與《左傳》合，與《釋文》或本同。「無體之禮」，謂儀節衆多，因事爲制，故無方體。王念孫《廣雅疏證》云：「《孔子閒居》云『無體之禮』、『威儀翼翼』，皆『盛』之義也。『棣棣其則』，舊解爲安和貌，及善威儀，總謂禮儀之美盛也。」愚案：《禮・中庸》：「優優大哉，禮儀三百，威儀三千。」「棣棣」猶「優優」。《說文》：「優，饒也。」「富」、「饒」同義。《說文》：「逮，唐逮，及也。」「隶，❶及也。」

❶「隶」，原作「逮」，據陳刻《說文》、《說文注》、楊刻《說文義證》改。

「及，逮也。」「隸，及也。」是「隶」、「逮」、「隸」、「及」並轉相訓。凡言「相及」者，非一之詞。《説文》：「駁，馬行相及也。」馬相及，知非一馬也。《釋山》「小山岌大山，峘」，郭注：「謂高過。」亦自「相及」得義，故《廣雅・釋訓》云：「岌岌，高也。」又云：「岌岌，盛也。」「逮逮」之爲「富」，猶「岌岌」之爲「盛」矣。「逮」又與「遝」通，《釋言》：「逮，遝也。」《公羊・哀十四年傳》「祖之所逮聞也」，漢石經「逮」作「遝」。《方言》：「迨，遝，及也。東齊曰迨，關之東西曰遝，或曰及。」《説文》：「遝，迨也。」「迨，遝也。」《玉篇》：「迨遝，行相及也。」《説文》又云：「眔，目相及也。」「誻，語相及也。」義並與「遝」通。「遝」爲「相及並進」之義，引申之，即爲「衆多」之義。《史記・韓信傳》「魚鱗雜遝」，《文選・洞簫賦》「鶩合遝以詭譎」，「雜遝」、「合遝」，皆「衆多」意。「逮」、「遝」字同義通，故「逮逮」訓爲「富」也。毛傳「棣棣，富而閑習也」，「富而閑習」四字，文不成義，竊取連綴之迹顯然。

「不可選，衆也」者，承上「多不可爲數」言。《説文》：「選，一曰擇也。」❶古「選」、「算」字通，「算」又與「擇」同義。《大司徒》注：「算車徒，謂數擇之也。」「不可爲數」者，衆多不可數擇也。「言接君臣、上下、父子、兄弟、内外、大小品事之各有容志也」者，言其君臣、上下諸人互相接也。發外爲容，在心爲志，因容見志，故並言之，總謂在外之威儀也。「言其」至「意也」，見上《列女傳》文，言衛君臣威儀美盛，而於禮之大者，反若不知。其左右惟阿順君意，故知無賢臣也。「三家『選』作『算』」者，《後漢・朱穆傳》注載穆《絶交論》引《詩》云：「威儀棣棣，不可選也。」王應麟《詩攷》引作「不可算也」，知三家有作「算」者。今《後漢書》作「選」，乃後人據

---

❶「擇」，原作「釋」，據陳刻《説文》、《説文注》、楊刻《説文義證》改。

《毛詩》改之。《漢書·公孫賀等傳贊》云：「斗筲之徒，何足選也？」顔注：「言其材器劣小，不足數也。」彼引《論語》「算」作「選」，與《絶交論》引《詩》「選」作「算」同。貞女雖處憂辱，不敢斥言衛君臣，但稱其威儀富盛可觀，而是儀非禮之意，言外自見。北宫文子以衛臣述《衛詩》，匿刺揚美，爲其先世諱惡，義固當然。而以「不可選」屬「威儀」言，此詩遂無正解。《列女傳》探貞女之隱而推言之，其釋「不可選也」，乃與《漢書》「何足選也」同意，其義尤深切著明矣。

憂心悄悄，愠于羣小。【疏】傳：「愠，怒也。悄悄，憂貌。」箋：「羣小，衆小人在君側者。」○《説文》：「悄，憂也。《詩》曰：『憂心悄悄。』」《釋訓》：「悄悄，愠也。」此魯説。郭注：「皆賢人愁恨。」《車舝》釋文引：「《韓詩》『以愠我心』，薛君章句：『愠，恚也。』」此韓説，亦當訓「恚」。《説文》：「恚，恨也。」「怒，恚也。」「愠，怒也。」《衆經音義》十引作「恕也」，誤。五及十三引與今本同。與薛説合。《廣雅·釋詁》：「愠，怒也。」蓋魯、韓義皆訓「愠」爲「怒」。「愠于羣小」，以不聽從羣小人之言，爲所愠怒。上「怒」謂齊兄弟，此羣小之愠謂衛諸臣，二句連三章爲義，與二章語句多寡不同，而意則相配。若以「愠」屬己言，是愠羣小，非「愠于羣小」矣。《孟子·盡心》篇引此二語，以況孔子，最合《詩》指。《荀子·宥坐篇》、《劉向傳》上封事、《説苑·至公》篇、《韓詩外傳》一、趙岐《孟子章句》十四引《詩》皆推演之語，非本詩義。

覯閔既多，受侮不少。【注】魯、齊「覯」作「遘」，「閔」作「愍」。魯説曰：「遘，遇也。」【疏】傳：「閔，病也。」○「遘，遇也」者，《楚詞·哀時命》王注文，引《詩》曰「遘愍既多」，是魯作「遘愍」，陳喬樅云：「今本《楚詞章句》作『閔』，舊校云：『閔，一作「愍」。』作『愍』者是也。」愚案：班固《幽通賦》「考遘愍以行謠」，即本《詩》語。班學《齊詩》，明齊作「遘愍」，與魯同。

《漢書·敘傳》「遘閔既多，是用廢黜」，「閔」亦當爲「愍」。《説文》：「愍，痛也。」「閔，弔者在門也。」魯、齊正字，毛借字。言遇傷痛之事既多，受人之輕侮亦不少。「不少」，總承上文齊兄弟、衞諸臣言之。

靜言思之，寤辟有摽。【注】魯、齊「寤」作「晤」，云：「晤，明也。」魯説曰：「辟，拊心也。」韓「辟」作「擗」，云：「擗，拊心也。」【疏】傳：「靜，安也。辟，拊心也。摽，拊心貌。」箋：「言，我也。」○《説文》：「靜，審也。」言，辭也。「魯、齊『寤』作『晤』」者，《説文》：「晤，明也。《詩》曰：『晤辟有摽。』」此魯、齊文。寤，覺也。寤覺，亦明也，其義不異。「辟，拊心也」者，《釋訓》文，此魯説。郭注：「謂椎胸也。」《釋文》：「辟，宜作『擗』。《詩》曰：『寤擗有摽。』」「韓『辟』作『擗』」者，《玉篇·手部》：「擗，拊心也。《詩》曰：『寤擗有摽。』」《玉篇》多引《韓詩》，此韓説。「擘」、「擗」字同，「辟」乃借字。《説文》：「擘，撝也。」「撝，裂也。」「摽，擊也。」「拊，揗也。」「揗，摩也。」是「拊」僅「撫摩」之意。貞女言審思此事，寐覺之時，以手拊心，至於擘擊之也。張協《七命》「甇嫠爲之擗摽」，馬融《長笛賦》「搯膺擗摽」，皆用《韓詩》，並可證詩爲寡婦作。

日居月諸，胡迭而微。【注】韓「迭」作「戜」，云：「戜，常也。」【疏】箋：「日，君象也。月，臣象也。微，謂虧傷也。君道當常明如日，而月有虧盈。今君失道而任小人，大臣專恣，則日如月然。」○孔疏：「居、諸，語助也。《禮·檀弓》『何居我未之前聞也』，注：『居，語助也。』《左·文五年傳》『臯陶庭堅不祀，忽諸』，服虔云：『諸，辭。』是『居』、『諸』皆不爲義也。」「韓『迭』作『戜』」者，《釋文》：「迭，《韓詩》作『戜』，音同，云：『戜，常也。』」「戜」字字書所無，蓋是「𢧢」之誤字，「𢧢」又「戴」之誤字也。《漢書·地理志》云「及《車轔》、《四𢧢》、《小戎》之篇」，顔注：「《四𢧢》，美襄公田狩也。其詩曰：『四𢧢孔阜。』𢧢，音耋。」錢坫云：「𢧢，『鐵』古字。」愚案：《説文》「鐵」下云：「黑金也。從金，𢧵聲。」「𢧵」下云：❶「鐵或省。」今作「𢧵」者，蓋「鐵」俗省作「𢧵」，因謁爲「戜」。抑或「鐵」俗省作「𢧵」，因謁爲「戜」，故《釋文》引韓作「戜」也。云「戜，常也」者，陳喬樅云：「《廣雅》：『迭，代也。』《毛詩》『迭微』，當訓爲更迭而食。韓訓爲『常』者，范家相《詩瀋》云：『胡常而微，言日月至明，胡常有時而微，不照見我之憂思也。』『迭』得通『𢧁』者，❷『𢧁』蓋『𢧵』之或體。❸《巧言》『秩秩大猶』，《説文》作『𢧵𢧁』。又『𨘢』字注云：『讀若《詩》「威儀秩秩」。』是也。『𢧁』訓『常』者，韓蓋以『𢧁』爲『秩』之假字。《釋詁》：『秩，常也。』又《賓之初筵》『不知其秩』，《烈祖》『有秩斯祜』，毛傳並云：『秩，常也。』是其義。」馮登府云：「《儀禮·少牢》『勿替引之』，『替，古文「袟」，或爲「𢧁」』。錢大昕云：『「袟」是「秩」之謁文。《説文》引「秩秩大猷」作「𢧵」，是「戜」即「秩」也。「秩」即「替」之古文，「秩」、「迭」皆從失得聲，是「迭」、「戜」音近，故得假借。』『胡常而微』，言日月有常明，胡有時而微也。」愚案：「迭」、「秩」古通借字。《韓詩》本作「秩」，故字或借「戜」，而訓爲「常」也。「而」讀爲「如」，與上文「如」讀爲「而」同例。范云「胡常有時而微」，案：既曰常微，則不得云「有時而微」。范依字解之，故未達韓恉。《説文》：「微，隱行也。」日月更迭而隱，人所共覩。惟窮居苦節之婦人，終身晦闇，若天日所不照臨，故言日月胡常如微隱而不見。韓義較毛爲優矣。

心之憂矣，如匪澣衣。靜言思之，不能奮飛。【疏】傳：「如衣之不澣矣。不能如鳥奮翼而飛去。」

---

❶「𢧵」，陳刻《説文》、《説文注》、楊刻《説文義證》作「鐡」。

❷「𢧁」，原作「戜」，據續經解本《韓詩遺説攷》二改。下三「𢧁」字同。

❸「𢧵」，原作「𢧁」，據續經解本《韓詩遺説攷》二改。

箋：「衣之不澣，則憒辱無照察。臣之不遇於君，猶不忍去，厚之至也。」○衣久著不澣，則體爲不適，婦人義主絜清，故取爲喻，《葛覃》「薄澣我衣」即其證。此正女功之事，非男子之詞。《説文》：「奮，翬也。從奞在田上。《詩》曰：『不能奮飛。』」又「奞」下云：「鳥張毛羽自奮也。從大，从隹。」「翬」下云：「大飛。從羽，軍聲。」言「不能」者，貞女志不還齊，故不必入國而竟入。今欲返國，衛君臣亦不止之，祇以既爲國君夫人，越竟即爲非禮，雖欲奮飛，義不能也。張衡《思玄賦》「柏舟悄悄吝不飛」，用此經文。

《柏舟》五章，章六句。

緑衣【注】齊説曰：「黄裏緑衣，君服不宜。淫湎毁常，失其寵光。」【疏】毛序：「衛莊姜傷己也。妾上僭，夫人失位，而作是詩也。」箋：「緑，當爲『褖』。故作『褖』，轉作『緑』，字之誤也。莊姜，莊公夫人，齊女，姓姜氏。妾上僭者，謂公子州吁之母。母嬖而州吁驕。」○「黄裏」至「寵光」，《易林·觀之革》文。陳氏奂云：「君，謂小君也。」愚案：「淫湎毁常」，謂衛君。「失其寵光」，夫人自謂，序所云「失位」也。據此，齊與毛同。《左·隱三年傳》：「衛莊公娶於齊東宫得臣之妹，曰莊姜。美而無子，衛人所爲賦《碩人》也。公子州吁，嬖人之子也。」鄭箋：「妾上僭者，謂公子州吁之母。」詩恉甚明，魯、韓蓋無異義。

緑兮衣兮，緑衣黄裏。【疏】傳：「興也。緑，閒色。黄，正色。」箋：「褖兮衣兮者，言褖衣自有禮制也。諸侯夫人祭服之下，鞠衣爲上，展衣次之，褖衣次之。次之者，衆妾亦以貴賤之等服之。鞠衣黄，展衣白，褖衣黑，皆以素紗爲裏。今褖衣反以黄爲裏，非其禮制也，故以喻妾上僭。」〇《説文》「緑」下云：「帛青黄色也。從糸，录聲。」「黄」下云：「地之色也。從田，從炗，炗亦聲。炗，古文『光』。」又云：「䴈，青黄色也。」䴈即緑也。又云：「莀，草，可以染留黄。」「留黄」，或作「流黄」，亦緑別稱。《釋名》：「緑，瀏也。荆泉之水，於上視之，瀏然緑色，此似之也。」「留」、「劉」、「瀏」、「䴈」、「緑」，並一聲之轉。《釋名》：「黄，晃也。猶晃晃，象日光色也。」緑，東方間色，以爲衣；黄，中央正色，反以爲裏，喻妾上僭，夫人失位也。《説文》：「裏，衣内也。」此章對「裏」言，則「衣」是在表之衣；下章對「裳」言，知「衣」是在上之衣，因文以見義也。陳喬樅云：「《法言·吾子》篇：『緑衣三百，色如之何矣？紵絜三千，寒如之何矣？』《淮南·精神訓》注：『逯，讀《詩》「緑衣」之「緑」。』楊、高皆用《魯詩》，於此篇並作『緑衣』，是魯與毛同。又《列女傳》班婕妤賦『緑衣兮白華，自古兮有之』，亦作『緑』。鄭箋定『緑』爲『褖』，誤。其義獨異，疑本之《齊詩》，據《禮》家師説爲解。」愚案：鄭氏改毛，間下己意，不盡本三家義。且《易林》用《齊詩》，即作「緑衣」，見上。班氏世習《齊詩》，婕妤賦亦作「緑」，陳謂齊作「褖」，非也。孔疏：「鄭知『緑』誤而『褖』是者，詩宜因其所有之服而言，不宜舉實無之緑衣以爲喻，故知當作『褖』。」愚案：詩喻毀常，則緑衣未爲害義。四章以絺綌當淒風，亦貴者實無之事也。皮錫瑞云：「攷之於古，婦人服緑，亦有明徵。《夏小正》『八月玄校』，傳曰：『玄也者，黑也。校也者，若緑色然。婦人未嫁者衣之。』任文田云：『絞，蒼黄色。』蔣春雨云：『《周禮》王后六服，首曰褘衣玄，末曰褖衣黑，其外内命婦之卑者皆褖衣。蓋玄最貴，其色似禒者，❶惟女

❶「禒」，疑當作「褖」。

子可衣之。命婦即不容僭。玄校，殆有夏時之等焉。』案：任氏以『綅』爲『蒼黄色』，蓋本《玉藻》『麛裘青豻褎，絞衣以裼之』，鄭注：『絞，蒼黄之色也。』緑色在蒼、黄之間，故任氏以『綅』爲『校』。然麛裘白，不當以緑色衣爲裼，故皇氏云：『素衣爲正。』《記》者亂言絞耳。且《玉藻》是説君服，非婦人服，亦與傳不合。蔣引《周禮》，夏固與周不同，《周禮》王后六服，末之褖衣，外内命婦亦得服之。若未嫁之婦人，不當與命婦同服。或與夏時之制同服緑，亦未可知。此詩言妾上僭，妾非未嫁，得與未嫁同服緑者，古夫人自稱曰小童，蓋不敢居尊，而自謙爲妾。《楚語》云：『司馬子期欲以其妾爲内子，訪之左史倚相，曰：「吾有妾而愿，欲笄之。」』《内則》云：『妾雖老，笄，總角，拂髦。』然則古禮惟内子笄，妾老雖笄，猶必總角。子期云笄之，則不復總角，是僭内子，故不可也。總角則猶童，故古曰童妾。據《左氏傳》，公子州吁，嬖人之子也。古諸侯一娶九女，夫人而外，惟姪娣左右媵與兩媵之姪娣有位號，其餘曰賤妾、曰嬖人，必皆總角，猶童女然。其首既爲未嫁之總角，其身或亦爲未嫁之緑衣矣。」案：據此，則孔云緑衣實無，亦非塙詁。二「兮」字，語助足句。《説文》「丂」下云：「气欲舒出，勹上礙於一也。丂，古文以爲亏字，又以爲巧字。」「亏」下云：「於也。象气之舒。亏從丂，從一。一者，其氣平之也。」「兮」下云：「語所稽也。從亏、八，象气越亏也。」稽之爲言留止也。句中加「兮」，所以留止其語。

心之憂矣，曷維其已。【疏】傳：「憂雖欲自止，何時能止也。」○曷，何也。已，止也。言憂何可止。《説文》：「巳，已也。四月陽气已出，陰气已藏，萬物見，成文章，故以爲蛇象形。」《釋名》：「巳，已也。陽气畢布已也。」陽氣終止於巳，故引申爲終止之義。「辰巳」之「巳」，與「已止」之「已」，古音、義不別，《篇》、《韻》二音，非也。《説文》：「㠯，用也。從反巳。」巳爲止，故反巳爲用也。維、其，並語助。

緑兮衣兮，緑衣黄裳。心之憂矣，曷維其亾。【疏】傳：「上曰衣，下曰裳。」箋：「婦人之服不殊，衣裳上下同色。今衣黑而裳黄，喻亂嫡妾之禮。亡之言忘也。」○《説文》：「衣，依也。」衣有尚之者，故爲裳聲，兼義字也。孔疏：「表裏興幽顯，上下喻尊卑。」毁常甚矣，較首章義進。「曷維其亾」者，何能無憂也。「亾」、「無」古通用。《説文》：「亾，逃也。從入，❶從乚。」❷「無，亾也。從亾，橆聲。」《谷風》「何有何亾」，❸傳：「亾，無也。」❹《左·襄九年傳》「姜曰亾」，杜注：「亾，猶無也。」

緑兮絲兮，女所治兮。【疏】傳：「緑，末也。絲，本也。」箋：「女，女妾上僭者。先染絲，後製衣，皆女之所治爲也，而女反亂之，亦喻亂嫡妾之禮，責以本末之行。禮，大夫以上衣織，故本於絲也。」○《説文》：「糸，細絲也。象束絲之形。」「絲，蠶所吐也。從二糸。」治，整理也。言此緑兮之衣，其爲絲時，亦是女工所整理兮。溯其未染言之。黄緑雖殊，絲無異質，興嫡妾雖別，人無異性也。我思古人，俾無訧兮。【疏】傳：「俾，使；訧，過也。」箋：「古人，謂制禮者。我思此人定尊卑，使人無過差之行，心善之也。」○《釋詁》：「俾，使人。」《説文》：「俾，益也。從人，卑聲。一曰：俾，門侍人。」「訧，辠也。從言，尤聲。《周書》曰：

---

❶「入」，原作「人」，據陳刻《説文》、《説文注》、楊刻《説文義證》改。

❷「乚」，原作「口」，據陳刻《説文》、《説文注》、楊刻《説文義證》改。

❸「谷風」，原作「采葑」，據明世德堂本《毛詩》、阮刻本《毛詩正義·邶風·谷風》改。

❹「無」，明世德堂本《毛詩》、阮刻本《毛詩正義·邶風·谷風》作「謂貧」。

『報以庶訧。』」卑爲侍人，引申爲使令義。詩言上僭之妾，非質性爾殊，特無人教之，致陷於辠過耳。我思持盈守分之古人，欲喻之使免於訧辠兮。忠厚之至也。《釋文》：「訧，本亦作『尤』。」《魯語》：「公父文伯之母欲室文伯，饗其宗老，而爲賦《緑衣》之三章。師亥曰：『詩以合室，歌以詠之，度於法矣。』」「度於法」，故能「無訧」，文伯母取此義也。

絺兮綌兮，淒其以風。【疏】傳：「淒，寒風也。」箋：「絺綌，所以當暑，今以待寒，喻其失所也。」○絺綌，當暑之衣，解具《葛覃》。《説文》：「淒，雲雨起也。」雲雨起而加以風，則寒氣至，故「淒」有「寒涼」之義。《素問・五常政大論》「淒滄數至」，注：「淒滄，大涼也。」《漢書・外戚傳》「秋氣潛以淒淚兮」，注：「淒淚，寒涼之意也。」是其證矣。其，辭也。唐人詩多用「淒其」字，本此。以絺綌當淒風，喻君待己恩禮之薄。

我思古人，實獲我心。【疏】傳：「古之君子，實得我之心也。」箋：「古之聖人制禮者，使夫婦有道，妻妾貴賤各有次序。」○《説文》：「獲，獵所獲也。從犬，蒦聲。」引申之，凡得皆曰獲。《廣雅・釋詁》：「獲，得也。」詩言己處難堪之境，又言我思安命樂天之古人，實得我心。不敢怨君，亦忠厚之指。此及上章「古人」雖同，合上下文觀之，意各有屬。《左・成九年傳》：❶「季文子如宋致女，復命，公享之。賦《韓奕》之五章。穆姜出，再拜，賦《緑衣》之卒章。」取「實獲我心」之義，不關《詩》恉。

《緑衣》四章，章四句。

---

❶「成」，原作「文」，據阮刻本《春秋左傳正義》改。

燕燕【注】魯説曰：「衛姑定姜者，衛定公之夫人，公子之母也。公子既娶而死，其婦無子。畢三年之喪，定姜歸其婦，自送之至於野。恩愛哀思，悲以感慟。立而望之，揮泣垂涕。乃賦詩曰：『燕燕于飛，差池其羽。之子于歸，遠送于野。瞻望弗及，泣涕如雨。』送去，歸泣而望之，又作詩曰：『先君之思，以畜寡人。』君子謂定姜爲慈姑，過而之厚。」齊説曰：「泣涕長訣，我心不快。遠送衛野，歸寧無子。」又曰：「燕雀衰老，悲鳴入海。憂在不飾，差池其羽。頡頏上下，在位獨處。」

【疏】毛序：「衛莊姜送歸妾也。」箋：「莊姜無子，陳女戴嬀生子，名完，莊姜以爲己子。莊公薨，完立，而州吁殺之，戴嬀於是大歸。莊姜遠送之于野，作詩見己志。」○「衛姑」至「之厚」，《列女傳·母儀》篇文。以爲定姜送婦作，魯義也。「泣涕」至「無子」，《易林·萃之賁》文。「燕雀」至「獨處」，《恒之坤》文。所云「燕雀衰老」、「在位獨處」、「泣涕長訣」、「歸寧無子」，與《列女傳》合，是齊、魯義同。《禮·坊記》：「《詩》云：『先君之思，以畜寡人。』」鄭注：「此衛夫人定姜之詩也。定姜無子，立庶子衎，是爲獻公。畜，孝也。獻公無禮於定姜，定姜作詩，言獻公當思先君定公，以孝於寡人。」陳喬樅云：「《鄭志》答炅模云：『爲《記》注時就盧君，先師亦然。後乃得毛公傳，既古書，義又宜。然《記》注已行，不復改之。』攷二戴之學，傳自后蒼。蒼治《齊詩》，故《禮記》引《詩》，多從《齊詩》之文。至馬融、盧植，考諸家同異，附戴聖篇章，去其繁重，及所敘略，而行於世，即今之《禮記》是也。鄭君亦依盧、馬之本而注焉。見《釋文敘録》。是《禮記》舊説多主《齊詩》傳義。鄭云『注《記》時就盧君』，又云『先師亦然』，則《坊記》注是述《齊詩》之説也。《禮》釋文云：『此是《魯詩》。』『魯』蓋『齊』之誤。魯以爲送其婦歸而作，《齊詩》以爲送婦歸寧，並爲獻公無禮而作，詩義亦與魯互相備。魯、齊《詩》久已佚，陸氏蓋據前儒遺説。王應麟《詩攷》以此《記》注收入《魯詩》，則王所見《釋文》本已誤作『魯』矣。」又云：「《詩攷》引李迂仲云：『《燕燕》，《韓詩》以爲定姜歸其娣，送之而作。』《後漢·和熹鄧皇后紀》云：『和帝葬後，宫人並歸園，太后賜周馮貴人策曰：「朕與貴人，託配後庭，共歡等列，十有餘年。不獲福祐，先帝早棄天下，孤心煢煢，靡所瞻仰。夙夜永懷，感愴發中。今當以舊典，分歸外園，慘結增歎。《燕燕》之詩，曷能喻焉？」』《紀》言后年十二通《詩》，時《毛詩》未立學官，后語本三家，而與定姜送娣之説，情事相合，是用《韓詩》也。迂仲之言，殆非無徵。」愚案：《詩攷》所引晁、李諸人説，多出臆撰，不足傳信。《柏舟》詩爲衛寡夫人作，「寡」一作「宣」，李即以爲宣姜自誓而作。此詩定姜歸其婦，李以爲歸其娣，影附范書，私意竄改，並疑誤後人之甚者。魯、齊既同作定姜，不應《韓詩》獨爲送娣也。鄧后賜貴人策，以尊臨卑，其引此詩，特借喻分飛慘歎之思，何得援爲定姜送娣之證？陳説非。

燕燕于飛，差池其羽。【疏】傳：「燕燕，鳦也。燕之于飛，必差池其羽。」箋：「差池其羽，謂張舒其尾翼，興戴嬀將歸，顧視其衣服。」○《説文》「燕」下云：「玄鳥也。籋口，布翄，枝尾。象形。」「乙」下云：「玄鳥也。」「巂」下云：「周，燕也。」「巂周」爲「燕」，連篆文讀之。《釋鳥》：「巂周，燕。燕，鳦。」謂巂周名燕，而燕又名鳦。孫炎云：「别三名。」與《説文》合。陳奂謂：「自郭景純不明《詩》義，致誤《爾雅》『燕燕』連讀，而孔穎達《左傳疏》以爲重名『燕燕』異方語，其誤實始於郭。」愚案：毛傳：「燕燕，鳦也。」是誤自毛始，後人承之，不爲毛惑者，獨許君耳。陳正讀，是；祖毛，非也。連言「燕燕」者，非一燕。燕燕，定姜自喻及婦。于，辭也。「差池其羽」者，《左・襄二十一年傳》「而何敢差池」，杜注：「差池，不齊一。」定姜及婦皆身丁憂厄，容飾不修，故以燕羽之差池爲比，齊説所謂「憂在不飾」也。之子于歸，遠送于野。瞻望弗及，泣涕如雨。【疏】傳：「之子，去者也。歸，歸宗也。遠送，過禮。于，於也。郊外曰野。瞻，視也。」箋：「婦人之禮，送迎不出門。今我送是子，乃至于野者，舒己憤，盡己情。」○之子，謂婦。于歸，往歸其國。郊外曰野。以三章「于南」例之，此「于野」亦當爲「往野」，言送之往外也。送于野，故云「遠」，魯説所謂「過而之厚」也。《説文》：「望，出亾在外，望其還也。從亾，朢省聲。」「無聲出涕曰泣。」「涕，泣也。」婦去既遠，瞻望之，至不能逮及，思之涕泣如雨之多也。《後漢》十上注、《文選》曹植《上責躬應詔詩表》注引《詩》，「弗及」並作「不及」。

燕燕于飛，頡之頏之。【疏】傳：「飛而上曰頡，飛而下曰頏。」箋：「頡頏，興戴嬀將歸，出入前卻。」○《説文》「頡」下云：「直項也。從頁，吉聲。」「亢」下云：「人頸也。從大省，象頸脈形。」「頏」下云：「或從頁。」《漢書・張耳陳餘傳》「乃仰絶亢而死」注：「亢，頸大脈也。」《劉敬傳》注：「亢，喉嚨也。」「頡之頏之」者，鳥大飛向前，則項直而頸下脈見，此狀其于飛之皃。云飛而下上者，後起之義。之子于歸，遠于將之。瞻望弗及，佇立以泣。【注】魯説曰：「將，送也。佇，立貌。」【疏】傳：「將，行也。佇立，久立也。」箋：「將，亦送也。」○「將，送也」者，《釋言》文，郭注：「《詩》曰：『遠于將之。』」孔疏引孫炎曰：「將，行之送也。」❶

❶「孔」，疑當作「邢」，引文見於阮刻本《爾雅注疏》卷三。

是《魯詩》訓「將」爲「送」，鄭用魯改毛。遠往送之，於義爲順。「佇，立貌」者，《楚詞・離騷》王注文，引《詩》曰：「佇立以泣。」亦魯説也。《説文》無「佇」字，本字蓋作「宁」。《説文》：「宁，辨積物也。」《文選》孫綽《遊天台山賦》注：「宁，猶積也。」亦通作「貯」，《説文》：「貯，積也。」引申之，爲積久義。經典作「佇」，後起之字。毛訓「久立」，魯云「立貌」，皆就文立義。

燕燕于飛，下上其音。【疏】傳：「飛而上曰上音，飛而下曰下音。」箋：「下上其音，興戴嬀將歸，言語感激，聲有大小。」○先下後上者，鳥飛由下而上，下上皆聞其鳴，故云「下上其音」，音隨身下上也。《説文》：「音，聲也。從言含一。」凡物單出曰聲，雜比曰音。詩言音不言聲，知非一燕。之子于歸，遠送于南。瞻望弗及，實勞我心。【疏】傳：「陳在衛南。」○于南，婦所歸之國在南，故送往南行。魏源云：「此婦出薛國，任姓，薛在衛東南。」愚案：《史記・衛世家》定公乃成公孫。《漢書・地理志》「東郡濮陽」，班注：「衛成公自楚丘徙此，故帝丘，顓頊墟。」「魯國薛」，注：「湯相仲虺居之。」《晉太康地記》云：「仲虺後當周世，爵稱侯。後見侵削，爲霸者所絀爲伯。任姓也。」《一統志》：「濮陽，今開州西南。薛，今滕縣東南四十五里，在開州東少南。」魏説是也。《釋文》：「實，是也。本亦作『寔』。」《説文》：「勞，劇也。從力，熒省。熒火燒冂，❶用力者勞。」引申其義，故用心甚亦曰勞。

仲氏任只，其心塞淵。【注】韓説曰：「仲，中也，言位在中也。」魯説曰：「淵，深也。」【疏】傳：「仲，

---

❶「冂」，原作「門」，據陳刻《説文》、楊刻《説文義證》改。

戴嬀字也。任，大；塞，瘗；淵，深也。」箋：「任者，以恩相親信也。《周禮》：『六行：孝、友、睦、婣、任、恤。』」○「仲，中也，言位在中也」者，《衆經音義》九引《韓詩》文。《玉篇·人部》引：「《詩》：『仲氏任只。』仲，中也。」即用韓義。《禮·大傳》注：「位，謂齒列也。」女子以伯仲爲字。位在中者，言此婦之字齒列在仲。「仲氏任只」者，魏源云：「猶《大明》『摯仲氏任』，是薛國任姓之女。」愚案：定姜婦爲何國女，書無明文。春秋無摯國，故魏以任姓爲薛女，以《大明》之「仲氏任」例之，此婦爲任姓，義亦當然，較傳文順。陳奂云：「《大明》傳：『大任，仲任也。』彼詩言大任來嫁，故稱婦之姓而言『任』。此莊姜評戴嬀，不必繫姓，故但言『仲』而不言『仲嬀』。」是陳意亦據《大明》見及婦爲任姓，特以爲毛作疏，不能末殺序、傳之戴嬀耳。「塞」，當爲「寋」。《說文》：「塞，隔也。從土，從寋。」「寋，實也。從心，寋聲。《書》曰：『剛而寋。』」今《書》作「塞」。徐鍇《繫傳》引《詩》曰：「秉心寋泉。」唐諱「淵」改。今皆作「塞」，借字。「淵，深也」者，《廣雅·釋詁》文。「淵」訓「深」，自水深義引申之。《莊子·應帝王》郭注：「淵者，静默之謂。」人静默，則心深莫測，而又誠實無僞，故美之曰塞淵。蔡邕《崔夫人誄》「塞淵其心」，《漢書·敘傳》「塞淵其德」，並本此文。蔡學《魯詩》，班學《齊詩》，而皆作「塞」，是齊、魯與毛同字。終温且惠，淑慎其身。先君之思，以勖寡人。【注】魯、齊「勖」作「畜」。【疏】傳：「惠，順也。勖，勉也。」箋：「温，謂顔色和也。淑，善也。戴嬀思先君莊公之故，故將歸，猶勸勉寡人以禮義。寡人，莊姜自謂也。」○「終温且惠」者，王引之云：「終，猶既也。」詳引《詩》句例爲説。《釋訓》：「温温，柔也。」《説文》：「惠，仁也。」言既柔且仁也。《釋詁》：「淑，善也。」《説文》：「慎，謹也。」孔疏：「善自謹慎其身。」先君，謂定公。「魯、齊『勖』作『畜』」者，見上引《列女傳》、《坊記》文。鄭注：「畜，孝也。」《禮·祭統》：「孝者，畜也。」《孝經援神契》：「庶人行孝曰畜。」案：《詩》以「孝」爲「畜」，義通貴、賤，不獨庶人然矣。畜者，養也。孝貴能養。養體、養志，皆爲畜。「孝」、「畜」又雙聲字。寡人，定姜自謂。《管子·入國》篇：「婦人無夫曰寡。」《孟子·梁惠王》篇、《禮·王制》同。《釋名》：「寡，踝也。踝踝，單獨之言也。」「寡人」對上「先君」言，非王侯謙言少德之謂。此章追述其婦之賢，意謂先君在時，既能孝養，及先君已没，猶能追思先君愛敬寡人之思，以孝養寡人。《禮·中庸》：「敬其所尊，愛其所親，事死如事生，事亡如事存，孝之至也。」能畜寡人，知其不忘先君矣。《齊詩》謂獻公無禮，定姜作詩，言獻公當思先君，以孝寡人者，此正定姜言外意。《左·成十四年傳》：「衛定公有疾，立子衎爲太子。及薨，定姜既哭而息，見太子之不哀也，歎曰：『是夫也，將不爲衛國之敗，❶其必始於未亡人。天禍衛國也夫！』」獻公十八年，孫、甯作亂，獻公奔齊，及竟，使祝宗告亡，且告無罪。定姜曰：「舍大臣而與小臣謀，一罪也。先君有冢卿以爲師保，而蔑之，二罪也。余以巾櫛事先君，而暴妾使余，三罪也。」此定姜責獻公不能念先君以孝適母之證。蓋獻公無禮，初立已然，故定姜有「始於未亡人」之語。定姜之子年長而夭，婦既賢孝，宜可相依。乃必歸其國，至於遠送野外，恩愛悲感若此，蓋時事逼迫，有不得不然者。詩云「先君」，知在定没獻立之際。定姜慟子思婦，煢獨悲傷，專爲獻公不能孝養。末二句追美去婦，即以深責獻公。詩恉甚明，齊義非與魯異。

《燕燕》四章，章六句。

---

❶「爲」，阮刻本《春秋左傳正義》作「唯」，當據改。

日月【注】魯說曰：「宣姜者，齊侯之女，衛宣公之夫人也。初，宣公夫人夷姜生伋子，以爲太子。又娶於齊，曰宣姜，生壽及朔。夷姜既死，宣姜欲立壽，乃與壽弟朔謀構伋子。❶公使伋子之齊，宣姜乃陰使力士待之界上而殺之，曰：『有四馬白旄至者，必要殺之！』壽聞之，以告太子，曰：『太子其避之。』伋子曰：『不可。夫棄父之命，則惡用子也？』壽度太子必行，乃與太子飲，奪之旄而行，盜殺之。伋子醒，求旄不得，遽往追之，壽已死矣。伋子痛壽爲己死，乃謂盜曰：『所欲殺者，乃我也。此何罪？請殺我！』盜又殺之。二子既死，朔遂立爲太子。宣公薨，朔立，是爲惠公。竟終無後，亂及五世，至戴公而後甯。王氏注：「『五』，當作『三』，字之誤也。三世，宣、惠、懿。」《詩》曰：『乃如之人兮，德音無良。』此之謂也。」【疏】毛序：「衛莊姜傷己也。遭州吁之難，傷己不見答於先君，以至困窮之詩也。」〇「宣姜」至「謂也」，《列女傳·孽嬖》篇文。陳喬樅云：「此篇《魯詩》之説，與毛迴異，而於《史記》敘衛事爲合。《衛世家》云：『初，宣公愛夫人夷姜，生子伋，以爲太子。爲取齊女，未入室，而宣公見所欲爲太子婦者好，説而自取之，更爲太子取他女。宣公得齊女，生子壽、子朔。太子伋母死，宣公正夫人與朔共讒惡太子伋。宣公自以其奪太子妻也，心惡太子，欲廢之。及聞其惡，大怒，乃使太子伋如齊，而令盜遮界上殺之。與太子白旄，而告界盜見持白旄者殺之。且行，子朔之兄壽，太子異母弟也，知朔之惡太子而君欲殺之，乃謂太子曰：

❶「弟」，原作「及」，據續經解本《魯詩遺説攷》二、《列女傳》卷七改。

「界盜見太子白旄，即殺太子，太子可毋行。」太子曰：「逆父命求生，不可。」遂行。壽見太子不止，乃盜其白旄，而先馳至界。界盜見其驗，即殺之。壽已死，而太子伋又至，謂盜曰：「所當殺乃我也。」盜並殺太子伋，以報宣公。宣公乃以子朔爲太子。』《新序》云：『壽之母與朔謀，欲殺太子伋而立壽也，使伋之齊，將使盜見載旌，要而殺之。壽止伋，伋不可。壽竊伋旌以先行，幾及齊矣，盜見而殺之。伋至，見壽之死，痛其代己死，涕泣悲哀，遂載其屍還，至境而自殺，兄弟俱死。故君子義此二人，而傷宣公之聽讒也。』語與《列女傳》大略相同，蓋皆本於《魯詩》。惟以伋爲至境自殺，與《史記》、《列女傳》微異，傳聞異詞耳。」愚案：《列女傳》不備《詩》義，合《新序》觀之，蓋「君子義此二人」，代作之詩不止一篇。《二子乘舟》，《新序》以爲「憂伋、壽見害於水作」，此詩當爲伋聞壽代己先往作也。「胡能有定」，義不可止也。「寧不我顧」、「寧不我報」，謂壽胡不告我而竊旌先往也。「父兮母兮，畜我不卒」，傷父母恩絶，而已將見殺也。「報我不述」，謂棄父之命，我爲不法也。詩四章「日月」並興，末章「父母」並稱，則所謂「乃如之人」者，自指宣公、宣姜二人。如伋自作詩，不當稱父母爲「之人」，故知他人作也。《緑衣》毛序：「衛莊姜傷己也。妾上僭，夫人失位，而作是詩也。」孔疏：「此言『而作是詩』及『故作是詩』者，皆序作詩之由，不必即其人自作也，故《清人》序云：『危國亡師之本，故作是詩。』非高克自作也。《雲漢》云：『百姓見憂，故作是詩。』非百姓作之也。」即其例。

日居月諸，照臨下土。乃如之人兮，逝不古處。【疏】傳：「日乎月乎，照臨之也。逝，逮；古，故也。」箋：「日、月，喻國君與夫人也。當同德齊意以治國者，常道也。之人，是人也，謂莊公也。其所以接及我者，不以故處，甚違其初時。」○「日居月諸」，箋云「喻君與夫人」，是也。《説文》：「照，明也。」「臨，監臨也。」《釋詁》：「臨，視也。」視、監義同。詩言君與夫人臨治在下之人，如日月照臨下土，赫然光明，無有障蔽，傷己之不見照察也。乃者，《説文》：「乃，曳詞之難也。象氣之出難。」詩不敢斥言，故爲難緩之詞出之。箋云：「之人，是人也。」彼申毛，以是人謂莊公。尋《魯詩》之義，是人謂宣公、宣姜也。《説文》：「逝，往也。从辵，折聲。」《莊子·山木》篇釋文引司馬注：「曲折曰逝。」「逝」訓「往」，又訓「曲折」，當是曲折徐往之義。逝之爲往，猶漸之爲進也。《廣雅·釋詁》：「逝，行也。」行亦往也。《碩鼠》「逝將去女」，訓爲行將去女，言徐徐然將去女也。此詩「逝不古處」，亦言徐徐然不古處。其義自曲折而往引申之，猶言漸不如前矣。「不古處」，箋云：「不以故處，甚違其初時。」是也。蓋宣姜於伋，始尚無不相容之事，及己生子已長，謀奪太子，搆害横生，宣公信讒，恩愛漸薄，違其初時，非一朝一夕之故，故云「逝不古處」也。胡能有定，寧不我顧。

【疏】傳：「胡，何；定，止也。」箋：「寧，猶曾也。君子之行如是，❶何能有所定乎？曾不顧念我之言，是其所以不能定完也。」○陳奂云：「寧，亦胡也。」詳引《詩》句例證之，於義亦通。定之言止，《新序》所謂「壽止伋」也。詩代伋言，壽雖止我，我奉命而往，何能有止乎？胡不顧念我言而先往也。《説文》：「顧，還視也。」引申爲回念之義，故箋云：「顧，念也。」《韓詩外傳》九引「胡能有定」一語推演之，不關詩恉。

❶「子」，明世德堂本《毛詩》、阮刻本《毛詩正義》並無此字，當據删。

日居月諸，下土是冒。乃如之人兮，逝不相好。胡能有定，寧不我報。【疏】傳：「冒，覆也。不相好，不及我以相好。盡婦道猶不得報。」箋：「覆，猶照臨也。其所以接及我者，不以相好之恩情，甚於己薄也。」○《說文》：「冒，蒙而前也。從冃，從目。」詩言下土皆爲日月所覆冒，傷己獨不見蒙覆於君、夫人。《楚詞·惜誦》「父信讒而不好」，注：「好，愛也。」此「好」亦訓「愛」。「逝不相好」，漸失愛也。《呂覽·權動》篇高注：「報，白也。」詩謂壽胡不報白於我，而竊旌以行也。

日居月諸，出自東方。【疏】傳：「日始月盛，皆出東方。」箋：「自，從也。言夫人當盛之時，與君同位。」○陳奐云：「《禮器》：『大明生於東，月生於西。此陰陽之分，夫婦之位也。』注：『大明，日也。』《禮》言日東月西，以喻夫婦之位。此言日月皆出東方者，箋所云是也。」愚案：此言宣姜干君之位，如日月並盛，箋意隱合。乃如之人兮，德音無良。胡能有定，俾也可忘。【疏】傳：「音，聲；良，善也。」箋：「無善恩意之聲語於我也。俾，使也。君之行如此，何能有所定，使是無良可忘也。」○「德音」，以使命言。卑奉尊命，謂之「德音」，若後世稱「恩命」矣。《左傳》「大國不加德音」，《漢書·楚元王傳》「發明詔，吐德音」，義與此同。《駟驖》「秩秩德音」，則在下之詞，總謂善言耳。良，善也。忘，不識也。奉使如齊是德音，陰使盜殺則無良矣。然於義當往，胡能止之，使忘君命乎？末二語當連讀爲一句。也，語詞。《韓詩外傳》一引公甫文伯事，亦推演之詞。

日居月諸，東方自出。父兮母兮，畜我不卒。【疏】箋：「畜，養；卒，終也。父兮母兮者，言己尊之如父，又親之如母，乃反養遇我不終也。」○「父兮母兮」，謂宣公、宣姜。畜，養也。卒，終也。言恩養不終而殺之，詩指極明。毛序謂「莊姜不見答於莊公而作」，箋申之云「父兮母兮者，言己尊之如父，又親之如母」，此語施之夫婦，既覺不倫，而已不見答於公，又無追怨父母之理。義至難通，故疏家皆未及之。胡能有定，報我不述。【注】魯「述」作「遹」，云：「不遹，不蹟也。」韓「述」作「術」，云：「術，藝也。」又云：「術，法也。」【疏】傳：「述，循也。」箋：「不循，不循禮也。」○「魯『述』作『遹』」者，《釋訓》「不遹，不蹟也」，郭注：「言不循軌迹也。」陳壽祺云：「《爾雅》釋文：『不遹，古「述」字。』又《釋言》『遹，述也』，《釋文》引孫炎曰：『遹，古「述」字。』《爾雅》以『不蹟』訓『不遹』，即訓此詩之『報我不述』。陸氏於『不蹟』下誤引《沔水》之『念彼不蹟』，非是。」陳喬樅云：「毛傳：『述，循也。』《說文》『述』亦訓『循』。《釋詁》：『遹，循也。』訓義並同。故郭解『不蹟』爲『不循軌迹』也。」「韓『述』作『術』」者，《文選》劉峻《廣絶交論》注引《韓詩》曰：「報我不術。」《詩》釋文：「述，本亦作『術』。」韓與毛「亦作」本同。宋綿初云：「『述』、『術』音、義同。《士喪禮》『筮人許諾不述命』，注云：『古文「述」皆作「術」。』《祭義》『術省』，注云：『「術省」，當爲「述省」。』賈山《至言》『術追厥功』，《孟郁堯廟碑》『歌術功稱』，《韓勑修孔廟後碑》『共術德政』，《靈臺碑陰》『州里偁術』，《樊敏碑》『臣子褒術』，義皆作『述』。《唐君頌》『躭樂道述』，義又作『術』，皆其證也。」云「術，藝也」者，慧琳《音義》九引《韓詩》文。《鄉飲酒義》「古之學術道者」，鄭注：「術，猶藝也。」《左・昭十六年傳》「而共無藝」，杜注：「藝，法也。」昭二十年《傳》「布常無藝」，注：「藝，法制也。」十三年《傳》「貢之無藝」注同。云「術，法也」者，《絶交論》注引薛君說。「術，藝也」，蓋《韓詩》之元文；「術，法也」，《章句》申明韓訓，以「藝」即是「法」也。薛釋「不術」爲「不法」，亦謂「不循軌法」，與郭注「不循軌迹」義同。詩代伋言，壽之報白於我者，乃欲我不循軌法，我不能止而不往。《列女傳》伋云「棄父之命，則惡用子」，是伋以奉命必往爲循法，自以棄命逃罪爲不循法矣。

《日月》四章，章六句。

終風【疏】毛序：「衛莊姜傷己也。遭州吁之暴，見侮慢，而不能正也。」箋：「正，猶止也。」○「惠然肯來」，傳云：「謂時有順心。」「莫往莫來」，傳云：「人無子道以來事己，己亦不得以母道往加之。」魏源云：「莊姜初年，即子完而惡州吁，見《左傳》。豈惡之莊公尚在之時，而望之篡弒大逆之後，且以畢生孤危扶植之嗣子，一旦取諸其懷而殺之，反仞賊作子，惓惓顧念，責其言笑之末，冀其子道以來？使州吁貌爲恭敬，莊姜即母子如初乎？是國人皆不君之，莊姜反欲子之。石碏尚知大義滅親，莊姜反不知母子義絕也。此當從韓説，爲夫婦之詞。」愚案：魏説是。序首句「莊姜傷己也」，蓋大師相傳古義。「遭州吁」云云，則毛所臆增。詳詩義，爲莊公作也。《易林·頤之升》：「終風東西，散渙四分。終日至暮，不見子懽。」此齊義。「懽」與「歡」同。《荀子·大略篇》：「夫婦不得不驩。」「驩」亦「歡」借字。故夫婦相謂曰歡。《古樂府》「疑是所歡來」，《懊儂歌》「我與歡相憐」，並與「子懽」同意。是《齊詩》以此爲夫婦之詞，尤有明證。《爾雅》「謔浪笑敖」，郭注：「謂調戲。」蓋是舊注《魯詩》義。「調戲」之詞，爲莊公言則可。若屬之州吁，而又云莊姜尚以子道望之，殆無是理。知魯亦謂此爲夫婦之詞矣。

終風且暴，顧我則笑。【注】韓説曰：「終風，西風也。」又曰：「時風又且暴。」魯説曰：「日出而風爲暴。」齊「暴」亦作「瀑」。【疏】傳：「興也。終日風爲終風。暴，疾也。笑，侮之也。」箋：「既竟日風矣，而又暴疾。興者，喻州吁之爲不善，如終風之無休止，而其間又有甚惡，其在莊姜之旁，視莊姜則反笑之，是無敬心之甚。」○「終風，西風也」者，《釋文》引《韓詩》文。「時風又且暴」者，《文選》陸機《代顧彦先贈婦詩》「隆思亂心曲」，李注引《薛君章句》文。下句云：「使己思益隆。」《韓詩》以爲夫婦之詞，故陸贈婦詩用其義也。胡承珙云：「『終』與『西』不相涉。《釋天》：『西風謂之泰風。』疑本作『泰風』，故韓依《爾雅》釋爲『西風』。《説文》：『𠔀，古文「終」。』又『泰，古文作「夳」』。是『終』、『泰』古文形近易溷。『終』亦爲『衆』。《士相見禮》注：「今文『衆』爲『終』。」《集韻》：『衆，古作「昏」。』《列子·周穆王》篇『𡘯角爲右』，殷敬順《釋文》：『𡘯，篆文泰。』『昏』與『𡘯』形亦相近。《韓詩》自作『泰風』，與毛師承各異。」其説亦通。薛云「時風」者，《爾雅》：「南風謂之凱風，東風謂之谷風，北風謂之涼風，西風謂之泰風。」此四方之風，應四時者也。《詩》「泰風有隧」，疏引孫炎云：「西風成物，物豐泰也。」泰風爲秋風，故薛以「時風」釋之。愚案：毛傳：「終風，終日風也。」據《易林》「散涣四分，終日至暮」，見上。是《齊詩》亦訓爲「終日風」，與毛同。「日出而風爲暴」者，《釋天》文，魯説也。「齊『暴』亦作『瀑』」者，《説文》「瀑」下云：「疾雨也。一曰：沫也。一曰：瀑，賈也。《詩》曰：『終風且瀑。』」案：「沫」、「賈」二義，與《詩》無涉，是《説文》引《詩》作「疾雨」解。《玉篇》：「瀑，疾風也。」「風」蓋「雨」之誤。據薛説作「暴」，知作「瀑」者，齊文也。此以喻莊公狂縱之狀。「顧我則笑」者，其笑無時，不以禮義止情也。

謔浪笑敖，中心是悼。【注】魯説曰：「謔，戲謔也。浪，意萌也。笑，心樂也。敖，意舒也。謔，笑之貌也。」「萌」，舊誤「明」，從阮校正。邢疏誤「朗」。韓説曰：「浪，起也。」【疏】傳：「言戲謔不敬。」箋：「悼者，傷其如是，然而已不能得而止之。」○「謔戲」至「貌也」者，《釋詁》「謔浪笑敖，戲謔也」，郭注：「謂調戲也。見《詩》。」孔疏引舍人曰：「謔，戲謔也。浪，意萌也。笑，心樂也。敖，意舒也。戲笑，邪戲也。謔，笑之貌也。」此魯說。「謔，戲謔也」者，下「謔」爲「言」字之誤。《説文》：「謔，戲也。從言，虐聲。」是謔爲戲言也。「浪，意萌也」者，阮元云：「浪，讀爲『蒼筤竹』之『筤』。《易正義》云：『竹初生時，色蒼筤，取其春生之美也。』凡意蕊心花初生時似此，故曰：『浪，意萌也。』」「戲笑，邪戲也」者，臧鏞堂謂衍「邪」上「笑」字，是也。並爲舊注「調戲也」作解。「謔，笑之貌也」，總釋「謔浪笑敖」四字。謔浪，謔之貌。笑敖，笑之貌。合言之，爲戲謔也。「浪，起也」者，《釋文》引《韓詩》文。阮元云：「韓説正是『意萌』之訓，謂如波之起。」愚案：浪之爲言謔無已也。「萌」、「起」二訓相成。「敖」從出、放，舍人訓「意舒」，謂笑之大放也。蓋謔非不可，謔而浪則狂。笑非不可，笑而敖則縱。分析言之，故與上「笑」不複。《藝文類聚》十九、《御覽》三百九十一、四百六十六引《詩》「敖」作「傲」，後人傳寫致誤。「敖」訓「倨」，非詩恉。中心，猶心中。《説文》：「悼，懼也。陳、楚謂懼曰悼。」莊姜見公性情流蕩無節，即其當前之歡愛，已慮有他日之棄捐，故中心因是而懼，蓋《終風》即《緑衣》之兆矣。

終風且霾，【注】魯説曰：「風而雨土爲霾。」【疏】傳：「霾，雨土也。」○「風而雨土爲霾」，《釋天》文，魯説也。孔疏引孫炎注：「大風揚塵雨從上下也。」❶《説文》：「霾，風雨土也。從雨，貍聲。《詩》曰：『終風且霾。』」無異義。《釋名》：「霾，晦也。言如物塵晦之色也。」喻公心迷晦，情愛忽移。**惠然肯來**。【注】魯

❶「雨」，阮刻本《毛詩正義》、《爾雅注疏》並作「土」，當據改。

「肯」作「肎」。【疏】傳：「言時有順心也。」箋：「肯，可也。有順心，然後可以來至我旁，不欲見其戲謔也。」○「魯『肯』作『肎』」者，《釋言》：「惠，順也。肎，可也。」郭注：「《詩》曰：『惠然肯來。』肯，今通言。」《釋文》：「肯，或作古『肎』字。」《玉篇》：「肎，可也。《詩》曰：『惠然肎來。』」作「肎」者，蓋魯文。然，詞也。《說文》：「然，燒也。」「嘫，語聲也。」語詞當爲「嘫」，經典借「然」字。詩人言公或意順而肎來乎？冀望之詞。莫往莫來，悠悠我思。【疏】傳：「人無子道以來事己，己亦不得以母道往加之。」箋：「我思其如是，心悠悠然。」○「莫往莫來」，不往來也。無來，故無往。《易林》所謂「終日至暮，不見子懽」也。下「莫」字增文足句。望其來而不來，故思之悠悠然長。

終風且曀，不日有曀。【注】魯說曰：「陰而風爲曀。」【疏】傳：「陰而風曰曀。」箋：「有，又也。既竟日風，且復曀，不見日矣，而又曀者，喻州吁闇亂甚也。」○「陰而風曰曀」，《釋天》文，魯說也。《釋名》：「曀，翳也。謂日光掩翳也。」箋訓「有」爲「又」，「有」、「又」古字通，義亦互訓。「不日又曀」，不竟日而又曀也。「不日」，與《河廣》「不崇朝」意同，言清明無多時，復陰曀也。箋謂「不見日，而又曀」，案：不見日即曀也。或謂「有」語助，「不日有曀」，謂陰也。亦與「且曀」義複，疑非詩恉。《楚詞·九歎》王注：「曀，闇昧也。《詩》曰：『不日有曀。』」此喻莊公爲嬖寵翳蔽。寤言不寐，願言則疐。【注】韓「疐」作「嚏」。三家「則」作「即」。【疏】傳：「疐，跲也。」箋：「言，我；願，思也。疐，讀當爲『不敢嚏咳』之『嚏』。我其憂悼而不能寐，汝思我心如是，我則嚏也。今俗人嚏，云人道我，此古之遺語也。」○兩「言」皆詞也。《釋詁》：「願，思也。」《方言》同。言我思君甚，寤覺而不能寐，有時嚏鼻，以爲君思願我，乃致我嚏也。非真謂公願，正以形我思。「韓『疐』作『嚏』」者，《玉篇・口部》：「嚏，噴鼻也。《詩》云：『願言則嚏。』」案：今《毛詩》作「嚏」，當本是「疐」。段玉裁云：「毛作『疐，跲也』，鄭云：『疐，讀爲「不敢嚏咳」之「嚏」。』此鄭改讀。唐石經以下，經、傳皆從口，是用鄭廢毛。『嚏』不得訓『跲』，今《正義》本傳是『跲也』，則經當作『疐』。《釋文》：『疌，本又作「嚏」，又作「疐」，竹利反。鄭作「嚏」，音都利反。』『疌』即『疐』變體。《狼跋》釋文『疐，本又作「疌」』，可證。與《説文・止部》之『疌』字迴不相涉。若經字作《止部》之『疌』，鄭不得讀爲『嚏』，《釋文》亦不當作竹利反矣。」愚案：段説是。據《玉篇》引《詩》直作「嚏」字，在唐石經前。顧用《韓詩》，所據即韓文。鄭讀「疐」爲「嚏」，用韓改毛也。今仍正經字爲「疐」，以顯韓義。「三家『則』作『即』」者，《衆經音義》十引：「《蒼頡篇》曰：『嚏，噴鼻也。』《詩》曰：『願言即嚏。』」十四、十五引並同，蓋三家文。「即」、「則」雙聲字。

曀曀其陰，虺虺其靁。【注】韓「曀」作「⿰土壹」，云：「天陰塵也。」【疏】傳：「如常陰曀曀然。暴若震靁之聲虺虺然。」○韓「曀曀」作「⿰土壹⿰土壹」者，《説文》：「⿰土壹，天陰塵也。《詩》曰：『⿰土壹⿰土壹其陰。』」呂祖謙《讀詩記》引《韓詩章句》曰：「⿰土壹⿰土壹其陰，天陰塵也。」《詩攷》引董逌《詩跋》云：❶「《韓詩章句》曰：『⿰土壹⿰土壹，天陰塵也。』」是《説文》「⿰土壹」字注正用《韓詩》。《玉篇・土部》亦云：「⿰土壹，天陰塵起也。」《後漢・馮衍傳》「日曀曀其將暮兮」，李注：「曀曀，陰晦貌也。《詩》曰：『曀曀其陰。』」陳喬樅云：「馮用《韓詩》，當作『⿰土壹⿰土壹』，此後人傳寫依毛改之。」愚案：蔡邕《述行賦》「陰曀曀而不陽」，蔡用《魯詩》，與毛同。虺虺，震雷聲。「曀曀其陰」，天常陰

---

❶「跋」，據《呂氏家塾讀詩記》、《詩攷》、《直齋書録解題》諸書，疑當作「故」。

矣。「虺虺其雷」，漸施震怒。既無肯來之望，已有失位之憂，中心悼懼，斯先見之明與？寤言不寐，願言則懷。【疏】傳：「懷，傷也。」箋：「懷，安也。女思我心如是，我則安也。」○箋「懷，安也」，《雄雉》、《揚之水》同。詩言我常寤而不寐，冀君或思願我，則我庶安其位也。蓋遇此狂蕩暴戾之君，始不以淫泆求容，終不以怨毒絶望，亦賢矣哉。

《終風》四章，章四句。

擊鼓【注】齊説曰：「擊鼓合戰，士怯叛亡。威令不行，敗我成功。」【疏】毛序：「怨州吁也。衛州吁用兵暴亂，使公孫文仲將而平陳與宋，國人怨其勇而無禮也。」箋：「將者，將兵以伐鄭也。平，成也。將伐鄭，先告陳與宋，以成其伐事。《春秋傳》曰『宋殤公之即位，公子馮出奔鄭，鄭人欲納之。及衛州吁立，將修先君之怨於鄭，而求寵於諸侯，以和其民，使告於宋曰：「君若伐鄭，以除君害，君爲主，敝邑以賦與陳、蔡從，則衛國之願也。」宋人許之。於是陳、蔡方睦於衛，故宋公、陳侯、蔡人、衛人伐鄭』是也。伐鄭在魯隱四年。」○《史記·衛世家》：「莊公卒，桓公立，弟州吁驕奢，桓公絀之，州吁出奔。十三年，鄭伯弟段攻其兄，不勝，亡，而州吁求與之反。❶十六年，州吁收聚衛亡人以襲殺桓公，州吁自立爲衛君。爲鄭伯弟段欲伐鄭，請宋、陳、蔡與俱，三國皆許州

❶「反」，殿本《史記》作「友」，當據改。

吁。」陳喬樅云：「《史記》言州吁爲叔段伐鄭事，與《左傳》異。史公用《魯詩》，魯説當然也。」愚案：州吁自立，在隱四年春。至秋九月，即被殺於陳。數月之中，伐鄭者再。據《詩》「平陳與宋」句，與《左傳》合，則此詩是與陳、宋伐鄭之役軍士所作。「擊鼓」至「成功」，《易林・家人之同人》文，此齊説。「擊鼓合戰」，擊鼓練士，以爲合戰之用也。「士怯叛亡」，與《詩》「居處喪馬」、「不我活信」義合，一時怨憤離叛之狀可見。

擊鼓其鏜，踊躍用兵。【注】齊、韓「鏜」作「鼞」。【疏】傳：「鏜然，擊鼓聲也，使衆皆踊躍用兵也。」箋：「此用兵，謂治兵時。」○《説文》：「擊，攴也。從手，從毄。」「攴，小擊也。」「齊、韓『鏜』作『鼞』」者，《説文》：「鏜，金鼓之聲。從金，堂聲。《詩》曰：『擊鼓其鏜。』」「鼞，鼓聲也。從鼓，堂聲。《詩》曰：『擊鼓其鼞。』」用兵時，或專擊鼓，或金、鼓兼。「鼞」、「鏜」字並通。《風俗通義》六：「鼓者，郭也，春分之音也。萬物郭皮甲而出，故謂之鼓。《詩》云：『擊鼓其鏜。』」應劭用《魯詩》，引亦作「鏜」，則作「鼞」者，齊、韓文也。《説文》：「踊，跳也。」「躍，迅也。」「兵，械也。」軍中暇時練習兵械，擊鼓爲節。踊躍者，用兵時絶地奮迅之狀。

土國城漕，我獨南行。【注】韓説曰：「二十從役，三十受兵，六十還兵。」【疏】傳：「漕，衛邑也。」箋：「此言衆民皆勞苦也，或役土功於國，或修理漕城，而我獨見使從軍南行伐鄭，是尤勞苦之甚。」○土，度也。《典瑞》、《玉人》「以土地」，注並云：「土，猶度也。」《大司徒》注云：「土其地，猶言度其地。」凡爲土功，必先量度之。《尚書・皋陶謨》「惟荒度土功」，是「役土功」即「度土功」矣。《詩》渻字以成句，與「城」對文，故但言「土」，即知是「土功」也。《説文》：「城，以盛民也。從土，從成，成亦聲。」《管子・輕重丁》篇「請以今城陰里」，注：「城者，築城也。」《左·莊二十八年傳》：「邑曰築，都曰城。」漕者，《左·閔二年傳》、《管子·小匡》篇、《水經·淇水》注、《漢書·地理志》並作「曹」。《列女傳·許穆夫人》篇、《易林·噬嗑之訟》作「漕」。是魯、齊與毛同。傳：「漕，衛邑。」《鄭志》答張逸云：「漕邑在河南。」《左傳》杜注：「曹，衛下邑。」孔疏：「曹邑雖闕，不知其處，當在河東，近楚丘也。」戴延之《西征記》始以漢東郡白馬縣爲衛漕邑，後人因之。《元和郡縣志》「今滑州郭下白馬縣，本衛之曹邑，漢以爲縣，❶因白馬津爲名」是也。今河南衛輝府滑縣東二十里。互詳《定之方中》。我者，軍士自我。獨者，對上力役之衆言。土功雖勞，從軍尤苦也。南行者，衛都朝歌在今淇縣東北，鄭在今新鄭縣北，是役伐鄭，由淇至新鄭，爲南行也。「二十」至「還兵」，孔疏引《韓詩》文。又云：「《禮記》：『五十不從力政，六十不與服戎。』注云：『力政，城郭道渠之役也。』力政之役，二十受之，五十免之，故《韓詩》説『二十從役』，《王制》云『五十不從力政』，是也。戎事，則《韓詩》説曰『三十受兵，六十還兵』，《王制》云『六十不與服戎』，是也。蓋力政用力，故取丁壯之時。五十年力始衰，故早役之，早捨之。戎事須當閑習，三十乃始從役，未六十年力雖衰，戎事稀簡，猶可以從軍，故受之既晚，捨之亦晚。」陳喬樅云：「《漢書·高紀》注引孟康曰：『古者二十而傅，三年耕而又一年儲，故二十三而後役之。』《景紀》『二年，令天下男子年二十始傅』，顏注：『傅，著也。言著民籍，❷給公家徭役也。』韓説『二十行役』，與《周禮》『國中七尺

❶「縣」，原作「國」，據四庫本《元和郡縣志》改。
❷「民」，清光緒二十六年虛受堂刻《漢書補注》（以下稱「《漢書補注》」）卷一《高帝紀第一上》作「名」，當據改。

以及六十皆征』之説合。《鄉大夫》、《大胥》疏、《禮·王制》正義、《後漢書》四十七引《異義》韓詩説，與孔疏引同。《御覽》三百六引《白虎通》曰：『王命法年三十受兵何？重絶人世也。師行不必反，戰不必勝，故須其有世嗣也。年六十歸兵者何？不忍鬬人父子也。』與《韓詩》説同。」愚案：《後漢·班超傳》注引《韓詩外傳》曰：「二十行役，六十免役。」「行役」即從役，謂力政也。「六十免役」，「六十」乃「五十」之誤。互校之，孔疏引「年二十行役」下，蓋脱「五十免役」四字。

從孫子仲，平陳與宋。【疏】傳：「孫子仲，謂公孫文仲也。平陳於宋。」箋：「子仲，字也。平陳於宋，謂使告宋曰：『君爲主，敝邑以賦與陳、蔡從。』」○《唐書·宰相世系表》：「孫氏出自姬姓。衛康叔八世孫武公和生公子惠孫，惠孫生耳，爲衛上卿，食采於戚，生武仲乙，以王父字爲氏。乙生昭子炎，炎生莊子紇，紇生宣子鰌，鰌生桓子良夫，良夫生文子林父。」據此，孫之爲氏自乙始。此「孫」乃「公孫」。《春秋》「公孫」皆不爲氏。「公孫」稱「孫」，如魯子叔肸，《春秋》作「叔肸」，《傳》作「子叔」之例，消字稱之也。傳：「孫子仲，謂公孫文仲也。」箋：「子仲，字也。」「文仲」不見《春秋》經、傳，然鄭申傳義無異説，是三家當與毛同。公孫子仲與州吁俱武公孫，時代正合。乙是武仲，疑耳即文仲，如魯臧氏父子以文、武爲謚。耳爲孫氏祖，食采於戚，至林父猶居之。平，和也。《左·隱六年》經注：「和而不盟曰平。」蓋陳、宋有宿怨，是役乃平。《春秋》書宋公、陳侯、蔡人、衛人伐鄭，蔡、衛大夫將兵，陳、宋國君來會，情事顯然。此詩義與《春秋》相表裏。

不我以歸，憂心有忡。【疏】傳：「憂心忡忡然。」箋：「以，猶與也。與我南行，不我與歸期。兵，凶事，懼不得歸，豫憂之。」○「不我以歸」，猶言不以我歸，當從出之時，已知將無威令，軍必散亡，故豫憂之。《説文》：「忡，憂也。」有忡，猶忡忡。

爰居爰處，爰喪其馬。于以求之？于林之下。【疏】傳：「有不還者，有亡其馬者。山木曰林。」箋：「爰，於也。不還，謂死也、傷也、病也。今於何居乎？於何處乎？如何喪其馬乎？于，於也。求不還者及亡其馬者，當於山林之下。軍行必依山林，求其故處，近得之。」○《釋詁》：「爰，曰也。」「爰居爰處」，軍士私相寬慰之詞。既困役不歸，則且於是居處。軍士散居，無復紀律。《易林》云：「士怯叛亡，迺終言之。」《説文》：「喪，亾也。從哭，從亾，會意，亾亦聲。」人物亾失，通言之。于，往也。《説文》：「平土有叢木曰林，從二木。」言喪失戰馬，且往求之林木之下，玩泄之情如是。

死生契闊，與子成説。【注】韓説曰：「契闊，約束也。」【疏】傳：「契闊，勤苦也。説，數也。」箋：「從軍之士與其伍約，死也、生也，相與處勤苦之中，我與子成相説愛之恩，志在相存救也。」○「契闊，約束也」者，《釋文》：「契，本亦作『挈』，同苦結反。闊，苦活反，《韓詩》云：『約束也。』」陳喬樅云：「《文選》劉琨《答盧諶詩》李注又引《韓詩章句》曰：『括，約束也。』韓改『契闊』爲『約束』，是以『契闊』爲『絜括』之叚借。《説文》『絜』下云：『麻一耑也。』段注：『一耑，猶一束也。』『括』下云：『絜也。』『係』下云：『絜束也。』『約』下云：『纏束也。』《玉篇》：『絜，結束也。❶約，束也。』『絜括』之爲『約束』，此其義。胡承珙云：『死生絜括，言

❶「結」，原作「約」，據續經解本《韓詩遺説攷》二、中華書局影印張氏澤存堂本《大廣益會玉篇》（以下稱「《大廣益會玉篇》」）卷二十七《糸部》改。

死生相與約結，不相離棄也。』《後漢》繁欽《定情篇》：『何以致契闊，繞腕雙跳脱。』魏武帝《短歌行》：『越陌度阡，枉用相存。契闊談讌，心念舊恩。』皆以『契闊』爲『約結』之義，與韓説同。」愚案：箋用韓義改毛。《説文》：「説，一曰談説。」《淮南·修務訓》高注：「説，言也。」「成説」，猶成言，謂與之定約相存救。晉、楚「成言」，見《左·襄二十七年傳》。《楚詞》「初既與予有成言兮」，「與予成言」，即用此詩「與子成説」義。執子之手，與子偕老。【疏】傳：「偕，俱也。」箋：「執其手，與子約誓，示信也。言俱老者，庶幾俱免於難。」○孔疏：「於是執子之手，殷勤約誓，庶幾與子俱得保命，以至於老，不在軍陳而死。」王肅以爲「國人室家之志」，泥「偕老」爲詞，非詩指。

于嗟闊兮，不我活兮。【疏】傳：「不與我生活也。」箋：「州吁阻兵安忍，阻兵無衆，安忍無親，衆叛親離，軍士棄其約，離散相遠，故吁嗟歎之，闊兮女不與我相救活，傷之。」○依《周南》文，韓「于」當作「吁」。《説文》：「闊，疏也。」《釋詁》：「遠也。」孔疏：「于嗟乎，此軍伍之人，今日與我乖闊兮，不與我相存救而生活兮。」言彼此不相顧也。于嗟洵兮，不我信兮。【注】魯、韓「洵」作「夐」，云：「夐，遠也。」【疏】傳：「洵，遠；信，極也。」箋：「歎其棄約，不與我相親信，亦傷之。」○「魯、韓『洵』作『夐』」者，《釋文》：「《韓詩》作『夐』，夐，亦遠也。」《廣雅·釋詁》：「夐，遠也。」亦即此詩義。《吕覽·盡數》篇高注：「夐，遠也。夐，讀如《詩》云『于嗟夐兮』。」是魯、韓同。錢大昕云：「古讀『夐』如『絢』，與『洵』音近。」胡承珙云：「《文選·思玄賦》『儵眴眴兮反常閭』，注引《蒼頡》云：『眴，視不明也。』《靈光殿賦》『目矎矎而喪精』，張載注：『矎矎，目不正也。』是『矎矎』即『眴眴』。『洵』之爲『夐』，與此同例。毛訓『洵』爲『遠』，以『洵』爲『夐』之叚借也。」馮登府云：「《穀梁・文十四年傳》『敻千乘之國』，范注：『敻，猶遠。』《文選・幽通賦》『敻冥默而不周』，曹大家注：『敻，遠貌也。』《典引》『上哉敻乎』，《上林賦》『儵敻遠去』，注並訓『遠』。是『敻』本字，『洵』借字。」愚案：陳奐云：「《管子・宙合》篇『讂充，言心也』，劉績《補注》：『讂，遠也。』『讂』與『敻』通。」案：《釋文》：「洵，或作『詢』，誤。」陳喬樅謂：「鄭讀『信』如字。『洵』當作『詢』，與下『信』應，非誤字。蓋鄭所據本作『詢』。『詢』、『讂』並從言，因相通借，亦一證也。」上文箋云「執手約誓示信」，今離散違約，是不我信。《左傳》衆仲言州吁阻兵安忍，衆叛親離，又云州吁未能和其民，與此詩情事相應。

《擊鼓》五章，章四句。

凱風【注】齊説曰：「《凱風》無母，何恃何怙？幼孤弱子，爲人所苦。」【疏】毛序：「美孝子也。衛之淫風流行，雖有七子之母，猶不能安其室，故美七子能盡其孝道，以慰其母心，而成其志爾。」箋：「不安其室，欲去嫁也。成其志者，成言孝子自責之意。」○「《凱風》」至「所苦」，《易林・咸之家人》文。《後漢・姜肱傳》：「肱性篤孝，事繼母恪勤，感《凱風》之義，兄弟同被而寢，不入房室，以慰母心。」據此，則《易林》所稱無母而孤子「爲人所苦」者，「人」即繼母，故肱讀此詩而感其義也。魯、韓説當與齊同。魏源云：「如毛序所説，宜爲千古母儀所羞道，乃漢明帝賜東平王書曰：『今送光烈皇后衣巾一篋，可時奉瞻，以慰《凱風》「寒泉」之思。』《衡方碑》：『感鄁人之《凱風》，悼《蓼儀》之勤劬。』《梁相孔耽神祠碑》：「竭《凱風》以惆憀，惟《蓼儀》以愴悢。』《古樂府・長歌行》云：『遠游使心思，游子戀所生。凱風吹長棘，夭夭枝葉傾。黄鳥鳴相追，咬咬弄好音。竚立望西河，泣下沾羅纓。』咸以頌母儀，比劬勞，毫無忌諱，何耶？《孟子》曰：『《凱風》，親之過小者也。親之過小而怨，是不可磯也。』趙岐注：『《凱風》言「莫慰母心」，母心不説也，知親之過小也。《小弁》言「行有死人，尚或墐之」，而曾不關己，知親之過大也。』以『母心不説』釋『不可磯』，即《内則》『父母怒撻，不敢疾怨』之誼。若不安於室，固未嘗苦虐其子，何磯不磯之有？昔人言餓死事小，失節事大，士庶人守一身，與天子守天下無異。論者乃謂衛母辱止一身，故小；幽王禍及天下，故大。是庶人終古無大過也。或謂序言美七子能慰母心，成母守節之志，故孔疏有『母遂不嫁』之語，以申《凱風》『過小』之誼，如是則衛母過在未形，七子諭親於道，閨門泯然無迹，序《詩》者乃追訐其一念之陰私，坐以淫風流行之大惡，豈詩人忠厚之誼乎？且與《孟子》『不可磯』之説風牛馬不相及矣。據《姜肱傳》，明此爲事繼母之詩。或其母未能慈於前母之子，故《孟子》與《小弁》被後母讒將見殺者，分過之小大，復以舜事後母例伯奇之事。」愚案：序「美孝子」，自是大師相傳古誼。「淫風流行」云云，則毛所塗附。玩《孟子》「親之過小」一語，周秦以前舊説，決無「母不安室」之辭。趙用《魯詩》，其爲《孟子章句》，「母心不説」云云，當本魯訓，亦與齊誼相通，而與毛序顯異。皮錫瑞云：「魏所引外，尚有《漢郎中馬江碑》：『感《凱風》，歎寒泉。』《敦煌長史武斑碑》：『孝深《凱風》。』《後漢書・章八王傳》和帝詔曰：『諸王幼稚，早離顧復。弱冠相育，常有《蓼莪》、《凱風》之哀。』《三國・蜀志・二主妃子傳》：『今皇思夫人宜有尊號，以慰「寒泉」之思。』此皆漢人之辭。以後如潘岳《寡婦賦》：『覽「寒泉」之遺歎兮，咏《蓼莪》之餘音。』陶潛

《孟嘉傳》云：『淵明先親，君之第四女也。《凱風》「寒泉」之思，實鍾厥心。』謝莊《宋孝武宣貴妃誄》：『仰昊天之莫報，怨凱風之徒攀。』謝朓《齊敬皇后哀册文》：『思「寒泉」之罔極兮，託《彤管》於遺詠。』《晉書·孝友列傳序》：『灑風樹以隤心，頫「寒泉」而沫泣。』是六朝人猶知古義。」愚案：宋蘇軾爲《胡完夫母周夫人挽詞》尚有「凱風吹盡棘成薪」之句，至南渡後，朱子《集傳》申明毛序之恉，文人皆以此詩爲諱矣。

凱風自南，吹彼棘心。【注】魯説曰：「南風謂之凱風。」【疏】傳：「興也。南風謂之凱風，樂夏之長養者。」箋：「興者，以凱風喻寬仁之母，棘猶七子也。」○「南風謂之凱風」者，《釋天》文，魯説也。郭注：「《詩》曰：『凱風自南。』」《釋文》：「颽，又作『凱』。」是《爾雅》經、注並當作「颽」。「凱」、「颽」古今字之異。《玉篇·風部》：「颽，南風也。亦作『凱』。」又重文「颽」云：「同上。」《廣韻·十五海》云：「颽，南風也。亦作『凱』。」皆其證。邢疏、《詩正義》引李巡曰：「南風長養萬物，❶萬物喜樂，故曰凱風。凱，樂也。」《呂覽·有始》篇高注：「離氣所生曰凱風。《詩》曰：『凱風自南。』」《楚詞·遠遊》王注：「南風曰凱風。」引《詩》同。是魯作「凱」，與毛不異。《文選》班固《幽通賦》「颽凱風而蟬蜕兮」，曹大家注：「南風曰颽風。」疑《齊詩》家或作「颽」。《説文》：「吹，嘘也。從口，從欠。」「棘，小棗叢生者。從並朿。」《易·坎卦》「寘于叢棘」，虞注：「坎多心，故叢棘。棘之心赤。」《大東》傳：「棘，赤心也。」《朝士》注：「樹棘以爲位者，取其赤心而外刺，象以赤

---

❶「萬物」，原脱，據阮刻本《毛詩正義》、《爾雅注疏》補。

心三刺也。」凱風，喻母；棘，子自喻。業生心赤，❶興衆子赤心奉母。**棘心夭夭，母氏劬勞。**【疏】傳：「夭夭，盛貌。劬勞，病苦也。」箋：「夭夭，以喻七子少長，母養之病苦也。」○《魯語》韋注：「草木未成曰夭。」《漢書·貨殖傳》注：「夭，謂草木之方長未成者。」重言之則曰「夭夭」，與「桃之夭夭」同義，木少盛皃也，字亦當作「枖枖」。徐鍇《説文繫傳》引此詩云：「棘心所以速長者，以得愷風也。子所以速大者，以母劬勞而養之也。」《鴻雁》釋文引《韓詩》文：「劬，數也。」此詩「劬」義當同。《廣雅·釋詁》：「劬，數也。」即本《韓詩》。《釋詁》：「劬勞，病也。」人煩勞頻數則疲病，韓義與《雅》訓相成。

凱風自南，吹彼棘薪。【疏】傳：「棘薪，其成就者。」○棘薪，謂棘長大可爲薪，與「翹翹錯薪」同義，不指已刈者言，喻子已長成。**母氏聖善，我無令人。**【疏】傳：「聖，叡也。」箋：「叡作聖。令，善也。母乃有叡知之善德，我七子無善人能報之者，故母不安我室，欲去嫁也。」○《説文》：「聖，通也。」「善，吉也。與『義』、『美』同意。」「聖善」，言通於事理，有美德也。《列女·孫叔敖母傳》引《詩》曰「母氏聖善」，乃推演之詞。《釋詁》：「令，善也。」「我無令人」，反己自責也。

爰有寒泉，在浚之下。【疏】傳：「浚，衛邑也。在浚之下，言有益於浚。」箋：「爰，曰也。曰有寒泉者，在浚之下，浸潤之，使浚之民逸樂，以興七子不能如也。」○《水經·瓠子水》注：「濮水枝津，上承濮渠，後東逕沮丘城南，又東逕浚城南，西北去濮陽三十五里，城側有寒泉岡，即《詩》所謂『爰有寒泉，在浚之下』，

❶「業」，疑當作「叢」。

世謂之高平渠，非也。」《御覽》百九十三引《郡國志》云：「水冬、夏常冷，故曰寒泉。」今《續漢志》無此語。有子七人，母氏勞苦。【疏】《説文》：「苦，大苦，苓也。從草，古聲。」引申之，爲五味之苦。又推言之，凡勤勞傷病厭惡，皆謂之苦，而「苦」字之本義廢。「勞苦」者，勞極則苦也。言雖七子，無益於母，不如寒泉有益於人。《大戴禮·立孝》篇：「《詩》云：『有子七人，母氏勞苦。』子之辭也。」盧辯注：「七子自責任過之辭。」陳喬樅云：「盧注徵引，有康成、譙周、孫炎、宋均、范甯、郭象諸人，則所稱述，亦多魏、晉以前舊説。」

睍睆黃鳥，載好其音。【注】韓「睍睆」作「簡簡」。【疏】傳：「睍睆，好貌。」箋：「睍睆，以興顔色説也。好其音者，興其辭令順也。以言七子不能如也。」〇陳喬樅云：「《玉篇·目部》：『睍，目出貌。《詩》云：「睍睆黃鳥。」』『睆，出目貌。』義與毛異，蓋三家説。」「韓『睍睆』作『簡簡』」者，《御覽》九百二十三《羽族部》引《韓詩》「簡簡黃鳥，載好其音」，《詩攷》引同。段玉裁云：「《毛詩》『睍睆』雙聲，此『簡簡』當本是雙聲字，《御覽》誤重『簡』字耳。」陳喬樅云：「宋槧本引《韓詩》作『簡斤黃鳥』，『斤』乃『反』之譌。疑作『簡眅黃鳥』，轉寫脱去目旁，僅存其半爲『反』字。《説文》：『眅，白眼也。』❶引《春秋傳》『游眅字子明』爲證，是『眅』有『明』義。『簡』亦『明』也，故以『簡眅』興顔色之明好。一説《戰國策》『田⿱般目』，高注讀鄭『游眅』之『眅』。《説文》：『⿱般目，轉目視也。』《集韻》：『⿱般目，同眅。』則『眅』即『⿱般目』之通假也。『簡』亦『瞯』之通假。《説文》：『瞯，戴目也。江、淮之間謂眄曰瞯。』《方言》：『瞯、略，眄也。』《玉篇》：『瞯，眄也。』《廣韻》『瞯』、『眅』並訓爲

❶「白」上，陳刻《説文》、《説文注》、楊刻《説文義證》有「多」字，當據補。

『目多白貌』。目眄睞則睛多白，是『瞷』、『眅』皆謂目之轉視流眄，故爲顔色之悦也，其義亦通。毛傳『睍睆』之義，亦宜爲眄睞，《洛神賦》所謂『明眸善睞』是也。若訓『睍』爲『目出』，『睆』爲『出目』，則不得云『好皃』。『睍睆』蓋即『𥈅睕』之假借，《毛詩·角弓》『見睍聿消』，《荀子》作『宴然聿消』，此『見』、『宴』字通之證。《集韻》：『睆，或作「睕」。』此『睆』、『睕』字通之證。《説文》：『𥈅，目相戲也。』《玉篇》：『睕，小嫵媚也。』《新臺》『燕婉之求』，《説文》作『𥈅婉之求』，『𥈅睕』即『𥈅婉』，皆『好貌』也。」愚案：陳奂引：「《詩經小箋》云：『《説文》無「睆」字，疑此本作「睍睍」，故韓作「簡簡」。』」段氏據影宋本《御覽》「簡」下第二字空白不可攷，因而獻疑。馮登府據張氏影宋本《御覽》作「簡簡」，謂作「簡簡」無疑。傳本參差，立説互異。陳氏釋毛、韓通假之義，固爲有見。然據宋槧本作「簡斤」，以「斤」爲「反」之譌，究屬臆斷。《御覽》今本雖有不同，《詩攷》引韓作「簡簡」可據也。《考工記·弓人》「欲小簡而長」，鄭司農云：「簡，讀爲『撊然登陴』之『撊』。」《釋天》釋文：「僩，本作『撊』。」《荀子·榮辱篇》注：「僩，與『撊』同。」是「簡」、「僩」、「撊」三字音訓互通。《淇奥》「瑟兮僩兮」，《釋文》引《韓詩》云：「僩，美貌。」「簡簡」與「撊然」、「僩兮」並爲狀物之詞，「簡簡」猶「僩僩」也。「美」、「好」同訓，簡簡之爲美貌，猶睍睆之爲好貌矣。別求通假，不若以韓詁韓較爲明了。載，詞也。好音可悦，不獨顔色之美。有子七人，莫慰母心。【疏】傳：「慰，安也。」○「莫慰母心」，言不如黄鳥尚能悦人。

《凱風》四章，章四句。

雄雉【疏】毛序：「刺衛宣公也。淫亂不恤國事，軍旅數起，大夫久役，男女怨曠，國人患之，而作是詩。」箋：「淫亂者，荒放於妻妾，烝於夷姜之等。國人久處軍役之事，故男多曠，女多怨也。男曠而苦其事，女怨而望其君子。」○案：序「大夫多役，男曠女怨」，正此詩之恉。「宣公」云云，乃推本之詞，詩中未嘗及之。箋於首、次章牽附淫亂之事，殆失之泥。三家義未聞。

雄雉于飛，泄泄其羽。【注】韓説曰：「雉，耿介之鳥也。」【疏】傳：「興也。雄雉見雌雉，飛而鼓其翼泄泄然。」箋：「興者，喻宣公整其衣服而起，奮訊其形貌，志在婦人而已，不恤國之政事。」○「雉，耿介之鳥也」者，《文選》潘岳《射雉賦》注引《韓詩》薛君章句文。《詩》「雉」始見此篇，《選》注所引，當是此詩章句。《士相見禮》「冬用雉」，注云：「士贄用雉者，取其耿介。交有時，別有倫也。」《章句》以雉爲耿介之鳥，知大夫妻以雄雉喻君子，非以喻淫亂之宣公，韓與傳、箋異也。于，往也。「泄泄」，唐石經避太宗諱作「洩洩」，「洩」、「泄」字同。《板》「無然泄泄」，《釋訓》作「無然洩洩」，是其證。《文選・思玄賦》注引《左傳》杜注：「洩洩，舒散也。」「泄泄」亦當爲「舒散」意。傳以爲飛而鼓翼狀，箋云「奮迅其形貌」，盡「泄泄」情態。我之懷矣，自貽伊阻。【注】韓説曰：「阻，憂也。」【疏】傳：「詒，遺；伊，維；阻，難也。」箋：「懷，安也。伊，當作『緊』。緊，猶是也。言君之行如是，我安其朝而不去。今從軍旅，久役不得歸，此自遺以是患難。」○《説文》：「懷，念思也。」《釋文》：「貽，本亦作『詒』。」是陸所據本作「貽」。《説文》：「遺，亾也。」無「貽」、「詒」字，「詒」即「遺」也。《釋言》：「貽，詒也。」《廣雅・釋詁》：「遺，餘也。」《史記・陳涉世家》索隱：「遺，謂留餘也。」自「遺亡」義引申之，「遺亡」即「留餘」也，故又爲「餽贈」之義。「自詒」，猶言自留遺也。箋云「伊，當作

『緊』。緊，猶是」，陳奐云：「箋於此及《蒹葭》、《東山》、《正月》之『伊』，並云『伊』當作『緊』，或三家有作『緊』者。」「阻，憂也」者，《玉篇·阜部》引《韓詩》文。慧琳《音義》六同。顧震福云：「《廣韻》：『阻，憂也。』即用韓説。《左·宣二年傳》引《詩》『我之懷矣，自詒伊慼』，王肅謂即《雄雉》之詩。」馬瑞辰云：「阻從且聲，且之言藉也。《國語》『甯戚』，《亢倉子》作『甯藉』。『戚』亦與『憂』義同。」愚案：《説文》：「阻，險也。」《釋詁》：「阻，難也。」韓訓「憂」，自「險難」義引申而出。詩以雄雉奮迅往飛，興君子勇於赴義。今久役不歸，而君莫之恤，乃自詒是險難之憂也。國有軍旅，臣下義當自效。惟宣公不恤國政，罔念勤勞，故大夫家人有君子「自詒伊阻」之傷，所以爲刺，否則詩人不當爲是言矣。

雄雉于飛，下上其音。展矣君子，實勞我心。【疏】傳：「展，誠也。」箋：「下上其音，興宣公小大其聲，怡悦婦人。誠矣君子，愬於君子也。言君之行如是，實使我心勞矣。君若不然，則我無軍役之事。」○「下上其音」者，以雉之往復飛鳴，興君子勞役無已。《釋詁》：「展，誠也。」言誠以君子之故，使我心思之至於勞劇也。

瞻彼日月，悠悠我思。道之云遠，曷云能來。【注】魯「悠」作「遥」。魯説曰：「急時之辭也，甚焉，故稱日月也。」韓説曰：「急時辭也，是故稱之日月也。」【疏】傳：「瞻，視也。」箋：「日月之行，迭往迭來。今君子獨久行役而不來，使我心悠悠然思之。女怨之辭。曷，何也。何時能來，望之也。」○「魯『悠』作『遥』」者，《説苑·辨物》篇引：「《詩》曰：『瞻彼日月，遥遥我思。道之云遠，曷云能來。』急時之辭也，甚焉，故稱日月也。」據此，魯作「遥」。《説文》無「遥」字。《方言》：「遥，遠也。梁、楚曰遥。」《廣雅·釋詁》：「遥，遠也。」《釋詁》：「悠，遠也。」《莊子・秋水》篇注：「遥，長也。」《説文》：「悠，長也。」「遥」、「悠」雙聲字，義訓亦同。「急時」至「月也」，《韓詩外傳》一引《詩》文。玩魯、韓義，言舉日月以喻君子。日月至高，可瞻而不可即，今君子遠不能來如之。非所宜喻，而取爲喻，故以爲急且甚之辭爾，望君子之切也。《荀子・宥坐》引此詩云：「伊稽首不其有來乎？」斷章取之。

百爾君子，不知德行。不忮不求，何用不臧。【疏】傳：「忮，害；臧，善也。」箋：「爾，女也。女衆君子，我不知人之德行何如者可謂爲德行，事君或有所留。女怨，故問此焉。我君子之行，不疾害，不求備於一人，其行何用爲不善，而君獨遠使之在外，不得來歸。亦女怨之辭。」〇案：謂在朝之大夫不知其君子之德行，舉朝憒憒，非獨君不恤下。《説文》：「忮，很也。」《論語・子罕》篇馬注：「害也。不疾害，不貪求，何用不爲善也。」案：很忮則害人，「害」是引申義。「不求」，馬説是。《韓詩外傳》一凡三引《詩》，推演其義，所云「不求福者爲無禍」、「廉者不求非其有」、「德義暢乎中而無外求」，釋「不求」並與馬説合。《説苑・雜言》篇引《詩》，亦云「廉者不求非其有」，足證魯、韓義同。《説文》：「用，可施行也。」「臧，善也。」「何用不臧」，猶言無往不利。詩言我君子無很忮，無貪求，何所施行而不吉善乎？雖君與百君子不知，亦自安吾素而已。

《雄雉》四章，章四句。

匏有苦葉【疏】毛序：「刺衛宣公也。公與夫人並爲淫亂。」箋：「夫人，謂夷姜。」〇賢者不遇時而作也。《論語・憲問》篇：「子擊磬于衛，荷蕢諷之曰：『莫己知也，斯己而已矣。深則厲，淺則揭。』」此衛人引《衛詩》，以明當隨時仕已之義，乃《詩》説之最古者。《後漢・張衡傳》：「《應問》云：『深厲淺揭，隨時爲義。』」又云：「捷徑邪至，我不忍以揭步；干進苟容，我不忍以歙肩。雖有犀舟勁檝，猶人涉卬否，有須者也。」衡習《魯詩》，此本魯義，與荷蕢引《詩》意合，知古説無「刺淫」義也。徐璈云：「此是士之審於出處，而諷進不以道者。濟涉、濟盈，大《易》『涉川』之象；求牡、歸妻，《孟子》『有家』之喻。全詩以二者託興。呂祖謙云：『此詩皆以物爲比，而不正言其事。』是也。其曰『追冰未泮，卬須我友』，則出、處之間，待時而動，信友獲上，有其道矣。」

匏有苦葉，濟有深涉。【注】齊説曰：「枯瓠不朽，利以濟舟。渡踰江海，無有溺憂。」韓説曰：「涉，渡也。」【疏】傳：「興也。匏謂之瓠。瓠葉苦，不可食也。濟，渡也。由膝以上爲涉。」箋：「瓠葉苦，而渡處深，謂八月之時，陰陽交會，始可以爲昏禮納采、問名。」〇《説文》：「匏，瓠也。從包，夸聲。包，取其可包藏物也。」「瓠，匏也。從瓜，夸聲。」《壺涿氏》注引《詩》「匏」作「苞」。《楚詞》劉向《九歎》作「瓟」，並叚借字。孔疏引陸璣云：「匏葉少時可爲羹，又可淹煮，極美，故《詩》曰：『幡幡瓠葉，采之亨之。』今河南及揚州人恒食之。八月中，堅强不可食，故云苦葉。」《本草》「苦瓠」，陶弘景注：「今瓠忽自有苦者如膽，不可食，非别生一種也。」唐本注云：「瓠味皆甜，時有苦者，而似越瓜，長者尺餘，頭尾相似。」愚案：二説皆未考實。匏即今之壺盧瓜，《豳風》「八月斷壺」，壺即瓠也，今之「瓠瓜」又别一種，非《詩》之「瓠」。晉以後謂之「壺盧」。《世説》載陸雲入洛，詣劉道真，劉問「長柄壺盧」是也。南北皆有之，燕京鄉間尤多種者，味甚甜，初熟時，取其不能製物者食之，餘則留待秋盡葉枯，壺盧體質堅老，摘取煮熟，剖以爲瓢，而食其瓤。不剖者，人繫於身，入水不湛，故江湖間用以防溺。楚北舟人小兒多繫之腰間，此皆得之目驗者。《論語》孔子云：「吾豈匏瓜也哉，焉能繫而不食？」謂此物也。《鶡冠子》「中流失船，一壺千金」，《劉子·隨時》篇作「瓠」，亦謂繫瓠可以免溺。苦，當讀爲枯。「枯瓠」至「溺憂」，《易林·震卦》文。是齊讀「苦」爲「枯」，「枯」、「苦」字通。《莊子·人間世》篇「此以其能苦其生者也」，《釋文》：「苦，崔本作『枯』。」是其證。葉枯然後取匏，故匏有苦葉，而後濟有深涉。《左·襄十四年傳》：「諸侯之大夫從晉伐秦，及涇，不濟。叔向見叔孫穆子，穆子賦《匏有苦葉》，叔向退而具舟。」《魯語》：「諸侯伐秦，及涇，不濟。叔向見叔孫穆子，曰：『諸侯謂秦不恭而討之，及涇而止，於秦何益？』穆子曰：『豹之業，及《匏有苦葉》矣，不知其他。』叔向退，召舟虞與司馬，曰：『苦匏不材於人，共濟而已。魯叔孫賦《匏有苦葉》，必將涉矣。』」韋注：「材，讀若裁也。❶不裁於人，不可食也。共濟而已，佩匏可以渡水也。」案：穆子賦《詩》，叔向即知其將涉，自是古義相承如此。韋注「不可食」，與夫子言「不食」義合。匏待葉枯，喻士須時至。有匏而後可深涉，喻士有材能而後可用世也。《釋言》：「濟，渡也。」《説文》「𣸈」下云：「徒行厲水。從𣱱，從步。」「涉」下云：「篆文從水。」《廣韻》：「涉，徒行渡水也。」「涉，渡也」者，慧琳《音義》二引《韓詩》文。《廣雅·釋詁》：「涉，渡也。」即用韓義。《楚詞·離騷》王注同，是魯、韓不異。顧震福云：「《吕覽·知公》篇高注、《國語》韋注並云：『涉，度也。』《方言》：『過度謂之涉濟。』『渡』、『度』古字通

❶「讀」，原脱，據《國語》卷五《魯語下》補。

用。」深則厲，淺則揭。【注】魯説曰：「揭者，揭衣也。以衣涉水爲厲。繇厀以下爲揭，繇厀以上爲涉，繇帶以上爲厲。」韓説曰：「至心曰厲。」三家亦作「砅」，又作「濿」。【疏】傳：「以衣涉水爲厲，謂由帶以上也。揭，褰衣也。遭時制宜，如遇水深則厲，淺則揭矣。男女之際，安可以無禮義，將無以自濟也。」箋：「既以深淺記時，因以水深淺喻男女之才性賢與不肖及長幼也。各順其人之宜，爲之求妃耦。」〇「以衣」至「爲厲」，《釋訓》文，釋此詩也。「至心曰厲」者，《釋文》：「厲，以衣涉水也。《韓詩》云：『至心曰厲。』」「三家亦作『砅』，又作『濿』」者，《説文》「砅」下云：「履石渡水也。從水、石。《詩》曰：『深則砅。』」「濿」下云：「砅或從厲。」《釋文》：「厲，本或作『濿』。」戴震云：「詩意以淺水可褰裳而過，若水深，則必依橋梁乃可過。《衛詩》淇梁、淇厲並稱，厲固梁之屬也。」❶邵晉涵云：「橋無妨有厲名，至此詩，當從《爾雅》。韓云『至心曰厲』，即所云『由帶以上』。《説文》：『涉，徒行厲水也。』是未嘗不以厲爲以衣涉水，不必因『履石渡水』之解傳合橋梁也。」陳喬樅云：「《説文》引《詩》『深則砅』，此《齊詩》之文。重文作『濿』者，《魯詩》也。劉向《楚詞·九歎·離世》云『櫂舟航以横濿兮』，王逸注：『濿，渡也。由帶以上爲濿。』又《遠逝》云：『横汨羅而下濿。』向、逸用《魯詩》，字同作『濿』，是本《魯詩》『深則濿』之語。毛、韓同作『厲』，則『砅』爲《齊詩》無疑。《易林·泰之坤》『濟深難渡，濡我衣袴』，即以衣涉水也。由帶而上，則水深至心矣。《玉篇·水部》：『水深至心曰砅。』是韓亦作『砅』也。至『履石渡水』之訓，《説文》別爲一義，與下文引《詩》無涉。」郝懿行云：「《爾雅》以由厀、由帶

---

❶「屬」，原作「厲」，據《皇清經解》本《毛鄭詩攷正》、續經解本《齊詩遺説攷》二改。

言者，蓋爲空言深淺，恐無準限，故特舉此爲言，明過此以往則不可渡也。然亦略舉大概而言，實則由帶以下亦通名厲，故《論語》鄭注、《左傳》服注並云：『由厀以上爲厲。』『由厀以上』即『由帶以下』，故約略其文耳。厲有淩厲之義，因爲涉水之名，故《説文》『涉』字解云：『徒行厲水也。』是『厲』、『涉』通名。『砯』字引《詩》别解，義與《爾雅》異。」愚案：陳、郝説並是。惟以「砯」字解爲别義，非也。韓、許二家因《雅》訓由厀、由帶義未明塙，特易其文。「至心」，自上言之；「履石」，自下言之也。石即水中之石，非謂橋梁。《漢鐃歌》「凉石水流爲沙」，是沙亦爲石。凡深水，沙石乃可徒行，泥淖陷没則否，故云「履石渡水」，此許意也。許於「涉」字已解爲「徒行厲水」，豈於此忽不知厲是徒行，而易爲從橋之義乎？許君釋字引經，義歸一貫，全書通例如此。陳謂「砯」字解與引《詩》無涉，疑誤後學，不可從。王引之云：「《説文》以『砯』爲『履石渡水』，仍取『渡涉』之義，非以砯爲石橋。」其説得之。揭者，《説文》：「高舉也。」淺則褰裳涉之，故曰揭。水深淺隨時，故厲、揭無定，喻涉世淺深，各有時宜也。《韓詩外傳》一載莊之善事，末引《詩》二語，乃推演之詞。

有瀰濟盈，有鷕雉鳴。【疏】傳：「瀰，深水也。盈，滿也。深水，人之所難也。鷕，雌雉聲也。衛夫人有淫佚之志，授人以色，假人以辭，不顧禮義之難，至使宣公有淫昏之行。」箋：「有瀰濟盈，謂過於厲，喻犯禮深也。」〇有瀰，猶瀰瀰。有鷕，猶鷕鷕。全《詩》大同，下章「有洸有潰」，《韓詩》作「洸洸潰潰」，即其例也。言瀰然者濟之盈，鷕然者雉之鳴。《説文》：「瀰，滿也。從水，爾聲。」不作「濔」。《新臺》釋文引作「水滿也」。《玉篇》：「深也，盛也。」上「濟」以人言，此「濟」以車言。《説文》：「鷕，雌雉鳴也。從鳥，唯聲。《詩》

曰：『有鷕雉鳴。』」濟盈不濡軌，雉鳴求其牡。【疏】傳：「濡，漬也。❶由輈以上爲軌。違禮義，不由其道，猶雉鳴求其牡矣。飛曰雌雄，走曰牝牡。」箋：「渡深水者必濡其軌，言不濡者，喻夫人犯禮而不自知。雉鳴反求其牡，喻夫人所求非所求。」○「由輈以上爲軌」，《釋文》：「軌，舊龜美反，謂車轊頭也。依傳意，直音犯。《説文》：『軌，車轍也。從車，九聲。』龜美反。『軓，車軾前也。從車，凡聲。』音犯。」王念孫云：「傳『由輈以上爲軌』，當作『由軸以上爲濡軌』。軌者，軸之兩端。水由軸以上，則其深滅軌。徐邈等所見不誤，知軌爲軸之轊頭，故有車轊頭之訓。陸、孔所見本『軸』誤『輈』，『軌』上又脱『濡』字，故疑『軌』爲軾前之『軓』。唐石經因之誤改『軌』爲『軓』。」王引之云：「水由軸以上則濡軸，經不言濡軸者，軸在軫下，爲軫所蔽，不若轊頭爲人所易見，故以易見者言之，而云濡軌。《晏子春秋・諫》篇『景公爲西曲潢，其深滅軌』，滅者，没也。水由軸以上，則轊頭没入水中，故曰滅軌。不言滅軸，而言滅軌，亦以易見者言之也。」詳《經義述聞》。足正毛傳、唐石經之誤。鳥曰雌雄，獸曰牝牡，散文則通，故《南山》「雄狐綏綏」，獸亦稱雌雄。《周書》「牝雞司晨」，及此詩鳥亦稱牝牡。雉必其牡，然後求之，喻臣當擇主也。水深濡軌則不濟，「危邦不入」之義。雉非其牡則不求，「非君不事」之義。

雝雝鳴雁，旭日始旦。【注】魯「雝雝」作「噰噰」。齊作「雍雍鳴鳱」。韓「旭」作「煦」。韓説曰：「煦，暖也。」【疏】傳：「雝雝，鴈聲和也。納采用鴈。旭，日始出，謂大昕之時。」箋：「鴈者隨陽而處，似婦人

---

❶「漬」，原作「潰」，據明世德堂本《毛詩》、阮刻本《毛詩正義》改。

從夫，故昏禮用焉。自納采至請期用昕，親迎用昏。」〇「魯『雝雝』作『噰噰』」者，《釋詁》：「噰噰，音聲和也。」郭注：「鳥鳴相和。」邢疏：「《邶風·匏有苦葉》云：『噰噰鳴雁。』」「齊作『雍雍鳴鳱』」者，《鹽鐵論·結和》篇引《詩》文。桓學《齊詩》也。《御覽》三、洪興祖《楚詞補注》八引作「嗈嗈」，《事類賦》十九作「邕邕」，並《詩》異文。陳喬樅云：「鳱同鴈，即雁也。《禽經》：『鳱以水言，自北而南。鴈以山言，自南而北。』張華注：『鳱、鴈，並音雁。鳱，隨陽鳥也。冬適南方，集於江干，故字從干。鴈，中春寒盡，雁始北向，燕、代尚寒，猶集山陸岸谷閒，故字從厈。』《開元五經文字》雁又音岸，則鳱即雁無疑矣。」愚案：孔疏：「雁生執之以行禮，故言雁聲。」王引之云：「『摯不用死』，鄭注：『摯，雁也。』鴻雁不可生服，雁蓋鵝也。」陳奐云：「秋行嫁娶，納采在前，當無雁之時，則雁爲家畜之鵝，王說是。」《說文》：「旭，日旦出皃。一曰明也。」《說文》：「旦，明也。從日見一上。一，地也。」「韓『旭』作『煦』，云『煦，暖也』」者，《文選》陸機《演連珠》李注引薛君《韓詩章句》文。毛傳：「旭，日始出，謂大昕之時。」箋云「自納采至請期用昕」，《說文》：「昕，日將出也。」《說文》：「昫，❶日出昷也。」「昷」、「暖」義同。陳喬樅云：「《周禮注》引《司馬法》曰：『旦明鼓五通爲發昫。』是昫亦訓爲日始出。『旭』、『昫』一聲之轉。《韓詩》『煦』字蓋亦『昫』之通借。胡承珙云：『《易》「旴豫」，《釋文》：「旴，❷姚信作「旴」，❸云日始出。」引《詩》：「旴日始旦。」』今案：「旴」當爲「旰」，從干，不從于。《說文》、《玉篇》皆無「旴」

❶「昫」，原作「煦」，據陳刻《說文》、《說文注》、楊刻《說文義證》、續經解本《韓詩遺說攷》二改。

❷「旴」，原作「旰」，據續經解本《韓詩遺說攷》二、續經解本《毛詩後箋》卷三改。

❸「旴」，原作「旰」，據續經解本《韓詩遺說攷》二、續經解本《毛詩後箋》卷三改。

字。《説文》「旰」雖訓「晚」，然《日部》又云：「暤，旰也。」《玉篇》：「暤，明也，旰也。」是「旰」有「明」義，故《釋天》注「言氣皓旰」，《釋文》云：「旰，日光出也。」《文選・上林賦》「采色皓旰」、《景福殿賦》「皓皓旰旰」，皆取光明之義。《詩》釋文：「旭，許玉反。徐又許袁反。」案：旰從干，讀與「軒」同。「許袁反」正其音，是徐所見本亦必作「旰日始旦」，與姚同。』」士如歸妻，迨冰未泮。【注】魯説曰：「嫁娶必以春何？春者，天地交通，萬物始生，陰陽交際之時也。」齊説曰：「冰泮將散，鳴雁雍雍。丁男長女，可以會同，生育賢人。」韓説曰：「迨，願也。古者霜降迎女，冰泮殺止。」【疏】傳：「迨，及；泮，散也。」箋：「歸妻，使之來歸於己，謂請期也。冰未散，正月中以前也。二月可以昏矣。」○「士如歸妻」者，婦人謂嫁曰歸。自士言之，則娶妻是來歸其妻，故曰「歸妻」，謂親迎也。「嫁娶」至「時也」，《白虎通・嫁娶》篇文，引本詩爲證。「冰泮」至「賢人」，《易林・豫卦》文，是《齊詩》説此章大恉。《説文》「泮」下云：「諸侯鄉射之宮。」「判」下云：「分也。」詩借「泮」爲「判」，謂冰乘春而分解。冰泮將散，猶言冰將泮散。詩言「未泮」，《説文》云將泮，正釋「迨」字之義。時至初春，冰未泮而有將泮之勢，唯恐中春冰泮，過正昏之月也。「迨，願也」者，《摽有梅》引韓説。❶此詩願及時，意亦同也。「古者」至「殺止」，《周禮・媒氏》疏載王肅《聖證論》引《韓詩傳》文。胡承珙云：「二語本《荀子》。嫁娶時月，毛、鄭異説。《東門之楊》傳云：『男女失時，不逮秋冬。』鄭據《周禮》『仲春之月，令會男女』，以仲春爲婚月。案：《管子・幼官》篇：『春三丣，十二始丣，合男女。秋三丣，十二始丣，合男女。』《管

---

❶「引」上，疑脱「釋文」二字，當據宋本、通志堂本《釋文》補。

子》所謂『秋始泮』，在白露後，即『霜降迎女』。『春始泮』，在清明後，即『冰泮殺止』也。《通典》引董仲舒書曰：『聖人以男女當天地之陰陽，天地之道，向秋冬而陰氣來，向春夏而陰氣去，故古之人霜降而迎女，冰泮而殺止，與陰俱近，與陽俱遠也。』《太玄》亦云：『納婦始秋分。』《管》、《荀》皆周秦古書，董、楊又漢代大儒，其義不可易矣。王肅云：『自馬氏以來，乃因《周官》而有二月，鄭説蓋本馬融。』至馬昭申鄭，援證諸《詩》，則孔晁答云：『「有女懷春」，謂女惡無禮，過時故思。「春日遲遲」，蠶桑始起，女心悲矣。「嘒彼小星」，喻妾侍夫人。「蔽芾其樗」，喻行遇惡人。「熠燿其羽」，喻嫁娶盛飾。皆非仲春嫁娶之候。』其説皆孔優於馬。若張融所據《夏小正》『二月，綏多士女』，蓋亦期盡蕃育之法。其實鄭正據定在《周官》。今攷《周官·媒氏》云：『掌萬氏之判，凡男女自成名以上，皆書年月日名焉。令男三十而娶，女二十而嫁。凡娶判妻入子者，皆書之。中春之月，令會男女。於是時也，奔者不禁。若無故而不用令者，罰之。』詳玩經文，所謂判妻入子皆書之，自是霜降之候，正以昏禮。其下云云，乃期盡蕃育之法。蓋自中春以後，農桑事起，婚姻過時，故於是月令會男女。其或先因札喪凶荒，六禮未備者，雖奔不禁，所謂不待禮聘，因媒請嫁而已。若中春非爲期盡，則正昏之月，何用汲汲而先下此不禁奔之令乎？此誤會經文之失也。惠氏《禮説》云：『《左·襄二十二年傳》：「十二月，❶鄭游

❶「二」，原作「一」，據續經解本《毛詩後箋·桃夭》、續經解本《韓詩遺説攷》二、四庫本《禮説》、阮刻本《春秋左傳正義》改。

昄將如晉，❶未出境，遭逆妻者，奪之。」則春秋時，民間嫁娶，亦在秋冬。』尤堉證矣。」愚案：胡氏此條足解自來經生聚訟之紛，當爲定論。惟與《白虎通義》不合，蓋東漢昏期不遵古制，漸變西京舊説，遂不免遷就今禮以解古詩，此魯恭、魏應等推衍魯義之失。詩人以昏不可過期，喻仕不可過時，與《孟子》男女室家之譬同意，明己未嘗不欲仕也。

招招舟子，人涉卬否。人涉卬否，卬須我友。【注】魯説曰：「以手曰招，以言曰召。」韓説曰：「招招，聲也。」魯「須」作「䇞」。【疏】傳：「招招，號召之貌。舟子，舟人主濟渡者。卬，我也。人皆涉，我友未至，我獨待之而不涉，以言室家之道，非得所適，貞女不行；非得禮義，昏姻不成。」箋：「舟人之子號召當渡者，猶媒人之會男女無夫家者，使之爲妃匹。人皆從之而渡，我獨否。」○《説文》：「招，手呼也。」「以手曰招，以言曰召」者，《釋文》引王逸説。案：見《楚詞·招魂》章句敘，蓋本魯故。「招招，聲也」者，《釋文》引《韓詩》文。陳喬樅云：「號召必手招之，故毛以貌言；手招亦必口呼之，故韓以聲言也。」《釋詁》：「卬，我也。」《説文》：「否，不也。」「魯『須』作『䇞』」者，《釋詁》：「䇞，待也。」邢疏：「《邶風·匏有苦葉》云：『卬䇞我友。』」「須」作「䇞」，蓋據舊注《魯詩》文。《説文》：「須，面毛也。從頁，從彡。」「䇞，待也。從立，須聲。」魯正字，毛借字。人皆涉，我獨不然，所以如此者，我待我友而後涉耳。詩人明己目前不仕之故，待同心之友而

❶「昄」，續經解本《韓詩遺説攷》二、四庫本《禮説》、阮刻本《春秋左傳正義》附《校勘記》引「宋本、淳熙本、岳本」作「眅」，當據改。

後謀共濟也。其抱道自重，不輕一試，可謂賢矣。

《匏有苦葉》四章，章四句。

谷風【疏】毛序：「刺夫婦失道也。衛人化其上，淫於新昏，而棄其舊室，夫婦離絶，國俗傷敗焉。」箋：「新昏者，新所與爲昏禮。」○《列女傳·賢明》篇：「晉趙衰妻狄叔隗，生盾。及返國，文公以其女趙姬妻衰。趙姬請迎盾與其母，衰辭而不敢。姬曰：『不可。夫得寵而忘舊，舍義；好新而嫚故，無恩；與人勤於隘厄，富貴而不顧，無禮。君棄此三者，何以使人？雖妾亦無以侍執巾櫛。《詩》不云乎，「采葑采菲，無以下體。德音莫違，及爾同死」。與人同寒苦，雖有小過，猶與之同死而不去，況於安新忘舊乎？又曰：「讌爾新昏，不我屑以。」蓋傷之也。君其逆之，無以新廢舊。』」趙姬引《詩》，以爲夫婦失道之辭，其義最古。《魯詩》家載之如此，是魯與毛同。《貞順》篇息君夫人爲楚所虜，與息君俱自殺；《節義》篇楚昭越姬先昭王之薨自殺，《傳》末並引：「《詩》云：『德音莫違，及爾同死。』此之謂也。」亦以二事明此詩夫婦同死之義。《禮·坊記》引《詩》「采葑采菲」四句，❶鄭注：「此詩故親今疏者，言人之交，當如采葑采菲，取一善而已，君子不求備於一人。」案：交，謂相接也。「故親今疏」，與棄舊義合。「不求備」，申「取一善」義，非有異説。乃疏言：「鄭云此『故親今疏』者，此鄭別解《詩》義，以注《記》之時未見毛傳，不知夫婦相怨。謂交

❶ 二「采」字，原作「菜」，據阮刻本《禮記正義》與宋本、通志堂本《釋文》改。

友相於，疑當作「瘉」。所以云『故親今疏』。」夫詩爲夫婦之辭，其義甚明，何必見傳始知此？孔泥注文而誤會，非三家說不同也。

習習谷風，以陰以雨。【注】魯說曰：「東風謂之谷風。谷之言穀，穀，生也。谷風者，生長之風。」

【疏】傳：「興也。習習，和舒貌。東風謂之谷風。陰陽和，谷風至。夫婦和，則室家成。室家成，而繼嗣生。」○「習習」者，《說文》：「習，數飛也。從羽，從白。」數飛則鳥羽和調，引申爲「申重」義，又爲「和舒」義，故以狀和風數至。重言之，曰「習習」也。「習」與「襲」通。《胥師》注：「故書『襲』爲『習』。」《書·大禹謨》疏：「『習』與『襲』同。」是習之言襲，亦謂和風徐來，若襲人然也。「東風謂之谷風」者，《釋天》文，魯說也。「谷之」至「之風」，孔疏引孫炎注文，蓋舊注《魯詩》義也。「谷之言穀」者，取同聲字爲訓。《書·堯典》「宅西曰昧谷」，《縫人》注作「度西曰柳穀」；《莊子·駢拇》篇「臧與穀二人相與牧羊」，崔譔本「穀」作「谷」，是「谷」、「穀」字通。「穀，生也」者，《釋言》文。《晉語》注：「穀，所仰以生也。」《廣雅·釋詁》：「穀，養也。」《老子》「谷神不死」注：「谷，養也。」其義同。水注谿相屬謂之谷，其生不窮，故生長之風亦爲谷風矣。《說文》：「陰，闇也。」《廣雅·釋詁》同。山川蒸雲，上掩宙合，天地氣應，時雨乃至，故雨先以陰。陰陽和調，則風雨有節，與夫婦和順，則戾氣不生，正與「不宜有怒」相應。

黽勉同心，不宜有怒。【注】韓「黽勉」作「密勿」，云：「密勿，僶俛也。」魯「黽勉」亦作「密勿」。【疏】傳：「言黽勉者，思與君子同心也。」箋：「所以黽勉者，以爲見譴怒者，非夫婦之宜。」○「韓『黽勉』作『密勿』，云『密勿，僶俛也』」者，《文選》傅季友《爲宋公求加贈劉將軍表》李注引：「《韓詩》曰：『密勿同心，不宜有怒。』密勿，僶俛也。」《釋文》：「黽，本亦作『僶』。」《周禮》「矢前後俛」，唐石經「俛」作「勉」。是「黽勉」、「僶俛」字同。《白帖》十七、《御覽》五百四十引《詩》並作「僶俛」。「魯亦作『密勿』」者，陳喬樅云：「《十月之交》『黽勉從事』，《漢書·劉向傳》引作『密勿從事』。然則此『黽勉同心』，《魯詩》亦當作『密勿同心』，與韓同也。《釋詁》：『蠠没，勉也。』郭注：『蠠没，猶黽勉。』《釋文》：『蠠，本或作「𧓉」。《說文》：「𧓉，古『密』字。」』是《爾雅》『蠠没』即《魯詩》『密勿』之通假。『没』亦重文作『没没』，《易·繫辭》鄭注：『亹亹，没没也。』又轉爲『勿勿』，《禮器》鄭注：『勿勿，猶勉勉也。』義皆相通。」皮錫瑞云：「《後漢·蔡邕傳》：『宣王遭旱，密勿祗畏。』即《雲漢》篇之『黽勉畏去』也。又蔡邕《月令問答》云：『晝夜密勿。』伯喈書石經用《魯詩》，則此兩引『密勿』，亦《魯詩》作『密勿』之證。《隸釋·帝堯碑》『密勿匪休』，《冀州從事郭君碑》『密勿其光』，《無極山碑》『僉缺。密勿』，皆漢人引三家《詩》也。」馬瑞辰云：「黽勉、密勿、蠠没皆雙聲通用。《玉篇》：『𧓉，勉也。』『𧓉』又『蠠』俗字。『黽勉』又作『閔免』，《漢書·五行志》『閔免遯樂』，顔注：『閔免，猶黽勉也。』又轉爲『文莫』。《說文》：『忞，自勉强也。』『慔，勉也。』《廣雅》：『文，勉也。』楊慎《丹鉛録》引晉欒肇《論語駁》云『燕、齊謂勉强爲文莫』是也。黽、勉皆爲勉，故《釋文》曰：『黽勉，猶勉勉也。』」愚案：《說文》：「勿，州里所建旗，象其柄有三游，所以趣民，故遽稱勿勿。」據此，「勿」爲「戒勉」之義，自「趣民」意引申而出，故「勿勿」猶「勉勉」也。「黽勉」、「密勿」字通而訓同，猶「展轉」、「反側」同義，「展轉」訓「反側」，「反側」亦訓「展轉」之例。

采葑采菲，無以下體。德音莫違，及爾同死。【注】韓「體」作「禮」。

【疏】傳：「葑，須也。菲，芴也。下體，根莖也。」箋：「此二菜者，蔓菁與葍之類也。皆上下可食，然而其根有美時，有惡時，采之者不可以根惡時并棄其葉，喻夫婦以禮義合顔色相親，亦不可以顔色衰，棄其相與之禮。莫，無；及，與也。夫婦之言無相違者，則可與女長相與處至死，顔色斯須之有。」❶〇《釋草》：「須，葑蓯。」孔疏引孫炎曰：「須一名葑蓯。」《説文》「葑」下云：「須，從也。」桂馥云：「當云『須，葑從』，脱『葑』字。」愚案：「從」與「蓯」同。葑名須，又名蓯，文倒義同，非脱字。《坊記》疏引陸璣云：「葑又謂之蓯。」是其證也。《釋文》：「葑，徐音豐，須也。字書作『蘴』，郭璞云：『今菘菜也。』案：江南有菘，江北有蔓菁，相似而異。」《桑中》箋：「葑，蔓菁。」孔疏引陸璣云：「葑，蕪菁。幽州人或謂之芥。」「葑蕪菁」，《坊記》疏引作「吴人謂葑蓯蔓菁」。《方言》：「葑、蕘，蕪菁也。陳、楚之間謂之蘴，齊、魯之郊謂之蕘，關之東西謂之蕪菁，趙、魏之郊謂之大芥，其小者謂之辛芥，或謂之幽芥。」愚案：葑即蕪菁，一名蔓菁，非菘，亦非芥，昔人誤溷爲一。《本草别録》有蔓菁，陳藏器云：「蕪菁，北人名蔓菁。今并、汾、河、朔燒食其根，呼爲蕪根，猶是蕪菁之號。蕪菁，南北之通稱也。」郝懿行云：「蔓菁、蘆菔、芥，三者相似而異，北方人能識之。楊、陸以葑爲芥，非也。芥味辛，蔓菁味甜，燒食蒸啖甚美。《齊民要術》引《廣志》云：『蕪菁有紫花者、白花者。』今驗紫花即是蘆菔。《字林》以葑爲蔓菁苗，亦非也。」陳喬樅云：「《玉篇·艸部》：『葑，蕪菁也。《詩》曰：「采葑采菲。」』箋云：『葑，蔓菁之類。』顧直以爲蕪菁，或據《韓詩》之説。」菲者，《説文》：「菲，芴也。」「芴，菲也。」《釋草》「菲，芴」，郭注：「即土瓜也。」又云：「菲，蒠菜。」孔疏引陸璣云：「菲似葍，莖麤，葉厚而長，有毛。三月中烝鬻爲茹，滑美，可作

❶「顔」上，明世德堂本《毛詩》有「何」字。

虁。幽州人謂之莇。《爾雅》謂之蒠菜，今河内人謂之宿菜。」焦循云：「菲之爲莇，猶菲之爲匆。蟲之名蜚，一名盧蜰，則菜之名菲，即蘆葩也。蘆葩即蘆菔，與蔓菁一類，故《詩》並舉之。《爾雅》：『葖，蘆菔。』葖從突，❶與『忽』音近，『忽』、『莇』字通。」馬瑞辰云：「菲、莇一聲之轉，菲、菔、葩聲亦相近。『蘆菔』今作『蘿蔔』，『菔』轉作『蔔』，猶『扶服』通作『匍匐』耳。」愚案：《廣雅・釋草》：「土瓜，莇也。」疑魯、韓説如此，郭所本也。「無以下體」者，箋云：「二菜皆上下可食，然其根有美時，有惡時，采之者不可以根惡時並棄其葉。」「韓『體』作『禮』」者，《韓詩外傳》九載孟子不敢去婦事，引《詩》「采葑采菲，無以下體」，《詩攷》引《外傳》「體」作「禮」，明韓作「無以下禮」。「體」正字，「禮」借字也。陳喬樅云：「今本《外傳》作『體』，乃後人據毛所改。《外傳》五云：『禮者，則天地之體。』是『禮』本訓『體』，故『禮』、『體』通假。馮登府云：『《釋名》：「禮，體也，得其事體也。」《廣雅・釋言》：「禮，體也。」義皆本《韓詩》。』」愚案：《左・僖三十三年傳》引《詩》，云：「君取節焉可也。」謂取其一節也。《坊記》注：「言人之交，當如采葑采菲，取一善而已。」《春秋繁露・竹林》篇云：「取其一美，不盡其失。」引《詩》二語。《制度》篇亦引之。董用《齊詩》，其義並同。詩又言爾常有德音而不相乖違，則我願與爾相處至死。《列女傳》云「雖有小過，猶與之同死而不去」者，以「無以下體」爲不念小過，與董云「不盡其失」意同，明魯、齊無異義。

❶「突」，原作「葖」，據《廣雅書局叢書》本馬瑞辰《毛詩傳箋通釋》（以下稱「馬瑞辰《通釋》」）、《皇清經解》本《毛詩補疏》改。

行道遲遲，中心有違。【注】魯説曰：「遲遲，行貌。」韓説曰：「違，很也。」【疏】傳：「遲遲，舒行貌。違，離也。」箋：「違，徘徊也。行於道路之人，將至於别尚舒行，❶其心徘徊然，喻君子於己不能如也。」○「行道」，謂己辭夫出門，行於道路，不指他人言。「遲遲，行貌」者，《楚詞·九歎·惜賢》篇王注文，下引《詩》云「行道遲遲」，此魯訓。《説文》：「遲，徐行也。《詩》曰：『行道遲遲。』」一狀其容，一釋其義也。「違，很也」者，《釋文》引《韓詩》文。胡承珙云：「《説文》：『很，不聽從也。一曰：行難也。』韓以『違』爲『很』，即『行難』之意。」馬瑞辰云：「《廣雅·釋詁》：『怨、愇，很也。』韓蓋以『違』爲『愇』之假借，故訓爲『很』，很亦恨也。《書·無逸》『民否則厥心違怨』，『違』與『怨』同。『中心有違』，猶云中心有怨。曹大家《東征賦》：『遂去故而就新兮，志愴恨而懷悲。明發曙而不寐兮，心遲遲而有違。』其義亦本《韓詩》。傳訓『違』爲『離』，箋以『違』、『回』通用，而訓爲『徘徊』，均非詩義。」愚案：胡、馬二説並通。「愇」是「韙」之或體，《説文》訓是也。以「愇」爲「很」，後起之義。「很」訓「行難」，於韓尤合矣。**不遠伊邇，薄送我畿。**【注】魯「邇」作「爾」。魯説曰：「出婦之義，必送之。接以賓客之禮。君子絶，愈於小人之交。」又曰：「屨、機，門内之位也。《詩》云『不遠伊邇，薄送我畿』，此不過屨之謂。」【疏】傳：「畿，門内也。」箋：「邇，近也。言君子與己訣别，不能遠，維近耳。送我裁於門内，無恩之甚。」○「出婦」至「之交」，《白虎通·嫁娶》篇文，引本詩下句爲證。「屨機」至「之謂」，《吕覽·孟春紀》高注文。皆魯説。「邇」、「爾」通用字。「不遠伊邇」，謂夫送之不遠，不出畿，故

---

❶ 「將至於」，明世德堂本《毛詩》作「至將離」，阮刻本《毛詩正義》作「至將於」。

箋云「無恩之甚」也。惠棟云：「『蹷』通『橜』，即闑也。」段玉裁云：「機，即畿，門限也。『機』、『畿』古今文之異。」馬瑞辰云：「畿者，『機』之消借。《周禮》鄭注：『畿猶限也。』王畿之限曰畿，門內之限曰機，義正相近。《廣雅・釋宮》：『蹷、機、闑，朱也。』『朱』或作『梱』，又作『閫』。《說文》：『梱，門橜也。』蔡邕《司徒夫人靈表》曰：『不出其機。』言不出於閫也。『薄送我畿』，即送不過梱之謂。」愚案：段氏謂門限可以蹷人，故《呂覽》云：「招蹷之機。」是「橜」之名取於「蹷」，猶「梱」之名取於「困」，《廣雅》「朱」，古「困」字。皆自「門限」得義。門限可以蹷人，與發以陷人之機相等，故通謂之機。機從幾聲，畿亦從幾省聲，經典「幾」、「畿」、「機」三字互通。《易・屯卦》「君子幾」，《釋文》：「鄭作『機』。」《繫辭》釋文：「幾，本作『機』。」《左・昭二十二年傳》「宋仲幾」，《公羊》作「機」。《禮・郊特牲》疏：「幾與畿字相涉。」《大學》釋文：「畿，本作『幾』。」「畿」有「限」義，《後漢・孔融傳》注：「畿，限也。」《禮・郊特牲》疏云：「幾是畿限之所本。」《詩》孔疏：「畿者，期限之名。」故「機」又爲「畿」。韓愈詩「白石爲門畿」，本此。誰謂荼苦？其甘如薺。【疏】傳：「荼，苦菜也。」箋：「荼誠苦矣，而君子於己之苦毒，又甚於荼，比方之，❶荼則甘如薺。」〇《釋草》「荼，苦菜」，郭注：「《詩》曰：『誰謂荼苦？』」孔疏引樊光注：「苦菜，可食也。」陳喬樅云：「《禮・月令》『孟夏，苦菜秀』，❷謂此。即今苦蕒菜。《廣雅・釋草》：『蕒，藘也。』《玉篇》：『藘，今之苦藘，江東呼爲苦蕒。』是也。」愚案：苦蕒，今音轉譌爲「苦抹」；薺菜，亦譌呼「地菜」，南北皆有之。詩言昔與

❶「比」，原作「此」，據明世德堂本《毛詩》、阮刻本《毛詩正義》改。
❷「令」，原作「命」，據續經解本《魯詩遺説攷》二、阮刻本《禮記正義》改。

夫同處，雖苦無怨，譬之於荼，而我甘之如薺。《列女傳》所謂「同寒苦」也。魯說當如此。宴爾新昏，如兄如弟。【疏】傳：「宴，安也。」○《説文》：「宴，安也。」孔疏：「言安愛汝之新昏，其恩如兄弟也。」《釋文》：「宴，本又作『燕』。」《列女傳》作「讌」，俗字；「昏」作「婚」，《白虎通》同。《説文》：「昏，日冥也。從日，氐省。氐者，下也。一曰：民聲。」「婚，婦家也。禮，娶婦以昏時。婦人陰也，故曰婚。從女，從昏，昏亦聲。」《白虎通·嫁娶》篇又云：「婚者，昏時行禮，故曰婚。姻者，婦人因夫而成，故曰姻。《詩》曰：『不惟舊姻。』謂夫也。又曰：『燕爾新婚。』謂婦也。所以昏時行禮何？示陽下陰也。昏亦陰陽交時也。」「昏」、「婚」古通用。

涇以渭濁，湜湜其沚。【注】三家「沚」作「止」。【疏】傳：「涇、渭相入而清、濁異。」箋：「小渚曰沚。涇水以有渭，故見謂濁。湜湜，持正貌。喻君子得新昏，故謂己惡也。己之持正守初，如沚然不動搖。此絶去所經見，因取以自喻焉。」○《漢書·地理志》「安定郡涇陽」下云：「幵頭山在西，《禹貢》涇水所出，東南至陽陵，入渭。過郡三，行千六十里。據孔疏引鄭注及《禹貢》疏引，當作「千六百里」。雍州川。」「隴西郡首陽」下云：「《禹貢》鳥鼠同穴山在西南，渭水所出，東至船司空，入河。過郡四，行千八百七十里。雍州寖。」案：涇陽在今平涼府平涼縣西四千里，幵頭山即縣笄頭山，崆峒山之別名。涇水發源縣西北固原州界，至西安府高陵縣西南，咸陽縣東北入渭，漢陽陵地也。首陽在今蘭州府渭源縣東北，鳥鼠山在縣西，渭水至同州府華陰縣北倉頭村入河，古渭汭也。漢京兆尹船司空縣故城在縣東北。《漢書·溝洫志》：「涇水一石，其泥數斗。」是涇濁也。潘岳《西征賦》：「清渭濁涇。」《三秦記》：「涇、渭合流三百里，清濁不雜。」蓋水行愈遠，則清濁不分，故云「涇以渭濁」。然水質本清，不爲濁掩，故「湜湜其沚」也。衛地非二水所經，而詩人以之託興，蓋此女居涇、渭之側而嫁於衛，故據昔所經見言之也。箋：「小渚曰沚。」「三家『沚』作『止』」者，《說文》：「湜，水清底見。《詩》曰：『湜湜其止。』」《玉篇・水部》：「湜，水清也。」引《詩》同。《集韻》、《類篇》並作「止」。陳喬樅云：「《白帖》七引《詩》亦作『止』，唐惟《韓詩》尚存，足證《說文》、《玉篇》所引據《韓詩》文。」馬瑞辰云：「《說文》：『止，下基也。』『湜湜』狀水止皃，故以爲『水清見底』。水流則易濁，止則常清，『沚』作『止』爲是。」愚案：毛用「沚」，借字；三家作「止」，正字。蓋其夫誣以濁亂事而棄之，自明如此。**宴爾新昏，不我屑以。**【注】魯「以」亦作「已」。【疏】傳：「屑，絜也。」箋：「以，用也。言君子不復絜用我當室家。」○「不我屑以」，《列女傳》以爲傷之也。見上。「魯『以』亦作『已』」者，趙岐《孟子章句》十三云：❶「屑，潔也。《詩》云：『不我屑已。』」「以」、「已」古通。趙學《魯詩》，是魯「以」亦作「已」。《鄉射禮》鄭注：「今文『以』爲『與』。」《江有汜》、《擊鼓》箋並云：「以，猶與也。」《論語・述而》篇：「與其潔也。」「不我潔以」，猶言不與我潔。以清潔而受汙濁之名，可傷之甚也。**毋逝我梁，毋發我笱。**【注】韓說曰：「發，亂也。」【疏】傳：「逝，之也。梁，魚梁。笱，所以捕魚也。」箋：「毋者，諭禁新昏也。女毋之我家，取我爲室家之道。」○《說文》：「毋，止之也。」《禮・王制》「然後漁人入澤梁」，注：「梁，絕水取魚者。」《說文》：「笱，曲竹捕魚笱也。從竹句，句亦聲。」「發，亂也」者，《釋文》引《韓詩》文。馬瑞辰云：「梁與笱相爲用，故詩言『逝梁』，即言『發笱』。笱從竹句會意，笱之言句，句，曲也。謂以曲竹爲之，使其口可入而不可出。《唐書・王君廓傳》：『君

❶「十」，疑衍，當據明永懷堂本《孟子》、阮刻本《孟子注疏》卷三《公孫丑上》刪。

廓無行，負竹笱如漁具，内置逆刺。見鸞繒者，以笱承其頭，不可脱，乃奪繒去。』今時取魚者亦多爲逆刺，有門可開。《淮南·兵略》篇『發笱門』，是其制也。『發』訓『開』，疑韓訓『亂』失之。」陳喬樅云：「《𩾌人》『掌以時𩾌爲梁』，鄭司農注：『梁，水堰。堰水而爲關空，以笱承其空。』韓訓『亂』，是以『發』爲『撥』之通借。《釋名·釋言語》云：『撥，播也，播使移散也。』『移散』即『亂』義。梁以障水，笱承梁空，其曲竹非一，必理之使與空關相承，乃可捕魚，故云毋亂我笱，謂勿移散之，使魚得脱也。馬以訓『亂』爲失，疏矣。」陳奂云：「韓讀『發』爲『撥』，《長發》傳：『撥，治也。』撥之爲亂，猶治之爲亂。逝梁發笱，喻新昏者入我家而亂我室，我欲禁其無然。」愚案：二陳説並通。**我躬不閲，遑恤我後。**【注】三家「躬」作「今」，「遑」作「皇」。【疏】傳：「閲，容也。」箋：「躬，身；遑，暇；恤，憂也。我身尚不能自容，何暇憂我後所生子孫也。」○《説文》：「閲，具數於門中也。」義訓「數」，又訓「歷」，非此詩義。「閲」是「説」之借字。《左·襄二十五年傳》云：「《詩》所謂『我今不説，皇恤我後』者，甯子可謂不恤其後矣。」引「不閲」正作「説」。杜注：「皇，暇也。言今我不能自容説，何暇念其後乎？」傳「閲，容也」，知毛所見本亦作「説」，故取「容説」義釋之。馬瑞辰云：「《孟子》以『容悦』並言，亦以『容』爲『悦』也。」「三家『躬』作『今』，『遑』作『皇』」者，據《禮·表記》引《詩》文。馬云：「『今』對『後』言，三家當有作『今』者。躬、今雙聲通用，杜注『言今我不能自容説』，知所見《左傳》經文元作『我今不説』，故以『今我』釋《詩》『我今』。今本作『我躬』，後人據毛改之。箋：『我身尚不能自容，何暇憂我後所生之子孫。』案：『後』謂婦人既去以後，即指上『逝梁』、『發笱』事，不必如箋以『後』爲『子孫』。」愚案：箋云：「恤，憂也。」《表記》引孔子云：「《國風》曰：『我今不閲，皇恤我後。』終身之仁也。」上文引《詩》「詒厥孫謀，以燕翼子」，以爲數世之人。「仁」同。「子孫」與「我後」對文見義，明以「後」爲「子孫」，夫子説詩已如此解。《列女傳・王陵母傳》云：「君子謂王陵母能棄身立義，以成其子。《詩》云：『我躬不閱，遑恤我後。』終身之仁也。陵母之仁及五世矣。」陵「傳爵五世」。「仁及五世」反對「遑恤我後」言，是《魯詩》家亦以「後」爲「子孫」。箋用三家，遠承古訓，馬説非。魯作「躬」、作「遑」，同毛，是作「今」、作「皇」者，齊、韓文。

就其深矣，方之舟之。就其淺矣，泳之游之。【注】魯説曰：「言必濟也。」【疏】傳：「舟，船也。」箋：「方，泭也。潛行爲泳。言深淺者，喻君子之家，事無難易，吾皆爲之。」○《廣雅・釋詁》：「就，歸也。」是「就」有「歸往」義。《説文》：「滜，新也。從水，皐聲。」徐鍇《繫傳》曰：「按：《詩》：『滜其深矣。』」「就」作「滜」，陳喬樅以爲摭三家異文。《説文》：「方，併船也。」「舟，船也。」「泳，潛行水中也。」「游」下云：「旌旗之流也。從㫃，汓聲。」「汓」下云：「浮行水上也。從水，從子。古或以汓爲没。」「泅」下云：「汓或從囚聲。」是「游」正字當作「汓」，與「浮」同訓。《廣雅・釋詁》：「游，浮也。」《書・君奭》正義：「游者，入水浮渡之名。」「古或以汓爲没」，故《方言》云：「潛，沈也，游也。」郭注：「潛行水中，亦曰游。」《釋言》：「泳，游也。」郭注：「潛行游水底。」是也。詩「舟」與「方」對，自指一船言之。「泳」與「游」對，則「游」義亦不與「泳」複，當訓「浮行水上」，不訓「潛行水中」。對文異，散文通也。「言必濟也」者，徐幹《中論・法象》篇云：「《詩》曰：『就其深矣，方之舟之。』言必濟也。」幹學《魯詩》，蓋魯説如此。孔疏：「隨水深淺，期於必渡，以興隨事難易，期於必成。」與徐義合。

何有何亡，黽勉求之。凡民有喪，匍匐救之。【注】魯、齊「匍匐」亦作「扶服」。魯「救」亦作「捄」。【疏】傳：「有，謂富也。亡，謂貧也。」箋：「君子何所有乎？何所亡乎？吾其黽勉勤力爲求之，有求多，亡求有。匍匐，言盡力也。凡於民有凶禍之事，鄰里尚盡力往救之，況我於君子家之事難易乎？固當黽勉。以疏喻親也。」○詩言家中之物，何者爲有，何者爲亡，無不在我心而盡力求之。雖有仍求，故知是求多也。「黽勉」，《文選》陸機《文賦》、殷仲文《解尚書表》李注引並作「僶俛」，與上「黽勉同心」合。「匍匐救之」者，言鄰里有凶禍事，則助君子盡力救之，謂營護凶事、贈賵之屬，不特勤其家事，亦且惠及鄉人。箋謂「以疏喻親」，非也。「魯、齊『匍匐』亦作『扶服』」者，《漢書·谷永傳》永疏引《詩》曰：「凡民有喪，扶服捄之。」谷用《魯詩》，明魯作「扶服」。楊雄《長楊賦》：「扶服蛾伏。」雄習《魯詩》，與谷引合。《漢書·元紀》初元五年詔，及《説苑·至公》篇引《詩》，又作「匍匐」，元帝受《魯詩》，見《儒林傳》及陸璣《疏》。劉向亦用《魯詩》。《禮·檀弓》引《詩》作「扶服」，《孔子閒居》篇又作「匍匐」，是魯、齊兩作之證。陳喬樅云：「《説文》：『匍，手行也。』『匐，伏地也。』《廣雅》：『匍，伏也。』《釋言》：『匍，匐也。』則『匍』、『匐』字義互通。《釋名》：『匍匐，小兒時也。匍，猶捕也。匐，猶伏也。人雖長大，及其求事，用力之勤，猶亦稱之。』與箋『盡力』義合。《左·昭十三年傳》『奉壺飲冰，以蒲伏焉』，《釋文》：『本又作「匍匐」。蒲，本亦作「扶」。』昭二十一年《傳》『扶服而擊之』，《釋文》：『本或作「匍匐」。』《史記·蘇秦傳》『嫂委蛇蒲服』，《索隱》：『蒲服，即匍匐，並音蒲伏。』《范雎傳》『膝行蒲服』，《淮陰侯傳》『俛出袴下蒲伏』，蒲扶、服伏，皆以音同假借。」馬瑞辰云：「服、百音亦近，故又作『蒲百』，《秦和鐘銘》『蒲百四方』是也。匍匐之合聲爲鞠。東方朔《七諫》『塊兮鞠當道宿』，王逸注：『匍匐爲鞠。』是也。」「魯『救』亦作『捄』」者，谷永引《詩》，見上文。《説文》：「救，止也。」「捄，盛土於梩中也。」此作「捄」，借字。《禮·大學》注、《左·昭十一年傳》注，《釋文》：「救，本亦作

『捄』。」

不我能慉，反以我爲讎。【注】三家作「能不我慉」，云：「慉，起也。」又云：「慉，興也。」【疏】傳：「慉，養也。」箋：「慉，驕也。君子不能以恩驕樂我，反憎惡我。」〇「三家作『能不我慉』」者，《説文》：「慉，起也。從心，畜聲。《詩》曰：『能不我慉。』」云「慉，興也」者，《玉篇》文。興，亦起也。俱三家義，與傳訓「養」、箋訓「驕」異。《晉語》「世相起也」，韋注：「起，扶持也。」不我興起，猶言不我扶持。董氏《讀詩記》引：「王肅、孫毓本並『能』字在句首。」陳奐云：「各本『能』字在『不我』下，轉寫誤耳。『能不我慉』，與『甯不我顧』、『既不我嘉』、『則不我遺』同，能、甯、既、則，皆語詞之轉。《説文》段注云：『「能不我慉」，與「能不我知」、「能不我甲」同。』」《説文》：「仇，讎也。」下「售」當作「讎」，則此應作「仇」。既阻我德，賈用不售。【注】齊説曰：「賈庸不售，讎困爲害。」韓説曰：「一錢之物舉賣百，何時當售乎？」【疏】傳：「阻，難。」箋：「既難卻我，隱蔽我之善，我修婦道而事之，覬其察己，猶見疏外，如賣物之不售。」〇《釋詁》：「阻，難也。」《書·舜典》鄭注：「戹也。」「賈庸」至「爲害」，《易林·小畜之蠱》文。「庸」、「用」古字通。「讎困爲害」，正釋「阻德」義，言讎我者困害之。「困害」與「難」、「戹」義同。「一錢」至「售乎」，《御覽》八百三十五引《韓詩》文，上引此二語，言夫之於我，不知其德，反多方阻戹。持物入市，故索高價，使不得售也。售，當作「讎」。《説文》：「讎，猶譍也。」《典瑞》疏「仇爲怨，讎爲報」，「報」、「譍」義合。《抑》「無言不讎」，猶云無言不報。買物以價相酬曰讎，亦取報答義。售，俗字。唐石經初刻作「讎」，誤從《釋文》改「售」也。昔育恐育鞫，及爾顛覆。既生既育，比予于毒。【疏】傳：「育，長；鞫，窮也。」箋：「昔育，育稚也。及，與也。昔幼稚之時，恐至長老窮匱，故與女顛覆盡力於衆事，難易無所辟。生，謂財業也。育，謂長老也。于，於也。既有財業矣，又既長老矣，其視我如毒螫，言惡己甚也。」○《釋詁》：「育，養也。」《廣雅・釋詁》：「生也。」「生」、「養」義相成。言「育」則「生」在內，故下文「生」、「育」並言。單言「育」，渻文；兼言「生」，足句。《釋文》：「鞫，本又作『鞠』。」《説文》：「鞫，窮理辠人也。」引申之，故「鞫」訓「窮」。又云：「鞠，蹋鞠也。」古書或借「鞠」爲「鞫」，故《釋言》云：「鞠，窮也。」詩言昔謀生養時，恐生養道窮，與爾顛墜覆敗。《吕覽・達鬱》篇注：「比，猶致也。」《廣雅・釋詁》：「毒，苦也。」「比予於毒」，言致我於苦毒。

我有旨蓄，亦以御冬。宴爾新昏，以我御窮。【注】魯説曰：「蓄菜，乾苴之屬也。」【疏】傳：「旨，美；御，禦也。」箋：「蓄聚美菜者，以禦冬月乏無時也。君子亦但以我御窮苦之時，至於富貴，則棄我如旨蓄。」○《説文》：「旨，美也。」「蓄菜」至「屬也」者，《吕覽・仲秋紀》「務蓄菜」，高注：「蓄菜，乾苴之屬也。《詩》曰：『我有旨蓄。』」此魯義。較箋「蓄聚美菜」文順。《釋文》：「『御，禦也』，一本下句即作『禦』字。」據此，御，「禦」借字。《白帖》八十一、《藝文類聚》八十二、《事類賦》五引「御冬」並作「禦冬」，禦之言備也。冬時百物斂藏，預儲菹菜，備窮乏也。亦者，孔疏：「亦己之禦窮。窮苦娶我，至富饒見棄，似冬月蓄菜，至春夏見遺。」有洸有潰，既詒我肄。【注】韓説曰：「潰潰，不善之貌。」【疏】傳：「洸洸，武也。潰潰，怒也。肄，勞也。」箋：「詒，遺也。君子洸洸然，潰潰然，無溫潤之色，而盡遺我以勞苦之事，欲窮困我。」○有者，狀物之詞。有洸，猶洸洸；有潰，猶潰潰。《説文》：「洸，水涌光也。《詩》曰：『有洸有潰。』」徐璈云：「洸者，水激涌而有光。潰者，水潰決而四出。皆以水勢舉似怒貌也。毛傳『洸洸，武也』，本《江漢》『武夫洸洸』。」「潰潰，不善之貌」者，《釋文》引《韓詩》文。陳喬樅云：「傳『潰潰，怒也』，怒亦不善貌，義與韓同。箋：『君子洸洸然，潰潰然，無溫潤之色。』皆重文言之。《禮·樂記》引《詩》『肅雍和鳴』，釋之曰：『肅肅，敬也。雍雍，和也。』是其例。」《釋詁》：「肄，勞也。」孔疏：「《爾雅》或作『勩』，孫炎曰：『習事之勞也。』」《爾雅》釋文：「勩，或作『勑』，亦作『肄』。」馬瑞辰云：「郭注引『莫知我勩』，《左·昭十六年傳》引作『莫知我肄』，是『肄』、『勩』古通。『肄』、『肆』古亦通，《釋言》：『肆，力也。』力亦勤也，勞也。」愚案：「既詒我肄」，謂空遺我以勤苦之事。

不念昔者，伊余來塈。【疏】傳：「塈，息也。」箋：「君子忘舊，不念往昔年稚我始來之時安息我。」○伊，辭也。《説文》：「塈，白涂也。」此借字。馬瑞辰云：「『㤅，❶惠也。㦟，古文。』是『㦟』即古文『愛』字。『塈』蓋『㦟』之假借。『伊余來塈』，猶言維予是愛也，仍承『昔者』言之。傳訓『塈』爲『息』，以『塈』爲『呬』字假借。王引之讀『塈』爲『愾』，訓『怒』，似不若讀『㦟』訓『愛』爲允。」愚案：馬讀是。八字爲句，追念昔日之詞，咎夫之不念也。來，是也。全《詩》「來」字多與「是」同，義詳《釋詞》。

《谷風》六章，章八句。

式微【注】魯説曰：「黎莊夫人者，衛侯之女，黎莊公之夫人也。既往而不同欲，所務者異，未嘗得見，甚不得意。其傅母閔夫人賢，公反不納，憐其失意，又恐其已見遣而不以時去，謂夫人曰：

❶「㤅」上，馬瑞辰《通釋》有「説文」二字，當據補。

『夫婦之道，有義則合，無義則去。今不得意，胡不去乎？』乃作詩曰：『式微式微，胡不歸？』夫人曰：『夫婦之道，一而已矣。彼雖不吾以，吾何可以離於婦道乎？』乃作詩曰：『微君之故，胡爲乎中路？』終執貞壹，不違婦道，以俟君命。君子故序之以編《詩》。」齊説曰：「式微式微，憂禍相絆。隔以巖山，室家分散。」【疏】毛序：「黎侯寓于衛，其臣勸以歸也。」箋：「寓，寄也。黎侯爲狄人所逐，棄其國而寄於衛，衛處之以二邑，因安之，可以歸而不歸，故其臣勸之。」〇「黎莊」至「編《詩》」，《列女傳·貞順》篇文。《漢志》「上黨郡壺關縣」下，應劭注：「黎侯國也。今黎亭是。」「潞縣」下班自注：「故潞子國。」《續志》「壺關有黎亭，故黎國」，劉注：「文王戡黎，即此。」又「潞下」注云：「東北八十里有黎城。」《説文》「𨞪」下云：「殷諸侯國，在上黨東北。《商書》：『西伯戡𨞪。』」《史記·周本紀》云「敗耆國」，鄒誕生云：「本或作『黎』。」《宋微子世家》「滅阢國」，徐廣曰：「阢音耆。」《索隱》：「耆，即黎也。」據此，黎、阢、耆一也。潞縣之黎城，則晉重立之黎國。《左·宣十五年傳》「赤狄潞、酆舒奪黎氏地。是年六月，晉滅潞。七月，立黎侯」，是也。又《漢志》「東郡黎」下，孟康注：「《詩》黎侯國，❶今黎陽也。」臣瓚駮之，云：「黎陽在魏郡，非黎縣也。」案：此蓋春秋衛犂邑，太叔疾以置妻娣者。「黎」、「犂」通作字。至魏郡之黎陽，晉灼注以爲取縣之黎山爲名，無與黎國事。《水經·河水》注：「河水又東北，過黎陽縣南，黎侯國也。《詩·式

❶「黎」，原作「黎黎」，據《漢書補注》改。

微》黎侯寓於衛是也。」並爲「泥中，衛邑」作證。此則因周旋《毛詩》而失之，前此地説家所無。魏源云：「諸侯失地名。此黎莊公有謚，非失國之黎侯也。《載馳》、《河廣》、《泉水》、《竹竿》皆衛女思歸詩，而附於衛。黎國無風，又衛女所作，其附《衛風》宜矣。」「式微」至「分散」，《易林·小畜之謙》文，《歸妹之困》同。「室家分散」，即謂夫婦分離。此齊義，與魯合。所云「隔以巖山」，當是黎侯不悦，夫人遷寘別所，故傅母恐其已見遣，而詩有「中路」、「泥中」之語也。

式微式微，胡不歸？【注】魯説曰：「式微式微者，微乎微者也。」【疏】傳：「式，用也。」箋：「式微式微者，微乎微者也。君何不歸乎？禁君留止於此之辭。式，發聲也。」○「式發」至「者也」，《釋訓》文。郭注：「言至微也。」箋以「式」爲「發聲」，用魯説改毛。微之爲言輕賤也。孔疏亦以「至微」爲「見卑賤」。傅母謂夫人之貴，而不得於君，屏斥分散，見卑賤極矣，故云至微也。疏引《左傳》「榮成伯賦《式微》」，服虔注：「君用中國之道微。」陳奐云：「道微，猶云無道。」案：如陳説，以無道指黎侯，於義亦通。歸，大歸。胡不歸者，君無義，則當去。微君之故，胡爲乎中露？【注】魯「露」作「路」。【疏】傳：「微，無也。中露，衛邑也。」箋：「我若無君，何爲處此乎？臣又極諫之辭。」○《吕覽·離俗》篇高注：「微，亦非也。」君，謂黎侯。「魯『露』作『路』」者，《列女傳》作「路」。見上。「路」正字，「露」借字。《釋名》：「道一達曰道路。道，蹈也。路，露也。言人所踐蹈而露見也。」《孟子·滕文公上》音義：「路，與『露』同。」《漢書·人表》「曹靖公路」，《春秋·定八年》作「露」。是「路」、「露」古通之證。中路，路中，倒文以合均。夫人言非吾君之故，我何爲在中路？夫一而已，去將安之乎？蓋當時遷往他所，中道相謂之詞，《易林》所謂「隔以巖山」也。郝懿行云：「言所以微者，以君不見納之故。」「微」字逗，於義亦通。

式微式微，胡不歸？微君之躬，胡爲乎泥中？【疏】傳：「泥中，衞邑也。」○泥中，猶中路也，亦寓賤辱義。《左傳》：「辱在泥塗。」《莊子》：「棄隸者若棄泥塗，知身貴於隸也。」《論衡》：「蹂蹈文錦於泥塗之中，聞見之者莫不痛心。」皆以「泥中」喻賤辱。言非君之躬，何爲至此？安忍之也。魏源云：「序謂黎臣勸其君歸。黎地爲狄奪，復於何歸？今有可歸，昔不出奔矣。且主辱臣死，而出『微君，胡爲至此』之怨詞，殉國之忠，恐不若是。」

《式微》二章，章四句。

旄丘【注】齊説曰：「陰陽隔塞，許嫁不答。《旄丘》、《新臺》，悔往歎息。」【疏】毛序：「責衞伯也。狄人迫逐黎侯，黎侯寓于衞，衞不能修方伯連率之職，黎之臣子以責於衞也。」箋：「衞康叔之封爵稱侯，今曰伯者，時爲州伯也。周之制，使伯佐牧。《春秋傳》曰：『五侯九伯。』侯爲牧也。」○「陰陽」至「不答」，《易林·歸妹之蠱》文。此齊説。以《旄丘》與《新臺》並稱，曰隔塞，曰不答，知與《式微》同指，亦黎莊夫人不見答而作也。《廣雅·釋詁》：「悔，恨也。」「悔往歎息」，謂念往事自歎。《明夷之噬嗑》釋《江汜》義，亦云「姪娣恨悔」，與此意同。《江汜》「恨悔」，不害爲賢媵；《旄丘》「悔歎」，不失爲貞妻，其志壹也。《列女傳》稱夫人云：『彼雖不吾以，吾何可以離於婦道乎？』「不吾以」，與《江汜》「不我以」同詞，謂不以爲婦也。《江汜》次章又云「不我與」，言不我偕處也。證之此詩「必有與也」、「必有以也」，其爲婦不見答於夫之詞，義尤明顯，是魯與齊同。

旄丘之葛兮，何誕之節兮？【注】三家「旄」作「堥」。【疏】傳：「興也。前高後下曰旄丘。諸侯以國相連屬，憂患相及，如葛之蔓延相連及也。誕，闊也。」箋：「土氣緩，則葛生闊節。興者，喻此時衛伯不恤其職，故其臣於君事亦疏廢也。」○《釋丘》「前高旄丘」，郭注：「《詩》云：『旄丘之葛兮。』」孔疏引李巡云：「謂前高後卑下。」「三家『旄』作『堥』」者，《釋文》：「前高後下曰旄丘。《字林》作『堥』，云：『堥，丘也。亡周反，又音毛。』《山部》又有『堥』字，❶亦云：『堥，丘，亡付反，又音旄。』」此三家文。《釋名》作「髦」，云：「前高曰髦丘，如馬舉頭垂髦也。」丘舉形似，所在多有。《寰宇記》：「澶州臨河縣有旄丘。」在今大名府開州者，名由後起，地或偶同，不得引以證經。《釋詁》：「誕，大也。」傳「闊也」，闊亦大也。馬瑞辰云：「誕者，『延』之借字。之，猶其也，猶云何延其節。『延』訓『長』，闊、長義近。」愚案：誕從延得聲、義，馬説亦通。葛本蔓延之物，日久則得地愈遠，是延長亦大義也。何者，警訝之詞。覽物起興，以見爲日之多。叔兮伯兮，何多日也？【疏】傳：「日月以逝，而不我憂。」箋：「叔、伯，字也。呼衛之諸臣，叔與伯與，女期迎我君而復之，可來而不來，女日數何其多也。」先叔後伯，臣之命不以齒。」○魏源云：「言『叔伯』者，疑使人告衛兄弟，故望兄弟之來問。」愚案：魏説是也。《廣雅·釋詁》：「叔，少也。」《釋詁》：「伯，長也。」《蘀兮》篇「叔兮伯兮」，句

---

❶「堥」，宋本、通志堂本《釋文》作「嵍」，當據改。下一「堥」同。

例正同。彼箋云：「叔、伯，兄弟之稱。」此「叔伯」亦當訓「兄弟」。蓋夫人因君不見答，屏置異地，必嘗使人愬於衛兄弟，情事宜然。《柏舟》：「亦有兄弟，不可以據。薄言往愬，逢彼之怒。」往嫁之女，有事則愬親屬，亦其證矣。「何多日也」，勤望兄弟之詞。

何其處也？必有與也。何其久也？必有以也。【注】齊「以」作「似」。【疏】傳：「言與仁義也。必以有功德。」箋：「我君何以處於此乎？必以衛有仁義之道故也。責衛今不行仁義。我君何以久留於此乎？必以衛有功德故也。又責衛今不務功德也。」○此又自爲問答，以明久而不歸之義。處，居；與，偕；以，用也。言我所以不去而久處此者，尚冀君之悔悟，必我與、必我以耳。「齊『以』作『似』」者，《特牲饋食禮》「養有以也」，鄭注：「以，讀如『何其久也，必有似也』之『似』。」是齊文作「似」。今本《儀禮》注、疏「似」作「以」。盧文弨云：「經『養有以』，《釋文》云：『依注音似。』則注本作『似』，明矣。」陳喬樅云：「下文注『既知似先祖之德』尚作『似』字，不誤。」「似」、「以」字通。《漢書·高紀》如淳注：「以，或作『似』。」古「以」、「已」字同，見《禮·檀弓》注。「似」、「已」字亦同，《斯干》疏。故「以」爲「似」也。《說苑·政理》篇、《修文》篇、《韓詩外傳》一、《外傳》九並引此詩推衍之。

狐裘蒙戎，匪車不東。叔兮伯兮，靡所與同。【疏】傳：「大夫狐蒼裘。蒙戎，以言亂也。不東，言不來東也。無救患恤同也。」箋：「刺衛諸臣形貌蒙戎然，但爲昏亂之行。女非有戎車乎？何不來東迎我君而復之。黎國在衛西，今所寓在衛東。衛之諸臣行如是，不與諸伯之臣同。言其非之特甚。」○《釋文》：「蒙，如字。徐武邦反。戎，如字。徐而容反。蒙戎，亂貌。案：徐此音依《左傳》讀作『尨茸』字。」愚案：《牧人》杜注：「尨，謂雜色不純。」雜亦亂也。杜又云：「厖，當爲『尨』。」「厖」、「尨」古通。《小戎》傳：「蒙，厖也。」《荀子·榮辱篇》楊注：「蒙，讀爲厖。」厖聲、義並從尨，「蒙」、「厖」互通，故「蒙」、「尨」亦相假，義並訓「亂」。《何彼襛矣》傳：❶「襛，猶戎戎也。」「戎戎」即「茸茸」借字。《小戎》疏引此詩亦作「蒙茸」。《左·僖五年傳》晉士蔿賦《詩》，云：「狐裘厖茸，一國三公，吾誰適從。」以衣之蒙戎，喻國事紛亂，足證此狐裘亦喻意。箋云：「刺衛諸臣形貌蒙戎然，但爲昏亂之行。」彼申毛義，故云斥衛諸臣。如三家説，乃刺衛兄弟也。蘇輿云：「此以形貌寓言儀表可觀，中實繆亂，與《柏舟》『威儀棣棣，不可選也』意同。《風》詩美刺多寄服飾，鄭、檜《羔裘》是其例矣。」東者，據《一統志》，漢壺關縣故城在今潞安府長治縣東南，潞縣在今潞城縣東北，是先後二黎皆在衛西，而衛出其東。車，謂使衛者所乘之車。《釋言》：「靡，無也。」言我怨衛兄弟，非不使人東往衛國，其如兄弟之無可與同何。《論語·衛靈公》篇：「孔子曰：『道不同，不相爲謀。』」傅母以爲於義可歸，夫人終執貞壹。同之難也，傅母且然，況兄弟乎？

瑣兮尾兮，流離之子。【注】魯「流」作「留」。【疏】傳：「瑣尾，少好之貌。流離，鳥也，少好長醜。始而愉樂，終以微弱。」箋：「衛之諸臣初有小善，終無成功，似流離也。」○《釋訓》：「瑣瑣，小也。」《韓詩·防有鵲巢》傳：「娓，美也。」「尾」是「娓」渻借字，故傳云：「瑣尾，少好之貌。」而孔疏云：「尾者，好貌也。」「尾」又作「微」，《書·堯典》「鳥獸孳尾」，《史記·五帝紀》作「鳥獸字微」。《漢書·人表》「尾生晦」即「微生畂」。

❶「襛」，明世德堂本《毛詩》、阮刻本《毛詩正義》、本書卷二作「禯」。下一「襛」同。

《説文》：「尾，微也。」是「尾」、「微」字訓互通。「瑣尾」即微瑣，若今言猥瑣矣。「流離之子」者，《釋文》：「流，本又作『鶹』。《草木疏》云：『梟也。關西謂之流離，大則食其母。』」「魯『流』作『留』」者，《釋鳥》：「鳥少美長醜爲鶹鷅。」郭注：「鶹鷅，猶留離。《詩》所謂『留離之子』。」《釋文》：「留離，《詩》字如此。或作『鶹離』，後人改耳。」是陸不以《詩》「又作」本爲然。郭引作「留離」，蓋舊注《魯詩》文也。詩意喻叔伯年少，無所聞知，故以鳥子言。

叔兮伯兮，褎如充耳。【疏】傳：「褎，盛服也。充耳，盛飾也。大夫褎然有尊盛之服，而不能稱也。」箋：「充耳，塞耳也。言衛之諸臣顔色褎然，如見塞耳，無聞知也。人之耳聾，恒多笑而已。」○《釋文》：「褎，亦作『裒』，由救反。」阮引：「《釋文》校勘：『裒，當作「褏」。』《六經正誤》云：『亦作「褏」，中從由。或作「裒」，從**臼**，從臼，誤。』《羣經音辨》云：『褏，盛服也。』《集韻・四十九宥》載『褎』、『褏』二形，云：『或從由。』皆可證。」愚案：「裒」者，「褏」之渻。「褏」者，「褏」之譌。《説文》「褎」下云：「袂也。從衣，采聲。」「袖」下云：「俗褎，從由。」或謂當作從衣，采聲，以從采聲爲譌。案：《説文》「采」下云：「古文孚，從禾。禾，古文保字。」「保」下云：「從人，從采省。采，古文禾。」當作「孚」。「禾」下云：「古文保。」「保」下云：「古文保，不省。」「裦」下云：「衣博裾。從衣，保省聲。」據此，「保」，古文「保」。「裦」即「褒」也。「褒」正書不省，而篆文省。若「褎」亦作從衣，采聲，是與篆文「裦」無異矣。而惑其説者多，故詳辨之。褎是衣袂，得引申爲盛服義者，蓋古人尊盛之服，其袖必大，故傳云然。《漢書・董仲舒傳》：「制云：『今子大夫褎然爲舉首。』」顔注：「褎然，盛服貌也。《詩・邶風・旄丘》之篇曰：『褎如充耳。』褎，音弋授反。」案：然、如同訓。褎如，猶褎然也。褎爲盛服貌，引申之，亦爲盛服自尊大之貌。終言衛兄弟之塞耳無聞，蓋多日之望已絶矣。

《旄丘》四章，章四句。

簡兮【疏】毛序：「刺不用賢也。衛之賢者仕於伶官，皆可以承事王者也。」箋：「伶官，樂官也。伶氏世掌樂官而善焉，故後世多號樂官爲伶官。」〇三家無異義。

簡兮簡兮，方將萬舞。【注】魯說曰：「簡，擇也。」韓說曰：「萬，大舞也。」【疏】傳：「簡，大也。方，四方也。將，行也。以干羽爲萬舞，用之宗廟山川，故言於四方。」箋：「簡，擇；將，且也。擇兮擇兮者，爲且祭祀，當萬舞也。萬舞，干羽也。」❶〇「簡，擇也」者，《釋詁》：「柬，擇也。」郭注：「見《詩》。」邢疏引此詩云：「簡、柬同。」據此，知鄭用魯說改毛。《禮・王制》注：「簡，差擇也。」《廣雅・釋言》：「簡，閲也。」閲亦擇也。因萬舞之期，先閲擇舞徒，較傳言「大」義長。《廣雅・釋詁》：「方，始也。」《釋詁》：「將，大也。」「方將萬舞」，猶云始大萬舞矣。「萬，大舞也」者，《初學記》十五引《韓詩》文。陳喬樅云：「《廣雅・釋樂》：『萬，大也。』正用韓義。萬者，舞之總名。干戚與羽籥皆是大舞，對小舞言，自當兼文武二舞，故傳亦云：『以干羽爲萬舞。』箋釋萬舞爲干舞，籥舞爲羽舞。說者以箋爲易傳，今案：《春秋・宣八年》經『萬入，去籥』，《公羊傳》：『萬者何？干舞也。籥者何？籥舞也。』鄭蓋據以爲說。然《公羊》此傳於萬中別籥舞耳，非專以萬之名屬干舞也。《五經異義》引《公羊》說『樂萬舞以鴻羽』，此可爲萬兼羽籥之塙據。推鄭意，蓋以萬舞先干戚而後

❶「羽」，阮刻本《毛詩正義》附《校勘記》引「小字本、相臺本、考文古本」作「舞」，當據改。

羽籥。此詩二章方言籥翟，故於首章但言干舞，非以萬舞爲獨有干戚，而無羽籥也。《左・隱五年傳》「考仲子之宫，將萬焉，公問羽數於衆仲」，亦萬兼羽籥之明證。孔疏謂羽爲籥，不得爲萬，引孫毓《評》，以毛爲失，過矣。《韓詩》説云：『萬以夷狄大鳥羽。』義與毛同。」日之方中，在前上處。【疏】傳：「教國子弟，以日中爲期。」箋：「在前上處者，在前列上頭也。《周禮》：『大胥掌學士之版，以待致諸子。春，入學，舍采合舞。』」○「日之方中」，謂祭畢時。《文選・東京賦》薛注：「方，將也。」《禮・禮器》：「季氏逮闇而祭，日不足，繼之以燭。他日祭，子路與，質明而始行事，晏朝而退。」疏：「晏，晚也。朝正鄉晚，禮畢而退。」案：朝已鄉晚，是日將中也。大夫祭且然，諸侯可知。《聘義》云：「聘射之禮，質明而始行事，日幾中而後禮成。」「日方中」，猶「日幾中」也。古人儀節煩重，事畢需時，不獨祭禮然矣。詩舉日中事畢言者，樂舞人衆，至祭畢乃見。此俣俣之碩人，亦在公庭萬舞也。箋：「在前上處者，在前列上頭也。」蓋祭時樂舞在前，故云然。碩人俣俣，公庭萬舞。【注】韓「俣俣」作「扈扈」，云：「美貌。」【疏】傳：「碩人，大德也。俣俣，容貌大也。萬舞非但在四方，親在宗廟公庭。」○《説文》：「碩，頭大也。」引申爲「大」義。《釋詁》：「碩，大也。」碩人，猶言大賢。《後漢・周黄徐姜申屠傳》注：「碩人，謂賢者。」是其義也。《説文》：「俣，大也。從人，吴聲。《詩》曰：『碩人俣俣。』」「韓作『扈扈』，云『美貌』」者，《釋文》引《韓詩》文。陳喬樅云：「《禮・檀弓》『爾毋扈扈爾』，鄭注：『扈扈，謂大也。』❶是『扈扈』本訓爲『大』。《釋文》：『俣俣，容貌大也。』『容貌大』即『美』義也。」

❶「也」，阮刻本《禮記正義》卷六作「廣」。

愚案：《後漢・馮衍傳》注：「扈扈，光彩盛也。」「美」、「盛」同義。「公庭萬舞」者，傳云：「親在宗廟公庭。」是公庭即宗廟，而碩人親舞也。

有力如虎，執轡如組。【疏】傳：「組，織組也。武力比於虎，可以御亂。御衆有文章，言能治衆，動於近，成於遠也。」箋：「碩人有御亂御衆之德，可任爲王臣。」○《左・襄十年傳》：「孟獻子曰：『《詩》所謂「有力如虎」者也。』」嘉狄虒彌之勇。引與《詩》意合。《説文》：「轡，❶馬轡也。從糸，❷從車。❸與『聯』同意。」❹《釋名》：「轡，拂也。牽引拂戾，以制馬也。」《説文》：「組，綬屬。其小者以爲冕纓。」《禮・内則》疏云：「絛也。」《吕覽・先己》篇：「《詩》曰：『執轡如組。』孔子曰：『審此言也，可以爲天下。』子貢曰：『何其躁也？』孔子曰：『非謂其躁也，謂其爲之於此，而成文於彼也。聖人組修其身，而成文于天下矣。』」高注：「組，讀『組織』之『組』。夫組織之匠，成文於手，猶良御執轡於手而調馬，足以致萬里也。」《楚詞・九歎・靈懷》篇王注：「執御，猶織組也。織組者，動之於此，而成文於彼。善御者，亦動之於手，而盡馬力也。《詩》云：『執轡如組。』」高、王蓋用魯説。《淮南・繆稱訓》：「《詩》曰：『執轡如組。』動於近，成文於遠。」毛傳「動於近，成於遠」，皆本《吕覽》爲説。《韓詩外傳》二：「御馬有法，御民有道。法得則馬和而歡，道得則民安而

---

❶「轡」，《説文注》作「⿲糸軎糸」。下一「⿲糸軎糸」同。

❷「糸」，陳刻《説文》、《説文注》、楊刻《説文義證》作「絲」。

❸「車」，陳刻《説文》、楊刻《説文義證》作「軎」。

❹「聯」，陳刻《説文》、《説文注》、楊刻《説文義證》作「連」，當據改。

集。《詩》曰：『執轡如組。』此之謂也。」毛傳「御衆有文章，言能治衆」，説亦與韓傳合。此言碩人文、武道備。

左手執籥，右手秉翟。【注】魯説曰：「左手執籥，以節衆也。」韓「籥」作「龠」，云：「龠，樂之所管，三孔，以和衆聲也。」又曰：「秉，執也。」魯説曰：「翟羽可持而舞。」齊説曰：「樂萬舞以鴻羽，取其勁輕，一舉千里。」韓説曰：「以夷狄大鳥羽。」【疏】傳：「籥，六孔。翟，翟羽也。」箋：「碩人多才多藝，又能籥舞，言文、武道備。」○《笙師》鄭注：「籥如笛，三孔，舞者所吹也。」引《詩》爲證。「左手」至「衆也」者，趙岐《孟子章句》二云：「籥若笛，短而有三孔。」下引《詩》云云。趙用《魯詩》，此魯説。《公羊·宣八年傳》注：「籥，所吹以節舞也。」與「節衆」義合。「韓『籥』作『龠』」者，「龠」正字，「籥」借字。《説文》：「籥，書僮竹笘也。」「龠，樂之所管，三孔，以和衆聲也。從品、侖。侖，理也。」「龠樂」至「聲也」，《玉篇·龠部》文，下引《詩》作「龠」。顧用《韓詩》，此韓異文。《釋文》：「籥，以竹爲之，長三尺，執之以舞。鄭注《禮》云『三孔』，郭璞同。《廣雅》云『七孔』。」愚案：張用魯、韓，當同「三孔」之説。疑傳寫譌「三」爲「七」，陸所見《廣雅》本已然。箋：「碩人多才多藝，又能籥舞。」《禮·文王世子》鄭注：「羽籥，籥舞。《詩》云：『左手執籥，右手秉翟。』」《樂記》注引同，與箋《詩》合。《溱洧》《韓詩》云：「秉，執也。」此亦當同。上言「執」，此言「秉」，文變義通。「翟羽可持而舞」者，《釋鳥》：「翟，山雉。」《春秋疏》引樊光曰：「其羽可持而舞。《詩》曰：『右手秉翟。』」此魯義，與毛合。「樂萬」至「千里」，孔疏引《異義》公羊説文。《公羊》齊學，轅固《詩》亦齊學，治《公羊》者必稱《齊詩》。《公羊》説「萬以鴻羽」，知《齊詩》義同。皮錫瑞云：「孔廣森《公羊通義》云：『翟羽文，鴻羽質。』蓋鴻舞者，殷制；翟舞者，周制。《周禮》：「舞《大濩》，以享先妣。」魯有六代之樂，或意以仲子之宫比先妣廟，而舞殷舞與？春秋有變文從質之義，亦因以示法。《易》曰：「鴻漸于陸，其羽可用爲儀。」儀猶獻也。』錫瑞案：衛居殷墟，可用殷禮。如孔說，正可爲此詩之證。《公羊》說『取其勁輕，一舉千里』，則鴻當爲鴻鵠之鴻。鴻鵠即黃鵠，黃鵠即黃鶴，故有一舉千里之象。若鴻雁之鴻，不得一舉千里也。」「以夷狄大鳥羽」者，亦孔疏引《韓詩》說。段玉裁云：「《韓詩》蓋作『秉狄』，《廣雅・釋器》：『狄，羽也。』正釋韓『秉狄』之訓。」愚案：段說是也。《禮・祭統》疏引此詩云：「翟，即狄也。古字通用。」《喪大記》注：「狄人，樂吏之賤者。」狄人，即秉狄之人。此「翟」爲「狄」之證。

赫如渥赭，公言錫爵。【注】三家「渥」亦作「屋」。【疏】傳：「赫，赤貌。渥，厚漬也。祭有畀煇、胞、翟、閽、寺者，惠下之道。見惠不過一散。」箋：「碩人容色赫然，如厚傅丹。君徒賜其一爵而已，不知其賢而進用之。散受五升。」○《說文》：「赫，火赤皃。」「渥，霑也。」「赭，赤土也。」「赫如渥赭」，謂其顏色赫然明盛，如霑漬赤土然也。與《終南》「顏如渥丹」義同。「三家『渥』亦作『屋』」者，《隸釋・修堯廟碑》「赫如屋赭」，屋，「渥」之渻借。皮錫瑞云：「漢碑作『屋』，亦三家異文也。《易・萃》『初六，一握爲笑』，《釋文》：『握，傅氏作「屋」』，鄭云：「當讀如『夫三爲屋』之『屋』。」』《鼎》『六四，其形渥』，《釋文》引：『鄭作「刑剭」』，音屋。』《詩・韓奕》正義、《醢人》、《司烜氏》疏引鄭說，以爲『屋中刑之』。鄭注《司烜氏》『邦若屋誅』，云：『屋，讀「其刑剭」之「剭」。』據此，則『渥』可通『剭』，『剭』可通『屋』，而『渥』亦可通『屋』，故漢碑以『屋』爲『渥』也。」公，謂衛君。碩人儀狀偉然，不見識察，待之如衆人，言賜爵而已。詩言「碩人俁俁」，又言「赫如渥赭」者，意謂文、武道備。君雖未悉，然其容貌異常，可望而知。乃略無省録，是不以求賢爲務。此刺意也。《禮・祭統》：「夫祭有畀煇、胞、翟、閽者，惠下之道也。畀之爲言與也，能以其餘畀其下者也。煇者，甲吏之賤者也。胞者，肉吏之賤者也。翟者，樂吏之賤者也。閽者，守門之賤者也。尸又至尊，以至尊既祭之末，而不忘至賤，而以其餘畀之。」注：「翟，謂教羽舞者也。」此樂吏得與惠賜之證。又云：「尸飲五，君洗玉爵獻卿。尸飲七，以瑶爵獻大夫。尸飲九，以散爵獻士及羣有司。」此祭禮錫爵，得逮及羣下之證。樂吏賤，當受散爵也。箋：「散受五升。」《卷耳》疏引《異義》云：「《韓詩》説：『五升曰散。』」《周禮・梓人》疏引同，知箋用韓義。

山有榛，隰有苓。【疏】傳：「榛，木名。下濕曰隰。苓，大苦。」箋：「榛也，苓也，生各得其所，以言碩人處非其位。」○《釋文》：「榛，本亦作『蓁』，同。子可食。」孔疏引陸璣云：「榛，栗屬。其子小，似杼」子，表皮黑，味如栗。」《釋文》蓋本陸爲説。《説文》：「榛，木也。」「亲，果實如小栗。」本二物。馬瑞辰云：「『榛』、『蓁』皆『亲』之借字。《廣雅》：『亲，栗也。』亲之言辛，辛，物小之稱也。」云「子可食」，後人溷「榛」爲「亲」耳。《説文》：「隰，阪下濕也。」孔疏：「《釋草》：『蘦，大苦。』孫炎曰：『《本草》云：「蘦，今甘草。」是也。蔓延生，葉似荷，青黄。其莖赤，有節，節有枝相當。或云蘦似地黄。』」陳喬樅云：「《毛詩》作『苓』，傳云『大苦』，字異訓同，蓋毛、魯文異。」愚案：《説文》：「苓，卷耳也。」「蘦，大苦也。」是魯用正字，毛借字。桂馥云：「《夢溪筆談》云：『《本草》注引《爾雅》「蘦，大苦」注：「蔓生，❶葉似荷，莖青赤。」此黄藥也。其味極苦，故謂之大苦，非甘草也。』案：《嘉祐圖經》説甘草形狀，與《爾雅注》大異。《爾雅注》與黄藥合。然則以蘦爲甘草，始

❶「蔓」上，楊刻《説文義證》有「甘草也」三字。

於孫，而郭沿其誤也。《説文》甘草自作『苷』字，沈存中之説，可定羣疑。」愚案：詩言榛有於山，藷有於隰，土地所宜，喻碩人之賢，宜有於王朝，故末句云然。云誰之思？西方美人。彼美人兮，西方之人兮。【疏】傳：「乃宜在王室。」箋：「我誰思乎？思周室之賢者，以其宜薦碩人與在王位。彼美人，謂碩人也。」〇「西方美人」，謂周室賢者也。《晉語》韋昭注引：「《詩》曰：『西方之人兮。』西方，謂周也。」下「美人」承上言之。箋上下「美人」兩解，蘇輿云：「同一美人，似非兩指。二句或是歎慕之詞，言思周家盛時之賢者，皆見用於王朝。然彼賢人者，亦幸而爲西周之人耳，不若碩人否塞於衛也。言外見意，以美人喻賢者，遂爲屈平《離騷》所祖矣。」較鄭意深曲。

《簡兮》三章，章六句。

泉水【疏】毛序：「衛女思歸也。嫁於諸侯，父母終，思歸寧而不得，故作是詩以自見也。」箋：「以自見者，見己志也。國君夫人，父母在則歸寧，没則使大夫寧於兄弟。衛女之思歸，雖非禮，思之至也。」〇三家無異義。皮錫瑞云：「夫人歸寧，今、古文説不同。《左·莊二十七年傳》：『凡諸侯之女，歸寧曰來。』襄十二年《傳》：『楚司馬子庚聘於秦，爲夫人寧，禮也。』《毛詩·葛覃》傳：『父母在，則有時歸寧耳。』此詩序：『嫁於諸侯，父母終，思歸寧而不得。』鄭箋於歸寧父母無明説，而《葛覃》序箋云：『可以歸安父母，言嫁而得意，猶不忘孝。』此詩箋云：『國君夫人，父母在，則歸寧。』又伏后議：『若后適離宫，及歸寧父母，從子禮。』據此，則毛、鄭皆同《左傳》，以爲夫人父母在，得歸寧父母；没，不得歸寧，當使大夫寧。此古文説也。若《公》、《穀》二《傳》，今文説，則與古文異。《公羊·莊二十七年傳》：『直來曰來。』何氏《解詁》曰：『直來，無事而來也。諸侯夫人尊重，既嫁，非有大故，不得反。唯自大夫妻，雖無事，歲一歸宗。』疏云：『其大故者，奔喪之謂。《文九年》「夫人姜氏如齊」，彼注云：「奔父母之喪。」是也。言從大夫妻以下，即《詩》云「歸寧父母」是也。案：《詩》是后妃之事，而云大夫妻者，何氏不信毛敘故也。』《穀梁·莊二年傳》：『婦人既嫁，不踰竟。踰竟，非正也。』據此，則今文説以爲國君夫人，無論父母在不在，皆不得歸寧，唯有大故，得奔喪耳。案：《泉水》、《蝃蝀》、《竹竿》三詩，皆云『女子有行，遠父母兄弟』，似當從今文説不得歸寧爲是。《戰國策》趙太后於其女燕后，飲食祝曰：『必勿使反。』蓋戰國時，猶守母在不歸寧之禮。三家《詩》雖無明説，而《説文》引《詩》『以晏父母』，段玉裁謂即『歸寧父母』之異文。其文與《毛詩》不同，必出於三家《詩》。三家作『以晏』，不作『歸寧』，此即三家《詩》謂夫人不得歸寧之證。三家今文説，當同《公》、《穀》二《傳》，不當同《左氏》，此漢人家法之可據者。」愚案：「遠父母兄弟」，《風》詩屢有明文，合之《公》、《穀》、《國策》，足爲國君夫人不得歸寧之確證。若《葛覃》，本非后妃之詩，即依文作「歸寧父母」，亦自如禮不悖。三家容有異文作「以晏」者，然不必執此爲后妃既嫁不歸之據也。

毖彼泉水，亦流于淇。【注】韓「毖」作「祕」。【疏】傳：「興也。泉水始出，毖然流也。淇，水名也。」箋：「泉水流而入淇，猶婦人出嫁於異國。」○「韓『毖』作『祕』」者，《釋文》：「毖，流貌。《韓詩》作『祕』，

《説文》作『眡』，云：『直視也。』」陳喬樅云：「《篇海》：『祕，壁吉反。《韓詩》云：「祕，刺也。」』案：《方言》：『柲，刺也。』『祕』、『柲』音同義通。韓訓『祕』爲『刺』，蓋以『祕』爲『泌』之借字。『泌』與『滭』同字，《采菽》『觱沸檻泉』，《説文》引作『滭沸檻泉』。《釋水》：『濫泉，正出。正出，涌出也。』《公羊・昭五年傳》：『濆泉者何？直泉也。直泉者何？涌泉也。』是正出即直出之義。《説文》：『刺，直傷也。』是『刺』有『直』義。《廣雅・釋丘》云：『丘上有水曰泌丘。』水出丘上，即正出之直泉，故稱泌丘也。」《詩攷》「眡彼泉水」，下引《説文》：「眡，直視也。」案：《説文・目部》：「眡，直視也。從目，必聲，讀若《詩》曰：『泌彼泉水。』」是《詩》自作「泌」，非謂從目作「眡」，而《釋文》、《詩攷》並云「《説文》作『眡』」，豈所據《説文》古本「泌」字作「眡」，無「讀若」二字耶？愚案：韓作「祕」，《説文》所引，蓋魯、齊異文。《水經注・淇水》篇：「淇水又東，右合泉源水，水有二源，一出朝歌城西北，東南流，又東與左水合，謂之馬溝水。又東南注淇水，爲肥泉也，故《衛詩》曰：『我思肥泉，兹之永歎。』又曰然斯水，即《詩》所謂『泉源之水』也，故《衛詩》曰：『泉源在左，淇水在右。』」此詩「泉水」，當即泉源水，下云所謂「肥泉」也。泉、淇皆衛地水，女適異國，無由得見，追憶之以起興。《竹竿》亦女適異國之詞，而稱「淇水」、「泉源」，與此同也。《漢書・地理志》「河内郡共」下云：「北山，淇水所出，東至黎陽，入河。」《説文》：「或云出隆慮西山。」案：共，今衛輝府輝縣；隆慮，今彰德府林縣。輝縣西北接林縣西界，山水合流爲淇水也。黎陽屬魏郡，在今濬縣東北。泉亦流淇，興己不得歸衛，不如此水。

有懷于衛，靡日不思。孌彼諸姬，聊與之謀。

【疏】傳：「孌，好貌。諸姬，同姓之女。聊，願也。」箋：「懷，至；靡，無也。以言我有所至念於衛，我無日不思也。所至念者，謂諸姬諸姑伯姊。聊，且略之辭。諸姬者，未嫁之女。我且欲略與之謀，婦人之禮，觀其志意，親親之恩也。」○「靡日不思」者，思之長也。箋與傳異，蓋用三家義。如鄭意，「孌」當訓「思慕」。《説文》：「孌，慕也。」《楚詞・懷沙》注：「慕，思也。」是「孌」與「戀」同義。諸姬，未嫁之女，故思彼而欲與之見。箋訓「聊」爲「且略」者，以諸姬或兄弟之女及五服之親，降於姑姊，故於姑姊則言「問」，尊之也；於諸姬但言「聊」，卑之也。《釋言》：「謀，心也。」《論衡・超奇篇》：「心思爲謀。」宣於口亦爲謀，故謀從言。「聊與之謀」，猶云相見略道思念而已。蘇輿云：「與諸姬相見，即是與謀，若今言謀面矣。《書・立政》『謀面用丕訓德』，傳云：『謀所面見之事。』後世以相見爲謀面，蓋本於此。柳宗元《鈷鉧潭記》：『枕席而卧，則清泠之狀與目謀，瀯瀯之聲與耳謀，悠然而虚者與神謀，淵然而静者與心謀。』謀不必專以言也。」於義亦通。此豫言歸後見親屬之事，故箋又申之曰：「此婦人之禮，觀其志意，親親之恩也。」孔疏以「婦人之禮」連上爲句，謂衛女思見諸姬，與謀婦禮。案：箋意若云與謀婦禮，則是鄭重咨議，不得訓「聊」爲「且略之詞」。且爲國君夫人，歸其母家，豈嫺習儀文，反不如未嫁之女，而欲向彼咨議未聞之禮乎？必不然矣。疏又云：「傳言同姓之女，亦謂未嫁也。」混合爲一，非傳義。陳奂云：「衛，姬姓。衛女嫁諸侯，有姪娣從，故以諸姬爲同姓之女。」申毛是也。特以必不行之事，而謀及姪娣，適以顯己之不知禮，或詩人不出此耳。

出宿于泲，飲餞于禰。【注】魯、韓説曰：「宿，舍也。」魯「泲」作「濟」。韓説曰：「送行飲酒曰餞。」韓「禰」作「坭」。【疏】傳：「泲，地名。祖而舍軷，飲酒於其側曰餞，重始有事於道也。禰，地名。」箋：「泲、禰者，所嫁國適衛之道所經，故思宿餞。」○「宿，舍也」者，《廣雅・釋詁》文。《説文》：「宿，止也。」止，亦舍也。「魯『泲』作『濟』」者，《列女傳》一引《詩》「出宿于濟」四句，「泲」作「濟」，「泲」、「濟」字同。《禹貢》「濟」字，《漢志》皆作「泲」。《文選》顔延之《應詔讌曲水作詩》注、陸機《挽歌》注、《初學記》十八、《白帖》三十四、《御覽》四百八十九引《詩》並作「濟」，蓋用魯文。「送行飲酒曰餞」者，《玉篇·食部》引《韓詩》、《文選》謝靈運《送孔令詩》、顔延之《曲水詩序》注並引薛君《韓詩章句》文。「韓『禰』作『坭』」者，《釋文》：「禰，地名。《韓詩》作『坭』。」《玉篇·食部》引《韓詩》作「禰」，蓋後人順毛改之。《士虞禮》鄭注：「餞，送行者之酒。《詩》云：『出宿于濟，飲餞于泥。』」字又作「泥」。陳喬樅云：「《廣韻》：『坭，地名。』《釋丘》：『水潦所止，泥丘。』《式微》篇魯説，不以『中路』爲地名，則『泥中』亦不爲地名，與毛傳異。《爾雅》所釋『泥丘』，當指此詩飲餞之地，《士虞禮》注作『泥』可證也。❶《釋文》云：『韓作「坭」。』泥丘，《釋文》云：『又作「坭」。』『坭』與『泥』通。三家皆今文，與毛異。《列女傳》用《魯詩》，所引當作『飲餞于泥』，今本作『禰』，乃後人順毛改之。《士虞禮》注『于泥』，《釋文》本作『于禰』，音乃禮反。又載劉昌宗本作『泥』，音同。今《注疏》本作『禰』，亦後人順毛改之。」皮嘉祐云：「《書·高宗肜日》『典祀無豐于昵』，馬注：『昵，考也，謂禰廟也。』『昵』、『坭』音皆同『禰』，『昵』之通『禰』，猶『坭』之通『禰』矣。」愚案：孔疏：「衛女思歸，言我思欲出宿于泲，先飲餞于禰，而出宿以嚮衛國。先言『出宿』者，見飲餞爲出宿而設，故先言以致其意。」疏説是也。知不爲來嫁時事者，以下章亦言出宿飲餞，嫁時道遠，出宿容有二地，飲餞必無繁文也。泲、禰二地，今未詳所在，或衛女所適國在泲水旁，

❶「泥」，原作「坭」，據續經解本《魯詩遺説攷》二改。

泲、禰爲舟行適衛之道，干、言爲陸行適衛之道，故設想歸程，兩言宿、餞歟？　女子有行，遠父母兄弟。

【疏】箋：「行，道也。婦人有出嫁之道，遠於親親，故禮緣人情，使得歸寧。」○《左·桓九年傳》「凡諸侯之女行」，杜注：「行，嫁也。」「遠父母兄弟」，統今昔言之。昔嫁時已與父母兄弟相遠，今父母既没，兄弟同等，宜遠嫌，歸與諸姬相見外，惟問姑及姊而已。《禮·曲禮》：「已嫁而反，兄弟弗與同席而坐，弗與同器而食。」《列女傳·貞順》篇：「禮，婦人既嫁，歸，問女昆弟，不問男昆弟，所以遠别也。」合證二文，女子歸寧，無致問兄弟之禮。兄弟相見而退，亦不同坐，《詩》所謂「遠」也。　問我諸姑，遂及伯姊。【注】韓説曰：「女兄曰姊。」魯説曰：「父之昆弟，不俱謂之世父；父之女昆弟，俱謂之姑，何也？以爲諸父内❶親也，故别稱之也。姑當外適人，疏，故總言之也。至姊妹，亦當外適人，所以别諸姊妹何？以爲事諸姑禮等，可以外出又同，故稱略也。至姊妹雖欲有略之，陳立云：「『可以』二字疑誤，❷『欲有』亦有誤字。」姊尊妹卑，其禮異也。《詩》曰：『問我諸姑，遂及伯姊。』謂之姊妹何？　姊者，咨也。妹者，末也。」【疏】傳：「父之姊妹稱姑。先生曰姊。」箋：「寧則又問姑及姊，親其類也。先姑後姊，尊姑也。」○《左·文二年傳》：「《詩》曰：『問我諸姑，遂及伯姊。』君子曰：禮，謂其姊親而先姑也。」《釋親》：「父之姊妹曰姑，先生曰姊。」《説文》：「伯，長也。」《禮·曲禮》「男女異長」，注：「各自爲伯季也。」疏：「《冠禮》：『加字之時，伯某甫，仲叔季唯其所當。』」此女

❶「内」上，續經解本《白虎通疏證》八有一「曰」字。
❷「誤」，續經解本《白虎通疏證》八作「衍」。

自舉其親屬言，既有伯姊，知女居次也。「女兄曰姊」者，慧琳《音義》三引《韓詩》文，「姊」作「姉」，从「市」，「市」亦即「𠂔」。或從「市井」之「市」，以形近而誤也。觀《方言》：「娋，姊也。」郭注：「今江南山越閒呼姊聲如市。」此因字誤逐俗也。「如市」，正謂如「市井」之「市」。知相承易誤，晉已如此。慧琳引「姉」從市，亦傳寫之譌。《爾雅》：「男子謂女子先生爲姊。」郝懿行云：「據《詩》，則女子亦謂女子先生曰姊，《爾雅》略，舉一邊耳。」「父之」至「末也」，《白虎通·綱紀》篇文，申《詩》及姊不及妹之故，此魯說。陳立云：「《檀弓》云：『姑姊妹之薄也，蓋有受我而厚之也。』是姑外適人疏，故《喪服》『姑出室降大功』，亦從略之義也。女兄可咨問，故謂之姊。女弟末小於己，故稱妹。《易·歸妹》注：『妹，少女之稱。』是也。」孔疏：「姑姊尊長，則當已嫁，父母既没，當不得歸。所以得問之者，諸侯之女有嫁於卿大夫者，去歸則問之。」❶

出宿于干，飲餞于言。【疏】傳：「干、言，所適國郊也。」箋：「干、言，猶泲、禰，未聞遠近同異。」○《漢書·地理志》「東郡」下有「發干縣」，案：在今東昌府堂邑縣西南。《續志》「東郡衛國」下有「竿城」，劉昭注：「《前書》故發干城。」是「竿」即「干」之變文。地與「泲」爲近，或即《詩》之「干」也。言，未聞。《御覽·地部十》引：「李公緒《記》曰：『柏人縣有干山、言山，《邶詩》干、言是也。』」柏人，今順德縣、唐山縣，地望遼遠，未敢據信。下文言「還車」，明此二地爲陸行道。

載脂載舝，還車言邁。遄臻于衛，不瑕有害。【疏】傳：「脂舝其車，以還我行也。遄，疾；臻，至；瑕，遠也。」箋：「言還車者，嫁時乘來，今思乘以歸。瑕，

❶「問」，阮刻本《毛詩正義》作「見」。

猶過也。害，何也。我還車疾至於衛而反，於行無過差，有何不可而止我。」〇《越語》注：「脂，膏也。」脂之言膏車也，今北道人語如此。《史記・田完世家》：「豨膏棘軸，所以爲滑也，然而不能運方穿。」《荀卿傳》「炙轂過髡」，注引劉向《别録》曰：「過，字作『輠』。輠者，車之盛膏器也。」案：炙轂猶膏車也。《方言》：「車釭，齊、燕、海、岱之閒謂之鍋，自關而西謂之釭。」據此，盛膏者乃謂之鍋。釭、鍋、輠一聲之轉。此以釭爲盛膏器，釭之一義也。《説文》：「釭，車轂中鐵也。」《新序・雜事》篇引淳于髡曰：「方内而員釭，如何？」與《田完世家》語意同。膏軸不能運方穿，猶員釭不能運方内，以釭爲車轂中鐵，與《説文》合。《説文》又云：「鐗，車軸鐵也。」《釋名》：「鐗，閒也。閒釭軸之閒，使不相摩也。」《急就篇》「釭鐗鍵鉆冶錮鐈」，顔注：「釭，車轂中鐵也。鐗，軸上鐵也。施釭鐗者，所以護軸，使不相摩墾也。」此又釭之一義也。後人溷合爲一，謂盛膏於釭中，則鐵與鐵相摩，使之滑利，誤矣。今車行，别以器盛膏。若不滑利，則下車取膏塗軸鐵，乃行。吴起《治兵》篇所謂「膏鐗有餘則車輕」，非膏盛釭中，鐵自滑利也。至取膏之物，《説文》：「鉆，鐵銸也。一曰：膏車鐵鉆。敕淹切。」《急就篇》顔注：「鉆，以鐵有所鑷取也。」是古人取膏用鐵，其名曰鉆。今束馬鬉毛爲之，蓋取其便，與昔異矣。　舝者，《説文》：「車軸耑鍵也，兩穿相背。從舛，𢍰省聲。𢍰，古文『偰』字。」「轄」下云：「車聲也。從車，害聲。一曰：轄，鍵也。」「轄」一訓「鍵」，故「舝」通作「轄」。《文選》潘尼《贈陸機出爲吴王郎中令詩》注引《詩》作「轄」，是其證也。所謂「兩穿相背」者，穿，所以受軸頭，古謂之軹。《説文》：「軹，車輪小穿也。」今仍謂之穿，以木裹鐵爲之。兩穿夾輪，左右制之，使不移動。中爲輪隔，故曰相背。穿之外，復有鐵牡關之，所謂轄也，今俗謂之擋。《説文》「鍵」下云：「一曰：車轄。」《急就篇》顔注：「鍵，以鐵有所豎關，若門牡之屬也。」得其實矣，故《釋文》云：「舝，車軸頭金也。」《車舝》釋文云：「舝，車軸頭鐵也。」「金」、「鐵」無異義。舝無用木者，或云以木，「鍵」之誤也。《淮南·人間訓》：「夫車之所以能轉千里者，以其要在三寸之轄。」《尸子》：「文軒六駃，題無四寸之舝，則車不行。」舝，一作「鍵」。三寸、四寸，隨車大小爲之，無定制也。「還車言邁」者，箋云：「嫁時乘來，今思乘以歸。」案：乘嫁時車，義具《何彼襛矣》。《釋言》：「邁，行也。」《釋詁》：「遄，疾也。臻，至也。」言疾至于衛，則已歸矣。「不瑕有害」者，馬瑞辰云：「瑕、遐古通用。《隰桑》「遐不謂矣」，《禮·表記》引作「瑕不謂矣」。遐之言胡，胡、無一聲之轉，故『胡甯』又爲『無甯』。凡《詩》言『遐不眉壽』、『遐不黄耇』、『遐不謂矣』、『遐不作人』，『遐不』猶云『胡不』，信之之詞也。易其詞，則曰『不遐』。凡《詩》言『不遐有害』、『不遐有愆』，『不遐』猶云『不無』，疑之之詞也。」愚案：馬説是。此及上章並設想歸衛之事，復轉一念，曰此不無有害於義，止而不往，故下章但言思衛，是以能義制情也。

我思肥泉，兹之永歎。【疏】傳：「所出同，所歸異，爲肥泉。」箋：「兹，此也。自衛而來所渡水，故思此而長歎。」○《釋水》：「歸異、出同流，肥。」《水經注·淇水》篇引《詩》：「我思肥泉，兹之永歎。」又云：「毛注：『同出異歸爲肥泉。』《爾雅》曰：『歸異出同曰肥。』《釋名》曰：『本同出時所浸潤水少，所歸各枝散而多，似肥者也。』犍爲舍人曰：『水異出，流行合同，曰肥。』今是水異出同歸矣。」馬瑞辰云：「《爾雅》古有二讀，一作『歸異出同，肥』，一作『異出同流，肥』。毛傳、郭注、《釋名》皆不釋『流』字之義，是毛、郭、劉所見《爾雅》本作『歸異出同，肥』，其『同』下並無『流』字。道元引《爾雅》『歸異出同曰肥』，是其證。此一讀也。《列子》殷敬順《釋文》云：『水所出異爲肥。』與舍人皆不釋『歸』字，則舍人《爾雅》本當作『異出同流，肥』，以

『歸』字屬上句，作『汧出不流，歸』，與『異出同流，肥』相對成文。又一讀也。今本《爾雅》兩從，致有歧誤。又《爾雅》：『瀵，大出尾下。』而《水經・河水》注『瀵水』引吕忱曰：『《爾雅》：「異出同流爲瀵水。」』是吕所見《爾雅》作『異出同流瀵』。《釋文》亦云：『瀵，水，本同而出異。』與吕合，則知『肥』當從毛作『歸異出同』，以別於『異出同流』之『瀵』。其『大出尾下』之下別有一字，脱去不可考矣。詩義蓋以肥泉之異流，興女之各嫁一方。然泉雖異歸，終入于衛；女子有行，遂與衛訣。又泉水之不若，故思之滋歎耳。」愚案：馬説甚辨，而依傳釋《詩》，非也。肥有二水，一異出同流，一歸異出同。此肥泉是異出同流之肥也。酈注言：「淇水合馬溝水，馬溝水合美溝水，美溝出朝歌西北大嶺下，流逕駱駝谷，於中逶迆九十曲，歷十二崿，崿流相承，泉響不斷，防閒積石千通，水穴萬變。」案：此肥泉上源，今輝縣蘇門山百泉是也。泉源異出，故酈以舍人讀爲然。又案：吕忱《字林》：「肥水出良餘山。」此入淮之肥。《水經注・肥水》篇言：「肥水出九江成德縣廣陽鄉西，北流分爲二水，施水出焉。又北入于淮。」《施水》篇云：「施水亦從廣陽鄉肥水別，東南入于湖。」此歸異出同之肥也。《雅》訓與經相表裏，所稱肥水當指《詩》之肥泉，非入淮之肥水。肥泉入淇，歸並不異。如依毛傳，義不可通，斯李、酈之説不容易也。至《爾雅》古本互異，或後人因入淮之肥妄有竄改耳。首章泉水興，此當是賦。馬以爲興，亦非。《説文》：「茲，草木多益。從艸，絲省聲。」引申爲「增益」義，故《漢書・五行志》、《楊雄》、《匈奴傳》注並云：「茲，益也。」永，長也。《説文》：「歎，吟也。」《禮・坊記》注：「歎，謂有憂戚之聲也。」「茲之永歎」者，蓋女之父母既没，或葬肥泉之側，故思其地，則益之長歎也。《藝文類聚》引晉劉怊母孫氏《悼艱賦》云：「覽《蓼莪》之遺詠，諷『肥泉』之餘音。」以「肥泉」與《蓼莪》並稱，則二語爲思既没之父母，古義如此。思須與漕，我心悠悠。駕言出遊，以寫我憂。【疏】傳：「須、漕，衛邑也。寫，除也。」箋：「自衛而來所經邑，故又思之。既不得歸寧，且欲乘車出遊，以除我憂。」〇《水經注·泲水》篇：「濮渠又東逕須城北，《衛詩》云『思須與曹』也。毛云『須，衛邑』矣。鄭云：『自衛而東所逕邑，故思。』」箋云：「自衛而來所經邑。」「來」譌「東」，「經」同「逕」。案：須之爲邑，其名不顯。鹽城陳蔚林《詩説》云：「《説文》『湏』下云：『古文沬，從頁。』是『湏』即『沬』也，《桑中》『沬之鄉矣』是也。此詩『思湏』之『湏』，字當爲『湏』。後人不知『湏』是古文『沬』字，傳寫譌改爲『須』。毛云『衛邑』，無能名其所在者，道元遂以後起之『須城』當之，未爲塙證。」愚案：陳説極精。漕，義具《擊鼓》。「思須與漕」者，錢澄之《田閒詩學》謂「詩作於衛東渡河後」是也。蓋須是舊都，漕迺新徙，故國之變，聞而心傷，思之悠悠然長。欲歸不得，故結之曰：「駕言出遊，以寫我憂。」罔極之哀，多難之急，皆在其内。《竹竿》適異國不見答，末章語同，憂在己身；此詩憂在家國，皆有所不得已也。否則思歸耳，何爲憂乎？《説文》：「駕，馬在軛中。」「寫，置物也。」言惟「駕言出遊」，置我之憂於度外耳。

《泉水》四章，章六句。

北門【疏】毛序：「刺士不得志也。言衛之忠臣不得其志爾。」箋：「不得其志者，君不知己志而遇困苦。」〇三家無異義。《潛夫論·讚學》篇：「君子憂道不憂貧，箕子陳六極，《國風》歌《北門》，故所謂不憂貧也。豈好貧而弗之憂邪？蓋志有所專，昭其重也。乃將以底其道，而邁其德者也。」王用《魯詩》，此蓋魯説。「志有所專」者，以國爲憂也。「底道邁德」者，委於天命也。「終窶且貧」者，禄不足以代耕，而非以貧爲病也。王事敦迫，國事加遺，任勞而不辭，阨窮而不怨，可謂君子矣。讀者因「終窶」之詞，以爲憂貧而作，不亦昧於詩義乎？

出自北門，憂心殷殷。【疏】傳：「興也。北門，背明鄉陰。」箋：「自，從也。興者，喻己仕於闇君，猶行而出北門，心爲之憂殷殷然。」○出北門者，適然之詞。或所居近之，與「出其東門」同，賦也。箋：「自，從也。」「憂心殷殷」者，以國亂君闇，故憂之深痛也。《釋文》：「殷，本又作『慇』，同，於巾反。」《説文繫傳》「慇」下云：「《詩》『憂心殷殷』本作此『慇』字。」是徐鍇所見與「又作」本合，毛異文也。《釋訓》：「慇慇，憂也。」本又作「殷殷」。《詩》釋文云：「又音隱，《爾雅》云：『憂也。』」是陸以《爾雅》「殷殷」下當音「隱隱」。《柏舟》「如有隱憂」，《韓詩》作「殷」。重言之，則爲「殷殷」。「殷」、「隱」字同，故「殷殷」又爲「隱隱」。《楚詞·九歎·怨思》篇王注「隱隱，憂也。《詩》云：『憂心殷殷。』亦作『隱隱』」是也。蔡邕《述行賦》：「感憂心之殷殷。」《九惟文》：「憂心殷殷。」《潛夫論·交際》篇：「處卑下之位，懷《北門》之殷憂。內見謫於妻子，外蒙譏於士夫。」蔡與二王並用《魯詩》，據此，魯正文爲「殷殷」，亦作「隱隱」。三家義訓並具《柏舟》。終窶且貧，莫知我艱。【疏】傳：「窶者，無禮也。貧者，困於財。」箋：「艱，難也。君於己禄薄，終不足以爲禮，又近困於財，無知己以此爲難者。言君既然矣，諸臣亦如之。」○《釋文》：「窶，謂貧無可爲禮。」案：此言既窶不能爲禮，且至貧無以自給也。《説文》：「窶，無禮居也。」馬瑞辰云：「『婁，空也。』窶從婁聲，故爲『無禮居』。」

愚案：所居窶陋，無以爲禮也。《倉頡篇》云：「無財曰貧，無財備禮曰窶。」《釋詁》：「艱，難也。」國勢瘠弱，薄禄不足贍，臣僚君子，絜清自守，爲貧所困，雖有艱難，無可告語也。

已焉哉，天實爲之，謂之何哉！【注】韓「已」上多「亦」字。【疏】箋：「謂，勤也。詩人事君無二志，故自決歸之於天，我勤身以事君何哉。忠之至。」○「韓『已』上多『亦』字」者，《外傳》一兩引「已焉哉」並同，是韓異文。下二章當同。《新序·節士》篇引無「亦」字，明魯與毛同。陳奂云：「『已哉』，猶言『既然』，古訓『既』、『已』通用，『然』、『焉』通用。」「亦已焉哉」，猶言亦既然矣。「天實爲之」，惟聽命於天，安貧之志也。《齊策》高注：「謂，猶奈也。」「謂之何哉」，猶言奈之何哉。《潛夫論·論榮》篇：「夫令譽我興，而大命自天降之。《詩》云：『天實爲之，謂之何哉！』故君子未必富貴，小人未必貧賤。或潛龍未用，或亢龍在天，從古以然。」引《詩》以明修身俟命之義，蓋魯說如此。《韓詩外傳》一引「天實爲之」二句三見，《新序·節士》篇兩見，並推演之詞。曹植《求通親親表》引同。

王事適我，政事一埤益我。【疏】傳：「適，之；埤，厚也。」箋：「國有王命役使之事，則不以之彼，必來之我；有賦税之事，則減彼一而以益我。言君政偏，已兼其苦。」○孔疏：「此『王事』不必天子事，直以戰伐行役皆王家之事。」案：衛是侯國，而云「王事」，知是王命役使之事。疏以爲非天子事，失箋恉矣。「適我」者，謂有王事則必之我。「政事」對「王事」言，知是國之政事。《荀子·勸學篇》注：「一，皆也。」《後漢·馮緄傳》注：「一，猶專也。」《説文》：「埤，增也。」《釋詁》：「厚也。」「厚」、「增」義同。「一埤益我」，皆以增益於我也。此與「我獨賢勞」意同。

我入自外，室人交徧讁我。已焉哉，天實爲之，謂之何哉！【注】魯「讁」作「適」。韓作「讁」，云：「讁，數也。」【疏】傳：「讁，責也。」箋：「我從外而入，在室之人更迭徧來責我，使己去也。言室人亦不知己志。」○孔疏：「此士雖困，志不去君，而家人使之去，是不知己志。」《書・立政》疏：「室，猶家也。」《呂覽・慎勢》篇注：「家，室也。」室人，猶家人。傳：「讁，責也。」「魯『讁』作『適』」者，趙岐《孟子章句》七云：「適，過也。」下引《詩》語，明魯作「適」。「讁，數也」者，《玉篇・言部》引《韓詩》文。《説文》：「讁，罰也。從言，啻聲。」《漢書・食貨志》注：「適，責罰也。」是「責」亦爲「罰」。「適」借字，「讁」俗字。顧震福云：「《玉篇》引《毛詩》作『讁我』，是毛亦作『讁』。《集韻》引《詩》作『適我』，云：『適與「讁」同。』《商頌》『勿予禍適』，毛傳云：『適，過也。』《玉篇》亦引作『讁』。《方言》：『讁，過也。南楚以南，凡相非議，謂之讁。』《齊語》韋注：『讁，譴責也。』」「韓云『讁，數也』」者，《廣雅・釋詁》：「數，責也。」《左・昭二年傳》「使吏數之」，杜注：「數，責其罪。」皮嘉祐云：「數，猶責讓之謂。《商頌》『勿予禍適』，《韓詩》亦云：『適，數也。』」愚案：過，亦責也。《衆經音義》十四引《字林》：「讁，過責也。」《淮南・覽冥訓》注：「過，讀『責過』之『過』。」皆即以「過」爲「責」。陸氏《列子》釋文云：❶「讁，謂責其過也。」此見古人「過責」之文，而昧其訓，故於文中加一「其」字，而不知其非是也。顏注《漢書》「過責」之「過」尤多誤。釋古義之不明，蓋自唐初已然矣。

王事敦我，政事一埤遺我。【注】韓説曰：「敦，迫。」【疏】傳：「敦，厚；遺，加也。」箋：「敦，猶投擲也。」○「敦，迫」者，《釋文》引《韓詩》文，與毛訓「厚」異。陳喬樅云：「《後漢・韋彪傳》『以禮敦勸』，注：

❶「陸」，據四庫本《列子》卷六，疑當作「殷」。《列子》釋文爲殷敬順纂，非陸德明作。

『敦，猶逼也。』《班固傳》『靡號師矢，敦奮撝之容』，注：『敦，猶迫逼也。』義皆同《韓詩》。胡承珙云：『「敦」與「督」一聲之轉。《廣雅》：「督，促也。」』愚案：《釋詁》：「敦，勉也。」「勉」亦與「迫」義近。唐杜甫《八哀・贈司空王思禮詩》「塞望勢敦迫」，正用《韓詩》文。遺，猶益也。我入自外，室人交徧摧我。已焉哉，天實爲之，謂之何哉！【注】韓「摧」作「讙」。【疏】傳：「摧，沮也。」箋：「摧者，刺譏之言。」○「韓『摧』作『讙』」者，《釋文》：「摧，或作『催』，音同。《韓詩》作『讙』，音于隹、子隹二反。❶就也。」案：《説文》：「催，相擣也。《詩》曰：『室人交徧催我。』」此用「或作」本。相擣者，謂相對怨若擣擊然。《説文》無「讙」字，《廣雅・釋詁》：「讙，就也。」正用韓義。馬瑞辰云：「《玉篇》：『讙，謫也。』讙、就以雙聲爲義，『就』當爲『蹵』，『蹵』同『蹙』。《廣雅》：『蹙，罪也。』《廣韻》：『蹙，迫也。』與『讙，謫也』義正合。桂馥疑『就』爲『訧』字之誤，又疑爲『𣨛』字形近之誤，皆未塙。」陳喬樅云：「箋：『摧者，刺譏之言。』是鄭用韓『讙』字爲義。」

《北門》三章，章七句。

北風【注】齊説曰：「北風寒涼，雨雪益冰。憂思不樂，哀悲傷心。」又曰：「北風牽手，相從笑語。伯歌季舞，燕樂以喜。」【疏】毛序：「刺虐也。衛國並爲威虐，百姓不親，莫不相攜持而去焉。」○「北風」至「傷心」，《易林・晉之否》文。「北風」至「以喜」，《否之損》文，《噬嗑之乾》同。此齊

❶「于」，宋本《釋文》作「千」，當據改。

說。「雨雪益冰」者，與《易》「履霜堅冰至」同意。懼威虐之日甚，故憂思而傷心。「相從笑語」、「燕樂以喜」，與《碩鼠》「樂土樂土，爰得我所」同意。詩主刺虐，以北風喻時政也。此衛之賢者相約避地之詞，以爲百姓莫不然，或非也。張衡《西京賦》「樂《北風》之同車」，與《易林》「燕樂」意合。張用《魯詩》，是魯與齊同。

北風其涼，【注】魯說曰：「北風謂之涼風。」韓說曰：「涼，寒貌也。」雨雪其雱。【疏】傳：「興也。北風，寒涼之風。雱，盛貌。」箋：「寒涼之風，病害萬物。興者，喻君政教酷暴，使民散亂。」○「北風謂之涼風」者，《釋天》文，魯說也。郭注：「《詩》曰：『北風其涼。』」《釋文》：「涼，本或作古『飆』字，同。」《說文》：「北風謂之飆。從風，涼省聲。」與「又作」本合。北風又曰廣莫風，見《易通卦驗》、《乾元序制記》、《淮南・天文訓》、《史記・律書》、《白虎通・八風》、《說文》、《廣雅》。亦作「廣漠」，見《易稽覽圖》。又曰寒風，見《呂覽・有始》篇、《淮南・地形訓》。寒風在冬至後，別有西南方涼風，亦見諸書。在立秋之後，是北風，非即涼風。《爾雅》依《詩》立訓耳。「涼，寒貌也」者，《玉篇・水部》引《韓詩》文。上文「北風」，故知是「寒貌」也。《白虎通》：「涼，寒也，陰氣行也。言涼則寒至矣。」皮嘉祐云：「《列子・湯問》篇注引《字林》：『涼，微寒。』《釋名・釋州國》：『涼州，西方所在寒州也。』是『涼』有『寒』義。」《說文》：「雱，旁之籀文，溥也。」溥者，大也。《御覽》三十四引引《詩》作「滂」。❶《穆天子傳》郭注、《廣韻・十遇》、《藝文類聚》二、韓鄂《歲華紀麗》四並引

❶「引引」，疑當作「引」。

作「霿」。北風雨雪，以喻威虐。惠而好我，攜手同行。其虚其邪，既亟只且。【注】魯、齊「邪」作「徐」。魯説曰：「其虚其徐，威儀容止也。」齊説曰：「虚徐，狐疑也。」韓説曰：「亟，猶急也。」【疏】傳：「惠，愛；行，道也。虚，虚也。亟，急也。」箋：「性仁愛而又好我者，與我相攜持同道而去，疾時政也。邪，讀如徐。言今在位之人，其故威儀虚徐寬仁者，今皆以爲急刻之行矣，所以當去以此也。」〇古「然」、「而」同字。「惠而好我」，猶言惠然好我。與《終風》「惠然肯來」句例同。《説文》：「攜，提也。」「其虚」至「止也」，《釋訓》文。郭注：「雍容都雅之貌。」孔疏引孫炎曰：「虚徐，威儀謙退也。」郭、孫注詞異意同。班固《幽通賦》：「承靈訓其虚徐兮，竚盤桓而且俟。」曹大家注：「虚徐，狐疑也。《詩》曰：『其虚其徐。』」曹用《齊詩》，訓「虚徐」爲「狐疑」，本齊説。魯、齊「邪」皆作「徐」，韓説當同。箋云：「邪，讀如徐。」用三家改毛也。馬瑞辰云：「虚者，舒之同音假借。《野有死麕》傳：『舒，徐也。』虚、徐二字疊韻。《淮南・原道訓》注：『原泉始出，虚徐流不止。』正以『虚徐』爲『徐』，『虚徐』即『舒徐』也。正義釋『虚徐』爲謙退閑徐之義，失之。」愚案：詩借「虚」爲「舒」，「舒徐」即「徐徐」。《釋天》李注：「徐，舒也。」《齊策》「徐州」，注：「徐州，或作『舒州』。」是「舒」之與「徐」字訓並通。「其虚其徐」，即「其徐其徐」也。《易・困卦》釋文引馬注：「徐徐，安行貌。」詳繹《雅》訓、曹注，四字只是委蛇退讓、裴回不前之狀，孔疏析義未爲全失，但宜連讀，不宜分疏。以各家注義證之，可見詩人見其同行者，從容安雅之狀如此，又速之曰：「既亟只且。」猶言事已急矣，尚不速行，而爲此徐徐之態乎？「亟，猶急也」者，慧琳《音義》八十引《韓詩》文。《説文》「急」作「㤂」，云：「褊也。從心，及聲。」「亟，敏疾也。從人，從口，從又，從二。二，天地也。」蓋象人蹋天蹐地，口手並用之狀。亟以事言，急以心言，故云：「亟，猶急也。」顧震福云：「《釋詁》：『亟，疾也。』《釋文》：『亟，字又作「茍」。』《說文》：『茍，自急敕也。』通作『𩋙』、『㥛』。《說文》：『𩋙，急也。』『㥛，急性也。』《釋言》：『悈，急也。』《釋文》：『悈，本或作「㥛」，又作「亟」。』毛傳：『亟，急也。』與韓訓同。」只、且，語助。

北風其喈，雨雪其霏。惠而好我，攜手同歸。其虛其邪，既亟只且。【注】魯「其霏」作「霏霏」。【疏】傳：「喈，疾貌。霏，甚貌。歸有德也。」○喈，鳥鳴聲。陳奐云：「《玉篇》：『𩗓，疾風也。』或本三家《詩》。」愚案：「喈」即「湝」之假借。《說文》「湝」下云：「一曰：寒也。」「𩗓」乃「湝」之後起字，猶「䬟」爲「涼」之後起字也。「魯『其霏』作『霏霏』」者，《列女傳·楚處莊姪》篇引《詩》「北風」四句，「其霏」作「霏霏」，此《魯詩》文。陳喬樅云：「《廣雅·釋訓》：『霏霏，雪也。』正釋《魯詩》『雨雪霏霏』之訓。『霏』又與『𩃼』通。《漢書·楊雄傳》『雲𩃼𩃼而來迎』，顏注：『𩃼，古「霏」字。』是也。」

莫赤匪狐，莫黑匪烏。惠而好我，攜手同車。其虛其邪，既亟只且。【疏】傳：「狐赤烏黑，莫能別也。」箋：「赤則狐也，黑則烏也，猶今君臣相承爲惡如一。」○莫，無；匪，非也。「莫非」二字，相連爲義。《孟子·盡心》篇：「莫非命也。」詩意猶言莫非赤狐黑烏耳。《說文》：「狐，妖獸也。」烏鴉鳴聲，人多惡之。唐韓愈詩：「鵲噪未爲吉，鴉鳴豈是凶？」是烏嘑不祥，古有此語。目見耳聞，皆妖異不祥之物，亟思避之，詞危而情迫矣。在風人取喻，或指奸猾亂民。若云斥言其君，殆非詩恉。

《北風》三章，章六句。

静女【注】齊説曰：「季姬踟躕，結衿待時。終日至暮，百兩不來。」又曰：「季姬踟躕，望我城隅。終日至暮，不見齊侯，居室無憂。」又曰：「躑躅踟躕，撫心搔首。五晝四夜，睹我齊侯。」【疏】毛序：「刺時也。衛君無道，夫人無德。」箋：「以君及夫人無道德，故陳静女遺我以彤管之法。德如是，可以易之爲人君之配。」○此媵俟迎而嫡作詩也。「季姬」至「不來」，《易林·師之同人》文。結衿者，結帨於衿。《儀禮》：「母施衿結帨，曰：勉之敬之，夙夜無違宫事。」是其義也。待時，謂俟迎。「季姬」至「無憂」，《同人之隨》文，《涣之遯》同，無末一句。《謙之巽》作「季姜躊躇，待孟城隅」，「姜」是「姬」之譌，「孟」即「孟姬」也。「躑躅」至「齊侯」，《大有之隨》文。「百兩不來」，始望之。「居室無憂」，繼喜之。「五晝四夜，睹我齊侯」，終慶之。蓋焦氏多見古書，當日皆有事實足徵，而今無可攷。此詩爲望媵未至時作也。戴震云：「此媵俟迎之禮。諸侯娶一國，二國往媵之，以姪娣從。冕而親迎，惟嫡夫人耳。媵則至乎城下，以俟迎者而後入。『愛而不見』，迎之未至也。」徐璈云：「戴説與《易林》相證，發尋詩意，是静女爲齊侯夫人所媵之同姓，故曰季姬。季，少也。我，夫人自稱。女，謂媵。詩恉思賢惠下，情詞悱然，有《關雎》『好逑』之風，《車舝》『德音』之慕矣。」陳喬樅云：「《左傳》言齊桓公有長衛姬、少衛姬，疑《易林》所云『季姬』即指少衛姬。」愚案：諸説皆是。《易林》「望我城隅」，即《詩》之「俟我城隅」也。又作「待孟城隅」，明我爲孟姬自稱，則媵是少衛姬，而孟爲長衛姬矣。同是一國之女，又夙相見，故先有貽管歸荑之事。及孟已至國，季在城隅，孟思戀企望，願其早見齊侯，共承恩遇。合《詩》與《易林》觀之，情誼顯見。《列女傳・賢明》篇載齊桓、衞姬事，稱其信而有行，齊桓使之治内，立爲夫人。此詩其賢明之見端矣。

静女其姝，【注】韓説曰：「静，貞也。姝姝然美也。」魯、齊「姝」作「㚮」，亦作「袾」。俟我於城隅。【注】魯「於」作「乎」。【疏】傳：「静，貞静也。女德貞静而有法度，乃可説也。姝，美色也。俟，待也。城隅，以言高而不可踰。」箋：「女德貞静，然後可畜美色，然後可安，又能服從，待禮而動，自防如城隅，故可愛之。」○《説文》：「静，審也。」《周書・謚法解》：「安也。」「静，貞也」者，《文選》張衡《思玄賦》、宋玉《神女賦》、曹植《洛神賦》注引《韓詩》文。蓋女貞則未有不静也。此依經立訓。「姝姝然美也」者，慧琳《音義》三十一引《韓詩》文。三十二引作「姝好然美也」，疑誤。詩作「其姝」，而韓作「姝姝然」者，即經文一字，傳、箋疊字例。如《碩人》「其頎」，鄭箋、《玉篇》並作「頎頎」之比。傳：「姝，美色也。」顧震福云：「《説文》、《廣雅》並云：『姝，好也。』玄應《音義》六引《字林》：『姝，好貌也。』《方言》：『娥、嬴，好也。趙、魏、燕、代之間曰姝。』《廣韻》：『姝，美好。』《後漢・和熹鄧皇后紀》注：『姝，美色。』《韻會》：『姝，美色。又好貌。』《説文》：『好，美也。』《方言》：『凡美色，或謂之好。』《廣韻》：『美，好色。』『美』一作『媄』。」《説文》：「媄，色好也。」《廣韻》引《字様》：『媄，顔色姝好也。』」「魯、齊『姝』作『㚮』，亦作『袾』」者，《説文》「㚮」下云：「好也。從女，殳聲。《詩》曰：『静女其㚮。』」「袾」下云：「好佳也。從衣，朱聲。《詩》曰：『静女其袾。』」「褮」下云：「一曰：若『静女其袾』之『袾』。」「㚮」、「袾」皆三家異文。韓作「姝」，則作「㚮」、「袾」者爲魯、齊文矣。《廣雅・釋詁》：「袾，好也。」《衆經音義》六云：「袾，古文『㚮』，同。」案：袾謂衣服麗都，文殊義別，假借作「姝」耳。「俟」，

「竢」借字。《説文》：「俟，大也。」「竢，待也。」「魯『於』作『乎』」者，《説苑·辨物》篇引《詩》作「乎」。言城隅者，以表至城下，將入門之所也。戴震云：「城隅之制，見《考工記》。許叔重《五經異義》古《周禮》説文：天子城高七雉，隅高九雉；公之城高五雉，隅高七雉；侯、伯之城高三雉，隅高五雉。據《記》考之，公、侯、伯之城皆當高五雉，城隅與天子宫隅等。門臺謂之宫隅，城臺謂之城隅。天子、諸侯臺門，以其四方而高，故有隅稱。」愛而不見，搔首踟蹰。【注】魯「愛」作「薆」，齊作「僾」。韓「而」作「如」，「踟蹰」作「躊躇」，云：「躊躇，猶躑躅也。」亦作「跱躇」。【疏】傳：「言志往而行正。」箋：「志往，謂踟蹰。行正，謂愛之而不往見。」

○「魯『愛』作『薆』」者，《釋言》：「薆，隱也。」郭注：「見《詩》。」《方言》：「掩、翳，薆也。」郭注：「薆，謂蔽薆也。《詩》曰：『薆而不見。』」合證二注，明郭據《爾雅》舊注《魯詩》文，是魯作「薆」。毛作「愛」，渻借字。「而」、「如」字古通。「愛而」即「愛如」也。戴震云：「『愛而』，猶隱然。」陳喬樅云：「《離騷》：『衆薆然而蔽之。』薆而，猶薆然也。《説苑》引《詩》作『愛』，後人從毛所改。」「齊『愛』作『僾』」者，《説文》：「僾，仿佛也。《詩》曰：『僾而不見。』」陳喬樅云：「《禮·祭義》『僾然必有見乎其位』，孔疏引《詩》云『僾而不見』，與《説文》合。今注疏本仍作『愛』，段玉裁以爲『愛』當作『薆』，是也。蓋《禮記》舊説有據《齊詩》以證《祭義》者，故孔沿用其説。然則許引《齊詩》文也。『薆』、『僾』字通。」「韓『而』作『如』，『踟蹰』作『躊躇』」者，慧琳《音義》七十三引：「《韓詩》云：『愛如不見，搔首躊躇。』躊躇，猶躑躅也。」《易林》云「躑躅踟蹰」，知齊訓與韓同。七十二引《韓詩外傳》亦作「搔首躊躇」。今本《外傳》一引《詩》作「愛而不見，搔首踟蹰」，乃後人順毛改之。《文選·思玄賦》注引《韓詩》「愛而不見，搔首踟蹰」，薛君曰：「躊躇，躑躅也。」據此，知是薛訓「躑」上奪「猶」字。《琴賦》

注引二語，仍作「猶躑躅也」可證。兩引作「而」不作「如」，亦後人所改。「搔首躊躇」句又見《思舊賦》、《洞簫賦》、左思《招隱詩》、何劭《贈張華詩》注，惟《鸚鵡賦》注誤作「踟蹰」。「亦作『跱躇』」者，《說文繫傳》「躇」下云：「跱躇，不前也。」鍇曰：「《詩》云：『愛而不見，搔首跱躇。』」《說文》無「跱」字，大徐作「跱躇」，是。小徐時惟《韓詩》存，蓋亦韓異文。顧震福云：「《易·姤》『羸豕孚蹢躅』，《釋文》：『蹢，本亦作「躑」。躅，本亦作「蠋」』，古文作「𨇨」。』《禮·三年問》『蹢躅焉，踟蹰焉』，《釋文》作『蹢躅』、『踶蹰』，《荀子·禮論》作『躑躅』、『踟蹰』。《說文》『篤』下云：『篤箸也。』『蹢』下云：『住足也。或曰蹢躅。』『躅』下云：『蹢躅也。』『彳』下云：『小步。』『亍』下云：『步止也。』《玉篇》：『躊躇，猶猶豫也。』『蹢躅，行不進。重文作「躑躅」。』《廣雅》：『蹢躅，蹢跦也。』《集韻》：『躊躇，行不進也。「躊」亦作「跱」。』《易緯·是類謀》『物瑞騠躅』，鄭注：『騠躅，猶踟蹰也。』成公綏《嘯賦》又作『踟跦』。篤著、跱躇、踶蹰、踟跦、踟蹰，並與『躊躇』同。蹢躅、蹢𨇨、騠𩦓、彳亍，並與『躑躅』同。皆猶豫不進之貌。」愚案：「搔首踟蹰」者，《說文》：「搔，括也。」古者以象骨爲揥，以爲首飾，所以自旁摰括其髮，義具《君子偕老》及《淇奧》篇，故許訓「搔」爲「括」。《鄘風》正義云：「以象骨搔首。」是也。人每有所思而搔首，亦於髮上取其骨揥而復安之，與「括髮」意同，故亦謂之「搔」。《衆經音義》引《說文》誤「括」爲「刮」，又訓「搔」爲「抓」，此後起之義，古無是說。後世以玉爲簪，用以束髮，故結髮曰簪髮，散髮曰抽簪。有所思而搔首亦用之，唐杜甫詩：「天地空搔首，頻抽白玉簪。」是其證矣。踟蹰，謂媵，《易林》云「季姬踟蹰」可證。蓋夫人初至成禮，禮畢而後迎媵，故詩以「俟我」爲詞。媵在城外俟迎乃入，致有「終日至暮，不見國君」之事。「搔首踟蹰」，夫人代媵設想如此。《韓詩外傳》一略言：「不肖者縱欲夭年，賢者精氣闐溢而後傷，時不可過。」引「懷昏姻也」及此詩爲證。《説苑・辨物》篇引《詩》同，並推演之詞。

静女其孌，貽我彤管。【注】魯説曰：「古者后夫人必有女史彤管之法，后妃羣妾，以禮御於君所，女史書其日，授其環，以示進退之法。生子月娠，則以金環退之。當御者以銀環進之，著於左手。既御，著於右手。左手，陽也，以當就男，故著左手。右手，陰也，既御而復故。」又曰：「女史掌彤管之訓。」齊説曰：「彤者，赤漆耳。史官載事，故以彤管赤心記事也。」【疏】傳：「既有静德，又有美色，又能遺我以古人之法，可以配人君也。古者后夫人必有女史彤管之法，史不記過，其罪殺之。后妃羣妾，以禮御於君所，女史書其日月，授之以環以進退之。生子月辰，則以金環退之。當御者以銀環進之，著于左手。既御，著于右手。事無大小，記以成法。」箋：「彤管，筆赤管也。」○孌，義具《泉水》。詩言静女從行，其情甚與我相變慕，乃貽我以彤管。《釋文》：「貽，本又作『詒』。彤，赤也。管，筆管。」《後漢・皇后紀》注引《詩》「詒我彤管」，與「又作」本合。「古者」至「復故」，《御覽・皇親部》引劉向《五經要義》文，魯説也。《藝文類聚》十五引同。「女史掌彤管之訓」者，張衡《天象賦》文，衡用《魯詩》者也。《周禮》「女史八人」，注：「女史，女奴曉書者。」其職：「掌王后之禮職，掌内治之貳，以詔后治内政，逆内宫，❶書内令。凡后之事，以禮從。」夫人女史亦如之。《御覽》百四十五引劉芳《詩音義疏》云：「女史彤管法如國史，主記后夫人之過。人君有柱下史，后有女史，内

❶「宫」，原作「官」，據阮刻本《周禮注疏》改。

外各有官也。」《後漢・后妃紀序》：「頒官分務，各有典司。女史彤管，記功書過。」劉知幾《史通》十一云：「《詩》彤管者，女史記事之所執也。古者人君，外朝則有國史，内朝則有女史，故晉獻惑亂，❶驪姬夜泣，牀第之私，房中之事，不得掩焉。楚昭夜讌，蔡姬許之後死。夫宴私而有書事之册，蓋受命者，即女史之流乎？」皆掌訓之義也。「彤者」至「事也」，崔豹《古今注》：「牛亨問：『彤管何也？』董仲舒答曰云云。」此記其製物之式，命名之由，《齊詩》説也。張華《博物志》同。合證諸書，是女史彤管，書事記過，使人君妃妾知所警戒，進退得秩敘之美，宫闈無瀆亂之愆，所繫至重。《左・定九年傳》「《静女》之三章，取彤管焉」，斷章之義，取諸此也。

彤管有煒，説懌女美。【注】三家「懌」作「釋」。【疏】傳：「煒，赤貌。彤管以赤心正人也。」箋：「説懌，當作『説釋』。赤管煒煒然，女史以之説釋妃妾之德，美之。」○《説文》：「煒，盛赤也。從火，韋聲。《詩》曰：『彤管有煒。』」《衆經音義》十八引作「盛明貌也」。《釋文》：「説，本又作『悦』。」《白帖》二十、《御覽》六百五引並作「悦」。「三家『懌』作『釋』」者，箋：「説懌，當作『説釋』。」此用三家改毛。《説文》無「懌」字，「説」下云：「説釋也。」即本此詩「説釋」之義，與鄭合。人説則心釋然，故曰「説釋」。《學記》「相説以解」，與「説釋」意合。女，女彤管，以下章女荑例之可見。美，善也。「説懌女美」者，夫人見媵贈此彤管，知其義在箴規，故説而善之。此及下章並舉從行相贈遺之事，以見情好之篤。

---

❶「亂」，原脱，據四庫本《史通》補。

自牧歸荑，洵美且異。匪女之爲美，美人之貽。【注】韓「異」作「瘱」，云：「瘱，悦也。」【疏】傳：❶「牧，田官也。荑，茅之始生也。本之於荑，取其有始有終。非爲荑徒説美色而已，❷美其人能遺我法則。」箋：「洵，信也。茅，絜白之物也。自牧田歸荑，其信美而異者，可以供祭祀，猶貞女在窈窕之處，媒氏達之，可以配人君。遺我者，遺我以賢妃也。」○《釋地》：「郊外謂之牧。」《廣雅·釋詁》同。《周語》「國有郊牧」，韋注：「牧，放牧之地。」歸，讀如《左·閔二年傳》「歸夫人魚軒」之「歸」。《晉語》注：「歸，饋也。」「歸」、「饋」古通。《廣雅·釋詁》：「歸，遺也。」「遺」、「貽」同字，「歸」、「貽」同義。上「歸」下「貽」，變文言之耳。《説文》：「荑，草也。」《衆經音義》十九引《通俗文》：「草陸生曰荑。」「自牧歸荑」者，言在郊外，曾取此荑以饋我也。「韓『異』作『瘱』，云『瘱，悦也』」者，《文選·神女賦》李注引《韓詩》文。陳奂云：「它詩無『瘱』訓，當是此詩章句。『異』者，『瘱』之借字，『異』、『瘱』一聲之轉，承上文『説懌女美』而言。」愚案：陳説是。「洵美且異」者，言信美且可悦愛也。女，女荑。夫人言此荑非彤管比，而我得之，以爲信美可悦者，非女荑之爲美也。所以如此者，美此人之貽我，重其人，因愛其物耳。此女足爲我重，如是安得不望其早見國君，而承恩遇乎？

❶「傳」，原脱，據明世德堂本《毛詩》、阮刻本《毛詩正義》與本書體例補。

❷「荑」，明世德堂本《毛詩》無。阮刻本《毛詩正義》附《校勘記》引「小字本、相臺本、閩本、明監本、毛本」作「其」。

《静女》三章，章四句。

新臺【疏】毛序：「刺衛宣公也。納伋之妻，作新臺于河上而要之，國人惡之，而作是詩也。」箋：「伋，宣公之世子。」○三家無異義。孔疏：「此詩蓋伋妻自齊始來，未至於衛，公聞其美，恐不從己，故使人於河上爲新臺，待其至於河，而因臺所以要之耳。」案：疏説是也。《易林·歸妹之蠱》：「陰陽隔塞，許嫁不答。《旄丘》、《新臺》，悔往歎息。」此《齊詩》説。《新臺》、《旄丘》事異，而其爲「陰陽隔塞」、人倫禍變則同。「悔往歎息」，以詩爲國人代姜氏之詞，與序意合。姜氏許嫁子伋，入其國，不見其人，是不答也。遇衛宣之强暴，乃悔往而歎息，其初心未必不善，轉念誤之耳。《左·桓十六年傳》：「衛宣公烝於夷姜，❶生急子，爲之娶於齊而美，公取之。」事又見《史記·衛世家》、《列女傳》、《新序》，詳具《日月》篇。《水經注·河水》篇：「河水又東逕鄄城縣北，故城在河南十八里。河之北岸有新臺，鴻基層廣，累高數丈，衛宣公所築新臺矣。」《寰宇記》：「新臺在濮州鄄城縣東北十七里，北去河四里。」《一統志》：「鄄城，今曹州府濮州。」

新臺有泚，河水瀰瀰。【注】三家「泚」作「玼」。齊「瀰」作「泮」。【疏】傳：「泚，鮮明貌。瀰瀰，盛貌。水，所以絜汙穢，反于河上而爲淫昏之行。」○新臺者，《釋文》：「修舊曰新。」「三家『泚』作『玼』」者，《釋

---

❶「姜」，原作「妻」，據阮刻本《春秋左傳正義》改。

文》：「泚，鮮明貌。《説文》作『玼』，云：『新色鮮也。』」案：《説文》：「玼，玉色鮮也。從玉，此聲。《詩》曰：『新臺有玼。』」與《釋文》引異。段玉裁云：「《説文》『玉』上當有『新』字。玼本新玉色，引申爲凡新色，如『玼兮玼兮』，言衣之鮮盛；『新臺有玼』，言臺之鮮明。」其説是也。《説文》無「泚」字。《孟子·滕文公》篇「其顙有泚」，當訓爲「水出貌」，無「鮮明」義。許引三家正字，毛借字。「齊『瀰』作『泮』」者，《漢書·地理志》：「《邶詩》曰：『河水洋洋。』」顔注：「今《邶詩》無此句。」盧文弨云：「『洋洋，疑字誤。或本作『泮』字，從水，芈聲，即『河水瀰瀰』也。『泮』字見《廣雅·釋丘》，今亦譌爲『洋』。班氏明引《邶詩》，必非逸句。」顧廣圻云：「影宋本《廣雅》作『淬』，《集韻》『淬』字載十九侯，盧讀作『泮』，非是。」陳喬樅云：「《玉篇·水部》：『瀰，深也，盛也。』『泮』亦『瀰』字。《集韻·四紙》瀰、瀰、泮同字，訓『水盛貌』。《類篇》十一中《水部》：『瀰，或作「泮」。』據此數證，盧説良是。但不當引《廣雅》以亂之耳。《集韻》、《類篇》雖引《廣雅》『陴、淬，涯也』，然《玉篇》、《廣韻》皆無此字。王念孫《廣雅疏證》以爲『涘』字之誤，是也。且使《廣雅》作『淬』，其訓爲『涯』，豈可以當《詩》之『瀰瀰』乎？顧説誤。」燕婉之求，籧篨不鮮。【注】魯、韓「燕」作「嬿」。韓説曰：「嬿婉，好貌。」齊作「暥」。魯説曰：「籧篨，口柔也。」【疏】傳：「燕，安；婉，順也。籧篨，不能俯者。」箋：「鮮，善也。伋之妻，齊女，來嫁於衛，其心本求燕婉之人，謂伋也；反得籧篨不善，謂宣公也。籧篨口柔，常觀人顔色而爲之辭，故不能俯也。」○「魯、韓『燕』作『嬿』，韓云『嬿婉，好貌』」者，《文選·西京賦》李注引：「《韓詩》曰：『嬿婉之求。』嬿婉，好貌。」《玉篇·女部》引《詩》亦從韓作「嬿婉」。張衡《西京賦》從「嬿婉」，衡用《魯詩》，作「嬿」，是魯、韓文同。薛綜注：「嬿婉，美好之貌。」與韓訓合。「燕」、「嬿」皆借字，本字當作「宴」。《說文》「㛪」下云：❶「宴㛪也。」「婉」下云：「順也。」《干禄字書》：「冤，或作『惌』，故『㛪』今作『婉』。」據此，「婉」與「㛪」通，「宴㛪」即「宴婉」矣。傳：「燕，安；婉，順也。」毛訓「燕」爲「安」，明以「燕」爲「宴」。《後漢·邊讓傳》「展中情之嬿婉」，李注：「嬿，安也。婉，美也。」亦以「嬿」爲「宴」。《釋訓》：「宴宴，柔也。」郭注：「和柔。」是「宴」爲「安和貌」，故《雅》訓「柔」也。「宴婉」二字，析言各字爲義，合言則安和之意，總謂美好耳。「齊作『䁙』」者，《說文》：「䁙，目相戲。從目，晏聲。《詩》曰：『䁙婉之求。』」毛作「燕」，魯、韓作「嬿」，則作「䁙」者，齊文也。「䁙」亦「宴」假借字。下二章當同。「燕婉之求」，言爲嘉耦是求也。「籧篨，口柔也」者，《釋訓》文。《釋文》引舍人曰：「籧篨，巧言也。」李巡曰：「籧篨，巧言好辭，以口悦人，是謂口柔。」孫炎曰：「籧篨之疾不能俯，口柔之人，視人顔色，常亦不伏，因亦名云。」此蓋《魯詩》説。《論衡·累害篇》：「籧篨多佞。」王用《魯詩》，正合《雅》訓。《晉語》：「籧篨不可使俯。」蓋疾不能俯者名籧篨，而口柔者似之，故以爲號，餘互詳末章。此一義也。《説文》：「籧篨，粗竹席也。」《方言》：「簟，自關而西，其麤者謂之籧篨。」此以物之粗惡者爲比，又一義也。齊、韓家以戚施爲醜物，則籧篨之訓，當從本義，以爲粗惡之物矣。竹席可卷，反之則折，是不可使俯也。疾有「籧篨」之名，即取此義。以口柔爲籧篨，又因疾狀推言之。箋：「鮮，善也。」不鮮，言遇此不善之人。《爾雅·釋詁》：「鮮，善也。」知三家同。

❶「㛪」，原作「宴」，據陳刻《説文》、《説文注》、楊刻《説文義證》改。

新臺有洒，河水浼浼。【注】韓「洒」作「漼」，云：「鮮貌。」「浼浼」作「浘浘」，云：「盛貌。」「漼」亦作「滜」。【疏】傳：「洒，高峻也。浼浼，平地也。」○「韓『洒』作『漼』，『浼浼』作『浘浘』」者，《釋文》：「洒，七罪反。韓作『漼』，音同，云：『鮮貌。』浼，每罪反。韓作『浘浘』，音尾，云：『盛貌。』」段玉裁云：「此必首章『新臺有泚，河水瀰瀰』之異文。『漼』、『浘』字與『泚』、『瀰』同部，與『洒』、『浼』不同部，陸誤屬之二章也。」馬瑞辰云：「『洒』、『洗』雙聲，古通用。《白虎通》：『洗者，鮮也。』《吕覽》高注：『洗，新也。』又與『銑』通。《晉語》韋注：『銑，猶洒也。』『有洒』，猶『有泚』，毛訓『高峻』，不若韓訓『鮮貌』爲確。韓『洒』作『漼』者，《玉篇》：『滜，與「漼」同。《詩》：「有漼者淵。」』本或爲『萃』。『洒』通作『漼』，猶『洗』通作『滜』，皆異部叚借也。《儀禮》釋文：『洗，悉禮反。劉本作「滜」，七對反。』是其類。段謂『漼』爲『泚』異文，非也。《説文繫傳》引《詩》『新臺有漼』，云：『字本作「滜」。』《説文》：『滜，新也。』《廣韻》：『滜，新水狀也。』亦與韓訓『漼』爲『鮮』同義。《説文》『潣』字注：『水流浼浼貌。』『浼』字注引《詩》『河水浼浼』。浼，古音讀如門，❶與潣音近，浼浼即潣潣也。《玉篇》：『浘浘，水流貌。』『浼浼』通作『浘浘』，猶『勉勉』通作『亹亹』，皆一聲之轉。《禮器》鄭注：『亹亹，猶勉勉也。』《文選·吴都賦》『清流亹亹』，李注引《韓詩》：『亹亹，水流進貌。』當亦此詩『浼浼』之異文。古浼、亹音皆如門，故通用。傳《韓詩》者不一家，故浘、亹字各異耳。段以『浘浘』爲上章『瀰瀰』異文，但取字之同

❶「音」，原作「者」，據馬瑞辰《通釋》改。

部，不知雙聲字古亦通用也。」愚案：「漼」、「滜」並三家文。《説文》：「崔，大高也。」「嶵，❶山貌。」《文選・靈光殿賦》「嵯峨⿱山非嵬」，「⿱山非」同「嶵」，「嶵」猶「崔嵬」也。「嶵」之通「崔」，與「滜」之通「漼」一例。《説文》：「漼，深也。」亦此詩義。當以「滜」爲正字。《防有鵲巢》韓詩：「娓，美也。」此詩「浘浘，盛貌」，「美」、「盛」義同。河水浘浘，猶言美哉河水矣。　燕婉之求，籧篨不殄。【注】三家「殄」作「腆」。【疏】傳：「殄，絶也。」箋：「殄，當作『腆』。腆，善也。」○「三家『殄』作『腆』」者，箋「殄，當作『腆』」，疏：「腆、殄皆今字之異，故《儀禮》注云：『腆，古文字作「殄」。』是也。」據此，三家今文皆作「腆」，故箋依以改毛。不腆，猶不鮮也。

魚網之設，鴻則離之。燕婉之求，得此戚施。【注】魯説曰：「戚施，面柔也。」韓説曰：「戚施，蟾蜍、⿰虫就蝤，喻醜惡。」亦作「⿰酋黽䵹」。【疏】傳：「言所得非所求也。戚施，不能仰者。」箋：「設魚網者宜得魚，鴻乃鳥也，反離焉，猶齊女以禮來求世子，而得宣公。戚施面柔，下人以色，故不能仰也。」○《説文》：「設，施陳也。」《易・序卦傳》：「離者，麗也。」「附著」之義。「戚施，面柔也」者，《釋訓》文。《釋文》引舍人曰：「戚施令色誘人。」李巡曰：「戚施和顔悦色以誘人，是謂面柔也。」孫炎曰：「戚施之疾不能仰，面柔之人常俯，似之，亦以名云。」《論衡・累害篇》「戚施彌妬」，言戚施之人彌多妬忌，故以令色誘人。蓋皆魯説。《晉語》：「戚施不可使仰。」又云：「戚施直鎛，籧篨蒙璆。」韋注：「籧篨，直者。戚施，瘁者。直，直擊。鎛，鎛鍾也。蒙，戴也。璆，玉磬。不能俯，故使戴磬。」《淮南・修務訓》：「啳朕哆噅，籧篨戚施，雖粉白黛黑，弗能爲美

❶「嶵」，原作「⿱山幸」，據陳刻《説文》、《説文注》、楊刻《説文義證》改。下同。

者，嫫母、仳倠也。」高注：「籧篨偃，戚施僂，皆醜貌。」是戚施爲不能仰之疾，而面柔者似之，故名。此一義也。「戚施」至「醜惡」者，《御覽》九百四十九引《韓詩》曰：「魚網之設，鴻則離之。嬿婉之求，得此戚施。」薛君曰：「戚施，蟾蜍，蠍蝤，喻醜惡。」「亦作『䵹䵷』」者，《説文》「鼀」下云：「圥鼀，詹諸也。其鳴詹諸，其皮鼀鼀，其行圥圥。從黽，從圥，圥亦聲。」「䵹」下云：「鼀或從酋。」「䵷」下云：「䵹䵷，詹諸也。《詩》曰：『得此䵹䵷。』言其行䵷䵷。」所引《詩》與魯、韓、毛文異，是據《齊詩》，而訓與韓合。「詹諸」，「蟾蠩」之渻，即薛所云「蟾蜍」。郭璞云：「似蝦蟆，居陸地者也。」《説文》「其皮鼀鼀」，猶言「戚戚」，「其行䵷䵷」，猶言「施施」，故「鼀䵷」與「戚施」同字。「其行圥圥」，桂馥云：「『行』不應重出。圥似詹諸之形，『行』當作『形』。」是也。圥，力竹切，音六。鼀，七宿切，音蹴。詹諸一名圥鼀，又名䵹䵷，亦名鼀䵹，《釋魚》「鼀䵹，詹諸」是也。「鼀」或作「鼀」，譌字，《説文》所無，後人據《雅》訓，因謂《説文》誤併「鼀」、「䵹」爲一字。馬瑞辰云：「《爾雅》釋文：『䵹，音秋。』「䵹」又作「䵸」，《山海經》郭注：「䵸黽，似蝦蟆。」《玉篇》䵹、䵸同字。秋、戚一聲之轉。《莊子》「諸大夫蹵然」，本或作「愀然」。「蹵」即「蹙」也，是秋、戚通用。據此，《説文》不誤。」愚案：薛注「蟾蜍」、「蠍蝤」，廣異名也。蠍從就聲，秋、酋、就、戚同聲通轉，尤爲顯證。又名蝌鼀，《説文》「蝌」下云：「蝌鼀，詹諸。以脰鳴者。」是也。蝌、蠍亦雙聲字。一物繁稱，字隨音變，猶「螽斯」有十數名，絫評、倒評皆可，不必謂《爾雅》是而《説文》非也。《淮南・原道訓》「蟾蠩捕蚤」，高注：「蟾蠩，蝇也。」又以一字爲名。「蝇」即此詩「施」字之增變矣。《説文》「其皮鼀鼀」、「其行䵷䵷」，皆狀物之醜惡貌，故詩人以爲比。此又一義也。惟蟾蠩之爲物，亦不能使仰者，是齊、韓與魯、毛訓異，而義未嘗不通矣。

《新臺》三章，章四句。

二子乘舟【注】魯、韓説曰：「衛宣公之子，伋也、壽也、朔也。伋，前母子也。壽與朔，後母子也。壽之母與朔謀，欲殺太子伋而立壽也。使人與伋乘舟於河中，將沈而殺之，壽知不能止也。固與之同舟，舟人不得殺伋。方乘舟時，伋傅母恐其死也，閔而作詩，《二子乘舟》之詩是也。其詩曰：『二子乘舟，汎汎其景。願言思子，中心養養。』」【疏】毛序：「思伋、壽也。衛宣公之二子爭相爲死，國人傷而思之，作是詩也。」○「衛宣」至「養養」，《新序·節士》篇文。下「又使伋之齊」云云，具《日月》篇。此魯、韓《詩》義，與毛序異。范家相云：「姜與朔謀殺伋，其事祕，有傅母在内，故知而閔之。壽與伋共舟，所以阻其沈舟之謀。其後竊旌乃代死，情事宛然，此《新序》之勝於毛傳者。」陳奂云：「此與《列女傳》不同，劉子政習《魯詩》，兼習《韓詩》也。」

二子乘舟，汎汎其景。【疏】傳：「二子，伋、壽也。宣公爲伋取於齊女而美，公奪之，生壽及朔。朔與其母愬伋於公，公令伋之齊，使賊先待於隘而殺之。壽知之，以告伋，使去之。伋曰：『君命也，不可以逃。』壽竊其節而先往，賊殺之。伋至，曰：『君命殺我，壽有何罪？』賊又殺之。國人傷其涉危遂往，如乘舟而無所薄，汎汎然迅疾而不礙也。」○案：三家義傅母閔而作詩，「二子」亦當指伋、壽。乘舟實事，非喻言也。沈舟祕計，傅母知而不敢言。壽與同舟，以阻其謀，其果沈與否，亦非壽與傅母所敢知，而壽有救伋之心，傅母必知之，故閔伋，兼閔壽也。汎，浮貌。重言之，曰「汎汎」。《廣雅·釋訓》：「汎汎，浮也。」王引之云：「景，讀如憬。《泮水》傳：『憬，遠行貌。』與下章『汎汎其逝』同義。《士昏禮》『姆加景』，『今文「景」作「憬」。』是『憬』、『景』古通。」願言思子，中心養養。【注】魯「養養」作「洋洋」。【疏】傳：「願，每也養養然，憂不知所定。」箋：「願，念也。念我思此二子，心爲之憂養養然。」○「魯『養養』作『洋洋』」者，《釋訓》：「悠悠、洋洋，思也。」邢疏：「《二子乘舟》云：『中心養養。』此皆想念憂思也。『洋』、『養』音義同。」邢蓋據舊注《魯詩》文。是「養養」當爲「洋洋」。魯正字，毛借字。「悠悠」訓「長」，「洋洋」亦爲思之長也。馬瑞辰云：「首章『中心養養』，二章『不瑕有害』，皆二子未死以前，恐其被害之詞，非既死後追悼之詞。且二子如未乘舟，不得直言乘舟也。《新序》說是。」

二子乘舟，汎汎其逝。願言思子，不瑕有害。【疏】傳：「逝，往也。言二子之不遠害。」箋：「瑕，猶過也。我思念此二子之事，於行無過差，有何不可而不去也。」○不瑕，義具《泉水》。「不瑕有害」，言此行恐不無有害，疑慮之詞。《水經注·河水》篇：「莘道城西北有莘亭，衛宣公使伋於齊，令盜待於莘，伋、壽繼隕於此亭。道阨限蹊要，自衛適齊之道也。望新臺於河上，感二子於夙齡。詩人乘舟，誠可悲也。」以河上乘舟爲實事，亦用三家義。

《二子乘舟》二章，章四句。

邶、鄘、衛國上十九篇，七十一章，三百六十三句。

詩三家義集疏卷三中

長沙王先謙益吾著

邶鄘衛柏舟弟四❶

柏舟【疏】毛序：「共姜自誓也，衛世子共伯蚤死，其妻守義，父母欲奪而嫁之，誓而弗許，故作是詩以絶之。」箋：「共伯，僖侯之世子。」〇《史記·衛世家》：「釐侯卒，太子共伯餘立爲君，共伯弟和襲攻共伯於墓上，共伯入釐侯羨自殺，羨，墓道也。衛人因葬之釐侯旁，謚曰共伯，而立和爲衛侯，是爲武公。」司馬貞《索隱》據序「早死」之文，疑史公别采雜説。孔疏遷就其詞，謂序「言『早死』者，謂早死不得爲君，不必年幼」，曲爲序解。愚案：共伯事當以史爲正，毛序不合，無庸强爲牽附。三家《詩》義與史同。《列女傳·漢孝平王后傳》云：「君子謂平后體自然貞淑之行，不爲存亡改意，可謂節行不虧汙者矣。《詩》曰：『髧彼兩髦，實爲我儀。之死矢靡他！』此之謂也。」引

❶「邶鄘衛柏舟弟四」，與本書卷四「王黍離弟四」不合，當據本書體例删。

《詩》義以證漢事，此魯説。共伯被弒，共姜不嫁；孝平被弒，王后不嫁，其事正同，故取爲喻。《漢書·地理志》「《庸》曰『在彼中河』」，與《邶》曰「河水泮泮」、《衛》曰「河水洋洋」並引，此「河」爲衛地之「河」，不容任指一水當之，是女已嫁在衛。班用《齊詩》，知齊説不以《詩》爲「共伯早死，共姜守義」之事。《魏志·陳思王植傳》：「植疏云：『有不蒙施之物，必有慘毒之懷，故《柏舟》有「天只」之怨，《谷風》有「棄予」之歎。』」曰「不蒙施」、曰「慘毒」，且以與《谷風》「棄予」並稱，明詩爲禍亂慘變，中道分離之作。植用《韓詩》者也。魯、齊、韓《詩》義皆無異説。《文選》潘岳《寡婦賦》云：「蹈共姜兮明誓，詠《柏舟》兮清歌。」以此詩爲寡婦之詞，亦用三家義之明證矣。詩曰「中河」、「河側」，明見所嫁之地；曰「髧彼兩髦」，明見所嫁之人曰「母」、曰「天」，明歸見其家之父母而自誓。蓋共伯弒死，武公繼立，姜勢難久處衛邦，既不如《柏舟》之寡卒守死君，祇得爲《燕燕》之婦往歸故國，不料父母欲奪而嫁之，故爲此詩以自誓也。

汎彼柏舟，在彼中河。【疏】傳：「興也。中河，河中。」箋：「舟在河中，猶婦人之在夫家，是其常處。」〇首句，義具上《柏舟》。《白帖》六引「汎」作「泛」。中河，河中。言此汎然彼柏木所爲之舟，曾在彼衛國之河中。箋：「舟在河中，猶婦人之在夫家，是其常處。」案：此是興意，亦兼賦也。髧彼兩髦，實維我儀。【注】齊、韓「髧」作「紞」，「髦」作「鬏」。亦作「髳」。【疏】傳：「髧，兩髦之貌。髦者，髮至眉，子事父母之飾。儀，匹也。」箋：「兩髦之人，謂共伯也。實是我之匹，故我不嫁也。禮，世子昧爽而朝，亦櫛纚笄，總拂髦，冠緌纓。」○《釋文》：「髧，本又作『优』。髦，《説文》作『髳』。」案：足利本作「优」，與「又作」本合。「齊、韓『髧』作『紞』，『髦』作『𩭹』，亦作『髳』」者，《説文》「𩭹」下云：「髮至眉也。從髟，敄聲。《詩》曰：『紞彼兩𩭹。』」「髳」下云：「或省作『髳』。」與《釋文》合。案：《列女傳》作「髧」、「髦」，是魯與毛同。作「紞」、「𩭹」、「髳」者，齊、韓文也。《説文》無「髧」字，「紞」下云：「冕冠塞耳者。」《左·桓二年傳》「衡紞紘綖」，杜注：「紞，冠之垂者。」正義：「紞者，懸瑱之繩。垂於冠兩旁，故云冠之垂者。」《魯語》「王后親織玄紞」，韋注：「紞，所以懸瑱當耳者。」瑱以塞耳，故許云「冕冠塞耳者」，「塞」上疑脱「垂」字，義互見《君子偕老》。紞垂冠之兩旁，因謂兩髦垂貌爲紞，髦黑而紞玄，故取爲喻。以紞爲雜采如縚者，失之。「优」是「紞」之譌字。《衆經音義》二云：「髦，古文『𦣞』，同。」「𦣞」亦「𩭹」之渻。《小雅》「如蠻如髦」，箋：「髦，西夷別名。」正義：「《牧誓》作『髳』，『髦』、『髳』音義同。」傳：「髦者，髮至眉。」《釋名》：「髦，冒也，冒覆頭頸也。」《内則》：「兒生三月，翦髮爲鬌，男角女羈，否則男左女右。」注：「鬌，所遺髮也。夾囟曰角，午達曰羈。」吴廷華云：「夾囟曰角，兩角也。午達曰羈，在中也。左、右，則一角而已。」愚案：夾囟兩角者，此《詩》所謂「兩髦」。《新唐書·禮樂志》嘉禮之皇子雙童髻，猶存遺式。午達在中者，了分爲五，其一在中，交午四達，今俗所謂「了羈」也。《内則》又云：「子事父母，總拂髦。」《既夕禮》鄭注：「長大猶爲飾存之，所以順父母幼小之心也。」此詩箋「世子昧爽而朝，亦總拂髦」，鄭以此「兩髦」之制，通於命士以上，共伯又是世子，故言之也。《喪大記》「小歛，主人説髦」，鄭注：「士既殯説髦，此云小歛，蓋諸侯禮也。士之既殯、諸侯之小歛，於死者俱三日也。」《喪大記》孔疏：「若父死，説左髦。母死，説右髦。二親並死，則並説之。」此詩疏云：「父母有先死者，於死三日説之。

服闋，又著之。若二親並没，則去之。《玉藻》云『親没不髦』，是也。」二疏不同。若如《詩》疏，共伯甫葬父而被弑，去髦未久。如《禮》疏，或共伯父死母存，兩髦説一，後須復著，故姜追稱彼兩髦之人，實我之匹，不斥言也。《釋詁》：「儀，匹也。」案：儀，法也，則也。夫爲妻法，《大雅》云：「刑于寡妻。」刑亦法也。夫修於家，妻則而象之，謂之儀，故「儀」訓「匹」也。之死矢靡它！母也天只，不諒人只！【注】魯「它」作「他」。【疏】傳：「矢，誓；靡，無；之，至也。至己之死，信無它心。諒，信也。母也，天也，尚不信我。天，謂父也。」○《釋言》：「矢，誓也。靡，無也。」婦人從一而已，無它，猶無二也。《文選・寡婦賦》注引作「靡佗」。「魯『它』作『他』」者，《列女傳》作「他」，見上。《魯詩》文也。此如《君子于役》「雞棲于桀」，《爾雅》作「榤」之類。「它」本字，「佗」借字，「他」俗字。天者，傳：「謂父也。」《喪服傳》：「父者，子之天也。」《左・桓十五年傳》杜注：「婦人在室則天父，出則天夫。」此共姜既嫁，以父爲天者，陳奂云：「《喪服傳》：『子嫁反在父之室，爲父三年。』故從天父之義，評父爲天。」是也。先母後父，便文合均也。只，語詞「諒」與「亮」同。《釋文》：「諒，本亦作『亮』。」《御覽》四百三十九引作「涼」，「涼」、「諒」古通。「韓『諒』作『亮』」者，《大明》釋文：「涼，本作『諒』。《韓詩》作『亮』。」是此詩「諒」，韓亦當爲「亮」矣。父母不信，誓以明之。

汎彼柏舟，在彼河側。髧彼兩髦，實維我特。【注】韓「特」作「直」，云「相當值也」。【疏】傳：「特，匹也。」○《説文》：「側，旁也。」傳：「特，猶匹也。」「韓作『直』，云『相當值也』」者，見《釋文》。陳喬樅云：「《吕覽・忠廉》篇高注：『特，猶直也。』《荀子・勸學篇》楊注：『特，猶言直也。』《小胥》『士特縣』，《新書》作『大夫直縣』。『特』與『犆』通，《禮・少儀》『不特弔』，《釋文》：『特，本作「犆」。』《釋水》『士特舟』，《釋文》同。『直』亦與『犆』同。《禮・郊特牲》『首也者，直也』，注：『直，或爲「犆」。』是也。韓訓『直』爲『相當值也』者，《漢書・刑法志》『不可以直秦之鋭士』，注：『直，亦當也。』『當』有『敵』義。相當，猶言相匹耳。《史記・封禪書》『遂因其直北』，《集解》引孟康曰：『直，值也。』又《匈奴傳》『直上谷』，《索隱》引姚氏曰：『古者例以「直」爲「值」。』是已。」之死矢靡慝！ 母也天只，不諒人只！【疏】傳：「慝，邪也。」○《列女傳》云：「《邶・柏舟》之詩，君子美其貞壹。」貞，正也。壹，然後貞。有它，則爲邪矣。之死靡它，故靡慝也。

《柏舟》二章，章七句。

牆有茨【注】齊說曰：「牆茨之言，三世不安。」【疏】毛序：「衛人刺其上也。公子頑通乎君母，國人疾之，而不可道也。」箋：「宣公卒，惠公幼，其庶兄頑烝於惠公之母，生子五人：齊子、戴公、文公、宋桓夫人、許穆夫人。」○「牆茨」至「不安」，《易林・小過之小畜》云：「大椎破轂，長舌亂國。牆茨之言，三世不安。」三世，謂宣、惠、懿，與《列女傳》所稱「衛宣姜亂及三世，至戴公而後寧」合。引見《日月》篇。《史記・衛世家》：「太子伋同母弟二人，一曰黔牟，嘗代惠公爲君，八年復去。二曰昭伯，昭伯、黔牟皆前死，故立昭伯子申爲戴公。戴公卒，復立其弟燬爲文公。」至《左傳》所云「昭伯通宣姜，生戴公諸人」，並《史記》、《列女傳》所不及。遷、向用《魯詩》，知此詩魯義必不以爲公子頑通君母事。《媒氏》：「凡男女之陰訟，聽之於勝國之社。」鄭注：「陰訟，争中冓之事以觸法者。亡國之社，奄其上而棧其下，使無所通，就之以聽陰訟之情，明不當宣露。《詩》云：『牆有茨，不可埽也。中冓之言，不可道也。所可道也，言之醜也。』」賈疏：「《詩》者，刺衛宣公之詩。引之者，證經所聽者是『中冓之言』也。」唐惟《韓詩》尚存，賈疏蓋引韓説，是三家皆以爲刺宣公。毛思立異説，故此及《鶉之奔奔》皆附會《左傳》爲詞。

牆有茨，不可埽也。【注】齊、韓「茨」作「薺」。【疏】傳：「興也。牆，所以防非常。茨，蒺藜也。欲埽去之，反傷牆也。」箋：「國君以禮防制一國，今其宮内有淫昏之行者，猶牆之生蒺藜。」○《説文》：「茨，以茅蓋屋也。」《釋草》「茨，蒺藜」，郭注：「布地蔓生，細葉，子有三角，刺人。見《詩》。」據此，今所謂「刺蒺藜」也。郭引《詩》蓋據舊注《魯詩》文，與毛同。「齊、韓『茨』作『薺』」者，《説文》：「薺，蒺藜也。从草，齊聲。《詩》曰：『牆有薺。』」蓋齊、韓本如此。「茨」、「薺」古通，故《禮·玉藻》鄭注引《詩》「楚楚者茨」作「楚薺」。毛傳、郭注不以「茨」爲「蓋屋之茅」，而訓爲「蒺藜」，與《説文》「薺」注合，明「薺」正字，「茨」借字。「不可埽」，謂不可埽去之。牆之有茨，以固其家，猶人之有禮，以固其國。今若埽去其茨，則不能防禦非常，喻宣恣爲淫亂，要娶子妻，隳禮制之大防，將無以爲國也。

中冓之言，不可道也。所可道也，言之醜也。【注】韓説曰：「中冓，中夜，謂淫僻之言也。」魯説曰：「道，説也。」【疏】傳：「中冓，内冓也。言之醜，於君醜也。」箋：「内冓之言，謂宫中所冓成頑與夫人淫昏之語。」○「中冓」至「言也」，《釋文》引《韓詩》文。《漢書·文三王傳》：「谷永疏云：『帝王之意，不窺人閨門之私，聽聞中冓之言。』」晉灼曰：「《魯詩》以爲夜也。」據此，魯、韓義同。「冓」當爲「⿱宀冓」之借字。《廣雅·釋詁》：「⿱宀冓、昔、闇、暮，夜也。」《玉篇·宀部》：「⿱宀冓，夜也。《詩》曰：『中冓之言。』❶中夜之言也。」又云：「⿱宀冓，本亦作『冓』。」谷永學《魯詩》，所引「中冓」當作「中⿱宀冓」，今傳作「冓」，蓋後人順毛改之。《廣雅》訓「⿱宀冓」爲「夜」，以「⿱宀冓」與「闇」同義，是「中⿱宀冓之言」，猶言中夜闇昧之言，故韓説於「中夜」下申成之，曰：「淫僻之言也。」「中⿱宀冓」二字，相連爲訓。《桑柔》「征以中垢」，傳：「中垢，言闇冥也。」與「中⿱宀冓」義合，蓋「垢」、「⿱宀冓」古字通也。傳：「中冓，内冓也。」箋：「謂宫中所冓成淫昏之語。」疏云：「冓合淫昏之事。」皆讀「冓」爲「媾」，析「中冓」爲二義，與《釋文》「本又作『中遘』」者合，不同三家，而與韓説「淫僻之言」意不相遠。《文三王傳》注：「應劭曰：『中冓，材構在堂之中也。』師古曰：『冓，謂舍之交積材木也。』」望文爲説，失之愈遠矣。「道，説也」者，《廣雅·釋詁》文。不可説，即《媒氏》注所云「不當宣露」。《説文》：「醜，可惡也。」《釋名》：「醜，臭也，如物臭穢也。」

牆有茨，不可襄也。【疏】傳：「襄，除也。」○《釋言》：「襄，除也。」郭注：「《詩》曰：『不可襄也。』」魯、毛同訓。《説文》「襄」下云：「《漢令》：『解衣耕謂之襄。』」耕必芸治其草，故凡除草皆謂之襄。《漢令》本古義。　中冓之言，不可詳也。所可詳也，言之長也。【注】韓「詳」作「揚」，云：「揚，猶道也。」【疏】傳：「詳，審也。長，惡長也。」○「詳作」至「道也」，《釋文》引《韓詩》文。「詳」、「揚」聲同義通，故得相假。揚者，講明宣播之意，較「道」義進。《釋詁》：「揚，續也。」郭注：「未詳。」當即此詩義，郭偶有不照耳。連屬稱

---

❶「冓」，《大廣益會玉篇》作「⿱宀冓」，當據改。

舉，即是宣明之義，故「揚」亦訓「續」也。《廣雅・釋詁》：「揚，説也。」足證魯、韓文同。

牆有茨，不可束也。【疏】傳：「束而去之。」○「束」是「總聚」之義。總聚而去之，言其浄盡也，較「埽」、「襄」義又進。

中冓之言，不可讀也。所可讀也，言之辱也。【注】魯、韓説曰：「讀，説也。」【疏】傳：「讀，抽也。辱，辱君也。」箋：「抽，猶出也。」○《説文》：「讀，誦書也。」引申其義，凡有事而誦言之亦曰讀。「讀，説也」者，《廣雅・釋詁》文。「不可讀」，正訓爲不可説，亦魯、韓義也。辱者，爲國辱也。君則然矣，當爲國諱惡。

《牆有茨》三章，章六句。

君子偕老【疏】毛序：「刺衛夫人也。夫人淫亂，失事君子之道，故陳人君之德、服飾之盛，宜與君子偕老也。」箋：「夫人，宣公夫人，惠公之母也。人君，小君也。或者『小』字誤作『人』耳。」○《内司服》賈疏云：「刺宣姜淫亂，不稱其服之事。」三家無異義。

君子偕老，副笄六珈。【疏】傳：「能與君子俱老，乃宜居尊位，服盛服也。副者，后夫人之首飾，編髮爲之。笄，衡笄也。珈，笄飾之最盛者，所以别尊卑。」箋：「珈之言加也。副既笄而加飾，如今步摇上飾。古之制所有，未聞。」○君子，謂宣公。詩言「夫人」者，乃當與君偕至於老之人，娶必以正。今公要奪姜氏，以爲夫人，雖服此小君之盛服，而德不足以稱之，則如之何。刺姜，以惡公也。首二句，明爲夫人，則有此盛服也。《追師》：「掌王后之首服，爲副編次，追衡笄。」鄭注：「凡諸侯夫人於其國，衣服與王后同。」又云：

「鄭司農云：『副者，婦人之首服。』玄謂：副之言覆，所以覆首爲之飾，其遺象若今步繇矣。」《禮・明堂位》鄭注：「副，首飾也，今之步搖是也。《詩》云：『副笄六珈。』」釋與此同。《釋名》：「王后首飾曰副。副，覆也，以覆首也。亦言副，貳也。兼用衆物成其飾也。步搖，上有垂珠，步則搖也。」鄭又云：「笄，卷髮者。」《公羊・僖九年傳》注：「笄者，簪也，所以繫持髮。」《釋名》：「笄，係也，所以係冠，使不墜也。」又云：「冠，貫也，所以貫韜髮也。纚，以韜髮者也。以纚爲之，因以爲名也。總，以束髮者也，總而束之也。簪，兓也。以兓連冠於髮也。」案：「係冠」與「繫髮」義同。總束其髮，以纚韜之，加冠於上，用笄簪連冠髮繫持之。鄭云「卷髮者」，明髮得笄，則卷而不墜也。鄭又云：「編，編列髮爲之。其遺象若今假紒矣。次，次第髮長短爲之，所謂髲髢。」案：即《采蘩》之「被」也。先鄭云：「追，冠名。❶衡，維持冠者。」蓋婦人首飾，以髮爲先，得笄繫持，然後可從而施飾。燕居惟纚、笄、總，舉笄可以包纚、總也。追是冠，衡以維持冠，明言笄而追、衡在内。加服次以見君，加服編以告桑。至副爲極盛之服，以從君祭祀。六珈，又副上之飾耳。箋云：「珈之言加也。副既笄而加飾，如今步搖上飾。古之制所有，未聞。」案：「副既笄而加飾」者，以珈爲副飾也。鄭謂副若步搖，故云六珈如步搖上飾，持珈飾有六，非所知也。《追師》賈疏亦云：「《詩》有『副笄六珈』，謂以六物加於副上，未知用何物，故鄭云然。」《釋名》以爲「兼用衆物成飾」，衆物，其「六珈」之謂與？《續漢・輿服志》：「步搖以黃金爲山題，貫白珠爲桂枝相繆，一爵九華，熊、虎、赤羆、天鹿、辟邪、南山豐大特六獸，《詩》

---

❶ 「名」，原作「爲」，據阮刻本《周禮注疏・追師》改。

所謂『副笄六珈』者。」陳喬樅云：「劉昭《注補敘》言：『《車服》之本即立董、蔡所立。』《後漢・蔡邕傳》注言：『邕作《漢記》十意，《車服意》第六，《續志》所録，多本其文。』邕用《魯詩》，此當爲魯説。」愚案：傳云「副者，后夫人之首飾，編髮爲之」，説與《周禮》乖戾，辨見《采蘩》。又云「珈，笄飾之最盛者」，謂以珈飾笄之，誤。鄭注《周禮》時以「副」爲「若今步摇」，與編、次爲三物，並於《禮記》注引「副笄六珈」以明之，是用三家義之明證。特「六珈」三家無説，故云「未聞」。《續漢志》雖有「六獸」之文，非必即古「六珈」。鄭所不悉，不應蔡獨明之。委委佗佗，如山如河，象服是宜。【注】韓説曰：「委委佗佗，德之美皃。」魯作「褘褘它它」，❶説曰：「美也。」【疏】傳：「委委者，行可委曲蹤迹也。佗佗者，德平易也。山無不容，河無不潤。象服，尊者所以爲飾。」箋：「象服者，謂揄翟、闕翟也。人君之象服，則舜所云『予欲觀古人之象，日月星辰』之屬。」〇「韓云『德之美皃』」者，《釋文》：「委委，行可委曲蹤迹也。佗佗，德平易也。《韓詩》云：『德之美皃。』」案：陸引毛訓，故分析注之，而綴韓總義於末。韓爲「委委佗佗」四字作訓，非僅以「佗佗」爲「德美」。《衆經音義》三十九引《韓詩》曰：「逶佗，德之美皃也。」是其證矣。「委委佗佗」，猶《羔羊》「委蛇委蛇」也。《御覽》六百九十、《事類賦》十三引《詩》「佗佗」即作「蛇蛇」，蓋《詩》字本作「它」，加虫旁則爲「蛇」，加人旁則爲「佗」，「佗」變文又爲「他」。吕氏《讀詩記》引《釋文》作「委委他他」，餘詳《羔羊》。「委委佗佗」四字，不宜分釋。《羔羊》「委蛇」，韓作「逶迤」，云：「公正皃。」彼詩韓作「逶」，與《衆經音義》引此詩韓作「逶」同，惟「迤」、「佗」有別，蓋

❶ 二「褘」字，續經解本《魯詩遺説攷》三與宋本、通志堂本《釋文》作「禕」，當據改。本疏中「褘」並同。

或作異文。彼云「公正皃」與此「德美」義合。詩殊男女，故語意微別。毛彼傳云「委蛇，行可從迹也」，此傳乃分釋「委委」爲「行可委曲蹤迹」，「佗佗」爲「德平易」，失其義矣。「魯作『褘褘它它』，説曰『美也』」者，《釋訓》文。是魯文與毛異。「褘褘」，今本作「委委」，《釋文》云：「委委，諸儒本並作『褘』，舍人曰：『褘褘者，心之美。《詩》云：「褘褘佗佗。」』」又：「佗佗，本或作『它它』。顧舍人引《詩》釋云：『褘褘它它，如山如河。』」「委」作「褘」，「佗」作「它」，並《魯詩》文。舍人「心美」之訓，與韓「德美」義同。孔、邢疏引：「李巡曰：『皆容之美也。』孫炎曰：『委委，行之美。佗佗，長之美。』」並以容皃言。蓋德不可見，於容見之。内有美德，斯外有美容，行步有儀，舉止自得，故曰「委委佗佗」非謂美麗，四字德容兼釋，不宜偏舉。韓訓「德美皃」，於義最優矣。「如山」凝然而重，「如河」淵然而深，皆以狀德容之美。言夫人必有「委委佗佗，如山如河」之德容，乃於「象服是宜」也。反言以明宣姜之不宜，與末句相應。「象服是宜」者，箋引《尚書》「予欲觀古人之象」，以明人君有象服，則夫人象服，亦當是服之以畫繪爲飾者，[1]蓋褘衣也。《内司服》王后之六服有褘衣，鄭司農注：「褘衣，畫衣。」《説文》「褘」下云：「《周禮》：『王后之服褘衣。』謂畫袍。」是褘衣即象服矣。褘是王后之服，而諸侯夫人得服之者，蓋嫁攝盛之禮，明此詩爲宣姜初至時作矣。《説文》：「襐，飾也。」「飾，襐飾也。」《急就篇》「襐飾刻畫無等雙」，顔注：「襐飾，盛服飾也。刻畫，裁製奇巧也。」「象」、「襐」古字通作，證以《内

---

[1] 「繪」，據阮刻本《周禮注疏·内司服》，疑當作「繢」。

司服》鄭注三翟之刻繪采畫，❶則禕衣爲褖服甚明。《明堂位》、《祭統》、《祭義》並言「夫人副禕」，是夫人有副即有禕。上言「副」以該「禕」，此舉「禕」以包「副」，義互相備。宜者，稱也。子之不淑，云如之何？

【疏】傳：「有子若是，何謂不善乎？」箋：「子乃服飾如是，而爲不善之行，於禮當如之何？深疾之。」〇子，子宣姜。《釋詁》：「淑，善也。」言今子與公爲淫亂而有不善之行，雖有此小君之盛服，則奈之何哉？顯刺之也。郭茂倩《樂府》引《琴操》曰：「《思歸引》者，衛女作也。衛有賢女，昭王聞而聘之，未至而薨，太子曰：『吾聞齊桓公得衛姬而霸。今衛女賢，欲留之。』大夫曰：『不可。若賢，必不我聽。若聽，必不賢。不可取也。』太子遂留之，果不聽。拘於深宮，思歸不得，援琴作歌，曲終而死。」姜與伋雖未成昏，名分已定，與衛女之於昭王相等。新臺見要，宜以死拒。乃與公俱陷大惡，故詩人深疾之。

玼兮玼兮，其之翟也。【疏】傳：「玼，鮮盛貌。褕翟、闕翟，羽飾衣也。」箋：「侯伯夫人之服，自褕翟而下，如王后焉。」〇「玼兮玼兮」者，《釋文》：「玼，音此。」引：「沈云：『毛及呂忱並作「玼」解。王肅云：「顔色衣服鮮明貌。」本或作「瑳」，此是後文「瑳兮」，王肅注：「好美衣服潔白之貌。」若與此同，不容重出。』今檢王肅本，後不釋，不如沈所言也。然舊本皆前作『玼』，後作『瑳』字。」段玉裁云：「陸意不以沈爲然，但舊本皆爾，故不定爲一字。」愚案：《内司服》鄭注引《詩》，此章作「玼」，下章作「瑳」。引見下。《釋文》云：「玼，音此。劉倉我反，本亦作『瑳』，與下『瑳』字同，倉我反。」阮《校勘記》云：「《説文》：『瑳，玉色鮮白。』

❶「繪」，據阮刻本《周禮注疏·内司服》，疑當作「繒」。

『玼，玉色鮮也。』義亦同。然一書之中，不當『瑳』、『玼』錯出。《毛詩》『瑳兮』下傳、箋、王肅皆無説明，與前章同作『玼』也。此注『玼』亦作『瑳』，劉音倉我反，蓋《毛詩》前、後皆作『玼』，《禮》注據魯、韓《詩》，前、後皆作『瑳』。今本合併爲一，以前後區別之，非也。」愚案：據阮説，三家《詩》二、三章俱作「瑳」，但《禮》注是據《齊詩》，非魯、韓也。「之」之爲言「變」也。宋洪邁《容齋隨筆》云：「『之』字之義訓『變』，《左傳》『周史以《周易》見陳侯者，陳侯使筮之，遇觀之否』，謂觀六四變爲否也。漢高祖諱邦，荀悦云：『之字曰國。』惠帝諱盈，之字曰滿。』『之』義亦訓『變』。」惠棟云：「之，適也，適則變矣。《易・繫辭》曰：『惟變所適。』」今案：「之翟」之「之」亦當訓「變」，下「之展」同。「之翟」、「之展」，猶言「變服」，「變服」，見《戰國策》。即「更衣」也。「更衣」，見《漢書・衛皇后》、《東方朔傳》。《禮・曾子問》：「男不入，改服於外次。女入，改服於内次。」《士冠禮》：「乃易服。」「改」、「易」與「變」同義。翟者，總揄翟、闕翟言之。《内司服》：「掌王后之六服：褘衣，揄狄，闕狄，鞠衣，展衣，緣衣，「緣」當作「褖」。素沙。」注：「鄭司農云：『揄狄、闕狄畫羽飾。《喪大記》曰：「夫人以屈狄。」「屈」音與「闕」相似。』玄謂：『狄』當爲『翟』。翟，雉名。伊雒而南，素質五色皆備成章曰翬。江淮而南，青質五色皆備成章曰摇。王后之服，刻繒爲之形而采畫之，❶綴於衣以爲文章。褘衣，畫翬者。揄翟，畫摇者。闕翟，刻而不畫。此三者，皆祭服。從王祭先王則服褘衣，祭先公則服揄翟，祭羣小祀則服闕翟。今世有圭衣者，蓋三翟之遺俗。《詩・國風》曰：『玼兮玼兮，其之翟也。』下云：『胡然而天也？胡然而帝也？』

❶「繒」，原作「繪」，據阮刻本《周禮注疏・内司服》改。

言其德當神明。又曰：『瑳兮瑳兮，其之展也。』下云：『展如之人兮，邦之媛也。』言其行配君子。二者之義，於《禮》合矣。」案：《禮·玉藻》「夫人揄狄」，注：「揄，讀如搖。」《說文》：「褕翟，羽飾衣。」是「揄」又作「褕」。《釋名》：「王后之六服有褘衣，畫翬雉之文於衣也。伊雒而南，雉青質五色皆備成章曰翬。鷂翟，畫鷂雉之文於衣。江淮而南，雉青質五采皆備成章曰鷂。闕翟，翦闕繒爲翟雉形，❶以綴衣也。」「搖」又作「鷂」。闕翟，取翦闕之義，此一說也。賈疏云：「言翟而加闕字，明亦刻繒爲雉形，❷但闕而不畫五色而已。」此又一說也。傳：「褕翟、闕翟，羽飾衣也。」刻畫皆爲飾，非有異義。**鬒髮如雲，不屑髢也。**【注】三家「髢」作「鬄」。【疏】傳：「鬒，黑髮也。如雲，言美長也。屑，絜也。」箋：「髢，髲也。不絜者，不用髲爲善。」○鬒髮者，《說文》「㐱」下云：「稠髮也。從彡，從人。《詩》曰：『㐱髮如雲。』」「鬒」下云：「㐱或從髟，真聲。」郭忠恕《汗簡》云：「古《毛詩》作『㐱』。」《釋文》：「鬒，黑髮也。服虔注《左傳》云：『髮美爲鬒。』」案：《左·昭二十八年傳》、注並作「黰」。髮稠則長黑而美，故字又從黑作「黰」也。《追師》賈疏：「如雲，言美長也。屑，用也。」傳：「屑，絜也。」「不屑髢」者，己髮美，則以他人髮爲不潔而不用。《說文》「鬄」下云：「髲也。」「髢」下云：「『鬄』或作『髢』。」《釋文》：「髲，被也，髮少者得以被助其髮也。」「三家『髢』作『鬄』」者，《追師》鄭注引《詩》「髢」作「鬄」，用三家文。徐鍇《繫傳》引同。**玉之瑱也，**【注】三家「瑱」作「䐜」，「也」作「兮」。**象之**

❶「繒」，原作「繪」，據清光緒二十二年刻《釋名疏證補》（以下稱「《釋名疏證補》」）卷五《釋衣服》改。
❷「亦」，原作「示」；「繒」，原作「繪」，並據阮刻本《周禮注疏·内司服》改。

揥也，【疏】傳：「瑱，塞耳也。揥，所以摘髮也。」○「三家『瑱』作『䪻』，『也』作『兮』」者，《説文》「瑱」下云：「以玉充耳也。從玉，真聲。《詩》曰：『玉之瑱兮。』」「䪻」下云：「瑱或從耳。」案：《玉篇・耳部》：「《詩》云：『玉之䪻也。』䪻，充耳也。」顧用《韓詩》，蓋韓本如此。《説文》引「也」作「兮」，亦三家異文也。《著》正義引孫毓引《詩》作「兮」，與《説文》同。《釋名》：「瑱，鎮也。懸當耳旁，不欲使人妄聽，自鎮重也。或曰充耳，充塞其耳，亦所以止聽也。」《追師》注：「王后之衡笄，皆以玉爲之。唯祭服有衡，垂於副之兩旁當耳，其下以紞縣瑱。《詩》云：『玼兮玼兮，其之翟也。鬒髮如雲，不屑髢也。玉之瑱也。』是之謂也。」賈疏：「笄既横施，則衡垂可知。❶若然，『衡』訓爲『横』。既垂，而又得爲横者，此衡在副旁當耳，❷據人身豎爲從，此衡則爲横，❸其衡下乃以紞懸瑱也。引《詩》者，證服翟衣首有玉瑱之義。」揥者，孔疏：「以象骨搔首，因以爲飾，名之揥。《葛屨》云：『佩其象揥。』是也。」《説文》有「掊」字，無「揥」字。「擿」下云：「搔也。」桂馥謂「揥」即「擿」字。愚案：「象揥」，即《弁師》之「象邸」，「邸」、「揥」聲轉，義詳《淇奧》。《説文》「䯤」下云：「骨擿之可會髮者。」「骨擿」即「象揥」。又云：「搔，捪也。」「捪，絜也。」「髺，絜髮也。」「捪」、「髺」聲義互通，訓「絜束」之「絜」，不訓「潔淨」之「潔」。《士喪禮》注：「古文『鬠』皆爲『括』。」「鬠」、「會」義同，是「會髮」即「括髮」。蓋以揥自旁約括其髮，故云會也。「搔」訓爲「括」，則搔首即會髮矣。《釋名》：「揥，摘也，所以摘髮也。」摘者，

❶「衡」，原作「横」，據阮刻本《周禮注疏・追師》改。
❷「衡」，原作「横」，據阮刻本《周禮注疏・追師》改。
❸「横」，原作「衡」，據阮刻本《周禮注疏・追師》改。

「擿」之異文。揚且之晳也。【疏】傳：「揚，眉上廣。晳，白晳。」○顙廣則容貌開朗而發越，故知「揚」是「眉上廣」也。《釋文》：「且，七也反，徐子餘反。下同。」陸主前讀也。孔疏：「其眉上揚廣，且其面之色又白晳。」是以「且」音「七也反」，與陸讀義同。馬瑞辰云：「『揚且之晳也』，與『玉之瑱也』、『象之揥也』句法相類。『且』，句中助詞。之，其也。『揚且之顔也』，亦謂揚其顔也。」是以「且」音「子餘反」，與徐讀義同，馬説是也。「揚」、「晳」分二義，本章可通，下章不可通，從徐讀爲是，猶言揚然而廣者，其晳白之貌也。《説文》：「晳，人色白也。從白，析聲。」蘇輿云：「『晳』與下『顔』並列，借狀女貌。此虚字實用例也。《左・襄十九年傳》『澤門之晳，實興我役』，彼之『晳』目子罕，與此之『晳』目宣姜同。」胡然而天也？胡然而帝也？【疏】傳：「尊之如天，審諦如帝。」箋：「胡，何也。帝，五帝也。何由然女見尊如天帝乎？非由衣服之盛、顔色之莊與？反爲淫昏之行。」○箋讀「而」爲「如」，與毛同義。「如」、「而」古通，足利本兩「而」字皆作「如」，是古有作「如」者。箋從毛讀，疑古毛本作「如」也。古毛本不同，引見前。《内司服》鄭注言褘、揄、闕翟皆是祭服，引「《詩》『其之翟也』，下云『胡然』」云云，而申之曰：「言其德當神明。」且謂《詩》義「與《禮》合」，并引見上。蓋「當」之爲言「對」也。「當神明」，即「對越」之義，鄭謂服此翟衣，則可以事神明，用三家《詩》，與毛異義。賈疏云：「言服翟衣，尊之如天帝，比之如神明。」❶又云：「此『翟』與彼『翟』俱事神之衣服。」依違於《詩》箋、《禮》注之間，失鄭恉矣。「德當神明」者，言服翟衣事神明，必其德足當之，非謂姜有其德也。

❶「如」，原脱，據阮刻本《周禮注疏・内司服》補。

「然」、「如」同訓。何如而可以事天？何如而可以事帝？此刺姜令自思。《禮・哀公問》篇：「孔子云：『合二姓之好，以繼先聖之後，以爲天地宗廟社稷之主。』」《內司服》疏引「《白虎通》云：『《周官》祭天，后夫人不與。』《哀公問》云『夫人爲天地社稷主』者，見夫婦一體而言也。」案：唯是一體，故可言「爲天地社稷主」，此夫人可言事天之證也。《月令》：「天子薦鞠衣於先帝，后、夫人亦服鞠衣以告桑。」此夫人可言事帝之證也。

瑳兮瑳兮，其之展也。蒙彼縐絺，是紲袢也。【注】三家「紲」作「褻」。【疏】傳：「禮有展衣者，以丹縠爲衣。蒙，覆也。絺之靡者爲縐，是當暑袢延之服也。」箋：「后妃六服之次，展衣宜白。縐絺，絺之蹙蹙者。展衣夏則裏衣縐絺，此以禮見於君及賓客之盛服也。『展衣』字誤，《禮記》作『襢衣』。」◯《內司服》注：「鄭司農云：『展衣，白衣也。《喪大記》曰：「世婦以襢衣。」「襢」音聲與「展」相似。』」後鄭云：「展衣，以禮見王及賓客之服。字當爲『襢』。襢之言亶，亶，誠也。」下引此詩「瑳兮瑳兮，其之展也」文。賈疏：「《禮記》作『襢』，《詩》及此文作『展』，❶皆是正文。鄭必讀從『襢』者，襢字衣旁，爲之有衣義。《爾雅》『展』、『亶』雖同訓爲『誠』，展者言之誠，亶者行之誠。貴行賤言，襢字以亶爲聲，有行誠之義，故從亶也。」愚案：「后妃六服，展衣白，鞠衣黃，褖衣黑，闕翟赤，揄翟青，褘衣玄」，此以天、地、四方之色差次六服之文。展衣宜白，先、後鄭說同，知後鄭引三家《詩》義亦同。鄭箋《毛詩》時知傳異義誤，故不從也。明字當作「襢」，不

❶ 「此」，原作「正」，據阮刻本《周禮注疏・內司服》改。

作「展」者，《説文》「展」下云：「轉也。從尸，𧝓省聲。」「𧝓」下云：「丹縠衣。從衣，㠭聲。」經典借「展」爲展，故傳釋「展」爲「丹縠衣」，但六服之色，褘衣象天，鞠衣象地，揄翟象東，闕翟象南，褖衣象北，襢衣白色，象西，二鄭以衣宜白色，則非丹縠衣。字作「襢」，不作「展」，非拘拘「貴行賤言」之義也。六服之等，三翟祭服，鞠衣告桑，襢衣以禮見王及賓客，褖衣御於王，亦以燕居。差次如此，故二鄭知《周禮》字不爲丹縠衣之「展」。詩首二章言祭服，三章言見君及賓客之服，次第如此，故鄭箋知詩不爲丹縠衣之「展」也。《釋名》：「襢衣，襢，坦也，坦然正白，無文采也。」馬瑞辰云：「亶與單、旦聲義相近。《玉藻》『櫛用樿櫛』，孔疏：『樿，白理木也。』《説文》：『𪐴，白而有黑也。』《廣雅》：『白馬黑脊，驙。』古字從單、旦、亶聲者多有『白』義。襢之色白，故字從亶。」其説是也。「亶」有「誠」義，鄭又取爲訓，意謂服此衣者，宜顧名思義與？「蒙」字承上文言之，以展衣蒙於縐絺之上。「彼」字連下句讀，謂縐絺是紲袢，不謂展衣。《淮南·主術》篇注：「蒙，冒也。」本字當爲「冡」。《説文》：「冡，覆也。」蒙是草名。縐絺以葛爲之，精者曰絺。《説文》：「縐，絺之細者也。《詩》曰：『蒙彼縐絺。』一曰：蹴也。」「蹴」、「蹙」字同。前説與傳合，後説與箋合，後説爲長，縐謂文之縮蹙也。《類篇》：「縐，聚文也。」《史記·司馬相如傳》：「雜織羅，垂霧縠，襞積褰縐，鬱橈谿谷。」言縐中文理之狀，與鄭「蹙蹙」義相發，蓋若今縐紗矣。展衣不必皆蒙縐絺，孔疏舉時事言之，是也。「三家『紲』作『褻』」者，《説文》「褻」下云：「私服。從衣，埶聲。《詩》曰：『是褻袢也。』」「袢」下云：「無色也。從衣，半聲。一曰：《詩》曰：『是紲袢也。』」作「紲」者，用《毛詩》，則「褻」是三家文。「褻」正字，「紲」借字。褻，謂親身之衣也。《玉篇》：「袢，衣無色。」與《説文》合。衣受汙垢，故無色也。傳「袢延」蓋當時語。「當暑袢延之服」，猶言當暑褻近之服。孔疏以袢延爲熱氣，疑非。**子之清揚，**❶**揚且之顏也。**【疏】傳：「清，視清明也。揚，廣揚而顏角豐滿。」○揚亦以目言。《猗嗟》「美目清兮」、「美目揚兮」，清揚猶清明也。《廣雅·釋親》：「顏，頟也。」《方言》：「顏，顙也。東齊謂之顙，汝、潁、淮、泗之閒謂之顏。」傳「廣揚而顏角豐滿」，讀「且」爲「且又」之「且」，分「揚」、「顏」爲二事；又因「顏」不成義，加「角豐滿」三字以足之。案：「顏」訓「頟」、「顙」，自眉間以上謂之顏，頟兩旁謂之角。「揚」訓「眉上廣」。「顏」即眉上河。分二義，知傳誤也。馬說釋爲「揚其顏也」，義明而詞順矣。**展如之人兮，邦之媛也。**【注】魯說曰：「美女爲媛。」韓「媛」作「援」，云：「取也。」齊「也」亦作「兮」。【疏】傳：「展，誠也。美女爲媛。」箋：「媛者，邦人所依倚以爲媛助也。❷疾宣姜有此盛服，而以淫昏亂國，故云然。」○《說文》：「展，轉也。」「轉」有虛、實二義，轉側爲展，語轉亦爲展。「展如之人兮」，與《日月》「乃如之人兮」同意，「展」是語之轉也。《說文》：「丂，曳詞之難也，象气之出難。」《廣雅·釋詁》：「展，難也。」《方言》：「展，難也。山之東西，凡難皃曰展。荆、吴之人，相難謂之展。」是「乃」與「展」同有「難」義。《日月》斥姜言「乃」，此詩美姜言「展」，皆難詞也。之人，是人。「美女爲媛」，《釋訓》文，魯說也。郭注：「所以結好媛。」蘇輿云：「《列女傳·仁智》篇載許穆夫人之言曰：『古者諸侯之有女子也，所以苞苴玩弄，繫援於大國也。』『繫援』與郭注『結好媛』之恉正同。彼言衛女適齊，可爲繫援，此言衛娶齊

---

❶「子之」，原乙，據明世德堂本《毛詩》、阮刻本《毛詩正義》乙正。

❷「媛」，阮刻本《毛詩正義》附《校勘記》引「相臺本、考文古本」作「援」，當據改。

女，藉結好媛，意實相類。郭用舊義作注，與《列女傳》脗合。」愚案：孔疏引孫炎曰：「君子之援助然。」亦謂結好大國，是君子之援助。蔡邕《胡夫人神誥》曰：「家邦之援。」《列女傳·衛姬》篇載齊桓欲伐衛，而衛姬請罪，桓公因止不伐，引此詩「展如之人兮，邦之媛也」，亦取結昏援助義，讀「媛」爲「援」，皆魯義也。齊姜大國，與爲昏姻，是衛邦之援助。姜無母儀之德，今取其一端，或亦衛國之福。於無可稱美之中强爲設詞。箋「媛者，邦人所依倚以爲援助者也」，❶正用魯説。「韓『媛』作『援』，云『取也』」者，《釋文》引《韓詩》文。《皇矣》「無然畔援」，正義：「援是引取。」是「援」有「取」義。言此人爲衛邦所引取，或謂「取」是「助」誤，非也。「齊『也』亦作『兮』」者，《説文》：「媛，美女也，人所援也。從女，從爰。爰，引也。《詩》曰：『邦之媛兮。』」許引《詩》義，亦謂此人爲我邦援引取之意，與韓同，而與《魯詩》「援助」訓異。所引《詩》與魯、韓、毛及《内司服》注引俱别，是《齊詩》異文。此詩蓋宣公要娶歸國後，姜以副禕翟禮之服承祭見賓，國人所刺，而篇末仍祝其配君子爲邦援，不失忠厚之指。它日之《乘舟》、《日月》，又非所及料矣。

《君子偕老》三章，一章七句，一章九句，一章八句。

桑中【疏】毛序：「刺奔也。衛之公室淫亂，男女相奔，至于世族在位，相竊妻妾，期於幽遠，政散民流，而不可止。」箋：「衛之公室淫亂，謂宣、惠之世，男女相奔，不待媒氏以禮會之也。世族在位，

❶「者」，明世德堂本《毛詩》、阮刻本《毛詩正義》及本詩疏上引鄭箋皆無此字。

取姜氏、弋氏、庸氏者也。竊，盜也。幽遠，謂桑中之野。」○《左・成二年傳》：❶「楚屈巫聘於齊，告師期，盡室以行。申叔跪適郢，遇之，曰：『異哉！夫子有三軍之懼，而又有《桑中》之喜，宜將竊妻以逃者也。』」以《桑中》爲竊妻之詩，此最古義。《易林・師之噬嗑》：「采唐沬鄉，要我桑中。失信不會，憂思約帶。」《臨之大過》、《无妄之恒》、《巽之乾》同。又《蠱之謙》：「采唐沬鄉，期於桑中。失期不會，憂思忡忡。」又《艮之解》：「三十無室，寄宿桑中。上宫長女，不得來同。❷使我失期。」❸此《齊詩》以爲淫奔義，與毛合。《漢書・地理志》引《庸詩》曰：「送我淇上。」又云：「衛地有桑間、濮上之阻，男女亦亟聚會，聲色生焉，故俗稱鄭、衛之音。」顏注：「阻者，言其隱阨，得肆淫僻之情也。」與序、箋「遠幽」義合。男女聚會，正指此詩言，明「桑間」即「桑中」矣。班用《齊詩》，此亦齊義也。《禮・樂記》：「鄭、衛之音，亂世之音也，比於慢矣。桑閒、濮上之音，亡國之音也。其正散，其民流，誣上行私，而不可止也。」數語毛序所本，亦證「桑閒」即「桑中」。特《記》舉鄭、衛與桑、濮並論，不得謂《桑中》之詩即「桑閒之音」。至「政散民流，而不可止」，《記》意明指桑、濮，無關鄭、衛，而毛用其文，溷「桑閒之音」於《衛詩》，斯爲謬耳。《班志》「男女聚會」用詩義，下文但云「俗稱鄭、衛之音」，知《齊詩》未嘗以「桑閒之音」爲《衛詩》也。鄭注：「濮水之上，

❶「二」，原作「三」，據阮刻本《春秋左傳正義》改。
❷「來」，《百子全書》本《焦氏易林》作「樂」。
❸「使我失期」，《百子全書》本《焦氏易林》無此四字。

地有桑閒者，亡國之音，於此之水出也。昔殷紂使師延作靡靡之樂，已而自沈於濮水云云。桑閒，在濮陽南。」鄭注《禮》時用三家《詩》，而以桑、濮爲紂樂，知魯、韓《詩》亦不誤「桑閒之音」爲《衛詩》矣。

爰采唐矣，沬之鄉矣。【疏】傳：「爰，於也。唐蒙，菜名。沬，衛邑。」箋：「如何采唐，❶必沬之鄉，猶言欲爲淫亂者，必之衛之都。惡衛爲淫亂之主。」○爰，詞也。《釋草》：「唐，蒙，女蘿。女蘿，兔絲。」郭注：「別四名。《詩》云：『爰采唐矣。』」又云：「蒙，王女。」郭注：「蒙即唐也，女蘿別名。」案：唐、蒙爲二，故云四名。孔疏引「蒙，王女」下孫炎曰：「蒙，唐也。一名菟絲，一名王女。」與郭合。又引「唐，蒙，女蘿」下：「舍人曰：『唐蒙名女蘿，女蘿又名菟絲。』孫炎曰：『別三名。』」孫不應自相違戾，「三」疑「四」之誤，舍人少分析耳。《説文》：「蒙，王女也。」徐鍇曰：「即女蘿也。」是唐也、蒙也、女蘿也、兔絲也，四名一物，古無異説。傳以「唐蒙」爲一名，誤同舍人。「菜」或「草」之誤，兔絲固不可食也。或還就毛傳，謂今本《爾雅》「唐，蒙」下衍「女蘿」二字，然則舍人、孫、郭注本皆非邪？《釋文》：「沬，音妹，衛邑也。」《説文》「沬」下云：「洒面也。從水，未聲。荒内切。」「湏」下云：「古文沬從頁。」「妹」下云：「女弟也。從女，未聲。莫佩切。」「沬」、「妹」音同，故《尚書》「沬」爲「妹」。「沬鄉」，即《酒誥》「沬邦」也。「洒面」之「沬」字又作「頮」，即「湏」之變文。《禮·内則》及《檀弓》注《釋文》作「靧」，俗字，《説文》所無。《玉篇》：「頮，火内切，洒面也。沬，同上。又莫貝切，

❶「如」，明世德堂本《毛詩》、阮刻本《毛詩正義》作「於」，當據改。

水名。沫，亡活、莫蓋二切，水名。」《廣韻》：「沬，無沸切，水名。沫，莫撥切，水名，在蜀。又武泰切。」案：亡活、莫撥二切之沫水，即《說文》「沫，水。出蜀西徼外，東南入江。從水，末聲」、《漢書·溝洫志》顏注「沫，音『本末』之『末』」者也。「洒面」之「沬」，《漢書·律曆志》、《禮樂志》、《淮南厲王傳》、《外戚傳》顏注所云「沬，即『頮』字，從『午未』之『未』」者也。「沬」、「頮」並訓「洒面」，「沬鄉」之「沬」非水名，故許書「沬」下不取其義。詩借「沬」爲地名，又轉借「沬」之古文「湏」字。《泉水》「思沬與漕」，「沬」作「湏」，是其證。後人以「湏」爲「須」，轉寫誤也。《玉篇》分「洒面」之「沬」爲火内切，「水名」之「沬」爲莫貝切，不知實即一字。《廣韻》以「沬」爲「水名」，又失載「洒面」之義，皆誤之甚者。《水經注·淇水》篇略云：「泉源水有二源，一水出朝歌城西北，其水南流，東屈逕朝歌城南，《晉書地道記》曰：『本沬邑也。』《詩》云：『爰采唐矣，沬之鄉矣。』殷王武丁始遷居之，爲殷都也。」此沬邑即朝歌之證，酈元以爲邑名，不謂水名者，朝歌城外止有淇、泉二水，別無名「沬」之水也。「沬邑」之「沬」，即「妹邦」之「妹」，皆轉音借字，其本字當爲「牧」，即牧野也。《酒誥》馬融注：「妹邦，即牧養之地。」是謂妹邦即牧野也。《釋地》：「邑外謂之郊，郊外謂之牧，牧外謂之野。」「牧野」名義，當取諸此。鄭注：「妹邦，紂之都所處也。」牧是紂都之郊，故以紂都統之。《說文》：「坶，朝歌南七十里地。《周書》：『武王與紂戰於坶野。』從土，母聲。」《水經注·清水》篇：「自朝歌以南暨清水，土地平衍，據皋跨澤，悉坶野矣。《郡國志》曰：『朝歌縣南有牧野。』」牧、坶雙聲，故牧又爲坶。據此，知朝歌、牧野、妹邦、沬邑，並無異地。沬、未同聲，末、妹雙聲，《白虎通·綱紀》篇：「妹者，末也。」故「牧」音轉爲「妹」，又爲「沬」也。《呂覽·求人》篇注：「鄉，亦國也。」邦、國同訓，明「沬鄉」與「妹邦」義同。

云誰之思？美孟姜矣。【疏】

傳：「姜，姓也。言世族在位有是惡行。」箋：「淫亂之人誰思乎？乃思美孟姜。孟姜，列國之長女，而思與淫亂。疾世族在位有是惡行也。」○孔疏：「列國姜姓，齊、許、申、吕之屬。不斥其國，未知誰國之女也。」案：衛無姜姓，故序以爲世族所取妻妾。期我乎桑中，要我乎上宫，送我乎淇之上矣。【疏】傳：「桑中、上宫，所期之地。淇，水名也。」箋：「此思美孟姜之愛厚己也，❶與我期於桑中，而要見我於上宫，其送我則於淇水之上。」○《後漢・郡國志》「東郡濮陽」下，劉昭注引《博物記》曰：「桑中在其中。」案：《一統志》：「濮陽在今大名府開州西南二十里。」《説文》：「期，會也。」《淮南・原道訓》注：「要，約也。」上宫，未聞。既會而後約，則桑中、上宫非一地。上宫，蓋孟姜所居，故《易林》云「上宫長女」也。「送我淇上」，與《氓》「涉淇」意同。

爰采麥矣，沬之北矣。云誰之思？美孟弋矣。期我乎桑中，要我乎上宫，送我乎淇之上矣。【疏】傳：「弋，姓也。」○《説文》：「邶，故商邑，自河北朝歌以北是也。」沬鄉爲朝歌，則沬北即朝歌以北，《詩》所謂「邶」也。《郡國志》「河内郡朝歌」下云：「紂所都居，南有牧野，北有邶國。」孟弋者，《春秋》「定姒」，《穀梁》作「定弋」。孟弋，即孟姒也。胡承珙云：「『似』本作『以』。《白虎通》云：『夏祖昌意以薏以生，賜姓似氏。』《説文》無『似』字，蓋本作『以』。『弋』與『以』一聲之轉。」

爰采葑矣，沬之東矣。云誰之思？美孟庸矣。期我乎桑中，要我乎上宫，送我乎淇之

❶「美」，明世德堂本《毛詩》、阮刻本《毛詩正義》無此字。

上矣。【疏】傳：「庸，姓也。」箋：「葑，蔓菁。」○《地理志》「鄘」作「庸」。孟庸，即孟鄘。庸在沬東，居此之人，取舊邑之稱以爲族，若晉韓、趙、魏氏之比，故曰孟庸。據此，知舊説庸在紂城南、西，皆非也。漢有庸光，膠東庸生是其後。

《桑中》三章，章七句。

鶉之奔奔【疏】毛序：「刺衛宣姜也。衛人以爲宣姜鶉、鵲之不若也。」箋：「刺宣姜者，刺其與公子頑爲淫亂，行不如禽鳥。」○愚案：刺宣公也。《左·襄二十七年傳》：「鄭七卿享趙孟，伯有賦《鶉之賁賁》。趙孟曰：『牀笫之言不踰閾，況在野乎？非使人之所得聞也。』」杜注：「衛人刺其君淫亂，鶉、鵲之不若。義取『人之無良，我以爲兄』、『我以爲君』也。」又《傳》云：「文子告叔向曰：『伯有將爲戮矣。詩以言志，志誣其上而公怨之，以爲賓榮，其能久乎？』」杜注：「言誣，則鄭伯未有其實。」正義：「伯有賦此詩，有嫌君之意。」是伯有之賦、趙孟之言，皆不以詩之「君」爲「小君」，此最古義。司馬遷、劉向用《魯詩》，而《史記》、《列女傳》無公子頑通宣姜事，是魯義必與毛異，不以「兄」爲頑也。《禮·表記》：「子曰：『唯天子受命于天，士受命于君，故君命順，則臣有順命；君命逆，則臣有逆命。《詩》云：「鵲之姜姜，鶉之賁賁。人之無良，我以爲君。」』」鄭注：「姜姜、賁賁，争鬭惡貌也。良，善也。言我以惡人爲君，亦使我惡，如大鳥姜姜於上，小鳥賁賁於下。」《記》義與鄭注皆不以「君」爲小君，知齊義必與毛異，不以「君」爲宣姜也。然則詩刺宣公甚明。

鶉之奔奔，鵲之彊彊。【注】魯、齊「奔奔」作「賁賁」，「彊彊」作「姜姜」。韓説曰：「奔奔、彊彊，乘匹之貌。」【疏】傳：「鶉則奔奔，鵲則彊彊然。」箋：「奔奔、彊彊，言其居有常匹，飛則相隨之貌。刺宣姜與頑非匹偶。」○《説文》「䧿」下云：「雓屬。」「雓」下云：「䧿屬。」「鶕」下云：「籀文雓，從鳥。」案：「鶉」即「䧿」字，當從隹。「雓」又作「鵪」，《夏小正》：「八月鴽爲鼠。」傳：『鴽，鵪也。』」今俗評「鵪鶉」，以爲一物。桂馥謂蝦蟇化者爲鶉，田鼠化者爲鶕。案：田鼠化鶉，見《淮南萬畢術》及《本草》。《素問》云：「鴽，䧿也。」《列子·天瑞》篇亦言「田鼠爲鶉」，是二物化生，亦非全別。《釋鳥》：「鷯，鶉。其雄鶛，牝庳。」又云：「鴽，鴾母。」《説文》作「雓，牟母」。郭云：「鶕也。」又云：「鶉子鳼，鴽子鸋。」郭注：「別鶕鶉雛之名。」《公食大夫禮》「以鶉、鴽」，《内則》「鶉羹」、「鴽釀」並列，蓋對文異，散文通也。郝懿行云：「鶉黄黑雜文，大如秋雞，無尾。鶕較長大，黄色，無文，又長頸長觜。鶉竄伏草間，無常居而有常匹。兩雄相值，則鬭而不釋。」愚案：今人多畜令博鬭，燕地尤多。鵲值他鳥争巢，列隊相拒，亦善鬭之鳥，故鄭以「姜姜」、「賁賁」爲争鬭貌也。「魯、齊『奔奔』作『賁賁』」者，毛作「奔奔」，韓同，則注作「賁賁」者，爲魯、齊文，與《左傳》合。馮登府云：「『賁』與『奔』通，《禮記》『賁軍之將』，《後漢》作『奔軍之將』；《周禮》『虎賁氏』，《宋書·百官志》『虎賁』，舊作『虎奔』；《孟子音義》引：『丁音虎賁，先儒言如猛虎之奔。』《漢書·百官表》『虎賁郎』，注云：『賁，讀與奔同。』」愚案：「賁」有「憤」義。《禮·樂記》注：「賁，讀爲憤。憤，怒氣充實也。」重言之曰「賁賁」，故訓「争鬭惡貌」，此齊説也。《呂覽·壹行》篇高注：「賁，色不純也。《詩》曰：『鶉之賁賁。』」案：《説文》：「賁，飾也。」《易·賁》釋文引王肅注：「賁，有文飾，黄白色。」高用「賁」本義作訓，故以「賁賁」爲「色不純」，與鶉鳥黄黑雜文合，此魯説也。魯、齊經字同訓義別。「魯、齊『彊彊』作『姜姜』」者，《説文》：「彊，弓有力也。」引申爲凡有力之稱。《楚語》注：「彊，彊力也。」重言之曰「彊彊」。《表記》「姜姜」同聲借字，《齊詩》文也。《廣雅·釋詁》：「姜，强也。」「彊」、「强」古通，正與《記》引《詩》作「姜」合。張用《魯詩》，是齊、魯文同矣。推高注之意，鶉色不純，鵲强有力，喻宣公無純一之行，而有强奪之事。此魯義也。推鄭注之意，以鵲爲大鳥，鶉爲小鳥，鵲非必大，以鶉較之，鵲爲大也。小大既別，取興宜殊，故知大鳥喻公，小鳥喻臣民。公奪子妻，淫亂成風，下必有甚小鳥之賁賁，一如大鳥之姜姜，皆争鬭爲惡。此齊義也。「奔奔、彊彊，乘匹之貌」者，《釋文》引《韓詩》文。乘匹，猶匹耦也。《列女傳》：「夫關雎之鳥，猶未嘗見其乘居而匹處也。」韓用其文，鶉、鵲雖乘居匹處，然尚不亂其偶，刺公奪子妻，乃鶉、鵲之不若。箋：「奔奔、彊彊，言其居有常匹，飛則相隨之貌。」用韓義申毛也。《説文》：「奔，走也。」雌雄同走，是居有常匹。《衆經音義》引《蒼頡篇》曰：「彊，健也。」齊飛而羽翮健勁，是飛則相隨。

人之無良，我以爲兄。【注】韓「之」作「而」。【疏】傳：「良，善也。兄，謂君之兄。」箋：「人之行無一善者，我君反以爲兄。君，謂宣公。」❶〇「韓『之』作『而』」者，《外傳》九引「人之無良」二句推演之，《詩攷》引《外傳》作「人而無良」。今本作「之」，後人據《毛詩》妄改。《表記》注：「良，善也。」無良，謂無善行。以爲兄，謂左公子洩、右公子職等。魏源云：「洩、職皆宣公庶弟。公所屬伋、壽者，故曰『人之無良，我以爲

---

❶「宣」，明世德堂本《毛詩》、阮刻本《毛詩正義》作「惠」，當據改。

兄』也。」

鵲之彊彊，鶉之奔奔。人之無良，我以爲君。【疏】傳：「君，國小君。」箋：「小君，謂宣姜。」〇此章用《外傳》推之，「人之無良」，「之」字《韓詩》亦當作「而」。「以爲君」者，臣下統同之詞。

《鶉之奔奔》二章，章四句。

定之方中【疏】毛序：「美衛文公也。衛爲狄所滅，東徙渡河，野處漕邑。齊桓公攘戎狄而封之，文公徙居楚丘，始建城市而營宮室，得其時制，百姓説之，國家殷富焉。」箋：「《春秋》閔公二年冬，❶狄人入衛，衛懿公及狄人戰于熒澤而敗。宋桓公迎衛之遺民渡河，立戴公，以廬於漕。戴公立一年而卒。魯僖公二年，齊桓公城楚丘而封衛，於是文公立而建國焉。」〇《左・閔二年傳》：「衛文公大布之衣，大帛之冠，務材訓農，通商惠工，敬教勸學，授方任能。元年革車三十乘，季年乃三百乘。」杜注：「季年，在僖二十五年。」此徙居楚丘，始建城市，營宮室，國人説而作詩。「作于楚宮」，毛傳引仲梁子曰：「初立楚宮也。」《鄭志》：「仲梁子，先師魯人，當六國時。」案：《禮・檀弓》有「仲梁子」，鄭注：「魯人。」疑即其人。又見《韓非子》稱「仲梁氏」，足證《詩》古義相承如此。《晉書・劉曜載記》：「和苞云：『衛文公承亂亡之後，宗廟社稷，漂

---

❶「二」，原作「三」，據明世德堂本《毛詩》、阮刻本《毛詩正義》、《春秋左傳正義・閔公二年》改。

流無所，而猶仰準乾象，俯順民時，以搆楚宮，故興康叔、武公之迹，以延九百之慶也。』」三家無異義。

定之方中，作于楚宮。【注】魯說曰：「營室謂之定。娵觜之口，營室，東壁也。」三家「于」作「爲」。

【疏】傳：「定，營室也。方中，昏正四方。楚宮，楚丘之宮也。仲梁子曰：『初立楚宮也。』」箋：「楚宮，謂宗廟也。定星昏中而正，於是可以營制宮室，故謂之營室。定昏中而正，謂小雪時，其體與東壁連正四方。」○「營室」至「壁也」，《釋天》文。郭注：「定，正也。作宮室皆以營室中爲正。」《詩》、《春秋》正義引孫炎同。蔡邕《月令問答》：「《詩》曰：『定之方中，作于楚宮。』營室也，九月、十月之交，西南方中。」皆魯說。《史記·天官書》索隱引《春秋元命包》曰：「營室十星，埏陶精類。始立紀綱，包物爲室。」蓋齊說。陳喬樅云：「據《開元占經》六十一引郗萌云：『營室二星爲西壁，與東壁二星合而爲四，其形開方似口，故名娵觜之口。營室二星，《春秋緯》言十星者，中二星爲室；繞室三向，兩兩而居，曰離宮；離宮之下二星曰東壁。統而言之，皆得謂之營室，故曰十星也。』」《史記·律書》云：「營室者，主營胎，徐廣曰：「一作『含』。」陽氣而產之。」蔡邕謂「九月、十月之交」，營室在西南。《輈人》賈疏云「十月在南方娵觜」，毛傳亦云「南視定」，緣二宿皆值北方水位，故又謂之水，《左·莊二十九年傳》「水昏正而栽」是也。《左·襄三十年傳》「歲在娵訾之口」，「娵」一作「諏」。《禮·月令》注「日月會于諏訾」，《釋文》：「本又作『娵』。」是「娵」、「諏」可通作，惟「訾」借「觜」字也。《分野略例》云：「自危十六度至奎四度，於辰在亥，爲諏訾。諏訾，歎息也。十月之時，陰氣始盛，陽氣伏藏，萬物失養育之氣，故哀愁而歎悲。嫌於無陽，故曰諏訾。」詩云「中」者，昏正於午之謂。《禮·月令》：

「孟春之月，日在營室。仲冬之月，昏東壁中。」《周語》「日月底於天廟」，韋注：「天廟，營室也。孟春之月，日、月皆在營室。」又云「營室之中，土功其始」，韋注：「建亥小雪之中，定星昏正於午，土功可以始也。」與《月令》合。邵晉涵云：「《月令》孟冬言昏危中，仲冬言昏東壁中，不言昏營室中者，營室在危、東壁之間。孔穎達謂營室十六度，日行一度，是十月半而室中，十一月初而壁中也。」馬瑞辰云：「僖二年正月城楚丘，則作室亦正月。周正月爲夏正十一月，是作室不在十月小雪之中。《漢書·天文志》危十七度，營室十六度，十月危星昏中，日行一度，營室繼危之後，其中在十月望後，至十一月初猶爲昏中，故楚宮作於十一月，猶得言定中也。」愚案：《輈人》鄭注：「營室，玄武宿，與東壁連體而四星。」詩言「方中」，明兼營室、東壁，故室、壁之中可以「定中」統之。《春秋》書「城楚丘」，或舉成事言，而經營宮廟之始，當在十月，不得泥《春秋》以疑《詩》也。又《新唐書·曆志》：「《傳》曰：『凡土功，龍見而畢務，戒事。火見而致用，水昏正而栽，❶日至而畢。』十六年，城向。十有一月，衛侯朔出奔齊。『冬，城向，書時也。』以歲差推之，周初霜降，日在心五度，角、亢晨見。立冬，火見營室中。後七日，水昏正，可以興板幹。故祖沖之以爲《定之方中》直營室八度，是歲九月六日霜降，二十一日立冬。十月之前，水星昏正，故《傳》以爲得時。杜氏據晉曆，小雪後定星乃中，季秋城向，以爲太早，因曰：『功役之事，皆總指天象，不與言曆數同。』引《詩》云『定之方中』，乃未正中之詞。』非是。」「三家『于』作『爲』」者，《文選·魏都賦》、《魯靈光殿賦》、謝朓《和伏武昌登孫權故城詩》、江淹

---

❶「栽」，原作「裁」，據殿本《新唐書》卷二十七上《曆志三上》、阮刻本《春秋左傳正義·莊公二十九年》改。

《雜體詩》、王簡栖《頭陀寺碑文》，注引此及下兩「于」字皆作「爲」。《白帖》三十八、《御覽》百七十三引同。蔡邕《月令》作「于」，引見上。是魯與毛同。作「爲」者，蓋齊、韓文。《士冠禮》鄭注：「于，猶爲也。」「爲」、「于」古通。揆之以日，作于楚室。【疏】傳：「揆，度也。度日出日入，以知東西。南視定，北準極，以正南北。室，猶宮也。」箋：「楚室，居室也。君子將營宮室，宗廟爲先，廐庫爲次，居室爲後。」〇孔疏：「度日，謂度其影，《公劉》傳云『考於日影』是也。」《考工記》：「匠人建國，水地以縣，置槷以縣，眡以景。爲規，識日出之景，與日入之景；晝參諸日中之景，夜考之極星，以正朝夕。」鄭注：「於四角立植而縣以水，望其高下。高下既定，乃爲位而平地。槷，古文臬，假借字。於所平之地中央，樹八尺之臬，以縣正之，視之以其景，將以正四方也。日出、日入之景，其端則東西正也。又爲規以識之者，爲其難審也。自日出而畫其景端，以至日入。既則爲規測景兩端之內，規之，規之交，乃審也。度兩交之間，中屈之以指臬，則南北正也。日中之景，最短者也。極星，謂北辰。」案：《天文志》：「夏日至，立八尺之表。」臬即表也。於平地之中央立表，訖乃於日出入之時畫記景端，以繩測景之兩端，則東西正。屈之以指表，於東西景端相當，則南北亦正。此揆日之術也。《記》言建立國城之事，據《詩》之「宮室」同。《古文苑》張衡《冢賦》「正之以日」，衡用《魯詩》，疑《魯詩》「揆」或作「正」。箋：「楚室，居室也。君子將營宮室，宗廟爲先，廐庫爲次，居室爲後。」詩先宮後室，與《禮》合矣。疏：「宮、室俱於定星中爲之，同度日景正之，各於其文互舉一事耳。」樹之榛栗，椅桐梓漆，爰伐琴瑟。【疏】傳：「椅，梓屬。」箋：「爰，曰也。樹此六木於宮者，曰其長大可伐以爲琴瑟，言豫備也。」〇《説文》：「樹，生植之總名。從木，尌聲。」木爲樹，植木亦爲樹。《吕覽·任地》篇、《淮南·本經》篇高注並云：「樹，種也。」《說文》：「榛，木也。從木，秦聲。」「亲，果，實如小栗。從木，辛聲。《春秋傳》曰：『女摯不過亲栗。』」詩與「栗」並舉，知文當爲「亲」。栗者，《說文》作「㮚」，云：「木也。從木，其實下垂，故從卤。」二木不中琴瑟，連文言之椅、桐者，《說文》「椅」下云：「梓也。」「檹」下云：❶「賈侍中說：即椅木，可作琴。」孔疏引陸璣云：「梓實桐皮曰椅。」《續漢志》注引王隆《小學漢官篇》「樹栗查桐梓」，胡廣注：「椅，今梧桐也。」《說文》「梧」下云：「梧桐，木。一名櫬。」《釋木》：「櫬，梧。」❷是椅、檹、梧、櫬一物也。《說文》：「桐，榮也。」「榮，桐也。」《釋木》：「榮，桐木。」《急就篇》顏注：「桐，即今之白桐木也。一名榮。」賈思勰云：「桐華而不實者曰白桐，實而皮青者曰梧桐。」據此，椅桐之分，華、實之異也。《說文》：「楸，❸梓也。」「梓，楸也。」以楸、梓爲一物。《急就篇》顏注：「梓，楸類也。」《廣韻》：「梓，木名，楸屬。」陸璣云：「楸之疏理白色而生子者爲梓。」《齊民要術》：「楸、梓二木相類，白色，有角，生子者，爲梓，或名子楸，或名角楸。黃色，無子者，爲柳楸，亦呼荊黃楸也。」此楸、梓爲二物。徐鍇《繫傳》云：「今人名膩理曰梓，質白曰楸。」與上二說相反，蓋傳寫互譌也。《玉篇》：「椅，楸也。」《釋木》：「椅，梓。」與《說文》合。郭注：「即楸。」《釋文》：「椅與楸惟子爲異。」今參攷諸說，椅色青，梓色白，皆有子。楸色黃，無子。《釋文》說未析，蓋同類之木，名稱久溷，不復致詳耳。《說文》「桼」下云：「木汁，可以髤物。象形。桼如水滴而下。」「漆」下云水名。借字。箋云：「樹此六

❶ 「檹」，原作「椅」，據陳刻《說文》、《說文注》、楊刻《說文義證》改。下同。

❷ 「梧」，原脱，據宋監本《爾雅》、阮刻本《爾雅注疏》補。

❸ 「楸」上，原衍一「梓」字，據陳刻《說文》、《說文注》、楊刻《說文義證》删。

木於宮。」爰，詞也。椅、桐、梓可備他日伐爲琴瑟之材，漆則所以髹也。《藝文類聚》引蔡邕《琴賦》：「觀彼椅桐。」又曰：「考之詩人，琴瑟是宜。」用魯經文。

升彼虛矣，以望楚矣。望楚與堂，景山與京。【疏】傳：「虛，漕虛也。楚丘有堂邑者。景山，大山。京，高丘也。」箋：「自河以東，夾於濟水。文公將徙，登漕之虛以望楚丘，觀其旁邑及其丘山，審其高下所依倚，乃後建國焉。慎之至也。」○《釋文》：「虛，或本作『墟』。」《水經注・濟水》篇引《詩》作「墟」，與「或作」本合。傳：「虛，漕虛也。」疏：「此追本欲遷之由，言文公將徙，先升彼漕邑之墟矣，以望楚丘之地矣。蓋地有故墟，高可登之以望。」陳奂云：「《管子・大匡》篇：『狄人伐衛，衛君出致于虛。』《小匡》篇：『衛人出旅于曹。』是虛與曹同也。」❶愚案：陳説較疏義爲長。蓋州吁城漕之後，郭邑稍完，可藉爲固，故暫託棲止也。楚，楚丘也。孔疏引《鄭志》：「張逸問：『楚宮今何地？』答曰：『楚丘在濟河閒，疑在今東郡界中。衛本河北，至懿公滅，乃東徙渡河，野處漕邑，則在河南矣。又此二章升漕墟望楚丘，楚丘與漕不甚相遠，亦河南明矣，故疑在東郡界中。』」愚案：《鄭志》獻疑，明三家「楚丘」無文。《春秋・隱七年》經：「戎伐凡伯於楚丘以歸。」《穀梁傳》：「戎者，衛也。戎衛者，爲其伐天子之使，貶而戎之也。楚丘，衛之邑也。」疏引糜信云：「不言夷狄，獨言戎者，因衛有戎邑故也。」《公羊傳》：「其地何？大之也。」何休注：「使若楚丘爲國者，不地以衛者，天子大夫銜王命，至尊，顧在所諸侯有出入，所在赴其難，當與國君等也。」《左傳》杜預注：「楚丘，衛

❶「也」，中國書店影印道光二十七年武林愛日軒刻《詩毛氏傳疏》（以下稱「陳奂《傳疏》」）作「地」，當據改。

地，在濟陰成武縣西南。」又僖二年經「城楚丘」，《穀梁傳》：「楚丘者何？衛邑也。」《左傳》杜注：「衛邑。」又《左·哀十七年傳》「戎州人攻衛莊公，公入于戎州己氏」，杜注：「戎州，戎邑。己氏，戎人姓。」是《穀梁傳》、注及《左》、《公羊》注説並同。《漢書·地理志》：「齊桓公帥諸侯伐狄，而更封衛于河南曹楚丘。」「山陽郡成武」下云：「有楚丘亭，齊桓公所城，遷衛文公於此。」山陽郡即濟陰也。又「梁國」下有己氏縣。《通典》云：「今宋州楚丘縣，古之戎州己氏之邑，漢曰己氏縣也。」《水經注·濟水》篇：「荷水分濟於定陶東北，❶東南右合黄溝支流，俗謂之界溝也。北逕己氏縣故城西，又北逕景山東，《衛詩》所謂『景山與京』者也。毛公曰：『景山，大山也。』又北逕楚丘城西，《郡國志》曰：『成武縣有楚丘亭。』杜預云：『楚丘，在成武縣西南。』衛懿公爲狄所滅，衛文公東徙渡河，野處漕邑，齊桓公城楚丘以遷之。故《春秋》稱『邢遷如歸，衛國忘亡』。即《詩》所謂『升彼墟矣，以望楚矣』。望楚與堂，景山與京」，故鄭玄言『觀其旁邑及山川』也。又東北逕成武城西。」❷據此，楚丘正在成武、己氏之間。所引《郡國志》，係《地理志》之誤。又《瓠子水》篇：「瓠河故瀆又東，右會濮水枝津，水上承濮渠，東逕沮丘城南，京相璠曰：『今濮陽城西南十五里有沮丘城。六國時，沮、楚同音，以爲楚丘。』非也。」以上諸説，皆以戎伐凡伯之楚丘，即衛文徙都之楚丘。班、何、杜、酈諸儒，皆本《穀梁》古訓也。自《鄭志》獻疑，京相璠遂有以「沮丘」當「楚丘」之説。《後漢·郡國志》「濟陰郡成武」下云「故

---

❶ 「荷」，《合校水經注》卷八作「菏」，當據改。

❷ 「北」，原脱，據《合校水經注》卷八補。「成」，原作「城」，據《合校水經注》卷八改。

屬山陽」，劉昭注：「《左傳·隱七年》『戎執凡伯於楚丘』，杜預曰：『在縣西南。』」劉不言是衛文所徙，蓋不以班《志》爲然。《水經注·河水》篇：「鹿鳴津又曰白馬濟，津之東南有白馬城，衛文公東徙，渡河都之，故濟取名焉。」酈既從班氏，以城武楚丘爲齊桓所城，而於此白馬，復以爲衛文東徙渡河所都之漕邑，則漕與楚丘相距遠，是酈亦不能自堅其説。蓋自魯僖三十一年，成公避狄徙濮陽，中閒居楚丘僅三十年，紀載有闕，故地遂不可考。漢東郡白馬縣，在今滑縣東。成武，今曹州府城武縣。《春秋》二地皆在大河東南，惟成武楚丘距衛故都朝歌較遠，故鄭疑楚丘在東郡界中。若已東至城武，尚被狄圍，無反西北遷至濮陽之理。但如京氏以沮丘當楚丘，則濮陽相距僅十五里，又疑太近。其以白馬爲衛漕邑，始自戴延之《西征記》，亦後起之説也。自隋開皇十六年，同時置兩楚丘縣，一在漢己氏縣，即杜注所云「城武縣西南」；一在漢白馬、濮陽之閒，正用京説，旋改衛南。於是言輿地者本之，遂一成而不可易。或乃以楚丘之誤妄訾班氏，亦可謂不揣其本矣。堂，地名，未聞。陳蔚林云：「據《士昏禮》注：『今文「景」作「憬」。』知『景』、『憬』古通。此詩『景』當讀爲『憬』，《泮水》傳：『憬，遠行貌。』與上『升望』、下『降觀』相屬爲義。毛訓『大』，於文不順。」愚案：陳説是也。京者，《説文》：「人所爲絶高丘也。」《釋丘》：「絶高爲之京，非人爲之丘。」《春秋》正義引：「李巡曰：『丘之高大者爲京。』孫炎曰：『爲之，人力所作也。』」**降觀于桑，卜云其吉，終焉允臧。**【注】魯「焉」作「然」。【疏】傳：「地勢宜蠶，可以居民。龜曰卜。允，信；臧，善也。建國必卜之，故建邦能命龜，田能施命，作器能銘，使能造命，升高能賦，師旅能誓，山川能説，喪紀能誄，祭祀能語。君子能此九者，可謂有德音，可以爲大夫。」○《釋言》：「降，下也。」孔疏：「言又下漕墟而往觀於其處之桑，既形勢得宜蠶桑，又美，❶可居民矣。卜者，《大卜》：『國大遷，大師則貞龜。』是建國必卜之。」《釋詁》：「允，信也。臧，善也。」「卜言其吉」，終然信善，匪直當今也。三十年後遷帝丘，❷卜曰三百年。❸蓋成公相時度地，正其繼述之善，不必拘中興之故迹，愈以顯吉卜之先徵矣。「魯『焉』作『然』」者，「焉」是「然」之誤，唐石經作「然」。蔡邕《崔夫人誄》「終然允臧」，邕用《魯詩》，證魯不誤。宋本《釋詁》疏、《晉書·樂志》、《文選·魏都賦》劉注、《東京賦》謝朓《和伏武昌詩》李注、《御覽》七百二十五引並作「然」。

靈雨既零，【注】魯、韓説曰：「靈，善也。」命彼倌人。星言夙駕，説于桑田。【注】韓説曰：「星，精也。」【疏】傳：「零，落也。倌人，主駕者。」箋：「靈，善也。星，雨止星見。夙，早也。文公於雨下命主駕者，雨止爲我晨早駕，欲往爲辭。説于桑田，教民稼穡，務農急也。」○「靈，善也」者，《廣雅·釋詁》文，是此詩魯、韓義，箋釋「靈」爲「善」本之。善雨，猶唐人言「好雨」矣。《説文》「靈」下云：「靈巫，以玉事神。」「靈」下云：「靈或從巫。」❹引申之，爲「神靈」義。《風俗通·典祀》篇：❺「靈者，神也。」靈雨者，以其應時，

---

❶ 「美」上，阮刻本《毛詩正義》有「茂」字，當據補。

❷ 「三十年後」，據阮刻本《春秋左傳正義·僖公三十一年》，疑當作「三十一年衞」。

❸ 「卜」，原作「小」，據阮刻本《春秋左傳正義·僖公三十一年》改。

❹ 「靈」，原作「靈」，據陳刻《説文》、《説文注》改。「從」，原作「作」，據陳刻《説文》、《説文注》、楊刻《説文義證》改。

❺ 「典祀」，《百子全書》本《風俗通義》卷八作「祀典」。

故神之也。神之，即善之，不分兩義。《説文》：「零，餘雨也。」「霝，雨零也。」或謂詩「零」當爲「霝」，非也。大雨降後，間有點滴，故「零」訓「餘雨」。既零，猶言「既霑既足」。傳：「零，落也。」「零落」當爲「零霝」。《説文》：「霝，雨零也。」是其義。張揖《上廣雅表》：「墳典散霝。」「落」、「霝」並各聲，故互借矣。《釋詁》：「蘦，落也。」郭注：「見《詩》。」是《東山》「霝雨其濛」之借字，與此詩無涉。《説文》：「倌，小臣也。《詩》曰：『命彼倌人。』」《周禮》小臣爲大僕之佐，「掌王之小命，詔相王之小法儀。王之燕出入，則前驅」，注：「燕出入，若今游於諸觀苑。」「星，精也」者，《釋文》引《韓詩》文，「精」與「晴」同。姚鼐云：「古『晴』字本作『暒』，『暒』亦作『星』。若『星辰』字，自作『曐』。《詩》：『星，精也。』精，晴明之謂也。世久以『星』字當『曐辰』之『曐』，此詩偶存古字耳。甫晴而駕，足以爲勤矣。若見星而行，乃罪人與奔喪者之事。」胡承珙云：「箋云：『星，雨止星見。』《説文》：『姓，雨而夜除曐見也。』與箋説同。《日部》又云：『啓，❶雨而晝姓也。』啓字從日，故屬之晝。姓字從夕，故云『夜除曐見』。鄭意亦以詩之『星』即『姓』字。『雨止星見』之『星』字當作『曐』，四字總言夜晴以明，豫戒倌人，令其早駕耳。《史記》『天精而見景星』，精謂精明，與《韓詩》釋『星』爲『精』義同。《漢書》直作『姓』，亦作『暒』。見《索隱》。《衆經音義》云：『古文「姓」、「暒」二形同。』或據宋本《釋文》引《韓詩》作『星，晴也』，若經文之『星』爲『姓』，則與『晴』字同，不當以『晴』釋『星』。不知漢初已多用『晴』，少用『星』，故韓以今字明古字，謂『星』即『晴』字，非訓『星』爲『晴』。《韓非子·説林下》曰：『荆伐陳，吴救之，軍間三十里，雨十日，夜

❶「啓」，原作「啟」，據續經解本《毛詩後箋》、陳刻《説文》、《説文注》、楊刻《説文義證》改。下一「啓」同。

星。』此亦古『晴』字之僅存者。」愚案：《玉篇》：「暒，雨止也。精明也。無雲也。」《三蒼解詁》：「暒，雨止無雲也。」《説文》：「殅，從夕，生聲。」「曐，從晶，生聲。星，曐或省。」後人以殅、星易溷，遂於星旁加日以別之，實《説文》所無。詩借「星」爲「殅」，故韓云：「星，精也。」精、暒同義，故《史記·天官書》「天精」，《漢書·天文志》作「天暒」，孟康注：「暒，晴明也。」《韓非·説林》「夜星」，《説苑·指武》篇載其事，作「夜晴」。蓋書字轉寫失真，而古義彌晦矣。言，詞也。箋：「夙，早也。」説者，《釋文》：「毛始鋭反，舍也。」《御覽》九百五十五、《藝文類聚》八十八引此詩二句，「説」作「税」，與毛合。箋云：「文公於雨下命主駕者，雨止爲我晨早駕，欲往爲辭。説于桑田，教民稼穡，務農急也。」陳奐云：「鄭讀『説』如字，或本三家義。」**匪直也人，秉心塞淵，騋牝三千。**❶【疏】傳：「非徒庸君。秉，操也。馬七尺以上曰騋。騋馬與牝馬也。」箋：「塞，充實也。淵，深也。國馬之制，天子十有二閑，馬六種，三千四百五十六匹；邦國六閑，馬四種，千二百九十六匹。衛之先君兼邶、鄘而有之，而馬數過禮制。今文公滅而復興，徙而能富，馬有三千，雖非禮制，國人美之。」○匪，非；直，特也。與《孟子》「非直爲觀美也」義同。也，詞也。人，謂民。承上文而言，文公夙駕勸農，於民事可謂盡美矣，抑非特於人然也。傳訓爲「非徒庸君」，於文不順。「秉，執也」者，《溱洧》韓詩文。此詩「秉」字，韓亦當訓「執」，與《小弁》「君子秉心」箋義同。塞淵，義具《燕燕》。言文公執心誠實深遠，政行化速，兼能致物産蕃庶。《左傳》記衛文初政，富强有基，是其實心遠謀，成效丕著，非虚美也。《説文》：「騋，馬七尺

❶「千」下，疑脱「注韓説曰秉執也」七字。

爲騋，八尺爲龍。從馬，來聲。《詩》曰：『騋牝驪牡。』」❶蓋誤文。《釋畜》：「騋牝，驪牡。❷玄駒，褭驂。」郭注：「《詩》云：『騋牝三千。』馬七尺以上爲騋，見《周禮》。玄駒，小馬别名褭驂耳。」《禮・檀弓》鄭注引《爾雅》云：「騋，牝驪，牡玄。」❸以「玄」字上屬。《廋人》賈疏：「騋中所有，牝則驪色，牡則玄色，兼有駒褭驂。」讀與郭異。據《釋文》、《爾雅》之「驪牡」亦作「驪牝」。《廋人》注引之，「騋牝」亦作「騋牡」，轉寫互異，二説並通。本詩則以「騋牝」爲義，不與《爾雅》相蒙。騋是馬種之良，牝則用以蕃育。舉良馬以概其餘，言牝而牡可弗計也。「三千」者，箋：「國馬之制，天子十有二閑，馬六種，三千四百五十六匹；邦國六閑，馬四種，千二百九十六匹。衛之先君兼邶、鄘而有之，而馬數過禮制。今文公滅而復興，徙而能富，馬有三千，雖非禮制，國人美之。」疏：「國馬，謂君之家馬。其兵賦，則《左傳》曰『元年革車三十乘，季年乃三百乘』是也。」愚案：詩爲初徙楚丘而作，則「三千」非實有其事。《齊語》：「齊桓公城楚丘以封之。其畜散而無有，與之繫馬三百。」衛文畜牧雖勤，孳生烏能如是之速？古人立國，馬乘爲重，「三千」是國人十倍之數，期望頌美之詞耳。詩「三千」之數專以牝言，即是國馬，不應有牝無牡，鄭據此譏其過禮制，或未然。

《定之方中》三章，章七句。

❶「牡」，原作「牝」，據陳刻《説文》、楊刻《説文義證》改。
❷「牡」，原作「牝」，據宋監本《爾雅》、阮刻本《爾雅注疏》改。
❸「牡」，原作「牝」，據阮刻本《禮記正義》卷六、宋監本《爾雅》、阮刻本《爾雅注疏》改。

蝃蝀【注】韓序曰：「刺奔女也。」【疏】毛序：「止奔也。衛文公能以道化其民，淫奔之耻，國人不齒也。」箋：「不齒者，不與相長稚。」○「韓云『刺奔女也』」者，《後漢·楊賜傳》：「有虹蜺晝降於嘉德殿前，賜書對曰：『今殿前之氣，應爲虹蜺，皆妖邪所生，不正之象，詩人所謂蝃蝀者也。於《中孚》經曰：「蜺之比，無德以色親。」方今内多嬖倖，外任小臣，是以災異屢見。今復投蜺，可謂孰矣。昔虹貫牛山，管仲諫桓公無近妃宫。今妾、媵、嬖人、閹尹之徒，共專國朝，欺罔日月。惟陛下慎經典之戒，圖變復之道。』」李注引：「《韓詩》序曰：『《蝃蝀》，刺奔女也。』『蝃蝀在東，莫之敢指』，詩人言蝃蝀在東者，邪色乘陽，人君淫佚之徵。臣子爲君父隱藏，故言莫之敢指。」賜用《魯詩》，以爲「妖邪所生，不正之象」，足證魯、韓同義。《易林·蠱之復》：「蝃蝀充側，佞人傾惑。女謁横行，正道壅塞。」《无妄之臨》、《震之井》同。此《齊詩》説。《春秋演孔圖》云：「虹蜺者，斗之亂精也。失度投蜺見態，主惑於毁譽。」《感精符》云：「九女並譌，則九虹並見。」《文耀鉤》云：「白虹貫牛山，管仲諫曰：『無近姬宫，君恐失權。』齊侯大懼，退去色黨，更立賢輔。」宋均注：「山，君象也。虹蜺，陰氣也。陰氣貫之，君惑於妻黨之象也。」緯書並用齊説，是三家皆與毛序「止奔」義異。所云「奔女傾惑」，「人君淫佚」，必衛君當時有如密康、魯莊之事，惜書缺有閒，不能求其人以實之矣。

蝃蝀在東，【注】魯「蝃」作「螮」，曰：「螮蝀，虹也。」**莫之敢指。**【疏】傳：「蝃蝀，虹也。夫婦過禮則虹氣盛，君子見戒而懼，諱之莫之敢指。」箋：「虹，天氣之戒，尚無敢指者，況淫奔之女，誰敢視之？」

○「螮蝀，虹也」者，《釋天》文，魯説也。又云：「螮蝀謂之雩，蜺爲挈貳。」郭注：「俗名爲美人虹，江東呼爲雩。蜺，雌虹也。」邢疏引郭《音義》云：「虹雙出，色鮮盛者爲雄，闇者爲雌。」按：「蜺」是寒蜩，本字當爲「霓」。《吕覽·季春紀》高注：「虹，螮蝀也，兖州謂之虹。《詩》曰：『螮蝀在東，莫之敢指。』是也。」《淮南·時則訓》注引《詩》同。《藝文類聚》二引蔡邕《月令章句》云：「虹，螮蝀也。陰陽交接之氣，著於形色者也。常依陰雲，而晝見於日衝。無雲不見，大陰亦不見，率以日西見於東方，故《詩》云：『螮蝀在東。』」高、蔡用《魯詩》。以上並魯説，與《齊詩》皆作「螮」，見上《易林》。正字。韓作「蝃」，見上。與毛同。《説文》無「蝃」字。楊賜用《魯詩》，本傳「蝃蝀」之文，疑後人順毛改之。《釋名》：「虹，攻也，純陽攻陰氣也。」又曰螮蝀，其見每於日在西，而見於東，啜飲東方之水氣也。」釋「在東」與蔡同，兼爲「蝃」字作詁，近於鑿矣。《白虎通·五行》篇：「東方者，陽氣始動，萬物始生。」螮蝀，陰邪之氣，故章懷釋《詩》以爲「邪色乘陽」。《釋名》云「陽攻陰氣」，失之。蓋是純陰攻陽氣，傳寫致誤也。《説文》：「指，手指也。」《廣雅·釋詁》：「語也。」又《釋言》：「斥也。」《漢書·河閒獻王德傳》注云：「指，謂義之所趨，若人以手指物然。」此詩「指」有二義，自本義言，則爲「手指」之「指」；自喻意言，則爲「指斥」之「指」。「莫之敢指」，所謂「臣子爲君父隱藏」。女子有行，遠父母兄弟。【疏】箋：「行，道也。婦人生而有適人之道，何憂於不嫁，而爲淫奔之過乎？惡之甚。」○女子，謂奔者。行，嫁也。奔而曰「有行」者，先奔而後嫁。「遠父母兄弟」，亦奔女意耳，非義之遠，與《泉水》詞同而恉異。《列女傳·齊宿瘤女》篇言：「齊王命後車載之，女曰：『賴大王之力，父母在内，使妾不受父母之教而隨大王，是奔女也，大王又安用之？』」此奔女所謂「不受教而隨君」者，與宿瘤女正相反。男女交悦，而專刺奔女，即《韓詩》「爲君父隱」之誼也。

朝隮于西，崇朝其雨。女子有行，遠兄弟父母。【注】齊「隮」作「躋」，云：「雲上升極，則降而爲雨。」【疏】傳：「隮，升；崇，終也。從旦至食時爲終朝。」箋：「朝有升氣於西方，終其朝則雨，氣應自然，以言婦人生而有適人之道，亦性自然。」○《説文》無「隮」字，「躋」下云：「升也。」是「躋」即「隮」。《眂祲》「掌十煇之法，九曰隮」，先鄭注：「隮，升氣也。」後鄭注：「隮，虹也。《詩》云：『朝隮于西。』」蓋因詩「朝隮」承上文「蝃蝀」言之，故即以「隮」爲「虹」，則此箋所云「升氣」，意以「升氣」即「虹」也。《釋名》又云：「虹見於西方曰升朝，日始升而出見也。」與箋義合。「齊『隮』作『躋』，云『雲上升極，則降而爲雨』」者，李氏《易傳》二引《需卦》荀爽注云：「雲上升極，則降而爲雨。故《詩》云：『朝躋于西，❶崇朝其雨。』」爽述《齊詩》，引「隮」作「躋」，且釋爲「雲上升」，是齊與諸家異義。《玉曆通政經》云：「虹霓旦見於西則爲雨，暮見於東則雨止。」《孟子》「若大旱之望雲霓也」，趙岐注：「雨則虹見，故大旱而思見之。」與詩「其雨」義合。《淮南・氾論》篇「不崇朝而雨天下」，高注：「崇，終也。」「崇」、「終」同聲通用字。《書・君奭》「其終出于不祥」，《釋文》：「終，本作『崇』。」是其證。傳：「從旦至食時爲終期。」箋：「終其朝則雨。」謂終朝然後雨也。故《楚詞・哀時命》云：「虹蜺分其朝覆兮，夕淫淫而霖雨。」

❶「躋」，原作「隮」，據明嘉靖三十六年聚樂堂刻《周易集解》（以下稱《周易集解》）卷二、續經解本《齊詩遺説攷》二改。

乃如之人也，【注】魯、韓「也」作「兮」。懷昏姻也。大無信也，不知命也。【疏】傳：「乃如是淫奔之人也。不待命也。」箋：「懷，思也。乃如是之人，思昏姻之事乎？言其淫奔之過惡之大。淫奔之女，大無貞絜之信，又不知昏姻當待父母之命。惡之也。」○上二章刺女，此章刺男，不敢斥言，故云「之人」。《日月》「乃如之人兮」，刺公及夫人；《君子偕老》「展如之人兮」，刺夫人，並不敢指斥之詞。知此「之人」謂衛君，不謂女子也。「魯、韓『也』作『兮』」者，《列女傳·陳女夏姬》篇：「《詩》云：『乃如之人兮，懷昏姻也。大無信也，不知命也。』言嬖色殞命也。」《韓詩外傳》一略云：「不肖者精化始具，觸情縱欲，是以年壽極夭而性不長。《詩》曰：『乃如之人兮，懷昏姻也。大無信也，不知命也。』」《說苑·辨物》篇引《詩》語並同。據此，魯、韓作「兮」。「懷昏姻」者，蘇輿云：「昏姻，兼男女言。箋訓『懷』爲『思』，於指似閡。『懷』蓋『壞』之借字，懷、壞並從褱聲，故字得相通。《左·襄十四年傳》『王室之不壞』，《釋文》：『壞，本作「懷」。』《荀子·禮論篇》『諸侯不敢壞』，《史記·禮書》作『懷』，是其證。《說文》：『壞，敗也。』『懷昏姻』，言敗壞昏姻之正道也。《月令章句》釋『虹』云：『夫陰陽不和，昏姻失序，即生此氣。』《釋名》『虹』下亦云：『陰陽不和，昏姻錯亂，淫風流行，男美於女，女美於男，互相奔隨之時，則此氣盛。』曰『昏姻錯亂』，曰『昏姻失序』，所謂壞昏姻也，而蝃蝀由此而生，故詩人以之託興，較箋意尤深至。」「大無信」者，《白虎通·情性》篇：「信者，誠也，專一不移也。」《禮·禮器》疏：「信者，外不欺於物也。」君淫奔女，是無不移不欺之信也。「不知命」者，傳：「不待命也。」箋申之云：「又不知昏姻當待父母之命。」據《列女傳》、《外傳》，皆以「命」爲「壽命」之「命」，是魯、韓義並與傳異。《書·無逸》云：「惟耽樂之從，亦罔或克壽。」其斯之謂與？

《蝃蝀》三章，章四句。

相鼠【注】魯説曰：「妻諫夫也。」【疏】毛序：「刺無禮也。衛文公能正其羣臣，而刺在位承先君之化，無禮儀也。」○「妻諫夫也」者，《白虎通·諫諍》篇：「妻得諫夫者，夫婦一體，榮恥共之。《詩》曰：『相鼠有體，人而無禮。人而無禮，胡不遄死？』此妻諫夫之詩也。」《困學紀聞》引與今本同。《御覽》四百五十七引《白虎通》作：「夫妻一體，榮辱共之。《詩》云：『相鼠有皮，人而無儀。人而無儀，不死胡爲？』」云云。是《魯詩》以此爲妻諫夫，與毛序義異。所稱「夫婦」，當時必實有其人，古義相承如是，特久而名不可攷耳。《左·襄二十七年傳》：「齊慶封來聘，叔孫與慶封食，不敬，爲賦《相鼠》。」此則但取其義，與此詩大恉無涉。後來皆以爲刺無禮之詩，固人人能言之矣。

相鼠有皮，人而無儀。人而無儀，不死何爲？【注】魯「無」一作「亾」，「何」一作「胡」。【疏】傳：「相，視也。無禮儀者，雖居尊位，猶爲闇昧之行。」箋：「儀，威儀也。視鼠有皮，雖處高顯之處，偷食苟得，不知廉恥，亦與人無威儀者同。人以有威儀爲貴，今反無之，傷化敗俗，不如其死，無所害也。」○《説文》：「相，省視也。從木，從目。『地可觀者，莫可觀於木。』《詩》曰：『相鼠有皮。』」以「相」爲「省視」，與《禮記》鄭注同，此舊義。《釋詁》亦云：「相，視也。」後人以相州之鼠能拱立，謂之禮鼠。釋《詩》「相」爲「相州」，鑿矣。箋：「儀，威儀也。」詩言人之所以異於鼠者，以有威儀，視鼠則僅有皮耳。豈人而竟無儀乎？甚言其不可也。「魯『無』一作『亾』，『何』一作『胡』」者，《漢書·五行志》劉向引《詩》曰：「人而亾儀，不死何爲？」

「無」、「亾」古通，下二章當同。《御覽》引《白虎通》「何爲」作「胡爲」。見上。皆魯異文。居上位之人，非禮不能行法，已亂無儀，則不足以有爲，而必至於死，故曰不死更何爲乎，憂深而詞切也。《列女傳·陶答子妻》篇略云：「答子治陶三年，名譽不興，家富三倍。妻數諫不聽，抱兒而泣。姑怒，以爲不祥。妻謂答子：『貪富務大，不顧後害。犬彘不擇食以肥其身，坐而須死耳。君不敬，民不戴，敗亡之徵見矣。』後答子果誅。」《魏風·碩鼠》毛序云：「刺重斂也。蠶食於民，不修其政，貪而畏人，若大鼠也。」此詩傳云：「雖居尊位，猶爲闇昧之行。」箋云：「偷食苟得，不知廉恥。」是其人在位苟得，與陶答子事類。其妻以鼠爲喻，則與《魏風》義同。以榮辱一體之情，值屢諫不悛之後，語雖激切，意可矜原。後人謂其不當以死斥夫，遂疑《白虎通》爲臆説，斯爲謬矣。魏源云：「此以必死自誓，非以速死斥夫。」意亦可通，但古訓不如是也。《列女傳·衛二亂女》篇引此章四句，《韓詩外傳》一兩引末二句，《外傳》五、《説苑·雜言》篇、《文子子·符言》篇一引，並推演之詞。

相鼠有齒，人而無止。人而無止，不死何俟？【注】韓説曰：「止，節。無禮節也。」魯「何」作「胡」。【疏】傳：「止，所止息也。俟，待也。」箋：「止，容止。《孝經》曰：『容止可觀。』無止，則雖居尊，❶無禮節也。」○鼠齒，義見《行露》。「止，節。無禮節也」者，《釋文》引《韓詩》文。《説文》：「止，下基也。象草木出有址，故以止爲足。」引申之，凡有所自處自禁皆謂之止。《禮·大學》「在止於至善」，注：「止，猶自處

❶「則雖居尊」，明世德堂本《毛詩》作「韓詩正謂」，阮刻本《毛詩正義》作「韓詩止節」。

也。」《淮南・時則訓》「止獄訟」，注：「止，猶禁也。」是其證。故「止」訓「節」，而「無止」爲「無禮節」也。「止」訓「節」，「節」亦訓「止」。《易・雜卦傳》「亦不知節也」虞注、《呂覽・大樂》篇「必節嗜欲」高注，並云：「節，止也。」《禮・樂記》疏：「節奏，謂或作或止。作則奏之，止則節之。」明「止」、「節」義通。惟禮有節，有節然後有止，故《禮・文王世子》「興秩節」，注：「節，猶禮也。」《喪服四制》注：「節者，禮也。」《廣雅・釋言》、《小旻》箋並云：「止，禮也。」韓訓「無止」爲「無禮節」，兼內、外言。箋：「止，容止。」義偏而不舉，不如韓訓爲憂。❶「魯『何』作『胡』」者，《列女傳・趙悼倡后》篇引《詩》曰：「人而無禮，不死胡俟？」「禮」是「止」之譌；「何」作「胡」，魯異文。「俟」當爲「竢」，待也。《左傳》晉伯宗妻謂伯宗必及於難，夫之賢否雖異，妻之憂危則同。

相鼠有體，人而無禮。人而無禮，胡不遄死？【注】三家「胡」作「何」。【疏】傳：「體，支體也。遄，速也。」○《廣雅・釋詁》：「體，身也。」首二章皮、齒指一端，此舉全體言之。威儀以臨民，正節以容民，❷亦禮之見端，此章復總舉禮以明之，正喻取相當也。《釋詁》：「遄，速也。」《禮・禮運》云：「夫禮，先王以承天之道，以治人之情，故失之者死，得之者存。《詩》云：『相鼠有體，人而無禮。人而無禮，胡不遄死？』」鄭注：「相，視也。遄，疾也。言鼠之有身體，如人而無禮者矣。人之無禮，可憎賤如鼠，不如疾死之愈。」蘇輿云：「言鼠尚有身體之質，豈人而無禮敬之誠？禮者，體也。故借以相形。下乃反復申言，諷戒

❶「憂」，疑當作「優」。
❷「正」，疑當作「止」。

兼至。鄭注『言鼠』二語，似失《詩》意。《詩》中凡連言者，約有二例，如此詩及《江有汜》『不我以』、《中谷有蓷》『條其歗矣』、《葛藟》『謂他人父』、《丘中》『彼留子嗟』、《東方之日》『在我室兮』、《汾沮洳》『美無度』，此反復以致其歎望也；《鳲鳩》『其帶伊絲』、《鹿鳴》『鼓瑟鼓琴』、《既醉》『釐爾女士』、《泮水》『其馬蹻蹻』，此申重以極其贊美也。」愚案：毛傳：「體，支體。」鄭以「體」爲「身體」，謂全體也，蓋本三家，與毛訓異。《記》曰「失之者死」，是其引《詩》，意謂無禮之人，胡有不遄死者，言其必死，正憂其速死也。詩古義蓋如此。鄭云「不如疾死之愈」，後儒設詞，已非其本恉矣。《左·定十年傳》：「晉人討衛之叛故，遂殺涉佗。君子曰：『此之謂弃禮，弃禮必不鈞。《詩》曰：「人而無禮，胡不遄死？」涉佗亦遄矣哉！』」即引此詩爲說。「三家『胡』作『何』」者，《史記·商君傳》引此章四句「胡」作「何」，蓋三家異文。《韓詩外傳》一兩引末二句，《外傳》三、《外傳》九、《新序·刺奢》篇、《晏子春秋·内·諫》篇一引，並推演之詞。

《相鼠》三章，章四句。

干旄【注】齊説曰：「干旄旌旗，執幟在郊。雖有寶珠，無路致之。」【疏】毛序：「美好善也。衛文公臣子多好善，賢者樂告以善道也。」箋：「賢者，時處士也。」○《左·定九年傳》：「《竿旄》『何以告之』，忠也。」是此詩古義。杜注：「取其中心願告以善道也。」《家語·好生》篇亦云：「《竿旄》之忠告，至矣哉。」諸説並合。《韓詩外傳》二載楚莊圍宋事，末引：「《詩》云：『彼姝者子，何以告之？』君子善其以誠相告也。」雖係推演之詞，其言「以誠相告」，與「忠告」義合，知韓説本詩與毛同義。《列女傳·鄒孟母》篇略言：「孟母斷織，孟子勤學不息，遂成名儒。君子謂孟母知爲人母之道矣。《詩》曰：『彼姝者子，何以告之？』此之謂也。」亦推演之詞，其意取孟母能告子以善道，亦與「賢者樂告善道」合，知魯説亦同。案：序云「衛臣好善，賢者樂告」，箋云「賢者説此卿大夫有忠順之德」，似賢者已與衛臣相見而厚愛之。「干旄」至「致之」，《易林·師之隨》文，《豫之中孚》、《履之解》、《解之未濟》同。此齊説。「寶珠」，以喻善道，言可珍貴也。「致之」，猶詩言「畀之」、「予之」、「告之」也。以「無路」釋「何以」之義，明是良輔求材，賢人抱道，未適邂逅之願，但懷忠告之誠者，與序、箋義異。夫好善，則人樂告，其理相因。若如序、箋所云，既見而猶曰「何以」，則挾持無具，烏得爲賢？知齊説優矣。箋又云：「時有建此旄來至浚邦，❶卿大夫好善也。」馬瑞辰云：「《左傳》引逸《詩》『翹翹車乘，招我以弓』，又曰：『旃以招大夫，弓以招士，皮冠以招虞人。』《孟子》：『庶人以旃，士以旂，大夫以旌。』是古者聘賢招士，多以弓、旌、車乘。此詩干旄、干旟、干旌，皆歷舉招賢者之所建。箋謂『卿大夫建此旌旄』，失之。」愚案：傳言「大夫之旃」，又云：「臣有大功，世其官邑。」明謂旌旄是大夫所建，不得以此爲箋失。且序言「衛臣好善」，即使招聘出於君意，干旄本以求賢，而將命往招，亦是臣子之職，無妨是大夫建此旌旄，備此車馬也。蓋衛文草刱於喪敗之餘，授方任能，勵精爲國。其臣如甯莊子輩，皆能宣揚德化，留意人才，故巖穴之儒，聞風興起，思以善道告之。中興氣象，固不侔矣。

---

❶「邦」，明世德堂本《毛詩》、阮刻本《毛詩正義》、馬瑞辰《通釋》及本疏下文箋並作「之郊」，當據改。

孑孑干旄，在浚之郊。【注】三家「干」作「竿」。【疏】傳：「孑孑，干旄之貌。注旄於干首，大夫之旃也。浚，衛邑。古者臣有大功，世其官邑。郊外曰野。」箋：「《周禮》：『孤卿建旃，大夫建物。』首皆注旄焉。時有建此旄來至浚之郊，卿大夫好善也。」○《釋名》：「孑，小稱也。」《漢書·高惠高后文功臣表》顔注：「孑然，獨立貌。」「孑孑」，猶「孑然」。旄之爲物至小，而表立干首，望之孑然，故云孑孑也。「三家『干』作『竿』」者，《釋天》「注旄首曰旌」，郭注：「載旄於竿頭，如今之幢，亦有旒。」《釋天》「素錦綢杠」，郭注：「以白地錦韜旗之竿。」是郭以「竿」即「杠」。載旄竿頭，與毛「注旄干首」義同而字異，則知郭用《魯詩》舊注文矣。又《左傳》引《詩》本作「竿旄」，引見上。郭説因「竿旌」、「竿旟」推見「竿旄」，知古文有與三家今文合者。陳喬樅云：「《毛詩》作『干』，古文之渻借。然則『竿』正字，『干』借字也。」《釋天》邢疏云：「李巡曰：『旄，牛尾著竿首。』孫炎曰：『析五采羽注旄上。』」如是，則竿之首有毛有羽也。旄有羽，則無羽者旄矣。《明堂位》「夏后氏之綏」，鄭注：「綏，當爲『緌』，謂注牛尾於杠首，所謂大麾。《書》云：『武王右秉白旄以麾。』《周禮》：『建大麾以田也。』」《釋名》：「緌，注旄竿首，其形燊燊然。」與鄭注合，而「竿」之即「杠」，又與郭注合。《廣雅·釋天》：「天子杠高九仞，諸侯七仞，大夫五仞。」張用魯、韓《詩》，此干旄爲大夫之干，是五仞。魯、韓説宜然。牛尾謂之氂，注於干者，乃謂之旄。後人溷「氂」、「旄」爲一，非也。《説文》「旄」下云：「幢也。從㫃，從毛，毛亦聲。」「氂」下云：「犛牛尾也。」「犛」下云：「西南夷長髦牛也。」《釋畜》「犣牛」，郭注：「旄牛也。髀、膝、尾皆有長毛。」徐松云：「今蘭州、青海多此牛，大與常牛等，色多青，染其毛爲雨纓。」案：犛、犣雙聲，犣牛即犛牛。《旄人》注：「旄，旄牛尾，舞者所持以指麾。」又不獨爲旌飾矣。傳云：「注旄於干首，大夫之旃也。」箋云：「《周禮》：『孤卿建旃，大夫建物。』首皆注旄焉。」鄭引《司常》文也。《司常》又云：「通帛爲旃，雜帛爲物。」注云：「凡九旗之帛，皆用絳。」則通帛，大赤也。雜帛，以白爲飾，絳之側也。《說文》：「旃，旗曲柄也，所以旃表士衆。從㫃，丹聲。或作『旜』。」「勿，州里所建旗。象其柄，有三游，雜帛，幅半異，所以趣民。或作『㫚』。」隸變作「物」。箋云旃、物皆注旄，以明建旄而來浚郊者，非特建旃之卿，與傳異義，蓋用三家改之。《漢書・地理志》：「《鄘》曰：『在浚之郊。』」引此詩文。衛文東徙，渡河建都之地。若如京相璠說，以沮丘當楚丘，證以《水經注・瓠子水》篇所述地理，浚城距楚丘止二十里，國郊之外，冠蓋往來，啟宇求材，諒多賢輔。迺傳云「古者臣有大功，世其官邑」，意以此好善之卿大夫，必衛臣食邑於浚者，殆不然與。素絲紕之，【注】韓說曰：「紕，織組器也。」良馬四之。【疏】傳：「紕，所以組織也。總紕於此，成文於彼，願以素絲紕組之法御四馬也。」箋：「素絲者以爲縷，以縫紕旌旗之旒縿，或以維持之。浚郊之賢者既識卿大夫建旄而來，又識其乘善馬。四之者，見之數也。」○毛取《簡兮》「執轡如組」義以釋詩「素絲」二句，說近迂曲，故鄭不從之，蓋用三家改傳也。「紕，織組器也」者，《玉篇・糸部》引《韓詩》文。❶ 顧震福云：「傳云『所以組織』，亦似以『紕』爲織組之器。蓋紕本織組之器名，其後織組亦謂之紕耳。」蘇輿云：「《方言》：『紕、繹、督，理也。秦、晉之間曰紕。凡物曰督，絲曰繹之。』據此詩，知衛亦有紕稱。《說文》：『繹，抽絲也。』組織器正所以理絲。『紕』與『繹』同，故韓訓云然。」愚案：韓以「紕」爲「織組器」，今究無可攷實。《說文》：「紕，氐人

❶「糸」，原作「系」，據黎本、羅本《玉篇》改。

𦆅也。」「𦆅，西胡毳布也。」「𦆅」同「罽」，織毛爲之，此「紕」之本義。詩「紕之」亦謂以絲縫織，引申義也。《釋言》：「紕，飾也。」郭注：「謂緣飾。見《詩》。」即謂此篇。《廣雅·釋詁》：「紕，緣也。」《集韻》：「紕，或作『⿰糸坒』。」《廣雅·釋言》：「⿰糸坒，並也。」《玉篇》引《埤蒼》曰：「⿰糸坒，縷并也。」蓋比并素絲之縷以爲緣飾，故其字聲、義從比。《釋天》：「纁帛縿，練旒九，飾以組，維以縷。」郭注：「纁帛，絳也。縿，衆旒所著。練，絳練也。用綦組飾旒之邊。用朱縷連維持之，❶不欲令曳地。《周禮》曰：『六人維王之太常。』是也。」郭謂縿、旒皆赤，與鄭異義。案：《説文》：「縿，旌旗之游也。」「游，旌旗之旒也。」孔疏引孫炎曰：「爲旒於縿。」是旒乃縿末之下垂者。統言一物，析言二事。「纁帛縿」，《明堂位》注引作「纁白縿」，言以絳色及白繒爲縿，是縿亦用素也。《説文》：「練，湅繒也。」❷《染人》注：「暴練，練其素而暴之。」《淮南·説林訓》：「墨子見練絲而泣之，爲其可以黄，可以黑。」練皆純素，無用絳者，是旒用素也。《爾雅》釋文：「郭注『綦』，本作『纂』。」《説文》：「纂，似組而赤。」「綦，帛蒼艾色。」據此詩及箋，郭但言綦纂組及朱縷，亦非也。蓋《雅》訓所釋「旌旂」，或謂殷制，亦兼諸侯以下所用言之，其等遞殺，不得概以時王尚赤之禮。此詩大夫所建，既用雜帛之物，非通帛之旃，故得以素爲飾。毛云「干旄，大夫之旃」，則通帛因章，無以通「素絲紕組」之説，遂曲附《簡兮》「執轡」之義，故鄭易之也。鄭謂「以縫紕旒縿，或以維持之」者，用《釋天》「飾以組，維以縷」文。下章「組之」是「飾

❶「連維」，宋監本《爾雅》、阮刻本《爾雅注疏》作「維連」。

❷「繒」，原作「繪」，據陳刻《説文》、《説文注》、楊刻《説文義證》改。

以組」，則此「紕之」是「維以縷」也。「縫紕之」者，孔疏謂「以縷縫之，使相連」。「或以維持之」者，疏謂：「『太常』注云：『維之以縷。王旌十二旒，兩兩以縷綴連之傍，三人持之。』諸侯以下，旒數少而且短，維之與否，未可知也。經直言『紕之』，不言其所用，故言『或』，爲疑詞。」是也。《説文》：「縷，綫也。」以縷綫相綴連，亦「維持」之義。飾組爲飾，維縷亦是飾，故《釋言》訓「紕」爲「飾」，《廣雅》訓「紕」爲「緣」，緣、飾不分二義，皆比并絲縷意也。《周官》、《公羊》、《左傳》正義引《禮含文嘉》云：「天子之旗九仞，十二旒，曳地。諸侯七仞，九旒，齊軫。大夫五仞，七旒，齊較。士三仞，五旒，齊首。」《廣雅·釋天》：「天子十二斿，至地。諸侯九斿，至軫。卿大夫七斿，至軹。士三斿，至肩。」與《禮緯》異。王念孫謂自諸侯以下，降殺以兩。「三斿」是「五斿」之誤。愚案：《周禮》：「王建太常，十有二斿。上公建旂，九斿。侯伯七斿，子男五斿。孤卿建旜。大夫、士建物。其斿各視其命之數。」是卿、大夫、士斿無定數，當以《周禮》爲定。據《説文》，「物」是三斿，而大夫、士建之，亦足以知旜、物之異，在帛之通、雜，不係斿之多少矣。參證各説，旗三斿爲至少，故州里皆建之。服官者視命數遞加，士始於三而限於五，卿、大夫始於五而限於九，與諸侯之限於九斿者同。《禮緯》、《廣雅》説士斿，各舉一端，非有誤文。或疑物三斿則旜五斿，非也。其軹較、肩首之説不同，辨見王念孫《廣雅疏證》。四馬，大夫以備贈遺者。下文或「五」或「六」，隨所見言之，不專是自乘。《左·昭十六年傳》：「鄭六卿餞韓宣子於郊，宣子皆獻馬焉。」是以馬贈遺，古有是禮也。彼姝者子，何以畀之？【疏】傳：「姝，順貌。畀，予也。」箋：「時賢者既説此卿大夫有忠順之德，又欲以善道與之，心誠愛厚之至。」○彼，彼大夫。《説文》：「姝，好也。」「好」與「美」同義。「彼姝者子」，猶《簡兮》「彼美人兮」。《説文》：「畀，相付與之約在閣

上也。」引申之爲凡。❶

孑孑干旟，在浚之都。【疏】傳：「鳥隼曰旟。下邑曰都。」箋：「《周禮》『州里建旟』，謂州長之屬。」

○「干旟」，三家亦當作「竿旟」。《釋天》「錯革鳥曰旟」，郭注：「此謂合剥鳥皮毛，置之竿頭，即《禮記》云載鴻及鳴鳶。」❷其曰「置之竿頭」，❸即「竿旟」之「竿」也。《六月》孔疏引孫炎曰：「錯，置也。革，疾也。畫疾急之鳥於縿也。」《公羊·宣十二年》疏：「李巡曰：『以革爲之，置於旐端。』」三説不同，郭注非也。《隋書·禮儀志》引《爾雅》舊説曰：「刻爲革鳥，置竿首也。」與李説同。《鄭志》答張逸云：「畫急疾之鳥隼。」與孫説同。是自來《雅》訓有此二義，故《説文》云：「旟，錯革畫鳥其上。」亦二説並采。案：《司常》「鳥隼爲旟」，《六月》「織文鳥章」，孫、鄭義優矣。箋云：「州里建旟，謂州長之屬。」案：《司常》云：「師都建旗，州里建旟，縣鄙建旐。」注云：「師都，六鄉六遂大夫也。謂之師都，都民所聚也。「師」誤，當作「帥」。州里、縣鄙，鄉遂之官，互約言之。」賈疏：「主鄉遂民衆所聚，故謂之師都。六鄉大夫皆卿，六遂大夫皆大夫也。卿合建旃，大夫合建物。以領衆在軍爲將，故同建旗。遂之里是下士，得與鄉之州中大夫同建旟，則知鄉之閭亦得與遂之縣同建旐；遂之鄙得與縣同建旐，鄉之黨亦得與州同建旟可知，是『互』也。言『約』者，鄉之族上從黨同建旟，比上從閭同建旐，遂之酇上從鄙同建旐，鄰上從里同建旟，是『約』也。」愚案：鄉之下，州、黨、族、閭、比；遂

❶「凡」下，疑當有脱文，上下文義不全。

❷「云」，原作「所」，據宋監本《爾雅》、阮刻本《爾雅注疏》、《禮記正義》卷三《曲禮上》改。

❸「頭」，原作「旗」，據宋監本《爾雅》、阮刻本《爾雅注疏》改。

之下，縣、鄙、酇、里、鄰。據孔疏，州、里外黨、酇、鄰建旟，縣、鄙外族、閭、比建旐，與賈微異。諸侯降於天子，鄉、遂亦大夫，州長、黨正、縣正、鄙師皆士，族師、閭師、比長、酇長、里宰、鄰長非士。析言之，則州是鄉官，里、縣、鄙是遂官。總言之，則鄉、遂大夫下，州長爲先，故《禮》注云「鄉遂之官」，此云「州長之屬」，皆舉大以眩小也。《司常》又云：「凡祭祀，各建其旗。會同賓客，亦如之。」賈疏：「散文通。孤卿則旜，❶大夫則物，故言『各建其旗』。」以此推之，則州里建旟，亦不獨出軍大閱爲然。疏以爲平常建旃，出軍則建旟，非也。旟之用，下達於鄰長，而上極於天子。《輈人》「鳥旟七斿」與「熊旗六斿」、「龜蛇四斿」，賈疏皆以爲「天子所建」。蓋鳥旟之斿以七爲數，雖天子所用亦然。《禮》言七斿，所以象鶉火，非鳥旟皆七斿也，故鄭注云：「鳥隼爲旟，❷州里之所建。熊虎爲旗，師都之所建。龜蛇爲旐，縣鄙之所建。」賈釋云：「州長，中大夫，四命；里宰，下士，一命，皆不得建七斿之旟。言『州里建旟』者，亦取彼成文以釋『旟』，非謂州里得建七斿也。」又云：「師都，鄉遂大夫。鄉大夫六命，得建六斿。遂大夫是中大夫，四命，不得建。縣正，下大夫，四命，得建四斿。鄙師，上士，三命，不得建。」足證旗、旟、旐之等差，惟視命爲斿數。《大司馬》言「百官載旟」，統卿大夫言之。據《禮緯》、《廣雅》卿大夫旗七斿，明七斿之旟，卿大夫七命者，亦得用之。或以爲合「侯伯七斿」之制，非也。《廣雅·釋詁》：「都，聚也。」故聚居之處曰都。「彼都人士」，箋：「城郭之邑曰都。」❸不必如《左

❶「卿」，原作「鄉」，據阮刻本《周禮注疏》改。

❷「隼」，原作「集」，據阮刻本《周禮注疏·考工記·輈人》改。

❸「邑」，明世德堂本《毛詩》、阮刻本《毛詩正義》、本書卷二十《都人士》並作「域」。

傳》「邑有先君之主」、《周禮》「距國五百里」之義矣。素絲組之，良馬五之。【疏】傳：「總以素絲而成組也。驂馬五轡。」箋：「以素絲縷縫組於旌旗，以爲之飾。五之者，亦爲五見之也。」❶〇「組之」，《釋天》所謂「飾以組」，箋云「以素絲縷縫組於旌旗，以爲之飾」，是也。《説文》：「組，綬屬。」「綬，韍維也。」所以承受印韍者，此「組」之本義。《後漢・班固傳》「綺組繽紛」，蓋織文如組，因以稱之，《文選・長門賦》所謂「垂楚組之連綱」也。郭注「用組飾旒之邊」，而鄭云「縫組於旌旗」者，尋《釋天》此節文義，上言縿旒，下言維縷，明組以飾旒，非縫於旗上，箋渾言之耳。「五之」，傳：「驂馬五轡。」孔廣森云：「四之、五之、六之，不當以轡爲解，乃謂聘賢者用馬爲禮，轉益其庶且多也。《左傳》王賜虢公、晉侯馬五匹，楚棄疾遺鄭子皮馬六匹，皆不必成乘，故或五或六也。」彼姝者子，何以予之？【注】魯「予」亦作「與」。魯説曰：「譬猶練絲，染之藍則青，染之丹則赤。」【疏】「魯『予』作『與』」者，《論衡・率性篇》引：「召公戒成王曰：『今王初服厥命，於戲！若生子罔不在厥初生。』生子謂十五，子初生，意於善，終以善，意於惡，終以惡。《詩》曰：『彼姝者子，何以與之？』傳言：『譬猶練絲，染之藍則青，染之丹則赤。』十五之子，其猶絲也。其有所漸化，爲善惡，猶藍丹之染練絲，使之爲青赤也。」《本性篇》説同，惟「彼姝者子」作「彼姝之子」。王充用《魯詩》，所引《詩傳》蓋《魯詩

---

❶「爲」，明世德堂本《毛詩》、阮刻本《毛詩正義》附《校勘記》引「相臺本、閩本、明監本、毛本」並作「謂」，當據改。

傳》。兩引「予」作「與」，❶是魯異文。它處魯説皆作「彼姝者子」，明此引作「之」誤。傳意謂「彼姝者子」如未染之練絲，視所予之善道爲變化。《説文》：「藍，染青草也。」《荀子·勸學篇》：「青，出之於藍，而青於藍。」《説文》又云：「丹，巴、越之赤石也。」「雘，善丹也。」「彤，丹飾也。」《書·梓材》：「惟其塗丹雘。」《左·哀元年傳》「器不彤鏤」，皆謂赤色。《譙子》：「素之白也，染之以朱則赤，染之以藍則青。」與傳義合。《列女傳·鄒孟母》篇略言：「孟子遷居，及孟子長，學六藝，卒成大儒。君子謂孟母善以漸化。《詩》曰：『彼姝者子，何以予之？』此之謂也。」亦因以善道予人之義而推衍之。

孑孑干旌，在浚之城。【疏】傳：「析羽爲旌。城，都城也。」〇「干旌」，三家作「竿旌」，説具「干旄」章。《司常》「全羽爲旞，析羽爲旌」，注：「全羽、析羽，皆五采，繫之於旞旌之上。」詩言「干旌」，孫炎所謂「析五采羽注旄上」也。引見上。《左·襄十四年》疏：「言全羽、析羽者，蓋有全取其翅，或析取其翮，故有全、析二名也。」《周書·王會》篇「青陰羽鳧旌」，注：「鶬鳧羽爲旌旄也。」《司常》賈疏：「《周禮·鍾氏》『染鳥羽』，是周制染鳥羽爲五色。」《説文》「旌」下云：「游車載旌，析羽注旄首，所以精進士卒。」孔疏：「既設旒縿，有旃、旟之稱。未設旒縿，空有析羽，謂之旌。卿建旌者，設旒縿而載之，遊車則空載析羽，無旒縿也。」今案：杠上有旄羽，下無旒縿，不成旗物之制，孔疏似誤。「遊車」者，賈疏所謂「小小田獵及巡行縣鄙則建旌爲異耳」。且有旌先有旄，亦非僅載析羽也。《釋天》「注旄首曰旌」，孫謂「析羽注旄上」，無析羽者但謂之干旄，

❶「予」，原作「子」，據《百子全書》本《論衡·率性篇》、《本性篇》改。

故詩先旄後旌，次第言之。言旌則先有旄，故《雅》訓直云「注旄首曰旌」，不云「析羽注旄首」者，以言「注」便知是鳥羽，不別白也。旌是注羽於旄首，非注旄於干首，鄭注《司常》、郭注《釋天》皆爲失詞。《御覽・州郡部》引《郡國志》云：「汴有浚城，《詩》曰『在浚之城』矣。」素絲祝之，良馬六之。彼姝者子，何以告之？【疏】傳：「祝，織也。四馬六轡。」箋：「祝，當作『屬』。屬，著也。六之者，亦謂六見之也。」○「祝之」無義，故毛取雙聲字，鄭取疊均字釋之。《巾車》注：「正幅爲縿，旒則屬焉。」❶與此「屬」義同。《釋天》郭注：「縿，衆旒所著。」邵晉涵云：「言相繫屬也。」即引此箋爲說。徐幹《中論・虛道》篇：「君子常虛其心志，恭其容貌，不以逸羣之才，加乎衆人之上，視彼猶賢，自視猶不足也，故人願告之而不倦。《詩》曰：『彼姝者子，何以告之？』」幹用《魯詩》，其說亦與本義相發。

《干旄》三章，章六句。

載馳【注】魯說曰：「許穆夫人者，衛懿公之女，許穆公之夫人也。初，許求之，齊亦求之，懿公將與許。女因其傅母而言曰：『古者諸侯之有女子也，所以苞苴玩弄，繫援於大國也。今者許小而遠，齊大而近，若今之世，强者爲雄，如使邊境有寇戎之事，惟是四方之故，赴告大國，妾在，不猶愈乎？今舍近而就遠，離大而附小，一旦有車馳之難，孰可與慮社稷？』衛侯不聽，而嫁之於許。

❶「旒」，阮刻本《周禮注疏・巾車》作「斿」。

其後翟人攻衛，大破之，而許不能救，衛侯遂奔走涉河，而南至楚丘。齊桓往而存之，遂城楚丘以居。衛侯於是悔不用其言。當敗之時，許夫人馳驅而弔唁衛侯，因疾之，而作詩云：『載馳載驅，歸唁衛侯。驅馬悠悠，言至于漕。大夫跋涉，我心則憂。既不我嘉，不能旋反。視爾不臧，我思不遠。』君子善其慈惠而遠識也。」韓説曰：「高子問於孟子曰：『夫嫁娶者，非己所自親也，衛女何以得編於《詩》也？』孟子曰：『有衛女之志則可，無衛女之志則怠。疑「殆」誤。若伊尹於太甲，有伊尹之志則可，無伊尹之志則篡。夫道二，常謂之經，變謂之權。懷其常道，而挾其變權，乃得爲賢。夫衛女行中孝，慮中聖，權如之何？』《詩》曰：『既不我嘉，不能旋反。視我不臧，我思不遠。』」齊説曰：「懿公淺愚，不受深諫。無援失國，爲狄所滅。」【疏】毛序：「許穆夫人作也。閔其宗國顛覆，自傷不能救也。衛懿公爲狄人所滅，國人分散，露於漕邑，許穆夫人閔衛之亡，傷許之小，力不能救；思歸唁其兄，又義不得，故賦是詩也。」箋：「滅者，懿公死也。君死於位曰滅。露於漕邑者，謂戴公也。懿公死，國人分散，宋桓公迎衛之遺民渡河，處之於漕邑，而立戴公焉。戴公與許穆夫人，俱公子頑烝於宣姜所生也。男子先生曰兄。」〇「許穆」至「識也」，《列女傳·仁智》篇文。「衛侯不聽」，謂懿公。「衛侯奔走」及「弔唁衛侯」，則戴、文之世也。《左·閔二年傳》：「衛立戴公，以廬于曹。許穆夫人賦《載馳》。齊侯使公子無虧帥車三百乘、甲士三千人以成曹。」與《列女傳》合，惟此以許夫人爲懿公女爲異耳。「高子」至「不遠」，《韓詩外傳》二文。所云「嫁娶自親」，即謂因傅母請嫁齊事。「懷道挾權」，謂馳驅歸唁事。是魯、韓説同。「懿公」至

「所滅」，《易林·比之家人》文，《睽之師》、《革之益》同。又《噬嗑之訟》：「大蛇巨魚，戰於國郊。上下隔塞，衛侯廬漕。」《歸妹之坎》作「君臣隔塞，戴公出廬」。所云「愚不受諫，無援失國」，即謂懿公不聽女嫁齊事。是齊説亦同。《詩正義》引：「《樂稽耀嘉》曰：『狄人與衛戰，桓公不救。於其敗也，然後救之。』宋均注：『救，謂使公子無虧成之。』」❶緯書蓋用齊説，亦與《左傳》合。蓋齊桓不救者，懷失婦之私嫌。敗然後救者，存霸主之公義。向使女果適齊侯，衛可不至破滅，則許夫人之事，關繫至重，而經傳不載，幸軼説猶見於三家耳。

載馳載驅，歸唁衛侯。驅馬悠悠，言至于漕。【注】韓説曰：「弔生曰唁，弔失國亦曰唁也。」

【疏】傳：「載，辭也。弔失國曰唁。悠悠，遠貌。漕，衛東邑。」箋：「載之言則也。衛侯，戴公也。夫人願御者驅馬悠悠乎，我欲至于漕。」〇《説文》：「馳，大驅也。」「驅，馬馳也。」桂馥謂「馬馳」當爲「馳馬」，是也。「弔生」至「唁也」，《衆經音義》十三引《韓詩》文「弔生曰唁」者，《何人斯》云「不入唁我」，《左傳》「齊人獲臧堅，齊侯使夙沙衛唁之」，孔疏引服虔云「弔生曰唁」，是也。「弔失國亦曰唁」者，《春秋·昭二十五年》「齊侯唁公于野井」，❷《穀梁傳》曰：「弔失國曰唁。」及此詩「歸唁衛侯」是也。《泉水》箋：「國君夫人，父母在則歸寧，

---

❶ 「成」，清抄本殷元正、陸明睿《緯讖侯圖校輯·樂緯稽耀嘉》、續經解本《齊詩遺説攷》二並作「戍」，當據改。

❷ 「昭」，原脱，據阮刻本《毛詩正義》、《春秋穀梁傳注疏》、《春秋公羊傳注疏》、《春秋左傳正義》與本書體例補。

没則使大夫寧於兄弟。」又《禮・雜記》云：「婦人非三年之喪不踰封，如三年之喪，則君夫人歸。」《繁露・玉英》篇：「婦人無出竟之事，經禮也。奔喪父母，變禮也。」是國君夫人，父母既没，惟奔喪得歸，後遂不復歸也。懿公死於兵亂，觀《吕覽》弘演納肝事，知戴公倉卒廬漕，亦未能成葬禮。夫人之歸，不能以奔喪爲詞，則疑於歸寧兄弟，此許人所爲執禮相責也，故夫人作詩曰，我之馳驅而歸，乃弔衛侯之失國，非寧兄弟比；宗國破滅，此不恒有之變，既不能救，義當往唁。當時未有此禮，而夫人毅然行之。雖不合於常經，亦天理人情之正，故孟子以爲權而賢者。悠悠，道長。漕，義具《擊鼓》。

大夫跋涉，我心則憂。【注】韓説曰：「不由蹊遂而涉曰跋涉。」齊「跋」作「軷」。齊説曰：「軷，道祭也。」【疏】傳：「草行曰跋，水行曰涉。」箋：「跋涉者，衛大夫來告難於許時。」○首章承衛侯言，此「大夫」是衛大夫。末章承「許人尤之」言，而云「無我有尤」，則「大夫」是許大夫。文義顯然，不得以先後異解爲疑。傳：「草行曰跋，水行曰涉。」「不由蹊遂而涉曰跋涉」者，《釋文》引《韓詩》文。《莊子・馬蹄》篇「山無蹊隧」，《釋文》引李注：「蹊，徑也。」「遂」與「隧」同。《荀子・大略篇》「溺者不問遂」，楊注：「遂，謂徑隧，水中可涉之徑也。」是「蹊遂」猶「徑隧」。「不由蹊遂而涉」，謂事急時，不問水之淺深，直前濟渡，視水行如陸行。「跋涉」二字，連貫讀之，用之此詩，韓義優矣。《淮南・修務訓》「跋涉山川」，高注：「不從蹊遂曰跋涉。」又云「申包胥跋涉谷行」，「跋涉」與「谷行」對文，尤與韓義合，高注亦云「不蹊遂曰跋涉」。高用《魯詩》，知魯説此詩「跋涉」與韓同也。「齊『跋』作『軷』」，云『軷，道祭也』」者，《聘禮》鄭注：「《詩傳》曰：『軷，道祭也。』謂祭山川之神。《春秋傳》曰：『軷涉山川。』然則軷，山行之名也。道路以險阻爲難，是以委土爲山，伏牲其上，使者爲軷祭酒脯祈告也。卿大夫處者於是餞之，飲酒於其側。禮畢，乘車轢之而行，遂舍於近郊矣。❶其牲，犬羊可也。」案：鄭所引《詩傳》是《齊詩内傳》，知爲此詩「載涉」文義别一説。衛、許昏姻，當狄亂時，必有使臣來告，「我心則憂」者，聞其載涉而來，即知必有國難，不待問也。蓋衛宣、惠、懿以來，亂機已兆，故《左傳》言文公爲衛之多患先適齊，而夫人亦豫憂寇戎，欲以身繫援大國，志不獲濟，聞跋涉而即憂。慈惠遠識，非人可及。《韓詩外傳》一載魯監門女嬰事，末引此二句推演之。

既不我嘉，不能旋反。視爾不臧，我思不遠。既不我嘉，不能旋濟。視爾不臧，我思不閟。【注】韓「爾」作「我」。【疏】傳：「不能旋反我思也。不能遠衛也。濟，止也。閟，閉也。」箋：「既，盡；嘉，善也。言許人盡不善我欲歸唁兄。爾，女，女許人也。臧，善也。視女不施善道救衛。」○《釋詁》：「嘉，美也。」爾，爾衛國。臧，善也。夫人既言跋涉心憂，追念前請於衛君事，云我所以請嫁於齊者，爲欲繫援大國，我之謀至嘉美也，「既不我嘉」，衛果遁逃，而「不能旋反」其舊都，當日已視爾衛國不臧善也，我之思慮豈不深遠乎？《列女傳》引上章及此四句，以證夫人之遠識。思遠，即識遠也。濟，渡也。「閟」與「祕」同，密也。《文選·魯靈光殿賦》張注引《閟宫》作「祕宫」，並引《字書》云：「祕，密也。」是其證。夫人又言，「既不我嘉」，果奔走渡河，而「不能旋濟」。當日「視爾不臧」，我之思慮豈不周密乎？「韓『爾』作『我』」者，《外傳》引前「視爾不臧」，「爾」作「我」，見上。次「視爾」亦當作「視我」。「視我不臧」，即「不我嘉」意。詩言雖「視我

---

❶「行遂」，阮刻本《儀禮注疏》卷二四作「遂行」，屬上讀。

不臧」，我之思慮豈不遠且閟乎？ 語意正同。

陟彼阿丘，言采其蝱。【注】魯「蝱」作「莔」。❶【疏】傳：「偏高曰阿丘。蝱，貝母也。升至偏高之丘采其蝱者，將以療疾。」箋：「升丘采貝母，猶婦人之適異國，欲得力助安宗國也。」○《釋丘》：「偏高，阿丘。」郭注：❷「《詩》云：『陟彼阿丘。』」孔疏引李巡曰：「謂丘邊高。」蓋舊注《魯詩》義。《釋名》：「偏高曰阿丘。阿，何也，如人擔何物，一邊偏高也。」「魯『蝱』作『莔』」者，《淮南・氾論訓》高注：「蝱，讀如《詩》云『言采其莔』之『莔』也。」高述《魯詩》，據此，知魯作「莔」。《説文》「蝱」下云：「齧人飛蟲。从䖵，亾聲。」「莔」下云：❸「貝母也。从艸，明省聲。」徐鍇《繫傳》云：「《本草》：『貝母一名莔，根形如聚貝，子安五藏，治目眩、項直不得返顧。』故許穆公夫人思歸衛不得，而作詩曰『言采其莔』也。」「蝱」作「莔」，與高引同，明魯正字，毛借字。《釋草》：「莔，貝母。」與《魯詩》合。郭注：「根如小貝，員而白，華、葉似韭。」孔疏引陸璣云：「蝱，今藥草貝母也。其葉如括樓而細小。其子在根下，如芋子，正白，四方連累有分解，是也。」《廣雅》謂之「貝父」。《爾雅》釋文引《本草》云：「貝母一名空草，一名藥室，一名苦華，一名苦菜，一名莔草，「莔」或作「商」，誤。一名勤母。」蘇頌《圖經》：「二月生苗，莖細，青色。葉亦青，似蕎麥葉，隨苗出。七月開花，碧緑色。八月采根。此有數種，郭言『白華，葉似韭』，此種罕復見之。」案：郭謂「根員而白」，蘇似誤會。《易林・解之大

❶「莔」，宋監本《爾雅》、阮刻本《爾雅注疏》、阮元《校勘記》引「唐石經、單疏本、雪牕本」並作「𦯂」。下同。

❷「郭注」，原脱，據宋監本《爾雅》、阮刻本《爾雅注疏》與本書體例補。

❸「莔」，陳刻《説文》、《説文注》、楊刻《説文義證》、祁刻《説文繫傳》並作「𦯂」。下同。

畜》：「採䖟山頭，終安不傾。」「蝱」省作「䖟」，與《淮南子》同。《御覽》九百九十二引《毛詩》作「䖟」，是毛異文有作「䖟」者，明齊、毛同字。偏丘似傾，而終安不傾，猶衛國似滅，而終安不滅，此《易林》取《詩》義意也。箋云：「升丘采貝母，猶婦人之適異國，欲得力助安宗國也。」鄭意采蝱所以療疾，喻求人力以助安衛亂，與《易林》「終安不傾」義近，箋或用齊說與？女子善懷，亦各有行。許人尤之，衆穉且狂。【注】韓說曰：「尤，非也。」【疏】傳：「行，道也。尤，過也。是乃衆幼穉且狂，進取一概之義。」箋：「善，猶多也。懷，思也。女子之多思者有道，猶升丘采其蝱也。許人，許大夫也。過之者，過夫人之欲歸唁其兄。」○女子多思念其父母之國，如《泉水》、《竹竿》皆然。夫人自明我之思歸，與它女子異，亦各有道耳，而許人例以恒情，責以常禮，是穉且狂矣。《漢書·地理志》「潁川郡許縣」下云：「故國姜姓，四岳後，太當作「文」，《春秋傳》孔疏、杜譜並云「文叔」。❶叔所封，二十四世，爲楚所滅。」案：《説文》「鄦」下云：「炎帝太岳之胤甫侯所封，在潁川。從邑，無聲。」俗作「許」。《説文·自敘》云：「吕叔作藩，俾侯于許。」甫侯吕姓，故《吕刑》一云《甫刑》，然則「文叔」即吕叔之字矣。《一統志》：「故城今許州西南。」「尤，非也」者，《文選》盧諶《贈劉琨詩》注引薛君《韓詩章句》文。陳喬樅云：「陸士衡《文賦》『練世情之常尤』，注亦云：『尤，非也。』《論語·憲問》篇『不尤人』，鄭注：『尤，非也。』皆用韓訓。」愚案：《釋文》：「尤，亦本作『訧』。」「尤」即「訧」之渻借。「許人」是衆詞，故復以「衆」言之。「衆穉且狂」者，《説文》：「穉，幼禾也。」引申爲凡「幼小」義。「狂，猘犬也。」引申爲「愚妄」義。不

---

❶「杜」，原作「柱」，據相臺岳氏家塾本《春秋經傳集解》附《春秋名號歸一圖》卷下改。

能見事理之大，是穉也。《韓非子・解老》篇：「心不能審得失之地，則謂之狂。」

我行其野，芃芃其麥。【疏】傳：「願行衛之野，麥芃芃然方盛長。」箋：「麥芃芃者，言未收刈，民將困也。」〇「其野」者，衛之野也。《説文》：「芃，草盛也。」重言之曰「芃芃」。言我行衛野，則已芃芃其麥矣。意謂喪亂已久，援救無人也。胡承珙云：「狄滅衛在閔二年冬，非麥、蝱之候，不宜取非時之物，而漫爲託興。衛侯，似指文公爲近。」愚案：胡説是也。《春秋・閔二年》：「冬十二月，狄入衛。」《左傳》「立戴公以廬于曹」，杜注：「其年卒，❶而立文公。」是戴公立後旋卒，爲日甚淺。縱許夫人聞變即行，已不及閔二年戴公在位之日。箋以詩衛侯爲戴公，蓋偶有不照。且丘蝱、野麥，皆春深時物也，夫人行野賦詩，其夏正之二、三月，而魯僖元年四、五月閒事與？《左傳》言「齊侯使無虧戍曹」，亦必在僖元年。其與許穆夫人賦《載馳》同載於閔二年者，以終經「狄入衛」後事也。當夫人歸唁，時齊國尚未遣戍。《傳》敘戍曹於賦《詩》後，是其明證，故下言「控于大邦」云云。若齊已遣戍，夫人不爲是言矣。控于大邦，誰因誰極？【注】韓説曰：「控于大邦，控，赴也。」【疏】傳：「控，引；極，至也。」箋：「今衛侯之欲求援引之力助，於大國之諸侯，亦誰因乎？由誰至乎？閔之，故欲歸問之。」〇《説文》：「控，引也。《詩》曰：『控于大邦。』」傳訓與《説文》合。「控，赴也」者，《衆經音義》九引《韓詩》文。陳奐云：「《爾雅》：『引，陳也。』陳告與赴告同義。」胡承珙云：「赴，謂赴告。《左・襄八年傳》『無所控告』，是也。《莊子・逍遥游》篇『時則不至，而控於地』，《釋文》引司

❶「其」上，阮刻本《春秋左傳正義・閔公二年》有「立」字，當據補。

馬注：『控，投也。』控告猶言投告也。『投』與『赴』義近，韓訓『赴』，較『引』義勝。」愚案：《既夕禮》鄭注：「赴，走告也。」與韓訓「控」爲「赴」義最合。《列女傳》載夫人言「邊境有寇戎之事，赴告大國」，正與此「控于大邦」同意。「因」釋如《孟子》「時子因陳子以告孟子」之「因」。《釋詁》：「極，至也。」求救它國，必有所因，以致其情。夫人始云「妾在猶愈」，即此意也。今於諸大國無所繫援，果誰因乎？又誰至乎？閔宗國之無援，亦追咎己言之不用也。王先博云：「《皇矣》毛傳：『因，親也。』《廣雅·釋詁》同。詩言赴告大邦，誰親而誰至乎？」於義亦通。

大夫君子，無我有尤。百爾所思，不如我所之。【疏】傳：「不如我所思之篤厚也。」箋：「君子，國中賢者。無我有尤，無過我也。爾，女，女衆大夫君子也。」○「大夫君子」，承上「許人」言。箋云：「君子，國中賢者。」是「君子」乃許國不在位之人。「尤」，亦承上「尤之」言。爾，爾大夫及君子。之，往也。言爾無以禮非責我，今日之事，義在必歸，雖百爾之所思，不如我所往之爲是也，故服虔注《左傳》云：「言我遂往，無我有尤也。」是夫人竟往衞矣。或疑夫人以義不果往而作詩，今案：「驅馬悠悠」、「我行其野」，非設想之詞，服説是也。如夫人未往，涉念即止，烏有舉國非尤之事？若既已前往，則必告之許君，而決計成行，亦無忽畏謗議、中道輒反之理。惟其違禮而歸，許人皆不謂然，故夫人作詩自明其行，權而合道。且其憂傷宗國，感念前言，信《外傳》所謂「行中孝，慮中聖」者矣。《列女傳》二《陶答子妻》篇、三《魯公乘姒》篇、《韓詩外傳》二載楚樊姬事，並引末二句推演之。

《載馳》五章，一章六句，一章八句，一章六句，二章章四句。【疏】古分章與今《毛詩》本有異。毛《載馳》五章，一章六句，二章章四句，一章六句，一章八句。案：《左·襄十九年傳》「穆叔見叔向，賦《載馳》之四章」，杜注：「四章曰：『控于大邦，誰因誰極？』控，引也。取其欲引大國以自救助。」若如《毛詩》分章，則「控于大邦」爲五章。據《傳》、注，則「我行其野」爲四章，「大夫君子」爲五章，蓋三家本如此。文十三年《傳》「子家賦《載馳》之四章」，杜注：「四章以下，義取小國有急，欲引大國以救助。」杜蓋見《毛詩》分章，「控于大邦」在卒章，故渾言「四章以下」，此兩本分章不同之明證。孔疏引服虔注，蓋語有譌誤。其說云：「《載馳》五章，屬《鄘風》。許夫人閔衛滅，戴公失國，欲馳驅而唁之，故作以自痛國小，力不能救。」服用《毛詩》，此謂首章也。又云：「在禮，婦人父母既没，不得寧兄弟，於是許人不嘉，故賦二章，以喻思不遠也。」此似併「我思不閟」爲二章，消約言之。又云：「『許人尤之』，遂賦三章。以卒章非許人不聽，遂賦四章，言我遂往，無我有尤也。」疏謂服「置首章於外，以下別數爲四章」，理固未安。陳奂謂：「『我遂往』即是『我行其野』之義，爲四章。『非許人不聽』，即是『不如我思』之義，爲五章。」服意實不如此，它無可證，不敢妄説，惟據服言《載馳》五章，與今本合，是此詩實有五章。據穆叔子家賦《詩》取義，及襄十九年《傳》、注，是「控于大邦」壔爲四章，「大夫君子」當分爲五章。三家《詩》應依古本爲正。或謂此詩本四章，「我行其野」以下通爲一章，則《左傳》引《詩》當稱「卒章」，不稱「四章」矣。此於經例不合，不可從。

邶、鄘、衛國中十篇，三十章，百七十六句。

詩三家義集疏卷三下

長沙王先謙益吾著

淇奥【疏】毛序：「美武公之德也。有文章，又能聽其規諫，以禮自防，故能入相于周，美而作是詩也。」○《左·昭二年傳》「北宫文子賦《淇奥》」，❶杜注：「《淇澳》，《詩·衛風》，美武公也。」據詩「終不可諼兮」及「猗重較兮」，是公入爲卿士時，國人思慕而作。徐幹《中論·修本》篇：「衛武公年過九十，猶夙夜不怠，思聞訓道。衛人誦其德，爲賦《淇澳》。」徐用《魯詩》，明魯與毛同。齊、韓無異義。

瞻彼淇奥，【注】齊「奥」亦作「澳」，又作「隩」。魯作「隩」。緑竹猗猗。【注】魯「緑」作「菉」。韓「竹」作「薄」。【疏】傳：「興也。奥，隈也。緑，王芻也。竹，萹竹也。猗猗，美盛貌。武公質美德盛，有康叔之餘烈。」○《釋文》引《草木疏》云：「奥，亦水名。」「齊『奥』亦作『澳』，又作『隩』」者，《漢書·地理志》：

❶「奥」，阮刻本《春秋左傳正義·昭公二年》作「澳」。

「《衛詩》曰：『瞻彼淇奥。』」班述《齊詩》，明齊作「奥」，與毛同。《禮·大學》引此章，「奥」作「澳」，鄭注：「澳，隈崖也。」《釋文》：「澳，又作『隩』。」是「澳」、「隩」皆齊異文。《文選·魏都賦》劉注引《詩》作「澳」，用齊文也。

「魯作『隩』」者，《釋丘》：「隩，隈也。」孔疏引：「孫炎曰：『隈，水曲中也。』又云：『厓内爲隩。』李巡曰：『厓内近水爲隩。』」蓋皆魯義。《中論》引「淇澳」，亦魯文也。「奥」借字，「隩」、「澳」正字。《説文》「隩」下云：「隈崖也。」❶「隈」下云：「水曲隩也。」「澳」下云：「隈厓也。其内曰澳，其外曰隈。」與《雅》訓合。然則「隩」、「澳」皆謂崖岸深曲之處耳。《水經注·淇水》篇：「肥泉，《博物志》謂之澳水。《詩》云：『瞻彼淇澳，菉竹猗猗。』毛云：『菉，王芻也。竹，編竹也。』漢武帝塞決河，斬淇園之竹木以爲用。寇恂爲河内，伐竹淇川，治矢百餘萬，以輸軍資。今通望淇川，無復此物。惟王芻、編草，不異毛興。又言：『澳，隈也。』鄭亦不以爲津源，而張司空專以爲水流入於淇，非所究也。」案：《後漢·郡國志》劉昭注亦引《博物志》作「奥水」，與陸《疏》「奥，水名」合，蓋魏、晉以來別解。馬瑞辰云：「水之内爲奥，與『水相入爲汭』同義。古人或名泉水入淇處爲淇奥，因有奥水之稱，猶夏汭、涇汭亦稱汭水也。」其説允已。「緑」，當爲「菉」。「魯作『菉』」者，《釋草》「菉，王芻」，郭注：「菉，蓐也，今呼鴟腳莎。」孔疏引：「舍人曰：『菉，一爲王芻。』某氏曰：『菉，鹿蓐也。』」《爾雅》，《魯詩》之學，明魯正字，毛借字。《説文》「菉」下云：「王芻也。從艸，录聲。《詩》曰：『菉竹猗猗。』」又云：「藎，草也。」許引作「菉」，亦《魯詩》文。據《本草》，藎草即王芻，葉似竹而細薄，莖亦圓小。郝懿行以爲「今

---

❶「隈」上，陳刻《説文》、《説文注》、楊刻《説文義證》、祁刻《説文繫傳》並有「水」字，當據補。

之淡竹葉竹」者。❶《釋草》又云：「竹，萹蓄。」《釋文》：「竹，本或作『茿』。」郭注：「似小藜，赤莖節，好生道旁，可食，又殺蟲。」邢疏引：「李巡曰：『一物二名也。』孫炎曰：『某氏引《詩·衛風》云：「緑竹猗猗。」』」此亦魯説，「緑」當爲「菉」，後人順毛改之。邢又云：「陶隱居《本草注》云：『處處有，布地而生，節間白葉，華細緑，人謂之萹竹。煮汁與小兒飲，療疣蟲。』❷是也。」案：邢説與毛傳合。《水經注》引毛作「編竹」，見上。蓋所據本異。「韓『竹』作『薄』」者，《釋文》：「《韓詩》『竹』作『薄』，音徒沃反，云：『薄，萹茿也。』石經同。」案：臧琳謂石經爲《魯詩》。陳喬樅云：「洪适《隸釋》載石經《魯詩》殘碑文，言其間有齊、韓字，蓋取三家異同之説，猶《公羊傳》碑所云『顔氏』、❸《論語》碑所云『盍、毛、包、周』之比也。陸云『石經同』者，謂石經所載韓異文『薄』字，與世所行《韓詩》字同，非謂《魯詩》同韓作『薄』也。臧説失之。李匡乂《資暇録》云：『薄，音篤。萹竹。』攷《説文》：『薄，水萹茿。從竹，從水，毒聲。讀若督。』『萹竹』乃『萹茿』之假借耳。」愚案：臧又云：「《説文》：『茿，萹茿。』『薄，水萹茿。』毛借『竹』作『茿』，以爲岸萹茿；韓作『薄』，以爲水萹茿。經言『淇奧』，韓較毛爲勝。」愚謂《爾雅》釋文：「竹，或作『茿』，一名萹蓄。」《韓詩》「竹」作「薄」，一名萹茿。皆語音變轉。據酈元，一名編草，亦即《離騷》之「萹薄」也。今藥中有扁蓄，即是物矣。菉、竹二物，孔疏引：「陸璣以爲一草名，非也。」又任昉《述異記》云：「衛有淇園，出竹，在淇水之上。」戴凱之《竹譜》云：「箣竹根深耐寒，茂被

❶ 下「竹」字，郝氏家刻《爾雅義疏》無此字，當據删。

❷ 「疣」，阮刻本《爾雅注疏》作「蚘」。

❸ 「碑」，原脱，據續經解本《魯詩遺説攷》三、洪氏晦木齋刻《隸釋》卷十四補。

淇苑，淇園衛地，殷紂竹箭園也。」案：任、戴二説，與酈注合。《藝文類聚》二十八引班彪《游居賦》「瞻淇奥之園林，美綠竹之猗猗」，是以《詩》「綠竹」爲竹，漢世已有此説。陳喬樅云：「班固《竹扇賦》『青青之竹形兆直』，即用《詩》『綠竹青青』語。❶班習《齊詩》，此蓋齊義。」案：據陳説，齊當作「綠」，與毛同。《大學》作「菉」，是齊又借「菉」爲「綠」耳。鄭注：「猗猗，喻美盛。」有匪君子，【注】魯、齊「匪」作「斐」，韓作「邲」，云：「美貌也。」如切如磋，如琢如磨。【注】魯、齊説曰：「如切如磋，道學也。如琢如磨，自修也。」魯「切」亦作「⿰齒屑」。三家「磋」作「瑳」。韓「琢」作「錯」。齊「磨」亦作「摩」。【疏】傳：「匪，文章貌。治骨曰切，象曰磋，玉曰琢，石曰磨。道其學而成也，聽其規諫以自修，如玉石之見琢磨也。」〇《釋文》：「匪，本又作『斐』。」「魯、齊作『斐』」者，《列女傳》八、《大學》引並作「斐」，下同。《衆經音義》九引同。《禮》鄭注：「斐，有文章貌也。」「韓作『邲』」，云『美貌也』」者，《釋文》引《韓詩》文，下亦當同。陳喬樅云：「《廣韻》：『邲，好貌。』好亦即美義也。」此謂君子有美而文。《釋訓》：「美士爲彥。」《説文》：「彥，美士有文，人所言也。」三家字異義同。《釋器》：「骨謂之切，象謂之磋，玉謂之琢，石謂之磨。」「如切」至「修也」者，《釋訓》文，《大學》引同，是魯、齊説合。道，言也。「魯『切』亦作『⿰齒屑』」者，《爾雅》釋文：「切，本或作『⿰齒屑』，同。千結反。」《説文》：「切，刌也。」骨非可切之物，「切」借字，作「⿰齒屑」是。《説文》：「⿰齒屑，齒差也。從齒，屑聲。讀若切。」段注：「齒差，謂齒相磨切也。『差』即今『磋磨』字。引申之，磨物亦曰⿰齒屑也。」臧琳云：「⿰齒屑是齒之參差，治骨者因其參差而治之，俾

---

❶「綠」，續經解本《齊詩遺説攷》二作「菉」。

齊一，故『切磋』字以『齺』爲正。」黄山云：「齺，即《禮・内則》『屑桂與薑』之『屑』，本義謂碎之。《説文》：『碎，䃺也。』『屑，動作切切也。』蓋古屑物以鋸，動作切切，而碎末出，因名屑出者爲屑，猶名䃺碎者爲碎。《説文》訓『鋸』爲『槍唐』，不言其形。而『業』下云『捷業如鋸齒，以白畫之，象其鉏鋙相承』。鋸屑以齒，故屑亦從齒。齒差，即齒鉏鋙，治骨者先鋸之，而後磋之，今猶然。是段謂『齒相磨切』，臧謂『齒之參差』，一著其用，一狀其形，均通。而謂『差』即『磋』，則段掍切、磋爲一。謂『因其參差而治之』，差乃屬骨不屬齒。《説文》：『胅，骨差也。』則臧又掍齺、胅爲一，均誤。」「三家『磋』作『瑳』」者，《説苑・建本》篇一引作「瑳」，是魯亦作「瑳」。《大學》及《韓詩外傳》二兩引作「瑳」，明齊、韓文同。《外傳》九作「磋」字，誤。《荀子・大略篇》引亦作「瑳」，《衆經音義》十同。《説文》無「磋」字，「瑳」下云：「玉色鮮白。」治象齒令鮮白如玉，故謂之瑳，明三家正字。《後漢・馬援傳》載援《與楊廣書》：「語朋友邪，應有切磋。」❶本傳與《東觀漢記》稱援受《齊詩》，引《詩》當爲「切瑳」，今作「磋」者，後人改之也。《説文》：「琢，治玉也。」《學記》：「玉不琢，不成器。」「韓『琢』作『錯』」者，《御覽》七百六十四引《韓詩》「如磨如錯」，宋綿初云：「『磨』、『錯』當上下互易，以諧韻。韓本作『如錯如磨』，《外傳》今本引並作『琢』，後人順毛所改。束皙《補亡・白華》篇『粲粲門子，如磨如錯』，即用《韓詩》。」愚案：宋説是。「錯」、「琢」字異義同。《鶴鳴》「他山之石，可以爲錯」，傳：「錯，石也，可以琢玉。」孔疏：「寶玉得石錯，琢以成器。」是琢必用錯，故琢又爲錯矣。「齊『磨』亦作『摩』」者，《大學》亦作「摩」，

---

❶「應」，原作「慮」，據《後漢書集解》卷二十四、續經解本《齊詩遺説攷》二改。

與《大略篇》及毛「又作」本合。《説文》無「磨」字，「礲」下云：「石磑也。」「研」下云：「礲也。」「摩」下云：「研也。」「礱」下云：「摩也。」《論語》「磨而不磷」，《州輔碑》引作「摩而不磷」；❶《樂記》「陰陽相摩」，《釋文》：「摩，本又作『磨』。」「磨」、「摩」字同義通，故《易・繫辭》釋文引京注：「摩，相磑切也。」《學記》注：「摩，相切磋也。」石堅難治，當以礪石摩切之。《釋訓》郭注：「骨、象須切磋而爲器，人須學問以成德。玉石之被琢磨，猶人自修飾。」此依《雅》訓分釋喻意。《大略篇》云：「人之於文學也，猶玉之於琢磨也。《詩》曰：『如切如瑳，如琢如摩。』謂學問也。」毛傳：「道其學而成也，聽其規諫以自修，如玉石之見琢磨也。」《論衡・量知篇》：「骨曰切，象曰瑳，❷玉曰琢，石曰磨。切瑳琢磨，乃成寶器。人之學問，知能成就，猶骨象玉石，切瑳琢磨也。」荀、毛、王用《雅》、《記》語而綜説之，以自修即學中事耳。韓説當同諸家，《外傳》並推演之詞。

瑟兮僩兮，赫兮咺兮。【注】韓説曰：「僩，美皃。」魯「咺」作「烜」，齊作「喧」，韓作「宣」，云：「顯也。」亦作「愃」。

【疏】傳：「瑟，矜莊貌。僩，寬大也。赫，有明德赫赫然。咺，威儀容止宣著也。」○《釋訓》：「瑟兮僩兮，恂慄也。赫兮烜兮，威儀也。」《大學》引同。是魯、齊説又合。《禮》鄭注：「恂，字或作『峻』，讀如『嚴峻』之『峻』，言其容貌嚴栗也。」瑟、栗疊韻字。《白虎通・禮樂》篇：「瑟者，嗇也，閑也，所以懲忿窒欲，正人之德也。」是「瑟」有「嚴正」義。《説文》「璱」下云：「玉英華相帶如瑟弦。《詩》曰：『璱彼玉瓚。』」今《詩》作「瑟」，

❶「磷」，洪氏晦木齋刻《隸釋》卷十七《吉成侯州輔碑》作「粼」。

❷「象」，原作「魯」，據《百子全書》本《論衡》、續經解本《魯詩遺説攷》三改。

瑟、璱字同。又「璠」下云：「近而視之瑟若也。」「瑟」即「璱」也。「璪」下云：「玉英華羅列秩秩。《逸論語》曰：『玉粲之璱兮，其瑮猛也。』」合此數義證之，是「瑟兮」謂德容之縝密莊嚴，秩然不亂。「瑮」與「栗」同。栗則有威，不猛而猛矣。《説文》：「僩，武貌。從人，間聲。《詩》曰：『瑟兮僩兮。』」《爾雅》釋文：「僩，或作『撊』。」《方言》：「撊，猛也。」《廣雅·釋訓》同。武、猛義合，皆嚴栗意也。「僩，美皃」者，《釋文》引《韓詩》文。馬瑞辰云：「《荀子》云：『陋者俄且僩也。』以『僩』與『陋』對，是以『僩』爲『美』，與韓義合。段玉裁訓『陋』爲『陋陿』，謂與『寬大』反對，爲毛傳所本，非也。」陳喬樅云：「韓蓋以『僩』爲『嫺』之假借。《新書·傅職》篇云：❶『明僩雅以道之文。』又《道術》篇云：『容志審道謂之僩，反僩爲野。』『僩』與『野』對，則義當爲『嫺雅』，故韓仍錯皃。」❷愚案：毛、韓皆別義，與魯、齊正訓異。《漢書·韋賢傳》注：「赫，明皃。」「魯『咺』作『烜』」者，《釋訓》作「烜」，《釋文》：「烜者，光明宣著。」《廣雅·釋詁》：「烜，明也。」張用《魯詩》，此《魯詩》文同之證。「齊作『喧』」者，《大學》作「喧」。《易林·坤之巽》：「赫喧君子，樂以忘憂。」亦作「喧」，此《齊詩》文同之證。「韓作『宣』，亦作『愃』」者，《釋文》：「咺，《韓詩》作『宣』。宣，顯也。」《説文》：「愃，寬閒心腹皃。從心，宣聲。《詩》曰：『赫兮愃兮。』」蓋作「宣」者，「愃」之渻字，許引亦韓異文。心體寬廣，發見於儀容，故「宣」訓爲「顯」，許、韓義不異也。「咺」、「恒」、❸「烜」皆借字。**有匪君子，終不可諼兮。**【注】齊「諼」作「諠」。

---

❶「傅」，原作「博」，據續經解本《韓詩遺説攷》三、《百子全書》本《新書》卷五改。

❷「仍錯」，續經解本《韓詩遺説攷》三作「訓爲美」，當據改。

❸「恒」，疑當作「喧」。

【疏】傳：「諼，忘也。」○《釋訓》：「有匪君子，終不可諼兮，道盛德至善，民之不能忘也。」《大學》引同，亦證魯、齊説合。「齊『諼』作『諠』」者，《大學》作「諠」，鄭注：「諠，忘也。民不能忘，以其意誠而德著也。」《説文》無「諠」字，「諼」下云：「詐也。」無「忘」義。《伯兮》「焉得諼草」，以草能令人忘憂。《釋訓》：「萲、諼，忘也。」「諼」之爲「忘」，義由假借。

瞻彼淇奧，緑竹青青。有匪君子，充耳琇瑩，【注】三家「琇」作「璓」。【疏】傳：「青青，茂盛貌。充耳謂之瑱。琇瑩，美石也。天子玉瑱，諸侯以石。」○《釋文》：「青，本或作『菁』。」「青」即「菁」之渻。《杕杜》「其葉菁菁」，傳：「菁菁，葉盛也。」《釋文》：「菁，本又作『青』。」是其證。「充耳，瑱也」，義具《君子偕老》。「三家『琇』作『璓』」者，《説文》無「琇」字，「璓」下云：「石之次玉者。《詩》曰：『充耳璓瑩。』」三家文也。「瑩」下云：「玉色。從玉，熒省聲。一曰：石之次玉者。《逸論語》曰：『如玉之瑩。』」愚案：璓謂石，瑩謂玉，言充耳有石、有玉也。知者，《考工記》：「玉人之事：天子用全，上公用龍，侯用瓚，伯用將。」先鄭云：「全，純色也。龍，當爲『尨』。尨，雜色。」後鄭云：「全，純玉也。瓚，讀爲『餈餍』之『餍』。龍、瓚、將，皆雜名也。卑者下尊，以輕重爲差。玉多則重，石多則輕。公、侯四玉一石，伯、子、男三玉二石。」《白虎通·瑞贄》篇：「天子之純玉，尺有二寸。公、侯九寸，❶四玉一石也。❷伯、子、男俱三玉二石也。」《説文》：「瓚，三玉二石

❶「寸」，原作「尺」，據續經解本《白虎通疏證》八改。
❷「玉」，原作「寸」，據續經解本《白虎通疏證》八改。

也。從玉，贊聲。禮，天子用全，純玉也。上公用駹，四玉一石。侯用瓚。伯用埒，玉石半相埒也。」案：此言圭玉之制，《記》與《説文》合，惟將、埒岐出。先鄭全、尨以色言，許全、駹以玉石雜言。後鄭、《白虎通》説五等不同，據賈疏，出於《禮緯》，而言玉石雜則同。推之國君玉瑱，亦當是玉石雜也。《弁師》：「諸侯之繅斿九就，瑉玉三采，其餘如王之事，繅斿皆就，玉瑱玉笄。」鄭注：「侯，當爲『公』。」此公玉瑱之證，參以本詩「琇瑩」之義，又非全玉，其爲玉石雜甚明。武公入相於周，據世家，王命爲公，準之禮制，殆亦如圭玉用駹與？傳云用石，非所安矣。《廣韻・十二庚》：「瑩，玉色。《詩》曰：『充耳秀瑩。』」「琇」作「秀」，亦異文。

會弁如星。瑟兮僩兮，赫兮咺兮。有匪君子，終不可諼兮。【注】魯「會」作「冠」，韓作「䯤」。

【疏】傳：「弁，皮弁。所以會髮。」箋：「會，謂弁之縫中，飾之以玉，皪皪而處，狀似星也。天子之朝服皮弁，以日視朝。」○傳「所」上脱「會」字，毛讀「會」爲「䯤」也。箋「會」如字讀，説與傳異。《説文》：「䯤，骨擿之可會髮者。從骨，會聲。《詩》曰：『䯤弁如星。』」《玉篇・骨部》：「䯤，五采束髮。」載《説文》引《詩》同。顧與許微異，參用《周禮》先鄭説。《弁師》：「王之皮弁，會五采玉璂，象邸玉笄。」鄭注：「故書『會』作『䯤』。鄭司農云：『讀如「馬會」之「會」，謂以五采束髮也。《士喪禮》曰「檜用組，乃笄」，「檜」讀與「䯤」同，書之異耳。説曰：以組束髮乃著笄，謂之檜。沛國人謂反紒爲䯤。璂，讀如「綦車轂」之「綦」。』玄謂：會，讀如『大會』之『會』。會，縫中也。璂，讀如『薄借綦』之『綦』。綦，結也。皮弁之縫中，每貫結五采，玉十二以爲飾，謂之綦。《詩》云：『會弁如星。』又曰：『其弁伊綦。』是也。邸，下柢也，以象骨爲之。」賈疏：「『邸，下柢也』者，謂如弁內頂上以象骨爲柢。」愚案：此即象揥。揥、柢一聲之轉，許所云會髮之骨擿也。許所據《詩》從骨作

「䯤」，知是骨擿，故不訓爲「五采束髮」。《禮》既言象邸，則上「會」字亦不當從「故書」作「䯤」，義各有當也。五采束髮，括以象邸，從而加弁，以玉笄貫之，其弁飾是玉璂，所謂「如星」者也。《禮》先弁後象邸，《詩》先䯤後弁，義可互證。箋又云：「天子之朝服皮弁，以日視朝。」此言武公入爲卿士，在天子之朝，君臣同服也。《釋名》：「弁，如兩手相合抃時也。以爵韋爲之，謂之爵弁。以鹿皮爲之，謂之皮弁。以韎韋爲之，謂之韋弁也。」《司服》：「眡朝，則皮弁服。」《玉藻》亦有「皮弁視朝」之文，故知弁是皮弁矣。如星，言玉之羅列而光明。《説文》「⿰王綦」下云：「弁飾，往往冒玉也。」「璂」下云：❶「⿰王綦或從基。」與《弁師》文合。「往往」，言非一處。冒者，加飾之也。鄭注又云：「皮弁，則侯、伯璂飾七，子、男璂飾五，玉亦三采。」據上文「諸公之繅斿九就」，上公以九爲節，武公璂當飾九也。「魯『會』作『冠』，韓作『䯤』」者，《吕覽·上農》篇高注：「弁，鹿皮冠。《詩》云：『冠弁如星。』」高用《魯詩》，明魯作「冠」。鄭注《禮》時未見《毛詩》，所引《詩》作「會」，是齊與毛同。其注《禮》、箋《詩》義合，蓋用齊説。然則許引作「䯤」者《韓詩》。顧用《韓詩》，故亦與許同也。《隋書·禮儀志》：「弁之制，案：《五經通義》：『高五寸，前後玉飾。』《詩》曰：『璯弁如星。』」《左·僖二十八年傳》「會弁」，《釋文》云：「本又作『璯』。」此《隋志》異文所本。《五經文字》云：「《春秋傳》注引《詩》以爲『繪弁』。」弁無「繪」義，字之誤也。

瞻彼淇奥，緑竹如簀。【注】韓説曰：「簀，積也。緑蓄盛如積也。」【疏】傳：「簀，積也。」○《説

❶「璂」，原作「⿰王綦」，據陳刻《説文》、《説文注》、楊刻《説文義證》與本書體例改。

文》：「簀，牀棧也。」《史記・范雎傳》索隱：「謂葦荻之薄也。」不合《詩》義。「簀，積也」者，《文選》張衡《西京賦》李注引：「《韓詩》曰：『緑䓯如簀。』簀，積也。薛君曰：『簀，緑䓯盛如積也。』」陳奂云：「《玉篇》：『䓯，同薄。』」陳喬樅云：「毛、韓並訓『簀』爲『積』，是以『簀』爲『積』之假借。《西京賦》『芳草如積』，正用斯語。衡用《魯詩》，然則魯作『菉竹如積』與？」有匪君子，如金如錫，如圭如璧。寬兮綽兮，猗重較兮。【注】韓「綽」亦作「婥」，云：「柔貌也。」三家「猗」作「倚」，「較」作「較」。【疏】傳：「金錫練而精，圭璧性有質。寬能容衆。綽，緩也。重較，卿士之車。」箋：「圭璧亦琢磨。四者亦道其學而成也。綽兮，謂仁於施舍。」

○「如金如錫」者，《説文》「金」下云：「五色金也，黄爲之長，久薶不生衣，百練不輕，❶從革不違。」「錫」下云：「銀、鉛之間也。」孔疏：「武公器德已百練成精如金錫。」❷「如圭如璧」者，《説文》「圭」下云：「瑞玉也，上圜下方。」「璧」下云：「瑞玉圜也。」孔疏：「道業既就，琢磨如圭璧。」《説文》「寬」下云：「屋寬大也。」引申之爲凡「寬裕」義。「繛」下云：「𦅻也。」「綽」下云：「繛或省。」孔疏：「又性寬容兮，而情綽緩兮。」案：此連下「猗重較兮」爲文，則「寬綽」止是寬緩自得之貌，不屬性情言。「韓『綽』亦作『婥』，云『柔貌也』」者，《玉篇・糸部》引《韓詩》作「婥」。❸慧琳《音義》七十九引《韓詩》作「婥」，並云：「柔貌也。」顧震福云：「《文選・

---

❶「練」，陳刻《説文》、《説文注》、楊刻《説文義證》作「鍊」，當據改。

❷「百練成」，阮刻本《毛詩正義》作「成練」，分屬上下讀，當據改。

❸「糸」，原作「系」，據羅本、黎本《玉篇》改。

神女賦》『柔情綽態』，『綽』與『柔』對文，則『綽』、『柔』義本相近。《莊子·在宥》篇：『淖約柔乎剛强。』❶又《逍遥遊》『淖約若處子』，《釋文》引李云：『淖約，柔弱貌。』《荀子·宥坐篇》『淖約微達，似察』，楊注：『淖約，柔弱也。』『綽』、『淖』字通。亦通作『婥』，《説文》：『婥，女病也。』女病則柔弱。慧琳《音義》七十九引《考聲》云：『婥約，婦人㚇弱皃。』《史記·司馬相如傳》『《上林賦》「便嬛婥約」』，即用『婥』爲『綽』也。」愚案：韓訓「綽」爲「柔」，「寬綽」猶《禮·中庸》云「寬柔」矣。韓訓貌，不訓性情，得之。《釋文》：「猗，於綺反，依也。」讀「猗」爲「倚」。孔疏：「入相爲卿士，倚此重較之車。」其下又云「猗重較兮」，字作「猗」，而義爲「倚」，與陸讀同。「三家『猗』作『倚』」者，《荀子·非相篇》楊注、《文選·西京賦》李注、《曲禮》孔疏、《論語·鄉黨》皇疏、《説文·車部》繫傳並引作「倚」，蓋皆用三家文。三家正字，毛借字也。重較者，皇疏云：「古人乘路車，皆於車中倚立。倚立難久，故於車箱上安一横木，以手隱憑之，謂之爲較。《詩》云：『倚重較兮。』是也。」「三家『較』作『較』」者，《説文》：「較，車輢上曲鉤也。各本「輢」誤「騎」，「鉤」誤「銅」，段注據《西京賦》、《七啟》注訂正。從車，爻聲。」徐鍇《繫傳》：「按《古今注》：『車較，車耳也。在車轝上，重起如牛角也。』」「車較」之「車」當作「重」，「轝」當作「蕃」，據《文選·西京賦》注訂正。《詩》曰：『倚重較兮。』」據《玉篇》，「較」與「較」同。《説文》有「較」無「較」，徐引亦三家文。《説文》：「輢，車旁也。」《考工記·輿人》「以其廣之半，爲之式崇；以其隧之半，爲之較崇」，鄭注：「較，兩輢上出式者。」阮元云：「言車制者皆以爲直輢，由不解車之有耳也。《説文》：『較，車輢上曲

---

❶「淖」，原作「淖」，據《諸子集成》本《莊子集解》改。

鉤也。』『輒，車兩輢也。從車，耴聲。』『耴，耳下垂也。』『軓，車耳反出也。』合此四者，可知車耳之制。蓋車輢板通五尺五寸，其下三尺三寸，直立軫上。軫上之輪崇三尺三寸，與直輢前式同高。若過此三尺三寸之上，象耳之耴，故謂之輒。以其反出，又謂之軓。至其直立軫上，上曲如兩角之木，則謂之較。重出式上，故名重較。重耳，即垂輒之義。秦公子名耴，衛公子名輒，晉公子名重耳，鄭公孫輒字子耳，皆此義也。《詩》『重較』即『重耳』之義。」黄山云：「阮説甚明。惟云『重出式上，名重較。重耳，即垂耴之義』，則非。蓋既以輢上反出者爲耳，取合《説文》『輒』、『輢』之訓，則耳屬輢，不屬較。若又以較之上曲者同爲耳，則耳與輢重，非與式重。孔疏雖云『《周禮》無單較、重較之文』，然《大東》疏説大車之箱，謂在兩較之間，是平地任載之車，亦有兩較，即阮所論凡車之較，非《詩》『重較』也。《釋名》：『較在箱上，爲辜較也。重較，其較重，卿所乘也。』《文選·西京賦》『倚金較』，李注引《古今注》曰：『車耳重較，文官青，武官赤。或曰：車蕃上重起如牛角也。』《漢官儀》引里語云：『仕宦不止車生耳。』漢鏡銘：『作吏高遷車生耳。』《隋書·禮儀志》：『令三公開府、尚書令給鹿幡軺施耳。』皆是爲卿士之車另有重較之證。《爾雅》：『較，直也。』又云：『較謂之幹。』胡承珙云：『凡物在兩旁者皆曰幹，故兩脅謂之幹，築牆兩邊障土亦謂之幹，皆與「較謂之幹」義相發。』《考工記》又云：『三分其隧，一在前，二在後，以揉其式。』就車深四尺四寸計之，是前三之一爲式，人坐車中所憑也。後三之二爲輢，輢必倚幹以立，其幹木上出爲曲鉤形，居輢之內、箱之外而見於箱上，故《後漢·輿服志》李注引徐廣説亦云『較在箱上』，此幹木兩旁直出通謂之較，亦即阮所謂『直立於軫上』者。惟此較上單曲鉤即傅於輢，人不能憑，是謂單較之制。重較則另有『重起如牛角』者，或塗以金，或飾以青、赤，惟人所施，乃人立車中所憑也。《説文》『輒』訓『車輢』，此自車輢形如耳垂，與『較』無涉。若『䡊』訓『車耳反出』，與『較』字連文，自即指重較之耳傅於輢者，既爲正出，此則爲反出矣。皇疏謂較爲車中倚立所憑，最合三家『猗』作『倚』之義。惟以較爲箱上横木，與式爲車前横木相掍，非立所可倚，既違《雅》訓『直幹』之訓，且與諸家車耳之説皆不能合。車耳亦謂之𨏥。《説文》：『𨏥，乘輿金耳也。』字通作『彌』。《荀子》及《史記·禮書》並云：『彌龍所以養威也。』徐廣注：『乘輿車以金薄繆龍爲輿倚較。』❶《三國志》吴童謡：『黄金車，斑蘭耳。閶闔門，見天子。』謂孫皓降晉之兆。蓋惟天子金較龍飾，其色斑蘭，故云金耳斑蘭耳。至百官之車較，當如崔豹所云文青、武赤。武公入相於周，其重較亮爲青飾矣。」善戲謔兮，不爲虐兮。【疏】傳：「寬緩弘大，雖則戲謔，不爲虐矣。」箋：「君子之德，有張有弛，故不常矜莊，而時戲謔。」〇《説文》：「謔，戲也。從言，虐聲。」是謔爲戲言。「虐，殘也。從虍，虎足反爪人也。」此「虐」本義。「虐」承「戲謔」言，則言不傷人，亦是「不爲虐」。此引申義。《左·襄十四年傳》：❷「臧紇如齊唁衛侯，衛侯與之言虐。」與此「虐」義正同，故紇云：「其言糞土也。」「不爲虐」，則謔而不浪，與《終風》所刺異矣。

《淇奥》三章，章九句。

考槃【疏】毛序：「刺莊公也。不能繼先公之業，使賢者退而窮處。」箋：「窮，猶終也。」〇案：君不

❶「以」，殿本《史記》無。「繆」，殿本《史記》作「璆」。

❷「十」，原脱，據阮刻本《春秋左傳正義·襄公十四年》補。

用賢，是詩外意。《孔叢子》曰：「於《考槃》，見士之遁世而不悶也。」三家無異義。

考槃在澗，【注】三家「槃」作「盤」。韓「澗」作「干」，云：「墝埆之處也。」一云：「考盤在干，地下而黃曰干。」碩人之寬。【疏】傳：「考，成；槃，樂也。山夾水曰澗。」箋：「碩，大也。有窮處成樂在於此澗者，形貌大人，而寬然有虚乏之色。」○《釋詁》：「考，成也。般，樂也。」毛傳本之，訓「槃」爲「樂」。案：《文選・東都賦》、《鸕鷀賦》李注引《爾雅》並云：「盤，樂也。」無作「槃」者。「三家『槃』作『盤』」者，郭注《爾雅》云：「見《詩》。」是郭所見此詩及《爾雅》本必作「盤」，與李注同。《爾雅》，《魯詩》之學，知魯作「盤」也。《釋訓》：「諼，忘也。」郭注：「義見《考槃》。」《釋文》：「槃，本又作『盤』。」案：此郭注當爲「盤」，其作「槃」者，傳寫之誤。《漢書・敘傳》「竇后違意，考盤於代」，顔注：「《詩・衛風》：『考盤在澗。』考，成也。盤，樂也。言竇姬初欲適趙而向代，違其本意，卒以成樂也。」班用《齊詩》，亦作「考盤」而訓爲「成樂」。據下文引《文選》注，《韓詩》亦作「盤」。毛字異義同，或因毛作「盤」而刱爲別解，非也。《御覽》六十九引作「盤」，用三家文。《文選》四十六李注兩引《毛詩》一、三章皆作「盤」，疑毛亦有作「盤」者，而《釋文》未之及。《說文》：「昪，喜樂皃。」省作「弁」。《小弁》傳：「弁，樂也。」《詩》本字當爲「昪」，「般」、「盤」、「槃」皆同音假借。《釋山》：「山夾水，澗。」「韓『澗』作『干』，云『墝埆之處也』」者，《釋文》引《韓詩》文。胡承珙云：「《小雅》『秩秩斯干』，傳：『干，澗也。』二字通。《易》『鴻漸于干』，《釋文》引荀、王注並云：『干，山間澗水也。』虞注：『小水從山流下稱干。』翟注云：『山厓也。』此皆謂干即澗也。」陳喬樅云：「韓云『墝埆之處』者，干爲山澗厓岸之地，故以墝埆言之，謂土地瘠薄者也。《丘中有麻》傳謂『丘中』爲『墝埆之處』，與此同義。」「一云『考盤在干，地下而黃曰干』」者，《文選・吴都賦》劉注引《韓詩》文。《讀詩記》六引同。胡承珙云：「黄，疑『潢』字之誤。潢汙者，停水之處。《小雅》正義引鄭注《漸卦》云：『干者，大水之傍，故停水處。』即其義也。韓『干』有兩訓，或由《韓故》、《韓説》與薛君《章句》之不同。」碩人，謂賢者。雖處陋隘，心自寬綽也。獨寐寤言，永矢弗諼。【疏】箋：「寤，覺；永，長；矢，誓；諼，忘也。在澗獨寐，覺而獨言，長自誓以不忘君之惡。志在窮處，故云然。」○案：「惡」，疑「意」之誤。若作「惡」，鄭説必不如此。王肅謂：「先王之道，長自誓不敢忘。」愚謂承「考槃」言，則謂「不忘其樂」近得之。《隸續・平輿令薛君碑》「永矢不愃」，「弗」、「不」義同，疑三家有作「不」者。凡從爰、從宣之字，多相通假。《淇奥》「諼」，《大學》作「諠」；《伯兮》「諼」，《釋文》「又作『萱』」。此「諼」爲「愃」，亦其例。

考槃在阿，【注】韓説曰：「曲京曰阿。」碩人之薖。獨寐寤歌，永矢弗過。【注】韓「薖」作「⿰亻過」，云：「美貌。」【疏】傳：「曲陵曰阿。薖，寬大貌。」箋：「薖，飢意。弗過者，不復入君之朝也。」○「曲京曰阿」者，《一切經音義》一引《韓詩》文。案：謂山曲隈處也。《説文》「阿」下云：「曲阜也。」「阜」下云：「大陸，山無石者。」韓云「曲京」者，《釋丘》：「絶高謂之京。」《釋地》：「高平曰陸。大陸曰阜。大阜曰陵。」是「陵」、「阜」與「京」相似，故傳亦云：「曲陵曰阿。」《皇矣》傳又云：「京，大阜也。」《文選・西都賦》注引《韓詩》曰：「曲景曰阿。」「景」乃「京」之誤。「韓作『⿰亻過』，云『⿰亻過，美貌』」者，《釋文》引《韓詩》文，與傳「寬大」義近。《廣韻》：「⿰亻過，美也。」即用韓義。「弗過」者，箋云：「不復入君之朝也。」王肅云：「歌所以詠志，長以道自誓，不敢過差。」愚謂「不入君朝」，固不待言。而「不敢過差」，又非此時詩意所屬。「弗過」，謂不與人相過也。

考槃在陸，【注】韓説曰：「陸，高平無水。」碩人之軸。獨寐寤宿，永矢弗告。【注】魯「軸」作「逐」，云：「逐，病也。」【疏】傳：「軸，進也。無所告語也。」箋：「軸，病也。不復告君以善道。」○「陸，高平無水」者，《玉篇·阜部》引《韓詩》文。顧震福云：「《説文》：『陸，高平地。』《釋名》：『高平曰陸。陸，漉也，水流漉而去也。』《易·漸卦》『鴻漸于陸』，虞注：『高平稱陸。』馬注：『山上高平曰陸。』陸從坴，《説文》『坴』下云：『土塊坴坴也。』有土塊，故無水。」孔疏：「訓『軸』爲『進』，❶大德之人，進於道義也。」《釋詁》：「逐，病也。」孔疏：「『逐』與『軸』蓋古今字異。」陳喬樅云：「據此，知魯作『逐』，而訓爲『病』。」愚案：箋訓「寬」爲「虛乏」、「薖」爲「飢意」，此復取《爾雅》「逐，病」，義與傳迴殊，蓋皆本於《魯詩》。「弗告」者，傳：「無所告語也。」箋：「不復告君以善道。」傳義爲優。

《考槃》三章，章四句。

碩人【注】魯説曰：「傅母者，齊女之傅母也。女爲衛莊公夫人，號曰莊姜。姜交好，「交」、「姣」同字。始往，操行衰惰，有冶容之行，淫佚之心。傅母見其婦道不正，諭之曰：『子之家世世尊榮，當爲民法則。子之質聰達於事，當爲人表式。儀貌壯麗，不可不自修整。衣錦絅裳，飾在輿馬，是不貴德也。』乃作詩曰：『碩人其頎，衣錦絅衣。齊侯之子，衛侯之妻，東宮之妹，邢侯之姨，譚公維

❶「訓」上，阮刻本《毛詩正義》有「傳」字。

私。』砥厲女之心以高節，以爲人君之子弟，爲國君之夫人，尤不可有邪僻之行焉。女遂感而自修。君子善傅母之防未然也。」【疏】毛序：「閔莊姜也。莊公惑於嬖妾，使驕上僭。莊姜賢而不答，終以無子，國人閔而憂之。」○「傅母」至「然也」，《列女傳·齊女傅母》篇文。此魯義也。齊、韓未聞。案：《左·隱三年傳》：「衛莊公娶於齊東宫得臣之妹，曰莊姜，美而無子，衛人所爲賦《碩人》也。」此序義所本。但「衛人」云云，謂當日曾爲莊姜賦詩，非謂詠其無子，此自《左氏》行文之法如是，與「高克奔陳，鄭人爲之賦《清人》」句例略同，不得執此爲閔憂無子之證，毛似誤會《左》意。《易林·豫之家人》：「夫婦相背，和氣弗處。陰陽俱否，莊姜無子。」用《左傳》文，無一字及《詩》義。或據此謂齊與毛同，亦非。詩但言莊姜族戚之貴，容儀之美，車服之備，媵從之盛，其爲初嫁時甚明。何楷云：「詩作於莊姜始至之時，當以《列女傳》爲正。」

碩人其頎，衣錦褧衣。【注】魯、齊「褧」作「絅」，韓作「檾」。【疏】傳：「頎，長貌。錦，文衣也。夫人德盛而尊，嫁則錦衣加褧襜。」箋：「碩，大也。言莊姜儀表長麗俊好頎頎然。褧，禪也。國君夫人翟衣而嫁。今衣錦者，在塗之所服也。尚之以禪衣，爲其文之大著。」○碩人，謂莊姜。碩，大也。《孟子·盡心》篇：「充實之謂美，充實而有光輝之謂大。」大人，猶美人。《簡兮》詠賢者，稱「碩人」，又稱「美人」，鄭箋以爲即一人，是其證也。古人「碩」、「美」二字爲贊美男女之統詞，故男亦稱「美」，女亦稱「碩」。若泥「長大」、「大德」爲言，則失之矣。小徐本《説文》：「頎，頭佳也。從頁，斤聲。」鍇曰：「《詩》曰：『碩人其頎。』」傳：「頎，長貌。」《玉篇·頁部》「頎」下云：「《詩》云：『碩人頎頎。』傳：『頎，長貌。』又頎頎然佳也。」毛、許説並引。案：

當以「頭佳」爲本義。顧引《詩》作「頎頎」，三章「碩人敖敖」，箋云：「敖敖，猶頎頎也。」或謂所據本與毛不同，阮《校勘記》云：「經文一字，傳、箋疊字者多。《玉篇》依箋疊字，非六朝時經作『碩人頎頎』之本。」❶其説是也。《列女傳》作「其頎」，蔡邕《青衣賦》「碩人其頎」，正用此文。邕習《魯詩》，與《列女傳》合，是魯作「其頎」，與毛同。《説文》：「錦，襄色織文。」小字本「色」作「邑」。《陳留風俗傳》：「襄邑縣南有渙水，北有睢水，所謂睢、渙之間出文章也。」《説文》「褧」下云：「檾也。《詩》曰：『衣錦褧衣。』示反古。❷從衣，耿聲。」「魯、齊作『絅』，韓作『檾』」者，《列女傳》作「絅」。《禮·中庸》：「《詩》曰：『衣錦尚絅。』惡其文之著也。」斷文引《詩》，字亦作「絅」，是魯、齊文同。《説文》「檾」下云：「枲屬。從林，熒省。《詩》曰：『衣錦檾衣。』」蓋韓作「檾」也。《玉篇》「檾」亦作「苘」，云：「與『檾』同。」《廣韻》、《集韻》又作「䔛」，並云與「苘」同。《類篇》：「䔛，麻屬。」《本草》：「苘實味苦。」唐本注：「一作『䔛』字。人取皮爲索者也。」《圖經》云：「北人種以績布及打繩索，苗高四五尺，或六七尺，葉似苧而薄，花黃，實帶殼，如蜀葵中子，黑色。」與《説文》「檾，枲屬」合。蓋若《左傳》之紵衣而實較粗。《掌葛》注：「䔛，紵之屬，可緝績者。」明與「紵」爲二物。韓作「檾」，舉衣材之名也。傳：「嫁則錦衣加褧襜。」箋：「褧，襌也。國君夫人衣翟而嫁。今衣錦者，在塗之所服也。尚之以襌衣，爲其文之太著。」案：襌衣不重，以檾爲之，仍微見在內之衣，故謂之褧。褧從耿聲，亦兼會意。《説文》「耿」

❶「作」上，阮刻本《毛詩正義》附《校勘記》有一「有」字。

❷「反古」，原乙，據陳刻《説文》、《説文注》、楊刻《説文義證》、祁刻《説文繫傳》、續經解本《魯詩遺説攷》三乙正。

下云：「杜林説：『耿，光也。從火，聖省。』」《廣雅·釋詁》：「耿，明也。」《士昏禮》「姆加景」，注：「景之制，蓋如明衣。加之，以爲行道禦風塵，[1]令衣鮮明。景，亦明也。」是「褧」與「景」同，所以「行道禦塵」，從明取義，故字從耿。毛作「褧」，明制衣之義也。《説文》：「絅，急引也。」《廣雅·釋詁》：「絅，急也。」無「衣」義，魯、齊借字。《玉藻》「禪爲絅」，注：「有衣裳而無裏。」是絅即褧也。《中庸》釋文：「絅，本又作『顈』。」《雜記》「如三年之喪，則既顈，其練祥皆行」，注：「顈，草名。無葛之鄉，去麻則用顈。」是顈即檾也。王應麟《困學紀聞》五：「『衣錦尚絅』，《尚書大傳》作『尚蘔』，注云：『蘔，讀爲絅。』」字書無「蘔」字，又「蘏」之增文以成者。「蘏」去艸加糸爲「顈」，猶「絅」去糸加艸爲「苘」，要皆後起借用之字，以「褧」、「檾」二文爲正。《鹽鐵論·散不足》篇：「古者男女之際尚矣，嫁娶之服，未之以記。及虞夏之後，蓋表布内絲，骨笄象珥，封君夫人，加錦尚褧而已。」桓述《齊詩》，此蓋齊説，「褧」宜作「絅」，後人據毛改之。齊侯之子，衛侯之妻，東宫之妹，【注】魯説曰：「東宫，世子也。」韓説曰：「女弟曰妹。」邢侯之姨，譚公維私。【注】魯説曰：「妻之姊妹同出爲姨。女子謂姊妹之夫爲私。」魯「譚」亦作「覃」。齊、韓「私」亦作「厶」。【疏】傳：「東宫，齊太子也。女子後生曰妹。妻之姊妹曰姨。姊妹之夫曰私。」箋：「陳此者，言莊姜容貌既美，兄弟皆正大。」〇齊侯，蓋莊公購。衛莊元年甲申，當魯惠公十二年，齊莊公三十八年也。齊莊六十四年卒，子釐公禄甫立。東宫得臣，當是釐公之兄，未立而先卒。以年世推之，可知姜是齊莊女也。《喪服傳》注：「凡言『子』者，可以兼男、女。」

[1] 「風」，阮刻本《儀禮注疏》卷五及本疏下文所引無此字，當據删。

「東宮，世子也」者，《吕覽・應審》篇高注文引《詩》爲證，此魯説，與傳云「齊太子」同。案：《齊女傅母傳》：「莊姜者，東宮得臣之妹也。」與《左傳》合。得臣未即位終，言「東宮」，未成爲君之詞。「女弟曰妹」者，慧琳《音義》三引《韓詩》文。《釋親》：「男子謂女子後生爲妹。」毛傳同。《説文》：「妹，女弟也。」段玉裁云：「《釋名》：『妹，昧也。』文從未。《白虎通》：『妹者，末也。』又似從末。」顧震福云：「《説文》：『媦，楚人謂女弟曰媦。』《玉篇》：『媦，楚人呼妹。』《纂文》：『河南人云：媦，妹也。』《廣雅・釋親》、《公羊・桓二年傳》何注並云：『媦，妹也。』以媦、妹聲近義同考之，仍以從未作『妹』爲正。」「妻之」至「爲私」，《釋親》文，魯説也。《左・僖二十四年傳》：「凡、蔣、邢、茅、胙、祭，周公之胤也。」《説文》：「邢，周公子所封，地近河内懷。」《漢書・地理志》「趙國襄國」下云：「故邢國。」案：今順德府邢臺縣南百泉村有襄國故城，此邢始封地，《説文》據後徙也。《漢志》懷、平皋俱屬河内。《左・襄六年傳》「赤狄伐晉，圍懷及邢丘」，杜注：「邢丘，今河内平皋縣。」《漢志》「平皋」下，應劭曰：「邢侯自襄國徙此。當齊桓公時，衛人伐邢，邢遷於夷儀，其地屬晉，號曰邢丘。以其在河之皋，處埶平夷，故曰平皋。」臣瓚曰：「《春秋傳》：『狄人伐邢，邢遷於夷儀。』不至此也。今襄國西有夷儀城，去襄國百餘里。邢是丘名，非國也。」師古曰：「應説非也。《左氏傳》曰：『晉侯送女于邢丘。』蓋謂此耳。」愚案：平皋故城在今懷慶府温縣東二十里。夷儀，邢地，注《春秋》者皆未詳所在。《説文》言「近」，存疑之詞。《後漢・郡國志》「平睪」下云：「有邢丘，故邢國，周公子所封。」與許、應説合。薛、顔異義，未知孰是。《詩》稱「邢侯」，則襄國之邢也。《白虎通・宗族》篇：「族或言九者，據有交接之恩也，若『邢侯之姨，覃公維私』也。」《釋親》：「妻之姊妹同出爲姨。」郭注：「同出，謂俱已嫁。《詩》曰：『邢侯之姨。』」

「妻之女弟爲姨」者，《吕覽·長攻》篇：「蔡侯曰：『息夫人，吾妻之姨也。』」高注云云。並魯説，而高義尤晰。《説文》：「妻之女弟同出爲姨。」《釋名》：「妻之姊妹曰姨。姨，弟也，言與己妻相長弟也。」是姨專屬妻妹言，與高注合。或遂以爲同事一夫，誤也。《釋親》：「女子謂姊妹之夫爲私。」郭注：「《詩》曰：『譚公維私。』」孔疏引孫炎曰：「私，無正親之言。」《釋名》：「姊妹互相謂夫曰私，言於其夫兄弟之中，此人與己姊妹有恩私也。」《雜記》：「吾子之外私某。」是凡有恩私，皆得稱之，故孫以爲「無正親之言」。疏：「謂吾姨者，吾謂之私。邢侯、譚公皆莊姜姊妹之夫，互言之耳。」譚，《説文》作「鄿」，云：「國也。齊桓公之所滅。」案：齊滅譚，見《春秋·莊十年》經。《郡國志》「濟南東平陵」下云：「有譚城。」《一統志》：「在今濟南府歷城縣東南。」「魯『譚』亦作『覃』」者，《白虎通·號》篇：「何以知諸侯得稱公？《詩》曰：『覃公維私。』覃，子也。」《宗族》篇引同。見上。「譚」作「覃」，是魯異文。朱子《儀禮經傳通解》引郭璞《爾雅注》亦作「覃」。據《白虎通》，「公」是諸侯之通稱。「三家『私』亦作『厶』」者，《説文繫傳》「厶」下云：❶「《詩》曰：『譚公維厶。』」「私」作「厶」，蓋亦三家異文。陳喬樅云：「《説文·厶部》下引韓非曰：『倉頡造字，自營爲厶。』《八部》『公』下云：『八，猶背也。韓非曰：「自營爲厶，❷背厶爲公。」』《禾部》『私』下云：『禾也。北道名禾主人曰私主人。』是『私』字不兼『公厶』義。今經傳『公厶』字皆作『私』，乃古人假借用之。」愚案：此章傳母言姜族戚之貴，《列女傳》所謂

❶ 「厶」，祁刻《説文繫傳》無其下引文。

❷ 「自營爲厶」，陳刻《説文》、《説文注》、楊刻《説文義證》、祁刻《説文繫傳》皆無此四字。

「爲人君之子弟，國君之夫人，不可有邪僻之行」也。

手如柔荑，【注】魯説曰：「手如柔荑者，茅始熟中穰也，既白且滑。」【疏】傳：「如荑之新生。」○《説文》：「荑，草也。」傳「如荑之新生」，義無專屬，蓋以爲草。孔疏：「荑所以柔，新生故也。若久則不柔，故知新生也。」是手之如荑，從「柔」取義，不從「荑」取義。「手如」至「且滑」，《御覽》九百九十六引《風俗通》引《詩》文，應用《魯詩》，此魯説也。《静女》傳：「荑，❶茅之始生也。」是茅亦可言荑，以喻手柔，尤爲切至。膚如凝脂，【疏】傳：「如脂之凝。」○《説文》「冰」下云：「水堅也。」❷「凝」下云：「俗『冰』從疑。」《内則》疏：「凝者爲脂，釋者爲膏。」《釋器》：「冰，脂也。」亦謂冰者爲脂。《爾雅》、《魯詩》之學，蓋魯「凝」作「冰」。孔疏引孫炎曰：「膏凝曰脂。」「凝」亦當爲「冰」，傳寫妄改耳。領如蝤蠐，【注】魯「蝤」作「螬」。【疏】傳：「領，頸也。蝤蠐，蝎蟲也。」○《説文》：「領，項也。」「項，頭後也。」《玉篇》：「項，頸後也。」《廣韻》：「頸在前，項在後。」是頭之下、頸之後爲領。「蝤蠐」者，《釋文》：「蝤，似修反，徐音曹。⿱齊虫，本又作『蠐』，又作『齊』，同音齊。」是陸所據毛本作「⿱齊虫」。《説文》：「蝤，蝤⿱齊虫也。」「蝎，蝤⿱齊虫也。」「⿱齊虫，⿱齊虫蠹也。」「⿱⿰東東虫，⿱齊虫⿱⿰東東虫也。」「蠐」作「⿱齊虫」，與陸作「⿱齊虫」同。《釋蟲》「蟦蠐，螬」，郭注：「在糞土中。」又云「蝤蠐，蝎」，注：「在木中，今雖通名爲蝎，所在異。」其以蝎、螬爲二物，與許同。惟許書無蟦字，「蟦」疑「糞」之音轉字。孔疏引孫炎曰：「蠐螬謂

---

❶「荑」，原作「黄」，據明世德堂本《毛詩》、阮刻本《毛詩正義》、本書卷三上《静女》改。

❷「水」，原脱，據陳刻《説文》、《説文注》、楊刻《説文義證》、祁刻《説文繫傳》補。

之蟦蠐，關東謂之蝤蠐，梁、益之間謂之蝎。」《方言》：「蠙螬謂之蟦，自關而東謂之蝤蠙，或謂之蚕蠾，或謂之蝖毂。梁、益之間謂之蛒，或謂之蝎，或謂之蛭蛒。秦、晉之間謂之蠹，或謂之天蝼。」「蠙」、「蠐」一聲之轉，孫、楊以爲一物。《本草》：「蟦蠐一名𧏖齊，一名教齊，生河内平澤，及人家積糞草中，反行者良。」陶隱居云：「大者如足大指，以背行，乃駛於腳。從夏入秋，化爲蟬。《論衡・無形篇》『蠐螬化爲復育，復育化而爲蟬』，是也。」陳藏器《本草拾遺》：「蝤蠐，木蠹，一如蠐螬，節長足短，生腐木中，穿木如錐刀，至春羽化爲天牛，一名蝎。」據此，二物迥別，其誤爲一物者，「蝤」、「螬」雙聲。《釋文》：「蝤，徐音曹。」足證徐據音同，以爲一物。「魯『蝤』作『螬』」者，乃徑改「蝤蠐」之「蝤」爲「螬」。蔡邕《青衣賦》「領如螬蠐」，是《魯詩》以「螬」爲「蝤」之明證。《淮南・氾論訓》高注：「槽，讀『領如蠐螬』之『螬』。」則「螬蠐」誤倒，猶《莊子・至樂》篇「烏足之根爲蠐螬」，《釋文》「司馬本作『螬蠐』」也。蝤蠐、蠐螬音轉互混，以《爾雅》、《說文》爲正。孔疏：「白而長，故以比頸。」**齒如瓠犀，**【注】魯「犀」作「棲」。【疏】傳：「瓠犀，瓠瓣。」○「魯『犀』作『棲』」者，《釋草》「瓠棲，瓣」，郭注：「《詩》云：『齒如瓠棲。』」《釋文》：「舍人本『觚棲』，云：『觚，瓠也。』」孔疏引孫炎曰：「棲，瓠中瓣也。」是魯「犀」作「棲」，與毛異。《呂覽・本生》篇高注：「皓齒，《詩》所謂『齒如瓠犀』者也。」《淮南・修務訓》注同。高用《魯詩》，字當作「棲」，疑後人據毛改之。《說文》「瓣」下云：「瓜中實也。」「𠧧」下云：「鳥在巢上。象形。」「棲」下云：「𠧧或從木、妻。」此「棲」本義。引申之，凡物止著其處，皆謂之棲。《賓之初筵》傳「舉鵠而棲之於侯」，《釋文》：「棲，著也。」瓠實著於瓤中，故云瓠棲。齒白而齊，似之。犀，西徼外牛名，同音借字。**螓首蛾眉。**【注】三家「螓」作「頱」，「蛾」作「娥」。【疏】傳：「螓首，顙廣而方。」箋：「螓，謂蜻蜻也。」○「三家『螓』作『頱』」者,《説文》:「頱,好貌。從頁,争聲。《詩》所謂『頱首』。」段注:「傳但云額廣而方,不言螓爲何物。箋乃云『螓,蜻蜻』,知毛作『頱』,鄭作『螓』,鄭據三家改毛,是三家作『螓首』也。」愚案:《釋文》「螓首」下云:「音秦。」與正義合。陸、孔所見《毛詩》本並作「螓」。王肅述毛,《釋文》引其説云:「如蟬而小。」是肅所見《毛詩》亦作「螓」,則作「頱」者,三家文也。《釋蟲》「蚻,蜻蜻」,郭注:「如蟬而小。」孔疏引:「舍人曰:『小蟬也,青青者。』某氏曰:『鳴蚻蚻者。』孫炎曰:『《方言》云:「有文者謂之螓。」』」孔又云:「此蟲額廣而且方。」《釋文》:「郭、徐子盈反,沈又慈性反,方頭有文。」並與傳義合,益證毛作「螓首」無疑。「三家『蛾』作『娥』」者,段注:「蛾眉,毛、鄭皆無説。王逸注《離騷》云:『娥眉,好貌。』師古注《漢書》,始有『形若蠶蛾』之説。《離騷》及《招魂》注並云:『娥,亦作「蛾」。』今俗本倒易之。『娥』作『蛾』,字之假借。如《漢書·外戚傳》『蛾而大幸』,借『蛾』爲『俄』。宋玉賦『眉聯娟以蛾揚』,揚雄賦『何必颺纍之蛾眉』、『虙妃曾不得施其蛾眉』,皆『娥』之假借字。娥者,美好輕揚之貌。《方言》:『娥,好也。秦、晉之間好而輕者謂之娥。』《大招》:『娥眉曼只。』枚乘《七發》:『皓齒娥眉。』張衡《思玄賦》:『嫮眼娥眉。』陸士衡詩『美目揚玉津,娥眉象翠翰』,儻從今本作『蛾』,則一句用『蛾』,又用翠羽,稍知文義者不肯也。」愚案:「蛾」、「娥」二義並通。蛾眉者,眉以長爲美。蠶蛾眉角最長,故以爲喻,顔説是也。傳、箋因其易曉,故不爲説。且與「螓」對文,知必從蟲作「蛾」。《釋文》出「蛾眉」字,云:「我波反。」孔疏亦云:「螓首蛾眉,指其體之所似。」謂舉物之一體以象之,是《毛詩》本作「蛾」,而作「娥」者,爲三家文矣。《藝文類聚》十八引《詩》曰:「螓首娥眉。」正作「娥」。「蛾」、「娥」二文,《詩》家並采,不專一説,段氏未爲全得也。巧笑倩兮,【疏】傳:「倩,好口輔。」

○《説文》：「倩，人美字也。」引申之爲凡「美好」義，故傳云：「倩，好口輔。」《楚詞・大招》「靨輔奇牙，宜笑嘕只」，王注：「嘕，笑貌。輔，一作『酺』。」陳奐謂「嘕、倩一聲之轉」。案：《淮南・修務》篇「奇牙出，靨輔摇」，亦言笑也。並與傳「好口輔」義合。《論語・八佾》篇引《詩》「巧笑倩兮」，馬注：「倩，笑貌。」皇疏：「笑巧而貌倩倩然。」意與傳同。《修務》篇又云「冶由笑」，高注：「冶由笑，巧笑。《詩》曰『巧笑倩兮』，是也。」高用《魯詩》，明魯與毛同。《釋文》：「倩，本亦作『蒨』。《韓詩》云：『蒼白色。』」案：據陸所見，毛亦有作「蒨」之本，非《韓詩》也。韓如作「蒨」，不當以「蒼白色」爲訓。「蒨」是「茜」之俗字。《説文》「茜」下云：「茅蒐也。」「蒐」下云：「茅蒐，茹藘，人血所生，可以染絳。」《廣雅》：「地血，茹蘆，蒨也。」《禮・雜記》注：「蒨，染赤色者也。」蒨染赤，何得訓「蒼白色」？且與「巧笑」意不屬，斷爲誤文。　美目盼兮。【注】韓説曰：「盼，黑色也。」魯此下有「素以爲絢兮」句。【疏】傳：「盼，白黑分。」箋：「此章説莊姜容貌之美，所宜親幸。」○《説文》：「《詩》曰：『美目盼兮。』從目，分聲。」有闕文。《衆經音義》八引《説文》：「盼，目黑白分也。」與傳合。《修務》篇云「目流眺」，高注：「流眺，睛盼也。《詩》曰『美目盼兮』，是也。」此用魯説。《八佾》篇引《詩》「美目盼兮」，馬注：「盼，動目貌。」皇疏：「目美而貌盼盼然也。」並與魯説合。「盼，黑色也」者，《釋文》引《韓詩》文。陳喬樅云：「白黑分，則矑之黑色益顯，故韓以黑色言之。」「魯有『素以爲絢兮』句」者，《列女傳》云「儀貌壯麗，不可不自修整」，正指此章言。《論語》子夏引「巧笑倩兮，美目盼兮，素以爲絢兮」。《説文》：「素，白緻繒也。」❶《聘

❶「繒」，原作「繪」，據陳刻《説文》、《説文注》、楊刻《説文義證》、祁刻《説文繫傳》改。

禮》注：「采成文曰絢。」以《列女傳》證之，《魯詩》本有此一句。「手如柔荑」六句，歷述儀貌之壯麗。「素以爲絢」，喻當加修整，意所以儆姜之衰惰，取義深至，而《毛詩》無之，故昔以爲逸《詩》耳。

碩人敖敖，説于農郊。【注】魯「説」作「税」。【疏】傳：「敖敖，長貌。農郊，近郊。」箋：「敖敖，猶頎頎也。説，當作『襚』。《禮》、《春秋》之『襚』，讀皆宜同。衣服曰襚，今俗語然。此言莊姜始來，更正衣服于衛近郊。」○「敖」無「長」義，毛、鄭訓「長貌」者，《説文》「贅」下云：「贅、顤，高也。」「顤」下云：「高長頭。」是「敖」即「贅」之渻文，故云然。《廣雅・釋詁》亦云：「顤、顟，高也。」《釋文》：「説，本或作『税』，舍也。」箋：「説，當作『襚』。衣服曰襚。此言莊姜始來，更正衣服於衛近郊。」鄭承上文在塗之服言，兩義俱通。「魯『説』作『税』」者，《文選・上林賦》張揖注：「《詩》曰：『税于農郊。』邑外謂之郊，郊，田也。」張述《魯詩》，是魯作「税」，與《釋文》「或作」本合。《吕覽・孟春紀》高注：「東郊，農郊也。」高用魯説，以「東郊」爲「農郊」，知《魯詩》「農郊」必訓爲「東郊」矣。古者迎春耕耤，布農命田，皆在東郊，故東郊謂之農郊。齊在衛東，夫人入竟，税於此，以待郊迎。四牡有驕，朱幩鑣鑣，【注】韓「鑣鑣」作「儦儦」。翟茀以朝。【注】三家「茀」作「蔽」，云：「諸侯夫人始來，乘翟蔽之車，以朝見於君。盛之也。」【疏】傳：「驕，壯貌。幩，飾也。人君以朱纏鑣扇汗，且以爲飾。鑣鑣，盛貌。翟，翟車也。夫人以翟羽飾車。茀，蔽也。」箋：「此又言莊姜自近郊既正衣服，乘是車馬以入君之朝，皆用嫡夫人之正禮，今而不答。」○《説文》：「馬高六尺爲驕。」《公羊・隱元年傳》何休《解詁》：「天子馬曰龍，高七尺以上。諸侯馬，❶

❶「馬」上，阮刻本《春秋公羊傳注疏》有「曰」字。

高六尺以上。」國君夫人馬高六尺，故云「有驕」，猶言馬皆壯大耳。《説文》「幩」下云：「馬纏鑣扇汗也。從巾，賁聲。《詩》曰：『朱幩鑣鑣。』」「鑣」下云：「馬銜也。從金，麃聲。」《釋文》：「鑣，馬銜外鐵也。一名扇汗，又名排沫。」案：陸誤也。《續漢·輿服志》：「乘輿象鑣，赤扇汗。王公列侯朱鑣，絳扇汗。」明鑣與扇汗爲二物。朱幩即絳扇汗，公侯所用，制沿自古矣。據許，幩以纏於鑣上，行則飄揚，若爲馬扇汗然，故又名扇汗。徐鍇《繫傳》：「謂以帛纏馬口旁鐵，扇汗，使不汗也。」它書無謂鑣名扇汗者。排沫者，銜在馬口，沫向外分流，若排去之然。《文選·舞賦》云：「揚鑣飛沫。」《急就篇》顔注：「鑣者，銜兩旁之鐵，今之排沫是也。」是銜與旁鐵統謂之鑣矣。重言「鑣鑣」者，四牡皆有鑣，連翩齊驅，故傳云「盛貌」。此實字虚詁之例，會意爲訓也。《廣雅·釋訓》：「鑣鑣，盛也。」是魯與毛同。「韓『鑣鑣』作『儦儦』」者，《玉篇·人部》：「《詩》云：『朱幩儦儦。』盛貌也。」顧用《韓詩》，知韓作「儦儦」。《説文》：「儦，行貌。」《廣雅·釋詁》：「儦，行也。」翟者，夫人以翟羽飾車。「三家『茀』作『蔽』」者，案：《巾車》：「王后之五路，重翟，鍚面朱總。❶厭翟，勒面繢總。安車，彫面鷖總。皆有容蓋。翟車，貝面組總，有握。連車，組輓，有翣羽蓋。」鄭注：「重翟，重翟雉之羽也。厭翟，次其羽，使相迫也。重翟、厭翟，謂蔽也。重翟，后從王祭祀所乘。厭翟，后從王賓饗諸侯所乘。安車，無蔽，后朝見於王所乘，謂去飾也。《詩·國風·碩人》曰『翟蔽以朝』，謂諸侯夫人始來，乘翟蔽之車以朝見於君，盛之也。此『翟蔽』蓋厭翟也。然則王后始來，乘重翟乎？翟車不重不厭，以翟飾車之側

---

❶「鍚」，原作「錫」，據阮刻本《周禮注疏》、阮元《校勘記》引「唐石經、余本、嘉靖本」改。

爾。后所乘以出桑。連車不言飾，后居宮中，從容所乘，但漆之而已。」案：鄭引《詩》「茀」作「蔽」，是三家文。《何彼穠矣》正義引同。「謂諸侯」至「盛之也」，引三家《詩》説如此。「盛之也」者，言嫁攝盛之禮，其爲重翟、厭翟，《詩》説無明文。重厭皆爲翟蔽，故鄭疑翟蔽是厭翟，唯王后乘重翟也。曰「蓋」、曰「乎」，存疑之詞。賈疏：「彼是衛侯之夫人，當乘厭翟，則上公夫人亦厭翟。以其王姬下嫁於諸侯，車服不繫於其夫，下王后一等，不得乘重翟，則上公與侯、伯夫人皆乘厭翟可知。若子、男夫人，可以乘翟車。」愚案：諸侯之禮，不得以王朝爲比。后履至尊，制有所極，不須攝盛。后乘重翟，王姬下嫁乘厭翟，此等殺之必然者。車服不繫於其夫，本其自有之貴，正所以尊王也。公侯夫人下王姬一等，則厭翟固其所乘。賈謂上公、侯、伯夫人皆厭翟，是也。嫁攝盛，則乘重翟。猶褘衣是王后服，據《君子偕老》，有「象服」，則諸侯夫人得服褘。詩爲宣姜初至時作，亦嫁攝盛之禮，車服一也。若仍乘厭翟，何謂「盛之」乎？必知夫人嫁乘重翟者，上言「朱幩」，則此是重翟。《巾車》「重翟，朱總」，鄭司農注：「以繒爲之，總著馬勒，直兩耳與兩鑣。」詳其制，與幩合，是「朱幩」即「朱總」，惟重翟用之。若厭翟，非朱幩矣。安車，常朝所乘，非嫁時所用。前後章皆言初嫁時事，明非常朝。傳云「夫人聽内事於正寢」，及以「翟」爲「翟車」，皆不如三家義長。或泥傳云「人君以朱纏鑣扇汗」，謂「四牡」二句就君説，「翟茀」句就夫人説，則上下文義尤不屬。茀者，蔽也。《巾車》賈疏：「凡言翟者，皆謂翟鳥之羽，以爲兩旁之蔽。言重翟者，皆二重爲之。厭翟者，謂相次以厭其本。下有翟車者，又不厭其本也。」案：《釋器》：「輿，革前謂之艱，後謂之第。竹前謂之禦，後謂之蔽。」「第」與「茀」同，「茀」、「蔽」義一，是車後障蔽之名。加用翟羽，取其文采美觀。蓋通兩旁與後並飾之，謂之翟茀、翟蔽。賈但言兩旁，失「蔽」之本義。重，二重爲之，是也。厭，今俗作「壓」，比次其羽，令相迫壓。每羽但重其半，次於重翟一等。翟車惟飾兩旁，不重不厭，故直謂之翟車。疏説俱誤。「以朝」者，謂君親迎，而夫人朝見。《穀梁傳》：「迎者行見諸，舍見諸。」是夫人初見，有朝見國君之禮也。

大夫夙退，無使君勞。【注】韓説曰：「退，罷也。」魯説曰：「君，謂女君也。」【疏】傳：「大夫未退，君聽朝於路寢，夫人聽内事於正寢。大夫退，然後罷。」箋：「莊姜始來時，衛諸大夫朝夕者皆早退，無使君之勞倦者，以君夫人新爲妃耦，宜親親之故也。」〇「大夫」者，《公羊·莊二十四年傳》：「禮，夫人至，大夫皆郊迎。」此「大夫」爲衛大夫。姜稅於郊，大夫隨君出迎，正與禮合。夙，早也。「退，罷也」者，《釋文》引《韓詩》文。謂既見夫人，早退罷也。「君，謂女君也」者，《列女傳·楚莊樊姬》篇：「《詩》曰：『大夫夙退，無使君勞。』其君者，謂女君也。」「無使君勞」，極形夫人之尊貴。魯説如此，較毛義優矣。《列女傳》：「衣錦絅裳，飾在輿馬，是不貴德也。」「飾在輿馬」，就「四牡」三句言，此《魯詩》，皆指夫人，不兼國君之明證。「衣錦」云云，又通上章，總言其車服。傅母言夫人所貴在德，若但有車服之盛飾，是不以德爲貴，非謂車服不當盛美也。

河水洋洋，北流活活。【注】魯説曰：「衛地濱於淇水，在北流河之西。」魯「洋洋」亦作「油油」。施罛濊濊，【注】魯「罛」亦作「罟」，「濊濊」一作「泧泧」。韓説云：「流貌。」齊作「濊濊」。鱣鮪發發，【注】魯「發發」一作「潑潑」，韓作「鱍鱍」，齊作「鮁鮁」。葭菼揭揭。庶姜孽孽，【注】韓「孽」作「钀」，云：「長貌。」庶士有朅。【注】韓「朅」作「桀」，云：「健也。」【疏】傳：「洋洋，盛大也。活活，流也。罛，魚罟。濊，施之水中。鱣，鯉也。鮪，鮥也。發發，盛貌。葭，蘆；菼，薍也。揭揭，長也。孽孽，盛飾。庶士，齊大夫送女者。朅，武壯貌。」箋：「庶姜，謂姪娣。此章言齊地廣饒，士女佼好，禮儀之備，而君何爲不答夫人。」

○「衛地」至「之西」者，趙岐《孟子章句》十二：「《衛詩·竹竿》之篇曰：『泉源在左，淇水在右。』《碩人》之篇曰：『河水洋洋，北流活活。』衛地濱於淇水，在北流河之西。」陳喬樅云：「《漢志》：『河内郡共北山，淇水所出，東至黎陽入河。魏郡鄴，故大河在東北入海。』焦循曰：『鄴東大河故道由黎陽北行，故《衛風》曰：「河水洋洋，北流活活。」趙氏當東漢時，鄴河久竭，河徙東行，衛地不在河西，而淇水不濱於河，故兩引《詩》，以明古河與淇之所在也。』胡渭《禹貢錐指》云：『河至大伾山西北，折而北逕朝歌之東，故謂之「北流」是也。』」愚案：趙用《魯詩》，據其引《詩》語，明以北流河屬衛，蓋魯説如此。箋、疏據《詩》末二語以此爲言齊地之河，失之。衛故都在河西北，齊在衛東。姜初嫁時，傅母從行渡河，覩物産之饒美，國土之富。「庶姜」二句，方及媵從之盛，總以見姜之尊榮，婦道不可不正也。《釋詁》：「洋，多也。」傳：「洋洋，盛大也。」應劭《風俗通義》十引《詩》曰：「河水洋洋。」應用《魯詩》，與趙同。《漢書·地理志》：「《衛詩》曰：『河水洋洋。』」班用《齊詩》，明魯、齊同作「洋洋」。「魯亦作『油油』」者，劉向《九歎》王注引《詩》：「河水油油。」「洋」、「油」一聲之轉，王引蓋魯異文。《廣雅·釋訓》：「油油，流也。」「活活」者，《説文》「𣶐」下云：「水流聲。從水，𠯑聲。」《繫傳》云：「案：《詩》曰：『北流𣶐𣶐。』」《玉篇》「活」下云：「《詩》曰：『北流活活。』」重文「𣶐」下云：「《説文》『活』。」實則《説文》凡從舌之字，如适、活、栝、聒之類，皆本從𠯑，非異文也。《史記·田齊世家》正義：「施，張設也。」《説文》「罛」下云：「魚罟也。從网，瓜聲。《詩》曰：『施罟濊濊。』」「罟」下云：「网也。從网，古聲。」「⿰氵薉」下云：「礙流也。從水，薉聲。《詩》曰：『施罟⿰氵薉⿰氵薉。』」「奯」下云：「空大也。從大，歲聲。讀若《詩》『施罟⿰氵奯⿰氵奯』。」小徐本作「泧泧」。案：《詩》有二文，一作「罛」，一作「罟」。《說文》「罛」下注引《詩》當作「罛」，不作「罟」，後人據「⿰氵薉」、「奯」注誤改之。「魯『罛』亦作『罟』」者，《淮南·原道訓》「因江海以爲之罟」，高注：「罟，魚网也。《詩》曰：『施罟濊濊。』」《說山訓》注：「罛，大网也。《詩》曰『施罛濊濊，鱣鮪潑潑』」，是也。」《吕覽·上農》篇注：「罛，魚罟也。《詩》云：『施罛濊濊。』」高用《魯詩》，明魯作「罛」，又作「罟」。「罛」、「罟」雖分大小，散文則通。或據《說山》、《上農》作「罛」，欲併《原道》正文及注「罟」字改之，非也。「濊濊」者，《說文》：❶「濊，水多皃。」「魯一作『泧泧』」者，《廣雅·釋訓》：「泧泧，流也。」與小徐本合，明「泧」是魯異文，讀與「濊」同。《說文》「眓」下云：「視高貌。從目，戉聲。讀若《詩》曰：『施罛濊濊。』」是其證。許書無「⿰氵奯」字，❷「奯」注之「⿰氵奯⿰氵奯」，乃「濊濊」之誤文也。「濊濊，流貌」者，《釋文》引《韓詩》文。蓋言罛下與水俱流。參之高注，魯、韓並作「濊」，與毛同，則作「⿰氵薉⿰氵薉」者爲齊文矣。《說文》：「薉，蕪也。」「⿰氵薉」注「礙流」之訓，自「蕪薉」義引申而出。罛罟多若礙流然，「⿰氵薉」是形聲兼會意字，蓋齊義如此。《廣韻·十三末》：「濊，水聲。⿰氵薉，同上。」義雖微異，文則互通，故《淮南·齊俗》篇云：「河水欲清，沙石濊之。」又以「濊」爲「⿰氵薉」也。《釋魚》「鯉，鱣」，郭注：「鯉，今赤鯉魚。鱣，今江東呼爲黄魚。」《釋文》：「鱣，與鯉全異。」皆據目驗言。《濳》「有鱣

---

❶ 「濊濊者」與「說文」，原互乙，據陳刻《說文》、《說文注》、楊刻《說文義證》、本書體例乙正。

❷ 「⿰氵奯」，原作「濊」，據陳刻《說文》、《說文注》、楊刻《說文義證》、祁刻《說文繫傳》改。

有鮪，鰷鱨鰋鯉」，明鱣、鯉二魚。毛傳：「鱣，鯉也。」此誤以《爾雅》爲兼名訓釋，而《説文》從之。鮪者，《釋魚》「鮥，鮛鮪」，郭注：「鮪，鱣屬也。❶大者名王鮪，小者名鮛鮪。」《説文》：「鮪，鮥也。」「鮥，叔鮪也。」《淮南・氾論訓》注：「鱣，大魚，長丈餘，細鱗，黄首，白身，短頭，口在腹下。鮪，大魚，亦長丈餘。仲春二月，從西河上，得過龍門便爲龍。」「魯『發發』一作『潑潑』」者，《吕覽・諭大》篇高注：「鱣、鮪皆大魚，長丈餘。《詩》曰：『鱣鮪發發。』」《季春紀》注云：「鮪魚似鯉而小。《時則訓》注作「大」，疑此誤。《詩》曰：『鱣鮪潑潑。』」據此，「發」、「潑」兩作。唐石經元刻作「潑潑」，後改「發發」，是毛與魯同。傳：「發發，盛貌。」「潑潑」者，魚在水中潑潑然也。「韓作『鱍鱍』」者，《釋文》引《韓詩》文。「齊作『鮁鮁』」者，《説文》「鮁」下云：「鱣鮪鮁鮁。」蓋齊文也。《集韻・十三末》「鱍」下云：「魚游貌。或省作『發』，亦作『鮁』。」又「鮁」下云：「或作『發』，亦從魚。」是「鱍」、「鮁」字同，以「鮁」爲正。從犮、從發之字，古多通用。《玉篇》：「撥，與『拔』同。」亦其證。《釋文》引馬融云：「魚著网，尾發發然。」讀「發」爲「鱍」也。葭，義具《騶虞》。《説文》「𦵹」下云：「萑之初生。一曰薍，一曰鵻。從艸，剡聲。」「菼」下云：「𦵹或從炎。」「薍」下云：「𦵹也。從艸，亂聲。八月薍爲葦也。」「萑」下云：「薍也。從艸，隹聲。」「揭，高舉也。」重言之曰「揭揭」。傳：「揭揭，長也。」《秦風》「蒹葭蒼蒼，白露爲霜」，此蒹葭長時有霜之證。《説文》又云：「蒹，萑之未秀者。」「葭，葦之未秀者。」「蒼，艸色也。」揭揭然高舉，則色蒼蒼然矣。皆以葭、菼未秀時言。詩爲莊姜初至時作，與古禮「霜降逆女」合。庶姜，姪娣。「韓

---

❶「鯉」，宋監本《爾雅》、阮刻本《爾雅注疏》作「鱣」。

「孽」作「轋」，云「長貌」」者，《釋文》引《韓詩》文，「牛遏反」。案：《説文》「孽」下云：「庶子也。從子，薛聲。」無「盛飾」義。「轋」下云：「載高貌。從車，㯎省聲。」《釋訓》：「孽孽，戴也。」郭注：「頭戴物。」故傳以爲「盛飾」。但上文「頎頎」、「敖敖」皆以高長美碩人，則此亦以高長美庶姜，非謂盛飾也。頭戴物則高，與「轋」之「載高」正同，故字從「轋」爲正。引申之爲人高長義。《呂覽・過理》篇「宋王築爲孽臺」，高注：「孽，當作『轋』，『孽』與『㯎』音同。《詩》曰：『庶姜轋轋。』高長貌也。」張衡《西京賦》：「飛檐轋轋。」《廣雅・釋訓》：「轋轋，高也。」高、張皆用《魯詩》，是魯作「轋」，與韓同。「孽」一爲「轋」，猶《説文》引《書・盤庚》「蘖」一爲「㯎」。《文選・魯靈光殿賦》「飛陛揭孽」，正用此詩「揭揭」、「孽孽」之文。李注：「揭孽，高貌。」明漢人讀「孽」爲「轋」也。庶士，傳：「齊大夫送女者。」孔疏：「桓三年《左傳》曰：『凡公女嫁於敵國公子，則下卿送之。』齊、衛敵國，莊姜齊侯之子，則送者下卿也。大夫，卿之總名。士者，男子之大稱，故齊大夫統稱『庶士』也。」「『朅』作『桀』，云『健也』」者，《釋文》引《韓詩》文。陳喬樅云：「《伯兮》『邦之桀兮』，傳：『桀，特立也。』『特立』即『健』義，亦武壯貌。《説文》：『朅，去也。』《毛詩》『朅』蓋『偈』之假借。偈、桀音義相近。《廣雅・釋詁》：『偈，健也。』《衆經音義》六引《字林》：『偈，健也。』《伯兮》『朅兮』，傳：『朅，武也。』《玉篇・人部》：『偈，❶武貌。《詩》曰：「伯兮偈兮。」』《文選・高唐賦序》注引《韓詩》云：『偈桀，健也。』是朅、偈、桀三字義近通假之證。」愚案：「有朅」即「朅朅」，《詩》偶變其文。《谷風》「有洸有潰」，毛傳釋爲「洸洸潰潰」。《女曰鷄

❶「偈」，原作「朅」，據續經解本《韓詩遺説攷》三、《大廣益會玉篇》改。

嗚》「明星有爛」，鄭箋：「明星尚爛爛然。」皆其例也。

《碩人》四章，章七句。

氓【注】齊説曰：「氓伯以婚，抱布自媒。棄禮急情，卒罹悔憂。」【疏】毛序：「刺時也。宣公之時，禮義消亡，淫風大行，男女無别，遂相奔誘，華落色衰，復相棄背，或乃困而自悔，喪其妃耦，故序其事以風焉。美反正，刺淫泆也。」〇棄婦自悔恨之詞，《後漢·崔駰傳》載駰祖篆《慰志賦》所謂「懿氓蚩之悟悔」也。毛以詩爲他人代述，説亦可通。《左·成八年傳》引《詩》「女也不爽」四句，杜注：「《詩·衛風》，婦人怨丈夫不一其行。」「氓伯」至「悔憂」，《易林·蒙之困》文。《夬之兑》同，首句作「以緡易絲」。此齊説。魯、韓無異義。

氓之蚩蚩，【注】韓説曰：「氓，美貌。」「蚩」亦作「嗤」，云：「志意和悦也。」抱布貿絲。【注】齊説曰：「以緡易絲。」【疏】傳：「氓，民也。蚩蚩者，敦厚之貌。布，幣也。」箋：「幣者，所以貿物也。季春始蠶，孟夏賣絲。」〇《説文》：「氓，民也。」「氓，美貌」者，《釋文》引《韓詩》文。馬瑞辰云：「氓、蕸一聲之轉，蓋韓以『氓』爲『蕸』之叚借。《爾雅》：『蕸蕸，美也。』《説文》：『嫚，美也。』『蕸』即『嫚』之叚音。」愚案：美民爲「氓」，猶美士爲「彦」、美女爲「媛」也。據此及《易林》，韓、齊作「氓」，與毛同。《易林》云「氓伯」者，《伯兮》箋以「伯」爲呼其君子之字，詩義當同，疑齊説相傳有此文也。陳喬樅云：「《小爾雅·廣言》：『蚩，戲也。』《衆經音義》二十三引《倉頡篇》云：『蚩，笑也。』《文選》阮籍《詠懷詩》注、《古詩十九首》注兩引《説文》：『嗤，笑也。』李善云：『嗤與蚩同。』《説文》無『嗤』字，『欰』下云：❶『欰欰，戲笑皃。』『蚩』當即『欰』之或體。蚩蚩爲戲笑皃，此婦人追本男子誘己之時，與己戲笑，已悦之而以爲美也。」「韓『蚩』亦作『嗤』」者，慧琳《音義》十五引《韓詩》作「蚩」，《音義》七引作「嗤」，並云：「志意和悦皃也。」顧震福云：「《龍龕手鑑》：『蚩，和悦也。』《廣韻》：『欰，❷喜笑。』喜笑即和悦也。《釋名》：『蚩，癡也。』即毛所云『敦厚皃』。蚩蚩者，乃笑之癡也。毛、韓義異，而可以互相發明。」抱，《説文》作「袌」，云：「褱也。」《秦策》韋注：「抱，持也。」」「以緡易絲」者，《易林·夬之兑》文。引見上。緡即錢也。《史記·平準書》如注：「《詩》云：『抱布貿絲。』故謂之緡也。」正用《易林》齊義。《漢書·武紀》「初算緡錢」，李斐注：「緡，絲也，以貫錢也。」《食貨志》「賈人之緡錢」，注：「緡，謂錢貫也。」《釋言》：「貿，市也。」郭注：「《詩》云：『抱布貿絲。』」蓋即舊注《魯詩》文，不詳「布」爲何物。案：《載師》「凡宅不毛者，有里布」，先鄭注：「里布者，布參印書，廣二寸，長二尺，以爲幣，貿易物。《詩》云：『抱布貿絲。』抱此布也。或曰：布，泉也。《春秋傳》曰：『貿之百兩一布。』❸又《廛人職》：『掌斂市之次布、儳布、質布、罰布、廛布。』」後鄭注：「不知言『布參印書』者何？見舊時説也。玄謂：宅不毛者，罰以一里二十五家之泉。」賈疏云：「『里布』至『抱此布』，此説非，故先鄭自破之也。云『或曰：布，泉』以下至『廛布』，此説合義也。」愚案：先鄭前説，後鄭時已不曉其義，或以爲古《毛詩》説。先鄭又曰「布，泉也」，其注《禮》亦兼釋

❶「欰」，原作「蚑」，據陳刻《説文》、《説文注》、楊刻《説文義證》、祁刻《説文繫傳》改。下三「欰」字並同。

❷「欰」，原作「蚑」，據張氏澤存堂本《宋本廣韻》（以下稱「《宋本廣韻》」）卷一《七之》改。

❸「貿」，阮刻本《周禮注疏》、《春秋左傳正義·昭公二十六年》作「買」。

《詩》，明詩有「布泉」義也。所引《廛人》云云，彼諸布皆是泉，故以爲證。後鄭駁先鄭前説，則其釋《詩》，亦不主「布參印書」之義，而以「布」爲「泉」可知。鄭注《禮》時習三家《詩》，知三家必訓「布」爲「泉」。此箋依傳訓「布」爲「幣」者，《説文》：「布，枲織也。」「幣，帛也。」此二字本義。《食貨志》：「貨寶於金，利於刀，流於泉，布於布，束於帛。」此泉、刀與金、布、帛各爲物也。又引：「周景王將更鑄大錢，單穆公言：『量資幣，權輕重，以救民。民患輕，則爲之作重幣。』秦兼天下，幣爲二等：黄金以溢爲名，上幣；銅錢質於周錢，文曰『半兩』，重如其文。」金錢皆爲幣，是錢可稱布，又可稱幣。傳、箋訓「布」爲「幣」，正以「布」爲「錢」。因世所共曉，不須分析言之。若枲織之布，與幣帛之幣，顯然二物，周、秦、漢以來，從無以布當幣者。《莊子・山木》篇郭注釋「布」爲「匹帛」，此晉人語。由於誤解毛傳，孔疏乃云：「布幣，謂絲麻布帛之布。」未免溷淆矣。以布爲錢，「抱」字訓「褢」、訓「持」，義俱可通。疏云「泉則不宜抱之」，亦非。《説文》：「絲，蠶所吐也。從二糸。」「糸，細絲也。」《鹽鐵論・借幣》篇：「古者市朝而無刀幣，各以其所有易無，『抱布貿絲』而已。」此言若遇無刀幣之時，則以物相易，非謂周世無刀幣也。直云以布易絲，亦非訓「布」爲「幣」。桓習《齊詩》，此蓋齊家異義。又《易林・解之乾》云「抱布貿絲」，並明齊、毛文同。

匪來貿絲，來即我謀。送子涉淇，至于頓丘。【疏】傳：「丘一成爲頓丘。」箋：「匪，非；即，就也。此民非來買絲，但來就我，欲與我謀爲室家也。子者，男子之通稱。言民誘己，己乃送之涉淇水，至此頓丘，定室家之謀，且爲會期。」○《易林・萃之歸妹》「來即我謀」，知齊、毛文同。傳：「丘一成爲頓丘。」《釋丘》：「丘一成爲敦丘。」郭注：「成，猶重也。今江東呼地高堆爲敦。」孔疏引孫炎曰：「形如覆敦。敦器似盂。」又「如覆敦者，敦丘」，郭注：「敦，盂也。」疏引孫炎曰：

「丘一成之形象也。」是頓丘即敦丘，毛作「頓」，同音借字。《魯詩》今文，當作「敦」。《風俗通義》十引《詩》云：「至于頓丘。」應用《魯詩》，「頓」當作「敦」，後人據毛改之。今「頓」行，而「敦」廢矣。《漢書·地理志》云「東郡頓丘」，顔注：「以丘名縣也。丘一成爲頓丘，謂一頓而成也。或曰重也，一重之丘。」顔兼用《爾雅》及《釋名》文，所云「以丘名縣」，即《詩》「頓丘」矣。《水經·淇水》注略云：「淇水自衛郡黎陽，右合宿胥故瀆，瀆受河於頓丘縣遮害亭東、黎山西，北會淇水處立石堰遏水，❶令更東北注。❷蘇代曰：『決宿胥之口，魏無虚頓丘。』即指是瀆也。淇水又逕雍榆城南，又東北逕帝嚳冢西，世謂之頓丘臺，非也。《皇覽》曰：『帝嚳冢在東郡濮陽頓丘城南，臺陰野中者也。』又北歷廣陽里，逕顓頊冢西。《帝王世紀》曰：『顓頊葬東郡頓丘城南，❸廣陽里大冢者也。』淇水又北屈而西轉，逕頓丘北，故闞駰云：『頓丘在淇水南。』《爾雅》曰：『山一成謂之頓丘。』《釋名》謂一頓而成丘，無高下大小之殺也。《詩》所謂『送子涉淇，至于頓丘』者也。魏徙九原、西河、土軍諸胡，置土軍於丘側，故其名亦曰土軍也。又屈逕頓丘縣故城西，《古文尚書》以爲觀地矣。蓋太康弟五君之號曰五觀者也。《竹書紀年》：『晉定公三十一年城頓丘。』蓋因丘而爲名，故曰頓丘矣。」細繹酈注，淇水於頓丘城南逕帝嚳、顓頊二冢，又逕頓丘北，方至頓丘故城西。注中止一言頓丘，餘並廣及縣治，與丘無涉。或謂衛有三頓丘，及黎陽、東郡有二頓丘者，皆誤。《一統志》：「頓丘故城在今大名府清豐縣西南

❶「遏」，原作「過」，據《合校水經注》卷九改。
❷「令更」，原作「今瀆」，據《合校水經注》卷九改。
❸「葬」，原作「冢」，據《合校水經注》卷九改。

二十五里。」此婦居淇水北，涉淇而南，乃至頓丘。頓丘築城，始自晉定公時，毛序以爲衛宣公時作，自衛宣元年至晉定三十一年，歷二百三十八甲子，作詩時，頓丘尚無城也。匪我愆期，子無良媒。將子無怒，秋以爲期。【注】韓説曰：「將，辭也。」【疏】傳：「愆，過也。將，願也。」箋：「良，善也。非我欲過子之期，子無善媒來告期時。將，請也。民欲爲近期，故語之曰，請子無怒，秋以與子爲期。」○《釋文》：「愆，字又作『㥶』。」《説文》：「愆，過也。從心，衍聲。㥶，籀文。」《釋言》：「愆，過也。」案：此氓欲爲近期，故婦言非我故欲過會合之期，因子尚無善媒耳。「將子無怒，秋以爲期」，可乎？初念尚知待媒，雖有成約，猶欲以禮自處也。婦欲待媒而氓怒，毛訓「將」爲「願」，於文不順，故箋改之。「將，辭也」者，《文選·甘泉賦》李注引薛君《韓詩章句》文。僞《家語·本命解》王肅注：「季秋霜降，嫁娶者始于此。《詩》曰『將子無怒，秋以爲期』也。」案：箋云「孟夏賣絲」，孔疏：「《月令》『孟夏』云：『蠶事既畢，分繭稱絲。』是孟夏有絲賣之也。欲明此婦見誘之時節，故云賣絲之早晚。以男子既欲爲近期，女子請之至秋，明近期不過夏末，則賣絲是孟夏也。」愚案：男約近期，女請至秋，未必拘季秋逆女之節。王肅據淫奔之詩以明禮，斯爲謬矣。張衡《定情賦》「秋爲期兮時已征」，用此經文。

乘彼垝垣，以望復關。【疏】傳：「垝，毀也。復關，君子所近也。」箋：「前既與民以秋爲期，期至，故登毀垣，鄉其所近而望之，猶有廉恥之心，故因復關以託號民云。此時始秋也。」○《説文》：「乘，覆也。從入桀。」❶案：凡物相覆謂之乘，《易·屯卦》鄭注「馬牝牡曰乘」，是也。人在垣上，若覆之者，故亦曰乘。

❶「入」，原作「人」，據陳刻《説文》、《説文注》、楊刻《説文義證》、祁刻《説文繫傳》改。

《説文》：「垝，毁垣也。从土，危聲。《詩》：❶『乘彼垝垣。』」《釋詁》：「垝，毁也。」郭注：「《詩》曰：『乘彼垝垣。』」蓋魯舊注，義與毛同。傳：「復關，君子所近也。」陳奂據《左》襄十四年、二十六年傳衛有「近關」，謂：「衛之關有遠有近，詩之關即近關，傳本《左傳》爲説。」愚案：「復」無「近」義，且「近關」非以君子所近蒙稱，此毛誤解《左氏》也。《廣雅·釋詁》：「復，重也。」《管子·牧民》篇注同。復關，猶《易》言「重門」，近郊之地，設關以譏出入，禦非常，法制嚴密，故有重關，若《司關》疏所稱「面置三關」者。婦人所期之男子居在復關，故望之，崔篆賦所謂「揚蛾眉於復關」也。不見復關，泣涕漣漣。既見復關，載笑載言。

【注】魯「泣」作「波」。魯説曰：「漣漣，流貌也。」韓説曰：「漣漣，淚下貌。」【疏】傳：「言其有一心乎君子，故有自悔。」❷箋：「用心專者怨必深。則笑則言，喜之甚。」○傳、箋「漣漣」二字均無訓義。「流貌也」者，劉向《楚詞·九歎》「涕流交集兮，泣下漣漣」，王逸注：「漣漣，流貌也。《詩》曰：『泣涕漣漣。』」王述魯説。「魯『泣』作『波』」者，宋本《詩攷》引「泣」作「波」，丁晏以爲今本後人依毛改之，故詩云涕下如流泉波涕。説新而確。「淚下貌」者，《玉篇·水部》：「《詩》曰：『泣涕漣漣。』淚下貌。」顧述《韓詩》，説與魯合。《易林·坤之井》：「三女求夫，伺候山隅。不見復關，泣涕漣洏。」「洏」疑「如」之誤。《乾之家人》、《解之家人》末同作「長思憂歎」，此齊義。「三女求夫」云云，蓋舊説有之，今不可攷矣。爾卜爾筮，體無咎言。【注】齊、韓「體」

---

❶「詩」下，陳刻《説文》、《説文注》、楊刻《説文義證》、祁刻《説文繫傳》有「曰」字。

❷「有」，明世德堂本《毛詩》、阮刻本《毛詩正義》作「能」。

作「履」。韓説云：「履，幸也。」以爾車來，以我賄遷。【疏】傳：「龜曰卜，蓍曰筮。體，兆卦之體。賄，財；遷，徙也。」箋：「爾，女也。復關既見此婦人，告之曰，我卜女筮女，宜爲室家矣。兆卦之繇無凶咎之辭，言其皆吉，又誘定之。女，女復關也。信其卜筮皆吉，故答之曰，徑以女車來迎我，我以所有財遷徙就女也。」○以二語爲男告女之詞，承上文「載言」實之。「齊『體』作『履』」者，《禮·坊記》：「子云：善則稱人，過則稱己，則民不争。善則稱人，過則稱己，則怨益忘。《詩》云：『爾卜爾筮，履無咎言。』」鄭注：「爾，女也。履，禮也。言女鄉卜筮，然後與我爲禮，則無咎惡之言矣。言惡在己，彼過淺。」説與箋《詩》異。案：《記》稱「子」説，引《詩》以明「過則稱己」之意，此最古義。昏姻正禮，先以卜筮，《左傳》所載懿氏卜妻敬仲、晉獻公筮嫁穆姬是也。「履」、「禮」古通用。此婦人棄逐之後，追述往事，言己見復關，問知爾已卜矣，爾已筮矣，我仍惟禮是履，匪媒不嫁，則不至有後來咎惡之言，不應即「以爾車來，以我賄遷」耳，所謂「過則稱己」，「惡在己，彼過淺」也。子不引下二句，見聖人非禮不道，嚴重如此。禮家舊説多用《齊詩》，蓋齊義如此。「履，幸也」者，《釋文》引《韓詩》文。郝懿行云：「《爾雅》：『履，福也。』幸者，趨吉而免凶，亦福之意。」陳喬樅云：「《漢書·伍被傳》注：『幸，非望之福。』『履』義訓『福』，故引申旁通，其義亦得訓『幸』。」愚案：韓意亦謂問知爾已卜筮，幸無惡咎之言，特我不當以賄遷往耳。合下二句釋之，方得夫子「過則稱己」引《詩》以説之意。此婦自恨卒爲情誘，違其待媒訂期之初念，直道其事如此，《齊詩》所謂「棄禮急情」也。

桑之未落，其葉沃若。于嗟鳩兮，無食桑葚。于嗟女兮，無與士耽。【注】韓「于」作「吁」。

【疏】傳：「桑，女功之所起。沃若，猶沃沃然。鳩，鶻鳩也。食桑葚過，則醉而傷其性。耽，樂也。女與士耽，則傷禮義。」箋：「桑之未落，謂其時仲秋也。於是時，國之賢者刺此婦人見誘，故于嗟而戒之。鳩以非時食葚，猶女子嫁不以禮，耽非禮之樂。」○此以桑落、未落興己色盛衰。沃，《說文》作「𣵽」，云：「溉灌也。❶從水，芺聲。」草木得溉灌，則肥盛而美。《衆經音義》引《廣雅》云：「沃，溼也，美也。」《魯語》注：「沃，肥美也。」《淮南・墬形訓》注：「沃，盛也。」「溉灌」本義，「肥盛」、「美」引申義。「沃若」與「沃沃」、「有沃」同詞。《隰桑》「其葉有沃」，猶「沃沃」也。毛於《隰桑》傳云：❷「沃，柔也。」於《隰有萇楚》傳云：「沃沃，壯佼也。」故爲岐詞，實即一義。古人狀物，必疊二文，以盡形容之妙。「若」、「然」同義，「沃若」即「沃然」，亦即「沃沃」矣。此以鳩喻女，又以桑喻士，隨文見義也。傳：「鳩，鶻鳩也。食桑葚過，則醉而傷其性。」《說文》：「葚，桑實也。」《釋文》作「椹」，《泮水》傳作「黮」，字同。疏：「鶻鳩，班鳩也。鳩類非一，知此是鶻鳩者，以鶻鳩冬始去。今秋見之，以爲喻，故知非餘鳩也。」「韓『于』作『吁』」者，《外傳》二引：「《詩》曰：『吁嗟女兮，無與士耽。』皆防邪禁佚，調和心志。」明韓「于」皆作「吁」。《荀子・非相篇》「處女莫不願得以爲士」，楊注：「士，未娶妻之稱。」耽，說詳下。**士之耽兮，猶可說也。女之耽兮，不可說也。**【疏】箋：「說，解也。士有百行，可以功過相除。至於婦人，無外事，維以貞信爲節。」○「士之耽兮」四句，《列女・魯宣繆姜傳》引，明魯、毛文同。《說文》：「耽，耳大垂也。從耳，冘聲。《詩》曰：『士之耽兮。』」謂耳垂過大也，此本義。詩訓爲樂

❶「溉灌」，原互乙，據陳刻《說文》、《說文注》、楊刻《說文義證》、祁刻《說文繫傳》乙正。
❷「隰」，原作「有」，據明世德堂本《毛詩》、阮刻本《毛詩正義》及本書卷二十《隰桑》疏改。

之過，又自「過大」義旁推之，言男子過行，猶有解説之詞。婦人從一而終，失節則無可言矣。毛但訓「樂」，義未盡。

桑之落矣，其黃而隕。【注】齊説曰：「桑之將落，隕其黃葉。失勢傾側，而無所立。」自我徂爾，三歲食貧。淇水湯湯，漸車帷裳。【疏】傳：「隕，惰也。湯湯，水盛貌。帷裳，婦人之車也。」箋：「桑之落矣，謂其時季秋也。復關以此時車來迎己。徂，往也。我自是往之女家，女家乏穀食，已三歲貧矣。言此者，明己之悔，不以女今貧故也。帷裳，童容也。我乃渡深水，至漸車童容，猶冒此難而往，又明己專心於女。」○《説文》：「凡草曰零，木曰落。」「隕」下云：「自高下也。」《詩》言桑落，特繪其落之情狀。謂將落時，其葉必先黃而後隕，喻婦人色必先衰，而後被棄逐也。「桑之」至「所立」，《易林·履之噬嗑》文。《泰之无妄》、《剥之震》、《小過之復》同，亦以將落爲言。「無所立」，無自立之所也，喻婦人被逐，自立無所。此齊義。《後漢·孔融傳》擬劉表於「桑落」，以爲「其勢可見」。李注引此詩，融亦言表有桑落之勢，似此婦人也。馬瑞辰云：「詩下言『三歲爲婦』，推之『三歲食貧』，應指既嫁之後。『食貧』，猶居貧。箋訓『食』爲『穀食』，非。」愚案：馬説是。追言「徂爾」、「食貧」，至於「三歲」，我無悔意也。《釋文》：「漸，子廉反，溼也。」孔疏云：「童容，以帷障車之旁如裳，以爲容飾，故或謂之帷裳，或謂之童容。其上有蓋，四傍垂而下，謂之襜。」愚案：車即復關之車，上文所云「爾車」也。此婦更追溯來迎之時，秋水尚盛，已渡淇徑往，帷裳皆溼，可謂冒險，而我不以此自阻也。以上四句皆「不爽」之證。女也不爽，士貳其行。士也罔極，二三其德。【疏】傳：「爽，差也。極，中也。」箋：「我心於女，故無差貳，而復關之行有二意。」○「女也不爽」，《列女·魯季敬姜傳》引，明魯、毛文同。王引之云：「貳，當爲『貣』之譌。貣音他得反，即『忒』之借字。《洪範》『衍忒』，《史記・宋微子世家》作『衍貣』。《管子・正》篇『如四時之不貣』，即《易》之『四時不忒』也。《爾雅》：『爽，差也。爽，忒也。』《豫卦》象傳鄭注：『忒，差也。』是『爽』與『忒』同訓爲『差』。《爾雅》説此詩曰：『晏晏、悬悬，悔爽忒也。』正謂恨士之爽忒其行。據《爾雅》所釋，《詩》之作『貣』明矣。」陳喬樅云：「據《爾雅》『悔爽忒』之語，足證《魯詩》是作『士忒其行』。毛譌作『貳』，三家皆當作『忒』也。」愚案：王、陳説是。詩言我無爽忒，汝之行乃有差忒。所以然者，汝之心失其中，不專一其德，而有二三耳，故初至於暴，而其後見棄逐也。

三歲爲婦，靡室勞矣。【注】韓説曰：「靡，共也。」【疏】箋：「靡，無也。無居室之勞，言不以婦事見困苦。有舅姑曰婦。」○「三歲爲婦」，與上文「三歲食貧」相應。毛傳言婦年老見棄。愚案：婦總角與氓相識，即私奔年長，當不過二十内外，加三歲亦未遽老。特因色衰愛移，婦由奔誘而來，不以夫婦之禮相待，與《谷風》諸詩有别，非年老也。箋釋兩「三歲」爲二義，蓋欲以實年老之説，非是。黄山云：「箋：『有舅姑曰婦。』案：《公羊》僖二十五年、宣元年傳皆云：『其稱婦何？有姑之辭也。』《穀梁・文三年傳》云：『曰婦，有姑之辭也。』鄭連『舅』言，必非今文説。推《公》、《穀》之義，亦他人稱婦，非婦自名。詩爲婦以『室勞』言，係對夫自述，義於『舅姑』無涉。《禮・曲禮》：『夫人自稱於天子曰老婦。』《國策》趙太后對大臣，亦自稱『老婦』。又漢以下，婦人未有子者，皆自稱『新婦』。《史記》陳嬰母謂嬰曰：『自我爲汝家婦。』則自稱爲『婦』，乃婦之常。《説文》：『婦，服也。從女持帚灑埽也。』《釋名》：『婦，服也，服家事也。』服家事，即同室服勞，正爲婦之本職。『三歲爲婦』，猶李白《長干行》『十四爲君婦』之意，不必如鄭説。」「靡，共也」者，《易・中孚》釋文引《韓詩》、《列子・説符》篇注引《外傳》文。言三歲之中，食貧同居，共室家勞瘁之事。如箋訓，是復關之待此婦甚優，非氓家食貧者所能爲，與下文語意不貫，明韓説優矣。夙興夜寐，靡有朝矣。【疏】箋：「無有朝者，常早起夜卧，非一朝然。言已亦不解惰。」○「夙夜」，義具《陟岵》，説詳彼注，猶朝暮也。興，起；寐，卧也。《漢書・昭帝紀》始元五年詔，引「夙興夜寐」句，昭帝從韋賢受《魯詩》，又從蔡義受《韓詩》，明魯、韓與毛文同。「靡有朝」，言不可以朝計也，猶易言「非一朝之故」。言既遂矣，至于暴矣。兄弟不知，咥其笑矣。靜言思之，躬自悼矣。【疏】傳：「咥咥然笑。悼，傷也。」箋：「言，我也。遂，猶久也。我既久矣，謂三歲之後，見遇浸薄，乃至見酷暴。兄弟在家，不知我之見酷暴。若其知之，則咥咥然笑我。靜，安；躬，身也。我安思君子之遇己無終，則身自哀傷。」○《雨無正》傳：「遂，安也。」《説文》：「咥，大笑也。」此婦人云，我既安然爲汝婦矣，不料見遇浸薄，乃至酷暴不堪，始則相陵，後乃偪逐，不能不歸。從前奔從復關之時，不告於兄弟，後至夫家，始末情事，兄弟亦茫然不知。今見我歸，但一言之，皆咥然大笑，無相憐者。我靜思之，惟身自傷悼爲匪人所誘耳。

及爾偕老，老使我怨。【疏】箋：「及，與也。我欲與女俱至於老，老乎女反薄我，使我怨也。」○嚴粲云：「詩言『總角之宴』，則此婦人始笄便爲此氓之婦，三歲不應便老，蓋言始也將與汝偕老，今未老而已見棄，若從爾至老，其被暴戾必有甚者，愈使我怨也。」愚案：「及爾偕老」，即復關從前信誓之詞。此婦追述其前誓，而云今已見棄，尚何所言，徒使我老增哀怨耳。箋泥「老」字，以爲老乃見棄，固非，嚴解亦未當也。

淇則有岸，隰則有泮。【疏】傳：「泮，陂也。」箋：「泮，讀爲畔。畔，涯也。言淇與隰皆有厓岸以自拱持，今君子放恣心意，曾無所拘制。」○《釋文》引吕忱云：「陂，阪也，所以爲隰之限域也。」詩即目爲喻，言淇水之盛，尚有岸以爲障；原隰之遠，尚有畔以爲域。　今復闢之心，略無拘忌，蓋淇、隰之不足喻矣。　總角之宴，言笑晏晏。　信誓旦旦，不思其反。　反是不思，亦已焉哉。　【注】魯説曰：「晏晏、㤷㤷，悔爽忒也。」【疏】傳：「總角，結髮也。　晏晏，和柔也。　信誓旦旦然。」箋：「我爲童女未笄結髮宴然之時，女與我言笑晏晏然而和柔，我其以信相誓旦旦耳。　言其懇惻款誠。　反，復也。　今老而使我怨，曾不念復其前言。　已焉哉，謂此不可奈何。　死生自決之辭。」○《釋文》：「宴，如字。　本或作『丱』者，非。」正義同。　馬瑞辰云：「作『丱』者是也。　『丱』即『卝』字之湝，爲總角貌。　『卯』與『晏』古音正合，箋『宴然』亦當爲『丱然』之譌。　作『宴』者，因下『晏晏』而誤也。　《釋文》、正義轉以作『丱』爲非，失之。」愚案：馬説是。　總角者，童女直結其髮，聚之爲兩角。　自爲童女時即見此氓，是貿絲非一次，至長成後乃與相期約耳。　始則言笑和柔，繼則信誓誠懇，所以誘之備至，今於爽忒後述之如此。　《釋訓》：「晏晏、旦旦，悔爽忒也。」《釋文》：「旦，本或作『㤷』。」《説文》：「怛，憯也。　從心，旦聲。　或從心在旦下。　《詩》曰：『信誓㤷㤷。』」許所引者，《魯詩》作「㤷」之本也。　陳喬樅云：「『㤷㤷』爲『憯』之意，故鄭箋又云：『言其懇惻款誠。』亦本魯説爲訓也。」胡承珙云：「《説文》：『憯，痛也。』《方言》：『怛，痛也。』或疑於此信誓義不協，不知傷痛者，至誠迫切之意，故可通爲形容誠懇之貌也。」《禮・表記》：「《國風》曰：『言笑晏晏，信誓旦旦，❶不思其反。　反是不思，亦已焉哉。』」鄭注：「此皆與

---

❶「言笑晏晏」與「信誓旦旦」，原互乙，據阮刻本《禮記正義》、續經解本《齊詩遺説攷》二乙正。

爲婚禮而不終也。言始合會，言笑和悦，要誓甚信。今不思其本恩之反覆，反覆之不思，亦已焉哉，無如此人何。怨深也。」愚案：據《表記》引「言笑」五句，知齊、毛文同。《釋文》云：「信誓，本亦作『矢』。」「誓」，蓋齊家有異文作「矢」。不思反覆其前言，鄭釋爲「不思其本恩之反覆」，此齊説異義。

《氓》六章，章十句。

竹竿【疏】毛序：「衛女思歸也。適異國而不見答，思而能以禮者也。」○愚案：古之小國數十百里，雖云異國，不離淇水流域。前三章衛之淇水，末章則異國之淇水也。三家無異義。

籊籊竹竿，以釣于淇。豈不爾思，遠莫致之。【疏】傳：「興也。籊籊，長而殺也。釣以得魚，如婦人待禮以成爲室家。」箋：「我豈不思與君子爲室家乎？君子疏遠己，己無由致此道。」○《説文》：「竿，竹梃也。」《説文》無「籊」字。馬瑞辰云：「《釋木》：『梢，梢擢。』郭注：『謂木無枝柯，❶梢擢長而殺也。』王氏念孫云：『梢之言削也。讀如《輪人》「掣爾而纖」之「掣」，鄭注：「掣纖，殺小貌也。」』『擢』與『籊籊』聲近而義同。《爾雅》又云『無枝爲檄』，郭注：『檄擢直上。』亦與『籊籊』爲『長而殺』義近。卓文君《白頭吟》『竹竿何嫋嫋，魚尾何簁簁』，義取此詩。」愚案：淇水衛地，此女身在異國，思昔日釣游之樂，而遠莫能致，此賦意。傳言「釣以得魚，如婦人待禮以成爲室家」，此興意也。

---

❶ 「柯」，原脱，據宋監本《爾雅》、阮刻本《爾雅注疏》補。

泉源在左，淇水在右。女子有行，遠兄弟父母。【疏】傳：「泉源，小水之源。淇水，大水也。」箋：「小水有流入大水之道，猶婦人有嫁於君子之禮。今水相與爲左右而已，亦以喻己不見答。行，道也。女子有道當嫁耳，不以不答而違婦禮。」○趙岐《孟子章句》十二引《衛詩・竹竿》之篇曰：「泉源在左，淇水在右。」趙習《魯詩》，明魯、毛文同。胡承珙云：「衛都朝歌，淇自其城北屈而西轉，亦在衛之西北，其下流乃在西南。《詩》不曰泉水曰泉源，《水經・淇水》注：『泉有二源，一曰馬溝，二曰美溝，皆出朝歌西北。』詩自其源而言之，故曰『在左』。淇水詩不曰源，則是目其下流已至衛之西南，故曰『在右』。一字分別，不苟如此。」俗本「父母」在「兄弟」上，阮《校勘記》云：「小字本、閩本、明監本皆作『遠兄弟父母』，《釋文》以『遠兄』二字作音可證。」胡承珙云：「《王風・葛藟》、《魯頌・閟宮》皆『母』與『有』均，《小雅・沔水》『母』與『友』均，與此『母』、『右』爲均同。」《藝文類聚》二十三引荀爽《女誡》云：「《詩》曰：『泉源在左，淇水在右。女子有行，遠父母兄弟。』此所謂「俗本」。明當許嫁，配適君子，竭節從理，正身節行，稱爲順婦，以崇《螽斯》百葉之祉。」爽習《齊詩》，明齊、毛文同。「當許嫁，配適君子」，與箋「有行」義合。以此推之，古訓相承如此。

淇水在右，泉源在左。巧笑之瑳，佩玉之儺。【疏】傳：「瑳，巧笑貌。儺，行有節度。」箋：「己雖不見答，猶不惡君子，美其容貌與禮儀也。」○馬瑞辰云：「瑳，當爲『齹』之假借。《說文》『齹』字注：『一曰：開口見齒之貌。讀若柴。』笑而見齒，故以『齹』狀之。『齹』借作『瑳』，猶『玼』或作『瑳』也。」《說文》：「儺，行有節也。《詩》曰：『佩玉之儺。』」段玉裁云：「此『儺』字本義。」愚案：由上文遞推之，見遠其家，遂至夫家，得見其夫體貌之美，禮節之嫺，故詠之。箋言「己雖不見答，猶不惡君子」，愚謂但不見答耳，未至棄絶，何敢言惡？東漢時，如梁鴻之於孟光，袁隗之於馬融女，初不見禮，旋歸於好，此事古多有之也。

淇水滺滺，檜楫松舟。駕言出遊，以寫我憂。【注】魯「滺」作「油」。【疏】傳：「滺滺，流貌。檜，柏葉松身。楫，所以櫂舟也。舟楫相配，得水而行。男女相配，得禮而備。出遊，思鄉衛之道。」箋：「此傷己今不得夫婦之禮。適異國而不見答，其除此憂，維有歸耳。」○《釋文》：「滺，本亦作『浟』，音由。」馬瑞辰云：「滺，古止作『攸』。《説文》：『攸，水行也。從攴，從人，水渻。』戴侗曰：『唐本作「水行攸攸」也。』《説文》又曰：『枝，秦刻石嶧山「攸」字如此。』是攸從水者即渻人，從人者即渻水作—，不應於『攸』字又加水旁。『滺』乃俗字，張參《五經文字》：『滺，《字書》無此字，❶見《詩》風，亦作「攸」。』是《詩》古本作『攸攸』之證。」「魯作『油油』」者，王逸《楚詞・九歎・惜賢》篇注：「油油，流貌。《詩》曰：『河水油油。』」「河」是「淇」之誤。《廣雅・釋訓》：「油油，流也。」「油油」即「浟浟」之異文。王習《魯詩》，明魯作「油油」。傳：「檜，柏葉松身。楫，所以櫂舟也。」《吳志・張紘傳》裴松之注引《吳紀》：「孫皓問紘子尚云：『《詩》曰：「汎彼柏舟。」惟柏中舟乎？』對曰：『《詩》言「檜楫松舟」，則松亦中舟也。』」陳喬樅云：「紘從濮陽闓受《韓詩》，見《吳書》，知尚亦習《韓詩》也。」愚案：據此，韓、毛文同。詩言淇水依然，舟楫具備，惟命駕而往出遊，以寫我憂思耳。

---

❶ 上「字」字，原脱，據馬瑞辰《通釋》、四庫本《五經文字》卷下補。

《竹竿》四章，章四句。

芄蘭【疏】毛序：「刺惠公也。驕而無禮，大夫刺之。」箋：「惠公以幼童即位，自謂有才能而驕慢於大臣，但習威儀，不知爲政以禮。」○三家無異義。

芄蘭之支，【注】魯「支」作「枝」。【疏】傳：「興也。芄蘭，草也。君子之德，當柔潤温良。」箋：「芄蘭柔弱，恒蔓延於地，有所依緣則起。興者，喻幼穉之君，任用大臣，乃能成其政。」○《釋草》：「雚，芄蘭。」《説文》作「莞」，云：「芄蘭，莞也。」陸《疏》云：「一名蘿藦，幽州人謂之雀瓢。」焦循云：「即今田野間所名『麻雀官』者，其結莢形與解結錐相似，故以起興。」胡承珙云：「莢綴於支上，亦可云支也。」「魯『支』作『枝』」者，《説苑·修文》篇云：「能治煩決亂者佩觿，能射御者佩韘，能正三軍者搢笏。衣必荷規而成矩，負繩而準下。故君子衣服中而容貌得，接其服而象其德。故望玉貌而行能有所定矣。《詩》云：『芄蘭之枝，童子佩觿。』説行能者也。」阮元云：「《詩》『本支百世』，《左傳》作『枝』；《漢書·楊雄傳》『支葉扶疏』，即『枝葉』，皆以『支』爲『枝』。」陳喬樅云：「『支』、『枝』今古文之異，唐石經亦作『枝』。」愚案：《説文》「芄」下引《詩》亦作「枝」。童子佩觿。雖則佩觿，能不我知。【疏】傳：「觿，所以解結，成人之佩也。人君治成人之事，雖童子猶佩觿，早成其德。不自謂無知，以驕慢人也。」箋：「此幼穉之君雖佩觿，與其才能實不如我衆臣之所知爲也。惠公自謂有才能而驕慢，所以見刺。」○觿者，《説文》：「佩角鋭耑，可以解結。《詩》曰：『童子佩觿。』」《禮·内則》「小觿」注：「小觿，解小結也。觿如錐，以象骨爲之。」《眡祲》注作「鑴」。賈疏云：「鑴是錐類。」《内則》釋文：「觿，本或作『鑴』。」則亦有以金爲之者。傳：❶「人君治成人之事，雖童子猶佩觿，早成其德。」「能不我知」者，王引之云：「《詩》凡言『甯不我顧』、『既不我嘉』、『子不我思』，皆謂不顧我、不嘉我、不思我也。此『不我知』亦當謂不知我。下文『不我甲』亦當謂不狎我。非謂不如我所知、不如我所狎也。『能』乃語詞之轉，當讀爲『而』，言子今雖則佩觿、佩韘，而實不與我相知、相狎，蓋刺其驕而無禮，疏遠大臣也。古字多借『能』爲『而』，不當如箋説訓爲『才能』。」容兮遂兮，垂帶悸兮。【注】韓「悸」作「萃」，云：「垂貌。」【疏】傳：「容儀可觀，佩玉遂遂然，垂其紳帶悸悸然有節度。」箋：「容，容刀也。遂，瑞也。言惠公佩容刀與瑞，及垂紳帶三尺則悸悸然，行止有節度，然其德不稱服。」○「容兮遂兮」者，孔疏：「《孝經》曰：『容止可觀。』《大東》詩云：『鞙鞙佩璲。』璲本所佩之物，因爲其貌，故言『佩玉遂遂然』。」「『悸』作『萃』，云『垂貌』」者，《釋文》引《韓詩》文。陳喬樅云：「傳『垂其紳帶悸悸然有節度』，是亦以『悸』爲『垂貌』。『悸』蓋『萃』之借字。《説文》：『萃，草聚貌。』《文選・藉田賦》注引《倉頡篇》云：『蕊，聚也。』是『萃』、『蕊』義通。《説文》又云：『繠，垂也。從惢，糸聲。』《廣雅・釋詁》：『橤，聚也。』《集韻》：『繠，或從木作「橤」。』《左・哀十三年傳》『佩玉橤兮』，謂佩玉垂貌也。《説文》：『垂，草木花葉垂。象形。』草木花葉皆以聚故而下垂，故『萃』、『橤』又並爲『垂貌』。」

芄蘭之葉，童子佩韘。【疏】傳：「韘，玦也。能射御則佩韘。」箋：「葉，猶支也。韘之言沓，所以彄

❶「傳」，原脱，據明世德堂本《毛詩》、阮刻本《毛詩正義》及本書體例補。

沓手指。」○程瑶田《芄蘭疏證》云：「葉油緑色，厚而不平正，本圓末狹。」玦形如環而缺，此葉圓端象其環，狹末象其缺。傳「能射御者佩韘」，與《説苑》合。《説文》：「韘，射決也，所以拘弦，以象骨，韋系，❶著右巨指。《詩》曰：『童子佩韘。』」馬瑞辰云：「《士喪禮》『設決麗于掔』，❷鄭注：『決以韋爲之藉。』與《説文》言『韋系』合。《繫傳》『韘，所以助鉤弦，若今皮韘』，是矣。《説文》：『屟，履中薦也。』薦猶藉也。履中藉謂之屟，決内藉謂之韘，其義一也。至箋云『韘之言沓，所以彄沓手指』，據《士喪禮》注：『決以韋爲之藉，有彄，彄内端爲紐，外端有横帶。設之以紐擐大擘本，因沓其彄，以横帶貫紐，結於掔之表也。』是古者決以韋爲藉，又必有彄，以彄沓手指。箋本申傳訓『決』爲『韘』之義，『手指』謂右巨指。正義乃以《大射》『朱極三』釋之，以手指爲食指、將指、無名指，誤矣。彄之言韝也，沓之言韜也。《説文》：『𢶍，縫指𢶍也。一曰：韜也。』《玉篇》：『𢶍，韋韜也。』韘，指沓也。」是決也、韘也、沓也，異名而同實。以其用以闓弦，謂之決。以其用韋爲藉，謂之韘。以其用以韜指，謂之彄沓。正義第知決用象骨，而韋系及指沓之制未詳。❸胡承珙以爲：『韘即今之扳指，而制微不同。今之扳指如環無端，古之玦則如環而缺，其缺處當聯以韋系，所以著弦。』❹瑞辰謂今之射者著扳指，内必以皮薦之，以免其滑，即古韘用韋系之遺制也。」雖則佩韘，能不我甲。【注】魯

❶「系」，原作「糸」，據陳刻《説文》、《説文注》、楊刻《説文義證》、祁刻《説文繫傳》改。

❷「掔」，馬瑞辰《通釋》、阮刻本《儀禮注疏》並作「掔」，當據改。下一「掔」字同。

❸「系」，原作「糸」，據馬瑞辰《通釋》改。下二「系」字同。

❹「弦」，續經解本《毛詩後箋》作「指」。

説曰：「甲，狎也。」韓「甲」作「狎」。【疏】傳：「甲，狎也。」箋：「此君雖佩韘，與其才能實不如我衆臣之所狎習。」○「甲，狎也」者，《釋言》文。是魯、毛義同。「『甲』作『狎』」者，《釋文》引《韓詩》文。徐仙民云：「狎，户甲反。」惠棟云：「《匡謬正俗》曰：『甲雖訓狎，自有本音，不當便讀爲狎。』其説非也。漢儒訓詁，音義相兼。《尚書·多方》『甲於内亂』，鄭、王皆以『甲』爲『狎』。古文以『甲』爲『狎』，遂有『狎』音，非叚借也。經傳中徐氏釋音獨得古人之義，小顔輒斥爲非，何也？」容兮遂兮，垂帶悸兮。

《芄蘭》二章，章六句。

河廣【疏】毛序：「宋襄公母歸于衛，思而不止，故作是詩也。」箋：「宋桓公夫人，衛文公之妹，生襄公而出。襄公即位，夫人思宋，義不可往，故作詩以自止。」○嚴粲云：「正義因箋説，以爲是詩當衛文公時，非也。衛都朝歌在河北，宋都睢陽在河南，自衛適宋必涉河。自魯閔二年狄入衛之後，戴公始渡河而南。《河廣》之詩作於衛未遷之前，時宋桓猶在，襄公方爲世子，衛戴、文俱未立也，舊説誤矣。」許氏《詩深》曰：「《説苑》：『宋襄公爲太子，請于桓公，曰：「請使目夷立。」公曰：「何故？」對曰：「臣之舅在衛，愛臣。若終立，則不可往。」』《左傳·僖八年》：『冬，宋公疾，太子兹父固請曰：「目夷長且仁，君其立之。」公命子魚辭曰：「能以國讓，仁孰大焉，臣不及也。」』夫不言母之愛子而託於舅，固猶不忍傷父之意。然夫人之思子不止，形諸哀吟。故襄公於前請未獲命，至父疾而又固請之。自鄭箋以詞害志，遂謂『襄公即位，夫人思宋，而義不可往』。竊謂桓公在時，必無出婦思返之理。若襄公既已即位，不惟衛徙楚丘，無河可渡，而母出與廟絶，尤不宜復萌此想也。使此時思及往宋，是前乎此者未嘗思。今見先君已没，其子即位，思以國母就養而義有不可，遂不勝其拳拳而作此詩，則亦愚婦之鄙情，安見其發於愛子之至性，而有循禮度義之志乎？」范家相云：「詩雖以望宋爲言，然於桓公無相思之理。《詩億》引宋仁宗廢后，郭氏不肯與仁宗私見一事，明夫人之不思桓公，是也。蓋望宋但以思子耳。」愚案：稽之史表，庚午，周襄王元年，宋桓公三十一年，衛文公九年也。文公十年爲宋襄公元年，是衛渡河而南久矣。《説苑・立節》篇襄公兹父以太子讓目夷，目夷逃之衛，兹父從之三年。以襄公「臣舅愛臣，立則不可以往」之言觀之，是夫人被出之後，母子常得相見矣。襄公即位，不能往宋見母，故夫人思之，設言「河廣」以起興，此詩庶幾可通耳。

誰謂河廣？一葦杭之。【注】魯「杭」作「斻」。【疏】傳：「杭，渡也。」箋：「誰謂河水廣與？一葦加之，則可以渡之，喻狹也。今我之不渡，直自不往耳，非爲其廣。」○夫人以衛女嫁宋，往返南北，河廣本所習見，因以起興。傳：「杭，渡也。」「魯『杭』作『斻』」者，王逸《楚詞・九章》注：「斻，渡也。《詩》曰：『一葦斻之。』」王習《魯詩》，知魯作「斻」。《説文》：「斻，方舟也。」「方，併船也。」始皇臨浙江，水波惡，乃西百二十里，從狹中渡，其地因有餘杭縣。「杭」是「斻」之誤字。《後漢》杜篤《論都賦》「北斻涇流」，❶李注：「斻，舟渡

❶「斻」，原作「杭」，據《後漢書集解》卷八十改。

也。流俗不解，遂與『杭』字相亂。」正義：「一葦，一束也。可以浮之水上而渡，若栰桴然，非一根葦也。」詩言誰謂河廣乎？積葦爲泭，則亦可徑渡矣。但言河之易渡，以興宋之易至，非真欲渡河也。《鹽鐵論·執務》篇：「孔子曰：『吾於《河廣》，知德之至也。』」又云：「有求如《關雎》，好德如《河廣》，何不得不濟之有？」此推衍之義。誰謂宋遠？跂予望之。【注】魯、齊「跂」作「企」。【疏】箋：「予，我也。誰謂宋國遠與？我跂足則可以望見之，亦喻近也。今我之不往，直以義不往耳，非爲其遠。」○「魯、齊『跂』作『企』」者，王逸《楚詞·九歎》注：「企，立貌。」引《詩》曰：「企予望之。」知魯作「企」。《易林·觀之明夷》「企立望宋」，知齊亦作「企」。《説文》「企」下云：「舉踵也。」「跂」下云：「足多指也。」魯、齊正字，毛同音叚借字。

誰謂河廣？曾不容刀。【疏】箋：「不容刀，亦喻狹。小船曰刀。」○《釋文》：「刀，如字。字書作『舠』，《説文》作『䑠』，並音刀。」馬瑞辰云：「『䑠』借作『刀』，猶《説文》『錭，讀如刀』也。」愚案：《釋名》：「三百斛曰䑠。䑠，貂也。貂，短也，江南所謂短而廣、安不傾危者也。」刀、貂古通用。《管子》「豎刀」，即《左傳》之「寺人貂」也。《説文》無「䑠」，或唐人所見異本。「䑠」本俗字，仍當作「刀」。誰謂宋遠？曾不崇朝。【疏】箋：「崇，終也。行不終朝，亦喻近。」○「崇朝」者，《蝃蝀》傳：「從旦至食時爲終朝。」

《河廣》二章，章四句。

伯兮【疏】毛序：「刺時也。言君子行役，爲王前驅，過時而不反焉。」箋：「衛宣公之時，蔡人、衛人、陳人從王伐鄭伯也。爲王前驅久，故家人思之。」○案：伯以衛國大夫，入爲王朝之中士，妻從夫在王國，故因行役之久而思之。詳見下文。三家無異義。

伯兮朅兮，邦之桀兮。【注】韓「朅」作「偈」。云：「桀，侹也。疾驅貌。」亦作「傑」。【疏】傳：「伯，州伯也。朅，武貌。桀，特立也。」箋：「伯，君子字也。桀，英桀，言賢也。」○此蓋衛國之州長中大夫也，見下注。「韓作『偈』」者，《文選》宋玉《高唐賦》注引《韓詩》文。《玉篇・人部》：「偈，武貌。」引《詩》曰：「伯兮偈兮。」陳喬樅云：「『朅』字即『偈』之通叚。《玉篇》所引，雖不言何詩，然『偈』字與《選》注引《韓詩》文同，其爲《韓詩》無疑。段玉裁云，❶據《說文》『仡，勇壯也』引《周書》『仡仡勇夫』，謂『朅』爲『仡』之叚借，不知從《韓詩》『偈』字尤爲卾塙。」愚案：《廣雅》云：「偈，健也。」《碩人》「庶士有朅」，《釋文》引《韓詩》作「桀」，云：「健也。」明《韓詩》亦以彼詩之「朅」爲「偈」而訓爲「健」也，與此「桀，侹」之訓合。《說文》：「侹，長貌。」《檜風》「匪車偈兮」，傳云：「偈偈疾驅。」韓於此詩以「桀，侹」之義未足，又增訓曰「疾驅貌」，與《匪風》義同，是「朅」爲「偈」之借字。「『桀』作『傑』」者，《玉篇・人部》云：「傑，❷英傑。《詩》曰：『邦之傑兮。』傑，特立也。」《衆經音義》五引《詩》同，皆據《韓詩》之文。**伯也執殳，爲王前驅。**【疏】傳：「殳長丈二而無刃。」箋：「兵車六等，軫也、戈也、人也、殳也、車戟也、酋矛也，皆以四尺爲差。」○孔疏：「《考工記》：『兵車六等之數：車軫四尺，謂之一等。戈柲六尺有六寸，既建而迆，崇於軫四尺，謂之二等。人長八尺，崇於戈四尺，謂之三等。殳

---

❶「云」，續經解本《韓詩遺說攷》三無此字，當據删。

❷「傑」，原作「桀」，據《大廣益會玉篇》改。

長尋有四尺，崇於人四尺，謂之四等。車戟常，❶崇於殳四尺，謂之五等。酋矛常有四尺，崇於戟四尺，謂之六等。』是也。彼注云：『戈、殳、戟、矛皆插車輢。』此云執之者，在車當插輢，則此執之，「此」本在「之」下，據文義改正。據用以言也。」胡承珙云：「戈、戟皆可言執，何以獨云『執殳』？《説文》：『殳，以杸殊人也。《禮》：「殳以積竹，八觚，長丈二尺，建于兵車，旅賁以先驅。」』《司戈盾》『祭祀授旅賁殳，故士戈盾』，注云：『故士，王族故士也。與旅賁當事，則衛王也。』疏云：『《旅賁氏》「掌執戈盾而趨」，此執殳，以其與故士同衛王，時以爲儀衛，故不執戈盾。』《旅賁氏》云『掌執戈盾，夾王車而趨，左八人，右八人』，注云：『夾王車者，其下士也。下士十有六人，中士爲之帥焉。』據此，則執戈盾夾車者爲下士，其執殳前驅者，當爲中士與？《司戈盾》所謂『授旅賁殳』者，蓋以授中士，故《説文》獨於『殳』下言『旅賁以先驅』。雖引《禮》文，而實合於《詩》義。傳以『伯』爲『州伯』，正義以《内則》『州伯』釋之，鄭彼注云：『州長中大夫一人。』而此執殳之旅賁則爲士。《曲禮》『列國之大夫，入天子之國，曰某士』，注云：『三命以下，於天子爲士。』衛之君子爲王前驅者，自是諸侯大夫，於王朝則爲士耳。」《文選·西京賦》李注引《韓詩》此二句，明韓、毛文同。《易林·大過之訟》：「秉鉞執殳，挑戰先驅。不役元帥，敗破爲憂。」又《解之蹇》：「四姦爲殘，齊魯道難。前驅執殳，戒守無患。」皆與此詩無涉，不知何指。

自伯之東，首如飛蓬。豈無膏沐，誰適爲容？【疏】傳：「婦人夫不在，無容飾。適，主也。」○

---

❶「常」，原作「長」，據阮刻本《毛詩正義》、《周禮注疏·冬官·考工記》改。

之，往也。《集傳》以衛在鄭西，疑不得云「之東」。孔疏云：「蔡、衛、陳三國從王伐鄭，兵至京師，乃東行伐鄭。」愚案：必待三國之衆同聚京師，方始東行，展轉勞費，非軍行所宜出。毛奇齡謂伯之妻從其夫仕於王朝者，情事爲合，今從之。蓬，義具《騶虞》。《史記・老子傳》正義：「蔓生沙漠中，風吹則根斷，隨風轉移也。」「首如飛蓬」，言髮亂也。《易林・節之謙》：「伯去我東，首髮如蓬。長夜不寐，展轉空牀。内懷惆悵，憂摧肝腸。」《姤之遯》、❶《比之復》詞意相同。《比之復》「伯」作「季」，蓋字譌。明齊、毛文同。澤面曰膏，濯髮曰沐。言非無膏沐之具，夫不在家，無意於容飾也。馬瑞辰云：「《衆經音義》六引《三蒼》：『適，悦也。』女爲悦己者容，夫不在，故曰『誰適爲容』，言誰悦爲容也。」

其雨其雨，杲杲出日。願言思伯，甘心首疾。【疏】傳：「杲杲然日復出矣。甘，厭也。」箋：「人言其雨其雨，而杲杲然日復出，猶我言伯且來伯且來，則復不來。願，念也。我念思伯，心不能已，如人心嗜欲所貪口味，不能絶也。我憂思以生首疾。」〇《左・襄二十三年傳》「其然」，注云：「猶必爾。」此云「其雨」，於義當同。馬瑞辰云：「『杲』對『杳』言。《説文》『杳』下云：『冥也。從日在木下。』『東』下云：『動也。從木日。官溥説，從日在木中。』『杲』下云：『明也。從日在木上。』《説文》又云：『榑桑，神木，日所出也。』日出神木之上，故日出謂之杲杲。」王逸《楚詞・九辨》注引《詩》云：「杲杲出日。」明魯、毛文同。《二子乘舟》傳：「願，每也。」此傳云我每有所言，則思於伯。甘，厭也。馬瑞辰云：「『甘』與『苦』以相反爲義，故甘草，《爾

❶「遯」，原作「遜」，據《百子全書》本《焦氏易林・姤之遯》改。

雅》名爲『大苦』。《方言》『苦，快也』，郭注：『苦而爲快者，猶以臭爲香，治爲亂，徂爲存。』以此推之，則『甘心』亦得訓爲『苦心』，猶言憂心、勞心、痛心也。《左·成十三年傳》『諸侯備聞此言，斯是用痛心疾首』，杜注：『疾，猶痛也。』『甘心首疾』與『痛心疾首』文正相類，皆爲對舉之詞。詩不言『疾首』而言『首疾』者，倒文以爲均也。『厭』爲『猒足』之『猒』，引申爲猒倦、猒苦。《漢書·韓信傳》注：『苦，厭也。』《李廣傳》注：『苦，厭苦之也。』竊疑傳訓『甘』爲『厭』者，正讀『甘』爲『苦』，故即以訓『苦』者釋之，正義有未達耳。箋訓爲『甘嗜』之『甘』，其義近迂。《集傳》又謂『甯甘心於首疾』，亦非詩義。」

焉得諼草，言樹之背。願言思伯，使我心痗。【注】魯說曰：「萲、諼，忘也。」韓「諼」亦作「諠」。韓說曰：「諠草忘憂也。」【疏】傳：「諼草令人忘憂。背，北堂也。痗，病也。」箋：「憂以生疾，恐將危身，欲忘之。」〇「萲、諼，忘也」者，《釋訓》文，魯說也。郭注：「義具《伯兮》、《考槃》詩。」是魯作「萲」而訓爲「忘」。孔疏云：「『諼』訓爲『忘』，非草名也。」「韓『諼』亦作『諠』」者，《文選》謝惠連《西陵遇風詩》李注引《韓詩》：「焉得諠草。」「諠草忘憂也」者，注又引《薛君章句》文。馬瑞辰云：「《說文》『藼』下云：『令人忘憂草也。《詩》曰：「安得藼草。」』『蕿』下云：『或從煖。』『萱』下云：『或從宣。』『萲』、『諼』皆以釋《詩》，『萲』又『蕿』之渻。據《詩》釋文云：『善忘，亡向反。』又《爾雅》釋文亦引毛傳『萲草令人善忘』，是毛傳本作『諼草令人善忘』。今正義本作『令人忘憂』者，誤也。阮《校勘記》云：『傳不言憂，故箋言憂以申之。』今案：《文選》李注『忘憂』之說，實本《韓詩》。鄭先通《韓詩》，故以『忘憂』爲說。以此推知《說文》『令人忘憂之草』，亦本《韓詩》也。傳、箋皆作設想之詞，不謂實有此草。而任昉《述異記》曰：『萱草一名紫萱，吳中書生謂之療愁。』

張華《博物志》引《神農經》：『上藥養性，謂合歡蠲忿，萱草忘憂。』則以萱草爲即今之萱花，以『萱』、『諼』同音取義，猶之栗爲戰栗，棗爲早起，棘爲吉，桑爲喪，桐杖爲取同於父，又因《韓詩》『忘憂』之説而引申之也。」❶陳喬樅云：「《文選》陸士衡《贈從兄車騎詩》注又引《韓詩》『焉得諼草』二句，文與毛同。『諼』、『諠』字通。謝惠連詩云：『積憤成疢痗，無萱將如何？』注引《韓詩》又作『萱草』，此順謝詩所作字耳。其引《薛君章句》字仍作『諠』，云：『「萱」與「諠」通。』」馬瑞辰云：「《説文》：『北，乖也。從二人相背。』是『北』本從背會意。《漢書·高紀》『項羽追北』，韋昭注：『北，古「背」字，背去而走也。』『背』、『北』古通用，故傳知『背』即『北堂』。」

《伯兮》四章，章四句。

有狐【疏】毛序：「刺時也。衛之男女失時，喪其妃耦焉。古者國有凶荒，則殺禮而多昏，會男女之無夫家者，所以育人民也。」箋：「育，生長也。」〇案：「會男女之無夫家者」，「夫家」當作「室家」，字誤。《韓詩外傳》三：「昔者不出户而知天下，不窺牖而見天道，非目能視乎千里之前，非耳能聞乎千里之外，以己之情量之也。己惡飢寒焉，則知天下之欲衣食也。己惡勞苦焉，則知天下之欲安佚也。己惡衰乏焉，則知天下之欲富足也。知此三者，聖王之所以不降席而匡天下。故君子之道，忠恕而已矣。夫處飢渴，苦血氣，困寒暑，動肌膚，此四者，民之大害也。害不除，未可教

❶ 「忘憂」，原乙，據馬瑞辰《通釋》乙正。

御也。四體不掩，則鮮仁人。五藏空虛，則無立士。故先王之法，天子親耕，后妃親蠶，先天下憂衣與食也。《詩》曰：『父母何嘗？』『心之憂矣，之子無裳。』」愚案：此錯引《鴇羽》、《有狐》二詩，言時當貧困，故昏禮不舉，男女失時，欲君人者不忘國本，急於養民也。《外傳》義與毛序合。魯、齊無異義。

有狐綏綏，在彼淇梁。【注】齊「綏綏」作「夂夂」。【疏】傳：「興也。綏綏，匹行貌。石絶水曰梁。」○馬瑞辰云：「《齊風》『雄狐綏綏』，《吴越春秋》『《塗山歌》「綏綏白狐」』者，❶指一狐言，不得謂『綏綏』爲『匹行貌』。」「齊作『夂夂』」者，王應麟《詩攷》引齊，「綏綏」作「夂夂」。《玉篇》：「夂，今作『綏』，行遲貌。」引《詩》「雄狐夂夂」。此文當同。《廣雅》：「綏，舒也。」《説文》「夂」下云：「行遲曳夂夂，象人兩脛有所躧也。」是「夂夂」爲「舒遲貌」。詩蓋以狐之舒遲自得，興無室家者之失所耳。心之憂矣，之子無裳。【疏】傳：「之子，無室家者。在下曰裳，所以配衣也。」箋：「之子，是子也。時婦人喪其妃耦，寡，而憂是子無裳，無爲作裳者，欲與爲室家。」○馬瑞辰云：「序云『男女失時，喪其妃耦』，是詩本兼男女言。《左傳》言『男有室，女有家』，知傳言『之子，無室家者』，實合下章言之，亦兼男女言。古者上衣而下裳，以喻先陽而後陰。『無裳』，喻男之無妻也。」愚案：馬説是。箋專説首章，置二、三章不言，致後來説詩者有寡婦欲嫁鰥夫之解，得此可息羣疑。《韓詩外傳》三引末二句，見上。明韓、毛文同。

---

❶「者」，馬瑞辰《通釋》作「皆」，屬下讀。

有狐綏綏，在彼淇厲。【注】韓説曰：「在彼淇厲，水絶石曰厲。」心之憂矣，之子無帶。【疏】傳：「厲，深可厲之者。❶帶，所以申束衣。」○「在彼」至「曰厲」，《玉篇·厂部》引《韓詩》文。胡承珙云：「傳明知此『厲』非『深則厲』之『厲』，但厲必深水，其旁水淺處亦可名厲，實則此『厲』當爲『瀨』之借字。《史記·南越傳》『爲戈船下厲將軍』，《漢書》作『下瀨』。《説文》：『瀨，水流沙上也。』《楚詞》：『石瀨兮淺淺。』是瀨爲水流沙石間，當在由深而淺之處。上章『石絶水曰梁』，爲水深之所。次章言厲，爲水淺之所。三章言側，則在岸矣。立言次序如此。《説文》：『砅，履石渡水也。或從厲作「濿」。』厲、賴同聲，故『履石渡水』之『砅』，與『水流沙上』之『瀨』義足相成，聲亦同類，又與涉水之『厲』轉相引申，故『深則厲』，《説文》作『砅』。此水旁之厲，又以深厲之字爲之。若但訓水旁，與側無別矣。」皮嘉祐曰：「胡説於韓義亦合。瀨是水中有涉石之處，故水絶石亦由水渡石之謂。」馬瑞辰云：「《東山》詩『親結其縭』，《釋言》：『縭，帶也。』婦人繫屬於人，『無帶』，是無所繫屬，蓋以喻婦女無夫。」

有狐綏綏，在彼淇側。心之憂矣，之子無服。【疏】傳：「言無室家，若人無衣服。」○馬瑞辰云：「三章『無服』，統男女言之。」

《有狐》三章，章四句。

❶「者」，明世德堂本《毛詩》、阮刻本《毛詩正義》附《校勘記》引「小字本、相臺本、閩本、明監本、毛本」並作「旁」，當據改。

木瓜【注】賈子《新書・禮》篇引由余云：「苞苴時有，筐篚時至，則羣臣附。《詩》曰：『投我以木瓜，報之以瓊琚。匪報也，永以爲好也。』上少投之，則下以軀償矣。弗敢謂報，願長以爲好。古之蓄其下者，其報施如此。」【疏】毛序：「美齊桓公也。衛國有狄人之敗，出處于漕，齊桓公救而封之，遺之車馬器服焉。衛人思之，欲厚報之，而作是詩也。」○案：序美桓公，朱子不以爲然，謂於經文無據。其説見《吕記》者，但以爲尋常施報之言。至作《集傳》，乃以爲男女贈答之詞，又不如從序之爲愈矣。賈子本經學大師，與荀卿淵源相接，其言可信。當其時，惟有《魯詩》。若舊序以爲美桓，賈子不能指爲臣下報上之義，是其原本古訓，更無可疑。傳於末章引孔子曰：「吾於《木瓜》，見苞苴之禮行。」足見尼山當日以爲詩文明白，古禮可徵，即微物亦將君上之意，悠然有會於聖心。其對哀公問政，以體羣臣則士之報禮重爲九經之一，即此意也。韓、齊無異義。

投我以木瓜，報之以瓊琚。【疏】傳：「木瓜，楙木也，可食之木。瓊，玉之美者。琚，佩玉名。」○《埤雅》謂：「實如小瓜，食之津潤不木者，爲木瓜。圓而小如木瓜，食之酢澀而木者，爲木桃。大於木桃，似木瓜而無鼻者，爲木李。」姚寬遂以木桃爲樝子，木李爲榠樝。胡承珙云：「樝子、榠樝在《本草別録》、《圖經》並無木桃、木李之名，後人因《詩》而被以此名耳。傳以木瓜爲楙，用《爾雅》文，而木桃、木李無訓。《爾雅》以瓜不木生，故獨釋楙爲木瓜。若桃、李皆木，自不必復稱爲木。詩言『木桃』、『木李』，因上章『木』字以成文耳。毛傳無訓，蓋即以爲桃、李。若樝子及榠樝，皆與木瓜同類，不應目爲桃、李。任昉《述異記》云：『桃之大者爲木桃。』足知木桃即桃，烏得爲木瓜之類乎？」馬瑞辰云：「瓊爲玉之美者，因而凡玉石之美者，通謂之瓊。《釋文》引《説文》：『瓊，赤玉也。』段氏玉裁謂：『「赤」乃「亦」之譌。《説文》時有言「亦」者，如李賢所引「診，亦視也」、「鸞，亦神靈之精也」之類。』案：段説是也。《説文》以玖爲石之次玉黑色者，若以瓊爲赤玉，詩不得言『瓊玖』矣。段又云：『琚乃佩玉之一物，不得言「佩玉名」。傳當作「佩玉石」，今譌爲「名」。』」匪報也，永以爲好也。【疏】箋：「匪，非也。我非敢以瓊琚爲報木瓜之惠，欲令齊長以爲玩好，結己國之恩也。」○永，義具《漢廣》。好，統君臣言之。《孟子》「禹惡旨酒而好善言」，此君好臣也。又「畜君者，好君也」，注「言臣説君，謂之好君」，此臣好君也。

投我以木桃，報之以瓊瑶。匪報也，永以爲好也。【疏】傳：「瓊瑶，美玉。」○馬瑞辰曰：「『玉』蓋『石』之譌，上章正義引傳正作『美石』，即其證。瑶次於玉，當爲『美石』。《大雅·公劉》詩言『維玉及瑶』，亦瑶異於玉之證。《説文》：『瑶，玉之美者。』據此詩《釋文》引《説文》『瑶，美石』，知《説文》『玉』亦『石』之譌。然陸引《説文》云『美石』以存異義，則所見毛傳已作『美玉』矣。」王逸《楚詞·離騷》注引《詩》曰：「報之以瓊瑶。」又《九歌章句》引同，明魯、毛文同。

投我以木李，報之以瓊玖。匪報也，永以爲好也。【疏】傳：「瓊玖，玉名。孔子曰：『吾於《木瓜》見苞苴之禮行。』」箋：「以果實相遺者，必苞苴之，《尚書》曰：『厥苞橘柚。』」○段玉裁云：「《王風》傳：『玖，石次玉者。』《説文》：『玖，石之次玉黑色者。』傳作『玉名』，乃『玉石』之誤。」胡承珙云：「首章正義云：

「此言『琚，佩玉名』，下傳云『瓊瑶，美石』、『瓊玖，美玉名』，❶三者互也。」此『瓊玖，玉名』，『名』當作『石』，蓋謂傳訓『瓊玖』爲『玉石』，與琚爲佩玉名、瑶爲美石三者不同，故爲互文見義。若作『瓊玖，玉名』，則與『琚，佩玉名』同，不得云『三者互』矣。正義又云：『琚言佩玉名，瑶、玖亦佩玉名。瑶言美石，玖言玉名，明此三者皆玉石雜也。』此『玖言玉名』亦當作『玉石』，今正義二『名』皆『石』字之誤。」

《木瓜》三章，章四句。

邶、鄘、衛國下十篇，三十四章，二百三句。

❶ 「美」，續經解本《毛詩後箋》、阮刻本《毛詩正義》並無此字，當據删。

詩三家義集疏卷四

長沙王先謙益吾著

王黍離弟四《乙巳占》引《詩推度災》曰：「王，天宿箕斗。」此齊説。《漢書·地理志》：「昔周公營雒邑，以爲在于土中，諸侯屏蕃四方，故立京師。至幽王淫褒姒以滅宗周，子平王東居雒邑。雒邑與宗周通封畿，東西長而南北短，短長相覆爲千里。」又曰：「河南郡河南，故郟鄏地。武王遷九鼎，周公致太平，營以爲都，是爲王城，至平王居之。」《易林·井之升》：「營城洛邑，周公所作。世運三十，年歷七百。福佑豐實，堅固不落。」《兑之震》「運」作「建」，「七」作「八」，「豐實」作「盤結」。班、焦皆《齊詩》家，其説王城如此。魯、韓無異義。鄭《譜》云：「平王以亂故徙居東都王城，於是王室之尊，與諸侯無異。其詩不能復《雅》，故貶之，謂之王國之變風。」《陸堂詩學》云：「《春秋》，魯國之史，於『元年春』必書『王正月』，猶可目爲尊王。《黍離》十章，采自王畿，不稱『王』而奚稱？或曰『周』可稱也，余謂『王』亦以地而言。自平王歷景王，都王城者十二世。敬王避子朝亂，乃徙都成周，義不得舍王而稱周，且稱周則與《周南》混矣。故謂以風貶周者，非也。謂以王尊周者，亦非也。」顧氏炎武云：「邶、鄘、衛、王，列國之名，其始於成、康之世乎？太師陳詩以觀民風，采於商之故都者，則繫之邶、鄘、衛。采於東都者，則繫之王。采於列國者，則各繫之其國。驪山之禍，先王之詩率已闕軼，而孔子所録者，皆平王以後之詩，此變風之所由名也。詩雖變，而太師之本名則不敢變，此十二國之所以存其舊也。先儒謂『王』之名不當儕於列國，而爲之説曰：『列《黍離》於《國風》，齊王德於邦君，誤矣。』」《虞東學詩》云：「《孟子》曰：『王者之迹熄而《詩》亡，《詩》亡然後《春秋》作。』蓋王者之政，莫大於巡狩述職。巡狩則天子采風，述職則諸侯貢俗，太師陳之，以攷其得失，而慶讓行焉，所謂迹也。夷、厲以來，雖經板蕩，而甫田東狩，舄芾來同，撻伐震於徐方，疆理及乎南海，中興之迹，爛然著明，二《雅》之篇可考焉。洎乎東遷，而天子不省方，諸侯不入覲，慶讓不行，而陳詩之典廢，所謂『迹熄而《詩》亡』。孔子傷之，不得已而託《春秋》以彰衮鉞也。」

詩國風

黍離【注】韓説曰：「昔尹吉甫信後妻之讒，而殺孝子伯奇，其弟伯封求而不得，作《黍離》之詩。」

【疏】毛序：「閔宗周也。周大夫行役，至于宗周，過故宗廟宮室，盡爲禾黍，閔周室之顛覆，彷徨不忍去，而作是詩也。」箋：「宗周，鎬京也，謂之西周。周，王城也，謂之東周。幽王之亂而宗周滅，平王東遷，政遂微弱，下列於諸侯，其《詩》不能復《雅》，而同於《國風》焉。」○「昔尹」至「之詩」，《御覽》九百九十三《羽族部》引陳思王植《令禽惡鳥論》文。《七月》疏引此《論》，羅泌《路史・發揮》亦引曹子建《惡鳥論》。植《韓詩》家也。《後漢書・郅惲傳》：「惲説太子曰：『昔高宗明君，吉甫賢臣，及有纖芥，放逐孝子。』」《傳》稱「惲理《韓詩》，以授皇太子，侍講殿中」，即以此詩説太子也。胡承珙云：「尹吉甫在宣王時，尚是西周，不應其詩列於東都。」愚案：吉甫放逐，伯奇出亡，自是西周之事，年歲無考，存殁不知。蓋有傳其亡在王城者，及平王東遷，伯封過之，求兄不得，揣其已殁，憂而作詩，情事分明，此不足以難韓説也。

彼黍離離，彼稷之苗。【注】韓説曰：「《黍離》，伯封作也。曰：『彼黍離離，彼稷之苗。』薛君注：『離離，黍貌也。詩人求亡兄不得，憂懣不識於物，視彼黍離離然，憂甚之時，反以爲稷之苗，乃自知憂之甚也。』」【疏】傳：「彼，彼宗廟宫室。」箋：「宗廟宫室毁壞，而其地盡爲禾黍。我以黍離離時至，稷則尚苗。」○「黍離」至「甚也」，《御覽》四百六十九《人事部》、八百四十二《百穀部》引《韓詩》文。馬瑞辰云：「程瑶田《九穀考》云：『黍，今之黄米。稷，今之高粱。』其説是也。《説文》：『黍，禾屬而黏者也。』又曰：『穈，穄也。』『穄，穈也。』《倉頡篇》：『穄，大黍也。』程云：『黍有黏、不黏二種，對文則黏者爲黍，不黏者爲穈，亦爲穄。散文則通謂之黍。今北方通呼黄米爲黍子、穈子、穄子，是黍即今黄米之證。黄米最黏，與《説文》「黍，禾屬而黏者」正合。唐蘇恭以稷爲穄，誤矣。《説文》：「稷，齋也。」「齋，稷也。」「秫，稷之黏者。」是稷亦有黏、不黏二種。對文則黏者秫，不黏者稷。散文則通謂之稷，亦謂之秫。今北方呼高粱爲秫，❶呼秫之稭爲秫稭，❷與稷一名秫者正合，是稷即高粱之證。《月令》「首種不入」，鄭注：「首種，謂稷。」《淮南子》作「首稼」，

❶「秫」，馬瑞辰《通釋》作「秫秫」。

❷「秫之」，馬瑞辰《通釋》作「其」。

高注：「百穀惟稷先種，故曰首稼。」今北方種高粱最早，與稷爲首稼正合。郭璞以稷爲小米，誤矣。稷以春種，黍以夏種，而詩言黍離離，稷尚苗者，稷種在黍先，秀在黍後故也。黍秀舒散，離離者，狀其有行列也。自穗至實皆離離然，故稷言苗、穗、實，而黍但言離離耳。』《釋文》云：『離，《說文》作「穲」。』今《說文》脱『穲』字，惟郭忠恕《佩觿》作『穲穲』。『離離』又作『穲穲』，《廣韻》：『穲穲，黍稷行列也。』又作『纚纚』，《楚詞·離騷》『索胡繩之纚纚』，纚纚蓋繩羅列之貌，王逸訓爲『好貌』，失之。又作『蠡蠡』，劉向《九歎》『覽芷圃之蠡蠡』，王逸注：『蠡蠡，猶歷歷。』並與『離離』聲近而義同。」行邁靡靡，中心摇摇。【注】三家「摇」作「愮」。

【疏】傳：「邁，行也。靡靡，猶遲遲也。摇摇，憂無所愬。」箋：「行，道也。道行，猶行道也。」○馬瑞辰云：「《說文》：『邁，行遠也。』邁亦爲行，對行言則爲遠行。『行』、『邁』連言，猶古詩云『行行重行行』也。」愚案：《釋訓》：「灌灌、愮愮，❶憂無告也。」《說文》「灌」下引《爾雅》作「愮」字同。❷《玉篇·心部》：「愮，憂也。《詩》曰：『憂心愮愮。』」《衆經音義》二引《詩》同。蓋三家作「愮愮」。知我者，謂我心憂。不知我者，謂我何求。【疏】箋：「知我者，知我之情。謂我何求，怪我久留不去。」○求者，謂求亡兄也。生則求其人，死則求其屍。《列女·魯漆室女傳》引「知我者」四句，明魯、毛文同。悠悠蒼天，此何人哉！【注】韓「蒼」作「倉」。【疏】傳：「悠悠，遠意。蒼天，以體言之。尊而君之，則稱皇天。元氣廣大，則稱昊天。仁

---

❶「灌灌」，宋監本《爾雅》、阮刻本《爾雅注疏》作「懽懽」。

❷「灌」，陳刻《說文》、《說文注》、楊刻《說文義證》、祁刻《說文繫傳》作「懽」。

覆閔下，則稱旻天。自上降鑒，則稱上天。據遠視之蒼蒼然，則稱蒼天。」箋：「遠乎蒼天，仰愬，欲其察己言也。此亡國之君，何等人哉！疾之甚。」○呼天而訴之，爲此事者，果何人哉？不敢顯斥其母。「『蒼』作『倉』」者，《外傳》八引《詩》「悠悠倉天」。阮元云：「『倉』是『蒼』之本字。《禮・月令》『駕倉龍，服倉玉，衣倉衣』，《漢書・蕭望之傳》『倉頭盧兒』，並以『倉』爲『蒼』。」

彼黍離離，彼稷之穗。【疏】傳：「穗，秀也。詩人自黍離離，見稷之穗，故歷道其所更見。」○胡承珙云：「《説文》：『采，禾成秀，人所以收。從爪、禾。穗，俗從禾，惠聲。』凡穀之華皆吐於穗，非華而後穗也，故《毛詩》、《説文》皆以采爲秀。《月令》注『黍散舒秀』，即謂黍穗。或疑吐華曰秀，與此成穗之秀别，不知穀類惟菽作華，餘皆不華而秀，吐穗即秀，既秀即實。《出車》『黍稷方華』，此『華』即秀，散文通耳，非於華之外别有秀也。」行邁靡靡，中心如醉。知我者，謂我心憂。不知我者，謂我何求。悠悠蒼天，此何人哉！【疏】傳：「醉於憂也。」○《後漢・劉寬傳》：「對曰：『任重責大，憂心如醉。』」《寬傳》李注引謝承書曰：「寬尤明《韓詩外傳》。」足證此對即用《韓詩》。曹植《釋愁》文「憂心如醉」，植亦用《韓詩》也。

彼黍離離，彼稷之實。行邁靡靡，中心如噎。知我者，謂我心憂。不知我者，謂我何求。悠悠蒼天，此何人哉！【疏】傳：「自黍離離，見稷之實。噎，憂不能息也。」○《新序・節士》篇：「衛宣公子壽閔其兄伋之且見害，作憂思之詩，《黍離》之詩是也。其詩曰：『行邁靡靡，中心搖搖。知我者，謂我心憂。不知我者，謂我何求。悠悠蒼天，此何人哉！』」胡承珙云：「據《左傳》，衛壽竊旌先往，是死在伋先，安得有閔兄見害之事？且使《黍離》果爲壽作，當列之《衛風》，何爲冠於《王風》之首？其不足據明矣。」又《説苑・奉使》篇：「魏文侯封太子擊於中山，三年使不往來。趙倉唐爲太子奉使於文侯，文侯曰：『子之君何業？』倉唐曰：『業《詩》。』文侯曰：『於《詩》何好？』倉唐曰：『好《晨風》與《黍離》。』文侯讀《黍離》，曰『彼黍離離』云云。文侯曰：『子之君怨乎？』倉唐曰：『不敢，時思耳。』」《韓詩外傳》亦引此，以父子之間其事相類故也。愚案：擊先封中山而後入爲太子，《説苑》乃云「封太子擊於中山」。又倉唐述《詩》，而以爲文侯自讀。據《外傳》所引，餘文尚多，皆從删削，疑它人竄入，不出中壘手也。此詩當以韓説爲正。

《黍離》三章，章十句。

君子于役【疏】毛序：「刺平王也。君子行役無期度，大夫思其危難以風焉。」○案：據詩文雞棲、日夕、牛羊下來，乃室家相思之情，無僚友託諷之誼。所稱「君子」，妻謂其夫。序説誤也。

君子于役，不知其期。曷至哉？【疏】箋：「曷，何也。君子于往行役，我不知其反期，何時當來至哉？思之甚。」○案：言君子行役，未有定期，此時何能至家哉？箋以爲未有反期，似與下「曷至」相複。二章「不日不月」，即不知行役之期也。「曷其有佸」，即「曷至」也。文以互證而益明。雞棲于塒，【注】魯説曰：「鑿垣而棲爲塒。」日之夕矣，羊牛下來。【疏】傳：「鑿牆而棲曰塒。」箋：「雞之將棲，日則夕矣，羊牛從下牧地而來，言畜産出入尚有期節，❶至於行役者，乃反不也。」○「鑿垣而棲爲塒」者，《釋宮》文，魯

---

❶「有」上，明世德堂本《毛詩》、阮刻本《毛詩正義》有「使」字。

説也。孔疏引與毛同。李巡曰：「别雞作棲之名。」❶郭注：「寒鄉鑿牆爲雞所棲曰塒。」蓋舊注《魯詩》之文。《廣韻》：「塒，穿垣棲雞。」案：今人家累土四周，亦呼雞塒，音從寺，不從時，字隨讀變也。班彪《北征賦》：「日晻晻其將暮兮，覩牛羊之下來。寤怨曠之傷情兮，哀詩人之歎時。」班氏世習《齊詩》，賦云「怨曠傷情」，知齊義以此詩「君子」爲室家之詞。郭引《詩氾歷樞》云：「牛羊來暮。」亦用齊文，是齊作「牛羊」也。君子于役，如之何勿思。【疏】箋：「行役多危難，我誠思之。」

君子于役，不日不月，曷其有佸？【注】韓説曰：「佸，至也。」【疏】傳：「佸，會也。」箋：「行役反無日月，何時而有來會期？」○「不日不月」者，不能以日月計。「佸，至也」者，《釋文》引《韓詩》文。陳喬樅云：「韓訓『佸』爲『至』，蓋以爲『括』之通叚。毛於下文『羊牛下括』訓『括』爲『至』，於《小雅・車舝》『德音來括』訓『括』爲『會』。《釋文》：『括，本亦作「佸」。』此『括』、『佸』通用之驗。《廣雅・釋詁》：『括、會，至也。』是『會』亦有『至』義。王氏《疏證》云：『《詩》「曷其有佸」，韓云：「佸，至也。」毛云：「會也。」會亦至也。首章言「曷至」，次章言「曷其有佸」，其義一也。佸、括、會古聲義並同。』」雞棲于桀，【注】魯説曰：「雞棲於弋爲櫟。」【疏】傳：「雞棲于杙爲桀。括，至也。」○「雞棲於弋爲櫟」者，亦《釋宮》説也。就地樹橜，桀然特立，故謂之櫟。但櫟非可棲者，蓋鄉里貧家編竹木爲雞棲之具，四無根據，繫之於橜，以防攘竊，故云「棲于櫟」耳。作「桀」爲是，「櫟」俗字。日之夕矣，羊牛下括。君子于役，苟無飢渴。【疏】箋：「苟，且也。且得無

❶「作」，阮刻本《毛詩正義》、《爾雅注疏・釋宮》作「所」。

飢渴，憂其飢渴也。」

《君子于役》二章，章八句。

君子陽陽【疏】毛序：「閔周也。君子遭亂，相招爲禄仕，全身遠害而已。」箋：「禄仕者，可得禄而已，不求道行。」○三家無異義。

君子陽陽，【注】韓説曰：「陽陽，君子之貌也。」左執簧，右招我由房。【疏】傳：「陽陽，無所用其心也。簧，笙也。由，用也。國君有房中之樂。」箋：「由，從也。君子禄仕在樂官，左手持笙，右手招我，欲使我從之於房中，俱在樂官也。我者，君子之友自謂也，時在位有官職也。」○「陽陽，君子之貌也」者，《玉篇·阜部》引《韓詩》文。孔疏云：「《史記》稱晏子『御擁大蓋，策四馬，意氣陽陽，甚自得』，則『陽陽』是得志之貌。」今《史記》列傳作「揚揚」，《晏子·雜上》篇亦作「揚揚」。《荀子·儒效篇》「則揚揚如也」，楊倞注：「得意之貌。」是「陽」即「揚」之叚借。《玉藻》注：「揚，讀爲陽。」此「揚」、「陽」聲通之例。韓訓爲「君子之貌」，雖未明言其得意，而情狀如繪。凡無所用心之人，未有不自得者，是與傳亦相成爲義。馬瑞辰云：「簧亦樂器之一。《世本》『女媧作笙，隨作簧』，宋均注：『隨，女媧之臣。笙、簧二器。』《説文》『隨作笙，女媧作簧』，《古史考》亦曰「女媧作簧」。與《世本》互易，亦以笙、簧爲二器。《説文》又曰：『筤，簧屬。』其不以簧爲笙中之簧明矣。《爾雅》『大笙謂之巢』，《文選·笙賦》李注引『巢』作『簧』，疑李所見《爾雅》本自作『簧』。《月令》『調竽、笙、篪、簧』，以笙、簧並列。《詩》『吹笙鼓簧』與『鼓瑟吹笙』爲一類，皆以簧別爲一器。此詩『左執簧』，

《車鄰》詩『並坐鼓簧』，亦別器也。傳『簧，笙也』，不曰『笙中簧』，蓋知簧爲笙之大者，通言則簧亦笙也。正義以簧爲笙管中之簧，失之。」胡承珙云：「由房者，房中對廟朝言之。人君燕息時所作之樂，非廟朝之樂，故曰房中。」其樂只且！【注】韓「只」作「旨」，云：「旨，亦樂也。」【疏】箋：「君子遭亂，道不行，其且樂此而已。」○「旨，亦樂也」者，《玉篇・旨部》引《韓詩》文。韓作「旨」，訓「樂」，蓋以「旨」本訓「美」，「樂旨」猶言樂之至美者，意謂樂甚，故曰「旨，亦樂也」。《南山有臺》篇「樂只君子」，《衡方碑》作「樂旨君子」，是「只」、「旨」本通叚之字。張衡《西京賦》「其樂只且」，衡用《魯詩》，明魯、毛文同。

君子陶陶，【注】韓説曰：「陶，暢也。君子陶陶，君子之貌。」左執翿，右招我由敖。其樂只且！【疏】傳：「陶陶，和樂貌。翿，纛也，翳也。」箋：「陶陶，猶陽陽也。翳，舞者所持，謂羽舞也。君子左手持羽，右手招我，欲使我從之於燕舞之位，亦俱在樂官也。」○「陶，暢也」者，《文選》枚乘《七發》李注、《後漢書・杜篤傳》李注引薛君《韓詩章句》文。「君子之貌也」者，《玉篇・阜部》引《韓詩》文。皮嘉祐云：「傳『陶陶，和樂貌』，韓云『君子之貌』，則亦訓爲『和樂』可知。《玉篇》所引亦薛君《章句》文，當在『陶，暢也』下。」孔疏：「《釋言》：『翿，纛也。纛，翳也。』李巡曰：『翿，舞者所持纛也。』孫炎曰：『纛，舞者所持羽也。』」段玉裁云：「『翳也』之上當有『纛』字，此『燿燿，粦也』『粦，熒火也』之例。」胡承珙云：「《説文・羽部》：『翳，翳也，所以舞也。從羽，殹聲。《詩》曰：「左執翳。」』此據《集韻》。今《説文》引《詩》作「翿」，乃後人據俗本《毛詩》改之。據此，知《詩》本作『翳』。《説文》無『翿』字，『翿』乃『儔』之別體。《人部》：『儔，翳也。從人，壽聲。』蓋『儔』正字或作『翿』，經典遂通用『翿』。若『纛』字，❶六書所無。不但作『纛』爲俗，即作『翿』亦非。❷《釋言》當本作『翳，翿也。翿，翳也』。」黄山云：「《釋言》『翢，纛也』，郭注：『今之羽葆幢。』『纛，翳也』，郭注：『舞者所以自蔽翳。』『翿』又誤『翢』，故説者益疑此文多誤。今據阮《校勘記》，則段説原與《爾雅》唐石經本、《毛詩》考文本合。即胡謂《説文》無『翿』、《詩》本作『翳』，亦定論也。惟『翿』既從羽，明即『翳』之别體。凡經史『翿』字，皆即《説文》之『翳』，歷無異説。乃必改『翿』爲『儔』之或作，斥『纛』爲『翿』之誤文，則好奇之失矣。『儔』雖訓『翳』，是人相蔽翳耳，非舞者持以自蔽翳之羽葆幢也。『纛』見《地官》『執纛』，鄭注即以《雜記》『執翿』説之。其字從縣，與『翳，殹聲』之『殹』、《説文》訓『縣物殹擊』合。邢疏並引《獨斷》『黄屋左纛』以證之，蓋即『翳』之古文，故同有翳義。《説文》偶遺之。『纛』行而『翳』廢，言『翳』或有不知，言『纛』則無不知，故《爾雅》互訓以通之，猶『煽，熾也。熾，盛也』之例。《説文》『翳』本訓『華蓋』，《文選·上林賦》注：『華，葆也。』是『翳』本義亦即羽葆之物。『翳』訓『翳』，而曰『所以舞』，仍用『翳』本義。特引申之，亦爲蔽翳也。若作『翳，儔也。儔，翳也』，既悖《雅》訓，且失《詩》義矣。」愚案：黄説是。《釋文》：「敖，游也。」胡承珙以爲：「『由敖』不應無傳，蓋是傳文各本皆脱，賴《釋文》存之。游謂燕游，『由敖』即謂用燕游之舞相招。箋不更爲『敖』字作訓，但云『欲使我從之於燕舞之位』，豈非以毛既訓『游』，不煩更釋乎？嚴粲引：『錢氏云：「敖，游也。」因

---

❶「纛」，求是堂本《毛詩後箋》作「⿱每縣」，當據改。

❷「翿」，求是堂本《毛詩後箋》作「⿱每縣」，當據改。

謂游處爲敖，猶《周禮》之「囿游」也。』❶此說得之。」「其樂只且」，韓亦當作「旨且」。

《君子陽陽》二章，章四句。

揚之水【疏】毛序：「刺平王也。不撫其民，而遠屯戍于母家，周人怨思焉。」箋：「怨平王恩澤不行於民，而久令屯戍不得歸，思其鄉里之處者。言周人者，時諸侯亦有使人戍焉。平王母家申國，在陳、鄭之南，迫近彊楚，王室微弱，而數見侵伐，王是以戍之。」〇胡承珙云：「以畿甸之民而爲諸侯戍守，固西周以前未有之事也。」〇三家無異義。

揚之水，不流束薪。【注】魯「揚」作「楊」。【疏】傳：「興也。揚，激揚也。」箋：「激揚之水至湍迅，而不能流移束薪。興者，喻平王政教煩急，而恩澤之令不行于下民。」〇「魯『揚』作『楊』」者，《釋文》：「揚之水，或作楊木之字，非。」陳喬樅云：「據漢石經《魯詩·唐風·揚之水》，字作『楊』，則此『楊』字亦當從木。楊，地名也，見《漢書·楊雄傳》。」愚案：古書「楊」、「揚」通作，說詳《漢書·地理志》。此文作「揚」，正字；作「楊」，通叚。陳引《漢書》，非是。《淮南·本經》篇：「抑減怒瀨，以揚激波。」波本激而又揚之，則水愈湍怒。雖束縛薪木，下之水中，亦皆漂流而去。「不」者，反言之也。彼其之子，不與我戍申。【注】韓說曰：「戍，舍也。」【疏】傳：「戍，守也。申，姜姓之國，平王之舅。」箋：「之子，是子也。彼其是子，獨處鄉里，不與

❶「猶」，原作「游」，據續經解本《毛詩後箋》、明味經堂本《詩緝》改。

我來守申，是思之言也。其，或作『記』，或作『已』，讀聲相似。」〇陳奂云：「《毛詩》作『其』，蓋『記』、『已』本三家《詩》。」案：《韓詩外傳》引《詩》作「彼己之子」。其者，語助。思其鄉里習狎之人，不與我同戍，稍解離思。或以「是子」爲斥平王，悖於理矣。「戍，舍也」者，《釋文》引《韓詩》文。《左・莊三年傳》：「凡師一宿爲舍，再宿爲信，過信爲次。」此戍守時久亦爲「舍」者，以其留止於此言之，散文通也。《潛夫論》：「炎帝苗胄，四岳伯夷，或封於申城。」《括地志》：「申在鄧州南陽縣北三十里。」《一統志》：「申在南陽府南陽縣附郭。」申，姜姓，幽王太子宜咎之舅也。王黜申后，太子奔申，王伐申，申召戎伐周，殺幽王，見《鄭語》韋注。太子立，爲平王。申雖平王母黨，實不共戴天之仇。其後鄰國侵伐，而又戍之。懷哉懷哉，曷月予還歸哉？【疏】箋：「懷，安也。思鄉里處者，故曰今亦安不哉，安不哉，何月我得歸還見之哉？思之甚。」

揚之水，不流束楚。彼其之子，不與我戍甫。懷哉懷哉，曷月予還歸哉？【疏】傳：「楚，木也。甫，諸姜也。」〇甫即呂國，《詩》、《孝經》、《禮記》皆作「甫」，《尚書》、《左傳》、《國語》皆作「呂」，甫、呂古同聲。《周語》：「富辰云：『齊、許、申、甫由大姜。』」《左傳》「楚子重請取於申、呂，以爲賞田」，知後爲楚滅。《鄭語》：「史伯云：『申、呂方强，其隩愛太子亦必可知。』」先彊而後見侵，蓋與申皆偪於楚，故同時遣戍。孔疏云：「借甫、許以言申，實不戍甫、許。」其失甚矣。《括地志》：「故呂城在鄧州南陽縣西四十里。」《一統志》：「呂城在南陽府西三十里，今名董呂村。」

揚之水，不流束蒲。彼其之子，不與我戍許。【疏】傳：「蒲，草也。許，諸姜也。」箋：「蒲，蒲柳。」○《説文》：「鄦，炎帝大嶽之胤甫侯所封，在潁川。讀若許。」《一統志》：「今在河南許州。」其地距楚較申、甫爲遠，而後亦爲楚滅，蓋同被楚侵也。《左・昭二十六年傳》疏劉炫引《汲冢紀年》：「平王奔申，申侯、魯侯、許文公立平王於申。」陳奂據此，以爲許有立平王之功，故兼戍之。《紀年》皇甫謐僞撰之書，不足據信。其撰造故實，即影射此詩。懷哉懷哉，曷月予還歸哉？

《揚之水》三章，章六句。

中谷有蓷【疏】毛序：「閔周也。夫婦日以衰薄，凶年饑饉，室家相棄爾。」○三家無異義。

中谷有蓷，暵其乾矣。【注】韓説曰：「蓷，益母也。」又曰：「茺蔚也。」三家「暵」作「灘」。【疏】傳：「興也。蓷，鵻也。暵，菸貌。陸草生谷中，傷於水。」箋：「興者，喻人居平安之世，猶鵻之生於陸，自然也；遇衰亂凶年，猶鵻之生谷中，得水則病將死。」○中谷，谷中。「蓷，益母也」者，陸璣《詩疏》引《韓詩》文。「蓷，茺蔚也」者，《釋文》引《韓詩》文。益母即茺蔚別名，《廣雅・釋草》云：「益母，茺蔚也。」《玉篇》：「萑，蓷，茺蔚也。《詩》曰：『中谷有蓷。』」與《釋文》引韓説合。陸璣又引劉歆云：「蓷，臭穢，即茺蔚也。」傳云：「蓷，鵻也。」《釋草》：「萑，蓷。」是蓷名鵻，又名萑，今俗通謂之益母草。傳：「暵，菸貌。陸草生於谷中，傷於水。」《説文》：「菸，鬱也。」詳詩義，此不當作「菸，鬱」意。《説文》：「暵，乾也。耕暴田曰暵。」亦與此文不合。「三家作『灘』」者，《説文》：「灘，水濡而乾也。从水，鷬聲。《詩》曰：『灘其乾矣。』」文與毛異，蓋出三家，較作「暵」義合。王氏《詩總聞》云：「益母草在野甚多，最能任酷烈，日愈烈，色愈鮮，則性不宜水可知。」愚案：

蓷本惡溼，今生谷中，水頻浸之，首章雖濡旋乾，次章且濡且乾，三章雖乾終溼，則傷於水而將萎死矣，次第如此。有女仳離，嘅其嘆矣。嘅其嘆矣，遇人之艱難矣。【疏】傳：「仳，别也。艱，亦難也。」箋：「有女遇凶年而見棄，與其君子别離，嘅然而嘆，傷己見棄，其恩薄。所以嘅然而嘆者，自傷遇君子之窮厄。」○《釋文》：「嘆，本亦作『歎』。」《説文》：「歎，吟也。」《廣雅·釋詁》：「嘆，傷也。」言有女見棄於夫，時當别離，嘅然長歎。所以嘅然長嘆者，遭遇此艱困之時，不欲專咎君子也。箋：「自傷遇君子之窮厄。」正指凶年言之。正義中箋云：「艱難，謂無恩情而困苦之。」則意與鄭違矣。

中谷有蓷，暵其脩矣。有女仳離，條其歗矣。條其歗矣，遇人之不淑矣。【疏】傳：「脩，且乾也。條條然歗也。」箋：「淑，善也。君子於己不善也。」○陳奂云：「《説文》：『脩，脯也。』『脯，乾肉也。』乾肉謂之脯，亦謂之脩，因之凡乾皆曰脩矣。」《椒聊》傳：「條，長也。」歗，義具《江有汜》。條然而長嘯也。遇人不淑，歸咎君子，言雖遇饑饉，如其夫相待不薄，未必不可共謀保聚，其如遇人不善何？

中谷有蓷，暵其溼矣。有女仳離，啜其泣矣。啜其泣矣，【注】韓「啜」作「惙」。何嗟及矣。【疏】傳：「鵻遇水則濕。啜，泣貌。」箋：「鵻之傷於水，始則溼，中而脩，久而乾，有似君子於己之恩，徒用凶年深淺爲薄厚。及，與也。泣者，傷其君子棄己。嗟乎，將復何與爲室家乎？此其有餘厚於君子也。」○啜，猶歠也，無「泣」義。「韓『啜』作『惙』」者，《韓詩外傳》二引此詩作「惙其泣矣」，《衆經音義》四引《聲類》：「惙，短氣貌。」又十九引《字林》：「惙，憂也。」人心憂，則氣短而下泣，明此詩當作「惙」。胡承珙云：「『何嗟及矣』，經文當作『嗟何及矣』，傳寫者誤倒之。《外傳》及《説苑·建本》篇、《列女·魯莊哀姜傳》引此文，皆作『何嗟及矣』。然《外傳》引孔子曰：『不慎其前，而悔其後。嗟乎！雖悔無及矣。』是正以『何及』二字相連爲義，而所引《詩》仍作『何嗟』，亦皆傳寫誤倒。」其説是也。箋訓「及」爲「與」，云：「將復何與爲室家乎？」凡言雖悔無及者，所包甚廣。即此詩臨去之時，心事萬端，而以爲慮君子無室家，似不必過泥，《外傳》、《説苑》、《列女傳》皆推演之詞。

《中谷有蓷》三章，章六句。

兔爰【疏】毛序：「閔周也。桓王失信，諸侯背叛，構怨連禍，王師傷敗，君子不樂其生焉。」箋：「不樂其生者，寐不欲覺之謂也。」○三家無異義。

有兔爰爰，雉離于羅。【注】魯説曰：「爰爰，緩也。鳥罟謂之羅。」韓説曰：「爰爰，發蹤之貌也。」

【疏】傳：「興也。爰爰，緩意。鳥網爲羅。言爲政有緩有急，用心之不均。」箋：「有緩者，有所聽縱也。有急者，有所躁蹙也。」○「爰爰，緩也」者，《釋訓》文，謂物情舒緩自如。「鳥罟謂之羅」，《釋器》文。皆魯説也。《釋器》又云：「兔罟謂之罝。」是羅專以網鳥，非以捕兔。詩意止言縱兔，不捕耳。「爰爰，發蹤之貌也」者，《華嚴經音義》、《衆經音義》二十三引《韓詩傳》文。「蹤」爲「縱」之誤。《漢書·蕭何傳》顔注：「發縱，謂解紲而放也。」「聽縱」與「發縱」義同。馬瑞辰云：「狡兔以喻小人。雉，耿介之鳥，以喻君子。『有兔爰爰』，以喻小人之放縱。『雉離于羅』，以喻君子之獲罪。」離，義具《新臺》。我生之初，尚無爲。我生之後，逢此百罹，尚寐無吪！【疏】傳：「尚無成人爲也。罹，憂；吪，動也。」箋：「尚，庶幾也。言我幼稚之時，庶幾於無所爲，謂軍役之事也。我長大之後，乃遇此軍役之多憂，今但庶幾於寐，不欲見動。無所樂生之甚。」○《釋詁》：「罹，憂也。吪，動也。」陳喬樅云：「《詩》釋文：『罹，本作「離」。吪，本亦作「訛」。』今考《文選》盧子諒詩李注引：『《詩》「逢此百離」，毛萇曰：「離，憂也。」一作「罹」。』又《爾雅》釋文『訛言』下云：『訛，字又作「吪」，亦作「譌」。』據《說文・言部》：『譌，譌言也。從言，爲聲。』引《詩》曰：『民之譌言。』《口部》：『吪，動也。從口，化聲。』引《詩》曰：『尚寐無吪。』是訓言之譌，譌爲正字。訓動之吪，吪爲正字。《釋文》於『訛言』下異文載『譌』、『訛』二字，故『訛動』下不複見。離者，『罹』之叚借。訛者，『吪』之叚借。毛氏古文，當作『逢此百離，尚寐無訛』，罹字、訛字乃從今文所改。《爾雅》今文之學，所釋皆據《魯詩》，字當作『罹』與『吪』也。」

有兔爰爰，雉離于罦。【注】魯說曰：「罬謂之罦。罦，覆車也。」【疏】傳：「罦，覆車也。」○「罬謂之罦。罦，覆車也」者，《釋器》文。孔疏引：「孫炎曰：『覆車是兩轅網，可以掩兔者也。』郭注：『今之翻車也。有兩轅，中施罥以捕鳥。』」《說文》：「𦊁，覆車網也。或作『罦』。」馬瑞辰云：「罦，孫謂以掩兔，郭謂以捕鳥。攷《說文》：『䍖，兔罟也。字又作「罘」。』《莊子》釋文：『罘，本又作「罦」。』是罦、罘亦可通用。據《齊語》『田獵畢弋』，韋注：『畢弋，掩雉、兔之網也。』是古者掩雉、兔之網可以同用。《詩》蓋言縱兔取雉，以喻王政之不均也。」《御覽》八百三十一引《韓詩》此二句，明韓、毛文同。我生之初，尚無造。我生之後，逢此百憂，尚寐無覺！【疏】傳：「造，爲也。」○《釋言》：「作、造，爲也。」《關雎》傳：「寤，覺也。」覺、寤互訓。

有兔爰爰，雉離于罿。【注】魯說曰：「罬謂之罿。罿，罬也。」韓說曰：「張羅車上曰罿也。」【疏】

傳：「罿，罬也。」○「繴謂之罿。罿，罬也」者，《釋器》文。是罿、罦一物。《御覽》八百三十二引《韓詩》曰：「有兔爰爰，雉離于罿。」明韓、毛文同。「張羅車上曰罿也」者，引薛君《章句》。《釋文》引同，「張」作「施」。

我生之初，尚無庸。我生之後，逢此百凶，尚寐無聰！【疏】傳：「庸，用也。聰，聞也。」箋：「庸，勞也。百凶者，王構怨連禍之凶。」○《釋詁》：「庸，勞也。」陳喬樅云：「據《爾雅》，知魯詁與毛異，鄭箋即用魯義改毛。」《黄氏日鈔》云：「人寤則憂，寐則不知，故欲無吪、無覺、無聰，付理亂於不知耳。近人以爲欲死者，過也。」

《兔爰》三章，章七句。

葛藟【注】齊説曰：「葛藟蒙棘，華不得實。讒言亂政，使恩壅塞。」【疏】毛序：「王族刺平王也。周室道衰，棄其九族焉。」箋：「九族者，據己上高祖，下及玄孫之親。」○「葛藟」至「壅塞」，《易林·泰之蒙》文，《師之中孚》、《蠱之明夷》、《節之蹇》同。「葛藟蒙棘」，喻王族遭讒。「華不得實」，喻恩施不終。「讒言亂政，使恩壅塞」者，蓋因其時公家窮乏，賙給無資，計臣無可如何，出此下策，此讒言亂政之刺所由來也。《左·文七年傳》：「宋昭公欲去羣公子，樂豫曰：『公族，公室之枝葉也。若去之，則本根無所庇廕矣。葛藟猶能庇其本根，故君子以爲比。』」即謂此詩也。詩言人君不可不推恩公族，其取喻同齊説甚明。魯、韓無異義。

緜緜葛藟，在河之滸。【疏】傳：「興也。❶緜緜，長不絕之貌。水厓曰滸。」箋：「葛也藟也，生於河之厓，得其潤澤，以長大而不絕。興者，喻王之同姓，得王之恩施，以生長其子孫。」○馬瑞辰云：「滸，《説文》作『汻』，云：『水厓也。』『厓，山邊也。』『汻，水厓』對『厓，山邊』言之。《釋水》：『滸，水厓。』《釋邱》又曰：『岸上，滸。』據《爾雅》『望厓洒而高，岸』，又曰『重厓，岸』，《説文》『屵，岸高也』，岸上者，蓋謂其厓上高峭，如重厓然，與『漘』言『夷上』，謂其上陵夷者正同。郭注《爾雅》以『滸』爲『岸上地』，非。」終遠兄弟，謂他人父。謂他人父，亦莫我顧。【疏】傳：「兄弟之道已相遠矣。」箋：「兄弟，猶言族親也。王寡於恩施，今已遠棄族親矣，是我謂他人爲己父。族人尚親親之辭。謂他人爲己父，無恩於我，亦無顧眷我之意。」○愚案：終，猶既也。傳意謂「兄弟之道已相遠」，是言族親本與兄弟相遠也。箋訓「遠棄」，義與傳異，似與下文意複。傳又言兄弟之道既已相遠，而族親於王仰戴爲父母親兄，以受其庇廕之恩也。今雖謂爲父母親兄，亦莫我眷顧，則亦他人之而已矣。

緜緜葛藟，在河之涘。終遠兄弟，謂他人母。謂他人母，亦莫我有。【疏】傳：「涘，厓也。」箋：「王又無母恩。有，識有也。」○《説文》：「涘，水厓也。」《廣雅疏證》云：「古者謂相親曰有。『亦莫我有』，謂莫相親有也。」《左・昭二十五年傳》「是不有寡君也」，杜注：「有，相親有也。」《釋名》云：「友，有也，相保有也。」亦即此意。

---

❶「興」，原作「輿」，據明世德堂本《毛詩》、阮刻本《毛詩正義》改。

緜緜葛藟，在河之漘。終遠兄弟，謂他人昆。謂他人昆，亦莫我聞。【疏】傳：「漘，水溓也。昆，兄也。」箋：「不與我相聞命也。」〇《説文》：「漘，厓也。」《釋邱》：「夷上洒下，不漘。」李巡曰：「夷上，平上；洒下，陗下，❶故名漘。」孫炎曰：「平上陗下，故名曰漘。不，蓋衍字。」《詩正義》。郭注：「厓上平坦而下水深者爲漘。不，發聲也。」❷馬瑞辰云：「昆，『罤』之叚音。《説文》：『周人謂兄曰罤。從弟、眔。』《詩》惟《王風》有『昆』字，此正周人謂兄爲罤之證。」聞，古通「問」。《文王》詩「令聞不已」，《墨子·明鬼》篇引作「令問」。聞讀如「恤問」之「問」。莫我聞，猶「莫我顧」、「莫我有」也。

《葛藟》三章，章六句。

采葛【疏】毛序：「懼讒也。」箋：「桓王之時，政事不明，臣無大小，使出者，則爲讒人所毁，故懼之。」〇三家無異義。

彼采葛兮，一日不見，如三月兮。【疏】傳：「興也。葛，所以爲絺綌也。事雖小，一日不見於君，憂懼於讒矣。」箋：「興者，以采葛喻臣以小事使出。」〇馬瑞辰云：「傳、箋並以采葛、采蕭、采艾爲懼讒者託所采以自況。今案《楚詞·九歌》『采三秀於山間，石磊磊兮葛蔓蔓』，五臣注：『芝草仙藥，采不可得，但見

❶ 「下」，原脱，據阮刻本《毛詩正義》、《爾雅注疏》補。
❷ 「聲」，原作「生」，據宋監本《爾雅》、阮刻本《毛詩正義》與《爾雅注疏》改。

葛、石耳。亦猶賢哲難逢，謟諛者衆也。』劉向《九歎》『葛藟虆於桂樹兮，鴟鴞集於木蘭』，王逸注：『葛藟惡草，乃緣桂樹，以言小人進在顯位。』是葛爲惡草，古人以喻讒佞。」愚案：劉向用《魯詩》説，而以葛爲惡草，喻讒佞，是於此詩懼讒喻意，可通魯説之恉。

彼采蕭兮，一日不見，如三秋兮。【疏】傳：「蕭，所以供祭祀。」箋：「彼采蕭者，喻臣以大事使出。」○馬瑞辰云：「《楚詞・離騷》：『何昔日之芳草兮，今直爲此蕭艾也。』張衡《思玄賦》：『珍蕭艾於重笥兮，謂蕙芷之不香。』蕭、艾並舉，皆爲讒佞進仕者託喻。」愚案：衡亦習《魯詩》者，可以推見魯説之恉。

彼采艾兮，一日不見，如三歲兮。【疏】傳：「艾，所以療疾。」箋：「彼采艾者，喻臣以急事使出。」○馬瑞辰云：「《離騷》：『户服艾以盈要兮，謂幽蘭其不可佩。』東方朔《七諫》：『蓬艾親御於牀笫兮，馬蘭踸踔而日加。』此詩采葛、采蕭、采艾，皆喻人主之信讒。下二句乃懼讒之意。」❶愚案：以惡草喻讒人，古義疊見，比興之恉，深切著明，説《詩》者必兼此恉。

《采葛》三章，章三句。

大車【注】魯説曰：「夫人者，息君之夫人也。楚伐息，破之，虜其君，使守門。將妻其夫人，而納之於宮。楚王出遊，夫人遂出見息君，謂之曰：『人生要一死而已，何至自苦？妾無須臾而忘君

❶「意」，馬瑞辰《通釋》作「詞」。

也，終不以身更貳醮。生離於地上，何如死歸於地下乎？』乃作詩曰：『穀則異室，死則同穴。謂予不信，有如皦日。』息君止之，夫人不聽，遂自殺。息君亦自殺，同日俱死。楚王賢其夫人守節有義，乃以諸侯之禮合而葬之。君子謂夫人説於行善，故序之於《詩》。夫義動君子，利動小人，息君夫人不爲利動矣。《詩》云：『德音莫違，及爾同死。』此之謂也。頌曰：楚虜息君，納其適妃。夫人持固，彌久不衰。作詩同穴，思故忘親。❶遂死不顧，列於賢貞。」【疏】毛序：「刺周大夫也。禮義陵遲，男女淫奔，故陳古以刺今，大夫不能聽男女之訟焉。」○「夫人」至「賢貞」，劉向《列女傳·貞順》篇文。案《左傳》載楚納息嬀事，與此相反。魏源辨之云：「《史記·楚蔡世家》敘楚滅息、蔡，無一言及於納嬀。況隱十一年《左傳》『君子知息之將亡』，正義云：『莊十四年，楚滅息。』莊十四年經書『秋七月，荆入蔡』，傳謂楚文因息嬀生二子不言而伐蔡。既同是一年，即使息滅於春初，亦僅相去數月，豈能即生二子？事蹟無一合者。《詩》曰爾、曰子、曰予，明屬息君、楚子、夫人三人之稱。班婕妤賦曰：『窈窕姝妙之年，幽閑專貞之性，符皎日之心，甘首疾之病。』其爲夫人詞明矣。蓋申、息皆畿甸之國，且楚之北門，而東周之屏蔽也。申、息亡，而楚遂憑陵中夏，故録戍申、哀息二詩於《王風》，明東周不振之由，猶黎、許無風，而附於《衛》，見衛爲狄滅也。」

大車檻檻，毳衣如菼。【疏】傳：「大車，大夫之車。檻檻，車行聲也。毳衣，大夫之服。菼，鵻也，

❶「親」，《列女傳》作「新」。

蘆之初生者也。天子大夫四命，其出封五命，如子男之服。乘其大車檻檻然，服毳冕以決訟。」箋：「菼，薍也。古者天子大夫服毳冕以巡行邦國，而決男女之訟，則是子男入爲大夫者。毳衣之屬，衣繢而裳繡，皆有五色焉，其青者如鵻。」○王逸《楚詞・九歎・怨思》篇注：「檻檻，車聲也。《詩》云：『大車檻檻。』」王述《魯詩》，明魯、毛文同。《白帖》十一作「轞轞」。服虔《通俗文》云：「車聲曰轞。」張參《五經文字》：「轞，大車聲。」是言車聲當作「轞」，「轞」、「檻」字乃通借耳。魏源云：「大車，楚君所乘。或曰管仲檻車至齊。息爲楚滅，其君與夫人皆被虜，載以檻車，渾言之曰大車耳。」説亦可通，但以下文例之，皆屬楚君爲合。《釋言》：「菼，鵻也。」「菼，薍也」，孔疏引樊光曰：「菼初生葸，騂色，海濱曰薍。」郭注：「《詩》曰：『毳衣如菼。』菼草色如鵻，在青白之間。」《説文》「𦵹」下云：「萑之初生，一曰薍，一曰鵻。從草，剡聲。」「菼」下云：「或從炎。」䋦下云：「帛鵻色也。從糸，剡聲。《詩》曰：『毳衣如䋦。』」段注：「帛色如𦵹，故謂之鵻色。『從糸，剡聲』，當作『從糸，𦵹省』。引《詩》『毳衣如䋦』，當作『𦵹』。❶若如今本，則色固䋦矣，何云『如䋦』乎？」案：段説是，《詩》異文當作「如𦵹」。傳「天子大夫四命」，及箋「古者天子大夫服毳冕」云云，魏源云：「毳衣，楚君所服。大車、毳衣，明爲子男諸侯之服。《春官・司服》職：『子男之服，自毳冕以下。卿大夫之服，自玄冕以下。』《巾車》職：大夫但乘墨車。鄭君知其不合，乃爲子男入爲大夫之説，則毳冕，朝祭之服，豈有服以聽訟者乎？」豈不爾思？畏子不敢。【疏】傳：「畏子大夫之政，終不敢。」箋：「此二句者，古之欲淫奔者之

---

❶「𦵹」，原作「剡」，據《説文注》改。

辭。我豈不思與女以爲無禮與？畏子大夫來聽訟，將罪我，故不敢也。子者，稱所尊敬之辭。」○爾者，爾息君夫人。言至楚後，豈不思君乎？特畏楚子知之，不敢出相見耳。子者，楚國君爵。楚雖僭王，時人稱之，仍曰「子」也。

大車哼哼，毳衣如璊。【注】韓作「大車輴輴」，云：「輴輴，盛貌也。」「璊」作「虋」，云：「異色之衣也。」魯、齊作「璊」。豈不爾思？畏子不奔。【疏】傳：「哼哼，重遲之貌。璊，赬也。」○「大車輴輴，輴，盛貌也」者，《玉篇·車部》引《韓詩》文。皮嘉祐云：「《玉篇》：『輴，車盛貌。』野王即用韓義。」《說文》「璊」下云：「玉赬色也。禾之赤苗謂之穈，玉色如之。從玉，㒼聲。」又「穈」下云：「以毳爲繝，色如虋，故謂之穈。虋，禾之赤苗也。從毛，㒼聲。《詩》曰：『毳衣如穈。』」「韓作『虋』，云『異色之衣也』」者，《列子》釋文下引《韓詩内傳》文。元作《外傳》，誤。陳奂云：「三家《詩》作『穈』，本字。毛作『璊』，借字。」案：據韓作「虋」，則作「穈」者爲魯、齊文矣。陳喬樅云：「首章『如菼』，菼，草色。次章『如虋』，虋，麻色。穈、虋亦一聲之轉，故韓釋『虋』爲『異色之衣也』。禾之赤苗者爲穈，麻之異色者爲虋。虋字從賁，賁，色不純也，見《吕覽·壹行》篇高注。」奔者，《文選·舞鶴賦》注：「獨赴也。」言奔赴息君而見之。

穀則異室，死則同穴。謂予不信，有如皦日。【疏】傳：「穀，生；皦，白也。生在於室則外内異，死則神合同爲一也。」箋：「穴，謂冢壙中也。此章言古之大夫聽訟之政，非但不敢淫奔，乃使夫婦之禮有別。今之大夫不能然，反謂我言不信，我言之信如白日也。刺其闇於古禮。」○「穀，生」，《釋言》文。息君守門，夫人將納於楚宫，此「異室」也。「同穴」著，約死之誓言。《漢書·哀紀》詔云：「朕聞夫婦一體，《詩》

云：『穀則異室，死則同穴。』祔葬之禮，自周興焉。」陳喬樅云：「哀帝從韋玄成、韋賞受《魯詩》，見陸璣《草木疏》，則詔中引《詩》云云，據《魯詩》文也。《外戚傳》引《詩》同。」《白虎通·崩薨》篇：「合葬者，所以同夫婦之道也。」亦引二語。《白虎通》用《魯詩》，明魯、毛文同。予者，夫人自謂。指日爲誓，尚著明也。《釋文》：「皦，本又作皎。」《列女·梁寡行傳》引《詩》及《文選》潘岳《寡婦賦》注引《韓詩》皆作「皎」。陳喬樅云：「《説文》：『皎，月之白也。』『曉，日之白也。』『皦，玉石之白也。』是皎、皦皆曉之叚借。」今湖北桃花夫人廟祀息夫人，古蹟尚存，唐人留詠，知《魯詩》之言信而有徵矣。若如《左傳》所載，烏得有遺構至今乎？

《大車》三章，章四句。

丘中有麻【疏】毛序：「思賢也。莊王不明，賢人放逐，國人思之，而作是詩也。」箋：「思之者，思其來，己得見之。」○三家無異義。

丘中有麻，彼留子嗟。【疏】傳：「留，大夫氏。子嗟，字也。丘中墝埆之處，盡有麻麥草木，乃彼子嗟之所治。」箋：「子嗟放逐於朝，去治卑賤之職而有功，所在則治理，所以爲賢。」○留者，《鄭世家》：「周衰，鄭徙都于留。」《公羊傳》：「鄭取鄶，遷鄭而野留。」後爲陳有，漢陳留郡陳留縣，今陳留縣也。《公羊傳》：「祭仲省留而爲宋所執。」《左傳》：「楚子辛侵宋留。」漢楚國留縣，今沛縣境也。皆不足當此留。《漢志》：「河南郡緱氏縣劉聚，周大夫劉子邑。」《水經·維水》注：「劉水出半石東山，西北流逕劉聚，三面臨澗，在緱氏西南周畿内劉子國，故謂之劉澗。」今偃師縣南二十里，故縣村。馬瑞辰云：「劉、留古通。薛尚功《鐘鼎款識》

有劉公簠，《積古齋鐘鼎款識》作留公簠。是其證。」今從之。孔疏申毛云：「子嗟在朝有功，今放逐在外，國人覩其業而思之。」愚案：覩業思功，與詩義合，箋説失之。緱氏縣地勢險峻，丘中墝埆爲多，而樹藝勤勞，由於彼子嗟之董督，宜其動人懷思矣。彼留子嗟，將其來施施。【疏】傳：「施施，難進之意。」箋：「施施，舒行，伺閒獨來見己之貌。」○《顔氏家訓·書證》篇云：「『將其來施施』，《韓詩》亦重爲『施施』，河北《毛詩》皆云『施施』，江南舊本悉單爲『施』。」愚案：二義皆通。單言「施」者，《學記》注：「施，猶教也。」《晉語》注：「施，施德也。」《左·僖二十四年傳》注：「施功勞也。」《簡兮》箋：「將，且也。」言此麻麥草木，皆留子嗟之德教功勞，今雖放逐，且將復來，以惠施我乎？重爲「施施」者，傳：「難進之貌。」將，語詞。言賢者被黜，恐遂長逝不顧，或且施施然徐行而來乎？

丘中有麥，彼留子國。彼留子國，將其來食。【疏】傳：「子國，子嗟父。子國復來，我乃得食。」箋：「言子國使丘中有麥，著其世賢。言其將來食，庶其親己，己得厚待之。」○孔疏：「子國是子嗟之父，俱是賢人，不應同時見逐，當先思子國，不應先思其子。今首章先言子嗟，二章乃言子國，然則賢人放逐，止謂子嗟耳。但作者既思子嗟，又美其奕世有德，遂言及子國耳。」愚案：詩言子嗟之賢，教民盡力，種植蕃茂，多得可食之物以食我，今雖放逐以去，或且更食我乎？思之甚也。

丘中有李，彼留之子。彼留之子，貽我佩玖。【疏】傳：「玖，石次玉者。言能遺我美寶。」箋：「丘中而有李，又留氏之子所治。留氏之子，於思者則朋友之子，庶其敬己而遺己也。」○馬瑞辰云：「詩以子國爲子嗟父，則此言『彼留之子』，宜爲子嗟之子。箋上云：『丘中而有李，又留氏之子所治。』『又』字正承子國、子嗟言之。」貽，當從《釋文》作「詒」。《説文》：「玖，石之次玉黑色者。從玉，久聲。❶《詩》曰：『詒我佩玖。』」

《丘中有麻》三章，章四句。

王國十篇，❷二十八章，百六十二句。

❶「久」，原作「欠」，據陳刻《説文》、《説文注》、楊刻《説文義證》、祁刻《説文繫傳》改。

❷「王國」至「二句」十三字，原脱，據明世德堂本《毛詩》、阮刻本《毛詩正義》補。

詩三家義集疏卷五

長沙王先謙益吾著

鄭緇衣弟五❶

【疏】鄭，國名。《漢書·地理志》：「京兆尹鄭縣，周宣王弟鄭桓公邑。」應劭注：「宣王母弟友所封。」《史記索隱》引《世本》云：「鄭桓公居棫林，徙拾。」宋忠注：「棫林與拾皆舊地名，自封桓公，乃名爲鄭。」愚案：《秦紀》晉悼公追秦軍，渡涇，至棫林。今與拾皆無考。《一統志》：「陝西華州北，故鄭城也。其鄰縣之閿鄉，漢湖縣，古爲胡國。」《韓非子》「鄭武公戮關其思而滅胡」，即其地。蓋漢武帝嫌胡名，始加水旁，此故鄭事也。《漢志》臣瓚注：「桓公爲周司徒，王室將亂，故謀於史伯，而寄帑與賄於虢、會之間。詳《國語》。幽王既敗，二年而滅會，四年而滅虢，居於鄭父之丘，是以爲鄭桓公。」《地理志》：「河南郡新鄭縣，《詩》鄭國，鄭桓公之子武公所國。」《一統志》：「河南新鄭縣西，故鄭城也。」《乙巳占》引《詩推度災》曰：「鄭天宿斗衡。」《地理志》：「武公與平王東遷，卒定虢、會之地，右雒

❶「弟」，原作「第」，據本書卷一疏改。下卷六、卷七、卷九、卷十二、卷二十七同。

左沛，食溱、洧焉。土陿而險，❶山居谷汲，男女亟聚會，故其俗淫。《鄭詩》曰：『出其東門，有女如雲。』又曰：『溱與洧，方灌灌兮。士與女，方秉菅兮。』『恂盱且樂，惟士與女，伊其相謔。』此其風也。」皆齊説。魯、韓蓋同。

詩國風

緇衣【疏】毛序：「美武公也。父子並爲周司徒，善於其職，國人宜之，故美其德，以明有國善善之功焉。」箋：「父，謂武公父桓公也。司徒之職，掌十二教。善善者，治之有功也。鄭國之人皆謂桓公、武公居司徒之官，正得其宜。」○《禮·緇衣》云「好賢如《緇衣》」，鄭注：「《緇衣》，《詩》篇名也。其首章曰：『緇衣之宜兮，敝予又改爲兮。適子之館兮，還予授子之粲兮。』言此衣緇衣者，賢者也，宜長爲國君。其衣敝，我願改制授之以新衣。是其好賢，欲其貴之甚也。」鄭注《禮》時治三家《詩》，知三家皆以此詩爲美武公，無異説。

緇衣之宜兮，敝予又改爲兮。【疏】傳：「緇，黑色，卿士聽朝之正服也。改，更也。有德君子，宜世居卿士之位焉。」箋：「緇衣者，居私朝之服也。天子之朝服，皮弁服也。」○《齊詩·緇衣》首章，文與毛同。引見上。馬瑞辰云：「《周官·司服》『凡甸，冠弁服』，❷後鄭注：『冠弁，委貌。其服緇布衣，諸侯以爲視

---

❶「土」，原作「士」，據《漢書補注》卷二十八下改。

❷「司服」，原作「典命」，據阮刻本《周禮注疏》改。

朝之服。』引《詩·緇衣》爲證。《論語》『緇衣羔裘』，邢疏：『謂朝服也。』是緇衣本諸侯視朝之服。《鄭志》答趙商云：『諸侯入爲卿大夫，與在朝仕者異，各依本國，如其命數。』以此推之，諸侯内臣于王，其居私朝，仍服其諸侯之朝服，故《詩》以《緇衣》美武公。傳云『卿士聽朝之正服』，係專指外諸侯入爲卿士者言，非泛指王朝卿士也。私朝對公朝言。箋云『緇衣，居私朝之服』，又云『卿士所之之館，在天子之宫，如今之諸廬也』，❶蓋謂館爲九卿治事之公朝，並未言館即私朝也。館爲公朝，故下文又云『還』，乃還於私朝也。正義合而一之，因謂天子之朝皮弁服，退適諸曹服緇衣，誤矣。古者諸侯之卿大夫有二朝。《魯語》公父文伯之母謂季康子曰『自卿以下，合官職於外朝，合家事於内朝』，韋注：『外朝，君之公朝。内朝，家朝。』是也。天子之卿大夫，制亦當有二朝。《玉藻》『揖私朝，煇如也』，注：『私朝，自大夫家之朝。』是卿大夫有私朝之證。至《考工記》『外有九室，九卿朝焉』，正韋注所云君之公朝，不可謂即治家事之私朝也。《玉藻》『朝辨色始入，君日出而視之，退適路寢聽政』，謂君退於路寢以待，朝者各就其官府治事，有當告者乃入也。以此推之，知天子之卿大夫在外朝，有事尚當入告，似不得先釋朝服而易緇衣也。且《玉藻》又云：『使人視大夫，大夫退，然後適小寢釋服。』退，謂大夫退於家。釋服，謂釋朝服也。以此推之，知天子於卿大夫未退，尚不釋朝服，則卿大夫當天子未釋服以前，不得先服緇衣，明矣。又案：羔裘與緇衣相配。《召南·羔裘》詩上言『羔羊之皮』，下言『自公退食』，知諸侯之大夫退朝時，尚服朝服之緇衣，則知天子之卿士未退時，不得釋

❶「如」，原脱，據馬瑞辰《通釋》補。

朝服之皮弁矣。緇衣指在私朝言，適館指在公朝言，還則還於私朝。首言緇衣，蓋指未朝君之前，先與家臣朝於私朝而言。次言適子之館，蓋指朝君後退適公朝而言。至望其還而飲食之，所以明好之深，望其退而休息也。正義誤以館爲私朝，因謂適諸曹改服緇衣，失之。」愚案：馬説精審，《詩》意、《禮》經，一一吻合。《説文》「緇」下云：「帛黑色。」「宜」下云：「所安也。」官命有德，服以章之，賢則曰宜，否則曰不稱，唯其人也。敝願改爲，欲其久服。予者，探君上之意而詠歌之。合觀下文，解衣、推食，皆出君恩。他人親愛，不能如此立言也。

適子之館兮，還予授子之粲兮。【疏】傳：「適，之；館，舍；粲，餐也。諸侯入爲天子卿士，受采禄。」箋：「卿士所之之館，在天子宫，如今之諸廬也。自館還在采地之都，我則設餐以授之。愛之，欲飲食之。」○馬瑞辰云：「《公羊·定四年傳》何注：『諸侯入爲天子大夫，更受采地於京師，使大夫爲治其國。』是諸侯入仕王朝，更授采地，説與傳合。《公羊·襄五年傳》何注：『所謂采者，不得有其土地人民，采取其租税耳。』故傳謂之『采禄』。箋謂『自館還在采地之都』，乃釋詩『還』字，非謂授粲即授以采禄也。正義謂授即授以采禄，誤矣。《説文》：『館，舍也。』❶『餐，吞也。』授粲猶授食，即《論語》『君賜食』之類。諸侯仕王朝者，居當與王宫相近，不必定居采邑。箋以爲還在采邑之都，亦誤。」

緇衣之好兮，敝予又改造兮。適子之館兮，還予授子之粲兮。【疏】傳：「好，猶宜也。」箋：

❶「館舍也」，馬瑞辰《通釋》無此三字，疑係衍文。又「舍」上，陳刻《説文》、《説文注》、楊刻《説文義證》、祁刻《説文繫傳》有「客」字。

「造，爲也。」

緇衣之蓆兮，【注】魯説曰：「蓆，大也。」韓説曰：「蓆，儲也。」敝予又改作兮。適子之館兮，還予授子之粲兮。【疏】傳：「蓆，大也。」箋：「作，爲也。」〇「蓆，大也」者，《釋詁》文，魯説也。郭注：「《詩》曰：『緇衣之蓆兮。』」「蓆，儲也」者，《釋文》引《韓詩》文。陳喬樅云：「《説文》：『蓆，廣多也。』『廣多』之訓，與『儲』義近。」

《緇衣》三章，章四句。

將仲子【疏】毛序：「刺莊公也。不勝其母，以害其弟，弟叔失道而公弗制，祭仲諫而公弗聽，小不忍以致大亂焉。」箋：「莊公之母，謂武姜，生莊公及弟叔段。段好勇而無禮，公不早爲之所，而使驕慢。」〇三家無異義。《左·桓五年傳》「鄭伯使祭足勞王」，杜注：「祭足，即祭仲之字。蓋名仲，字仲足也。」愚案：詩人感於君國之事，託爲男女之詞，稱曰「仲子」，無直呼其名之理，當是祭封人名足，仲爲其字也。《春秋》桓十一年，「宋人執鄭祭仲」，《公羊傳》云：「祭仲者何？鄭相也。何以不名？賢也。」則杜誤顯然矣。《後漢·郡國志》：「陳留長垣縣東北有祭城。」《一統志》：「今長垣縣東四十里。」

將仲子兮，無踰我里，無折我樹杞。【疏】傳：「將，請也。仲子，祭仲也。踰，越；里，居也。二十五家爲里。杞，木名也。折，言傷害也。」箋：「祭仲驟諫，莊公不能用其言，故言請，固距之。無踰我里，喻言無干我親戚也。無折我樹杞，喻言無傷害我兄弟也。仲初諫曰：『君將與之，臣請事之。君若不與，臣請除之。』」○此詩託爲莊公距仲之言，請無踰我里而折我親樹之杞，喻封段於京，猶種杞也。據《左傳》，封段時仲固諫。箋引公子吕語，殆由誤記。胡承珙云：「《詩》言杞者七，自《四牡》以後言杞者六，皆當爲枸檵。惟《將仲子》傳云：『杞，木名。』據陸《疏》云『杞，柳屬』，蓋即《孟子》之『杞柳』，後世謂之欅柳。《本草衍義》云：『欅，木本，最大者高五六十尺，合二三抱。』此杞木所由别於枸檵也。」馬瑞辰云：「杞，即社所樹木。《周禮》：『二十五家爲社，各樹其土所宜木。』正與傳『里』訓合。蓋以杞本大而難伐，喻段之大而難制與？」

豈敢愛之？畏我父母。仲可懷也，父母之言，亦可畏也。【疏】箋：「段將爲害，我豈敢愛之而不誅與？以父母之故，故不爲也。懷私曰懷，言仲子之言可私懷也。我迫於父母有言，不得從也。」○《説文》：「懷，念思也。」❶言豈敢愛而不折，特畏我父母而不爲。仲非不可念思，然父母之言可畏，故不女從耳。當時武公已歿，迫於母命。言「父母」者，統詞耳。

將仲子兮，無踰我牆，無折我樹桑。【疏】傳：「牆，垣也。桑，木之衆也。」○此「桑」及下「檀」皆以喻段。傳：「桑，木之衆也。」蓋以比段之得衆，所謂「厚將得衆」也。《孟子》「樹牆下以桑」，是古者桑樹依牆。豈敢愛之？畏我諸兄。【疏】傳：「諸兄，公族。」仲可懷也，諸兄之言，亦可畏也。

將仲子兮，無踰我園，無折我樹檀。【疏】傳：「園，所以樹木也。檀，彊韌之木。」○蓋以比段之

❶「念思」，原乙，據陳刻《説文》、《説文注》、楊刻《説文義證》、祁刻《説文繫傳》乙正。

恃強，所謂「多行不義」也。《鶴鳴》詩「樂彼之園，爰有樹檀」，是古者檀樹於園。豈敢愛之？畏人之多言。仲可懷也，人之多言，亦可畏也。

《將仲子》三章，章八句。

叔于田【疏】毛序：「刺莊公也。叔處于京，繕甲治兵，以出于田，國人説而歸之。」箋：「繕之言善也。甲，鎧也。」○三家無異義。

叔于田，巷無居人。【疏】傳：「叔，大叔段也。田，取禽也。巷，里塗也。」箋：「叔往田，國人注心于叔，似如無人處。」○叔者，段字。武姜溺愛，莊公縱惡，寵異其號，謂之京城大叔。從叔於京者，類皆諛佞之徒，惟導以畋遊飲酒之事，而國人亦同聲貢媚，詩之所爲作也。古者居必同里，里門之内，家門之外，則巷道也。「巷」與「衖」同。巷頭門謂之閎。《周禮》：「二十五家爲里。」故《説文》：「里門曰閭，二十五家相羣侶也。」亦謂之巷，《祭義》「而弟達乎州巷矣」，注：「巷，猶閭也。」其里中有別道亦曰巷，蓋因地勢爲之。《衆經音義》引《三蒼》：「衖，里中別道也。」《説文》：「閻，里中門也。」里中而有門，即別道之門，故《廣雅·釋室》又云：「閻謂之衖也。」其當道直啟之家，蓋由於賜第。張衡《西京賦》：「北門甲第，當道直啟。」《漢書·夏侯嬰傳》：「賜北第第一。」後來轉相倣傚，里制漸廢，巷亦成衖。此言叔既往田，巷道爲空。居此之人，闃其如無也。《左·隱三年傳》杜注：「開封府滎陽縣東南二十里，有京縣故城。」《漢志》：「河南郡京縣。」《一統志》：「今滎陽縣東南二十一里。」豈無居人？不如叔也，洵美且仁。【疏】箋：「洵，信也。言叔信美好而又仁。」○案：叔之爲人，未必知行仁道，蓋其初至京城，或多小惠，故國人以仁稱之，《新書・修政》篇所謂「樂之者見謂仁」也。黄山云：「《論語》『里仁爲美』，『仁』止是『敦讓』意。」亦通。

叔于狩，巷無飲酒。【疏】傳：「冬獵曰狩。」箋：「飲酒，謂燕飲也。」○馬瑞辰云：「狩爲田獵之通稱。于狩，猶于田也。」**豈無飲酒？不如叔也，洵美且好。**【疏】劉詩益曰：「飲酒者宜好會。」

叔適野，巷無服馬。豈無服馬？不如叔也，洵美且武。【疏】箋：「適，之也。郊外曰野。服馬，猶乘馬也。武，有武節。」○陳奂曰：「《公羊傳》注：『禮，諸侯田狩不過郊。』蓋諸侯苑囿當在近郊。叔適野，以都城之外爲野也。」❶武者，謂有武容。

《叔于田》三章，章五句。

大叔于田【疏】毛序：「刺莊公也。叔多才而好勇，不義而得衆也。」○孔疏：「叔負才恃衆，必爲亂階，而公不之禁，❷故刺之。」案：加「大」字以别於上章。三家無異義。

叔于田，乘乘馬。【疏】傳：「叔之從公田也。」○《釋文》：「『叔于田』，本或作『大叔于田』者，誤。」《嵩高》傳：「乘馬，四馬。」**執轡如組，兩驂如舞。**【疏】傳：「驂，之與服，和諧中節。」箋：「如組者，如織

❶「外」，陳奂《傳疏》作「郊」。

❷「之」，阮刻本《毛詩正義》作「知」。

組之爲也。在旁曰驂。」〇「執轡如組」，義具《碩人》。「兩驂如舞」者，《小戎》箋：「驂，兩騑也。」《保氏》注：「舞交衢。」疏云：「御車在交道，車旋應於舞節。」蓋謂驂馬安行，如舞者之有行列，從容中節也。《新序·雜事》五、《韓詩外傳》二引《詩》二句，歸美善御，明魯、韓義同。《中論·賞罰》篇：「言善御之可以爲國。」《外傳》二：「言堯能使能者爲己用。」又：「言法得則馬和而歡，道得則民安而集。」引二句，皆推衍之詞。叔在藪，【注】韓説曰：「禽獸居之曰藪。」火烈具舉。【注】魯「烈」作「列」。【疏】傳：「藪澤，禽之府也。烈，列；具，俱也。」箋：「列人持火俱舉，言衆同心。」〇「禽獸居之曰藪」者，《釋文》引《韓詩》文，蓋《内傳》也。釋慧苑《華嚴經音義》二引《韓詩傳》同，「禽」上多「澤中可」三字。「魯『烈』作『列』」者，張衡《東京賦》引《詩》作「列」。衡述《魯詩》也。陳喬樅云：「毛作『烈』，訓爲『列』，古文借字。三家今文本字。《澤虞》疏、《文選》李注三引《詩》並作『列』。」陳奂云：「列，古『迾』字。《周禮》作『厲』，鄭司農注《山虞》、《典祀》並訓『厲』爲『遮列』，即『遮迾』也。《詩》假作『烈』。《孟子》『益烈山澤而焚之』，言遮迾山澤而以火焚之也。」襢裼暴虎，【注】魯説曰：「襢裼，肉袒也。暴虎，徒搏也。」齊、韓「襢」作「膻」。獻于公所。【注】齊説曰：「鄭伯好勇，而國人暴虎。」【疏】傳：「襢裼，肉袒也。暴虎，空手以搏之。」箋：「獻于公所，進於君也。」〇「襢裼，肉袒也。暴虎，徒搏也」者，《釋訓》文，魯説也。孔疏引：「李巡曰：『襢裼，脱衣見體曰肉袒。』孫炎曰：『袒，去裼衣。』舍人曰：『徒搏，無兵，空手搏之。』」《詩》釋文：「襢，本又作『袒』。」「齊、韓『襢』作『膻』」者，《説文》：「膻，肉膻也。《詩》曰：『膻裼暴虎。』」據《爾雅》作「襢」，則作「膻裼」者，齊韓本也。馬瑞辰云：「『袒裼』與『膻裼』有别。《説文》：『但，裼也。』『裼，但也。』又曰：『臝者，但也。』『裎者，但也。』是『去裼衣』之『袒』當作

『但』，『肉袒』之『袒』當作『膻』。今作『襢』、『袒』，皆借字。《説文》：『袒，衣縫解也。』段注：『即「綻」之本字。』」公者，莊公。段從公獵，故搏虎而獻之，以示武勇。「鄭伯」至「暴虎」，《漢書·匡衡傳》上疏文。顔注：「言以莊公好勇之故，大叔空手搏虎，取而獻之。」衡習《齊詩》，此齊説也。將叔無狃，戒其傷女。【注】魯説曰：「狃，復也。」【疏】傳：「狃，習也。」箋：「狃，復也。請叔無復者，愛也。」○「狃，復也」者，《釋言》文。孔疏引孫炎曰：「狃忕前事復爲也。」陳喬樅云：「傳：『狃，習也。』箋訓『狃』爲『復』，蓋據魯訓。」「戒其傷女」者，衆愛而戒之。孔疏謂「公恐其更然」，似非詩意。

叔于田，乘乘黄。兩服上襄，兩驂雁行。❶【注】《韓詩》曰：「兩驂雁行。」韓説曰：「兩驂，左右騑驂。」【疏】傳：「乘黄，四馬皆黄。」箋：「兩服，中央夾轅者。襄，駕也。上駕者，言爲衆馬之最良也。雁行者，言與中服相次序。」○《釋言》：「襄，駕也。」《吕覽·愛士》篇高注：「四馬車，兩馬在中爲服。《詩》曰：『兩服上襄。』」王引之云：「上者，前也。上襄，猶言並駕於前，即下章之『兩服齊首』也。雁行，謂在旁而差後，即下章之『兩驂如手』也。」胡承珙云：「《説文》：『駕，馬在軛中也。』《吕覽》高注：『上，猶前也。』《下武》箋：『下，猶後也。』是上爲前，下爲後，古有此稱。上駕者，言兩服在前駕軛，與兩驂在後雁行者，文義相對。」陳喬樅云：「襄，蓋『驤』之借。《禮正義》三、《史記·司馬相如傳》索隱引《詩》並作『兩服上驤』。」「兩驂」至「騑驂」，《文選》曹植《應詔詩》注引薛君文引經，明韓、毛文同。兩驂在車左右，承上「兩服」言之，則騑驂

❶「雁」，明世德堂本《毛詩》、阮刻本《毛詩正義》作「鴈」。本篇引傳、箋並同。

與之相並而稍退後，如飛雁之有行列也。叔在藪，火烈具揚。叔善射忌，又良御忌。抑磬控忌，抑縱送忌。【疏】傳：「揚，揚光也。忌，辭也。騁馬曰磬，止馬曰控。發矢曰縱，從禽曰送。」箋：「良，亦善也。忌，讀如『彼己之子』之『己』。」○胡承珙云：「磬，即磬折之謂。《禮》凡言『磬折』者，皆謂屈身如磬之折殺。凡騁馬時，人之立於車中者，身必稍曲向前，故謂之磬。」孔疏：「今止馬猶謂之控。縱，謂放縱，故知發矢。送，謂逐後，故知從禽。」

叔于田，乘乘鴇。【疏】傳：「驪白雜毛曰鴇。」○《釋文》：「鴇，音保。依字作『駂』。」胡承珙云：「《釋畜》本作『駂』。《詩》疏引《爾雅》作『鴇』者，後人據《詩》文改之。唐石經及《五經文字》、《爾雅》皆作『駂』。《說文》：『駂，黑馬驪白雜毛。』今《說文》無此字。陸氏尚及見之，故《詩音義》亦云『依字作「駂」』。毛特借『鴇』爲『駂』耳。」兩服齊首，兩驂如手。【疏】傳：「馬首齊也。進止如御者之手。」箋：「如人左右手之相佐助也。」○馬瑞辰云：「齊者，等也。等者，同也。同，即如也。此與下句『兩驂如手』皆以人身爲喻，言兩服前出如人之首，兩驂稍次如人之手。變『如』言『齊』者，錯文以見義也。傳以爲『馬首齊』，失之。」叔在藪，火烈具阜。叔馬慢忌，叔發罕忌。抑釋掤忌，抑鬯弓忌。【疏】傳：「阜，盛也。慢，遲；罕，希也。掤，所以覆矢。鬯弓，弢弓。」箋：「田事且畢，則其馬行遲，發矢希。射者蓋矢弢弓，言田事畢。」○胡承珙云：「此詩自是宵田用燎。初獵之時，其火乍舉。正獵之際，其火方揚。末章獵畢將歸，持炬照路，火當更盛，故曰阜也。」慢，《釋文》作「嫚」。陳奐云：「古『侮嫚』作『嫚』，『惰慢』作『慢』，其義皆不訓『遲』。字當作『趨』。《說文》：『趨，行遲也。』因之凡遲皆可以謂之趨。『罕，希』，《釋詁》文。《說文》：『掤，所以覆矢也。』

《左傳》作『冰』。昭十三年《傳》杜注：❶『冰，箭筩蓋，❷可以取飲。』今釋之，以覆其矢也。鬯，讀爲韔，此假借也。《小戎》傳：『韔，弓室也。』弓室謂之韔，亦謂之弢。又謂之韇，《左傳》：『右屬櫜韇。』又謂之韣，《禮記》：『帶以弓韣。』皆是物也。蓋韔、弢本藏弓之器，因之受藏於韔曰韔，猶受藏於弢曰弢也。」

《大叔于田》三章，章十句。

清人【注】齊説曰：「清人高子，久屯外野。逍遥不歸，思我慈母。」又曰：「慈母望子，遥思不已。久客外野，我心悲苦。」【疏】毛序：「刺文公也。高克好利而不顧其君，文公惡而欲遠之，不能，使高克將兵而禦狄于竟。陳其師旅，翱翔河上，久而不召，衆散而歸，高克奔陳。公子素惡高克進之不以禮，文公退之不以道，危國亡師之本，故作是詩也。」箋：「好利不顧其君，注心於利也。禦狄于竟，時狄侵衛。」○《春秋》閔公二年經書「鄭棄其師」，《左傳》：「鄭人惡高克，使帥師次于河上，久而弗召，師潰而歸，高克奔陳。鄭人爲之賦《清人》。」即其事也。《漢書·古今人表》，鄭高克與公孫素同列第七等。或以傳「公子」爲「公孫」之譌。❸焦循云：「公子素即僖二年帥師入滑之公子士，素、士一聲之轉。」説皆可通。「清人」至「慈母」，《易林·師之睽》文，《觀之升》、《遯之

---

❶「三」，原作「二」，據陳奂《傳疏》與阮刻本《春秋左傳正義·昭公十三年》改。

❷「蓋」上，原衍「其」字，據陳奂《傳疏》與阮刻本《春秋左傳正義》删。

❸「傳」，據馬瑞辰《通釋》與本疏上下文，疑當作「序」。

鼎》同。「慈母」至「悲苦」，《豐之頤》文，《咸之旅》同。皆爲高克事作，齊説也。詩蓋從克之軍人所作。據《易林》「清人高子」，知克亦清邑之人，故率其同邑之衆屯於衛邑彭地。越境屯兵，故云「外野」。見下。魯、韓無異義。

清人在彭，駟介旁旁。【注】三家「旁」作「騯」。【疏】傳：「清，邑也。彭，衛之河上，鄭之郊也。介，甲也。」箋：「清者，高克所帥衆之邑也。駟，四馬也。」〇《水經·濟水》注：「渠水又東，清池水注之。清池水出清陽亭西南平地，東北流逕清陽亭南，東流即清人城也，《詩》所謂『清人在彭』，故杜預《春秋釋地》『中牟縣西有清陽亭』，是也。」彭者，河上地名。《左·哀二十五年傳》：「初，衛人翦夏丁氏，以其帑封彌子。」彌子瑕食采于彭，爲彭封人。蓋衛邑而與鄭連境，故克帥衆在此防狄渡河。駟介，四馬被甲也。《廣雅》：「旁旁，盛也。」三家「旁旁」作「騯騯」者，《説文》：「騯，馬盛也。」引《詩》：「四牡騯騯。」段注謂「駟介」譌爲「四牡」，「盛也」當作「盛貌」。「旁旁」作「騯騯」，三家異文。二矛重英，河上乎翱翔。【疏】傳：「重英，矛有英飾也。」箋：「二矛，酋矛、夷矛也。各有畫飾。」〇馬瑞辰云：「《考工記》言車六等之數，有酋矛，無夷矛。《説文》：『矛，酋矛也。兵車所建，長二丈。』是知兵車所建惟酋矛耳。《魯頌》『二矛重弓』，箋云『備折壞』，直是酋矛有二，則此詩『二矛』亦謂酋矛有二，非兼言夷矛。矛有英飾。裘之飾爲英，矛之飾亦爲英，其義一也。《魯頌》謂之『朱英』，傳：『朱英，矛飾也。』蓋刻矛柄而以朱畫之。此疏以朱英絲纏，彼疏謂以朱染爲英飾，皆非也。胡承珙云：『《周禮·掌節》「以英蕩輔之」，杜子春云：「英蕩，畫函。」干寶注亦云：「英，刻畫也。」箋正以畫飾申傳英飾。』今案：胡説引《周禮》『英蕩』，以證英飾即畫飾，可補孔疏之略。重者，

『緟』之叚借。《説文》：『緟，增益也。』又曰：『矛，象形。』段注：『直者象其柲，左右蓋象其英。』是重英宜謂矛有重飾。二章箋云：『喬，矛矜近上及室題，所以懸毛羽。』謂矛柄近上及矛頭受刀處，皆懸毛羽以爲飾，亦謂凡矛各有重飾。是知此箋『各有畫飾』之語，特釋『英』字，非釋『重英』。孔疏乃謂『二矛各自有飾，並建而重累』，失之。胡云『詩言重英、重喬，則必二矛有長短，所建高下不一，故見爲重』，亦誤以重爲二矛之飾相重累矣。」《載驅》傳云：「翱翔，猶彷徉也。」

清人在消，駟介麃麃。二矛重喬，【注】韓「喬」作「鷮」。【疏】傳：「消，河上地也。麃麃，武貌。重喬，累荷也。」箋：「喬，矛矜近上及室題，所以縣毛羽。」○「重喬」者，傳：「累荷也。」《釋文》：❶「荷，舊音何，謂刻矛頭爲荷葉相重累也。沈胡可反，謂兩矛之飾相負荷也。」「『喬』作『鷮』」者，《釋文》引《韓詩》文。馬瑞辰云：「《説文》雉十四種，其二喬雉。『鷮，走鳴長尾雉也。』《釋木》：『句如羽，喬。』知木之如羽者得名爲喬，是知喬本爲羽飾之名矣。箋訓『懸毛羽』者，正本《韓詩》讀『喬』爲『鷮』。以鷮羽爲飾，因名喬耳。」范家相云：「重鷮者，重施雉羽於矛之室題也。」河上乎逍遥。【注】韓「逍遥」作「消遥」，云：「逍遥也。」齊説曰：「清人逍遥，未歸空閒。」又曰：「逍遥不歸，思我慈母。」【疏】「逍遥也」者，《文選·南都賦》注引《韓詩内傳》文。元作《外傳》，誤。知《韓詩》文作「逍摇」者，《説文》無「逍遥」字，《字林》有之，見張參《五經文字·序》。《文選·上林賦》注引司馬彪云：「消摇，逍遥也。」即本《韓詩》訓義。「清人」至「空閒」，《易林·无妄之旅》

❶「釋文」，原脱，據宋本、通志堂本《釋文》補。

文。「逍遥」至「慈母」，引見上。蔡邕《青衣賦》「河上逍遥」，邕用《魯詩》，知魯、齊文與毛同。

清人在軸，駟介陶陶。【疏】傳：「軸，河上地也。陶陶，驅馳之貌。」○案：《君子陽陽》傳：「陶陶，和樂貌。」此因在師中，易其文，猶暢樂意也。

左旋右抽，中軍作好。【注】三家「抽」作「搯」。【疏】傳：「左旋，講兵。右抽，抽矢以射。居軍中爲容好。」箋：「左，左人，謂御者。右，車右也。中軍，謂將也。高克之爲將，久不得歸，日使其御者習旋車，車右抽刃，自居中央，爲軍之容好而已。兵車之法，將居鼓下，故御者在左。」○「三家『抽』作『搯』」者，《説文》「搯」下云：「拔兵刃以習擊刺也。《詩》曰：『左旋右搯。』」三家文也。孔疏：「《左・成二年傳》，郤克傷矢，言未絶鼓音，是郤克爲將，在鼓下也。張侯傷手，而血染左輪，是御者在左也。此謂將之所乘車耳。若士卒兵車，則《閟宫》箋明云：『兵車之法，左人持弓，右人持矛，中人御。』❶御車不在左也。」❷王夫之云：「御必居中，所以齊六轡而制馬也。使其居左，則攬轡偏而縱送礙，且視不及右驂之外紖，而舒斂無度矣。故雖以天子之尊，而在車亦無居中之理。《大馭》：『掌馭玉路，犯軷，王自左馭，馭下祝。』其曰『王自左馭』者，自左而嚮中也。馭犯軷，暫攝馭居中，王位固在左矣。《戎僕》：『掌馭戎車，犯軷，如玉路之儀。』則天子即戎且不居中，而況將乎？鞌之戰，齊侯親將，逢丑父爲右。《公羊傳》曰：『逢丑父者，頃公之車右也，代頃公當左。』此將居左之明證。然則『左旋右抽』，非以車左、車右言

❶「中」，原作「車」，據明世德堂本《毛詩》、阮刻本《毛詩正義》改。

❷「御」，原脱，據阮刻本《毛詩正義》補。

之。蓋言戎車回旋演戰之法，有左旋以先弓矢者，有右旋而先矛者。左旋先弓而迎敵於左，則車右持矛以刺。右旋先矛以要敵，則將抽矢以射。勢以稍遠而便也。」胡承珙云：「《左・僖三十三年傳》：『秦師過周北門，左右免胄而下。』蓋惟御者居中，故左右下。《左・宣十二年傳》：❶『楚許伯御樂伯，攝叔爲右。樂伯曰：「致師者，左射以菆。」』皆足爲御在車中之證。故《詩》疏惟據鞌之戰，以爲郤克在鼓下而居中，解張有『左輪朱殷』之言而居左。然將執旗鼓，豈必鼓定在中？解張之左輪朱殷，安知非射傷左手而流血於左耶？且是戰也，韓厥因夢，避左右而代御居中，杜注因有『自非元帥，御皆在中』之説，近於因文牽就，非有明證。總之，此詩左、右、中，本不可以一車言之。傳云『居軍中爲容好』，則以中軍爲軍中，猶中谷即谷中之比，並未嘗以中軍爲將，故左、右亦必非車左、車右之謂。王氏謂『左旋右抽』爲戎車回旋演戰之法，申毛甚確，此即『居軍中爲容好』也。」馬瑞辰云：「王、胡二説甚確。然以『左旋』爲戎車之左旋，猶誤以箋説爲傳説也。攷《牧誓》『王左杖黄鉞，右秉白旄以麾』，《史記・齊世家》『師尚父左杖黄鉞，右把白旄以誓』，《大司馬》『若師有功，則左執律，右秉鉞以先，愷樂獻于社』，《左・僖二十三年傳》重耳曰：❷『其左執鞭弭，右屬櫜鞬，以與君周旋。』所謂左、右，皆指君及將之左右手。是知詩云『左旋右抽』，亦謂將之左右手也。旋車曰旋，旌

❶「二」，原作「三」，據續經解本《毛詩後箋》、阮刻本《春秋左傳正義・宣公十二年》改。

❷「二」，原作「三」，據馬瑞辰《通釋》、阮刻本《春秋左傳正義》改。

旗之指摩亦曰旋。❶《説文》：『旋，周旋，旌旗之指摩也。❷從㫃、疋。疋，足也。』古者將執旗鼓。《公羊·宣十二年傳》『莊王親自手旌，麾軍』，❸旌即旗也。則左旋者，謂將左手執旗指麾以相周旋，教其坐作進退之節，故傳以『左旋』爲『講兵』，與《説苑·尊賢》篇云『今將軍方吞一國之權，提鼓擁旗，披堅執鋭，回旋十萬之師』，語正相合，非謂御者旋車也。若『右抽』如三家《詩》作『搯』，言『拔兵刃』，則所該者廣，不得如傳云『抽矢』已也。左旋、右抽，皆即將在軍中作容好之事耳。」

《清人》三章，章四句。

羔裘【疏】毛序：「刺朝也。言古之君子，以風其朝焉。」箋：「言，猶道也。鄭自莊公而賢者陵遲，朝無忠正之臣，故刺之。」○《左·昭十六年傳》：「鄭六卿餞韓宣子於郊。子産賦《鄭》之《羔裘》，宣子曰：『起不堪也。』」此詩言古君子立朝之義，故起辭不堪。三家無異義。

羔裘如濡，洵直且侯。【注】《韓詩》「洵」作「恂」。韓説曰：「侯，美也。」【疏】傳：「如濡，潤澤也。洵，均；侯，君也。」箋：「緇衣、羔裘，諸侯之朝服也。言古朝廷之臣，皆忠直且君也。君者，言『正其衣冠，尊

❶「摩」，馬瑞辰《通釋》作「摩」。

❷「摩」，陳刻《説文》、祁刻《説文繫傳》作「麾」，馬瑞辰《通釋》、《説文注》、楊刻《説文義證》作「摩」。

❸「二」，原作「三」，據阮刻本《春秋公羊傳注疏》改。

其瞻視，儼然人望而畏之』。」○如箋説，則古衣此羔裘之君子，即諸侯入爲王朝之卿士者，意謂如鄭先君之等。「韓『洵』作『恂』」者，《外傳》二引崔杼弒齊莊公，劫諸大夫盟，晏子不從，引此四句，作「恂直且侯」。陳喬樅云：「洵者，『恂』之叚借。《説文》：『恂，信心也。』《釋詁》：『詢，❶信也。』亦叚『詢』爲『恂』。『溱與洧，洵訏且樂』，《釋文》引《韓詩》作『恂』，皆用正字。」「侯，美也」者，《釋文》引《韓詩》文。馬瑞辰云：「《左傳》：『楚公子美矣君哉。』古字訓君者多有美義。侯爲君，又爲美，猶皇與烝爲君，又爲美。」《釋詁》：「烝、皇，君也。」《廣雅・釋詁》：「皇、烝，美也。」愚案：「洵直且侯」與下二章相應，「司直」應此「洵直」，「美士」應此「侯，美」，從韓義爲允。

彼其之子，【注】魯、韓「其」作「己」。【疏】「魯『其』作『己』」者，《新序・義勇》篇、《節士》篇、《列女・梁節姑姊傳》、《楚成鄭瞀傳》引「彼其之子」二句，皆作「己」。「韓作『己』」者，《外傳》作「彼己之子」。胡承珙云：「《左・襄二十七年傳》引『彼己之子，邦之司直』，正作『己』，知《韓詩》亦本古文。《揚之水》箋云：『其，或作「記」，或作「己」，讀聲相似。』蓋古人於此等以聲爲主，聲同則字不嫌異。推之《大叔于田》之『忌』，箋云：「忌，讀如『彼己之子』之『己』。」《嵩高》之『迓』箋云：「聲如『彼記之子』之『記』。」皆然。然各有師承，不相錯亂。如毛必作『其』，《揚之水》、《汾沮洳》、《椒聊》、《候人》及此詩是也。韓必作『己』，《汾沮洳》『彼其之子，美如英』，《韓外傳》亦引作『己』是也。若《文選》陸機《吴趨行》、《漢高祖功臣頌》注兩引《毛詩》曰『彼己之子，邦之彦兮』。又謝玄暉《答吕法曹詩》注引《毛詩》曰『彼己之子，美無度』。此《毛詩》恐皆《韓詩》之誤。」黄山

---

❶「詢」，原作「洵」，據續經解本《韓詩遺説攷》四、宋監本《爾雅》、阮刻本《爾雅注疏》改。下一「詢」字同。

云：「毛固古文，其『或作』本亦多與今文合，如《葛覃》之『刈』、《卷耳》之『觥』可證也。此詩『彼己』，蓋亦毛『或作』所有，與韓同文，是以《吴趨行》、《功臣頌》注引爲《毛詩》。《釋文》於《揚之水》『彼其』下明言：『其，音記，《詩》內皆放此。或作「己」，亦同。』故此詩及《候人》篇『彼其』不再著其異，而《左・僖二十四年傳》引《候人》亦作『彼己』也。胡謂此詩爲韓本古文，則非。」舍命不渝。【注】韓「渝」作「偷」。【疏】傳：「渝，變也。」箋：「舍，猶處也。之子，是子也。是子處命不變，謂守死善道，見危授命之等。」○「舍命不渝」者，傳：「渝，變也。」箋：「舍，猶處也。」王肅云：「舍，受也。」胡承珙云：「舍，猶釋也。《管子・小問》篇：『語曰：澤命不渝，信也。』《史記》徐廣注：『古「釋」字作「澤」。』《周頌》『其耕澤澤』，《爾雅》作『釋釋』。《周禮》鄭注：『舍，即釋也。』《士冠禮》注：『古文「釋」作「舍」。』是澤命即舍命也。蓋古有是語，《詩》引之，以美君子之信。戴震《詩攷正》云：『《考工記》「水有時以凝，有時以澤」，澤，李軌音釋。澤與舍義並爲釋，言自受命於君，以至復命而後釋，始終如一也。』案：《釋文》：『舍，音赦。』此因箋訓『舍』爲『處』，故爲作音。又云『沈書者反』，是沈重意以『舍』爲『舍釋』之『舍』矣。然鄭雖訓『舍』爲『處』，而云『是子處命不變，謂守死善道，見危授命之等』，是以『命』爲『軀命』之『命』。《外傳》言崔杼劫盟，晏子不從，引此詩以美之。《新序・義勇》篇同。蓋以『舍命』爲『授命』，與鄭義合。戴震用王肅之訓，以爲受君命，非也。」「『渝』作『偷』」者，《外傳》二作「舍命不偷」。馬瑞辰云：「渝古音如偷，偷即渝之假借，猶《山有樞》篇『他人是偷』，箋讀爲渝，皆謂雖至死而捨命亦不變耳。」

羔裘豹飾，孔武有力。【疏】傳：「豹飾，緣以豹皮也。孔，甚也。」○姚氏《識名解》云：「正義以君裘用純，此詩褎飾異皮，爲臣之服，引《唐風》作證，❶謂緣以豹皮爲袪褎也。❷陸佃言『國君體柔，而文之以剛，其義上達』，引《玉藻》豹褎、豹飾異文，明飾非褎。傳所謂緣，蓋言領，人君之服也。案：飾義通用，凡緣領、緣褎、緣履皆謂之飾。豹飾自指褎袪而言，❸裘惟有緣褎之制，未聞有緣領者。《玉藻》以豹飾爲君子之服，亦指士大夫言，未嘗專指人君之服也。」胡承珙云：「姚説是。《玉藻》首云『君衣狐白裘，錦衣以裼之』，下乃言『君子狐青裘豹褎』、『羔裘豹飾』之等。其下又云：『錦衣狐裘，諸侯之服也。』分析甚明，故鄭注以君子爲大夫士。正義以狐青、羔裘君皆用純，大夫、士雜以豹褎、豹飾爲異。《埤雅》引《管子》《揆度》篇。『上今本作「卿」。大夫豹飾，列大夫豹幨』，正可證豹飾爲人臣之服，而以爲非古，過矣。」「孔，甚」，《釋言》文。愚案：箋意首章指諸侯，故云諸侯朝服。二章指上大夫，故云豹飾。三章指列大夫。所云「刺朝」者，統王朝、諸侯朝言之。

彼其之子，邦之司直。【疏】傳：「司，主也。」○馬瑞辰云：「《吕覽・自知》篇『湯有司直之士』，高注：『司，主也。直，正也，正其過闕也。』《漢書・東方朔傳》：『以史魚爲司直。』是古有司直之官。」愚案：上章「洵直」，是君子之直己，此章「司直」，言君子能直人也。《新序・節士》篇及《外傳》二舉楚石奢、齊顔涿聚、魏解狐三事，引《詩》「邦之司直」，並推衍之詞，明魯、韓、毛文同。

❶「作證」，原脱，據四庫本《詩識名解》、續經解本《毛詩後箋》補。
❷「謂」，原脱，據四庫本《詩識名解》、續經解本《毛詩後箋》補。
❸「飾」，原脱，據四庫本《詩識名解》、續經解本《毛詩後箋》補。

羔裘晏兮，三英粲兮。【疏】傳：「晏，鮮盛貌。三英，三德也。」箋：「三德，剛克、柔克、正直也。粲，衆意。」○孔疏：「英，俊秀之名。言有三種之英，故傳以爲三德。」愚案：此章指列大夫，故云「三英」，疏説是也。上二章次句皆指人言，則以「三英」指裘飾者，非是。「三德」衆説紛紜，莫衷一是，亦斷從孔疏。彼其之子，邦之彦兮。【注】魯「彦」作「喭」，説曰：「美士爲喭。」【疏】傳：「彦，士之美稱。」○舍人曰：「國有美士，爲人所言道。」郭注：「人所喭咏也。」「美士爲喭」，《釋訓》文，孔疏引。《釋文》：「喭，音彦。本今作『彦』。」❶《説文·彣部》：「彦，美士有彣，人所言也。從彣，厂聲。」是作「喭」者，魯説也。今本作「彦」，後人從毛改之。《外傳》二言蘧伯玉之行，《外傳》九言楚有善相人者，能相人之友，並引「彼己之子」二句，明韓、毛文同。惟「己」異。

《羔裘》三章，章四句。

遵大路【疏】毛序：「思君子也。莊公失道，君子去之，國人思望焉。」○三家無異義。

遵大路兮，摻執子之袪兮。【疏】傳：「遵，循；路，道；摻，擥；袪，袂也。」箋：「思望君子，於道中見之，則欲擥持其袂而留之。」○馬瑞辰云：「《説文》：『操，把持也。』『擥，撮持也。』二字義同。『摻』疑爲『操』字之譌，故傳訓爲『擥』。據《文選》宋玉《登徒子好色賦》曰『遵大路兮攬子袪』，則三家《詩》有作『攬』

---

❶「本今」，原乙，據宋本、通志堂本《釋文·爾雅音義》、續經解本《魯詩遺説攷》四乙正。

者。攬即擥字之俗，故傳以摻爲擥。魏晉間避武帝諱，凡從喿之字多改從參，八分喿字多寫從叅，形近易誤。《北山》詩「或慘慘畏咎」，《釋文》：「慘，本作『懆』。」《抑》詩「我心慘慘」，張參《五經文字》作「懆」。餘如「勞心慘兮」、「憂心慘慘」，並當爲「懆」，是其類也。《廣雅·釋言》：「摻，操也。」蓋其時操多假作摻，故遂以操爲摻耳。此詩正義云：「以摻字從手，又與『執』共文，故爲擥也。」又引：「《說文》：『摻，參聲，斂也。』『操，喿聲，奉也。』二者義皆小異。」據《廣雅·釋詁》「奉，持也」，是正義引《說文》「操，奉也」之訓，亦以與「執」共文，作「操」爲近，但未能確定「摻」爲「操」字之借耳。《說文》、《玉篇》皆無「摻」字，蓋因魏晉間「摻」、「操」不分，淺者誤删其一。《詩正義》引《說文》「操，奉也」，與二徐本訓爲「把持」，詞亦微異。」正義引：「《喪服》云：『袂屬幅。袪尺二寸。』則袂是袪之本，袪是袂之末。」愚案：《說文》：「袪，衣袂也。」「袖，袂也」。「袂，袖也。」此渾言之。《釋名》：「袂，掣也。掣，開也。開張之，以受臂屈伸也。袪，虛也。袖，由也，手所由出入也。亦言受也，以受手也。」《說文》「袪」下又云：「一曰：袪，褱也。褱者，裛也。」「裛」下云：「褱也。」「褱」下云：「俠也。」「俠」、「挾」字通。《國語》韋注：「在掖曰挾。」證以「子生三年，然後免於父母之懷」，是袪正在肘上掖下，切近胸前，可褱裛人物之處，與「袪，虛也」之訓相合。是袪，通掖下至袂末言之；袂，以屬幅於衣，反屈至肘，盡於袖口言；袖，以手所由出入言。《毛詩》散文通稱，不爲定詁。無我惡兮，不寁故也。【疏】傳：「寁，速也。」箋：「子無惡我擥持子之袂，我乃以莊公不速於先君之道，使我然。」○陳奐云：「『寁，速』，《釋詁》文。《說文》：『寁，尻之速也。』❶『疌，

❶ 「尻」，原作「意」，據陳奐《傳疏》與《說文注》改。

疾也。』寁、疌同聲，疾、速同義。速訓疾，又訓召。《行露》傳速訓召，此傳速亦當訓爲召。不寁故，故，故舊也，謂吾君不召故舊之人也。不寁好，好，愛好也，謂吾君不召而愛好之也。《唐・羔裘》『維子之故』、『維子之好』，故爲故舊，好爲愛好，其義當同。此所以刺莊公失道，不能用君子，君子去之而不可留也。」

遵大路兮，摻執子之手兮。無我魗兮，不寁好也。【疏】傳：「魗，棄也。」箋：「言執手者，思望之甚。魗，亦惡也。好，猶善也。子無惡我，我乃以莊公不速於善道，使我然。」○王引之云：「二章『路』字當作『道』，與手、魗、好爲韻。凡《詩》次章全變首章之韻，則第一句先變韻。」《齊詩・還》次章以道與茂、牡、好爲韻，正與此詩同。孔疏：「魗與醜古今字。醜惡可棄之物，故傳以爲棄。言子無得棄遺我。箋準上章，故云『魗，亦惡』，意小異耳。」《釋文》：「魗，本亦作『㪗』，又作『𣫭』，市由反。」《説文・攴部》云：「㪗，棄也。」引《詩》作「無我㪗兮」，與毛義合。

《遵大路》二章，章四句。

女曰雞鳴【疏】毛序：「刺不説德也。陳古義，以刺今不説德而好色也。」箋：「德，謂士大夫賓客有德者。」○《易林・豐之艮》：「鷄鳴同興，思配無家。執佩持凫，莫使致之。」《漸之鼎》同。此無家而思配，用意不同，而引經義合，知《齊詩》説與毛不殊。魯、韓無異義。

女曰雞鳴，士曰昧旦。【疏】箋：「此夫婦相警覺以夙興，言不留色也。」○馬瑞辰云：「昧旦，猶昧爽。《説文》：『昧爽，旦明也。』段「旦」作「且」，非。『旦，❶從日見一上。❷一，地也。』日始出地，猶未大明，故許以旦釋昧爽。昒、昧雙聲通用，《漢・郊祀志》『昒爽』即『昧爽』。❸《三倉解詁》云：『曶，明也。』《説文》：『昒，尚冥也。』『昧』字注：『一曰：闇也。』昧旦爲未大明貌，故爲將旦之稱。《列子・湯問》篇『將旦、昧爽之交』，是其證矣。古者雞鳴而起，昧爽而朝。《内則》『成人皆雞初鳴適父母舅姑之所，未冠笄者昧爽而朝』，皆昧旦後於雞鳴之證。『女曰雞鳴』者，警其起也。『士曰昧旦』言已爲將明之時，有不止於雞鳴者，與《齊詩》『雞既鳴矣，朝既盈矣』同義。孔疏謂『雞鳴，女起之常節；昧旦，士起之常節』，失之。」子興視夜，明星有爛。【疏】傳：「言小星已不見也。」箋：「明星尚爛爛然，早於別色時。」○馬瑞辰云：「《釋天》：『明星謂之啟明。』此詩『明星』及《東門之楊》『明星煌煌』，皆謂啟明之星。啟明爲大星，故傳言『小星已不見』耳。」子，謂君子。自此以下，皆女謂士之詞。將翺將翔，弋鳧與雁。【疏】傳：「閒於政事，則翺翔習射。」箋：「弋，繳射也。言無事則往弋射鳧雁，以待賓客爲燕具。」○《釋名》：「翺，敖也，言敖游也。翔，佯也，言仿佯也。」君子夙興則治政事，政事之暇，閒游習射，弋鳧雁爲燕賓之具。蓋古人無時不學，射即游藝之方，説德樂賓，罔非勤政之助。《吕覽・功名》篇高注：「弋，繳射之也。」引《詩》「弋鳧與雁」，《季春紀》注、《淮南・時

❶「旦」，原脱，據馬瑞辰《通釋》補。
❷「上」，原脱，據陳刻《説文》、《説文注》、楊刻《説文義證》、祁刻《説文繫傳》補。
❸「昧爽」，原脱，據馬瑞辰《通釋》補。

則訓》注、《説山訓》注引《詩》同。明魯、毛文同。《説文》：「繳，以生絲爲繩也。」❶

弋言加之，與子宜之。宜言飲酒，與子偕老。【疏】傳：「宜，肴也。」箋：「言，我也。子，謂賓客也。所弋之鳧雁，我以爲加豆之實，與君子共肴也。宜乎我燕樂賓客而飲酒，與之俱至老。親愛之言也。」○詩「弋」字、「宜」字，承遞而下。「言」者，語詞。方言「弋」，不得即言「加豆」。蘇氏《詩傳》引《史記》「微弓弱繳，加諸鳧雁之上」，以釋此詩「加」字，是也。傳：「宜，肴也。」孔疏：「『宜，肴』，《釋言》文。李巡曰：『宜，飲酒之肴也。』」是《魯詩》舊注之文，較毛傳更爲明塙。琴瑟在御，莫不静好。【注】魯説曰：「大夫士日琴瑟。」【疏】傳：「君子無故不徹琴瑟。賓主和樂，無不安好。」○「大夫士日琴瑟」者，《公羊·隱五年傳》解詁云：「卿大夫御琴瑟，未嘗離於前。」下引《魯詩傳》，與「天子食日舉樂，諸侯不釋懸」連文。《白虎通·禮樂》篇引《詩傳》曰：「大夫士琴瑟御。」與《魯傳》文合。足證琴瑟乃與賓客燕飲之樂器。《禮·曲禮》篇「君子無故不徹琴瑟」，毛傳即引之以釋詩文。鄭彼注云：「故，謂災患喪病。」則此詩言「莫不静好」者，即謂此飲酒之賓主無災患喪病之故，而莫不安好也。《邶·柏舟》傳：「静，安也。」

知子之來之，雜佩以贈之。知子之順之，雜佩以問之。知子之好之，雜佩以報之。【注】三家説曰：「佩玉有蔥衡，下有雙璜，衝牙、蠙珠以納其閒，琚瑀以雜之。」【疏】傳：「雜佩者，珩、璜、琚瑀、衝牙之類。問，遺也。」箋：「贈，送也。我若知子之必來，我則豫儲雜佩，去則以送子也。與異國賓客燕

❶「以生絲爲繩」，陳刻《説文》、《説文注》、楊刻《説文義證》、祁刻《説文繫傳》作「生絲縷」。

時，雖無此物，猶言之以致其厚意。其若有之，固將行之。士大夫以君命出使，主國之臣必以燕禮樂之，助君之歡。順，謂與己和順。好，謂與己同好。」○王引之云：「來，讀爲『勞來』之『來』。《釋詁》：❶『勞、來，勤也。』《大東》詩『職勞不來』，傳：『來，勤也。』正義：『以不被勞來爲不見勤，故《采薇》序云：「《杕杜》以勤歸。」即是勞來。』是古者相謂恩勤爲來。此言『來之』，下言『順之』、『好之』，義相因也。」「佩玉」至「其閒」，《玉府》鄭注引《詩傳》文。賈疏以爲《韓詩傳》。案：《大戴禮·保傅》篇「蔥」作「雙」，「蠙」作「玭」，「其間」下有「琚瑀以雜之」五字，盧辯注：「衡，平也。半璧曰璜。衡在中，牙在旁。納于衡、璜、衝、牙之間。總曰玭珠，而赤者曰琚，白者曰瑀。或曰：瑀，美玉。琚，石次玉。」所言佩玉之制，與鄭引《詩傳》同，而說較詳。其「琚瑀以雜之」之語，與《詩》言「雜佩」尤合，是齊說所本也。鄭於《詩》兼通三家，唐時齊、魯《詩》亡，故賈氏止據所見《韓詩傳》爲證耳。《續漢志》注引蔡邕《月令章句》，與《玉府》注同，而多「琚瑀以雜之」五字。蔡習《魯詩》，知魯說不異。是衡、璜、衝、牙爲佩玉之大名，其中雜貫以琚、瑀，乃爲雜佩，與毛傳渾指珩、璜、琚、瑀、衝、牙之類異。馬瑞辰云：「《玉藻》『佩玉有衝牙』，鄭注：『衝牙居中央，以前後觸也。』《三禮舊圖》云：『衝長五寸，博一寸。璜徑二寸。衝牙長三寸。』皆以衝牙爲一玉。盧辯云：『衝在中，牙在旁。』皇侃說：『衝居中央，牙是外畔兩邊之璜。』謂衝、牙爲二玉，又誤以璜爲牙，失之。」順者，發言中理，我必順從。好者，情意相保，罔不同好。孔疏：「《曲禮》『凡以苞苴簞笥問人者』，哀二十六年《左傳》『衛侯使以弓問子貢』，皆遺

❶「詁」，原作「言」，據宋監本《爾雅》、阮刻本《爾雅注疏》改。

人物謂之問。」

《女曰雞鳴》三章，章六句。

有女同車【疏】毛序：「刺忽也。鄭人刺忽之不昏于齊。太子忽嘗有功于齊，齊侯請妻之，齊女賢而不取，卒以無大國之助，至於見逐，故國人刺之。」箋：「忽，鄭莊公世子，祭仲逐之而立突。」○案：昭公辭昏見逐，備見《左傳·隱八年》如陳逆婦嬀，詩所爲作。三家無異義。

有女同車，顏如舜華。【注】魯「舜」作「蕣」。【疏】傳：「親迎同車也。舜，木槿也。」箋：「鄭人刺忽不取齊女，親迎與之同車，故稱同車之禮，齊女之美。」○錢澄之云：「上四句言忽所娶陳女徒有顏色之美，服飾之盛。下二句盛言齊女之美且賢，以刺忽之不昏于齊。箋説非。」馬瑞辰云：「『有女同車』，實陳親迎之禮，謂忽娶陳女也。下言『彼美孟姜』，乃慕齊女德美之詞，故言『彼美』以別之。下章倣此。」愚案：錢、馬説是。同車者，《鵲巢》篇一章「之子于歸，百兩御之」，御，迎也。二章「之子于歸，百兩將之」，將，送也。太子攝盛親迎陳女，當是諸侯親迎之禮，女從者之車與壻從者之車，其送迎百兩，儀從亦皆相同。陳奐云：「正義引『壻御婦車，授綏』，爲與婦同車，直指同一車者説。不知壻御婦車，不過御輪三周，壻即先驅。士婦乘壻家之從車。若大夫以上，婦自乘其母家之車，不同一車也。或據下句言女之顏，謂壻同車同行時所見云然，尤違詩怡。《内則》云：『女子出門，必擁蔽其面。』《儀禮》『婦車有裧』，不令人見也。」舜華者，「蕣」消借字。「魯作『蕣』」者，《吕覽·仲夏紀》高注：「木堇樹高五六尺，其葉與安石榴相似，華可用作蒸。雜家謂之朝生，一名蕣。《詩》曰：『顔如蕣華。』是也。」《淮南・時則訓》注、趙岐《孟子章句》十三、《説文・草部》引《詩》同，明魯用正字。將翱將翔，佩玉瓊琚。【疏】傳：「佩有琚瑀，所以納閒。」○孔疏：「言其玉聲和諧，行步中節。」王逸《楚詞章句序》引此詩二句，明魯、毛文同。彼美孟姜，洵美且都。【疏】傳：「孟姜，齊之長女。都，閑也。」箋：「洵，信也。言孟姜信美好，且閑習婦禮。」○孔疏：「《上林賦》『妖冶閑都』，亦以都爲閑也。」彼美孟姜，指齊女言。齊侯兩次請昏，詩人但泛指之，不必泥視。即鄭女是文姜，亦視其夫家檢制如何耳，賢否豈有定乎？《左・昭十六年傳》「鄭六卿餞韓起，子旗賦《有女同車》」，杜注：「取『洵美且都』，愛樂宣子也。」

有女同行，顔如舜英。將翱將翔，佩玉將將。彼美孟姜，德音不忘。【注】魯「將」作「鏘」。

【疏】傳：「行，行道也。英，猶華也。將將，鳴玉而後行。」箋：「女始乘車，壻御輪三周，御者代壻。不忘者，後世傳其道德也。」○「魯『將』作『鏘』」者，王逸《楚詞・九歌》注：「鏘，佩聲也。《詩》曰：『佩玉鏘鏘。』」《白虎通・衣裳》篇「婦人佩其鍼縷，❶亦佩玉也」，引《詩》四句，誤作「將將」，當據《楚詞章句》改正。《列女・楚白貞姬傳》、《張湯母傳》引《詩》「彼美孟姜」二句，明魯、毛文同。「德音不忘」者，宋呂祖謙《讀詩記》引長樂劉氏云：「德音，謂齊侯請妻之德音，鄭人懷之不能忘也。」蓋忠於昭公者憫其失大國之援，懼將來之不安其位，而益追想齊侯之德意爲不可忘耳。

❶「鍼」，原作「緘」，據續經解本《白虎通疏證》九改。

《有女同車》二章，章六句。

山有扶蘇【疏】毛序：「刺忽也。所美非美然。」箋：「言忽所美之人實非美人。」○三家無異義。

山有扶蘇，隰有荷華。【疏】傳：「興也。扶蘇，扶胥，小木也。荷華，扶渠也，其華菡萏。言高下大小各得其宜也。」箋：「興者，扶胥之木生于山，喻忽置不正之人于上位也；荷華生于隰，喻忽置有美德者于下位。此言其用臣顛倒，失其所也。」○段玉裁云：「《説文》：『枎，枎疏，四布也。從木，夫聲。』枎之言扶也。❶古書多作『扶疏』，同音叚借也。《漢書・司馬相如傳》『垂條扶疏』。《楊雄傳》『支葉扶疏』，注：『扶疏，分布也。』《劉向傳》：『梓樹上枝葉扶疏，上出屋。』《吕覽》：『樹肥無使扶疏。』是則扶疏謂大木枝柯四布。疏，通作『胥』，亦作『蘇』。《鄭風》『山有枎蘇』，毛意山有大木，隰有荷華，是爲高下大小各得其宜。後人以鄭箋掍合而改之。」胡承珙云：「《佩觿》引『山有枎蘇』，❷與扶持别，是經字本亦作『枎』。《埤雅》引毛傳：『扶蘇，扶胥木也。』是所見本尚無『小』字。《管子・地員》篇：『五沃之土，宜彼羣木，桐、柞、枎、櫄，及彼白梓。』是枎自爲木名。緩言之曰扶蘇，急言之曰枎，扶蘇即枎木耳。」愚案：《管子》之「枎」，《説文》「枎」下不録，亦不見於《爾雅》，深所不解。而此木之由「扶疏，四布」受名，其義可推而得之，今亦不能定爲何木，但知

❶「枎」，原作「扶」，據《説文注》、續經解本《毛詩後箋》改。

❷「枎」，原作「扶」，據求是堂本《毛詩後箋》改。

是大木耳。即謂扶蘇是枎木，亦未爲非也。黄山云：「扶與榑通。《淮南・道應》篇『扶桑受謝』，《墬形》篇作『暘谷榑桑』。《説文》扶、枎、榑皆防無切，同音相叚。『榑』下云：『榑桑，神木，日所出也。』扶疏即榑桑二字之變文，明爲大木。齊表東海，地近暘谷，故《管子》言木及之。」説亦近是。荷華本陂澤所生，與山生大木，正高下合宜之喻。箋謂以興「用臣顛倒」，誤矣。不見子都，乃見狂且。【注】齊説曰：「視暗不明，雲蔽日光。不見子都，鄭人心傷。」魯説曰：「言所謂好者非好，醜者非醜。」【疏】傳：「子都，世之美好者也。狂，狂人也。且，辭也。」箋：「人之好美色，不往覩子都，乃反往覩狂醜之人，以興忽好善，不任用賢者，反任用小人，其意同。」○「視暗」至「心傷」，《易林・蠱之比》文。言鄭君視暗不明，在朝非無子都，特不見耳。《中論・審大臣》篇：「時俗之所不譽者，未必爲非也。其所譽者，未必爲是也。《詩》曰：『山有扶蘇，隰有荷華。不見子都，乃見狂且。』言所謂好者非好，醜者非醜。」是有所見而以爲子都，不知其非見子都，乃見狂且也。則所謂「狂且」者，安知非子都乎？趙岐《孟子章句》十一云：「子都，古之姣好者也。」亦引此詩二句，明齊、魯、毛文義並同。子都、狂且，以好、醜爲君子、小人之喻，不指好色言。

山有橋松，隰有游龍。不見子充，乃見狡童。【注】魯説曰：「游龍，鴻也。」齊説曰：「思我狡童，不見子充。」【疏】傳：「松，木也。龍，紅草也。子充，良人也。狡童，昭公也。」箋：「游龍，猶放縱也。橋松在山上，喻忽無恩澤於大臣也。紅草放縱枝葉於隰中，喻忽聽恣小臣。此又言養臣顛倒，失其所也。人之好忠良之人，不往覩子充，乃反往覩狡童，狡童有貌而無實。」○橋、喬古通作，言高松也。山、隰，亦高下合宜之比。「游龍，鴻也」者，《淮南・墬形訓》高注文，引《詩》曰：「隰有游龍。」陳喬樅云：「《釋草》：『紅，蘢古。其大者蘬。』舍人注：『紅名蘢古，其大者名蘬。』蘢即龍之叚借，故毛傳亦云：『龍，紅草也。』陸璣《疏》云：『一名馬蓼，葉大而赤白色，生水澤中，高丈餘。』《廣雅》：『鴻、蘢頡，馬蓼也。』鴻、紅同音，蘢頡亦即蘢古之聲轉。」子充者，子，男子之美稱。孔疏：「充，實也。言其性行充實。」故曰子充。《孟子》云：「充實之謂美。」子都謂容貌之美，子充謂性行之美也。狡童者，傳：「昭公也。」「思我」至「子充」，《易林・隨之大過》文。云「思我狡童」，是齊説亦指昭公，不以爲刺小人。下《狡童》詩序云：「刺忽。」傳謂「昭公有壯狡之志」，則以狡童指昭公，乃古義相承如此。齊説釋詩，蓋言不見善人相輔，惟見狡童孤立於上而已。

《山有扶蘇》二章，章四句。

蘀兮【疏】毛序：「刺忽也。君弱臣强，不倡而和也。」箋：「不倡而和，君臣各失其禮，不相倡和。」○三家無異義。

蘀兮蘀兮，風其吹女。【疏】傳：「興也。蘀，槁也。人臣待君倡而後和。」箋：「槁，謂木葉也。木葉槁，待風乃落。興者，風喻號令也，喻君有政教，臣乃行之。言此者，刺今不然。」○《説文》「蘀」下云：「草木凡皮葉落陊地爲蘀。」「㯷」下云：「木葉陊也。讀若薄。」《玉篇》：「㯷，與蘀同。」叔兮伯兮，倡予和女。【疏】傳：「叔、伯，言君臣長幼也。君倡臣和也。」箋：「叔、伯，羣臣相謂也。羣臣無其君而行，自以强弱相服。女倡矣，我則將和之。言此者，刺其自專也。叔、伯，兄弟之稱。」○孔疏：「《士冠禮》爲冠者作字，云『伯某甫，仲叔季，唯其所當』，則叔、伯是長幼之異字，故云：『叔、伯，言羣臣長幼也。』」陳奐云：「箋謂倡和俱屬叔伯，指羣臣言，與上下文義不通。」愚案：鄭欲顯刺意。然詩但言君臣倡和，刺在言外也。《書大傳》言虞廷賡歌之事，言「百工相和，帝乃倡之」，百工非不可相和，而倡必由帝。《吕刑》：「王曰：『伯兄，仲、叔、季弟。』」枚傳：「伯、仲、叔、季，順少長也。舉同姓，包異姓，言不殊也。」此諸侯叔伯義同。《左傳》魯隱公謂公子彄爲叔父，晉景公謂荀林父爲伯氏，亦其例也。曰「倡予」，君自謂；曰「和女」，謂羣臣，詞義森然。《列女・魯公乘姒傳》言「婦人之事，倡而後和」，引此詩四句，明魯、毛文同。妻道、臣道一也，唱而後和，亦無異義。

蘀兮蘀兮，風其漂女。叔兮伯兮，倡予要女。【疏】傳：「漂，猶吹也。要，成也。」〇案：《文選・長楊賦》注：「漂，摇蕩之也。」《釋文》：「漂，本亦作『飄』。」《吕覽・簡選》篇注：「要，成也。」

《蘀兮》二章，章四句。

狡童【疏】毛序：「刺忽也。不能與賢人圖事，權臣擅命也。」箋：「權臣擅命，祭仲專也。」〇三家無異義。

彼狡童兮，不與我言兮。【疏】傳：「昭公有壯狡之志。」箋：「不與我言者，賢者欲與忽圖國之政事，而忽不能受之，故云然。」〇錢大昕云：「古本『狡』當爲『佼』，《山有扶蘇》箋云：『狡童有貌而無實。』孫毓申之，以爲『佼好』之『佼』，非如後世解爲『狡獪』也。傳云『昭公有壯狡之志』，疏亦云『佼好之幼童』，則佼童止是小年通稱，非甚不美之名。衞武公刺厲王云『於乎小子』。古人質樸，不以爲嫌。」胡承珙云：「姣、狡、佼三字古通。《月令》『養壯佼』，《吕覽》作『壯姣』。《詩・碩人》箋『長麗佼好』，《還》箋、《猗嗟》箋『昌，佼好貌』，《月出》『佼人僚兮』，《釋文》並云：『佼，本作「狡」。』《荀子・非相篇》：❶『古者桀、紂長巨姣美，天下之傑也。』據此，則箕子以狡童目紂者，亦止爲形貌佼好之稱明甚。且此傳云『壯狡之志』，則又非徒形貌。高注《吕覽》云：『壯狡，多力之士。』是『壯狡』與『雄武』意略同。昭公志在自奮，而所與圖者非其人，故惟有壯佼之志，而闇於事機，終將及禍，愈使人思其故而憂之，至不能食、息焉。然則謂傳以狡童目昭公爲悖理者，皆不達古人文義者也。」維子之故，使我不能餐兮。【疏】傳：「憂懼不遑餐也。」

彼狡童兮，不與我食兮。【疏】傳：「不與賢人共食禄。」維子之故，使我不能息兮。【疏】傳：「憂不能息也。」○《説文》：「息，喘也。」不能息，謂氣息不利也。昭公少立威望，意似有爲，然祭仲善爲謀而不能用，視其擅權而不能制，知高渠彌之惡而不能去，厲公偪居櫟而不能討，任用非人，忠賢扼腕，蓋知其危亡在即，而末如之何矣。

《狡童》二章，章四句。

褰裳【疏】毛序：「思見正也。狂童恣行，國人思大國之正己也。」箋：「狂童恣行，謂突與忽争國，更出更入，而無大國正之。」○胡承珙云：「《春秋》桓十五年『鄭伯突出奔蔡』，《公羊傳》：『突何

❶「荀」，原作「童」，據續經解本《毛詩後箋》、《諸子集成》本《荀子集解》改。

以名？奪正也。』『鄭世子忽復歸于鄭』，《公羊傳》：『其稱世子何？復正也。』夫突爲奪正，忽爲復正，與序云『思見正』者合。然則所謂狂童，指突而言耳。」

子惠思我，褰裳涉溱。【疏】傳：「惠，愛也。溱，水名也。」箋：「子者，斥大國之正卿。子若愛而思我，我國有突簒國之事，而可征而正之，我則揭衣渡溱水往告難也。」〇《白虎通·衣裳》篇：「所以名爲裳何？衣者隱也，裳者鄣也，所以隱形自鄣蔽也。何以知上爲衣、下爲裳？以其先言衣也。《詩》曰『褰裳涉溱』，所以合爲下也。《弟子職》言『摳衣而降』。名爲衣何？上兼下也。」據此，魯、毛文同。《釋文》：「褰，本或作『騫』。」《説文》「褰」下云：「袴也。」「攐」下云：「摳衣也。從手，褰聲。」則褰、騫皆攐之借字。《説文》「溱」下云：「水。出桂陽臨武，入滙。從水，秦聲。」「潧」下云：「水。出鄭國。從水，曾聲。」《水經注》同。明今經字誤。《紀要》云：「溱水出密縣境，一名鄶水。東北流至新鄭縣界，與洧水合。溱有水淺處可涉，故子産以乘輿濟人。正義以爲設言，『示以告難之疾意』，非也。」子不我思，豈無他人。狂童之狂也且！【疏】傳：「狂行童昏所化也。」箋：「言他人者，先鄉齊、晉、宋、衞，後之荆楚。狂童之人日爲狂行，故使我言此也。」〇「不我思」，不思我也，與「能不我知」、「既不我嘉」同一句例。「豈無他人」，言尚有他國可求也。其時諸國謀納鄭突，故《左傳》桓十五年：「公會宋公、衞侯、陳侯于袲，伐鄭。」十六年：「公會宋公、衞侯、陳侯、蔡侯伐鄭。」黨突攻忽。詩甚言狂童之狂，恣行爲亂，冀動大國之聽，速其興仁義之師耳。楊雄《逐貧賦》引「豈無他人」，《呂覽·求人》篇高注引「子不我思」二句，明魯、毛文同。

子惠思我，褰裳涉洧。【疏】傳：「洧，水名也。」○《漢書・地理志》：「潁川郡陽城縣陽城山，洧水所出，東南至長平，入潁。」《水經》「洧水出河南密縣西南馬領山」，注云：「陽城山，馬領之總目。」《紀要》：「洧水出河南登封縣北陽城山，逕禹州密縣，又東流至新鄭縣，合溱水爲雙泊河。」子不我思，豈無他士。狂童之狂也且！【疏】傳：「士，事也。」箋：「他士，猶他人也。大國之卿，當天子之上士。」○孔疏引《曲禮》「列國之大夫入天子之國曰某士」，《左・襄二十六年傳》「晉韓宣子聘于周」，自稱「晉士起」。是本義當稱士。即託爲士女之詞，稱士亦合。不必如傳讀「士」爲「事」，故箋易之也。《吕覽・求人》篇：「晉人欲攻鄭，使叔嚮聘焉，視其有人與無人。子産爲之《詩》曰：『子惠思我，褰裳涉洧。子不我思，豈無他士。』叔嚮歸曰：『鄭有人，子産在，不可攻也。秦、荆近，其詩有異心，不可攻也。』」「爲之《詩》」者，爲之歌《詩》也。《左・昭十六年傳》：「鄭六卿餞韓宣子。大叔賦《褰裳》，宣子曰：『起在此，敢勤子至於他人乎？』子大叔拜，宣子曰：『善哉，子之言是。不有是事，其能終乎？』」宣子大國執政，故聞而知儆，善其能賦。子産事當在前。是兩次歌《詩》皆有益於國。而爲此詩者，深憂君國，奔走叫號，無裨時事，以世無霸主故也。

《褰裳》二章，章五句。

丰【疏】毛序：「刺亂也。昏姻之道缺，陽倡而陰不和，男行而女不隨。」箋：「昏姻之道，謂嫁取之禮。」○三家無異義。

子之丰兮，俟我乎巷兮，【疏】傳：「丰，豐滿也。巷，門外也。」箋：「子，謂親迎者。我，我將嫁者。

有親迎我者，面貌丰丰然豐滿，善人也。出門而待我於巷中。」○陳奐云：「豐滿也，『也』當作『貌』。」愚案：《釋文》：「丰，《方言》作『妦』。」攷郭璞《方言注》：「妦，言妦容也。」《說文》「丰」下云：「草盛丰丰也。從生，上下達也。」《玉篇》：「妦，容好貌。」是「丰」乃古文借字。雄習《魯詩》，今文。作《方言》用「妦」字，此詩從魯必作「妦」，時無文以證耳。巷，即門外之里涂，詳《叔于田》注。　悔予不送兮。【疏】傳：「時有違而不至者。」箋：「悔乎我不送是子而去也。時不送則爲異人之色，後不得耦而思之。」○《坊記》：「子云：『昏禮，壻親迎，見於舅姑，舅姑承子以授壻，恐事之違也。以此坊民，婦猶有不至者。』」不送，即不至。壻親迎，婦隨至，有似於送。故不至，以爲不送也。戴震云：「時俗衰薄，婚姻而卒有變志，非男女之情，乃其父母之惑也，故託爲女子自怨之詞以刺之。悔不送，以明己之不得自主，而意終欲隨之也。凡後世婚姻變志，皆出於父母，不出於女子。詩言迎者之美，固所願嫁也，必無自主不嫁者。此託爲女子之詞，正以見惑由父母耳。」胡承珙云：「《荀子・富國篇》『男女之合，夫婦之分，婚姻娉內，送逆無禮』，注：『內，讀曰納，納幣也。送，致女；逆，親迎也。』《春秋》言致女者，即以女授壻之謂。此女悔其不行，故託言於其家之不致，非自謂其不送男子也。」愚案：胡曲爲「送」字斡旋，説亦可通。

子之昌兮，俟我乎堂兮，悔予不將兮。【疏】傳：「昌，盛壯貌。將，行也。」箋：「堂，當爲『棖』。棖，門梱上木近邊者。將，亦送也。」○胡承珙云：「詩先言巷，後言堂，孫毓以爲門側之堂，是也。《學記》『古之教者家有塾』，正義：『《周禮》二十五家爲閭，同共一巷，巷首有門，門邊有塾，故云有塾。』《釋宮》『衖門謂之閎，門側之堂謂之塾』，二句連文，郭注以閎爲衖頭門，以塾爲夾門堂，是也。一里之巷，巷外有門，門側有堂。親迎者既出寢廟之門，始俟乎里中之巷，❶繼俟乎巷首之堂。次第分明，不必從鄭改『堂』爲『根』，亦不得同王謂堂在寢也。」

衣錦褧衣，裳錦褧裳。【注】齊、魯「褧」作「絅」。【疏】傳：「衣錦褧裳，嫁者之服。」箋：「褧，禪也。蓋以禪縠爲之。中衣裳用錦，而上加禪縠焉，爲其文之大著也。庶人之妻嫁服也。士妻紂衣纁袡。」○「齊、魯『褧』作『絅』」者，《禮·玉藻》鄭注：「《詩》云：『衣錦絅衣，裳錦絅裳。』然則錦衣復有上衣明矣。」陳喬樅云：「此所引《詩》作『絅』，與毛異，與劉向引《碩人》詩作『絅衣』合者，蓋齊、魯今文同爲『絅』字也。」愚案：陳説是，詳見《碩人》詩。叔兮伯兮，駕予與行。【疏】傳：「叔、伯，迎己者。」箋：「言此者，以前之悔，今則叔也、伯也來迎己者從之。志又易也。」○陳奂云：「謂壻之從者也。迎己者不止一人，故或呼叔，或呼伯。《旄丘》『叔伯』爲大夫，《蘀兮》『叔伯』爲羣臣，則此『叔伯』義與之同。」

裳錦褧裳，衣錦褧衣。叔兮伯兮，駕予與歸。【疏】歸，謂于歸其家。上言「與行」，此言「與歸」，願從終親迎之禮。

《丰》四章，二章章三句，二章章四句。

東門之墠【注】齊説曰：「東門之墠，茹藘在阪。禮義不行，與我心反。」【疏】毛序：「刺亂也。男

❶「始」，原作「姑」，據續經解本《毛詩後箋》改。

女有不待禮而相奔者也。」○案：詩無奔意，蓋以世風淫亂，己獨持正，故序云「刺」耳。「東門」至「心反」，《易林・賁之鼎》文，此齊説。言亂世禮義不行，與我心相違反也。魯、韓無異義。

東門之墠，茹藘在阪。【注】韓説曰：「墠，猶坦也。」【疏】傳：「東門，城東門也。墠，除地町町者。茹藘，茅蒐也。男女之際，近而易，則如東門之墠；遠而難，則茹藘在阪。」箋：「城東門之外有墠，墠邊有阪，茅蒐生焉。茅蒐之爲難淺矣，易越而出。此女欲奔男之辭。」○孔疏本「墠」作「壇」，《釋文》同。封土曰壇，除地曰墠，此「壇」字讀音曰「墠」。今《毛詩》定本作「墠」，依齊、韓《詩》改也。「墠，猶坦也」者，《華嚴經音義》上引《韓詩傳》文。陳喬樅云：「毛傳『除地町町』，言除地使之平坦。《論衡・語增篇》『町町若荆軻之閭』，謂夷其里若平地也。墠，《王霸記》曰『置之空墠之地』，空墠，猶言空坦也。」愚案：《説文》「墠」下云：「野土也。」「坦」下云：「安也。」言其地平安無險阻也。「阪」下云：「坡者曰阪。」《釋草》：「茹藘，茅蒐。」孔疏引：「李巡云：『茅蒐，一名茜，可以染絳。』陸璣《疏》云：『齊人謂之茜，徐州人謂之牛蔓。』」郭璞謂即「今之蒨草」，是也。

其室則邇，其人甚遠。【疏】傳：「邇，近也。得禮則近，不得禮則遠。」箋：「其室則近，謂所欲奔男之家。望其來迎己而不來，則爲遠。」○「邇，近」，《釋詁》文。其室，謂善人居室，即在東門，非不邇也。其人，謂善人，以禮自持，甚覺其遠。《淮南・説山訓》「行合趨同，千里相從。行不合，趨不同，對門不通」，高注：「《詩》所謂室邇人遠。」知魯、毛説合。晉酒泉太守馬岌求見宋纖不得，銘曰：「丹厓百尺，青壁千尋。室邇人遠，實勞我心。」借此語以表求賢之誠，言其可望而不可即，與詩女求男之意相同。或遂執以爲此詩別義，非也。

東門之栗，有踐家室。【注】韓「踐」作「靖」，云：「栗，木名。靖，善也。言東門之外栗樹之下有善人，可與成爲家室也。」【疏】傳：「栗，行上栗也。踐，淺也。」箋：「栗而在淺家室之内，言易竊取。栗，人所啗食而甘耆，故女以自喻也。」○《釋文》：「行，道。」《左·襄九年傳》「晉伐鄭，斬行栗」，傳即依《左》立訓。「踐，淺也」者，即側陋之意。賢士之室，不以貧敝爲嫌。有淺，猶淺淺也，句例與「有洸」、「有揭」同。陳喬樅云：「《曲禮》『日而行事，則必踐之』，鄭注：『踐，讀曰善。』正義：『踐，善也。言卜得而行事必善也。』然則『踐』義可依韓訓『善』。」「『踐』作『靖』也」者，❶《御覽》九百八十四、《藝文類聚》八十七、《白帖》九十九、《事類賦》二十七引《韓詩》文。《類聚》引「靖」或作「静」，《御覽》引「善」或誤「樂」。慕善心切，願得爲其室家，足見此女之賢，欲嫁不由淫色。「有靖家室」，猶今諺云「好好人家」也。豈不爾思，子不我即。【疏】傳：「即，就也。」箋：「我豈不思望女乎？女不就迎我而俱去耳。」○爾、子，皆指賢人。言我豈不思爲爾室家？但子不來就我，以禮相迎，則我無由得往耳。此女以禮自守。

《東門之墠》二章，章四句。

風雨【疏】毛序：「思君子也。亂世則思君子不改其度焉。」○三家無異義。

風雨淒淒，雞鳴喈喈。【注】三家「淒」作「湝」。【疏】傳：「興也。風且雨淒淒然，雞猶守時而鳴喈

---

❶「也」上，疑脱「靖善」二字，當據續經解本《韓詩遺説攷》四與本書體例補。

喈然。」箋：「興者，喻君子雖居亂世，不變改其節度。」○孔疏：「凄凄，寒涼之意。」「『凄』作『湝』」者，《説文》：「湝，寒也。《詩》曰：『風雨湝湝。』」蓋三家異文。《玉篇》「湝」下亦引《詩》「風雨湝湝」。《廣韻・十四皆》：「湝，户皆切。風雨不止。」即釋此詩「風雨湝湝」之文。《篇》、《韻》所引，蓋出《韓詩》説，時齊、魯皆亡也。既見君子，云胡不夷？【注】魯説云：「夷，喜也。」【疏】傳：「胡，何；夷，説也。」箋：「思而見之，云何而心不説。」○「夷，喜也」者，王逸《楚詞・九懷》注：「《詩》云：『既見君子，我心則夷。』夷，喜也。」明魯説訓「夷」爲「喜」，與末章義同。「我心則夷」，乃「云胡不夷」之誤文。《左・昭十六年傳》：「鄭六卿餞韓宣子，子游賦《風雨》。」杜注：「取其『既見君子，胡云不夷』。」

風雨瀟瀟，雞鳴膠膠。【注】三家「膠」作「嘐」。【疏】傳：「瀟瀟，暴疾也。膠膠，猶喈喈也。」○段玉裁云：「《説文》無『瀟』字，有『潚』字，云：『水清深也。』《廣韻》屋、蕭韻皆有『潚』，無『瀟』字。《毛詩》『風雨潚潚』是淒清之意。入聲音肅，平聲音修，在弟三部。轉入弟二部，音宵，俗誤爲『瀟』。見明時《詩經》舊本作『潚潚』爲是。《羽獵賦》：『飛廉雲師，吸鼻潚率。』《西京賦》：『飛罕潚箾，流鏑掩㩧。』❶《思玄賦》『迅猋潚其媵我』，舊注：『潚，疾貌。』與毛傳『潚潚，❷暴疾也』意正相合。」陳奂云：「潚潚，❸猶肅肅也。《小星》傳：

---

❶「鏑」，原作「摘」，據《皇清經解》本《詩經小學》、陳奂《傳疏》與胡刻《文選》改。

❷「潚潚」，原作「瀟瀟」，據《皇清經解》本《詩經小學》、陈奂《傳疏》改。

❸「潚潚」，原作「瀟瀟」，據陳奂《傳疏》改。

『肅肅，疾也。』❶暴亦疾也。《終風》傳：『暴，疾也。』《玉篇》：『渢，先篤切。渢渢，雨聲。』古夙聲、肅聲相通，渢渢既潚潚也。」「『膠』作『嘐』」者，《廣韻》引《詩》曰：「雞鳴嘐嘐。」《玉篇》：「嘐，古包切。雞鳴也。」「啁」下引《説文》云：「啁，嘐也。」是三家作「嘐嘐」，正字；《毛詩》作「膠膠」，借字。 既見君子，云胡不瘳？【疏】傳：「瘳，愈也。」○陳奂云：「愈，古『瘉』字。」

風雨如晦，雞鳴不已。【疏】傳：「晦，昏也。」箋：「已，止也。雞不爲如晦而止不鳴。」○陳奂云：「如，猶而也。《公羊傳》僖十五年『晦，冥也』，❷《爾雅》所謂『霿』也。」愚案：《辨命論》云：「《詩》云：『風雨如晦，雞鳴不已。』故善人爲善，焉有息哉。」《廣弘明集》云：「梁簡文於幽縶中，自序云：『梁正士蘭陵蕭綱立身行已，終始如一，「風雨如晦，雞鳴不已」，非欺暗室，豈況三光？數至如此，命也如何。』」《南史·袁粲傳》：「粲峻於儀範，廢帝倮之迫使走，粲雅步如常，顧而言曰：『風雨如晦，雞鳴不已。』」吕光遺楊軌書曰：「陵霜不彫者，松柏也。臨難不移者，君子也。何圖松柏彫於微霜，而雞鳴已於風雨？」《文選》陸機《演連珠》云：「貞乎期者，時累不能淫。是以迅風陵雨，不謬晨禽之察。」皆與此詩正意合。 既見君子，云胡不喜？

《風雨》三章，章四句。

---

❶「也」，陳奂《傳疏》作「皃」。

❷「冥」上，陳奂《傳疏》有「晝」字。

子衿【疏】毛序：「刺學校廢也。亂世則學校不修焉。」箋：「鄭國謂學爲校，言可以校正道藝。」○魏武《短歌行》：「青青子衿，悠悠我心。但爲君故，沈吟至今。」雖未明指學校，並無別解。北魏獻文詔高允曰：「道肆陵遲，學業遂廢。《子衿》之歎，復見于今。」《晉書》：❶「大甯中，徵虞喜爲博士，詔曰：『喪亂以來，儒雅陵夷。❷每覽《子衿》之詩，❸未嘗不慨然。』」宋朱子《白鹿洞賦》：「廣『青衿』之疑問，弘『菁莪』之樂育。」皆用序説。三家無異義。

青青子衿，悠悠我心。【疏】傳：「青衿，青領也，學子之所服。」箋：「學子而俱在學校之中，己留彼去，故隨而思之耳。禮，父母在，衣純以青。」○案：《釋文》：「衿，本亦作『襟』。」《釋名》：「襟，禁也。交於前，所以禁御風寒也。」最與「衿」義合。而《説文》無「襟」字，「衾」下云：「大被。」與「衿」略同而義迥殊。「紟」下云：「衣系也。」❹《釋名》：「紟，亦禁也，禁使不得解散也。」此爲「衣系」義所專。「裣」下云：「交衽也。」「衽」下云：「衣裣也。」《玉藻》「衽當旁」，是謂裳際之衽。《玉篇》：「衽，裳際也，衣裣也。」又爲「裳際」義所

---

❶「晉書」，原作「北史」，據殿本《晉書·虞喜傳》改。
❷「雅」，原作「軌」，據殿本《晉書·虞喜傳》改。
❸「覽」，原作「攬」，據殿本《晉書·虞喜傳》改。
❹「系」，原作「糸」，據陳刻《説文》、《説文注》、楊刻《説文義證》、祁刻《説文繫傳》改。下「系」同。

奪。「袷」、「紟」雖亦通「衿」，不能竟指爲「衿」也。《釋器》「衣眥謂之襟」，郭注：「交領。」李巡曰：「衣眥，❶衣領之襟。」「襟」文出《爾雅》古書，見《釋文》「亦作」本，塙爲此詩正字，《説文》遺之耳。領以壅領也，亦言總領衣體，爲端首也。《顏氏家訓》云：「古有斜領，下連於襟，故謂領爲衿也。」孔疏：「衿是領之别名，故傳云：『青衿，青領也。』衿、領一物。❷色雖一青，而重言『青青』者，古人之復言也。」子，謂學子。「悠悠我心」者，不得見而思之長也。縱我不往，子寧不嗣音？【注】韓、魯「嗣」作「詒」。魯説曰：「詒，遺也，詒我德音也。」【疏】傳：「嗣，習也。古者教以詩樂，誦之歌之，絃之舞之。」箋：「嗣，續也。女曾不傳聲問我。以恩責其忘己。」○「『嗣』作『詒』」者，《釋文》引《韓詩》文，又釋之云：「詒，寄也，曾不寄問也。」箋用韓説。馬瑞辰云：「詒、嗣古通用。❸《虞書》『舜讓于德弗嗣』，《史記集解》引《今文尚書》作『不怡』，是其證。」「詒，遺也，詒我德音也」者，王逸《楚詞·九章·惜誦》篇注文，「遺也」下有「《詩》曰」二字，而無其文。陳喬樅云：「必是引《魯詩》『子寧不詒音』，而釋之曰『詒我德音也』。今本或傳寫脱落《詩》句。」案：陳説甚塙，今補正。

青青子佩，悠悠我思。縱我不往，子寧不來？【疏】傳：「佩，佩玉也。士佩瓀珉而青組綬。不來者，言不一來也。」○孔疏：「禮不佩青玉，而云『青青子佩』者，佩玉以組綬帶之。士佩瓀珉而青組綬，

❶「衣」，原作「交」，據阮刻本《毛詩正義》改。
❷「一」，原作「二」，據阮刻本《毛詩正義》改。
❸「嗣」，原作「遺」，據馬瑞辰《通釋》改。

故云青青，謂組綬也。《玉藻》「士佩瓀玟而緼組綬」，此云「青組綬」者，蓋毛讀《禮記》作「青」字，其本與鄭異也。學子非士，而傳以士言之，以學子得依士禮故也。」馬瑞辰云：「往來，即『禮聞來學，不聞往教』之謂。」

挑兮達兮，【疏】傳：「挑達，往來相見貌。」〇孔疏：「城闕雖非居止之處，明其乍往乍來，故知挑達爲往來貌。」胡承珙云：「據此，則正義本傳文無『相見』二字。《釋文》『挑達，往來見貌』，❶『見』字當亦後人所添。挑與佻同。小徐《説文》本引作『佻兮』，《初學記》十八引《詩》亦作『佻』。《大東》『佻佻公子』，《釋文》引《韓詩》作『嬥嬥，往來貌』。毛彼傳作『佻佻，獨行貌』，並謂其避人游蕩，獨往獨來，二義相足也。『挑達』，又作『㕚達』。《説文》：『㕚，滑也。』『達，行不相遇也。』並引《詩》。❷『滑』與『行不相遇』兩義，皆孔疏獨往獨來之義。」在城闕兮。【疏】傳：「乘城而見闕。」箋：「國亂，人廢學業，但好登高見於城闕。以候望爲樂。」〇孔疏引《釋宫》「觀謂之闕」，云：「闕是人君宫門，非城之所有，且宫門觀闕，不宜乘之候望。此言『在城闕兮』，謂城之上别有高闕，非宫闕也。」馬瑞辰云：「闕者，『𩫖』之叚借。《説文》：『𩫖，缺也。古者城闕其南方，謂之𩫖。從𩫖。』『𩫖，象城𩫖之重，兩亭相對也。』今案：𩫖爲重城，象兩亭相對，兩亭即内外城臺也。蓋古諸侯之城，三面皆重設城臺，惟南方之城無臺，其城缺然，故謂之𩫖。借作『闕』。《公羊·定十二年》何注：『天子周城，諸侯軒城。軒城者，闕南面以受過也。』與《説文》城缺南方義合。《周官·小胥》『王宫縣，

❶「往來」，原脱，據續經解本《毛詩後箋》與宋本、通志堂本《釋文》補。
❷「詩」，原作「説文」，據續經解本《毛詩後箋》改。

諸侯軒縣』，《春秋傳》謂之曲縣。軒城猶軒縣、曲縣也，其形闕然而曲。城闕即南城缺處耳。孔疏即謂闕非城之所有，又謂城之上別有高闕，非也。《公羊疏》疑爲城墉不完，則更誤矣。」一日不見，如三月兮。

【疏】傳：「言禮樂不可一日而廢。」箋：「君子之學，『以文會友，以友輔仁』。『獨學而無友，則孤陋而寡聞』，故思之甚。」○陳奂云：「不見禮樂也。不見禮樂，一日如三月之久，是禮樂不可一日廢，此即上二章厚望學子來習之意。」

《子衿》三章，章四句。

揚之水【疏】毛序：「閔無臣也。君子閔忽之無忠臣良士，終以死亡，而作是詩也。」○三家無異義。

揚之水，不流束楚。終鮮兄弟，維予與女。【疏】傳：「揚，激揚也。激揚之水，可謂不能流漂束楚乎？」箋：「激揚之水，喻忽政教亂促。不流束楚，言其政不行於臣下。鮮，寡也。忽兄弟爭國，親戚相疑，後竟寡於兄弟之恩，獨我與女有耳。作此詩者，同姓臣也。」○嚴粲引：「曹氏曰：『忽、突爭國，子儀、子亹更立，至莊十四年，忽等已死，而原繁謂厲公曰莊公之子猶有八人，不得爲鮮。』蓋昭公兄弟雖衆，無與同心者，要其終必不相助，雖多猶少也。」無信人之言，人實迋女。【疏】傳：「迋，誑也。」○《說文》：「誑，欺也。」「迋，往也。《春秋傳》曰：『子無我迋。』」誑、迋音近，故「迋」又爲「誑」之叚借。

揚之水，不流束薪。終鮮兄弟，維予二人。【疏】傳：「二人同心也。」箋：「二人者，我身與女忽。」無信人之言，人實不信。

《揚之水》二章，章六句。

出其東門【注】齊説曰：「鄭男女亟聚會，聲色生焉，故其俗淫。《鄭詩》曰：『出其東門，有女如雲。』又曰：『溱與洧，方灌灌兮。士與女，方秉菅兮。恂盱且樂。惟士與女，伊其相謔。』此其風也。」【疏】毛序：「閔亂也。公子五争，兵革不息，男女相棄，民人思保其室家焉。」箋：「公子五争者，謂突再也，忽、子亹、子儀各一也。」○「男女」至「風也」，《漢書·地理志》文，此齊説。詩乃賢士道所見以刺時，而自明其志也。魯、韓當同。

出其東門，有女如雲。【疏】傳：「如雲，衆多也。」箋：「有女，謂諸見棄者也。如雲者，如其從風，東西南北，心無有定。」○鄭城西南門爲溱、洧二水所經，故以東門爲游人所集。雖則如雲，匪我思存。【疏】傳：「思不存乎相救急。」箋：「匪，非也。此如雲者，皆非我思所存也。」縞衣綦巾，【疏】傳：「縞衣，白色男服也。綦巾，蒼艾色女服也。願室家得相樂也。」箋：「縞衣、綦巾，己所爲作者之妻服也。」○《説文·糸部》：❶「綼，帛蒼艾色也。《詩》曰：『縞衣綼巾。』未嫁女所服。」或以爲三家《詩》字。馬瑞辰云：「《左

---

❶「糸」，原作「系」，據陳刻《説文》、《説文注》、楊刻《説文義證》、祁刻《説文繫傳》改。

傳》『楚人甚之』，《説文》引作『畁』。杜林以畁爲騏字也。箋以綦爲綦文，與《秦風》傳『騏，綦文』合，蓋讀綦如騏。」❶愚案：《説文》「綥」下重文「綦」，云：「綥或從其。」是綥即綦字，非三家異解。《説文》：「巾，佩巾也。」一云首飾。《釋名》：「二十成人，士冠，庶人巾。」傳以衣巾分男女，過泥。《説文》又以綥巾爲未嫁女所服，無論喪服之時，莫爲分別，即游人所萃，如雲如荼，孰辨其已嫁未嫁？今斷從箋説，以爲作者之妻服，則此詩文從字順矣。韓、毛文同。見下。聊樂我員。【注】《韓詩》曰：「縞衣綦巾，聊樂我魂。」韓説曰：「魂，神也。」【疏】箋：「時亦棄之，迫兵革之難，不能相畜，心不忍絶，故言且留樂我員。此思保其室家，窮困不得有其妻，而以衣巾言之，恩不忍斥之。綦，綦文也。」○《釋文》：「員，本亦作『云』。」正義：「員、云古今字，助句辭。」「縞衣」至「神也」者，《釋文》及《文選》曹大家《東征賦》注、鮑照《東武吟》注、鮑照《舞鶴賦》注引《韓詩》文。臧鏞堂云：「此『魂』乃『云』之變體。《春秋疏》引《孝經》説云：『魂，云也。』韓但讀作『神魂』之『魂』耳。」陳喬樅云：「毛、韓師傳各異，訓義不必强同。《孝經援神契》云：『情者，魂之使。』此自言其妻子得用情之正，故云『聊樂我魂』。下章云『聊可與娱』，娱亦樂也。人悲則神傷，樂則神安，故韓以魂爲神，其説未嘗不是也。」

出其闉闍，【注】韓説曰：「城内重門也。」有女如荼。【疏】傳：「闉，曲城也。闍，城臺也。荼，英荼也。言皆喪服也。」箋：「闍，讀當如『彼都人士』之『都』，謂國外曲城之中市里也。荼，茅秀，物之輕者，飛

---

❶「綦」、「騏」，原乙，據馬瑞辰《通釋》乙正。

行無常。」〇「城內重門也」者，《玉篇·門部》「闉」下文，引《詩》曰：「出其闉闍。」陳喬樅云：「《玉篇》所引，《韓詩》說也。」馬瑞辰云：「『如荼』與『如雲』皆取衆多義。荼或作𦯢。《廣雅》：『𦯢、䒗，茅穗也。』《說文》：『䒗，茅秀也。』《豳風》傳：『荼，萑苕也。』《夏小正》：『七月，灌荼。灌，聚也。荼，雚葦之秀。』是茅秀爲荼，葦秀亦爲荼。《爾雅》：『蔈、荂，荼。猋、藨，❶芀。』❷又曰：『葦醜，芀。』蓋對文則茅秀爲荼，葦秀爲芀，散言則茅、葦之秀通可稱荼，皆取色白爲義。灌荼則有叢聚之象，故以喻衆多也。傳以爲皆喪服，似非詩恉。」雖則如荼，匪我思且。縞衣茹藘，聊可與娱。【疏】傳：「茹藘，茅蒐之染，女服也。娱，樂也。」箋：「匪我思且，猶非我思存也。茅蒐，染巾也。聊可與娱，且可留與我爲樂，心欲留之言也。」〇馬瑞辰云：「《釋器》『三染謂之纁』，郭注：『纁，絳也。』《廣雅》：『纁謂之絳。』是茹藘染絳即纁也。《士昏禮》『女次純衣纁袡』，是茹藘所染當即纁袡。《方言》：『蔽厀，齊、魯之郊謂之袡。魏、宋、南楚之閒謂之大巾。』纁袡即婦人蔽厀。箋但言『茅蒐，染巾』，不言大巾，説亦未確。」愚案：詩言茹藘，不言巾者，省文以成句，故鄭言之即佩巾也。馬以爲婦人蔽厀，殊乖事理。

《出其東門》二章，章六句。

野有蔓草【疏】毛序：「思遇時也。君之澤不下流，民窮於兵革，男女失時，思不期而會焉。」箋：

---

❶ 「藨」，原作「蔍」，據宋監本《爾雅》、阮刻本《爾雅注疏》改。

❷ 「芀」，原作「苕」，據馬瑞辰《通釋》、宋監本《爾雅》、阮刻本《爾雅注疏》改。下二「芀」字同。

「不期而會，謂不相與期而自俱會。」○《左・襄二十七年傳》：「鄭伯享趙孟于垂隴，子太叔賦《野有蔓草》，趙孟曰：『吾子之惠也。』」杜注：「大叔喜於相遇，故趙孟受其惠。」昭十六年《傳》：「鄭六卿餞宣子於郊，子齹賦《野有蔓草》，宣子曰：『善哉，吾有望矣。』」杜注：「君子相願，己所望也。」以鄭國之人賦本國之詩，享餞大禮，豈敢賦不正之詩，以取戾於大國執政？《有女同車》諸詩，宋人以爲淫奔者，賴毛序正之，獨此詩爲序説所累，久蒙不美。然即賦推詩，其非男女之詞決矣。且序爲衛敬仲輩所塗附，早失真面。詳此詩，「思遇時也」，尚是元文，餘則他人增竄。遇時之思，蓋因兵革不息，民人流離，冀覯名賢以匡其主，如齊侯之得管仲、秦伯之得百里奚耳。《説苑・尊賢》篇：「孔子之郯，遭程子於塗，傾蓋而語終日，有間，顧子路曰：『取束帛一以贈先生。』子路不對。有間，又顧曰：『取束帛一以贈先生。』子路屑然對曰：『由聞之也，士不中而見，女無媒而嫁，君子不行也。』孔子曰：『由，《詩》不云乎？「野有蔓草，零露漙兮。有美一人，清揚婉兮。邂逅相遇，適我願兮。」今程子，天下之賢士也，於是不贈，終身不見。言終身恐不得再見。大德不踰閑，小德出入可也。』」言天下善士以得見爲幸，不可以常禮拘也。據此，魯、韓《詩》説皆以爲思遇賢人。《齊詩》蓋同。自漢世爲《毛詩》者以爲男女之詞，而詩之真失。猶幸《左傳》、《説苑》、《韓詩外傳》存大義於幾希，尚可推求而得之爾。

野有蔓草，零露漙兮。【疏】傳：「興也。野，四郊之外。蔓，延也。漙漙然盛多也。」箋：「零，落也。蔓草而有露，謂仲春之時，草始生，霜爲露也。《周禮》：『仲春之月，令會男女之無夫家者。』」○馬瑞辰云：「《説文》：『蔓，葛屬。』『曼，引也。』《爾雅》：『引、延，長也。』是蔓爲草名，滋曼字古止作『曼』。傳訓『延』，猶《説文》訓『引』也。今經傳通借『蔓』爲『曼』。」《釋詁》「藷，落也」，郭注：「見《詩》。」陳喬樅云：「《毛詩》作『零露』，箋：『零，落也。』正義釋箋云：『靈作零字，故爲落也。』據此，毛作『零露』，與《衛風》『靈雨』同。鄭從今文作『零』，訓爲『落』也。《爾雅》作『藷』，蓋本《魯詩》。喬樅案：《説文》：『霝，雨零。從雨皿，象零形。』『零，餘雨也。從雨，令聲。』雨露曰霝零，草木曰藷落，『霝』作『藷』，通用字。《説文》引《詩》『霝雨其濛』，今《毛詩》作『零』。」《釋文》：「漙，本亦作『團』。」胡承珙云：「《説文》無『漙』字，《玉篇》始有。此『漙兮』古止作『團』，《匡謬正俗》所云『古本《詩》有作水旁專，後人輒改爲「團」』者，即謂此。《藝文類聚》卷八十一引正作『團』。謝靈運《永初三年之郡》詩『火閔團朝露』、謝朓《京路夜發》詩『猶霑餘露團』、謝惠連《七月七日夜》詩『團團滿繁露』，李注並引《詩》『零露團兮』，此必六朝古本作『團』。顔謂後人改之，非也。」有美一人，清揚婉兮。邂逅相遇，適我願兮。【注】《韓詩》：「青揚宛兮。」韓説云：「青，静也。」【疏】傳：「清揚，眉目之間婉然美也。邂逅，不期而會，適其時願。」○「青陽宛兮」者，《詩攷》引《韓詩外傳》二文。《初學記》七引作「清揚婉兮」，今本《外傳》二同，與《詩攷》不合。「青，静也」者，《文選・射雉賦》注引薛君《韓詩章句》文。「青陽宛」即「青揚婉」三字之叚借也。《猗嗟》詩「美目清兮」、「美目揚兮」，清揚猶清明也。静也者，言其目之澄然而静也。《説文》：「婉，順也。」《方言》：「美目謂之順。」眉目之間，位置天然，視之但覺其婉順而美也。《玉篇・面部》：「⿰面宛，眉目之閒美貌。」《韓詩》云：「『清揚⿰面宛兮。』」《集韻・二十阮》引《詩》同。案：《韓詩》若作「⿰面宛」字，不應王氏不見，必出後人增竄，今不取。邂逅者，陳奐云：「傳複經句，轉寫者删『相遇適我願兮』六字。彼人誤以傳「不期而會」四字專釋「邂逅」，沿譌至今，直以「邂逅」爲塗遇之通稱，學者失其義久矣。《綢繆》傳：「邂逅，解説也。」「解説」猶説懌，即是「適我願」之意。《穀梁傳》：「遇者，志相得也。」「志相得」，即詩所謂「適我願」也。」愚案：陳説是。解説乃相悦以解之意。思見其人，求而忽得，則志意開豁，歡然相迎，即所謂邂逅矣。

野有蔓草，零露瀼瀼。有美一人，婉如清揚。邂逅相遇，與子偕臧。【疏】傳：「瀼瀼，盛貌。臧，善也。」○案：《藝文類聚》四十一引魏文帝《善哉行》云：「有美一人，婉如青陽。」以上章「青陽宛兮」證之，魏帝亦用《韓詩》也。「宛」作「婉」，蓋誤文。傳：「婉然美也。」「宛如」即「宛然」也。偕臧，謂偕之於善，有互相勖勉意。

《野有蔓草》二章，章六句。

溱洧【注】韓説曰：「溱與洧，説人也。鄭國之俗，三月上巳之日，於兩水上招魂續魄，拂除不祥，故詩人願與所説者俱往觀也。」《御覽》三十「日」作「辰」，「兩」上有「此」字，「水」下有「之」字，「拂」一作「祓」，「也」作「之」。《宋書》十五、《初學記》三十六「魄」下有「秉執蘭草」四字。《爾雅翼》四「不祥」作「氛穢」。魯説曰：「鄭國淫辟，男女私會於溱、洧之上，有詢訏之樂，勺藥之和。」齊説，見《出其東門》序。【疏】毛序：「刺亂也。兵革不息，男女相棄，淫風大行，莫之能救焉。」箋：「救，猶止也。亂者，士與女合會溱、洧之上。」○「溱與」至「觀也」，《御覽》八百八十六引《韓詩内傳》文。《後漢書·袁紹傳》注引「鄭國之俗」至「俱往觀也」，又見《續漢志》注及《藝文類聚》四。「鄭國」至「之和」，《吕覽・本生》篇高注文，魯説也。《漢書・地理志》引此詩，見上《出其東門》序，齊説也。

溱與洧，方涣涣兮。【注】韓「涣」作「洹」，云：「盛貌也。謂三月桃花水下之時至盛也。」齊作「灌」，魯作「汍」。【疏】傳：「溱、洧，鄭兩水名。涣涣，春水盛也。」箋：「仲春之時冰以釋，水則涣涣然。」○「涣作」至「盛也」者，《釋文》、《袁紹傳》注、《鄭世家》正義、《御覽》九百八十三引《韓詩》文。「齊作『灌』」者，《漢書・地理志》文。顔注：「灌灌，水流盛也。」「魯作『汍』」者，《説文》：「潧，水。出鄭國。《詩》曰：『潧與洧，❶方汍汍兮。』」與韓、齊、毛異，必《魯詩》也。《玉篇》溱、潧皆側銀切。毛古文，叚用「溱」字耳。《釋文》：「《説文》作『汎汎』，音父弓反。」段玉裁云：「此音、義俱非。古書叚借，必字異而音同。汎汎，蓋『汍汍』之誤。汍，從水，丸聲，讀與『洹』同，見《玉篇》。灌灌，亦當讀汍汍，皆水盛沄旋之貌。」士與女，方秉蕑兮。【注】韓云：「秉，執也。蕑，蘭也。當此盛流之時，衆士與衆女執蘭而祓除邪惡。」齊「蕑」作「菅」。【疏】傳：「蕑，蘭也。」箋：「男女相棄，各無匹偶，感春氣並出，託采芬香之草，而爲淫泆之行。」○「秉執」至「邪惡」者，《御覽》三十引《韓詩》文。「蕑，蘭也」，説與毛同。陸璣《疏》云：「其莖葉似藥草澤蘭，廣而長節，節中赤，高四五尺。可著粉中藏衣，著書辟白魚。」「齊『蕑』作『菅』」者，《漢書・地理志》文。《衆經音義》二一：「蕑，《字書》：

---

❶ 「潧」，原作「溱」，據續經解本《魯詩遺説攷》四、陳刻《説文》、《説文注》、楊刻《説文義證》、祁刻《説文繫傳》改。

『與「蕑」同。䕡，蘭也。』」《中山經》郭注：「䕡，亦菅字。」《荊州記》：「都梁，香蘭也。都梁，縣名，有小山，下有水清泚，其中生蕑草，名爲都梁。」或借「菅」字。《寰宇記》：「菅涔山在静樂縣。菅，音姦。土人云山多菅草，故以爲名。」據此，蕑、菅字異音同，故通用。女曰觀乎？士曰既且。且往觀乎！【注】願與所説者俱往觀也。洧之外，洵訏且樂。【注】魯「洵」作「詢」，云：「有詢訏之樂。」韓「訏」作「盱」，❶曰：「恂盱，樂貌也。」【疏】傳：「訏，大也。」箋：「女曰觀乎，欲與士觀於寬閒之處。既，已也。士曰已觀矣，未從之也。洵，信也。女情急，故勸男，使往觀於洧之外，言其土地信寬大又樂也，於是男則往也。」○「願與」至「觀也」，韓傳文，引見上。洧之外者，溱入洧同流，溱小洧大，舉洧以該溱也。《釋詁》：「恂，❷信也。」「『洵』作『詢』，云『有詢訏之樂』」者，《吕覽》高注文。見上。「洵」本「恂」之借。獨此借「詢」爲「恂」，言其地信廣大可樂也。「洵作」至「貌也」者，《釋文》引《韓詩》文，與前《羔裘》之「洵直且侯」，《韓詩》作「恂」同。舉目曠野，喜形於色，故曰：「恂盱，樂貌也。」《漢志》亦作「恂盱」。見上。維士與女，伊其相謔，贈之以勺藥。【注】韓説曰：「勺藥，離草也。言將離別，贈此草也。」魯説曰：「勺藥之和。」【疏】傳：「勺藥，香草。」箋：「伊，因也。士與女往觀，因相戲謔，行夫婦之事。其别則送女以勺藥，結恩情也。」○「勺藥」至「草也」者，《釋文》引《韓詩》文。崔豹《古今注》：「勺藥，一名可離，故將别贈以勺藥，猶相招則贈以文無。文無，一名當歸也。」

❶「訏」上，據上下文義與宋本、通志堂本《釋文》，疑脱「洵作恂」三字。
❷「恂」，宋監本《爾雅》、阮刻本《爾雅注疏》作「詢」。

與韓合。箋義即本《韓詩》。「勺藥之和」者，《呂覽》高注文。見上。司馬相如《子虛賦》：「勺藥之和具，而後御之。」伏儼曰：「勺藥，以蘭桂調食也。」文穎曰：「勺藥，五味之和也。」揚雄《蜀都賦》：「甘甜之和，勺藥之美。」張衡《南都賦》：「歸雁鳴鵽，黄稻鱻魚，以爲勺藥。」《論衡・譴告篇》：「猶人勺藥失其和。」陳喬樅云：「王充、張衡、高誘諸人並用《魯詩》，皆以勺藥爲調和之名，是《魯詩》不以勺藥爲草名也。又枚乘《七發》云：『勺藥之醬。』張載《七命》云：『和兼勺藥。』韋昭云：『勺藥，和齊酸鹹美味也。』亦皆本《魯詩》，以勺藥爲調和名。蓋魯説以『贈之以勺藥』即承上文秉蘭而言，謂蘭爲調和之用，義取於和也。《御覽》引《禮斗威儀》曰：『君乘金而王，其政平，則蘭常生。』宋均注：『蘭生主給調和也。』《文選・魯靈光殿賦》注引鄭氏説同。❶合之伏儼『以蘭調食』之注，是調食古有用蘭者矣。」

溱與洧，瀏其清矣。【注】《韓詩》「瀏」作「漻」，曰：「清貌也。」【疏】傳：「瀏，深貌。」〇「『瀏』作『漻』，曰『清貌也』」者，《文選・南都賦》注引《韓詩内傳》文。梁處素云：「瀏、漻通。蓋此章傳。」據此，韓「瀏」作「漻」。陳喬樅云：「《莊子・天地》篇『漻乎其清也』，《釋文》：『李良由反。清貌。』是讀漻聲爲瀏。《文選・甘泉賦》注引孟康曰：『瀏，清也。』《文賦》注引《字林》曰：『漻，清流也。』《廣雅・釋詁》：『漻，清也。』《説文》：『瀏，清貌。』引此詩。又曰：『漻，清深也。』則漻、瀏音義並同。」士與女，殷其盈矣。女曰觀乎？士曰既且。且往觀乎！洧之外，洵訏且樂。維士與女，伊其將謔，【疏】傳：「殷，衆

❶「殿」，原脱，據續經解本《魯詩遺説攷》四、胡刻《文選》補。

也。」箋：「將，大也。」○馬瑞辰云：「將謔，猶相謔也。《尚書大傳》『義伯之樂舞將陽』，『將陽』即『相羊』之叚借。」贈之以勺藥。

《溱洧》二章，章十二句。

鄭國二十一篇，五十三章，二百八十三句。

詩三家義集疏卷六

長沙王先謙益吾著

齊雞鳴弟六

【疏】《詩含神霧》曰："齊地處孟春之位，海、岱之間，土地汙泥，流之所歸，利之所聚。律中太簇，音中宫、角。"《漢書·地理志》："齊地，虚、危之分埜也。少昊之世有爽鳩氏，虞夏時有季萴，湯時有逢伯陵，殷末有薄姑氏，皆爲諸侯，國此地。至周成王時，薄姑氏與四國作亂，成王滅之，以封師尚父，是爲太公。《詩·風》齊國是也。"《易林·頤之漸》："姬奭姜望，爲武守邦。藩屏燕齊，周室以强，子孫億昌。"《禮·樂記》師乙曰："温良而能斷者，宜歌《齊》。"又曰："《齊》者，三代之遺聲也。齊人識之，故謂之齊。"此皆齊説之可徵者。魯、韓無聞。陳奂云："《左傳》管仲曰：『賜我先君履，東至于海，西至于河，南至于穆陵，北至于無棣。』《齊語》：『通齊國之魚、鹽于東萊。』齊有東海，爲有海邦諸夷之國。晏子對齊景公曰『姑尤以西』，姑尤在今登、萊二府之地。《地理志》『東有甾川東萊、琅邪、高密、膠東』，此就春秋以後言之矣。至大河故瀆，春秋初未改禹迹。晏子曰『聊攝以東』，杜注：『聊攝，齊西界也。平原聊城縣東北有攝城。』今聊城去大河故瀆幾四百里。《齊語》『桓公築五鹿、中牟、蓋與、牡丘，以衛諸夏之地』，故四邑皆在大河左右築之，以禦戎狄，非齊西境有此四邑。蓋穆陵南接魯，無棣北接燕、齊，與魯、燕爲周三公，其封國皆連壤，故管仲於南、北以齊境言之，其東有東夷，西有戎狄，但舉海、河言之，非建國之初即至東海、西河也。又《齊語》：『桓公既反侵地，正封疆地，南至于䬢陰，西至于濟，北至於河，東至于紀酅。』案杜注《春秋・莊三十年》：『濟水歷齊、魯界。』此云『西至濟』，則在濟西，所謂『大朝諸侯於陽穀』，是其西境。云『北至河』者，無棣之上下皆大河故瀆所經也。然則齊封域在《周禮・職方》幽州之域，而西南及於兖焉。」

詩國風

雞鳴【注】韓説曰：「《雞鳴》，讒人也。」齊説曰：「雞鳴失時，君騷相憂。」【疏】毛序：「思賢妃也。哀公荒淫怠慢，故陳賢妃貞女夙夜警戒相成之道焉。」○「讒人也」者，《御覽》九百四十四引《韓詩》文。「讒」上疑奪「憂」字。一本作「纔人」，字誤。《玉海》三十八引作「説人也」，亦誤。韓以此詩爲憂讒之作。「雞鳴」至「相憂」，《易林・夬之屯》文。「雞鳴失時」者，蓋齊君内嬖工讒，有如晉獻之驪姬，致其君有失時晏起之事，其相憂之而賦此詩。《文選》王元長《策秀才文》云「歌《雞鳴》於闕下，稱仁漢牘」，李注引《列女傳》云：「緹縈歌《雞鳴》、《晨風》之詩。」今本《列女・齊太倉女傳》無此事，蓋奪文也。注又引班固《歌詩》云：「上書詣北闕，闕下歌《雞鳴》。憂心摧折裂，《晨風》激揚聲。」緹縈之歌此詩，傷父無罪被讒，冀見憐察。孟堅《歌詩》足爲左證。子政列之於《傳》，知魯家之説此詩，與齊、韓無異也。

雞既鳴矣，朝既盈矣。【疏】傳：「雞鳴而夫人作，朝盈而君作。」箋：「雞鳴、朝盈，夫人也、君也可以起之常禮。」○《書大傳》：「雞鳴，大師奏雞鳴于階下，夫人鳴佩玉於房中，告去也。然後應門擊柝，告辟也。然後少師奏質明于階下。」辟應門，謂啟朝門，則朝者入也。此言常朝之節如此，刺今日晏起之失時。

匪雞則鳴，蒼蠅之聲。【注】《韓詩》曰：「匪雞則鳴，蒼蠅之聲。」韓説曰：「雞遠鳴，蠅聲相似也。」【疏】傳：「蒼蠅之聲，有似遠雞之鳴。」箋：「夫人以蠅聲爲雞鳴則起，早於常禮，敬也。」○「匪雞」至「似也」，《御覽》九百四十四引《韓詩》薛君文。「匪雞」二句，明韓、毛文同。「雞遠」二句，與傳意大同。蒼，青也。蒼蠅，即青蠅，喻讒人也。言朝者皆知爲雞鳴矣，自君聽之，匪雞則鳴也，蒼蠅之聲耳。君聽不聰，躭於逸欲，而讒人近在枕席，如驪姬夜半而泣，可畏孰甚。

東方明矣，朝既昌矣。匪東方則明，月出之光。【疏】傳：「東方明，則夫人纚笄而朝。朝已昌盛，則君聽朝。見月出之光，以爲東方明。」箋：「東方明、朝既昌，亦夫人也、君也可以朝之常禮。君日出而視朝。夫人以月光爲東方明則朝，亦敬也。」○「匪東」二句，雖明尚疑未明，以致失時。就喻意言，臣下盼朝日之升，不料東方未明。月出皎兮，陰光有耀，陽不能升也。

蟲飛薨薨，甘與子同夢。會且歸矣，無庶予子憎。【疏】傳：「古之夫人配其君子，亦不忘其敬。會，會於朝也。卿大夫朝會於君，朝聽政，夕歸治其家事。無庶予子憎，無見惡於夫人。」箋：「蟲飛薨薨，東方且明之時，我猶樂與子臥而同夢，言親愛之無已。庶，衆也。蟲飛薨薨，所以當起者，卿大夫朝者且罷歸故也。無使衆臣以我故憎惡於子，戒之也。」○此代君謂其夫人之詞。薨薨，衆多也。言天之將明，飛蟲皆出，予猶甘願與子臥而同夢，但會於朝者且將歸治其家事矣，庶無因予之故而使臣下憎惡於子耳。馬瑞辰云：「《爾雅》：『庶，幸也。』《大雅・抑》詩：『庶無大悔。』『無庶』即『庶無』之倒文，猶『遐不』作『不遐』、『尚不』作『不尚』也。」臣下惡其夫人，則歸怨其君者，不言可知，所以致儆者深矣。

《雞鳴》三章，章四句。

還【疏】毛序：「刺荒也。哀公好田獵，從禽獸而無厭，國人化之，遂成風俗，習於田獵謂之賢，閑於馳逐謂之好焉。」箋：「荒，謂政事廢亂。」○馬瑞辰云：「『賢』即首章『儇』字音近之譌。猶下句『閑於馳逐謂之好』，即釋二章『好』字也。」三家無異義。

子之還兮，遭我乎峱之閒兮。【注】齊「還」作「營」，「峱」作「嶩」。韓「還」作「嫙」，❶云：「嫙，好貌。遭，遇也。」【疏】傳：「還，便捷之貌。峱，山名。」箋：「子也、我也，皆士大夫也，俱出田獵而相遭也。」○「『還』作『營』」者，《漢書・地理志》：「臨淄名營邱，故《齊詩》曰：『子之營兮，遭我虖嶩之閒兮。』」顔注：「《齊・國風・營》詩之詞也。毛作『還』，齊作『營』。之，往也。嶩，山名也。言往適營邱，而相逢於嶩山也。嶩，字或作『峱』，亦作『巎』。」陳喬樅云：「《毛詩》釋文載崔靈恩《集注》本『峱』作『嶩』。《水經・淄水》注：『營邱，山名也，《詩》所謂「子之營兮」。』道元不及見《齊詩》。《淄水》篇引《詩》作『營』，亦采前儒遺説耳。錢大昕云：『古人讀營如環。《韓非子》云：「倉頡之作書也，自環者謂之厶。」《説文》引

❶「嫙」，原作「璇」，據馬瑞辰《通釋》、續經解本《韓詩遺説攷》五與宋本、通志堂本《釋文》改。

作「自營爲厶」是也。《釋邱》「水出其左，營邱」，郭注謂「淄水過其南及東」，是營邱本取回環之義。《士喪禮》「布巾環幅」，注：「古文『環』作『還』。」《左傳》「還鄭而南」及「道還公宮」，《釋文》並云：「還，本作『環』。」營亦與還聲近，故名字叚借用之。』」「『猺』作『嶩』」者，字異而地同。《御覽·獸部二十一》作「猱」。《說文》：「猺，山。在齊地。」《紀要》：「猺山在臨淄縣南十五里。」陳奐云：「《齊世家》：『周亨哀公，立其弟静，是爲胡公。胡公徙都薄姑。』是胡公都薄姑，而營邱舊都遂爲田獵之地。依顔說，則詩當作在胡公後矣，與《毛序》言哀公異。」「《韓詩》『還』作『嫙』，云『嫙，好貌』」者，馬瑞辰云：「《釋文》：『傳「便捷」，本亦作「便旋」。』《說文》：『趯，疾也。』傳蓋以『還』爲『趯』之叚借。《說文》又云：『懁，急也。』義亦與『趯』近。韓以嫙爲好貌，據下章茂、昌皆爲好，則從韓訓『好』是也。」「遭，遇也」者，《華嚴經音義》二引《韓詩傳》文。並驅從兩肩兮，揖我謂我儇兮。【注】《韓詩·齊風》曰：「並驅從兩肩兮。」韓說曰：「獸三歲曰肩。」魯「肩」作「豣」。韓「儇」作「嫙」，云：「嫙，好貌。」【疏】傳：「從，逐也。獸三歲曰肩。儇，利也。」箋：「並，併也。子也、我也，併驅而逐禽獸，子則揖耦我謂我儇，譽之也。譽之者，以報前言還也。」○「齊風」至「曰肩」，《後漢·馬融傳》注引《韓詩》文，引經明韓、毛文同。「獸三歲曰肩」，與毛訓合。《廣雅》：「兽一歲爲豵，二歲爲豝，三歲爲肩，四歲爲特。」《大司馬》先鄭注「肩」、「特」互易，又云：「五歲爲慎。」《釋文》：「肩，本亦作『豣』。」《說文》：「豣，三歲豕，肩相及。《詩》曰：『並驅從兩豣兮。』」與「亦作」本合。豣本大豕之名，《小爾雅》云：「豕之大者謂之豣。」《釋獸》：「麔，絶有力，豣。」是凡獸之大者亦通稱豣也。「魯『肩』作『豣』」者，陳喬樅云：「《吕覽·知化》篇高注：『獸三歲曰豣。』當本《魯詩》故訓。」愚案：《玉篇》「䝈」字同「豣」，❶疑後出字。揖我者，敬而譽之。「『儇』作『婘』，云『婘，好貌』」者，《釋文》引《韓詩》文。《廣雅》：「婘，好也。」即本韓爲説。王念孫云：「詩二章言『好』，三章言『臧』，則首章從韓作『婘』訓『好』義相同。」馬瑞辰云：「《玉篇》：『婘，好貌。或作「孉」。』又通作『卷』，《澤陂》詩『碩大且卷』，毛傳：『卷，好貌。』《釋文》：『卷，本又作「婘」。』」

子之茂兮，遭我乎峱之道兮。並驅從兩牡兮，揖我謂我好兮。【疏】傳：「茂，美也。」箋：「譽之言好者，以報前言茂也。」○吕氏《讀詩記》引崔靈恩《集注》云：「茂、昌，俱齊地。」蓋《齊詩》以營爲地名，則茂、昌自應訓爲齊地。茂無考。

子之昌兮，遭我乎峱之陽兮。並驅從兩狼兮，揖我謂我臧兮。【疏】傳：「昌，盛也。狼，獸名。臧，善也。」箋：「昌，佼好貌。」○漢琅邪郡有昌縣，今諸城縣東南齊郡有昌國縣；戰國齊昌城，今淄川縣東，未知孰是。《釋獸》：「狼：牡貛，牝狼。其子獥。絶有力，迅。」《説文》：「狼，似犬，鋭頭白頰，高前廣後。」孔疏引《義疏》云：「其鳴能大能小，善爲小兒嗁聲以誘人。去數十步止，其猛捷者，人不能制，雖善用兵者不能及也。」❷

《還》三章，章四句。

❶「豣」，原作「研」，據《大廣益會玉篇》改。

❷「及」，阮刻本《毛詩正義》作「免」。

著【疏】毛序：「刺時也。時不親迎也。」箋：「時不親迎，故陳親迎之禮以刺之。」○三家無異義。陳奐云：「古者親迎，天子以下達士皆行之。❶《大明》『親迎于渭』，天子親迎也。《韓奕》『韓侯迎止，于蹶之里』，諸侯親迎也。周自文王及宣王時，其禮不廢。《春秋·隱二年》『九月，紀履繻來逆女』，譏不親迎。厥後桓八年『祭公逆王后于紀』，襄十五年『劉夏逆王后于齊』，天子不親迎。桓三年『公子翬如齊逆女』，文四年『逆婦姜于齊』，宣元年『公子遂如齊逆女』，成十四年『叔孫僑如如齊逆女』，諸侯不親迎矣。《春秋》正夫婦之始，天子、諸侯皆在所譏。孔疏以《著》三詩皆刺哀公，則春秋之前，哀公之世，親迎之禮已廢矣。詩人陳古義以刺今時，亦《春秋》之譏也。」

俟我於著乎而，【疏】傳：「俟，待也。門屏之間曰著。」箋：「我，嫁者自謂也。待我於著，謂從君子而出至於著，君子揖之時也。」○《漢書·地理志》：「《詩》云：『俟我於著乎而。』此亦其舒緩之體也。」顔注：「著，地名，即濟南著縣也。」范家相云：「此蓋三家說。」胡承珙云：「顔於上文『子之營兮』明言《齊詩》作『營』，此則不言，所據必非出於三家。且濟南之著，韋昭音弛之反，乃『蓍龜』之『蓍』字。魏收《地形志》亦作『著』。顔音竹庶反，以韋爲失，並謂即《齊風》之著，皆非也。」正義：「傳以首章言士親迎，二章言卿大夫親迎，卒章言人君親迎。箋以爲三章共述人臣親迎之禮。」馬瑞辰云：「《公羊·隱二年傳》『譏不親迎也』，何注：『禮所以必親迎者，所以示男先女也。於廟者，告本也。夏后氏逆於庭，殷人逆於堂，周人逆於户。』武

❶「天子」，原在「古者」下，據陳奐《傳疏》乙正。

億據以釋此詩，其説是也。詩刺時不親迎，因錯陳三代親迎之禮。首章俟著，於門户爲近，即『周人逆於户』，二章俟庭，三章俟堂，正與夏、殷禮合，較傳、箋説爲允。」陳奂云：「《春秋繁露·質文》篇『昏禮逆于庭，逆于堂，逆于户』，與《公羊》注合，此或齊、魯、韓《詩》義，以三代親迎禮分屬三章。」愚案：户、庭、堂之逆，夏、殷、周有明文。一代之中，不能人自爲禮，惟充耳之制無可推求耳。今從武説。於，當作「于」。著，與「宁」通。宁有二釋，宫門屏之間爲宁，乃門内屏外，人君視朝所宁立處，此傳所本。李巡云：「正門内兩塾間曰宁。」即此詩之「著」。士家於寢門之内設屏，屏門可以宁立，故亦謂之宁。寢門亦曰闈門。《説文》：「闈，特立之户。」是户即宁也。《説苑·修文》篇説親迎之禮，言夫人戒女，❶「女拜，乃親引其手，授夫於户」，此周人所謂逆於户也。故壻俟之於此。充耳以素乎而，尚之以瓊華乎而。【疏】傳：「素，象瑱。瓊華，美石，士之服也。」箋：「我視君子，則以素爲充耳，謂所以縣瑱者。或名爲紞，織之，人君五色，臣則三色而已。此言素者，目所先見而云。尚，猶飾也。飾之以瓊華者，謂懸紞之末，所謂瑱也，人君以玉爲之。瓊華，石色似瓊也。」〇二章青紞之青，三章黄紞之黄。馬瑞辰云：「《大戴禮》：『黈絖塞耳，所以弇聰也。』《説文》：『纊，絮也。或從光作「絖」。』《莊子》『黈』作『黊』。❷《西京賦》注：『黊纊，言以黄緜大如丸，縣冠兩邊當耳，不欲妄聞不急之言也。』古者充耳之制，當耳處用纊。此詩『充耳以黄』即黈纊，『以素』、『以青』即素

---

❶ 「夫」，原作「大」，據馬瑞辰《通釋》、《百子全書》本《説苑》改。

❷ 「黈」，原作「黊」，據馬瑞辰《通釋》改。

纊、青纊也。纊下更綴玉爲瑱，故詩言『瓊華』、『瓊瑩』、『瓊英』，皆曰『尚之』，即加之也。若如傳以詩素、青、黄爲象、玉，則下不得複言『瓊華』、『瓊瑩』、『瓊英』。箋以素、青、黄爲紞，紞乃縣纊之絛，不得謂之充耳。段玉裁謂古無以纊塞耳者，《大戴》之『絖』乃『紞』字形近之誤，説亦未確。」「瓊華，美石」者，謂石色如瓊玉之光華。

俟我於庭乎而，【注】韓説曰：「俟我於庭乎而，參分堂塗，一曰庭。」【疏】箋：「待我於庭，謂揖我於庭時。」○「俟我」至「曰庭」，《玉篇·广部》引《韓詩》文，引經明韓、毛文同。「參分堂塗，一曰庭」者，皮嘉祐云：「《左·昭五年傳》『大庫之庭』，注：『堂前地名。』《周書·大匡》『朝于公庭』，❶注：『公堂之庭。』據此，是庭在堂之間。參分堂塗者，度堂前之道而居其中也。」黄山云：「《釋宫》『堂塗謂之陳』，郭注：『堂下至門徑也。』著在門屏之間，則參分堂塗之一，正在堂、著之間，皮云在堂之閒，未憭。」充耳以青乎而，尚之以瓊瑩乎而。【疏】傳：「青，青玉。瓊瑩，石似玉，卿大夫之服。」箋：「待我於庭，謂揖我於庭時。❷青，紞之青。石色似瓊似瑩也。」○《説文》：「瑩，玉色也。從玉，熒省聲。逸《論語》曰：『如玉之瑩。』」瓊瑩、瓊英，猶瓊華也。

俟我於堂乎而，充耳以黄乎而，尚之以瓊英乎而。【疏】傳：「黄，黄玉。瓊英，美石似玉者，人

---

❶「公」，《抱經堂叢書》本《逸周書》作「大」。

❷「待我」至「庭時」十字，與上文重，疑衍，當據明世德堂本《毛詩》、阮刻本《毛詩正義》與本書體例删。

君之服也。」箋：「黄，紞之黄。瓊英，猶瓊華也。」〇此雜陳夏、殷逆庭、逆堂之禮，以刺今之不然。充耳之制，二代無聞。

《著》三章，章三句。

東方之日

【疏】毛序：「刺衰也。君臣失道，男女淫奔，不能以禮化也。」〇三家無異義。

東方之日兮，彼姝者子，在我室兮。【注】《韓詩》曰：「東方之日兮，彼姝者子，在我室兮。」韓説曰：「詩人言所説者，顏色盛美，如東方之日。」【疏】傳：「興也。日出東方，人君明盛，無不照察也。姝者，初昏之貌。」箋：「言東方之日者，愬之乎耳。有姝姝美好之子，來在我室，欲與我爲室家，我無如之何也。日在東方，其明未融。興者，喻君不明。」〇「東方」至「之日」，《文選》顏延年《秋胡詩》注、宋玉《神女賦》注、曹植《美女篇》注、陸機《日出東南隅行》注引《韓詩》薛君章句文，引經明韓、毛文同。《神女賦》注「日」下無「兮」字，脱文。「盛美」作「美盛」，「如」作「若」。《美女篇》注「美」作「顏色盛也，言美如東方之日出也」。《神女賦》云：「其始出也，耀乎若白日初出照屋梁。」即本此詩意。《説文》：「姝，美也。」子，女子。我，壻自謂。在室，謂女入門後。

在我室兮，履我即兮。【疏】傳：「履，禮也。」箋：「即，就也。在我室者，以禮來，我則就之，與之去也。言今者之子不以禮來也。」〇履、禮古通用。昏姻之道，非禮不行。詩意陳古刺今，重在上以禮化。或即以此詩爲淫奔，不作禮解，謬矣。《東門之墠》詩「子不我即」，傳：「即，就也。」此言所以在我室者，因我以禮往，而後彼來即我，非如後世苟且之行也。

東方之月兮，彼姝者子，在我闥兮。【注】韓説曰：「門屏之間曰闥。」【疏】傳：「月盛於東方，君明於上若日也，臣察於下若月也。闥，門内也。」箋：「月以興臣。月在東方，亦言不明。」○月生於西，而云「東方之月」者，取其明盛也。馬瑞辰云：「古者喻人顔色之美，多取譬於日月。《詩》『月出皎兮』，箋：❶『婦人有美色之白皙也。』❷《神女賦》云：『其少進也，皎若明月舒其光。』皆其義。」「門屏之間曰闥」者，《釋文》引《韓詩》文。士家二門，大門内爲寢門，小牆當門中特立一門，所謂寢門也，亦曰閨門，門内設屏，門、屏之間謂之宁，亦謂之著，即闥也。以次序言，當先言闥而後言室。韓順詩釋義，而云然者，意總謂門闥以内，仍不欲没闥之名耳。胡承珙云：「《後漢書・宦者傳》注引《爾雅》曰：『小閨謂之闥。』所據蓋古本。切言之，則闥爲小門。渾言之，則門以内皆爲闥。故毛傳但云：『闥，門内也。』」**在我闥兮，履我發兮。**【疏】傳：「發，行也。」箋：「以禮來，則我行而與之去。」○言禮自我而行也。時雖失道，我自守禮，望世之意切矣。

《東方之日》二章，章五句。

東方未明【疏】毛序：「刺無節也。朝廷興居無節，號令不時，挈壺氏不能掌其職焉。」箋：「號令，猶召呼也。挈壺氏，掌漏刻者。」○陳奂云：「《周禮》：『挈壺氏，下士六人。』於諸侯未聞。」三家無異義。

---

❶「箋」，原作「傳」，據明世德堂本《毛詩》、阮刻本《毛詩正義》、本書卷十《陳風・月出》改。

❷「色之」，原脱，據明世德堂本《毛詩》、阮刻本《毛詩正義》、本書卷十《陳風・月出》補。

東方未明，顛倒衣裳。顛之倒之，自公召之。【疏】傳：「上曰衣，下曰裳。」箋：「挈壺氏失漏刻之節，東方未明而以爲明，故羣臣促遽，顛倒衣裳。羣臣之朝，別色始入。自，從也。羣臣顛倒衣裳而朝，人又從君所來而召之，漏刻失節，君又早興。」○《禮・玉藻》：「朝，辨色始入，君日出而視之。」若急事特召，偶或不同。此因其號令不時，故刺之。人臣承召入朝，雖當急遽時，亦必整肅衣裳，無任其上下顛倒之理，詩特極意形容之語耳。《説苑・奉使》篇：「魏文侯遣張倉唐賜太子衣一襲，❶敕以雞鳴時至。太子發篋視衣，盡顛倒。太子曰：『《詩》云：「東方未明，顛倒衣裳。顛之倒之，自公召之。」』遂西至謁，文侯大喜。」《荀子・大略篇》：「諸侯召其臣，臣不俟駕，顛倒衣裳而走，禮也。《詩》曰：『顛之倒之，自公召之。』」趙岐《孟子章句》：「君以其官召之，豈得不顛倒？《詩》云：『顛之倒之，自公召之。』」據《説苑》諸書，明魯、毛文同。《易林・同人之中孚》：「衣裳顛倒，爲王來呼。」雖有別解，亦爲《齊詩》文義相同之證。

東方未晞，顛倒裳衣。倒之顛之，自公令之。【疏】傳：「晞，明之始升。令，告也。」○馬瑞辰云：「晞者，『昕』之叚借。《説文》：『昕，旦明段玉裁云：「旦，當作『且』。」日將出也。讀若希。』『昕』與『晞』一聲之轉，故通用。《廣雅》：『昕，明也。』傳知晞即昕，故以爲『明之始升』。孔疏引『晞，乾』爲證，失之。」

折柳樊圃，狂夫瞿瞿。【疏】傳：「柳，柔脆之木。樊，藩也。圃，菜園也。折柳以爲樊園，無益於禁矣。瞿瞿，無守之貌。古者有挈壺氏，以水火分日夜，以告時於朝。」箋：「柳木之不可以爲藩，猶是狂夫不

❶「張」，《百子全書》本《説苑》作「趙」。

任挈壺氏之事。」○樊，當爲「棥」。《説文》「樊」下云：「鷙不行也。」「棥」下云：「藩也。」傳：「柳，柔脆之木。圃，菜園也。」段玉裁云：「楊之細莖小葉者曰柳。」狂夫，中心無守之人。瞿瞿者，「䀠䀠」之借字。《説文》「䀠」下云：「左右視也。」「瞿」下云：「鷹隼之視也。」「瞿」行而「䀠」廢，故以「瞿」爲「䀠」。言折柔脆之木以藩其圃，雖中心無守之狂夫，亦爲之瞿瞿然驚顧，慮藩之不固，以柳之非其材也。今以不能司夜之人，而令居挈壺氏之官，以致不能舉其職，其失時必矣。**不能辰夜，不夙則莫。**【疏】傳：「辰，時；夙，早；莫，晚也。」箋：「此言不在其事者，恒失節數也。」○《爾雅》：「不辰，不時也。」《莊子·齊物論》「見卵而求時夜」，《釋文》引崔注云：「時夜，司夜。」此詩義亦當爲司夜，司之爲言伺也。《論語》「孔子時其亡也」，亦謂伺其亡也。《采蘩》傳：「夙，早也。」《抑》傳：「莫，晚也。」司夜之官不能舉職，以致君之視朝不早則晚。蓋齊侯興居無節，有未明之時，即有晏起之時。舉動任情，非必辰夜之咎。詩人不欲顯君之過，故諉諸具官之不能，冀君之聞而能改耳。陳喬樅云：「《北堂書鈔》二十一引《詩含神霧》曰『起居無常』，疑亦説《東方未明》之文。」此齊家説。

《東方未明》三章，章四句。

南山【疏】毛序：「刺襄公也。鳥獸之行，淫乎其妹，大夫遇是惡，作詩而去之。」箋：「襄公之妹，魯桓公夫人文姜也，襄公素與淫通。及嫁，公謫之。公與夫人如齊，夫人愬之襄公，襄公使公子彭生乘公而搤殺之。夫人久留於齊，莊公即位後乃來，猶復會齊侯于禚、于祝丘，又如齊師。齊大夫見襄公行惡如是，作詩以刺之，又非魯桓公不能禁制夫人而去之。」〇三家無異義。

南山崔崔，雄狐綏綏。【注】韓「綏綏」作「夂夂」，云：「行遲貌。」齊説曰：「雄狐綏綏，登山崔嵬。」

【疏】傳：「興也。南山，齊南山也。崔崔，高大也。國君尊嚴，如南山崔崔然。雄狐相隨，綏綏然無別，失陰陽之匹。」箋：「雄狐行求匹耦於南山之上，形貌綏綏然。興者，喻襄公居人君之尊，而爲淫泆之行，其威儀可恥惡如狐。」〇陳奂云：「南山，即《孟子》之牛山。《晏子·諫上》篇：『楚巫至於牛山而不敢登，曰：「五帝之位，在於國南，請齊而後登之。」』又『景公遊於牛山，北臨其國城』。皆其義證。」「『綏綏』作『夂夂』，云『行遲貌』」者，《玉篇》云：「夂，行遲貌。思隹切。」引《詩》「雄狐夂夂」。《廣韻·六脂》同。《玉篇》所載「夂」字「行遲」之義，它處不見，蓋據韓説。「雄狐」至「崔嵬」者，《易林·咸之賁》文，《損之无妄》同，齊説，喻以邪孽在高位也。

魯道有蕩，齊子由歸。既曰歸止，曷又懷止？【疏】傳：「蕩，平易也。齊子，文姜也。懷，思也。」箋：「婦人謂嫁曰歸。言文姜既以禮從此道嫁于魯侯也。懷，來也。言文姜既曰嫁于魯侯矣，何復來爲乎？非其來也。」〇有蕩，猶蕩蕩也。即有洸，猶洸洸；有潰，猶潰潰之例。齊子，如《碩人》傳「齊侯之子」，❶謂文姜。歸，嫁也。《水經·汶水》注：「汶水又南，逕鉅平縣故城東而西南流，城東有魯道，《詩》所謂『魯道有蕩，齊子由歸』也。今汶上夾水有文姜臺。」汶爲齊、魯界，蓋鉅平縣城東爲初入魯境之道，以此受

❶「傳」，據本書卷三下《碩人》，疑衍，或當作「詩」。

名，在今泰安府泰安縣西南。傳：「懷，思也。」箋：「懷，來也。」箋訓更深切。

葛屨五兩，冠緌雙止。【疏】傳：「葛屨，服之賤者。冠緌，服之尊者。」箋：「葛屨五兩，喻文姜與姪娣及傅母同處。冠緌，喻襄公也。五人爲奇，而襄公往從而雙之。冠、屨不宜同處，猶襄公、文姜不宜爲夫婦之道。」○兩者，「緉」之渻借。《説文》：「緉，履兩枚也。」《説苑·修文》篇：「親迎之禮，諸侯以屨二兩加琮，曰：『某國寡小君使寡人奉不珍之琮、不珍之屨，禮夫人貞女。』夫人受琮，取一兩屨以履女。大夫、庶人以屨二兩加束脩二。」此詩「葛屨五兩」，徐璈謂即加琮之屨，是也。傳言「五兩」，❶疑《説苑》「二兩」爲「五兩」之譌。若二兩，則諸侯與大夫、庶人無異矣。《禮》「純帛無過五兩」，故屨以五兩爲最多。《禮·內則》注：「緌者，纓之飾也。」正義：「結纓頷下以固冠，結之餘者散而下垂，謂之緌。」古者冠系皆以二組系於冠，卷結頷下，謂之纓。纓用二組，則緌亦雙垂也。此即婚姻禮物取義，兩、雙不容雜廁者，顯以示人，自含深意。箋取喻繁瑣，轉令詩恉迂曲難通。魯道有蕩，齊子庸止。既曰庸止，曷又從止？【疏】傳：「庸，用也。」箋：「此言文姜既用此道嫁於魯侯，襄公何復送而從之，爲淫泆之行。」○行，即用也。《孟子》所謂「介然用之而成路」也。從者，言又從魯侯而如齊。

蓺麻如之何？衡從其畝。【注】齊「衡從」作「横從」。韓「衡從」作「横由」，曰：「東西耕曰横，南北耕曰由。」【疏】傳：「蓺，樹也。衡獵之，從獵之，種之然後得麻。」箋：「樹麻者必先耕治其田，然後樹之，

❶「傳」，據馬瑞辰《通釋》，疑當作「詩」。

以言人君取妻，必先議於父母。」○獵者，踐治其田，往來捷獵，非謂田獵也。「齊『衡從』作『横從』」者，《禮·坊記》引《詩》「横從其畝」四句，「衡」作「横」，鄭注云：「藝，猶樹也。横從，横從游行治其田也。」❶依《釋文》如此。注疏本作「横行治其田」，係脱誤。賈思勰《齊民要術》云：「凡種麻，耕不厭熟，縱横七徧以上，則麻葉盛也。」諸書引作「則麻無葉也」，大誤。凡樹蓺，未有不欲其葉盛者。「『衡從』作『横由』，曰『東西耕曰横，南北耕曰由』」者，《釋文》引《韓詩》文。《衆經音義》三引《韓詩傳》曰：「南北曰從，東西曰横。」卷六引同。卷二十四又引《韓詩》説曰：「南北曰從，東西曰廣。」蓋傳《韓詩》者不一家，故本亦各異。衡，古文「横」。《衆經音義》二釋「從廣」引《小爾雅》曰：「從，長；廣，横也。」卷三引《周禮》「九州之地域，廣輪之數」，鄭君曰：「輪，從也。廣，横也。」則從廣即從横，廣輪猶横從也。馬瑞辰云：「古由、從義同。《説文》：『繇，隨從也。由，或繇字。』故通用。」

取妻如之何？必告父母。【注】《韓詩》作「娶妻如之何」。説曰：「娶，取婦也。」【疏】傳：「必告父母廟。」箋：「取妻之禮，議於生者，卜於死者，此之謂告。」○「娶，取婦也」者，《衆經音義》二十四云：「娶，七句切，取也。」引《詩》「娶妻如之何」，傳曰：「娶，取婦也。」段玉裁云：「玄應所據《詩》與陸異，蓋是《韓詩》。」趙岐《孟子章句》九：「《詩·齊國風·南山》之篇言娶妻之禮，『必告父母』。」《吕覽·當務》篇高注：「《詩》云：『娶妻如之何？必告父母。』」《白虎通·嫁娶》篇：「男不自專娶，女不自專嫁，必由父母，須媒妁何？遠恥防淫佚也。《詩》曰：『娶妻如之何？必告父母。』又曰：『娶妻如之何？匪媒不得。』」是《魯詩》

❶ 下「横從」二字，宋本、通志堂本《釋文》無。

「取」亦作「娶」。《齊詩》作「取」，同毛。見下。《禮・坊記》鄭注云：❶「取妻之道，必告父母，如樹麻，當先易治其田。」既曰告止，曷又鞠止？【疏】傳：「鞠，窮也。」箋：「鞠，盈也。魯侯，女既告父母而取，何復盈從，令至于齊乎？又非魯桓。」○陳奐云：「言夫道窮也。」

析薪如之何？匪斧不克。取妻如之何？匪媒不得。既曰得止，曷又極止？【注】齊「析薪」作「伐柯」。【疏】傳：「克，能也。極，至也。」箋：「此言析薪必待斧乃能也，取妻必待媒乃得也。女既以媒得之矣，何不禁制，而恣極其邪意，令至齊乎？又非魯桓。」○「齊『析薪』作『伐柯』」者，《禮・坊記》引子云：「男女無媒不交，無幣不相見，恐男女之無別也。」引《詩》云「伐柯如之何」四句，自「析薪」外，餘文齊、毛皆同。鄭注：「伐柯，伐木以爲柯也。言取妻之法必有媒，如伐柯之必須斧也。」又《儀禮・士昏禮》鄭注：「《詩》云：『取妻如之何？匪媒不得。』昏必由媒交接，設介紹，皆所以養廉恥。」《易林・小過之益》：「執斧破薪，使媒求婦。和合二姓，親御飲酒。」《既濟之中孚》同，皆齊説。極，猶鞠也。昏姻之事，不可道説，至於此極也。

《南山》四章，章六句。

甫田【疏】毛序：「大夫刺襄公也。無禮義而求大功，不脩德而求諸侯，志大心勞，所以求者非其道

❶ 「禮坊記」，原脱，據續經解本《齊詩遺説攷》三、阮刻本《禮記正義》及本書體例補。

也。」〇三家無異義。

無田甫田，維莠驕驕。【注】魯「驕」作「喬」。【疏】傳：「興也。甫，大也。大田過度而無人功，終不能獲。」箋：「興者，喻人君欲立功致治，必勤身修德，積小以成高大。」〇《釋文》「無田」之「田」音佃。造字之始，田異讀耳。畋、佃皆後起。「甫，大」，《釋詁》文。大田多稼，人所樂也。然必度其力能治此田，否則終於無穫。無田者，戒之甚。《說文》：「莠，禾粟下揚生莠也。」莠能亂苗，不去莠則苗不殖。驕驕者，揚生挺起之狀。「魯作『喬』」者，揚雄《法言·修身》篇：「田甫田者，莠喬喬。思遠人者，心忉忉。」據此，知魯作「喬」。諸經「喬」、「驕」多通作。《釋詁》：「喬，高也。」《鹽鐵論·地廣》篇：「夫治國之道，由中及外，自近者始。近者親附，然後來遠。百姓內足，然後恤外。今中國弊落不憂，務在邊境。意者地廣而不耕，多種而不耨，費力而無功。《詩》云：『無田甫田，維莠驕驕。』其斯之謂與？」桓寬用《齊詩》，論治道與序意合。所言「地廣而不耕，多種而不耨，費力而無功」三語，尤與「無田」二句義相發明，知其爲此詩齊說也。

無思遠人，勞心忉忉。【疏】傳：「忉忉，憂勞也。」箋：「言無德而求諸侯，徒勞其心忉忉耳。」〇思遠人，序所謂「不修德而求諸侯」也。陳奐云：「襄公於魯桓十五年即位，會艾定許，始有主盟之志。於後殺鄭子亹，納衛惠公，遷紀圍郕，見於《春秋》經傳者，皆其求諸侯之事。」然不務修德，諸侯不懷。志大心勞，終歸無益。《釋訓》：「忉忉，愛也。」❶愛所不當愛，則憂將至矣。《說苑·復恩》篇：「晉文公求舟之

---

❶「愛」，宋監本《爾雅》、阮刻本《爾雅注疏》及《毛詩正義》引《爾雅》並作「憂」。

僑不得，終身誦《甫田》之詩。」此《魯詩》説，就思遠勞心之義而推演之。

無田甫田，維莠桀桀。無思遠人，勞心怛怛。【疏】傳：「桀桀，猶驕驕也。怛怛，猶切切也。」○桀桀，田中特立之貌。《匪風》傳：「怛，傷也。」重之曰「怛怛」。《易林·蒙之損》：「切切怛怛，如將不活。」

婉兮孌兮，總角丱兮。未幾見兮，突而弁兮。【注】三家「孌」作「嫋」。【疏】傳：「婉孌，少好貌。總角，聚兩髦也。丱，幼穉也。弁，冠也。」箋：「人君内善其身，外修其德，居無幾何，可以立功。猶是婉孌之童子，少自脩飾，丱然而稚，見之無幾何，突耳加冠爲成人也。」○「三家『孌』作『嫋』」者，《説文》：「嫋，❶順也。《詩》：『婉兮嫋兮。』孌，籀文嫋。」毛作「孌」，用籀文也。馬瑞辰云：「《説文》別有『孌』字云：『慕也。』蓋小篆以爲『孌，慕』字，故與籀文之『嫋，順』字不嫌複見。猶小篆以㝵爲取，古文則以㝵爲得。或因於『嫋』下删『孌』字，失之。《五經文字》云：『丫，工瓦切。羊角也。象形。俗呼古患反，作「丱」，無中一。』又：『卝，古患反。見《詩》風。』是張所見《毛詩》作『卝』。唐石經、定本俱作『卝』，與張參説合。《周禮·卝人》疏亦曰：『經所云卝，是總角之卝。』知今《毛詩》作『丱』者，俗也。此『卝兮』象兩角之貌，傳訓『幼穉』，不若訓總角皃爲善。」《方言》：「凡卒相見謂之突。」《廣雅》：「突，猝也。」猝、卒通用。「突而」與「突如」同。箋作「突爾」，正義作「突若」，猶突然也。方見總角，突然加冠，言襄公以童穉無知之人，忽有求諸侯之大志也。

---

❶「嫋」，原作「婉」，據陳刻《説文》、《説文注》、楊刻《説文義證》、祁刻《説文繫傳》改。

《甫田》三章，章四句。

盧令【疏】毛序：「刺荒也。襄公好田獵畢弋，而不脩民事，百姓苦之，故陳古以風焉。」箋：「畢，噣也。弋，繳射也。」○陳奐云：「《齊語》及《管子·小匡》篇，並云襄公田獵畢弋，不聽國政。魯莊八年，齊襄之十二年也。《左傳》稱田貝丘而亂作，爲襄公因荒亡身之實據，皆與序合。」三家無異義。

盧令令，其人美且仁。【注】三家「令」作「鏻」，一作「獜」，又作「泠」。【疏】傳：「盧，田犬。令令，纓環聲。言人君能有美德，盡其仁愛，百姓欣而奉之，愛而樂之，順時游田，與百姓共其樂，同其獲，故百姓聞而説之，其聲令令然。」○孔疏引《戰國策》：「韓國盧，天下之駿犬也。」詩「盧」是齊國田犬之名，蓋韓國沿而稱之。「三家作『獜』，亦作『鏻』」者，《説文·犬部》：「獜，健也。《詩》曰：『盧獜獜。』」《玉篇·金部》：「鏻，健也。」《犬部》：「獜，聲也。亦作『鏻』。」俱引《詩》。陳喬樅云：「『鏻』與『鈴』同。《玉篇》『鏻，健也』、『獜，聲也』之注當係互誤。《玉篇》於《詩》采三家，必於『鏻』下注云：『鏻，聲也。』引：『《詩》：「盧鏻鏻。」亦作「獜」，健也。』於『獜』下注云：『健也。』引：『《詩》：「盧獜獜。」亦作「鏻」，聲也。』今本轉寫者譌脱，非顧氏之舊矣。」其孰齊孰魯，未詳。「一作『泠』」者，吕氏《讀詩記》引董逌曰：「《韓詩》作『盧泠泠』。」王應麟《詩攷》同。「泠」又「令」之借字也。其人，謂古賢君，有德而又能行仁政。

盧重環，其人美且鬈。【疏】傳：「重環，子母環也。鬈，好貌。」箋：「鬈，當讀爲權。權，勇壯也。」○

孔疏：「重環，謂環相重。子母環，謂大環貫一小環也。」《説文》：「鬈，髮好貌。《詩》曰：『其人美且鬈。』」言其人既有美德，又有美容也。箋：「鬈，當讀爲權。權，勇壯也。」陳奂以爲三家義。

盧重鋂，其人美且偲。【疏】傳：「鋂，一環貫二也。偲，才也。」箋：「才，多才也。」〇孔疏：「重鋂與重環別。一環貫二，謂一大環貫二小環也。」《説文》：「偲，彊也。」❶才、彊義近。

《盧令》三章，章二句。

敝笱【疏】毛序：「刺文姜也。齊人惡魯桓公微弱，不能防閑文姜，使至淫亂，爲二國患焉。」〇三家無異義。

敝笱在梁，其魚魴鰥。【注】三家「鰥」作「鯤」。齊説曰：「敝笱在梁，魴逸不禁。」【疏】傳：「興也。鰥，大魚。」箋：「鰥，魚子也。魴也、鰥也，魚之易制者，然而敝敗之笱不能制。興者，喻魯桓微弱，不能防閑文姜，終其初時之婉順。」〇傳：❷「魴依王引之説補。鰥，大魚。」《邶·谷風》傳：「笱，所以捕魚也。」笱而敝則無用，興魯桓之微弱。鰥者，王引之云：「即《爾雅》之鯇。一作『鯤』，潘岳《西征賦》『弛青鯤於網鉅』，❸此大

---

❶「彊」下，陳刻《説文》、《説文注》、楊刻《説文義證》、祁刻《説文繫傳》有「力」字。

❷「傳」，原脱，據《高郵王氏四種》本《經義述聞》及本書體例補。

❸「網鉅」，原乙，據《高郵王氏四種》本《經義述聞》、胡刻《文選》乙正。

魚也。」箋：「鰥，魚子。」《釋魚》：「鯤，魚子。」李巡曰：「凡魚之子，總名鯤也。」是「鯤」有二義。孔疏：「鰥、鯤字異，蓋古字通用。或鄭本作『鯤』也。」「三家『鰥』作『鯤』」者，陳喬樅云：「《魯語》『夏禁鯤鮞』，亦以鯤爲魚子。鄭箋之義，即用《魯詩》改毛。《御覽》九百四十引作『魴鯤』，蓋三家今文同。」「敝笱」至「不禁」，《易林·遯之大過》文，齊説也。據此，專以魴比文姜，故云「魴逸不禁」，而以鯤之衆比從者也。齊子歸止，其從如雲。【疏】傳：「如雲，言盛也。」箋：「其從，姪娣之屬。言文姜初嫁于魯桓之時，其從者之心意如雲然，雲之行順風耳。後知魯桓微弱，文姜遂淫恣，從者亦隨之爲惡。」○陳奂云：「桓三年《春秋》書『齊侯送姜氏于讙』，齊侯，僖公也。桓以弒兄簒國，求昏于齊。文姜又爲僖公寵女，親送之讙。嫁從之盛，驕伉難制。魯爲齊弱，由來者漸。至桓十八年文姜如齊，與襄公通，桓即斃於彭生之手。序云『不能防閑，使至淫亂』，則詩作於十八年之後，而追刺其嫁時之盛，以爲淫亂之由，實始於微弱。陳啓源云：『笱之敝也，不敝於彭生乘公之日，而敝於子翬逆女之年。詩人推見禍本，故不於如齊刺之，而於歸魯刺之。』」愚案：笱敝魴逸，明指當前。歸從如雲，推本既往，原有兩意。張衡《西京賦》「其從如雲」，知魯、毛文同。

敝笱在梁，其魚魴鱮。齊子歸止，其從如雨。【疏】傳：「魴鱮，大魚。如雨，言多也。」箋：「鱮似魴而弱鱗。如雨，言無常。天下之則下，天不下則止，以言姪娣之善惡，亦文姜所使止。」○孔疏引《義疏》云：「鱮似魴厚而頭大，魚之不美者，故里語曰：『網魚得鱮，不如啗茹。』其頭尤大而肥者，徐州人謂之鰱，或謂之鱅。」愚案：魚之最佳者爲魴，杜甫詩所云「魴魚肥美知第一」也，故以興文姜。鱮不美，以興其從。

敝笱在梁，其魚唯唯。齊子歸止，其從如水。【注】韓「唯」作「遺」，説曰：「遺遺，言不能制也。」【疏】傳：「唯唯，出入不制。水，喻衆也。」箋：「唯唯，行相隨順之貌。水之性可停可行，亦言姪娣之善惡在文姜也。」○「遺遺，言不能制也」者，《釋文》引《韓詩》文，義與毛同，亦與《齊詩》「魴逸不禁」之意合。《玉篇》：「瀢瀢，魚行相隨。」《廣韻・五旨》：「瀢，魚盛貌。」皆本此詩。《韓詩》「遺遺」即「瀢瀢」之渻。「唯唯」又「瀢瀢」之假借也。魚行相隨而去，即不能禁制之意。

《敝笱》三章，章四句。

載驅【注】齊説曰：「襄嫁季女，至于蕩道。齊子旦夕，留連久處。」【疏】毛序：「齊人刺襄公也。無禮義故，盛其車服，疾驅於通道大都，與文姜淫，播其惡於萬民焉。」箋：「故，猶端也。」○「襄嫁」至「久處」，《易林・屯之大過》文，《蹇之比》、《困之訟》、《中孚之離》同，齊説也。《春秋》經莊二十二年：「冬，如齊納幣。」二十四年：「夏，公如齊逆女。秋，公至自齊。八月丁丑，夫人姜氏入。」《公羊傳》：「其言入何？難也。其書日何？難也。其難奈何？夫人不僂，不可使入。與公有所約，然後入。」何注：「僂，疾也。齊人語。約，約遠媵妾也。夫人稽留，不肯疾順公，不可使疾入。公至，與公約定，八月丁丑乃入，故爲難詞也。」《左傳》杜注：「姜氏，哀姜也。《公羊傳》以爲姜氏要公，不與公俱入，蓋以孟任故，丁丑入，而明日乃朝廟。」又注：「姜氏，齊襄公女。」愚案：周惠王七年辛亥，魯莊之二十四年，齊桓公十六年也。齊襄立十二年而死，又十六年而女嫁，蓋是即位後所生，二十内外而嫁，其爲襄季女無疑。云「襄嫁季女」者，繫女於襄，猶言齊嫁季女耳。

「留連久處」，與何、杜兩注「夫人稽留，不與公俱入」情事合，與詩文「發夕」、「豈弟」、「翱翔」、「遊敖」合。毛序以爲刺襄公，非也。魯、韓當與齊同。

載驅薄薄，簟茀朱鞹。【疏】傳：「薄薄，疾驅聲也。簟，方文席也。車之蔽曰茀。諸侯之路車，有朱革之質而羽飾。」箋：「此車襄公乃乘焉，而來與文姜會。」○案：諸侯之路車，舊説以爲齊侯之車，不知乃魯侯也。莊公二十四年「夏，公如齊逆女」，行親迎之禮，乘己之車而往。及秋，公先歸魯。八月，夫人乃入。何注云：「公至，與公約定。」是公已逆之後，歸魯之前，蕩道之中，彼此傳言，申約諄諄，以遠媵妾爲言，約定公行，夫人尚稽留後入，情事如此。薄之言迫也。重言「薄薄」，謂驅馳之聲甚疾急也。詩人言此薄薄疾驅而往者，簟茀而朱鞹，乃魯侯之車也。孔疏：「簟字從竹，用竹爲席，故是方文。」茀，詳《碩人》詩。《説文》：「鞹，去毛皮也。」與「鞟」同。以朱染之。傳云「羽飾」，即翟羽也。魯道有蕩，齊子發夕。【注】韓説曰：「發，旦也。」【疏】傳：「發夕，自夕發至旦。」箋：「襄公既無禮義，乃疾驅其乘車以入魯境。魯之道路平易，文姜發夕，由之往會焉，曾無慙恥之色。」○「魯道有蕩」，義具《南山》詩。齊説以爲蕩道，亦謂即平易之魯道，非險阻難行也。齊子，謂哀姜。發夕，傳云「自夕發至旦」，胡承珙以爲衍「發」字。愚案：無論「發」之有無，傳意以爲終夕在道，則是齊子促迫，非留連矣。「發，旦也」者，《釋文》引《韓詩》文。《小宛》詩「明發」，薛君、王逸皆訓「發」爲「旦」，亦本韓義。「齊子旦夕」，猶言朝見暮見，即久處之義。

四驪濟濟，垂轡濔濔。魯道有蕩，齊子豈弟。【疏】傳：「四驪，言物色盛也。濟濟，美貌。垂轡，轡之垂者。瀰瀰，衆也。言文姜於是樂易然。」箋：「此又刺襄公乘是四驪而來，徒爲淫亂之行。此豈弟猶言發夕也。豈，讀當爲闓。弟，《古文尚書》以弟爲圛。圛，明也。」○《説文》：「驪，馬深黑色。」《後漢·李忠傳》注：「馬色黑而青曰驪。」《蓼蕭》詩「鋚革沖沖」，傳：「鋚革，轡首垂也。沖沖，垂飾貌。」與此「垂轡」義合。陳奂云：「《玉篇》：『⿰革尼，乃米切。轡垂貌。』蓋出三家《詩》。」則「瀰」即「⿰革尼」之借。「齊子豈弟」者，《釋言》：「愷悌，發也。」孔疏引舍人曰：「闓，明；發，行也。」郭注：「《詩》云：『齊子愷悌。』」陳喬樅云：「據箋釋『豈弟』，及孔疏云：『《釋言》「愷悌，發也」，舍人、李巡、郭璞皆云：「闓，明；發，行。」』郭璞又引此詩云『齊子愷悌』。』是《釋言》文本不作『愷悌』，故注皆以『闓，明』訓之。今《爾雅》本作『愷悌，發也』，注：『發，發行也。《詩》曰：「齊子愷悌。」』此乃後人所改，非景純舊本。又徑奪『闓，明』之訓，僅存『發，行』之義，遂與沖遠所引迴殊。且注之引《詩》乃證明《釋言》之文，更不宜用『愷悌』字。疑《魯詩》文當爲『齊子闓圛』，故鄭據以改毛，又引《古文尚書》弟爲圛者，以證《毛詩》『豈弟』即《魯詩》之『闓圛』。《釋言》文當爲『闓圛，發也』，故注引《魯詩》以證之。」愚案：陳説是。此《爾雅》所釋「豈弟」，專爲《齊風》「齊子豈弟」而作，郭璞引《詩》即用舊注《魯詩》文，毫無疑義。至舍人、李巡概訓「闓明」爲「發行」二字者，爲此詩魯義相承，謂齊子留連久處之後，至開明乃發行耳。否則，齊子開明，文義不完也。

汶水湯湯，行人彭彭。魯道有蕩，齊子翱翔。【疏】傳：「湯湯，大貌。彭彭，多貌。翱翔，猶彷徉也。」箋：「汶水之上蓋有都焉，襄公與文姜時所會。」○《漢志》「泰安郡萊蕪縣原山」下云：「《禹貢》汶水出西南，入泲。」《説文》同。《書》、《詩》、《春秋》所載，皆即此水。其出琅邪郡朱虚下之汶水，經傳不言。《禹貢》汶水自萊蕪、今淄川縣。嬴、淄川。博、今泰安縣。鉅平、泰安。魯國汶陽、今甯陽縣。泰山虵丘、今肥城縣。剛、寧陽。東平國章、今東平州。泰山桃鄉、今汶上縣。東平國無鹽東平州。分四汶，二汶由東郡須昌東平。入泲，二汶由東郡壽良東平。入泲，今大清河也。詩言汶水盛大，行人極多，魯道蕩平，齊子獨回翔不進也。

汶水滔滔，行人儦儦。魯道有蕩，齊子遊敖。【疏】傳：「滔滔，流貌。儦儦，衆貌。」○齊子以于歸之女，反在魯道任意敖遊，不思入國，乖恒情而失大禮也。

《載驅》四章，章四句。

猗嗟【疏】毛序：「刺魯莊公也。齊人傷魯莊公有威儀技藝，然而不能以禮防閑其母，失子之道，人以爲齊侯之子焉。」○三家無異義。

猗嗟昌兮，頎而長兮。【疏】傳：「猗嗟，嘆辭。昌，盛也。頎，長貌。」箋：「昌，佼好貌。」○馬瑞辰云：「猗者，美之之辭。嗟，語詞。《説文》：『昌，美言也。從日，從曰。』昌之本義爲美言，引申爲凡美盛之稱。『頎而長兮』者，孔疏：『若，猶然也。』引《史記》『頎然而長』爲證。又云：『今定本云「頎而長兮」，「而」與「若」義並通。』是孔疏原作『頎若長兮』，與下文『抑若揚兮』句法相類。今從定本作『而』，非孔本之舊。」抑若揚兮，【注】韓作「卬若陽兮」，曰：「眉上曰陽。」【疏】傳：「抑，美色。揚，廣揚。」○案：抑、懿古通，《抑》詩《外傳》作「懿」，《國語》韋注「懿，讀曰抑」，是也。「抑若」與上句孔疏舊本「頎若」一例。廣揚，謂廣闊揚起，顙額之際也。「『抑』作『卬』，『揚』作『陽』，曰『眉上曰陽』」者，《玉篇・𠂤部》引《韓詩》文。皮嘉祐云：「毛釋此篇數『揚』字義各異，既曰『廣揚』，又曰『揚眉』，又以『眉目』釋『清揚』，其説游移無定，令讀者莫知所從，不如韓訓『眉上』之確。陽者，陽明之處也。今俗呼額角之側亦謂太陽，正同此義。然則自眉以及額角，皆得爲陽也。」黄山云：「《素問》：『頭者，諸陽之會。』故頭可謂陽。《士相見禮》『左頭奉之』，注：『頭，陽也。』亦此義。眉以下爲面，以上則爲頭。卬若，猶卬卬，喻頭容之直。《詩》同文異解，如《采蘩》之『公』，《谷風》之『有』，此例甚多。《君子偕老》三『揚』兩説，即此詩之證。惟無同韻異説者，則此『揚』自以從韓作『陽』爲埆。『揚且之皙』，毛訓『眉上廣』，即係借『揚』爲『陽』。此亦當同。目揚、清揚，皆言眉下。皮欲通之，非韓義。」美目揚兮，【疏】傳：「好目揚眉。」○《禮記》「揚其目而視之」，瞻視清明，其美自見。傳以「揚眉」連言，非其義也。陳奂云：「《玉篇》：『眻，美目。』疑出三家《詩》。」巧趨蹌兮，射則臧兮。【疏】傳：「蹌，巧趨貌。」箋：「臧，善也。」○《説文》：「蹌，動也。」於舉足見疾行之巧。揚目、巧趨，正其射時之儀狀。《春秋》莊公四年：「冬，及齊人狩于禚。」《左傳》以爲微者，《公》、《穀》以爲齊侯。故齊人賦之。

猗嗟名兮，美目清兮。【注】魯説曰：「猗嗟名兮，目上爲名。」韓「名」作「顯」。【疏】傳：「目上爲名，目下爲清。」○「猗嗟名兮，目上爲名」者，《釋訓》文。孔疏引：「孫炎曰：『目上平博。』郭注：『眉眼之間。』」「『名』作『顯』」者，《玉篇・頁部》：「《詩》云：『猗嗟顯兮。』顯，眉目間也。」《玉篇》所引係據《韓詩》。《集韻》引同。《文選・西京賦》薛綜注：「眳，眉睫之間。」增目作「眳」。《禮・檀弓》：「子夏喪其子而喪其明。」《冀州郭君碑》云：「卜商號咷，喪子失名。」蓋以「名」爲「明」之借字。儀既成兮，【疏】箋：「成，猶備也。」○胡承珙云：「《射人》：『以射法治射儀。』《淮南・俶真訓》：『善射者有儀表之度。』《泰族訓》：『射者數發不中，人教之以儀則喜矣。』莊公善射，惟其射儀既備，所以終日不出正也。不當泛作『威儀』釋之。」終日射侯，不出正兮，【疏】傳：「二尺曰正。」箋：「正，所以射於侯中者。天子五正，諸侯三正，大夫二正，士一正，外皆居其侯中參分之一焉。」○《射人》：「王以六耦射，三侯五正。諸侯以四耦射，二侯三正。孤卿大夫以三耦射，一侯二正。士以三耦射，豻侯二正。若王大射，則以貍步張三侯。」鄭司農注：「三侯，虎、熊、豹也。正，所射也。《詩》曰：『終日射侯，不出正兮。』」《司裘》：「王大射，則共虎侯、熊侯、豹侯，設其鵠。諸侯則共熊侯、豹侯，卿大夫則共麋侯，皆設其鵠。」鄭司農注：「鵠，鵠毛也。方十尺曰侯，四尺曰鵠，二尺曰正，四寸曰質。」案：司農以《射人》之三侯謂即《司裘》虎、熊、豹設鵠之侯，凡侯皆有鵠也。《考工記》：「梓人爲侯，廣與崇方，參分其廣，而鵠居一焉。」張皮侯而棲鵠，則春以功。張五采之侯，則遠國屬。」皮侯，虎、熊、豹三皮之侯也。五采之侯，五正之侯也。《大射》張皮侯棲鵠，不設正。禮射采侯、棲鵠、設正，故司農以爲一侯之身，設四尺之鵠；二尺之正，四寸之質，是正、鵠皆在一侯也。《賓之初筵》正義引馬融注《周禮》及王肅引《小爾雅》並與司農同。後鄭據《司裘》言鵠，《射人》言正，遂以皮侯謂有鵠而無正，五采之侯謂有正而無鵠。其《射人》注云：「畫五正之侯，中朱，次白，次蒼，次黃，玄居外。三正，損玄、黃。二正，去白、蒼，而畫以朱、緑。其外之廣，皆居侯中參分之一，中二尺。」《梓人》注云：「正之方外如鵠，內二尺。五采者，內朱，白次之，蒼次之，黃次之，黑次之。其侯之飾，又以五采畫雲氣焉。」後鄭謂正外如鵠，正內二尺，則正方不止二尺，與毛傳「二尺曰正」之說不同。今細覈之，《司弓矢》「射椹質」，❶注：「質，正也。樹椹以爲射正。」《弓人》「利射革與質」，注：「質，木椹也。」正方二尺，二尺之邊，當有木榦，其中設布，畫以五采、三采、二采不等。《車攻》傳云：「裘纏質以爲槸。」槸，門橜也，在門中央。田車之輪六尺有三寸，軹崇三尺一寸有半，其任正之與槸相去一尺一寸有半，其廣亦然。門槸高二尺，又有裘以纏之，其高僅二尺餘，田車之輪乃可過也。若謂正大如鵠，侯中丈八尺者，鵠方六尺；侯中丈四尺者，鵠方四尺六寸大半寸；侯中一丈者，鵠方三尺三寸少半寸，則高於田車之軹，礙於任正，豈能通行？據彼傳云以質爲槸，正爲二尺，是其古制，儒家皆不能詳言之矣。又賈逵注《周禮》云：「四尺曰正。正五重，鵠居其內，而方二尺以爲鵠。」賈謂正、鵠俱在一侯，與鄭司農同。而云四尺曰正，正大於鵠，與古說乖戾。《射人》注：「今儒家云四尺曰正，二尺曰鵠，此說失之。」是也。鄭、賈並治《毛詩》，而其說不同若此。以上皆陳奐說。展我甥兮。【疏】傳：「外孫曰甥。」箋：「展，誠也。姊妹之子曰甥。容貌技藝如此，誠我齊之甥。言誠者，拒時人言齊侯之子。」○孔疏：「傳言『外孫曰甥』者，王肅云：『據外祖以言也。』」案：序云「人以爲齊侯之子」，詩人特述齊人公言，以爲據信，所以釋時俗刺譏之疑。

猗嗟孌兮，清揚婉兮。【疏】傳：「孌，壯好貌。婉，好眉目也。」○案：《泉水》、《候人》傳：「孌，好貌。」莊公身爲國君，年已踰冠，威儀既美，技藝又精，故傳於「好」上加「壯」字，以足其義。「清揚婉兮」，與《野有蔓草》同，皆壯其容儀之美，非必以「清揚」總承上文也。舞則選兮，【注】韓「選」作「纂」，言其舞則應

❶「矢」，原作「尺」，據陳奐《傳疏》、阮刻本《周禮注疏》改。

雅樂也。射則貫兮，【疏】傳：「選，齊；貫，中也。」箋：「選者，謂於倫等最上。貫，習也。」○「韓『選』作『纂』」者，《文選・日出東南隅行》注、傅毅《舞賦》注引《韓詩》曰：「舞則纂兮。」「言其舞則應雅樂也」者，引薛君《章句》文。《舞賦》注無「則」字。陳喬樅云：「『選』之與『纂』，以聲近通叚。《柏舟》詩『不可選也』，《後漢・朱穆傳》注引《絕交論》作『纂』字，亦以聲近通叚。『選』之或爲『纂』，猶『饌』之或爲『籑』、『譔』之或爲『簨』也。」馬瑞辰云：「詩三章俱言射事，則舞亦射時之舞。《論語》馬注：『射有五善，五曰興武。』武與舞同。」又《大司樂》：❶『王射，令奏《騶虞》，詔諸侯以弓矢舞。』《樂師》：『燕射，帥射夫以弓矢舞。』皆射時有舞之證。皇侃《論語疏》釋『興武』云：『射容與舞趣興相會，進退同也。』則此詩『舞則選兮』即興舞耳。薛君言其舞應雅樂，即《記》所云『其節比於樂』也。」四矢反兮，以禦亂兮。【注】韓「反」作「變」，云：「變，易也。」【疏】傳：「四矢，乘矢。」箋：「反，復也。禮，射三而止。每射四矢，皆得其故處，此之謂復。射必四矢者，象其能禦四方之亂也。」○案：如箋所云，是《保氏》「五射」所謂「參連」者也。賈疏釋「參連」云：「前放一矢，後三矢連續而去。」《列子・仲尼》篇云：「善射者能令後鏃中前括，發發相及，矢矢相屬。」謂四矢皆能復其故處也。「韓訓『變』爲『易』」者，言每射四矢，皆易其處，此《保氏》「五射」所謂「井儀」者。賈疏釋「井儀」云：「四矢貫侯，如井之容儀。」是也。《淮南子》云：「越人學遠射，參矢而發，適在五步之內，不易儀。世已變矣，而守其故，譬猶越人之射也。」然則井儀之法，每射四矢，各易其儀，不守其故處，與參連之四矢皆復其故處者正相

❶「司樂」，原作「射儀」，據馬瑞辰《通釋》、阮刻本《周禮注疏》改。

反，要皆五射之事也。禦，《大射》注及《鄉射》疏引《詩》作「御」，御，止也。言莊公善射，可以止亂。

《猗嗟》三章，章六句。

齊國十一篇，二十四章，百四十三句。

北京大學《儒藏》編纂與研究中心 編

《儒藏》精華編選刊

詩三家義集疏

（下）

〔清〕王先謙 撰
陳錦春 王承略 校點

北京大學出版社
PEKING UNIVERSITY PRESS

詩三家義集疏卷十九

長沙王先謙益吾著

甫田之什弟十九　詩小雅

甫田【疏】毛序：「刺幽王也。君子傷今而思古焉。」箋：「刺者，刺其倉廩空虛，政煩賦重，農人失職。」〇三家義未聞。

倬彼甫田，歲取十千。【注】韓「倬」作「菿」。我取其陳，食我農人，自古有年。今適南畝，或耘或耔，黍稷薿薿。【注】齊「耘」作「芸」，「耔」作「芓」，「薿」作「儗」。攸介攸止，烝我髦士。【疏】傳：「倬，明貌。甫田，謂天下田也。十千，言多也。尊者食新，農夫食陳。耘，除草也。耔，雝本也。烝，進；髦，俊也。治田得穀，俊士以進。」箋：「甫之言丈夫也。明乎彼大古之時，以丈夫税田也。歲取十千，於井田之法，則一成之數也。九夫爲井，井税一夫，其田百畝。井十爲通，通税十夫，其田千畝。通十爲成，成方十里，成税百夫，其田萬畝。欲見其數，從井通起，故言十千。上地穀畝一鍾。倉廩有餘，民得賒貰取食之，所以紓官之蓄滯，亦使民愛存新穀，自古者豐年之法如此。今者，今成王之法也。使農人之南畝，治其禾稼，功至力盡，則薿薿然而茂盛。於古言稅法，今言治田，互辭。介，舍也。禮，使民鋤作耘耔，間暇則於廬舍及所止息之處，以道藝相講肄，以進其爲俊士之行。」○《玉篇·草部》：「菿，都角切。《韓詩》：『菿彼圃田。』毛作『倬』。又音到。」《詩》釋文：「倬，《韓詩》作『菿』，云：『菿，卓也。』」《釋詁》：「菿，大也。」邢疏：「《韓詩》云：『菿彼圃田。』」陳喬樅云：「此《釋文》訛『菿』爲『菿』也。盧文弨曰：『徐鯤謂《説文》無「菿」字，惟《玉篇·竹部》有之，云：「捕具也。又作『罩』。」是「菿」即「罩」之異文。《廣韻·三十七號》：「菿，大也。」又《四覺》「菿」字注引《説文》云：「草大也。」今本《説文》作「草木倒」，「木倒」乃「大也」二字之譌。』據此，則《韓詩》本作『菿』字可知。《釋詁》郭注：『菿義未聞。』郭璞豈不見《韓詩》？使韓果作『菿』字，何云『未聞』耶？然其誤自陸德明始，而邢昺因之。」「齊『耘』作『芸』，『耔』作『芋』，『薿』作『儗』」者，《漢書·食貨志》：「后稷始甽田，以二耜爲耦，廣尺、深尺曰甽，長終畝。一畝三甽，一夫三百甽，而播種于甽中。苗生葉其上，稍耨隴草，因隤其土，以附苗根。故其《詩》曰：『或芸或芋，黍稷儗儗。』芸，除草也。芋，附根也。言苗稍壯，每耨輒附根。比盛暑，隴盡而根深，能風與旱，故儗儗而盛也。」《甸師》鄭注：「耨，芸芋也。」即用《齊詩》説。揚雄《逐貧賦》「或耘或耔」，明魯、毛文同。《文選·魏都賦》李注引《韓詩章句》：「介，界也。」胡承珙云：「箋以『介』爲『舍』，廬舍必於界上，是鄭義本韓。」陳奂云：「介，大也。止，猶息也。言長大其黍稷，休息其民人也，與二章云『以介我稷黍，以穀我士女』文義同。」黄山云：「《甫田》之詩，託諷農民農人。其稱『我』者，皆自我也，與《豳風》『食我農夫』當同。」「取其陳」者，以自食。待其新者，備歲取之常供爾。方薿薿而期其介止。介，當如陳説。止，至也，至於得穀也。《生民》傳訓「攸止」爲「福禄所止」，即此義。田畯，以農夫之俊者爲之。《釋言》：「髦，俊也。」又曰：「髦士，官也。田畯，農夫也。」則似專爲此詩立訓。三章「田畯」之「畯」，《釋文》：「本又作『俊』。」是傳之以「俊」訓「髦」，即以髦士爲田畯之官。農人獻新，田畯致之，故傳「治田得穀，髦士以進」連言，是爲一事矣。箋以爲「進其俊士之行」，非詩恉。言「治田得穀」，明就農人言，非就王言也。

以我齊明，與我犧羊，以社以方。我田既臧，農夫之慶。琴瑟擊鼓，以御田祖，以祈甘雨，以介我稷黍，以穀我士女。【疏】傳：「器實曰齊，在器曰盛。社，后土也。方，迎四方氣於郊也。田祖，先嗇也。穀，善也。」箋：「以絜齊豐盛，與我純色之羊，秋祭社與四方，爲五穀成熟，報其功也。臧，善也。我田事已善，則慶賜農夫，謂大蜡之時，勞農以休息之也。年不順成，則八蜡不通。御，迎；介，助；穀，養也。設樂以迎祭先嗇，謂郊後始耕也。以求甘雨，佑助我禾稼，我當以養士女也。《周禮》曰：『凡國祈年于田祖，吹《豳雅》，擊土鼓，以樂田畯。』」○齊明，猶明齊，即《左傳》「絜齊」也。《續漢·禮儀志》補注引蔡邕《禮樂志》：「社稷樂，《詩》所謂『琴瑟擊鼓，以迎田祖』者也。」❶《風俗通義》八：「《周禮》說：『二十五家置一社，但爲田祖報求。』《詩》曰：『乃立家土。』又曰：『以御田祖，以祈甘雨。』」據蔡說，魯「御」作「迎」。《風俗通》作「御」，蓋後人據毛改之。《漢書·郊祀志》引《詩》曰：「以御田祖，以祈甘雨。」明齊、毛文同。黄山云：「《詩》言田臧，未言稼同；言祈，未言報。田臧者，特無螟、螣、蟊、賊之害爾。箋輒以『五穀成熟』報功爲說，非也。首章『或芸或芓，黍稷儗儗』，齊說以爲苗稍壯，則尚未秀實明矣。三章『禾易長畝，終善且有』，祝其

❶「迎」，原作「御」，據續經解本《魯詩遺説攷》十三改。

終有，則尚未收穫明矣。『如茨如梁』，詠在末章，必無於次章言報功之理。箋援古文之説，謂『秋祭社與四方』。既秋祭矣，又以爲八蜡，蜡則冬祭也，尤無定説。蓋『以社』者，蔡邕所謂『春藉田，祈社稷』也。『以方』者，亦邕所謂『春夏祈穀於上帝』也。『御田祖』者，班固所謂『享先農』也。『祈甘雨』者，皇甫謐所謂『時雩旱禱』也。皆春夏王者重農所有事，詩歷言之，不必如箋説。」

曾孫來止，以其婦子，饁彼南畝，田畯至喜。攘其左右，嘗其旨否。禾易長畝，終善且有。曾孫不怒，農夫克敏。【疏】傳：「易，治也。長畝，竟畝也。敏，疾也。」箋：「曾孫，謂成王也。攘，讀當爲饟。饁、饟，饋也。田畯，司嗇，今之嗇夫也。喜，讀爲饎。饎，酒食也。成王來止，謂出觀農事也。親與后、世子行，使知稼穡之艱難也。爲農人之在南畝者，設饋以勸之，司嗇至則又加之以酒食，饟其左右從行者，成王親爲嘗其饋之美否，示親之也。禾治而竟畝，成王則無所責怒，謂此農夫能自敏也。」〇胡承珙云：「曹氏云：『攘，卻也，謂田畯之官卻除其左右之從者，親嘗其饁之旨否。言其上下相親之甚也。』」黄山云：「曾孫，爲農人親暱其君之稱。上章社、方、御、祈，美王之勤農。此章述王之愛農也。言王來田間，見婦子饋饟，卻左右而試嘗其食之旨否，亦示親暱爾，故曰『曾孫不怒』，謂不怒婦子之無知，正喜農夫之克敏也。然則『攘』義當如胡説，『嘗』則不當屬之田畯。『田畯』連上三句，數見他篇，亦不必相牽爲説也。」

曾孫之稼，如茨如梁。曾孫之庾，如坻如京。乃求千斯倉，乃求萬斯箱。黍稷稻梁，農夫之慶。報以介福，萬壽無疆。【疏】傳：「茨，積也。梁，車梁也。京，高丘也。」箋：「稼，禾也。謂有藁者也。茨，屋蓋也。上古之税法，近者納總，遠者納粟米。庾，露積穀也。坻，水中之高地也。成王見禾穀之稅委積之多，於是求千倉以處之，萬車以載之。是言年收踰前也。慶，賜也。年豐則勞賜農夫益厚，既有黍稷，加以稻粱。報者，爲之求福助於八蜡之神，萬壽無疆竟也。」○黄山云：「『曾孫之稼』四句，幸公田之獲多。『乃求千斯倉』四句，祈私田之大有。報者，神報王之勤農愛農，而畀以福壽，二句皆頌王之詞爾。此篇箋説多不倫，王肅、孫毓重疑之，如此章以納穗、納粟遠近爲説，成王巡田所至，本有近無遠也。又以求倉、箱屬成王，則穗、粟仍非自民納之，而司稼廩倉之官爲虚設矣。何其無定説也。」

《甫田》四章，章十句。

大田【疏】毛序：「刺幽王也。言矜寡不能自存焉。」箋：「幽王之時，政煩賦重，而不務農事，蟲災害穀，風雨不時，萬民饑饉，矜寡無所取活，故時臣思古以刺之。」○三家義未聞。

大田多稼，既種既戒，既備乃事。以我覃耜，【注】魯「覃」作「剡」。俶載南畝，播厥百穀，既庭且碩，曾孫是若。【疏】傳：「覃，利也。庭，直也。」箋：「大田，謂地肥美、可墾耕、多爲稼、可以授民者也。將稼者必先相地之宜而擇其種。季冬，命民出五種，計耦耕事，修耒耜，具田器，此之謂戒。是既備矣，至孟春土長冒橛，陳根可拔而事之。俶，讀爲熾。載，讀爲『菑栗』之『菑』。時至，民以其利耜，熾菑發所受之地，趨農急也。田一歲曰菑。碩，大；若，順也。民既熾菑，則種其衆穀。衆穀生，盡條直茂大。成王於是則止力役以順民事，不奪其時。」○「魯『覃』作『剡』」者，《釋詁》：「剡，利也。」郭注：「《詩》曰：『以我剡耜。』」陳喬樅云：「郭注是據舊注《魯詩》之文。張衡《東京賦》『介御間以剡耜』，衡習《魯詩》，可互證也。」

《淮南・氾論訓》「古者剡耜而耕」，字亦作「剡」，皆從魯文。毛作「覃」，叚借字。」陳奂云：「箋讀『俶載』爲『熾菑』，❶非也。菑，一歲休耕之田，不得播穀。」王逸《楚詞・九章》注：「播，種也。《詩》曰：『播厥百穀。』」明魯、毛文同。箋訓「播厥百穀」爲「種其衆穀」，亦於魯説合。

既方既皁，既堅既好，不稂不莠。去其螟螣，及其蟊賊，無害我田穉。田祖有神，秉畀炎火。【注】韓「秉」作「卜」，卜，報也。【疏】傳：「實未堅者曰皁。稂，童粱也。莠，似苗也。食心曰螟，食葉曰螣，食根曰蟊，食節曰賊。炎火，盛陽也。」箋：「方，房也，謂孚甲始生而未合時也。盡生房矣，盡成實矣，盡堅熟矣，盡齊好矣，而無稂莠。擇種之善，民力之專，時氣之和所致之。四蟲者，恒害我田中之穉禾，故明君以正己而去之。螟螣之屬，盛陽氣贏則生之。今明君爲政，田祖之神不受此害，持之付與炎火，使自消亡。」○馬瑞辰云：「《説文》：『螟，蟲食穀心者。吏冥冥犯法即生螟。』二徐本『心』誤作『葉』，《藝文類聚》、《開元占經》引《説文》作『食穀心』，段從之，是也。《釋文》：『螣，或作「蚮」。《説文》作「蟘」。』蟘，二徐本作『蟘』，云：『蟲食苗葉者。吏乞貸則生蟘。』蟘，當從《釋文》引作『蟘』。『蟘』本字，『螣』借字。『蟘』又借作『蜮』，《呂覽・任地》篇『又無螟蜮』，注『蜮』作爲『螣』。《後漢・明帝紀》亦云『去其螟蜮』。《春秋・莊十八年》『秋，有蜮』，當讀爲『螟蜮』之『蜮』。劉向、服虔並以爲短弧，非。蟊者，『蟊』之借。《説文》：『蟊，蟲食草

---

❶「俶載」，原乙，據陳奂《傳疏》乙正。

根者。❶從蟲，弔象形。吏抵冒取民財則生蟊。或作「蝥」。古文作「蛑」。」古務、牟同聲，『或作「蝥」』者，猶『務光』一作『牟光』也。其字亦省作『牟』，《漢書》景帝詔『侵牟萬民』，李奇曰『牟，食苗根蟲』是也。賊，《玉篇》作『蠈』，蓋後人增益之字，古止作『賊』。」《易林・坤之革》：「螟蟲爲賊，害我五穀。」用齊經文。《說文》有「螟」、「蟘」、「蟊」而無「賊」，齊家蓋亦以三者皆爲賊，非有四也。「『秉』作『卜』，卜，報也」者，《釋文》引《韓詩》文。段玉裁云：「卜畀，猶俗言付與也。《爾雅》：『卜，予也。』」胡承珙云：「《白虎通・蓍龜》云：『卜，赴也。』《小爾雅》：『赴，疾也。』《禮・少儀》、《喪服小記》注並云：『報，讀爲「赴疾」之「赴」。』是訓『卜』爲『報』，猶訓『卜』爲『赴』。『卜畀炎火』者，謂亟取而畀之炎火也。」

有渰萋萋，興雨祁祁。【注】齊「渰」作「黤」，魯作「晻」，韓作「弇」。齊「萋」作「淒」。三家「興雨」作「興雲」。雨我公田，遂及我私。彼有不穫穉，此有不斂穧。彼有遺秉，此有滯穗，伊寡婦之利。【疏】傳：「渰，雲興貌。萋萋，雲行貌。祁祁，徐也。秉，把也。」箋：「古者陰陽和，風雨時，其來祁祁然而不暴疾。其民之心，先公後私，令天主雨於公田，因及私田爾。此言民怙君德，蒙其餘惠。成王之時，百穀既多，種同齊孰，收刈促遽，力皆不足，而有不穫、不斂、遺秉、滯穗，故聽矜寡取之以爲利。」○「齊『渰』作『黤』」者，《漢書・食貨志》：「先王制土處民，富而教之，故民皆勸功樂業，先公而後私。其《詩》曰：『有黤淒淒，興雨祁祁。雨我公田，遂及我私。』」《詩》釋文云：「有渰，《漢書》作『黤』。」王應麟《詩攷》作「渰」，與今

❶「蟲」，原脱，據馬瑞辰《通釋》、陳刻《說文》、《說文注》、楊刻《說文義證》、祁刻《說文繫傳》補。

本同，已非善本矣。盧文弨云：「《顔氏家訓》始謂『興雲』當作『興雨』，陸《釋文》從之。趙明誠《金石録》載《無極山碑》有曰『興雲祁祁，雨我公田，遂及我私』，乃知漢以前本皆作『興雲』。顔氏但以班固《靈臺詩》『祁祁甘雨』爲證，豈諸書皆可廢乎？」愚案：盧説是也。自顔氏誤改，而桓寬《鹽鐵論·水旱》篇所引之「有渰萋萋」二句，《後漢·左雄傳》所引之「有渰凄凄」四句用《齊詩》者，皆改爲「興雨」矣。「魯作『晻』」者，《吕覽·務本》篇：「《詩》云：『有晻淒淒，興雲祁祁。雨我公田，遂及我私。』」高注：「《詩·小雅·大田》之三章也。晻，陰雲也。陰陽和，時雨祁祁然不暴疾也。古者井田，十一而税，公田在中，私田在外，民有禮讓之心，故願先公田而及私也。」案：所引《魯詩》也。《韓詩外傳》八引：「《小雅》曰：『有渰淒淒，興雲祁祁。』以是知太平之無飄風暴雨明矣。」陳喬樅云：「《詩攷》引《外傳》作『有弇』，今已爲後人改作『渰』。《御覽》八百七十二引作『黭』。」「三家『萋』作『凄』」，『興雨』作『興雲』」者，引已見上。段玉裁云：「古人止言『降雨』、『下雨』，無言『興雨』者，『興雲祁祁，雨我公田』，猶《白華》詩之『英英白雲，露彼菅茅』，語意相似。」《漢書·蕭望之傳》議曰：「《詩》云：『雨我公田，遂及我私。』下急上也。」此齊説也。趙岐《孟子章句》云：「太平時，民悦其上，願欲天之先雨公田，遂以次及我私田也。」此魯説也。馬瑞辰云：「稺有二義，《閟宫》詩傳：『先種曰稙，後種曰稺。』《説文》：『稺，幼禾也。』《繫傳》本下有『晚種後熟者』五字。是禾之幼者曰稺，禾之晚種者亦曰稺。此詩『無害我田稺』，謂幼禾也。『彼有不穫稺』，謂晚種後熟者也。」《禮·坊記》：「《詩》云：『彼有遺秉，此有不斂穧，伊寡婦之利。』」鄭注：「言穫者之遺餘，捃拾所以爲利。」《聘禮》鄭注：「秉，謂刈禾盈手之秉也。筥，穧名也。」《繁露·制度》篇：「孔子曰：『君子不盡利以遺民。《詩》云：「彼有遺秉，此有不斂穧，伊寡婦之利。」』」馬瑞辰云：「《説文》：『穧，穫刈也。一曰：撮也。』撮即聚把之稱。是穫禾謂之穧，聚禾成把亦謂之穧。此詩『不斂穧』當從《説文》『撮也』之訓。《釋文》以『穧穫』當之，非。《聘禮·記》『四秉曰筥』，鄭注：『筥，穧名也。今淶、易之間刈稻聚把有名爲筥者。』是穧即筥之别名。」愚案：稺、穗皆禾名，秉、穧皆禾秉名。「秉」與「穧」相對成文，則「穗」當與「稺」二句相屬，蓋齊與毛異。

曾孫來止，以其婦子，饁彼南畝，田畯至喜。來方禋祀，以其騂黑，與其黍稷。以享以祀，以介景福。【疏】傳：「騂，牛也。黑，羊、豕也。」箋：「喜，讀爲饎。饎，酒食也。成王出觀農事，饋食耕者，以勸之也。司嗇至，則又加之以酒食，勞倦之爾。成王之來，則又禋祀四方之神，祈報焉。陽祀用騂牲，陰祀用黝牲。」○案：《禮·曲禮》鄭注：「祭四方，謂祭五官之神于四郊也。句芒在東，祝融、后土在南，蓐收在西，玄冥在北。《詩》云：『來方禋祀。』方祀者，各祭其方之官而已。」黄山云：「此篇託諷，與《甫田》同。甫田爲天下民田，則大田當爲藉田。帝藉之收於神倉，以供天地宗廟百神之祀，故末章『來方禋祀』、『以享以祀』並言之，亦非如箋説之專爲祈報也。此『來』字，如『聿追來孝』之『來』，當訓爲『勤』。方者，方祀。禋者，禋祀。祀者，祀神。享者，享鬼。故牲有騂黑陰陽之别。《牧人》鄭注：『陽祀，南郊宗廟。陰祀，北郊上帝。』而方祀尚在其外，足知所包者廣。《曲禮》引《詩》『來方禋祀』，特就詩中『方祀』一事爲證耳。禋祀之昊天上帝，非方祀所敢用。祀者大事，抑非可因觀農事來行之。箋乃曰『成王之來，則又禋祀四方之神，祈報焉』，悖矣。鄭注《禮》多用齊説，知五官四郊即齊家此詩『方』字之説也。《韓詩外傳》三：『人事倫，則順於鬼神。順於鬼神，則降福孔偕。』《詩》曰：『以享以祀，以介景福。』是韓説亦非指祈報矣。」愚案：以上引《詩》，明齊、韓、毛文同。

《大田》四章，二章章八句，二章章九句。

瞻彼洛矣【疏】毛序：「刺幽王也。思古明王能爵命諸侯，賞善罰惡焉。」○三家義見下。

瞻彼洛矣，【注】魯說曰：「洛出獵山，東南流入渭。」維水泱泱。君子至止，福祿如茨。韎韐有奭，【注】魯「奭」作「赩」。以作六師。【疏】傳：「興也。洛，宗周溉浸水也。泱泱，深廣貌。韎韐者，茅蒐染韋也。一入曰韎韐，所以代韠也。天子六軍。」箋：「瞻，視也。我視彼洛水，灌溉以時，其澤浸潤，以成嘉穀。興者，喻古明王恩澤加於天下，爵命賞賜，以成賢者。君子至止者，謂來受爵命者也。爵命爲福，賞賜爲祿。茨，屋蓋也。如屋蓋，喻多也。此諸侯世子也，除三年之喪，服士服而來，未遇爵命之時，時有征伐之事，天子以其賢，任爲軍將，使代卿士將六軍而出。韎者，茅蒐染也。茅蒐，韎聲也。韎韐，祭服之韠，合韋爲之，其服爵弁服，紂衣纁裳也。」○案：「洛出獵山，東南流入渭」者，《淮南・墬形訓》「洛出獵山」，❶高注：「獵山在北地西北夷中，洛東南流入渭。《詩》『瞻彼洛矣，維水泱泱』是也。」此高用魯說也。《漢・地理志》：「北地郡歸德，洛水出北蠻夷中，入河。二字衍。左馮翊褱德，《禹貢》洛水東南入渭。」漢歸德縣，今甘肅慶陽府安化、合水二縣地，爲洛水出源處。王引之云：「毛傳原文當作『韎，染韋也』，今本『韎』下有『者茅

❶「墬」，原作「墜」，據續經解本《魯詩遺說攷》十三改。

蒐』三字，此涉鄭箋『韎者，茅蒐染』而誤衍也。蓋毛以染韋一入之色爲韎，而不以茅蒐爲韎，故曰：『韎，染韋也。一入曰韎。』鄭以韎爲茅蒐之合聲，則以茅蒐爲韎，而不以一入爲韎，故曰：『韎者，茅蒐染。茅蒐，韎聲也。』若毛以茅蒐爲韎，則與『一入曰韎』之文自相違戾。且毛既云『韎者，茅蒐染韋』，則鄭不須更云『韎者，茅蒐染』矣。孔、陸所見已是誤本，故不言鄭與毛異耳。」「魯『奭』作『赩』」者，《白虎通·爵》篇：「世子上受爵命，衣士服何？謙不敢自專也。故《詩》曰：『韎韐有赩。』謂世子始行也。」陳喬樅云：「《白虎通》以此詩首章爲世子始行，衣士服而上受爵命，本於《魯詩》之説。鄭箋三章俱就世子言，與《白虎通》合，亦據《魯詩》爲解也。又孔疏引鄭《駁異義》云：『韎，草名。齊、魯之間言韎韐聲如茅蒐，字當作「韎」。陳留人謂之蒨。』是箋以茅蒐爲韎韐聲，皆用魯訓。」愚案：「奭」魯作「赩」，赩、奭並訓赤，音、義相通。世子除喪，士服來朝，既見天子，而受福禄，已爵命之矣。適有征伐而任軍將，則服韎韐以奮起六師，言其賢而材也。

瞻彼洛矣，維水泱泱。君子至止，鞞琫有珌。君子萬年，保其家室。【疏】傳：「鞞，容刀鞞也。琫，上飾；珌，下飾也。天子玉琫而珧珌，諸侯璗琫而璆珌，大夫鐐琫而鏐珌，士珕琫而珕珌。」箋：「此人世子之賢者也，既受爵命賞賜，而加賜容刀有飾，顯其能制斷。德如是，則能長安其家室親。家室親安之尤難，安則無篡殺之禍也。」○胡承珙云：「《公劉》傳：『下曰鞞，上曰琫。』並不言飾，可見鞞爲刀室，琫、珌所以飾鞞。《左傳》『藻率鞞鞛』，鞛即琫也。《集韻》：「琫，或作『鞛』。」此亦『鞞琫』連文而不及『珌』，與《公劉》同。杜注乃云：『鞞，刀削上飾。鞛，佩刀下飾。』宜劉炫規其過也。正義：『傳因琫、珌歷道尊卑，不知出何書。』《説文》：『琫，佩刀上飾也。天子以玉，諸侯以金。』『珌，佩刀下飾。天子以玉。』段注：『毛傳：「天子以珧。」

《説文》：「珧，蜃甲。天子玉琫而珧珌。」此當作「天子以珧，諸侯以玉」。』又《説文》：『珕，蜃屬。《禮》：「佩刀，士珕琫而珧珌。」』『璗，金之美者，與玉同色。《禮》：「佩刀，諸侯璗琫而璆珌。」』段云：『天子玉琫珧珌，備物也。諸侯璗琫璆珌，讓於天子也。璆，美玉也。天子玉上，諸侯玉下，故曰讓於天子也。大夫鐐琫鏐珌，銀上金下也。士珕琫珧珌，珧有玉珧之稱，貴於珕。自諸侯至士皆下美於上，惟天子上美於下。』案：《説文》與傳互異。天子蓋琫、珌異物。若諸侯璗琫鏐珌，黄金爲璗，其美者爲鏐，是諸侯琫、珌同以金爲之，所以別於天子也。《王莽傳》『瑒琫瑒珌』，瑒與璗同，亦上下皆用金之證。孟康云「瑒，玉名」，非是。大夫皆以鐐爲之，士皆以珕爲之。《説文》『諸侯璆珌，士珧珌』，恐是傳寫之誤。」《公羊·莊四年》何休《解詁》：「《詩》云：『君子萬年。』」明魯、毛文同。

瞻彼洛矣，維水泱泱。君子至止，福禄既同。君子萬年，保其家邦。【疏】箋：「此人世子之能繼世位者也，其爵命賞賜，盡與其先君受命者同而已，無所加也。」

《瞻彼洛矣》三章，章六句。

裳裳者華【疏】毛序：「刺幽王也。古之仕者世禄，小人在位，則讒諂並進，棄賢者之類，絶功臣之世焉。」箋：「古者，古昔明王時也。小人，斥今幽王也。」○三家無異義。

裳裳者華，【注】魯、韓「裳」作「常」。其葉湑兮。我覯之子，我心寫兮。我心寫兮，是以有譽處兮。【疏】傳：「興也。裳裳，猶堂堂也。湑，盛貌。」箋：「興者，華堂堂於上，喻君也。葉湑然於下，喻臣也。明王賢臣以德相承而治道興，則讒諂遠矣。覯，見也。之子，是子也，謂古之明王也。言我得見古之明王，則我心所憂寫而去矣。我心所憂既寫，則是君臣相與聲譽常處也。憂者，憂讒諂並進。」○「魯、韓『裳』作『常』」者，《廣雅·釋訓》：「常常，盛也。」是此詩「裳裳」之異文。《説文》：「常，或作『裳』。」《廣雅》所引魯、韓《詩》，蓋作「常常」。湑，猶湑湑也。言賢者功臣世澤之盛，如此華葉之茂也。之子，指世禄者言。我見之子，則我心爲之輸寫也。我心爲之輸寫兮，是以衆口交推，常安樂而處之兮。譽處，義與《蓼蕭》篇同，不作「聲譽」解。

裳裳者華，芸其黄矣。我覯之子，維其有章矣。維其有章矣，是以有慶矣。【疏】傳：「芸，黄盛也。」箋：「華芸然而黄，興明王德之盛也。不言葉，微見無賢臣也。章，禮文也。言我得見古之明王，雖無賢臣，猶能使其政有禮文法度。政有禮文法度，是則我有慶賜之榮也。」○馬瑞辰云：「芸者，『賱』之借字。《説文》：『賱，物數紛賱亂也。』今作『紛紜』。賱謂多，多則盛也。」❶不言葉，略也。言我覯世禄之子，維其有章服之美矣。維其有章服之美，是則由明王篤念賢者功臣之後，加之慶賜矣。

裳裳者華，或黄或白。我覯之子，乘其四駱。乘其四駱，六轡沃若。【疏】傳：「言世禄也。」箋：「華或有黄者，或有白者，興明王之德，時有駁而不純。我得見明王德之駁者，雖無慶譽，猶能免於讒諂之害，守我先人之禄位，乘其四駱之馬，六轡沃若然。」○「或黄或白」，言雜色俱極其盛，非有所貶抑也。

---

❶「多」，原脱，據馬瑞辰《通釋》補。

我覯世禄之子，得乘四駱之馬，其六轡潤澤而沃然，我則居此世爲可幸也。《蔡邕集·胡廣黄瓊頌》「沃若六轡」，用魯經文。

左之左之，君子宜之。右之右之，君子有之。維其有之，是以似之。【注】魯「維」作「唯」。

【疏】傳：「左，陽道，朝祀之事。右，陰道，喪戎之事。似，嗣也。」箋：「君子，斥其先人也，多才多藝，有禮於朝，有功於國。維我先人有是二德，故先王使之世禄，子孫嗣之。今遇讒諂並進，而見棄絶也。」○《説苑·修文》篇：「《詩》曰：『左之左之，君子宜之。右之右之，君子有之。』傳曰：『君子無所不宜也。』是故韠冕厲戒，立於廟堂之上，有司執事，無不敬者。斬衰裳苴絰杖，立於喪次，賓客弔唁，無不哀者。被甲纓胄，立於桴鼓之間，士卒莫不勇者。故仁足以懷百姓，勇足以安危國，信足以結諸侯，强足以拒患難，威足以率三軍。故曰爲左亦宜，爲右亦宜。爲君子無不宜者，此之謂也。」陳喬樅以《説苑》所引《詩傳》即《魯詩傳》之文。與《荀子·不苟篇》引《詩》「言君子能以義屈伸變應」，《韓詩外傳》言「周公事文、武、成三王，三變以應時」諸説合。君子，即謂世禄之子。言明王能厚愛賢者，功成之後，其後人自能嗣美而克副上之任使矣。「魯『維』作『唯』」者，《新序·雜事》一：「唯善，故能舉其類。《詩》曰：『唯其有之，是以似之。』」「維」作「唯」。《潛夫論·邊議》篇引《詩》：「維其有之，是以似之。」案：三家皆不作「維」，此魯文當作「唯」，或作「惟」，後人妄改也。

《裳裳者華》四章，章六句。

桑扈【疏】毛序：「刺幽王也。君臣上下，動無禮文焉。」箋：「動無禮文，舉事而不用先王禮法威儀也。」〇三家義未聞。

交交桑扈，有鶯其羽。君子樂胥，受天之祜。【注】魯説曰：「胥者，相也。」【疏】傳：「興也。鶯然有文章。胥，皆也。」箋：「交交，猶佼佼，飛往來貌。桑扈，竊脂也。興者，竊脂飛而往來有文章，人觀視而愛之，喻君臣以禮法威儀升降於朝廷，則天下亦觀視而仰樂之。胥，有才知之名也。祜，福也。王者樂臣下有才知文章，則賢人在位，庶官不曠，政和而民安，天予之以福禄。」〇此詩以桑扈之往來有文，興君臣之威儀升降，故不如《小宛》傳以「交交」爲「小貌」。扈，與「鳸」通，即布穀也。短言曰扈，長言曰布穀。有鶯，猶鶯鶯也。鶯鶯，形容羽領文章之美。《文選·射雉賦》徐爰注：「鸎，文章貌也。《詩》云：『有鸎其羽。』」與《白帖》九十五引同，「鶯」作「鸎」。《白帖》九十四引《詩》仍作「鶯」，云：「鶯，文彩也。」蓋鶯、鸎通用。《説文》無「鸎」字。《鳥部》：「鶯，鳥也。」引《詩》：「有鶯其羽。」段注：「今《説文》必淺人所改。」謂不當訓「鳥」也。「胥，相也」者，《新書·禮》篇：「《詩》曰：『君子樂胥，受天之祜。』胥者，相也。祜，大福也。夫憂民之憂者，民必憂其憂。樂民之樂者，民亦樂其樂。與士民若此者，受天之福矣。」此魯説。司馬相如《上林賦》「樂樂胥」，揚雄《長揚賦》「肴樂胥」，又曰「受神人之福祜」，❶皆用魯經文。班固《靈臺詩》「於皇樂胥」，用齊經文。

❶「福祜」，原乙，據續經解本《魯詩遺説攷》十三、胡刻《文選》、《漢書補注》卷八十七下乙正。

交交桑扈，有鶯其領。君子樂胥，萬邦之屏。【疏】傳：「領，頸也。屏，蔽也。」箋：「王者之德，樂賢知在位，則能爲天下蔽捍四表患難矣。蔽捍之者，謂蠻夷率服，不侵畔。」○《玉篇・頁部》引《詩傳》云：「領，頸也。」此當是韓傳，與毛同。《文選・射雉賦》：「鶯綺翼而䞓撾，灼繡頸而衮背。」鶯羽，「鶯綺翼」也。鶯領，「灼繡頸」也。即運化此詩語。《衆經音義》二十引《倉頡》云：「屏，牆也。」

之屏之翰，百辟爲憲。不戢不難，受福不那。【疏】傳：❶「翰，榦；憲，法也。戢，聚也。不戢，戢也。不難，難也。那，多也。不多，多也。」箋：「辟，君也。王者之德，外能捍蔽四表之患難，內能立功立事爲之楨榦，則百辟卿士，莫不修職而法象之。王者位至尊，天所予也，然而不自斂以先王之法，不自難以亡國之戒，則其受福禄亦不多也。」○胡承珙云：「正義標傳文『翰，榦』，當引『楨、翰，榦』，今本『楨』下脱『翰』字，惟《吕記》引正義『楨，翰，榦也』不誤。又正義引舍人注『榦，所以當牆兩邊』，『榦』當作『翰』。《左莊二十九、宣十一、成二年。傳》正義引皆作『翰』。」又：「《顏氏家訓・書證》篇引《詩傳》曰：『不戢，戢也。不儺，儺也。不多，多也。』據此，詩『難』字本作『儺』，傳當讀如『猗儺』之『儺』。《隰有萇楚》傳云：『猗儺，柔順貌。』則此『不戢』者，言民皆聚而歸之。『不儺』者，言民皆柔而順之。民既歸順，故受福多耳。」愚案：《説文》「魕」下云：「讀若《詩》『受福不儺』。」是三家作「儺」，毛借以通訓也。

兕觥其觩，旨酒思柔。彼交匪敖，【注】齊「彼交」作「匪傲」。萬福來求。【疏】箋：「兕觥，罰

---

❶「傳」，原脱，據明世德堂本《毛詩》、阮刻本《毛詩正義》及本書體例補。

爵也。古之王者與羣臣燕飲，上下無失禮者，其罰爵徒觩然陳設而已。其飲美酒，思得柔順中和，與共其樂。言不憮敖自淫恣也。彼，彼賢者也。賢者居處恭，執事敬，與人交必以禮，則萬福之禄就而求之，謂登用爵命，加以慶賜。」○《韓詩》曰：「觩容五升，所以爲罰爵也。」説詳《卷耳》篇。觩爲罰爵，後漢猶存其制，見《郅惲傳》。《漢書·五行志》：「《詩》曰：『兕觩其觩，旨酒思柔。匪傲匪敖，萬福來求。』」張晏曰：「觩，罰爵也。飲酒和柔，無失禮可罰，罰爵徒觩然而已。」應劭曰：「言在位者不傲訐、不倨傲也。」師古曰：「傲，謂傲倖也。萬福，言其多也。謂飲酒者不傲倖、不傲慢，則福禄就而求之也。」臧琳云：「『交』爲『絞』之省，絞、傲古通，當從應説。」盧文弨云：「《左·成十四年傳》引《詩》『彼交匪傲』，襄二十七年《傳》作『匪交匪敖』，『匪』亦有『彼』義。襄八年《傳》引《詩》『如匪行邁謀』，杜注：『匪，彼也。』《漢志》據《齊詩》，故文與毛異。」馬瑞辰云：「王氏引之曰：『求，讀與逑同。逑，聚，謂福禄來聚。』其説是也。逑、鳩古同義。《釋詁》：『鳩，聚也。』《堯典》『方鳩僝功』，《説文》引作『旁逑僝功』，云：『逑，斂聚也。』逑音又同勼，《説文》：『勼，聚也。』『萬福來求』，猶《鳧鷖》詩『福禄來崇』，《瞻彼洛矣》詩『福禄既同』，《長發》詩『百禄是遒』，崇、同、遒，皆聚也，故趙孟曰『匪交匪敖，福將焉往』。箋云『就而求之』，失其義矣。」愚案：「就而求之」，顔注同箋，是齊義本如此。

《桑扈》四章，章四句。

鴛鴦【疏】毛序：「刺幽王也。思古明王交於萬物有道，自奉養有節焉。」箋：「交於萬物有道，謂順其性，取之以時，不暴夭也。」○三家義未聞。

鴛鴦于飛，畢之羅之。君子萬年，福禄宜之。【疏】傳：「興也。鴛鴦匹鳥，太平之時，交於萬物有道，取之以時，於其飛乃畢掩而羅之。」箋：「匹鳥，言其止則相耦，飛則爲雙，性馴耦也。此交萬物之實也，而言興者，廣其義也。獺祭魚而後漁，豺祭獸而後田，此亦皆其將縱散時也。君子，謂明王也。交於萬物，其德如是，則宜壽考，受福禄也。」○《吕覽·季春紀》高注：「罼，掩網也。《詩》曰：『鴛鴦于飛，罼之羅之。』」又《淮南·時則訓》高注：「畢、羅，鳥罟也。《詩》曰：『鴛鴦于飛，畢之羅之。』」兩引文異，明所據《魯詩》有兩本，其實一字也。馬瑞辰云：「聖人弋不射宿。《説文》：『宿，止也。』不射宿，謂不射止鳥，非夜宿之謂。古者射飛鳥，不射止鳥，《説文》『隿，繳射飛鳥也』。畢、羅之掩鳥，蓋亦於其飛，不於其止，故詩以此見古明王之交於萬物有道，非謂能飛即畢、羅之也。孔疏謂『於其能飛乃畢掩之而羅取之』，似非詩義。」《易林·隨之遯》「君子萬年」，用齊經文。黄山云：「鴛鴦，水鳥之微者，既於人物無害，又不足以供庖厨，太平明王何用特殺？蓋當鷹隼搏擊，則水鳥驚飛；鷙鳥隱形，則栖梁自得。用畢、羅者，亦視其飛、止以爲張、弛，非即以畢、羅取鴛鴦，故毛專指詩爲興也。是鴛鴦之于飛，一如黄鳥、倉庚之于飛耳。鄭以豺、獺比方，疑爲事實，非也。孔疏之誤，不足辨矣。」

鴛鴦在梁，戢其左翼。【注】韓説曰：「戢，捷也。捷其噣於左也。」君子萬年，宜其遐福。【疏】傳：「言休息也。」箋：「梁，石絶水之梁。戢，斂也。鴛鴦休息於梁，明王之時，人不驚駭，斂其左翼，以右翼掩之自若，無恐懼。遐，遠也。遠，猶久也。」○「戢捷」至「左也」，《釋文》引《韓詩》文。陳喬樅云：「王褒《四子講德論》云：『飛鳥翕翼。』『翕』與『斂』義同。王用《魯詩》，與箋説合。韓訓『戢』爲『捷』者，《廣雅·釋詁》云：『戢，插也。』插、捷古字通用。《士冠禮》『捷柶興』，《釋文》云：『捷，本作「插」。』《禮・樂記》注：『搢，猶捷也。』《釋文》亦云：『捷，本作「插」。』是其證也。毛奇齡《續詩傳》曰：『凡禽鳥止息，無論長頸、短喙，必捷其噣於左翼。』引『《攷工記・廬人》注「矜所捷也」，捷即插也』爲證。其説良允。《玉海》載《詩》釋文引《韓詩》作『揵其噣』，『揵』即『捷』字之譌。陳啟源從之，誤矣。」

乘馬在廐，摧之秣之。君子萬年，福祿艾之。【疏】傳：「摧，挫也。秣，粟也。艾，養也。」箋：「摧，今『莝』字也。古者明王所乘之馬繫於廐，無事則委之以莝，有事乃予之穀，言愛國用也。以興於其身亦猶然，齊而後三舉設盛饌，恒日則減焉，此之謂有節也。明王愛國用，自奉養之節如此，故宜久爲福祿所養也。」○《釋文》：「莝，采臥反。《韓詩》云：『委也。』委，紆僞反，猶食也。」王應麟《詩攷》謂韓「摧」作「莝」，是也。箋言「委之以莝」，亦用韓義。《説文》：「莝，斬芻也。」委，亦「餧」之渻借。餧，猶飼也。

乘馬在廐，秣之摧之。君子萬年，福祿綏之。【疏】箋：「綏，安也。」

《鴛鴦》四章，章四句。

頍弁【疏】毛序：「諸公刺幽王也。暴戾無親，不能燕樂同姓，親睦九族，孤危將亡，故作是詩也。」箋：「戾，虐也。暴虐，謂其政教如雨雪也。」○三家義未聞。

有頍者弁，實維伊何？爾酒既旨，爾殽既嘉。豈伊異人？兄弟匪他。蔦與女蘿，施于松柏。未見君子，憂心奕奕。既見君子，庶幾説懌。【疏】傳：「興也。頍，弁貌。弁，皮弁也。

蔦，寄生也。女蘿，菟絲，松蘿也。喻諸公非自有尊，託王之尊。奕奕然無所薄也。」箋：「實，猶是也。言幽王服是皮弁之冠，是維何爲乎？言其宜以宴而弗爲也。禮，天子諸侯朝服以宴。天子之朝皮弁，以日視朝。旨、嘉，皆美也。女酒已美矣，女殽已美矣，何以不用與族人宴也？言其知具其禮而弗爲也。此言王當所與宴者，豈有異人疏遠者乎？皆兄弟與王無他。言至親，又刺其弗爲也。託王之尊者，王明則榮，王衰則微，刺王不親九族，孤特自恃，不知己之將危亡也。君子，斥幽王也。幽王久不與諸公宴，諸公未得見幽王之時，懼其將危亡，己無所依怙，故憂其心奕奕然，故言我若已得見幽王諫正之，則庶幾其變改，意解懌也。」○《儀禮・士冠禮》「緇布冠缺項」，鄭注：「缺，讀如『有頍者弁』之『頍』。緇布冠，無笄者，著頍圍髮際，結項中，隅爲四綴以固冠也。項中有繝，亦由固頍爲之耳。今未冠笄者著幘，❶頍象之所生也。滕、薛名蔮爲頍。」陳喬樅云：「鄭説本之《齊詩》，與毛異。」《續漢志》：「古者有冠無幘，其戴也，加首有頍，所以安幘。故《詩》曰『有頍者弁』，此之謂也。」仍本鄭説。陳奂云：「《左・昭九年傳》：❷『王使詹桓伯辭於晉，曰：「我在伯父，猶衣服之有冠冕。」』《穀梁・僖八年傳》曰：『弁冕雖舊，必加於首。周室雖衰，必先諸侯。』然則王者之在上位，猶皮弁之在人首，故以爲喻。」實勝古説。《説文》：「蔦，寄生也。」《釋草》：「女蘿，兔絲。」《呂覽・精通》篇高注引《淮南記》曰：「下有茯苓，上有兔絲，一名女蘿。《詩》曰：『蔦與女蘿，施于松上。』」明

❶「幘」上，阮刻本《儀禮注疏》有「卷」字。

❷「左」上，陳奂《傳疏》有「正義云」三字。按：「左昭」至「爲喻」係孔穎達疏文，見阮刻本《毛詩正義》。王先謙以爲陳奂説，並云「實勝古説」，蓋誤。

魯、毛文同。正義引陸《疏》云：「今菟絲蔓連草上，非松蘿。松蘿自蔓松上，與菟絲殊異。」然《詩》明言女蘿施松上，不能以今證易也。《隸釋》載《費鳳别碑》云「蔦與女蘿」，字從木作「樢」，亦三家之異，係《説文》或體。《釋木》「寓木，宛童」，即此「樢」矣。《釋訓》：「奕奕，憂也。」即本《魯詩》義。

有頍者弁，實維何期？爾酒既旨，爾殽既時。豈伊異人？兄弟具來。蔦與女蘿，施于松上。未見君子，憂心怲怲。既見君子，庶幾有臧。【疏】傳：「時，善也。怲怲，憂盛滿也。臧，善也。」箋：「何期，猶伊何也。期，辭也。具，猶皆也。」○《釋訓》：「怲怲，變也。」亦《魯詩》義。

有頍者弁，實維在首。爾酒既旨，爾殽既阜。豈伊異人？兄弟甥舅。如彼雨雪，先集維霰。【注】魯「霰」作「霓」。韓説曰：「先集維霰，霰，霙也。」死喪無日，無幾相見。樂酒今夕，【注】魯「夕」作「昔」。君子維宴。【疏】傳：「霰，暴雪也。」箋：「阜，猶多也。謂吾舅者，吾謂之甥。將大雨雪，始必微温，雪自上下，遇温氣而摶，謂之霰。久而寒勝，則大雪矣。喻幽王之不親九族亦有漸，自微至甚，如先霰後大雪。王政既衰，我無所依怙，死亡無有日數，能復幾何與王相見也，且今夕喜樂此酒，此乃王之宴禮也。刺幽王將喪亡，哀之也。」○陳奂云：「此言宴同姓，而必及甥舅者，《禮·文王世子》篇云：『公若與族燕，則異姓爲賓。』」「魯『霰』作『霓』」者，《釋天》：「雨霓爲霄雪。」郭注：「《詩》曰：『如彼雨雪，先集維霓。』霓，水雪雜下者，謂之消雪。」郭所引據舊注《魯詩》之文也。「先集」至「霙也」，《御覽》十二、《宋書·符瑞志》、《文選》謝惠連《雪賦》李注引《韓詩》薛君章句文。「先集維霰」，明韓、毛文同。馬瑞辰云：「薛以霰爲霙，霙猶花也。今俗以雪之先下而小者爲雪花，即《韓詩》所謂『霙』也。或以雪花六出當之，則誤以霰爲大雪矣。」

《韓詩外傳》四言：「明王能愛其所愛，闇王必危其所愛。《小雅》曰：『死喪無日，無幾相見。』危其所愛之謂也。」據此，知韓、毛文同。「魯『夕』作『昔』」者，王逸《楚詞・大招》注：「昔，夜也。《詩》云：『樂酒今昔。』言可以終夜自娱樂也。」據此，知《魯詩》「夕」作「昔」。

《頍弁》三章，章十二句。

車舝【疏】毛序：「大夫刺幽王也。褒姒嫉妬，無道並進，讒巧敗國，德澤不加於民。周人思得賢女以配君子，故作是詩也。」〇《左・昭二十五年傳》「叔孫昭子賦《車轄》」，「舝」亦作「轄」。《說文》「舝」入《舛部》，云：「軸耑鍵也，兩穿相背。從舛，萬省聲。萬，古文『偰』字。」「轄」入《車部》，云：「車聲也。從車，害聲。一曰：轄，鍵也。」係通借字，以「舝」爲正。三家義未聞。

間關車之舝兮，思孌季女逝兮。匪飢匪渴，德音來括。【注】韓說曰：「括，約束也。」雖無好友，式燕且喜。【疏】傳：「興也。間關，設舝也。孌，美貌。季女，謂有齊季女也。括，會也。」箋：「逝，往也。大夫嫉褒姒之爲惡，故嚴車設其舝，思得孌然美好之少女有齊莊之德者，往迎之以配幽王，代褒姒也。既幼而美，又齊莊，庶其當王意。時讒巧敗國，下民離散，故大夫汲汲欲迎季女，行道雖飢不飢，雖渴不渴，覬得之而來，使我王更修德教，合會離散之人。式，用也。我得德音而來，雖無同好之賢友，我猶用是燕飲相慶且喜。」〇間關者，阮福云：「《後漢・荀彧傳論》：『荀君乃越河、冀，間關以從曹氏。』李注：『間關，猶展轉也。』車之設舝，則流轉如意，亦猶人之周流四方，動而不息，故注謂『間關，猶展轉』也。間關言貌而不言聲，宋儒以爲設鞶聲，失之。」「括，約束也」者，《文選》劉琨《答盧諶詩》注、陸機《辨亡論》注引薛君《韓詩章句》文。馬瑞辰云：「韓釋『括』爲『約束』，言以德音來相約束，與下章『令德來教』同意。《說文》：『括，絜也。』『栝，檃也。』均與『約束』義同。」愚案：「雖無好友」，謂意見不同。

依彼平林，有集維鷮。❶辰彼碩女，【注】魯「辰」作「展」。令德來教。式燕且譽，好爾無射。【疏】傳：「依，茂木貌。平林，林木之在平地者也。鷮，雉也。辰，時也。」箋：「平林之木茂，則耿介之鳥往集焉。喻王若有茂美之德，則其時賢女來配之，與相訓告，改修德教。爾，女。女，王也。射，厭也。我於碩女來教，則用是燕飲酒，且稱王之聲譽，我愛好王，無有厭也。」○陸《疏》云：「鷮微小於翟，走而且鳴，其尾長，肉甚美。」「魯『辰』作『展』」者，《列女·漢楊夫人傳》引《詩》：「展彼碩女，令德來教。」是據《魯詩》之文。郝懿行妻王氏注：「展，信也。碩，大也。言信彼大賢之女，以善德來教也。」愚案：碩女，謂大德之女。譽，安也，詳《蓼蕭》篇。詩人目覩褒姒亂政，興此無聊之思。然即使有之，亦終歸於無益。《史記·殷本紀》：❷「九侯有好女，人之紂。九侯女不憙淫，紂怒，殺之，而醢九侯。」其已事也。

雖無旨酒，式飲庶幾。雖無嘉殽，式食庶幾。雖無德與女，式歌且舞。【疏】箋：「諸大夫覬得賢女以配王，於是酒雖不美猶用之燕飲，殽雖不美猶食之人，皆庶幾於王之變改，得輔佐之。雖無其

❶「維」，原作「爲」，據明世德本《毛詩》、阮刻本《毛詩正義》改。

❷「本紀」，原作「世家」，據殿本《史記》改。

德，我與女用是歌舞相樂，喜之至也。」○陳奐云：「周家歷世有賢聖之配，今幽王立褒姒爲后，大臣知其有滅周之禍，故篇中語氣，言不必若大姜、大任、大姒之賢聖，第思得德音令德之女，以配我君子，已有歌舞喜樂之盛，雖無旨酒、嘉殽，亦足以解渴飢。此深惡王之黜申后而立褒姒也。《左・昭二十六年傳》晏子曰：『陳氏雖無大德，而有施於民。豆區釜鍾之數，其取之公也薄，其施之民也厚。公厚斂焉，陳氏厚施焉，民歸之矣。《詩》曰：「雖無德與女，式歌且舞。」』案：此斷章取義。詩人本以女與褒姒相比，晏子引之，以爲公與陳氏相較，而用意實同。『雖無德』解作『雖無大德』，則詩意本然也。」《後漢・章帝紀》元和二年詔：「《詩》不云乎？『雖無德與女，式歌且舞。』」明魯、毛文同。

陟彼高岡，析其柞薪。析其柞薪，其葉湑兮。鮮我覯爾，我心寫兮。【疏】箋：「陟，登也。登高岡者，必析其木以爲薪。析其木以爲薪者，爲其葉茂盛，蔽岡之高也。此喻賢女得在王后之位，則必辟除嫉妬之女，亦爲其蔽君之明。鮮，善；覯，見也。善乎我得見女如是，則我心中之憂除去也。」

高山仰止，景行行止。四牡騑騑，六轡如琴。覯爾新昏，以慰我心。【注】韓「慰」作「慍」，慍，恚也。【疏】傳：「景，大也。慰，安也。」箋：「景，明也。諸大夫以爲賢女既進，則王亦庶幾古人有高德者則慕仰之，有明行者則而行之。其御羣臣，使之有禮，如御四馬騑騑然。持其教令，使之調均，亦如六轡緩急有和也。我得見女之新昏如是，則以慰除我心之憂也。新昏，謂季女也。」○此章興義廣博，箋説是也。《史記・孔子世家贊》：「《詩》有之：『高山仰止，景行行止。』雖不能至，然心鄉往之。」《史記・三王世家》：「《詩》曰：『高山仰止，景行嚮之。』」兩引文皆如此。褚少孫習《魯詩》，疑所引《魯詩》「亦作」本。《詩》釋文：

「仰止，本或作『仰之』。」蓋兩「止」字皆有作「之」者。《禮·表記》：「《小雅》曰：『高山仰止，景行行止。』」鄭注：「仰高勤行者，仁之次也。景，明也。有明行者，謂古聖賢也。」《禮》釋文：「仰止，本或作『仰之』。行止，《詩》作『行之』。」❶《韓詩外傳》七載南假子過程本子事，引《詩》：「高山仰止，景行行止。」明韓、毛文同。此四句推及賢女輔王進德，能如是，則我心慰安也。馬瑞辰云：「王肅申毛云：❷『慰，怨也。』此非毛傳之舊。《説文》：『䛄，慰也。』《玉篇》：『䛄，慰也。亦作「婉」。』『䛄』即『婉』之或體。婉者，❸順也。『䛄』可訓『慰』，『慰』亦可訓『䛄』。毛傳蓋本作『慰，䛄也』，後人少識『䛄』，因譌而爲『怨』，王肅遂以『怨恨』釋之耳。」「『慰』作『慍』，慍，恚也」者，《釋文》引《韓詩》文。今《韓詩》不可得見，就《釋文》所引推之，蓋末章末二句已露正意，如王肅所云「新昏，謂褒姒」，故言「以慍我心」耳。

《車舝》五章，章六句。

青蠅【疏】毛序：「大夫刺幽王也。」〇《易林·豫之困》：「青蠅集藩，君子信讒。害賢傷忠，患生婦

---

❶「詩」，原脱，據續經解本《齊詩遺説攷》七及宋本、通志堂本《釋文》補。

❷「王肅申毛云慰怨也」八字，疑有誤。馬瑞辰《通釋》引《毛詩正義》：「孫毓載毛傳云：『慰，怨也。』王肅云：『新昏，謂褒姒也。大夫不遇賢女（校點者按：「不」，原作「下」，據阮刻本《毛詩正義》改），而後徒見褒姒讒巧嫉妒，故其心怨恨。』」又宋本、通志堂本《釋文》出「慰，怨也」，云：「王申爲『怨恨』之義。」是「慰，怨也」係孫毓引毛傳語，非王肅申毛語。

❸「婉」，原作「䛄」，據《大廣益會玉篇》、陳刻《説文》、《説文注》、楊刻《説文義證》、祁刻《説文繫傳》改。

人。」據此，《齊詩》爲幽王信褒姒之讒而害忠賢也。《困學紀聞》云：「袁孝政釋《劉子》曰：『魏武公信讒，《詩》刺之，曰：「營營青蠅，止于藩。」此《小雅》也，謂之《魏詩》，可乎？』」案：「魏」當「衛」之誤。三家詩以此合下篇皆衛武公所作。何楷説同。愚案：衛武公王朝卿士，詩又爲幽王信讒而刺之，所以列於《小雅》。若武公信讒而他人刺之，其詩當入《衛風》矣，即此可證明其誤。

魯、韓未聞。

營營青蠅，【注】三家「營」作「營」。止于樊。【注】齊「樊」作「藩」，魯作「藩」，亦作「蕃」，韓作「楙」。豈弟君子，無信讒言。【疏】傳：「興也。營營，往來貌。樊，藩也。」箋：「興者，蠅之爲蟲，汙白使黑，汙黑使白，喻佞人變亂善惡也。言『止于藩』，欲外之，令遠物也。豈弟，樂易也。」○「三家『營』作『營』」者，《説文》引《詩》「營」作「營」，云：「小聲也。」此出三家。「齊『樊』作『藩』」者，《易林》作「青蠅集藩。」見上。《漢書·武五子傳》壺關三老茂引《詩》「止于藩」，而《昌邑王傳》龔遂引《詩》作「至于藩」。既與茂引不同，又此詩三章皆作「止」，不當此獨爲「至」，疑或誤文，雖占書未敢據依。❶「魯作『藩』，亦作『蕃』」者，《論衡·商蟲篇》：「《詩》云：『營營青蠅，止于藩。愷悌君子，無信讒言。』讒言傷善，青蠅汙白，同一禍敗，《詩》以爲興。昌邑王夢西階下有積蠅矢，明旦，召問郎中龔遂。遂對曰：『蠅者，讒人之象也。夫矢積於階下，王將用讒人之言也。』由此言之，蠅之爲蟲，應人君用讒。」《史記·滑稽傳》：「《詩》云：『營營青蠅，止于蕃。』」《滑稽

❶ 「占」，疑爲「古」之誤。

傳》褚少孫所補，少孫用《魯詩》，字作「蕃」，蓋魯「亦作」本。「韓作『棥』」者，《説文》引《詩》作「止於棥」，「棥」即「樊」之省，韓文也。君子，斥幽王。

營營青蠅，止于棘。讒人罔極，【注】魯「人」作「言」。交亂四國。【疏】箋：「極，猶已也。」〇「魯『人』作『言』」者，《新語・輔政》篇、《史記・滑稽傳》、《論衡・言毒篇》引「讒人」並作「讒言」，明魯作「讒言罔極」。《漢書・敘傳》「充躬罔極，交亂宏大」，用齊經文。

營營青蠅，止于榛。讒人罔極，構我二人。【注】韓説曰：「構，亂也。」【疏】傳：「榛，所以爲藩也。」箋：「構，合也。合，猶交亂也。」❶〇「構，亂也」者，《釋文》引《韓詩》文。孔疏：「構者，構合兩端，令二人彼此相嫌，交更惑亂也。」《後漢・寇榮傳》「青蠅之人所共搆會」，「搆」與「構」字異義同，「搆會」猶「構合」也。榮以《行葦》爲公劉詩，與《列女傳》、《潛夫論》合，是亦習《魯詩》者。知此詩魯訓與韓同也。

《青蠅》三章，章四句。

賓之初筵【疏】毛序：「衛武公刺時也。幽王荒廢，媟近小人，飲酒無度，天下化之，君臣上下沈湎淫液。武公既入，而作是詩也。」箋：「淫液者，飲酒時情態也。❷武公入者，入爲王卿士。」〇《後漢・孔融傳》李注引《韓詩》曰：「衛武公飲酒悔過也。」朱子《集傳》引作《韓詩序》。《易林・大壯

❶「猶」，原作「獨」，據明世德堂本《毛詩》、阮刻本《毛詩正義》改。
❷「酒」，原作「食」，據明世德堂本《毛詩》、阮刻本《毛詩正義》改。

之家人》：「舉觴飲酒，未得至口。側弁醉訩，拔劍斫怒，武公作悔。」齊義與韓説同。案：武公入相在平王世，幽王已往，《抑》詩已云「追刺」，不應又作此篇。齊、韓以爲悔過，當從之。

賓之初筵，左右秩秩。【注】韓説曰：「言賓客初就筵之時，賓主秩秩然俱謹敬也。」籩豆有楚，殽核維旅。【注】齊、魯「核」作「覈」。魯「維」作「惟」。酒既和旨，飲酒孔偕。鍾鼓既設，舉醻逸逸。大侯既抗，弓矢斯張。射夫既同，獻爾發功。【注】齊説曰：「大射之禮也。」發彼有的，以祈爾爵。【疏】傳：「秩秩然肅敬也。楚，列貌。殽，豆實也。核，加籩也。旅，陳也。逸逸，往來次序也。❶大侯，君侯也。抗，舉也。有燕射之禮。的，質也。祈，求也。」箋：「筵，席也。左右，謂折旋揖讓也。秩秩，知也。先王將祭，必射以擇士。大射之禮，賓初入門，登堂即席，其趨翔威儀甚審知，言不失禮也。射禮有三，有大射，有賓射，有燕射。豆實，菹醢也。籩實有桃梅之屬。凡非穀而食之曰殽。和旨，猶調美也。孔，甚也。王之酒已調美，衆賓之飲酒又威儀齊一，言主人敬其事，而衆賓肅慎。鍾鼓於是言既設者，將射故縣也。❷舉者，舉鵠而棲之於侯也。《周禮・梓人》：『張皮侯而棲鵠。』天子、諸侯之射，皆張三侯，故君侯謂之大侯，大侯張而弓矢亦張，節也。將祭而射，謂之大射，下章言『烝衎烈祖』，其非祭與？射夫，衆射者也。獻，猶奏也。既比衆耦乃誘射，射者乃登射，各奏其發矢中的之功。發，發矢也。射者與其耦拾發。發矢之

❶「來」，原作「求」，據明世德堂本《毛詩》、阮刻本《毛詩正義》改。

❷「故」，明世德堂本《毛詩》作「改」，當據改。

時，各心競云：『我以此求爵女。』爵，射爵也。射之禮，勝者飲不勝，所以養病也。故《論語》曰：『下而飲，其争也君子。』」○陳奐云：「《燕禮》：『司宮筵賓于户西東上，無加席也。射人告具。小臣設公席于阼階上，西鄉，設加席。』是主席在東，而賓筵在西。左右，猶東西也。」「言賓」至「敬也」，《後漢・孔融傳》李注引《韓詩》文。「齊、魯『核』作『覈』。魯『維』作『惟』」者，《文選》班固《典引》「肴覈仁義之林藪」，蔡邕注：「肴覈，食也。肉曰肴，骨曰覈。《詩》曰：『肴覈惟旅。』」班用《齊詩》，蔡邕《魯詩》，❶是齊、魯「核」俱作「覈」，魯「維」作「惟」也。「大射之禮也」者，《漢書・吾邱壽王傳》：「壽王曰：『大射之禮，自天子降及庶人，三代之道也。《詩》云：「大侯既抗，弓矢斯張。射夫既同，獻爾發功。」言貴中也。』」陳喬樅云：「壽王從董仲舒受《春秋》，則稱《詩》亦當爲齊學。此詩毛傳云：『有燕射之禮。』鄭箋則云：『將祭而射，謂之大射。下章言「烝衎烈祖」，其非祭與？』今據壽王説，明以此詩爲大射之禮，知鄭箋所云蓋從齊義。」《説苑・修文》篇：「射者必心平體正，持弓矢審固，然後射者能以中。《詩》云：『大侯既抗，弓矢斯張。射夫既同，獻爾發功。』此之謂也。」據此，魯、毛文同。《禮・射義》：「《詩》云：『發彼有的，以祈爾爵。』祈，求也，求中以辭爵也。酒者，所以養老也，所以養病也。求中以辭爵者，辭養也。」以「祈」爲求中辭爵，此義最古。引《詩》合上《壽王傳》所引，明齊、毛文同。鄭注：「發，猶射也。的，謂所射之識也。言射的必欲中之者，以求不飲女爵也。爾，或爲『有』。」案：《禮》文明言「求中以辭爵」，是求射中。注以「爾爵」不屬射，更以「求不飲女爵」説之，蓋本《齊

❶「邕」，疑當作「用」。

詩》。其以「爵」爲「女爵」則同。箋毛乃云「我以此求爵女」，並引「下而飲」爲證，是謂以我爵飲汝酒，即「爾，或爲『有』」之義矣，知三家「爾」有作「有」者。

籥舞笙鼓，樂既和奏。烝衎烈祖，以洽百禮。百禮既至，有壬有林。錫爾純嘏，子孫其湛。其湛曰樂，各奏爾能。賓載手仇，室人入又。酌彼康爵，以奏爾時。【疏】傳：「秉籥而舞，與笙鼓相應。壬，大；林，君也。嘏，大也。手，取也。室人，主人也。主人請射於賓，賓許諾，自取其匹而射，主人亦入于次，又射以耦賓也。酒所以安體也。時，中者也。」箋：「籥，管也。殷人先求諸陽，故祭祀先奏樂，滌蕩其聲也。烝，進；衎，樂；烈，美；洽，合也。奏樂和，必進樂其先祖，於是又合見天下諸侯所獻之禮。壬，任也，謂卿大夫也。諸侯所獻之禮既陳於庭，有卿大夫，又有國君。言天下徧至，得萬國之歡心。純，大也。嘏，謂尸與主人以福也。湛，樂也。王受神之福於尸，則王之子孫皆喜樂也。子孫各奏爾能者，謂既湛之後，各酌獻尸，尸酢而卒爵也。士之祭禮，上嗣舉奠，因而酌尸。天子則有子孫獻尸之禮，《文王世子》曰『其登餕、獻、受爵，❶則以上嗣』是也。仇，讀爲𣪠。室人，有室中之事者，謂佐食也。又，復也。賓手挹酒，室人復酌，爲加爵。康，虛也。時，謂心所尊者也。加爵之間，賓與兄弟交錯相醻，卒爵者，酌之以其所尊，亦交錯而已，又無次也。」○馬瑞辰云：「壬、林，承上『百禮』言。有壬，狀其禮之大。有林，狀其禮之多。《爾雅》『林』、『烝』並訓爲『君』，又訓爲『衆』，其義一也。君即羣也。『賓載手仇，室人入又』者，傳、箋異

---

❶「獻」，原作「獻獻」，據明世德堂本《毛詩》、阮刻本《毛詩正義》、《禮記正義》改。

義。據下文『以奏爾時』時謂中者，則從傳謂賓自取匹以射，其義爲允。胡承珙云：『《大射儀》燕畢徹俎，説屨安坐之後，「若命曰復射，司射命射唯欲」，注云：「欲者則射，不欲者則止，可否之事，從人心也。」蓋前此之射皆司射請射，❶有司比耦，此云「命射唯欲」，則可自取其耦，不必與正射同。又天子、諸侯燕禮、射禮，以膳夫、宰夫爲主人。前此正射，君與賓爲耦，此時或君不欲射，主人膳宰之屬故可請射於賓，亦入於次又射，以耦賓也。』此説可補孔疏之疏略。」

賓之初筵，温温其恭。其未醉止，威儀反反。【注】韓「反」作「昄」，云：「善貌。」曰既醉止，威儀幡幡。舍其坐遷，屢舞僊僊。其未醉止，威儀抑抑。曰既醉止，威儀怭怭。【注】三家「怭」作「佖」。是曰既醉，不知其秩。【疏】傳：「反反，言重慎也。幡幡，失威儀也。遷，徙；屢，數也。僊僊然。抑抑，慎密也。怭怭，媟嫚也。秩，常也。」箋：「此復言『初筵』者，既祭，王與族人燕之筵也。王與族人燕，以異姓爲賓。温温，柔和也。此言賓初即筵之時，能自勅戒以禮，至於旅酬，而小人之態出。言王既不得君子以爲賓，又不得有恒之人，所以敗亂天下，率如此也。」○「反」作「昄」，訓「善貌」者，《釋文》引《韓詩》文。陳喬樅云：「反反，即『昄昄』之省借。《釋詁》：『昄，大也。』《玉篇》：『昄，大也，善也。』《玉篇》『昄，善』之訓，即本《韓詩》。」馬瑞辰云：「毛訓『重慎』，亦善貌也。《執競》詩『威儀反反』，毛傳：『反反，難也。』義與此傳『重慎』相成，故詩疏亦以『重難』釋之。」又云：「古者飲酒之禮，取觶奠觶皆坐。又凡禮盛者坐卒爵，

❶「之」，續經解本《毛詩後箋》作「三」。

其餘則皆立飲。又有升降、興拜、復席、復位諸禮，皆可以『遷』統之。『舍其坐遷』，謂舍其當坐、當遷之禮耳。若如正義『舍其本坐，遷嚮他處』，則是讀『舍其坐』爲句，『遷』字另爲句。否則，易經文爲『舍坐而遷』，其義始明，非詩義也。」「威儀怭怭」，《釋文》引：「《説文》『怭』作『佖』，媟嫚也。」今《説文》「佖」下引《詩》，訓「威儀也」。段注：「當作『威儀媟嫚也』。」黄山云：「楊雄《羽獵賦》『駢衍佖路』，《文選》李注引晉灼曰：『佖，滿也。』滿爲充滿，是自以爲有威儀，即矜張自滿之貌，與『抑抑』正相反，故下云『不知其秩』，猶言不知其職分耳。毛訓『媟嫚』，則與上文『幡幡』訓『失威儀』複，《釋文》緣毛傳而譌也。或謂本引傳文爲『媟嫚』二字出音，非引《説文》訓也，《説文》作『佖』，本三家。」

賓既醉止，載號載呶。亂我籩豆，屢舞僛僛。【注】❶韓説曰：「僛，醉舞貌。」是曰既醉，不知其郵。側弁之俄，屢舞傞傞。【注】三家「傞」作「姕」。既醉而出，並受其福。醉而不出，是謂伐德。飲酒孔嘉，維其令儀。【疏】傳：「號呶，號呼讙呶也。僛僛，舞不能自正也。傞傞，不止也。」箋：「郵，過；側，傾也。俄，傾貌。此更言賓既醉而異章者，著爲無筭爵以後也。出，猶去也。孔，甚；令，善也。賓醉則出，與主人俱有美譽。醉至若此，是誅伐其德也。飲酒而誠得嘉賓，則於禮有善威儀。武公見王之失禮，故以此言箴之。」〇《後漢·孔融傳》李注引：「《韓詩》曰：『賓既醉止，載號載呶。』不知其爲惡也。」楊雄《光禄勳箴》「載號載呶」，明魯、毛文同。「僛，醉舞貌」者，《玉篇·人部》：「僛，醉舞貌。《詩》云：

---

❶「注」，原脱，據本書體例補。

『屢舞僛僛。』」案：此與毛訓異。又出《玉篇》，亦是《韓詩》之訓。《易林・井之師》「側弁醉客」，用齊經文。「三家『傞』作『娑』」者，《説文》「娑」字注引《詩》「婁舞娑娑」，此出三家。段玉裁云：「古此聲、差聲最近。《邶鄘衛風》『玼兮玼兮』，或作『瑳兮瑳兮』。」正與「傞」通作「娑」相類。《説苑・反質》篇：「《詩》曰『側弁之俄』，言失德也。『屢舞傞傞』，言失容也。『既醉以酒，既飽以德』，『既醉而出，並受其福』，賓主之禮也。『醉而不出，是謂伐德』，賓主之罪也。」所引明魯、毛文同。馬瑞辰云：「《説文》、《廣雅》並云：『伐，敗也。』伐德，猶言敗德。箋訓爲『誅伐』，失之。」又《説文》「俄」下引《詩》「仄弁之俄」，「側」作「仄」，古字通用。《釋水》「穴出，仄出也」，《釋文》：「仄，本作『側』。」《史記・平準書》「鑄鍾官赤側」，《漢書・食貨志》作「鑄鍾官赤仄」，皆其證。《漢書・五行志》及諸傳亦皆以「仄」代「側」，是《説文》所引即《齊詩》之「或作」本。

凡此飲酒，或醉或否。既立之監，或佐之史。彼醉不臧，不醉反恥。式勿從謂，無俾大怠。匪言勿言，匪由勿語。由醉之言，俾出童羖。三爵不識，矧敢多又。【疏】傳：「立酒之監，佐酒之史。羖羊不童也。」箋：「凡此者，凡此時天下之人也。飲酒於有醉者，有不醉者，則立監使視之，又助以史，使督酒，欲令皆醉也。彼醉則已不善，人所非惡，反復取未醉者恥罰之。言此者，疾之也。式，讀曰慝。勿，猶無也。俾，使；由，從也。武公見時人多説醉者之狀，或以取怨致讎，故爲設禁。醉者有過惡，女無就而謂之也。當防護之，無使顛仆，至於怠慢也。其所陳説，非所當説，無爲人説之也，亦無從而行之也，亦無以語人也，皆爲其聞之將恚怒也。女從行醉者之言，使女出無角之羖羊，脅以無然之物，使戒深也。羖羊之性，牝牡有角。矧，況；又，復也。當言我於此醉者飲三爵之不知，況能知其多復飲乎？三爵者，獻也、酬也、酢也。」○《鄉射禮》鄭注：「爵備樂畢，將留賓，以事爲有懈倦失禮，立司正以監之，察儀法也。《詩》云：『既立之監，或佐之史。』」陳喬樅云：「此引《齊詩》也。《記》注之義，於《詩》意爲合。」馬瑞辰云：「《戰國策》淳于髡説齊威王曰：『賜酒大王之前，執法在旁，御史在後。』御史，即《詩》所謂『或佐之史』也。古者飲酒皆立之監，以防失禮，惟老者有乞言之典，更佐以史，少者則否，故云『或佐之史』。監以察儀，史以記言。下文云『式勿從謂，無俾大怠』，察儀之事也。『匪言勿言，匪由勿語』，乞言於老者而勉以慎言之詞也。」又云：「式，當讀『式微式微』之『式』，彼箋云：『式，發聲。』是也。『式勿從謂』，即勿從謂也。《釋詁》：『謂，勤也。』勤爲勤勞之勤，亦爲相勸勉之勤。『勿從謂』者，勿從而勸勤之，使更飲也，故即繼之以『無俾大怠』耳。」又云：「『俾出童羖』者，《釋畜》『夏羊：牡羭，牝羖』，當爲『牡羖，牝羭』之譌。《説文》宋本、小徐本並曰：『夏羊牡曰羖。』《廣韻》、《集韻》及《類篇》、《韻會》引《説文》同，是知今大徐本作『牝』爲傳寫之譌。證一。《説文》：『夏羊牝曰羭。』《列子·天瑞》篇『老羭之爲猿』，張湛注亦以羭爲牝羊，則知羖必牡羊矣。證二。《三蒼》：『羖，夏羊羖攊也。亦羯也。』《説文》：『羯，羊羖犗也。』去勢曰犗，必牡羊乃可稱犗。證三。戴侗《六書故》、周伯琦《六書正譌》並曰：『羖，牡羊也。』證四。《廣雅》：『吴羊牡一歲曰䍧䍨。』❶《玉篇》、《廣韻》並以『䍧』爲『羖』之俗。案：今俗稱牛之牡者爲牯，與牡羊之稱羖羊取義正同。證五。《説文》：『羝，牡羊也。』《廣雅》：『吴羊牡三歲曰羝。』《易》釋文引張璠注：『羝羊，羖羊也。』以『羖』釋『羝』，羝爲牡，則羖亦牡可

❶「䍧」，鍾校《廣雅疏證》作「牡」。

知。證六。以今證古，吴羊即今綿羊，惟牡者有角，牝者多無角。夏羊即今山羊，牝、牡皆有角，牝間有角小者，牡則未有無角者。《大雅・抑》之詩曰『彼童而角』，是無角者而言其有角。此詩『俾出童羖』，又是有角者而欲其無角。二者相參，足見詩人寓言之妙。傳『羖羊不童』，蓋以羖爲夏羊之牡者。至箋以羖爲牝牡通稱，蓋據漢末稱夏羊爲羖，即《爾雅》郭注所云『今人便以牂羖名白黑羊』也，然與《爾雅》、《説文》訓異矣。」又云：「禮，飲獻、酢、酬之外，又有旅酬，不止三爵。惟臣侍君小燕，則以三爵爲度。《玉藻》：『君子之飲酒也，受一爵而色洒如也，二爵而言言斯，禮已三爵而油油，以退。』孔疏：『言侍君小燕之禮。』引《春秋傳》曰：『臣侍君燕，過三爵，非禮也。』又《易林》曰：『湛露之歡，三爵畢恩。』《公羊》何休注：『禮，飲酒不過三爵。』皆指平時侍燕而言，即此詩所謂『三爵』也。」

《賓之初筵》五章，章十四句。

《甫田》之什十篇，三十九章，二百九十六句。

詩三家義集疏卷二十

長沙王先謙益吾著

魚藻之什弟二十　詩小雅

魚藻【疏】毛序：❶「刺幽王也。言萬物失其性，王居鎬京，將不能以自樂，故君子思古之武王焉。」箋：「萬物失其性者，王政教衰，陰陽不和，羣生不得其所也。將不能以自樂，言必自是有危亡之禍。」〇三家無異義。

魚在在藻，有頒其首。【注】韓説云：「頒，衆貌。」魯「頒」作「賁」。王在在鎬，豈樂飲酒。【注】魯「豈」作「愷」。【疏】傳：「頒，大首貌。魚以依蒲藻爲得其性。」箋：「藻，水草也。魚之依水草，猶人之依明王也。明王之時，魚何所處乎？處於藻，既得其性，則肥充，其首頒然。此時人物，皆得其所。正言魚者，以潛逃之類，信其著見。豈，亦樂也。天下平安，萬物得其性，武王何所處乎？處於鎬京，樂八音之

❶「毛序」二字，原脱，據明世德堂本《毛詩》、阮刻本《毛詩正義》及本書體例補。

樂，與羣臣飲酒而已。今幽王惑於褒姒，萬物失其性，方有危亡之禍，而亦豈樂飲酒於鎬京，而無悛心，故以此刺焉。」○「頒，衆貌」者，《釋文》引《韓詩》文。馬瑞辰云：「《説文》『寡』字注云：『頒，分也。』韓訓『頒』爲『衆』，蓋讀『頒』如『紛紜』之『紛』。以義推之，二章『有莘其尾』，韓『莘』當讀『𡘋』。《説文》：『𡘋𡘋，衆多貌。』又《説文》：『燊，盛貌。讀若《詩》：「莘莘征夫。」』亦衆盛貌。《文選·高唐賦》『縰縰莘莘』，注引：『《詩》：「有莘其尾。」毛萇曰：「莘，衆多也。」』案：毛傳云：『莘，長貌。』胡承珙謂『此李善之誤以韓爲毛』，其説是也。」《玉篇》四「頒」下引：「《詩》云：『有頒其首。』頒，大首貌。一云：衆也。」此兼采毛、韓二義。「魯『頒』作『賁』」者，《釋詁》：「賁，大也。」《尚書疏》引樊光注引《詩》云：「有賁其首。」《説文》：「頒，大頭也。」引《詩》：「有頒其首。」義與毛同。然則「頒」爲正體，「賁」乃借字也。班固《東都賦》「發蘋藻以潛魚」，李注：「《詩·小雅》曰：『魚在在藻。』」班所用齊經文。「魯『豈』作『愷』」者，張衡《南都賦》：「接歡宴於日夜，終愷樂之令儀。」張用《魯詩》作「愷」，豈、愷古今字之異。

魚在在藻，有莘其尾。王在在鎬，飲酒樂豈。【疏】傳：「莘，長貌。」

魚在在藻，依于其蒲。王在在鎬，有那其居。【疏】箋：「那，安貌。天下平安，王無四方之虞，故其居處那然安也。」○陳奂云：「《桑扈》、《那》傳並云：『那，多也。』多者，盛大之詞。」

《魚藻》三章，章四句。

采菽【疏】毛序：「刺幽王也。侮慢諸侯，諸侯來朝，不能錫命以禮，數徵會之而無信義，君子見微而思古焉。」箋：「幽王徵會諸侯，爲合義兵征討有罪。既往而無之，是於義事不信也。君子見其如此，知其後必見攻伐，將無救也。」○案：魯家以爲王賜諸侯命服之詩，見下。齊、韓未聞。菽，《釋文》：「本亦作『叔』。」案：《左・昭十七年傳》、《晉語》引《詩》皆作「采叔」，假借字。「菽」非古，豆名作「尗」。

采菽采菽，筐之筥之。君子來朝，何錫予之？雖無予之，路車乘馬。又何予之？玄衮及黼。

【注】魯、韓「予」作「與」。【疏】傳：「興也。菽，所以芼大牢而待君子也。羊則苦，豕則薇。君子，謂諸侯也。玄衮，卷龍也。白與黑謂之黼。」箋：「菽，大豆也。采之者，采其葉以爲芼。三牲牛羊豕，芼以藿。王饗賓客有牛俎，乃用鉶羹，故使采之。賜諸侯以車馬，言『雖無予之』，尚以爲薄。及，與也。玄衮，玄衣而畫以卷龍也。黼，黼黻，謂絺衣也。諸公之服自衮冕而下，侯、伯自鷩冕而下，子、男自毳冕而下。王之賜，維用有文章者。」○「魯、韓『予』作『與』」者，《白虎通・攷黜》篇：「九錫，皆隨其德，可行而賜。能安民者賜車馬，能富民者賜衣服。以其進退有節，行步有度，賜之車馬，以代其步。言成文章，行成法則，賜之衣服，以表其德。《詩》曰：『君子來朝，何錫與之？雖無與之，路車乘馬。又何與之？玄衮及黼。』」是《魯詩》作「與」。《後漢・東平憲王傳》明帝手詔曰：「瞻望永懷，實勞我心。誦及《采菽》，以增歎息。」明帝習《韓詩》，李注：「《采菽》，《詩・小雅》之章也。其詩曰：『采菽采菽，筐之筥之。君子來朝，何錫與之？』」是李引《韓詩》作「與」。惟《儀禮・覲禮》鄭注：「路，謂車也。凡君所乘車曰路。路下四，謂乘馬也。《詩》云：『君子來朝，何錫予之？雖無予之，路車乘馬。又何予之？玄衮及黼。』」明《齊詩》作「予」，與毛同。陳喬

樅云：「韋昭《晉語》注以此詩爲王賜諸侯命服之樂，與《白虎通》説合。」

觱沸檻泉，【注】魯、韓「檻」作「濫」。韓「觱」亦作「滭」。言采其芹。君子來朝，言觀其旂。其旂淠淠，鸞聲嘒嘒。載驂載駟，君子所屆。【疏】傳：「觱沸，泉出貌。檻泉，正出也。淠淠，動也。嘒嘒，中節也。」箋：「言，我也。芹，菜也，可以爲菹，亦所用待君子也。我使采其水中芹者，尚絜清也。《周禮》：『芹菹雁醢。』屆，極也。諸侯來朝，王使人迎之，因觀其衣服車乘之威儀，所以爲敬，且省禍福也。諸侯將朝于王，則驂乘乘四馬而往，此之服飾，君子法制之極也。言其尊，而王今不尊也。」○觱，義具《七月》篇。「魯『檻』作『濫』」者，《釋水》：「濫泉，正出。正出，涌出也。」是魯當作「濫」。《説文》：「濫，氾也。」引《詩》：「觱沸濫泉。」蓋即《魯詩》。「韓『觱』作『滭』，『檻』作『濫』」者，《玉篇·角部》：「觱沸濫泉。」又云：「觱，或作『滭』，泉水出皃。」是韓作「觱」，亦作「滭」，「檻」作「濫」。嘒嘒，《庭燎》、《泮水》篇均作「噦噦」。《庭燎》傳訓爲「徐行中節」，與此傳合，是《毛詩》「嘒」即「噦」也。《説文》「鉞」下引《詩》作「鉞鉞」，蓋本三家文，説詳後《泮水》篇。馬瑞辰云：「君子，謂諸侯。驂駟，亦指諸侯之車。謂諸侯將朝於王，乘此驂駟以往也。《釋文》云：『箋一讀「諸侯將朝」絶句，無「于」字，以「王」字下屬。』孔疏亦謂驂駟『明王所乘以往』，殊失箋指。『君子所屆』，《晏子春秋·内篇·諫上》引《詩》作『君子所誡』，是知『屆』爲『誡』之叚借。誡之言戒，謂此驂駟皆君子之所夙戒，以見其車之有度也。箋謂『法制之極』，亦非。」

赤芾在股，【注】魯「芾」作「紼」。邪幅在下。彼交匪紓，【注】魯「彼」作「匪」。天子所予。樂只君子，天子命之。樂只君子，福禄申之。【疏】傳：「諸侯赤芾邪幅。幅，偪也。偪，所以自偪束也。紓，緩也。申，重也。」箋：「芾，大古蔽膝之象也。冕服謂之芾，其他服謂之韠，以韋爲之，其制上廣一尺，下廣二尺，長三尺，其頸五寸，肩革帶博二寸。脛本曰股。邪幅，如今行縢也。偪束其脛，自足至膝，故曰在下。彼與人交接自偪束如此，則非有解怠紓緩之心，天子以是故賜予之。只之言是也。古者天子賜諸侯也，以禮樂樂之，乃後命予之也。天子賜之，神則以福禄申重之，所謂人謀鬼謀也。刺今王不然。」〇「魯『芾』作『紼』」者，《白虎通·紼冕》篇：「天子朱紼，諸侯赤紼。《詩》曰：『赤紼在股。』謂諸侯也。」《説文》：「幅，布帛廣也。」布帛廣施諸纏足謂之邪幅，邪幅謂之偪，取「偪束」之義。又謂之徽，《説文》：「徽，衺幅也。」「魯『彼』作『匪』」者，《荀子·勸學篇》引《詩》作「匪交匪紓」。《荀子》云：「禮恭，而後可與言道之方。辭順，而後可與言道之理。色從，而後可與言道之致。故未可與言而言謂之傲，可與言而不言謂之隱，不觀氣色而言謂之瞽。故君子不傲、不隱、不瞽，謹慎其身。《詩》曰：『匪交匪紓，天子所予。』此之謂也。」案：交，古「絞」字。交、傲一義，所云「未可與言而言謂之傲」也。「紓」訓「緩」，謂怠緩也，所云「可與言而不言謂之隱」也。不交傲，不怠緩，則禮恭、辭順、色從矣。君子如此，宜爲天子所賜予。《韓詩外傳》四説與《荀》略同，而末引：「《詩》曰：『彼交匪紓，天子所與。』言必交吾志，然後予也。」引《詩》仍作「彼交」，「交」義亦同「交接」，蓋即箋説所本矣。詳此詩今、古文皆有兩作，故《左·襄二十七年傳》引《桑扈》詩「匪交匪敖」，「彼」作「匪」，成十四年《傳》引仍作「彼」。《左傳》本古文，與魯、韓「彼」、「匪」二文相類。

維柞之枝，其葉蓬蓬。樂只君子，殿天子之邦。樂只君子，萬福攸同。平平左右，亦是率從。【注】韓「平」作「便」，云：「閑雅之貌。」【疏】傳：「蓬蓬，盛貌。殿，鎮也。平平，辯治也。」箋：「此與也。柞之幹猶先祖也，枝猶子孫也，其葉蓬蓬，喻賢才也。正以柞爲興者，柞之葉新將生，故乃落於地，以喻繼世以德，相承者明也。率，循也。諸侯之有賢才之德，能辯治其連屬之國，使得其所，則連屬之國亦循順之。」〇《易林・復之家人》：「萬福攸同，可以安處。」《大畜之大壯》同，用齊經文。《荀子・儒效篇》：「明主譎德而序位，所以爲不亂也。忠臣誠能然後敢受職，所以爲不窮也。分不亂於上，能不窮於下，治辯之極也。《詩》曰：『平平左右，亦是率從。』言上下之交不相亂也。」「『平』作『便』」，云『閑雅之貌』」者，《釋文》引《韓詩》文。陳喬樅云：「《左傳》引作『便蕃左右』，平、便、辯皆以音近通轉。正義：『《堯典》「平章百姓」，《書傳》作「辯章」，則平、辯義通，而古今之異耳。服虔云：「平平，辯治不絶之貌。」則平平是貌狀也。』韓訓『便便』爲『閑雅貌』者，『辯治』有整暇之意，故爲『閑雅貌』也。」陳奂云：「《爾雅》：『便便，辯也。』《書大傳》：『予辯下土，使民平平。』《荀子》書多用『辯治』。《左傳》引《詩》作『便蕃』。便與辯同，言辯别也。蕃與緐同，言緐亂也。辯别緐亂謂之便蕃，治辯謂之平平，文異而義同也。韓云『便便，閑雅之貌』，蓋亦治辯之極之義。《思文》傳：『率，用也。』《左傳》作『帥從』，謂諸侯之順從也。亦，發聲。《左傳》引此詩而釋之，云：『夫樂以安德，義以處之，禮以行之，信以守之，仁以厲之，而後可以殿邦國，同福禄，來遠人，所謂樂也。』」

汎汎楊舟，紼纚維之。【注】魯「纚」作「縭」。韓説曰：「纚，筰也。一曰：繫也。」樂只君子，天子葵之。樂只君子，福禄膍之。【注】韓「膍」作「肶」，云：「厚也。」優哉游哉，【注】韓「游」作「柔」。亦是戾矣。【疏】傳：「紼，繂也。纚，緌也。明王能維持諸侯也。葵，揆也。膍，厚也。戾，至也。」箋：「楊木之舟浮於水上，汎汎然東西無所定，舟人以紼繫其緌以制行之，猶諸侯之治民，御之以禮法。戾，止也。諸侯有盛德者，亦優游自安止於是，言思不出其位。」〇王逸《楚詞·九歎》注：「楊，木名也。《詩》云：『汎汎楊舟。』」明魯、毛文同。「魯『纚』作『縭』」者，《釋水》：「汎汎楊舟，紼縭維之。紼，繂也。縭，緌也。」孔疏引李巡注：「繂，竹爲索，所以維持舟者。」孫炎注：「繂，大索也。舟止，繫之於樹木，戾竹爲大索。」「纚，筰也」者，《釋文》引《韓詩》文。「纚，繫也」者，《文選》顔延之《宋元皇后哀策文》注引《韓詩》文。陳喬樅云：「《説文》：『筰，筊也。』『筊，竹索也。』《釋名》：『引舟者爲筰。筰，作也。作，起也，起舟使動行也。』《玉篇》：『筰，竹索也，引舟竹筊也。』《爾雅》郭注：『繂，索也。緌，繫也。』雖《雅》、韓所釋不同，要皆維舟之索。筰以繫舟使止，亦以引舟使行，今行舟者猶然，故韓訓兼二義也。」「葵，揆」，《釋言》文。郭注引《詩》曰：「天子葵之。」此舊注《魯詩》文，明魯、毛文同。「膍，厚」，《釋詁》文。「『膍』作『肶』，云『厚也』」者，《釋文》引《韓詩》文。陳喬樅云：「《説文》：『膍，或從比作「肶」。』《玉篇》：『肶，字同膍。』『膍』本訓『膍胵』，又得訓『厚』者，此與『腹』字同意，皆引申叚借之義也。《説文》：『腹，厚也。』『腹』與『複』通。《月令》『水澤腹堅』，注：『腹，厚也。』《釋文》：『腹，本又作「複」。』『膍』與『毗』通。『毗，厚也』，見《節》詩毛傳，是其證。」「韓『游』作『柔』」者，《韓詩外傳》四：「子爲親隱，義不得正。君誅不義，仁不得愛。雖違仁害義，法在其中矣。《詩》云：『優哉柔哉，亦是戾矣。』」陳喬樅云：「案：此引《詩》『優哉游哉』，『游』當作『柔』，據卷八引定之。」《蔡邕集·汝南周巨勝碑銘》用「優哉游哉」，明魯、毛文同。

《采菽》五章，章八句。

角弓【疏】毛序：「父兄刺幽王也。不親九族，而好讒佞，骨肉相怨，故作是詩也。」〇魯説以此詩爲幽、厲之際，見下引。齊、韓義未聞。

騂騂角弓，翩其反矣。兄弟昏姻，無胥遠矣。【疏】傳：「興也。騂騂，調利也。不善紲檠巧用，則翩然而反。」箋：「興者，喻王與九族不以恩禮御待之，則使之多怨也。胥，相也。骨肉之親，當相親信，無相疏遠。相疏遠，則以親親之望，易以成怨。」○騂騂，《説文》引作「觲觲」，云：「用角低卬便也。」陳奂云：「凡角長二尺有五寸，角之中當弓之淵，其輔弓之檠，短長與弓淵相埒。《考工記·弓人》言居角之過長者，以終紲爲比也，弛則伏諸檠，張則去檠拂弓淵，然後用之。《大射儀》：『小射正授弓，大射正以袂順左右隈，上再下一。』此即調利用弓之法。翩者，『偏』之叚借。善，蓋『繕』之省。紲，亦檠也。巧，猶調利也。弛不納諸弓檠，用又不轂摩弓淵，其必偏然而反。《説苑·建本》篇：『烏號之弓雖良，不得排檠，不能自任。』即其義也。」胡承珙云：「此詩主言兄弟，而連及昏姻，並宜無遠。❶何楷以爲：『幽王寵任昏姻，疏遠同姓。《十月之交》言皇父七子，皆褒姒姻黨。《正月》又言「昏姻孔云」。《漢書》谷永上書云：「抑褒閻之亂，息《白華》之怨。後宫親屬饒之以財，勿與政事，以遠皇父之類，損妻黨之權。」皆可與此相證。「無胥遠矣」，言王者之視兄弟，不必與昏姻大相懸絶也。』以經證經，較孔疏爲切。」

爾之遠矣，民胥然矣。爾之教矣，民胥傚矣。【注】魯「胥」作「斯」，「傚」作「效」。【疏】箋：「爾，女。女，幽王也。胥，皆也。言王女不親骨肉，則天下之人皆如之。見女之教令無善無惡，所尚者天下

❶「並」上，續經解本《毛詩後箋》有「似非以兄弟昏姻」七字，當據補。

之人皆學之。言上之化下，不可不慎。」〇「魯『胥』作『斯』，『傚』作『效』」者，《潛夫論・班祿》篇：「《詩》云：『爾之教矣，民斯效矣。』」《白虎通・三教》篇：「教者，效也，上爲之，下效之。民有朴質，不教不成，故《詩》云：『爾之教矣，欲民斯效。』」此便文改字，非有歧異。《蔡邕集・陳仲弓碑》「民胥效矣」，獨作「胥」，蓋後人順毛改之。

此令兄弟，綽綽有裕。不令兄弟，交相爲瘉。【疏】傳：「綽綽，寬也。裕，饒；瘉，病也。」箋：「令，善也。」〇《禮・坊記》：「《詩》云：『此令兄弟，綽綽有裕。不令兄弟，交相爲瘉。』」鄭注：「令，善也。綽綽，寬裕貌。交，猶更也。瘉，病也。」明齊、毛文同。

民之無良，相怨一方。【注】韓説曰：「良，善也。言王者所爲，無有善者，各相與於一方而怨之。」

受爵不讓，至于己斯亡。【疏】傳：「爵祿不以相讓，故怨禍及之。比周而黨愈少，鄙争而名愈辱，求安而身愈危。」箋：「良，善也。民之意不獲，當反責之於身，思彼所以然者而恕之。無善心之人，則徒居一處怨恚之。斯，此也。」〇毛傳「比周」數語，本《荀子・儒效篇》引《詩》。《漢書》劉向上封事曰：「幽、厲之際，朝廷不和，轉相非怨，詩人刺之，曰：『民之無良，相怨一方。』」《説苑》、《後漢書》引《詩》「民」作「人」，❶蓋避唐諱。《禮・坊記》：「《詩》云：『民之無良，相怨一方。受爵不讓，至于己斯亡。』」明魯、齊、毛文同。《易林・升之需》：「商子無良，相怨一方。引鬭交争，咎以自當。」陳喬樅云：「據《易林》言『商子無良』云云，則《詩》所謂

❶「民」，原作「氏」，據續經解本《魯詩遺説攷》十四改。

『受爵不讓』，以至于亡者，蓋指商子言也。」「良善」至「怨之」，《後漢·章帝紀》李注引《韓詩》文。又《韓詩外傳》四載管仲對齊桓公曰：「《詩》曰：『民之無良，相怨一方。』民皆居一方而怨其上，不亡者，未之有也。」與《後漢》紀注所引《韓詩》説同。

老馬反爲駒，不顧其後。如食宜饇，【注】韓「宜」作「儀」，我也。如酌孔取。【疏】傳：「已老矣，而孩童慢之。饇，飽也。」箋：「此喻幽王見老人反侮慢之，遇之如幼稚，不自顧念後至年老，人之遇己亦將然。王如食老者，則宜令之飽。如飲老者，則當孔取。孔取，謂度其所勝多少。凡器之孔，其量大小不同。老者氣力弱，故取義焉。王有族食、族燕之禮。」○宗族有老人，王所宜敬者。今王不講敬老之禮，如老馬而反視爲駒，欲任之以勞，不顧其後之勝任與否，非所以優老也。《易林·家人之小過》「老馬爲駒」，用齊經文。「『宜』作『儀』，我也」者，《釋文》引《韓詩》文。儀、宜古字通，訓「儀」爲「我」，言如食則我令飽，如酌則多其取，養老之正禮不可闕也。《常棣》「飲酒之飫」，韓作「饇」，此又以「饇」爲「飫」。《説文》「餯」下引《詩》「飲酒之餯」，而《繫傳》本即引《詩》「如食宜餯」。「餯」乃「飫」之本字，知此「饇」亦有作「飫」者，總謂其宜飽耳。老者雖不宜多飲，而勸酌必令甚取。馬瑞辰云：「《釋言》：『孔，甚也。』《酒正》：『凡饗耆老孤子，皆共其酒，無酌數。』此詩言飲老者甚其所取，即『無酌數』之義。箋謂如器之孔，非。」

毋教猱升木，如塗塗附。君子有徽猷，小人與屬。【疏】傳：「猱，猨屬。塗，泥；附，著也。徽，美也。」箋：「毋，禁辭。猱之性善登木，若教使其爲之，必也。附，木桴也。塗之性善著，若以塗附，其著亦必也。以喻人之心皆有仁義，教之則進。猷，道也。君子有美道以得聲譽，則小人亦樂與之而自連屬焉。

今無良之人相怨，❶王不教之。」○教人進於仁義，不當以猱升、塗附爲比。詩言君子以身作則，教當得中。凡人氣質高伉者，不斂而抑之，則愈長其陵上之心，是猱升木而更教其升也。氣質卑陋者，不作而新之，無以去其汙染之習，如塗著物而更附以塗也。故二者必皆毋之。君子有美道以教人，小人自樂從而附屬之耳。

雨雪瀌瀌，【注】魯、韓「瀌」作「麃」。見晛曰消。【注】魯、韓作「曣晛聿消」。莫肯下遺，【注】魯「遺」作「隧」，韓作「隤」，韓説曰：「隤，猶遠也。」式居婁驕。【疏】傳：「晛，日氣也。」箋：「雨雪之盛瀌瀌然，至日將出，其氣始見，人則皆稱曰雪今消釋矣。喻小人雖多，王若欲興善政，則天下聞之，莫不曰小人今誅滅矣。其所以然者，人心皆樂善，王不啟教之。莫，無也。遺，讀曰隨。式，用也。婁，斂也。今王不以善政啟小人之心，則無肯謙虚，以禮相卑下，先人而後己，用此自居處，斂其驕慢之過者。」○瀌瀌，《荀子·非相篇》、《漢書·劉向傳》、《韓詩外傳》四引《詩》並作「麃麃」。陳奂云：「《碩人》：『鑣鑣，盛皃。』《載驅》：『儦儦，衆皃。』並以麃聲得義，則此『麃麃』爲雨雪衆盛也。」「見晛曰消」，《荀子》作「宴然聿消」，《釋文》引《韓詩》作「曣晛聿消」，《劉向傳》作「㬝晛聿消」。段玉裁云：「宴然，即曣晛。《廣雅·釋詁》：『曣晛，煗也。』《玉篇》、《廣韻》皆云晛、曣二形同。今本《劉向傳》引《詩》『見晛聿消』，顔注：『見，無雲也。晛，日氣也。言雨雪之盛麃麃然，至於無雲，日氣始出，而雨雪皆消釋矣。』案：『見』字不得訓爲『無雲』。《説文》：『㬝，姓無雲

---

❶「怨」，原作「怨」，據明世德堂本《毛詩》、阮刻本《毛詩正義》改。

也。」『晛，日見也。』劉説同許，必原本作『普』。顔所見不誤，後人妄改作『見』耳。《韓詩》：『曣晛，日出也。』與《説文》『晛，日出也』合。《釋文》引作『曣見』，誤。《詩攷》作『曣晛』，是也。」陳喬樅云：「《文選・羽獵賦》『天清日宴』，李善引許慎《淮南注》云：『宴，無雲之處也。』宴與晏同。宴、燕古文通用。晛、曣二形又同。《荀子》『宴然』又『曣𣉻』之叚借。劉向『普晛』即『曣𣉻』之異文也。」愚案：曰，箋解爲「稱曰」，失之。下遺，《荀子》作「下隧」。❶陳奐云：「古遺、隧音同。《説文》：『旞，或作「[illegible]」。』此其例。《北門》傳：『遺，加也。』此『遺』字亦當訓『加』。婁，數也。『莫肯下遺，式居婁驕』，言小人之行，不肯卑下加禮於人，❷唯數數驕慢，好自用也。」「韓作『隤』，説曰『隤，猶遠也』」者，《文選》陸機《歎逝賦》注引薛君《韓詩章句》文。「莫肯下隤」者，謂莫肯卑下以自遠也。

雨雪浮浮，見晛曰流。如蠻如髦，我是用憂。【疏】傳：「浮浮，猶瀌瀌也。流，流而去也。蠻，南蠻也。髦，夷髦也。」箋：「今小人之行如夷、狄，而王不能變化之，我用是爲大憂也。髦，西夷別名，武王伐紂，其等有八國從焉。」〇《韓詩外傳》四三引「如蠻如髦，我是用憂」二句，明韓、毛文同。黄山云：「箋以『蠻髦』爲『小人之行如夷、狄』，屬民言。胡承珙據蘇《傳》云『王之視王族如蠻髦之不相及』，謂視骨肉如夷、狄，勝箋説，則屬王言。案：《論語》『夷、狄之有君，不如諸夏之亡也』，邢疏：『夷、狄雖有君，而無禮義。』與

❶「荀」，原作「旬」，據陳奐《傳疏》、續經解本《魯詩遺説攷》十四、《諸子集成》本《荀子集解・非相篇》改。

❷「禮」，原脱，據陳奐《傳疏》補。

《公羊·襄七年傳》何注引《論語》説同。此詩所陳，皆重在禮義教化，是『如蠻如髦』，斥當時國無禮義相維，有如夷、狄，通上、下言之也。髦，《書·坶誓》作『髳』。《柏舟》『髧彼兩髦』，《説文》作『紞彼兩髮』。『髳』即『髮』之重文，云：『漢令有髳長。』此相通之證，義同《後漢·西羌傳》『豪酋』之『豪』，故段注即以『豪酋』釋『髳長』。『髦』又通『旄』，與『蠻』皆無知之名。」

《角弓》八章，章四句。

菀柳【疏】毛序：「刺幽王也。暴虐無親，而刑罰不中，諸侯皆不欲朝，言王者之不可朝事也。」〇三家無異義。

有菀者柳，不尚息焉。上帝甚蹈，無自暱焉。【注】韓「蹈」作「陶」，陶，變也。俾予靖之，後予極焉。【疏】傳：「興也。菀，木茂也。蹈，動；暱，近也。靖，治；極，至也。」箋：「尚，庶幾也。有菀然枝葉茂盛之柳，行路之人豈有不庶幾欲就之止息乎？興者，喻王者盛德，則天下皆庶幾願往朝焉，憂今不然。蹈，讀曰悼。上帝乎者，愬之也。今幽王暴虐，不可以朝事，甚使我心中悼病，是以不從而近之。釋己所以不朝之意。靖，謀；俾，使；極，誅也。假使我朝王，王留我，使我謀政事，王信讒，不察功考績，後反誅放我。是言王刑罰不中，不可朝事也。」〇案：王逸《楚詞·九歎》注：「菀，盛貌。《詩》云：『有菀者柳。』」明魯、毛文同。「『蹈』作『陶』，曰『陶，變也』」者，《玉篇·阜部》、《衆經音義》五引《韓詩》文。皮嘉祐云：「《玉篇》『甚』譌作『具心』，今據《毛詩》訂正作『甚陶』，即《毛詩》之『甚蹈』。《外傳》作『甚慆』，慆與蹈形近，與陶聲近，故三字通作。《衆經音義》作『上帝其陶』，阮元云：『當是「上帝甚陶」，「其」字誤也。「騶介陶陶」，傳：「陶陶，驅馳之皃。」《釋文》：「音徒報反。」《廣雅·釋訓》：「蹈蹈，行也。」陶、蹈二字音義並近。』馬瑞辰曰：『變、動同義。蹈從舀聲，舀古聲如由，陶讀如「皋繇」之「繇」，聲亦與由同，故通用。蹈通作陶，猶《鼓鐘》詩「憂心且妯」，《韓詩》作「且陶」；《江漢》詩「江漢滔滔」，《風俗通·山澤》篇引作「江漢陶陶」；《楚詞·九章》「滔滔孟夏」，《史記·屈原傳》作「陶陶孟夏」也。《禮記》「人喜則斯陶」，《淮南·本經訓》「樂斯動，動斯蹈」，蹈亦陶也。《廣雅》：「匋，七也。」❶《淮南·本經訓》言「陰陽之陶化萬物」。陶化，猶變化也。蹈又通慆，《韓詩外傳》引《詩》下章作「上帝甚慆」，其上引孫子賦云：「以盲爲明，以聾爲聰，以是爲非，以吉爲凶。嗚呼上天，曷維其同。」則慆亦變亂是非之意。《楚策》又引《詩》「上天甚神，無自瘵也」，王念孫云：「神者，『慆』字之壞，蓋傳寫之誤。不似陶、蹈、慆古同聲得通用，其義與毛傳訓『動』同也。」動者，言其喜怒變動無常。下詩云「俾予靖之，後予極焉」，言王始用之以爲治，後且極放誅責之，正以王之喜怒無常，證明「上帝甚蹈」之事。《檜詩》「中心是悼」，毛傳：「悼，動也。」箋讀爲悼，亦得訓「動」，與蹈同義。若訓爲「悼病」，則失之矣。』陳奂曰：『傳「蹈，動」，蹈即悼、妯之叚借。蹈與妯聲近，《鼓鍾》「憂心且妯」，傳：「妯，動也。」妯謂之動，蹈亦謂之動。蹈又與悼聲近，《檜》「中心是悼」，傳：「悼，動。」悼謂之動，蹈亦謂之動。傳云動者，猶亂也。《衆經音義》引《詩》訓「變」，動與變義甚近。』案：此三説皆是也。陳喬樅乃云：『韓「蹈」作「慆」，明見《外傳》，則

❶「匋七」，原作「陶化」，據馬瑞辰《通釋》、鍾校《廣雅疏證》改。

作「陶」者，必非《韓詩》。《衆經音義》「陶」下但引：「《詩》云『上帝甚陶』，陶，變也。」不言爲《韓詩》，當是齊、魯《詩》之異文異義見於他書者，而玄應采之，以證「陶現」之爲「變現」耳。馬據《鼓鐘》詩「妯」字韓作「陶」，故以意定之。然《江漢》詩「滔滔」，《風俗通》引作「陶陶」。應劭用《魯詩》者，安知「上帝甚陶」非《魯詩》之異文邪？』嘉祐謂：解三家《詩》者，皆以『上帝甚陶』爲《韓詩》，迄無異説。陳氏援《風俗通》之單文，遂謂應習《魯詩》，此亦《魯詩》異文，未免過拘。且其《魯詩遺説考》已據荀卿《遺春申君書》引《詩》曰『上天甚神』，定爲《魯詩》，何得又作『陶』？雖《外傳》所引即《楚策》孫卿事，然彼引《詩》作『上天』，作『瘵也』，此引自作『上帝』，作『瘵焉』。是入韓説，即舉《韓詩》家法，必不自亂。而『慆』亦爲韓明矣。且慆、陶可通，陶、神二字音義均不近，即屬異本，何由得通？古本亦無音義全不相通而可通用者，《外傳》雖作『慆』，他本何必盡同？齊、魯既有異文，不得謂《韓詩》遂無異文。此陳氏武斷之處。唐卷子本《玉篇》晚出，爲前人所未見，作『陶』之異文，惟《衆經音義》引之，未能取信於人，故或據爲《韓詩》，或疑非《韓詩》。今得此確證，可以深信不疑。因陳《考》非是，而辨明之。」馬瑞辰云：「《廣雅·釋詁》：『暱，病也。』訓『暱』爲『病』，與下章『無自瘵焉』傳訓『病』同義，較毛傳爲善。王念孫謂其義本三家《詩》，是也。」又云：「《釋言》：『殛，❶誅也。』箋以『極』爲『殛』之假借，與次章『邁』之爲『行』，讀同《左傳》『將行子南』同義，故又云『後反誅放我』。」

有菀者柳，不尚愒焉。上帝甚蹈，無自瘵焉。【注】魯「帝」作「天」，「蹈」作「神」，「焉」作「也」。

---

❶「殛」，原作「極」，據馬瑞辰《通釋》、宋監本《爾雅》、阮刻本《爾雅注疏》改。

俾予靖之，後予邁焉。【疏】傳：「愒，息也。瘵，病也。」箋：「瘵，接也。邁，行也。行，亦放也。《春秋傳》曰：『予將行之。』」○「魯『帝』作『天』，『蹈』作『神』，『焉』作『也』」者，《楚策》載孫子爲書謝春申君引《詩》文，説已詳上。

有鳥高飛，亦傅于天。彼人之心，于何其臻？曷予靖之，居以凶矜？【疏】傳：「曷，害；矜，危也。」箋：「傅、臻，皆至也。彼人，斥幽王也。鳥之高飛，極至於天耳。幽王之心，於何所至乎？言其轉側無常，人不知其所届。王何爲使我謀之，隨而罪我，居我以凶危之地？謂四裔也。」○馬瑞辰云：「《方言》：『厲，今也。』戴震曰：『今，當爲「矜」。』厲與矜同義，厲爲危，故矜亦爲危。《廣雅》：『矜、厲，危也。』《潛夫論·賢難》篇：『《詩》云：「彼人之心，于何其臻？」』明魯、毛文同。

《菀柳》三章，章六句。

都人士【疏】毛序：「周人刺衣服無常也。古者長民，衣服不貳，從容有常，以齊其民，則民德歸壹。傷今不復見古人也。」箋：「服，謂冠弁衣裳也。古者，明王時也。長民，謂凡在民上倡率者也。變易無常謂之貳。從容，謂休燕也。休燕猶有常，則朝夕明矣。壹者，專也，同也。」○説詳首章下。

彼都人士，狐裘黄黄。其容不改，出言有章。行歸于周，萬民所望。【疏】傳：「彼，彼明王也。周，忠信也。」箋：「城郭之域曰都。古明王時，都人之有士行者，冬則衣狐裘黄黄然，取温裕而已。其動作容貌既有常，吐口言語又有法度文章。疾今奢淫，不自責以過差。于，於也。都人之士所行，❶要歸於忠信，其餘萬民寡識者，咸瞻望而法傚之。又疾今不然。」○此詩毛氏五章，三家皆止四章。孔疏云：「《左·襄十四年傳》引此詩『行歸于周，萬民所望』二句，服虔曰：『逸《詩》也。《都人士》首章有之。』《禮·緇衣》鄭注云：『《毛詩》有之，三家則亡。』今《韓詩》實無此首章。」細味全詩，二、三、四、五章「士」、「女」對文，此章單言「士」，並不及「女」，其詞不類。且首章言「出言有章」，言「行歸于周，萬民所望」，後四章無一語照應，其義亦不類。是明明逸《詩》孤章，毛以首二句相類，强裝篇首。觀其取《緇衣》文作《序》，亦無謂甚矣。《左傳》如「翹翹車乘，狐裘蒙茸」，本有引逸《詩》之例。《漢書·儒林傳》「客歌《驪駒》，主人歌《客毋庸歸》」，王式謂「聞之於師」，是魯家亦本有傳逸《詩》之例。賈誼《新書·等齊》篇引《詩》云：「彼都人士，狐裘黄黄。行歸于周，萬民之望。」賈時《毛詩》未行，所引字句亦小異，是漢初即傳此詩。蔡邕《述行賦》「詠都人以思歸」，是以爲思歸彼都之詩，不解「周」爲「忠信」，則亦非用《毛詩》也。《毛詩》自有，三家自無。今述三家，此章仍當棄而不取。

彼都人士，臺笠緇撮。彼君子女，綢直如髮。我不見兮，我心不説。【疏】傳：「臺，所以禦暑。笠，所以禦雨也。緇撮，緇布冠也。密直如髮也。」箋：「臺，夫須也。都人之士，以臺皮爲笠，緇布爲冠。古明王之時，儉且節也。彼君子女者，謂都人之家女也。其情性密緻，操行正直，如髮之本末無隆殺

---

❶「行」，原作「以」，據明世德堂本《毛詩》、阮刻本《毛詩正義》改。

也。疾時皆奢淫，我不復見今士女之然者，心思之而憂也。」○臺笠者，江龍云：「《南山有臺》疏及《文選》謝玄暉《卧病詩》注引此傳云：『臺，所以御雨。』又《無羊》傳：『衰，所以備雨。笠，所以御暑。』則傳本臺爲御雨，笠爲御暑。今本『暑』、『雨』字乃後人轉寫誤倒。笠本以御暑，而亦可御雨，故《良耜》傳曰：『笠，所以禦暑雨。』」陳奐云：「《南山有臺》傳：『臺，夫須。』臺皮可以爲衰，因之禦雨之物即謂之臺。此傳臺御雨，《無羊》傳衰備雨，則臺即衰矣。臺與笠明是二物，箋云『以臺皮爲笠』，與『緇撮』對語，則合爲一物。《禮・郊特牲》：『大羅氏，天子之掌鳥獸者也。諸侯貢屬焉。草笠而至，尊野服也。』鄭注：『諸侯於蜡使使者戴草笠貢鳥獸也。《詩》曰：「彼都人士，臺笠緇撮。」』鄭或本三家《詩》。」愚案：當本齊義。又云：「《士冠禮》：『緇布冠缺項青組，纓屬于缺，緇纚廣終幅，長六尺。』鄭注：『缺，讀如「有頍者弁」之「頍」。緇布冠，無笄者，著頍圍髮際，結項中，隅爲四綴，以固冠也。項中有繩，亦由固頍爲之耳。今未冠笄者著卷幘，頍象之所生也。滕、薛名蔮爲頍。屬，猶著。纚，今之幘梁也。終，充也。纚一幅，長六尺，足以韜髮而結之矣。』《喪服》注：『首絰象緇布冠之缺項。』案：此缺項之制也。缺在項，故謂之缺項。《詩》之『撮』，即《儀禮》之『缺』。缺爲固冠之物，撮亦固冠之義。《莊子・寓言》篇『向也括撮，而今也被髮』，《道藏》本陳景元《音義》有『撮』字，各本奪。『撮』，即《詩》之『撮』也。《人間世》篇『會撮指天』，崔譔云：『會撮，項椎也。』司馬彪云：『會撮，髻也。古者髻在項中，脊曲頭低，故髻指天也。』《大宗師》篇『句贅指天』，李頤云：『句贅，項椎也。其形似贅，言其上向也。』故會髮即括髮，其固緇布冠之物謂之缺，亦謂之撮。缺從夬聲，撮從最聲，古音正同。撮者，本字。缺者，借字。《儀禮》『缺項』之『缺』，當讀如『緇撮』之『撮』。緇布冠爲三加之始冠，諸侯有繢緌，諸侯以下無纘緌，以緇布冠爲常服，其猶大古冠布之遺與？」馬瑞辰云：「《説文》：『鬗，髮多也。』《詩》作『綢』，爲叚借字。以四章『卷髮如蠆』、五章『髮則有旟』皆極言髮美，則知『綢直如髮』亦謂髮美。『如髮』，猶云乃髮。乃，猶其也，即謂綢直其髮耳。傳、箋讀『譬如』之『如』，失其義矣。」《列女・齊孝孟姬傳》：「《詩》云：『彼君子女，綢直如髮。』」明魯、毛文同。班固《西都賦》：「都人士女，殊異乎五方。」「士」、「女」並提，用齊經文。

彼都人士，充耳琇實。彼君子女，謂之尹吉。我不見兮，我心苑結。【疏】傳：「琇，美石也。尹，正也。」箋：「言以美石爲瑱。瑱，塞耳。吉，讀爲姞。尹氏、姞氏，周室昏姻之舊姓也。人見都人之家女，咸謂之尹氏、姞氏之女。言有禮法。苑，猶屈也，積也。」〇琇，當作「璓」，義具《淇奥》篇。實，充耳之貌。「謂之尹吉」者，馬瑞辰云：「箋説是也。《國語》晉胥臣曰：『黄帝之子得姓者十四人，爲十二姓。』姞其一也。《潛夫論・志氏姓》曰：『姞氏之別，有闞、尹、蔡、光、魯、雍、斷、密須氏。』❶是尹即姞氏之別。尹、吉並稱，猶申、吕、齊、許並言也。《説文》：『姞，黄帝之後伯鯈姓也。后稷妃家。』『吉』即『姞』之渻。《左傳》石癸曰：『姞，吉人也。』《漢書・人表》云：『姞人，棄妃。』直以姞人爲姓名。《唐・宰相世系表》云：『吉氏出自姞姓。』皆吉即爲姞之證。姞通郅，《路史・國名紀》：『郅，黄帝之宗，見《詩》。』引《風俗通》云：『郅，殷時侯國。一作「吉」。』」

彼都人士，垂帶而厲。【注】齊「而」作「如」。魯「而」作「若」。彼君子女，卷髮如蠆。我不見

❶「闞」，原作「關」，據《潛夫論箋》改。

兮，言從之邁。【疏】傳：「厲，帶之垂者。」箋：「而，亦如也。而厲，如鞶厲也。鞶必垂厲以爲飾。厲，字當作『裂』。蠆，螫蟲也，尾末揵然，似婦人髮末曲上卷然。言，亦我也。邁，行也。我今不見士女此飾，心思之，欲從之行。言己憂悶，欲自殺求從古人。」○案：「齊『而』作『如』」者，《禮・內則》鄭注云：「鞶，小囊盛帨巾者，男用韋，女用繒，有飾緣之，則是鞶裂與？《詩》云：『垂帶如厲。』」《説文》：「裂，繒餘也。」帶，以繒爲之，垂其餘以爲飾，故《詩》言「如裂」耳。「魯『而』作『若』」者，《淮南・氾論訓》高注：「博帶，大帶。《詩》云：『垂帶若厲。』」言帶之垂爲大帶也。「而」與「如」、「若」並聲近通用。《左・桓二年傳》「鞶厲」，杜注：「厲，大帶之垂者。」《廣雅》：「厲，帶也。」蓋對文則厲爲垂帶之名，散文則厲亦帶也。

匪伊垂之，帶則有餘。匪伊卷之，髮則有旟。我不見兮，云何盱矣。【疏】傳：「旟，揚也。」箋：「伊，辭也。此言士非故垂此帶也，帶於禮自當有餘也。女非故卷此髮也，髮於禮自當有旟也。旟，枝旟；揚，起也。盱，病也。思之甚，云何乎我今已病也。」○案：「匪伊垂之」四句，説者頗多，然箋義自長。

《都人士》五章，章六句。

采緑【疏】毛序：「刺怨曠也。幽王之時，多怨曠者也。」箋：「怨曠者，君子行役過時之所由也。而刺之者，譏其不但憂思而已，欲從君子於外，非禮也。」○三家義未聞。

終朝采緑，【注】魯「緑」作「菉」。不盈一匊。予髮曲局，薄言歸沐。【疏】傳：「興也。自旦及食時爲終朝。兩手曰匊。局，卷也。婦人夫不在，則不容飾。」箋：「緑，王芻也。易得之菜也，終朝采之而不滿手，怨曠之深，憂思不專於事。言，我也。禮，婦人在夫家笄象笄。今曲卷其髮，憂思之甚也。有云君子將歸者，我則沐以待之。」○案：「魯『緑』作『菉』」者，王逸《楚詞・離騷》注：「菉，王芻也。《詩》曰：『終朝采菉。』」明魯作「菉」，毛作「緑」，借字。

終朝采藍，不盈一襜。五日爲期，六日不詹。【疏】傳：「衣蔽前謂之襜。詹，至也。婦人五日一御。」箋：「藍，染草也。婦人過於時乃怨曠。五日、六日者，五月之日、六月之日也。期至五月而歸，今六月猶不至，是以憂思。」○《後漢・劉瑜傳》上書曰：「天地之性，陰陽正紀，隔絶其道，則水旱爲并。《詩》云：『五日爲期，六日不詹。』怨曠作歌，仲尼所録。」陳喬樅云：「范《書》言『瑜少通經學，尤善圖讖、天文、曆算之術』，其所習《詩》當爲齊學。攷《周官・九嬪》注云：『凡羣妃御見之法，月與后妃其象也。孔子云：「日者天之明，月者地之理。陰契制，故月上屬爲天，使婦從夫，放月紀。」』鄭引孔子云云，出《孝經援神契》文。緯書多用《齊詩》，瑜所謂『天地之性，陰陽正紀』，即《援神契》『天明』、『地理』及『陰契制』之義，説本《齊詩》無疑也。《内則》鄭注云：『五日一御，諸侯制也。諸侯娶九女，姪娣兩兩而御，則三日也。次兩媵，則四日也。次夫人專夜，則五日也。天子十五日乃一御。』然據《王度記》云『天子、諸侯一娶九女』，則五日之御，亦可通乎天子。《内則》所言『妾未五十，必與五日之御』，承上文『夫婦之禮，唯及七十，同藏無間』。此則據妾而言，並非專指諸侯之制，疑又當通乎大夫以下也。故傳云『婦人五日一御』，王肅以爲『大夫以下之制』。」

之子于狩，言韔其弓。之子于釣，言綸之繩。【疏】箋：「之子，是子也，謂其君子也。于，往也。綸，釣繳也。君子往狩與？我當從之爲之韔弓；其往釣與？我當從之爲之繩繳。今怨曠，自恨初行時不然。」○陳奂云：「《釋草》『綸』，郭注：『今有秩嗇夫所帶糾青絲綸。』是綸爲糾合之稱。『綸之繩』與『韔其弓』對文。」

其釣維何？維魴及鱮。維魴及鱮，薄言觀者。【注】韓「觀」作「覩」。【疏】箋：「觀，多也。此美其君子之有技藝也。釣必得魴鱮，魴鱮是云其多者耳。其衆雜魚，乃衆多矣。」○「『觀』作『覩』」者，《釋文》引《韓詩》文。陳喬樅云：「《釋詁》：『觀，多也。』郭注引《詩》：『薄言觀者。』箋説正本《雅》訓。覩，義亦得訓『多』。《説文》『覩』爲古文『睹』字。覩從見，者聲。者從白，𣅀聲。𣅀，古文旅。『旅』有『衆』義，故都從邑，者聲，義訓爲『聚』。諸從言，者聲，義訓爲『衆』。然則『覩』亦有『衆』義，故與『觀』之訓『多』者同也。」

《采緑》四章，章四句。

黍苗【注】三家説曰：「召伯述職，勞來諸侯也。」【疏】毛序：「刺幽王也。不能膏潤天下，卿士不能行召伯之職焉。」箋：「陳宣王之德，召伯之功，以刺幽王及其羣臣廢此恩澤事業也。」○《國語》韋注：「《黍苗》，道召伯述職，勞來諸侯也。」《左傳・襄十九年》杜注：❶「《黍苗》，美召伯勞來諸侯。」其義蓋本三家，與毛序異。

芃芃黍苗，陰雨膏之。悠悠南行，召伯勞之。【疏】傳：「興也。芃芃，長大貌。悠悠，行貌。」

---

❶「左」，原作「在」，據阮刻本《春秋左傳正義》改。

箋：「興者，喻天下之民如黍苗然，宣王能以恩澤育養之，亦如天之有陰雨之潤。宣王之時，使召伯營謝邑，以定申伯之國，將徒役南行，衆多悠悠然，召伯則能勞來勸説以先之。」○陳奂云：「申伯封謝，則悠悠然南行。能建國親侯，即膏潤天下意也。勞，勤也。召伯勞之，卿士述職也。箋以『悠悠』爲徒役衆多。然將徒役而往營謝，未免擾動兵衆，不中時務。《嵩高》詩但言『因是謝人，以作爾庸』也。」

我任我輦，我車我牛。我行既集，蓋云歸哉。【疏】傳：「任者，輦者，車者，牛者。」箋：「集，猶成也。蓋，猶皆也。營謝轉餫之役，有負任者，有輓輦者，有將車者，有牽傍牛者。其爲南行之事既成，召伯則皆告之云可歸哉。刺今王使民行役，曾無休止時。」○馬瑞辰云：「《吕覽·舉難》篇：『甯戚將任車以至齊。』《淮南·道應》篇：『甯越爲商旅將任車。』高注：『任，載也。』引《詩》：『我任我輦。』是高以《詩》『我任』即爲任車。《淮南》又曰『甯越飯牛車下』，則所云『任車』即牛車耳。案：《鄉師》注：『輦，人輓行，所以載任器。』則輦亦得曰任。下始言『我車我牛』，車、牛爲一，則上言『我任我輦』即謂以輦載任器，亦爲一事而分言之，不得如箋訓爲『負任』，亦不得如高以爲任車也。《釋訓》：『徒御不警，輦者也。』『徒御』二字當連讀，謂徒步而御車者。此詩『我徒我御』，亦一事而分言之，『徒御』即上之輦，正不必如傳、箋之過爲區别耳。《鄉師》注引《司馬法》曰：『夏后氏謂輦曰余車，殷曰胡奴車，周曰輜輦。輦一斧、一斤、一鑿、一梩、一鋤。❶周輦加二板、二築。』此謂輦載一人所需物也。又曰：『夏后氏二十人而輦，殷十八人而輦，周十五人而輦。』此

❶「輦」，原作「車」，據阮刻本《周禮注疏》改。

謂一輦載二十人，若十八人、十五人所需也。周每人加二板、二築，故僅容十五人所需。賈疏謂『説輓人多少』，失之。《説文》：『扶，並行也。從二夫。』『輦，輓車也。從扶在車前引之。』《易林》曰：『二人輦車，徙去其家。』是皆輦用二人引車之證。《淮南·説山》篇『引車者二六而後之』，據上云『物固有衆而不若少者』，當讀『引車者二』句，所謂少也；『六而後之』句，謂六人自後推之，所謂衆也。即《左傳》所謂『或輓之，或推之』也。高注：『轅三人，兩轅六人，故謂二六。一説：十二人。』皆非也。」歸者，歸謝，《嵩高》云「申伯還南，謝于誠歸」也。《爾雅》：「曷，盍也。」曷謂之盍，盍又謂之曷，蓋亦謂之曷。《荀子·富國篇》言「仁人在上」云云，末引《詩》云：「我任我輦，我車我牛。我行既集，蓋云歸哉。」明魯、毛文同。

我徒我御，我師我旅。我行既集，蓋云歸處。【疏】傳：「徒行者，御車者，師者，旅者。」箋：「步行曰徒。召伯營謝邑，以兵衆行，其士卒有步行者，有御兵車者。五百人爲旅，五旅爲師。《春秋傳》曰：『諸侯之制，君行師從，卿行旅從。』」〇王引之云：「經傳言『師旅』者有二義，一爲士卒之名，《小司徒》『五卒爲旅，五旅爲師』是也。一爲羣有司之名，《宰夫》『掌百官府之徵令，辨其八職。一曰正，掌官灋以治要。二曰師，掌官成以治凡。三曰司，掌官灋以治目。四曰旅，掌官常以治數』是也。《左·襄十年傳》『官之師旅，不勝其富』，十四年『今官之師旅，無乃實有所闕，以攜諸侯』，《晉語》『陽有夏商之嗣典，有周室之師旅，樊仲之官守焉』，皆謂掌官成、官常者。官之師旅，猶言羣有司也。周室之師旅，即官守也。蓋樊仲之官守，所守者嗣典也，其官則師旅也。三句一貫，故下文但曰『其非官守』也。其大小之差，則旅卑於師，師又卑於正，故八職師、旅在正之下。成十八年《傳》『師不陵正，旅不偪師』，言小不加大也。襄二十五年《傳》『百官之正長師旅』，先正長而後師旅也。《楚語》『天子之貴也，唯其以公、侯爲官正，而以伯、子、男爲師旅』，言公、侯之統伯、子、男，猶官正之統師旅。乃杜注『師不陵正，旅不偪師』，曰：『師，二千五百人之帥也。旅，五百人之帥也。』注『官之師旅』，曰：『師旅之長。』注『百官之正長師旅』，曰：『師旅，小將帥也。』韋注『伯子男爲師旅』，曰：『帥師旅也。』皆不知師旅爲羣有司之名，而誤以爲帥師旅者。夫帥師旅者，豈得遂謂之師旅乎？至韋注『周室之師旅』，曰：『周室之師衆。』則又誤以爲人衆之名矣。」陳奐云：「此箋解『師旅』之誤，與杜、韋同。此是申伯入謝，不必盛言兵衆。《嵩高》傳以徒御爲虎賁，又『王命傅御，遷其私人』，傳：❶『御，治事之官也。私人，家臣也。』傅御、私人，亦即在徒御師旅之中，則此『師旅』非兵衆可知。鄭箋以徒御師旅皆謂召伯之士卒，與毛傳不同義。二千五百人爲師，則傳不得稱之曰『師者』矣。五百人爲旅，則傳不得稱之曰『旅者』矣。孔疏依箋申傳，失之。」案：陳説區別傳、箋，至爲明析。其駁「將徒役而往營謝」，尤中肯綮。

肅肅謝功，召伯營之。烈烈征師，召伯成之。【疏】傳：「謝，邑也。」箋：「肅肅，嚴正之貌。營，治也。烈烈，威武貌。征，行也。美召伯治謝邑，則使之嚴正；將師旅行，則有威武也。」〇陳奐云：「《小星》傳：『肅肅，疾貌。』烈烈，讀如『如火烈烈』。征，行也。師，衆也。」愚案：《韓奕》「溥彼韓城，燕師所完」，傳：「師，衆也。」箋：「衆民之所築。」此章「師」義正同。述職、勞來諸侯，非尚威武之事。《嵩高》言「召伯是營」，亦不及師旅。此箋實沿上章「師旅」之誤。惟「征」當訓「征召」。《周禮》「卿大夫皆征之」，先鄭注：「征之

---

❶「傳」，原作「傅」，據陳奐《傳疏》、明世德堂本《毛詩》、阮刻本《毛詩正義》及本書卷二十三《崧高》改。

者，給公上事也。」

原隰既平，泉流既清。召伯有成，王心則寧。【疏】傳：「土治曰平，水治曰清。」箋：「召伯營謝邑，相其原隰之宜，通其水泉之利，此功既成，宣王之心則安也。又刺今王臣無成功，而亦心安。」〇此以喻治之有本，不專爲營謝言也。《説苑·建本》篇：「夫本不正者末必倚，始不盛者終必衰。《詩》云：『原隰既平，泉流既清。』本立而道生，是故君子貴建本而重立始。」「召伯有成」者，考績述職，告其成功，王心於是喜悦而安寧也。

《黍苗》五章，章四句。

隰桑【疏】毛序：「刺幽王也。小人在位，君子在野，思見君子，盡心以事之。」〇三家義未聞。

隰桑有阿，其葉有難。既見君子，其樂如何。【疏】傳：❶「興也。阿然美貌，難然盛貌，有以利人也。」箋：「隰中之桑，枝條阿阿然長美，其葉又茂盛，可以庇蔭人。興者，喻時賢人君子不用而野處，有覆養之德也。正以隰桑興者，反求此義，則原上之桑枝葉不能然，以刺時小人在位，無德於民。思在野之君子，而得見其在位，喜樂無度。」〇陳奂云：「阿之爲言猗也。《淇奥》傳：『猗猗，美盛也。』難、儺古通。難之爲言那也。《釋文》：『難，乃多反。』其讀同那。《桑扈》、《那》傳：『那，多也。』《萇楚》曰『猗儺』，《那》曰『猗

❶「傳」，原脱，據明世德本《毛詩》、阮刻本《毛詩正義》及本書體例補。

那』，音義皆同也。案：有阿，即阿阿也。故箋讀爲「阿阿」。阿阿，字亦變爲「猗猗」，見《淇奧》傳。經中凡彖字多參用「有」字，與彖字無異。

隰桑有阿，其葉有沃。既見君子，云何不樂。【疏】傳：「沃，柔也。」○案：「有沃」與「沃沃」同，亦與「沃若」同。

隰桑有阿，其葉有幽。既見君子，德音孔膠。【疏】傳：「幽，黑色也。膠，固也。」箋：「君子在位，民附仰之，其教令之行，甚堅固也。」○馬瑞辰云：「幽、葽一聲之轉，《豳詩》『四月秀葽』，《夏小正》作『莠幽』。《漢書·郊祀志》《房中歌》曰『豐草葽』，孟康注：『葽，盛貌。』此詩『有幽』與上章『有難』、『有沃』同義，正當讀『葽』，訓『盛』。膠，讀爲『膠』之消借。《方言》：『膠，盛也。陳、宋之間曰膠。』《廣雅》：『膠，盛也。』孔膠，猶言甚盛耳。」《列女·周宣姜后傳》引《詩》曰：「隰桑有阿，其葉有幽。既見君子，德音孔膠。」明魯、毛文同。《韓詩外傳》四引《詩》曰：「既見君子，德音孔膠。」明韓、毛文同。

心乎愛矣，遐不謂矣。中心藏之，何日忘之。【疏】箋：「遐，遠；謂，勤；藏，善也。我心愛此君子，君子雖遠在野，豈能不勤思之乎？宜思之也。我心善此君子，又誠不能忘也。孔子曰：『愛之能勿勞乎？忠焉能勿誨乎？』」○《禮·表記》引《詩》云：「心乎愛矣，瑕不謂矣。中心藏之，何日忘之。」鄭注：「瑕之言胡也。謂，猶告也。」「瑕不」、「遐不」皆可訓「胡」。鄭注《禮》時即用《齊詩》義解，特箋《詩》又別爲解耳。各本「藏」從艸，皆後來所加，古止作「臧」，《釋文》本尚未改。古文《孝經》引《詩》「中心」作「忠心」，《序》所謂「盡心以事之」也。《新序·雜事》五：「《詩》曰：『中心藏之，何日忘之。』」明魯、毛文同。《韓詩外傳》四兩引《詩》曰：「中心藏之，何日忘之。」明韓、毛文同。

《隰桑》四章，章四句。

白華【疏】毛序：「周人刺幽后也。幽王取申女以爲后，又得褒姒而黜申后，故下國化之，以妾爲妻，以孽代宗，而王弗能治，周人爲之作是詩也。」箋：「申，姜姓之國也。褒姒，褒人所入之女；姒，其字也，是謂幽后。孽，支庶也。宗，適子也。王不能治，己不正故也。」〇《漢書·班倢伃傳》：「《緑衣》兮《白華》，自古兮有之。」班氏家學《齊詩》，所舉齊義，明與毛同。魯、韓當無異義。

白華菅兮，白茅束兮。之子之遠，俾我獨兮。【疏】傳：「興也。白華，野菅也。已漚爲菅。」箋：「白華於野，已漚名之爲菅。菅柔忍中用矣，而更取白茅收束之，茅比於白華爲脆。興者，喻王取於申，申后禮儀備，任妃后之事，而更納褒姒。褒姒爲孽，將至滅國。之子，斥幽王也。俾，使也。王之遠外我，不復荅耦我，意欲使我獨也。老而無子曰獨。後褒姒譖申后之子宜咎奔申。」〇「白華，野菅」，《釋草》文。言白華已漚而爲菅，更得白茅以相纏束，則端成潔白，夫婦之道正矣。至褒姒獻納，後宮止備妾媵，詩人不得以白茅之束比況之，次章更以菅、茅相提並論也。

英英白雲，【注】韓「英」作「泱」。露彼菅茅。天步艱難，之子不猶。【注】韓説曰：「天行艱難於我身，不我可也。」【疏】傳：「英英，白雲貌。露亦有雲，言天地之氣，無微不著，無不覆養。步，行；猶，可也。」箋：「白雲下露，養彼可以爲菅之茅，使與白華之菅相亂易，猶天下妖氣生褒姒，使申后見黜。猶，圖也。天行此艱難之妖久矣，王不圖其變之所由爾。昔夏之衰，有二龍之妖，卜藏其漦，周厲王發而觀之，化爲玄黿，童女遇之，當宣王時而生女，懼而棄之。後褒人有獻而入之幽王，幽王嬖之，是謂褒姒。」○「『英』作『泱』」者，《釋文》引《韓詩》文。陳喬樅云：「《説文》：『泱，滃也。』『滃，雲氣起也。』《文選》潘安仁《射雉賦》『天泱泱以垂雲』，即用《韓詩》。徐爰注：『泱，音英。』李善注引：『《毛詩》：「英英白雲。」毛萇曰：「英英，白雲貌。」』『泱』與『英』古字通。❶《六月》篇『白旆央央』，《公羊·宣十二年》疏引孫氏説作『帛旆英英』，是已。」馬瑞辰云：「露，猶覆也。連言之，則曰覆露。《晉語》：『是先王覆露子也。』《淮南·時則訓》：『包裹覆露，無不囊懷。』《繁露·基義》篇：『天爲君而覆露之。』《漢書·鼂錯傳》：『今陛下配天象地，覆露萬民。』《嚴助傳》：『陛下垂德惠以覆露之。』皆覆、露同義之證。此詩『露彼菅茅』，猶言覆彼菅茅，與下章『浸彼稻田』同義。歐陽《本義》、黄氏《日鈔》皆以露爲覆露，是也。」「天行」至「可也」，正義引《韓詩》侯苞《翼要》文。舉足謂之步，故訓「步」爲「行」。《中谷有蓷》傳：「艱，亦難也。」「猶，可」，《釋言》文。申女身爲王后，又生太子，自宜永享榮華。而天行艱難之運於國家，后身適當之，遂至廢黜，不啻行之於我身，因而之子不以我爲可也。王肅云：「天行艱難，使下國化之，以倡爲不可故也。」雖本《序》爲説，然與上章不類，故孔取侯説。蔡邕《庚侯碑》「廓天步之艱難」，用魯經文。

滮池北流，【注】三家「滮」作「淲」，「池」作「沱」。浸彼稻田。嘯歌傷懷，念彼碩人。【疏】傳：

❶「英」，原作「央」，據續經解本《韓詩遺説攷》十改。

「滮，流貌。」箋：「池水之澤，浸潤稻田，使之生殖，喻王無恩意於申后，滮池之不如也。豐、鎬之間水北流。碩，大也。妖大之人，謂褒姒也。申后見黜，褒姒之所爲，故憂傷而念之。」〇《水經・渭水》注：「鎬水又北流，西北注與滮池水合。水出鄗池西，而北流入於鎬。《毛詩》曰：『滮，流浪也。』而世傳以爲水名矣。」《注》「浪」蓋「貌」字傳寫之誤。《括地志》：「滮池，今按其池，周十五步。」「三家『滮』作『淲』，『池』作『沱』」者，《說文》：「淲，水流貌。從水，彪省聲。《詩》曰：『淲沱北流。』」與毛異字，明出三家。言池水尚有浸潤生殖之澤，今后身黜退，滮池之不如也。張衡《南都賦》「浸彼稻田」，用魯經文。碩人，當從王肅、孫毓指申后，與《衛風》「碩人」指莊姜同。陳奐以爲篇中五「我」字皆指申后，此「碩人」指申后，則「我心」之「我」無屬。不知「實勞我心」與「俾我」、「視我」不同，「勞心」即此章之「傷懷」，所謂「我」者，詩人自我也。

樵彼桑薪，卬烘于煁。維彼碩人，實勞我心。【疏】傳：「卬，我；烘，燎也。煁，烓竈也。桑薪，宜以養人者也。」箋：「人之樵取彼桑薪，宜以炊饔饎之爨，以養食人。桑薪，薪之善者也。我反以燎於烓竈，用炤事物而已。喻王始以禮取申后，申后禮儀備，今反黜之，使爲卑賤之事，亦猶是。」〇《說文》云：「烓，行竈也。」詩人每以薪喻婚姻，桑又女功最貴之木也，以桑而樵之爲薪，乃徒供行竈烘燎之用，其貴賤顛倒甚矣。

鼓鍾于宮，聲聞于外。念子懆懆，視我邁邁。【注】韓「邁」作「怖」，云：「意不說好也。」【疏】傳：「有諸宮中，必形見於外。邁邁，不說也。」箋：「王失禮於外，❶而下國聞知而化之，王弗能治，如鳴鼓鍾

❶「外」，明世德堂本《毛詩》作「內」，當據改。

於宮中，而欲外人不聞，亦不可止。此言申后之忠於王也，念之懆懆然，欲諫正之，王反不説於其所言。」〇段玉裁云：「箋云『鳴鼓鍾』，謂鼓與鍾二物也。《靈臺》『於論鼓鍾』，鄭云：『鼓與鍾也。』此詩正同。疏云『鼓擊其鍾』，誤。」黄山云：「此箋文有誤，孔不誤也。《釋樂》：『徒鼓鍾謂之修。』《鼓鍾》篇『鍾鼓』三句，《韓詩》皆作『鼓鍾』，與『鼓瑟鼓琴』相應，此『鼓鍾』爲擊鍾之例。鍾必擊而後有聲，否則鍾鼓雖在宮，不能聞於外也。孔疏『有人鼓擊其鍾於宮内』，此自釋傳『有諸宮中』之文，而下不言鄭異者，必今箋『鳴鼓鍾』乃『鳴擊鍾』之訛，孔正據之以『擊』釋毛耳。《靈臺》『於論鼓鍾』，『論』本即言其節奏，已賅『鳴擊』義。且上『賁鼓維鏞』，『鼓鍾』亦本並列。此非言樂，不必兼鼓。鼓以鼓衆，亦非箋『欲外人不聞，不可止』之義。段説蓋非。」《韓詩外傳》四：「僞詐不可長，虚空不可守，朽木不可雕，情亡不可久。《詩》曰：『鼓鍾于宮，聲聞于外。』言有中者必能見外也。」韓釋《詩》與毛、鄭同。《説文》：「懆，愁不安也。從心，喿聲。《詩》曰：『念子懆懆。』」《釋文》云：「亦作『慘慘』。」「『邁邁』作『怖怖』，云『意不説好也』」者，《釋文》引《韓詩》文。《説文》亦作「怖怖」，云：「恨怒也。」「恨怒」，宜從《釋文》引作「很怒」。很怒，即不説好意。毛訓「邁邁」爲「不説」，是以「邁邁」爲「怖怖」之叚借。

有鶖在梁，有鶴在林。維彼碩人，實勞我心。【疏】傳：「鶖，秃鶖也。」箋：「鶖也、鶴也，皆以魚爲美食者也。鶖之性貪惡而今在梁，鶴絜白而反在林，興王養褒姒而餒申后，近惡而遠善。」〇《説文》：「𪁉，秃𪁉也。或作『鶖』。」王逸《楚詞・大招》注：「鶖鶬，鵚鶖也。❶《詩》云：『有鶖在梁。』」明魯、毛文同。

❶「鵚鶖」，原作「秃鶬」，據續經解本《魯詩遺説攷》十四、汲古閣本《楚辭補注》改。

鴛鴦在梁，戢其左翼。之子無良，二三其德。【疏】箋：「戢，斂也。斂左翼者，謂右掩左也。鳥之雌雄不可别者，以翼右掩左雄，左掩右雌，陰陽相下之義也。夫婦之道，亦以禮義相下，以成家道。良，善也。王無答耦己之善意，而變移其心志，令我怨曠。」〇馬瑞辰云：「詩義蓋與《鴛鴦》篇同。以鴛鴦匹鳥，得其所止，能不貳其耦，以興幽王『二三其德』，爲匹鳥之不若也。不當如箋專指雄者言。」《韓詩外傳》四「所謂庸人者」云云，末引《詩》曰：「之子無良，二三其德。」明韓、毛文同。

有扁斯石，履之卑兮。之子之遠，俾我疷兮。【疏】傳：「扁扁，乘石貌。王乘車履石。疷，病也。」箋：「王后出入之禮與王同，其行登車亦履石。申后始時亦然，今見黜而卑賤。王之遠外我，欲使我困病。」〇《隸僕》「王行則洗乘石」，鄭司農曰：「所登上車之石也。」《淮南·齊俗訓》、《文選》李注引《尸子》，並云：「周公踐東宫，履乘石。」《淮南》高注：「人君升車有乘石。」説皆與毛傳合，蓋以乘石爲王所履，與后之爲王所棄耳。胡承珙曰：「『履之卑兮』，『卑』字當屬石言。何楷《古義》云：『「履之卑兮」是倒文，言乘石卑下，猶得蒙王踐履。』其説是也。」至於后亦履石，經傳無徵，箋特以義推而言之，與傳義殊。《士昏禮》「婦人以几」，賈疏云「王后則履石」，特本《詩》箋以意推之，亦非有確證也。正義合傳、箋爲一，失之。

《白華》八章，章四句。

緜蠻【疏】毛序：「微臣刺亂也。大臣不用仁心，遺忘微賤，不肯飲食教載之，故作是詩也。」箋：「微臣，謂士也。古者卿大夫出行，士爲末介。士之禄薄，或困乏於資財，則當賙贍之。幽王之時國亂，禮廢恩薄，大不念小，尊不恤賤，故本其亂而刺之。」〇《潛夫論・班祿》篇：「行人定疑當作「困」。而《緜蠻》諷。」與毛序意同。齊、韓當無異義。《齊詩》篇名作《緡蠻》，説見下。

緜蠻黃鳥，**【注】**《韓詩》曰：「緜蠻黃鳥。」韓説曰：「緜蠻，文貌。」止于丘阿。道之云遠，我勞如何？飲之食之，教之誨之。命彼後車，謂之載之。**【疏】**傳：「興也。緜蠻，小鳥貌。丘阿，曲阿也。鳥止於阿，人止於仁。」箋：「止，謂飛行所止託也。興者，小鳥知止於丘之曲阿静安之處而託息焉，喻小臣擇卿大夫有仁厚之德者而依屬焉。在國依屬於卿大夫之仁者，至於爲末介從而行，道路遠矣，我罷勞則卿大夫之恩宜如何乎？渴則予之飲，飢則予之食，事未至則豫教之，臨事則誨之，車敗則命後車載之。後車，倅車也。」〇「韓詩」至「文貌」，《文選》何晏《景福殿賦》李注、❶王融《曲水詩序》李注引《韓詩》薛君注文。「緜蠻黃鳥」，明韓、毛文同。馬瑞辰云：「『緜蠻』二字雙聲。《説文》：『緜，聯微也。』《廣雅》：『緜，小也。』『緜』有『小』義，故傳以爲『小鳥貌』。韓以『緜蠻』爲『文貌』者，案：《釋詁》：『覭髳，茀離也。』『緜蠻』即『覭髳』之轉，蓋文采緜密之貌，故韓以爲『文貌』，當從韓爲允。黃鳥本小鳥，詩喻微臣，其義已顯，不必更以緜蠻爲小貌耳。」張衡《集怨篇》「我勞如何」，明魯、毛文同。《繁露・仁義法》篇引《詩》云「飲之食之，教之誨之」，明齊、毛文同。

❶「文」，原脱，據續經解本《韓詩遺説攷》十、胡刻《文選》補。

緜蠻黄鳥，止于丘隅。豈敢憚行？畏不能趨。飲之食之，教之誨之。命彼後車，謂之載之。【疏】箋：「丘隅，丘角也。憚，難也。我罷勞，車又敗，豈敢難徒行乎？畏不能及時疾至也。」〇《禮·大學》引：「《詩》云：『緡蠻黄鳥，止于丘隅。』子曰：『於止知其所止，可以人而不如鳥乎？』」緜、緡通作字。《韓詩外傳》四載「客有見周公者」云云，末引《詩》云「豈敢憚行？畏不能趨」，明韓、毛文同。

緜蠻黄鳥，止于丘側。豈敢憚行？畏不能極。飲之食之，教之誨之。命彼後車，謂之載之。【疏】箋：「丘側，丘旁也。極，至也。」

《緜蠻》三章，章八句。

瓠葉【疏】毛序：「大夫刺幽王也。上棄禮而不能行，雖有牲牢饔餼，不肯用也。故思古之人不以微薄廢禮焉。」箋：「牛羊豕爲牲，繫養者曰牢，熟曰饔，腥曰餼，生曰牽。不肯用者，自養厚而薄於賓客。」〇三家義未聞。

幡幡瓠葉，采之亨之。君子有酒，酌言嘗之。【疏】傳：「幡幡，瓠葉貌，庶人之菜也。」箋：「亨，熟也。熟瓠葉者，以爲飲酒之葅也。此『君子』，謂庶人之有賢行者也。其農功畢，乃爲酒漿，以合朋友習禮講道藝也。酒既成，先與父兄室人亨瓠葉而飲之，所以急和親親也。飲酒而曰嘗者，以其爲之主於賓客，賓客則加之以羞。《易·兑·象》曰：『君子以朋友講習。』」〇詩人因時王惜物廢禮，故言雖瓠葉、兔首之微薄，亦可以合羣習禮。《後漢·劉昆傳》：「王莽世，教授弟子恒五百餘人。每春秋饗射，備列典儀，以素木、瓠葉爲俎豆，桑弧、蒿矢以射兔首。」《東觀漢記》「素木」下有「刳」字。李注云「瓠葉爲俎實」，誤也。此不過備列典儀之一事，取瓠葉、兔首以寓《詩》意耳。嘗者，主人未獻於賓，先自嘗之也。陳奂云：「《行葦》箋云：『有醇厚之酒醴，以大斗酌而嘗之而美，故以告黄耇之人。』是主人固有先嘗之禮矣。」

有兔斯首，炮之燔之。君子有酒，酌言獻之。【疏】傳：「毛曰炮，加火曰燔。獻，奏也。」箋：「斯，白也。今俗語『斯白』之字作『鮮』，齊、魯之間聲近『斯』。有兔白首者，兔之小者也。炮之燔之者，將以爲飲酒之羞也。飲酒之禮，既奏酒於賓，乃薦羞。每酌言言者，禮不下庶人。庶人依士禮，立賓主爲酌名。」○胡承珙云：「《左·昭元年傳》趙孟賦《瓠葉》，穆叔知其欲一獻，則此詩是一獻之禮。禮有獻，有酢，有酬，而後一獻之禮終，與詩中所言正合。古者士禮一獻。《士冠禮》注雖云一獻之禮有薦，薦脯醢也。有俎，俎牲體也。其牲未聞。然《既夕》注云『士腊用兔』，詩三章皆言『兔首』，又焉知非士禮，而必以爲庶人之禮乎？」

有兔斯首，燔之炙之。君子有酒，酌言酢之。【疏】傳：「炕火曰炙。酢，報也。」箋：「報者，賓既卒爵，洗而酌主人也。凡治兔之宜，鮮者毛炮之，柔者炙之，乾者燔之。」○《説文》：「醋，客酌主人也。從酉，昔聲。」今經典皆以「酢」爲「醋」。

有兔斯首，燔之炮之。君子有酒，酌言醻之。【疏】傳：「醻，道飲也。」箋：「主人既卒酢爵，又酌自飲，卒爵，復酌進賓，猶今俗之勸酒。」○《説文》：「醻，獻醻，主人進客也。或作『酬』。」

《瓠葉》四章，章四句。

漸漸之石【疏】毛序：「下國刺幽王也。戎、狄叛之，荆、舒不至，乃命將率東征，役久病於外，故作是詩也。」箋：「荆，謂楚也。舒，舒鳩、舒鄝、舒庸之屬。役，謂士卒也。」○三家義未聞。

漸漸之石，維其高矣。山川悠遠，維其勞矣。武人東征，不皇朝矣。【疏】傳：「漸漸，山石高峻。」箋：「山石漸漸然高峻，不可登而上，喻戎、狄衆强而無禮義，不可得而伐也。山川者，荆、舒之國所處也。其道里長遠，邦域又勞勞廣闊，言不可卒服。武人，謂將率也。皇，正也。將卒受王命東行而征伐，役人罷病，必不能正荆舒，使之朝於王。」○言石之字從水作「漸」，自是叚借。《釋文》作「嶃嶃」，《廣雅·釋訓》亦云：「嶄嶄，高也。」嶃、嶄字同。是《毛詩》「亦作」本與魯、韓《詩》皆有作「嶃嶃」者。《繫傳》引《詩》「暫暫之石」，不見於《説文》，疑出後起，今則通作「巉巉」矣。箋云「勞勞廣闊」，讀「勞」爲「遼」。劉向《九歎》「山修遠其遼遼兮」，王逸注：「遼遼，遠貌。」即用此詩。劉、王同本《魯詩》，知鄭改讀亦用魯也。孔疏義引王肅云：「皇，暇也。」《何草不黄》篇：「哀我征夫，朝夕不暇。」一日之計，朝尤便於興事。朝亦不皇，則征行之苦可想。

漸漸之石，維其卒矣。山川悠遠，曷其没矣。武人東征，不皇出矣。【疏】傳：「卒，竟；没，盡也。」箋：「卒者，崔嵬也，謂山巔之末也。曷，何也。廣闊之處，何時其可盡服。不能正之，令出使聘問於王。」○馬瑞辰云：「卒，即『崒』之消借。《説文》：『崒，危高也。』《十月之交》篇『山冢崒崩』，《釋文》：『崒，本亦作「卒」。』是崒、卒古通用之證。」胡承珙云：「山川長遠，何時可盡？入險而不暇出險，軍行死地，勞困可知。」

有豕白蹢，烝涉波矣。月離于畢，俾滂沱矣。【注】魯「離」作「麗」，「俾」作「比」。武人東征，不皇他矣。【疏】傳：「豕，豬也。蹢，蹄也。將久雨，則豕進涉水波。畢，噣也。月離陰星則雨。」箋：「烝，衆也。豕之性能水，又唐突難禁制。四蹄皆白曰駭，則白蹄其尤躁疾者。今離其繒牧之處，與衆豕涉入水之波漣矣。喻荊舒之人勇悍捷敏，其君猶白蹄之豕也，乃率民去禮義之安而居亂亡之危。賤之，故比方於豕。將有大雨，徵氣先見於天，以言荊舒之叛萌漸，亦由王出也。豕既涉波，今又雨使之滂沱，疾王甚也。不能正之，令其守職，不干王命。」〇「魯『離』作『麗』，『俾』作『比』」者，《論衡·說日篇》引《詩》：「月麗于畢，俾滂沱矣。」「離」作「麗」，而作「俾」與毛同。高誘《吕覽·孟秋紀》注引《詩》亦皆作「麗」。《論衡·明雩篇》引《詩》：「月離于畢，比滂沱矣。」「俾」作「比」，而作「離」又與毛同。蓋《魯詩》麗、離，比、俾通作。陳喬樅云：「離、麗古通。《周易》『離王公也』，《釋文》云：『鄭作「麗」。』《戰國策》『高漸離』，《論衡·書虛篇》亦作『麗』。俾、比聲近，《大雅》『克順克比』，《禮·樂記》作『克俾』，《史記·樂書》同，是其證。」陳奂云：「詩言東征，借雨以況勞苦之情。《東山》篇『我徂東山，慆慆不歸。我來自東，霝雨其濛』，亦此意也。離，讀與『麗』同。《盧令》箋：『畢，噣也。』彼正義引《釋天》『噣謂之畢』，李巡云：『噣，陰氣觸起，陽氣必止，故曰畢。畢，止也。』《史記·律書》：『北至于濁。濁者，觸也，言萬物皆觸死也，故曰濁。』《索隱》引《爾雅》：『濁謂之畢。』今郭本作『濁』，李本作『噣』，噣、濁義皆與『觸』同也。《小星》傳『五噣』爲柳星，此當依《史記》作『濁』，讀爲『觸』爲正字。《仲尼弟子列傳》集解引毛傳：『畢，濁也。』《釋文》：『本亦作「濁」。』此古本傳作『濁』之證。

孫、郭《爾雅》注並云：『掩兔之畢，或呼爲濁，因以名星。』其字亦皆作『濁』也。傳云『月離陰星則雨』者，正義云『以畢爲月所離而雨，❶是陰雨之星，故謂之陰星』，是也。畢，西方宿，實沈之次也。《書·洪範》『月之從星，則以風雨』，江聲《集疏》云：『《漢書·天文志》云：「西方爲雨。雨，少陰之位也。月失中道，移而西入畢則多雨。」依鄭誼，雨爲木氣，畢西方金宿，金克木，木爲妃，畢好其妃，故多雨也。《志》又云：「月失節度而妄行，出陽道則旱風，出陰道則陰雨。」是亦一說。東北、東南皆陽道，西則陰道。毛傳云「月離陰星則雨」，與《志》言「出陰道」相似。』滂沱，《詩考》引《史記》作『滂池』。《説文》：『滂，沛也。』《初學記》引《説文》：『池者，陂也。』大雨沛然下垂，積水成陂，是爲滂池。」愚案：《説文》：「陂，阪也。一曰：沱也。」此即《初學記》所本。許書無從也之「池」，即「沱灊」之「沱」字本文，初無「陂也」之訓。此文「滂沱」自與《陳風》「涕泗滂沱」同義。「沱」作「池」，或又作「沲」，皆隸寫之誤，不必訓爲「陂」。陳啟源曰：「顧氏英白云：『月入畢中則多雨，舊以陰陽爲説，非也。天街在畢之陰，七政中道也，焉得謂離其陰則水乎？畢宿在天街之陽，月入之即雨，焉得謂由其陽得旱乎？予驗之皆然。《家語》以爲有若不知，未敢信也。』又言：『月之離畢未有不在其陰者，但必相傳著方雨，遠之則否。』然則離陰、離陽，必非孔子之言。史遷世掌天官，列傳載有若事，獨刪此語，蓋知其誤。」胡承珙云：「《論衡·明雩篇》：『房星四表三道，日月之行，出入三道。日出北道，離畢之陰，希有不雨。由此言之，北道，畢星之所在也。』此亦以離畢爲月出北道，與毛傳合。是自漢以來已有此

❶ 「畢」、「月」，原乙，據陳奂《傳疏》、阮刻本《毛詩正義》乙正。

說。《家語》載孔子云：『昔者月離其陰，故雨。昨莫月離其陽，故不雨。』專指畢之陰陽，宜顧氏以爲後人妄託也。」

《漸漸之石》三章，章六句。

苕之華【疏】毛序：「大夫閔時也。幽王之時，西戎、東夷交侵中國，師旅並起，因之以饑饉。君子閔周室之將亡，傷己逢之，故作是詩也。」箋：「師旅並起者，諸侯或出師，或出旅，以助王距戎與夷也。大夫將師出，見戎、夷之侵周而閔之，今當其難，自傷近危亡。」〇三家義未聞。

苕之華，芸其黃矣。心之憂矣，維其傷矣。【疏】傳：「興也。苕，陵苕也，將落則黃。」箋：「陵苕之華，紫赤而繁。興者，陵苕之幹喻如京師也，其華猶諸夏也，故或謂諸夏爲諸華。華衰則黃，猶諸侯之師旅罷病將敗，則京師孤弱。傷者，謂國日見侵削。」〇《釋草》：「苕，陵苕。」又云：「黃華，蔈。白華，茇。」舍人注：「別華色之異名也。」《史記・趙世家》「顏若苕之華」，《集解》引綦毋邃云：「陵苕之華，其色紫。」蘇頌《本草圖經》云：「紫葳，陵霄花也。初作藤，蔓生依大木，歲久延引至顛而有花，其花黃赤，夏中乃盛。」陶隱居、蘇恭引郭云「陵霄」。案：今《爾雅》注無「陵霄」之說，郭說乃云「陵時」。《本草》云：「今紫葳無陵時之名，而鼠尾草有之。」陸《疏》：「苕，一名陵時，一名鼠尾，似王芻。生下溼水中，七八月中華，似今紫草。」陳奐目驗，藤本，依古柏蔓生，五六月花盛，黃色，即陵霄花，以爲即《爾雅》之「黃華，蔈」，而不見紫色，則所云「苕之華」，似仍以陸《疏》「陵時，似紫草，生水中」者爲合。古書歧出，證驗未周，不經目覩，不敢臆斷也。

苕之華，其葉青青。知我如此，不如無生。【疏】傳：「華落，葉青青然。」箋：「京師以諸夏爲障蔽，今陵苕之華衰，而葉見青青然，喻諸侯微弱，而王之臣當出見也。我，我王也。知王之爲政如此，則己之生不如不生也。自傷逢今世之難，憂閔之甚。」○《唐·杕杜》傳：「菁菁，葉盛也。」叚借字作「青青」。《潛夫論·交際》篇引《詩》云：「知我如此，不如無生。」明魯、毛文同。

牂羊墳首，【注】齊「墳」作「羵」。三星在罶。人可以食，鮮可以飽。【疏】傳：「牂羊，牝羊也。墳，大也。罶，曲梁也，寡婦之笱也。牂羊墳首，言無是道也。三星在罶，言不可久也。治日少而亂日多。」箋：「無是道者，喻周已衰，求其復興，不可得也。不可久者，喻周將亡，如心星之光耀見於魚笱之中，其去須臾也。今者士卒人人於晏早皆可以食矣，時饑饉，軍興乏少，無可以飽之者。」○孔疏云：「《釋畜》：『羊：牡羒，牝牂。』故知『牂羊』牝羊。」乃讀「墳」爲「羒」。胡承珙云：「王夫之《詩稗疏》云：『吴羊牝牂，夏羊牝羖。吴羊䍽羊，夏羊山羊也。吴羊頭小角短，山羊頭大角長。』此說分別甚明，是則吴羊之頭本小，而禽獸之體牝更小於牡，故傳以牂羊無大首之道，不必改『墳』爲『羒』也。」「齊『墳』作『羵』」者，《易林·中孚之訟》云：「牂羊羵首，君子不飽。年饑孔荒，士民危殆。」是《齊詩》作「羵首」。《史記·李斯傳》注亦作「羵」。李富孫云：「『羵』乃『䫴』之誤，蓋『羵』乃土之怪。《說文》『䫴』訓『大頭』也。」君子，謂戍役勞苦之將率士卒可知。

《苕之華》三章，章四句。

何草不黄【疏】毛序：「下國刺幽王也。四夷交侵，中國背叛，用兵不息，視民如禽獸，君子憂之，故作是詩也。」〇三家無異義。

何草不黄？ 何日不行？ 何人不將？ 經營四方。【疏】傳：「言萬民無不從役。」箋：「用兵不息，軍旅自歲始草生而出，至歲晚矣，何草而不黄乎？ 言草皆黄也。於是之間，將率何日不行乎？ 言常行，勞苦之甚。」

何草不玄？ 何人不矜？ 哀我征夫，獨爲匪民。【疏】箋：「玄，赤黑色。始春之時，草牙孽者將生必玄，於此時也，兵猶復行。無妻曰矜。從役者皆過時不得歸，故謂之矜。征夫，從役者也。古者師出不踰時，所以厚民之性也。今則草玄至於黄，黄至於玄，此豈非民乎？」〇胡承珙云：「《釋天》：❶『九月爲玄。』孫炎曰：『物衰而色玄也。《詩》曰：「何草不玄？」』與『始春』之言不同者，《爾雅》所言月名，皆不以草色。李巡曰：『九月萬物畢盡，陰氣侵寒，其色皆黑。』是陰而氣寒之黑，不由草玄色。承珙案：《易林·蒙之蒙》云：『何草不黄？ 至末盡玄。室家分離，悲愁于心。』則焦氏明以草玄爲物衰之候，非春初始生之謂。以經文先『黄』次『玄』，是經歷秋冬，已足見踰時之久，不必又及明年春生而玄也。」愚案：據焦説，知齊訓如此。孫蓋用魯説。

匪兕匪虎，率彼曠野。哀我征夫，朝夕不暇。【疏】傳：「兕、虎，野獸也。曠，空也。」箋：「兕、

---

❶ 「釋」上，疑脱「正義」二字，「釋天」至「玄色」係胡承珙《毛詩後箋》引孔穎達《毛詩正義》語。

虎，比戰士也。」○馬瑞辰云：「匪、彼古通用。『匪兕匪虎』，猶言彼兕彼虎也。兕、虎野獸，固宜其『率彼曠野』，以興征夫之不宜疲於征役也。傳、箋不解『匪』字，孔疏訓『匪』爲『非』，失之。」《史記·孔子世家》：「《詩》云：『匪兕匪虎，率彼曠野。』」明魯、毛文同。黄山云：「《孔子世家》引《詩》，下云：『吾道非耶？吾何爲至於此？』明謂非兕、虎不當在野，疏説不誤矣。且『率彼曠野』，明有『彼』字，不當又以『匪』代『彼』，馬説未塙。」

有芃者狐，率彼幽草。有棧之車，行彼周道。【疏】傳：「芃，小獸貌。棧車，役車也。」箋：「狐草行草止，故以比棧車輦者。」○《周語》「野無奥草」，賈逵本作「冥草」。《説文》：「冥，幽也。」馬瑞辰云：「《淮南·原道訓》『禽獸有芃』，注：『芃，蓐也。』《説文》：『蓐，一曰：蔟也。』『芃，草盛皃。』芃本衆草叢蔟之貌，狐毛之叢雜似之，故曰『有芃者狐』。」又曰：「古者編木爲棚，通謂之棧，《三倉》『棚，棧閣也』，《通俗文》『板閣曰棧』是也。編木爲棚板謂之棧，《説文》『簣，牀棧也』是也。編木爲馬圈亦謂之棧，《莊子》『編之以阜棧』是也。棧車，據《説文》：『棧，棚也。一曰：竹木之車曰棧。』蓋棧本棚之通名，編竹木爲車有似於棚，因謂之棧車。至此詩『有棧之車』與『有芃者狐』，皆形容之詞。據《説文》『㟞，尤高也。從山，棧聲』，則棧當爲車高之貌。孔疏謂『有棧是車狀，非士所乘之棧名』，是也。」

《何草不黄》四章，章四句。

《魚藻》之什十四篇，六十二章，三百二句。

詩三家義集疏卷二十一

長沙王先謙益吾著

文王之什弟二十一　詩大雅

陸曰：「自此以下至《卷阿》十八篇，是文王、武王、成王、周公之正《大雅》。據盛隆之時，而推序天命，上述祖考之美，皆國之大事，故爲正《大雅》焉。《文王》至《靈臺》八篇，是文王之《大雅》。《下武》至《文王有聲》二篇，是武王之《大雅》。」

文王【疏】毛序：「文王受命作周也。」箋：「受命，❶受天命而王天下，制立周邦。」○《史記·周本紀》：「詩人道西伯，蓋受命之年稱王。」司馬遷用《魯詩》，知受命稱王，魯説如此。趙岐《孟子章句》五：「《詩》言周雖后稷以來，舊爲諸侯，其受天命，維文王新復修治禮義，以致之耳。」岐亦治《魯詩》者。《繁露·郊祭》篇：「文王受天命而王天下，先郊乃敢行事，而興師伐崇。」引見《棫樸》詩。是齊説如此。韓説當同。孔子言「三分有二以服事殷」，後人因聖言，率以受命稱王爲不然，

❶「受命」，原脱，據明世德堂本《毛詩》、阮刻本《毛詩正義》補。

或又以受命爲受紂命。不知詩人明言受天命，未嘗言受紂命。商之末造，紂惡日甚，民心歸周，其勢已成，雖文王聖德謙沖，無所於讓。未受命之前，已建周南之國。既受命之後，又建召南之國，召公位爲諸侯。此事實之可考見者。殷邦可滅，不一加兵，故孔子以爲「服事」耳。

文王在上，於昭于天。周雖舊邦，其命維新。有周不顯，帝命不時。文王陟降，在帝左右。【疏】傳：「在上，在民上也。於，歎辭。昭，見也。其命維新，乃新在文王也。有周，周也。不顯，顯也。顯，光也。不時，時也。時，是也。言文王升接天，下接人也。」箋：「文王初爲西伯，有功於民，其德著見於天，故天命之以爲王，使君天下也。崩，謚曰文。大王聿來胥宇而國於周，王迹起矣，而未有天命，至文王而受命。言新者，美之也。周之德不光明乎？光明矣。天命之不是乎？又是矣。在，察也。文王能觀知天意，順其所爲，從而行之。」○《淮南·繆稱訓》引《詩》曰：「周雖舊邦，其命維新。」明魯、毛文同。《禮·大學》引《詩》曰：「周雖舊邦，其命維新。」明齊、毛文同。

亹亹文王，令聞不已。陳錫哉周，【注】魯、韓「哉」作「載」。韓説曰：「陳，見也。」侯文王孫子。文王孫子，本支百世。凡周之士，不顯亦世。【疏】傳：「亹亹，勉也。哉，載；侯，維也。本，本宗也。支，支子也。不世顯德乎？士者世禄也。」箋：「令，善；哉，始；侯，君也。勉勉乎不倦文王之勤用明德也，其善聲聞日見稱歌，無止時也。乃由能敷恩惠之施，以受命造始周國，故天下君之。其子孫適爲天子，庶爲諸侯，皆百世。凡周之士，謂其臣有光明之德者，亦得世世在位，重其功也。」○「亹亹文王」者，王逸

《楚詞・九辯》注：「亹亹，進貌。《詩》云：『亹亹文王。』」《文選・吳都賦》注引《韓詩》云：「亹亹，水流進貌。」是韓於此詩「亹亹」亦必訓「進貌」矣。「魯、韓『哉』作『載』。韓云『陳，見也』」者，《史記・周本紀》：「《大雅》曰：『陳錫載周。』」唐固注：「言文王布錫施利，以載成周道也。」《玉篇・阜部》引：「《韓詩》曰：『陳錫載周。』陳，見也。」案：《説文》：「見，視也。」《禮・王制》「命太師陳詩」，注：「采其詩而視之。」《易》「見龍在田」，注：「見，示也。」《齊語》「相陳以功」，注：「陳，亦示也。」是「陳」與「視」、「示」通，即與「見」通矣。戴震云：「古字『載』與『栽』通，栽猶殖也。言文王能布大利於天下，以豐殖周國。《國語》説之曰『故能載周以至於今』是也。」馬瑞辰云：「陳，《説文》從𨸏，從木，申聲。古文作『𨻰』，亦從申。『陳錫』即『申錫』之叚借。《漢書・韋玄成傳》載匡衡上書云：『子孫本支，陳錫無疆。』義本《齊詩》。而言『陳錫無疆』，與《商頌・烈祖》『申錫無疆』正同，是知『陳錫』即『申錫』也。申，重也。重錫，言錫之多。《左傳》引：『《詩》曰：「陳錫哉周。」能施也。』未解『陳』字。箋及杜注訓『陳』爲敷布，失之。」《漢書・王子侯表序》：「文王孫子，本支百世。」明齊、毛文同。顧炎武釋「不」爲「丕」，汪中讀「亦」爲「奕」。馬瑞辰云：「《魏書・禮志》引《詩》作『不顯奕世』，《後漢・袁術傳》注引作『不顯奕代』。蓋避唐諱改。《執金吾武榮碑》『亦世載德』，❶《楊震碑》『亦世繼民』，《綏民校尉熊君碑》『亦世載德』，李翕《西狹頌》『亦世賴福』，《中常侍樊安碑》『亦世載德』，樊毅《修華嶽廟碑》『亦世克昌』，《先生郭輔碑》『休矣亦世』，亦世即奕世也。然則《大雅》之『不顯亦世』即『丕顯奕世』耳。

❶「執」上，疑脱「汪中曰」三字，「執金」至「所本」係馬瑞辰《通釋》引汪中説。

亦、奕古通用。《釋詁》：「奕，大也。」《噫嘻》詩「亦服爾耕」，《豐年》詩「亦有高廩」，箋並云：「大也。」是「亦」即爲「奕」之證。三家《詩》蓋有作『奕世』者，爲《魏書》、漢碑、《後漢書》注所本。」

世之不顯，厥猶翼翼。思皇多士，生此王國。王國克生，維周之楨。濟濟多士，文王以寧。【疏】傳：「翼翼，恭敬。思，辭也。皇，天；楨，幹也。濟濟，多威儀也。」箋：「猶，謀；思，願也。周之臣既世世光明，其爲君之謀事忠敬翼翼然，又願天多生賢人於此邦，此邦能生之，則是我周邦幹事之臣。」○《史記·周本紀》：「文王禮下賢者，日中不暇食以待士，士以此多歸之。伯夷、叔齊在孤竹，聞西伯善養老，盍往歸之。大顛、閎夭、散宜生、鬻子、辛甲大夫之徒皆往歸之。」《繁露·郊祭》篇：「傳曰：『周國子多賢，蕃殖至于駢孕男者四，四産而得八男，皆君子俊雄也。』此天之所以興周國也。」❶《列女·梁夫人嫕傳》引《詩》：「世之不顯，厥猶翼翼。思皇多士，生此王國。」東方朔《非有先生論》引《詩》：「王國克生，維周之楨。濟濟多士，文王以寧。」明魯、毛文同。其引「濟濟多士」二句者甚多，並不引證。《漢書·李尋傳》引「濟濟多士，文王以寧」，明齊、毛文同。《韓詩外傳》八、《外傳》十共五引「濟濟多士，文王以寧」。明韓、毛文同。

穆穆文王，於緝熙敬止。假哉天命，有商孫子。商之孫子，其麗不億。上帝既命，侯于周服。【疏】傳：「穆穆，美也。緝熙，光明也。假，固也。麗，數也。盛德不可爲衆也。」箋：「穆穆乎文王有天子之容，於美乎又能敬其光明之德，堅固哉天爲此命之，使臣有殷之子孫。于，於也。商之孫子，其數

❶ 「天」，原作「周」，據陳奐《傳疏》、宋本《春秋繁露》改。

不徒億，多言之也。至天已命文王之後，乃爲君於周之九服之中，言衆之不如德也。」○《漢書・劉向傳》引孔子讀此詩而釋之曰：「大哉天命。」則「假」宜從《爾雅》訓「大」，魯説如此。馬瑞辰云：「麗者，『⿰麗攴』之渻借。《方言》、《説文》並曰：『⿰麗攴，數也。』『不』爲語詞，『不億』即億，猶云子孫千億耳。箋以爲『不徒億』，失之。」《禮・緇衣》、《大學》並引《詩》云「穆穆文王，於緝熙敬止」，明齊、毛文同。

侯服于周，天命靡常。殷士膚敏，祼將于京。厥作祼將，常服黼冔。王之藎臣，無念爾祖。【疏】傳：「則見天命之無常也。殷士，殷侯也。膚，美；敏，疾也。祼，灌鬯也，周人尚臭。將，行；京，大也。黼，白與黑也。冔，冠冕也。夏后氏曰收，周曰冕。藎，進也。無念，念也。」箋：「無常者，善則就之，惡則去之。殷之臣壯美而敏，求助周祭，其助祭自服殷之服。明文王以德，不以彊。今王之進用臣，當念女祖爲之法。王，斥成王。」○《劉向傳》又云：「孔子論《詩》，至於『殷士膚敏，祼將于京』，喟然而歎，蓋傷微子之事周，而痛殷之亡也。」《白虎通・三正》篇：「《詩》曰：『厥作祼將，常服黼冔。』言微子服殷之冠，助祭于周也。」趙岐《孟子章句》七：「殷之美士執祼鬯之禮，將事于京師若微子者。膚，大也。敏，達也。」以「殷士」爲微子，皆據《魯詩》之説。蔡邕《獨斷》云：「冕冠，殷曰冔，以三十升漆布，廣八寸，長尺二寸，加爵冕其上，黑而微白，前大後小，有收以持笄。《詩》曰：『常服黼冔。』」

無念爾祖，聿修厥德。【注】魯「無」作「毋」，「聿」作「述」。永言配命，自求多福。殷之未喪師，克配上帝。宜鑒于殷，駿命不易。【注】齊「宜」作「儀」，「駿」作「峻」。【疏】傳：「聿，述；永，長；言，我也。我長配天命而行，爾庶國亦當自求多福。〔殷之未喪師〕，帝乙已上也。駿，大也。」箋：「長，猶常也。王既述修祖德，常言當配天命而行，則福禄自來。師，衆也。殷自紂父之前，未喪天下之時，皆能配天而行，故不亡也。宜以殷王賢愚爲鏡，天之大命不可改易。」○「魯『無』作『毋』，『聿』作『述』」者，《漢書・東平王宇傳》元帝敕諭云：「《詩》不云乎？『毋念爾祖，述修厥德。永言配命，自求多福。』」陳喬樅云：「《漢書・儒林・王式傳》：『山陽張長安事式，爲博士，由是《魯詩》有張氏學。張生兄子游卿爲諫大夫，以《詩》授元帝。』是元帝習《魯詩》，此引魯異文也。」《潛夫論・德化》篇引「宜鑒于殷」，明魯、毛文同。《漢書・匡衡傳》衡疏引《詩》：「無念爾祖，聿修厥德。」《禮・禮器》鄭注引《詩》：「自求多福。」皆《齊詩》。「齊『宜』作『儀』，『駿』作『峻』」者，《禮・大學》引《詩》：「殷之未喪師，克配上帝。儀鑒于殷，峻命不易。」與《漢書・翼奉傳》所引字不同，蓋《齊詩》「亦作」本。

命之不易，無遏爾躬。【注】韓曰：「遏，病也。」宣昭義問，有虞殷自天。上天之載，無聲無臭。儀刑文王，【注】魯「載」作「縡」，「刑」作「形」。萬邦作孚。【注】齊「邦」作「國」。【疏】傳：「遏，止；義，善；虞，度也。載，事；形，法；孚，信也。」箋：「宣，徧；有，又也。天之大命已不可改易矣，當使子孫長行之，無終女身則止。徧明以禮義問老成人，又度殷所以順天之事而施行之。天之道難知也，耳不聞聲音，鼻不聞香臭。儀法文王之事，則天下咸信而順之。」○「遏，病也」者，《釋文》引《韓詩》文。黄山云：「《韓詩外傳》一：『學而不能行之，謂之病。』《説文》：『遏，微止也。從辵，曷聲。』『辵，乍行乍止也。』是『遏』之訓『止』，即身之不行，故謂之病。此韓本義。」「魯『載』作『縡』，『刑』作『形』」者，《漢書・楊雄傳》「《甘泉賦》『上天之縡』」，顔注：「縡，讀與『載』同。」《廣雅・釋詁》：「縡，事也。」正釋《魯詩》「縡」字。案：此《魯詩》

「又作」本。《潛夫論·德化》篇：「『上天之載，無聲無臭。儀形文王，萬邦作孚。』此姬氏所以崇美於前，而致刑措於後。」「載」與毛同。「刑」作「形」，同音通叚。《禮·緇衣》「儀刑文王，萬國作孚」，明齊「邦」作「國」。《漢書·刑法志》仍作「萬邦作孚」，乃後人順毛所改。顏注云「則萬國皆信順也」，知正文作「國」。《韓詩外傳》五引《詩》「上天之載，無聲無臭」，明韓、毛文同。

《文王》七章，章八句。

大明【疏】毛序：「文王有明德，故天復命武王也。」箋：「二聖相承，其明德日以廣大，故曰大明。」○馬瑞辰云：「《大明》蓋對《小雅》有《小明》篇而言。《逸周書·世俘解》『籥人奏《武》，王入進《萬》，獻《明明》三終』，孔晁注：『《明明》，《詩》篇名。』當即此詩。是此篇又以『明明』名篇，即取首句爲篇名耳。」《詩汜曆樞》曰：「午亥之際爲革命，亥，《大明》也。」又曰：「《大明》在亥，水始也。」此齊説。

明明在下，赫赫在上。天難忱斯，【注】魯、齊「忱」作「諶」，韓作「訦」。不易維王。天位殷適，使不挾四方。【疏】傳：「明明，察也。文王之德明明於下，故赫赫然著見於天。忱，信也。紂居天位，而殷之正適也。挾，達也。」箋：「明明者，文王、武王施明德于天下，其徵應炤晢見於天，謂三辰效驗。天之意難信矣，不可改易者，天子也。今紂居天位，而又殷之正適，以其爲惡乃棄絶之，使教令不行於四方，四方共叛之，是天命無常，維德是予耳。言此者，厚美周也。」○「魯、齊『忱』作『諶』，韓作『訦』」者，《潛夫論・卜列》篇引《詩》「天難諶斯」，《繁露・天地陰陽》篇同，是魯、齊《詩》並作「諶」。《詩攷》引《韓詩外傳》十作「訦」，與《毛詩》之「忱」皆訓「信」。《韓詩外傳》云：「紂之爲主，勞民力。冤酷之令，加於百姓。憯悽之惡，施於大臣。羣臣不信，百姓疾怨。故天下叛而願爲文王臣，紂自取之也。夫貴爲天子，富有天下，及周師至而令不行乎左右，悲夫！當是之時，索爲匹夫，不可得也。《詩》曰：『天謂殷適，使不俠四方。』」挾、俠字通。謂，蓋「位」之誤。

摯仲氏任，自彼殷商。來嫁于周，曰嬪于京。【注】魯「聿」作「曰」。乃及王季，維德之行。

【疏】傳：「摯，國；任，姓；仲，中女也。嬪，婦；京，大也。王季，太王之子，文王之父也。」箋：「京，周國之地，小別名也。及，與也。摯國中女曰太任，從殷商之畿内嫁爲婦於周之京，配王季而與之共行仁義之德，同志意也。」〇摯，國名。《周語》「摯、疇之國由太任」，韋注：「摯、疇二國，奚仲、仲虺之後，太任之家。」《路史》：「今蔡之平輿有摯亭。」案：平輿故城在今河南汝寧府城東，是摯實殷畿内國，故云「自彼殷商」。「任，姓」者，《晉語》：「司空季子曰：『黄帝之子得姓者十四人，❶姬、酉、祁、己、滕、箴、任、荀、僖、佶、儇、依是也。』」《廣韻》：「黄帝二十五子，十二人各以德爲姓，第一爲任氏。」是任出黄帝之證。傳以「中女」釋「仲氏」者，《燕燕》「仲氏任只」，傳：「仲，戴嬀字。」然則「仲」爲大任字矣。稱「摯仲任」者，女子後姓，所以別於男子先氏，即《春秋》「紀季姜」之比也。《釋親》：「嬪，婦也。」「魯『曰』作『聿』」者，郭注引《詩》曰：「聿嬪于京。」蓋

❶「人」下，《國語》有「爲十二姓」四字。

據舊注《魯詩》之文。

大任有身，生此文王。【注】三家「身」作「娠」。維此文王，【注】齊「維」作「惟」，亦作「唯」。小心翼翼。昭事上帝，聿懷多福。【注】齊「聿」作「允」。厥德不回，以受方國。【疏】傳：「大任，仲任也。身，重也。回，違也。」箋：「重，謂懷孕也。小心翼翼，恭慎貌。昭，明；聿，述；懷，思也。方國，四方來附者。此言文王之有德，亦由父母也。」○「三家『身』作『娠』」者，《衆經音義》兩引《詩》並作「大任有娠」，是三家作「娠」。《御覽》八十四引《詩含神霧》曰：「大任夢長人感己，生文王。」此齊説也。馬瑞辰云：❶「《廣雅・釋詁》：『方，大也。』《晉語》『今晉國之方』，韋注：『方，大也。』《爾雅》：『方邱，胡邱。』方、胡皆大也。方國，猶言大國。箋訓爲『四方』，失之。」「齊『維』作『惟』，亦作『唯』。『聿』作『允』」者，《禮・表記》引《詩》云：「惟此文王，小心翼翼。昭事上帝，聿懷多福。厥德不回，以受方國。」「維」作「惟」，餘與毛文同。《繁露・郊祭》篇引《詩》：「唯此文王，小心翼翼。昭事上帝，允懷多福。」聿、允一聲之轉，故字不同，此齊「又作」本。

天監在下，有命既集。文王初載，天作之合。在洽之陽，在渭之涘。【疏】傳：「集，就；載，識；合，配也。洽，水也。渭，水也。涘，厓也。」箋：「天監視善惡於下，其命將有所依就，則豫福助之，於文王生適有所識，則爲之生配於氣勢之處，使必有賢才，謂生大姒。」○《釋文》：「馮翊有郃陽縣。應劭云：

---

❶「馬瑞辰云」至「失之」四十七字，疑爲錯簡，據《詩》經文順序及本書體例，當移置於本章疏文之末。

『在郃水之陽。』」馬瑞辰云：「《説文》引《詩》亦作『郃』。《括地志》：『郃陽故城在同州河西縣南三里，古㜪國在縣南二十里。』《元和志》：『夏陽縣古有莘國，漢郃陽縣之地，乾元三年改爲夏陽縣，縣南有莘城，即古莘國，文王妃大姒即此國之女。』是莘在郃陽之證。漢郃陽縣蓋因《詩》『在郃之陽』而立名。『郃』古省作『合』。《魏世家》文侯時『西攻秦，築雒陰、合陽』，字作『合』。段氏玉裁云：『合者水名，《毛詩》本作「在合之陽」，秦、漢間乃製「郃」字耳。今《詩》作「洽」者，後人意加水旁。所引《詩》作「郃」，後人所改。』」案：許引《詩》即在「郃」下，不得謂「郃」是後人所改。三家皆今文，則「郃」正今文字耳。陳奂云：「《水經·河水》注：『河水又逕郃陽城東，城北有瀵水，南距二水各數里。其水東逕其城内，東入于河。又於城南側中有瀵水，東南出城，注于河。城南又有瀵水，東流注于河，水即郃水也，縣取名焉。』案：善長以瀵水當合水，魏仍漢縣，此非《詩》之合陽。蓋水以北爲陽，合陽，合水之北。漢高帝爲劉仲築城于郃陽縣之東北爲郃陽侯，漢初稱或不誤矣。渭亦莘國之水名，莘國東濱大河，在合水北，亦在渭水北，故下文云『親迎于渭』也。」《禮·中庸》鄭注：「栽，讀如『文王初載』之『載』。」明齊、毛文同。張衡《西京賦》「在渭之涘」，明魯、毛文同。「初載」應訓「初年」，詳下。

文王嘉止，大邦有子。大邦有子，俔天之妹。【注】韓「俔」作「磬」。韓説曰：「磬，譬也。」文定厥祥，親迎于渭。造舟爲梁，不顯其光。【疏】傳：「嘉，美也。俔，磬也。「文定厥祥」，言大姒之有文德也。祥，善也。言賢聖之配也。言受命之宜，王基乃始於是也。天子造舟，諸侯維舟，大夫方舟，士特舟。造舟，然後可以顯其光輝。」箋：「文王聞大姒之賢，則美之曰：大邦有子，女可以爲妃。乃求昏。既使問名，還則卜之。又知大姒之賢，尊之如天之有女弟。問名之後，卜而得吉，則文王以禮定其吉祥，謂使納幣也。賢女配聖人得其宜，故備禮也。迎大姒而更爲梁者，欲其昭著，示後世敬昏禮也。不明乎其禮之有光輝，美之也。天子造舟，周制也，殷時未有等制。」○「『俔』作『磬』，磬，譬也」者，《釋文》引《韓詩》文。陳喬樅云：「孔疏：『如今俗語譬諭物云「磬作」然也。』段玉裁曰：『《説文》「俔，諭也」，此以今語釋古語。俔者，古語。磬者，今語。是以毛作「俔」，韓作「磬」，如《十七篇》之有古、今文。許不依傳云「磬」，而云「諭」者，「磬」非正字，以六書言之，乃「俔」之叚借耳。磬、罄古通。《爾雅》：「罄，盡也。」猶言竟是天之妹也。』又曰：『俔，《説文》「一曰：聞見也」，「聞」當作「閒」。《釋言》：「閒，俔也。」正許所本。上訓用毛、韓説，此訓用《爾雅》説。《爾雅》亦釋《詩》也。閒，音諫。若言不可多見而閒見也。』胡承珙曰：『傳以「磬」釋「俔」，箋以「如」申毛，孔疏解以「磬作」，是唐時猶有此語，其訓詁由來久矣。段注《説文》謂毛以「磬」釋「俔」，是以今語釋古語，此説是也。其云「磬猶言竟是」，又云「俔是閒見」，盧氏文弨又從「聞見」爲義，説皆非是。《後漢・胡廣傳》「俔天必有異表」，若云竟是，曰閒見，曰聞見，則必連「之妹」二字方成文義，不得以「俔天」二字單言。惟訓「如」，則「如天」二字本可斷讀。《君子偕老》傳「尊之如天」是也。』郝氏懿行曰：『《爾雅》釋《詩》，當「俔」在「閒」上，今本誤倒耳。《説文》云：「俔，譬諭也。一曰：閒見。」即本《韓詩》、《爾雅》爲訓。閒者，《釋詁》云：「代也。」閒見，猶言不常見也。凡譬況之詞，必取非常所見，故云罕譬而諭。《方言》謂之代語，《説文》謂之閒見，其義一也。』」《列女・周室三母傳》引《詩》：「大邦有子，俔天之妹。文定厥祥，親迎于渭。造舟爲梁，不顯其光。」明魯、毛文同。

有命自天，命此文王，于周于京。纘女維莘，長子維行，篤生武王。保右命爾，燮伐大商。【疏】傳：「纘，繼也。莘，大姒國也。長子，長女也。維行大任之德焉。篤，厚；右，助；燮，和也。」箋：「天爲將命文王君天下于周京之地，故亦爲作合，使繼大任之女事于莘國，莘國之長女大姒則配文王，維德之行。❶天降氣于大姒，厚生聖子武王，安而助之，又遂命之爾，使協和伐殷之事。協和伐殷之事，謂合位三五也。」〇《風俗通義》一：「《詩》説『有命自天，命此文王』。」《白虎通・號》篇：「《詩》曰：『命此文王，于周于京。』此改號爲周，易邑爲京也。」皆魯、毛文同。「纘女維莘，長子維行」者，陳奂云：「先儒論文王娶大姒，生武王，年代莫攷，大抵依《大戴記》稱『文王十三生伯邑考，❷十五生武王』爲説。《禮記・文王世子》篇稱：❸『文王九十七乃終，武王九十三而終。』然以此數推之，文王十五生武王，當武王即位，已有八十二歲。武王即位十有三年，方始克殷。《管子・小問》篇云：『武王伐殷，克之，七年而崩。』《漢書・律曆志》亦云『克殷後七歲而崩』，唯《逸周書・明堂》篇作六年，則知武王九十三之説既不足信，即文王十五而生之説亦無足據。蓋大、小戴《記》間采襍説耳。近儒舉《尚書》、《逸周書》語爲説，確有根據。《尚書・無逸》篇周公告成王曰：『文王受命唯中身，厥享國五十年。』此文王享國之年數也。又《逸周書・度邑》篇：『武王克

❶「維」，原作「雖」，據明世德堂本《毛詩》、阮刻本《毛詩正義》改。

❷「文王」至「爲説」十五字，原脱，據陳奂《傳疏》、阮刻本《毛詩正義・緜譜》疏、《大明》疏補。

❸「禮記文王世子篇稱」八字，原脱，據陳奂《傳疏》、阮刻本《禮記正義》補。

殷，告叔旦曰：「唯天不享于殷，發之未生，至于今六十年。」』此武王克殷之年數也。武王克殷年近六十，其在位已十有三年，此外四十七年，皆在文王享國數内，武王之生，應在文王即位之三四年中。然則文王之取太姒，在文王即位後，《書》有明文，或可據此數而推知也。奐竊謂古者天子、諸侯皆有不再娶之文，然又有即位取元妃之禮。文二年冬，《左傳》云：『襄仲如齊納幣，禮也。凡君即位，好舅甥，修昏姻，取元妃以奉粢盛，孝也。孝，禮之始也。』是禮也，周公之禮，亦文王之禮也。此篇言大姒之來歸周京，已在天命文王之既集。玩《詩》詞，正與《尚書》『受命中身』語合。《韓奕》篇美韓侯之入覲宣王也，亦云『韓侯迎止，于蹶之里』。此亦行即位親迎之禮，與《春秋》古左氏説合。明鄒忠胤意大姒爲文王繼妃，以解經『纘女維莘』句，以文王即位後取大姒，準諸事理，似乎有據。姑記於此。」愚案：「文王初載」，毛訓「載」爲「識」，已滋疑竇。若解「纘女」爲「繼妃」，則與文王即位初年合，可以釋「載」爲「年」。一也。「長子維行」，毛訓「長女」。但武王之先有伯邑考，雖曰早死，此亦文王、大姒之長子，不應竟置不論。若即以「長子」指伯邑考，「維行」解如箋説「維德之行」，然後接詠武王，文義大順。二也。經義、史年一一吻合，事在不疑，可質後世矣。《易林·臨之旅》「篤生武王」，明齊、毛文同。

殷商之旅，其會如林。【注】齊、韓「會」作「旝」。矢于牧野，維予侯興。上帝臨女，無貳爾心。【注】齊「無」亦作「毋」，「貳」亦作「二」。【疏】傳：「旅，衆也。如林，言衆而不爲用也。矢，陳；興，起也。言天下之望周也。」「上帝」二句，「言無敢懷貳心也。」箋：「殷盛合其兵衆，陳於商郊之牧野，而天乃予諸侯有德者，當起爲天子。言天去紂，周師勝也。臨，視也。女，女武王也。天護視女，伐紂必克，無有疑心。」〇「齊、韓『會』作『旝』」者，《説文》：「旝，建大木，置石其上，發以機，以追敵也。《詩》曰：『其旝如林』。」馬融《廣成頌》「旃旝摻其如林」，本此。據下魯作「會」，此爲齊、韓文。《風俗通義》十：「《詩》云：『殷商之旅，其會如林。』林，樹木之所聚生也。」《吕覽・務本》篇高注：「言天臨命武王，伐紂必克之，不敢有疑也。」此皆魯説。《繁露・天道無貳》篇：「一而不二者，天之行也。人孰無善？善不一，故不足以立身。治孰無常？常不一，故不足以致功。《詩》云：『上帝臨女，無貳爾心。』知天道者之言也。」陳喬樅云：「《貢禹傳》引《詩》作『上帝臨女，無貳爾心』。『毋』與『無』、『貳』與『二』，古通用字。」案：「無」之爲「毋」，「貳」之爲「二」，皆齊「又作」本。

牧野洋洋，檀車煌煌，駟騵彭彭。【注】齊「駟」亦作「四」。維師尚父，時維鷹揚。涼彼武王，肆伐大商，【注】韓「涼」作「亮」，韓説曰：「亮，相也。」魯「涼」作「亮」，「肆」作「襲」。會朝清明。【注】韓作「會朝澣明」，澣，清也。【疏】傳：「洋洋，廣也。煌煌，明也。駵馬白腹曰騵。言上周下殷也。師，大師也。尚父，可尚可父。鷹揚，如鷹之飛揚也。涼，佐也。肆，疾也。會甲也，不崇朝而天下清明。」箋：「言其戰地寬廣，明不用權詐也。兵車鮮明，馬又强，則暇且整。尚父，吕望也，尊稱焉。鷹，鷙鳥也。佐武王者，爲之上將。肆，故今也。會，合也。以天期已至，兵甲之强，師率之武，故今伐殷，合兵以清明。《書・牧誓》曰：『時甲子昧爽，武王朝至于商郊牧野，乃誓。』」〇揚雄《太僕箴》：「紂作不令，武王征殷。檀車孔夏，四騵孔昕。」陳喬樅云：「雄言『檀車孔夏』，知《魯詩》文『煌煌』但作『皇皇』，訓『大』，故以『孔夏』言之。《淮南・主術訓》高注：『黄馬白腹曰騵。《詩》曰：「駟騵彭彭。」』是高引魯文與毛同，此作『四』，蓋『駟』

之省文。」愚案：此作「四」者，乃魯之「又作」本。《詩》孔疏引劉向《别録》：「師之，尚之，父之，故曰師尚父。」《楚詞・天問》「蒼鳥羣飛，孰使萃之」，王逸《章句》：「蒼鳥，鷹也。萃，集也。言武王伐紂，將帥勇猛，如鷹羣飛，孰使武王集聚之者乎？《詩》曰『惟師尚父，時惟鷹揚』也。」以上魯説。「『涼』作『亮』，云『相也』」者，《釋文》引《韓詩》文。陳喬樅云：「《釋詁》『亮』、『相』並訓爲『導』，『相』又訓『勴』，『亮』又訓『右』，勴、右義皆爲助。導引佐佑，皆所以爲贊助也。《書》『維時亮天工』，《史記・五帝紀》作『惟時相天事』，是以『亮』爲『相』，相即佐佑之義也。亮與諒、涼音同通用，《詩》釋文：『涼，本亦作「諒」。』」「魯『涼』作『亮』，『肆』作『襲』」者，《風俗通義》一引《詩》云：「亮彼武王，襲伐大商。」陳喬樅云：「據此，魯作『亮』，與韓同。《漢書・王莽傳》亦作『亮彼武王』，是三家同。毛『肆伐大商』，傳：『肆，疾也。』襲者，《公羊》何注以爲『輕行疾至』，則亦與『肆』義同矣。」「會朝瀞明，瀞，清也」者，《玉篇・水部》引《韓詩》文。皮嘉祐云：「毛作『清』，當爲『瀞』之省。『瀞』又省作『浄』，作『静』。《説文》：『瀞，無垢薉也。從水，静聲。』《淮南・本經訓》『太清之始也』，注：『清，浄也。』是清、瀞、静、浄四字音義本通。」愚案：《韓詩外傳》三載武王伐紂到邢邱，末引《詩》曰「牧野洋洋」全章，仍作「會朝清明」，則作「瀞」者，乃韓之「又作」本。

《大明》八章，四章章六句，四章章八句。

緜【疏】毛序：「文王之興，本由太王也。」○《初學記・文部》引《詩含神霧》曰：「集微揆著，上統元皇，下序四始，羅列五際。」宋均曰：「集微揆著，若緜緜瓜瓞。人之初生，揆其始，是必將至著，王有天下也。」❶此齊説。蔡邕《琴操》：「《岐山操》者，周太王之所作也。太王居豳，狄人攻之，仁恩惻隱，❷不忍流血，選練珍寶、犬馬、皮幣、束帛與之。狄侵不止，問其所欲得，土地也。太王曰：『土地者，所以養萬民也。吾將委國而去矣，二三子亦何患無君？』遂杖策而出，踰乎梁，而邑乎岐山。自傷德劣，不能化夷、狄，爲之所侵，喟然歎息，援琴而鼓之，云：『戎狄侵兮土地移，遷邦邑兮適於岐。烝民不憂兮誰者知？嗟嗟奈何，予命遭斯。』」此魯説。

緜緜瓜瓞，【注】《韓詩》曰：「緜緜瓜瓞。」韓説曰：「瓞，小瓜也。」魯説曰：「瓞，瓝。其紹瓞。」民之初生，自土沮漆。【注】齊「土」作「杜」。古公亶父，陶復陶穴，【注】三家「復」作「寝」。未有家室。

【疏】傳：「興也。緜緜，不絶貌，瓜紹也。瓞，瓝也。民，周民也。自，用；土，居也。沮，水；漆，水也。古公，豳公也。古，言久也。亶父，字。或殷以名言，質也。古公處豳，狄人侵之，事之以皮幣，不得免焉。事之以犬馬，不得免焉。事之以珠玉，不得免焉。乃屬其耆老而告之曰：『狄人之所欲，吾土地。吾聞之，君子不以其所養人者害人，二三子何患無君？』去之，踰梁山，邑乎岐山之下。豳人曰：『仁人之君，不可失也。』從之如歸市。陶其土而復之，陶其壤而穴之。室内曰家。未有寢廟，亦未敢有家室。」箋：「瓜之本實，繼先歲之瓜必小，狀似瓝，故謂之瓞，緜緜然若將無長大時。興者，喻后稷乃帝嚳之胄，封於邰，其後公劉失

---

❶ 「王」，原脱，據《唐代四大類書》影印孔廣陶刻《古香齋初學記》、《墨海金壺》本《古微書》補。

❷ 「恩」，原作「思」，據續經解本《魯詩遺説攷》十五改。

職，遷于豳，居沮漆之地，歷世亦緜緜然，至太王而德益盛，得其民心而生王業，故本周之興，云于沮漆也。古公，據文王本其祖也。諸侯之臣稱君曰公。復者，復於土上。鑿地曰穴，皆如陶然，本其在豳時也。傳自『古公處豳』而下，爲二章發。」〇「緜緜」至「瓜也」，《文選》潘岳《懷縣詩》李注引薛君文，引經明韓、毛文同。「瓞，瓝。其紹瓞」者，《釋草》文，魯説也。孔疏引孫炎曰：「《詩》云：『緜緜瓜瓞。』瓞，小瓜。子名瓝。❶其本子小。紹先歲之瓜曰瓞。」《説文》「瓞」下云：「瓝也。」「瓝」下云：「小瓜也。」「瓞」或作「𤬪」，𤬪即瓝也。毛云「緜緜，不絶貌，瓜紹也」者，焦循云：「以瓜之相紹明不絶，不以『紹』釋『瓜』也。《東山》傳：『蜎蜎，蠋貌，桑蟲也。』文法正同。」「齊『土』作『杜』」者，《漢書·地理志》「右扶風杜陽」，班自注：「杜水南入渭。《詩》曰：『自杜。』」顔注：「《大雅·緜》之詩曰：『人之初生，自杜漆沮。』誤倒。齊作『自杜』，言公劉避狄，而來居杜與沮、漆之地。」「公劉」係「太王」之誤。案：土、杜古音同通用，《毛詩》「桑土」，《韓詩》作「桑杜」，是也。漢漆縣，今邠州治。杜陽縣，今麟游縣西北。漆、杜並以水名縣。酈《漆水》注云：「孔安國曰：『漆、沮一水名矣，亦曰洛水也。』」《書傳》今作「二水名」。❷又《沮水》注云：「濁水至白渠，與澤泉合，俗謂之漆水，又謂之爲漆沮水。」又《寰宇記》載逸洛水云：「洛水又東，沮水入焉，故洛水亦名漆沮水。」據此，是漆、沮二水所在，皆可以「沮漆」通稱。其實此詩漆自入渭，沮自入洛，稱云「自杜沮漆」，即沮、漆二水通稱之先導矣。「三家『復』作

---

❶ 「名」，阮刻本《毛詩正義》、《爾雅注疏》作「如」。

❷ 「二」，原作「一」，據《合校水經注》卷十六、阮刻本《尚書正義·禹貢》改。

『𥧌』」者，《説文》「𥧌」下引《詩》云：「陶𥧌陶穴。」《玉篇》引《詩》同。案：《説文》：「覆，覂也。一曰：蓋也。」「覂，反覆也。」傳言「陶其土而復之」，箋云「復於土上」，皆即借「復」爲「覆」。孔疏引《説文》云：「覆，地室也。」段玉裁據正義作「覆於地也」四字。阮校已著爲誤本，以「於地」二字不可得義也。所引乃《説文》「𥧌」下注。是孔又借「覆」爲「𥧌」，用三家也。又引：「《九章算術》云：『穿地四，爲壤五，爲土三。』壤是息土之名。覆者地上爲之，取土於地，復築而堅之，故以土言。穴者鑿地爲之，土無所用，直去其息土而已，故以壤言。」雖主申毛，正足明「𥧌」爲「地室」之義。蓋地載萬物，土生萬物，土言地下，地言地上。《説文》：「穴，土室也。」孔引作「土屋」。此自穴土爲室，無論旁穿、正穿皆穴也。𥧌爲地室，室自作於地上。箋言「復於土上」，未晰。段玉裁謂「直穿爲穴，旁穿爲復」，亦非。

古公亶父，來朝走馬。【注】韓「走」作「趣」。率西水滸，至于岐下。爰及姜女，聿來胥宇。

【疏】傳：「率，循也。滸，水厓也。姜女，大姜也。胥，相；宇，居也。」箋：「來朝走馬，言其辟惡早且疾也。循西水厓，沮漆水側也。爰，於；及，與；聿，自也。於是與其妃大姜自來相可居者，著大姜之賢知也。」○《漢書·人表》上中：「太王亶父，公祖子。姜女，太王妃。」此齊説。《新序·雜事》三引：「《詩》曰：『古公亶父，來朝走馬。率西水滸，至于岐下。爰及姜女，聿來胥宇。』大王愛厥妃，出入必與之偕。」據引《詩》，明魯、毛文同。「韓『走』作『趣』」者，《玉篇·走部》：「趣，遽也。《詩》曰：『來朝趣馬。』言早且疾也。」知韓「走」作「趣」。陳喬樅云：「鄭意以『走馬』爲『趣』之叚借，故不煩改字，直訓爲『疾』。」

周原膴膴，【注】韓「膴」作「腜」。堇荼如飴。爰始爰謀，爰契我龜。【注】齊「契」作「挈」。曰止曰時，築室于茲。【疏】傳：「周原，沮漆之間也。膴膴，美也。堇，菜也。荼，苦菜也。契，開也。」箋：「廣平曰原。周之原，地在岐山之南，膴膴然肥美，其所生菜雖有性苦者，皆甘如飴也。此地將可居，故於是始與豳人之從己者謀，謀從又於是契灼其龜而卜之，卜之則又從矣。時，是；茲，此也。卜從則曰可止居於是，可作室家於此。定民心也。」○「韓『膴』作『腜』」者，《文選・魏都賦》「腜腜坰野」，張載注：「腜腜，美也。《詩》云：『周原腜腜，堇荼如飴。』」李注引爲《韓詩》，則張注「腜腜，美也」即《韓詩》之義。《毛詩》釋文云：「膴膴，美也。《韓詩》同。」謂《韓詩》説同，非謂字同也。《廣雅・釋訓》：「腜腜，肥也。」或本魯訓，肥、美一也。「堇荼如飴」者，《特牲饋食禮》鄭注：「苦，苦荼也。荁，堇屬。《詩》云：『周原膴膴，堇荼如飴。』」明齊、毛文同。馬瑞辰云：「堇有三，《爾雅》『齧，苦堇』，一也。又『芨，堇草』，二也。《廣雅》『堇，藋也』，三也。芨堇之堇，郭注以爲烏頭，一名奚毒，非可食之菜。堇藋之堇，《本草》以爲似藜，一名拜，一名藺藋，非苦荼之類。惟『齧，苦堇』，郭注：『今堇葵也。葉如柳，子如米，汋食之滑。』與傳言『堇，菜』合。《説文》：『堇，草也。根如薺，葉似細柳，蒸食之甘。』而《爾雅》言苦堇者，古人語反，猶甘草一名大苦也。詩人蓋取苦堇之名與苦荼同類，遂並稱之。正義以爲烏頭，《釋文》以爲藋，並失之。荼有四，《釋木》『檟，苦荼』，一也。《釋草》『荼，苦菜』，二也。『蒤，委葉』，三也。『蔈荂，荼』，四也。《出其東門》詩『有女如荼』，此荼之名蔈荂者，即茅秀也。《良耜》詩『以薅荼蓼』，此荼之名委葉者，即田草也。《谷風》詩『誰謂荼苦』，此詩『堇荼如飴』，則《爾雅》所謂苦菜，今北方所謂苣蕒菜，一名苦苣者也。至《釋木》『檟，苦荼』，乃茗也。陶弘景疑苦菜即茗，誤矣。」「齊『契』作『挈』」者，班固《幽通賦》「旦算祀於挈龜」，顔注：「挈，刻也。《詩・大雅・緜》之篇曰：『爰挈我龜。』言刻開之，灼而卜之。」陳喬樅云：「《毛詩》釋文：『契，本又作「挈」。』顏注亦襲舊説用《齊詩》之訓。《廣雅・釋言》：『契，刻也。』《淮南・齊俗》篇『越人栔臂出血』，❶高注：『栔，刻臂出血。』是『契』又與『栔』通。毛訓『契』爲『開』，當亦謂刻開其龜。正義引《卜師》『開龜』，注云：『開，謂出其占書也。』恐非。」張衡《東京賦》「曰止曰時」，明魯、毛文同。

迺慰迺止，迺左迺右。迺疆迺理，迺宣迺畝。自西徂東，周爰執事。【疏】傳：「慰，安；爰，於也。」箋：「時耕曰宣。徂，往也。民心定，乃安隱其居，乃左右而處之，乃疆理其經界，乃時耕其田畝，於是從西方而往東之人，皆於周執事，競出力也。豳與周原不能爲西東，據至時從水滸言也。」○馬瑞辰云：「《方言》：『慰，居也。江、淮、青、徐之間曰慰。』《廣雅》亦曰：『慰，凥也。』居即止也。《呂覽・慎大》篇『胼胝不居』，高注：『居，止也。』『安』與『居』義本相成。《爾雅》：『安，止也。』『迺慰迺止』，猶言『爰居爰處』，皆複語耳。『迺畝』與『迺宣』對言，不得合爲一。《梓材》『若稽田，既勤敷菑』，傳曰：『已勞力布發之。』即此詩『迺宣』也。又曰『爲厥疆畎』，傳曰：『爲其疆畔畎壟。』即此詩『迺畝』也。上言疆理者，定其大界，此又別其畎壟。箋以『時耕其田畝』兼釋詩『迺畝』，失之。」

迺召司空，迺召司徒，俾立室家。其繩則直，縮版以載，【注】齊「版」作「板」。作廟翼翼。【注】韓説曰：「鬼神所居曰廟。」【疏】傳：「言不失繩直也。乘謂之縮。君子將營宮室，宗廟爲先，廏庫爲

❶「栔」，原作「契」，據續經解本《齊詩遺説攷》八改。又「出血」二字，《道藏》本《淮南鴻烈解》無。

次，居室爲後。」箋：「俾，使也。司空、司徒，卿官也。司空掌營國邑，司徒掌徒役之事，故召之，始立室家之位處。繩者，營其廣輪方制之正也。既正，則以索縮其築版，上下相承而起，廟成則嚴顯翼翼然。乘，聲之誤，當爲『繩』也。」〇案：張衡《東京賦》「其繩則直」，明魯、毛文同。「齊『版』作『板』」者，《禮·檀弓》鄭注：「板蓋廣二尺，長六尺。《詩》云：『縮板以載。』」馬瑞辰云：「載，當讀爲栽。《說文》：『栽，築牆長版也。』引《春秋傳》：『楚圍蔡，里而栽。』《左·莊二十九年傳》『水昏正而栽』，杜注：『於是樹版而興作』。《中庸》『栽者培之』，鄭注：『讀「文王初載」之「載」』。今人名草木之植曰栽，築牆立版亦曰栽。』知載即栽也。栽，謂樹立其築牆長版也。箋訓『載』爲『承載』之『載』，失之。」「鬼神所居曰廟」者，《衆經音義》十四引《韓詩》。

捄之陾陾，度之薨薨。【注】韓說曰：「度，填也。」築之登登，削屢馮馮。百堵皆興，鼛鼓弗勝。【疏】傳：「捄，虆也。陾陾，衆也。度，居也。言百姓之勸勉也。登登，用力也。削牆鍛屢之聲馮馮然。皆，俱也。鼛，大鼓也，長一丈二尺。或鼛或鼓，言勸事樂功也。」箋：「捄，捊也。度，猶投也。築牆者捊聚壤土，盛之以虆，而投諸版中。五版爲堵。興，起也。百堵同時起，鼛鼓不能止之使休息也。此語誤。凡大鼓之側有小鼓，謂之應鼙、朔鼙。《周禮》曰：『以鼛鼓鼓役事。』」〇馬瑞辰云：「《說文》：『捄，盛土於梩中也。』虆、梩同類，《孟子》釋文：「虆，土籠也。梩，土轝也。」陾陾，《說文》、《玉篇》引作『陑陑』，字亦作『隭』。今《詩》作『陾』者，蓋『隭』字之譌。而、乃一聲之轉，故『陑陑』又作『仍仍』。《廣雅》：『仍仍，衆也。』即『陑陑』之異文。」愚案：《說文》「捄」下、「陾」下引《詩》本皆作「陾陾」，陾從𨸏，耎聲，耎從大，而聲，是從耎可通從而矣。段玉裁援《玉篇》，改「捄」下引《詩》爲「陑陑」，即馬所本。然「陾」下引《詩》，段仍未改也。《玉篇》引作「陑」，當爲《韓詩》異文。許書有「陾」，無「陑」、「隭」，亦無「需」。六朝、唐人凡從耎之字，輒寫作「需」，蓋「大」之篆文爲「而」，遂以致誤。甚且孺、儒從需之字亦作「需」，則「隭」自係「陾」之俗字。惟「陑」早見，《書・湯誓序》「升自陑」，固亦相承之古字。本地名，借作「陾」耳。「度，填也」者，《釋文》引《韓詩》文。馬瑞辰云：「箋云：『度，猶投也。』與《韓詩》訓『填』義近。取土而後填之，既填而後築之，正見詩言有序。『度』與『𡊅』通。《廣雅》：『𡊅，塞也。』塞、填義近。傳訓『度』爲『居』，失之。」「削屢馮馮」者，馬瑞辰云：「古有『婁』無『屢』，『屢』即『婁』之俗，當讀同『傴僂』之『僂』。古以曲爲傴，《問喪》注『傴，背曲也』是也。以高出爲僂，蓋背曲則脊骨必隆起，因名傴僂，《通俗文》『曲脊謂之傴僂』是也。傴僂亦名句僂，《說文》『痀，曲脊也』，《莊子・達生》篇『句僂丈人承蜩』是也。車蓋之中高旁下者，謂之枸簍，《方言》『車枸簍』是也。龜背之中高而兩旁下者，亦謂之僂句，《左傳》『臧會竊其寶龜僂句』是也。❶木之厓傴瘻腫者謂之苻婁，見《爾雅》。頸腫曰瘻，見《說文》。邱壠之堆高者曰培塿，見《方言》注。又《集韻》引《埤蒼》：『𡺳，山巔也。』《孟子》趙注：『岑樓，山之銳嶺。』𡺳與樓皆從婁會意，婁、隆雙聲，故婁之義爲隆高。竊謂削婁即削去其牆土之隆高者，使之平且堅也。惟其隆高，故宜削耳。至傳云『削牆鍛屢之聲』，焦循謂『以鍛斂之使入』，則以『削屢』二字平列，段玉裁訓『屢』爲『空』，似並失之。」

❶「會」，原作「氏」，據阮刻本《春秋左傳正義》改。「竊其」，原脱，據馬瑞辰《通釋》、阮刻本《春秋左傳正義》補。

迺立皋門，皋門有伉。【注】韓「皋」作「高」，「伉」作「閌」，云：「閌，盛貌。」迺立應門，應門將將。【注】魯「將」作「鏘」。迺立冢土，戎醜攸行。【疏】傳：「王之郭門曰皋門。伉，高貌。王之正門曰應門。將將，嚴正也。美大王作郭門以致皋門，作正門以致應門焉。冢，大；戎，大；醜，衆也。冢土，大社也。起大事動大衆，必先有事乎社而後出，謂之宜。美大王之社，遂爲大社也。」箋：「諸侯之宮，外門曰皋門，朝門曰應門，内有路門。天子之宮加以庫、雉。大社者，出大衆將所告而行也。《春秋傳》曰：『蜃宜社之肉。』」

○「『皋』作『高』」者，《玉篇·門部》引《詩》云：「高門有閌。」此《韓詩》也。「『伉』作『閌』，云『盛貌』」者，《釋文》引《韓詩》文。陳喬樅云：「韓釋爲『盛貌』者，毛作『皋門』，皋之言高也，故以『伉』爲『高貌』。韓作『高門』，則『高』義已顯，故以『閌』爲『盛貌』。《魯詩》文與韓同，見張衡《西京賦》云『高門有閌』，注引《毛詩》曰『皋門有伉』，云：『伉，與「閌」同。』《魏都賦》注及《藝文類聚》六十三引『高門有閌』作《毛詩》，誤也。」「魯『將』作『鏘』」者，張衡《七辯》云：「應門鏘鏘。」又《東京賦》「立應門之鏘鏘」，是魯文「將將」作「鏘鏘」。班固《西都賦》「激神嶽之嶈嶈」，李注引《毛詩》曰：「應門嶈嶈。」案：毛不作「嶈」，班用《齊詩》，蓋齊作「嶈嶈」耳。《釋天》引《詩》「乃立冢土，戎醜攸行」，此魯文也。《漢書·郊祀志》「乃立冢土」，此齊文也。

肆不殄厥愠，亦不隕厥問。柞棫拔矣，行道兑矣。混夷駾矣，維其喙矣。【注】三家「駾」作「突」，「喙」作「呬」。【疏】傳：「肆，故今也。愠，恚；隕，墜也。兑，成蹊也。駾，突；喙，困也。」箋：「小聘曰問。柞，櫟也。棫，白桵也。文王見太王立冢土，有用大衆之義，故不絶去其恚惡惡人之心，亦不廢其聘問鄰國之禮。今以柞棫生柯葉之時，使大夫將師旅出聘問，其行道士衆兑然，不有征伐之意。混夷，夷、狄國也。見文王之使者將士衆過己國，則惶怖驚走，奔突入此柞棫之中而逃，甚困劇也。是之謂一年伐混夷。太王辟狄，文王伐混夷，成道興國，其志一也。」○案：「肆，故今也」，《釋詁》文。上章言大王事，此下敘文王，故以「肆」字爲承接之詞，猶言自昔至今也。周家所慍者，夷、狄也。自大王以來，至今百餘年，未能殄滅之，而夷、狄亦不能得志於我，以隕我國家之聲問。「柞棫拔矣」，與《皇矣》詩「柞棫斯拔」同義。《釋詁》：「拔，盡也。」蓋即此詩之三家訓。塞塗之樹既盡，故行道皆兑然而成蹊。「三家『駾』作『突』」者，《文選・魯靈光殿賦》張載注：「突，唐突也。《詩》曰：『昆夷突矣。』」是三家有作「突」者，故毛即以「突」詁「駾」，言混夷昔日之奔突也。《說文》：「駾，馬行疾來貌也。」引《詩》：「昆夷駾矣。」馬瑞辰云：「疾突爲奔騰之貌，疾而進者爲疾突，退而奔者亦爲疾突，故箋以『驚走奔突』釋之。」愚謂：「疾突」可言於進時，不可言於退時，故知指混夷昔日言。喙者，《晉語》「余病喙矣」，韋注：「喙，短氣貌。」《廣雅》：「喙，極也。」極即困也。《方言》、《廣雅》並曰：「喙，息也。」《廣韻》：「㾂，困極也。」引《詩》：「昆夷㾂矣。」是「喙」亦作「㾂」。《說文》：「東夷謂息曰呬。《詩》曰：『犬夷呬矣。』」此約舉《詩》詞，猶「東方昌矣」之類。《尚書大傳》：「文王受命四年，伐犬夷」，鄭注：「犬夷，混夷也。」知三家有作「犬夷」者。喙、呬方音之轉。《方言》：「餼、喙、呬，息也。自關而西，秦、晉之間，或曰喙，或曰餼。東齊曰呬。」知《說文》「東夷」爲「東齊」之誤，而「呬」字乃《齊詩》異文也。周至文王時，聲威甚盛，混夷遁逃困劇，不必即指伐昆夷事。

虞芮質厥成，【注】齊說曰：「虞侯、芮侯，訟田質於文王者。」**文王蹶厥生。予曰有疏附，**【注】魯「曰」皆作「聿」。齊「疏」作「胥」。**予曰有先後，予曰有奔奏。**【注】齊「奏」作「輳」，魯「奏」作「走」。

予曰有禦侮。【疏】傳：「質，成也。成，平也。蹶，動也。虞、芮之君相與爭田，久而不平，乃相謂曰：『西伯仁人也，盍往質焉？』乃相與朝周。入其境，則耕者讓畔，行者讓路。入其邑，男女異路，斑白不提挈。入其朝，士讓爲大夫，大夫讓爲卿。二國之君感而相謂曰：『我等小人，不可以履君子之庭。』乃相讓以其所爭田爲閒田而退。天下聞之而歸者四十餘國。率下親上曰疏附，相道前後曰先後，喻德宣譽曰奔奏，武臣折衝曰禦侮。」箋：「虞、芮之質平，而文王動其緜緜民初生之道。謂廣其德而王業大。予，我也，詩人自我也。文王之德所以至然者，我念之曰，此亦由有疏附、先後、奔奏、禦侮之臣力也。疏附，使疏者親也。奔奏，使人歸趨之。」〇《漢書・人表》中中虞侯、芮侯系文王世，顔注：「二國訟田質於文王者。」此齊說。虞、芮在河東，周姬姓國，商末虞、芮無攷。《書大傳》云：「文王受命一年，斷虞、芮之訟。」馬瑞辰云：「生、性古通用。『蹶厥生』，謂文王有以感動其性也。又《說文》：『生，進也。』『蹶，僵也。讀亦若橜。』『橜，一曰，門梱也。』❶梱橜爲門中所豎短木，所以止門，是『橜』有『止』義。蹶之言橜，『蹶厥生』即止厥訟者之進，正傳所云『二國之君感而相讓，以其所爭田爲閒田而退』者也。較讀生爲性，義尤直捷。」「魯『曰』作『聿』，『奏』作『走』」者，王逸《楚詞章句》一：「奔走、先後，四輔之職也。《詩》曰：『予聿有奔走，予聿有先後。』」此魯說。「齊『疏』作『胥』，『奏』作『輳』」者，《大傳》云：「周文王胥附、奔輳、先後、禦侮，謂之四鄰，以免於羑里之害。」又云：「文

❶「梱」，原作「捆」，據馬瑞辰《通釋》、陳刻《說文》、《說文注》、楊刻《說文義證》、祁刻《說文繫傳》改。下一「梱」字同。

王以閎夭、太公望、南宫括、散宜生爲四友。」《詩疏》引《書·君奭》鄭注：「《詩傳》有疏附、奔走、先後、禦侮之人，而曰文王有四臣以受命。」陳喬樅云：「鄭注《尚書》所稱《詩傳》當爲《齊詩傳》，以《尚書》師説本皆齊學也。《詩疏》引鄭注同毛，與《大傳》文異者，此孔順《毛詩》經文改之，非鄭注之舊也。」

《緜》九章，章六句。

棫樸【注】齊説曰：「天子每將興師，必先郊祭以告天，乃敢征伐，行子之道也。文王受天命而王天下，先郊乃敢行事，而興師伐崇。其《詩》曰：『芃芃棫樸，薪之槱之。濟濟辟王，左右趨之。濟濟辟王，左右奉璋。奉璋峩峩，髦士攸宜。』此郊辭也。其下曰：『淠彼涇舟，烝徒檝之。周王于邁，六師及之。』此伐辭也。其下曰：『文王受命，有此武功。既伐于崇，作邑于豐。』以此辭者，見文王受命則郊，郊乃伐崇。」【疏】毛序：「文王能官人也。」〇「天子」至「伐崇」，《春秋繁露·郊祭》篇文，此齊説，以爲文王郊祭伐崇之事。《四祭》篇又云：「已受命而王，必先祭天，乃行王事，文王之伐崇是也。《詩》云：『濟濟辟王，左右奉璋。奉璋峩峩，髦士攸宜。』此文王之郊也。其下之辭曰：『淠彼涇舟，烝徒檝之。周王于邁，六師及之。』此文王之伐崇也。上言奉璋，下言伐崇，以見文王之先郊而後伐也。」與《郊祭》篇語意全同。

芃芃棫樸，薪之槱之。濟濟辟王，左右趣之。【疏】傳：「興也。芃芃，木盛貌。棫，白桵也。樸，枹木也。槱，積也。山木茂盛，萬民得而薪之。賢人衆多，國家得用蕃興。趣，趨也。」箋：「白桵相樸屬而生者，枝條芃芃然，豫斫以爲薪，至祭皇天上帝及三辰，則聚積以燎之。辟，君也。君王，謂文王也。文王臨祭祀，其容濟濟然敬，左右之諸臣皆促疾於事，謂相助積薪。」〇案：箋説即用齊義也。馬瑞辰云：「古者燔柴以祭天神。《説文》：『禷，以事類祭天神。』《周官·小宗伯》鄭注：『類者，依其正禮而爲之。』則類祭上帝，依乎郊祀，是亦用燔柴也。《王制》：『天子將出征，類乎上帝。』則首章『薪之槱之』，蓋『將出征，類乎上帝』之事。或以文王未嘗郊天，而《周官》『以槱燎祀司中、司命、風師、雨師』，雨師，❶畢也，星占畢主邊兵，故出師必祀焉。武王伐紂，上祭於畢，則此詩薪槱蓋文王上祭於畢之禮。」愚案：文王受命，自合祭天，齊説可證。武王祭畢，馬融云：「畢，文王墓地。」司馬貞誤爲「畢星」，文王亦未祭畢，後説非。

濟濟辟王，左右奉璋。奉璋峩峩，髦士攸宜。【疏】傳：「半圭曰璋。峩峩，盛壯也。髦，俊也。」箋：「璋，璋瓚也。祭祀之禮，王祼以圭瓚，諸臣助之，亞祼以璋瓚。士，卿士也。奉璋之儀峩峩然，故今俊士之所宜。」〇馬瑞辰云：「九獻之禮，夫人執璋瓚以亞祼。惟《祭統》云：『大宗伯執璋瓚亞祼。』❷鄭注：『容夫人有故，❸攝焉。』則代后奉璋瓚者，非常禮也。《繁露》言：『「奉璋峩峩，髦士攸宜」，此文王之郊也。』然《周官·小宰》注云：『天地大神至尊，不祼。』亦不得言郊祀之禮祼以璋瓚。今案：《周官·典瑞》：『牙璋以起軍旅，以治兵守。』《白虎通》云：『璋以發兵何？璋半圭，位在南方，陽極而陰始起，兵亦

❶「雨師」二字，原脱，據馬瑞辰《通釋》補。
❷「伯」，阮刻本《禮記正義》無。
❸「有故」，原乙，據馬瑞辰《通釋》、阮刻本《禮記正義》乙正。

陰也，故以發兵也。』是璋古用以發兵。此詩下章言『六師及之』，則上言『奉璋』當是發兵之事，故傳惟言『半圭曰璋』，不以爲祭祀所用之璋瓚耳。」愚案：奉璋郊祀，董子已有明文，不得執偏詞以疑古說。《公羊·定八年傳》何休《解詁》云：「璋者，所以郊事天。《詩》云：『奉璋峩峩，髦士攸宜。』是也。」何用《魯詩》。齊、魯説同，足爲明證。《釋訓》：「峩峩，祭也。」是魯義以「峩峩」爲「祭」。孔疏引舍人注：「峩峩，奉璋之貌。」

淠彼涇舟，烝徒楫之。周王于邁，六師及之。【疏】傳：「淠，舟行貌。楫，櫂也。天子六軍。」箋：「烝，衆也。淠淠然涇水中之舟順流而行者，乃衆徒船人以楫櫂之故也。興衆臣之賢者行君政令。于，往；邁，行；及，與也。周王往行，謂出兵征伐也。二千五百人爲師。今王興師行者，殷末之制，未有周禮。《周禮》：『五師爲軍，軍萬二千五百人。』」○《玉篇》：「淠，水聲也。」言軍舟浮涇而行，衆徒鼓楫，水聲淠淠然也。《白虎通·三軍》篇：「《詩》云：『周王于邁，六師及之。』師二千五百人，師爲一軍，六師一萬五千人也。」陳喬樅云：「《御覽》二百九十八引《白虎通》作：『五師爲軍，二千五百人爲師，萬二千五百人爲軍。三軍，三萬七千五百人也。』與今本文異。盧文弨校定以今本爲誤，據《御覽》文訂正。喬樅案：《白虎通》下文引傳曰：『一人必死，十人不能當。百人必死，千人不能當。千人必死，萬人不能當。萬人必死，横行天下，雖有萬人，猶謙讓自以爲不足，故復加五千人。』與上文『六師一萬五千人』，其數正合，不得以今本爲誤也。《御覽》所引，當別爲一條。今世傳《白虎通》本中多脱佚，固非完書。竊意『五師爲軍』云云，是解此詩『六師』之義，故不同耳。《公羊·隱五年傳》何休《解詁》云：『二千五百人爲師。禮，天子六師，方伯二師，諸侯一師。』『天子六師』之説，亦與《白虎通》合。」及之者，王行至速，而六師之治行者，或者自後及之。極言文王志在伐罪弔民，大仁大勇，與《左傳》「楚子伐宋，屨及于經，皇劍及于寢門之外，車及于蒲胥之市」，三句「及」字同義。上引《齊詩》三章與毛文同，惟「楫」作「檝」，《衆經音》十九：「楫、檝同。」明非異字。

倬彼雲漢，爲章于天。周王壽考，遐不作人。【疏】傳：「倬，大也。雲漢，天河也。遐，遠也。遠不作人也。」箋：「雲漢之在天，其爲文章，譬猶天子爲法度于天下。周王，文王也。文王是時九十餘矣，故云壽考。遠不作人者，其政變化紂之惡俗，近如新作人也。」〇案：遐、瑕同聲。遐不，猶瑕不，即胡不也。「遐不作人」，與「胡不萬年」同意，言周王在位日久，年已壽考，德教涵育，作養人材衆多，左右王業，衆皆仰之如雲漢之在天也。

追琢其章，【注】魯「追」作「雕」。金玉其相。勉勉我王，【注】魯、韓「勉」作「亹」。綱紀四方。【疏】傳：「追，彫也。金曰彫，玉曰琢。相，質也。」箋：「《周禮》『追師掌追衡笄』，則追亦治玉也。相，視也，猶觀視也。追琢玉使成文章，喻文王爲政，先以心研精，合於禮義，然後施之。萬民視而觀之，其好而樂之，如覩金玉然。言其政可樂也。我王，謂文王也。以罔罟喻爲政，張之爲綱，理之爲紀。」〇「魯『追』作『彫』，『勉』作『亹』」者，《荀子·富國篇》：「《詩》曰：『彫琢其章，金玉其相。亹亹我王，綱紀四方。』」《説苑·修文》篇引《詩》全同，云：「言文質美也。」趙岐《孟子章句》二：「彫琢，治飾玉也。《詩》曰：『彫琢其章。』」雕、彫同字，皆魯文也。《釋器》：「玉謂之雕，金謂之鏤，玉謂之琢，雕謂之琢。鏤，鋑也。」是刻金不爲雕，而雕、琢皆治玉之稱。「雕琢其章」者，皆魯訓，❶言其文美也。「金玉其相」者，據魯訓，言其質美也。皆贊美文王之詞也。《玉篇·辵部》：「追，治玉名也。《詩》曰：『追琢其璋。』」此《韓詩》之文。追琢亦主治玉，然不得獨言治璋，此《玉篇》誤字。「韓『勉』作『亹』」者，《韓詩外傳》五：「夫五色雖明，有時而渝。豐交之木，有時而落。物有成衰，不得自若。故三王之道，周則復始，窮則反本，非務變而已，將以正惡扶微，絀繆論非。」末引《詩》曰：「亹亹文王，綱紀四方。」亦作「亹亹」，義與「勉勉」同。言世變無端，賴有聖王匡正之，故以文王之文質俱美，而又亹亹不倦，將盡四方而綱紀之，不僅伐崇而已。

《棫樸》五章，章四句。

旱麓【疏】毛序：「受祖也。周之先祖世修后稷、公劉之業，大王、王季申以百福干禄焉。」○三家無異義。

瞻彼旱麓，榛楛濟濟。豈弟君子，干禄豈弟。【疏】傳：「旱，山名也。麓，山足也。濟濟，衆多也。干，求也。言陰陽和，山藪殖，故君子得以干禄樂易。」箋：「旱山之足林木茂盛者，得山雲雨之潤澤也。喻周邦之民獨豐樂者，被其君德教。君子，謂大王、王季，以有樂易之德施於民，故其求禄亦得樂易。」○案：王應麟《詩地理考》引《漢書·地理志》：「漢中郡南鄭縣旱山，沱水所出，東北入漢。」《一統志》：「旱山

---

❶「皆」，疑當作「據」。

在漢中府城西南六十五里。」蓋即詩之「旱麓」也。胡承珙云：「《郡國志》劉昭注引《華陽志》云：『有池水從旱山來。』《水經·沔水》注：『南鄭縣，漢水右合池水，水出旱山。』案：池即班之沱水也。《水經》又云：❶『沔水東過魏興安陽縣南，涔水出自旱山，北注之。』《涔水》篇云：『涔水出漢中南鄭縣東南旱山，北至安陽縣，南入於沔。』是旱山所出，有沱水、涔水。或疑旱山去豐、鎬稍遠，然岐山在今鳳翔府，漢中之北即鳳翔之南，況此詩本詠文王，其土宇已擴，不得謂旱山非境内也。」《風俗通義》云：「麓，林屬於山者也。麓者，山足也。《詩》云：『瞻彼旱麓。』」明魯、毛文同。《周語》韋注：「王者之德，被及榛楛。陰陽調，草木盛，故君子以求禄，其心樂易矣。」

瑟彼玉瓚，【注】三家「瑟」作「卹」。黄流在中。豈弟君子，福禄攸降。【疏】傳：「玉瓚，圭瓚也。黄金所以飾。流，鬯也。九命，然後錫以秬鬯圭瓚。」箋：「瑟，絜鮮貌。黄流，秬鬯也。圭瓚之狀，以圭爲柄，黄金爲勺，青金爲外，朱中央矣。殷王帝乙之時，王季爲西伯，以功德受此賜。攸，所；降，下也。」〇馬瑞辰云：「《釋文》：『瑟，本又作「璱」。』《説文》：『璱，玉英華相帶如瑟絃。』引《詩》：『璱彼玉瓚。』又『瑮』字注引逸《論語》曰：『玉粲之璱兮，其瑮猛也。』又『璠』字注引孔子曰：『美哉璠璵。遠而望之，奂若也。近而視之，瑟若也。』是璱本從玉，瑟聲，兼從瑟會意。❷作『璱』者，正字。作『瑟』者，渻借字也。」「三家『瑟』作

❶「水經又云」四字，原脱，據續經解本《毛詩後箋》、《合校水經注》卷二十七補。

❷「瑟」，原作「玉」，據馬瑞辰《通釋》改。

『卹』」者，《典瑞》注引《詩》：「卹彼玉瓚。」又作「邲」。《羣經音辨》云：「卹，玉采也。」蓋三家有作「卹」者。瑟、卹古音同部，故通用。

鳶飛戾天，魚躍于淵。【注】《韓詩》曰：「鳶飛戾天，魚躍于淵。」韓説云：「魚喜樂，則踊躍于淵中。」豈弟君子，遐不作人。【注】魯「遐」作「胡」。【疏】傳：「言上下察也。」箋：「鳶，鴟之類，鳥之貪惡者也。飛而至天，喻惡人遠去，不爲民害也。魚跳躍于淵中，喻民喜得所。遐，遠也。言大王、王季之德，近於變化，使如新作人。」○案：《禮·中庸》引《詩》云：「鳶飛戾天，魚躍于淵。」鄭注：「言聖人之德，至于天則鳶飛戾天，至于地則魚躍于淵，是其明著于天地也。」此言道被飛潛，萬物得所之象，與箋《詩》義異。「魚喜」至「淵中」，《文選》王褒《四子講德論》李注引薛君文，引經明韓、毛文同。「魯『遐』作『胡』」者，《潛夫論·德化》篇：「國有傷聰之政，則民多病身。有傷賢之政，則賢多夭。夫形體骨幹爲堅彊也，然猶隨政變易，況乎心氣精微，可不養哉？《詩》云：『鳶飛戾天，魚躍于淵。愷悌君子，胡不作人。』君子修其樂易之德，上及飛鳥，下及淵魚，罔不懽忻悦豫，又況士庶而不仁者乎？」「遐不」作「胡不」，足證傳、箋隨文解釋之非。

清酒既載，【注】韓説曰：「載，設也。」騂牡既備。以享以祀，以介景福。【疏】傳：「言年豐畜碩也。言祀所以得福也。」箋：「既載，謂已在尊中也。祭祀之事，先爲清酒，其次擇牲，故舉二者。介，助；景，大也。」○《白虎通·三正》篇：「《詩》曰：『清酒既載，騂牡既備。』言文王之牲用騂，周尚赤也。」此引《魯詩》，明魯、毛文同。「載，設也」者，《文選·西征賦》李注引薛君《韓詩章句》文。馬瑞辰云：「載與𢧵音同。

《説文》：『𢦏，設飪也。❶從丮食，才聲。讀若載。』此詩『載』即『𢦏』字之同音叚借，故韓訓『設』。《商頌·烈祖》詩『既載清酤』義同。《廣雅》亦云：❷『𢦏，設也。』《石鼓文》『載』皆作『𢦏』。《士昏禮》『從設，北面載』，載亦設也。」

瑟彼柞棫，民所燎矣。豈弟君子，神所勞矣。【疏】傳：「瑟，衆貌。」箋：「柞棫之所以茂盛者，乃人熂燎除其旁草，養治之使無害也。勞，勞來，猶言佑助。」○馬瑞辰云：「《棫樸》箋：『豫斫以爲薪，至祭皇天上帝及三辰，則聚積以燎之。』此詩《釋文》云：『燎，《説文》作「尞」。一云：柴祭天也。』是知『民所燎矣』當謂取爲燔柴之用。箋云『除其旁草』，非也。又案：《爾雅》：『棫，白桵。』郭注：『桵，小木叢生，有刺。』與柞爲櫟樹無刺者别。《通志》引陸璣《疏》云：『《三蒼》説，棫即柞。』非也。」楊雄《長楊賦》「故真神之所勞也」，用魯經文。

莫莫葛藟，施于條枚。【注】韓「施」作「延」。豈弟君子，【注】齊「豈」作「凱」。韓「豈」作「愷」，「弟」作「悌」。求福不回。【疏】傳：「莫莫，施貌。」箋：「葛也藟也，延蔓於木之枚本而茂盛，喻子孫依緣先人之功而起。不回者，不違先祖之道。」○《吕覽·知分》篇高注：「莫莫，葛藟之貌。延蔓於條枚之上，得其性也。樂易之君子，求福不以邪道，順于天性，以正直受大福。」《説苑·修文》篇：「《詩》云：『莫莫葛藟，

---

❶「飪」上，原有「也」字，據馬瑞辰《通釋》、陳刻《説文》、《説文注》、楊刻《説文義證》、祁刻《説文繫傳》删。

❷「亦」，原作「云」，據馬瑞辰《通釋》改。

施于條枚。豈弟君子，求福不回。』鬼神且不回，而況于人乎？」此亦訓「回」爲「違」。以上皆魯義。《禮·表記》：「《詩》云：『莫莫葛藟，施于條枚。凱弟君子，求福不回。』」鄭注：「凱，樂也。弟，易也。言樂易之君子，其求福修德以俟之，不爲回邪之行。要之如葛藟之延蔓于條枚，是其性也。」此齊義。「韓『施』作『延』」者，《韓詩外傳》二載晏子語，末引《詩》曰：「莫莫葛藟，延于條枚。愷悌君子，求福不回。」《吕覽·知分》篇、《後漢·黄琬傳》注引《詩》，亦並作「延」。「齊『豈』作『凱』，韓作『愷』。韓『弟』作『悌』」者，引並見上。

《旱麓》六章，章四句。

思齊【疏】毛序：「文王所以聖也。」箋：「言非但天性，德有所由成。」○三家無異義。

思齊大任，文王之母。思媚周姜，京室之婦。大姒嗣徽音，則百斯男。【疏】傳：「齊，莊；媚，愛也。周姜，大姜也。京室，王室也。大姒，文王之妃也。大姒十子，衆妾則宜百子也。」箋：「京，周地名也。常思莊敬者大任也，乃爲文王之母，又常思愛大姜之配大王之禮，故能爲京室之婦。言其德行純備，故生聖子也。大姜言周，大任言京，見其謙恭自卑小也。徽，美也。嗣大任之美音，謂續行其善教令。」○陳奂云：「『思齊大任』，猶言『有齊季女』，思、有皆語詞。《列女傳·母儀》篇：『大任之性，端壹誠莊。』與傳訓『齊，莊』同。大任，仲任也，摯國之女，王季之妃，文王之母也。」《説文》：「媚，説也。」「説」即「悦」字。「娓，順也。讀若媚。」二字義訓相通媚周姜，猶言順周姜。承事效法，特爲大姜所愛悦，故能爲京室之婦。大王居周原，故大姜稱「周姜」也。大姒，莘國姒姓之女，能繼大任之美音。《列女·周室三母傳》：「大姒教誨十子，自少及長，未嘗見邪僻之事。及其長，文王繼而教之，卒成武王、周公之德。君子謂大姒仁明而有德。《詩》曰：『大姒嗣徽音，則百斯男。』此之謂也。」《白虎通·姓名》篇：「文王十子，《詩傳》曰：『伯邑考、武王發、周公旦、管叔鮮、蔡叔度、曹叔振鐸、成叔處、霍叔武、康叔封、南季載。』所以或上其叔、季，何也？管、蔡、曹、霍、成、康、南皆采也，故置叔、季上。伯邑考何以獨無乎？蓋以爲大夫者，不是采地也。」餘詳《螽斯》篇。此魯說。《易林·頤之節》：「文王四乳，仁愛篤厚。子畜十男，無有夭折。」此齊說，皆云文王有十男。其說「則百斯男」，殆與毛同。《後漢·順烈梁皇后紀》：「螽斯則百，福之所由興也。」用韓經文。

惠于宗公，神罔時怨，神罔時恫。刑于寡妻，【注】韓說云：「刑，正也。」至于兄弟，以御于家邦。【疏】傳：「宗公，宗神也。恫，痛也。刑，法也。寡妻，適妻也。御，迎也。」箋：「惠，順也。宗公，大臣也。文王爲政，咨於大臣，順而行之，故能當於神明。神明無是怨恚其所行者，無是痛傷其所爲者，其將無有凶禍。寡妻，寡有之妻，言賢也。御，治也。文王以禮法接待其妻，至于宗族，以此又能爲政治于家邦也。《書》曰：『乃寡兄勖。』又曰：『越乃御事。』」○馬瑞辰云：「宗、尊雙聲。宗公，即先公也。言其久則曰古公，言其尊則曰宗公。『時』與『所』古同義通用，詳王氏《經義述聞》。『神罔時怨』，猶言神罔所怨也。『神罔時恫』，猶言神罔所恫也。」愚案：馬說是也。文王之興，實由大王，故行政惟思順於古公之心，則神無所怨恫也。古公而稱「宗公」者，以太伯、仲雍遠封在吳，與王季皆以古公爲宗，故以「宗公」稱之。蔡邕《胡夫人神誥》「神罔時怨」，又曰「神罔時恫」，明魯、毛文同。「刑，正也」者，《釋文》引《韓詩》文。陳喬樅云：「《孟子》引《詩》『刑于寡妻』，趙岐注亦訓『刑』爲『正』。趙用《魯詩》，是韓、魯義同。毛訓『刑』爲『法』。法、正古相通假。《論語》『齊桓公正而不譎』，《漢書・鄒陽傳》作『法而不譎』。《史記・賈生傳》『法制度』，猶正制度也。是正與法同義。《廣雅》：『刑，治也。』法與正皆所以爲治也。」刑寡妻，至兄弟，以御家邦，即身修、家齊、國治之道也。

雝雝在宫，肅肅在廟。不顯亦臨，無射亦保。【疏】傳：「雍雍，和也。肅肅，敬也。以顯臨之，保安無猒也。」箋：「宫，謂辟廱宫也。羣臣助文王養老則尚和，助祭于廟則尚敬。言得禮之宜。臨，視也。保，猶居也。文王之在辟雝也，有賢才之質而不明者，亦得觀于禮；于六藝無射才者，亦得居于位。言養善，使之積小致高大。」○馬瑞辰云：「臨者，臨視之義。保者，保守之義。言文王無時不警惕也。」愚案：「不顯」者，隱微幽獨之處，人皆樂於自便，文王戒慎必恭，亦如有臨之在上者焉。《釋詁》：「射，厭也。」文王之對臣民，皆無有厭斁之者，而文王亦維兢兢以自保守，不敢泰然安居也。肆戎疾不殄，烈假不瑕。【疏】傳：「肆，故今也。戎，大也。故今大疾害人者，不絶之而自絶也。烈，業；假，大也。」箋：「烈、假，皆病也。瑕，已也。文王於辟廱德如此，故大疾害人者，不絶之而自絶；爲癘瘕之行者，不已之而自已。言化之深也。」○馬瑞辰云：「詩兩『不』字皆句中助詞，『肆戎疾不殄』即言戎疾殄也，『烈假不瑕』即言厲蠱之疾已也。厲，《説文》作『癘』，云：『惡疾也。』《公羊傳》作『痢』，何注：『痢者，民疾疫也。』『烈』即『癘』之叚借。假，當爲『蠱』。蠱、假亦一聲之轉。《隸釋》載《漢唐公房碑》作『厲蠱不遐』，蓋本三家《詩》。是知箋訓『厲』、『假』爲『病』，亦本三家《詩》也。」愚案：傳釋「疾」爲「疾害」，與下句無別。今案：詩蓋言文王德化入人至深，凡大爲人所疾惡者，已殄絶矣。厲蠱，喻惡疾害人。漢碑作「不遐」，瑕、遐同音通用。言凡如惡病害人者，已遐遠矣。《釋地・四極》云：「九夷，八狄，七戎，六蠻。」郭注：「九夷在東，七戎在西。」李巡本作「六戎在西」，數不同，而在西者稱「戎」不異。太王時混夷病周，文王時稱串夷。《皇矣》篇鄭注：「串夷，西戎國名。」蓋雖有夷稱，其實戎也。爲周患苦，有若疾然，故曰「戎疾」。《緜》篇「肆不殄厥愠」，即此詩之「肆戎疾不殄」也。文王之大業，不足爲其患害，無能瑕疵文王者，猶《狼跋》篇之「德音不瑕」也。

不聞亦式，不諫亦入。【疏】傳：「言性與天合也。」箋：「式，用也。文王之祀於宗廟，有仁義之行而不聞達者，亦用之助祭。有孝悌之行而不能諫争者，亦得入。言其使人器之不求備也。」〇王引之云：「兩『不』字、兩『亦』字皆語詞。式，用也。入，納也。言聞善言則用之，進諫則納之。《左・宣二年傳》曰：『諫而不入，則莫之繼也。』是納諫爲入也。」今案：王説是。肆成人有德，小子有造。古之人無斁，譽髦斯士。【疏】傳：「造，爲也。古之人無厭於有名譽之俊士。」箋：「成人，謂大夫、士也。小子，其子弟也。文王在於宗廟德如此，故大夫、士皆有德，子弟皆有所造成。古之人，謂聖王明君也。口無擇言，身無擇行，以身化其臣下，故令此士皆有名譽於天下，成其俊乂之美也。」❶〇言古之人教士無厭斁，故能使斯士皆成爲譽髦也。詩贊美文王，而言先聖王皆如此，所以天下向風。稱「古之人」者，周之學制刱自公劉，見《泂酌》篇。至文王時又拓其規模，久道化成，故能人才蔚起如此。《説苑・建本》篇：「成人有德，小子有造，大學之教也。」陳喬樅云：「疑《魯詩》本經無『肆』字。」

---

❶「乂」，原作「又」，據明世德堂本《毛詩》、阮刻本《毛詩正義》改。

《思齊》四章，章六句。故言五章，二章章六句，三章章四句。

皇矣【疏】毛序：「美周也。天監代殷莫若周，周世世修德莫若文王。」箋：「監，視也。天視四方可以代殷王天下者維有周耳，世世修行道德維有文王盛耳。」○三家無異義，惟據魯、齊之説，皆直言此詩爲陳文王之德。《左·昭二十八年傳》引《詩》，均詳下。亦以「近文德」爲言，不言「美周」，是三家相承古説當與此《序》略别矣。

皇矣上帝，臨下有赫。監觀四方，求民之莫。【注】魯、齊「莫」作「瘼」。維此二國，其政不獲。維彼四國，【注】魯「維」作「惟」，下全同。爰究爰度。上帝耆之，【注】韓曰：「耆，惡也。」憎其式廓。乃眷西顧，此維與宅。【注】魯「眷」一作「睠」，「與」一作「予」，「宅」一作「度」。【疏】傳：「皇，大；莫，定也。二國，殷、夏也。彼，彼有道也。四國，四方也。究，謀；度，居也。耆，惡也。廓，大也。憎其用大位行大政。顧，顧西土也。宅，居也。」箋：「臨，視也。大矣天之視天下赫然甚明，以殷紂之暴亂，乃監察天下之衆國，求民之定，謂所歸就也。二國，謂今殷紂及崇侯也。正，長；獲，得也。四國，謂密也、阮也、徂也、共也。度，亦謀也。殷、崇之君其行暴亂，不得於天心，密、阮、徂、共之君於是又助之謀，言同於惡也。耆，老也。天須假此二國，養之至老，猶不變改，憎其所用爲惡者浸大也。乃眷然運視西顧，見文王之德而與之居，言天意常在文王所。」○《潛夫論·班禄》篇：「《詩》云：『皇矣上帝，臨下以赫。鑒觀四方，求民之瘼。惟此二國，其政不獲。惟彼四國，爰究爰度。上帝指之，憎其式廓。乃睠西顧，此惟與宅。』蓋此言也，言夏、殷二國之政不得，乃用奢夸廓大。上帝憎之，更求民之瘼，聖人與天下四國究度，而使居之也。」王符述《魯詩》，所用魯文也。「有赫」作「以赫」，有赫，猶赫赫也。作「以」者，雙聲致誤，非異文。「魯『莫』作『瘼』」者，《班禄》篇作「瘼」。蔡邕《和熹鄧后謚議》「求人之瘼」，亦魯文。「齊作『瘼』」者，《後漢》班彪《王命論》引《詩》云：「皇矣上帝，臨下有赫。鑒觀四方，求民之莫。」班家學《齊詩》，「莫」當爲「瘼」。《文選・齊安陸昭王碑文》「慮深求瘼」，李注云：「《漢書》引《詩》而爲此。」瘼，今本《漢書》作「莫」，明後人依毛改之。「魯『維』作『惟』，下全同」者，《班禄》篇作「惟」，魯文「惟」皆如此。又「耆之」作「指之」，「指」字無義，疑亦誤文。「《韓詩》曰『耆，惡也』」者，《釋文》引在《周頌・武》篇「耆定爾功」下。馬瑞辰云：「此當爲《皇矣》詩『上帝耆之』章句，蓋韓、毛同義，《釋文》誤引入《武》篇，亦猶『蕳，蓮也』本《韓詩・澤陂》篇之《章句》，而《釋文》誤引入《溱洧》章也。若以『耆定爾功』爲『惡定其功』，則不詞矣。」「魯『眷』一作『睠』」者，《班禄》篇作「睠」，《淮南・氾論訓》引《詩》仍作「眷」。《論衡・初稟篇》云：「《詩》曰：『乃眷西顧，此惟予度。』天無頭面，眷顧如何？人有顧睨，以人傚天，事易見，故曰眷顧。」「魯『與』一作『予』，『宅』一作『度』」者，《班禄》篇引「此惟與宅」，宋本作「與度」。攷《漢書・韋賢傳》「先后兹度」，臣瓚注：「古文宅、度同。」《論衡・初稟篇》作「此惟予度」。見上。又《漢書・郊祀志》：「《詩》曰：『迺眷西顧，此維予宅。』言天以文王之都爲居也。」此則眷、睠，與、予，宅、度字以通用不定。

作之屏之，其菑其翳。【注】魯説曰：「立死，菑。蔽者，翳。」韓「翳」作「殪」，説曰：「菑，反草也。殪，因也，因高填下也。」修之平之，其灌其栵。啟之辟之，其檉其椐。攘之剔之，其檿其柘。帝遷明德，串夷載路。天立厥配，【注】魯「配」作「妃」。受命既固。【疏】傳：「木立死曰菑，自斃爲翳。灌，叢生也。栵，栭也。檉，河柳也。椐，樻也。檿，山桑也。遷，❶徙就文王之德也。串，習；夷，常；路，大也。配，媲也。」箋：「天既顧文王，四方之民則大歸往之。岐周之地險隘多樹木，乃競刊除而自居處，言樂就有德之甚。串夷，即混夷，西戎國名也。路，瘠也。天意去殷之惡，就周之德，文王則侵伐混夷以應之。天既顧文王，又爲之生賢妃，謂大姒也。其受命之道已堅固也。」○《釋木》：「木自斃，柛。立死，菑。蔽者，翳。」郭注引《詩》：「其菑其翳。」菑，亦作「椔」。蔽，亦作「斃」，「斃」又作「獘」，通借字。《爾雅》先總釋自死之木，下乃以菑、翳之一立、一踣者相對爲文。翳者，已踣而枝幹蔽地也。作，起也。屏，除也。皆謂拔去之。《爾雅》、《魯詩》之學，魯義當如此。「菑，反草也。殪，因也，因高填下也」者，《釋文》引《韓詩》文。陳喬樅云：「韓意四方之民歸往岐周，闢草萊，刊樹木，而自居處。草之蕪穢者，必先芟夷之，故首言『其菑』，謂反草而菑殺之也。木之顛仆者，亦先除去之，故次言『其殪』也。《爾雅》『木自斃，柛』，《説文》『柛』字作『槙』，云：『仆木也。』『槙』取『顛仆』之義。人殪則仆，木斃則顛，故韓以『殪』爲『因高填下』，『填』即『顛』之叚借耳。」馬瑞辰云：「殪亦仆也。《後漢·光武紀》注：『殪，仆也。』翳、殪雙聲，翳即殪之借字，故《釋名》曰：『殪，翳也，就隱翳也。』與《爾雅》『蔽者，翳』同義，似較訓『殪』爲『因』尤勝。」「其灌其栵」者，陳喬樅云：「此亦分別而言，木之叢生者爲灌，則修而削之。木之既髡復生者爲栵，則平而治之。《釋詁》：『烈、枿，餘也。』

❶「遷」，明世德堂本《毛詩》、阮刻本《毛詩正義》無。

《方言》：『陳、鄭之間曰枿，晉、衛之間曰烈，秦、晉之間曰肄。』《説文》：『櫱，伐木餘也。字或作「蘖」。』『栵與『烈』通，是栵爲木之餘蘖矣。以上四者皆開山通道之首事也。下文云云，乃闢地定居之事。檉、椐，易生之木，故其地則啟之闢之。檿、柘，有用之材，故其樹則攘而剔之。如是者，土地既廣，樹木亦茂，故下章即繼以『柞棫斯拔，松柏斯兑』也。」愚案：《緜》篇「柞棫拔矣，行道兑矣」即上數句之事。「昆夷駾矣，維其喙矣」，即「串夷載路」之事。文王功德既盛，混夷畏威遠遁，困於行路也。「魯『配』作『妃』」者，《釋詁》：「妃，媲也。」《詩疏》引某氏注：「《詩》云：『天立厥妃。』」知魯作「妃」。

帝省其山，柞棫斯拔，松柏斯兑。帝作邦作對，自太伯王季。維此王季，因心則友。則友其兄，則篤其慶，載錫之光。受禄無喪，奄有四方。【疏】傳：「兑，易直也。對，配也。從大伯之見王季也。因，親也。善兄弟曰友。慶，善；光，大也。喪，亡；奄，大也。」箋：「省，善也。天既顧文王，乃和其國之風雨，使其山樹木茂盛，言非徒養其民人而已。作，爲也。天爲邦，謂興周國也。作配，謂爲生明君也，是乃自大伯、王季時則然矣。大伯讓於王季，而文王起。篤，厚；載，始也。王季之心，親親而又善於宗族，又尤善於兄大伯，乃厚明其功美，始使之顯著也。大伯以讓爲功美，王季乃能厚明之，使傳世稱之，亦其德也。王季以有因心則友之德，故世世受福禄，至於覆有天下。」○馬瑞辰云：「『省，善』，義本《釋詁》。然下文『柞棫斯拔，松柏斯兑』，乃人之拔去叢木，以待松柏之易直，實人事，非天時也。《説文》：『省，視也。』又曰：『相，省視也。』『帝省其山』，當謂帝省視其山，不得以爲『善』也。」《韓詩外傳》十：「太王亶甫有子曰太伯、仲雍、季歷，歷有子曰昌。太王賢昌而欲季爲後也，太伯去之吴。太王將死，謂曰：『我死，汝往讓兩兄，彼即不來，汝有義而安。』太王薨，季之吳，告伯、仲。伯、仲從季而歸，羣臣欲伯之立季，季又讓。伯謂仲曰：『今羣臣欲我立季，季又讓，何以處之？』仲曰：『刑有所謂矣，句有誤。要於扶微者，可以立季。』遂立而養字有誤。文王，文王果受命而王。孔子曰：『太王獨見，王季獨知。伯見父志，季知父心。故太王、太伯、王季可謂見始知終而能承志矣。』《詩》曰：『自太伯王季。惟此王季，因心則友。則友其兄，則篤其慶，載錫之光。受祿無喪，奄有四方。』此之謂也。太伯反吳，吳以爲君。」詩言天之興周邦，立明君，自太伯、王季之相讓始。

維此王季，【注】三家「王季」作「文王」。**帝度其心。貊其德音，**【注】韓「貊」作「莫」，云：「莫，定也。」**其德克明。克明克類，克長克君。王此大邦，克順克比。比于文王，**【注】齊「比」作「俾」。魯「比」亦作「俾」。**其德靡悔。既受帝祉，施于孫子。**【疏】傳：「心能制義曰度。貊，靜也。德正應和曰貊。照臨四方曰明。類，善也。勤施無私曰類，教誨不倦曰長，賞慶刑威曰君。慈和徧服曰順，擇善而從曰比。經緯天地曰文。」箋：「王，君也。王季稱王，追王也。靡，無也。王季之德比于文王，無有所悔也。必比于文王者，❶德以聖人爲匹。帝，天也。祉，福也。施，猶易也，延也。」○「三家『王季』作『文王』」者，徐幹《中論·務本》篇云：「《詩》陳文王之德，曰：『惟此文王。』」幹用《魯詩》，是魯作「文王」。《禮·樂記》引《詩》「莫其德音」十句，鄭注：「言文王之德皆能如此。」是齊作「文王」。孔疏云：「今《韓詩》亦作『文王』。」是

❶「者」，明世德堂本《毛詩》作「盛」，屬下讀。

三家皆作「文王」之證。《左・昭二十八年傳》引《詩》作「維此文王」。傳作「王季」，王肅申毛改「文王」，鄭箋仍作「王季」，是毛本如此，不必爲掩護也。「『貊』作『莫』，云『莫，定也』」者，《釋文》引《韓詩》文。孔疏云：「《左傳》、《樂記》同。《釋詁》：『貊、莫，定也。』郭注：『皆静定也。』義俱爲定，聲又相近，讀非一師，故字異也。」案：今本《爾雅》作「貉、嘆，定也」。據《釋文》：「貉，本又作『貊』。嘆，本亦作『莫』。」是孔疏所引，即《釋文》所云「又作」本也。《說文》：「嘆，啾嘆也。」《玉篇》：「嘆，静也。」「莫」蓋「嘆」之消借字。陳喬樅云：「《文選・西征賦》注引《韓詩》薛君章句曰：『寂，無聲之貌也。寞，静也。』寂寞與啾嘆同，疑韓嬰《内傳》釋『莫』爲『寂寞』，而薛君《章句》又申釋其義也。《爾雅》爲《魯詩》之學，疑魯文作『嘆』。《說文》『啾嘆』之訓，即本魯說。魯、韓雖文異而義同也。」「克順克比」，言文王之德能使民順比也。「比于文王」，言民之親比于文王也。「齊『比』作『俾』」者，《樂記》作「克順克俾」。《爾雅》：「俾，從也。」言文王動合衆心，不爲人所恨悔。「魯『比』亦作『俾』」者，《史記・樂書》引《詩》作「克順克俾」，與《中論》引作「克比」不同，蓋魯「亦作」本。

帝謂文王，無然畔援，【注】齊作「畔换」。韓說曰：「畔援，武强也。」一作「伴换」。無然歆羨，【注】韓說曰：「羨，願也。」誕先登于岸。密人不恭，【注】魯「恭」作「共」。敢距大邦，侵阮徂共。王赫斯怒，爰整其旅，以按徂旅，以篤于周祜，以對于天下。【疏】傳：「無是畔道，無是援取，無是貪羨。岸，高位也。國有密須氏，侵阮，遂往侵共。旅，師；按，止也。旅，地名也。對，遂也。」箋：「畔援，猶拔扈也。誕，大；登，成；岸，訟也。天語文王曰，女無如是拔扈者妄出兵也，無如是貪羨者侵人土地也，欲廣大德美者，當先平獄訟，正曲直也。阮也、徂也、共也三國犯周，而文王伐之，密須之人乃敢距其義兵，違正道，是不直也。赫，怒意。斯，盡也。五百人爲旅。對，答也。文王赫然與其羣臣盡怒，曰整其軍旅而出，以卻止徂國之兵衆，以厚周當王之福，以答天下鄉周之望。」〇「齊作『畔换』」者，《漢書·敘傳》「項氏畔换」，是用《齊詩》，字作「畔换」，孟康曰：「畔，反也。换，易也。」陳喬樅云：「孟注蓋本齊訓。」「畔援，武强也」者，《釋文》引《韓詩》文。《玉篇·人部》：「《詩》曰：『無然伴换。』伴换，猶跋扈也。」陳喬樅云：「箋釋『畔援』爲『拔扈』，此從魯訓以改毛義。《玉篇》所引與箋説合，而文作『伴换』，當亦據魯。」愚案：《玉篇》所引皆云韓義，以顧野王止見《韓詩》也，而《釋文》又引《韓詩》作「伴换」，蓋「亦作」本。「羡，願也」者，《文選》孫綽《登天台山賦》李注引薛君《韓詩章句》文。陳喬樅云：「《廣雅·釋詁》：『羡，欲也。』韓訓『羡』爲『願』，願即欲意。《淮南·説林訓》『臨河而羡魚』，高注亦云：『羡，願也。』」《漢書·敘傳》「事雖歆羡」，用齊經文。《漢書·地理志》：「安定郡陰密，《詩》密人國。」是班亦據《齊詩》。今甘肅涇州靈臺縣西五十里有陰密故城，即古密須國地。「魯『恭』作『共』」者，《吕覽·用民》篇「密須之民自縛其主，而與文王」，高注引《詩》云：「密人不共，敢距大邦。」是高用《魯詩》作「共」。「侵阮徂共」者，鄭注：「徂、共，皆國名。」孔疏引：「王肅云：『無阮、徂、共三國。』孔晁云：『周有阮、徂、共三國，見於何書？』張融云：『晁豈能具數此時諸侯，而責徂、共非國也？魯義以阮、徂、共皆爲國名，是則出於舊説，非鄭之創造。』」《新序·雜事》三引《詩》曰：「王赫斯怒，爰整其旅，以按徂旅，以篤周祜，以對于天下。」「篤」下無「于」字，與《孟子》引同。陳喬樅云：「《新序》引《孟子》書文如此，今《孟子·梁惠王》篇引《詩》作『以遏徂莒』，文與《新序》殊，知《新序》是從《魯詩》本文也。趙注：『以遏止往伐莒者。』以莒爲國名，與魯説異，蓋順《孟子》本文爲解，疑從西京博士師説，或據程曾《孟子章句》舊説也。」馬瑞辰云：「《韓非子》云：『文王伐盂，克莒，舉酆，三舉事而紂惡之。』彼言文王伐莒，與《詩》言文王遏往莒者異義，或謂即此詩遏莒之證，非也。」

依其在京，侵自阮疆，陟我高岡。無矢我陵，我陵我阿。【注】韓詩曰：「無失我陵。」韓説曰：「四平曰陵，曲京曰阿。」無飲我泉，我泉我池。度其鮮原，居岐之陽，在渭之將。萬邦之方，下民之王。【疏】傳：「京，大阜也。矢，陳也。小山别大山曰鮮。將，側也。方，則也。」箋：「京，周地名。陟，登也。矢，猶當也。大陵曰阿。文王但發其依居京地之衆，以往侵阮國之疆，登其山脊而望阮之兵，兵無敢當其陵及阿者，又無敢飲食於其泉及池水者，小出兵而令驚怖如此，此以德攻，不以衆也。陵、泉重言者，美之也。每言『我』者，據後得而有之而言。度，謀；鮮，善也。方，猶鄉也。文王見侵阮而兵不見敵，知己德盛而威行，可以遷居，定天下之心，乃始謀居善原廣平之地，亦在岐山之南，居渭水之側，爲萬國之所鄉，作下民之君。後竟徙都於豐。」〇王引之云：「依，盛貌。『依其』者，形容之詞。依之言殷，殷，盛也，言文王之兵盛，依然其在京地也。」「侵自阮疆」者，戴震云：「疑『侵』當作『寑兵』之『寑』，息兵也。字形相似，又因上文『侵阮』致譌。」馬瑞辰云：「戴説是也。古文多渻借，『寑』即可假借作『侵』，非譌字。『依其在京』是已還兵於周，則『寑自阮疆』是追述其息兵於阮疆之始。毛傳以侵阮者爲密須，則周人伐密，所以救阮，不得言『侵阮』也。」「無矢」至「曰陵」，《文選·長楊賦》注引薛君《韓詩章句》文，引經明韓、毛文同。陳喬樅云：「《説文》：『陵，大阜也。』《釋名》：『大阜曰陵。陵，隆也，體隆高也。』《廣雅·釋邱》云：『四隤曰陵。』《廣雅》之訓，與薛君《章句》同，即用韓義。陵之爲象，中央隆高，而四面隤陁以漸而平，故陵遲亦曰陵夷，言其勢漸頹替，如邱陵之漸平也。」「曲京曰阿」者，《衆經音義》一、《文選・西都賦》注引《韓詩傳》文。《釋邱》：「絶高謂之京也。」「度其鮮原」者，孔疏：「《周書》稱『文王在程，作《程寤》、《程典》』。皇甫謐云：『文王徙宅於程。』蓋謂此也。知此非豐者，以此居岐之陽，豐則岐之東南三百里耳。」陳奂云：「《孟子・離婁》篇『文王卒於畢郢』，『郢』即『程』字。畢，終南山之道名，周人出師所必由。鮮原，疑即畢原矣。」是言程在畢原，即《孟子》所言之畢郢，疏故以程當鮮原也。

帝謂文王，予懷明德，不大聲以色，不長夏以革，不識不知，【注】魯「不」一作「弗」。順帝之則。帝謂文王，詢爾仇方，同爾兄弟，【注】齊「兄弟」作「弟兄」。以爾鉤援，與爾臨衝，【注】韓「臨衝」作「隆衝」。以伐崇墉。【疏】傳：「懷，歸也。不大聲見於色。革，更也。不以長大有所更。仇，匹也。鉤，鉤梯也，所以鉤引上城者。臨，臨車也。衝，衝車也。墉，城也。」箋：「夏，諸夏也。天之言云，我歸人君有光明之德，而不虛廣言語，以外作容貌，不長諸夏以變更王法者，其爲人不識古，不知今，順天之法而行之者。此言天之道尚誠實，貴性自然。詢，謀也。怨耦曰仇。仇方，謂旁國諸侯爲暴亂大惡者。女當謀征討之，以和協女兄弟之國，率與之往。親親則多志齊心壹也。當此之時，崇侯虎倡紂爲無道，罪尤大也。」○「不大聲以色，不長夏以革」者，馬瑞辰云：「以、與古通用，『聲以色』，猶云聲與色也；『夏以革』，猶云夏與革也。《中庸》引此詩而釋之曰：『聲色之於以化民，末也。』以聲、色對舉，是其證矣。汪氏德鉞曰：『「不大聲以色」者，不「道之以政」也。「不長夏以革」者，不「齊之以刑」也。聲謂發號施令，色謂象魏懸書之類。夏謂夏楚，扑作教刑也。革謂鞭革，鞭作官刑也。』其説得之。」「不識不知」者，馬瑞辰云：「《呂覽・本生》篇

『若此人者，不言而信，不謀而當，不慮而得』，高注引《詩》『不識不知』爲證。《淮南・原道訓》：『故聖人不以人滑天，不以欲亂情，不謀而當，不言而信，不慮而得，不爲而成。』又《修務訓》：『性命可悦，不待學問而合於道者，堯、舜、文王也。』高注並引《詩》：『不識不知，順帝之則。』是知詩言『不識不知』，正謂生而知之，無待於識古知今也。」愚案：即高此注，可以推見魯義如此。「魯『不』一作『弗』」者，《賈子・君道》篇、《淮南・詮言訓》作「弗識弗知」，與《荀子・修身篇》及《淮南・原道訓》《修務訓》、《吕覽・孟春紀》三高注作「不識不知」者異，明《魯詩》有二本。《繁露・煖燠》篇、《韓詩外傳》五引《詩》「不識不知，順帝之則」，明齊、韓與毛同。「齊『兄弟』作『弟兄』」者，《後漢・伏湛傳》作「同爾弟兄」。湛疏云：「文王受命而征伐五國，必先詢之同姓，然後謀之羣臣。」其下即引《詩》曰：「詢爾仇方，同爾弟兄。」湛治《齊詩》，解「詢爾仇方」爲「謀之羣臣」，是齊義。孔疏訓「仇」爲「匹」，云：「當詢謀於女匹己之臣。」與齊説合。「『臨衝』作『隆衝』」者，《釋文》引《韓詩》文。宋綿初云：「隆、臨一聲之轉。後漢殤帝諱隆，改『隆』爲『臨』，隆慮縣更名臨慮，聲近通用。」段氏《詩經小學》云：「隆衝，言陷陣之車隆然高大也。毛以臨衝爲二，非。」馬瑞辰云：「《墨子・備城門》篇言攻城十二法，❶首列臨、鉤、衝、梯，是臨、衝二者不同之證。韓作『隆衝』，亦作『衝隆』，《淮南・兵略訓》『故攻不待衝隆雲梯而城拔』是也。當以傳訓二車爲確。」陳喬樅云：「《鹽鐵論》亦云『衝隆不足爲强』，如以『隆』訓『高』，不作車名，則『衝隆』二字爲不詞矣。班固《敘傳》『衝輣閑閑』，此即以『輣』當《詩》之『臨』。《後

❶「門」，原脱，據《百子全書》本《墨子》補。

漢·光武紀》『衝輣撞城』，李注引許慎曰：『輣，樓車也。』今本《説文》『樓車』作『兵車』。《淮南》云『隆衝以攻高』，蓋樓車高足以臨敵城而攻之，故亦名臨車。孔疏謂：『臨者，在上臨下之名。衝者，從旁衝突之稱。兵書有作臨車、衝車之法。』其説是也。」

臨衝閑閑，崇墉言言。執訊連連，攸馘安安。是類是禡，是致是附，四方以無侮。臨衝茀茀，崇墉仡仡。【注】韓説曰：「仡仡，摇也。」是伐是肆，是絶是忽，四方以無拂。【疏】傳：「閑閑，動摇也。言言，高大也。連連，徐也。攸，所也。馘，獲也。不服者，殺而獻其左耳曰馘。於内曰類，於野曰禡。致，致其社稷羣神。附，附其先祖，爲之立後。尊其尊，而親其親。茀茀，彊盛也。仡仡，猶言言也。肆，疾也。忽，滅也。」箋：「言言，猶孽孽，將壞貌。訊，言也。執所生得者而言問之，及獻所馘，皆徐徐以禮爲之，不尚促速也。類也、禡也，師祭也。無侮者，文王伐崇而無復敢侮慢周者。伐，謂擊刺之。肆，犯突也。《春秋傳》曰：『使勇而無剛者肆之。』拂，猶佹也。言無復佹戾文王者。」○《廣雅·釋訓》：「閑閑，盛也。」是此詩三家義與毛異。《左·僖十九年傳》：「文王聞崇德亂而伐之，軍三旬而不降。退修教而復伐之，因壘而降。」三旬不降，必有拒者，故不能無訊馘也。《釋天》：「是類是禡，師祭也。」《淮南·本經訓》「類其社」，高注：「祭社曰類，以事類祭之也。《詩》云：『是類是禡。』」此類屬祭社言，故與禡皆在所征之地，魯説如此。馬瑞辰云：「祭祀未有專名『致』者。祔，❶祭先祖卒哭之祭，其子孫自爲之，亦非師祭也。致者，致

❶「祔」，馬瑞辰《通釋》作「附」。

其人民土地。《説文》：『致，送詣也。』送而付之曰致，已克而不取之謂也。《左・襄二十五年傳》：『鄭入陳，祝祓社。』即詩之『是類』也。又曰：『司徒致民，司馬致節，司空致地。』即詩之『是致』也。附，讀如『拊循』之『拊』，亦通作『撫』。《左・隱十一年傳》曰：❶『吾子其奉許叔，以撫柔此民也。』即詩之『是附』也。《説苑》：『文王伐崇，令毋殺人，毋壞室，毋填井，毋伐樹木，毋動六畜。』何楷謂即此詩『是致是附』，其説是也。「仡仡，摇也」者，《釋文》引《韓詩》文。隆、衝皆攻城之具，故釋「仡仡」爲動摇貌。又《説文》：「圪，牆高也。《詩》曰：『崇墉圪圪。』」《文選・魯靈光殿賦》張載注：「屹，猶孽也，高大貌。《詩》曰：『崇墉屹屹。』」圪圪、屹屹乃齊、魯《詩》之異文。

《皇矣》八章，章十二句。

靈臺【疏】毛序：「民始附也。文王受命，而民樂其有靈德以及鳥獸昆蟲焉。」箋：「民者，冥也。其見仁道遲，故於是乃附也。天子有靈臺者，所以觀祲象，察氣之妖祥也。文王受命而作邑于豐，立靈臺。《春秋傳》曰：『公既視朔，遂登觀臺以望，而書雲物，爲備故也。』」○陳奂云：「正義引《左氏》説：『天子靈臺在太廟之中，諸侯有觀臺，亦在廟中，皆所以望嘉祥也。』《禮記》盧注、《月令》蔡論、《春秋》潁子嚴《釋例》，及《左傳》賈、服注，皆同《左氏》説。《書大傳》『王升舟入水，❷觀

❶「一」，原脱，據馬瑞辰《通釋》、阮刻本《春秋左傳正義》補。

❷「升」，原作「引」，據陳奂《傳疏》、阮刻本《周禮注疏・肆師》鄭注改。

臺惡』，武王伐紂時稱觀臺也，此諸侯稱觀臺之證。《管子·桓公問》篇『武王有靈臺之復而賢者進』，武王定天下後稱靈臺也，此天子稱靈臺之證。然凡此靈臺，非即《詩》之靈臺。詩言文王作臺耳，以其有神靈之德，故謂之靈臺。是靈臺之號始於文王，後遂以爲天子望氣之臺。在文王時未有等差，且臺、沼、囿同處，則文王之靈臺，實即諸侯之囿臺，當在郊。諸儒每據天子靈臺在路寢明堂中者以説文王之靈臺，則混而同之也。焦循《學圖》云：『僖十五年《左傳》「秦伯舍晉侯於靈臺，大夫請以入」，杜注云：「在京兆鄠縣，周之故臺。」則此靈臺即文王之靈臺也。』《三輔黃圖》云：『靈囿在長安西北四十二里，靈臺在長安西北四十里。』《長安志》云：『豐水出長安縣西南五十五里。』是豐邑在長安之西也。《黃圖》以漢長安縣言，今長安故城在西安府之西北十三里。《水經》：『渭水會豐水後，越鎬水、泬水而東逕長安城北。』是長安在豐邑之東也。《公羊》説云：『在國之東南二十五里。』詳下。即長安西北四十里也。《地理志》『文王作豐』，顔注：『今長安西北界靈臺鄉豐水上。』靈臺在郊，斷斷然矣。」三家無異義。

經始靈臺，經之營之。庶民攻之，不日成之。經始勿亟，庶民子來。【疏】傳：「神之精明者稱靈，四方而高曰臺。經，度之也。攻，作也。不日有成也。」箋：「文王應天命，度始靈臺之基趾，營表其位，衆民則築作，不設期日而成之。言説文王之德，勸其事，忘己勞也。觀臺而曰靈者，文王化行，似神之精明，故以名焉。亟，急也。度始靈臺之基趾，非有急成之意，衆民各以子成父事而來攻之。」○《新書·君道》篇：「文王志之所在，意之所欲，百姓不愛其死，不憚其勞，從之如集。《詩》曰：『經始靈臺，經之營之。庶民攻之，不日成之。經始勿亟，庶民子來。』文王有志爲臺，今近境之民聞之者，裹糧而至，問業而作之，日日以衆，故弗趨而疾，弗期而成。命其臺曰靈臺，命其囿曰靈囿，謂其沼曰靈沼，愛敬之至也。」《説苑・修文》篇：「積恩爲愛，積愛爲仁，積仁爲靈。靈臺之所以爲靈者，積仁也。神靈者，天地之本，而爲萬物之始也。是故文王始接民以仁，而天下莫不仁焉。文，德之至也。德不至，則不能文。」《白虎通・靈臺》篇：「天子所以有靈臺者何？所以考天人之心，察陰陽之會，揆星辰之證驗，爲萬物獲福無方之元。《詩》云：『經始靈臺。』」《新序・雜事》五：「周文王作靈臺，及爲池沼，掘得死人之骨，吏以問于文王。文王曰：『更葬之。』吏曰：『此無主矣。』文王曰：『有天下者，天下之主。有一國者，一國之主也。寡人固其主，又安求主？』遂令更以衣棺更葬之。天下聞之，皆曰：『文王賢矣，澤及枯骨，而況于人乎？』或得寶以危國，文王得朽骨以喻其意，而天下歸心焉。」趙岐《孟子章句》一：「《詩》云：『經始靈臺，經之營之。庶民攻之，不日成之。經始勿亟，庶民子來。』《詩・大雅・靈臺》之篇，言文王始初經營規度此臺，衆民並來。始作之而不與之相期日限，自來成之。文王不督促使之亟急，衆民自來赴，若子來爲父使之也。」以上皆魯説，引《詩》明魯、毛文同。《詩氾曆樞》曰：「靈臺，候天意也。經營靈臺，天下附也。」《御覽》五百引許氏《五經異義》：「《公羊》説：天子三臺，諸侯二。天子有靈臺以觀天文，有時臺以觀四時施化，有囿臺以觀鳥獸魚鼈。諸侯當有時臺、囿臺。諸侯卑，不得觀天文，無靈臺。皆在國之東南二十五里。東南，少陽用事，萬物著見。二十五里者，吉行五十里，❶朝行

---

❶「吉」，原作「古」，據續經解本《齊詩遺説攷》八、阮刻本《毛詩正義》改。

暮反也。」《公羊・莊三十一年傳》何休《解詁》：「禮，天子有靈臺以候天地，諸侯有時臺以候四時。」徐彥疏：「文王受命後，乃築靈臺也。」《詩含神霧》曰：「作邑于豐，起靈臺。」《易林・夬之頤》：「三至靈臺，文所止遊。雲物備具，長樂無憂。」又《升之節》：「靈臺觀賞，膠鼓作仁。」班固《東都賦》：「登靈臺，考休徵。」又《靈臺詩》：「乃經靈臺，靈臺既崇，帝勤時登，爰考休徵。」《鹽鐵論・未通》篇：「夫牧民之道，除其所疾，適其所安，安而不擾，使而不勞。故取而民不厭，役而民不苦。《靈臺》之詩，非或使之，民自爲之，若斯則君何不足之有乎？」《士喪禮》鄭注：「營，猶度也。《詩》云：『經之營之。』」以上皆齊説。張衡《東京賦》「經始勿亟，成之不日」，用魯經文。

王在靈囿，麀鹿攸伏。麀鹿濯濯，白鳥翯翯。【注】三家説曰：「濯濯，肥也。」魯「翯」作「皜」，一作「鶴」。王在靈沼，於牣魚躍。【注】韓説曰：「文王聖德，上及飛鳥，下及魚鼈。」【疏】傳：「囿，所以域養禽獸也。天子百里，諸侯四十里。靈囿，言靈道行於囿也。麀，牝也。濯濯，娛遊也。翯翯，肥澤也。沼，池也。靈沼，言靈道行於沼也。牣，滿也。」箋：「攸，所也。文王親至靈囿，視牝鹿所遊伏之處，言愛物也。鳥獸肥盛喜樂，言得其所。靈沼之水，魚盈滿其中，皆跳躍，亦言得其所。」○「濯濯，肥也」者，《廣雅・釋訓》文。馬瑞辰云：「蓋本三家《詩》。據《説文》『嬥，直好皃』，《廣雅・釋訓》亦云『嬥嬥，好也』，『濯濯』當即『嬥嬥』之叚借。」「『翯』作『皜』，一作『鶴』」者，《新書・君道》篇：「《詩》曰：『王在靈囿，麀鹿攸伏。麀鹿濯濯，白鳥皜皜。王在靈沼，於仞魚躍。』❶文王之澤下被禽獸，及於魚鼈，故禽獸魚鼈攸若攸樂，而況士民乎？」

❶「仞」，原作「牣」，據續經解本《魯詩遺説攷》十五改。

又《禮》篇引《詩》六句，説亦略同。「翯」皆作「皜」。趙岐《章句》：「『王在靈囿，麀鹿攸伏。麀鹿濯濯，白鳥鶴鶴。王在靈沼，於牣魚躍。』言文王在囿中，麀鹿懷妊，安其所而伏，不驚動也。獸肥飽則濯濯，鳥肥飽則鶴鶴而澤好而已。文王在池沼，魚乃跳躍喜樂。言其德及鳥獸魚鼈也。」「翯」一作「鶴」，是魯家兩作皆與毛異。馬瑞辰云：「《説文》：『翯，鳥白肥澤皃。』音義與『皠』近。《説文》：『皠，鳥之白也。』何晏《景福殿賦》『皠皠白鳥』，趙作『鶴鶴』，順《孟子》本文。《新書》作『皜皜』，並同聲叚借字。」愚案：趙云「獸肥飽則濯濯」，是《魯詩》訓「濯濯」爲「肥」。箋言「鳥獸肥盛」，亦本齊、韓易毛，足爲《廣雅》訓出三家《詩》之證。《新書》「牣」皆作「仞」。《孟子》今本作「牣」，而孫氏《音義》據丁公著本亦作「仞」，知魯家本借「仞」爲「牣」，今本乃宋人所易也。《吕覽·重己》篇高注：「畜禽獸所，大曰苑，小曰囿。《詩》曰：『王在靈囿。』」《淮南·本經訓》高注：「有牆曰苑，無牆曰囿，所以畜禽獸也。」二注義互相備，皆本魯訓。王逸《楚詞·九歎》章句：「沼，池也。《詩》云：『王在靈沼。』」明魯、毛訓同。《東京賦》「鳩諸靈囿」，楊雄《上林苑令箴》「麀鹿攸伏」，皆用魯經文。班固《西都賦》「誼合乎靈囿」又「神池、靈沼往往而在」，皆用齊經文。「文王」至「魚鼈」，《文選·曲水詩》李注引薛君《韓詩章句》文。

虡業維樅，賁鼓維鏞。於論鼓鐘，於樂辟廱。【疏】傳：「植者曰虡，横者曰栒。業，大版也。樅，崇牙也。賁，大鼓也。鏞，大鐘也。論，思也。水旋丘如璧曰辟廱，以節觀者。」箋：「論之言倫也。虡也，栒也，所以懸鍾鼓也，設大版於上，刻畫以爲飾。文王立靈臺而知民之歸附，作靈囿、靈沼而知鳥獸之得其所，以爲音聲之道與政通，故合樂以詳之。於得其倫理乎鼓與鍾也，於喜樂乎諸在辟廱中者，言感於中和之至。」○《白虎通·辟雍》篇：「天子立辟雍何？辟雍，所以行禮樂，宣德化也。辟者，璧也，象璧圓以法天也。雍者，壅之以水，象教化流行也。辟之爲言積也，積天下之道德；雍之爲言壅也，壅天下之儀則，故謂之辟雍也。」陳喬樅云：「蔡邕《明堂月令》云：『取其四面周水，圓如璧，則曰辟雍。水環四周，言王者動作法天地，德廣及四海，方此水也。』與《白虎通》義同，皆用魯説。」班固《東都賦》：「辟雍海流，道德之富。」《辟雍詩》：「洒流辟雍，辟雍湯湯。」此本《齊詩》。正義引《異義》：「《韓詩》説曰：『辟雍者，天子之學，圓如璧，壅之以水。示圓言辟，取有德。不言辟水，言辟廱，取其廱和也。所以教天下春射秋饗，尊事三老五更。在南方七里之郊，立明堂其中，五經之文所藏處，蓋以茅葦，取其絜清也。」戴震云：「辟廱，於經無明文，漢初説禮者始援《大雅》、《魯頌》立説，謂天子曰辟雍，諸侯曰頖宫。如誠學校重典，不應《周禮》不一及之，而但言成均、瞽宗。《孟子》陳三代之學，亦不涉乎此，他國且不聞有所謂泮宫者。此詩靈臺、靈囿、靈沼與辟廱連稱，抑亦文王之離宫乎？閒燕則遊止肄業於此，不必以爲大學，於《詩》詞前後尤協矣。」胡承珙云：「案：《詩疏》引鄭《駁異義》謂『三靈、辟雍同處在郊』，則辟雍亦爲游觀之所。然《文王有聲》言『鎬京辟雍』，即繼之以東西南北，『無思不服』，箋云：『武王於鎬京行辟廱之禮，自四方來觀者，皆感化其德，心無不歸服者。』然則此詩言作樂，傳言『水旋丘如璧，以節觀者』，是辟雍在文王時已爲合樂行禮之地。但其時未嘗定爲天子之大學。至武王有天下，及周公制禮以後始別，諸侯爲泮宫，不得同於天子，而辟雍行禮之事愈備，如《韓詩》説『教天下春射秋饗，尊事三老五更』。鄭氏據《王制》『天子出征執有罪，❶反釋奠於學，以訊馘告』，合

❶「子」，原作「下」，據續經解本《毛詩後箋》、阮刻本《禮記正義》改。

之《魯頌》『在泮獻囚』，知辟廱同義。即如古器銘《宰辟父敦》『王在辟宮册周』，《龐敦》『王在雝位格廟册龐』，❶是辟雝又有册命之事。凡皆周公彌文之制，如推其原始，即歸之文王之善道，亦無不可。總之，三靈自爲游觀之所，辟廱自爲禮樂之地。同處者，第言其相近，《黄圖》所載可據。至辟廱即《周頌》之『西廱』，彼傳云『廱，澤也』，澤，即『王立于澤』之『澤』，郊祭聽誓於此，則辟廱在郊可知。謂之『西廱』，則在西郊又可知。文王時猶從殷制，鄭注《鄉射禮》謂周之大學在國，然則武王之鎬京辟雍，殆立於國中與？」

於論鼓鍾，於樂辟廱。鼉鼓逢逢，矇瞍奏公。【注】魯「逢」作「韸」，「公」作「工」，亦作「功」。

【疏】傳：「鼉，魚屬。逢逢，和也。有眸子而無見曰矇，無眸子曰瞍。公，事也。」箋：「凡聲，使瞽矇爲之。」○「魯『逢』作『韸』」者，《吕覽·季夏紀》高注：「鼉皮可作鼓。《詩》曰：『鼉鼓韸韸。』」《諭大》篇高注引同，知魯作「韸」。《淮南·時則》注引《詩》云：「鼉鼓洋洋。」「洋」蓋「韸」之譌。盧文弨云：「《詩》釋文：『逢，字作「韼」，徐音豐。』字書無『韼』字。《集韻》：『韸，本作「逢」，或作「韼」。』又音豐。』豈此字與？」臧鏞堂云：「《衆經音義》八引郭璞《山海經》注，亦作『鼉鼓韸韸』，益見『洋』爲『韸』譌字。」愚案：盧、臧説是。惟阮刻本「逢」字作「韸」，不作「韼」，不知盧、臧所見因何致誤，蓋别本也。「魯『公』作『工』，亦作『功』」者，《楚詞·九章》王逸《章句》：「矇，盲者也。《詩》曰：『矇瞍奏工。』」《吕覽·達鬱》篇高注：「目不見曰矇。《詩》曰：『矇瞍奏功。』」是魯「公」作「工」，亦作「功」。陳喬樅云：「古工、功同字。《肆師》『凡師不功』，注：『故書「功」爲

❶ 二「龐」字，續經解本《毛詩後箋》作「厐」。

「工」。』《樊安碑》『以功德加位』，『功』作『公』。《陳球碑》『公子完適齊爲公正』，『工』作『公』，皆通假字。」愚案：此篇毛作五章，章四句，而《新書》兩引，皆「經始靈臺」六句爲章，「王在靈囿」六句爲章，是魯作四章。齊、韓當同。今從之。

《靈臺》五章，章四句。魯説四章，二章章六句，二章章四句。

下武【疏】毛序：「繼文也。武王有聖德，復受天命，能昭先人之功焉。」箋：「繼文者，繼文王之王業而成之。昭，明也。」〇三家無異義。

下武維周，世有哲王。三后在天，王配于京。【疏】傳：「武，繼也。三后，大王、王季、文王也。王，武王也。」箋：「下，猶後也。哲，知也。後人能繼先祖者，維有周家最大，世世益有明知之王，謂大王、王季、文王稍就盛也。此三后既没登遐，精氣在天矣，武王又能配行其道於京，謂鎬京也。」〇《風俗通義》二引《詩》云：「三后在天。」明魯、毛文同。

王配于京，世德作求。永言配命，成王之孚。【疏】箋：「作，爲；求，終也。武王配行三后之道於鎬京者，以其世世積德，庶爲終成其大功。永，長；言，我也。命，猶教令也。孚，信也。此爲武王言也。今長我之配行三后之教令者，欲成我周家王道之信也。王德之道成於信，《論語》曰：『民無信不立。』」〇陳奂云：「求，讀爲逑。逑，匹也。匹，亦配也。永言配命，言武王長配天命也。」

成王之孚，下土之式。永言孝思，孝思維則。【注】魯「維」作「惟」。【疏】傳：「式，法也。則，則其先人也。」箋：「王道尚信，則天下以爲法，勤行之。長我孝心之所思，所思者其維則三后之所行。子孫以順祖考爲孝。」○《禮・緇衣》：「《大雅》：『成王之孚，下土之式。』」鄭注：「孚，信也。式，法也。」此齊訓。「魯『維』作『惟』」者，趙岐《孟子章句》九：「《詩》曰：『永言孝思，孝思惟則。』《詩・大雅・下武》之篇，周武王所以長言孝思，欲以爲天下法則。」此魯訓。蔡邕《陳留太守胡公碑》「孝思惟則」，明魯、毛文同，「維」作「惟」。《韓詩外傳》五：「上不知順孝，則民不知返本。君不知敬長，則民不知貴親。禘祭不敬，山川失時，則民無畏矣。不教而誅，則民不識勸也。故君子修身及孝，則民不倍矣。敬孝達乎下，則民知慈愛矣。好惡喻乎百姓，則下應其上，如影響矣。是則兼制天下、定海內、臣萬姓之要法也，明王聖主之所不能須臾而舍也。《詩》曰：『成王之孚，下土之式。永言孝思，孝思維則。』」明韓、毛文同。

媚茲一人，應侯順德。【注】魯「順」作「慎」。永言孝思，昭哉嗣服。【疏】傳：「一人，天子也。應，當；侯，維也。」箋：「媚，愛；茲，此也。可愛乎武王，能當此順德，謂能成其祖考之功也。《易》曰：『君子以順德，積小以高大。』服，事也。明哉武王之嗣行祖考之事，謂伐紂定天下。」○「魯『順』作『慎』」者，《荀子・仲尼篇》言臣下事君，引《詩》曰：「媚茲一人，應侯慎德。永言孝思，昭哉嗣服。」《淮南・繆稱訓》云：「是故得一人，所以得百人也。」其下引：「《詩》云：『媚茲一人，應侯慎德。』慎德大矣，一人小矣，能善小，斯能善大矣。」陳奐云：「此釋經『一人』爲得一賢人，與古説殊，當出三家《詩》義。」愚案：荀謂臣下「媚茲一人」，當各慎其德，正見武王孝思之長。言「嗣服」者，克繩其祖也，與傳、箋義不同。《淮南》説稍異，然以爲臣下慎德，一也。此皆魯義。《大戴禮・衛將軍文子》篇：「《詩》云：『媚茲一人，應侯順德。永言孝思，孝思維則。』故國一逢有德之君，世受顯命，不失厥名，以御于天子以申之。」陳喬樅云：「引《詩》當本作『昭哉嗣服』，觀下文云『世受顯命，不失厥名』，正申明『昭哉嗣服』之詞。然則作『孝思維則』者，乃後人傳寫之誤耳。」愚案：此齊説，「順德」亦屬臣下説。《漢書·敘傳》「媚兹一人，日旰忘食」，指張湯言，亦齊義，可知孔疏申傳、箋之失。

昭兹來許，繩其祖武。【注】三家「兹」作「哉」，「許」作「御」，「繩」作「慎」。於萬斯年，受天之祜。【疏】傳：「許，進；繩，戒；武，迹也。」箋：「兹，此；來，勤也。武王能明此勤行，進於善道，戒慎其祖考所踐履之迹。美其終成之。祜，福也。天下樂仰武王之德，欲其壽考之言也。」○「三家『兹』作『哉』，『許』作『御』，『繩』作『慎』」者，《續漢書·祭祀志》引謝沈《書》作「昭哉來御，慎其祖武」。馬瑞辰云：「許、御聲義同，故通用，猶《公羊·文九年傳》『許夷狄者不一而足』，《左·隱二年》注引『許』作『禦』也。《廣雅》『許』、『御』並訓『進』，又曰：『服、進，行也。』『來許』，猶云後進。『昭哉來許』，猶上章『昭哉嗣服』也。」愚案：下章「不遐有佐」，韓釋《詩》與毛同。陳奐云：「韓以爲成王，則上文云『昭哉嗣服』、『昭兹來許』亦必指成王之世。蓋《詩》自作於周公，故三家釋《詩》每及成王也。」據此，則「來許」、「繩祖」指成王無疑。繩、慎聲轉義通。

受天之祜，四方來賀。於萬斯年，不遐有佐。【疏】傳：「遠夷來佐也。」箋：「武王受此萬年之壽，不遠有佐，言其輔佐之臣，亦宜蒙其餘福也。《書》曰：『公其以予萬億年。』亦君臣同福禄也。」○孔疏云：「《書敘》言：『武王既勝殷，西旅獻獒，巢伯來朝。』《魯語》曰：❶『武王克商，遂通道於九夷、八蠻，肅慎

❶「魯語」至「八蠻」十五字，原脱，據阮刻本《毛詩正義》、《國語》補。又「八」，《國語》作「百」。

來賀。』是遠夷來佐之事。」《韓詩外傳》五：「成王三年，越裳氏重九譯而至，獻白雉於周公，周公乃敬求其所以來。《詩》曰：『於萬斯年，不遐有佐。』」明韓、毛義同。

《下武》六章，章四句。

文王有聲【疏】毛序：「繼伐也。武王能廣文王之聲，卒其伐功也。」箋：「繼伐者，文王伐崇，而武王伐紂。」○三家無異義。

文王有聲，遹駿有聲。遹求厥寧，遹觀厥成。文王烝哉！【注】三家「遹」作「欥」。韓説曰：「烝，美也。」【疏】傳：「烝，君也。」箋：「遹，述；駿，大；求，終；觀，多也。文王有令聞之聲者，乃述行有令聞之聲之道所致也。所述者，謂大王、王季也。又述行終其安民之道，又述行多其成民之德。言周德之世益盛。君哉者，言其誠得人君之道。」○「三家『遹』作『欥』」者，《説文》「欥」下云：「詮詞也。《詩》：『欥求厥寧。』」陳喬樅云：「《廣雅·釋詁》：『欥，詞也。』《漢書》班固《幽通賦》『欥中龢爲庶幾兮』，顔注：『欥，古「聿」字。』據此，是『欥』爲正字，省作『曰』，同聲叚借用『聿』與『遹』。《釋文》『遹』下不言《韓詩》字異，則文與毛同可知。班用《齊詩》，是《説文》所引即據《齊詩》。詮詞者，承上文所發端，詮而釋之也。《淮南·詮言訓》高注：『詮，就也。』亦謂就其言而解之也。馬瑞辰云：『《爾雅》：「坎、律，銓也。」「坎」當即「欥」字形近之譌，「律」即「聿」也，「銓」即「詮」也，皆叚借字耳。』」「烝，美也」者，《釋文》引《韓詩》文。陳喬樅云：「傳訓『烝』爲『君』，君哉，亦美之詞也，訓義並通。」愚案：詩言文王有令聞之聲，非僅德被一方，實乃大有聲而澤及天下也。在文王之意，祇求庶民之安。至武王伐紂勝殷，始觀厥成功，《維清》篇所謂「迄用有成」也。文王之德美矣君哉。《禮・表記》鄭注：「君哉武王，美之也。」文義大同。

文王受命，有此武功。既伐于崇，作邑于豐。文王烝哉！【疏】箋：「武功，謂伐四國及崇之功也。作邑者，徙都于豐，以應天命。」○《史記・齊太公世家》：「周西伯政平，及斷虞、芮之訟，而詩人稱西伯受命曰文王。伐崇、密須、大夷，大作豐邑。」《白虎通・聖人》篇：「《詩》曰：『文王受命。』非聖不能受命。」以上魯説。《風俗通義》一引：「《詩》説『文王受命，有此武功』。」明魯、毛文同。《繁露・楚莊王》篇：「制爲應天改之，樂爲應人作之。彼之所受命者，必民之所同樂也。是故作樂者，必反天下之所始樂於己以爲本。文王之時，民樂其興師征伐也，故《武》。武者，伐也。《詩》云：『文王受命，有此武功。既伐於崇，作邑于豐。』樂之風也。周人德已洽天下，反本以爲樂，謂之《大武》，言民所始樂者武也云爾。故凡樂者，作之於終，而名之以始，重本之義也。」又《郊祭》篇：「文王受天命而王天下，先郊乃敢行事，而興師伐崇。其《詩》曰：『文王受命，有此武功。既伐于崇，作邑于豐。』」《鹽鐵論・復古》篇：「文王受命伐崇，作邑于豐。武王繼之，載尸以行，破商擒紂，遂成王業。故志大者遺小，用權者離俗。」以上齊説。陳奂云：❶「《説文》：『酆，文王所都，在京兆杜陵西南。』《左・昭四年傳》：『康有酆宮之朝。』《括地志》云：『鄠縣東三十五里有文王酆宮。』案：漢杜陵故城在今陝西西安府東南，而酆乃在杜陵之西南，其西漢鄠縣地。今西安府鄠縣東五

❶「陳奂云」三字，原脱，據陳奂《傳疏》補。

里有古酆城，澧水又在酆城東，酆宮在鄠縣東三十五里，疑即文王之辟雍也，去酆城三十里，在近郊內。」愚案：《白虎通》云：「文王受命，非聖不能受命。」足證所受之命，非受紂命爲西伯之謂矣。

築城伊減，【注】魯、韓「減」作「洫」，魯云：「城池。」韓云：「深池。」作豐伊匹，匪棘其欲，遹追來孝。【注】齊「棘」作「革」，「欲」作「猶」，「遹」作「聿」。王后烝哉！【疏】傳：「減，成溝也。匹，配也。后，君也。」箋：「方十里曰成；減，其溝也，廣、深各八尺。棘，急；來，勤也。文王受命而猶不自足，築豐邑之城，大小適與成偶，大於諸侯，小於天子之制。此非以急成從己之欲，欲廣都邑，乃述追王季勤孝之行，進其業也。變謚言『王后』者，非其盛事，不以義謚。」○「魯、韓『減』作『洫』，魯云『城池』」者，張衡《西京賦》「經城洫」，薛綜注：「洫，城池也。」衡治《魯詩》，明魯「減」作「洫」。「洫，云『深池』」者，《釋文》引《韓詩》文。陳壽祺云：「《門部》『閾』重文『⿵門洫』，云：『古文閾從洫。』《韓詩》『減』作『洫』，此其例也。」陳喬樅云：「馬瑞辰以毛傳『成溝』爲『城溝』之譌，非也。洫本成間之溝名，毛假『減』爲『洫』，故傳以『成溝』釋之。明築城鑿池，即仿成溝之制。馬執天子城方九里之數，以鄭言文王城方十里爲誤，近於固矣。」黃山云：「李富孫據《論語》『而盡力乎溝洫』，《夏本紀》作『致費於溝減』，及《河渠書》『洫』一作『減』，爲『減』與『洫』通之證，說固有據。《釋文》既言『字又作洫』，似毛本亦有作『洫』者，不專爲《韓詩》言也。然《說文》：『洫，成間溝也。』『減，疾流也。』《禮・禮運》『城郭溝池以爲固』，溝即是池，自當以『洫』爲正字，『減』爲借字。段玉裁亦云『從《韓詩》，則字義、聲韻皆合』，足知今文實勝古文。陸、孔釋毛，皆以『減』爲正字，誤矣。陳壽祺乃亦以《韓詩》作『洫』爲通段之例，其誤正同。」「齊『棘』作『革』，『欲』作『猶』，『遹』作『聿』」者，《禮・禮器》：「《詩》云：『匪革其猶，聿追來孝。』」鄭注：「革，急也。猶，道也。聿，述也。言文王之改作者，非必欲行己之道，乃追述先祖之業，來居此爲孝。」陳喬樅云：「革、棘、亟古通用。猶，古亦通『欲』。《小行人》『猶犯令者爲一書』，《大戴禮》作『欲』，是其證也。遹、聿古今字。《後漢·李固傳》亦作『聿追來孝』。」

王公伊濯，【注】韓說曰：「濯，美也。」維豐之垣。四方攸同，王后維翰。王后烝哉！【疏】傳：「濯，大；翰，幹也。」箋：「公，事也。文王述行大王、王季之王業，其事益大，作邑于豐，城之既成，又垣之立宮室，乃爲天下所同心而歸之。王后爲之幹者，正其政教，定其法度。」○「濯，美也」者，《釋文》引《韓詩》文。陳喬樅云：「韓以『濯』爲『美』者，美字從大，亦兼有『大』義也。」

豐水東注，維禹之績。四方攸同，皇王維辟。皇王烝哉！【疏】傳：「績，業；皇，大也。」箋：「績，功；辟，君也。昔堯時洪水，而豐水亦汎濫爲害，禹治之，使入渭，東注于河，禹之功也。文王、武王今得作邑於其旁地，爲天下所同心而歸，大王爲之君，乃由禹之功，故引美之。豐邑在豐水之西，鎬京在豐水之東。變『王后』言『大王』者，武王之事又益大。」○馬瑞辰云：「績，當爲『蹟』之叚借。九州皆經禹治，因稱禹迹，《左·襄四四年傳》『茫茫禹迹，畫爲九州』是也。《左·哀元年》『復禹之績』，《釋文》：『績，本一作「迹」。』此績、迹通用之證。此詩『維禹之績』及《商頌》『設都于禹之績』，『績』皆當讀爲『迹』。《說文》：『迹，步處也。或作「蹟」。』傳、箋並失之。」

鎬京辟廱，自西自東，【注】韓「西東」作「東西」。自南自北，無思不服。皇王烝哉！【疏】傳：「武王作邑於鎬京。」箋：「自，由也。武王於鎬京行辟廱之禮，自四方來觀者，皆感化其德，心無不歸服者。」〇《後漢・郡國志》：「京兆尹長安，鎬在上林苑中。」孟康云：「長安西南有鎬池。」引《古史考》：「武王遷鎬，長安豐亭鎬池也。」《水經・渭水》注：「鎬水上承鎬池於昆明池北，周武王之所都也。自漢武帝穿昆明池於是地，基構淪褫，今無可究。」陳奂云：「周時渭南豐水猶大，鎬京之水，西承豐水，則引豐水爲池，是謂之鎬池，又謂之鎬陂，又别之爲鎬水，皆豐水别流也。證以《説苑》所引《詩》，此『鎬京辟雍』即周立四郊之小學矣。」《説苑・修文》篇：「聖王修禮文，設庠序，陳鍾鼓，天子辟雍，諸侯頖宫，所以行德化也。《詩》云：『鎬京辟雍，自西自東，自南自北，無思不服。』此之謂也。」蔡邕《明堂月令論》：「《孝經》曰：『孝悌之至，通于神明，光于四海，無所不通。』《詩》云：『自西自東，自南自北，無思不服。』」言行孝者則曰明堂，行悌者則曰大學，故《孝經》合以爲一義，而稱鎬京之《詩》以明之。」趙岐《孟子章句》三：「《詩・大雅・文王有聲》之篇，言從四方來者，無思不服武王之德。」以上魯説。《大戴禮・曾子大孝》篇：「《詩》云：『自西自東，自南自北，無思不服。』」《禮・祭義》引《詩》文同。《鹽鐵論・繇役》篇：「文王底德而懷四夷。《詩》云：『鎬京辟雍，自西自東，自南自北，無思不服。』武王之伐殷也，執黄鉞，誓牧之野，天下之士，莫不願爲之用。」以上齊説。「韓『西東』作『東西』」者，《韓詩外傳》四：「《詩》曰：『自東自西，自南自北，無思不服。』如是，則近者歌謳之，遠者赴趨之，幽閒辟陋之國，莫不趨使而安樂之，若赤子之歸慈母者，何也？仁刑同「形」。義立，教誠愛深，禮樂交通故也。」首句「東」、「西」互易，卷五兩引《詩》亦然，是《韓詩》「西東」作「東西」。

考卜維王，宅是鎬京。維龜正之，【注】齊「維」作「惟」，「宅」作「度」。武王成之。武王烝哉！【疏】箋：「考，猶稽也。宅，居也。稽疑之法，必契灼龜而卜之。武王卜居是鎬京之地，龜則正之，謂得吉兆，武王遂居之，修三后之德，以伐紂定天下，成龜兆之占，功莫大於此。」〇「齊『維』作『惟』，『宅』作『度』」者，《禮・坊記》：「《詩》云：『考卜惟王，度是鎬京。惟龜正之，武王成之。』」鄭注：「度，謀也。鎬京，鎬宮也。言武王卜而謀居此鎬邑，龜則吉兆正之，武王築成之。」愚案：《尚書》古文作「宅」者，今文皆作「度」。《皇矣》「此惟與宅」，《論衡・初稟篇》引作「度」，亦今、古文之别也。

豐水有芑，武王豈不仕？詒厥孫謀，以燕翼子。【注】魯「詒」作「貽」。齊「仕」一作「事」，「燕」一作「宴」。武王烝哉！【疏】傳：「芑，草也。仕，事；燕，安；翼，敬也。」箋云：「詒，猶傳也。孫，順也。豐水猶以其潤澤生草，武王豈不以其功業爲事乎？以之爲事，故傳其所以順天下之謀，以安其敬事之子孫，謂使行之也。《書》曰：『厥考翼，其肯曰我有後，弗弃基。』上言『皇王』而變言『武王』者，皇，大也。始大其業，至武王伐紂成之，故言武王也。」〇「魯『詒』作『貽』」者，《列女・陳嬰母傳》引《詩》曰：「貽厥孫謀，以燕翼子。」明魯、毛文同，惟「詒」作「貽」。《禮・表記》：「《詩》曰：『豐水有芑，武王豈不仕？詒厥孫謀，以燕翼子。武王烝哉！』」鄭注：「芑，枸檵也。仕之言事也。詒，遺也。燕，安也。烝，君也。言武王豈不念天下之事乎？如豐水之有芑矣，乃遺其後世之子孫以善謀，而安翼其子也。君哉武王，美之也。」此齊、毛文同。「『仕』一作『事』，『燕』一作『宴』」者，《晏子春秋・内篇・諫下》引《詩》作「武王豈不事？詒厥孫謀，以宴翼子」。仕者，「事」之叚借。燕、宴古通用，《後漢・班彪傳》引亦作「宴」。宴，安也。《左・文三年傳》引《詩》「以燕翼子」，杜注：「翼，成也。」《表記》疏申鄭説云：「翼，助也。謂以王業保安翼助其子孫。」「翼助」即「翼成」之義。《班彪傳》彪上言曰：「昔成王之爲孺子，出則周公、召公、太史佚，入則太顛、閎夭、南宮括、散宜生，前後禮無違者，❶故成王一日即位，天下曠然太平。《詩》云：『詒厥孫謀，以宴翼子。』言武王之謀遺子孫也。」愚案：據《班彪傳》所引，知《晏子》引《詩》「仕」作「事」、「燕」作「宴」，確是《齊詩》「一作」本。班固《典引》云：「亦以寵靈文、武，貽燕後昆。」《彪傳》云云，可爲「孫」讀如字之證。即《典引》之「貽燕後昆」，亦以「後昆」代「子孫」也。《韓詩外傳》四：「文王立國七十一，姬姓獨居五十二。周之子孫，苟不狂惑，莫不爲天子顯諸侯。夫是之謂能愛其所愛矣。故惟明王能愛其所愛。《大雅》曰：『貽厥孫謀，以燕翼子。』」此所推及尤遠。

《文王有聲》八章，章五句。

《文王》之什十篇，六十六章，四百一十四句。

---

❶ 「前」上，《後漢書集解》卷三十上有「左右」二字。

詩三家義集疏卷二十二

長沙王先謙益吾著

生民之什弟二十二　詩大雅

生民【疏】毛序：「尊祖也。后稷生於姜嫄，文、武之功起於后稷，故推以配天焉。」○《史記·周本紀》：「后稷母有邰氏女，曰姜原。爲帝嚳元妃。姜原出野，見巨人迹，心忻然悦，欲踐之，踐之而身動如孕者。居期而生子，以爲不祥，弃之隘巷，馬牛過者皆避不踐。徙置之林中，適會山林多人，遷之。而弃渠中冰上，飛鳥以翼覆薦之。姜原以爲神，遂收養長之。初欲弃之，因名曰弃。弃爲兒時，仡如巨人之志。其游戲，好種樹麻、菽，麻、菽美。及爲成人，遂好耕農，相地之宜，宜穀者稼穡焉，民皆法則之。帝堯聞之，舉弃爲農師，天下得其利，有功。封弃於邰，號曰后稷，别爲姬氏。」《索隱》：「《詩·大雅·生民》篇所云，是其事也。」愚案：史遷所載，皆本《魯詩》。其爲帝嚳妃，乃雜采它傳記。齊、韓蓋同。

厥初生民，時維姜嫄。【注】魯「維」作「惟」。韓「嫄」作「原」，説曰：「姜，姓；原，字。」【疏】傳：「生民，本后稷也。姜，姓也。后稷之母，配高辛氏帝焉。」箋：「厥，其；初，始；時，是也。言周之始祖，其生之者，是姜嫄也。姜姓者，炎帝之後，有女名嫄，當堯之時，爲高辛氏之世妃。本后稷之初生，故謂之生民。」○《史記・三代世表》：「張夫子問褚先生曰：『《詩》言契、后稷皆無父而生，今案諸傳記，咸言有父，父皆黄帝子也，得無與《詩》謬乎？』褚先生曰：『不然。《詩》言契生于卵，后稷人迹，欲見其有天命精誠之意耳。鬼神不能自成，須人而生，奈何無父而生乎？一言有父，一言無父，信以傳信，疑以傳疑，故兩言之。《詩傳》曰：「湯之先爲契，無父而生。契母與姊妹浴于玄邱水，有燕銜卵墮之，契母得，故含之，誤吞之，即生契。契生而賢，堯立爲司徒，姓之曰子氏。子者兹，兹，益大也。詩人美而頌之曰：『殷社芒芒，天命玄鳥，降而生商。』商質，殷號也。文王之先爲后稷，稷亦無父而生。后稷母爲姜嫄，出見大人跡而履踐之，知於身，即生后稷。姜嫄以爲無父，賤而弃之道中，牛羊避不踐。抱之山中，山者養之。又捐之大澤，鳥覆席食之。姜嫄怪之，於是知其天子，乃取長之。堯知其賢才，立以爲大農，姓之曰姬氏。姬者，本也。詩人美而頌之曰：『厥初生民。』深修益成，而道后稷之始也。」』」陳喬樅云：「《漢書・儒林傳》『沛褚少孫事王式，爲博士，《魯詩》有褚氏之學』，《世表》後所引《詩傳》乃《魯詩傳》。又《儒林傳》『山陽張長安幼君先事式，論石渠，至淮陽中尉。其兄子即以《詩》授元帝之張游卿也』，《世表》『張夫子』，其幼君與？」愚案：孔疏引許氏《五經異義》「《詩》齊、魯、韓説：聖人皆無父，感天而生」，褚雖引《詩傳》，而意駁之。毛謂「姜嫄配高辛氏帝」，本未明著爲帝嚳，鄭疑帝嚳不當與堯並在天子之位，見孔疏引《鄭志》。易爲「高辛氏之世妃」，亦不能定爲何世，要皆以姜嫄有夫，后稷即有父也。然觀褚引《詩傳》堯已躬立棄爲大農，與《周本紀》堯舉棄爲農師合，則以弟臣兄，不害同爲帝嚳之子，原無帝嚳與堯並在位之嫌。姜嫄雖帝嚳妃，棄雖帝嚳子，而棄之生實感神迹，不由其父，則三家謂聖人無父，正以始生之靈蹟已暴於天下，特存其真，不爲過也。「魯『維』作『惟』」者，王逸《楚詞章句序》：「《詩》：『厥初生民，時惟姜嫄。』」明魯作「惟」。「姜，姓；原，字」者，《史記・周本紀》注引《韓詩章句》文。嫄、原字通作。

生民如何？克禋克祀，以弗無子。【注】三家「弗」作「祓」。【疏】傳：「禋，敬；弗，去也。去無子，求有子。古者必立郊禖焉，玄鳥至之日，以太牢祠于郊禖，天子親往，后妃率九嬪御。乃禮天子所御，帶以弓韣，授以弓矢，于郊禖之前。」箋：「克，能也。弗之言祓也。姜嫄之生后稷如何乎？乃禋祀上帝於郊禖，以祓除其無子之疾，而得其福也。能者，言齊肅當神明意也。二王之後，得用天子之禮。」○「三家『弗』作『祓』」者，《御覽》五百二十九載《鄭記》王權引《生民》詩作「克禋克祀，以祓無子」。陳喬樅云：「此三家之今文。《毛詩》『弗』字乃『祓』之假借。」愚案：「以祓無子」，當即《周禮・女巫》「祓除」所由昉。《鄭風・溱洧》篇，《韓詩》以爲「上巳祓除」，亦此類也。鄭箋以「祓」釋「弗」，正據三家改毛。生民本於姜嫄，周又特爲立廟。棄生不由其父，與契無異。但《詩》言「以祓無子」，固婦之事，非女之事明矣，故《史記・本紀》、《漢書・人表》、《吴越春秋》及《大戴》、《世本》諸書，皆仍著姜嫄爲帝嚳妃生棄，其説亦必出於三家。母既爲帝嚳妃，則棄終爲帝嚳子，故《禮・祭法》仍有「周人禘嚳而郊稷」之文也。而劉向《列女傳》乃不著姜嫄之夫，張華遂謂爲思女不夫而孕，可謂傎矣。《説文》：「禋，潔祀也。一曰：精意以享爲禋。」「祀，祭無已也。」「祓，除惡祭也。」潔祀，蓋即《續漢書》「三月上巳，宫人皆洗濯祓除，爲大絜」之義。「克禋克祀」，亦即大絜後之祭祀，巫所掌宫人皆得自行之。毛傳必援秦令説《詩》，又改「高禖」爲「郊禖」，謂姜嫄從帝郊見於天，以便其改「履帝武」爲踐高辛帝之迹，斯則創解不經矣。鄭既不信「帝」爲高辛之帝，猶據從祀高禖爲說。率九嬪以從帝祭，嚴事也，乃獨往履大神迹耶？履帝武敏，【注】魯説曰：「履帝武敏，武，迹也。敏，拇也。」歆攸介攸止。載震載夙，載生載育，時維后稷。【疏】傳：「履，踐也。帝，高辛氏之帝也。武，迹；敏，疾也。從於帝而見於天，將事齊敏也。歆，饗；介，大也。止，福祿所止也。震，動；夙，早；育，長也。后稷播百穀以利民。」箋：「帝，上帝也。敏，拇也。介，左右也。夙之言肅也。祀郊禖之時，時則有大神之迹，姜嫄履之，足不能滿，履其拇指之處，心體歆歆然，其左右所止住，如有人道感己者也，於是遂有身，而肅戒不復御，後則生子而養，長名之曰弃，舜臣堯而舉之，是爲后稷。」〇「履帝」至「拇也」，《釋訓》文。《爾雅》釋文云：「敏，舍人本作『畝』，舍人注：『古者姜嫄履天帝之迹於畎畝之中，而生后稷。』」孔疏引孫炎注：「拇，迹大指處。」王逸《楚詞章句》一：「武，迹也。《詩》曰：『履帝武敏歆。』」是魯讀又於「歆」字斷句。《白虎通·姓名》篇：「周姓姬氏，祖以履大人迹生也。」此皆魯說。《繁露·三代改制質文》篇：「后稷母姜嫄，履天之迹而生后稷。后稷長於邰土，播田五穀。」此齊說。愚案：聖人之生，宜有異迹。詩本周公所作，述其祖事神異，不以爲非。毛何所嫌疑，而矯枉過正如此？《爾雅》之不用《毛詩》，此尤其明證也。

誕彌厥月，【注】韓說曰：「誕，信也。」先生如達。【疏】傳：「誕，大；彌，終；達，生也。姜嫄之子先生者也。」箋：「達，羊子也。大矣后稷之在其母，終人道十月而生。生如達之生，言易也。」〇「誕，信也」者，《文選》陸雲《大將軍讌會詩》李注引《韓詩》文。陳喬樅云：「《說文》：『誕，詞誕也。』『誕』訓『大言』，故又引伸爲『虛詐』之義。《廣雅·釋詁》：『誕，信也。』此用《韓詩》義。『誕』既訓『詐』，又得訓『信』，猶以『亂』爲『治』、『徂』爲『存』，皆詁訓之義有反覆旁通，美惡不嫌同名也。」不拆不副，無菑無害。【疏】傳：「言易也。凡人在母母則病，生則拆副菑害其母，横逆人道。」○《論衡·奇怪》篇：「《詩》曰：『不拆不副』，是生后稷。』說者又曰：禹、卨逆生，闓母背而出。后稷順生，不拆不副，不感動母體，故曰『不拆不副』。如實論之，彼《詩》言『不拆不副』，言其『不感動母體』，可也。言其『闓母背而出』，妄也。」陶元淳云：「兒在母腹，胞衣裹之。生時衣先破，兒體手足少舒，故生之難。惟羊子之生，胞仍完具，墮地而後母爲破之，故其生易。后稷生時蓋藏於胞中，形體未露，如羊子之生，故言『如達』。」馬瑞辰云：「陶說是。『不拆不副』，謂其胞衣不拆裂也。」以赫厥靈，上帝不寧。不康禋祀，居然生子。【疏】傳：「赫，顯也。不寧，寧也。不康，康也。」箋：「康、寧，皆安也。姜嫄以赫然顯著之徵，其有神靈審矣，此乃天帝之氣也，心猶不安之，又不安徒以禋祀而無人道，居默然自生子，懼時人不信也。」○陳奂云：「不，皆發聲。居，猶其也。然，猶是也。此承上章，言姜嫄克禋祀上帝，而上帝亦將安樂其禋祀。其然生子，謂生后稷也。」黄山云：「此申述生子之非常理，以著下章誕寘之由也。箋易傳，於『不寧』、『不康』皆釋爲『不安』，亦必本之三家。但謂『禋祀』即前之『克禋克祀』，則以前文既爲禋祀上帝，不得數舉，遂爲『又不安』之說，致辭窮而意轉窒。今案：《列女傳》言『姜嫄履巨人迹，歸而有娠，浸以益大，心怪惡之，卜筮禋祀，以求無子，終生子，以爲不祥而棄之』云云，正此詩四句之義。蓋姜嫄因赫然有娠，顯示以靈怪之徵，意上帝以己踐其迹不安而降之罰，故曰『以赫厥靈，上帝不寧』也。己意亦因之不安，而禋祀以求解，本求無子，而終生子，故曰『不康禋祀，居然生子』也。前之潔祀，求祓無子之疾。後之潔祀，求獲無子之庇。至居然生子，以爲不祥而棄之。三家之説大同，傳、箋乃謂故棄之以顯其異，斯不然矣。」

誕寘之隘巷，牛羊腓字之。誕寘之平林，會伐平林。誕寘之寒冰，鳥覆翼之。鳥乃去矣，后稷呱矣。實覃實訏，厥聲載路。【疏】傳：「誕，大；寘，置；腓，辟；字，愛也。天生后稷，異之於人，欲以顯其靈也。帝不順天，是不明也，故承天意而異之於天下。牛羊而辟人者，理也。置之平林，又爲人所收取之。大鳥來，一翼覆之，一翼藉之。人而收取之，又其理也，故置之於寒冰。於是知有天異，往取之矣，后稷呱呱然而泣。覃，長；訏，大；路，大也。」箋：「天異之，故姜嫄置后稷於牛羊之徑，亦所以異之。實之言是也。覃，謂始能坐也。訏，謂張口嗚呼也。是時聲音則已大矣。」〇《史記》引，已見上。《論衡·吉驗篇》：「后稷之時，履大人跡。或言衣帝嚳之服，坐息帝嚳之處，妊身。怪而弃之隘巷，牛馬不敢踐之。寘之冰上，鳥以翼覆之，慶集其身。母知其神怪，乃收養之。長大佐堯，位至司馬。夫后稷不當弃，故牛馬不踐，鳥以羽翼覆愛其身。」《楚詞·天問》：「稷惟元子，帝何篤之？投之於冰上，鳥何燠之？」王逸《章句》曰：「帝，謂天帝也。言后稷之母姜嫄出，見大人迹，怪而履之，遂有娠而生后稷，姜嫄以后稷無父而生，弃之於冰上，有鳥以翼覆薦温之，以爲神，乃取而養之。《詩》曰：『誕寘之寒冰，鳥覆翼之。』」以上魯説。趙曄《吴越春秋》一：❶「后稷其母，邰氏之女姜嫄，爲帝嚳元妃。年少未孕，出游於野，見大人迹而觀之，中

---

❶「曄」，原作「煜」，係避清聖祖康熙諱改字，今回改。下同。

心歡然，喜其形像，因履而踐之，身動意若爲人所感，後妊娠，恐被淫佚之禍，遂祭祀以求謂無子。履天帝之跡，天猶令有之。姜嫄怪而棄于阨狹之巷，牛馬過者辟易而避之。復棄於林中，適會伐木之人多。復置於澤中冰上，衆鳥以羽覆之，后稷遂得不死。姜嫄以爲神，收而養之，長因名棄。」趙從杜撫受《韓詩》，見《後漢·儒林傳》。曹植《仲雍哀辭》曰：「昔后稷之在寒冰，鬬穀之在楚澤，咸依鳥馮虎，而無風塵之災。」以上韓説。愚案：《周本紀》云：「適會山林多人，遷之，而棄渠中冰上。」《吴越春秋》言：「會伐木之人多，復置于澤中冰上。」最得經旨。傳言「置之平林，爲人所收取」，誤也。

誕實匍匐，克岐克嶷，【注】魯「嶷」作「㘈」。以就口食。【疏】傳：「岐，知意也。嶷，識也。」箋：「能匍匐則岐岐然意有所知也，其貌嶷嶷然有所識别也，以此至於能就衆人口自食，謂六七歲時。」〇「魯『嶷』作『㘈』」者，《釋文》：「嶷，《説文》作『㘈』。」《説文》「㘈」下云：「小兒有知也。從口，疑聲。《詩》曰：『克岐克㘈。』」陳喬樅云：「《淮南·原道訓》『扶摇抮抱羊角而上』，高注：『抱，讀《詩》「克岐克嶷」之「嶷」。』又《本經訓》『菱杼紾抱』，高注：『抱，讀「岐㘈」之「㘈」。』據此，是『岐㘈』之『㘈』《魯詩》正作口旁疑，與《説文》所引《詩》合。《原道訓》注作『嶷』，此後人順毛改之，非高注之舊文也。」馬瑞辰云：「就之言求也。《釋詁》『求』、『就』並訓爲『終』，是就、求同義之證。《論語》『就有道而正焉』，即求有道而正之也。『以就口食』，猶《易·頤》『自求口食』，《春秋元命苞》所云『岐頤自求』也。正義釋箋，謂『能就人之口取食』，失之。」蓺之荏菽，荏菽斾斾。禾役穟穟，【注】韓「荏」作「戎」。三家「役」作「穎」。麻麥幪幪，瓜瓞唪唪。【注】三家「唪」作「菶」。【疏】傳：「荏菽，戎菽也。斾斾然長也。役，列也。穟穟，苗美好也。幪幪然茂盛也。唪唪然多實也。」箋：「蓺，樹也。戎菽，大豆也。就口食之時，則有種殖之志，言天性也。」○上文所引《史記》，言后稷「其游戲，好種樹麻、菽，麻、菽美」，此詩是也。《吴越春秋》：「后稷爲兒時，好種樹禾、麥、桑、麻五穀，相五土之宜，青、赤、黄、黑，陵水高下，粢、稷、黍、禾、蕖、麥、豆、稻，各得其理。堯遭洪水，人民泛濫，逐高而居。堯聘棄，使教民山居，隨地造區，研營種之術。三年餘，行人無飢乏之色。乃拜棄爲農師，封之台，號爲后稷，姓姬氏。」此韓説。「韓『荏』作『戎』」者，《太宰》賈疏：「《生民》詩云：『蓺之戎菽。』戎菽，大豆，后稷之所殖。」陳喬樅云：「賈疏所引，直作『戎菽』，當爲《韓詩》之異文。《釋詁》『戎』、『壬』並訓爲『大』，壬、任古通，戎、荏一聲之轉。」「三家『役』作『穎』」者，《説文》「穎」下云：「禾末也。❶從禾，頃聲。《詩》曰：『禾穎穟穟。』」「穟」下云：「禾采之貌。從禾，遂聲。《詩》曰：『禾穎穟穟。』」兩引《詩》皆作「穎」。段注：「古音支、清二部互轉。役在支部，即穎之入聲，蓋爲叚借字。許此句用三家《詩》，若『如鳥斯翺』爲正字，毛作『革』爲叚借字也。」「三家『唪』作『菶』」者，馬瑞辰云：「唪唪，即『菶菶』之叚借。《説文》：『玤，讀若《詩》曰：「瓜瓞菶菶。」』又『唪，讀若《詩》：「瓜瓞菶菶。」』皆用本字，本三家《詩》。菶菶，猶旆旆、幪幪，皆盛貌也。《説文》：『菶，草盛。』《通俗文》：『草盛曰菶。』瓜盛與草盛同義，故亦曰菶菶。《廣雅》芾芾、菶菶、幪幪並訓爲茂，其義亦本三家《詩》。」芾芾，即旆旆也。

誕后稷之穡，有相之道。茀厥豐草，【注】韓「茀」作「拂」，説曰：「拂，弗也。」種之黄茂。實方

---

❶「末」，原作「采」，據陳刻《説文》、《説文注》、楊刻《説文義證》、祁刻《説文繫傳》改。

實苞，實種實褎，實發實秀，實堅實好，實穎實栗，即有邰家室。【注】魯、韓「邰」作「台」，齊作「斄」。【疏】傳：「相，助也。茀，治也。黄，嘉穀也。茂，美也。方，極畝也。苞，本也。種，雜種也。褎，長也。發，盡發也。不榮而實曰秀。穎，垂穎也。栗，其實栗栗然。邰，姜嫄之國也。堯見天因邰而生后稷，故國后稷於邰，命使事天，以顯神順天命耳。」箋：「大矣后稷之掌稼穡，有見助之道，謂若神助之力也。豐、苞，亦茂也。方，齊等也。種，生不雜也。褎，枝葉長也。發，發管時也。栗，成就也。后稷教民除治茂草，使種黍稷，黍稷生則茂好，孰則大成，以此成功。堯改封於邰，就其成國之家室，無變更也。」○「『茀』作『拂』，拂，弗也」者，《釋文》引《韓詩》文。《釋詁》：「弗，治也。」郭注：「見《詩》、《書》。」邢疏即引此詩，云：「弗、茀音義同。」是《魯詩》本作「弗」，訓「治」，毛借義，韓借字也。《廣雅·釋詁》：「拂，除也，拔也。」治草非僅拔除，故韓亦不用本義。《吕覽·任地》篇高注：「《詩》云：『實發實秀，實堅實好。』」又《辨士》篇注：「《詩》云：『實穎實栗，有邰家室。』」明魯、毛文同，惟無「即」字。《説文》、《史記·周本紀》索隱、《水經·渭水》注引亦無「即」字。《白虎通·京師》篇：❶「后稷封於台，公劉去台之邠。《詩》云：『即有台家室。』又云：『篤公劉，于邠斯觀。』周家五遷，其義一也，皆欲成其道也。」陳喬樅云：「今本《白虎通》『有台』仍同《毛詩》作『邰』，據王氏《詩攷》引作『台』，知宋時本尚未訛也。《吴越春秋》云：『后稷其母，有台氏之女。』則魯、韓《詩》本作『台』字。諸所引作『邰』者，皆後人傳寫爲加邑旁耳。」《漢書·地理志》：「右扶風斄，周后稷所

❶「虎」，原作「虛」，據續經解本《魯詩遺説攷》十六、《白虎通疏證》改。

封。」顔注：「穈，讀與『郜』同。」是齊作「穈」。

誕降嘉種，維秬維秠，維穈維芑。【注】三家「種」作「穀」，「維」作「惟」。魯「穈」作「虋」，説曰：「虋，赤苗。芑，白苗。秬，黑黍。秠，一稃二米。」恒之秬秠，是獲是畝。恒之穈芑，是任是負，以歸肇祀。【疏】傳：「天降嘉種。秬，黑黍也。秠，一稃二米也。穈，赤苗也。芑，白苗也。恒，徧；肇，始也。始歸郊祀也。」箋：「天應堯之顯后稷，故爲之下嘉種。任，猶抱也。肇，郊之神位也。后稷以天爲己下此四穀之故，則徧種之，成熟則穫而畝計之，抱負以歸，於郊祀天。得祀天者，二王之後也。」○「三家」至「作惟」者，《説文》「秠」下引《詩》作「誕降嘉穀，惟秬惟秠」。「虋赤」至「二米」，《釋草》文。郭注：「《詩》曰：『惟秬惟秠。』」陳喬樅云：「《毛詩》『虋』字作『穈』，與《爾雅》異，知此爲《魯詩》之文。盧文弨曰：『《毛詩》釋文：「穈，《爾雅》作『亹』，郭亡偉反，赤粱粟也。」案：《爾雅》釋文作亡津反，「偉」字疑誤。虋、亹古通。』」

誕我祀如何？或舂或揄，【注】三家「揄」作「舀」。或簸或蹂。釋之叟叟，烝之浮浮。【注】魯「釋」作「淅」，「叟」作「溞」，「浮」作「烰」。【疏】傳：「揄，抒臼也。或簸糠者，或蹂米者。釋，淅米也。叟叟，聲也。浮浮，氣也。」箋：「蹂之言潤也。大矣我后稷之祀天如何乎？美而將説其事也。舂而抒出之，簸之，又潤濕之，將復舂之，趣於鑿也。釋之烝之，以爲酒及簠簋之實。」○《説文》「舀」下云：「舀，抒臼也。從爪，臼聲。《詩》曰：『或簸或舀。』抭，或從手、穴。𦥷，或從臼、穴。」陳喬樅云：「揄者，『舀』之叚借字。《有司徹》鄭注引《詩》『或舂或抭』。《周官》『女舂抭』，注引《詩》同。鄭注《禮》多用《齊詩》。《説文》『舀』下兼收

「抭」、「𦥔」二形，即三家之異文。作「抭」者爲《齊詩》，則「舀」與「𦥔」其魯、韓之《詩》與？❶「或舂」許引作「或簸」，蓋傳寫之誤。」「魯『釋』作『淅』，『叟』作『溞』，『浮』作『烰』」者，《釋訓》：「溞溞，釋也。烰烰，烝也。」孔疏引：「樊光注：《詩》云：『淅之溞溞，烝之烰烰。』」孫炎注：『溞溞，淅之聲。烰烰，炊之氣。』」陳喬樅云：「《爾雅》正義：『溞，郭蘇刀反，《詩》云：「淅之溞溞。」』據此，知《爾雅》舊注引《詩》如此，故《釋文》載其說。毛作『釋之叟叟』，並古文叚借字。烰，毛作『浮』，《釋文》云：『《爾雅》、《說文》並作「烰」，烝也。』『浮』亦『烰』之叚借。《說文》引與《爾雅》文同，從《魯詩》也。」載謀載惟，取蕭祭脂。取羝以軷，載燔載烈，以興嗣歲。【疏】傳：「嘗之日，涖卜來歲之芟；獮之日，涖卜來歲之戒；社之日，涖卜來歲之稼。所以興來而繼往也。穀熟而謀，陳祭而卜矣，取蕭合黍稷，臭達牆屋，先奠而後爇蕭，合馨香也。羝羊，牡羊也。軷，道祭也。傳火曰燔，貫之加於火曰烈。興來歲、繼往歲也。」箋：「惟，思也。烈之言爛也。后稷既爲郊祀之酒及其米，則諏謀其日，思念其禮。至其時，取蕭草與祭牲之脂，爇之於行神之位，馨香既聞，取羝羊之體以祭神，又燔烈其肉爲尸羞焉。自此而往郊。嗣歲，今新歲也。以先歲之物齊敬犯軷而祀天者，將求新歲之豐年也。孟春之《月令》曰：『乃擇元日，祈穀于上帝。』」○《禮・郊特牲》鄭注：「蕭，薌蒿也。染以脂，合黍稷燒之。《詩》曰：『取蕭祭脂。』」此《齊詩》文，義與毛同。

卬盛于豆，于豆于登，其香始升。上帝居歆，胡臭亶時。后稷肇祀，【注】齊「肇」作「兆」。

❶ 「𦥔」，原作「抭」，據續經解本《魯詩遺說攷》十六改。

庶無罪悔，以迄于今。【疏】傳：「卬，我也。木曰豆，瓦曰登。豆，薦葅醢也。登，大羹也。迄，至也。」箋：「胡之言何也。亶，誠也。我后稷盛葅醢之屬，當于豆者于登者，其馨香始上行，上帝則安而歆享之，何芳臭之誠得其時乎？美之也。祀天用瓦豆，陶器質也。庶，衆也。后稷肇祀上帝於郊，而天下衆民咸得其所，無有罪過也。子孫蒙其福，以至於今，故推以配天焉。」〇《釋器》：「木豆謂之豆，瓦豆謂之登。」此魯義也。「卬盛」句，統言之。「齊『肇』作『兆』」者，《禮·表記》：「《詩》云：『后稷兆祀，庶無罪悔，以迄于今。』」鄭注：「兆，郊之祭處也。迄，至也。言祀后稷于郊以配天，庶以其無罪悔乎？福禄傳世，以至于今。」此用齊説。陳喬樅云：「上文『以歸肇祀』，鄭讀肇爲兆，是據《齊詩》易毛。《商頌》『肇域彼四海』，箋云：『肇，當作「兆」。』此不言者，文略耳。《小宗伯》『兆五帝于四郊』，注云：『兆，爲壇之營域。』《説文》作『垗』，段注：『今《周禮》作「兆」，許作「垗」，蓋故書、今書之不同也。』又《尚書大傳》「兆十有二州」，古文《堯典》作「肇」，此古文假借之證。』《禮·郊特牲》正義引《韓詩》説曰：『三王各正其郊。』案：《毛詩》釋文不言韓氏字異，然據《表記》、《商頌》箋讀肇爲兆，知三家今文『肇』皆作『兆』。」馬瑞辰云：「《廣雅·釋詁》：『胡，大也。時，善也。』胡臭，謂芳臭之大，猶《士冠禮》『永受胡福』謂大福也，《載芟》詩『胡考』猶云大考也。《釋邱》：『方邱，胡邱。』方與胡皆大也。『胡臭亶時』，與《士冠禮》『嘉薦亶時』句法相似，亶時猶云誠善也。箋説失之。」

《生民》八章，四章章十句，四章章八句。

行葦【疏】毛序：「忠厚也。周家忠厚，仁及草木，故能内睦九族，外尊事黄耇，養老乞言，以成其福禄焉。」箋：「九族，自己上至高祖、下至玄孫之親也。黄，黄髮也。耇，凍梨也。乞言，從求善言可以爲政者，敦史受之。」○案：《列女・晉弓工妻傳》：「弓工妻謁於平公，曰：『君聞昔者公劉之行，羊牛踐葭葦，惻然爲民痛之，恩及草木，仁著於天下。』」《潛夫論・德化》篇：「《詩》云：『敦彼行葦，牛羊勿踐履。方苞方體，惟葉柅柅。』公劉厚德，恩及草木，牛羊六畜。仁不忍踐履生草，則又況於民萌而有不化者乎？」又《邊議》篇：「公劉仁德，廣被行葦，況含血之人，己同類乎？」以上魯説。班彪《北征賦》：「慕公劉之遺德，及行葦之不傷。」此齊説。《吴越春秋》：「公劉慈仁，行不履生草，運車以避葭葦。」此韓説。明三家同以此爲公劉之詩。《後漢・寇榮傳》：「公劉敦行葦，世稱其仁。」《蜀志・彭羕傳》：「體公劉之德，行勿踐之惠。」據諸説，足證漢人舊義大同。蓋公劉舉射饗之禮，出行有此故事，詩人美之，因以名篇。毛序删之，特以示異於衆。

敦彼行葦，牛羊勿踐履。方苞方體，維葉泥泥。【注】魯「維」作「惟」，「泥」作「柅」，韓作「苨」。

【疏】傳：「敦，聚貌。行，道也。葉初生泥泥。」箋：「苞，茂也。體，成形也。敦敦然道傍之葦，牧牛羊者毋使躐履折傷之。草物方茂盛，以其終將爲人用，故周之先王爲此愛之，況於人乎？」○馬瑞辰云：「葦，叢生之物，故傳以『敦』爲『聚貌』，❶讀如『團聚』之『團』。敦、團聲相近。郭彼，形容之詞，猶依彼、鬱彼之比，故箋

❶「傳」，原脱，據馬瑞辰《通釋》補。

以『敦敦然』釋之。❶ 敦敦，猶團團也。」愚案：馬説是。寇榮云「敦行葦」，引見上。敦之言厚也。仁及草木，故曰厚於行葦。此望文而爲之説，亦備一解。「魯『維』作『惟』，『泥』作『柅』」者，陳喬樅云：「今文作『惟葉柅柅』，石經《魯詩》可證。柅柅，《潛夫論》作『楃楃』，盧氏文弨以『楃』字是『柅』字之譌，良塙。」「韓作『苨』」者，《詩》釋文云：「張揖作『苨苨』，云：『草盛也。』」愚案：《廣雅·釋訓》：「苨苨，茂也。」《釋文》即本此。張兼采魯、韓義，魯作「柅柅」，明「苨苨」是韓之異文。

戚戚兄弟，莫遠具爾。或肆之筵，或授之几。【疏】傳：「戚戚，内相親也。肆，陳也。或陳設筵者，或授几者。」箋：「莫，無也。具，猶俱也。爾，謂進之也。王與族人燕，兄弟之親，無遠無近，俱揖而進之，年稚者爲設筵而已，老者加之以几。」○曹植《求通親親表》：「常有戚戚具爾之心。」用韓經文，明與毛同。

肆筵設席，授几有緝御。或獻或酢，洗爵奠斝。【疏】傳：「設席，重席也。緝御，踧踖之容也。斝，爵也。夏曰醆，殷曰斝，周曰爵。」箋：「緝，猶續也。御，侍也。兄弟之老者，既爲設重席授几，又有相續代而侍者，謂敦史也。進酒於客曰獻，客答之曰酢，主人又洗爵醻客，客受而奠之，不舉也。用殷爵者，尊兄弟也。」○《楚詞·招魂》王逸《章句》：「筵，席也。《詩》曰：『肆筵設席。』」「席」誤「機」，陳喬樅據下文改。此魯説。《禮·明堂位》鄭注：「斝，畫禾稼也。《詩》曰：『洗爵奠斝。』」此齊説。

---

❶「箋」，原作「傳」，據馬瑞辰《通釋》改。

醓醢以薦，或燔或炙。嘉殽脾臄，【注】韓説云：「臄，口上阿也。」或歌或咢。【疏】傳：「以肉曰醓醢。臄，函也。歌者，比於琴瑟也。徒擊鼓曰咢。」箋：「薦之禮，韭菹則醓醢也。燔用肉，炙用肝，以脾函爲加，故謂之嘉。」○孔疏引：「《釋器》云：『肉謂之醢。』李巡曰：『以肉作醬曰醢。』《天官・醢人》注：『醓，肉汁也。』蓋用肉爲醢，特有多汁，故以醓爲名。其無汁者，自以所用之肉魚雁之屬爲之名也。」又云：「醢，所以擩菹。禮，籩豆偶，有醢必有菹，故云『韭菹則醓醢』。」「韓説云『臄，口上阿也』」者，《玉篇・肉部》：「臄，口上阿也。《詩》曰：『嘉肴脾臄』。」「肴」不作「殽」，又與毛「臄，函也」義異，知野王所引據《韓詩》也。《詩》釋文亦引《通俗文》「口上曰臄，口下曰函」，所以糾正毛傳，與《玉篇》訓合。《釋文》又云：「毛云：『徒歌曰咢。』《爾雅》云：『徒擊鼓謂之咢。徒歌謂之謡。』」亦主糾毛。孔疏謂：「王肅述毛作『徒擊鼓』。今定本、《集注》作『徒歌』者，誤。」案：肅祖毛，多陰正其誤，如《皇矣》篇毛作「維此王季」，肅述毛，亦據《左傳》改「王季」爲「文王」，是其證。此傳《釋文》、定本、《集注》皆作「徒歌」，知亦傳説本異，而肅陰據《釋樂》文改之，孔遂因而從之耳。今《釋樂》「徒擊鼓謂之咢」，孫炎云：「聲驚咢也。」此自魯訓如此。郭注引《詩》「或歌」可也，亦《魯詩》文。

敦弓既堅，四鍭既鈞，舍矢既均，序賓以賢。【疏】傳：「敦弓，畫弓也。天子敦弓。鍭矢參亭，已均中蓺。序賓以賢，言賓客次序皆賢。孔子射於矍相之圃，觀者如堵牆。射至於司馬，使子路執弓矢出延射，曰：『奔軍之將，亡國之大夫，與爲人後者，不入，其餘皆入。』蓋去者半，入者半。又使公罔之裘、序點揚觶而語，公罔之裘揚觶而語曰：『幼壯孝弟，耆耋好禮，不從流俗，修身以俟死者不？在此位。』蓋去者半，處者半。序點又揚觶而語曰：『好學不倦，好禮不變，耄勤稱道不亂者不？❶在此位也。』蓋僅有存焉。」箋：「舍之言釋也。蓺，質也。周之先王將養老，先與羣臣行射禮，以擇其可與者以爲賓。序賓以賢，謂以射中多少爲次第。」○《列女·晉弓工妻傳》：「射之道，左手如拒，右手如附枝。右手發之，左手不知。《詩》曰：『敦弓既堅，舍矢既鈞。』言射有法也。」案：此魯説。據文義，當弓、矢並引，節去「四鍭」句。「均」作「鈞」，以聲同誤也。箋以「牛羊勿踐」爲周先王愛物之仁，蓋因毛序不指公劉，故渾言之。此養老亦主周先王説，是鄭意仍指公劉。下言「曾孫」，乃因傳意而推及成王耳。

敦弓既句，【注】魯作「彫弓既彀」。既挾四鍭。四鍭如樹，序賓以不侮。【疏】傳：「天子之弓，合九而成規。『如樹』，言皆中也。『不侮』，言其皆有賢才也。」箋：「射禮，搢三挾一个，言已挾四鍭，則已徧釋之。不侮者，敬也。其人敬於禮，則射多中。」○「魯作『彫弓既彀』」者，孔疏云：「《説文》：『彀，張弓也。』《二京賦》曰：『彫弓既彀。』『彀』與『句』字雖異，音義同。」愚案：今《説文》：「彀，張弩也。」《東京賦》：「彫弓斯彀。」文皆稍異。張衡治《魯詩》，亦用魯文也。「敦」作「彫」，與《列女傳》引「敦弓既堅」異。陳喬樅云：「《廣韻》：『弴弓，天子弓也。又作「敦」。』毛古文，借用『敦』字。三家今文，皆當作『弴』與『彫』。」然則《列女傳》「敦」字，殆後人順毛改之耳。馬瑞辰云：「彫弓蓋以五采畫之，故又曰繡弓。《考工記》『五采備謂

❶「耄」，原作「耋」，據明世德堂本《毛詩》、阮刻本《毛詩正義》改。又「耄勤」，阮刻本《禮記正義·射義》作「旄期」。

之繡』，《春秋·定八年》公羊傳『弓繡質』是也。」

曾孫維主，酒醴維醹。酌以大斗，以祈黄耇。【疏】傳：「曾孫，成王也。醹，厚也。大斗，長三尺也。祈，報也。」箋：「祈，告也。今我成王承先王之法度爲主人，亦既序賓矣，有醇厚之酒醴，以大斗酌而嘗之而美，故以告黄耇之人，徵而養之也。《飲酒之禮》曰：『告於先生君子，可也。』」〇三家以此篇爲公劉之詩。「篤公劉」箋：「公劉，后稷之曾孫。」《釋文》：「斗，又作『枓』，都口反。徐又音主。三尺，謂大斗之柄也。」馬瑞辰云：「斗與枓異物。《説文》：『斗，十升也。』『枓，勺也。』『勺，所以挹取也。』此詩『大斗』及《小雅》『維北有斗』，皆『枓』之消借。《考工記》：『梓人爲飲器，勺一升。』正義引《漢禮器制度》『勺五升，徑六寸，長三尺』，蓋專指大斗言之。」

黄耇台背，【注】魯「台」作「鮐」，説曰：「鮐背、耇、老，壽也。」以引以翼。壽考維祺，以介景福。【疏】傳：「台背，大老也。引，長；翼，敬也。祺，吉也。」箋：「台之言鮐也，大老則背有鮐文。既告老人，及其來也，以禮引之，以禮翼之。在前曰引，在旁曰翼。介，助也。養老人而得吉，所以助大福也。」〇張衡《南都賦》「鮐背之叟」，明魯「台」作「鮐」。「鮐背、耇、老，壽也」者，《釋詁》文。孔疏引舍人曰：「鮐背，老人氣衰，皮膚消瘠，❶背若鮐魚也。」《左·僖二十二年》疏引云：「耇，覯也。血氣精華覯竭，言色赤黑如狗矣。」孫炎曰：「黄耇，面凍梨色，如浮垢，老人壽徵也。」孔疏又引《釋名》云：「九十曰鮐背。」皆當本三家《詩》訓。

❶「瘠」，原作「瘦」，據阮刻本《毛詩正義》、《爾雅注疏》改。

《行葦》八章，章四句。故言七章，二章章六句，五章章四句。

既醉【疏】毛序：「大平也。醉酒飽德，人有士君子之行焉。」箋：「成王祭宗廟，旅醻下徧羣臣，至于無筭爵，故云醉焉。乃見十倫之義，志意充滿，是謂之飽德。」○三家無異義。

既醉以酒，既飽以德。君子萬年，介爾景福。【疏】傳：「既者，盡其禮，終其事。」箋：「禮，謂旅醻之屬。事，謂惠施先後及歸俎之類。君子，斥成王也。介，助；景，大也。成王女有萬年之壽，天又助女以大福，謂五福也。」○《説苑・修文》篇：「凡人之有患禍者，生於淫泆暴慢。淫泆暴慢之本，生於飲酒。故古者慎重飲酒之禮，使耳聽雅音，目視正儀，足行正容，心論正道。故終日飲酒而無過失，近者數日，遠者數月，皆人有德焉以益善。❶《詩》云：『既醉以酒，既飽以德。』此之謂也。」此魯説。《禮・坊記》：「《詩》云：『既醉以酒，既飽以德。』」鄭注：「言君子饗燕，非專爲酒肴，亦以觀威儀，講德美。」此齊説。

既醉以酒，爾殽既將。君子萬年，介爾昭明。【疏】傳：「將，行也。」箋：「爾，女也。殽，謂牲體也。成王之爲羣臣俎實，以尊卑差次行之。昭，光也。」○馬瑞辰云：「古但云行酒，不云行殽。《廣雅・釋詁》：『將，美也。』將、臧聲相近。《破斧》詩『亦孔之將』，王引之言猶『亦孔之臧』，是也。竊謂『爾殽既將』，將亦爲美，猶言爾殽既嘉耳。」黄山云：「《楚茨》『爾殽既將』，傳亦訓『將』爲『行』，馬已本此説易之。案：《楚

❶「人」，原作「又」，據續經解本《魯詩遺説攷》十六、《百子全書》本《説苑》改。

茨》次章『或肆或將』，傳訓『將』爲『齊』，本《釋言》文。郭注：『謂分齊也。』王肅云：『分齊其肉所當用也。』馬易爲『劑量其水火』，此非郭『分齊』之義，當以王説爲長。末章『爾殽既將，莫怨具慶』，亦即分齊其殽羞，俾惠偏及，故具慶而無怨者。傳必改訓爲『行』，反於『具慶』不應。此章詩句正同《楚茨》，箋云『爲羣臣俎實，以尊卑差次行之』，名爲申毛，實仍用『分齊』之義也。」

昭明有融，高朗令終。令終有俶，公尸嘉告。【疏】傳：「融，長；朗，明也。始於饗燕，終於享祀。俶，始也。公尸，天子以卿，言諸侯也。」箋：「有，又；令，善也。天既助女以光明之道，又使之長有高明之譽，而以善名終，是其長也。俶，猶厚也。既始有善令，終又厚之，公尸以善言告之，謂嘏辭也。諸侯有功德者，入爲天子卿大夫，故云公尸。公，君也。」○張衡《東京賦》「昭明有融」，衡治《魯詩》，此魯文也。薛綜注：「融，長也。」馬瑞辰云：「融者，續也。『昭明有融』與《左傳》『明而未融』語相反。有，當從箋訓『又』，言既已昭明，而又融融不絶，極言其明之長且盛也。」《左・昭五年傳》疏引樊光《爾雅・釋言》注：「《詩》曰：『高朗令終。』」蔡邕《文烈侯楊君碑》「可謂高朗令終」，引魯經，並與毛同。

其告維何？籩豆静嘉。朋友攸攝，攝以威儀。【疏】傳：「恒豆之葅，水草之和也；其醢，陸産之物也。加豆，陸産也；其醢，水物也。籩豆之薦，水土之品也。不敢用常褻味而貴多品，所以交於神明者，言道之偏至也。『攝以威儀』，言相攝佐者以威儀也。」箋：「公尸所以善言告之，是何故乎？乃用籩豆之物，絜清而美，政平氣和所致故也。朋友，謂羣臣同志好者也。言成王之臣皆有仁孝士君子之行，其所以相攝佐威儀之事。」○《禮・緇衣》：「《詩》云：『朋友攸攝，攝以威儀。』」鄭注：「攸，所也。言朋友以禮義相攝。」此齊説也。

威儀孔時，君子有孝子。孝子不匱，永錫爾類。【疏】傳：「匱，竭；類，善也。」箋：「孔，甚也。言成王之臣威儀甚得其宜，皆君子之人，有孝子之行。永，長也。孝子之行非有竭極之時，長以與女之族類，謂廣之以教道天下也。《春秋傳》曰：『穎考叔，純孝也，施及莊公。』」○馬瑞辰云：「上章『攝以威儀』謂羣臣，此章『威儀孔時』當謂成王。臣下既佐以威儀，則上之威儀得羣臣之佐亦甚善也。首章及五、六章『君子』皆指成王，則此章『君子有孝子』亦指成王。有者，又也，言君子又爲孝子也。箋指羣臣，失之。」《禮·坊記》：「《詩》云：『孝子不匱。』」鄭注：「匱，乏也。孝子無乏止之時。」此齊説。《楚詞·九章》王逸《章句》：「類，法也。《詩》曰：『永錫爾類。』」陳喬樅云：「《方言》：『類，法也。』訓與此同，皆本《魯詩》。」愚案：魯訓「類」爲「法」，與毛訓「善」異而意同。箋釋爲「與女族類」，與《左傳》合，義更宏大。《韓詩外傳》八：「孔子燕居，子貢攝齊而前曰：『弟子事夫子有年矣，才竭而智罷，振於學問，不能復進，請一休焉。』孔子曰：『賜也，欲焉休乎？』曰：『賜欲休於事君。』孔子曰：『《詩》云：「夙夜匪懈，以事一人。」爲之若此，其不易也，若之何其休也？』曰：『賜休於事父。』孔子曰：『《詩》云：「孝子不匱，永錫爾類。」爲之若此，其不易也，如之何其休也？』」推聖人之意，亦是廣及族類，故云「爲之不易」。箋蓋用韓義易毛也。

其類維何？室家之壼。君子萬年，永錫祚胤。【疏】傳：「壼，廣也。胤，嗣也。」箋：「壼之言捆也。❶其與女之族類云何乎？室家先以相捆致，已乃及於天下。永，長也。成王女有萬年之壽，天又長

❶「捆」，阮刻本《毛詩正義》作「梱」，當據改。下一「捆」字同。

予女福祚，至于子孫。」○馬瑞辰云：「畐、捆以同聲爲義。《大射儀》『既拾，取矢捆之』，❶鄭注：『捆，齊等之也。』《廣雅》曰：『捆，❷束也。』束，亦所以齊之也。『室家之畐』，猶言室家之齊耳。『捆緻』有相親之義，但訓爲『捆緻』，言其相親，不若訓爲『捆齊』，言其齊治。箋説『室家』云云，即《大學》所云『家齊而后國治，國治而后天下平』也。至《周語》引此詩而説之曰：『畐也者，廣裕民人之謂也。』《方言》：『裕、猷，道也。』道民亦謂之裕，《康誥》『乃由裕民』、『乃裕民曰』，皆道民也。『廣裕人民』，猶云廣道民人也。《説文》：『畐，宫中道。從口，象宫垣道上之形。』蓋言象宫中道之周帀而整齊也。畐爲宫中道名，因借以喻道民之道。又因畐從口有周帀之象，周帀則廣，故言『廣裕人民』。道與齊義相成，道，治也；齊亦治也。」

其胤維何？天被爾禄。君子萬年，景命有僕。【疏】傳：「福，禄也。僕，附也。」箋：「天予女福祚至于子孫云何乎？天覆被女以禄位，使録臨天下。成王女既有萬年之壽，天之大命又附著於女，謂使爲政教也。」○馬瑞辰云：「《釋木》：『樸，枹者。』郭注：『樸屬叢生者爲枹。』《釋文》：『樸，又作「僕」。』是僕、樸古通用。《考工記》『凡察車之道，欲其樸屬而微至』，鄭注：『樸屬，猶附著，堅固貌也。』正與『僕』訓爲『附』同義。下文『女士』、『孫子』皆歷敘其附著之衆。孔疏訓『僕』爲『僕御』之『僕』，昧古人叚借之義矣。」

其僕維何？釐爾女士。釐爾女士，【注】魯「女士」作「士女」。從以孫子。【疏】傳：「釐，予

❶「捆」，阮刻本《儀禮注疏》作「梱」，當據改。下一「捆」字同。

❷「捆」，鍾校《廣雅疏證》作「稛」。

也。」箋：「天之大命附著於女云何乎？予女以女而有士行者，謂生淑媛，使爲之妃。從，隨也。天既予女以女而有士行者，又使生賢知之子孫以隨之，謂傳世也。」〇《列女·塗山氏傳》：「塗山氏既生啟，獨明教訓而致其化焉。及啟長，化其德而從其訓，卒致令名。君子謂塗山彊於教誨。《詩》云：『釐爾士女，從以孫子。』此之謂也。」陳喬樅云：「此作『士女』，蓋魯文與毛異。」馬瑞辰云：「釐與賚雙聲，『釐』即『賚』之叚借，故訓爲『予』。《列女傳》引作『士女』，謂女而士行，猶《都人士》詩言『彼君子女』謂女而君子者也。箋『女而有士行者』正釋經文『士女』。今《毛詩》作『女士』者，後人順箋文而誤。」愚案：馬說是。「士女」實字在下，虛字在上，故釋爲「女而有士行」。「君子女」即其明證。若作「女士」，則實字反在上，古人無此屬文之法，當從《魯詩》正作「士女」爲是。

《既醉》八章，章四句。

鳧鷖【疏】毛序：「守成也。大平之君子，能持盈守成，神祇祖考安樂之也。」箋：「君子，斥成王也。言君子者，大平之時則皆然，非獨成王也。」〇三家無異義。

鳧鷖在涇，公尸來燕來寧。爾酒既清，爾殽既馨。公尸燕飲，福祿來成。【疏】傳：「鳧，水鳥也。鷖，鳧屬。大平則萬物衆多。馨，香之遠聞也。」箋：「涇，水名也。水鳥而居水中，猶人爲公尸之在宗廟也，故以喻焉。祭祀既畢，明日又設禮而與尸燕。成王之時，尸來燕也，其心安，不以己實臣之故自嫌。言此者，美成王事尸之禮備。爾者，女成王也。女酒殽清美，以與公尸燕樂飲酒之故，祖考以福祿來成女。」○《易林・大有之離》：「鳧鷖遊涇，君子以甯。復德不愆，福禄來成。」《夬之蒙》同，惟「復德」作「履德」異。陳喬樅云：「箋『祭祀既畢，❶明日又設禮而與尸燕』，是以『公尸燕飲』爲繹而賓尸。攷《爾雅》：『繹，又祭也。周曰繹，商曰肜，夏曰復胙。』此云『復德』，即『復胙』之義。」箋「涇，水名」，段氏玉裁謂亦「水中」之誤，以涇、沙、渚、潨、亹一例。《爾雅》：「直波爲徑。」《釋名》作「涇」。涇、徑字同，謂大水中流，徑直孤往之波，故云「涇，水中」也。

鳧鷖在沙，公尸來燕來宜。爾酒既多，爾殽既嘉。公尸燕飲，福禄來爲。【疏】傳：「沙，水旁也。宜，宜其事也。」「爾酒」二句，「言酒品齊多而殽備美」。「來爲」，「厚爲孝子也」。箋：「水鳥以居水中爲常，今出在水旁，喻祭四方百物之尸也。其來燕也，心自以爲宜，亦不以己實臣自嫌也。爲，猶助也，助成王也。」○馬瑞辰云：「《少儀》『謂之社稷之役』，鄭注：『役，爲也。』正義：『爲，謂助爲也。』《論語》『夫子爲衛君乎』、『夫子不爲也』，並以『爲』爲『助』。」陳奂云：「『孝子』，對『公尸』之稱。『永錫爾類』、『永錫祚胤』，皆所謂『厚爲孝子』也。」

鳧鷖在渚，公尸來燕來處。爾酒既湑，爾殽伊脯。公尸燕飲，福禄來下。【疏】傳：「渚，沚也。處，止也。」箋：「水中之有渚，猶平地之有丘也。喻祭天地之尸也，以配至尊之故，其來燕，似若止得其處。湑，酒之泲者也。天地之尸尊，事尊不以褻味，泲酒、脯而已。」○《易林・噬嗑之中孚》：「璚英朱草，

❶「既」，原作「祭」，據續經解本《齊詩遺説攷》九、明世德堂本《毛詩》、阮刻本《毛詩正義》改。

仁政得道。鳧鷖在渚，福禄來下。」又《同人之剥》：「文山紫芝，雍梁朱草。長生和氣，王以爲寶。公尸侑食，福禄來處。」又《蟲之涣》：「紫芝朱草，生長和氣。公尸侑食，福禄來下。」陳喬樅云：「此詩『公尸』，箋以首章爲祭宗廟，次章祭四方萬物，三章祭天地，四章祭山川社稷，末章祭七祀。宋儒譏其臆説。然據毛序以『神祇』與『祖考』並舉，斷非專指宗廟而言。正義申毛，以五章皆屬宗廟，非也。鄭於《詩》兼通三家，以五章分配宗廟、天地、社稷及四方羣祀，必非無據。馬瑞辰以爲『古者祭天地社稷雖皆有尸，然不聞有賓尸之禮，繹而賓尸，惟於宗廟見之』，决此詩爲宗廟繹祭。余謂馬説未審。《周頌・絲衣》序云：『繹，賓尸也。高子曰：「靈星之尸也。」』正以序言『賓尸』不明爲何祭之尸，故特著此語。《續漢志》云：『祠后稷而謂之靈星者，以后稷又配食星也。』《古今注》：『元和三年，初爲郡國立稷及祠社靈星禮器。』是古者靈星之祀，與社稷爲類。祭靈星有繹賓尸之禮，則祭天地、社稷及方祀、羣祀之皆有賓尸，亦足以明矣。《易林》有『璚英朱草，仁政得道』之文，蓋以王者德至天地，天下太平，符瑞並臻，則三章之爲祭天地，此亦其確證也。」

鳧鷖在潨，公尸來燕來宗。既燕于宗，福禄攸降。公尸燕飲，福禄來崇。【疏】傳：「潨，水會也。宗，尊也。崇，重也。」箋：「潨，水外之高者也，有瘞埋之象，喻祭社稷山川之尸，其來燕也，有尊主人之意。既，盡也。宗，社宗也。羣臣下及民，盡有祭社之禮，而燕飲焉，爲福禄所下也。今王祭社，又以尸燕，福禄之來，乃重厚也。天子以下，其社神同，故云然。」○馬瑞辰云：「《説文》：『小水入大水曰潨。』義與傳合。《廣雅》：『潨，厓也。厓，方也。』厓與涯同，方與旁同。以潨爲厓，蓋本三家《詩》，箋所云『水外之高者』也。」

鳧鷖在亹，公尸來止熏熏。【注】魯作「公尸來燕醺醺」。旨酒欣欣，燔炙芬芬。公尸燕飲，無有後艱。【疏】傳：「亹，山絶水也。熏熏，和説也。欣欣然樂也。芬芬，香也。無有後艱，言不敢多祈也。」箋：「亹之言門也。燕七祀之尸於門户之外，故以喻焉。其來也，不敢當王之燕禮，故變言『來止熏熏』，坐不安之意。艱，難也。小神之尸卑，用美酒，有燔炙，可用褻味也，又不能致福禄，但令王自今無有後艱而已。」○胡承珙云：「山絶水者，謂山横跨水中，水流其罅，故箋云『亹之言門』，非斷絶水勢之謂。《漢書・地理志》『金城郡浩亹』，顔注：『亹者，水流夾山，岸深若門也。《大雅》曰「鳧鷖在亹」，亦其義也。』今案：此『亹』字當如『亹亹文王』之『亹』，亦『釁』之俗字。釁本有罅隙義，故山絶水中，水流其隙曰亹。讀如門者，即虋讀若𣯽之比。」馬瑞辰云：「亹，『釁』之變體，從爨省，從酉，分聲，與門音近，故訓爲『門』。凡物之有間隙者，皆得謂之亹。《方言》：『器破而未離謂之璺。』《廣雅》：『璺，裂也。』璺亦亹也，亹有門音，門、眉雙聲，又轉爲眉，故古鐘鼎文『眉壽』多借作『釁』，亦作『亹』。竊疑『亹』即『湄』之叚借。《秦風》『在河之湄』，傳：『湄，水隒也。』《廣雅》：『隒，厓也。』讀亹爲湄，正與上章沙、渚、潨同在水旁之地，猶《衛風》『淇厲』、『淇側』，《秦風》『水湄』、『水涘』，字異而義同也。」陳壽祺云：「《文選・吴都賦》『清流亹亹』李注引《韓詩》曰：『亹亹，流進皃。』説者以爲即此詩《章句》。但《吴都賦》『亹』與『水』韻，則音不讀如門。此詩讀亹音若美，則與下文『熏』、『欣』、『芬』、『艱』不協，非此詩《章句》也，當爲『亹亹文王』之訓。」陳喬樅云：「『浩亹』顔注，必漢儒應、服等音義，據三家《詩》訓爲解，而顔注襲用之，故引《詩・大雅》不明其爲誰家。漢時三家並列學官，學者肄業及之，非有異文異義，固不煩詞費耳。」《説文》：「醺，醉也。《詩》曰：『公尸來燕醺醺。』」段注：「今

《詩》作『來止熏熏』，上四章皆云『來燕』，則作『燕』宜也。」陳喬樅云：「許以『醉』釋『醺』，則醺爲醉意。張衡《東京賦》『具醉薰薰』，會《詩》意而言也。」愚案：張學《魯詩》，明《說文》所引是魯文。醺、薰異字，張用叚借也。熏、薰、醺三字古通。《說文》：「熏，火煙上出也。」「薰，香草也。」然《釋訓》：「炎炎，熏也。」《釋文》：「本或作『薰』。」醺之爲薰，即其比也，蓋亦出魯「或作」本。趙岐《孟子章句》十二：「膊炙者爲燔。《詩》曰：『燔炙芬芬。』」張衡《東京賦》：「燔炙芬芬。」明魯、毛文同。

《鳧鷖》五章，章六句。

假樂【疏】毛序：「嘉成王也。」○《論衡・藝增篇》：「《詩》言『子孫千億』，美周宣王之德，能慎天地，天地祚之，子孫衆多，至於千億。」是《魯詩》與毛序「嘉成王」不同。齊、韓未聞。「假樂」，《左傳》及《中庸》引《詩》並作「嘉樂」，《釋文》、正義皆以爲齊、魯、韓與毛不同。趙岐《孟子章句》云「《大雅・嘉樂》之篇」，正作「嘉」字。又《隸釋》載《綏民校尉熊君碑》亦作「嘉樂」。然則三家今文皆作「嘉」，正字，毛借字。

假樂君子，顯顯令德。【注】齊「假」作「嘉」，「顯」作「憲」。宜民宜人，受禄于天。保右命之，【注】齊「右」作「佑」。自天申之。【疏】傳：「假，嘉也。宜民宜人，宜安民，宜官人也。申，重也。」箋：「顯，光也。天嘉樂成王有光光之善德，安民、官人皆得其宜，以受福禄於天。成王之官人也，羣臣保右而舉之，乃後命用之，又用天意申敕之，如舜之敕伯禹、伯夷之屬。」○「齊『假』作『嘉』，『顯』作『憲』，『右』作『佑』」

者，《禮・中庸》：「《詩》曰：『嘉樂君子，顯顯令德。宜民宜人，受禄于天。保佑命之，自天申之。』」鄭注：「憲憲，興盛之貌。保，安也。佑，助也。」此齊説。《漢書・董仲舒傳》對策曰：「《詩》云：『宜民宜人，受禄于天。』爲政而宜于民者，固當受禄于天。」又《刑法志》：「《詩》云：『宜民宜人，受禄于天。』《書》曰：『立功立事，可以永年。』言爲政而宜于民，功成事立，則受天禄而永年命，所謂『一人有慶，萬民賴之』者。」亦皆齊説。《蔡邕集・上始加玄服與羣臣上壽表》：「宜民宜人，受禄于天。」《九祝詞》亦引「受禄于天」，皆用魯經文。

干禄百福，子孫千億。穆穆皇皇，【注】齊「皇」作「煌」。宜君宜王。不愆不忘，【注】齊「愆」作「騫」。率由舊章。【疏】傳：「宜君王天下也。」箋：「干，求也。十萬曰億。天子穆穆，諸侯皇皇。成王行顯顯之令德，求禄得百福，其子孫亦勤行而求之，得禄千億，故或爲諸侯，或爲天子，言皆相勖以道。愆，過；率，循也。成王之令德，不過誤，不遺失，循用舊典之文章，謂周公之禮法。」○《後漢・郎顗傳》顗拜章曰：「天自降福，子孫千億。」《易林・比之泰》：「長生無極，子孫千億。」皆以「千億」屬子孫説，與《論衡・藝增篇》説同。引見前。彼文以詩爲美宣王，而自后稷始受邰封，訖於宣王，合外族内屬，血脈所連，要不能千億，故《儒增篇》又云：「百與千，數之大者也。實欲言十則言百，百則言千也。《詩》曰：『子孫千億。』」此子孫可言「千億」之義也。《漢書・哀紀》謝立爲皇太子書：「宜蒙福祐子孫千億之報。」哀帝從韋玄成、韋賞受《魯詩》，是齊、魯説皆不與箋同。「齊『皇』作『煌』」者，班固《明堂詩》「穆穆煌煌」，是《齊詩》「皇」作「煌」，與毛異。「齊『愆』作『騫』」者，《繁露・郊語》篇：「《詩》云：『不騫不忘，率由舊章。』舊章者，先聖人之故文章也。率由，各有修從之也。」陳喬樅云：「《文選》劉越石《扶風歌》李注：『騫，與「愆」通。』《列子・黄帝》篇《釋文》：『愆，本又作「騫」。』是愆、騫通用之證。」《淮南·詮言訓》、《新序·雜事》五、趙岐《孟子章句》七、《風俗通義》三引《詩》作「愆」。《説苑·建本》篇引「愆」作「僁」。陳喬樅云：「《衆經音義》：『僁，古文「𡪁」、「⿺辶侃」二形，籀文作「諐」。今作「愆」，同。』」愚案：作「僁」者，魯「亦作」本。《韓詩外傳》五引《詩》與毛同。

威儀抑抑，德音秩秩。無怨無惡，率由羣匹。【注】齊「羣」作「仇」。受福無疆，四方之綱。

【疏】傳：「抑抑，美也。秩秩，有常也。」箋：「抑抑，密也。秩秩，清也。成王立朝之威儀致密無所失，教令又清明，天下皆樂仰之，無有怨惡，循用羣臣之賢者，其行能匹耦己之心。」○《説苑·修文》篇：「凡從外入者，莫深於聲音，變人最極，故聖人因而成之以德曰樂。樂者，德之風。《詩》曰：『威儀抑抑，德音秩秩。』謂禮樂也。故君子以禮正外，以樂正内。」此魯説。《列女傳》二引《詩》「威儀抑抑」二句，亦魯經文。「齊『羣』作『仇』」者，《繁露·楚莊王》篇：「百物皆有合偶。偶之合之，仇之匹之，善矣。《詩》云：『威儀抑抑，德音秩秩。無怨無惡，率由仇匹。』此之謂也。」是齊「羣」作「仇」，與毛異。《漢書·禮樂志》「受福無疆」，用齊經文。

之綱之紀，燕及朋友。【注】韓説曰：「師臣者帝，友臣者王，臣臣者霸，魯臣者亡。」百辟卿士，媚于天子。不解于位，民之攸塈。【注】魯「塈」作「呬」。【疏】傳：「朋友，羣臣也。塈，息也。」箋：「成王能爲天下之綱紀，謂立法度以理治之也。其燕飲常與羣臣，非徒樂族人而已。百辟，畿内諸侯也。卿士，卿之有事也。媚，愛也。成王以恩意及羣臣，羣臣故皆愛之，不解於其職位，民之所以休息由此也。」○「師臣」至「者亡」，《唐會要》七引《韓詩内傳》文。陳喬樅云：「魯臣，盧氏文弨以爲與『虜』同。《史記·伍子胥傳》：『遂滅鄒，句。魯之君以歸。』鄒即邾也，下當云『魯其君』，『之』字誤也。此亦魯、虜通用之證。『友』下或有『受』字，衍文。」愚案：《文選·贈五官中郎將詩》「小臣信頑鹵」，「魯」作「鹵」。張孟陽《七哀詩》「珍寶見剽虜」，李注引《漢書注》：「虜，與『鹵』同。」是魯、鹵、虜三字互通也。「魯『塈』作『呬』」者，孔疏：「《釋詁》：❶『呬，息也。』某氏注：『《詩》云：「民之攸呬。」』郭注：『今東齊呼息爲呬。』塈與呬古今字。」段玉裁云：「塈者，『呬』字之叚借，非古今字。」《漢書·五行志》引《詩》曰「不解于位，民之攸塈」，明齊、毛文同。

《假樂》四章，章六句。

公劉【疏】毛序：「召康公戒成王也。成王將涖政，戒以民事，美公劉之厚於民，而獻是詩也。」箋：「公劉者，后稷之曾孫也。夏之始衰，見迫逐，遷于豳，而有居民之道。成王始幼少，周公居攝政，反歸之，成王將涖政，召公與周公相成王，爲左右。召公懼成王尚幼稚，不留意於治民之事，故作詩美公劉，以深戒之也。」○《史記·周本紀》：「公劉雖在戎、狄之間，復修后稷之業，務耕種，行地宜。自漆、沮渡渭，取材用，行者有資，居者有蓄積，民賴其慶。百姓懷之，多徙而保歸焉。周道之興自此始，故詩人歌樂思其德。」《索隱》：「即《詩·大雅》篇『篤公劉』是也。」此魯說。《易林·家人之臨》：「節情省欲，賦斂有度。家給人足，公劉以富。」此齊說。《吳越春秋》一：「公劉避夏桀於戎、狄，變易風俗，民化其政。」《吳越春秋》五：「昔公劉去邰，而德彰於夏。」此齊說。據

❶「釋」，原作「繹」，據阮刻本《毛詩正義》、宋監本《爾雅》、阮刻本《爾雅注疏》改。

魯説，詩專美公劉，不關戒成王，亦不言召公作。齊、韓當同。

篤公劉，匪居匪康。迺埸迺疆，迺積迺倉。迺裹餱糧，于橐于囊，思輯用光。弓矢斯張，干戈戚揚，爰方啟行。【疏】傳：「篤，厚也。公劉居于邰，而遭夏人亂，迫逐公劉。公劉乃辟中國之難，遂平西戎，而遷其民，邑於豳焉。『迺埸迺疆』，言修其疆埸也。『迺積迺倉』，言民事時和，國有積倉也。小曰橐，大曰囊。『思輯用光』，言民相與和睦以顯於時也。戚，斧也。揚，鉞也。張其弓矢，秉其干戈戚揚，以方開道路，去之豳，蓋諸侯之從者十有八國焉。」箋：「厚乎公劉之爲君也，不以所居爲居，不以所安爲安。邰國乃有疆埸也，乃有積委及倉也。安安而能遷，積而能散，爲夏人迫逐己之故，不忍鬬其民，乃裹糧食於囊橐之中，棄其餘而去，思在和其民人，用光大其道，爲今子孫之基。干，盾也。戈，句孑戟也。爰，曰也。公劉之去邰，整其師旅，設其兵器，告其士卒曰，爲女方開道而行，明己之遷非爲迫逐之故，乃欲全民也。」○趙岐《孟子章句》二：「《詩·大雅·公劉》之篇也，乃積穀於倉，乃裹盛乾食之糧於橐囊也。思安民，故用有寵光也。戚，斧；揚，鉞也。又以武備之日，方啟行道路。」《鹽鐵論·取下》篇：「公劉好貨，居者有積，行者有囊。」愚案：邰之民亦有老病而不能行者，則以積倉與之，故《孟子》云：「居者有積倉，行者有裹糧也，然後可以『爰方啟行』。」趙、桓皆本《孟子》爲説，與鄭異。陳喬樅云：「高誘《戰國策》注：『無底曰囊，有底曰橐。』與《説文》訓同。《史記·陸賈傳》索隱引《埤蒼》作『有底曰囊，無底曰橐』。《衆經音義》亦云：『橐，囊之無底者。』並與此異。高用《魯詩》，《埤倉》及《倉頡篇》所據或本《齊詩》，故説互易。又《索隱》引《詩傳》曰：『大曰橐，小曰囊。』義與傳相反。《索隱》所引蓋出《韓詩傳》也。」《楚詞·離騷》王逸《章句》引《詩》曰「乃裹餱糧」，明魯、毛文同。《易林・大壯之明夷》「弓矢斯張」，用齊經文。

篤公劉，于胥斯原。既庶既繁，既順迺宣，而無永歎。陟則在巘，復降在原。何以舟之？維玉及瑤，鞞琫容刀。【疏】傳：「胥，相；宣，徧也。民無長歎，猶文王之無悔也。巘，小山別於大山也。舟，帶也。瑤，言有美德也。下曰鞞，上曰琫，言德有度數也。容刀，言有武事也。」箋：「于，於也。廣平曰原。厚乎公劉之於相此原地以居民，民既衆矣，既多矣，既順其事矣，又乃使之時耕，民皆安今之居，而無長歎，思其舊時也。陟，升；降，下也。公劉之相此原地也，由原而升巘，復下在原，言反覆之，重居民也。民亦愛公劉之如是，故進玉瑤、容刀之佩。」○馬瑞辰云：「宣之言通也、暢也，言民心既順其情，乃宣暢也，故下即言『而無永歎』矣。詩五章乃言授田之事，不得訓『宣』爲『時耕』也。」又云：「瑤爲美石，孔疏謂瑤是玉之別名，失之。《瞻彼洛矣》詩『鞞琫有珌』，傳：『天子玉琫而珧珌。』『珧珌』之『珌』當作『鞞』，『珧』即『瑤』之叚借。此詩『維玉及瑤』連下『鞞琫容刀』言之，謂以玉飾琫，以瑤飾鞞，即彼傳所謂『天子玉琫而珧珌』也。蓋公劉始以玉瑤爲鞞琫，後遂尊爲天子之服，猶臯門、應門之制，本自太王也。孔疏分玉瑤與鞞琫爲二，亦誤。」愚案：舟、周古通。容刀身所佩，喻公劉周行上下，惟一身任其勞。

篤公劉，逝彼百泉，瞻彼溥原。迺陟南岡，乃覯于京。京師之野，于時處處，于時廬旅，于時言言，于時語語。【疏】傳：「溥，大；覯，見也。是京乃大衆所宜居之也。廬，寄也。直言曰言，論難曰語。」箋：「逝，往；瞻，視；溥，廣也。山脊曰岡。絶高爲之京。厚乎公劉之相此原地也，往之彼百泉之間，視其廣原可居之處，乃升其南山之脊，乃見其可居者於京，謂可營立都邑之處。于，於；時，是也。京地乃衆民所宜居之野也，於是處其所當處者，廬舍其賓旅，言其所當言，語其所當語，謂安民、館客、施教令也。」〇黄山云：「言語以通情愫，詩謂民安其所，賓至如歸，歡然相親，樂其情話，視『而無永歎』又進也。箋以爲『施教令』，殆非。」

篤公劉，于京斯依。蹌蹌濟濟，俾筵俾几。既登乃依，乃造其曹，【注】三家「造」作「告」。執豕于牢，酌之用匏。食之飲之，君之宗之。【疏】傳：「賓已登席坐矣，乃依几矣。曹，羣也。『執豕于牢』，新國則殺禮也。『酌之用匏』，儉且質也。爲之君，爲之大宗也。」箋：「『蹌蹌濟濟』，士大夫之威儀也。俾，使也。厚乎公劉之居於此京，依而築宫室。其既成也，與羣臣士大夫飲酒以落之，羣臣則相使爲公劉設几筵，使之升坐。公劉既登堂，負扆而立，羣臣乃適其牧羣，搏豕於牢中，以爲飲酒之殺，酌酒以匏爲爵，言忠敬也。宗，尊也。公劉雖去邰國來遷，羣臣從而君之尊之，猶在邰也。」〇馬瑞辰云：「何楷、錢澄之並以『于京斯依』四句爲宗廟始成之禮，是也。禮，君子將營宫室，宗廟爲先。公劉依京築室，宜莫先於宗廟。《大戴禮·諸侯遷廟禮》曰：『至於新廟，筵於户牖間。』又曰：『祝奠幣於几東。』正與『俾筵俾几』合。《祭統》曰：『鋪筵設同几，爲依神也。』與詩『既登乃依』合。箋讀依爲扆，失之。」「三家『造』作『告』」者，《衆經音義》九引《詩》「乃告其曹」，與毛異，乃三家文。馬瑞辰云：「《大祝》『掌六祈，二曰造』，杜子春謂：『造，祭於祖也。』造者，『祰』之叚借。《説文》：『祰，告祭也。』蓋凡告祭通曰造也。『造』亦通作『告』，阮氏《積古齋鐘鼎款識》載有『衛公孫吕之告戈』，『告』即『造』也。三家之『告』亦『造』之渻字耳。曹者，『䄰』之渻借。《藝文類聚》引《説文》：『祭豕先曰䄰。』今本《説文》脱去。《廣雅》：『䄰，祭也。』《玉篇》：『䄰，豕祭也。』《廣韻》：『䄰，祭豕先。』據下云『執豕于牢』，知詩『乃造其曹』謂將用豕而先告祭于豕先，猶將差馬而先祭馬祖也。」

篤公劉，既溥既長，既景迺岡，相其陰陽，觀其流泉。其軍三單，度其隰原，徹田爲糧。度其夕陽，豳居允荒。【疏】傳：「『既景乃岡』，考於日景，參之高岡。三單，相襲也。徹，治也。山西曰夕陽。荒，大也。」箋：「厚乎公劉之居豳也，既廣其地之東西，又長其南北，既以日景定其經界，於山之脊觀相其陰陽寒煖所宜，流泉浸潤所及，皆爲利民富國。邰，后稷上公之封。大國之制三軍，以其餘卒爲羨。今公劉遷於豳，民始從之，丁夫適滿三軍之數。單者，無羨卒也。度其隰與原田之多少，徹之使出税，以爲國用。什一而税謂之徹。魯哀公曰：『二，吾猶不足，如之何其徹也？』允，信也。夕陽者，豳之所處也。度其廣輪，豳之所處信寬大也。」○胡承珙云：「單，一也，獨也。三單者，即《周禮》『凡起徒役，無過家一人』之謂。蓋止用正卒爲軍，不及其羨，故曰單。相襲，猶言相代。三單之中，尚有更休疊上之法，其不盡民力如此，此公劉之所以爲厚也。且此語雖爲制軍之數，古者寓兵于農，制軍所以爲授田，故上承『相陰陽』、『觀流泉』，而下與『度其隰原，徹田爲糧』相次，可知非在道禦寇之謂。即箋云『丁夫滿三軍之數』，亦謂依此數，而每夫各授百畝以治田也。」

篤公劉，于豳斯館。【注】魯「館」作「觀」。涉渭爲亂，取厲取鍛。止基迺理，爰衆爰有。夾其皇澗，遡其過澗。止旅乃密，芮鞫之即。【注】魯、齊、韓「鞫」作「阮」，又作「埦」、「泦」。【疏】傳：「館，舍也。正绝流曰亂。鍛，石也。皇，澗名也。遡，鄉也。過，澗名也。密，安也。芮，水厓也。鞫，究也。」箋：「鍛石所以爲鍛，質也。厚乎公劉，於豳地作此宫室，乃使人渡渭水，爲舟絶流而南，取鍛厲斧斤之石，可以利器用，伐取材木給築事也。爰，曰也。止基，作宮室之功止，而後疆理其田野，校其夫家人數，曰益多矣，器物有足矣，皆布居澗水之旁。芮之言内也。水之内曰隩，水之外曰鞫。公劉居豳既安，軍旅之役止，士卒乃安，亦就澗水之内外而居，修田事也。」○「魯『館』作『觀』」者，《白虎通・京師》篇：「后稷始封於邰，公劉去邰之邠。《詩》云：❶『即有邰家室。』又曰：『篤公劉，于邠斯觀。』周家五遷，其意一也，皆欲成其道也。」《說文》「豳」即「邠」之重文，非異字。館、觀通用字。陳喬樅云：「《禮・雜記》『公館復』，《釋文》：『館，本作「觀」。』《左傳》『築王姬之館於外』，《白虎通・嫁娶》篇引作『觀』。《漢書・元后傳》『春幸繭館』，顏注引《漢宮閣疏》云：『上林有繭觀。』《班婕妤傳》『柘館』，《列女傳》作『柘觀』。是館、觀古通之證。」陳奐云：「《說文》：『厲，旱石。』『碫，碫石。』厲碫者，斲礱之石也。古者天子廟桷，必加密石焉，諸侯則斲之礱之。取厲碫者，爲營宗廟也。邰在渭北，涉渭而取厲碫，則渭南亦在邰境。此公劉新遷於豳，而於故都取足材用焉。」「魯、齊、韓『鞫』作『阮』，又作『坈』、『泦』」者，《釋丘》：「厓内爲隩，外爲隈。」《釋文》本「隈」作「鞫」，與李巡注合。《釋文》云：「鞫，如字。《字林》作『坈』，云：『厓外也。』」邢疏：「隈，當作『鞫』，傳寫誤也。又作『坈』，原誤「坑」，據阮校正。音義同。隩、隈一事，今分爲内外，故知誤。」案：隈從自，則《釋丘》本文斷爲「阮」字之誤，原不作「鞫」。此魯作「阮」，又作「坈」之證。《漢書・地理志》「右扶風汧」，本注：「《詩》『芮阮』，原訛爲「陀」，又誤爲「院」，據官本及段說正。雍州川也。」此齊作「阮」之證。顏注：「阮，與『鞫』同。」《韓詩》作『芮阮』。」此韓亦作

---

❶「詩」，原作「又」，據續經解本《白虎通疏證》四、本書卷二十二《生民》疏改。

「⿰阝尻」之證。《夏官·職方》鄭注引《詩》作「汭⿰土尻之即」，毛本、監本「⿰土尻」均作「⿰氵尻」。鄭先通《韓詩》，注《禮》則用《齊詩》，此齊、韓又作「⿰土尻」、「⿰氵尻」之證。《廣雅·釋丘》：「⿰土尻，限也。」沿《爾雅》誤文立訓，不關《詩》義。《玉篇》：「水外曰⿰土尻。⿰阝尻，古岸也。⿰氵尻，水紋也。」此以「⿰土尻」爲正字。「水外曰⿰土尻」，當本《韓詩》，是知韓「⿰阝尻」有作「⿰土尻」者。《廣韻》諸訓同《玉篇》。《玉篇》：「⿰氵尻，一曰水厓外。」是毛、監本鄭注作「⿰氵尻」必有所本。《集韻》：「⿰阝尻，水厓外也。或作『⿰土尻』，又作『⿰氵尻』。」《詩》鄭箋：「水外曰鞫。」義亦同。以「⿰阝尻」爲正字，「⿰土尻」、「⿰氵尻」爲或體，尤與《爾雅》誤文、《漢志》本注字皆從自者合。段玉裁云：「鞫、⿰阝尻、⿰土尻皆爲九六反。⿰阝尻從自，尻聲。尻從尸，九聲。九之入聲得九六反，俗訛爲『⿰阝宂』則不通。」陳奐云：「傳訓『鞫』爲『究』，究之爲言曲也。《説文》：『氿，水厓枯土也。』『究』即『氿』之叚借，『氿』即『⿰阝尻』、『⿰土尻』之異文。」然則「⿰氵尻」亦即「氿」之或體明矣。班注説芮水引《詩》，是以芮爲水名。鄭注《禮》亦以爲水名，足知仍用齊説。字作「汭」者，順《職方》「涇汭」本文以通訓，非異字也。胡渭云：「涇水東南流，至邠州長武縣。芮水自平涼府靈臺縣界流涇縣南，而東注于涇。公劉所居故豳城，正在二水相會内曲之處也。」

《公劉》六章，章十句。

洞酌【疏】毛序：「召康公戒成王也。言皇天親有德，饗有道也。」○《藝文類聚·職官部》二：「楊雄《博士箴》云：『公劉挹行潦，而濁亂斯清，官操其業，士執其經。』」陳喬樅云：「此以《洞酌》爲公劉之詩，魯説與毛異指。」《鹽鐵論·和親》篇：「政有不從之教，而世無不可化之民。《詩》云：『酌彼行潦，挹彼注兹。』故公劉處戎、狄，戎、狄化之。大王去豳，豳民隨之。周公修德，而越裳氏來。」陳喬樅云：「此與楊雄箴意合，是三家説同。」《韓詩外傳》六：「《詩》曰：『愷悌君子，民之父母。』君子爲民父母何如？　曰：君子者，貌恭而行肆，身儉而施博，故不肖者不能逮也。殖盡於己而區略於人，故可盡身而事也。篤愛而不奪，厚施而不伐。見人有善，欣然樂之。見人不善，惕然掩之，有其過而兼包之。授衣以最，授食以多。法下易由，事寡易爲。是以中立而爲人父母也。築城而居之，别田而養之，立學以教之，使人知親尊。親尊，故父服斬縗三年。爲君亦服斬縗三年，爲民父母之謂也。」愚案：三家以詩爲公劉作。蓋以戎、狄濁亂之區，而公劉居之，譬如行潦，可謂濁矣，公劉挹而注之，則濁者不濁，清者自清。由公劉居豳之後，别田而養，立學以教，法度簡易，人民相安，故親之如父母。及大王居豳，而從如歸市，亦公劉之遺澤有以致之也。其詳則不可得而聞矣。據楊箴「官操其業，士習其經」之語，是周之學制權輿於公劉，故并有《行葦》習射養老之典。

洞酌彼行潦，挹彼注茲，可以餴饎。豈弟君子，民之父母。【注】魯、韓「豈弟」作「愷悌」，齊或作「凱弟」。【疏】傳：「洞，遠也。行潦，流潦也。餴，餾也。饎，酒食也。樂以强教之，易以説安之，民皆有父之尊，有母之親。」箋：「流潦，水之薄者也。遠酌取之，投大器之中，又挹之注之於此小器，而可以沃酒食之餴者，以有忠信之德、齊絜之誠以薦之故也。《春秋傳》曰：『人不易物，惟德繄物。』」○胡承珙云：「孔疏：『《釋言》：「饙、餾，稔也。」孫炎曰：「蒸之曰饙，匀之曰餾。」郭注：「今呼餐飯爲饙。饙均熟曰餾。」《説文》：「饙，一蒸米也。」「餾，飯氣流也。」然則蒸米謂之饙，饙必餾而熟之，故言饙餾，非訓「饙」爲「餾」。』《説文》云：『餴，滫飯也。』段注：『滫，當依《爾雅》音義引作「修」。《倉頡篇》作「餈」，餈之言溲也。❶《水部》曰：「溲，浂汏也。」此謂以水澆熱飯，古語云餐飯。』承珙案：字書：『餴，一蒸米也。』《説文》以『餴』爲『滫飯』者，即今人蒸飯熱時，以水淋之謂撥饋，此俗語之近古者。傳『餴餾也』，當作『餴，餴餾也』。《説文》『餾，飯氣流也』，即謂撥饋之時，飯氣流布耳。是饋、餾本一事，故《爾雅》並以『稔』釋之。傳以『饋餾』連言，亦謂行潦之水，可以沃飯，使熟而爲酒食耳。」「魯、韓『豈弟』作『愷悌』」者，《荀子·禮論》、《賈子·君道》篇、《白虎通義·號》篇、《説苑·政理》篇引「豈弟君子」二句，並作「愷悌」。《後漢·章帝紀》建初元年詔云：「愷悌君子，《大雅》所嘆。」章帝亦學《魯詩》者。《韓詩外傳》六引「豈弟」作「愷悌」，見上引。《外傳》八兩引同，皆其證。「齊『豈弟』作『凱弟』」者，《禮·孔子閒居》引「凱弟君子」二句作「凱弟」，鄭注：「凱弟，樂易也。」《表記》引《詩》同，《釋文》：「凱，本又作『愷』。弟，本又作『悌』。」《大戴禮·衞將軍文子》篇引作「愷悌」。《漢書·刑法志》引作「愷弟」。皆《齊詩》「又作」本。

泂酌彼行潦，挹彼注茲，可以濯罍。豈弟君子，民之攸歸。【疏】傳：「濯，滌也。罍，祭器。」

泂酌彼行潦，挹彼注茲，可以濯溉。豈弟君子，民之攸塈。【疏】傳：「溉，清也。」箋：「塈，息也。」○陳奂云：「溉，當依《釋文》作『摡』。上言『濯罍』爲滌祭器，此言『濯摡』則所包者廣。據《特牲》、《少牢饋食禮》，器之宜摡者甚多，故末章於罍外廣言之。」愚案：本詩《釋文》「溉」無作「摡」之説。《匪風》「溉之釜

❶「溲」，原作「深」，據求是堂本《毛詩後箋》、《説文注》改。下一「溲」字同。

鬻」，《釋文》：「溉，本又作『摡』。」亦毛「或作」本。惟據《説文》，則「摡」爲正字。

《泂酌》三章，章五句。

卷阿【疏】毛序：「召康公戒成王也。言求賢用吉士也。」箋：「吉，猶善也。」○《汲冢紀年》：「成王三十三年，遊于卷阿，召康公從。」僞書不足信。黄山云：「《毛序》於《公劉》、《泂酌》皆增『戒成王』之説，此篇亦然。三家固無此言也。夫采詩列於《大雅》，自足垂鑒後王，不必其詩皆爲戒王而作。此詩據《易林》齊説，詳下。爲召公避暑曲阿，鳳皇來集，因而作詩。蓋當時奉命巡方，偶然游息，推原瑞應之至，歸美於王能用賢，故其詩得列於《大雅》耳。周公垂戒毋佚，成王必不般游，毛説殆近於誣矣。」

有卷者阿，飄風自南。豈弟君子，來游來歌，以矢其音。【疏】傳：「興也。卷，曲也。飄風，迴風也。惡人被德化而消，猶飄風之入曲阿也。矢，陳也。」箋：「大陵曰阿。有大陵卷然而曲，迴風從長養之方來入之。興者，喻王當屈體以待賢者，賢者則猥來就之，如飄風之入曲阿然。其來也，爲長養民。王能待賢者如是，則樂易之君子來就王游而歌，以陳出其聲音。言其將以樂王也，感王之善心也。」○《列女·趙津女娟傳》引《詩》云：「來游來歌，以矢其音。」明魯、毛文同。《韓詩外傳》六載孔子和歌解圍，引《詩》「來游來歌」，明韓、毛文同。

伴奂爾游矣，優游爾休矣。豈弟君子，俾爾彌爾性，似先公酋矣。【注】魯「似」作「嗣」，

「遒」作「酋」，「公」下多「爾」字。【疏】傳：「伴奐，廣大有文章也。彌，終也。似，嗣也。遒，終也。」箋：「伴奐，自縱弛之意也。賢者既來，王以才官秩之，各任其職，女則得伴奐而優游自休息也。孔子曰：『無爲而治者，其舜也與？恭己正南面而已。』言任賢故逸也。俾，使也。樂易之君子來在位，乃使女終女之性命，無困病之憂，嗣先君之功而終成之。」○「魯『似』作『嗣』，『遒』作『酋』，『公』下多『爾』字」者，《釋詁》：「酋，終也。」郭注：「《詩》曰：『嗣先公爾酋矣。』」阮《校勘記》云：「孔疏：『「遒，終」，《釋詁》文。彼「遒」作「酋」，音義同也。』是其本作『遒』字。郭注引『嗣先公爾酋矣』，或出於三家，毛、鄭《詩》非有『爾』字也。」陳喬樅云：「《毛詩》『似先公遒矣』，此注所引，字、句俱異，知本舊注《魯詩》之文也。」馬瑞辰曰：「彌，『镾』之段借。段玉裁曰：『蓋用《弓部》之「镾」而又省玉也。』《說文》：『镾，久長也。』惟久長，是以能終。胡承珙曰：『終者，盡也。彌其性，即盡其性也。』」

爾土宇昄章，亦孔之厚矣。豈弟君子，俾爾彌爾性，百神爾主矣。【疏】傳：「昄，大也。」箋：「土宇，謂居民以土地屋宅也。孔，甚也。女得賢者與之爲治，使居宅民大得其法，則王恩惠亦甚厚矣，勸之使然。使女爲百神主，謂羣神受饗而佐之。」

爾受命長矣，茀祿爾康矣。豈弟君子，俾爾彌爾性，純嘏爾常矣。【疏】傳：「茀，小也。嘏，大也。」箋：「茀，福；康，安也。女得賢者與之承順天地，則受久長之命，福祿又安女。❶純，大也。予福

---

❶「又」，原作「乂」，據明世德堂本《毛詩》、阮刻本《毛詩正義》改。

曰嘏。使女大受神之福以爲常。」○《釋詁》：「祓，福也。」郭注：「《詩》曰：『祓禄康矣。』」陳喬樅云：「此引《詩》『茀』作『祓』，與毛異。箋：『茀，福也。』即用魯訓改毛。《方言》：『福禄謂之祓戩。』戴震《疏證》以『茀』與『祓』爲古通用字。」

有馮有翼，有孝有德，以引以翼。豈弟君子，四方爲則。【疏】傳：「『有馮有翼』，道可馮依以爲輔翼也。引，長；翼，敬也。」箋：「馮，馮几也。翼，助也。有孝，斥成王也。有德，謂羣臣也。王之祭祀，擇賢者以爲尸，尊之。豫撰几，擇佐食，廟中有孝子，有羣臣。尸之入也，使祝贊道之，扶翼之。尸至，設几佐合食助之。尸者神象，故事之如祖考。則，法也。王之臣有是樂易之君子，則天下莫不放傚以爲法。」○《列女·齊義母傳》引《詩》曰：「愷悌君子，四方爲則。」《韓詩外傳》八亦引《詩》曰：「愷悌君子，四方爲則。」明魯、韓「豈弟」作「愷悌」，餘與毛同。愚案：漢武帝稱三輔曰京兆尹、左馮翊、右扶風，「馮翊」即用《詩》「有馮有翼」句。武帝時惟用《魯詩》，蓋《魯詩》「翼」作「翊」。上「豈弟君子」既皆爲斥王，不應此獨指臣下。且觀下「顒顒卬卬」，魯説爲指君德，則此及下章「豈弟君子」不與上異解，箋説盡誤。

顒顒卬卬，如珪如璋，【注】魯説曰：「顒顒卬卬，君之德也。」令聞令望。豈弟君子，四方爲綱。【疏】傳：「顒顒，温貌。卬卬，盛貌。」箋：「令，善也。王有賢臣，與之以禮義相切瑳，體貌則顒顒然敬順，志氣則卬卬然高朗，如玉之珪璋也。人聞之則有善聲譽，人望之則有善威儀，德行相副。綱者，能張衆目。」○「顒顒卬卬，君之德也」者，《釋訓》文。《蔡邕集·與羣臣上壽表》引《詩》「顒顒卬卬，如珪如璋」二句，皆屬君説，益證上「愷悌君子」爲誤解。徐幹《中論·修本》篇：「《詩》云：『顒顒卬卬，如珪如璋，令聞令望。

愷悌君子，四方爲綱。』舉珪璋以喻其德，貴不變也。」明魯、毛文同，惟「豈弟」作「愷悌」。《荀子・正名篇》引《詩》五句，全與毛同，疑誤。《漢書・敘傳》「如珪如璋」，明齊、毛文同。

鳳皇于飛，翽翽其羽，亦集爰止。藹藹王多吉士，【注】魯説曰：「藹藹，止也。」維君子使，媚于天子。【疏】傳：「鳳皇，靈鳥，仁瑞也。雄曰鳳，雌曰皇。翽翽，衆多也。藹藹，猶濟濟也。」箋：「翽翽，羽聲也。亦，亦衆鳥也。爰，于也。鳳皇往飛翽翽然，亦與衆鳥集於所止，衆鳥慕鳳皇而來，喻賢者所在，羣士皆慕而往仕也。因時鳳鳥至，因以喻焉。媚，愛也。王之朝多善士藹藹然，君子在上位者率化之，使之親愛天子，奉職盡力。」○《説苑・奉使》篇引《詩》「鳳皇于飛」六句，又引「惟君子使」二句，「維」作「惟」，「翽」作「噦」，蓋叚借字，餘與毛同。「藹藹，止也」者，《釋訓》文，與「濟濟」同訓，郭注：「皆賢士盛多之容止。」據傳文，魯、毛義同。王逸《楚詞・九歎》章句：「藹藹，盛多貌也。《詩》曰：『藹藹王多吉士。』」此亦魯説。《韓詩外傳》八引「鳳皇于飛」二句，一引六句，明韓、毛文同。

鳳皇于飛，翽翽其羽，亦傅于天。藹藹王多吉人，維君子命，媚于庶人。【疏】箋：「傅，猶戾也。命，猶使也。善士親愛庶人，謂撫擾之，令不失職。」

鳳皇鳴矣，于彼高岡。梧桐生矣，于彼朝陽。菶菶萋萋，雝雝喈喈。【注】魯、齊「雝」作「噰」。魯説曰：「藹藹萋萋，臣盡力也。噰噰喈喈，民協服也。」【疏】傳：「梧桐，柔木也。山東曰朝陽。梧桐不生山岡，太平而後生朝陽。梧桐盛也，鳳皇鳴也。臣竭其力，則地極其化；天下和洽，則鳳皇樂德。」箋：「鳳皇鳴于山脊之上者，居高視下，觀可集止，喻賢者待禮乃行，翔而後集。梧桐生者，猶明君出也。生於朝陽者，被温仁之氣，亦君德也。鳳皇之性，非梧桐不棲，非竹實不食。菶菶萋萋，喻君德盛也。雝雝喈喈，喻民臣和協。」○「藹藹」至「服也」，《釋訓》文。上已釋「藹藹」，此又併「萋萋」釋之，言「菶菶萋萋」與「藹藹」意同也。不言「菶菶」者，渻文。「雝」作「噰」，魯異文。箋云「梧桐生，猶明君出」，以生於朝陽爲喻君德，與魯義異。孔疏引：「舍人曰：『藹藹，賢士之貌。萋萋，梧桐之貌。』孫炎曰：『言衆臣竭力，則地極其化，梧桐盛也。』」郭注亦云：「梧桐茂，賢士衆。地極化，臣竭忠。鳳皇應德鳴相和，百姓懷附興頌歌。」皆以爲譬況臣民之詞。《論衡·講瑞》篇：「案《禮記·瑞命》篇：『雄曰鳳，雌曰皇。雄鳴曰即即，雌鳴曰足足。』《詩》云：『梧桐生矣，於彼高岡。鳳皇鳴矣，於彼朝陽。菶菶萋萋，噰噰喈喈。』《瑞命》與《詩》俱言鳳皇之鳴，《瑞命》言『即即』、『足足』，《詩》云『噰噰』、『喈喈』，此聲異也。」案：《説苑·辨物》篇引《詩》與毛同，《論衡》所引，或記憶之誤，偶倒其文。《易林·觀之謙》：「高岡鳳皇，朝陽梧桐。噰噰喈喈，菶菶萋萋。陳辭不多，以告孔嘉。」又《大過之需》：「大樹之子，百條共母。當夏六月，枝葉盛茂。鸞皇以庇，召伯避暑。翩翩偃仰，甚得其所。」《睽之困》同。❶此齊説，明齊、毛文同，「雝」亦引作「噰」。《文選·七命》李注引《韓詩外傳》曰：「鳳舉曰上翔，集鳴曰歸昌。」是鳳鳴之聲，不特即即、足足與噰噰、喈喈異也。

君子之車，既庶且多。君子之馬，既閑且馳。矢詩不多，維以遂歌。【疏】傳：「上能錫以

---

❶「睽」，原作「揆」，據《百子全書》本《焦氏易林》改。

車馬，行中節，馳中法也。不多，多也。明王使公卿獻詩以陳其志，遂爲工師之歌焉。」箋：「庶，衆；閑，習也。今賢者在位，王錫其車衆多矣，其馬又閑習於威儀能馳矣。❶大夫有乘馬，有貳車。矢，陳也。我陳作此詩，不復多也，欲今遂爲樂歌，王日聽之，則不損今之成功也。」〇《尚書序》「皋陶矢厥謨」，與此陳詩以告上意同，此魯義也。據齊説「陳辭不多，以告孔嘉」，意重「遂歌」，言陳辭不欲煩多，惟王使工師歌之，永爲告戒，則孔嘉也。魯、韓蓋同。

《卷阿》十章，六章章五句，四章章六句。

民勞【疏】毛序：「召穆公刺厲王也。」箋：「厲王，成王七世孫也。時賦斂重數，繇役繁多，人民勞苦，輕爲奸宄，强陵弱，衆暴寡，作寇害，故穆公以刺之。」〇《釋文》：「從此至《桑柔》五篇，是厲王變《大雅》。」三家無異義。

民亦勞止，汔可小康。【注】魯「汔」作「迄」。惠此中國，以綏四方。無縱詭隨，以謹無良。式遏寇虐，憯不畏明。【注】魯「憯」亦作「慘」，齊、韓作「朁」。柔遠能邇，以定我王。【疏】傳：「汔，危也。中國，京師也。四方，諸夏也。詭隨，詭人之善、隨人之惡者。以謹無良，慎小以懲大也。憯，曾也。柔，安也。」箋：「汔，幾也。康、綏，皆安也。惠，愛也。今周民罷勞矣，王幾可以小安之乎？愛京師之人，

❶「閑」，原脱，據明世德堂本《毛詩》、阮刻本《毛詩正義》補。

以安天下。京師者，諸夏之根本。謹，猶慎也。良，善；式，用；遏，止也。王爲政，無聽於詭人之善不肯行而隨人之惡者，以此敕慎無善之人，又用此止爲寇虐，曾不畏敬明白之刑罪者，疾時有之。能，猶伽也。邇，近也。安遠方之國，順伽其近者，當以此定我周家爲王之功。言我者，同姓親也。」○《説文》：「汔，水涸也。或曰：泣下。從水，乞聲。《詩》曰：『汔可小康。』」涸不得水，泣不得志，則猶幸少有所得。毛訓「危」，鄭訓「幾」，皆險殆意，亦即冀近意也。「魯『汔』作『迄』」者，《漢書・元帝紀》永光四年詔：「《詩》不云乎？『民亦勞止，迄可小康。惠此中國，以綏四方。』」元帝學《魯詩》，此魯文。《魏志・辛毗傳》同。《説文》無「迄」字。《新附》有之，云：「至也。」至可小康，於文不順，此以汔、迄聲同叚借也。《荀子・致仕篇》：「川淵深而魚鼈歸之，山林茂而禽獸歸之。刑政平而百姓歸之，禮義備而君子歸之。禮及身而行修，義及國而政明，令行禁止，王者之事畢矣。《詩》云：『惠此中國，以綏四方。』此之謂也。」《淮南・泰族訓》：「聖主在上位，廓然無形，寂然無聲。官府若無事，朝廷若無人。無隱人，無軼同「佚」。民，無勞役，無冤刑。四海之内，莫不仰上之德，象主之指。夷狄之國，重譯而至。非户辯而家説之也，惟其誠心施之天下而已矣。《詩》曰：『惠此中國，以綏四方。』内順而外寧矣。」此皆魯説。《鹽鐵論・論勇》篇：「《詩》云：『惠此中國，以綏四方。』故義之服無義，疾於原馬良弓。德之召遠，疾於馳傳重譯。」《後漢・班超傳》上書，亦引《詩》「民亦勞止」四句。皆齊説。《廣雅・釋訓》：「詭隨，小惡也。」此魯、韓説也。王引之云：「二字疊韻，不得分訓。詭隨即無良之人，亦無大惡、小惡之分。詭隨，謂譎詐謾欺之人。詭，古讀若戈。《淮南・説林訓》：「水雖平，必有波。衡雖正，必有差。尺寸雖齊，必有詭。」隨，讀若譪。譪音土禾反，字或作『詑』，又作『訑』。隨，其叚借字也。《方言》：『虔、儇，慧也。秦謂之謾，晉謂之㦟，❶宋、楚之間謂之倢，楚或謂之謕，自關而東，趙、魏之間謂之黠，或謂之鬼。」《説文》：『沇州謂欺曰詑。』《楚詞・九章》：『或訑謾而不疑。』《燕策》：『寡人甚不喜訑者言。』並字異而義同。」馬瑞辰云：「王説是也。玄應書引《三倉》：『詭，譎也。』《廣雅・釋詁》：『詭，欺也。』『詭』通作『恑』，《廣雅・釋言》：『詭，恑也。』又省作『危』，《莊子・漁父》篇曰：『苦心勞形，以危其真。』《釋文》：『危，本作「僞」。』❷詭、僞亦聲近，僞即譌也，譌即訛也。『謕』通作『詑』，又通作『他』，《廣雅》『詑』、『他』並曰『欺也』。又借作『他』，《淮南・説山》篇：『媒但者非學謾他。』今本「他」誤「也」，此從《廣雅疏證》引。又通作『訑』，玄應書引《纂文》曰：『兖州人以相欺人爲訑人。』皆詭隨爲譎詐謾欺之證。至謂詩『詭隨即無良之人，無大惡、小惡之分』，則非。」胡承珙云：「《後漢・陳忠傳》：『臣聞輕者重之端，小者大之源，故堤潰蟻孔，氣洩鍼芒。是以明者慎微，智者識幾。❸《書》曰：「小不可不殺。」《詩》云：「無縱詭隨，以謹無良。」所以崇本絶末，鉤深之慮也。』此詩每章皆言『詭隨』，而但曰『無縱』，可知其爲小惡。下文曰『以謹』，❹曰『式遏』，明其惡漸大矣。《左・昭二十年傳》引《詩》作『毋從詭隨』，唐石經《春秋傳》字亦作『從』，故箋亦但曰『無聽』。後儒釋爲『縱舍』之『縱』，誤矣。」《潛夫論・述赦》篇：「夫有罪而備辜，寃結而信理，天之正也，而王之法也。故曰：『無縱

---

❶「㦟」，原作「懇」，據《高郵王氏四種》本《經義述聞》、宋本《方言》、孔刻《方言疏證》改。
❷「僞」，原作「譌」，據宋本、通志堂本《釋文》改。
❸「幾」，原作「機」，據續經解本《毛詩後箋》、《後漢書集解》卷四十六改。
❹「以」，原脱，據續經解本《毛詩後箋》補。

詭隨，以謹無良。』「無」，原本訛「是」。若枉善人以惠奸惡，此謂斂怨以爲德。」蔡邕《司空文烈侯楊公碑》「式遏寇虐」，用魯經文。《説苑・君道》篇：「牧者所以辟四門，明四目，達四聰也。是以近者親之，遠者安之。《詩》曰：『柔遠能邇，以定我王。』此之謂矣。」《新序・雜事》四、《吕覽・音律》篇高注並引此詩二句，明魯、毛文同。「魯亦作『憯』」者，《釋言》：「憯，曾也。」《釋文》：「本或作『憯』。」「齊、韓『憯』作『朁』」者，《説文》：「朁，曾也。從曰，兓聲。《詩》曰：『朁不畏明。』」與毛作「憯」異。《節南山》、《十月之交》、《雲漢》毛皆作「憯」，明作「朁」者齊、韓《詩》。陳奂云：「明，猶法也。不畏明法，即是寇虐，言爲政者用以遏止之。《左傳》釋《詩》云：『糾之以猛也。』」

民亦勞止，汔可小休。惠此中國，以爲民逑。無縱詭隨，以謹惛怓。【注】三家「惛怓」作「讙嘵」。式遏寇虐，無俾民憂。無棄爾勞，以爲王休。【疏】傳：「休，定也。逑，合也。惛怓，大亂也。休，美也。」箋：「休，止息也。合，聚也。惛怓，猶讙譁也，謂好争訟者也。俾，使也。勞，猶功也。無廢女始時勤政事之功，以爲女王之美。述其始時者，誘掖之也。」○「三家『惛怓』作『讙嘵』」者，《大司馬》「卒長執鐃」，鄭注：「鐃，讀如『讙嘵』之『嘵』。」賈疏：「從《毛詩》云『以謹讙嘵』。」案：毛作「惛怓」，《釋文》無異作本。鄭注《禮》時未見《毛詩》，讀如「讙嘵」，自據三家文。賈知鄭讀出《詩》，特誤記爲毛耳。箋：「惛怓，猶讙譁也。」據《釋文》本「譁」作「譊」，「譊」與「嘵」同，蓋仍本三家爲説。《説文》「怓」下引《詩》：❶「以謹惛怓。」

❶「怓」，原作「毛」，據馬瑞辰《通釋》、陳刻《説文》、《説文注》、楊刻《説文義證》、祁刻《説文繫傳》改。

馬瑞辰云：「毛『愲』即『怋』之訛。」

民亦勞止，汔可小息。惠此京師，以綏四國。無縱詭隨，以謹罔極。式遏寇虐，無俾作慝。敬慎威儀，以近有德。❶【疏】傳：「息，止也。慝，惡也。『以近有德』，求近德也。」箋：「罔，無；極，中也。無中，所行不得中正。」○胡承珙云：「《左·昭二年傳》：『叔弓聘于晉，晉侯使郊勞，辭。致館，又辭。叔向曰：「子叔子知禮哉！吾聞之曰：『忠信，禮之器也。卑讓，禮之宗也。』辭不忘國，忠信也。先國後己，卑讓也。《詩》曰：『敬慎威儀，以近有德。』❷夫子近德矣。」』近德者，即進於德之謂。傳本《左氏》說。」有，爲語助之詞。

民亦勞止，汔可小愒。惠此中國，俾民憂泄。無縱詭隨，以謹醜厲。式遏寇虐，無俾正敗。戎雖小子，而式弘大。【疏】傳：「愒，息；泄，去也。醜，衆；厲，危也。戎，大也。」箋：「泄，猶出也，發也。厲，惡也。《春秋傳》曰：『其父爲厲。』敗，壞也。無使先王之正道壞。戎，猶女也。式，用也。弘，猶廣也。今王女雖小子自遇，而女用事於天下甚廣大也。《易》曰：『君子出其言善，則千里之外應之，況其邇者乎？出其言不善，則千里之外違之，況其邇者乎？』是以此戒之。」○馬瑞辰云：「醜、厲二字同義，醜亦惡也。古美醜、好醜多對言，傳訓『醜』爲『衆』，失之。」

❶「近」，原作「敬」，據明世德堂本《毛詩》、阮刻本《毛詩正義》改。
❷「近」，原作「敬」，據求是堂本《毛詩後箋》、阮刻本《春秋左傳正義》改。

民亦勞止，汔可小安。惠此中國，國無有殘。無縱詭隨，以謹繾綣。式遏寇虐，無俾正反。王欲玉女，是用大諫。【疏】傳：「賊義曰殘。繾綣，反覆也。」箋：「王愛此京師之人，則天下邦國之君不爲殘酷。玉者，君子比德焉。王乎我欲令女如玉然，故作是詩，用大諫正女。此穆公至忠之言。」○馬瑞辰云：「錢大昭曰：『繾綣，當作「緊絭」。《楚詞·九思》云「心緊絭兮傷懷」，王逸《章句》：「緊絭，糾繚也。一作『繾綣』。」《說文》：「緊，纏絲急也。」「絭，纕臂繩也。」』今案：緊字糾忍切，從臤、絲省，別作『絚』。《玉篇》引《春秋》『成公四年，鄭伯絚卒』，有古千一切，則從臤得聲，與繾音近，故『繾綣』即『緊絭』之別體。《左·昭二十五年傳》『繾綣從公』，杜注：『繾綣，不離散也。』與『反覆』義正相成。《廣雅·釋詁》：『繾綣，摶也。』『摶』義與『不離散』義相近。胡承珙云：『《荀子·成相篇》「精神相反」，楊倞注：「謂反覆不離散。」然則傳訓「反覆」，正與「不離散」義通也。』」馬瑞辰又云：「《說文》『金玉』之『玉』無一點，其加一點者，解云：『朽玉也。從王有點。讀若「畜牧」之「畜」。』阮元曰：『《詩》「王欲玉女」，「玉」字專是加點之「玉」。玉、畜、好古音皆同部相叚借。玉女者，畜女也。畜女者，好女也。召穆公言：王乎，我正惟欲畜女好女，不得不用大諫。《詩》之「玉女」，與《孟子》引「《詩》曰『畜君何尤』」，畜君者，好君也」無異，「玉」即「畜」字之叚借。』其說是也。因思《禮記》『請君之玉女』，玉女亦當讀畜，即好女，猶云淑女也。《洪範》『維辟玉食』，玉食猶言珍食，玉亦好也。此箋解爲『金玉』之『玉』，失之。」

《民勞》五章，章十句。

板【疏】毛序：「凡伯刺厲王也。」箋：「凡伯，周同姓，周公之胤也，入爲王卿士。」○《後漢・李固傳》對策云：❶「竊聞長水司馬武宣、開陽城門候羊迪等，無他功德，初拜便真。此雖小失，而漸壞舊章。先聖法度，所宜堅守，政教一跌，百年不復。《詩》云：『上帝板板，下民卒癉。』刺周王變祖法度，故使下民將盡病也。」李注：「《詩・大雅》，凡伯刺周厲王反先王之道，下人盡病也。」《華陽國志》：「固父郃師事魯恭，習《魯詩》。」固當傳其家學，所引即《魯詩序》說。不言凡伯作，或略「厲王」作「周王」，猶《蕩》篇「傷周室大壞」之義。毛序首句多本舊說，李注言「凡伯刺厲王」，亦有「反先王之道，下人盡病」，與魯說合，皆與毛序泛言「凡伯刺厲王」者異，蓋本《韓詩序》說。齊說當同。

上帝板板，【注】魯「板」亦作「版」。下民卒癉。【注】齊「癉」作「⿸疒亶」。韓「卒」作「瘁」。❷出語不然，爲猶不遠。靡聖管管，【注】三家説曰：「管管，欲也。」不實于亶。猶之未遠，是用大諫。【疏】傳：「板板，反也。上帝，以稱王者也。癉，病也。話，善言也。猶，道也。管管，無所依繫。亶，誠也。猶，圖也。」箋：「猶，謀也。王爲政反先王與天之道，天下之民盡病。其出善言而不行之也，此爲謀不能遠圖，不知禍之將至。王無聖人之法度，管管然以心自恣，不能用實於誠信之言，言行相違也。王之謀不能圖

❶「傳」下，原衍一「傳」字，據《後漢書集解》與本疏上下文義删。
❷「韓」，原脱，據本疏下文及本書體例補。

遠，用是故我大諫王也。」○「魯『板』亦作『版』」者，《釋訓》：「版版，僻也。」不作「板」，此魯文。郭注：「邪僻。」邢疏引李巡云：「失道之僻也。」《説文》：「僻，從旁牽也。」從旁牽引，所以偏衺。經典「僻」與「辟」通。《賈子・道術》篇：「襲常緣道謂之道，反道爲辟。」《後漢・董卓傳》李注、《文選・辨命論》李注皆作「版版」，是知古多作「版」，不獨魯文。亦作「板」者，《李固傳》引《詩》作「板板」。詳上。《楊賜傳》：「不念《板》、《蕩》之作，虺蜴之誡。」賜亦學《魯詩》，知魯亦作「板」也。「齊『癉』作『𤺺』，韓『卒』作『瘁』」者，《禮・緇衣》：「《詩》云：『上帝板板，下民卒𤺺。』」鄭注：「上帝，喻君也。板板，辟也。卒，盡也。𤺺，病也。此君使民惑之詩。」此齊亦作「板」。「癉」作「𤺺」者，叚借字。《韓詩外傳》五：「登高而臨深，遠見之樂，臺榭不若邱山所見高也。平原廣望，博觀之樂，沼池不如川澤所見博也。勞心苦思，從欲極好，靡財傷情，毁名損壽，悲夫傷哉！窮君之反於是道而愁百姓。《詩》曰：『上帝板板，下民瘁癉。』」此韓亦作「板」。「卒」作「瘁」者，瘁、癉皆病也。「卒」是「悴」之渻借，《説文》：「悴，𢝊也。」讀與「瘁」同。「管管，欲也」者，《廣雅・釋訓》：「管管，浴也。」「浴」於義不可通，據下文「眊眊，思也」，乃「欲」之叚借，即箋「以心自恣」意也，説與毛異，當出三家。箋蓋即本三家義以易傳。黄山云：「靡聖，謂心無忌憚，不信有聖人，非無聖人也，故箋訓『管管』爲『以心自恣』。《廣雅》『管管，欲也』者，如《漢書・汲黯傳》『吾欲』云云之『欲』，是亦爲自恣之意矣。傳謂『無所依繫』，則爲無聖人可依據，非《詩》恉。箋本易傳，孔疏掍而一之，誤也。」《列女・楚江乙母傳》引《詩》「猶之未遠，是用大諫」，明魯、毛文同。《左・成八年傳》引《詩》：「猶之未遠，是用大簡。」「諫」作「簡」，叚借字。

天之方難，無然憲憲。天之方蹶，無然泄泄。【注】魯「泄」亦作「呭」，❶齊、韓作「詍」。❷ 辭之輯矣，民之洽矣。辭之懌矣，民之莫矣。【疏】傳：「憲憲，猶欣欣也。蹶，動也。泄泄，猶沓沓也。輯，和；洽，合；懌，悦；莫，定也。」箋：「天，斥王也。王方欲艱難天下之民，又方變更先王之道，臣乎女無憲憲然，無沓沓然，爲之制法度，達其意，以成其惡。辭，辭氣，謂政教也。王者政教和説順於民，則民心合定。此戒語時之大臣。」○「魯『泄』亦作『呭』，齊、韓作『詍』」者，《孟子》引《詩》作「泄泄」。《釋訓》：「憲憲、泄泄，制法則也。」此依邵晉涵據《釋文》正本。舊本「泄」作「洩」，《説文》無「洩」字，阮校云：「沿唐諱之舊。」均魯文，與毛同。《玉篇》引《孟子》作「呭呭，猶沓沓也。」《爾雅》釋文亦云：「泄泄，或作『呭』。」是魯亦作「呭」。《説文》：「呭，多言也。」「詍，多言也。」並引此詩。「呭」爲魯文，則「詍」爲齊、韓文矣。《説文》：「泄，水名。」「呭」、「詍」正字，「泄」借字。《孟子》「泄泄，猶沓沓也」，又申之曰：「言則非先王之道。」《釋訓》「制法則也」，郭注：「佐興虐政，設教令也。」邢疏引孫炎説同。《荀子·解蔽篇》：「辨利非以言是，則謂之詍。」均與「多言」合。《新序·雜事》三引《詩》曰：「辭之集矣，民之洽矣。辭之懌矣，民之莫矣。」蔡邕《詧對元式》引《詩》「輯」亦作「集」，《列女·齊女徐吾傳》「洽」作「協」，《説苑·善説》篇「懌」作「繹」。惟《列女·齊太倉女傳》下二句引《詩》與今本同，皆魯文異字。朱彬云：「懌，讀爲殬。《説文》：『殬，敗也。』『殬』借作『懌』，猶『殬』借作『斁』

❶ 「呭」，原作「洩」，據續經解本《魯詩遺説攷》十六、本疏下文改。

❷ 「詍」，原作「呭」，據本疏下文改。

與『擇』也。莫，讀爲瘼，訓『病』。四語兼善惡言，詞和則民合，詞病則民病。」義較傳、箋爲允。❶《說苑·善說》篇：「子貢曰：『出言陳辭，身之得失，國之安危也。』」引《詩》「辭之繹矣，❷民之莫矣」，正兼詞之美惡言之。

我雖異事，及爾同寮。我即爾謀，聽我嚻嚻。【注】魯「嚻」作「敖」。我言維服，勿以爲笑。先民有言，詢于芻蕘。【疏】傳：「寮，官也。嚻嚻，猶謷謷也。芻蕘，薪采者。」箋：「及，與；即，就也。我雖與爾職事異者，乃與女同官，俱爲卿士，我就女而謀，欲忠告以善道，女反聽我言謷謷然不肯受。服，事也。我所言乃今之急事，女無笑之。古之賢者有言，有疑事當與薪采者謀之。匹夫匹婦或知及之，況於我乎？」○「魯『嚻』作『敖』」者，《釋訓》：「敖敖，傲也。」《釋文》：「敖，本又作『謷』，又作『嚻』，同。」郭注：「傲慢賢者。」正釋此詩之訓，是魯文如此。《潛夫論·明忠》篇引《詩》云：「我雖異事，及爾同僚。我即爾謀，聽我敖敖。」此魯作「敖敖」之證。馬瑞辰云：「服者，『𠬝』之叚借。《說文》：『𠬝，治也。』『我言維服』，猶云我言維治。治對亂言，猶《左傳》以『治命』對『亂命』言也。箋訓『服』爲『事』，云『我言維事』，則不辭，故以『乃今之急事』增成其義，非詩意也。」《列女·衛姑定姜傳》引《詩》云：「我言維服。」《荀子·大略篇》：「天下國有賢人，世有俊士。迷者不問路，溺者不問遂，亡人好獨。《詩》曰：『我言維服，勿用爲笑。先民有言，詢于芻

❶「較」，原作「駁」，據馬瑞辰《通釋》改。

❷「辭之」，原作「懌作」，據馬瑞辰《通釋》、《百子全書》本《說苑》改。

蕘。』言博聞也。」❶《説苑・尊賢》篇：「泰山不讓壤石，江海不逆小流，❷所以成大也。《詩》曰：『先民有言，詢于芻蕘。』言博謀也。」《潛夫論・明闇》篇：「國之所以治者，君明也。其所以亂者，君闇也。君之所以明者，兼聽也。所以闇者，偏信也。是故人君通心兼聽，則聖日廣矣。庸説偏信，則過日甚矣。《詩》云：『先民有言，詢于芻蕘。』」《列女・齊管妾倩傳》引《詩》同，皆魯説。《禮・坊記》：「《詩》云：『先民有言，詢于芻蕘。』」鄭注：「先民，謂上古之君也。詢，謀也。芻蕘，謂下民之事也。言古之人君將有政教，必謀及之於庶民乃施之。」《鹽鐵論・刺議》篇：「多見者博，多聞者知。距諫者塞，專己者孤。故謀及下者無失策，❸舉及下者無頓功。❹《詩》云：『詢于芻蕘。』」皆齊説。《韓詩外傳》五兩引《詩》：「先民有言，詢于芻蕘。」以上三家説《詩》，明與毛文義並同。

天之方虐，無然謔謔。老夫灌灌，小子蹻蹻。【注】魯「灌」亦作「懽」，「蹻」作「矯」。匪我言耄，爾用憂謔。多將熇熇，【注】魯「熇」作「塙」。不可救藥。【疏】傳：「謔謔然喜樂。灌灌，猶款款也。蹻蹻，驕貌。八十曰耄。熇熇然熾盛也。」箋：「今王方爲酷虐之政，女無謔謔然以讒慝助之。老夫諫女款款然自謂也，女反蹻蹻然如小子，不聽我言。將，行也。今我言非老耄有失誤，乃告女用可憂之事，而

---

❶「聞」，續經解本《魯詩遺説攷》十六、《諸子集成》本《荀子集解》作「問」。

❷「汪」，《百子全書》本《説苑》作「江」，當據改。

❸「下」上，原有「天」字，據續經解本《齊詩遺説攷》九、《百子全書》本《鹽鐵論》删。

❹「下」，《百子全書》本《鹽鐵論》作「衆」。

女反如戲謔。多行熇熇慘毒之惡，誰能止其禍？」○《釋訓》：「謔謔、謞謞，崇讒慝也。」孔疏引：「舍人曰：『皆盛烈貌。』孫炎曰：『厲王暴虐，大臣謔謔然喜，謞謞然盛，以興讒慝也。』」謔謔非喜，而云喜樂者，王方暴虐，甚可憂懼，而以戲謔出之，故曰謔謔然喜，直以爲用憂謔也。非我言耄，多失誤也。「魯『灌』或作『懽』，『蹻』作『矯』」者，《釋訓》又云：「懽懽，憂無告也。」郭注：「賢者憂懼，無所訴也。」《説文》「懽」下引《爾雅》，與今文合。《爾雅》釋文出「灌」字，云：「本或作『懽』。」孔疏引《爾雅》作「灌」，又與《釋文》本合。孔疏：「《釋訓》解其言灌灌之意耳，非解『灌灌』之義。」此爲傳背《雅》訓迴護，不可據。《列女·趙將括母傳》引《詩》：「老夫灌灌，小子矯矯。匪我言耄，爾用憂謔。」亦本《魯詩》爲説，仍作「灌灌」，而「蹻蹻」則作「矯矯」，是魯灌、懽通作，「蹻」作「矯」也。《尚書五行傳》鄭注：「怵攸，謂若『老夫嚾嚾，小子蟜蟜』。」「灌」作「嚾」，「蹻」作「蟜」。説五行義當本《齊詩》，「嚾」即「懽」之通叚。《魯頌》「矯矯虎臣」，《釋文》本作「蟜」，云：「又作『矯』，亦作『蹻』。」是三字古皆通作。《韓詩外傳》十「楚邱先生」章引《詩》「老夫灌灌」，此韓、毛同文。《玉篇》：「悹悹，憂無告也。悺，同上。」説即本之《釋訓》文。阮元據《説文》「悹，憂也」，與《玉篇》訓合，謂《釋訓》之「懽」本作「悹」。又《廣韻》「悹」下引《詩傳》「悹悹，無所依」，李富孫亦定爲此章「灌灌」之異文。陳喬樅以音列《廣韻·二十四緩》，引《詩傳》又與本篇首章毛傳同，定爲「管管」之異文。愚案：「無所依」本即「憂無告」之義，《説文》訓「悹」爲「憂」，《廣韻》所引《詩傳》必同此恉。毛以「無依繫」説「靡聖管管」，本非塙詁，《廣韻》乃孫愐等所采輯，或因《詩傳》此訓適與毛説「管管」合，誤入緩韻，實則「悹」爲古玩切，愐所作《唐韻》亦然，不當列上聲也。《玉篇》在《廣韻》之前，説與《爾雅》、《説文》並符，知「悹」即「懽」之異文，李説爲長。《釋訓》之「懽」，《説文》既明定爲《爾雅》之字，則《玉篇》、《廣韻》所列，皆即《韓詩》「灌」之「或作」字。蓋孫據韓傳，而李以魯訓通讀也。《釋訓》「熇熇」作「謞謞」，明魯文如此。《釋文》：「謞，本亦作『熇』。」《說文》：「熇，火熱也。《詩》云：『多將熇熇。』」「熇」正字，「謞」借字也。《說苑・辨物》篇：「亂君之治，不可藥而息也。《詩》曰：『多將熇熇，不可救藥。』甚之之辭也。」《列女・晉伯宗妻傳》引《詩》文同。皆用「亦作」本。《韓詩外傳》三兩引「多將熇熇，不可救藥」，明韓、毛文同。

天之方懠，無爲夸毗。威儀卒迷，善人載尸。民之方殿屎，【注】魯「屎」亦作「吚」。則莫我敢葵。喪亂蔑資，曾莫惠我師。【疏】傳：「懠，怒也。夸毗，體柔人也。殿屎，呻吟也。蔑，無；資，財也。」箋：「王方行酷虐之威怒，女無夸毗以形體順從之，君臣之威儀盡迷亂，賢人君子則如尸矣，不復言語。時厲王虐而弭謗。葵，揆也。民方愁苦而呻吟，則忽然有揆度知其然者；其遭喪禍，又素以賦斂空虛，無財貨以共其事，窮困如此，又曾不肯惠施以賙贍衆民。言無恩也。」○《釋言》：「懠，怒也。」郭注引《詩》：「天之方懠。」《釋訓》：「夸毗，體柔也。」郭注：「屈己卑身，以柔順人也。」與孔疏引李巡說「屈己卑身，求得於人，曰體柔」義同。《釋文》引字書「夸毗」作「𨈲𨉖」，《廣韻》作「𨈲𨉛」，俱別體。徐幹《中論・亡國》篇：「君子者，行不媮合，立不易方。不以天下枉道，不以樂生害仁。安可以祿誘哉？雖強執搏之而不獲已，亦杜口佯愚，苟免不暇。國之安危，將何賴焉？《詩》云：『威儀卒迷，善人載尸。』此之謂也。」徐學《魯詩》，明魯、毛文同。「魯『屎』亦作『吚』」者，《釋訓》：「殿屎，呻也。」郭注：「呻吟之聲。」孔疏引孫炎說同。據此，魯、毛文同。蔡邕《和熹鄧后謚議》「人懷殿吚之聲」，明魯亦作「吚」。「吚」正字，「屎」借字。《說文》「唸」下云：「吚也。」引《詩》：「民之方唸吚。」「吚」下云：「唸吚，呻也。」亦於《雅》訓合。《五經文字》：「吚，亦作『咿』。」皆三家《詩》之異字者，蓋齊、韓文也。《爾雅》釋文：「或作『歛欣』，又作『慇脲』。」並俗字。《説苑·政理》篇：「『相亂蔑資，曾莫惠我師。』此傷奢侈不節以爲亂者也。」孫志祖云：「相，當爲『喪』字之誤。」或魯家異文。

天之牖民，如壎如篪，如璋如圭，如取如攜。攜無曰益，牖民孔易。【注】三家「牖」作「誘」。民之多辟，無自立辟。【疏】傳：「牖，道也。如壎如篪，言相和也。如璋如圭，言相合也。如取如攜，言必從也。辟，法也。」箋：「王之道民以禮義，則民和合而從之如此。易，易也。女攜掣民東與？西與？民皆從女所爲，無曰是何益爲，道民在己甚易也。民之行多爲邪辟者，乃女君臣之過，無自謂所建爲法也。」○胡承珙云：「孔疏：『半圭爲璋，合二璋則成圭，故云相合。』而於上『壎篪』不詳何以相和。樂器相和者多，何以獨言壎篪？張萱《疑耀》云：『閲古今樂律諸書，知七音各自爲五聲，如宫磬鳴而徵磬和。獨壎、篪則二器共爲一音，壎爲宫而篪之徵和，壎爲角而篪之羽和。此所以言相和也。』」馬瑞辰云：「『攜無曰益』，攜，猶取也。取民之道以治民，非於民有所增益，即《中庸》『以人治人』也。故下即云『牖民孔易』。箋以『益』爲『何益』，失之。」《史記·樂書》：「爲人君者，謹其所好惡而已矣。君好之則臣爲之，上行之則民從之。《詩》曰：『誘民孔易。』此之謂也。」《風俗通義》六亦引《詩》云：「天之誘民。」《禮·樂記》：「《詩》云：『誘民孔易。』」鄭注：「誘，進也。孔，甚也。」《韓詩外傳》五：「故聖王之教其民也，必因其情而節之以禮，必從其欲而制之以義。義簡而備，禮易而法，去情不遠，故民之從命也速。孔子知道之易行，曰：『《詩》云：「誘民孔易。」』非虚辭也。」」今《外傳》本「誘」作「牖」，此從王氏《詩攷》引。史遷、應劭學《魯詩》，齊學《詩》、《禮》同源，與《韓詩》皆作「誘民」，是則「誘」正字，「牖」借字。《後漢・張衡傳》：《東京賦》：「姬周之末，政由多僻。」又《思玄賦》：「覽蒸民之多僻兮，畏立辟以危身。」《玉篇・人部》「僻」下引：「《詩》曰：『民之多僻。』僻，邪也。」魯、韓《詩》如此。齊文當同。段玉裁云：「傳『辟，法也』之上，不言『辟，僻也』，蓋漢時《毛詩》本上作『僻』，下作『辟』，故箋云『多爲邪僻』。各書徵引皆上『僻』下『辟』，《釋文》亦然。自唐石經二字皆作『辟』，而朱子并下『辟』字釋爲『邪』矣。」愚案：陸、孔均不言毛有異字，是本自作「多辟」，與《左・宣九年傳》、《昭二十八年傳》引《詩》文同。僻、辟兩作，惟三家今文然也。

价人維藩，【注】魯「价」作「介」，「維」作「惟」。大師維垣，大邦維屏，大宗維翰。懷德維寧，宗子維城。無俾城壞，無獨斯畏。【疏】傳：「价，善也。藩，屏也。垣，牆也。王者，天下之大宗。翰，幹也。懷，和也。」箋：「价，甲也。被甲之人，謂卿士掌軍事者。大師，三公也。大邦，成國諸侯也。大宗，王之同姓世適子也。王當用公卿、諸侯及宗室之貴者爲藩屏垣幹，爲輔弼，無疏遠之。斯，離也。和女德無行酷虐之政，以安女國，以是爲宗子之城，使免於難。遂行酷虐，則禍及宗子，是謂城壞。城壞則乖離，而女獨居而畏矣。宗子，謂王之適子。」○「魯『价』作『介』，『維』作『惟』」者，《釋詁》：「介，善也。」郭注：「《詩》曰：『介人惟藩。』」《荀子・君道篇》：「君人者，愛民而安，好士而榮，兩者無一焉而亡。《詩》曰：『介人惟藩，大師惟垣。』此之謂也。」馬瑞辰云：「《爾雅》：『介，大也。』又『介，善也。』《方言》、《説文》並曰：『乔，大也。』介人爲善人，即爲大人，與下文大師、大邦、大宗爲一類。若如箋説『被甲之人』，則不類矣。大師，宜謂大衆。『大師惟垣』，猶云衆志成城也。箋讀大如泰，以大師爲三公，誤矣。」愚案：《荀子》引《詩》，以證好士愛民之説，是魯家最初塙詁。《彊國篇》引《詩》説同，與《爾雅》引《詩》作「介」文合。惟，舊作「維」，臧鏞堂云：「案：當作『惟』。」愚案：魯皆作「惟」，間有傳寫誤「維」者，今正。《漢書·諸侯王表》：「昔周監二代，三聖制法，立爵五等，封國八百，同姓五十有餘。周公、康叔建於魯、衞，各數百里。太公於齊，亦五侯九伯之地。《詩》載其志，曰：『介人惟藩，大師惟垣。大邦惟屏，大宗惟翰。懷德惟寧，宗子惟城。毋俾城壞，毋獨斯畏。』所以親親賢賢，褒表功德，關諸盛衰，深根固本，爲不可拔者也。」《易林·頤之漸》：「姬奭姜望，爲武守邦。藩屏燕齊，周室以彊，子孫億昌。」班、焦皆學《齊詩》，「价」作「介」，與毛異。《易林》「爲武守邦，子孫億昌」，即《詩》「大邦維屏，大宗維翰」，意與箋説同也。

敬天之怒，無敢戲豫。敬天之渝，無敢馳驅。昊天曰明，及爾出王。昊天曰旦，及爾游衍。【疏】傳：「戲豫，逸豫也。馳驅，自恣也。王，往；旦，明；游，行；衍，溢也。」箋：「渝，變也。及，與也。昊天在上，人仰之，皆謂之明。常與女出入往來，游溢相從，視女所行善惡，可不慎乎？」〇《後漢·蔡邕傳》答詔問災異曰：「『畏天之怒，不敢戲豫。』天戒誠不可戲也。」是《魯詩》「敬」作「畏」，「無」作「不」。《郎顗傳》條對亦曰：「《詩》云：『敬天之怒，不敢戲豫。』」《丁鴻傳》上封事引《詩》同。顗學《齊詩》，鴻不知何《詩》，「無」皆作「不」。《楊秉傳》引《詩》：「敬天之威，不敢驅馳。」「渝」作「威」，「馳驅」作「驅馳」，皆三家異文。

《板》八章，章八句。

《生民》之什十篇，六十五章，四百三十三句。

詩三家義集疏卷二十三

長沙王先謙益吾著

蕩之什弟二十三　詩大雅

蕩【疏】毛序：「召穆公傷周室大壞也。厲王無道，天下蕩蕩，無綱紀文章，故作是詩也。」〇三家無異義。

蕩蕩上帝，【注】魯「蕩」作「盪」。下民之辟。疾威上帝，其命多辟。天生烝民，其命匪諶。靡不有初，鮮克有終。【疏】傳：「上帝，以託君王也。辟，君也。疾病人矣，威罪人矣。諶，誠也。」箋：「蕩蕩，法度廢壞之貌。厲王乃以此居人上，爲天下之君。言其無可則象之甚。疾病人者，重賦斂也。威罪人者，峻刑法也。其政教又多邪辟，不由舊章。烝，衆；鮮，寡；克，能也。天之生此衆民，其教道之，非當以誠信使之忠厚乎？今則不然，民始皆庶幾於善道，後更化於惡俗。」〇「魯『蕩』作『盪』」者，《釋訓》：「盪盪，僻也。」是魯作「盪盪」。邢疏引李巡云：「盪盪者，弗思之僻也。」本魯訓，與箋異。《說苑·至公》篇：「公生明，偏生暗。端慤生達，詐譌生塞。神聖生誠，夸誕生惑。此六者，君子之所慎，而

【注】韓「諶」作「訦」。

禹、桀所以分也。《詩》曰：『疾威上帝，其命多僻。』言不公也。」此亦魯説。惟其不公，是以命多邪僻，而疾與威因之俱至。「韓『諶』作『訦』」者，《外傳》五云：「繭之性爲絲，弗得女工燔以沸湯，抽其統理，不成爲絲。卵之性爲雛，不得良雞覆伏孚育，積日累久，不成爲雛。夫人性善，非得明王聖主扶攜，内之以道，則不成君子。《詩》曰：『天生烝民，「民」或作「明」。其命匪訦。靡不有初，鮮克有終。』言惟明王聖主然後使之然也。」今本作「諶」，此據王氏《詩攷》引。馬瑞辰云：「命，當讀如『天命之謂性』之『命』，謂天命之初本善，而其後鮮終。以本善者歸之天，以終善者責之君，正合詩義。朱子《集傳》云：『降命之初，無有不善，而人少能以善道自終。』義本《韓詩》。箋以命爲人君之教命，失之。」《説苑·敬慎》篇曾子曰：「官怠於宦成，病加於少愈，禍生於懈惰，孝衰於妻子。察此四者，慎終如始。《詩》云：『靡不有初，鮮克有終。』」《白虎通·謚》篇：「《詩》云：『靡不有初，鮮克有終。』言人行終始不能若一，故據其終始，從可知也。」《新序·善謀》篇：「《詩》曰：『靡不有初，鮮克有終。』言始之易，終之難也。」《漢書·賈山傳》引《詩》同。《大戴禮·衛將軍文子》篇，又《韓詩外傳》八、《外傳》十俱引《詩》下二句，與《外傳》五引同，是三家文義同。

文王曰咨，咨汝殷商。曾是彊禦，【注】魯、齊「禦」作「圉」。曾是掊克，曾是在位，曾是在服。天降滔德，女興是力。【疏】傳：「咨，嗟也。彊禦，彊梁禦善也。掊克，自伐而好勝人也。服，服政事也。天，君；慆，慢也。」箋：「厲王弭謗，穆公朝廷之臣，不敢斥言王之惡，故上陳文王咨嗟殷紂，以切刺之。女曾任用是惡人，使之處位，執職事也。厲王施倨慢之化，女羣臣又相與而力爲之。言競於惡。」○馬瑞辰云：「孔疏：『咨是歎辭，故言「嗟」以類之，非訓「咨」爲「嗟」也。』案：《説文》『咨』下云：『謀事曰咨。』又

『嗞，嗟也。』嗟者，『䛩』之或體。《言部》『䛩』下云：『咨也。』段本改作『嗞也』，與『嗞』爲互訓，是訓『嗟』之字當作『嗞』。《釋詁》：『嗟、咨，蹉也。』《釋文》：『蹉，本或作「䟫」。』引《字林》曰：『皆古「嗟」字。』案：《爾雅》嗟、咨同訓者，亦以『咨』爲『嗞』之借字。『嗞』借作『咨』，猶《爾雅》訓『咨』爲『此』，即以『咨』爲『茲』之借字也。《秦策》曰：『嗟嗞乎。』《詩·綢繆》毛傳曰：『子兮者，嗟茲也。』古人每以『嗟嗞』連言，《爾雅》『嗟咨』即『嗟嗞』也，作『茲』者，亦省借耳。孔疏不知『咨』爲『嗞』之叚借，遂謂傳非訓『嗟』爲『咨』矣。」魯、齊『禦』作『圉』」者，《楚詞·離騷》「澆身被服强圉兮」，王逸《章句》云：「强圉，多力也。」《漢書·敘傳》：「曾是强圉，掊克爲雄。」王學《魯詩》，班學《齊詩》，「禦」皆作「圉」。《韓詩》當同。王念孫云：「禦，亦强也。字或作『圉』。《逸周書·謚法》篇：『威德剛武曰圉。』《繁露·必仁且智》篇：『其强足以覆過，其禦足以犯詐。』是『禦』與『强』同義。《左·昭元年傳》『彊禦已甚』，十二年《傳》『吾軍帥彊禦』，非『彊梁禦善』之謂也。」楊雄《司空箴》：「班禄遺賢，掊克充朝。」《潛夫論·敘録》：「曾是掊克，何官能治？」用魯經文。

文王曰咨，咨女殷商。而秉義類，彊禦多懟。流言以對，寇攘式内。侯作侯祝，靡屆靡究。【疏】傳：「對，遂也。作祝，詛也。屆，極；究，窮也。」箋：「義之言宜也。類，善；式，用也。女執事之臣宜用善人，反任彊禦衆懟爲惡者，皆流言謗毀賢者，王若問之，則又以對。寇盜攘竊爲姦宄者，而王信之，使用事於内。侯，維也。王與羣臣乖争而相疑，日祝詛求其凶咎無極已。」○「寇攘式内」，與《召旻》「蟊賊内訌」義同。《列女·趙靈吴女傳》引：「《詩》曰：『流言以對，寇攘式内。』言不善之從内出也。」明魯、毛文同，詁二句義與箋合。《釋文》：「作，本或作『詛』。」孔疏：「作，即古『詛』字。詛與祝别，故各言侯。」案：詛、祝本無別，「作」之即「詛」，於古無徵。焦循、馬瑞辰雖引《釋名》「助」訓「乍」，《吕覽》高注「苴，音同酢」，《說文》「殂」之古文即從歺從作，疑音訓可通，而義不相類，故李黼平、臧琳、段玉裁、李富孫、胡承珙、陳奂諸家皆斥陸、孔爲誤，謂毛傳「作祝詛也」本四字爲句，即訓「作」爲「作祝詛」，而「侯作侯祝」例如「是剥是菹」、「爰始爰謀」、「乃宣乃畝」、「克禋克祀」，初不分「作祝」爲兩事。是則《釋文》「或作」原屬俗本，孔疏亦沿之爲説也。黄山云：「毛傳例不改字，箋凡改字，必詳其說。此皆不言，自無以『作』爲『詛』之事。然諸家謂毛傳四字爲句，亦尚未塙。蓋『詛』必『作祝』，《春官·詛祝》『作盟詛之載辭』，是其證。而《大祝》『掌六祝之辭，作六辭以通上下，親疏遠近』，則『作祝』固非僅用於『詛』。小祝、甸祝亦皆掌祝。《禮·禮運》『作其祝號，玄酒以祭』，明『作祝』爲祭也。毛以《詩》言『侯作侯祝』尚係統辭，故以『詛也』釋『作祝』耳。」

文王曰咨，咨女殷商。女炰烋于中國，斂怨以爲德。不明爾德，時無背無側。爾德不明，以無陪無卿。【注】齊「德」、「側」二韻倒在下，「側」作「仄」。韓「時」作「以」，「背」作「倍」。【疏】傳：「炰烋，猶彭亨也。背無臣，側無人也。無陪無卿，無陪貳，無卿士也。」箋：「炰烋，自矜氣健之貌。斂聚羣不逞作怨之人，謂之有德而任用之。無臣、無人，謂賢者不用。」○《說文》無「炰」字，胡承珙云：「《文選·魏都賦》『呑滅咆烋』，劉淵林注：『咆烋，猶咆哮也，自矜健之貌。《詩》曰：「咆烋于中國。」』據此，知《詩》『炰烋』爲『咆哮』之借。《說文》：『咆，嗥也。』『哮，豕驚聲也。』咆哮者，嗥鳴作健之意。劉注即用鄭箋。」愚案：《釋文》不言毛「炰烋」有「或作」本，《魏都賦》「炰」作「咆」，與毛異字，當本《韓詩》。《說文繫傳》「咆」下引《詩》「咆哮于中國」，上無「女」字，與劉注引同，文與毛異，亦必《韓詩》。劉云「炰烋，猶咆哮」，明韓本烋、哮通作，箋即據韓改毛，非劉用鄭説也。《漢書・五行志》引《傳》云：「《詩》云：『爾德不明，㠯亡陪亡卿。不明爾德，㠯亡背亡仄。』言上不明，暗昧蔽惑，則不能知善惡，親近習，長同類，亡功者受賞，有罪者不殺，百官廢亂也。」陳喬樅云：「夏侯始昌善推《五行傳》，志所載《傳》，皆本始昌。始昌傳《齊詩》，則此齊説。」顔注：「言不別善惡，有逆背傾仄者，有堪爲卿大夫者，皆不知之也。」以「無背無仄」爲不知惡人，以「無陪無卿」爲不知善人，與經言「不明」義相貫，較毛、鄭説爲善。《晉書・五行志》引《詩》，與《漢志》同。「韓『時』作『以』，『背』作『倍』」者，《韓詩外傳》五、《外傳》八、《外傳》十三引「不明爾德」四句，仍與毛同。《詩攷》引「時」作「以」，「背」作「倍」，今本妄改同毛。

文王曰咨，咨女殷商。天不湎爾以酒，不義從式。既愆爾止，靡明靡晦。式號式呼，【注】齊「呼」作「謼」。俾晝作夜。【疏】傳：「義，宜也。俾晝作夜，使晝爲夜也。」箋：「式，法也。天不同女顔色以酒，有沈湎於酒者，是乃過也，不宜從而法行之。愆，過也。女既過湛湎矣，又不爲明晦，無有止息也，醉則號呼相傚，用晝日作夜，不視政事。」○《初學記》二十六引《韓詩》曰：「齊顔色，均衆寡，謂之沈。閉門不出者，謂之湎。」《文選・魏都賦》李注引薛君曰：「均衆謂之流，閉門不出客謂之湎。」本詩《釋文》亦引《韓詩》曰：「飲酒不出客曰湎。」馬瑞辰云：「『天不湎爾以酒』，猶云天不淫爾以酒，《淮南・要略訓》高注『沈湎，淫酒也』是也。箋訓『湎』爲同色，未免迂曲。」愚案：《初學記》引《韓説》沈湎之文，薛君説獨遺「齊顔色」，箋乃單取顔色爲説，蓋以湎從面，於顔色爲合，而韓之本説則屬「沈」，遂兼兩字説之，其源亦出於韓。高注則本魯訓耳。「齊『呼』作『謼』」者，《漢書・敘傳》：「班伯曰：『式號式謼，《大雅》所以流連也。』」伯受《齊詩》於師丹，知此爲齊文。

文王曰咨，咨女殷商。如蜩如螗，如沸如羹。小大近喪，人尚乎由行。内奰于中國，覃及鬼方。【疏】傳：「蜩，蟬也。螗，蝘也。『人尚乎由行』，言居人上欲用行是道也。奰，怒也。不醉而怒曰奰。鬼方，遠方也。」箋：「飲酒號呼之聲，如蜩螗之鳴。其笑語沓沓，又如湯之沸、羹之方熟。殷紂之時，君臣失道如此，且喪亡矣，時人化之甚，尚欲從而行之，不知其非。此言時人忲於惡，雖有不醉，猶好怒也。」○《漢書・五行志》：「《詩》云：『如蜩如螗，如沸如羹。』言上號令不順，民心虚譁憒亂，則不能治海内。」顔注：「謂政無文理，虚言噂沓，如蜩螗之鳴，湯之沸涫，羹之將熟也。」案：《漢志》所言，《齊詩》義也。《釋蟲》：「蜩，蜋蜩，螗蜩。」以蜩爲諸蟬之總名，分别五方之語。「蜋蜩」郭注：「《夏小正傳》曰：『蜋蜩者，五彩具。』」《方言》：「蟬，楚謂之蜩，陳、鄭之間謂之蜋蜩。」《初學記》引孫炎曰：「蜋，五色具。蜩，宫中小青蟬也。」「螗蜩」郭注：「《夏小正傳》曰：『螗蜩者，蝘，俗呼爲胡蟬，江南謂之螗蛦，音夷。」邢疏引舍人曰：「三輔以西爲蜩，梁、宋以東謂蜩爲蝘。」郝懿行云：「案：今螗蜩小於馬蜩，背青緑色，頭有花冠，喜鳴，其聲清圓，若云鳥友鳥友，與胡蛦之聲相轉。蛦、蝘又聲相轉也。」「蜋蜩」二字别有説，詳《豳風》。馬瑞辰云：「詩意謂時人悲歎之聲如蜩螗之鳴，憂亂之心如沸羹之熟。淮南王《招隱》曰：『歲暮兮不自聊，蟪蛄鳴兮啾啾。』劉向《七諫》曰：『身被疾而不問兮，心沸熱其如湯。』正取此詩之義。箋説失之。沸者，『鬻』之渻借。《説文》：『鬻，涫也。』『涫，鬻也。』涫，今俗作『滚』。」又云：「《説文》：『𡚁，壯大也。從三大三目。二目爲㗊，三目爲𡚁，益大也。讀若《易》虙羲氏。《詩》曰：「不醉而怒謂之𡚁。」』所引《詩》即《詩傳》。今作『奰』者，『𡚁』之省。凡『壯健』義，與『怒』近，《廣雅》：『怒，健也。』故𡚁爲壯大義，又爲怒。《魏都賦》『𡚁回内贔』，劉淵林注引

《詩》作『内贔』，『贔』又『奰』之俗也。正義引張衡《西京賦》：『巨靈奰屭，以流河曲。』《方言》：『膞，盛也。』郭注：『膞泗，❶充壯也。』❷『膞泗』與『奰屭』同。《淮南·墬形》篇『食木者多力而奰』，高注：『奰，讀「内奰于中國」之「奰」，聲近鼻。』是其證也。又怒則氣滿，故⿸疒奰從奰聲，《説文》：『⿸疒奰，滿也。』」愚案：《爾雅》，魯訓也。《招隱》、《七諫》皆用魯經文。《説文》「奰」作「奰」，與毛異字，與《墬形》篇及高注引《詩》正同，亦本魯。又引《詩》説並微異毛，當爲毛出於魯。馬謂即引毛傳，蓋誤。《西京賦》字亦出於魯，宜同《説文》。《魏都賦》及劉注引《詩》作「贔」，當爲《韓詩》之異字，故皆與毛異。鬼方，詳見《殷武》。

文王曰咨，咨女殷商。匪上帝不時，殷不用舊。雖無老成人，尚有典刑。曾是莫聽，大命以傾。【疏】箋：「此言紂之亂，非其生不得其時，乃不用先王之故法之所致。老成人，謂若伊尹、伊陟、臣扈之屬。雖無此臣，猶有常事故法可案用也。莫，無也。朝廷君臣皆任喜怒，曾無用典刑治事者，以至誅滅。」○馬瑞辰云：「《廣雅》：『時，善也。』『匪上帝不時』，猶云非上帝不善耳。箋云『非其生不得其時』，失之。」《荀子·非十二子篇》引《詩》「雖無老成人」四句，明魯、毛文同。《風俗通義》五：「《詩》云：『雖無老成人，尚有典刑。』國之大綱也，可不申敕小懲而大戒哉？」《説苑·臣術》篇：「諫諍輔弼之人，社稷之臣也。明君之所尊禮，而闇君以爲己賊。故明君之所賞，闇君之所殺也。明君好問，闇君好獨。明君尚賢使能而

❶「泗」，宋本《方言》、孔刻《方言疏證》作「呬」。

❷「充」，原作「克」，據馬瑞辰《通釋》、宋本《方言》、孔刻《方言疏證》改。

享其功，闇君畏賢妬能而滅其業。罰其忠而賞其賊，夫是謂至闇，桀、紂之所以亡也。《詩》云：『曾是莫聽，大命以傾。』」《新序·善謀》篇、《列女·楚武鄧曼傳》引同。《漢書·外戚傳》成帝報許后曰：「《詩》云：『雖無老成人，尚有典刑。曾是莫聽，大命以傾。』」成帝從伏理受《齊詩》，明齊、毛文同。《鹽鐵論·遵道》篇引《詩》「雖無老成人」二句，亦據《齊詩》爲説。

文王曰咨，咨女殷商。人亦有言，顛沛之揭。枝葉未有害，本實先撥。【注】魯「撥」作「敗」。殷鑒不遠，【注】❶魯「鑒」作「監」。在夏后之世。【疏】傳：「顛，仆；沛，拔也。揭，見根貌。」箋：「揭，蹶貌。撥，猶絶也。言大木揭然將蹶，枝葉未有折傷，其根本實先絶，乃相隨俱顛拔。喻紂之官職雖俱存，紂誅亦皆死。此言殷之明鏡不遠也，近在夏后之世，謂湯誅桀也。後武王誅紂，今之王者，何以不用爲戒？」○「魯『撥』作『敗』」者，《列女·齊東郭姜傳》引《詩》曰：「枝葉未有害，本實先敗。」是魯作「敗」。《韓詩外傳》五引《詩》：「枝葉未有害，本實先撥。」明韓、毛文同。「魯『鑒』作『監』」者，《潛夫論·思賢》篇：「『殷監不遠，在夏后之世。』夫與死人同病者，不可生也。與亡國同行者，不可存也。豈虚言哉？」趙岐《孟子章句》七：「言殷之所監視，在夏后之世耳。以前代善惡爲明鏡也，欲使周亦鑒於殷之所以亡也。」是魯作「監」。《鹽鐵論·結和》篇：「語曰：『前車覆，後車戒。』『殷鑒不遠，在夏后之世』矣。」《漢書》傳贊：「梅福之辭，合於《大雅》。雖無老成，尚有典刑。殷鑒不遠，夏后所聞。」此齊説。《韓詩外傳》五：「夫明鏡者，所以

❶「注」，原脱，據本書體例補。

照形也。往古者，所以知今也。夫知惡往古之所以爲亡，而不襲蹈其所以安存者，則無以異乎卻行而求逮於前人也。鄙語曰：『不知爲吏，視已成事。』或曰：前車覆，而後車不誡，是以後車覆也。故夏之所以亡者，而殷爲之。殷之所以亡者，而周爲之。故殷可以鑒於夏，而周可以鑒於殷。《詩》曰：『殷鑒不遠，在夏后之世。』」齊、韓仍作「鑒」，與毛同。箋以「明鏡不遠」申毛，即本魯、韓說。

《蕩》八章，章八句。

抑【注】韓説曰：「衛武公刺王室，亦以自戒。計年九十有五，猶使人日誦是詩，而不離於其側。」

【疏】毛序：「衛武公刺厲王，亦以自警也。」箋：「自警者，『如彼泉流，無淪胥以亡』。」○「衛武」至「其側」，孔疏引《韓詩翼要》文，本《楚語》爲説而小異。陳氏奂據《史記·年表》，武公以宣王十六年爲衛侯，至平王十三年卒，則厲王乃追刺也。《中論·虚道》篇：❶「昔衛武公年過九十，猶夙夜不怠，思聞訓道，命其羣臣曰：『無謂我老耄而舍我，❷必朝夕交戒。』又作《抑》詩以自儆也。衛人思其德，爲賦《淇奥》，且曰睿聖。」《淮南·繆稱訓》：「衛武侯謂其臣曰：『小子無謂我老而羸我，有過必諫之。』」高注：「武侯蓋年九十五矣。」此皆魯説。愚案：《楚語》「衛武公作《懿》以自儆」，韋昭云：「昭謂：《懿》，《詩·大雅·抑》之篇也。抑，讀曰懿。」「抑」與「懿」不相通借，蓋

❶「中」，原作「申」，據續經解本《魯詩遺説攷》十七、《百子全書》本《中論》改。
❷「耄」，原作「耋」，據續經解本《魯詩遺説攷》十七、《百子全書》本《中論》改。

取聲近字爲訓。

抑抑威儀，維德之隅。人亦有言，靡哲不愚。【注】魯「靡」作「無」。庶人之愚，亦職維疾。哲人之愚，亦維斯戾。【疏】傳：「抑抑，密也。隅，廉也。靡哲不愚，國有道則知，國無道則愚。職，主；戾，罪也。」箋：「人密審於威儀抑抑然，是其德必嚴正也。古之賢者道行心平，可外占而知內，如宫室之制，内有繩直，則外有廉隅。今王政暴虐，賢者皆佯愚，不爲容貌，如不肖然。庶，衆也。衆人性無知，以愚爲主，言是其常也。賢者而爲愚，畏懼於罪也。」○《漢書·馮奉世傳贊》：「《詩》稱『抑抑威儀，惟德之隅』。」陳喬樅云：「『抑抑威儀』句，又見班固《辟雍詩》。『惟德之隅』句，又見《漢書·敘傳》。」皆齊文，是齊與毛同。「魯『靡』作『無』」者，《淮南·人閒訓》：「人能由昭昭於冥冥，則幾於道矣。《詩》曰：『人亦有言，無哲不愚。』此之謂也。」是魯作「無」。《韓詩外傳》六：「比干諫而死，箕子曰：『知不用而言，愚也。殺身以彰君之惡，不忠也。二者不可，然且爲之，不祥莫大焉。』遂被髮佯狂而去。君子聞之，曰：『勞矣箕子，盡其精神，竭其忠愛，見比干之事免其身，仁知之至。』《詩》曰：『人亦有言，靡哲不愚。』」明韓、毛文同。

無競維人，四方其訓之。【注】魯「維」作「惟」，亦作「伊」。有覺德行，【注】齊「覺」作「梏」。四國順之。❶ 訏謨定命，遠猶辰告。敬慎威儀，維民之則。【注】三家「維」作「惟」。【疏】傳：「無

❶ 「順」，原作「訓」，據明世德堂本《毛詩》、阮刻本《毛詩正義》改。

競，競也。訓，教；覺，直也。訏，大；謨，謀；猶，道；辰，時也。」箋：「競，彊也。人君爲政，無彊於得賢人，得賢人則天下教化於其俗。有大德行，則天下順從其政。言在上所以倡道。猶，圖也。大謀定命，謂正月始和，布政于邦國都鄙也。爲天下遠圖庶事，而以歲時告施之。則，法也。」○「魯『維』作『惟』，亦作『伊』」者，《吕覽·求人》篇高注：「《詩·大雅·抑》之二章：『無競惟人，四方其訓之。』無競，競也。國之强，惟在得人。」此「維」作「惟」。《蔡邕集·陳留太守胡公碑》：「可謂無競伊人，温恭淑慎者也。」《司空臨晉侯楊公碑》、《祖德頌》引《詩》並同。《釋詁》：「伊，維也。」此魯「亦作」本。《楚詞·九歎》王逸《章句》：「覺，較也。《詩》曰：『有覺德行。』」《新序·雜事》五：「桓公所以九合諸侯，一匡天下者，遇士如是也。《詩》曰：『有覺德行，❶四國順之。』桓公其以之矣。」《列女·魯公姑姊傳》亦引《詩》二句，明魯、毛文同。《韓詩外傳》五引《詩》：「有覺德行，四國順之。」《外傳》六載齊桓公事，亦引《詩》二句，明韓、毛文同。「齊『覺』亦作『梏』」者，《春秋繁露·郊祭》篇：「《詩》：『有覺德行，四國順之。』覺者，著也。王者有明著之德行於世，則四方莫不響應，風化善於彼矣。」❷此齊作「覺」，與毛同。《禮·緇衣》：「《詩》云：『有梏德行，四國順之。』」鄭注：「梏，大也，直也。」是齊亦作「梏」。馬瑞辰云：「《爾雅》：『梏，直也。』《廣雅》：『覺，大也。』覺與梏雙聲。《爾雅》釋文：『梏，郭音角。』即讀同覺。《釋名》：『上敕下曰告。告，覺也，使覺悟知己意。』以覺、告同音爲義，故通

❶「德」，原作「得」，據續經解本《魯詩遺説攷》十七、《百子全書》本《新序》改。

❷「化」，原作「行」，據宋本《春秋繁露》改。

用。『梏』即『覺』之叚借也。」黃山云：「《釋詁》：『梏、較，直也。』王逸《章句》：『覺，較也。』亦以『直』爲義。《爾雅》不爲『覺』作訓，經典『梏』之有『直』義者，亦惟『有梏德行』，是《釋詁》即爲此詩出訓。知魯、齊本皆以『梏』爲正字，『覺』爲借字。『告』之義爲牛觸人，以木較牛兩角而梏之，所以告人便覺痞也，故從告之字得有『較』、『直』義，並可與『覺』通訓。《大射儀》『見鵠於參』，鄭注：『鵠之言較。較，直也。』《賓之初筵》鄭箋《釋文》：『鵠者，覺也，直也。』即其證。《說文》『帝嚳』之『嚳』從告，學省聲。覺從見，亦學省聲。然《管子・侈靡》篇、《史記・世表》、《封禪書》及《武梁祠畫像題名》均作『帝俈』，則『告』固可以義兼聲，不必從學省。魯、齊『覺』作『梏』，正同此例。韓亦當然。《說文》：『德，升也。從彳，悳聲。』『悳，外得於人，内得於己也。從直，從心。』皆多則切。德行以『悳』爲正字，從直本其義。『梏』以『直』爲訓，故亦當爲《詩》正字。大直者，直之極，故齊家兼兩字爲訓。箋獨言『大德』，失之。」《韓詩外傳》六「賞勉罰偷」章引《詩》曰：「訏謨定命，遠猷辰告。敬慎威儀，惟民之則。」陳喬樅云：「韓『遠猶』作『遠猷』。《書・盤庚》『女分猷念以相從』，漢石經作『猶』。《詩・小星》『寔命不猶』，《陟岵》『猶來無棄』，《爾雅》注引作『猷』。《常武》『王猶允塞』，《韓詩外傳》作『猷』。皆猶、猷字同之證。《說文》段注：『今人分「謀猷」字犬在右，語助字犬在左，經典絶無此例。』」《列女・秦穆公姬傳》：「《詩》云：『敬慎威儀，惟民之則。』若夫墮其威儀，恍其瞻視，忽其詞令，而望民之則我者，未之有也。莫之則者，則慢之者至也。」陳喬樅云：「徐幹引《詩》『敬慎』作『敬爾』，當緣下文『敬爾威儀』句致誤。」《漢書・匡衡傳》衡疏云：「孔子曰：『德義可尊，容止可觀，進退可度，以臨其民，是以其民畏而愛之，則而象之。』《大雅》云：『敬慎威儀，惟民之則。』」《五行志》中上引《詩》同。是三家經文與毛皆同，惟

「維」作「惟」。

其在于今，興迷亂于政。顛覆厥德，荒湛于酒。【注】魯、齊「湛」作「沈」，「韓」作「愖」。女雖湛樂從，弗念厥紹。罔敷求先王，克共明刑。【注】魯、韓「共」作「拱」。【疏】傳：「紹，繼；共，執；刑，法也。」箋：「于今，謂今厲王也。興，猶尊尚也。王尊尚小人迷亂於政事者，以傾敗其功德，荒廢其政事，又湛樂於酒。言愛小人之甚。罔，無也。女君臣雖好樂嗜酒而相從，不當念繼女之後人，將傚女所爲，無廣索先王之道與能執法度之人乎？切責之也。」○「魯、齊『湛』作『沈』，韓作『愖』」者，《漢書·五行志》谷永對引《詩》：「顛覆厥德，荒沈于酒。」《韓詩外傳》十載齊桓公置酒事，引《詩》：「荒愖于酒。」韓作「愖」，則作「沈」者，魯、齊文也。馬瑞辰云：「荒湛者，《管子》云：『從樂而不反者謂之荒。』荒亦樂酒無厭之意，不必如箋云『荒廢其政事』也。愖、沈與湛，皆『酖』之叚借。《説文》：『酖，樂酒也。』」陳奂云：「《釋詁》：『雖，維也。』古雖、維聲通。《書·無逸》云『惟耽樂之從』，文義正與此同。」「『共』作『拱』」者，《釋詁》：「拱，執也。」此魯説。《玉篇·手部》「拱」引《詩》「克拱明刑」，亦云：「執也。」此韓説。「共」皆作「拱」，訓「執」，明魯、韓與毛字異義同。

肆皇天弗尚，如彼泉流，無淪胥以亡。夙興夜寐，洒埽庭内，【注】韓「洒」作「灑」。維民之章。脩爾車馬，弓矢戎兵，用戒戎作，用逷蠻方。【注】魯「車」作「輿」，「戎兵」作「戈兵」，「戎作」作「作則」，「逷」作「逖」。【疏】傳：「淪，率也。洒，灑；章，表也。逷，遠也。」箋：「肆，故今也。胥，皆也。王爲政如是，故今皇天不高尚之，所謂仍下災異也。王自絶於天，如泉水之流，稍就虛竭，無見率引爲惡，皆與之以亡。戒羣臣不中行者，將并誅之。章，文章法度也。厲王之時，不恤政事，故戒羣臣掌事者以此也。遏，當作『剔』。剔，治也。蠻方，蠻畿之外也。此時中國微弱，故復戒將率之臣以治軍實，女當用此備兵事之起，用此治九州之外不服者。」○馬瑞辰云：「《爾雅》：『尚，右也。』『右』通作『祐』。祐，助也。弗尚，即弗右。箋訓爲『高尚』，失之。」「韓『洒』作『灑』」者，《外傳》六載子路治蒲事，引《詩》曰：「夙興夜寐，灑埽庭内。」《衆經音義》八引《通俗文》云：「以水掩塵曰灑。」《説文》：「灑，汛也。從水，麗聲。」「汛，灑也。從水，凡聲。」「洒，滌也。從水，西聲。古文爲『灑埽』字。」是二字因今、古文異，知魯、齊與韓同。「魯車」至「作逖」者，《潛夫論・勸將》篇云：「既作五兵，又爲之憲以厲正之。」引《詩》：「修爾輿馬，弓矢戈兵，用戒作則，用逖蠻方。」愚案：王符學《魯詩》，此用魯説。車、輿字本通作，詳見《黄鳥》、《出車》。「弓矢」句皆言軍械，則「戎兵」之「戎」亦以作「戈」爲長。「用戒作則」者，即所謂「爲之憲以厲正之」也。逖者，驅之使遠。毛訓「遏」爲「遠」，本《釋詁》魯説。《説文》「遏」亦即「逖」之古文，不爲異字。鄭讀「遏」爲「剔」，蓋齊、韓文「遏」有作「剔」者，因據易傳。《左・僖二十八年傳》「糾逖王慝」，《漢都鄉正街彈碑》作「糾剔王慝」。《後漢・王涣傳》「糾剔姦盜」，李注亦云：「逖，與『剔』通。」則固與「遏」同通矣。

質爾人民，【注】齊「質」作「誥」，魯、韓作「告」。謹爾侯度，用戒不虞。慎爾出話，敬爾威儀，無不柔嘉。白圭之玷，尚可磨也。斯言之玷，不可爲也。【注】韓「玷」作「㓣」。【疏】傳：「質，成也。不虞，非度也。話，善言也。玷，缺也。」箋：「侯，君也。此時萬民失職，亦不肯趨公事，故又戒鄉邑之大夫及邦國之君，平女萬民之事，慎女爲君之法度，用備不億度而至之事。言，謂教令也。柔，安；嘉，善也。斯，此也。玉之缺，尚可磨鑢而平。人君政教一失，誰能反覆之？」○「齊『質』作『誥』」者，《鹽鐵論・世務》篇：「事不豫辨，不可以應卒。内無備，不可以禦敵。《詩》云：『誥爾民人，❶謹爾侯度，用戒不虞。』故有文事，必有武備。」「魯、韓『質』作『告』」者，《説苑・修文》篇：「古者必有命民，命民能敬長憐孤，取舍好讓。居事力者，命於其君，命然後得乘飾輿駢馬。未得命者不得乘，乘者皆有罰。故其民雖有餘財侈物，而無仁義功德，則無所用其餘財侈物，故其民皆興仁義而賤財利。賤財利則不争，不争則强不淩弱，衆不暴寡。是唐、虞所以具象刑，而民莫敢犯法，亂斯止矣。《詩》云：『告爾民人，謹爾侯度，用戒不虞。』此之謂也。」《韓詩外傳》六説古者命民，引《詩》同作「告」。《詩攷》引《外傳》同。今本作「質」，誤。馬瑞辰云：「『質』與『誥』不相通，『誥』當爲『詰』之譌。質、折雙聲，質、詰疊韻，古並通用。《士冠禮》『質明行事』，《説文》引作『晢明行事』，晢從折聲，是『質』通『折』之證也。古文晢從三吉作『嚞』，或省作『喆』，又通作『詰』。《小爾雅》：『詰朝，明旦也。』『詰』即『晢』之叚借，亦與『質』同，故爲明旦。此『質』通『詰』之證也。三家《詩》蓋作『詰爾民人』，後以形近譌爲『誥』，又省作『告』耳。《釋言》：『誥、誓，謹也。』《大司寇》『詰四方』，鄭注：『詰，謹也。』是知《爾雅》『誥』亦『詰』字形之譌，與《詩》『詰』譌爲『誥』同。《漢書・刑法志》『以刑邦國，詰四方』，顔注：『詰，字或作「誥」。誥，謹也。』蓋後人據誤本《爾雅》改之。《詩》『詰爾民人』與下句『謹爾侯度』同義，詰亦謹也。」黄山云：「《説文》：『詰，問也。』『誥，告也。』『告』與『誥』音義並通。齊作『誥』，魯、韓作『告』，一也。《尚書》

❶「民人」，原乙，據續經解本《齊詩遺説攷》九、《百子全書》本《鹽鐵論》乙正。

有誥、有誓，《大傳》『帝告』作『告』，『大誥』仍作『誥』，即其證。《荀子·大略篇》『誥誓不及五帝』，誥與誓同爲以言誡約人，故《釋言》云：『誥、誓，謹也。』郭注：『皆所以約勤謹戒衆。』是也。《雅》文既『誥』、『誓』連舉，『誥』必非『詰』之誤，『謹』亦必非『問』之説明矣。《易·象》下傳『后以施命誥四方』，鄭據古文『誥』作『詰謹』之訓，遂移於『詰』，而於《大司寇》之『詰四方』，亦遂以『謹』説『詰』。馬瑞辰據鄭注孤義，欲盡改經史各字就之，過矣。三家字既異毛，無反求合毛字音義之理。誥、告與質同爲句首字，抑非論韻之字。毛以『成』訓『質』，箋以『平』説『成』，皆與『謹』義無關。馬釋傳、箋，必欲强三家就毛，無乃不知量。《修文》與《外傳》重在命民，即命誥也。《鹽鐵論》重在内備，即謹度也。以魯、韓之作『告』，證齊之作『誥』，尤必不誤，何得改『詰』？『質』之通『詰』，『質』亦『問』也。馬如以清問下民爲説作『詰』，或可以『謹』爲説，則從鄭《禮》注，不若從《釋言》文又明矣。況誥、告、質古皆讀用正齒音，同在第七音第一部，本爲同母。《十月之交》『日月告凶』，《漢書·劉向傳》引《詩》『告』作『鞠』。《禮·文王世子》『則告刑於甸人』，鄭注亦讀告爲鞠聲，又本於質近。詰問與鞠問皆以窮究罪狀爲義，亦正互通。《方言》：『布穀，自關東西，梁、楚之間，謂之結誥。』布穀爲雙聲字，結誥亦取雙聲，則質、誥可同爲雙聲。《太史公自序》以《酒》、《材》是告』與上『叔封始邑』爲韻，『告』即『酒誥』之『誥』。告、邑爲疊韻字，則誥、質可同爲疊韻，又豈必不可通乎？特三家本無事，求通於毛，仍可不論耳。」愚案：黄説主申三家，亦不可廢。齊作「誥」，正字。魯、韓作「告」，借字。又「人民」，三家引《詩》皆作「民人」，亦古今之别也。《説苑·君道》篇：「人君不直其行，不敬其言者，未有能保帝王之號，垂顯令之名者也。《詩》曰：『慎爾出話，敬爾威儀，無不柔嘉。』此之謂也。」《禮·緇衣》亦引《詩》「慎爾出話」二句，明魯、齊與毛文同。《史記・晉世家》引《詩》：「白圭之玷，猶可磨也。❶斯言之玷，不可爲也。」此《魯詩》，惟「尚」作「猶」異。《禮・緇衣》引「白圭之玷」四句，明齊、毛文同。《説文》引《詩》「白圭之刮」，當爲韓文。

無易由言，無曰苟矣，莫捫朕舌，言不可逝矣。無言不讎，【注】魯「讎」亦作「醻」、「酬」，韓作「酬」。無德不報。惠于朋友，庶民小子。子孫繩繩，萬民靡不承。【疏】傳：「莫，無；捫，持也。讎，用也。」箋：「由，於；逝，往也。女無輕易於教令，無曰苟且如是，今人無持我舌者而自聽恣也。教令一往行於下，其過誤可得而已之乎？惠，順也。教令之出如賣物，物善則其售賈貴，物惡則其售賈賤。德加於民，民則以義報之。王又當施訓道於諸侯，下及庶民之子弟。繩繩，戒也。王之子孫敬戒行王之教令，天下之民不承順之乎？言承順也。」○《新序・雜事》五引：「《詩》曰：『無易由言，無曰苟矣。』可不慎乎？」《説苑・善説》篇亦引二句。《韓詩外傳》五、《外傳》六皆引《詩》「無易由言」二句。《鹽鐵論・散不足》篇引「無易由言」一句，明三家與毛文同。馬瑞辰讀苟爲茍，❷云：「《説文》：『茍，自急敕也。从羊省，从包省，从

❶「猶」，原作「尚」，據續經解本《魯詩遺説攷》十七、殿本《史記》改。

❷「茍」，原作「笱」，據馬瑞辰《通釋》、陳刻《説文》、《説文注》、楊刻《説文義證》、祁刻《説文繫傳》改。下一「茍」字同。

口。口，猶慎言也。」段注：「當作：『從芊省，❶從勹口。勹口，猶慎言也。』」『無曰苟矣』，❷無曰已能慎言也。」説新而義亦通，但與諸家不合。《禮・表記》引《詩》云：「無言不讐，無德不報。」是齊與毛同。「魯『讐』作『醻』、『酬』」者，《荀子・富國篇》、《致仕篇》兩引皆作「讐」。《列女・周主忠妾傳》：「夫名無細而不聞，行無隱而不彰。《詩》云：『無言不讐，無德不報。』此之謂也。」《蔡邕集・太尉橋公廟碑》「無言不酬」，張衡《思玄賦》「無言而不酬兮」，是魯亦作「醻」、「酬」。「酬」與「醻」同。「韓作『酬』」者，《外傳》十載晏子使楚事，引《詩》二句，「讐」作「酬」。據《詩攷》引。今本同毛。《後漢・明帝紀》永平二年詔，亦引作「酬」，據八年詔：「昔應門失守，《關雎》刺世。」知帝習《韓詩》。《韓詩外傳》六「服人之心」章引《詩》曰：「惠于朋友，庶民小子。子孫承承，萬民靡不承。」據《詩攷》所引如此。今《外傳》同毛。馬瑞辰云：「韓作『承承』，蓋取子孫似續相承之義。『繩』與『慎』音近義通，《下武》篇『繩其祖武』，《後漢・祭祀志》注引作『慎其祖武』，故《爾雅》、毛傳並以『繩繩』爲『戒』。」又：「『萬民靡不承』，箋云：『天下之民不承順之乎？言承順之也。』據箋説，則鄭所見經文作『萬民不承』，無『靡』字。據《釋文》云『一本「靡」作「是」』，『不』爲語詞，猶云萬民是承也。」

視爾友君子，輯柔爾顔，不遐有愆。相在爾室，尚不愧于屋漏。無曰不顯，莫予云覯。神之格思，不可度思，矧可射思。【疏】傳：「輯，和也。西北隅謂之屋漏。覯，見也。格，至也。」箋：

❶「從」，原脱，據馬瑞辰《通釋》、《説文注》補。

❷「苟」，原作「茍」，據馬瑞辰《通釋》改。

「柔，安；遐，遠也。今視女之諸侯及卿大夫，皆脅肩諂笑，以和安女顔色，是於正道不遠有罪過乎？言其近也。相，助；顯，明也。諸侯卿大夫助祭，在女宗廟之室，尚無肅敬之心，不慙媿於屋漏有神見人之爲也。女無謂是幽昧不明，無見我者，神見女矣。屋，小帳也。漏，隱也。禮，祭於奥既畢，改設饌於西北隅而厞隱之處，此祭之末也。矧，況；射，厭也。神之來至，去止不可度知，況可於祭末而有厭倦乎？」○陳奂云：「友君子，即上章所云『朋友』也。」愚案：「不遐」與「遐不」義同，猶言不無也。詩云今王出而見賓，與諸侯卿大夫相接，必和柔女之顔色，不可有暴慢之容。又時時檢制，不無稍有愆過，爲友君子所指摘乎？王入而承祭，必先齋潔其心，視在爾之室中，不慙愧於屋漏，毋曰闇昧不明而以爲莫我見也。神之來至不可度知，矧可當事而有厭倦乎？《釋宫》：「西北隅謂之屋漏。」孔疏引孫炎解「屋漏」云：「當室之白，日光所漏入。」《御覽》百八十八引舍人曰：「古者徹屋西北厞，以炊浴汲者，訖而復之，古謂之屋漏也。」《釋名》：「禮，每有親死者，輒撤屋之西北隅薪，以爨竈煮沐，供諸喪用。時若值雨則漏，遂以名之也。」陳奂云：「《喪大記》『甸人取所徹廟之西北厞，薪用爨之』，疏云：『謂正寢爲廟，神之也。』此即劉與舍人所本。但《喪大記》謂新死者撤正寢西北厞隱之處，非即廟室之西北隅，不得掍而爲一。且劉以『雨漏』作解，尤爲迂遠。孔疏謂：『「漏，隱」，《釋言》文。』今《爾雅》作『陋』。『漏』即『陋』之叚借。《釋名》：『帷，屋也。以帛依板施之，形如屋。』『屋』即『幄』之叚借。鄭箋之意，蓋以《詩》之『屋』即《儀禮》之『席』也，《詩》之『漏』即《儀禮》之『厞』也。《士虞》疏云：『厞用席，謂以席爲障使之隱。』箋説爲長。」愚案：《禮·中庸》引《詩》，説之云：「君子之所不可及者，其唯人之所不見乎？」是以「屋漏」爲人所不見之地，陳説是也。又引《詩》曰：「神之格思，不可度思，矧可射思。」言舉動皆有神鑒察之也。黄山云：「《説文・雨部》『霤』、『扇』連文，義取同意。『霤，屋水流也。從雨，留聲。』『扇，屋穿水下也。從雨在尸下。尸者，屋也。』《水部》：『漏，以銅受水，刻節，晝夜百刻。從水，扇聲。』是『漏』爲刻漏，『屋漏』之『漏』本以『扇』爲正字矣。雨水穿屋下爲扇，故日光穿中霤至室内亦爲扇，即所謂『當室之白』也。鄭説《月令》：『中霤，猶室中也。土主中央而神在室，古者複穴，是以名室爲霤。』孔疏：『古者複穴，皆開其上取明，故雨霤之，因名室爲中霤。』本取日光之明，因雨霤之名霤，故室中日光所入處亦得名扇。『不愧屋扇』，即言不愧於神明。神不可知，以天明之，猶言不愧於天，天亦不可知，以日明之，《板》之詩曰『昊天曰旦』、『昊天曰明』是也。日循東南行，旦明則光在西北。室之西北隅，正天神照察處。而在室内，有屋覆之，則仍不顯。又設帳爲厞以棲神，則尤不顯。《説文》：『屋，居也。從尸。尸，所主也。』尸，即神之尸。是『屋』之本義，以棲神爲主。徹厞以炊浴，準以《檀弓》『掘中霤而浴』，浴亦即在室中，自無並徹其上屋之理。古者喪不祭，故厞可徹。諸説本可互通，《詩》以『爾室』，言自指近地。鄭《中庸》注：『言君子雖隱居，不失其君子之德容。在室獨居，猶不愧於屋扇。』明非就廟言，蓋本《齊詩》。箋毛改爲『助祭』，反覺其窒。陳氏申箋『屋扇』義甚備，泥『爾室』爲廟室，亦非。」《列女・晉羊叔姬傳》引《詩》：「無曰不顯，莫予云覯。」《淮南・泰族訓》言「鬼神視之無形，聽之無聲」，亦引《詩》「神之格思」三句，明齊、魯經文與毛同。

辟爾爲德，俾臧俾嘉。淑慎爾止，不愆于儀。不僭不賊，鮮不爲則。投我以桃，報之以李。彼童而角，實虹小子。【疏】傳：「女爲善，則民爲善矣。止，至也。爲人君止於仁，爲人臣止於敬，爲人子止於孝，爲人父止於慈，與國人交止於信。僭，差也。童，羊之無角者也。而角，自用也。虹，潰也。」

箋：「辟，法也。止，容止也。當審法度，女之施德，使之爲民臣所善所美。又當善慎女之容止，不可過差於威儀。女所行不信不殘賊者，少矣其不爲人所法。此言善往則善來，人無行而不得其報也。投，猶擲也。童羊，譬皇后也。而角者，喻與政事有所害也。此人實潰亂小子之政。禮，天子未除喪稱小子。」○鄭注《王制》、《祭統》：「辟，明也。」「辟爾爲德」，猶言明爾德。箋訓「法」，非。《列女·宋恭伯姬傳》引《詩》：「淑慎爾止，不愆于儀。」《禮·緇衣》：「《詩》云：『淑慎爾止，不諐于儀。』」鄭注：「淑，善也。諐，過也。言善慎女之容止，不可過於禮之威儀也。」愆，本又作「諐」。《說文》：「愆，過也。從心，衍聲。籀文作『諐』。」《釋文》：「譖，本亦作『僭』。」是陸所見本作「譖」，下「我譖」同。孔疏與陸「亦作」同，阮氏元以經本作「譖」，爲「僭」之借字，是也。《荀子·臣道篇》：「忠信以爲質，端慤以爲統，禮義以爲文，倫類以爲理，喘而言，臑而動，而一可以爲法則。《詩》曰：『不僭不賊，鮮不爲則。』此之謂也。」《列女·代趙夫人傳》引《詩》同。《韓詩外傳》六「仁者必敬其人」章亦引《詩》「不僭不賊」二句，明魯、韓與毛同。《鹽鐵論·和親》篇：「《詩》云：『投我以桃，報之以李。』未聞善往而有惡來者。」《易林·巽之節》云：「嬰兒孩子，未有知識。彼童而角，亂我政事。」《損之大畜》同。此兩引皆《齊詩》。「嬰兒孩子」，蓋謂少年新進之徒。知箋以「童羊」喻皇后，非齊義也。《釋言》：「虹，潰也。」此魯義，郭注：「謂潰敗。」

荏染柔木，言緡之絲。温温恭人，維德之基。其維哲人，告之話言，順德之行。其維愚人，覆謂我僭，民各有心。【疏】傳：「緡，被也。温温，寬柔也。話言，古之善言也。」箋：「柔忍之木荏染然，人則被之弦以爲弓。寬柔之人温温然，則能爲德之基止。言内有其性，乃可以有爲德也。覆，猶反也。僭，不信也。語賢智之人以善言，則順行之。告愚人，反謂我不信。民各有心，二者意不同。」〇《荀子・君道篇》《不苟篇》《非十二子篇》、《説苑・修文》篇、《列女・晉趙衰妻傳》引：「温温恭人，惟德之基。」《禮・表記》亦引《詩》二句。《新序・雜事》四引《詩》「其惟哲人，告之話言，順德之行」三句，明魯、齊經文與毛同，惟「維」作「惟」。《釋文》：「話，《説文》作『詁』，云：『詁，故言也。』」段注《説文》：「經當作『告之詁言』。」案：《左・襄二年傳》亦引《詩》「告之話言」，是古文本作「話言」，與《新序》引《魯詩》合。陸據《説文》「話」作「詁」，今《説文》「詁」下云：「訓故言也。《詩》曰詁訓。」「話」下云：「合會善言也。《傳》曰：『告之話言。』」臧琳、胡承珙、陳奐皆謂今《説文》經後人竄易，毛本作「詁言」，皆據傳以「古之善言」爲訓，與上「慎爾出話」傳有別耳。不知毛説《詩》多采《左傳》。《左・文六年傳》「古之王者知命之不長」，下云：「著之話言。」杜注亦云：「爲作善言遺戒。」毛以「古之善言」解「話言」，明即本此，則《毛詩》不作「詁言」，亦其證。《釋文》不見毛有「或作」本，無可疑也。《説文》「話」下引《傳》「告之話言」，亦明即「著之話言」，傳寫者涉《詩》，誤「著」爲「告」，又無可疑也。至「詁」下引「《詩》曰詁訓」，惠棟謂即《烝民》之「古訓是式」。案：《烝民》「古訓」，魯作「故訓」，則齊、韓宜亦有作「詁訓」者。《釋文》何以引《説文》，並據爲「詁言」之「詁」，蓋以「詁訓」二字釋「詁」，本齊、韓傳説之通訓，許引經説，輒被以本經之名，亦其通例。陸知許所本，故直斷《説文》「話」作「詁」。魯既同毛作「話」，則《説文》所據爲齊、韓之本，尤無可疑。

於乎小子，【注】魯、韓「於乎」作「嗚呼」。未知臧否。匪手攜之，言示之事。匪面命之，言提其耳。借曰未知，亦既抱子。【注】齊「借」作「籍」。民之靡盈，誰夙知而莫成？【疏】傳：「借，假也。莫，晚也。」箋：「臧，善也。於乎，傷王不知善否。我非但以手攜挈之，親示之以其事之是非。我非但對面語之，親提撕其耳。此言以教道之孰，不可啟覺。假令人云王尚幼少，未有所知，亦以抱子長大矣，不幼少也。萬民之意皆持不滿於王，誰早有所知而反晚成與？言王之無成，本無知故也。」〇「韓『於乎』作『嗚呼』」者，《文選》潘岳《寡婦賦》李注引《韓詩外傳》曰：「嗚，歎聲也。」陸機《赴洛道中詩》李注引薛君《章句》曰：「嗚，歎辭也。」陳喬樅云：「『外』，疑『內』之譌。《說文》：『烏，孝烏也。象形。孔子曰：「烏，盱呼也。」取其助氣，故以爲烏呼。』顔師古《匡謬正俗》曰：『《尚書》今文悉爲「於戲」字，古文悉爲「烏呼」字。《詩》皆云「於乎」，中古以來文籍皆爲「烏呼」字。』案：經傳無作『嗚呼』者，唐石經誤爲『嗚』字，十之一耳。《韓詩》『嗚』字當作『烏』爲正。」愚案：王逸《楚詞章句序》云：「詩人怨主刺上，曰：『嗚呼小子，未知臧否。匪面命之，言提其耳。』風諫之語，于斯爲切。然仲尼論之，以爲《大雅》。」是魯亦作「嗚呼」也。桂馥云：「盱，當爲『吁』。《生民》篇『實覃實訏』，箋：『吁，謂張口嗚呼。』訏即吁也。《論衡·道虛篇》：『黄帝既上天，百姓皆抱其弓吁號，故後世名其弓曰烏號。』」愚案：「於」亦「烏」之篆渻。短言「於」，長言「烏呼」，二字究屬一字。胡承珙云：「提耳者，謂附耳而剖析之。《穀梁·僖二年傳》注：『明達之人，言則舉綱領要，不言提其耳，則愚者不悟。』此亦以『提耳』爲言之詳也。」「齊『借』作『籍』」者，《漢書·霍光傳》：「《詩》云：『籍曰未知，亦既抱子。』」是齊「借」作「籍」。籍，「藉」之叚借字也。

昊天孔昭，我生靡樂。視爾夢夢，我心慘慘。【注】魯「慘」作「懆」。魯說曰：「懆懆，慍也。」誨爾諄諄，聽我藐藐。【注】齊「諄」作「忳」，「藐」作「眊」。魯、韓「藐」作「邈」。匪用爲教，覆用爲虐。

借曰未知，亦聿既耄。【疏】傳：「夢夢，亂也。慘慘，憂不樂也。藐藐然不入也。耄，老也。」箋：「孔，甚；昭，明也。昊天乎乃甚明察，我生無可樂也，視王之意夢夢然，我心之憂悶慘慘然。怨其自恣，不用忠臣。我教告王口語諄諄然，王聽聆之藐藐然，忽略不用我所言爲政令，反謂之有妨害於事，不受忠言。」○《釋訓》：「夢夢，亂也。」孔疏引孫炎曰：「昏昏之亂也。」「魯『慘』作『懆』」者，《釋訓》：「懆懆，愠也。」《釋文》、孔疏本作「慘慘」。惟張參《五經文字》作「我心懆懆」，與《爾雅》同，是魯文如此。《説文》：「懆，愁不安也。」「懆懆」義同。「齊『諄』作『忳』，『藐』作『眊』」者，《禮・中庸》鄭注：「肫，讀如『誨爾忳忳』之『忳』。」是鄭所見《齊詩》文「諄」作「忳」。《釋文》：「毛『諄』又作『訰』。」亦於齊近。《鴻範五行傳》鄭注作「誨爾純純，聽我眊眊」。傳五行者亦《齊詩》，「藐」作「眊」，「純」當爲「忳」之誤文。「魯、韓『藐』作『邈』」者，《釋訓》：「邈邈，悶也。」郭注：「煩悶。」《説文》：「悶，懣也。」「懣，煩也。」義與郭注合。聽而煩悶，即不樂聽受之皃。此魯訓。《廣雅・釋訓》：「邈邈，遠也。」誨者在近，而聽者若遠，乃迂闊所言之皃。當爲韓説。《淮南・修務訓》高注：「《詩》云：『誨爾諄諄，聽我邈邈。』」正用魯、韓訓。《中論・虚道》篇：「是己之非，遂初之繆，至於身危國亡，可痛矣夫！《詩》曰：『誨爾諄諄，聽之藐藐。匪用爲教，覆用爲虐。』」徐學《魯詩》，所引蓋魯「又作」本。「聽我」作「聽之」，疑傳寫之誤。胡承珙云：「『亦聿既耄』，承上『聽我藐藐』言之，若云借曰我未有知，則『亦聿既耄』，更事多矣。如此，『既耄』二字方有著。」黄山云：「胡説非也。上章『借曰』二句屬王言，此改屬我言，於文義爲乖矣。聿，亦曰也。亦曰既耄者，言止合云我已惛耄耳。上『抱子』實言之，故云『亦既』。此『既耄』設言之，故云『亦聿』。正謂非悼非耄，不能辭咎。避上句『曰』字，故變文爲『聿』也。」

於乎小子，告爾舊止，聽用我謀，庶無大悔。天方艱難，曰喪厥國。【注】韓「曰」作「聿」。取譬不遠，昊天不忒。【注】魯「譬」作「辟」。回遹其德，俾民大棘。【疏】箋：「舊，久也。止，辭也。庶，幸，悔，恨也。天以王爲惡如是，故出艱難之事，謂下災異，生兵寇，將以滅亡。今我爲王取譬喻，不及遠也，維近耳。王當如昊天之德有常，不差忒也。王反爲無常，維邪其行爲貪暴，使民之財匱盡而大困急。」○「韓『曰』作『聿』」者，陸《釋文》、孔疏引《韓詩》並同。聿、曰古通用字，說詳《桃夭》篇。「魯『譬』作『辟』」者，《列女·齊靈仲子傳》引《詩》：「聽用我謀，庶無大悔。」與毛文同。《周郊婦人傳》引《詩》：「取辟不遠，昊天不忒。」「譬」作「辟」，與毛異。

《抑》十二章，三章章八句，九章章十句。

桑柔【注】魯說曰：「昔周厲王好專利，芮良夫諫而不入，退賦《桑柔》之詩以諷。言是大風也，必將有遂。是貪人也，必將敗其類。王又不悟，故遂流于彘。」【疏】毛序：「芮伯刺厲王也。」箋：「芮伯，畿內諸侯，王卿士也，字良夫。」○「昔周」至「于彘」，《潛夫論·遏利》篇文，魯說也。《史記·周本紀》：「厲王即位三十年，好利，近榮夷公。芮良夫諫，厲王不聽，卒以榮公爲卿士用事。王行暴虐侈傲。三十四年，王益嚴，國人莫敢言，道路以目。三年，乃相與畔，襲厲王，王出奔彘。」此詩之作，在榮公爲卿士後，去流彘之年，當亦不甚相遠。

菀彼桑柔，其下侯旬，捋采其劉。【注】魯「旬」作「洵」。魯說曰：「洵，均也。劉，暴樂也。」瘼此下民，不殄心憂。倉兄填兮，倬彼昊天，寧不我矜。【疏】傳：「興也。菀，茂貌。旬，言陰均也。劉，爆爍而希也。瘼，病也。倉，喪也。兄，滋也。填，久也。昊天，斥王者也。」箋：「桑之柔濡，其葉菀然茂盛，謂蠶始生時也，人庇蔭其下者，均得其所。及已捋采之，則葉爆爍而疏，人息其下，則病於爆爍。興者，喻民當被王之恩惠，羣臣恣放，損王之德。殄，絶也。民心之憂無絶已，喪亡之道滋久長。倬，明大貌。昊天乃倬然明大，而不矜哀下民。怨懟之言。」〇「洵，均也」者，《釋言》文。郭注：「謂調均。」邢疏引李巡曰：「洵，偏之均也。」下引《毛詩》「其下侯旬」，仍作「旬」。「劉，暴樂也」者，《釋詁》文。郭注：「謂樹木葉缺落，蔭疏暴樂。見《詩》。」邢疏引舍人曰：「木枝葉稀疏不均爲爆爍。」下引毛傳，仍作「爆爍而希」。愚案：《周禮·均人》「公旬」，鄭注：「旬，均也。讀如『畇畇原隰』之『畇』。《易》『坤爲均』，今亦有作『旬』者。」此與毛傳訓「旬」爲「均」同，爲古文之説。鄭注《禮》時未見《毛詩》，故徵引不及。而此詩齊、韓亦必同魯作「洵」，從可知矣。《説文》：「洵，過水中也。」「均，平偏也。」言水中，則四面水皆平偏，故引申即爲均。均以土喻，洵以水喻，其取義亦同。凡《詩》之「洵」，皆當訓「均」。箋於《静女》、《宛邱》皆訓爲「信」，然《羔裘》「洵直且侯」，毛仍從魯訓「均」，鄭亦不能易也。暴樂，單言之亦可曰「暴」。《公羊·宣六年傳》「是活我於暴桑下者也」，暴柔，即桑之暴樂者。足證《釋詁》今文正字，毛作「爆爍」通叚字。郭注「見《詩》」，當指《魯詩》。黄山云：「侯，維也。維旬，止是言桑葉平偏時，則已暴樂而葉稀。又埒而采之，❶則盡矣。以興王之病民無已也。舍人

❶「埒」，疑當作「捋」。

說但言葉稀不均，自屬正解。郭説葉落蔭疏，亦重在葉。箋言葉茂爲蠶始生，就蠶言葉，當亦本之三家。接言『人庇蔭其下』，則兼顧毛義也。至謂『捋采之，則人病於爆爍』，是采之而後稀，非缺落而稀矣。又謂人病，即因失此蔭，是比而非興矣，似亦非毛義。且桑葉本以養蠶，蠶時而采，無損於桑。至葉缺落，蠶事久畢，非采之時，故以捋采爲非，與馬質禁原蠶同意。如箋説，將不采以飼蠶，長留以蔭人乎？抑人不采，終不爆爍乎？知其義之短已。」《釋文》：「兄，本亦作『況』。」馬瑞辰云：「倉兄疊韻，即『滄況』之消借。《説文》：『滄，寒也。』『況，寒水也。』《繫傳》：『滄況，❶寒涼貌。』」孔疏引：「《釋言》云：『烝，塵也。』古塵、填字同，故『填』得爲『久』。」

四牡騤騤，旟旐有翩。亂生不夷，靡國不泯。民靡有黎，具禍以燼。於乎有哀，國步斯頻。【注】三家「頻」作「矉」。【疏】傳：「騤騤，不息也。鳥隼曰旟，龜蛇曰旐。翩翩，在路不息也。夷，平；泯，滅也。黎，齊也。步，行；頻，急也。」箋：「軍旅久出征伐，而亂日生不平，無國而不見殘滅也。言王之用兵不得其所，適長寇虐。黎，不齊也。具，猶俱也。災餘曰燼。言時民無有不齊被兵寇之害者，俱遇此禍以爲燼者。言害所及廣。頻，猶比也。哀哉國家之政，行此禍害比比然。」〇王引之云：「厲王時征伐甚少，不得云無國不見泯滅。泯，亂也。承上『亂生不夷』，故云靡國不亂耳。黎老，耇老也。黎、耇古通。《尚書》『西伯戡黎』，《大傳》『黎』作『耆』，是其證也。」馬瑞辰云：「『民靡有黎』，謂老者轉死溝壑。《雲漢》篇『周餘黎

❶「滄」，馬瑞辰《通釋》、祁刻《説文繫傳》作「滄」。

民，靡有孑遺』，黎民亦老民也。曹植詩『不見舊耆老』，正取《詩》『民靡有黎』之意。」「三家『頻』作『矉』」者，《説文》：「矉，張目也。《詩》云：『國步斯矉。』」此本三家《詩》。馬瑞辰云：「《説文》：『頻，水厓也。人所賓附，頻蹙不前而止。』頻、賓古同音通用。頻義又近顰，《説文》：『顰，涉水顰蹙也。』詩云國步之難，猶頻爲水涯盡處，頻蹙不前，故傳訓『頻』爲『急』，急猶蹙也。」

國步滅資，❶天不我將。靡所止疑，云徂何往。君子實維，秉心無競。誰生厲階，至今爲梗。【疏】傳：「疑，定也。競，彊；厲，惡；梗，病也。」箋：「蔑，猶輕也。將，猶養也。徂，行也。國家爲政，行此輕蔑民之資用，是天不養我也。我從兵役無有止息時，今復云行，當何之往也。君子，謂諸侯及卿大夫也。其執心不彊於善，而好以力争。誰始生此禍者，乃至今日相梗不止。」○馬瑞辰云：「疑者，『𠤕』字之叚借。《説文》：『𠤕，未定也。』段注：『未，衍字。』是也。《士昏禮》、《鄉飲酒禮》鄭注皆云：『疑，止立自定之貌。』❷《釋言》：『疑，戾也。戾，止也。』皆即《説文》之『𠤕』。《詩》云『靡所止疑』，與下章『靡所定處』同義。」黄山云：「段氏輕改《説文》，此條尤爲無理。馬氏據之，非也。《詩》『靡所止疑』及《儀禮》各篇『疑立』之文，《爾雅・釋言》『疑，休』之訓，經文本皆作『疑』，段則謂皆當作『𠤕』。《説文》：『𠤕，未定也。從七，矣聲。矣，古文「矢」字。』『七，變也。』今「變七」之「七」作「化」，皆借字。《易・繫傳》『變動不居』，不居即未定。𠤕從七，

❶「滅」，明世德堂本《毛詩》及宋本、通志堂本《釋文》作「蔑」，當據改。

❷「止」，馬瑞辰《通釋》、阮刻本《儀禮注疏》作「正」。

故訓亦爲『未定』。此字本不見經典，且與毛傳訓『疑』爲『定』適得其反。段則謂『未』爲衍字，遂改『𠤕，未定』之義爲『定』。『𠤕』何以有『定』義？則曰變而後定。將元之從一訓『始』，可改訓『終』，二之指事爲『高』，可改爲『低』乎？無理一。《説文》：『疑，惑也。從子止，吴聲。「吴」原作「匕矢」二字，誤。徐鍇曰：『止，不通也。吴，古「矢」字。子，幼子多惑也。』疑既從止，明有『定』義。其訓爲『惑』，事疑惑則不行，故《説文》疑聲之字，如『凝』之即『冰』，『譺』與『儗』之皆訓『駭』，『礙』之訓『止』，皆有『定止』義。《釋言》：『疑，戾也。』郭注：『戾，止也。』疑者，亦止，即其證矣。段乃强從匕之字爲『定』，誣從止訓『定』之字爲譌。無理二。古『疑』本通『凝』。《易》『陰始疑也』之『疑』，《釋文》：『荀、虞、姚皆作「凝」。』《禮·中庸》『至道不凝焉』之『凝』，《釋文》：『又作「疑」。』《廣雅·釋詁》及《書·臯陶謨》『庶績其凝』，馬注皆云：『凝，定也。』《荀子·解蔽篇》『求可以知物之理而無所疑止之』作『疑』，《王制篇》『好假道人而無所凝止也』又作『凝』，似皆即本《魯詩》『靡所止疑』爲説。楊注亦云：『凝，定也。』《説文》『凝』即『冰』，冰訓『水堅』，亦即水定、水止之義。可悟諸經『疑』字之訓爲『定』、『止』者，實借爲『凝』。鄭《鄉射禮》注：『疑，止也，有矜莊之色。』《公食大夫禮》注：『疑，正立也，自定之貌。』《士昏禮》注：『疑，正立自定之貌。』止曰矜莊，定曰正立，明即以『疑』爲『端凝』之『凝』。段乃並改鄭注『正立』爲『止立』，以就其説。無理三。從段作『𠤕』，必徧改羣經、字書文注，而義仍不塙，不若不改之爲長。』愚案：段説久爲後來説經者所崇信，然《詩攷》引《齊詩》正作「止凝」，則「疑」即是「凝」，不必改字明矣。《廣雅》：「梗，病也。」此魯、韓義，與毛同。《後漢·段熲傳》引《詩》「至今爲鯁」。鯁，魚骨刺也，疑亦本三家《詩》。

憂心慇慇，【注】魯「慇」作「隱」。念我土宇。我生不辰，逢天僤怒。自西徂東，靡所定處。多我覯痻，孔棘我圉。【疏】傳：「宇，居；僤，厚也。圉，垂也。」箋：「辰，時也。此士卒從軍久，勞苦自傷之言。痻，病也。圉，當作『禦』。多矣我之遇困病，甚急矣我之禦寇之事。」○「魯『慇』作『隱』」者，《釋訓》：「殷殷，憂也。」字作「殷」。王逸《楚詞·遠逝》章句：❶「隱隱，憂也。《詩》曰：『憂心殷殷。』」舊校云：「一作『隱隱』。」陳喬樅云：「《詩》釋文『慇慇』下云：『樊光於謹反。《爾雅》云：「憂也。」』《爾雅》釋文：『殷，樊光於謹反。』郝氏懿行云：『此即「隱」字之音。』臧鏞堂云：『《爾雅》是《魯詩》之學，樊光本必作「隱隱，憂也」，引《詩》云「憂心隱隱」。王逸《楚詞》注亦與《爾雅》同。今本「殷殷」皆後人據《毛詩》改之，舊校可證也。』」黄山云：「《詩》於用韻之字，可即韻而得音義之範圍。《北門》『憂心殷殷』，本當作『慇』，與下『莫知我艱』爲韻。《説文》：『慇，痛也。』即此字。毛作『殷』，《釋文》：『又作「慇」，又音隱。』作『慇』是矣，音隱則非。此詩『憂心殷殷』，本當作『隱』，與下『宇』、『怒』亦爲韻。『殷』即『隱』之通叚，故《柏舟》『如有隱憂』，韓『隱』本作『殷』。《書大傳》『以孝子之隱乎』，鄭注：『隱，字或爲「殷」。』《周語》『勤恤民隱』，《劉熊碑》引作『勤恤民殷』。《文選·閒居賦》『隱隱乎』，李注：『亦作「殷殷」，音義同。』皆可互證。蓋『殷』之字從反身爲依，本有『隱』義。惟毛作從心之『慇』，則古無通者矣。」《易林·大過之泰》「我生不辰」，明齊、毛文同。

爲謀爲毖，亂況斯削。告爾憂恤，誨爾序爵。誰能執熱，逝不以濯。其何能淑，載胥及

❶「逝」，原作「遊」，據續經解本《魯詩遺説攷》十七、汲古閣本《楚辭補注》改。

溺。【疏】傳：「毖，慎也。濯，所以救熱也。禮，亦所以救亂也。」箋：「女爲軍旅之謀，爲重慎兵事也，而亂滋甚於此，日見侵削。言其所任非賢。恤，亦憂也。逝，猶去也。我語女以憂天下之憂，教女以次序賢能之爵，其爲之當如手持熱物之用濯。謂治國之道，當用賢者。淑，善；胥，相；及，與也。女若云此於政事何能善乎，則女君臣皆相與陷溺於禍難。」○趙岐《孟子章句》七：「是猶執熱而不以濯也。《詩》云：『誰能執熱，逝不以濯。』《詩·大雅·桑柔》之篇，言誰能持熱，而不以水濯其手。」此魯説也。段玉裁云：「尋詩意，『執熱』言觸熱、苦熱。『濯』訓『滌』，沐以濯髮，浴以濯身，洗以濯足，皆得云濯。詩謂誰能苦熱而不澡浴以潔其體，以求涼快者乎？凡爲熱水所湯者，不可以冷水浸激。前人注皆云『濯，其手』，由泥於『執』字耳。」愚案：以「執熱」爲「苦熱」，杜詩中屢用之。韓昌黎《答張籍書》云：「若執熱者之濯清風也。」此皆段説所本。《左·襄三十一年傳》衛北宮文子引《詩》，釋之云：「禮之於政，如熱之有濯也。濯以救熱，何患之有？」《墨子·尚賢中》篇：「爵位不高，則民不敬也。蓄禄不厚，則民不信也。政令不斷，則民不畏也。故古聖王高予之爵，重予之禄，任之以事，斷予之令，夫豈爲其臣賜哉？欲其事之成也。《詩》曰：『告女憂卹，誨女予鬱。孰能執熱，鮮不用濯。』則此語古者國君諸侯之不可以不執善承嗣輔佐也，譬之猶執熱之有濯也，將休其手焉。」王念孫《雜志》云：「『鬱』爲『爵』之譌。兩『爾』字皆作『女』，『序』作『予』，『誰』作『孰』，『逝』作『鮮』，『以』作『用』，所見《詩》有異文也。『善』上『執』字衍。」是解經「濯」爲「濯手」，其義最古。唐人新解，未足以易之也。又《章句》七：「《詩》云：『其何能淑，載胥及溺。』淑，善也。載，辭也。胥，相也。刺時君臣何能爲善乎？但相與爲沈溺之道也。」《韓詩外傳》四、《外傳》六並引《詩》：「其何能淑，載胥及溺。」明魯、韓經文與毛同。

如彼遡風，亦孔之僾。民有肅心，荓云不逮。好是稼穡，力民代食。稼穡維寶，代食維好。【疏】傳：「遡，鄉；僾，唈；荓，使也。力民代食，無功者食天祿也。」箋：「肅，進；逮，及也。今王之爲政，見之使人唈然如鄉疾風，不能息也。王爲政，民有盡於善道之心，當任用之，反卻退之，使不及門，但好任用是居家吝嗇於聚斂作力之人，令代賢者處位食祿。明王之法，能治人者食於人，不能治人者食人。《禮記》曰：『與其有聚斂之臣，寧有盜臣。聚斂之臣害民，盜臣害財。』此言王不尚賢，但貴吝嗇之人與愛代食者而已。」○《釋言》：「僾，唈也。」郭云：「嗚唈，短氣。皆見《詩》。」是「如彼」二句，喻王政所及，民皆如彼鄉疾風者，爲之唈然短氣。《釋詁》：「肅，進也。」又：「俾、拼、抨，使也。」郭注：「皆謂使令。見《詩》。」《爾雅》不爲「荓」字作訓，《釋文》：「荓，或作『拼』。」蓋三家《詩》自作「拼」、「抨」，不作「荓」也。以上鄭箋皆即據魯義。王念孫云：「傳、箋不解『云』字。《廣雅·釋詁》：『云，有也。』『荓云不逮』，即使有不逮是也。古以仕進爲行，《論語》『用之則行』是也。《廣雅·釋詁》：『進，行也。』民有進心，即有欲行其道之心。使有不逮，即使有不行耳。不必如箋所云『使不及門』也。」箋説「稼穡」爲「居家吝嗇」，《釋文》：「家，王申毛音駕，謂耕稼也。鄭作『家』，謂居家也。穡，本亦作『嗇』。尋鄭『家嗇』二字，本皆無禾，下『稼穡卒痒』始從禾。」案：下章「稼穡卒痒」鄭亦從禾，此章直解作「家嗇」，未合。《韓詩外傳》十「晉平公之時」篇引《詩》「稼穡維寶，代食維好」二句，仍作「稼穡」，是毛本之作「家嗇」，字或省缺，不當有別義，韓文可證。魯、齊當同。《詩》言有土此有財，稼穡本王之所好也。王好是稼穡，勤民爲資，而使人代食之。朝廷處位所食之祿，皆自勤民來也。是稼穡信維寶矣，食天禄者亦必果好，庶足以對吾民耳。《漢書・食貨志》「力農數耘」，注：「力，謂勤作之也。」《孟子》「禄足以代其耕也」，注：「士不得耕，以禄代耕也。」《禮・仲尼燕居》注：「好，善也。」《左・襄二十八年傳》疏：「好，即善之意也。」

天降喪亂，滅我立王。降此蟊賊，稼穡卒痒。哀恫中國，具贅卒荒。靡有旅力，以念穹蒼。【疏】傳：「贅，屬；荒，虚也。穹蒼，蒼天。」箋：「滅，盡也。蟲食苗根曰蟊，食節曰賊。耕種曰稼，收斂曰穡。卒，盡；痒，病也。天下喪亂國家之災，以窮盡我王所恃而立者，謂蟲孽爲害，五穀盡病。恫，痛也。哀痛乎中國之人，皆見係屬於兵役，家家空虚。朝廷曾無有同力諫諍，念天所爲下此災。」○《韓詩外傳》八「梁山崩」篇《外傳》十「魏文侯問里克」篇並引《詩》「天降喪亂，滅我立王」，明韓、毛文同。楊雄《大司農箴》「府藏單虚，靡積靡倉。陵遲衰微，姬卒以痒」，用魯經文。《易林・同人之節》：「螟蟲爲賊，害我稼穡。盡禾殫生，秋無所得。」用齊經文。《韓詩外傳》六：「民勞思佚，治暴思仁，刑危思安，國亂思天。《詩》曰：『靡有旅力，以念穹蒼。』」亦韓、毛文同。《釋天》：「穹蒼，蒼天也。」郭注：「天形穹隆，其色蒼蒼，因名。」邢疏引李巡曰：「古時人質，仰視天形穹隆而高，其色蒼蒼然，故曰穹蒼。」魯、毛義同。齊、韓當不異。

維此惠君，民人所瞻。秉心宣猶，考慎其相。維彼不順，自獨俾臧，【注】魯「俾」作「卑」。自有肺腸，俾民卒狂。【疏】傳：「相，質也。」箋：「惠，順；宣，徧；猶，謀；慎，誠；相，助也。維至德順民之君，爲百姓所瞻仰者，乃執正心，舉事徧謀於衆，又考誠其輔相之行，然後用之。言擇賢之審。臧，善也。彼不施順道之君，自多足獨謂賢，言其所任之臣皆善人也，不復考慎，自有肺腸，行其心中之所欲，乃使民盡迷惑如狂。是又不宣猶。」○不順，與「惠君」對舉，不順即不惠也。「自獨俾臧」，自獨以所使者爲臧也。民視君爲效法，不善而以爲善，是使民惑矣。《禮·祭統》鄭注：「惟此惠君，民人所瞻。」明齊、毛文同。「魯『俾』作『卑』」者，《吕覽·知度》篇高注：「自智謂人愚，自巧謂人拙。《詩》云：『惟此不順，自獨卑臧。』自有肺腸，俾民卒狂。』愚拙者之謂也。」《淮南·氾論訓》高注亦云：「訾毁人行，自獨卑臧。」皆以「卑」爲「俾」，是魯作「卑」。俾，正字。卑，借字。

瞻彼中林，甡甡其鹿。朋友已譖，不胥以穀。人亦有言，進退維谷。【疏】傳：「甡甡，衆多也。谷，窮也。」箋：「譖，不信也。胥，相也。以，猶與也。穀，善也。視彼林中，其鹿相輩耦行甡甡然衆多。今朝廷羣臣皆相欺，皆不相與以善道。言其鹿之不如。『進退維谷』，前無明君，卻迫罪役，故窮也。」○《説文》：「甡，衆生並立之皃。」重言之，則衆多曰甡甡。《文選》班固《幽通賦》曹大家注：「《大雅》曰：『人亦有言，進退惟谷。』此敬慎之戒也。」《韓詩外傳》六載齊家石他死田常事，《外傳》十載楚申鳴死白公事，並引「人亦有言，進退維谷」二句。阮元云：「『谷』乃『穀』之叚借字，本字爲『穀』。《釋天》「東風謂之谷風」，郭注：「谷之言穀。」《書·堯典》「昧谷」，《周禮·縫人》注作「柳穀」。『進退維穀』，穀，善也。此乃古語，詩人用之，近在『不胥以穀』之下，嫌於二『穀』相並爲韻，即改一叚借之『谷』字，此詩人義同字變之例也。《晏子春秋》：『叔向問晏子曰：「齊國之德衰矣，今子何若？」晏子對曰：「嬰聞事明君者，竭心力以没其身，行不逮則退，不以誣持禄。事惰君者，優游其身以没其世，力不能則去，不以諛持危。且嬰聞君子之事君也，進不失忠，退不失行。不苟合以隱忠，可謂不失忠。不持利以傷廉，可謂不失行。」叔向曰：「善哉！《詩》有之曰：『進退維谷。』其此之謂與？」』此與《外傳》言石他『進盟以免父母，退伏劍以死其君』，引《詩》『進退維谷』同義，皆謂處兩難善全之事，而處之皆善也。歎其善，非嗟其窮也。且叔向曰『善哉』，『善』字即明訓『谷』字也。」愚案：阮説是矣。胡承珙駁之，以爲石、申二事，是謂進退兩窮，未可謂進退皆善。夫二人事處極難，但求全義，不必全身，此即聖人殺身成仁之旨，其終同歸於善。凡事至窮時，皆必求善道以處之。曹大家所謂「敬慎之戒」，亦不外此。晏子古説，無可疑難。韓傳二事並足證合，是釋「谷」爲「善」，於義允協。經訓當引之愈深，不應疏之使淺，致乖古人立言之意也。

維此聖人，瞻言百里。維彼愚人，覆狂以喜。匪言不能，胡斯畏忌。【注】魯「斯」亦作「此」。【疏】傳：「瞻言百里，遠慮也。」箋：「聖人所視而言者百里，言見事遠，而王不用。有愚闇之人爲王言其事，淺且近耳，王反迷惑信用之而喜。胡之言何也。賢者見此事之是非，非不能分別皁白，言之於王也，然不言之，何也？此畏懼犯顔得罪罰。」❶○《韓詩外傳》五：「不出户而知天下，不窺牖而見天道。《詩》曰：『惟此聖人，瞻言百里。』」《外傳》十引同。胡承珙云：「箋以『瞻言』之『言』爲言語，今案：『瞻言』之『言』但爲語助。據《韓詩》云云，亦不以『瞻言』爲『所視而言』也。」「魯『斯』亦作『此』」者，徐幹《中論・虚道》篇：「忠言之不出，以未有嗜之者也。《詩》曰：『匪言不能，胡斯畏忌。』」明魯、毛文同。《漢書・賈山傳》山《至言》論秦不納諫，亦引《詩》：「匪言不能，胡此畏忌。」賈山上書當文帝時，所用《魯詩》。「斯」字作「此」，蓋魯

❶ 「畏」，原作「提」，據明世德堂本《毛詩》、阮刻本《毛詩正義》改。

「亦作」本。

維此良人，弗求弗迪。維彼忍心，是顧是復。民之貪亂，寧爲荼毒。【疏】傳：「迪，進也。」箋：「良，善也。國有善人，王不求索，不進用之。有忍爲惡之心者，王反顧念而重復之。言其忽賢者而愛小人。貪，猶欲也。天下之民苦王之政，欲其亂亡，故安爲苦毒之行相侵暴，慍恚使之然。」❶○《荀子・儒效篇》：「凡人莫不欲安榮而惡危辱，故唯君子爲能得其所好，小人則日徼其所惡。《詩》曰：『維此良人，弗求弗迪。維彼忍心，是顧是復。民之貪亂，寧爲荼毒。』此之謂也。」《禮・坊記》：「《詩》云：『民之貪亂，寧爲荼毒。』」鄭注：「言民之貪爲亂者，安其荼毒之行，惡之也。」明魯、齊與毛同。

大風有隧，【注】魯「大」作「泰」。有空大谷。維此良人，作爲式穀。維彼不順，征以中垢。

【疏】傳：「隧，道也。中垢，言闇冥也。」箋：「西風謂之大風。大風之行有所從而來，必從大空谷之中。喻賢愚之所行，各由其性。作，起；式，用；征，行也。賢者在朝則用其善道，不順之人則行闇冥，受性於天，不可變也。」○「魯『大』作『泰』」者，《釋天》：「西風謂之泰風。」郭注：「《詩》曰：『泰風有隧。』」此用舊注《魯詩》文。《御覽》九、《初學記》一引《詩》亦作「泰」。《詩》釋文：「大，毛如字，鄭音泰。」箋用《魯詩》改毛。惟《潛夫論・班祿》篇、《遏利》篇兩引「大風」，詳下。皆據《魯詩》，「泰」仍同毛作「大」。古書多叚「大」爲「泰」，師讀固自不同也。《韓詩外傳》五：「以明扶明則昇于天，以明扶闇則歸其人。兩瞽相扶，不傷牆木，不陷井穽，則

❶「使」，原作「云」，據明世德堂本《毛詩》、阮刻本《毛詩正義》改。

其幸也。《詩》曰：『惟彼不順，往以中垢。』闇行也。」陳喬樅云：「參之箋説，『往』疑『征』之譌。」愚案：陳説是也。中垢，言闇冥，與《牆有茨》「中冓」音義皆同。

大風有隧，【注】韓「隧」作「隊」，魯亦作「遂」。貪人敗類。聽言則對，誦言如醉。匪用其良，覆俾我悖。【疏】傳：「類，善也。覆，反也。」箋：「類，等夷也。對，答也。貪惡之人見道德之言則應答之，見誦《詩》、《書》之言則冥臥如醉。居上位而行此，人或效之。居上位而不用善，反使我爲悖逆之行。是形其敗類之驗。」○「韓『隧』作『隊』，魯亦作『遂』」者，《韓詩外傳》五：「福生於無爲，而患生於多欲。知足，然後富從之。德宜君人，然後貴從之。故貴爵而賤德者，雖爲天子，不尊矣。貪物而不知止者，雖有天下，不富矣。夫土地之生不益，山澤之出有盡。懷不富之心而求不益之物，挾百倍之欲而求有盡之財，是桀、紂之所以失其位也。《詩》曰：『大風有隊，貪人敗類。』」據此，韓「隧」作「隊」。《潛夫論·班禄》篇：「咸氣加而化上風，患害切而迫飢寒，此臧紇所以不能詰其盜者也。《詩》曰：『大風有隧，貪人敗類。』」明魯、毛文同。又《遏利》篇：「言是大風也，必將有遂。是貪人也，必將敗其類。」亦用《魯詩》，「隧」作「遂」，是魯亦作「遂」。「隊」、「遂」皆與「隧」同聲而義不異。《列女·晉羊叔姬傳》、《漢書·宣元六王傳贊》均引《詩》：「貪人敗類。」《韓詩外傳》六引《詩》：「聽言則對，誦言如醉。」明三家皆與毛文同。

嗟爾朋友，予豈不知而作。如彼飛蟲，時亦弋獲。既之陰女，反予來赫。【疏】傳：「赫，炙也。」箋：「嗟爾朋友者，親而切磋之也。而，猶女也。我豈不知女所行者惡與？直知之。女所行如是，猶鳥飛好自恣東西南北，時亦爲弋射者所得。言放縱久，無所拘制，則將遇伺女之間者得誅女也。之，往也。口距人謂之赫。我恐女見弋獲，既往覆陰女，謂啟告之以患難也。女反赫我，出言悖怒，不受忠告。」

民之罔極，職涼善背。爲民不利，如云不克。民之回遹，職競用力。【疏】傳：「涼，薄也。」箋：「職，主；諒，信也。民之行失其中者，❶主由爲政者信用小人，工相欺違。克，勝也。爲政者害民，如恐不得其勝。言至酷也。競，逐也。言民之行維邪者，主由爲政者逐用彊力相尚故也。言民愁困，用生多端。」○陳啟源云：「末二章三言民俗之敗，皆歸咎於執政之人。上欺違，則民心罔中矣。上尚力而不尚德，則民行邪僻矣。上爲寇盜之行，則民心不能安定矣。此詩刺王，而兼及朝臣，故篇末縷陳之。」《漢書·五行志》「盡涼陰之哀」，顔注：「涼，信也。」是「涼」本與「諒」通訓，箋即本齊義易毛。下「涼曰」同作「諒」，誤也。

民之未戾，職盜爲寇。涼曰不可，覆背善詈。雖曰匪予，既作爾歌。【疏】傳：「戾，定也。」箋：「爲政者主作盜賊爲寇害，令民心動摇不安定也。善，猶大也。我諫止之以信，言女所行者不可，反背我而大詈。言距己諫之甚。予，我也。女雖觝距己言，此政非我所爲，我已作女所行之歌，女當受之而改悔。」

《桑柔》十六章，八章章八句，八章章六句。

雲漢【注】《韓詩》曰：「對彼雲漢。」韓説曰：「宣王遭旱仰天也。」【疏】毛序：「仍叔美宣王也。宣

---

❶「中」，原作「忠」，據明世德堂本《毛詩》、阮刻本《毛詩正義》改。

王承厲王之烈，内有撥亂之志，遇烖而懼，側身修行，欲銷去之。天下喜於王化復行，百姓見憂，故作是詩也。」箋：「仍叔，周大夫也。《春秋》：『魯桓公五年夏，天王使仍叔之子來聘。』烈，餘也。」〇「對彼」至「天也」，鈔本《北堂書鈔・天部》引《韓詩》及注文，所云「宣王遭旱仰天」，與毛序同，特未言仍叔作詩耳。合之《繁露》「宣王憂旱」云云，詳下。是《齊詩》與韓合。《魯詩》當無異義。

倬彼雲漢，昭回于天。【疏】傳：「回，轉也。」箋：「雲漢，謂天河也。昭，光也。倬然天河水氣也，精光轉運于天。時旱渴雨，故宣王夜仰視天河，望其候焉。」〇《韓詩》作「對彼雲漢」，引見上。王念孫云：「對，當爲『菿』。菿、倬古字通。《小雅・甫田》篇『倬彼甫田』，《釋文》云：『倬，《韓詩》作「菿」，卓也。』是毛『倬』字，韓皆作『菿』，則『對』爲『菿』之譌無疑。俗書『對』字或作『對』，見《漢孔廟置守廟百石孔龢碑》及《干禄字書》。『菿』字或作『𦺇』。『菿』之爲『𦺇』，猶『荊』之爲『荆』。二形相似，世人多見『對』，少見『𦺇』，故『𦺇』譌爲『對』矣。」互詳《甫田》篇。王曰於乎！何辜今之人？天降喪亂，饑饉薦臻。【注】齊「於乎」作「嗚呼」，「薦」作「荐」。靡神不舉，靡愛斯牲。圭璧既卒，寧莫我聽。【注】韓説曰：「天子奉玉升柴，加於牲上。」【疏】傳：「薦，重；臻，至也。」箋：「辜，罪也。王憂旱而嗟歎云，何罪與今時天下之人？天仍下旱災亡亂之道，饑饉之害復重至也。靡、莫，皆無也。言王爲旱之故，求於羣神，無不祭也，無所愛於三牲，禮神之圭璧又已盡矣，曾無聽聆我之精誠而興雲雨。」〇「齊『於乎』作『嗚呼』，『薦』作『荐』」者，《春秋繁露・郊祀》篇：「周宣王時，天下大旱，歲惡甚，王憂之。」引此章十句，與毛文同，惟「於乎」作「嗚呼」，「薦」作「荐」。「天子」至「牲上」，《禮・郊特牲》疏引《韓詩内傳》文。陳喬樅云：「此詩二章言『不殄禋祀，自郊徂宫』。此章『圭璧既卒』，承上『靡愛斯牲』，當兼燔柴之玉言之。箋僅釋『圭璧』爲禮神之玉，其義未備。」荀悦《漢紀》六：「消災復異，則有周宣《雲漢》『寧莫我聽』。」用齊經文。

旱既太甚，蘊隆蟲蟲。【注】韓「蘊」作「鬱」，「蟲」作「烔」。魯「蟲」作「爞」。【疏】傳：「蘊蘊而暑，隆隆而雷，蟲蟲而熱。」箋：「隆隆而雷，非雨雷也。雷聲尚殷殷然。」○「蘊」作「鬱」，「蟲」作「烔」者，《釋文》引《韓詩》文。馬瑞辰云：「《釋文》：『蘊，本又作「煴」。』《説文》有『薀』無『蘊』，云：『薀，積也。』『蘊』即『薀』之俗字。薀、温、煴古同聲，薀、鬱雙聲，故通用。《釋言》：『鬱，氣也。』李巡曰：『鬱，盛氣也。』《荀子・富國篇》『使夏不宛暍』，❶楊倞注：『宛，讀爲鬱，暑氣也。』是『薀』又通作『宛』，宛、鬱亦雙聲。蘊隆，謂暑氣鬱積而隆盛也。『蟲』作『烔』者，《衆經音義》四引《埤蒼》：『烔烔，熱貌也。』《廣韻》：『烔，熱氣烔烔。』『烔』與『蟲』皆徒冬反，故通用。『爞』通作『烔』，猶《説文》『蝕，❷從蟲省聲，讀若同』也。」陳喬樅云：「『鬱』本訓『火氣』，《左・定二年傳》『鬱攸從之』，杜注：『鬱攸，火氣也。』《詩》以火氣之熏比旱氣之熏，故云鬱隆。烔烔，《華嚴經音義》下引《韓詩傳》曰：『烔，謂燒草傳火盛也。』『傳火』與『燒』字意複，當是『傳火』之譌。此『烔』字本義

❶「荀」，原作「苟」，據馬瑞辰《通釋》、續經解本《韓詩遺説攷》十三、《諸子集成》本《荀子集解》改。

❷「蝕」，原作「蝕」，據馬瑞辰《通釋》、續經解本《韓詩遺説攷》十三、陳刻《説文》、《説文注》、楊刻《説文義證》改。

也。《字林》訓『烔』爲『爇氣烔烔』，即本《韓詩》。《釋名》：『熱，爇也，如火所燒爇也。』是熱氣即爇火之氣。《玉篇》：『爞，熏也。』《集韻》：『爞，本作「烔」。』則『爞』乃『烔』之或體。」「魯『蟲』作『爞』」者，《釋訓》：「爞爞，薰也。」郭注：「旱熱薰炙人。」《毛詩》「蟲蟲」，即「爞爞」之省。　不殄禋祀，自郊徂宮。　上下奠瘞，靡神不宗。　后稷不克，上帝不臨。　耗斁下土，【注】韓説曰：「耗，惡也。」寧丁我躬。【疏】傳：「上祭天，下祭地，奠其禮，瘞其物。宗，尊也。國有凶荒，則索鬼神而祭之。丁，當也。」箋：「宮，宗廟也。爲旱故絜祀不絶，從郊而至宗廟，奠瘞天地之神，無不齊肅而尊敬之。言徧至也。克，當作『刻』。刻，識也。斁，敗也。奠瘞羣臣「疑」神。而不得雨，是我先祖后稷不識知我之所困與？天不視我之精誠與？猶以旱耗敗天下爲害，曾使當我之身有此乎？先后稷，後上帝，亦從宮之郊。」○《繁露·郊祀》篇又引此章十句，與毛文同，惟「斁」作「射」，下又云：「宣王自以爲不能乎后稷，不中乎上帝，故有此災。有此災，愈恐懼而謹事天。」馬瑞辰云：「劉台拱曰：『宮即「王宮祭日」之類，《周禮》所謂「壇壝宮」。』其説是也。祭廟、祭郊不同日，下云『后稷不克』者，謂郊天以后稷配，非祭宗廟也。箋説失之。」陳喬樅云：「《論衡·須頌篇》云：『成湯遭旱，周宣亦然。然而成湯加成，宣王言宣。无妄之災，不能虧政。』據董子引《詩》『饑饉荐臻』，《釋言》：『荐，再也。』《釋天》又曰：『仍饑爲荐。』毛傳作『薦』，訓爲『重』。《釋詁》：『臻、仍，乃也。』仍、乃古通用。訓『臻』爲『乃』，即訓『臻』爲『仍』也。薦臻，猶今言頻仍耳。六章曰『胡寧瘨我以旱』，《釋文》引《韓詩》作『疹』，云：『重也。』皇甫謐言宣王元年大旱，二年不雨，至六年乃雨。謐言無據。然遭旱非止一年，則三家説同。齊説云『不能乎后稷，不中乎上帝』，皆爲自責之詞，於義尤協。」黄山云：「據《繁露》説，『不克』、『不臨』，《詩》皆倒文見義。以『能』訓『克』，以『中』訓『臨』。中，讀如仲，與『臨』皆以『適』通訓，猶云不當也。與箋義迥別。」愚案：《説苑・君道》篇：「《詩》曰：『上下奠瘞，靡神不宗。』言疾旱也。」此魯説。「耗，惡也」者，《釋文》引《韓詩》文。《後漢・竇后紀》「問息耗」，李注引：「薛君《章句》曰：『耗，惡。』息耗，猶言善惡也。」「耗」即「秏」之俗。《玉篇・禾部》云：「秏，敗也。」引《詩》：「秏斁下土。」毛「秏」無訓，傳云：「斁，敗也。」蓋以「斁」爲「殬」之借字，則「秏」義當訓「惡」，與韓同。馬瑞辰云：「《後漢・順帝紀》詔『靡神不禜』，三家《詩》蓋有作『禜』者。」

旱既太甚，則不可推。兢兢業業，如霆如雷。周餘黎民，靡有孑遺。昊天上帝，則不我遺。胡不相畏，先祖于摧。【疏】傳：「推，去也。兢兢，恐也。業業，危也。無孑然遺失也。摧，至也。」箋：「黎，衆也。旱既不可移去，天下困於饑饉，皆心動意懼，兢兢然，業業然，狀如有雷霆近發於上。周之衆民多有死亡者矣，今其餘無有孑遺者，言又餓病也。摧，當作『嗺』。嗺，嗟也。天將遂旱餓殺我與？先祖何不助我恐懼，使天雨也。先祖之神于嗟乎！告困之辭。」○趙岐《孟子章句》：「『周餘黎民，靡有孑遺』，志在憂旱災，民無孑然遺脱不遭旱災者，非無民也。」《論衡・治期篇》：「《詩》道周宣遭大旱矣。《詩》曰：『周餘黎民，靡有孑遺。』言無有可遺一人不被害者，災害之甚者也。」又《藝增篇》：「《詩》云：『周餘黎民，靡有孑遺。』是謂周宣之時遭大旱之災也。詩人傷旱之甚，民被其害，言無有孑遺一人不愁痛者。夫旱甚，則有之矣。言無有孑遺一人，增之也。周之民遭大旱之災，貧羸無蓄積，扣心思雨。若其富人，穀食饒足，廩囷不空，口腹不飢，何愁之有？而言『靡有孑遺』，增益其文，欲言旱甚也。」以上皆魯説。《漢書・高惠文功臣表》「靡有孑遺耗矣」，用齊經文。《孟子》説「孑遺」爲遺民，以「遺存」爲義，魯、齊説同。毛訓「遺」爲「遺失」，是謂天盡殺之，不失一人。義雖相成，實故爲異説。馬瑞辰云：「『則不我遺』，遺，當讀如『問遺』之『遺』。《廣雅・釋詁》：『問，遺也。』若如正義訓爲『留遺』，則與『孑遺』語相複矣。」

旱既太甚，則不可沮。赫赫炎炎，云我無所。大命近止，靡瞻靡顧。羣公先正，則不我助。父母先祖，胡寧忍予。【疏】傳：「沮，止也。赫赫，旱氣也。炎炎，熱氣也。大命近止，民近死亡也。先正，百辟卿士也。先祖，文、武爲民父母也。」箋：「旱既不可卻止，熱氣大甚，人皆不堪，言我無所芘蔭處，衆民之命近將死亡，天曾無所視、無所顧於此國中而哀閔之。百辟卿士，雩祀所及者，今曾無肯助我憂旱。先祖文、武又何爲施忍於我，不使天雨。」○《漢書・敘傳》：「赫赫炎炎。」《易林・乾之睽》：「陽旱炎炎，傷害禾穀。穡人無食，耕夫歎息。」明齊、毛文同。《後漢・質帝紀》梁太后詔曰：「自春涉夏，大旱炎赫。」后通《韓詩》，用韓經文。

旱既太甚，滌滌山川。【注】三家「滌」作「蔋」。旱魃爲虐，如惔如焚。【注】三家「惔」作「炎」。我心憚暑，【注】韓説曰：「憚，苦也。」憂心如熏。羣公先正，則不我聞。昊天上帝，寧俾我遯。【疏】傳：「滌滌，旱氣也。山無木，川無水。魃，旱神也。惔，燎之也。憚，勞；熏，灼也。」箋：「憚，猶畏也。❶旱既害於山川矣，其氣生魃而害益甚，草木焦枯，如見焚燎然，王心又畏難此熱氣，如灼爛於火。言

❶「畏」，原作「長」，據明世德堂本《毛詩》、阮刻本《毛詩正義》改。

熱氣至極。不我聞者，忽然不聽我之所言也。天曾將使我心遯遯慙愧於天下以無德也。」○「三家『滌』作『蔋』」者，《説文》：「蔋，草旱盡也。從艸，俶聲。《詩》曰：『蔋蔋山川。』」《玉篇·艸部》「蔋」亦引《詩》「蔋蔋山川」，云：「蔋蔋，旱氣也。本亦作『滌』。」《廣韻》：「蔋，艸木旱死也。」《集韻》：「蔋，或作『藡』。」《説文》字本從「俶」，自《玉篇》傳寫誤從淑，《廣韻》、《集韻》皆沿其誤。《玉篇》云「亦作『滌』」，本借毛字通讀，《集韻》又誤增艸，則更不經，皆當據《説文》、《毛詩》訂正。毛作「滌」，則作「蔋」者，三家也。黄山云：「《説文》『茲』、『蔋』連文，『茲』訓『艸木多益。絲省聲』，『蔋』訓『艸旱盡也。俶聲』。段玉裁所謂反對成文者是矣。絲從二系，❶故其義爲益、爲多。俶，善也。一曰始也。道貴隱而惡顯，故臧之字即爲藏。物自無而之有，故元之字通於無。艸木初生爲屮，引申即爲『屯難』之『屯』。故蔋以俶爲聲，而得『旱盡』之義，亦即《釋詁》『鮮』爲『善』、『落』爲『始』之恉。蔋、俶本一音伸縮之轉。從尗之字有宗，從叔之字有惄，亦不獨『踧踧周道』之『踧』，與『蔋』得同有徒歷音也。《史記·魯仲連傳》、《文選·子虛賦》皆以『俶』爲『倜儻』之『倜』，即以同音通叚，尤俶有徒歷音之證。段《説文注》反疑從俶音義不類，當以『藡』爲正字，謂從滌如艸木盪滌無有。然『滌，洒也』。『盪，滌器也』。亦無『盡』義。且果如段説，毛有本字，不必加艸。『麀鹿濯濯』之『濯』，毛訓『娛游』，趙岐訓『肥飽』，娛與肥皆美善意。《孟子》即用爲『若彼濯濯』之『濯』。段説淺率，於字義、經訓蓋兩失之。」《易林·革之豐》「旱魃爲虐」，明齊、毛文同。又《小畜之中孚》「魃爲災虐」，用齊經文。《玉篇》引《文

❶「系」，疑當作「糸」。

字指歸》曰：「女妭禿無髮，所居之處天不雨。」《山海經・大荒北經》：「係昆之山，有人衣青衣，名曰黃帝女妭。黃帝攻蚩尤冀州，蚩尤請風伯、雨師縱大風雨，黃帝乃下天女曰妭，雨止，遂殺蚩尤。妭不得上，所居不雨。」「妭」即「魃」字之叚借。張衡《客難》曰：「女魃北而應龍翔。」義本《山海經》，其説最古。《御覽》引韋昭《詩答問》曰：「旱魃眼在頭上。」與《神異經》言「魃目在頂上」合。「三家『惔』作『炎』」者，《後漢・章帝紀》建初五年詔：「今時復旱，如炎如焚。」李注引《韓詩》曰：「旱魃爲虐，如炎如焚。」知三家今文皆作「炎」字。《説文》：「炎，火光上也。」「憚，苦也」者，《釋文》引《韓詩》文。陳喬樅云：「傳云：『憚，勞。』箋云：『憚，猶畏也。』勞、苦義近，畏亦苦之意也。」馬瑞辰云：「遯，當讀『屯難』之『屯』。遯、屯古同聲，遯、困亦同聲。《廣雅・釋詁》：『困，逃也。』遯義爲逃，亦爲困。《遺人》疏引《書傳》云：『居而無食謂之困。』寧、乃一聲之轉。『寧俾我遯』，猶云乃使我困也。箋説失之。」

旱既太甚，黽勉畏去。【注】魯「黽勉」作「密勿」。胡寧瘨我以旱，【注】韓「瘨」作「疹」，云：「疹，重也。」憯不知其故。祈年孔夙，方社不莫。昊天上帝，則不我虞。敬恭明神，宜無悔怒。

【疏】傳：「悔，恨也。」箋：「瘨，病也。黽勉，急禱請也。欲使所尤畏者去，所尤畏者魃也。天何曾病我以旱，曾不知爲政所失而致此害。虞，度也。我祈豐年甚早，祭四方與社又不晚，天曾不度知我心。肅事明神如是，明神宜不恨怒於我，我何由當遭此旱也。」○「魯『黽勉』作『密勿』」者，《後漢・蔡邕傳》邕上封事曰：「宣王遭旱，密勿祇畏。」陳喬樅云：「據此，知《毛詩》『黽勉畏去』，魯作『密勿畏去』，與《十月之交》『黽勉從事』，劉向引作『密勿從事』文同。」馬瑞辰云：「《廣雅・釋詁》：『畏，惡也。』即苦此旱而惡去之也。箋説失之。」「瘮，重也」者，《釋文》引《韓詩》文。陳喬樅云：「《釋言》：『胗，重也。』瘮與胗音同義通。瘮，籀文『胗』字。《衆經音義》引《三蒼》云：『胗，腫也。』腫與重音義亦同。」愚案：《説文》「瘨」真聲，「胗」、「瘮」皆㐱聲，真、㐱一聲之轉。「胗」訓「脣瘍」，瘍亦病，則「瘮」與「瘨」義仍合。張衡《東京賦》「爰敬恭於明神」，用魯經文。「明神」之「神」，《釋文》本作「祀」，云：「或作『明神』。」李富孫云：「《文選》陸機《答張士然詩》、江淹《雜詩》李注並引作『明祀』，《後漢·章帝紀》、《黄瓊傳》並有『敬恭明祀』之文。《孔龢碑》、樊毅《華山亭碑》、《白石神君碑》亦同作『明祀』，當是三家本。」據此，神、祀古今文均兩作。魯作「明神」，則作「明祀」者，當爲齊、韓也。

旱既太甚，散無友紀。鞫哉庶正，疚哉冢宰。趣馬師氏，膳夫左右。靡人不周，無不能止。瞻仰昊天，云如何里。【疏】傳：「歲凶年穀不登，則趣馬不秣，師氏弛其兵，馳道不除，祭事不縣，膳夫徹膳，左右布而不修，大夫不食粱，士飲酒不樂。周，救也。無不能止，言無止不能也。」箋：「人君以羣臣爲友，散無其紀者，凶年禄餼不足，又無賞賜也。鞫，窮也。庶正，衆官之長也。疚，病也。窮哉病哉者，念此諸臣勤於事而困於食，以此言勞倦也。周，當作『賙』。王以諸臣困於食，人人賙給之，權救其急，後日乏無，不能豫止。里，憂也。王愁悶於不雨，但仰天曰，當如我之憂何。」〇胡承珙云：「正義申鄭言：『上文言王之於臣禄餼不足，則此言當爲王救羣臣，不宜爲羣臣救人，故易傳。』今案：春秋時，列國有災，卿大夫尚有能出所蓄以賑窮民者，如楚子文、宋公子鮑之類，則宣王之時，羣臣以禄食之餘賙給百姓，固其宜矣。若謂臣困於食而王給之，則是給其禄餼，不當言『周』。且《周官》荒政十二，無賑給羣臣之條。庶正、冢宰位高禄厚，❶此而待賑，民當若何？況救荒當先及小民，不應但賙給有位也。」《釋文》：「里，如字，憂也。本亦作『瘇』，《爾雅》作『悝』，並同。」

瞻卬昊天，有嘒其星。【注】三家「嘒」作「䜋」，「星」作「聲」。大夫君子，昭假無贏。大命近止，無棄爾成。何求爲我，以戾庶正。瞻卬昊天，曷惠其寧。【疏】傳：「嘒，衆星貌。假，至也。戾，定也。」箋：「假，升也。王仰天見衆星順天而行嘒嘒然，意感，故謂其卿大夫曰，天之光耀升行不休，無自贏緩之時，今衆民之命近將死亡，勉之助我，無棄女之成功者，若其在職，復無幾何？以勸之也。使女無棄成功者，何但求爲我身乎？乃欲以安定衆官之長，憂其職事。曷，何也。王仰天曰，當何時順我之求，使我心安乎？渴雨之至也。得雨則心安。」○「三家『嘒』作『䜋』，『星』作『聲』」者，《説文》：「䜋，聲也。從言，歲聲。《詩》曰：『有䜋其聲。』」段注：「如史所云『赤氣亘天，砰隱有聲』之類。」蓋即此詩之異文。愚案：天不旱亦有星，且係夜觀，非晝所覩。「有䜋其聲」，蓋災異之一端，故特言之。此出三家《詩》。嘒、䜋，星、聲，音俱相近，諸家傳授字異，遂各據所聞釋之。馬瑞辰云：「《説文》、《廣雅》並曰：『䋼，緩也。』箋訓『贏』爲『緩』，義與『䋼』同。但以文義求之，蓋勉羣臣敬恭祀典之意，言誠能昭假於天，其感應之理，未有贏差者。」願無棄成功，助我求雨，冀天終惠我以安寧也。

《雲漢》八章，章十句。

❶「正」，原作「政」，據續經解本《毛詩後箋》改。

崧高【疏】毛序：「尹吉甫美宣王也。天下復平，能建國，親諸侯，褒賞申伯焉。」箋：「尹吉甫、申伯，皆周之卿士也。尹，官氏。申，國名。」○此詩及下章皆有詩人自名。三家無異義。

崧高維嶽，駿極于天。【注】三家「崧」作「嵩」，「駿」作「峻」。維嶽降神，生甫及申。維申及甫，維周之翰。四國于蕃，【注】韓「蕃」作「藩」。四方于宣。【疏】傳：「崧，高貌。山大而高曰崧。嶽，四嶽也，東嶽岱，南嶽衡，西嶽華，北嶽恒。堯之時，姜氏爲四伯，掌四嶽之祀，述諸侯之職。於周，則有甫、有申、有齊、有許也。駿，大；極，至也。嶽降神靈和氣，以生申、甫之大功。翰，榦也。」箋：「降，下也。四嶽，卿士之官，掌四時者也，因主方嶽巡守之事，在堯時姜姓爲之，德當嶽神之意而福興，其子孫歷虞、夏、商，世有國土，周之甫也、申也、齊也、許也，皆其苗胄。申，申伯也。甫，甫侯也。皆有賢知，入爲周之楨榦之臣。四國有難，則往扞禦之，爲之藩屏。四方恩澤不至，則往宣暢之。甫侯相穆王，訓夏贖刑，美此俱出四嶽，故連言之。」○「三家『崧』作『嵩』，『駿』作『峻』。韓『蕃』作『藩』」者，《禮・孔子閒居》：「其在《詩》曰：『嵩高惟嶽，❶峻極于天。惟嶽降神，生甫及申。惟申及甫，惟周之翰。四國于蕃，四方于宣。』此文、武之德也。」鄭注：「峻，高大也。翰，幹也。言周道將興，五嶽爲之生賢輔佐，仲山甫及申伯爲周之幹臣，天下之蕃衞，宣德于四方，以成其王功。此宣王詩也。」何休《公羊・莊四年》解詁引《詩》：「嵩高惟嶽，峻極于天。」

---

❶「惟」，原作「維」，據續經解本《齊詩遺説攷》九、阮刻本《禮記正義》改。

《易林·大壯之兑》：「嵩高岱宗，峻直且神。」是齊「崧」作「嵩」，「駿」作「峻」。《爾雅·釋山》：「山大而高，崧。」《釋文》：「崧，本作『嵩』。」郭注：「今中嶽嵩高山蓋依此立名。」邢疏引李巡云：「高大曰嵩。」孔疏引李、郭説作「崧」，❶皆順毛改字。李、郭二説皆據爲「嵩」，《釋文》又云，足證經文本作「嵩」。楊雄《河東賦》「瞰帝唐之嵩高兮」，《漢書·雄傳》顔注：「嵩，亦高也。嵩高者，謂唯天爲大，唯堯則之也。」應劭《風俗通義》十：「中央曰嵩高。《詩》云：『嵩高惟嶽，峻極于天。』」是魯「崧」作「嵩」，「駿」作「峻」。王應麟《詩攷》據《韓詩外傳》五引：「《詩》云：『嵩高維嶽，峻極于天。維嶽降神，生甫及申。維申及甫，維周之翰。四國于藩，四方于宣。』此文、武之德也。」是韓「崧」作「嵩」，「駿」作「峻」，「蕃」又獨作「藩」。《文選·游天台山賦》李注、《初學記》五、《藝文類聚》七、《白帖》五、《御覽》三十九及八百八十一引《詩》首二句，皆作「嵩」、「峻」。毛據《釋文》無異本，則諸書所引，亦皆《韓詩》。今《外傳》五「嵩」仍作「崧」，此如《爾雅》之「崧」，皆後人順毛改字。其餘三家説有作「崧」者，趙岐《孟子》注、蔡邕《楊公碑》之類。即誤字矣。韋昭《國語》注：「『嵩』字古通用『崇』字。」《説文》：「崇，嵬高也。」正與「嵩高」義合，別無「嵩」、「崧」字。《新附》補「嵩」，云：「中岳嵩山也。從山，從高。亦從松。」仍引韋注：「通用『崇』字。」「崇」隸寫或爲「崈」。《漢書》武帝改「嵩高」爲「崈高」，以「崈」本即「嵩」也。《後漢·靈帝紀》復「崇高」爲「嵩高」，則已離之矣。《説文》：「嶽，東岱，南靃，同「霍」。西華，北恒，中太室，王者巡狩所至。」重文即「岳」。諸家嶽、岳不同，今、古異也。《釋山》首列「五嶽」之名，末復云：「泰山爲

❶「崧」，原作「嵩」，據阮刻本《毛詩正義》改。

東嶽，華山爲西嶽，霍山爲南嶽，恒山爲北嶽，嵩高爲中嶽。」「嵩高」郭注：「太室山也。」是許言「五嶽」與《雅》訓合。毛傳以「嶽」爲堯時四岳，復舉四山以實之，又變霍言衡，以與衆異。鄭箋遷就其説，孔疏更强爲之辭。然《閒居》引《詩》，言「此文、武之德」，鄭注云：「五嶽爲生賢輔佐。」《外傳》亦推本文、武。夫申、甫爲周輔佐，周備五嶽，自應統舉。德應由於文、武，不必乞靈於堯時之山。證以《爾雅》、《説文》，知三家有同義也。「嵩高」本概言山之崇高，太室乃依以立名，郭注明言之。然就山説《詩》，五嶽自可任舉。齊主泰岱，《易林》即就岱宗言嵩高。太室既被此名，説《詩》尤切，故應氏因説中嶽，亦引《詩》以見義。獨鼎臣《新附》字説竟以「嵩」爲中岳專名，不復知有《嵩高》之詩，斯大謬矣。陳喬樅云：「孔疏謂：『箋以甫爲甫侯，而《孔子閒居》引此詩，注以甫爲仲山甫。《外傳》稱樊仲山甫，則是樊國之君，必不得與申伯同爲嶽神所生。注《禮》之時，未詳《詩》意故耳。』喬樅謂：疏説非也。《後漢·張衡傳》：『《應間》曰：「申伯、樊仲，實榦周邦。」』亦以甫爲仲山甫，與鄭《記》注合。張述《魯詩》，鄭述《齊詩》，是魯、齊説同。蔡邕《薦董卓表》云：『是故申伯、山甫，列於《大雅》。』蔡亦述《魯詩》者，並以申、甫爲申伯、仲山甫。又《司空楊公碑》云『昔在申、呂，匡佐周宣。《崧高》作誦，《大雅》揚言。』『申呂』，即此詩之申伯、山甫也。❶張衡《司徒呂公誄》云：『四嶽在虞，傅士佐禹。克厭天心，姓姜氏呂。登是南邦，以家以處。降及于周，穆侯作輔。登受八命，衮職靡傾。』據此，則樊仲山甫亦係出呂，同爲四嶽之裔，故詩言『惟嶽降神，生甫及申』也。孔疏以『仲山甫是樊國之君，

❶「伯山」，續經解本《齊詩遺説攷》九無。

必不得與申伯同爲嶽神所生』，何疏於考據邪？《困學紀聞》謂：『仲山甫，猶《儀禮》所謂「伯某甫」。甫與父同。若以仲山甫爲甫，則尹吉甫、程伯休父亦可言甫矣。』伯厚妄用駁難，其説愈失之。」愚案：陳氏引《應間》「申伯、樊仲」證齊義同於魯家，引《吕誄》「衮職靡傾」證樊仲亦出四岳，此二條最足破孔疏之固。惟三家既以嶽爲五嶽，則毛傳四岳之後本不關《詩》指，係屬添設。況孔疏既謂姜姓於四岳之中爲其一，則非姜姓者尚有其三。既謂樊係國名，又何不可姓姜姓吕？似亦不足辨也。至《吕誄》言姜、吕，而遠溯四嶽，説本《齊太公世家》。

亹亹申伯，王纘之事。于邑于謝，【注】韓「纘」作「踐」，云：「任也。」魯「纘」作「薦」，「謝」作「序」。南國是式。王命召伯，定申伯之宅。登是南邦，世執其功。【疏】傳：「謝，周之南國也。召伯，召公也。登，成也。功，事也。」箋：「亹亹，勉也。纘，繼；于，往；于，於；法，式也。亹亹然勉於德不倦之臣有申伯，以賢入爲王之卿士，佐王有功，王又欲使繼其故諸侯之事，往作邑於謝，南方之國皆統理施其法度。時改大其邑，使爲侯伯，故云然。之，往也。申伯忠臣，不欲離王室，故王使召公定其宅，令往居謝，成法度於南邦，世世持其政事，傳子孫也。」○「韓『纘』作『踐』，云『任也』」者，《釋文》引《韓詩》文。陳喬樅云：「《禮·中庸》『踐其位』，鄭注：『踐，或作「纘」。』此踐、纘古通之證。韓訓『踐』爲『任』者，謂王任用之，使經理南國之事也。」「魯『纘』作『薦』，『謝』作『序』」者，《潛夫論·志氏姓》篇：「四嶽、伯夷，爲堯典禮。折民惟刑，以封申、吕。裔或封于申城，在南陽宛北序山之下。故《詩》曰：『亹亹申伯，王薦之事。于邑于序，南國爲式。』」陳喬樅云：「《地理志》：『南陽郡宛，故申伯國，有屈申城。』與《潛夫論》説合。又《三式》篇：『周宣王時，輔相大臣，以德佐治，亦獲有國。故尹吉甫作封頌二篇，其詩曰：「亹亹申伯，王纘之事。于邑于謝，南國是式。」又曰：「四牡彭彭，八鸞鏘鏘。王命仲山甫，城彼東方。」此言申伯、仲山甫文德致昇平，而王封以樂土，賜以盛服也。』案：《三式》篇引《詩》，字仍與毛同，此後人據毛改之，非王氏舊本也。」愚案：纘、踐、薦皆音近通假，謝與序亦雙聲轉變。

王命申伯，式是南邦，因是謝人，以作爾庸。王命召伯，徹申伯土田。王命傅御，遷其私人。【疏】傳：「庸，城也。徹，治也。御，治事之官也。私人，家臣也。」箋：「庸，功也。召公既定申伯之居，王乃親命之，使爲法度於南邦。今因是故謝邑之人而爲國，以起女之功勞。言尤章顯也。治者，正其井牧，定其賦稅。傅御者，二王治事，謂冢宰也。」○陳奐云：「《書·牧誓》篇：『我友邦冢君，御事：司徒、司馬、司空。』指治事三卿。至《大誥》、《酒誥》、《梓材》、《召誥》、《雒誥》等篇言『御事』，皆爲諸侯治事之臣。此傳以『治事之官』釋經文之『御』，正與《書》義合。《臣工》『嗟嗟臣工』、『嗟嗟保介』，傳：『工，❶官也。』凡大國三卿，命於天子，皆有職司於王室，故天子得以敕之命之。傅御，猶保介也。諸侯之上大夫卿，亦兼孤，故《春秋》陽處父爲太傅，士會將中軍爲太傅。箋以『傅御』謂冢宰，正義用箋申傳，失之。私人，即傅御之私人。傅御爲諸侯之臣，故傳以『私人』爲『家臣』矣。《禮·玉藻》：『大夫私事使，私人擯則稱名。』鄭注：『士

❶「工」上，原衍「保介」二字，據陳奐《傳疏》、明世德堂本《毛詩》、阮刻本《毛詩正義》、本書卷二十五《臣工》删。

臣於大夫曰私人。」《儀禮・士相見》注：『私人，家臣。己所自謁除也，大夫言私人，明不純臣也。』❶此言『私人』爲大夫家臣之證。」

申伯之功，召伯是營。有俶其城，寢廟既成。既成藐藐，王錫申伯。四牡蹻蹻，鉤膺濯濯。【疏】傳：「俶，作也。藐藐，美貌。蹻蹻，壯貌。鉤膺，樊纓也。濯濯，光明也。」箋：「申伯居謝之事，召公營其位而作城郭及寢廟，定其人神所處。召公營位築之已成，以形貌告於王，王乃賜申伯，爲將遣之。」○馬瑞辰云：「《説文》：『俶，善也。』有俶，爲城繕修之貌。」黄山云：「馬以『繕』通『善』，然《説文》：『繕，補也。』舊壞者可言繕，新營之城不得言繕明矣。《釋詁》：『俶，始也。』《説文》：『俶，善也。一曰：始也。』『有俶其城』，猶云始有其城。《詩》云謝舊無城，營之始有。言『有』，則城已成可知。『俶』對『既』言，既猶終也，相應爲辭。」愚案：上言「召伯是營」，則此不必更訓「俶」爲「作」。下文「藐藐」專指寢廟，承「寢廟既成」言也。《釋詁》：「藐藐，美也。」《説文》作「⿱貌心」。鉤膺，詳《采芑》篇。

王遣申伯，路車乘馬。我圖爾居，莫如南土。錫爾介圭，【注】魯「介」作「玠」。以作爾寶。往迈王舅，南土是保。【疏】傳：「乘馬，四馬也。寶，瑞也。迈，已也。申伯，宣王之舅也。」箋：「王以正禮遣申伯之國，故復有車馬之賜，因告之曰，我謀女之所處，無如南土之最善。圭長尺二寸謂之介，非諸侯之圭，故以爲寶。諸侯之瑞圭，自九寸而下。迈，辭也，聲如『彼記之子』之『記』。保，守也，安也。」○「魯『介』

❶「臣也」二字，原脱，據陳奂《傳疏》、阮刻本《儀禮注疏》補。

作『玠』」者，《釋器》：「珪大尺二寸謂之玠。」郭注：「《詩》曰：『錫爾玠珪。』」此魯説。玠圭，大圭，惟天子得有之，故經云「以作爾寶」，箋亦云：「非諸侯之圭，故以爲寶。」惟申伯膺此特賜，俾之世守。《韓奕》篇「以其介圭，入覲于王」，則諸侯之命圭，亦因緣稱之，與申伯所錫不同也。《爾雅·釋器》以明禮制，字作「玠」，餘渻作「介」。張衡述《魯詩》，其《應閒》云：「服衮而朝，介圭作瑞。」亦作「介」是也。辺，舊作「近」。黄山云：「此篇首、二、四、五、六章第七句皆韻。『往近王舅』，『舅』字即與本章『馬』、『土』、『寶』、『保』上下爲韻。用韻之句，則有倒文，如六章『謝于誠歸』、七章『不顯申伯』皆是。『往近王舅』，亦當解作王舅往近。《周語》引《書》曰：『民可近也，亦不可上也。』韋注：『民可以思意近。』《説文》：『近，附也。』謂親附之也。《華嚴經音義》下引顧野王云：『近，所以爲親也。』皆『近』訓親附之證。王勉申伯往謝，親附其人民鄰國，以保守是土，故接云『南土是保』也。毛、鄭皆順説之，故傳訓『近』爲『已』。『近』之古文作『岓』，上從止，則本有『已』義。已、止同部，故音亦可轉爲已。古已、己即一字。記、忌字從己，亦得通叚，故箋即讀『近』爲『彼記』之『記』。《釋文》遵傳、箋作音，乃其通例。孔疏又申明『近』得轉記，由其聲近，皆即借『近』爲『已』，通『已』於『記』。唐石經以下，各本於『近』字亦從無異作。自宋毛居正撰《六經正誤》，始以『近』爲『辺』之誤。段、阮以下，紛然據以改經。然《説文》『辺』在《丌部》。『丌』訓『薦物之丌』，『辺』訓『遒人以木鐸記詩言』。徐鍇釋之云：『遒人行而求之，故從辵丌，薦而進之於上也。』此即今『記載』之『記』。而『記』之本字《説文》訓爲『疏』。疏者，昔所已言，非憶不明，則專爲『記憶』之『記』。『彼記』之『記』，其本字既仍爲『已』，不可通於『辺』明矣。是改『近』爲『辺』，同出於借，固不如不改爲長。況《説文》『辺』未引經，《爾雅》、《廣雅》皆不爲『辺』作訓，又何從定爲此詩之本字乎？」愚案：《緜》之詩曰：「予曰有疏附。」訓「近」爲「附」，倒文見義，於説亦得。毛訓「近」爲「已」，「已」即「矣」字。往矣王舅，亦即倒文。箋讀爲「記」，作「彼記」，「記」下無「之」字，則不詞。以「迈」通「記」，固非也。《釋文》、孔疏均不改字。箋「彼記之記」，孔疏本原作「彼已之已」，故直謂箋爲申傳。宋本箋作「記」，涉《釋文》「音記」而誤。毛居正又沿作「記」而誤。顧炎武《唐韻正》已駁之矣。惟段玉裁説「往已王舅」，謂迈從丌，丌即古「其」字。其、己、忌、記、丌、迈同部通假，説亦不可廢。陳奐疏本已據改，今仍從之。

申伯信邁，王餞于郿。申伯還南，謝于誠歸。王命召伯，徹申伯土疆。以峙其粻，【疏】魯説曰：「粻，糧也。」式遄其行。【疏】傳：「郿，地名。」箋：「邁，行也。申伯之意，不欲離王室，王告語之復重，於是意解而信行。餞，送行飲酒也。時王蓋省岐周，故于郿云。還南者，北就王命于岐周而還反也。謝于誠歸，誠歸于謝。粻，糧；式，用；遄，速也。王使召公治申伯土界之所至。峙其糧者，令廬市有止宿之委積，用是速申伯之行。」〇《釋文》：「以時，如字。本又作『峙』。」是陸所見本作「以時其粻」。馬瑞辰云：「《説文》：『庤，❶儲置屋下也。』『偫，待也。』『儲，偫也。』二字音義同。《詩》『庤乃錢鎛』，《考工記》總目注引作『偫乃錢鎛』，是其證。《繫傳》本無『庤』，疑『庤』即『偫』之或體。《周語》韋注：『偫，具也。』《釋詁》：『峙，具也。』《説文》以『峙』爲『峙躇』字。此詩《釋文》本作『時』及『峙』，正義引俗本作『時』，皆當爲『偫』字之叚

❶「庤」，原作「痔」，據馬瑞辰《通釋》、陳刻《説文》、《説文注》、楊刻《説文義證》、祁刻《説文繫傳》改。

借。《説文》無『峙』字，今正義及《釋文》本作『峙』者，皆『峙』字之流變。《玉篇》、《廣韻》云：『庤，或作「時」。』《衆經音義》一又云：『古文「峙」，今作「跱」，同。』」「粻，糧也」，《釋言》文，魯説也。郭注：「今江東通言粻。」《説文》有「糧」無「粻」，云：「糧，穀也。」惟「餱」字注引《周書》曰：「峙乃餱粻。」今《書》作「糗糧」。《禮·王制》「五十異粻」，箋、注並云：「粻，糧也。」《雜記》「載粻」，鄭注：「粻，米糧也。」

申伯番番，既入于謝，【注】魯「謝」亦作「徐」。徒御嘽嘽。周邦咸喜，戎有良翰。不顯申伯，王之元舅，文武是憲。【疏】傳：「番番，勇武貌。諸侯有大功，則賜虎賁。徒御嘽嘽，徒行者、御車者嘽嘽喜樂也。不顯申伯，顯矣申伯也。文武是憲，言有文有武也。」箋：「申伯之貌，有威武番番然，其入謝國，車徒之行嘽嘽安舒，言得禮也。禮，入國不馳。周，徧也。戎，猶女也。翰，幹也。申伯入謝，徧邦内皆喜曰，女乎有善君也。相慶之言。憲，表也，言爲文武之表式。」○「魯『謝』作『徐』」者，《楚詞·七諫》王注：「徐，周宣之舅申伯所封也。《詩》曰：『申伯番番，既入於徐。』」陳喬樅云：「《潛夫論》引《詩》『謝』作『序』，見上引。此又作『徐』。序、謝古音通轉，《孟子》書『序者，射也』可證。《禮記·射義》『序點』，注云：『序點，或爲「徐點」。』是序與徐古通。王述《魯詩》，本或不同，各據所見也。」《韓詩外傳》八云：「若申伯、仲山甫，可謂救世矣。昔者周德大衰，道廢於厲，申伯、仲山甫相宣王，撥亂世反之正，天下略正，宗廟復興。申伯、仲山甫乃並順天下，匡救邪失，喻教德，舉遺士，海内翕然向風，故百姓浡然詠宣王之德。《詩》曰：『周邦咸喜，我有良翰。』又曰『邦國若否』云云。如是，可謂救世矣。」案：據此，韓與魯、齊同以甫爲仲山甫，與毛指甫爲甫侯異。愚謂：若是甫侯，吉甫引與申伯同稱，決無全不表章之理。惟其甫屬樊仲，封頌各贈一人，故此詩首章申、甫並言，而其功績專於下章明之。立言之體，固如是也。若如毛説，稱頌申伯，而推一無可稱述之達官配之，當亦爲申伯所不許矣。黄山云：「箋以甫爲即相穆王『訓夏贖刑』之甫侯，無論甫侯作刑，由於諸侯不睦，《左氏》以爲叔世亂政，史家亦不以爲君臣之盛，不當以申伯並提。且中隔恭、懿、孝、夷、厲五王，相距太遠。由泥定俱出四嶽，遂强相牽合耳。」

申伯之德，柔惠且直。揉此萬邦，聞于四國。吉甫作誦，其詩孔碩，其風肆好，以贈申伯。【疏】傳：「吉甫，尹吉甫也。作是工師之誦也。肆，長也。贈，增也。」箋：「揉，順也。四國，猶言四方也。碩，大也。吉甫爲此誦也，言其詩之意甚美大，風切申伯，又使之長行善道，以此贈申伯者，送之令以爲樂。」○《釋文》：「揉，本亦作『柔』。」馬瑞辰云：「《民勞》篇『柔遠能邇』，傳：『柔，安也。』『安』與『順』義近，故『揉』亦省作『柔』。《説文》：『柔，木曲直也。』『煣，屈申木也。』凡經傳中作『揉』者，皆即《説文》『煣』字之異體。」

《崧高》八章，章八句。

烝民【疏】毛序：「尹吉甫美宣王也。任賢使能，周室中興焉。」○三家無異義。

天生烝民，有物有則。民之秉彝，好是懿德。【注】韓「烝」作「蒸」。魯「彝」作「夷」。天監有周，昭假于下。保兹天子，生仲山甫。【疏】傳：「烝，衆；物，事；則，法；彝，常；懿，美也。仲山甫，樊侯也。」箋：「秉，執也。天之生衆民，其性有物象，謂五行仁義禮智信也；其情有所法，謂喜怒哀樂好惡也。然而民所執持有常道，莫不好有美德之人。監，視；假，至也。天視周王之政教，其光明乃至于下，謂及衆民也。天安愛此天子宣王，故生樊侯仲山甫使佐之，言天亦好是懿德也。《書》曰：『天聰明自我民聰明。』」○「韓『烝』作『蒸』」者，《韓詩外傳》六：「《大雅》曰：『天生蒸民，有物有則。民之秉彝，好是懿德。』言民之秉德以則天。不知所以則天，又焉得爲君子乎？」「烝」作「蒸」，通用字。《白虎通·姓名》篇：「姓者，生也。人秉天氣，所以生也。《詩》曰：『天生烝民。』」《潛夫論·相列》篇：「《詩》所謂『天生烝民，有物有則。』」明魯、毛文同。「魯『彝』作『夷』」者，《潛夫論·德化》篇：「《詩》云：『民之秉夷，好是懿德。』故民有心也，猶爲種之有園也。遭和氣，則秀茂而成實。遭水旱，則枯槀而生孽。民蒙善化，則有士君子之心。被惡政，則人有懷姦惡之慮。」趙岐《孟子章句》十一：「《詩》言：『天生烝民，有物有則。』有所法則，人法天也。民之秉夷，夷，常也，常好美德。」陳喬樅云：「魯作『夷』，與毛作『彝』異。《書·洪範》『是彝是訓』，《史記·宋世家》引作『是夷是訓』。《明堂位》『夏后氏以雞夷』，鄭注：『夷，讀爲彝。』《周禮·司尊彝》司農注即引作『雞夷』。古夷、彝二字多以音同通用。」《續漢·郡國志》：「河内郡修武，故南陽，秦始皇更名。有南陽城，陽樊攢茅田。」服虔曰：「樊仲山之所居，故名陽樊。」《後漢·樊宏傳》：「其先周仲山甫，封於樊，因而氏焉。」

仲山甫之德，柔嘉維則。令儀令色，小心翼翼。古訓是式，【注】魯「古」作「故」。威儀是力。天子是若，明命使賦。【疏】傳：「古，故；訓，道；若，順；賦，布也。」箋：「嘉，美；令，善也。善威儀，善顔色，容貌翼翼然恭敬。故訓，先王之遺典也。式，法也。力，猶勤也。勤威儀者，恪居官次，不解于位也。是順從行其所爲也，顯明王之政教，使羣臣施布之。」○「魯『古』作『故』」者，《列女·宋鮑宗女傳》引

《詩》云：「令儀令色，小心翼翼。故訓是式，威儀是力。」是魯「古」作「故」。箋「故訓，先王之遺典」，即用魯義。陳奐云：「故，字又作『詁』。《抑》傳云：『詁言，古之善言也。』古、故、詁三字同。❶《周語》樊穆仲說魯侯曰：『賦事行刑，❷必問於遺訓而咨於故實。』然則仲山甫能法古訓者矣。」愚案：《抑》傳毛本作「話言」，作「詁言」者，係《釋文》所據《說文》之說，當出齊、韓。《說文》「詁」下引「《詩》曰詁訓」，惠氏亦謂即此詩文。

王命仲山甫，式是百辟。纘戎祖考，王躬是保。出納王命，王之喉舌。賦政于外，四方爰發。【疏】傳：「戎，大也。喉舌，冢宰也。」箋：「戎，猶女也。躬，身也。王曰，女施行法度於是百君，繼女先祖、先父始見命者之功德，王身是安。使盡心力於王室。出王命者，王口所自言，承而施之也。納王命者，時之所宜，復於王也。其行之也，皆奉順其意，如王口喉舌親所言也。以布政於畿外，天下諸侯於是莫不發應。」○蔡邕《司空房楨碑》用「式是百辟」句，楊雄《尚書箴》用「王之喉舌」句，蔡邕《胡公碑》、《橋公碑》用「賦政于外」句，明魯、毛文同。

肅肅王命，【注】齊「肅」作「赫」。仲山甫將之。邦國若否，仲山甫明之。既明且哲，以保其身。夙夜匪解，以事一人。【注】魯、韓「解」作「懈」。【疏】傳：「將，行也。」箋：「肅肅，敬也。言王之政教甚嚴敬也，仲山甫則能奉行之。若，順也。順否，猶臧否，謂善惡也。夙，早；夜，莫；匪，非也。一

---

❶「字」，原作「子」，據陳奐《傳疏》改。

❷「刑」，原作「利」，據陳奐《傳疏》、《國語》改。

人，斥天子。」〇「齊『肅』作『赫』」者，《後漢・郎顗傳》顗上書曰：「《詩》云：『赫赫王命，仲山甫將之。』邦國若否，仲山甫明之。』宣王是賴，以致雍熙。」「肅肅」作「赫赫」，齊異文也。《漢書・刑法志》「有司無仲山甫將明之材」，正用齊經文。《韓詩外傳》六「王者必立牧」章引《詩》「邦國若否，仲山甫明之」，明韓、毛文同。《列女・曹僖氏妻傳》引《詩》：「既明且哲，以保其身。」《淮南・主術訓》高注：「《詩》云：『仲山甫既明且哲，以保其身。』」《吕覽・知化》篇引《詩》同。此魯、毛文同。《禮・中庸》：「《詩》曰：『既明且哲，以保其身。』」鄭注：「保，安也。」《漢書・司馬遷傳贊》：「夫惟《大雅》『既明且哲，以保其身』，難矣哉！」此齊、毛文同。《韓詩外傳》八「人之所以好富貴安榮」章引《詩》曰：「既明且哲，以保其身。」此韓、毛文同。「魯、韓『解』作『懈』」者，《説苑・立節》篇：「《詩》云：『夙夜匪懈，以事一人。』」《韓詩外傳》八「吴人伐楚」章亦引《詩》：「夙夜匪懈，以事一人。」上並引「邦國若否」四句。「齊崔杼弒莊公」章、「孔子燕居」章引二句同，明魯、韓與毛文同，「懈」字異。《漢書》董仲舒對策引《詩》：「夙夜匪解，以事一人。」荀悦《漢紀》二十八引：「《詩》云：『夙夜匪解，以事一人。』一人者，謂天子也。」明齊、毛文同。

人亦有言，柔則茹之，剛則吐之。維仲山甫，柔亦不茹，剛亦不吐。不侮矜寡，不畏彊禦。【疏】箋：「柔，猶濡毳也。剛，堅强也。剛柔之在口，或茹之，或吐之，喻人之於敵强弱。」〇《新序・雜事》四引《詩》云：「柔亦不茹，剛亦不吐。不侮鰥寡，不畏彊禦。」明魯、毛文同。《秦策》高注引作「不辟彊禦，不侮鰥寡」，「畏」作「辟」，猶「矜」作「鰥」，蓋《魯詩》別本。《公羊・莊十二年傳》：「仇牧可謂不畏彊禦矣。」《春秋繁露・精華》篇：「此亦《春秋》之『不畏彊禦』也。」《大戴禮・衛將軍文子》篇：「不畏彊禦，不侮矜寡。」明齊、毛文同。惟《大戴》及高注引《詩》均以「不侮矜寡」爲下句，疑亦師讀之異。《韓詩外傳》六「君子崇人之德」章引《詩》「柔亦不茹」四句，「楚莊王伐鄭」章引「柔亦不茹」二句，《外傳》八「遜而直」章引同。「宋萬與莊公戰」章引「惟仲山甫」三句，「維」作「惟」。《外傳》六「衛靈公晝寢而起」章引《詩》「不侮矜寡」二句。明韓、毛文同。

人亦有言，德輶如毛，民鮮克舉之，我儀圖之。維仲山甫舉之，愛莫助之。袞職有闕，維仲山甫補之。【疏】傳：「儀，宜也。愛，隱也。有袞冕者，君之上服也。仲山甫補之，善補過也。」箋：「輶，輕；儀，匹也。人之言云，德甚輕，然而衆人寡能獨舉之以行者。言政事易耳，而人不能行者，無其志也。我與倫匹圖之，而未能爲也。我，吉甫自我也。愛，惜也。仲山甫獨能舉此德而行之，惜乎莫能助之者。多仲山甫之德，歸功言耳。袞職者，不敢斥王之言也。王之職有闕，輒能補之者，仲山甫也。」○《春秋繁露・玉英》篇：「匹夫之反道以除咎尚難，人主之反道以除咎甚易。《詩》云：『德輶如毛。』言其易也。」《禮・表記》：「《大雅》：『德輶如毛，民鮮克舉之，我儀圖之。惟仲山甫舉之，愛莫助之。』」鄭注：「輶，輕也。鮮，罕也。儀，匹也。圖，謀也。愛，猶惜也。言德之輕如毛耳，人皆以爲重，罕能舉行之者。作此詩者，周宣王之大臣也。言我之匹謀之，仲山甫則能舉行之。美之也。惜乎時人無能助之者，言賢者少。」案：鄭述《齊詩》，亦云舉德之賢人少，無能爲仲山甫之助者，與箋意同。《荀子・彊國篇》、《潛夫論・交際》篇並引《魯詩》：「德輶如毛，民鮮克舉之。」《韓詩外傳》五「德也者包天地之美」章引《韓詩》曰：「德輶如毛，民鮮克舉之。」《黃氏日鈔》云：「方博士解《王制》『三公一命袞，若有加則賜也』，云：『袞雖三公可服，非有加則不賜。《詩》言衮者，人臣之極，常闕之而不補，惟仲山甫獨賜而得之。是當時所闕，而今則補之也。』」何氏《古義》曰：「《後漢書》：『蔡茂在廣陵，夢大殿極上有三穗禾，茂跳取之，得其中穗，輒復失之。以問主簿郭賀，賀曰：「大殿者，宮府之形象也。極而有禾，人臣之上禄也。取中穗，是中台之位也。於字禾失爲秩，雖曰失之，乃所以得禄秩也。衮職有闕，君其補之。」旬日而茂徵焉。』此引《詩》解異。然『補』爲『完衣』之義，蒙上『衮衣』言，從《左傳》『補過』之説，於義爲允。」胡承珙云：「《左傳》晉靈公不君，士季引此詩，而釋之曰：『能補過也。君能補過，衮不廢矣。』此解爲傳、箋所本。《後漢・楊賜傳》『故司空賜五登衮職』，《法真傳》『願聖朝就加衮職』，蓋漢人多以『衮職』爲三公之稱。然此詩自當指王家語。《成王冠頌》曰：『令月吉日，王始加玄服，去王幼志，服衮職。』是亦謂王爲衮職也。」

仲山甫出祖，四牡業業，征夫捷捷，每懷靡及。【注】韓「捷」作「倢」。四牡彭彭，八鸞鏘鏘。王命仲山甫，城彼東方。【疏】傳：「言述職也。業業，言高大也。捷捷，言樂事也。東方，齊也。古者諸侯之居逼隘，則王者遷其邑而定其居，蓋去薄姑而遷於臨菑也。」箋：「祖者，將行犯軷之祭也。懷私爲每懷。仲山甫犯軷而將行，車馬業業然動，衆行夫捷捷然至，仲山甫則戒之曰，既受君命，當速行，每人懷其私而相稽留，將無所及於事。彭彭，行貌。鏘鏘，鳴聲。以此車馬命仲山甫使行，言其盛也。」○「韓『捷』作『倢』」者，《玉篇・人部》：「《詩》云：『征夫倢倢。』倢倢，樂也。」陳喬樅云：「《玉篇》又云：『倢，本亦作「捷」。』又案：《巷伯》篇『捷捷幡幡』，《衆經音義》十六引作『倢倢幡幡』。據《詩》釋文云：『捷，如字。』則《毛詩》他本無作『倢倢』者，知玄應所引，亦皆爲《韓詩》之文，可與此篇互相證也。」《潛夫論・三式》篇引《詩》

「四牡彭彭」四句，詳見《崧高》篇。明魯、毛文同。

四牡騤騤，八鸞喈喈。仲山甫徂齊，式遄其歸。吉甫作誦，穆如清風。仲山甫永懷，以慰其心。【疏】傳：「騤騤，猶彭彭也。喈喈，猶鏘鏘也。遄，疾也。言周之望仲山甫也。清微之風，化養萬物者也。」箋：「望之，故欲其用是疾歸。穆，和也。吉甫作此工歌之誦，其調和人之性，如清風之養萬物然。仲山甫述職，多所思而勞，故述其美，以慰安其心。」○《漢書・杜欽傳》欽説王鳳曰：「昔仲山甫異姓之臣，無親於宣，就封於齊，猶歎息永懷，宿夜徘徊，不忍遠去。」顔注引：「鄧展曰：『《詩》言仲山甫銜命往治齊城郭，而《韓詩》以爲封於齊，此誤耳。』晉灼曰：『《韓詩》誤而欽引之，阿附權貴求容媚也。』」此韓説以爲封齊。王符《潛夫論・三式》篇：「周宣王時，輔相大臣以德佐治，亦獲有國。故尹吉甫作封頌二篇，言申伯、仲山甫文德致昇平，王封以樂土，賜以盛服。」符學《魯詩》，此魯説以爲封齊。齊説無攷，今文之學當同。洪适《隸釋》載《漢孟郁修堯廟碑》：「仲氏祖統所出，本繼於姬，周之遺苗。天生仲山甫，翼佐中興，宣平功遂，受封於齊。周道衰微，失爵亡邦。後嗣乖散，各相土擇居，因氏仲焉。」郁所學不知何家也。《釋詁》：「肅、齊、遄、速，疾也。」郭注：「《詩》曰：『仲山甫徂齊。』」説者以此「齊」爲訓「疾」。陳喬樅云：「郭注蓋連下文『式遄其歸』，如引『伐柯伐柯，其則不遠』、『如彼雨雪，先集維霰』之類，是證『遄』字訓『疾』之義，傳寫者脱下句耳。」王氏《詩總聞》曰：「《史記》：齊本封營邱，至胡公始徙薄姑。獻公殺胡公，而徙臨菑，則夷王時也。再世而厲公暴虐，胡公子入齊，與齊人攻殺厲公，胡公子亦死，齊人乃立厲公子赤，是爲文公。誅殺厲公者七十人，事在宣王之世。築城之命，疑在斯時，蓋出定齊亂也。置君戮叛之事，疑出山甫方略，史失紀耳。」愚案：仲山甫本以輔佐大臣奉天子命徂齊，蓋爲定亂而就封坐鎮，亦事所有。三家古説，皆有師傳，其籍既亡，斷章隻義，彌可寶貴。若但以其與毛不符，而貿焉置之，是欲廣見聞而自蔽其耳目矣。黄山云：「毛傳以仲山甫爲樊侯，孔疏：『據杜預説，「經傳不見畿内之國稱侯男者，天子不以此爵賜畿内也」。傳言樊侯，不知何所案據。』今觀《周語》稱樊仲山甫、樊穆仲，《晉語》稱樊仲，皆不曰侯。張衡《吕誄》「樊侯作輔」，此「侯」當是「仲」之訛。《齊世家》亦通無「穆侯」之謚。夫周、召分封，三家猶以爲降稱『二伯』。《春秋》書法亦惟曰伯、曰子，安得有侯？毛説無稽，雖孔亦不能爲之諱矣。馬瑞辰據《周本紀》正義引毛萇曰：「仲山甫，樊穆仲也。」謂張守節所見毛傳不作「樊侯」。此誤以小毛注爲傳。樊本蘇忿生田之一，又名陽樊，明係采邑。孔於《崧高》篇據爲國名者，謂畿内小國，非指侯服之國也。至仲山甫之所出，何楷等據爲周之同姓。馬瑞辰歷舉《左傳》、《史記》、《漢書》諸證駁去之，是矣。至謂『諸家言出於齊，亦本《韓詩》「封齊」之誤』，則不過因《毛詩》不以『申、甫』之『甫』爲仲山甫，不欲從之，非其實也。案：元于欽《齊乘》明言：『仲山甫，太公之後。』《潛夫論・志氏姓》亦謂仲山爲慶姓。齊之慶氏爲齊同姓，史傳可證。合以張衡《司徒吕公誄》言吕而推及『袞職靡傾』，其爲齊族，蓋無可疑。正因本出於齊，故宣王即俾定齊亂。魯説以此詩爲封頌之一，則固埆爲封齊，與《崧高》封謝一例矣，不獨《韓詩》以爲封也。惟『于邑于謝』，所封亦止一邑。《續漢志》謝城在南陽棘陽縣東北，《前漢志》申國在南陽宛縣，似謝舊亦申疆，則仲山甫之封齊，當即取齊地以封之，令鎮壓齊亂，後遂爲慶氏所由起，不必即以之代齊也。《左・隱十一年傳》平王取鄭鄔、劉、蔿、邘四邑之田而易之，鄭不聞拒也。僖四年《傳》齊桓公與鄭申伯以虎牢，鄭亦不能拒也。侯伯承王命，尚得專諸侯之地，取以與人。西周王命尚行，齊地固宣王所得主。仲謚曰穆，則其不終爲齊侯，固可知矣。」蔡邕《答對元氏詩》：「穆如清風。」王褒《講德論》：「吉甫歎宣王，穆如清風，列于《大雅》。」皆用《魯詩》，與毛文同。褒云「吉甫歎宣王」，是《魯詩序》義，與毛亦同也。

《烝民》八章，章八句。

韓奕【疏】毛序：「尹吉甫美宣王也。能錫命諸侯。」箋：「梁山於韓國之山最高大，爲國之鎮，所望祀焉。故美大其貌奕奕然，謂之韓奕也。梁山，今左馮翊夏陽西北。韓，姬姓之國也，後爲晉所滅，故大夫韓氏以爲邑名焉。幽王九年，王室始騷，鄭桓公問於史伯曰：『周衰，其孰興乎？』對曰：『武實昭文之功，文之祚盡，武其嗣乎！武王之子，應、韓不在，其晉乎！』」○三家無異義。

奕奕梁山，維禹甸之。有倬其道，【注】韓「倬」作「晫」，云：「明也。」韓侯受命。王親命之，纘戎祖考，無廢朕命。夙夜匪解，虔共爾位。朕命不易，榦不庭方，【注】韓説曰：「榦，正也。」以佐戎辟。【疏】傳：「奕奕，大也。甸，治也。禹治梁山，除水災。宣王平大亂，命諸侯。有倬其道，有倬然之道者也。受命，受命爲侯伯也。戎，大；虔，固；共，執也。庭，直也。」箋：「梁山之野，堯時俱遭洪水，禹甸之者，決除其災，使成平田，貢賦於天子。周有厲王之亂，天下失職，今有倬然者明復禹之功者韓侯，❶受王命爲侯伯。戎，猶女也。朕，我也。古之『恭』字或作『共』。我之所命者，勿改易不行，當爲不直違失法

❶ 上「者」字，明世德堂本《毛詩》作「著」，當據改。

度之方作楨幹而正之，以佐助女君。女君，王自謂也。」○陳奐云：「《書·禹貢》：『壺口治梁及岐。』《漢書·地理志》：『左馮翊夏陽，故少梁。《禹貢》梁山在西北，龍門山在北。』案：梁山在今陝西同州府韓城縣西北，即漢縣夏陽地。梁與龍門俱在河西，二山比近。禹隨山道河，自東而西，由壺口而龍門，由梁而岐。梁山治，周都鎬京之北土盡成沃野。《小雅》：『信彼南山，維禹甸之。』終南山在鎬京之南，渭北之山既治，❶渭南之原隰亦得墾辟成耕。兩詩立言義同。梁山在王畿東北交界處，又爲韓侯歸國之所經，故尹吉甫美宣王錫命韓侯，章首即以禹治梁山、除水災，比況宣王平大亂、命諸侯，與《信南山》以禹比曾孫成王者，意正同也。鄭據《漢志》梁山在夏陽西北，誤以梁山爲韓國之山，韓侯爲晉所滅之韓。近儒能辨韓爲近燕之韓，復據《水經·灅水》注『水逕良鄉縣之北界，歷梁山南』，爲此詩『奕奕梁山』之證，則又誤梁山爲近燕矣。梁自夏陽之梁山，韓自北國之韓侯。解者膠泥一處，齟齬難通。」「『倬』作『晫』，云『明也』」者，《釋文》引《韓詩》文。陳喬樅云：「《毛詩》作『倬』，乃『晫』之通叚。《小雅》『倬彼甫田』，韓作『菿』。《釋詁》：『菿，大也。』《廣雅》：『晫，明也。』『菿』訓『大』，『晫』訓『明』，各有本義，而『倬』訓爲『大貌』，則兼二義也。『晫』與『的』音近義同。《聘禮》『匹馬卓上』，注云：『卓，猶的也。』是又以『卓』爲『晫』之消借字。」「韓侯受命」者，《韓詩內傳》曰：「諸侯世子，三年喪畢，上受爵命於天子，《白虎通》上。乃歸即位何？明爵天子有也，臣無自爵之義。《禮正義》。所以名之爲世子何？言欲其世世不絕也。」《白虎通》上。陳喬樅云：「《文選》左思《詠史詩》李注引《韓詩內傳》

❶「北」，原作「南」，據陳奐《傳疏》改。

曰：『所以爲世子何？言世世不絶。』即此《傳》之文。」陳奂云：「《周禮》『九命作伯』，在外州者稱侯伯，在王官者稱二伯。其數則皆九命，而侯伯統於天子八州八伯。韓侯爲侯伯，蓋作幽州伯也。」愚案：前説韓侯以世子受爵命，「韓侯受命」爲侯伯，探下「幹不庭方」而言。或韓侯以世子來見，受爵命，天子嘉悦，因而命爲侯伯。其説亦通。《廣韻・十九侯》：「《韓詩外傳》曰：『周宣王大司馬韓侯子有賢德。』」❶所稱「韓侯子有賢德」者，當即此傳以世子入覲嗣爲韓侯者也。詩義可與《瞻彼洛矣》篇參看。「幹，正也」者，《文選・西京賦》李注引薛君《韓詩章句》文。陳喬樅云：「箋言『作楨幹而正之』，是亦以『幹』爲『正』，與韓同。《釋詁》：『楨、翰、儀，幹也。』『楨翰』或作『楨幹』，楨、幹皆正也。《廣雅・釋詁》：『幹，正也。』《易》『幹父之蠱』，虞翻注：『幹，正也。』詩言『幹不庭方』，庭，直也，謂正其不直、違失法度之方也。」陳奂云：「方，四方也。『榦不庭方』，言四方有不直者則正之。侯伯得專征伐也。」

四牡奕奕，孔脩且張。韓侯入覲，以其介圭，入覲于王。王錫韓侯，【注】魯、齊「錫」作「賜」。淑旂綏章，簟茀錯衡，玄衮赤舄，鉤膺鏤錫，【注】齊、韓「錫」作「鍚」。❷鞹鞃淺幭，鞗革金厄。【疏】傳：「脩，長；張，大；覲，見也。淑，善也。交龍爲旂。綏，大綏也。錯衡，文衡也。鏤錫，有金鏤其錫也。鞹，革也。鞃，軾中也。淺，虎皮淺毛也。幭，覆式也。厄，烏蠋也。」箋：「諸侯秋見天子曰覲。韓

❶「司馬」，《宋本廣韻》作「夫」。
❷「注齊韓錫作鍚」六字，原脱，據本疏下文與全書體例補。

侯乘長大之四牡奕奕然，以時覲於宣王，覲於宣王而奉享禮，貢國所出之寶，善其尊宣王以常職來也。《書》曰：『黑水西河，其貢璆琳琅玕。』此覲乃受命，先言受命者，顯其美也。王爲韓侯以常職來朝享之故，故多錫以厚之。善旂，旂之善色者也。綏，所引以登車，有采章也。簟茀，漆簟以爲車蔽，今之藩也。鉤膺，樊纓也。眉上曰錫，刻金飾之，今當盧也。鞗革，謂轡也，以金爲小環，往往纏搤之。」〇天子之圭，大尺二寸，謂之玠圭。其諸侯命圭，亦通稱介圭也。此介圭既其先世所執，韓侯以世子入覲，奉嗣爵之命，亦得執之以覲於王，而王復賜以多物也。「魯、齊『錫』作『賜』」者，《北堂書鈔》三十引《韓詩》曰：「諸侯有德，天子錫之。」是韓作「錫」，與毛同。《屨人》鄭注引《詩》曰：「王賜韓侯。」《禮》注兼采三家，韓既同毛，則是魯、齊「錫」作「賜」，其義同也。淑旂，旂也。綏章，旐也。《出車》、《采芑》並言「旂旐央央」，傳：「央央，鮮明皃。」即箋所謂「善色」矣。《公羊·宣十二年傳》注：「加文章曰旂。」《釋文》：「綏，本又作『緌』。」《禮·明堂位》「夏后氏之綏」，鄭注：「綏，當爲『緌』。讀如『冠蕤』之『蕤』。」是「緌」爲正字矣。今字通作「綏」。「綏章」連文，與《六月》「帛茷」連文同義。茷與旆同，章、帛皆謂縿也。以旆繼帛曰帛旆。以綏繫於縿末，如爲文章，是曰綏章。簟茀，詳《載驅》篇。錯衡，詳《采芑》篇。玄衮，詳《采叔》篇。《屨人》鄭注：「玄衮赤舄。舄有三等，赤舄爲上。冕服之舄，則諸侯與王同。」亦魯、齊義也。「齊、韓『錫』作『鐊』」者，張衡《東京賦》：「鉤膺玉瓖。」又曰：「金鋄鏤鐊。」張習《魯詩》，所用魯文也。作「鐊」，文與毛同。《說文》：「鐊，馬頭飾也。《詩》曰：『鉤膺鏤鐊。』」「錫」是「鐊」之省。魯既同毛，則作「鐊」者，蓋齊、韓文。陳奐云：「孔疏引《說文》云：『鞗，革也。獸皮治去其毛曰革。』鞗與轡同。《既夕禮》疏引毛傳：『鞃，式中。』與『幭，覆式』一例。今字通作『軾』，《說文》：『鞃，車軾也。《詩》曰：「鞹鞃淺幭。」讀若穹。』《韻會》作『車軾中靶』。奂謂『靶』當作『鞔』，『鞔』即今之『幫』字。穹與鞔聲義皆相近。《釋名》：『鞇，因與下輿相聯著也。』鞹鞃者，以革幫車式中，所謂鞇也。《小戎》作『茵』。又《小戎》傳云：『文，虎皮。』此傳釋『淺』爲『虎皮淺毛』，是淺與文同物也。《釋文》：『幭，本作「篾」。』《曲禮》『素篾』注：『或爲「幦」。』《説文》引作『犬幦』，❶皆字異義同。先儒謂之覆笭。而此云『覆式』者，蓋以幭爲式上所覆之皮，與笭當車前者異物。《禮・玉藻》：『禮不盛，服不充，故大裘不裼，乘路車不式。』不式者，無覆式也。路車無覆式，則非路車有覆式可知。傳意以此『淺幭』非路車之制，故不以爲覆笭之幦，而以覆式之皮言之。解者直以式爲笭，誤矣。覆式曰鞦韈者，借稱耳。」愚案：《月令》「其蟲倮」，鄭注云：「虎豹之屬恒淺毛。」《釋獸》：「虎竊毛謂之虦貓。」郭注：「竊，淺也。」《説文》亦云：「竊，淺也。」故以此詩之「淺」爲「虎皮淺毛」。馬瑞辰乃謂鹿毛最淺，虎、豹毛深，不得名「淺」，欲以鹿皮釋之，引《巾車職》「藻車鹿淺幦」，《玉藻》「大夫士齊車鹿幦」爲證。然必非天子錫命侯伯之物，且《雅》訓、《禮》注「虎淺」俱有明文，似不必於此致疑也。鞗革，詳《蓼蕭》篇。金厄，即「金軶」之省。馬瑞辰云：「《説文》：『軶，轅耑也。』《小爾雅》：『衡，軶也。』軶上者謂之烏啄。」胡承珙曰：「『軶上』，疑『軶下』之譌。」《釋名》：『槅，枙也，所以枙牛頸也。馬曰烏啄，叉馬頸，❷似烏開口向下啄物時也。』啄、噣古通用，傳云『烏噣』，即《小爾雅》、《釋名》所云『烏啄』。噣，

❶「犬」，原作「大」，據陳奂《傳疏》、《説文注》、楊刻《説文義證》、祁刻《説文繫傳》改。

❷「叉」，原作「又」，據馬瑞辰《通釋》、《釋名疏證補》改。

《釋文》引『沈音晝』，❶是也。孔疏本譌作『烏蠋』，遂引《爾雅》『蚅，烏蠋』釋之，誤矣。又案：衡爲橫木，所以橫於軥前。軶則以厄牛馬之頸。烏啄又爲軶下兩邊叉馬頸者，一名軥，《説文》：『軥，軶下曲者。』《左傳》服注：『軥，車軶兩邊叉馬頸者。』是也。是衡與軶異物，軶與烏啄又異物。而《小爾雅》以衡爲軶，毛傳以厄爲烏噣者，皆以相近，遂移其名耳。金厄，謂於厄末爲金飾。《荀子·禮論》『絲末彌龍，所以養威也』，楊倞注：『彌，如字，又讀爲弭。弭，末也，謂金飾衡軶之末，爲龍首也。』《續漢·輿服志》『龍首銜軶』，即《詩》所云『金厄』耳。箋謂『以金爲小環』，亦誤。」黄山云：「衡爲轅端橫木，軶即就衡之兩耑爲之，故《考工記》曰：『橫任者，五分其長，以其一爲之圍。』鄭注：『橫任，謂兩軶之間也。』是中間爲衡，兩耑爲軶矣。軶淺，不能叉馬頸，故又於軶之兩邊設軥，即所謂烏啄。《左·襄十四年傳》『射兩軥而還』，服注：『車軶兩邊叉馬頸者。』是烏啄雖向下，仍著於軶上，即謂著於衡上亦可也。分之爲三，合之則仍以衡爲主，《小爾雅》是以併言之。金飾衡軶之末，亦併言之矣。末，即衡兩耑，於兩耑爲龍首也。若節節爲之，必不牢固，安能制馬乎？」

韓侯出祖，出宿于屠。顯父餞之，清酒百壺。其殽維何？炰鼈鮮魚。其蔌維何？維筍及蒲。其贈維何？乘馬路車。籩豆有且，侯氏燕胥。【疏】傳：「屠，地名也。顯父，有顯德者也。蔌，菜殽也。筍，竹也。蒲，蒲蒻也。」箋：「祖，將去而犯軷也。既覲而反國必祖者，尊其所往，去則如始行焉。祖於國外畢乃出宿，示行不留於是也。顯父，周之公卿也，餞送之，故有酒。炰鼈，以火熟之也。

❶「晝」，原作「畫」，據馬瑞辰《通釋》及宋本、通志堂本《釋文》改。

鮮魚，中膾者也。筍，竹萌也。蒲，深蒲也。贈，送也。王既使顯父餞之，又使送以車馬，所以贈厚意也。人君之車曰路車，所駕之馬曰乘馬。且，多貌。胥，皆也。諸侯在京師未去者，於顯父餞之時，皆來相與燕，其籩豆且然，榮其多也。」○《風俗通義》八：「案《禮傳》：共工之子曰修，好遠遊，舟車所至，足跡所達，無不窮覽，故祀以爲祖神。❶祖者，徂也。《詩》云：『韓侯出祖，清酒百壺。』是其事也。」明魯、毛文同。陳奂云：「『屠，地名』，無攷。《説文》：『左馮翊郃陽縣有鄘亭。』一作『鄘陽亭』。❷許不引《詩》，鄘亭非即屠地。傳云『顯父有顯德』，《逸周書·成開》、《本典》篇並有『顯父登德』之文，傳所本也。《泉水》傳：『祖而舍軷，飲酒於其側曰餞，重始有事於道也。』出祖、飲餞雖是兩事，總在一時。祖而舍軷，行者之事。飲酒，乃送行者之事，即此『清酒百壺』是也。」黄山云：「此篇顯父、蹶父同辭，傳訓蹶父爲卿士，而於『顯父』則曰：『有顯德者也。』蹶父即韓姞之父，《詩》明言之矣。顯父《詩》雖不詳，然訓爲『有顯德者』，是二字並非定名，實大不倫。箋訓『周之公卿』，孔疏本『公卿』作『卿士』。觀箋説『侯氏燕胥』，謂『諸侯在京師未去者，於顯父餞之時，皆來相與燕』，則指顯父爲餞送之主，明謂是周卿士之一，與傳訓蹶父同。作『公卿』，誤也。如傳説，本謂公卿有顯德者皆來餞。疏失傳意，亦説爲一人，是以不言箋易傳耳。胡承珙主傳説，乃謂：『「清酒百壺」，餞者必非一人。』夫『百壺』不過概言酒多，喻餞送之盛，爲『侯氏燕胥』作照。胡豈謂人持一壺乎？陳奂引《逸周

❶「祀」，原作「記」，據續經解本《魯詩遺説攷》十七、《百子全書》本《風俗通義》改。
❷「鄘」，原作「屠」，據陳奂《傳疏》、陳刻《説文》、楊刻《説文義證》、祁刻《説文繫傳》改。

書》，謂爲傳所本，而不敢究其説，亦私毛也。據《逸周書·成開》篇五典，一言父典祭，二顯父登德，三正父登過，四譏父登失，其五則闕。五者皆官名。盧文弨以『言父』爲宗伯，『顯父』爲司徒，『正父』爲司馬，『譏父』爲師氏、保氏，闕者爲司空。《本典》篇：『顯父登德，德降則信，信則民寧。』其文即同《成開》篇，是『顯父』實爲一官，非所謂『有顯德者』矣。若竟就官論，既非毛恉，仍與『蹶父』岐，不如從箋作『卿士』爲愈也。」「蔌」與「殽」對文，謂菜茹也。「筍」與「蒲」皆萌生而未出地者，淮安人取以供客，味極鮮美。《御覽》八百五十九引鄭《易》注作「其餗惟何」，餗、蔌古通。「維」作「惟」，蓋本《齊詩》。《説文》無「蔌」，「餗」即「鬻」之重文。❶「鬻」下云：「鼎實。惟葦及蒲。」段注：「此有脱，當云：《詩》曰：『其鬻惟何，❷惟葦及蒲。』」❸是「筍」許亦作「葦」，皆齊、韓異字。《説文》：「葦，大葭也。」《釋草》：「葭，蘆。菼，薍。其萌虇。」郭注：「葭、蘆，葦也。今江東呼蘆筍爲虇。」案：蘆筍即今之茭菜，俗亦呼茭苽。

韓侯取妻，汾王之甥，蹶父之子。韓侯迎止，于蹶之里。百兩彭彭，八鸞鏘鏘，不顯其光。諸娣從之，【注】魯「諸」作「姪」。祁祁如雲。韓侯顧之，爛其盈門。【疏】傳：「汾，大也。蹶父，卿士也。里，邑也。祁祁，徐靚也。如雲，言衆多也。諸侯一取九女，二國媵之。諸娣，衆妾也。顧之，

❶「鬻」，原作「鬻」，據陳刻《説文》、《説文注》、楊刻《説文義證》、祁刻《説文繫傳》改。下一「鬻」字同。

❷「鬻」，原作「鬻」，據《説文注》改。

❸「葦」，《説文注》作「筍」。其下又云：「或曰：『筍』作『葦』者，三家《詩》也。」

曲顧道義也。」箋：「汾王，厲王也。厲王流于彘，彘在汾水之上，故時人因以號之，猶言莒郊公、黎比公也。姊妹之子爲甥。王之甥，卿士之子，言尊貴也。于蹶之里，蹶父之里。百兩，百乘。不顯，顯也。光，猶榮也，氣有榮光也。媵者必娣姪從之，獨言娣者，舉其貴者。爛爛，粲然鮮明且衆多之貌。」〇《漢書·人表》韓侯、蹶父次周宣王，列上之下，齊説也。云「韓侯迎止」者，足證諸侯親迎，至宣王時，禮尚不廢。「魯『諸』作『姪』」者，《白虎通·嫁娶》篇：「天子、諸侯一娶九女者，重國廣繼嗣也。《春秋公羊傳》曰：『諸侯娶一國，則二國往媵之，以姪娣從。謂之姪者，兄之子也。娣者，女弟也。』必一娶何？爲其棄德嗜色，故一娶而已。人君無再娶之義也。備姪娣從者，爲其必不相妬也。一人有子，三人共之，若己生之也。不娶兩娣何？❶博異氣也。娶三國女何？廣異類也。恐一國血脈相似，❷俱無子也。姪娣年雖少，猶從適人者，明人君無再娶之義也。還待年於父母之國，未任答君子也。《詩》云：『姪娣從之，祁祁如雲。韓侯顧之，爛其盈門。』」是《魯詩》作「姪娣」。《士昏禮》鄭注：「從者，謂姪娣。《詩》：『諸娣從之，祁祁如雲。』」是《齊詩》仍作「諸娣」，與毛同。

蹶父孔武，靡國不到。爲韓姞相攸，莫如韓樂。孔樂韓土，川澤訏訏，魴鱮甫甫，【注】齊「甫」作「詡」。麀鹿噳噳，有熊有羆，有貓有虎。慶既令居，韓姞燕譽。【疏】傳：「姞，蹶父姓也。

❶「兩」，原作「而」，據續經解本《白虎通疏證》十改。

❷「脈」，原作「氣」，據續經解本《魯詩遺説攷》十七、《白虎通疏證》十改。

訏訏，大也。甫甫然大也。噳噳然衆也。貓，似虎淺毛者也。」箋：「相，視；攸，所也。蹶父甚武健，爲王使於天下，國國皆至，爲其女韓侯夫人姞氏視其所居，韓國最樂。甚樂矣韓之國土也，川澤寬大，衆魚禽獸備有，言饒富也。慶，善也。蹶父既善韓之國土，使韓姞嫁焉而居之，韓姞則安之，盡其婦道，有顯譽。」○《易林・井之需》：「大夫祈父，無地不涉。爲吾相土，莫如韓樂。可以居止，長安富有。」《同人之需》同。陳喬樅云：「《易林》言『大夫祈父』者，蓋蹶父爲司馬之官。《書》稱司馬亦曰圻父。圻、祈古通。《詩》『祈父，予王之爪牙』，毛傳：『祈父，司馬也。』司馬掌甲兵征伐之事，故言『孔武』。」愚案：《易林》齊説，「無地不涉」，即《詩》之「靡國不到」也。「齊『甫』作『詡』」者，《離之中孚》云：「魴鱮詡詡，利來無憂。」詡、甫同音通用。《廣雅・釋訓》云：「詡詡，大也。」即用齊義。《説文》：「吁，驚語也。」《詩》「吁」亦作「于」。《方言》：「芋，大也。訏，大也。」注：「芋，猶訏也。」《説文》「芋」下云：「大葉實根駭人，故謂之芋也。」《抑》傳云：「訏，大也。」韓土川澤之大，見之驚人，故以「訏訏」狀之，而訓爲「大」也。《御覽》引《詩》：「川澤湝湝。」詡、湝雙聲通用，蓋亦三家異文。《左・成九年傳》：「季文子如宋致女，復命，公享之，賦《韓奕》之五章。」取「慶居」、「燕譽」之義也。譽、豫通，言安樂也。詳《蓼蕭》篇。

溥彼韓城，燕師所完。以先祖受命，因時百蠻。王錫韓侯，其追其貊，奄受北國，因以其伯。實墉實壑，實畝實藉。獻其貔皮，赤豹黄羆。【疏】傳：「師，衆也。韓侯之先祖，武王之子也。因時百蠻，長是蠻服之百國也。追、貊，戎狄國也。奄，撫也。實墉實壑，言高其城、深其壑也。貔，猛獸也。追、貊之國來貢，而侯伯總領之。」箋：「溥，大；燕，安也。大矣彼韓國之城，乃古平安時衆民之所築完。韓侯先祖有功德者，受先王之命，封爲韓侯，居韓城爲侯伯，其州界外接蠻服，因見使時節百蠻貢獻之往來。後君微弱，用失其業。今王以韓侯先祖之事如是，而韓侯賢，故於入覲使復其先祖之舊職，賜之蠻服追、貊之戎狄，令撫柔其所受王畿北面之國，因以其先祖侯伯之事盡予之。皆美其爲人子孫，能興復先祖之功。其後追也、貊也爲玁狁所偪，稍稍東遷。實，當作『寔』。趙魏之東，實、寔同聲。寔，是也。藉，税也。韓侯之先祖微弱，所伯之國多滅絶，今復舊職，興滅國，繼絶世，故築治是城，濬修是壑，井牧是田畝，收斂是賦税，使如故常。」○《潛夫論・志氏姓》篇：「昔周宣王亦有韓侯，其國也近燕，故《詩》曰：『溥彼韓城，燕師所完。』」又《五德志》篇：「韓，武之穆也。」是武穆之韓近燕，魯説如此。箋訓「燕」爲「安」，非也。《水經注・聖水》篇：「聖水東逕方城縣故城。」又：「東南逕韓城東。」今固安縣有方城村，即是漢縣，韓侯城近在其地，與河東姬姓爲晉所滅之韓確爲二地。箋合爲一，誤也。追，未聞。貊，在遼東，漢、魏之間，見於史志，其後無考。當韓侯總領時，尚是北方中較著之戎狄大國。詩言此者，見宣王能用賢臣，而韓侯之世濟其美，爲無忝光榮也。

《韓奕》六章，章十二句。

江漢【疏】毛序：「尹吉甫美宣王也。能興衰撥亂，命召公平淮夷。」箋：「召公，召穆公也，名虎。」

○三家無異義。

江漢浮浮，【注】魯「浮」作「陶」。武夫滔滔。【注】韓説曰：「武夫滔滔，衆至大也。」匪安匪遊，淮夷來求。既出我車，既設我旟。匪安匪舒，淮夷來鋪。【疏】傳：「浮浮，衆强貌。滔滔，廣大貌。淮夷，東國在淮浦而夷行也。鋪，病也。」箋：「匪，非也。江漢之水合而東流浮浮然，宣王於是水上命將率，遣士衆，使循流而下滔滔然。其順王命而行，非敢斯須自安也，非敢斯須遊止也，主爲來求淮夷所處。據至其境，故言來。車，戎車也。鳥隼曰旟。兵至境而期戰地，其自出戎車建旟，❶又不自安不舒行者，主爲來伐討淮夷也。據至戰地，故又言來。」〇「魯『浮』作『陶』」者，《風俗通義》十：「江出蜀郡湔流西徼外嶓山，入海。《詩》云：『江漢陶陶。』」陳喬樅云：「陶陶，當訓爲盛長貌。《楚詞·懷沙》篇『陶陶孟夏兮』，注：『陶陶，盛陽皃。』又《哀歲》篇『冬夜兮陶陶』，注：『陶陶，長皃。』詩言『江漢陶陶』，謂其流盛而長也。『陶』與下句『滔』韻。」「武夫」至「大也」，孔疏引侯苞《韓詩翼要》文，引經明韓、毛文同。孔云：「下云『武夫洸洸』，與此『滔滔』相類。傳以『洸洸』爲『武貌』，則此言『滔滔，廣大』者，亦謂武夫之多大，故侯苞云『衆至大』也。」馬瑞辰云：「《左·文十二年傳》趙穿曰：『裹糧坐甲，固敵是求。』宣十二年《傳》趙同曰：『率師以來，惟敵是求。』並與詩『來求』義相同。《方言》、《廣雅》並云：『鋪，止也。』是鋪謂止其地。」

江漢湯湯，武夫洸洸。【注】魯「洸」作「僙」，齊作「潢」，韓作「趪」。經營四方，告成于王。四方既平，王國庶定。時靡有争，王心載寧。【疏】傳：「洸洸，武貌。」箋：「召公既受命伐淮夷，服之，

❶ 「自」，明世德堂本《毛詩》作「日」。

復經營四方之叛國，從而伐之，克勝，則使傳遽告功於王。庶，幸；時，是也。載之言則也。召公忠臣，順於王命，此述其志也。」○「魯『洸』作『僙』，齊作『潢』，韓作『趪』」者，《釋訓》：「洸洸、赳赳，武也。」《釋文》樊光本「洸洸」作「僙僙」，❶是作「洸」乃順毛所改，此魯作「僙」，郝懿行云：「聲借之字，古無正體，即『僙』亦或體。」是也。《鹽鐵論·繇役》篇：「《詩》云：『武夫潢潢，經營四方。』故飭四境，所以安中國也。」桓習《齊詩》，是齊作「潢」。又《玉篇·走部》：「趪趪，武貌。」郝云：「趪趪與赳赳字俱從走，《玉篇》似近之。」《玉篇》所據爲《韓詩》，是韓作「趪」。《樂記》「横以立武」，「横」古音與「光」同，其字亦通。黄從芡聲，芡，古「光」字也，故從黄之字或變從光。《説文》「兕觵」之「觵」，俗文作「觥」。《釋言》「桄充」亦作「横充」，皆其證。《法言·孝至》篇：「武義璜璜，兵征四方。」疑「僙僙」轉寫之誤。

江漢之滸，王命召虎。式辟四方，【注】《韓詩》曰：「式辟四方。」韓説曰：「辟，除也。」徹我疆土。匪疚匪棘，王國來極。于疆于理，至于南海。【疏】傳：「召虎，召穆公也。」箋：「滸，水涯也。式，法；疚，病；棘，急；極，中也。王於江漢之水上命召公，使以王法征伐開辟四方，治我疆界於天下，非可以兵病害之也，非可以兵急操切之也，使來於王國受政教之中正而已。齊桓公經陳、鄭之間，及伐北戎，則違此言者。于，往也。于，於也。上「于」釋「于疆」句，下「于」釋「至于」句。阮校以「于，於」爲衍，誤。召公於有叛戾之國，則往正其境界，修其分理，周行四方，至於南海，而功大成，事終也。」○楊雄《揚州牧箴》：「江漢之滸。」高誘

❶「樊光」，續經解本《魯詩遺説攷》十七及宋本、通志堂本《釋文》作「舍人」。

《呂覽・適威》篇注：「虎，宣王臣。《詩》曰：『王命召虎，式辟四方，徹我疆土。』」明魯、毛文同。「式辟」至「除也」，《衆經音義》十三引《韓詩》文。《文選》司馬相如《上林賦》李注引作薛君《韓詩章句》。「式辟四方」，謂以王法開除四方之叛戾者。

王命召虎，來旬來宣。文武受命，召公維翰。無曰予小子，召公是似。肇敏戎公，【注】《韓詩》曰：「肇，長也。」❶用錫爾祉。【疏】傳：「旬，徧也。召公，召康公也。似，嗣；肇，謀；敏，疾；戎，大；公，事也。」箋：「來，勤也。旬，當作『營』。宣，徧也。召康公，名奭，召虎之始祖也。王命召虎，女勤勞於經營四方，勤勞於徧疆理衆國。昔文王、武王受命，召康公爲之楨榦之臣，以正天下。爲虎之勤勞，故述其祖之功以勸之。戎，猶女也。女無自減損，曰我小子耳，女之所爲，乃嗣女先祖召康公之功，今謀女之事乃有敏德，我用是故，將賜女福慶也。王爲虎之志大謙，故進之云爾。」○馬瑞辰云：「旬，通作『徇』。《廣雅》：『徇，巡也。』《白虎通》：『巡者，徇也。』又云：『三年，二伯出述職。』古者以二伯出述職代天子巡視邦國，『來旬來宣』正其事也。《鴻雁》傳：『宣，示也。』是『來旬』爲巡視之徧，『來宣』爲宣布之徧，故《爾雅》同訓爲『徧』。來，亦語詞之是，猶云是旬是宣。箋訓爲『勤』，失之。」《白虎通・王者不臣》篇：「子得爲父臣者，不遺善之義也。《詩》云：『文武受命，召公維翰。』召公，文王子也。」愚案：《史記・燕世家》云：「召公，

❶「注韓」至「長也」七字，原脱，據本疏下文、續經解本《韓詩遺説攷》十四及宋本、通志堂本《釋文》與本書體例補。

周同姓。」是《魯詩》家不以爲文王子。《論衡・氣壽篇》云：「邵公，周公之兄也。至康王時尚爲太保，出入百有餘歲矣。」王充以召公爲文王子，與《白虎通》合，蓋魯家别解。陳奂云：「『似』訓『嗣』，嗣猶繼也。《韓詩外傳》云：『傳曰：予小子，使爾繼邵公之後受命者，必以其祖命之。』韓意釋《詩》『予小子』爲宣王自謂。言爾無以予小子之故，❶不足上繼文、武，❷惟爾祖召公之是嗣也。召伯之教明於南國，穆公能疆理南海，即是繼康公之事。」「肇，長也」者，《釋文》引《韓詩》文。陳喬樅云：「《商頌・玄鳥》上言『正域彼四方』，❸下云『肇域彼四海』，則肇猶正也。胡承珙曰：『韓以「肇」訓「長」，承上「召公是似」而言，謂祖孫相繼，長有此功。但肇之爲長，不見所出。』喬樅謂：《齊語》『竱本肇末』，❹注：『肇，正也。』正與長同義。《釋詁》：『正，長也。』《斯干》篇『噲噲其正』，傳：『正，長也。』肇之爲長，亦訓詁展轉相通之義也。」

釐爾圭瓚，秬鬯一卣。告于文人，錫山土田。于周受命，自召祖命。虎拜稽首，天子萬年。【疏】傳：「釐，賜也。秬，黑黍也。鬯，香草也。築煮合而鬱之曰鬯。卣，器也。九命，錫圭瓚秬鬯。文人，文德之人。諸侯有大功德，賜之名山、土田、附庸。」箋：「秬鬯，黑黍酒也。謂之鬯者，芬香條鬯也。

❶「爾」，原作「耳」，據陳奂《傳疏》改。
❷「不足上繼文武」六字，疑衍，陳奂《傳疏》無。
❸「方」，原作「海」，據續經解本《韓詩遺説攷》十四、明世德堂本《毛詩》、阮刻本《毛詩正義》、本書卷二十八《玄鳥》改。
❹「竱」，原作「轉」，據《國語》改。「末」，原作「木」，據續經解本《韓詩遺説攷》十四、《國語》改。

王賜召虎以鬯酒一罇，使以祭其宗廟，告其先祖諸有德美見記者。周，岐周也。自，用也。宣王欲尊顯召虎，故如岐周，使虎受山川、土田之賜命，用其祖召康公受封之禮。岐周，周之所起，爲其先祖之靈，故就之。拜稽首者，受王命策書也。臣受恩，無可以報謝者，稱言使君壽考而已。」○《白虎通・攷黜》篇：「《王制》曰：『賜圭瓚，然後爲暢。未賜者，資暢於天子。』秬者，黑黍，一稃二米。鬯者，以百草之香鬱金合而釀之，成爲鬯。玉瓚者，器名也，所以灌鬯之器也。以圭飾其柄，灌鬯貴玉氣也。」❶《韓詩外傳》八：「《傳》曰：諸侯之有德，天子錫之。一錫車馬，二錫衣服，三錫虎賁，四錫樂器，五錫納陛，六錫朱户，七錫弓矢，八錫鈇鉞，九錫秬鬯。《詩》曰：『釐爾圭瓚，秬鬯一卣。』」引《詩》明韓、毛文同。

虎拜稽首，對揚王休，作召公考，天子萬壽。明明天子，令聞不已。矢其文德，洽此四國。【注】齊「矢」作「弛」，「洽」作「協」。【疏】傳：「對，遂；考，成；矢，施也。」箋：「對，答；休，美；作，爲也。虎既拜而答王策命之時，稱揚王之德美。君臣之言，宜相成也。王命召虎用召祖命，故虎對王，亦爲召康公受王命之時對成王命之辭，謂如其所言也。如其所言者，『天子萬壽』以下是也。」○孔疏釋云：「對成王命之辭，謂對王命舊事成辭。」胡承珙云：「以『成』爲『成辭』，未免迂曲。嚴粲曰：『成者，毁之對。』謂不毁墜康公之功。」范家相曰：『此章言報君之事。召虎何以報上？惟答揚王之休命，作召公已成之事業，是乃報上之實。事業既成，惟祝天子壽考萬年，以享其成。此忠臣孝子之心也。「明明天子」以下，則因以進戒

❶「氣」，原作「器」，據續經解本《魯詩遺説攷》十七、《白虎通疏證》七改。

耳。』二説文義較明順。」《韓詩外傳》五：「三代之王也，必先其令名。《詩》曰：『明明天子，令聞不已。矢其文德，洽此四國。』此文王之德也。」曹植《責躬詩》亦引《詩》：「明明天子。」明韓、毛文同。王念孫云：「明、勉一聲之轉，故古多謂勉爲明。重言之，則曰明明。《爾雅》：『亹亹，勉也。』《禮器》鄭注：『亹亹，猶勉勉也。』亹亹、勉勉、明明亦一聲之轉。『明明天子，令聞不已』，猶言『亹亹文王，令聞不已』也。」「齊『矢』作『弛』，『洽』作『協』」者，傳：「矢，弛也。」本《釋詁》。各本作「施」，宋本作「弛」。《禮・孔子閒居》、《繁露・竹林》皆引《詩》：「弛其文德，協此四國。」是《齊詩》如此。弛者，寬緩之意。以文德柔四國之民，則四國皆有順心。既以武功定之，即以文德柔之，此一張一弛之義也。洽讀爲協，洽、協聲同。

《江漢》六章，章八句。

常武【疏】毛序：「召穆公美宣王也。有常德以立武事，因以爲戒然。」箋：「戒者，『王舒保作，匪紹匪遊，徐方繹騷。』」〇三家無異義。

赫赫明明，王命卿士，南仲大祖，大師皇父。整我六師，以脩我戎。既敬既戒，惠此南國。【疏】傳：「赫赫然盛也，明明然察也。王命南仲於大祖，皇父爲大師。」箋：「南仲，文王時武臣也。顯著乎昭察乎宣王之命卿士爲大將也，乃用其以南仲爲大祖者，今大師皇父是也。使之整齊六軍之衆，治其兵甲之事。命將必本其祖者，因有世功，於是尤顯。大師者，公兼官也。敬之言警也。警戒六軍之衆，以惠淮浦之旁國，謂敕以無暴掠爲之害也。每軍各有將，中軍之將尊也。」〇《釋文》：「赫，火百反。字又作

『爀』。」蓋赫字兼有郝音，讀爲合，即與壑同。《淮南・原道訓》高注：「壑，讀『赫赫明明』之『赫』。」高意即以合音爲赫之正讀。據此，亦知魯、毛文同。古人錫命必於廟，《白虎通・爵》篇：「封諸侯於廟者，示不自專也，明法度皆祖之制也。《詩》云：『王命卿士，南仲大祖。』」又引《禮・祭統》：「古者人君爵有德於大祖。」《潛夫論・敘録》：「蠻夷猾夏，古今所患。宣王中興，南仲征邊。」《史記》亦言南仲翊宣王時。皆魯說也。《漢書・人表》有南中，次周宣王世，列上下，即南仲。此齊說也。如文王時更有南仲，馬、班豈容知而不載？明出毛傳臆說，別無憑證，衆所不信。鄭扨皇父以南仲爲大祖之解，欲以成文王時別有南仲之曲說，而不知無益於毛，自取排擊也。皇父並命，亦在大祖之廟，故以「大祖」之文處其中，句例多如此。南仲爲將，皇父監軍，王肅所説情事或然。《夏官》注「既儆既戒」，與毛作「敬」異。陳喬樅云：「箋：『敬之言警也。』警與儆義同，蓋三家今文並作『儆』字。」楊雄《趙充國頌》「整我六師」，用魯經文。

王謂尹氏，命程伯休父，左右陳行，戒我師旅。率彼淮浦，省此徐土。不留不處，三事就緒。【疏】傳：「尹氏，掌命卿士。程伯休父，始命爲大司馬。浦，涯也。誅其君，弔其民，爲之立三有事之臣。」箋：「尹氏，天子世大夫也。率，循也。王使大夫尹氏策命程伯休父於軍將行治兵之時，使其士衆左右陳列而勑戒之，使循彼淮浦之旁，省視徐國之土地叛逆者。軍禮，司馬掌其誓戒。緒，業也。王又使軍將豫告淮浦徐土之民云，不久處於是也。女三農之事皆就其業，爲其驚怖，先以言安之。」○孔疏：「此時尹氏當是尹吉甫也。下至春秋之世，天子大夫每有尹氏見於經傳。」馬瑞辰以爲：「據《竹書紀年》幽王元年『王錫大師尹氏皇父命』，則皇父實爲尹氏，即二章所云『王謂尹氏』也。」陳奐云：「尹氏爲掌命卿士之官，猶師氏、保氏、旅賁氏、虎賁氏，官皆稱氏。《書·大誥》：『肆予告我友邦君，越尹氏、庶士、御事。』義爾邦君，越爾多士、尹氏、御事。』孔疏云：『尹氏，即官也。』《逸周書·和寤》、《武寤》篇『尹氏八士』，即《周禮·序官》『大史、小史，中士八人』也。《左傳》尹氏以官爲族，而與尹氏爲大史者不同。解之者概以尹氏爲周族大夫，失之。」愚案：陳説較合。孔疏以爲吉甫，固未必然。馬氏據《竹書》「大師尹氏皇父」之文，以駁箋「南仲」説，誤。《竹書》安可據耶？《史記·太史公自序》：「重黎氏世序天地，其在周，程伯休父其後也。當周宣王時，失其官守而爲司馬氏。」《潛夫論·志氏姓》篇：「重黎氏世序天地，别其分主，以歷三代，而封於程。其在周，爲宣王大司馬。《詩》云：『王謂尹氏，命程伯休父。』」此魯説。《漢書·人表》程伯休父次宣王世，列上下。此齊説。據魯説，休父爲司馬在宣王世，其失官守亦在宣王世。程，國；伯，爵；休父，名也。《續漢·郡國志》「雒陽有上程聚」，古程伯休父之國。韋昭以爲失天地之官，疑非。若失天地之官而尚爲司馬，不得即以司馬命氏也。休父是名，如魯季孫行父、晉荀林父之比。胡承珙云：「《周禮》止言『三農』，不言『三事』。以『三事』爲官稱，則《詩》、《書》皆有明文。《立政》『三事』，農事就緒，已在其中。從傳義爲合。」

赫赫業業，有嚴天子。王舒保作，匪紹匪遊，徐方繹騷。震驚徐方，如雷如霆，徐方震驚。

【疏】傳：「赫赫然盛也，業業然動也。嚴然而威。舒，徐也。保，安也。匪紹匪遊，不敢繼以敖遊也。繹，陳；騷，動也。」箋：「作，行也。紹，緩也。繹，當作『驛』。王之軍行，其貌赫赫業業然，有尊嚴於天子之威，謂聞見者莫不憚之。王舒安，謂軍行三十里，亦非解緩也，亦非敖遊也。徐國傳遽之驛見之，知王兵必克，馳走以相恐動。震，動也。驛馳走相恐懼，以驚動徐國，如雷霆之恐怖人然，徐國則驚動而將服罪。」○馬瑞辰云：「《括地志》：『泗州徐城縣，今徐城鎮，在臨淮鎮北三十里，有故徐城，號大徐城，周十一里，中有偃王廟。』故徐國也。《元和志》：『周穆王時徐王偃好行仁義，東夷歸之者四十餘國。穆王發楚師，大破之，殺偃王，其子北徙彭城原東山下。山在下邳縣界。』《續漢志》『下邳國』云：『徐本國。』宣王伐徐在穆王克徐以後，即下邳縣界之徐也。下文『濯征徐國』，孔疏言『此徐當在徐州之地，未必即春秋徐子之國』，失之。」《漢書·敘傳》「王師雷起，霆擊朔野」，用齊經文。胡承珙云：「王師將至，徐方必有陳兵守隘之處，見王師而畏懼，故有擾動之意。王於是因其擾動而震驚之，以如雷如霆之威，而徐方遂不勝其震驚耳。」

王奮厥武，如震如怒。進厥虎臣，闞如虓虎。鋪敦淮濆，【注】韓「鋪」作「敷」，云：「大也。」「敦」云「迫」。齊「鋪敦」亦作「敦彼」。仍執醜虜。截彼淮浦，王師之所。【疏】傳：「虎之自怒虓然。濆，涯；仍，就；虜，服也。截，治也。」箋：「進，前也。敦，當作『屯』。醜，衆也。王奮揚其威武，而震雷其聲，而勃怒其色，前其虎臣之將，闞然如虎之怒，陳屯其兵於淮水大防之上以臨敵，就執其衆之降服者也。治淮之旁國有罪者，就王師而斷之。」○《漢書·敘傳》「虎臣之俊」，用齊經文。《蔡邕集·太尉橋公碑》：「威壯虓虎。」班固《賓戲》：「七雄虓闞。」是魯、齊皆作「虓」，所用經文與毛同。服虔《通俗文》曰：「虎聲謂之哮。」《文選·七啟》「哮闞之獸」，李注：「哮，與『虓』同。」《風俗通義》二：「《詩》美南仲，『闞如哮虎』。」應劭習《魯詩》，當是魯「亦作」本。「鋪作」至「云迫」，《釋文》引《韓詩》文。陳啟源云：「大迫淮濆，與『濯征徐國』文義相類。」陳喬樅云：「韓釋『敷』爲『大』者，《吕覽・求人》篇高注以『榑木』爲『大木』，足證此『敷』字亦有『大』義也。」愚案：《説文》：「敷，㪄也。從攴，尃聲。」「尃，布也。從寸，甫聲。」是「尃」即「敷布」之本字。《釋詁》「甫」、「溥」均「大也」，則「尃」亦有「大」義明矣。溥、敷、榑均尃聲，又可互證也。「敷」訓「㪄」，經典引申訓「布」、訓「陳」。陳、布，則其象爲大，與「肆」訓「陳」，即訓「大」例同。《後漢・馮緄傳》詔策緄曰：「《詩》不云乎？『進厥虎臣，闞如虓虎。敷敦淮濆，仍執醜虜。』」李注：「布兵敦逼淮水之涯，因執得醜虜。」逼、迫義同。「鋪」雖作「敷」，而不釋爲「大」，不與韓合。「『鋪敦』作『敦彼』」者，《説文》「濆」下引《詩》：「敦彼淮濆。」「彼」爲語詞，則「敦」兼「屯」、「迫」二義，疑亦《齊詩》之異文。

王旅嘽嘽，【注】齊「旅」作「師」，「嘽」作「驒」。如飛如翰，如江如漢，如山之苞，如川之流。緜緜翼翼，【注】韓「緜」作「民」。不測不克，濯征徐國。【疏】傳：「嘽嘽然盛也。疾如飛，摯如翰。苞，本也。緜緜，靚也。翼翼，敬也。濯，大也。」箋：「嘽嘽，閒暇有餘力之貌。其行疾自發舉，如鳥之飛也。翰，其中豪俊也。江漢，以喻盛大也。山本，以喻不可驚動也。川流，以喻不可禦也。王兵安靚且皆敬，其勢不可測度，不可攻勝。既服淮浦矣，今又以大征徐國。言必勝也。」○「齊『旅』作『師』，『嘽』作『驒』」者，《漢書・敘傳》「王師驒驒」，鄭氏曰：「驒驒，盛也。」陳喬樅云：「此即『王旅嘽嘽』之異文。顔注詆鄭爲非，轉引《四牡》『驒驒駱馬』爲解，誤矣。」黄山云：「顔注駁鄭，引《四牡》驒驒爲喘息之貌。《説文》：『嘽，喘息也。』引《詩》『嘽嘽駱馬』，是《四牡》正以『嘽』爲本字。此傳訓『嘽』爲『盛』，乃借字矣。惟顔駁鄭説而不改字，知《齊詩》兩『嘽』皆作『驒』。」「韓『緜』作『民』」者，《釋文》云：「緜，如字。《韓詩》作『民民』，同。」謂其訓「民民」

爲「靚」也。《韓詩外傳》八：「齊景公謂子貢曰：『先生何師？』」章末引《詩》曰：「綿綿翼翼，不測不克。」陳喬樅云：「今《外傳》同《毛詩》作『緜』，誤，當據《釋文》訂正。馬瑞辰云：『緜、緡雙聲通用，故《詩》「緜蠻黄鳥」一作「緡蠻」。韓「綿綿」作「民民」，亦以雙聲叚借。至傳訓「緜緜」爲「靚」者，「靚」即「静」字，❶静即密也。《釋詁》：「密，静也。」緜、密雙聲字，❷故訓爲「静」，猶言密也。《文選・洛神賦》注：「緜緜，密意也。」與毛同義。』喬樅案：《漢書・賈誼傳》『澹乎若深淵之靚』，注：『靚，與「静」同。』又《外戚傳》『神眇眇兮密靚處』，以『密』與『靚』連言，足證『靚』之本有『密』義矣。」

王猶允塞，徐方既來。【注】齊「來」作「倈」。徐方既同，天子之功。四方既平，徐方來庭。徐方不回，王曰還歸。【疏】傳：「猶，謀也。『來庭』，來王庭也。」箋：「猶，尚；允，信也。王重兵兵雖臨之，尚守信自實滿，兵未陳而徐國已來告服，所謂善戰者不陳。回，猶違也。還歸，振旅也。」○「齊『來』作『倈』」者，《漢書・景武昭宣元成功臣表》：「《詩》云：『徐方既倈。』許其慕諸夏也。」顔注：「倈，古『來』字。」《漢書・嚴助傳》：「《詩》云：『王猷允塞，徐方既來。』言王道甚大，而遠方懷之也。」《新序・雜事》四：「夫不降席而匡天下者，求之己也。孔子曰：『其身正，不令而行。其身不正，雖令不從。』先王之所以拱揖指揮，而四海賓者，誠德之至，己形於外，故《詩》：『王猷允塞，徐方既來。』此之謂也。」言王道誠信充實，遠人自

❶「字」，馬瑞辰《通釋》作「也」。

❷「密」，原作「蠻」，據續經解本《韓詩遺説攷》十四、馬瑞辰《通釋》改。

服。古書「猶」字犬旁不分左右，然魯、韓經文皆作「猷」，不作「猶」，與箋訓「猶」爲「尚」義異。《荀子・君道篇》、《議兵篇》並引「王猷允塞」二句，《非相篇》引「徐方既同，天子之功」，皆此意。以上魯説。《韓詩外傳》六「事强暴之國難」章、「勇士一呼而三軍避」章、「趙簡子薨而未葬」章並引「王猷允塞」二句，明魯、韓文與毛同。《漢書・敘傳》「龍荒幕朔，莫不來庭」，用齊經文。

《常武》六章，章八句。

瞻卬【疏】毛序：「凡伯刺幽王大壞也。」箋：「凡伯，天子大夫也。《春秋》：『魯隱公七年冬，天王使凡伯來聘。』」○三家無異義。

瞻卬昊天，則不我惠。孔填不寧，降此大厲。邦靡有定，士民其瘵。蟊賊蟊疾，靡有夷屆。罪罟不收，靡有夷瘳。【疏】傳：「昊天，斥王也。填，久；厲，惡也。瘵，病；夷，常也。罪罟，設罪以爲罟。瘳，愈也。」箋：「惠，愛也。仰視幽王爲政，則不愛我下民，甚久矣天下不安，王乃下此大惡，以敗亂之。屆，極也。天下騷擾，邦國無有安定者，士卒與民皆勞病。其爲殘酷痛病於民，如蟊賊之害禾稼然，爲之無常，亦無止息時。施刑罪以羅網天下，而不收斂，爲之亦無常，無止息時。此自王所下大惡。」○孔疏：「蟊賊者，害禾稼之蟲。蟊疾，是害禾稼之狀。言王之害民，如蟲之害稼，故比之也。」《易林・離之萃》：「苛政日作，螟食華葉。割下啖上，民被其賊。」以蟲比苛政，與《詩》意同，此齊家説。

人有土田，女反有之。人有民人，女覆奪之。此宜無罪，女反收之。彼宜有罪，女覆説之。【疏】傳：「收，拘收也。說，赦也。」箋：「此言王削黜諸侯及卿大夫無罪者。覆，猶反也。」○《後漢·劉瑜傳》瑜曰：「人無罪而覆入之。」是「女反收之」，三家《詩》當作「女覆入之」，其義同也。《王符傳》云：「天下本以民不能相治，故爲立王者以統治之，在於奉天威命，共行賞罰，故《詩》刺『彼宜有罪，女反脱之』。」《潛夫論·述赦》篇同。「覆」即「反」也。上四句「反」、「覆」互易，知下四句「反」、「覆」亦當互易。觀《符傳》「女反脱之」，則上二句「反收之」爲「覆入」，確爲引三家《詩》無疑。

哲夫成城，哲婦傾城。懿厥哲婦，爲梟爲鴟。婦有長舌，維厲之階。【注】魯「哲」或作「悊」，「維」作「惟」。亂匪降自天，生自婦人。匪教匪誨，時維婦寺。【疏】傳：「哲，知也。寺，近也。」箋：「哲，謂多謀慮也。城，猶國也。丈夫陽也，陽動，故多謀慮則成國。婦人陰也，陰静，故多謀慮乃亂國。懿，有所痛傷之聲也。厥，其也。其，幽王也。梟鴟，聲之鳥，❶喻襃姒之言無善。長舌，喻多言語。是王降大厲之階。階，所由上下也。今王之有此亂政，非從天而下，但從婦人出耳。又非有人教王爲亂，語王爲惡者，是惟近愛婦人，用其言故也。」○懿、抑聲近通借，《抑》詩，《國語》讀爲「懿」是也。「魯『哲』或作『悊』，『維』作『惟』」者，《釋言》：「哲，智也。」此魯説，文義同毛。《列女·夏桀末喜傳》引《詩》：「懿厥悊婦，爲梟爲鴟。」《晉獻驪姬傳》引：「婦有長舌，惟厲之階。」《魯桓文姜傳》引：「亂匪降自天，生自婦人。」《齊靈聲姬傳》引：「匪教匪誨，時惟婦寺。」皆魯經文，此「哲」作「悊」，「維」作「惟」。又《漢書·谷永傳》永疏引「懿厥

---

❶「聲」上，明世德堂本《毛詩》有「惡」字，當據補。

悊婦，爲梟爲鴟」、「匪降自天，生自婦人」四語，亦用《魯詩》，「哲」作「悊」，「匪」上奪「亂」字，顏注有「言此禍亂」，其明證也。《説文》：「哲，知也。從口，折聲。悊，或從心。」是哲、悊仍一字。梟鴟者，陳奂云：「《説文》：『梟，不孝鳥也。』『雎，雖也。籀文作「鴟」。』凡鴟類甚多。《説文》：『舊，雎舊。字或作「鵂」。』此即《爾雅》『怪鴟』也。《文選·演連珠》李注引：『《淮南子·主術》篇云：「鴟夜撮蚤，察分毫末。晝出瞋目，而不見丘山。」❶高誘曰：「鴟鵂謂之老菟。」』《史記·賈誼傳》『鸞鳳伏竄兮，鴟梟翱翔』是也。」

鞫人忮忒，譖始竟背。豈曰不極，伊胡爲慝？【注】三家「忮」作「伎」。韓「慝」作「嫕」，云：「悦也。」如賈三倍，君子是識。婦無公事，休其蠶織。【疏】傳：「忮，害；忒，變也。休，息也。婦人無與外政，雖王后猶以蠶織爲事。古者天子爲藉千畝，冕而朱紘，躬秉耒。諸侯爲藉百畝，冕而青紘，躬秉耒。以事天地山川社稷先古，敬之至也。天子、諸侯必有公桑、蠶室，近川而爲之，築宮仞有三尺，棘牆而外閉之。及大昕之朝，君皮弁、素積，卜三公之夫人、世婦之吉者，使入蠶于蠶室，奉種浴于川，桑于公桑，風戾以食之。歲既單矣，世婦卒蠶，奉繭以示于君，遂獻繭于夫人。夫人曰：『此所以爲君服與？』遂副禕而受之，少牢以禮之。及良日，后、夫人繅，三盆手，遂布于三宮夫人、世婦之吉者，使繅，遂朱緑之，玄黃之，以爲黼黻文章。服既成矣，君服之以祀先王先公，敬之至也。」箋：「鞫，窮也。譖，不信也。竟，猶終也。胡，何；慝，惡也。婦人之長舌者多謀慮，好窮屈人之語，忮害轉化，其言無常，始於不信，終於背違，人豈謂其是不

❶「丘」，原作「三」，據陳奂《傳疏》、胡刻《文選》改。

得中乎？反云維我言何用爲惡不信也。識，知也。賈物而有三倍之利者，小人所宜知也，君子反知之，非其宜也。今婦人休其蠶桑織紝之職，而與朝廷之事，其爲非宜，亦猶是也。孔子曰：『君子喻於義，小人喻於利。』」〇「三家『忮』作『伎』」者，《說文》：「伎，與也。《詩》曰：『𥷚人伎忒。』」「𥷚」即「鞠」之重文。伎忒，謂窮人之言，與爲變更。文義異毛，當本三家。「韓『慝』作『嫕』，云『悦也』」者，《文選》宋玉《神女賦》「澹清靜其愔嫕」，李注引《韓詩》曰：「嫕，悦也。」陳壽祺云：「宋本『嫕』作『嫕』，❶當是『伊胡爲嫕』之注。」陳喬樅云：「王襃《洞簫賦》『清靜厭瘱』，『厭瘱』與『愔嫕』同，並當訓爲和悦。《漢書·外戚傳》『婉瘱有節操』，張華《女史箴》『婉嫕淑慎』，❷李注引《漢書》亦作『婉嫕』，並引服虔注曰：『嫕，音「翳桑」之「翳」。』又引《列女傳》曹大家注曰：『婉，柔和也。嫕，深邃也。』是『瘱』字亦作『嫕』，『嫕』與『嫕』形似，或即以爲『嫕』字耳。繹《韓詩》之意，以長舌之婦始則譖訴，終則背違，此其伎害，豈曰不極至乎？胡爲悦之，惟婦言是用？義較明順，不似箋之費周折也。」愚案：陳説是。君子，謂居上位之人，即指幽王。言以商賈之事，而君子親之，刺其不問政事，惟營財利也。蠶織之務，而哲婦置之，刺其罔知婦德，干預朝政也。《列女·魯季敬姜傳》引：「《詩》曰：『婦無公事，休其蠶織。』言婦人以蠶織爲公事者也，休之非禮也。」此魯説。

天何以刺？何神不富？舍爾介狄，【注】三家「狄」作「逖」。維予胥忌。不弔不祥，威儀

---

❶「嫕」，原作「嫕」，據續經解本《韓詩遺説攷》十四改。下一「嫕」字同。

❷「嫕」，胡刻《文選》作「嫕」。

不類。人之云亡，邦國殄瘁。【疏】傳：「刺，責；富，福；狄，遠；忌，怨也。類，善；殄，盡；瘁，病也。」箋：「介，甲也。王之爲政既無過惡，天何以責王見變異乎？神何以不福王而有災害也？王不念此而改修德，乃舍女被甲夷狄來侵犯中國者，反與我相怨。謂其疾怨羣臣叛違也。弔，至也。王之爲政，德不至於天矣，不能致徵祥於神矣，威儀又不善於朝廷矣，賢人皆言奔亡，則天下邦國將盡困窮。」○天之降責，乃有變異，而日食、星隕、山崩、川竭者何？神之降福，乃無災害，而水旱、蟲螟、霜雹、疫癘者何？王遘此凶災，不思修德，反舍爾大者遠者不務，而惟我國之賢者是忌乎？「三家『狄』作『逖』」者，《說文》：「逖，遠也。」《集韻》引《說文》，有《詩》曰：「舍爾介逖。」王氏《詩攷》因之，明許正字，毛借字。王肅云：「舍爾大道遠慮，反與我賢者怨乎？」義與此合也。惟其不善，更致不祥。王傲惰不修威儀，望之不似人君，方以爲有恃無恐也。不知賢人既亡，邦國亦從茲殄瘁矣，王何以爲國乎？《左・文六年》、《襄二十六年傳》并引：「《詩》云：『人之云亡，邦國殄瘁。』無善人之謂。」是也。《韓詩外傳》六「《易》曰『困於石』」章引《詩》說同，明韓、毛文同。《漢書・王莽傳》引「邦國殄顇」，「瘁」作「顇」，亦三家異字。

天之降罔，維其優矣。人之云亡，心之憂矣。天之降罔，維其幾矣。人之云亡，心之悲矣。【疏】傳：「優，渥也。幾，危也。」箋：「優，寬也。天下羅罔，以取有罪，亦甚寬。謂但以災異譴告之，不指加罰於其身，疾王爲惡之甚。賢者奔亡，則人心無不憂。幾，近也。言災異譴告，離人身近，愚者不能覺。」○天之降罔，甚優寬也。尚未裁及王身，而賢人云亡，則國是無與挽回，可憂孰甚？天之降罔，甚幾危

也。或冀王之改悔，而賢人云亡，則國勢將終不振，我悲更深。此及上章「天」字皆言天，不斥主。❶

觱沸檻泉，維其深矣。心之憂矣，寧自今矣。【注】魯「今」作「全」。不自我先，不自我後。藐藐昊天，無不克鞏。無忝皇祖，式救爾後。【注】魯「皇」作「爾」，「後」作「訛」。【疏】傳：「藐藐，大貌。鞏，固也。」箋：「檻泉正出，涌出也。觱沸其貌。涌泉之源，所由者深，喻己憂所從來久也。惡政不先己，不後己，怪何故正當之。藐藐，美也。王者有美德藐藐然，無不能自堅固於其位者，微箴之也。式，用也。後，謂子孫也。」○彼觱沸然正出之檻泉，其來源固甚深矣，我此心之憂，一如泉源之深，固不始自今矣。「魯『今』作『全』」者，《列女·嚴延年母傳》引《詩》云：「心之憂矣，寧自全矣。」以本詩之義推之，言遭此惡政，不能不出於諷諫，甯肯專爲自全地乎？但惡政之興，何以不在我先，何以不在我後，適於我身遇之也？我王果有君人之德藐藐然，可以比美昊天，無不能鞏固爾位之理。今縱不爲一身計，亦當思無辱皇祖，用救爾後世子孫耳。「魯『皇』作『爾』，『後』作『訛』」者，《列女·晉范氏母傳》引《詩》曰：「無忝爾祖，式救爾訛。」訛、譌字通。《釋詁》注：「世以妖言爲訛。」當日「檿弧箕服，實亡周國」之訛言，偏於一國。褒姒事實無不知之，故祝其修德禳災，無辱爾祖，以挽救前此亡國之訛言也。《韓詩外傳》六「孟子說齊宣王」章引《詩》「不自我先，不自我後」，明韓、毛文同。

《瞻卬》七章，三章章十句，四章章八句。

---

❶「主」，疑當作「王」。

家無異義。

召旻【疏】毛序：「凡伯刺幽王大壞也。旻，閔也，閔天下無如召公之臣也。」箋：「旻，病也。」〇三

旻天疾威，天篤降喪。瘨我饑饉，民卒流亡，我居圉卒荒。【注】韓「圉」作「御」。【疏】傳：「圉，垂也。」箋：「天，斥王也。疾，猶急也。瘨，病也。病乎幽王之爲政也，急行暴虐之法，厚下喪亂之教，謂重賦稅也。病國中以饑饉，令民盡流移。荒，虚也。國中至邊竟以此故盡空虚。」〇「瘨我饑饉」，與《雲漢》篇「瘨我以旱」句義同。《韓詩外傳》六「威有三術」章引《詩》「旻天疾威」四句，明韓、毛文同。「韓『圉』作『御』」者，《外傳》八：「一穀不升謂之鎌，二穀不升謂之饑，三穀不升謂之饉，四穀不升謂之荒，五穀不升謂之大侵。大侵之禮，君食不兼味，臺榭不飾，道路不除，百官補而不制，鬼神禱而不祠，此大侵之禮也。《詩》曰：『我居御卒荒。』此之謂也。」言大荒之年，所居所御盡爲之變，與毛訓義全異。

天降罪罟，蟊賊内訌。昏椓靡共，潰潰回遹，實靖夷我邦。【疏】傳：「訌，潰也。椓，夭椓也。❶靖，謀；夷，平也。」箋：「訌，争訟相陷入之言也。王施刑罪，以羅罔天下，衆爲殘酷之人，雖外以害人，又自内争相讒惡。昏、椓，皆奄人也。昏，其官名也。椓，椓毁陰者也。王遠賢者，而近任刑奄之人，無肯共其職事者，皆潰潰然惟邪是行，皆謀夷滅王之國。」〇陳奂云：「《文選・文賦》注引《韓詩》薛君章句云：

❶「夭」，原作「天」，據明世德堂本《毛詩》、阮刻本《毛詩正義》改。

『靡，好也。』疑即此詩『靡共』之義。或以爲《烈文》『封靡』義者，非。」愚案：如陳説，韓義當釋爲昏椓之人自謂好共職事，而憒亂邪僻，實謀夷滅我國也。《説文》：「憒，亂也。」潰與憒同。《説文》「禬」下引《爾雅》「禬禬潰潰」，段注引：「《潛夫論》云：『佪佪潰潰。』蓋用《爾雅》文。」是「潰」又通作「禬」。

皋皋訿訿，【注】魯「皋」作「浩」。曾不知其玷。兢兢業業，孔填不寧，我位孔貶。【疏】傳：「皋皋，頑不知道也。訿訿，窳不供事也。貶，隊也。」箋：「玷，缺也。王政已大壞，小人在位，曾不知大道之缺。兢兢，戒也。業業，危也。天下之人戒懼危怖，甚久矣其不安也，我王之位又甚隊矣。言見侵侮，政教不行，後犬戎伐之，而國與諸侯無異。」❶〇「魯『皋』作『浩』」者，《釋訓》：「皋皋、琄琄，刺素食也。」又曰：「翕翕、訿訿，莫供職也。」《爾雅》釋文：「皋，樊本作『浩』。」皋、浩古通，《左·定四年》經「盟于皋鼬」，《公羊》作「浩油」，是其證。樊本在先，《魯詩》當本作「浩浩」，皆無德食禄意也。《小旻》「訿訿」，傳以爲「不思稱其上」。《荀子·修身篇》亦作「呰呰」，字異義同，皆曠職不善意。

如彼歲旱，草不潰茂，如彼棲苴。【注】齊「潰」作「彙」。三家「苴」作「柤」。我相此邦，無不潰止。【疏】傳：「潰，遂也。苴，水中浮草也。」箋：「『潰茂』之『潰』，當作『彙』。彙，茂貌。王無恩惠於天下，天下之人如旱歲之草，皆枯槁無潤澤，如樹上之棲苴。潰，亂也。無不亂者，言皆亂也。《春秋傳》曰：『國亂曰潰，邑亂曰叛。』」〇「齊『潰』作『彙』」者，《韓詩外傳》五「如歲之旱」章引《詩》曰：「如彼歲旱，草不潰茂。」

❶ 「國」，明世德堂本《毛詩》、阮刻本《毛詩正義》作「周」。

據《外傳》所引，韓與毛同。李黼平云：「《説文》：『僓，一曰：長皃。』長、遂義近，『潰』當讀爲『僓』。」陳喬樅云：「班固《幽通賦》『枝葉彙而靈茂』，班述《齊詩》，賦語即本齊義。箋用齊改毛，故與班所據文同。蕭該《漢書音義》引服虔曰：『彙，音近卉。』《玉篇》『彙，胡貴反』。潰與彙蓋以音近叚借。」「三家『苴』作『柤』」者，傳以「苴」爲「水中浮草」，箋云「樹上棲苴」，孔疏云：「苴是草之枯槁逐水流者，棲息於水上也。箋以棲者居在木上之名，謂水上爲棲，理亦不愜，故以爲如樹上之棲苴。苴是草木之枯槁者，故在樹未落，及已落爲水漂，皆稱苴也。」陳喬樅云：「《衆經音義》二十五引《詩》云：『如彼棲柤。』與毛字異，蓋據《韓詩》之文。玄應又引《通俗文》云：『刈餘曰柤。』知苴、柤二字古通。箋云『如樹上棲苴』，亦據三家改毛也。」愚案：《通俗文》又云「柤」即「查」字，亦與「槎」通用。此另爲一義。説者遂謂柤、苴皆即槎，以槎於浮水意近，❶欲借通傳説。然「刈餘曰柤」，刈即刈艸，仍是艸經刈割殘損之皃，所謂「不潰茂」也。《楚詞・九章》「艸苴比而不芳」，王注：「生曰艸，枯曰苴。」疑即本此詩魯訓。「枯」與「刈餘」説異而義相類，皆不作水中、樹上説。蓋「棲」當説如「餘糧棲畝」之「棲」也。以「棲柤」專爲韓義，説亦不碻，要當出三家《詩》。

維昔之富，不如時。維今之疚，不如兹。彼疏斯粺，胡不自替？職兄斯引。【疏】傳：「往者富仁賢，今也富讒佞。『維今之疚』，今則病賢也。彼宜食疏，今反食精粺。替，廢；兄，兹也。引，長也。」箋：「富，福也。時，今時也。兹，此也。此者，此古昔明王。疏，麤也，謂糲米也。職，主也。彼賢者禄

❶「水」，疑爲「木」之誤。馬瑞辰《通釋》作「木」。

薄食麤，而此昏椓之黨反食精粺。女小人耳，何不自廢退，使賢者得進，乃茲復主長此爲亂之事乎？責之也。米之率，糲十，粺九，糳八，侍御七。」〇詩言昔日之富，家給人足，不如今時之困窮。今日之疚，仁賢疏退，不如此時之尤甚。彼宜食疏糲之小人，反在此食精粺，何不早自廢退，免致妨賢病國，反主爲滋亂之事，使其引而日長乎？

池之竭矣，不云自頻？【注】魯「頻」作「濱」。泉之竭矣，不云自中？溥斯害矣，職兄斯弘，不裁我躬？【疏】傳：「頻，厓也。泉水從中以益者也。」箋：「頻，當作『濱』。厓，猶外也。自，由也。池水之益，由外灌焉。今池竭，人不言由外無益者與？言由之也。喻王猶池也，政之亂，由外無賢臣益之。泉者，中水生則益深，水不生則竭，喻王猶泉也，政之亂，又由內無賢妃益之。溥，猶徧也。今時徧有此內外之害矣，乃茲復主大此爲亂之事，是不裁王之身乎？責王也。裁，謂見誅伐。」〇《說文》：「瀕，人所賓附，瀕蹙不前而止。從頁，從涉。」正字當作「瀕」。箋云「當作『濱』」，乃用魯改毛也。《列女·漢趙姊娣續傳》：「君子謂昭儀之凶嬖與褒姒同行，成帝之惑亂與周幽王同風。《詩》云：『池之竭矣，不云自濱？泉之竭矣，不云自中？』成帝之時，舅氏擅外，❶趙氏守內，❷其自竭極，蓋亦池泉之勢也。」箋分外、內言，與《列女傳》同義，蓋本魯說爲訓。言此害偏矣，猶主之使滋亂益大，不顧裁我躬乎？其後犬戎內侵，驪山蒙難，斯言

---

❶「擅」，原作「壇」，據《列女傳》改。

❷「守」，《列女傳》作「專」。

驗矣。

昔先王受命，有如召公，日辟國百里。今也日蹙國百里。於乎哀哉，維今之人，不尚有舊。【疏】傳：「辟，開；蹙，促也。」箋：「先王受命，謂文王、武王時也。召公，召康公也。言有如者，時賢臣多，非獨召公也。今，今幽王臣。哀哉，哀其不高尚賢者，尊任有舊德之臣，將以喪亡其國。」○毛傳説二《南》與三家異，故言召公辟國事以爲非實。今網羅舊籍，推而跡之，尚可攷見大略。文王稱王後，命召公爲召南牧伯，辟漢世南郡、南陽郡地，説詳《召南》。故有「日辟國百里」之詩。云「昔先王受命」者，即謂文王受命稱王事也。蓋岐周開國，肇建二南，乃一時權立之制。迨武王滅紂，南國是疆，已非二南舊時封域。歷秦逮漢，踰越千年，在孔子時，已有「不爲二《南》，其猶牆面」之言，矧祖龍滅學，申公傳《詩》，《書》缺有閒，聽覩茫昧，衆家雜出，莫相是非。故雖以魯學正傳，而蘭臺惟許其最近。河間偏好，而古文尤畏，其名尊也。「日蹙國百里」者，蓋幽王時戎夷偪迫，幾疆日削之故，皆無人謀國所致，故言今人不尚有舊德可求乎？何王不一置念，視若與己無涉也？其可哀孰甚邪。

《召旻》七章，四章章五句，三章章七句。

《蕩》之什十一篇，九十二章，七百六十九句。

詩三家義集疏卷二十四

長沙王先謙益吾著

清廟弟二十四　詩周頌

【疏】《史記·平準書贊》：「《詩》述殷、周之際，安寧則長。」又《敘傳》：「湯武之隆，詩人歌之。」《論衡·須頌篇》：「《周頌》三十一，《殷頌》五，《魯頌》四，凡《頌》四十篇，詩人所以嘉上也。」蔡邕《獨斷》：「宗廟所歌《詩》之别名三十一章，皆天子之禮樂也。」以上魯説。《漢書·禮樂志》：「自夏以往，其流不可聞已，《殷頌》猶有存者。《周詩》既備，而其器用張陳，《周官》具焉。其威儀足以充目，音聲足以動耳，詩語足以感心。故聞其音而德和，省其詩而志正，論其數而法立。是以薦之郊廟則鬼神饗，作之朝廷則羣臣和，立之學官則萬民協。聽者無不虚己竦神，説而承流。是以海内徧知上德，被服其風，光輝日新，化上遷善，而不知所以然。至於萬物不夭，天地順而嘉應降。」以上齊説。

清廟【注】魯説曰：「周公詠文王之德而作《清廟》，建爲《頌》首。」又曰：「《清廟》一章八句。洛邑既成，諸侯朝見，宗祀文王之所歌也。」又曰：「《清廟》之詩，言交神之禮無不清静。」齊説曰：

「頌，言成也。一章成篇宜列德，故登歌《清廟》一章也。」【疏】毛序：「祀文王也。周公既成洛邑，朝諸侯，率以祀文王焉。」箋：「清廟者，祭有清明之德者之宫也，謂祭文王也。天德清明，文王象焉，故祭之而歌此詩也。廟之言貌也，死者精神不可得而見，但以生時之居，立宫室象貌爲之耳。成洛邑，居攝五年時。」○「周公」至「頌首」，《漢書·王褒傳》《四子講德論》文。此言作《頌》專詠文王也。「清廟」至「歌也」，蔡邕《獨斷》文。陳喬樅云：「此即《魯詩·周頌》之序也。後三十章同。」「清廟」至「清静」，《漢書·韋玄成傳》疏文。賈逵《左傳》注：「肅然清静，謂之清廟。」杜預云：「清廟，肅然清静之稱也。」皆本韋爲説。「頌言」至「章也」，《續漢·祭祀志》劉注引《東觀書》東平王蒼議稱《詩傳》文。陳喬樅云：「所引《詩傳》疑《齊詩傳》也，故其説與鄭《禮》注合。」案：《禮·仲尼燕居》「升歌《清廟》」，鄭注：「《清廟》，頌文王之德。」即所謂「列德」已。

於穆清廟，肅雝顯相。【疏】傳：「於，歎辭也。穆，美；肅，敬；雝，和；相，助也。」箋：「顯，光也，見也。於乎美哉，周公之祭清廟也，其禮儀敬且和，又諸侯有光明著見之德者來助祭。」○《尚書大傳·臯繇謨》篇：「清廟升歌者，歌先人之功烈德澤也，故欲其清也。其歌之呼也，曰：『於穆清廟，肅雝顯相。』於者，歎之也。穆者，敬之也。清者，欲其在位者徧聞之也。故周公升歌文王之功烈德澤。苟在廟中嘗見文王者，愀然如復見文王。」鄭注：「烈，業也。呼，出聲也。肅雝顯相，四海敬和明德來助祭。」又《洛誥》篇：「廟者，貌也，以其貌言之也。宫室中度，衣服中制，犧牲中辟，殺者中死，割者中理。搙弁者爲文，鑾竈者有容，椓杙者有數。太廟之中，繽乎其猶模繡也。天下諸侯之悉來進受命於周，而退見文、武之尸者，千七百七十三諸侯，皆莫不磬折玉音，金聲玉色，然後周公與升歌而弦文、武。諸侯在廟中者，伋然淵其志，和其情，愀然若復見文、武之身。然後曰：『嗟子乎！此蓋吾先君文、武之風也夫。』及執俎抗鼎執刀執匕者，負牆而歌，憤於其情，發於中，而樂節文。故周人追祖文王，而宗武王也。」愚案：《清廟》頌文王之德，伏《傳》所言與《詩》合。王褒《講德論》及《禮·仲尼燕居》鄭注皆本此爲説。洛邑既成，禋于文王、武王，此爲諸侯朝見助祭之始，故奏此詩以祭，則祖文而宗武本是一事。胡承珙謂漢初言《清廟》者，不當有「既成洛邑，兼祭文、武」之説，大誤。蔡邕《明堂論》：「成王命魯公世世禘祀周公於太廟，以天子之禮，升歌《清廟》，下管《象武》，所以異魯於天下也。取周清廟之歌歌於魯太廟，明魯之太廟猶周之清廟也。」是此樂不獨兼祀武王，並賜周公。特言《詩》，則專頌文王耳。或以《詩》之「不顯不承」，即《書》之「丕顯丕承」，據爲兼頌武王，微有未合。《士虞禮》鄭注：「顯相，助祭者也。顯，明也。相，助也。《詩》云：『於穆清廟，肅雍顯相。』」愚案：箋《詩》説「顯相」同。「肅雍」二字，鄭《大傳》注本即指美助祭諸侯，箋《詩》忽改屬周公。詩爲公作，無自贊之理，仍以《大傳》注説爲是。陳喬樅云：「《水經·河水》篇注據伏生墓碑，言伏生撰《尚書五經大傳》，是伏生兼通五經。伏生齊人，於《詩》當治齊學。《後漢·儒林傳》伏理治《齊詩》，理即伏生八世孫，師事匡衡，别自名家。要自伏生後，所治《詩》無非齊學，不自伏理始也。」濟濟多士，秉文之德。對越在天，【疏】傳：「執文德之人也。」箋：「對，配；越，於也。濟濟之衆士，皆執行文王之德。文王精神已在天矣，猶配順其素如生存。」○孔疏：「濟濟之衆士，謂朝廷之臣也。文王在天，而云多士能配者，正謂順其素先之行，如其生存之時焉。文王既有是德，多士今猶行之，是與之相配也。」《漢書·劉向傳》向上封事曰：「周文開基西郊，雜遝衆賢，罔不肅和，崇推讓之風，以銷分争之訟。文王既殁，周公思慕，歌詠文王之德，其《詩》曰：『於穆清廟，肅雝顯相。濟濟多士，秉文之德。』當此之時，武王、周公繼政，朝臣和於内，萬國驩於外，故盡得其歡心，以事其先祖。」案：向用魯義，「朝臣和於内」，謂多士；「萬國驩於外」，謂諸侯；「其先祖」，即謂文王也。

駿奔走在廟。不顯不承，無射於人斯。【注】齊「駿」作「逡」，「射」作「斁」。【疏】傳：「駿，長也。顯於天矣，見承於人矣，不見厭於人矣。」箋：「駿，大也。諸侯與衆士於周公祭文王，俱奔走而來在廟中助祭，❶是不光明文王之德與？言其光明之也。是不承順文王志意與？言其承順之也。此文王之德，人無厭之。」○「齊『駿』作『逡』」者，《禮·大傳》「執豆籩逡奔走」，鄭注：「逡，疾也。疾奔走，言勸事也。《周頌》曰：『逡奔走在廟。』」據此，齊作「逡」。陳喬樅云：「逡、駿古通。《釋詁》：『駿，速也。』速、疾同義。」「『射』作『斁』」者，《大傳》：「《詩》云：『不顯不承，無斁於人斯。』」據此，齊作「斁」。鄭注：「斁，厭也。言文王之德不顯乎？不承成先人之業乎？言其顯且承之，人樂之無厭也。」與箋指助祭者言義異。胡承珙云：「《詩》頌文王，是美文王之德。下篇即云『於乎不顯，文王之德之純』，則以『不顯不承』爲美文王者，於義爲優也。」

《清廟》一章八句。

維天之命【注】魯説曰：「《維天之命》一章八句。告太平於文王之所歌也。」【疏】毛序：「太平告

---

❶「助祭」二字，原脱，據明世德堂本《毛詩》、阮刻本《毛詩正義》補。

文王也。」箋：「告太平者，居攝五年之末也。文王受命，不卒而崩，今天下太平，故承其意而告之，明六年制禮作樂。」〇「維天」至「歌也」，蔡邕《獨斷》文，魯說也。齊、韓當同。「維」，魯作「惟」，後人順毛改「維」，下章同。

維天之命，【注】韓「維」作「惟」，說曰：「惟，念也。」於穆不已。【疏】傳：「孟仲子曰：『大哉天命之無極，而美周之禮也。』」箋：「命，猶道也。天之道於乎美哉，動而不已，行而不止。」〇「惟，念也」者，《文選》歐陽堅石詩李注引薛君《韓詩章句》文。愚案：《釋文》引《韓詩》云：「維，念也。」此順《毛詩》之文而誤也，韓全《詩》無作「維」者。於乎不顯，文王之德之純。【疏】傳：「純，大。」箋：「純亦不已也。於乎不光明與？文王之施德教之無倦已，美其與天同功也。」〇《禮·中庸》：「《詩》曰『維天之命，於穆不已』，蓋曰天之所以爲天也。『於乎不顯，文王之德之純』，蓋曰文王之所以爲文也，純亦不已。」此齊說，箋語正用齊義也。《楚詞·招魂》王逸注：「《詩》云：『不顯文王。』不顯，顯也。」此魯說。「於乎」，歎辭，斷句；「不顯文王」爲一句，「之德之純」爲一句，讀異而義不異也。假以溢我，我其收之。駿惠我文王，【注】韓「假」作「誐」，「溢」作「謐」。【疏】傳：「假，嘉；溢，慎；收，聚也。」箋：「溢，盈溢之言也。以嘉美之道饒衍與我，我其聚斂之以制法度，以大順我文王之意，謂爲《周禮》六官之職也。《書》曰：『考朕昭子刑，乃單文祖德。』」〇《釋詁》：「溢，慎也。」孔疏引：「舍人曰：『溢，行之慎。』某氏曰：『《詩》云：「假以溢我。」慎也。』」此魯說，字與毛同。《釋文》不載韓異文，明韓亦與毛同。「齊『假』作『誐』，『溢』作『謐』」者，《說文》：「誐，嘉善也。」

《詩》云：『誐以謐我。』」乃齊文也。段注：「謐，徐鉉本作『溢』，此後人用毛改竄也。《廣韻》引《説文》作『謐』。『誐』、『謐』皆本字，『假』、『溢』皆借字。《左・襄二十七年傳》引作『何以恤我』，何者，『誐』之聲誤。『恤』與『謐』同部。《堯典》『惟刑之謐哉』，古文亦作『恤』。」馬瑞辰云：「恤，當爲『侐』之叚借。《説文》：『侐，靜也。』正與『溢』訓『慎』、『謐』訓『靜』者同義。慎與靜古亦同義。《廣雅》：『靜，安也。』靜我，即安我，猶《詩》言『綏我眉壽』，綏亦安也。『誐以謐我』，謂善以綏我也。」陳喬樅云：「今文《尚書》與《齊詩》並傳自夏侯始昌，同一師承。今文《尚書》『恤』作『謐』，尤足證《説文》所引『誐以謐我』爲《齊詩》之文無疑。」愚案：善以安我，即是言天下大平。「我其收之」，言我更收聚善道以制法度。孔疏：「周公自是聖人，作法出於己意。但以歸功文王，故言收文王之德而爲之。文王本意欲得制作，但以時未可爲，是意有所恨。今既太平，作之，是大順我文王之本意也。」**曾孫篤之。**【疏】傳：「成王能厚行之也。」箋：「曾，猶重也。自孫之子而下，事先祖皆稱曾孫。是言曾孫，欲使後王皆厚行之，非維今也。」○馬瑞辰云：「曾孫，從箋通指後王爲允。篤者，『䈞』之叚借。《説文》：『䈞，厚也。從亯，竹聲。讀若篤。』孔廣森曰：『竹聲古蓋讀如呪，故「篤」與「收」爲韻。』」

《維天之命》一章八句。

維清【注】魯説曰：「《維清》一章五句。奏《象武》之所歌也。」齊説曰：「武王受命作《象》樂，繼文以奉天。」【疏】毛序：「奏《象》舞也。」箋：「《象》舞，象用兵時刺伐之舞，武王制焉。」○「維清」至

「歌也」，蔡邕《獨斷》文，魯說也。《白虎通·禮樂》篇：「武王曰《象》者，「王」字衍。象太平而作樂，示已太平也。周室中制《象》樂何？殷紂爲惡日久，其惡最甚，斮涉刳胎，殘賊天下。武王起兵，前歌後儛，剋殷之後，民人大喜，故中作所以節喜盛。」此亦魯說。《漢書·司馬相如傳》「《韶》、《濩》、《武》、《象》之樂」，張揖注：「《象》，周公樂也。南人服象，爲虐於夷，成王命周公以兵退之，至於海南。乃爲《三象》樂也。」張說本《吕覽·古樂》篇，高誘亦云：「《三象》，周公所作樂名。」愚案：此又《象》樂別解，張、高所説，無妨周有此樂，然非《象武》，《象武》即《武》也。孔疏引：「《明堂位》注：『《象》，謂《周頌·武》也。』謂《武》詩爲《象》，明《大武》之樂亦爲《象》矣。」明與周公《三象》無涉。箋云「武王制焉」，亦與《大武》無涉也。文王始征伐，故以武功歸文王。克紂後爲此樂，故云「迄用有成」也。「武王」至「奉天」，《繁露·質文》篇文，此齊說，與魯同。韓無異義。

維清緝熙，文王之典，【疏】傳：「典，法也。」箋：「緝熙，光明也。天下之所以無敗亂之政而清明者，乃文王有征伐之法故也。文王受命，七年五伐也。」○《書大傳》云：「文王一年質虞、芮，二年伐邘，三年伐密須，四年伐畎夷，紂乃囚之羑里。五年之初，散宜生等獻寶而釋文王，文王出則克耆。六年伐崇，則稱王。」伏湛述《齊詩》，説文王受命而征伐五國，是其事也。故武王克紂而推本文王，言維今日之清静而光明者，皆用文王之法故也。箋說即用齊義。班固《封燕然山銘》「維清緝熙」，明齊、毛文同。肇禋。【疏】傳：「肇，始；禋，祀也。」箋：「文王受命，始祭天而枝伐也。《周禮》：『以禋祀祀昊天上帝。』」○《尚書中候·我應》曰「枝伐弱勢」，注：「伐紂之枝黨，以弱其勢，若崇侯之屬。」《我應》又云「伐崇謝告」，注：「謝百姓且告天主爲崇也。」緯學亦本《齊詩》。陳啟源云：「《維清》篇鄭釋最明，而後儒莫用者，因枝伐祭天之説出緯書也。文王之伐崇類祭，見《皇矣》篇；類祭之爲祭上帝，見《尚書》、《禮記》，則以『肇禋』爲文王始祭天，非無稽之談也。」愚案：《繁露·郊祭》篇：「文王受天命而王天下，先郊乃敢行事，而興師伐崇。」引《棫樸》「薪槱」爲當日郊辭，此亦「肇禋」征伐之確據。董習《齊詩》，知齊義如此。

迄用有成，維周之禎。【注】三家「禎」作「祺」。【疏】傳：「迄，至；禎，祥也。」箋：「文王造此征伐之法，至今用之而有成功，謂伐紂克勝也。征伐之法，乃周家得天下之吉祥。」○《釋文》：「祺，音其。《爾雅》同。❶ 徐云：『本又作「禎」。』與崔本同。」正義：「『祺，祥』，《釋言》文。舍人曰：『祺福之祥。』某氏云：『《詩》云：「維周之祺。」』定本、《集注》『祺』字作『禎』。」臧鏞堂云：「《爾雅》：『祺，祥也。祺，吉也。』《釋文》：『祺，音其。下同。』是《爾雅》無作『禎』者，當從正義、《釋文》本，方與《雅》訓合。唐石經作『禎』，故今本多作『禎』，蓋即唐之定本，據崔靈恩《集注》也。」段玉裁云：「作『禎』者，恐是改易取韻。」胡承珙云：「崔所據者，《毛詩》。徐邈所云作『禎』之本，亦當是《毛詩》也。《爾雅》某氏注引《詩》，如『妃，媲也』引『天立厥妃』，『亶，厚也』引『俾爾亶厚』，『呬，息也』引『民之攸呬』之類，多出三家。此詩蓋三家作『祺』，毛自作『禎』耳。」蔡邕《胡夫人神誥》「故能迄用有成」，用魯經文。

❶「同」上，原衍「釋文」二字，據續經解本《毛詩後箋》及宋本、通志堂本《釋文》删。

《維清》一章五句。

烈文【注】魯説曰：「《烈文》一章十三句。成王即政，諸侯助祭之所歌也。」韓説曰：「《烈文》，成王初即洛邑，諸侯助祭之樂歌也。」【疏】毛序：「成王即政，諸侯助祭也。」箋：「新王即政，必以朝享之禮祭於祖考，告嗣位也。」〇「烈文」至「歌也」，蔡邕《獨斷》文，魯説也。「烈文」至「樂歌也」，孔疏引服虔《左傳注》文，韓説也。齊義當同。

烈文辟公，錫茲祉福。惠我無疆，子孫保之。【疏】傳：「烈，光也。文王錫之。」箋：「惠，愛也。光文百辟卿士及天下諸侯者，天錫之以此祉福也。又長愛之無有期竟，子孫得傳世安而居之。謂文王、武王以純德受命定天位。」〇《白虎通·瑞贄》篇：「王者始立，諸侯皆見何？當受法稟正教也。《周頌》曰：『烈文辟公，錫茲祉福。』言武王伐紂定天下，諸侯來會聚於京師受法度也。遠近莫不至，受命之君，天之所興，四方莫敢違，夷狄咸率服故也。」案：詩爲成王即政所歌，魯、韓説與毛同。《白虎通》亦魯説，推言武王受命者，成王即位，溯武王之舊典而作詩。言我武王定殷之後，汝等有光華文章之辟公，來爲我周之藩屏，此祉福乃武王錫之，又惠愛我無有疆限，令女子孫常保安之，此武王之德也。傳以「錫」屬文，箋以「錫」屬天，皆遠詩恉。《漢書·宣帝紀》「錫茲祉福」，帝習《齊詩》，明齊、毛文同。無封靡于爾邦，維王其崇之。念茲戎功，繼序其皇之。

【疏】傳：「封，大也。靡，累也。崇，立也。戎，大；皇，美也。」箋：「崇，厚也。皇，君也。無大累於女國，謂諸侯治國無罪惡也。王其厚之，增其爵土也。念此大功，勤事不廢，謂卿大夫能守其職，得繼世在位，以其次序其君之者，謂有大功，王則出而封之。」○《白虎通・誅伐》篇：「《詩》云：『毋封靡于爾邦，惟王其崇之。』此言追誅大罪也。或盜天子土地，自立爲諸侯，絶之而已。」以「封靡」爲「大罪」，與毛訓「大累」同。詩言但無大罪當誅絶者，維王其益厚之。「毋」當爲「無」，蓋通借字。孔疏引王肅云：「序，繼也。思繼續先人之大功而美之。」案：詩言先人有大功者，當念此益繼續而美之。無競維人，四方其訓之。不顯維德，百辟其刑之。於乎前王不忘。【疏】傳：「競，彊；訓，道也。前王，武王也。」箋：「無彊乎惟得賢人也，得賢人則國家彊矣，故天下諸侯順其所爲也。不勤明其德乎？勤明之也，故卿大夫法其所爲也。於乎先王文王、武王，其於此道，人稱誦之不忘。」○訓、順古通，箋「訓」讀爲「順」，言無彊惟在得賢，得賢則四方皆順之矣。《禮・中庸》：「《詩》曰：『不顯維德，百辟其刑之。』」鄭注：「不顯，言顯也。辟，君也。此頌也，言不顯乎，文王之德，百君盡刑之，諸侯法之也。」案：此又曉諭諸侯以上法文王之德，齊義如此。《列女傳》一：「《詩》云：『不顯惟德，百辟其刑之。』」明魯、毛文同。《禮・大學》：「《詩》云：『於乎前王不忘。』」明齊、毛文同。詩於是又總之曰：於乎！既有武王之錫福宜保，又有文王之顯德可刑，爾諸侯惟有於前王念念不忘耳。

《烈文》一章十三句。

天作【注】魯説曰：「《天作》，祀先王先公之所歌也。」【疏】毛序：「祀先王先公也。」箋：「先王，謂大王已下。先公，諸盩至不窋。」○「天作」至「歌也」，蔡邕《獨斷》文，魯説也。齊、韓當同。

天作高山，大王荒之。【疏】傳：「作，生；荒，大也。天生萬物於高山，大王行道，能大天之所作也。」箋：「高山，謂岐山也。《書》曰：『道岍及岐，至于荆山。』天生此高山，使興雲雨，以利萬物。大王自豳遷焉，則能尊大之，廣其德澤，居之一年成邑，二年成都，三年五倍其初。」○陳喬樅云：「《尚書大傳》云：『大王去豳，邑岐山，周民奔而從之者三千乘，止而成千户之邑。』即此頌所言『天作高山，大王荒之』是也。箋蓋亦據《齊詩》之説。」《晉語》鄭叔詹曰：「在《周頌》曰：『天作高山，大王荒之。』荒，大之也。大天所作，可謂親有天矣。」即傳義所本。彼作矣，文王康之。彼徂矣，岐有夷之行。【注】韓下「矣」作「者」。韓説曰：「徂，往也。夷，易也。行，道也。言百姓歸文王者，皆曰岐有易道，可歸往矣。易道，謂仁義之道而易行，故岐道險阻，而人不難。」【疏】傳：「夷，易也。」箋：「彼，彼萬民也。徂，往；行，道也。彼萬民居岐邦者，皆築作宫室以爲常居，文王則能安之。後之往者，又以岐邦之君有佼易之道故也。《易》曰：『乾以易知，坤以簡能。易則易知，簡則易從。易知則有親，易從則有功。有親則可久，有功則可大。可久則賢人之德，可大則賢人之業。』以此訂大王、文王之道，卓爾與天地合其德。」○《荀子·王制篇》：「天之所覆，地之所載，莫不盡其美，致其用，上以飾賢良，下以養百姓而安樂之，夫是之謂大神。《詩》曰：『天作高山，大王荒之。彼作矣，文王康之。』此之謂也。」《天論篇》引《詩》同。荀言天地所生，而能盡美致用，使人盡安樂之，是爲大神，引《詩》「天作」四句以證明之，是《魯詩》説此四句之義，亦必如此。箋謂「大王、文王之道與天地合德」，義亦同也。「韓『矣』作『者』」者，《後漢·西南夷傳》朱輔疏曰：「《詩》云：『彼徂者岐，有夷之行。』傳曰：『岐道雖僻，而人不遠。』詩人誦詠，以爲符驗。」據此，「徂矣」作「徂者」，所引傳即韓傳也。「岐道雖僻，而人不遠」，即「岐道險阻，而人不難」，特字有改易耳。「徂往」至「不難」，《西南夷傳》李注引薛君注文。陳喬樅云：「王應麟《詩攷》據沈括《筆談》引《後漢・朱浮傳》作『彼岨者岐』，盧氏文弨曰：『此沈之誤也。朱子《集傳》遂以岐山爲險僻，其實《韓詩》自作「徂」字，訓爲「往」也。所云「岐道阻險，而人不難」，自爲「有夷之行」發義，王氏謂《集傳》「彼徂者岐」從《韓詩》，非也，乃沿沈誤耳。』臧氏鏞堂曰：『「朱浮」乃「朱輔」之誤。據《外傳》三，明云「岐有夷之行」，足證沈説之非。』宋氏緜初曰：『《詩》以「彼徂者」爲句，「岐有夷之行」爲句。箋云：「後之往者，又以岐邦之君有佼易之道故也。」是箋亦與韓合，非讀「彼徂者岐」爲句也。』」楊雄《河東賦》「易幽岐之夷平」，明魯經文。❶ 子孫保之。【注】魯一本「孫」下多「其」字。【疏】蔡邕《祖德頌》：「《詩》言『子孫保之』。」邕用魯經文，與諸家同。「一本『孫』下多『其』字」者，《説苑・君道》篇：「《詩》云：『岐有夷之行，子孫其保之。』」蓋魯「亦作」本。《韓詩外傳》三：「昔者舜甑盆無膻，而下不以餘獲罪。飯乎土簋，啜乎土型，而農不以力獲罪。麑衣而盩趙懷玉云：「疑作『盩』，音周。盩有曲義。又疑是『盭』，與『戾』同。《晏子春秋・諫下》篇：『古嘗有紩衣攣領而王天下者。』戾、盩與攣義同。」領，而女不以巧獲罪。法下易由，事寡易爲功，而民不以政獲罪。故大道多容，大德多下，聖人寡爲，故用物常壯也。傳曰：『易簡而天下之理得矣。』忠易爲禮，誠易爲辭，賢人易爲民，工巧易爲材。《詩》曰：『岐有夷之行，子孫保之。』」

《天作》一章七句。

❶「明」，疑當作「用」。

昊天有成命【注】魯説曰：「《昊天有成命》一章七句。郊祀天地之所歌也。」【疏】毛序：「郊祀天地也。」○「昊天」至「歌也」，蔡邕《獨斷》文，魯説也。《漢書·郊祀志》丞相衡奏言：「帝王之事莫大乎承天之序，承天之序莫重於郊祀，故聖王盡心極慮以建其制。祭天於南郊，就陽之義也。瘞地於北郊，即陰之象也。天之於天子也，因其所都而各饗焉。昔者周文、武郊於豐、鄗，成王郊於雒邑。由此觀之，天隨王者所居而饗之，可見也。」又博士師丹等議，以爲：「郊處各在聖王所都之南北。周公加牲，告徙新邑，定郊禮於雒。❶天地以王者爲主，故聖王制祭天地之禮必於國郊。宜於長安定南北郊，爲萬世基。」愚案：衡、丹奏議並言成王郊祀天地於雒邑，當即據《齊詩》此篇爲説。韓義蓋同。

昊天有成命，二后受之。成王不敢康，夙夜基命宥密。【注】齊「基」一作「其」。魯「密」作「謐」。【疏】傳：「二后，文、武也。基，始；命，信；宥，寬；密，寧也。」箋：「昊天，天大號也。有成命者，言周自后稷之生而已有王命也。文王、武王受其業，施行道德，成此王功，不敢自安逸，早夜始信天命，❷不敢解倦，行寬仁安静之政，以定天下。寬仁，所以止苛刻也。安静，所以息暴亂也。」○「齊『基』一作『其』」者，《禮·孔子閒居》「夙夜其命宥密」，鄭注：「其，讀爲基。基，謀也。密，静也。言君夙夜謀爲政教以安民，則

❶「於雒」二字，原脱，據《漢書補注》卷二十五下補。

❷「信」，明世德堂本《毛詩》、阮刻本《毛詩正義》作「順」。阮元《校勘記》云當作「信順」。

民樂之。」此齊「一作」本也。《鹽鐵論・未通》篇：「周公抱成王聽天下，恩塞海内，澤被四表，矧惟南面，含仁包德，靡不得其所。《詩》云：『夙夜基命宥密。』」桓寬亦治《齊詩》，仍作「基命」。成王，即指其身，不以爲成王功。「魯『密』作『謐』」者，《新書・禮容》篇：「夫《昊天有成命》，頌之盛德也。其詩曰：『昊天有成命，二后受之。成王不敢康，夙夜基命宥謐。』」賈時惟有《魯詩》，知魯「密」作「謐」。又云：「謐者，寧也，億也。命者，制令也。基者，經也，勢也。夙，早也。康，安也。后，王也。二后，文王、武王也。成王者，武王之子，文王之孫也。文王有大德而功未就，武王有大功而治未成。及成王承嗣，仁以臨民，故稱昊天焉。不敢怠安，早興夜寐，以繼文王之業。布文陳紀，經制度，設犧牲，使四海之内懿然葆德，各遵其道，故曰『有成』。承順武王之功，奉揚文王之德，九州之民，四荒之國，謌謠文、武之烈，絫九譯而請朝，致貢職以供祀，故曰『二后受之』。方是時也，天地調和，神人順億，鬼不厲禁，民不謗怨，故曰『宥謐』。成王質仁聖哲，能明其先，能承其親，不敢惰懈，以安天下，以敬民人。」《漢書・匡衡傳》引此詩，亦言「昔者成王思述文、武之道，休烈盛美，皆歸之二后，而不敢專其名」。是齊、魯《詩》説皆如此。馬瑞辰云：「《晉語》引此詩，韋昭注：『謂文、武修己自勤，成其王功，非謂周成王身也。』但考叔向説是詩曰：『是道成王之德也。成王，能明文昭，能定武烈者也。』二后指文、武，則成王自指周成王無疑。叔向曰：『夫道成命而稱昊天，翼其上也。「二后受之」，讓於德也。』蓋謂成王不自謂能受天命，而曰文、武受之，故以爲讓於德。若不指周成王，則『二后受之』何謂『讓於德』乎？《吕覽・慎大》篇云：『文王造之而未遂，武王遂之而未成，周公旦抱少主而成之，故曰成王。』《史記》周公謂伯禽曰：『我文王之子，武王之弟，成王之叔父。』成王蓋時臣美其德，生有此號。《酒誥》釋文載馬融注引或曰：『以成王爲少成二聖之功，生號曰成王。没因爲謚。』其説是也。《尚書大傳》：『奄君蒲姑謂禄父曰：「武王已死矣，成王尚幼矣。」』成王惟生有此號，故《周頌》作於成王在位時，得稱成王耳。傳義本《晉語》，戴震《毛鄭詩攷正》取《晉語》釋之，是也。然尚有未盡合者。叔向曰：『夙夜，恭也。基，始也。命，信也。宥，寬也。密，寧也。』後總釋之曰：『其中也，恭、儉、信、寬，帥歸於寧。』承上五字言，不應獨去『基』字，另增『儉』字，知『儉』即承『基，始』言也。蓋云『恭始信寬』則不詞，故易爲『儉』。儉者，禮之本，本即基也，故基爲始，又爲儉耳。命、令古通用。令從亼卩，《説文》：『卩，瑞信也。』《賈子》曰：『命者，制令也。』與叔向訓『命』爲『信』同義。玩叔向所釋，基、命與宥、密各爲一德，基、命二字平列，不連讀。孔疏釋傳云『始於信順天命』，戴震云『早夜敬恭其命，有始未竟，之謂基命』，均失之。」於緝熙，單厥心，肆其靖之。

【疏】傳：「緝，明；熙，廣；單，厚；肆，固；靖，和也。」箋：「廣，當爲『光』。固，當爲『故』字之誤也。於美乎此成王之德也，既光明矣，又能厚其心矣，爲之不解倦，故於其功終能和安之。謂夙夜自勤，至於天下大平。」○馬瑞辰云：「《釋詁》：『亶，厚也。』《詩》作『單』者，雙聲叚借字。叔向釋《詩》曰：『肆，固也。靖，和也。』又曰：『廣厚其心，以固和之。』故、固古通用。《爾雅》：『肆，故也。』❶『肆』可訓爲語詞之『故』，即可訓爲『堅固』之『固』，非誤字也。」

《昊天有成命》一章七句。

---

❶「故」，原作「固」，據馬瑞辰《通釋》、宋監本《爾雅》、阮刻本《爾雅注疏》改。

我將【注】魯説曰：「《我將》一章十句。祀文王於明堂之所歌也。」【疏】毛序：「祀文王於明堂也。」○「我將」至「歌也」，蔡邕《獨斷》文，魯説也。《漢書·郊祀志》：「周公相成王，王道大洽，制禮作樂，天子曰明堂辟雍，諸侯曰泮宮。宗祀文王於明堂，以配上帝。四海之内，各以其職來助祭。」陳喬樅云：「《明堂月令論》以明堂、辟雍異名而同事，其實一也。引《禮記·盛德》篇：『明堂九室，以茅蓋屋，上圓下方，其外有水，名曰辟雍。』據班《志》語，知《齊詩》與魯説同。」《大戴禮》注引《韓詩》説「明堂在南方七里之郊」，即釋此詩語。

我將我享，維羊維牛，維天其右之。【疏】傳：「將，大；享，獻也。」箋：「將，猶奉也。我奉養我享祭之羊牛，皆充盛肥腯，有天氣之力助。言神饗其德而右助之。」○胡承珙云：「《周禮·羊人》疏引《詩》『維牛維羊』，《隋書·宇文愷傳》亦作『維牛維羊』，知唐以前本皆然。開成石經始誤作『維羊維牛』。但《隋·禮儀志》載梁天監十年議曹朱异議明堂牲牢云：『《我將》詩有「維羊維牛」之説。』又與宇文所引不同，疑經文或有二本，無容執一爲信也。」儀式刑文王之典，日靖四方。【注】齊、韓「典」作「德」。伊嘏文王，既右饗之。【疏】傳：「儀，善；刑，法；典，常；靖，謀也。」箋：「靖，治也。受福曰嘏。我儀則式象法行文王之常道，以日施政於天下，維受福於文王，文王既右而饗之，言受而福之。」○「齊『典』作『德』」者，《漢書·刑法志》：「《詩》曰：『儀式刑文王之德，日靖四方。』」師古曰：「言法象文王之德以爲儀式，則四方日以安靖也。」「韓作『德』」者，《左·昭六年傳》引《詩》：「儀式刑文王之德，日靖四方。」疏引服虔注：「儀，善；

式，用；靖，謀也。言善用法文王之德，日日謀安四方也。」服用《韓詩》，是韓作「德」，《魯詩》亦必作「德」也。

愚案：言法文王之德，日靖四方，是四方皆受福於文王，故文王右而饗之也。我其夙夜，畏天之威，于時保之。【疏】箋：「于，於；時，是也。早夜敬天，於是得安文王之道。」○趙岐《孟子章句》二云：「《詩·周頌·我將》之篇，言成王尚畏天威，於是時故能安其太平之道也。」趙訓「保」爲「安」，與箋合。《漢書·孔光傳》：「《詩》曰：『畏天之威，于時保之。』謂不懼者凶，懼之則吉也。」陳喬樅云：「光，孔霸子。霸，安國從孫。安國治《魯詩》，光亦必傳其家學。」愚案：據此，光學亦魯義也。《韓詩外傳》三載周文王時地動，改行重善而免；殷時穀生湯庭，湯行善政而穀亡；《外傳》八載梁山崩，晉君召伯宗，問絳人，素服哭祠；三事並引《詩》「畏天之威，于時保之」，皆以明「畏天」之實。《左·文十五年傳》引《詩》釋之云：「不畏于天，將何能保？」《孟子·梁惠王》篇：「樂天者保天下，畏天者保其國。」亦引《詩》二句。詩中專言文王，是祀文王之詩。後武王崩，成王嗣政治雒，兼祀文、武，亦歌此詩，與清廟歌詩同也。

《我將》一章十句。

時邁【注】魯說曰：「《時邁》一章十五句。巡狩告祭柴望之所歌也。」齊說曰：「《時邁》者，太平巡狩祭山川之樂歌。」韓說曰：「美成王能奮舒文、武之道而行之。」【疏】毛序：「巡守告祭柴望也。」箋：「巡守告祭者，天子巡行邦國，至于方岳之下而封禪也。《書》曰：『歲二月，東巡守，至于岱宗，柴望秩于山川，徧于羣神。』」○「時邁」至「歌也」，蔡邕《獨斷》文，魯說也。「時邁」至「樂歌」，

《儀禮·大射儀》鄭注文，齊説也。「美成」至「行之」，《後漢·李固傳》注引薛君《傳》文。胡承珙云：「孔疏引：『《左·宣十二年傳》云：「昔武王克商，作《頌》曰：『載戢干戈。』」明此篇武王事也。《國語》稱周文公之《頌》曰：「載戢干戈。」明此篇周公作也。』《白虎通》曰：『何以知太平乃巡守？以武王不巡守，至成王乃巡守。』其言違《詩》反傳，所説非也。據《李固傳》引薛《傳》，是《韓詩》以《時邁》爲成王巡守。《白虎通》蓋用韓説也。然《逸周書·大匡解》、《文政解》俱有『維十有三，祀王在管』之文。又《度邑解》云：『我南望過於三塗，北望過於有嶽。丕顯瞻過於河宛，❶瞻過於伊洛。』與《詩》言『及河喬嶽』亦相近。《史記·周本紀》：『武王既克殷，命宗祝享祠于軍。乃罷兵西歸。行狩，記政事，作《武成》。』《書序》云：『武王伐殷，往伐歸獸，作《武成》。』所謂歸獸者，即《樂記》云『馬散之華山之陽，牛散之桃林之野』者。其下文云『車甲衅而藏之府庫，而弗復用，倒載干戈，包之以虎皮』，正與此詩『載戢干戈，載櫜弓矢』語合。然則《時邁》雖作於周公，要爲頌武王克殷後巡守諸侯之事甚明。班固謂『武王不巡守』，妄矣。」愚案：三家大恉無相違者，此詩似不合，而實非也。武王克殷，周公始作此歌以頌武王。及成王巡狩，乃歌此詩以美成王。與《清廟》頌文王，仍兼祀武王又祀周公相同。狩、獸古通用。《書序》「歸獸」，本即爲「歸狩」，情事甚明。韓以爲非巡狩正禮，故主美成王爲説。《白虎通》宗《魯詩》，未嘗用韓説。班固

❶「丕顯」，《抱經堂叢書》本《逸周書》作「鄙顧」。

雖録《通義》，並未參用己説。胡氏之論皆誤也。《獨斷》與《白虎通》爲一家之言，於《武成》巡狩告祭柴望，不没其事實，仍不以爲正禮。韓、魯同，齊説亦必同也。

時邁其邦，昊天其子之，實右序有周。薄言震之，莫不震疊。懷柔百神，【注】《韓詩》上「震」作「振」。韓説曰：「薄，辭也。振，奮也。莫，無也。震，動也。疊，應也。美成王能奮舒文、武之道而行之，則天下無不動而應其政教。」後引《章句》亦作「振」。及河喬嶽。【注】魯「喬」一作「嶠」。允王維后。

【疏】傳：「邁，行；震，動；疊，懼；懷，來；柔，安；喬，高也。高嶽，岱宗也。」箋：「薄，猶甫也。甫，始也。允，信也。武王既定天下，時出行其邦國，謂巡守也。天其子愛之，右助次序其事，謂多生賢知，使爲之臣也。其兵所征伐，甫動之以威，則莫不動懼而服者，言其威武又見畏也。王行巡守，其至方岳之下，來安羣神，望于山川，皆以尊卑祭之。信哉武王之宜爲君，美之也。」○馬瑞辰云：「《爾雅》：『時，是也。』時、是皆語詞。序與敘同。《釋詁》：『順，敘也。』次序爲序，順從亦爲序，順之即助之也。《司書》注：『敘，猶比次也。』凡相比相次皆有助義。『實右序有周』，猶言實佑助有周也。右、序二字同義。箋云『次序其事』，非。」「韓詩」至「政教」者，《後漢·李固傳》固上疏引：「《周頌》曰：『薄言振之，莫不震疊。』此動之於內，而應於外者也。」李注引薛君《傳》曰：「薄，辭也。振，奮也。莫，無也。震，動也。疊，應也。美成王能奮舒文、武之道而行之，則天下無不動而應其政教。」又《文選》楊雄《甘泉賦》、張協《七命》李注並引《韓詩》薛君章句云：「振，奮也。」是韓上「震」作「振」。齊、魯《詩》當同。《荀子·禮論篇》云：「天能生物，不能辨物也。地能載人，不能治人也。宇中萬物生人之屬，待聖人然後分也。《詩》曰：『懷柔百神，及河喬嶽。』」《東觀書》章帝詔亦引「懷柔百神」二句，帝治《魯詩》者。《釋詁》：「柔，安也。」某氏注：「《詩》曰：『懷柔百神。』」陳喬樅云：「孔疏：『《詩》定本作「柔」，《集注》作「濡」。』段氏玉裁曰：『《宋書・樂志》謝莊造歌詩曰：「昭事先聖，懷濡上靈。」然則六朝本作「懷濡百神」也。柔、濡古音同，故假「濡」爲「柔」。』臧氏鏞堂曰：『毛作「懷濡」，三家作「懷柔」。樊光注《爾雅》引用，皆非《毛詩》也。』」「『喬』一作『嶠』」者，《淮南・泰族訓》：「精誠感於內，形氣動於天，則景星見，醴泉出，河不滿溢，海不容波。故《詩》云：『懷柔百神，及河嶠嶽。』」此魯「亦作」本。陳喬樅云：「《説文・新附》：『嶠，山鋭而高也。從山，喬聲。古通用「喬」。』」《漢書・郊祀志》：「天子祭天下名山大川，懷柔百神，咸秩無文。五嶽視三公，四瀆視諸侯。」此用《齊詩》義。《三禮義宗》引《韓詩》曰：「天子奉玉升柴。」此亦柴望，韓義也。

明昭有周，式序在位。【疏】傳：「明矣知未然也，昭然不疑也。」箋：「昭，見也。王巡守而明見天之子有周家也，以其有俊乂用次第處位。言此者，著天其子愛之、右序之效也。」〇《韓詩外傳》八：「《詩》曰：『明昭有周，式序在位。』言各稱職也。」《外傳》三又三引《詩》以明其義。《儀禮・大射儀》鄭注：「《詩》曰：『明昭有周，式序在位。』」明齊、毛文同。愚案：「明昭有周」，與《臣工》詩「明昭上帝」同義，言大明著見之有周，在位者咸得其序，謂皆賢也。

載戢干戈，載櫜弓矢。【疏】傳：「戢，聚；櫜，韜也。」箋：「載之言則也。王巡守而天下咸服，兵不復用。此又著震疊之效也。」〇《禮・樂記》鄭注：「兵甲之衣曰櫜。《詩》曰：『載櫜弓矢。』」《漢書・五行志》亦引《詩》曰：「載戢干戈，載櫜弓矢。」明齊、毛文同。蔡邕《釋誨》「武功定而干戈戢」，用魯經文。

我求懿德，肆于時夏。允王保之。【疏】

傳：「夏，大也。」箋：「懿，美；肆，陳也。我武王求有美德之士而任用之，故陳其功於是夏而歌之。樂歌大者稱夏。允，信也。信哉武王之德，能長保此時夏之美。」○《史記·周本紀》：「周文公之《頌》曰：『載戢干戈，載櫜弓矢。我求懿德，肆于時夏。允王保之。』」此《魯詩》也，明魯、毛文同。《鹽鐵論·論菑》篇：「兵者，凶器也。甲堅兵利，爲天下殃。以母制子，故能久長。聖人法之，厭而不揚。《詩》云：『載戢干戈，載櫜弓矢。我求懿德，肆于時夏。』」是《魯詩》説此詩，未聞以爲樂章。荀悦《漢紀序》：「先王光演大業，肆于時夏。」荀亦用齊説，釋「時夏」猶言諸夏耳。胡承珙云：「編樂名《夏》，必在作詩之後，豈有詩未終篇，而即曰陳於此以爲《夏》者？」馬瑞辰云：「《説文》：『夏，中國之人也。』《大司樂》鄭注：『《大夏》，禹樂也。禹治水傅土，言其德能大中國也。』《左·襄二十九年傳》：『爲之歌《秦》，曰：「此之謂夏聲。」』又曰：『能夏則大。』服虔注：『與諸夏同風，故曰夏聲。』是樂之名《夏》，本取中夏之義。《詩》言『肆于時夏』，承上『我求懿德』言，宜從朱子《集傳》謂布德於中國。而後人因有『肆于時夏』一語，遂名其樂爲《肆夏》耳。」

《時邁》一章十五句。

執競【注】魯説曰：「《執競》一章十四句。祀武王之所歌也。」【疏】毛序：「祀武王也。」○「執競」至「歌也」，蔡邕《獨斷》文，魯説也。齊、韓蓋同。

執競武王，【注】《韓詩》云：「執，服也。」無競維烈。不顯成康，上帝是皇。【疏】傳：「無競，競也。烈，業也。不顯乎其成大功而安之也。顯，光也。皇，美也。」箋：「競，彊也。能持彊道者，維有武王耳。不彊乎其克商之功業，言其彊也。不顯乎其成安祖考之道，言其又顯也。天以是故美之，予之福禄。」○「執，服也」者，《釋文》引《韓詩》文。《北堂書鈔》八十九引同。馬瑞辰云：「《説文》：『執，捕罪人也。』義與『服』近。又執、慹、慴古通用。《史記・項羽紀》『諸將皆慴服』，《漢書》作『讋服』，《陳咸傳》作『執服』，《朱博傳》作『慹服』。《韓詩》訓『執』爲『服』者，蓋以『執競』爲能執服彊禦，猶朱博云『執服豪彊』也。《説文》：『倞，彊也。』《廣雅》：『倞，彊也。』凡《詩》言『執競』、『無競』，又吕叔玉引《詩》作『執倞』，皆『倞』字之叚借。若『競』之本義，則《説文》自訓『彊語』耳。」自彼成康，奄有四方，斤斤其明。【疏】傳：「自彼成康，用彼成安之道也。奄，同也。斤斤，明察也。」箋：「四方，謂天下也。武王用成安祖考之道，故受命伐紂，定天下爲周，明察之君，斤斤如也。」○孔疏：「『奄，同』，《釋言》文。又云：『奄，蓋也。』鄭於《閟宫》、《玄鳥》箋皆以奄爲覆。《釋訓》：『明明、斤斤，察也。』」鍾鼓喤喤，【注】三家「喤」皆作「鍠」。磬筦將將，【注】魯「磬筦」一作「管磬」。齊「將」作「鏘」，魯作「瑲」，亦作「鎗」，韓作「蹡」。降福穰穰。降福簡簡，威儀反反。【注】魯「穰」一作「禳」，「反」一作「板」。既醉既飽，福禄來反。【疏】傳：「喤喤，和也。將將，集也。穰穰，衆也。簡簡，大也。反反，難也。反，復也。」箋：「反反，順習之貌。武王既定天下，祭祖考之廟，奏樂而八音克諧，神與之福又衆大，謂如嘏辭也。君臣醉飽，禮無違者，以重得福禄也。」○「三家『喤』作『鍠』。魯『磬筦』亦作『管磬』。齊『將』作『鏘』，魯作『瑲』，亦作『鎗』，韓作『蹡』」者，《漢書・禮樂志》：「《詩》曰：『鍾鼓鍠鍠，磬管鏘鏘，降福穰穰。』《書》云：『擊石拊石，百獸率舞。』鳥獸且猶感應，而況於人乎？況於鬼神乎？」荀悦《漢紀》五引《詩》云：「鍾鼓煌煌，磬管鏘鏘，降福穰穰。」《荀子・富國篇》引《詩》曰：「鍾鼓喤喤，管磬瑲瑲，降福穰穰。」張衡《東京賦》：「鍾鼓喤喤。」又曰：「降福穰穰。」應劭《風俗通義》六：「《詩》云：『鍾鼓鍠鍠，磬管鎗鎗，降福穰穰。』夫樂者，聖人所以動天地，感鬼神，安萬民，成性類者也。」《釋訓》：「鍠鍠，樂也。穰穰，福也。」臧鏞堂云：「《漢書》、《風俗通》皆同《爾雅》作『鍠』，孔疏引舍人注順毛改爲『喤』。今攷《荀子》及《東京賦》並作『喤』，疑亦後人所改，如『管磬瑲瑲』之從毛改爲『磬管將將』也。」元刻同毛，宋本《詩攷》作「管磬瑲瑲」。愚案：《三國・魏志・文帝紀》注引曹植《魏文帝誄》：「鍾鼓鍠鍠。」植習《韓詩》，是韓作「鍠」。合之《漢書》、《漢紀》之爲《齊詩》，荀、張、應之爲《魯詩》，皆當作「鍠」，與毛異字。今《漢紀》作「煌」，亦後人所改也。魯「磬管」作「管磬」，齊「將」作「鏘」，魯作「瑲」，亦作「鎗」，皆「一作」本之異。將將，《說文》作「蹡蹡」，蓋亦韓異文。「魯『穰』一作『禳』，『反反』一作『板板』」者，《爾雅》釋文「穰穰」作「禳禳」，云：「本今作『穰』。」《潛夫論・正列》篇：「德義無違，神乃享。❶鬼神受享，福祚乃隆。故《詩》云：『降福穰穰。』」王習《魯詩》，用「一作」本也。《正列》篇又云：「『降福簡簡，威儀板板。既醉既飽，福祿來反。』此言人德義茂美，神歆享醉飽，乃反報之以福也。」陳喬樅云：「《賓之初筵》詩『威儀反反』，《釋文》引：『《韓詩》作「昄昄」，音蒲板反，善貌。』則此頌『威儀反反』，文義當與彼同。據《釋文》載沈音符板反，正『昄』字之音讀也。傳云：『反反，難也。』箋云：『反反，順習之貌。』順習即善貌也。《正列》篇引《詩》作『板板』，此《魯詩》之異文。板板，蓋即『昄昄』假借字。」愚案：詩祭武王，而箋謂「鍾鼓」以下乃言武王祭祖考，似與詩意不合。蓋祭武王，則武王降福

❶ 「神」上，《潛夫論箋》有「鬼」字。

耳，敷陳禮樂，即《商頌·那》篇祀成湯之所祖。

《執競》一章十四句。

思文【注】魯説曰：「《思文》一章八句。祀后稷配天之所歌也。」齊説曰：「周公相成王，王道大洽，制禮作樂，郊祀后稷以配天。」【疏】毛序：「后稷配天也。」〇「思文」至「歌也」，蔡邕《獨斷》文，魯説也。「周公」至「配天」，《漢書·郊祀志》文，齊説也。韓説蓋同。

思文后稷，克配彼天。立我烝民，【注】魯「烝」亦作「蒸」。莫匪爾極。【疏】傳：「極，中也。」箋：「克，能也。立，當作『粒』。烝，衆也。周公思先祖有文德者后稷之功能配天。昔堯遭洪水，黎民阻飢，后稷播殖百穀，烝民乃粒，萬邦作乂，天下之人無不於女時得其中者，言反其性。」〇魯『烝』亦作『蒸』者，《史記·周本紀》：「《頌》曰：『思文后稷，克配彼天。立我蒸民，莫匪爾極。』」所引「烝」作「蒸」。《列女·姜嫄傳》引《詩》云：「思文后稷，克配彼天。立我烝民。」仍作「烝」。《國語》作「烝」，與《列女傳》同，則《史記》用「亦作」本也。貽我來牟，【注】《韓詩》曰：「貽我嘉𪏮。」韓説曰：「𪏮，大麥也。」魯作「飴我𪍿麰」，齊作「詒我來麰」。帝命率育。無此疆爾界，陳常于時夏。【注】韓「界」作「介」，曰：「介，界也。」【疏】傳：「牟，麥；率，用也。」箋：「貽，遺；率，循；育，養也。武王渡孟津，白魚躍入于舟，出涘以燎，後五日，火流爲烏，五至，以穀俱來。此謂『遺我來牟』。天命以是循存后稷養天下之功，而廣大其子孫之國，無此封竟於女今之經界，乃大有天下也，用是故陳其久常之功於是夏而歌之。夏之屬有九。《書説》：『烏以穀俱來，云穀紀后稷之德。』」○「貽我」至「麰也」，《文選》班固《典引》李注引《韓詩》及薛君文。王念孫云：「《韓詩》『貽我嘉麰』，嘉，當爲『喜』字之誤。來、釐、喜古聲相近，故《毛詩》作『來』，《劉向傳》作『釐』，《韓詩》作『喜』，猶僖公之爲釐公，祝禧之爲祝釐也。」陳喬樅云：「王説是也。其致誤之由，緣後人不明文字通假之義，以《生民》詩有『誕降嘉種』語，遂臆改《韓詩》『喜麰』爲『嘉麰』耳。馬瑞辰云：『《方言》：「陳、楚之間，凡人嘼乳而雙産，謂之釐孳。」《廣雅》：「釐孳，孿也。雙、孿，二也。」「釐孳」亦作「孷孖」。《玉篇》：「孷孖，雙生也。」來牟一麥二夆，正與釐之爲雙産者聲近而義同。又來與丕二字同部，一麥二夆謂之來，猶一稃二米謂之秠也。』」「魯作『飴我釐麰』」者，《漢書·劉向傳》向上封事曰：「《周頌》曰：『飴我釐麰。』釐麰，麥也，始自天降。此皆以和致和，獲天助也。」趙岐《孟子章句》十一：「來麰，大麥也。《詩》云：『貽我來麰。』」陳喬樅云：「趙用《魯詩》，當作『飴我釐麰』，此後人妄改之。」「齊作『詒我來麰』」者，《説文》：「來，周所受瑞麥來麰也，一麥二夆，象其芒朿之形。天所來也，故爲『行來』之『來』。《詩》曰：『詒我來麰。』」陳喬樅云：「《説文》所引，與魯、韓異，蓋《齊詩》之文。正義引：『《禮説》曰：「武王赤烏穀芒，應周尚赤用兵。王命曰爲牟。天意若曰：須暇紂五年，乃可誅之。武王即位，此時已三年矣。穀蓋牟麥也。《詩》云：『貽我來牟。』」是鄭所據之文也。《書説》「烏以穀俱來」云云，《尚書旋璣鈐》及《合符后》皆有此文。』❶喬樅謂：《書説》、《禮説》並與《齊詩》同一師傳，鄭箋當即本《齊詩》。班固《典引》所言『朱烏黄麰』之事，亦皆用齊説。《詩》釋文云：『牟，字或作

❶「后」，原作「後」，據續經解本《齊詩遺説攷》十、阮刻本《毛詩正義》改。

「𣏌」。』『𣏌』蓋『棥』之或體。」「韓『界』作『介』，曰『介，界也』」者，《文選・魏都賦》李注引薛君《韓詩章句》文。陳喬樅云：「唐石經初刻『界』，後改『介』，蓋從《韓詩》。」馬瑞辰云：「《小雅》『四國無政，不用其常』，常即政也。《左・昭二十年傳》『布常無藝』，杜注：『言布政無法度。』此詩『陳常』猶『布常』也。『陳常于時夏』，❶謂陳農政於中夏也。《時邁》詩『肆于時夏』，承上『我求懿德』言，謂布德於是中夏也。此詩『陳常于時夏』，承上『貽我來牟，帝命率育，無此疆爾界』言，謂偏布其農政，所以布利於是中夏也。《國語》芮良夫曰：『王人者，將導利而布之上下者也。』末引《詩》『立我烝民』爲證。其『導利』之言，實據《詩》『陳常于時夏』爲訓。箋說失之。」

《思文》一章八句。

《清廟》十篇，十章，九十五句。

---

❶ 「于」，原作「於」，據馬瑞辰《通釋》、明世德堂本《毛詩》、阮刻本《毛詩正義》及本疏經文改。

詩三家義集疏卷二十五

長沙王先謙益吾著

臣工弟二十五　詩周頌

臣工【注】魯說曰：「《臣工》一章十句。諸侯助祭，遣之於廟之所歌也。」【疏】毛序：「諸侯助祭，遣於廟也。」○「臣工」至「歌也」，蔡邕《獨斷》文，魯說也。齊、韓蓋同。

嗟嗟臣工，敬爾在公。王釐爾成，來咨來茹。【疏】傳：「嗟嗟，敕之也。工，官也。公，君也。」箋：「臣，謂諸侯也。釐，理；咨，謀；茹，度也。諸侯來朝天子，有不純臣之義，於其將歸，故於廟中正君臣之禮，敕其諸官卿大夫云，敬女在君之事，王乃平理女之成功，女有事當來謀之、來度之於王之朝，無自專。」○馬瑞辰云：「王、往古同聲通用。此爲遣諸侯於廟之詩，故言『往』。作『王』者，借字耳。」愚案：馬說是也。詩言嗟嗟爾之卿大夫，各當敬爾在公朝之政事，往董理爾之成功，來謀來度，毋致懈惰。嗟嗟保介，維莫之春。亦又何求？如何新畬？【疏】傳：「田二歲曰新，三歲曰畬。」箋：「保介，車右也。《月令》：

『孟春，天子親載耒耜，措之於參保介之御間。』莫，晚也。周之季春，於夏爲孟春。❶諸侯朝周之春，故晚春遣之，敕其車右以時事，女歸當何求於民？將如新田、畬田何？急其教農趨時也。介，甲也。車右，勇力之士，被甲執兵也。」○《吕覽·孟春紀》：「是月也，天子乃以元日祈穀于上帝。乃擇元辰，天子親載耒耜措之，參于保介之御間，率三公、九卿、諸侯、大夫躬耕帝藉田，天子三推，三公五推，卿、諸侯、大夫九推。」高誘注：「措，置也。保介，副也。御，致也。擇善辰之日，載耒耜之具於藉田，致于保介之間施用之也。」陳奂云：「高注以『保介』爲『副』，當是相傳古訓。副者，天子之副，即下文三公、九卿、諸侯、大夫也。天子躬耕，則三公以下爲副。諸侯躬耕，則三卿以下爲副。『嗟嗟保介』，猶云『嗟嗟臣工』耳，則臣工、保介爲諸侯藉田時皆所率耕之人矣。乃鄭於注《禮》、箋《詩》言『保介』爲『車右，勇力之士，被甲執兵』者。然《月令》言親耕秉耜，無庸更有被甲之人守視耕器。況詩言爲農祈年，於被甲執兵之人尤無干涉，又何庸嗟嗟敕之乎？」愚案：據鄭《禮》注以「保介」爲「車右」，蓋用《齊詩》説。據高注以「保介」爲「副」，可以推見《魯詩》「保介」義説。《韓詩外傳》三載「楚莊王寢疾」一條，末引《詩》「嗟嗟保介」，乃推衍之義。黄山云：「《禮·禮器》：『天子無介。諸侯七介七牢。』《周官》、《儀禮》亦但有諸侯之介，不聞天子有介。《禮器》孔疏：『介，副也。牢，太牢也。謂諸侯朝天子，天子以太牢禮賜之也。』則諸侯助祭於周，固有介矣。《吕覽》秦制，謂天子有介，仍侯國之沿習，不合《禮》經，故鄭注《月令》説『保介』爲車右介士，注不引《詩》『保介』，是否本《齊詩》説，殆不可知。

❶「爲」，原作「於」，據明世德堂本《毛詩》、阮刻本《毛詩正義》改。

其箋毛則直本《月令》前説，取合古文而已。至高注訓『保介』爲『副』，則必本於『魯詩』。蓋臣工斥諸侯，保介即指諸侯之副。王禮諸侯兼及其副，敕諸侯亦及其副，宜也。陳氏奂乃謂『保介』即『臣工』，并以《月令》『保介』爲即天子之三公、九卿、諸侯、大夫，不獨於《詩》指不符，《月令》亦從無此解。是魯説本確，陳反亂之矣。且《韓外傳》載楚莊敕其大夫之言，末引《詩》『嗟嗟保介』，雖屬推衍之義，『保介』要即指其大夫，非如陳氏之説也。」陳奂云：「《釋地》：『田二歲曰新，三歲曰畬。』《易·无妄》馬融注：『菑，田一歲。畬，田三歲。』《詩正義》引鄭《易》注同。《禮·坊記》注：『田一歲曰菑，二歲曰畬，三歲曰新田。』案：《易》注是而《禮》注非也。《説文》：『畬，三歲治田也。』孫炎云：『菑，始災，殺其草木也。新田，新成柔田也。畬，和也，田舒緩也。』郭璞云：『今江東呼初耕地反草爲菑。』《説文》：『菑，不耕田也。』不耕爲菑，猶休不耕者爲萊。菑與萊聲相近也。鄭箋讀『俶載』爲『熾菑』，初耕未能柔孰，必以利耜發田，與『田一歲菑』合。新謂耕二歲者，畬謂耕三歲者，《易》董遇注：『悉耨曰畬。』蓋至三歲悉可耕耨矣。此詩『新畬』就耕田説，若《采芑》『新』、『菑』就休耕之田説，❶故有可采之芑，立文自有不同。」於皇來牟，將受厥明。明昭上帝，迄用康年。【疏】傳：「康，樂也。」箋：「將，大；迄，至也。於美乎赤烏以牟麥俱來，故我周家大受其光明，謂爲珍瑞。天下所休慶也。此瑞乃明見於天，至今用之有樂歲，五穀豐熟。」○馬瑞辰云：「《釋詁》：『明，成也。』古以年豐穀孰爲成，《周書·糴匡解》『成年，年穀足賓祭』是也。」「將受厥明」，謂大受厥成也。命我衆人，庤乃錢鎛，

---

❶「菑」，原作「畬」，據陳奂《傳疏》、本書卷十五《采芑》改。

奄觀銍艾。【疏】傳：「庤，具；錢，銚；鎛，鎒；銍，穫也。」箋：「奄，久；觀，多也。教我庶民，具女田器，終久必多銍艾。勸之也。」○《説文》：「庤，儲置屋下也。」《釋詁》：「峙，具也。」明魯「庤」作「峙」。《説文》：「偫，待也。」「儲，偫也。」《考工記》注引《詩》「偫乃錢鎛」，是齊「庤」作「偫」。孔疏：「《説文》：『錢，銚，古田器。』《世本》『垂作銚』，宋仲子注：『銚，刈也。』然則銚，刈物之器也。《釋名》：『鎛，鋤類也。』《説文》：『銍，穫禾短鐮也。』」《釋言》：「奄，同也。」詩言勉力農田，用答天佑，命我衆民，具乃利器，同觀銍艾之盛焉。

《臣工》一章十五句。

噫嘻【注】魯説曰：「《噫嘻》一章八句。春夏祈穀于上帝之所歌也。」【疏】毛序：「春夏祈穀于上帝也。」箋：「祈，猶禱也，求也。《月令》：『孟春，祈穀于上帝。』夏則『龍見而雩』是與？」○「噫嘻」至「歌也」，蔡邕《獨斷》文，魯説也。齊、韓蓋同。黄山云：「經傳有春祈，無夏祈。《月令》：『仲夏，大雩帝，以祈穀實。』雩爲祈雨之祭，因祈雨而及穀耳。箋引《月令》『孟春祈穀』，而不用『仲夏大雩』之文，别舉《左傳》『龍見而雩』者，以祈穀之實在既耕既種之後。《詩》言『駿發爾私』、『亦服爾耕』，則非其時矣。耕必資雨，故意春不得雨，或龍見祈得雨而後耕。但祈雨究非祈穀，故曰『是與』，亦疑不能定也。方觀承云：『祈穀在孟春，祈雨在孟夏，兩祈不同，《詩序》謂「春夏祈穀于上帝」，乃騎牆之見，足徵其陋。若以祈雨即爲穀祈實，牽挽爲一，益復支離矣。』」山案：蔡邕用《魯詩》，《獨斷》同於毛序，毛當即本魯説，不得輕詆。蓋春夏祈穀，實一祈，而非兩祈。其曰『春夏祈穀於上帝』者，《穀梁》論郊，所謂『夏之始，可以承春』也。《左傳》孟獻子曰：『夫郊祀后稷，以祈農事也。是故啟蟄而郊，郊而後耕。』亦即此詩祈穀言耕之義。『啟蟄而郊』者，謂必啟蟄之後乃可郊，非謂必郊於啟蟄之月，猶『龍見而雩』，謂必龍見而後可雩也。《白虎通·社稷》篇引《援神契》曰『仲春祈穀』，夏正仲春即周正孟夏，《魯詩》『祈穀』春連夏言，可知必不用《月令》『孟春』，用孟春則不定爲啟蟄之後。《呂覽》秦記，本不足證。《詩》箋專於古文求之，宜不合也。若詩爲兩祈，祈於春既曰『駿發』，祈於夏又曰『駿發』，不可通矣。」

噫嘻成王，既昭假爾。率時農夫，播厥百穀。【注】《韓詩》曰：「帥時農夫，播厥百穀。」韓說曰：「穀類非一，故言百也。」【疏】傳：「意，阮《校勘記》：『噫，古字。』歎也。嘻，和也。成王，成是王事也。」箋：「噫嘻，有所多大之聲也。假，至也。播，猶種也。噫嘻乎能成周王之功，其德已著至矣，謂『光被四表，格于上下』也。又能率是主田之吏農夫，使民耕田而種百穀也。」○戴震云：「噫嘻，猶噫歆，祝神之聲。《儀禮·既夕》篇『祝聲三』，注：『三有聲，存神也。舊說以爲：聲，噫興也。』❶《士虞禮》『祝聲三』，注：『聲者，噫歆也。』《禮記·曾子問》注：『聲，噫歆，警神也。』詩爲祈穀所歌，故噫歆於神，以爲民祈禱。」馬瑞辰云：「《釋詁》：『祈，告也。』《釋言》：『祈，叫也。』郭注：『祈祭者叫呼而請事。』噫嘻，即『噫歆』之叚借。噫嘻祀神，正即叫呼之義。『噫嘻成王』蓋倒文，謂成王噫歆爲聲以祈呼上帝也，故下即云『既昭假爾』，謂既昭假于上帝

❶「興」，原作「歆」，據馬瑞辰《通釋》、《皇清經解》本《毛鄭詩攷正》、阮刻本《儀禮注疏》改。

也。」愚案：戴、馬説皆是。成王是生號，詳《昊天有成命》。順文釋之亦合，言成王既能昭假於上帝也。《詩》凡言「昭假」者，義爲昭其誠敬以假神，昭其明德以假天。精誠表見曰昭，貫通所至曰假。「帥時」至「百也」，《文選・東都賦》李注引《韓詩》及薛君文。帥、率古字通用，故毛作「率」，韓作「帥」。**駿發爾私，**【注】齊「駿」作「浚」。**終三十里。亦服爾耕，十千維耦。**【疏】傳：「私，民田也。言上欲富其民而讓於下，欲民之大發其私田耳。『終三十里』，言各極其望也。」箋：「駿，疾也。發，伐也。亦，大；服，事也。使民疾耕發其私田，竟三十里者，一部一吏，主之於是民大事，耕其私田，萬耦同時舉也。《周禮》曰：『凡治野田，夫間有遂，遂上有徑。十夫有溝，溝上有畛。百夫有洫，洫上有塗。千夫有澮，澮上有道。萬夫有川，川上有路。』計此，萬夫之地，方三十三里少半里也。耜廣五寸，二耜爲耦，一川之間萬夫，故有萬耦。耕言『三十里』者，舉其成數。」○「齊『駿』作『浚』」者，《鹽鐵論・取下》篇：「君篤愛，臣盡力，上下交讓，而天下平。『浚發爾私』，上讓下也。『遂及我私』，先公職也。」陳喬樅云：「《詩》釋文：『浚，本又作「駿」。』是《釋文》本作『浚』，與韓同。箋訓『駿』爲『疾』，《釋詁》：『駿，速也。』《説文》：『𧻘，行速𧻘𧻘也。』訓義並同。『浚』即『𧻘』之叚借。」案：《周語》「土乃脈發」，韋注引《農書》曰：「春土冒橛，陳根可拔，耕者急發。」「浚發」即「急發」也。

《噫嘻》一章八句。

振鷺【注】魯説曰：「《振鷺》，二王之後來助祭之所歌也。」【疏】毛序：「二王之後來助祭也。」箋：「二王，夏、殷也。其後，杞也、宋也。」○「振鷺」至「歌也」，蔡邕《獨斷》文，魯説也。《漢書》匡衡議曰：「王者存二王後，所以尊其先王而存三統也。」是《齊詩》亦有此說。韓義蓋同。

振鷺于飛，于彼西雝。【注】韓説曰：「鷺，絜白之鳥。西雝，文王之雍也。言文王之時，辟雍學士皆絜白之人也。」我客戾止，亦有斯容。【疏】傳：「興也。振振，羣飛貌。鷺，白鳥也。雝，澤也。客，二王之後。」箋：「白鳥集于西雝之澤，言所集得其處也。興者，喻杞、宋之君有絜白之德，來助祭于周之廟，得禮之宜也。其至止亦有此容，言威儀之善如鷺然。」○「鷺絜」至「人也」，《後漢·邊讓傳》注引薛君《章句》文。胡承珙云：「辟雍本取四周有水，形如璧環爲名，故辟雍又謂之澤宮。其云『鷺，白鳥』者，即謂《靈臺》之『白鳥』。薛云：『西雍，文王之雍。』案：鄭君注《禮》謂：『殷制，小學在公宮南之左，大學在西郊。』《樂記》疏引熊氏云：『武王伐紂之後，猶用殷制。』然則文王辟雍，自當在西郊也。」愚案：詩以西雍爲學士所集，其絜白本如鷺然。下文「我客」亦如學士，「亦」字方有根據。蓋其時西雍學士沐文王之教澤，不獨德行純美，即威儀無不盡善。今我客之來，亦與之同，非謂客威儀如鷺也。蔡邕《薦皇甫規表》：「以廣振鷺西雍之美。」又《與何進薦邊讓書》：「雖振鷺之集西廱，濟濟之在周庭，無以或加。」又《釋誨》：「振鷺充庭。」皆用魯經文。據韓、魯《詩》説，「雝」作「雍」。其作「廱」者，蓋「亦作」本也。

在彼無惡，在此無斁。【注】韓「斁」作「射」，説曰：「射，厭也。」庶幾夙夜，以永終譽。【注】韓、魯「終」作「衆」。【疏】箋：「在彼，謂居其國，無怨惡之者。在此，謂其來朝，人皆愛敬之，無厭之者。永，長也。譽，聲美也。」○「射，厭也」者，《後漢·曹昭傳》李注引《韓詩》文，知韓作「射」也。《禮·中庸》：「《詩》曰：『在彼無惡，在此無射。庶幾夙夜，以永終譽。』」鄭注：「射，厭也。永，長也。」是齊作「射」。知魯今文亦同也。「韓、魯『終』作『衆』」者，馬瑞辰云：「《後漢・崔駰傳》云：『豈可不庶幾夙夜，以永衆譽。』義本三家。終，乃『衆』之叚借，猶《詩》『衆穉且狂』即言終穉且狂也。《中庸》引此詩曰：❶『君子未有不如此而蚤有譽於天下者也。』有譽於天下即衆譽也。詩承上『在彼』、『在此』言之，亦爲衆譽。正義讀如『終始』之『終』，非也。」愚案：上文言「永」，下文「終」字當讀爲「衆」，方不犯複。《齊詩》作「終」，則作「衆」者，魯、韓文也。

《振鷺》一章八句。

豐年【注】魯説曰：「《豐年》一章七句。蒸、嘗，秋冬之所歌也。」【疏】毛序：「秋冬報也。」箋：「報者，謂嘗也、烝也。」○「豐年」至「歌也」，蔡邕《獨斷》文，魯説也。齊、韓當同。陳喬樅云：「此『烝嘗』非四時宗廟之祭也。《禮・月令》：『季秋之月，大饗帝，嘗，犧牲告備於天子。』鄭注：『嘗者，謂嘗羣神。天子親嘗帝，使有司祭於羣神，禮畢而告焉。』又『孟冬之月，大飲烝。天子乃祈來年于天宗，大割祠于公社及門閭，臘先祖五祀』。❷鄭注：『十月農功畢，天子、諸侯與其羣臣飲酒於大學，以正齒位，謂之大飲，別之于他。其禮亡。』又釋『祈』與『大割』及『臘』云：『此《周禮》所謂蜡祭也。』《淮南・時則訓》高注云：『烝，冬祭也。』正此詩所言『蒸嘗』。秋冬之祭謂之嘗者，取

---

❶「引」，馬瑞辰《通釋》作「釋」。

❷「祖」，原作「王」，據續經解本《魯詩遺説攷》十八、阮刻本《禮記正義》改。

物成嘗新之義。謂之烝者，取品物備進之義。《月令》言『畢饗先祖』，《詩》言『烝畀祖妣』，其事正同。《噫嘻》爲春夏祈祭之所歌，《豐年》爲秋冬報祭之所歌，與宗廟時祀之『烝嘗』名同而實異也。」黄山云：「此詩《獨斷》云『蒸、嘗，秋冬之所歌』，毛序云『秋冬報』，箋謂『報者，嘗也、烝也』，得箋説而知蔡言『蒸嘗』亦即指報祭矣。報社稷必於秋，《良耜》之『秋報社稷』是也。報先祖則或於秋，或於冬，亦必一報，而非二報。蓋天時有早晏，成熟有先後。一物不備，一人不得其所，孝子不敢以誣其先。秋祭曰嘗，冬祭曰烝，本皆宗廟之祭。詩言『爲酒爲醴，烝畀祖妣』，又明爲享先祖先妣，不必爲《月令》之『大享帝』及『祈來年於天宗』也。古者祭不欲數，天子祈報皆即於時祭行之。《書·雒誥》之『烝祭於新邑』，即成王之告即政，《烈文》之詩於此歌之，是其證矣。」

豐年多黍多稌，亦有高廩，萬億及秭。【注】韓説曰：「陳穀曰秭也。」【疏】傳：「豐，大；稌，稻也。廩，所以藏齍盛之穗也。數萬至萬曰億，數億至億曰秭。」箋：「豐年，大有年也。亦，大也。『萬億及秭』，以言穀數多。」○「陳穀曰秭」者，《釋文》引《韓詩》文。陳喬樅云：「陳穀，猶言積穀。《廣雅·釋詁》一：『秭，積也。』正本韓訓。《魏·伐檀》傳云：『種之曰稼，斂之曰穡。』《方言》：『嗇，積也。』穡，從嗇，取『積』之義。頌言『萬億及秭』，是形容豐年黍稌之多，故云『陳穀曰秭』，謂積穀入之數也。」愚案：《釋詁》：「秭，數也。」據此，知魯訓同毛。張衡《東京賦》「觀豐年之多稌」，用魯經文。

爲酒爲醴，烝畀祖妣，以洽百禮，降福孔皆。【注】魯「皆」作「偕」。【疏】傳：「皆，徧也。」箋：「烝，進；畀，予也。」○《説文》：「醴，酒一宿孰也。」《楚詞·九歎》王逸注：「醴，醴酒也。《詩》云：『爲酒爲醴。』」「魯『皆』作『偕』」者，《説苑·貴德》篇：「聖王布德施惠，非求報於百姓也。郊望禘嘗，非求報於鬼神也。山致其高，雲雨興焉。水致其深，蛟龍生焉。君子致其道德，而福禄歸焉。《周頌》曰：『豐年多黍多稌，亦有高廩，萬億及秭。爲酒爲醴，烝畀祖妣，以洽百禮，降福孔偕。』聖人之於天下也，譬猶一堂之上也，有一人不得其所者，則孝子不敢以其物薦進。」劉向全引《魯詩》，止一「偕」字與毛不同。《左·襄二年傳》引《詩》亦作「降福孔偕」。馬瑞辰云：「皆、偕、嘉一聲之轉。《廣雅·釋言》：『皆，嘉也。』王氏《疏證》曰：『《小雅·魚麗》曰：「維其嘉矣。」又曰：「維其偕矣。」《賓之初筵》曰：「飲酒孔嘉。」又曰：「飲酒孔偕。」偕亦嘉也。』今案：此詩『孔皆』亦當從《廣雅》訓『嘉』，嘉與佳同也。」百禮，孔疏：「謂牲玉幣帛之屬，合用以祭。」《韓詩外傳》五：「夫百姓内不乏食，外不患寒，則可以教御以禮義矣。《詩》曰：『烝畀祖妣，以洽百禮。』」《禮·郊特牲》鄭注：「《詩·頌·豐年》曰：『爲酒爲醴，烝畀祖妣，以洽百禮。』」明韓、齊文與毛同。

《豐年》一章七句。

有瞽【注】魯説曰：「《有瞽》一章十三句。始作樂，合諸樂而奏之所歌也。」【疏】毛序：「始作樂而合乎祖也。」箋：「王者治定制禮，❶功成作樂。合者，大合諸樂而奏之。」○「有瞽」至「歌也」，蔡邕《獨斷》文，魯説也。齊、韓蓋同。

❶「治」，原作「始」，據明世德堂本《毛詩》、阮刻本《毛詩正義》改。

有瞽有瞽，在周之庭。設業設虡，崇牙樹羽，應田縣鼓，鞉磬柷圉。❶【疏】傳：「瞽，樂官也。業，大板也，所以飾栒爲縣也，捷業如鋸齒。或曰畫之，植者爲虡，衡者爲栒。崇牙，上飾，卷然，可以縣也。樹羽，置羽也。應，小鞞也。田，大鼓也。縣鼓，周鼓也。鞉，鞉鼓也。柷，木椌也。圉，楬也。」箋：「瞽，矇也。以爲樂官者，目無所見，於音聲審也。《周禮》：『上瞽四十人，中瞽百人，下瞽百六十人。』有視瞭者相之，又設縣鼓。田，當作『朄』。朄，小鼓，在大鼓旁，應鞞之屬也。聲轉字誤，變而爲『田』。」○《楚詞·九章》王注：「瞽，盲者也。《詩》云：『有瞽有瞽。』」明魯、毛文同。《韓詩外傳》三云：「《傳》曰：『太平之時，無瘖癰、跛眇、尪蹇、侏儒、折短，父不哭子，兄不哭弟，道無襁負之遺育。然各以其序終者，賢醫之用也。故安止平正，除疾之道，❷無他焉，用賢而已矣。《詩》曰：「有瞽有瞽，在周之庭。」紂之餘民也。』」明韓、毛文同。《禮·明堂位》鄭注：「簨虡，所以懸鍾磬也。橫曰簨，飾之以鱗屬。植曰虡，飾之以贏屬、羽屬。簨以大版爲之，謂之業。殷又於龍上刻畫之爲重牙，以挂懸紘也。周又畫繒爲翣，❸載以璧，垂五采羽于其下，樹於簨之角上，飾彌多也。《周頌》曰：『設業設虡，崇牙樹羽。』」陳喬樅云：「《說文》：『業，大版也。所以飾懸鍾鼓，捷業如鋸齒，以白畫之，象其鉏鋙相承也。』牙即業之上齒，皇氏云『崇，重也，謂刻畫大版，重疊爲牙』是也。《靈臺》詩『虡業維樅』，毛傳：『樅，崇牙也。』正義謂『以采色爲大牙，其狀隆然，謂之崇牙』，失之。」《明

❶ 「柷」，原作「祝」，據明世德堂本《毛詩》、阮刻本《毛詩正義》改。
❷ 「道」，原作「用」，據續經解本《韓詩遺説攷》十五、吴刻《韓詩外傳》改。
❸ 「繒」，原作「繪」，據阮刻本《禮記正義》改。

堂位》「周縣鼓」，鄭注：「縣，縣之以簨虡也。《周頌》曰：『應朄縣鼓。』」陳喬樅云：「《周禮・太師》『令奏鼓朄』，注引：『鄭司農云：「朄，小鼓也。先擊小鼓，乃擊大鼓。小鼓爲大鼓先引，故曰朄。朄，讀爲『導引』之『引』。」玄謂：鼓朄，猶言擊朄。《詩》云：「應朄縣鼓。」』《釋樂》郭注引《詩》同，是知齊、魯今文皆作『朄』也。陳氏《禮書》曰：『《儀禮》「朔鼙」即朄鼓也。以其引鼓，故曰朄。以其始鼓，故曰朔。是以《儀禮》有朔無朄，《周禮》有朄無朔。』馬瑞辰云：『陳氏説是也。《釋名》：「鼙，裨助鼓節也。聲在前曰朔，朔，始也。在後曰應，應，大鼓也。」朄以引鼓，在前可知，朄之即朔。❶《詩》言「應朄」，蓋前後皆備矣。』」愚案：《釋樂》云：「大鼓謂之鼖，小者謂之應。」《釋文》引：❷「李巡曰：『小者音聲相承，故曰應。應，承也。』孫炎曰：『和應大鼓也。』」郭璞注：「《詩》曰：『應朄縣鼓。』在大鼓側。」蓋以引大鼓言之，故謂之朄。以承大鼓言之，故謂之應。「應朄」是一非二，詩與「縣鼓」對文。既備乃奏，簫管備舉。喤喤厥聲，肅雍和鳴，先祖是聽。

【疏】箋：「既備者，懸也、朄也皆畢已也。乃奏，謂樂作也。簫，編小竹管，如今賣餳者所吹也。管如篴，併而吹之。」〇應劭《風俗通義》六：「《詩》云：『簫管備舉。』管，漆竹，長一尺，六孔，十二月之音也。物貫地而牙，故謂之管。《尚書大傳》：『舜之時，西王母來獻其白玉琯。』❸知古以玉爲管，後乃易之以竹耳。夫以玉

❶「朔」下，馬瑞辰《通釋》有「亦可知矣」四字。
❷「釋文」，原作「邢疏」，據續經解本《魯詩遺説攷》十八及宋本、通志堂本《釋文》改。
❸「王」，原脱，據《百子全書》本《風俗通義》補。

作管，故神人和，鳳皇儀也。」又曰：「簫，其形參差，像鳳之翼，十管，長一尺。」應習《魯詩》，此魯説也。《釋言》：「肅嗞，聲也。」郭注：「《詩》曰：『肅嗞和鳴。』」《史記・樂書》：「《詩》曰：『肅雍和鳴，先祖是聽。』夫肅肅，敬也。雍雍，和也。夫敬以和，何事不行？」蔡邕《禮樂意》亦引《詩》云：「肅雍和鳴，先祖是聽。」皆魯家也。《禮・樂記》：「《詩》云：『肅雍和鳴，先祖是聽。』」鄭注：「言古樂和且敬。」此齊家也。明魯、齊皆作「雍」，不作「雝」。《韓詩》當同。《爾雅》作「嗞」，乃魯「亦作」本。**我客戾止，永觀厥成。**【疏】箋：「我客，二王之後也。長多其成功，謂深感於和樂，遂入善道，終無愆過。」〇班固《辟雍詩》「永觀厥成」，用齊經文。

《有瞽》一章十三句。

潛【注】魯説曰：「《潛》一章六句。季冬薦魚、春獻鮪之所歌也。」【疏】毛序：「季冬薦魚，春獻鮪也。」箋：「冬，魚之性定。春，鮪新來。薦、獻之者，謂於宗廟也。」〇「潛一」至「歌也」，蔡邕《獨斷》文，魯説也。齊、韓蓋同。「潛」，當作「涔」，見下。

猗與漆沮，潛有多魚。【注】韓、魯「潛」作「涔」。韓説曰：「涔，魚池也。」**有鱣有鮪，鰷鱨鰋鯉。**【疏】傳：「漆、沮，岐周之二水也。潛，糝也。」箋：「猗與，歎美之言也。鱣，大鯉也。鮪，鮥也。鰷，白鰷也。鰋，鮎也。」〇孔疏：「漆、沮自豳歷岐周，以至豐、鎬，以其薦獻所取，不宜遠於京邑，故不言豳。言岐周者，鎬京去岐不遠，故繫而言之。其實此爲潛之處，當近京邑。」愚案：詩賦「漆沮」，必非虚語。蓋祭宗廟，或以致遠爲貴也。「涔，魚池也」者，《文選・長笛賦》李注引薛君《韓詩章句》文。《釋文》引同。據此，知韓「潛」作「涔」。「魯作『涔』」者，《釋器》：「槮謂之涔。」《御覽》八百三十四引舍人注：「以米投水中養魚爲涔。」孔疏引孫炎曰：「積柴養魚曰槮。」陳喬樅云：「孔疏：『涔、潛，古今字。』《釋文》：『潛，《爾雅》作「涔」，郭音潛。《韓詩》云：「涔，魚池。」《小雅》作「橬」。』據此，則《魯詩》『潛』亦當作『涔』，與韓同。今《獨斷》作『潛』，此後人順毛所改也。《淮南・説林訓》高注：『今沇州人積柴水中捕魚爲罧，幽州人名之爲涔。』與孫炎説同。舍人注『以米投水中養魚』，『米』字蓋『木』之譌。毛傳『糝』字亦從米旁。《詩正義》引：『李巡《爾雅》注云：「以木投水中養魚曰涔。」「槮」字，《爾雅》作木邊，積柴之義也。槮用木，不用米，當從木爲正。』胡承珙曰：『「槮謂之涔」，《爾雅》列於《釋器》。若以米養魚，不得爲器。況漆、沮大水，非可投米以養。若如《韓詩》謂涔爲魚池，則當入《釋地》。《爾雅》既與罛、罶、罺、罩並列，則槮自是圍魚待捕之具。水中列木，所以聚魚，亦可謂養，非必以米畜養也。』」愚案：列木水中，魚得藏隱，有若池然，故曰「魚池」。邢疏引《小爾雅》云：「魚之所息謂之橬。橬，槮也，積柴水中，魚舍也。」是可稱「魚舍」，亦可稱「魚池」。若在漆、沮水中，而曰別有魚池謂之涔，韓固不爲此訓也。潛、涔古今字，《禹貢》「沱潛既道」，《史記》作「沱涔」，亦其證矣。

箋：「鰷，白鰷也。」本或作「白鯈也」。桂馥《説文義證》「鯈」下引：「何敬祖詩『流目玩鯈魚』，字或作『鯈』。《爾雅翼》：『鯈，白鰷也。其形纖長而白，今人謂之參。』蓋即「鰲」字之誤。《埤雅》：「鯈，江、淮之間謂之鰲。」《廣韻》：『鯈，與「鮋」同。』《莊子・秋水》篇『鯈魚出游』，《釋文》：『白魚也。』何晏《景福殿賦》：『瀨戲鰋鯈。』」然則鰷即今俗呼「白魚」。重三四斤者，質嫩而味美，過大則不堪食。《釋魚》：「鮂，黑鰦。」郭

注：「即白鯈魚。江東呼爲鮂。」《廣韻》以爲「鮂鮋，小魚」，亦失實也。餘見《衛風》、《小雅》。《易林・比之觀》：「鱣鮪鰋鯉，衆多饒有。一笱獲兩，利得過倍。」《益之晉》同，用齊經文。**以享以祀，以介景福。**

【疏】箋：「介，助；景，大也。」

《潛》一章六句。

雝【注】魯説曰：「《雍》一章十六句。禘太祖之所歌也。」韓説曰：「禘，取毁廟之主，皆升，合食於太祖。」【疏】毛序：「禘太祖也。」箋：「禘，大祭也，大於四時而小於祫。太祖，謂文王。」○「雍一」至「歌也」，蔡邕《獨斷》文，魯説也。陳喬樅云：「《白虎通》云：『祭宗廟所以禘祫何？尊人君，貴功德，廣孝道也。位尊德盛，所及彌遠。謂之禘祫何？禘之爲言諦也。序昭穆，諦父子也。祫者，合也。毁廟之主，皆合食於太祖也。周以后稷、文、武特七廟。❶周之所以七廟者，以后稷始封，文王、武王受命而王，后稷爲始祖，文王爲太祖，武王爲太宗。』韋玄成云：『禮，王者受命，諸侯始封之君，皆爲太祖。』並與箋説同，則魯家之説，以此『禘太祖』爲祀文王也。鄭用魯義。」《淮南・主術訓》「奏《雍》而徹」，高注：「《雍》，已食之樂也。」以上魯説。《禮・仲尼燕居》「客出，以《雍》徹」，鄭注：「《雍》，樂章也。」陳喬樅云：「《樂師》云『及徹，率學

❶「武」，原作「王」，據續經解本《魯詩遺説攷》十八、《白虎通疏證》十二、阮刻本《禮記正義・王制》改。

士而歌徹』，注：『徹者，歌《雍》，在《周頌·臣工》之什。』《論語》『《雍》徹』，注引馬融云：『天子祭於宗廟，《雍》以徹祭。』是宗廟之祭及食舉樂並歌《雍》以徹也。又《小師》『徹歌，大饗亦如之』，賈疏云：『大饗，饗諸侯之來朝者。徹器亦歌《雍》。若諸侯自相饗，徹器即歌《振鷺》。《仲尼燕居》云「徹以《振羽》」，是其事也。』《雍》本禘太祖之所歌，用之徹祭，又用之大饗。《文選》李注釋《西都賦》『食舉《雍》徹』，引《禮記》『客出，以《雍》徹』爲證，是讀『以《雍》徹』絶句，謂歌《雍》以徹也。又言『以《振羽》』者，謂兩君相見，諸侯大饗之禮，則歌《振鷺》以徹也。《禮記正義》讀『客出以《雍》』爲句，言客出之時歌《雍》以送之，失其義矣。』以上齊説。「禘取」至「太祖」，《三禮義宗》引《韓詩内傳》文，《通典》四十九、《禮書》七十一引同。王應麟《詩攷》引此條，無所附著，盧文弨以爲當在此篇而文不全。

有來雝雝，至止肅肅。相維辟公，天子穆穆。於薦廣牡，相予肆祀。【疏】傳：「相，助；廣，大也。」箋：「雝雝，和也。肅肅，敬也。有是來時雝雝然、既至止而肅肅然者，乃助王禘祭，百辟與諸侯也。天子是時則穆穆然於進大牡之牲，百辟與諸侯又助我陳祭祀之饌，言得天下之歡心。」○包咸《論語》注：「辟，謂諸侯。公，二王之後也。穆穆，天子之容。」咸習《魯詩》。《漢書·劉向傳》向上封事曰：「《詩》曰：『有來雍雍，至止肅肅。相維辟公，天子穆穆。』言四方皆以和來也。」《韋玄成傳》玄成議：「臣聞祭非自外至者也，繇中正生於心也。故唯聖人爲能饗帝，孝子爲能饗親。立廟京師之居，躬親承事，四海之内各以其職來助祭。尊親之義，五帝、三王所共，不易之道也。《詩》云：『有來雍雍，至止肅肅。相維辟公，天子穆穆。」」馬瑞辰云：「肆祀，即《周禮・大祝》之『肆享』。《周語》『禘郊之事，則有全烝』，韋注：『全其牲體而升之。』《大司徒》『奉牛牲，羞其肆』，先鄭注：『肆，陳骨體也。』《小子》『羞羊肆』，❶先鄭注：『體薦，全烝也。』與《周語》合。」**假哉皇考，綏予孝子。宣哲維人，文武維后。**【疏】傳：「假，嘉也。」箋：「宣，徧也。嘉哉皇考，斥文王也。文王之德乃安我孝子，謂受命定其基業也。又徧使天下之人有才知，以文德武功爲之君故。」○馬瑞辰云：「『宣哲』平列。朱子《集傳》訓『宣』爲『通』，『哲』爲『知』，是也。宣之言顯，顯，明也。宣哲，猶言明哲也。」愚案：詩言文王之德安我孝子，既教成明哲之士爲國人材，又生文武兼備者以爲之君。后，謂武王也。**燕及皇天，克昌厥後。綏我眉壽，介以繁祉。**【疏】傳：「燕，安也。」箋：「繁，多也。文王之德安及皇天，謂降瑞應，無變異也。又能昌大其子孫，安助之以考壽與多福禄。」○桓寬《鹽鐵論・申韓》篇：「《頌》曰：『綏我眉壽，介以繁祉。』此天爲福亦不小矣。」明齊、毛文同。**既右烈考，亦右文母。**【疏】傳：「烈考，武王也。文母，太姒也。」箋：「烈，光也。子孫所以得考壽與多福者，乃以見右助於光明之考與文德之母。歸美焉。」○《楚詞・離騷》王逸注：「父死曰考。《詩》曰：『既右烈考。』」魯說也。《雝誥》曰：「烈考武王。」此禘祭當在成王之世。《列女傳》：「太姒號曰文母。」《漢書・杜鄴傳》：「禮明三從之義，雖有父母之德，必繫於子。」蓋武王即位時，太姒尚存也，故詩言文王在天之靈，所以右助烈考與文母者爲尤至焉。

❶「羞」，原作「差」，據馬瑞辰《通釋》、阮刻本《周禮注疏》改。

《雝》一章十六句。

載見【注】魯説曰：「《載見》一章十四句。諸侯始見于武王廟之所歌也。」【疏】毛序：「諸侯始見乎武王廟也。」〇「載見」至「歌也」，蔡邕《獨斷》文，魯説也。齊、韓當同。

載見辟王，曰求厥章。龍旂陽陽，和鈴央央。【注】魯「央」作「鉠」。鞗革有鶬，【注】韓、魯作「鶬」，齊作「瑲」，毛原作「鎗」。休有烈光。【疏】傳：「載，始也。龍旂陽陽，言有文章也。和在軾前，鈴在旂上。鞗革有鶬，言有法度也。」箋：「諸侯始見君王，謂見成王也。曰求其章者，求車服禮儀之文章制度也。交龍爲旂。鞗革，轡首也。鶬，金飾貌。休者，休然盛壯。」〇「載見」者，孔疏：「周公居攝七年，而歸政成王，成王即政，諸侯來朝，於是率之以祭武王之廟。《烈文》『成王即政，諸侯助祭』，箋以爲朝享之祭。於時始告嗣位，不得祭前已受諸侯之朝。此詩言既朝成王，乃後助祭，與《烈文》異時也。」「魯『央』作『鉠』」者，張衡《東京賦》「和鈴鉠鉠」，衡習《魯詩》，是魯作「鉠鉠」也。「韓作『鶬』」者，《大戴禮》盧辯注十三引《韓詩内傳》曰：「鶬鴰胎生，孔子渡江見而異之。」《史記·司馬相如傳》正義及《廣韻·十三末》引《韓詩》曰：「孔子渡江見之異，當是「見而異之」之誤。衆莫能名，孔子脱「曰」字。嘗聞河上人歌曰：『鴰兮鶬當是「鶬」。兮，逆毛衰兮，一身九尾長兮。』鶬鴰也。」兩引當是韓此詩注，而文皆不全，是韓作「鶬」。「魯作『鶬』」者，《釋鳥》「鶬，麋鴰」，即釋此詩「鶬」字，與韓皆謂轡首飾爲鶬形，是魯作「鶬」。「齊作『瑲』」者，《説文》：「瑲，玉聲也。从玉，倉聲。《詩》曰：『鞗革有瑲。』」與韓、魯異，是齊作「瑲」。「毛作『鎗』」者，希見之字與物，傳、箋例必詳釋，今傳但云「言有法度也」，箋但云「金飾貌」，皆爲「鎗」字下意，其原作「鎗」不作「鶬」可知。正義本又是「鎗」字，止《釋文》一「鶬」字，不知其所由來。雖云「本亦作『鎗』」，而經字遂爲所亂矣。蔡邕《陳太丘廟碑》「休有烈光」，用魯經文。率見昭考，以孝以享，以介眉壽。永言保之，思皇多祜。【疏】傳：「昭考，武王。享，獻也。」箋：「言，我；皇，君也。諸侯既以朝禮見於成王，至祭時伯又率之見於武王廟，使助祭也，以致孝子之事，以獻祭祀之禮，以助壽考之福。長我安行此道，思使成王之多福。」○馬瑞辰云：「《釋詁》：『享，孝也。』《釋名》引《孝經説》曰：『孝，畜也。畜，養也。』《廣雅》：『享，養也。』《謚法解》云：『協時肇享曰孝。』是孝與享同義。故享祀亦曰孝祀，《楚茨》詩『苾芬孝祀』是也。致享亦曰致孝，《論語》『而致孝乎鬼神』是也。此詩『以孝以享』，猶《潛》詩『以享以祀』，皆二字同義。合言之則曰『孝享』，《天保》詩『是用孝享』，猶《閟宮》詩『享祀不忒』也。箋分孝、享爲二義，失之。」又：「《説文》：『佋，廟佋穆。父爲佋，南面。子爲穆，北面。』今經傳通作『昭』，皆『佋』字之叚借。」烈文辟公，綏以多福，俾緝熙于純嘏。【疏】箋：「俾，使；純，大也。祭有十倫之義。成王乃光文百辟與諸侯，安之以多福，使光明於大嘏之意。天子受福曰大嘏，辭有福祚之言。」○「十倫之義」，《祭統》文。

《載見》一章十四句。

有客【注】魯説曰：「《有客》一章十三句。微子來見祖廟之所歌也。」【疏】毛序：「微子來見祖廟也。」箋：「成王既黜殷命，殺武庚，命微子代殷後，既受命，來朝而見也。」○「有客」至「歌也」，蔡邕《獨斷》文，魯説也。齊、韓當同。

有客有客，亦白其馬。有萋有且，敦琢其旅。【疏】傳：「殷尚白也。亦，亦周也。萋且，敬慎貌。」箋：「有客有客，重言之者，異之也。亦，亦武庚也。武庚爲二王後，乘殷之馬，乃叛而誅，不肖之甚也。今微子代之，亦乘殷之馬，獨賢而見尊異，故言亦駁而美之。其來威儀萋萋且且，盡心力於其事，又選擇衆臣卿大夫之賢者與之朝王。言追琢者，❶以賢美之，故玉言之。」〇《白虎通·王者不臣》篇：「王者不臣二王之後者，尊先王，通天下之三統也。《詩》云：『有客有客，亦白其馬。』謂微子朝周也。」又《三正》篇：「王者所以存二王之後何也？所以尊先王，通天下之三統也。明天下非一家之有，謹敬謙讓之至也，故封之百里，使得服其正色，用其禮樂，永祀先祖。《詩》曰：『厥作祼將，常服黼冔。』言微子服殷之冠助祭於周也。《周頌》曰：『有客有客，亦白其馬。』此微子朝周也。」案：馬瑞辰云：「『亦』字當訓爲語詞。《釋詞》曰：『「亦」有不承上文而但爲語詞者，若《易·井》彖辭「亦未繘井」，《書》「亦行有九德」，《詩·草蟲》「亦既見止」是也。』今案：此詩『亦白其馬』及《豐年》詩『亦有高廩』，『亦』皆爲語助，爲上無所承之詞。傳、箋皆失之。」又云：「萋、且雙聲字，皆以狀從者之盛。《説文》：『萋，艸盛也。』《韓詩章句》：『萋萋，盛也。』且與居同部義近，且且猶言裾裾。《荀子》楊倞注：『裾裾，盛服貌。』草之盛曰萋萋，服之盛曰裾裾，人之盛曰萋且，其義一也。」孔疏：「旅是從者之衆。敦琢，治玉之名。《釋器》：『玉謂之雕。』又云：『玉謂之琢。』是雕琢皆治玉之名。

❶「追」，明世德堂本《毛詩》、阮刻本《毛詩正義》作「敦」。

敦，雕古今字。」黄山云：「萋且，猶棲苴。説具《召旻》篇。敦琢，猶追琢。《棫樸》篇『追琢其章』，箋謂『追琢玉使成文章』，則『敦琢其旅』，亦謂微子有文德，能化其從臣，使皆有威儀文章之美也。《周禮・大行人》『上公九介，其車九乘』，則其附從之美盛可知。」有客宿宿，有客信信。【注】魯説曰：「有客宿宿，言再宿也。有客信信，言四宿也。」言授之縶，以縶其馬。【疏】傳：「一宿曰宿，再宿曰信。欲縶其馬而留之。」箋：「縶，絆也。周之君臣皆愛微子，其所館宿可以去矣，而言絆其馬，意各殷勤。」○「有客」至「宿也」，《釋訓》文，因重文而倍言之，魯説也。《公羊・隱三年傳》何休《解詁》云：「王者封二王後，地方百里，爵稱公，客待之而不臣也。《詩》云：『有客宿宿，有客信信。』」陳喬樅云：「《公羊傳解詁》又云：❶『王者存二王之後，❷使統其正朔，服其服色，行其禮樂，所以尊先聖，通三統，師法之義，恭讓之禮，於是可得而觀之。』説亦與《白虎通》合，疑皆本魯故。」薄言追之，左右綏之。既有淫威，降福孔夷。【疏】傳：「淫，大；威，則；夷，易也。」箋：「追，送也。於微子去，王始言餞送之，左右之臣又欲從而安樂之，厚之無已。既有大則，謂用殷正朔，行其禮樂，如天子也。神與之福又甚易也，言動作而有度。」○馬瑞辰云：「《廣雅・釋言》：『威，德也。』《風俗通・十反》篇：『《書》曰「天威棐諶」，言天德輔誠也。』是知古者『威』有『德』訓。『既有淫威』，猶云既有大德耳。」又云：「《説文》：『夷，從大，從弓。』古『夷』字必有『大』訓。『降福孔夷』，猶云降福孔

❶「解詁」二字，原脱，據續經解本《魯詩遺説攷》十八、阮刻本《春秋公羊傳注疏》補。

❷「之後」二字，原脱，據阮刻本《春秋公羊傳注疏》補。

大也。」

《有客》一章十二句。

武【注】魯説曰：「《武》一章七句。奏《大武》，周武所定一代之樂之所歌也。」【疏】毛序：「奏《大武》也。」箋：「《大武》，周公作樂所爲舞也。」○「武一」至「歌也」，蔡邕《獨斷》文，魯説也。齊、韓當同。陳喬樅云：「《吕覽・古樂》篇：『武王即位，以六師伐殷。六師未至，以鋭兵克之於牧野，歸乃薦俘馘於京太室，乃命周公爲作《大武》。』攷《春秋繁露》言：『文王受命，作《武》樂，制文禮，以奉天。武王受命，作《象》樂，繼文以奉天。周公輔成王受命，成文、武之制，作《汋》樂，以奉天。』直以《武》爲文王樂者，《白虎通・禮樂》篇：『「周樂曰《大武象》，周公之樂曰《酌》，合曰《大武》。」《象》者，象太平而作樂，示已太平也。合曰《大武》者，天下始樂周之征伐行武，故詩人歌之：「王赫斯怒，爰整其旅。」當此之時，天下樂文王之怒以定天下，故樂其武也。』據此，是文王已作《武》樂。及武王克殷，繼文而卒成武功，又定《大武》之樂，故《魯詩序》云『周武所定一代之樂』。不言周武所作者，明文王已作《武》樂也。《大武》爲武王所定，即傳爲武王樂，猶《咸池》本黄帝所作樂，堯增修而用之曰《大咸》，而《咸池》亦得爲堯樂也。」愚案：《大武》者，祀周武王所定一代之樂歌，周公作也。《大武》之樂亦爲《象》，象用兵時刺伐之舞，見《維清》孔疏。《禮・仲尼燕居》鄭注：「《武》，象武王之大事也。」《明堂位》鄭注：「《象》，謂《周頌・武》也，以管播之。」是也。《維清》者，武王克殷後，祀文王，奏《象武》之所歌，武王作也。《繁露》言「文王受命，作《武》

樂」，是武王未克殷時，已祀文王而作《武》樂，但未制《象》舞耳。

於皇武王，無競維烈。允文文王，克開厥後。嗣武受之，勝殷遏劉，耆定爾功。【注】魯「爾」作「武」。【疏】傳：「烈，業也；武，迹；劉，殺；耆，致也。」箋：「皇，君也。於乎君哉武王也，無彊乎其克商之功業，言其彊也。信有文德哉文王也，能開其子孫之基緒。遏，止；耆，老也。嗣子武王受文王之業，舉兵伐殷而勝之，以止天下之暴虐而殺人者，年老乃定女之此功。言不汲汲於誅紂，須暇五年。」〇「魯『爾』作『武』」者，《風俗通》一引《詩》云：「勝殷遏劉，耆定武功。」是魯不作「爾」，與毛異。《潛夫論·五德志》篇：「武王駢齒，勝殷遏劉，成周道。」亦用魯經文。據此，知魯訓「耆」爲「老」。箋以魯義易毛也。《韓詩外傳》三亦引《詩》曰：「勝殷遏劉，耆定爾功。」明韓、毛文同。《釋文》：「耆，毛音指，鄭巨移反。《韓詩》音同，鄭云：『惡也。』」馬瑞辰云：「《韓詩》『耆，惡也』，當爲《皇矣》詩『上帝耆之』章句，《釋文》誤入此章。若云『惡定其功』，則不詞矣。」

《武》一章七句。

《臣工》十篇，十章，一百六句。

詩三家義集疏卷二十六

長沙王先謙益吾著

閔予小子弟二十六　詩周頌

閔予小子【注】魯説曰：「《閔予小子》一章十一句。成王除武王之喪，將始即政，朝於廟之所歌也。」【疏】毛序：「嗣王朝於廟也。」箋：「嗣王者，謂成王也。除武王之喪，將始即政，朝於廟也。」○「閔予」至「歌也」，蔡邕《獨斷》文，魯説也。齊、韓當同。黄山云：「將始即政，未遂即政也。成王即政在洛，《烈文》篇韓説可證。此朝於廟，乃吉祭，於武王之廟告除喪耳。」

閔予小子，遭家不造，嬛嬛在疚。【注】齊「嬛」作「煢」，韓作「惸」，魯作「煢」，「疚」作「宊」。【疏】傳：「閔，病；造，爲；疚，病也。」箋：「閔，悼傷之言也。造，猶成也。可悼傷乎我小子耳，遭武王崩，家道未成，嬛嬛然孤特，在憂病之中。」○蔡邕《宗廟祝嘏詞》：「予末小子，遭家不造。」用魯經文。《漢書·敘傳》：「遭家不造。」明齊、毛文同。《後漢·桓帝紀》梁太后詔曰：「曩者遭家不造。」用韓經文。「齊『嬛』作『煢』」者，《漢書·匡衡傳》衡疏曰：「《詩》云：『煢煢在疚。』言成王喪畢思慕，意氣未能平也。」是齊作「煢」。「韓

『嬛』作『惸』」者，《文選·寡婦賦》注引：「《韓詩》曰：『惸惸余在疚。』凡人喪曰疚。」「余」字衍，《玉海》無「余」字。是韓作「惸」。「魯『嬛』作『煢』，『疚』作『宊』」者，《説文》「宊」下引《詩》「煢煢在宊」，「煢」、「宊」皆與毛異，當是魯文。於乎皇考，永世克孝。念茲皇祖，陟降庭止。【注】齊「茲」作「我」，「庭」作「廷」。【疏】傳：「庭，直也。」箋：「陟降，上下也。於乎我君考武王，長世能孝，謂能以孝行爲子孫法度，使長見行也。念此君祖文王，上以直道事天，下以直道治民，言無私枉。」○「庭，直」，《釋詁》文，《魯詩》當與毛同。「齊『茲』作『我』，『庭』作『廷』」者，《漢書·匡衡傳》衡疏曰：「昔者成王之嗣位，思述文、武之道，以養其心，休烈盛美，皆歸之二后，而不敢專其名。是以上天歆享，鬼神佑焉。其詩曰：『念我皇祖，陟降廷止。』言成王常思祖考之業，而鬼神祐助其治也。」顔注：「《周頌·閔予小子》之詩，言成王常念文王、武王之德，奉而行之，故鬼神上下臨其朝廷。」衡用《齊詩》，文與毛異。顔氏當亦本《齊詩》相承舊説爲注，或《韓詩》文義同齊，顔因取之。要其説「廷」爲「朝廷」，謂鬼神上下臨之，推見成王羹牆如見之誠，義尤深切。維予小子，夙夜敬止。於乎皇王，繼序思不忘。【疏】傳：「序，緒也。」箋：「夙，早；敬，慎也。我小子早夜慎行祖考之道，言不敢解倦也。於乎君王，歎文王、武王也。我繼其緒，思其所行不忘也。」○《潛夫論·慎微》篇：「文王『小心翼翼』，成王『夙夜敬止』，思慎微眇，早防未萌，故能太平而傳子孫。」愚案：王符習《魯詩》，言成王夙夜敬慎，思念祖考，合之蔡邕「除喪朝廟」，是《魯詩》與齊、韓説同。王肅以爲周公致政之後，殊誤。

《閔予小子》一章十一句。

訪落【注】魯説曰：「《訪落》一章十二句。成王謀政於廟之所歌也。」【疏】毛序：「嗣王謀於廟也。」箋：「謀者，謀政事也。」○「訪落」至「歌也」，蔡邕《獨斷》文，魯説也。齊、韓當同。黄山云：「謀政於廟，即謀之武王廟也。蓋斯時成王雖未即政，而周公在外，家難未平，故預訪羣臣而謀之。」

訪予落止，率時昭考。於乎悠哉，朕未有艾。將予就之，繼猶判渙。【疏】傳：「訪，謀；落，始；時，是；率，循；悠，遠；猶，道；判，分；渙，散也。」箋：「昭，明；艾，數；猶，圖也。成王始即政，自以承聖父之業，懼不能遵其道德，故於廟中與羣臣謀我始即政之事。羣臣曰，當循是明德之考所施行。故答之以謙曰，於乎遠哉，我於是未有數，言遠不可及也。女扶將我，就其典法而行之。繼續其業，圖我所失分散者收斂之。」○《釋詁》：「落，始也。」馬瑞辰云：「《左·昭七年傳》『楚子成章華之臺，願與諸侯落之』，王引之曰：『謂與諸侯始其事也。《楚語》伍舉對靈王曰：「願得諸侯與始升焉。」是其明證。』案：《檀弓》：『晉獻文子成室，晉大夫發焉。』發，開也，開亦始也。孔廣森曰：『物終乃落，而以爲始者，大抵施於終始相嬗之際。如宮室考成謂之落成，言營治之終而居處之始也。成王詩言「訪予落止」，此先君之終而今君之始也。《離騷》「夕餐秋菊之落英」，宋人有引「落，始也」訓之者，蓋秋者百卉之終，草木黄落而菊始有華，故惟菊乃言落英。』今案：終則有始，義本以相反而相成。以落爲始，猶之以徂爲存，亂爲治，來爲往，故爲今，廢爲置，義有反覆互訓耳。」又云：「《釋詁》：『艾，歷也。歷，數也。』又曰：『艾、歷，相也。』《郊特牲》：『簡其車徒而歷其卒伍。』歷，當讀爲『閲歷』之『歷』。《説文》：『閲，具數於門中也。』是知艾、歷與數皆同義。箋釋『未有艾』爲未有數，猶云未有歷也。未有歷則難及，故箋又言『遠不可及』。孔疏謂『未有等數』，失之。」又云：『就』當訓『因』，《説文》：『因，就也。』《小爾雅》：『就，因也。』二字互訓。成王志在述祖，故以能因爲先。」又云：「《釋詁》：『圖、猷，謀也。』猷、猶古通用。判涣，當讀與《卷阿》詩『伴奂爾游矣』同。伴、奂皆大也。《説文》：『伴，大皃。』『奂』字注：『一曰：大也。』《小毖》詩以『小毖』名篇，言當慎其小也。此詩『繼猶判涣』，言當謀其大也。作『判涣』者，叚借字。箋訓爲『分散』，失之。」維予小子，未堪家多難。【疏】箋：「多，衆也。我小子耳，未任統理國家衆難成之事，心有任賢待年長大之志。難成之事，謂諸政有業未平者。」○馬瑞辰云：「《小毖》詩亦云『未堪家多難』，正義引王肅云：『言患難宜慎其小。』又引王肅解經云：『非徒多難而已，又多辛苦。』是肅述毛，正讀『難』如『患難』之『難』。此章解『多難』宜與彼同，箋以爲『國家衆難成之事』，非詩義。」黄山云：「『三年之喪，二十五月而畢。』成王即吉，甫逾二年也。《尚書大傳》曰：『周公攝政，一年救亂，二年克殷，三年踐奄，四年建侯衛，五年營成周，六年制禮作樂，七年致政成王，東征三年，踐奄而後歸。』與《豳詩》説合。三監之變，公親致刑焉，骨肉摧殘，正成王所謂『家難』也。訪落之時，公既未歸，難猶未已。惟其不堪多難，故訪羣臣而謀之。箋乃説『多難』爲事之難，孔疏即指爲『制禮作樂、營洛之等』，無論三者皆周公五年以後之事。斯時成王保身是亟，無暇遠圖。且三事皆國之大經，與家何涉？其非詩義明矣。」紹庭上下，陟降厥家。休矣皇考，以保明其身。【疏】箋：「紹，繼也。厥家，謂羣臣也。繼文王陟降庭止之道，上下羣臣之職以次序者，美矣我君考武王，能以此道尊安其身。謂定天下，居天子之位。」○《閔予小子》篇：「念茲皇祖，陟降庭止。」鬼神臨其庭而業光，臨其家而身安。家既多難之家，❶與《桓》篇「克定厥家」同詞，箋指「羣臣」，非。《書·雒誥》：「公明保予沖子。」《多士》：「大不克明保享于民。」保明，猶「明保」也。明者，勉也。皇考以此道保其身而勉其身，予亦惟紹之而已。黄山云：「朱《集傳》於《閔予小子》、《訪落》、《敬之》『陟降』句，均推顔師古説，以今文易古文。其説『紹庭上下』四句，謂『繼其上下於庭，陟降于家，庶賴皇考之休，以明保吾身』，是以『家』爲即成王之家，《集傳》已然矣。惟詩意乃冀鬼神感召繼臨其庭者，而又臨其家，以保其身。『紹』當屬鬼神言，《集傳》仍以屬成王，故胡承珙有『不可謂繼鬼神』之疑耳。」愚按：此本齊、韓《詩》説。毛訓「庭」爲「直」，則本魯説也。

《訪落》一章十二句。

敬之【注】魯説曰：「《敬之》一章十二句。羣臣進戒嗣王之所歌也。」【疏】毛序：「羣臣進戒嗣王也。」○「敬之」至「歌也」，蔡邕《獨斷》文，魯説也。齊、韓當同。

敬之敬之，天維顯思，命不易哉。無曰高高在上，陟降厥士，日監在茲。【疏】傳：「顯，見；士，事也。」箋：「顯，光；監，視也。羣臣見王謀即政之事，故因時戒之曰：敬之哉，敬之哉，天乃光明，去惡與善，其命吉凶，不變易也。無謂天高又高在上，遠人而不畏也。天上下其事，謂轉運日月，施其所行，日月瞻視，近在此也。」○《新書·禮容》篇引《詩》「敬之敬之」六句，《漢書·孔光傳》引《詩》「敬之敬之」三

❶「既」，疑當作「即」。

句，魯文也。《漢書・郊祀志》匡衡奏議引：「《詩》：『毋曰高高在上，陟降厥士，日監在兹。』言天之日監王者之處也。」此齊文也。「無」作「毋」，餘魯、齊全同。胡承珙云：「《左・僖二十二年傳》：『邾人以須句故出師。公卑邾，不設備而禦之。臧文仲曰：「國無小，不可易也。」』引《詩》曰：『敬之敬之，天維顯思，命不易哉。』又成四年《傳》：『公如晉，晉侯見公，不敬。季文子曰：「晉侯必不免。《詩》曰『敬之敬之』云云。夫晉侯之命在諸侯矣，可不敬乎？」』據此，皆以《詩》『不易』爲『難易』之『易』，箋説似非經旨。」馬瑞辰云：「《大雅・文王》篇『駿命不易』，《釋文》述毛云：『不易，言甚難也。』此詩『命不易哉』，義當與彼同。『天維顯思』，謂天道之顯赫。」維予小子，【注】魯「維」作「惟」。不聰敬止。日就月將，學有緝熙于光明。佛時仔肩，【注】韓「佛」作「弗」。示我顯德行。【注】魯「示」作「視」。【疏】傳：「小子，嗣王也。將，行也。光，廣也。佛，大也。仔肩，克也。」箋：「緝熙，光明也。佛，輔也。時，是也。仔肩，任也。羣臣戒成王以敬之敬之，故承之以謙云，我小子耳，不聰達於敬之之意。日就月行，言當習之以積漸也。且欲學於有光明之光明者，謂賢中之賢也。輔佛是任，示道我以顯明之德行。是時自知未能成文、武之功，周公始有居攝之志。」

○「魯『維』作『惟』，『示』作『視』」者，《新書・禮容》篇又引：「『惟予小子，不聰敬止。日就月將，學有緝熙于光明。佛時仔肩，視我顯德行。』故弗順弗敬，天下不定。忘敬而怠，人必乘之。嗚乎，戒之哉！」據此，魯「維」作「惟」，與毛異。「示」作「視」，古字通，餘全同。「佛」字，三家義無可攷。李黼平云：「《説文》：『𡘍，大也。從大，弗聲。讀若「予違汝弼」。』毛蓋讀佛爲𡘍。」曾釗云：「凡從弗之字，即有『弼違』之意。如矯弓之屈以使正爲⿱弗弗曰，矯人之非以合宜爲⿱羊弗，其字皆從弗。𡘍從大，從弗，言大矯之。鄭訓『佛』爲『輔』，與傳相成，非違傳也。」《淮南·修務訓》：「知人無務，不若愚而好學。自人君、公、卿至於庶人，不自彊而功成者，天下未之有也。《詩》云：『日就月將，學有緝熙于光明。』此之謂也。」高誘注：「《詩·頌·敬之》篇，言日有所成就，月有所奉行，當學之是明，此勉學之謂也。」又曰：「夫事有易成者名小，難成者功大。君子修美，雖未有利，福將在後至。故《詩》曰：『日就月將，學有緝熙于光明。』此之謂也。」《中論·治學》篇：「大樂之成，非取乎一音。嘉膳之和，非取乎一味。聖人之德，非取乎一道。故曰：學者，所以總羣道也。羣道統乎己心，羣言一乎己口，唯所用之，故出則元亨，處則利貞，默則立象，語則成文。述千載之上，若共一時。論殊俗之類，若與同室。度幽明之故，若見其情。原治亂之漸，若指己效。故《詩》曰：『學有緝熙于光明。』其此之謂也。」愚案：以上皆魯説，高注尤可推見魯義。《易林·升之節》：「日就月將，昭明有功。靈臺觀賞，膠鼓作仁。」陳喬樅云：「據此，知《齊詩》説亦以靈臺、辟雍同處。『膠鼓作仁』，謂膠庠及鼓宗也。」《繁露·身之養重於義》篇：「聖人事明義，炤燿其所闇，故民不陷。《詩》云：『示我顯德行。』先王顯德以示民，民樂而歌之以爲詩，説而化之以爲俗。故不令而自行，不禁而自止，從上之意，不待使之，若自然矣。」陳喬樅云：「《説郛》載《詩緯·汜曆樞》曰：『聖人事明義，以炤燿其所闇，故民不陷。《詩》云：「示我顯德行。」』《詩緯》與《繁露》皆《齊詩》説，故文大同。」《韓詩外傳》三引「日就月將」三條，《外傳》八引「日就月將」二條。「韓『佛』作『弗』」者，《外傳》三引「弗時仔肩，示我顯德行」一條，「佛」作「弗」。陳喬樅云：「《韓詩》作『弗』，《説文》：『弗，矯也。』矯亦輔弼之義。」黄山云：「《尚書大傳》：『武王死，周公身居位，聽天下爲政。』《淮南·繆稱訓》：『武王既没，周公踐東宫，履乘石，攝天子之位。』《史記·魯世家》：『周公恐天下聞武王崩而畔，乃踐阼，代成王攝行政當國。』是今文説皆謂攝政即在武王崩時。箋謂成王作《敬之》篇，周公始有居攝之志，則攝政在成王除喪後。諒陰之内，政誰屬乎？已不合矣。攝政既改後，故流言之作、三監之畔，亦皆在後，成王前此固無家難之可言。遂不得不説『多難』爲『衆難成之事』，並改《詩》説也。然難成之事既即爲制禮作樂、營洛，自必俟平三監、淮夷之亂，乃暇議及。《酌》篇箋言『周公居攝六年，制禮作樂』，與《大傳》同，而説《小毖》詩謂『統理衆難』爲『使周公居攝時』，『又集于蓼』爲『遇三監、淮夷之難』。矛盾倒置，尤爲不合，必不可從矣。」

《敬之》一章十二句。

小毖【注】魯説曰：「《小毖》一章八句。嗣王求忠臣助己之所歌也。」【疏】毛序：「嗣王求助也。」箋：「毖，慎也。天下之事當慎其小，小時而不慎，後爲禍大，故成王求忠臣早輔助己爲政，以救患難。」○「小毖」至「歌也」，蔡邕《獨斷》文，魯説也。齊、韓當同。胡承珙云：「篇中桃蟲、飛鳥之喻，多難、集蓼之言，是方當武庚作亂，國家不靖之時，急求輔助，故其詞危迫。《大誥》曰『殷小腆，誕敢紀其敘』，即桃蟲、飛鳥之謂也。曰『予惟小子，若涉淵水，予惟往求朕攸濟』，即求助之謂也。《小毖》之作，似正值周公東征。詩曰『予其懲』者，懲戒往日之誤信流言，致疑周公，《史記》所謂『推己懲艾，悲彼家難』也。曰『毖後患』者，謂禍難未已，當日慎一日，《大誥》所云『朕言艱日思』也。《逸周書》：『成王即位，因嘗麥而語羣臣求助，作《嘗麥解》。』其曰『求助』，與《詩序》相應。其文曰『維四年孟春』，又可證此及上三篇通爲免喪謀即政時事也。」愚案：胡説甚得《詩》

恉。箋謂詩作於周公歸政之後，非也。

予其懲而，毖後患。【注】韓説曰：「懲，苦也。」莫予荓蜂，【注】魯「荓蜂」作「甹夆」，云：「掣曳也。」一作「莫予併螽」。自求辛螫。【注】韓「螫」作「赦」，曰：「赦，事也。」【疏】傳：「毖，慎也。荓蜂，摩曳也。」箋：「懲，艾也。始者管叔及其羣弟流言於國，成王信之，而疑周公。至後三監叛而作亂，周公以王命舉兵誅之，歷年乃已。故今周公歸政，成王受之，而求賢臣以自輔助也。曰我其創艾於往時矣，畏慎後復有禍難。羣臣小人無敢我摩曳，謂爲譎詐誑欺，不可信也。女如是，徒自求辛苦毒螫之害耳，謂將有刑誅。」○「懲，苦也」者，《列子》釋文下引《韓詩内傳》文，《詩》釋文引同。陳喬樅云：「箋云：『懲，艾也。』本《史記》『推己懲艾，悲彼家難』語。韓以『懲』爲『苦』，義亦與『艾』相近。」愚案：懲，憂悔之詞。《小明》詩云：「心之憂矣，其毒太苦。」苦，亦疾惡之詞。《淮南・精神》篇云「苦洿之家，掘洿而注之江」，注云：「苦，猶疾也。」「『荓蜂』作『甹夆』，云『掣曳也』」者，《釋訓》文，魯説也。掣，《説文》作「瘛」，云：「引縱曰瘛。」甹夆，蓋「𢔎𢓭」之省。《説文》「𢔎」、「𢓭」並云：「使也。」孔疏引孫炎曰：「謂相掣曳入於惡也。」與「荓蜂」聲近叚借。「一作『莫與併螽』」者，❶《潛夫論・慎微》篇引《詩》作「莫與併螽」。「蠭」之誤。王習《魯詩》，是用魯「亦作」本。「予」作「與」，古字通。二叔流言，成王疑周公，流言何以上聞？成王何以致疑？必有小人掣曳其間而使然，故王深惡而嚴敕之。《易林・履之泰》：「蠆室蜂户，螫我手足。不得進止，爲吾害咎。」《屯之明夷》、《蠱

❶「螽」，原作「蠭」，據本疏上下文改。

之觀》同。據此，齊文與毛同，而釋用「蜂」字本義。并，又本與「拼」同。《釋詁》「拼」亦「使」也。言勿在予側，使口如蜂，不能螫人，而還以自螫也。「韓『螫』作『赦』，云『赦，事也』」者，馬瑞辰云：「『赦』即『螫』字之省，訓『事』者，蓋以『螫』爲『敕』之同音叚借。《釋詁》：『敕，勞也。事，勤也。』勤、勞同義，故『敕』可訓『勞』，即可訓『事』。辛螫，猶辛勤、辛苦。」言小人莫予掣曳，徒自辛苦耳。肇允彼桃蟲，拚飛維鳥。【注】韓「拚」作「翻」，說曰：「翻，飛貌。」【疏】傳：「桃蟲，鷦也。鳥之始小終大者。」箋：「肇，始；允，信也。始者信以彼管、蔡之屬，雖有流言之罪，如鷦鳥之小，不登誅之，後反叛而作亂，猶鷦之翻飛爲大鳥也。鷦之所爲鳥，題肩也，或曰鴞，皆惡聲之鳥。」○「韓『拚』作『翻』，曰『翻，飛貌』」者，《文選》謝瞻《詠張子房詩》李注引薛君《韓詩章句》文。據此，知韓「拚」作「翻」。箋云「翻飛爲大鳥」，即用韓義申毛。孔疏云：「諸儒皆以鷦爲巧婦，與題肩又不類。箋以鷦與題肩及鴞三者爲一，其義未詳。且言鷦之爲鳥題肩，事亦不知所出。」馬瑞辰云：「《釋鳥》：『桃蟲，鷦䳟。』郭注：『鷦䳟，桃雀也。俗呼爲巧婦，小鳥而生雕鶚者也。』陸璣《草木疏》云：『今鷦鷯是也。微小於黃雀，其雛化而爲雕，故俗語鷦鷯生雕。』《易林》亦曰：『桃蟲生雕。』《御覽》九百二十三引同。《藝文類聚》九十二引《易林》又云：『布穀生子，鷦鷯養之。』今案：古云鷦鷯生雕，蓋即謂鷦鷯取布穀之子養之，化爲雕鶚，故《方言》說巧婦之名，或謂之過嬴，猶桑蟲之化螟蛉，亦名果嬴也。鷦鷯一名鴟鴞，《豳詩》『鴟鴞鴟鴞，既取我子』，喻武庚之誘管、蔡，猶鴟鴞取布穀之子使化雕鶚也。此詩『肇允彼桃蟲，翻飛維鳥』，喻管、蔡之從武庚，猶布穀之子爲桃蟲所養而化雕鶚也。《列子·天瑞》篇：『鷂之爲鸇，鸇之爲布穀，布穀又復爲鷂。』《呂覽·仲春紀》『鳩化爲鷹』，高注：『鳩，蓋布穀。』則布穀與鷹鸇互相變化，由來久矣。箋云『或曰鴞，皆惡聲之鳥』，據正義云『定本、《集注》皆云「或曰鴟，皆惡鳥也」』，以桃蟲一名鴟鴞證之，當作『或曰鴟鴞，皆惡鳥也』。定本、《集注》遺『鴞』字，遂誤作『惡聲之鳥』矣。」愚案：《禮·月令》注：「鷹，或名題肩。」合《列子》、《吕覽》注證之，鄭箋非不可通也。

未堪家多難，予又集于蓼。【疏】傳：「堪，任；予，我也。我又集于蓼，言辛苦也。」箋：「集，會也。未任統理我國家衆難成之事，謂使周公居攝時也。我又會於辛苦，遇三監及淮夷之難也。」○《楚詞》東方朔《七諫》「蓼蟲不知徙乎葵菜」，王注：「言蓼蟲處辛烈，食苦惡，不能知徙於葵菜，食甘美。」洪興祖《補注》：「蓼，辛菜也。」陳奂以爲「桃蟲集蓼」，大誤。成王言時逢多難，境又處辛苦，切望羣臣各抒忠謀以相助也。黄山云：「此詩作於成王除喪朝廟之後，當即在征淮夷之時。家多難，指三監之啟商。又集于蓼，正指淮夷之繼叛。不當如箋説也。」《易林·觀之益》：「去辛就蓼，毒愈酷甚。」用齊經文。

《小毖》一章八句。

載芟【注】魯説曰：「《載芟》一章三十一句。春藉田祈社稷之所歌也。」【疏】毛序：「春藉田而祈社稷也。」箋：「藉田，甸師氏所掌，王載耒耜所耕之田。天子千畝，諸侯百畝。藉之言借也，借民力治之，故謂之藉田。」○「載芟」至「歌也」，蔡邕《獨斷》文，魯説也。《南齊書·樂志》：「漢章帝時，玄武司馬班固奏用《周頌·載芟》，以祈先農。」是齊説亦以此詩爲藉田祈社稷所用樂歌。《韓詩》當同。

載芟載柞，其耕澤澤。【注】魯「澤」作「郝」，云：「耕也。」千耦其耘，徂隰徂畛。侯主侯伯，侯亞侯旅，侯彊侯以。【疏】傳：「除草曰芟，除木曰柞。畛，埸也。主，家長也。伯，長子也。亞，仲叔也。旅，子弟也。彊，彊力也。以，用也。」箋：「載，始也。隰，謂新發田也。畛，謂舊田有徑路者。强，有餘力者。《周禮》曰：『以强予任民。』以，謂閒民，今時傭賃也。《春秋》之義，能東西之曰以。成王之時，萬民樂治田業。將耕，先始芟柞其草木，土氣烝達而和，耕之則澤澤然解散，於是耘除其根株，輩作者千耦，言趨時也。或往之隰，或往之畛，父子餘夫俱行，强有餘力者相助，又取傭賃，務疾畢已當種也。」○馬瑞辰云：「《說文》：『槎，衺斫也。』『槎』與『乍』雙聲，此詩『載柞』及《周禮》『柞氏』，皆當爲『槎』之叚借。『柞』又與『斮』聲近而義同。《說文》：『斮，斬也。』『斬，截也。』《禮・內則》『魚曰作之』，《爾雅》樊光本作『斮』，亦柞、斮相通之類。又《皇矣》詩『作之屏之』，作謂除木，亦當讀與『載柞』之『柞』同。釋、澤古通，故《釋文》：『澤澤，音釋釋。』」「『澤』作『郝』，云『耕也』」者，《釋訓》文，魯說也。郭云：「言土解。」孔疏引舍人注：「釋釋，猶藿藿，解散之意。」此蓋本作「郝郝」，故云「猶藿藿」。若作「釋釋」，不得云「猶藿藿」也。《楚詞・九歎》王逸注：「耘，耔也。《詩》云：『千耦其耘。』」又《大招》注：「畛，田上道也。《詩》云：『徂隰徂畛。』」明魯、毛文同。馬瑞辰云：「《遂師》：『巡其稼穡，而移用其民。』侯彊、侯以，皆在移用其民之列。『彊』謂彊有力者，既自治其田，復有餘力治人之田。『以』則傭賃，專爲人用，此其異也。《遂人》『以彊予任甿』，『彊』爲《詩》之『侯彊』。『予』即《詩》之『侯以』，予、以古通用，予即與也，與猶以也。彊、予二字平列。鄭注《遂人》云『謂民有餘力，復予之田』，不知『予』即『侯以』之『以』，故但引『彊予』以證『侯彊』耳。」

有嗿其饁，思媚其婦，有依其士。【疏】傳：「嗿，衆貌。士，子弟也。」箋：「饁，饋饟也。依之言愛也。婦子來饋饟其農人於田野，乃逆而媚愛之，言勸其事勞不自苦。」○馬瑞辰云：「《説文》：『喰，聲也。』《集傳》：『喰，衆飲食聲。』蓋兼取毛傳、《説文》之義。王引之云：『依之言殷也。馬融《易》注：「殷，盛也。」「有依」爲壯盛之皃。❶「有喰其饁」四語皆形容之詞。』」有略其耜，【注】魯「略」作「畧」，云：「畧，利也。」俶載南畝。播厥百穀，實函斯活。【疏】傳：「略，利也。」箋：「俶載，當作『熾菑』。播，猶種也。實，種子也。函，含也。活，生也。農夫既耘除草木根株，乃更以利耜熾菑之而後種，其種皆成好含生氣。」○「畧，利也」者，《釋詁》文。據此，知魯作「畧」。《説文》「剽」，籀文作「畧」，云：「刀劍刃也。」《詩》釋文：「略，《字書》本作『畧』。」《匡謬正俗》引張揖《古今字詁》云：「略，古作『畧』。」《楚詞·九章》王逸注：「播，種也。《詩》曰：『播厥百穀。』」明魯、毛文同。孔疏：「函者，容藏之義，故轉爲『含』，猶人口含之也。」驛驛其達，【注】魯「驛」作「繹」，云：「生也。」有厭其傑。厭厭其苗，緜緜其麃。【注】韓「緜」作「民」。魯「麃」作「穮」。【疏】傳：「達，射也。有厭其傑，言傑苗厭然特美也。麃，耘也。」箋：「達，出地也。傑，先長者。厭厭其苗，衆齊等也。」○「魯『驛』作『繹』，云『生也』」者，《釋訓》文，魯説也。孔疏引舍人曰：「穀皆生之貌。」又順毛改「繹繹」爲「驛驛」。《文選·甘泉賦》李注引薛君《章句》曰：「繹繹，盛貌。」是韓與魯同。馬瑞辰云：「厭，當即『懕』之省。《説文》、《廣雅》並云：『懕，好也。』故懕然爲特美皃，以别於下之『厭厭』也。」又云：「《廣雅》：『苗，衆也。』苗與傑對言，傑爲特出，則苗爲衆矣。《集韻》：『稖稖，苗齊等也。』作『稖稖』者，蓋《韓詩》文。鄭箋及《集韻》『苗齊等』義亦當本於《韓詩》。厭厭，即『稖稖』之叚借也。」愚案：馬説

❶「依」，原作「殷」，據馬瑞辰《通釋》改。

是。《行露》詩「厭浥」，韓作「湆浥」。《小戎》詩「厭厭良人」，《湛露》詩「厭厭夜飲」，韓皆作「愔愔」。湆、愔皆音聲，則此詩之「厭厭」，韓亦必用音聲字。「稽稽」之爲《韓詩》異文，確然無疑。「韓『緜』作『民』」者，《釋文》引《韓詩》云：「民民，衆貌。」陳喬樅云：「傳：『麃，芸也。』孔疏引王肅云：『芸者，其衆緜緜然不絶也。』肅即用韓義述毛。民、緜雙聲通用。《小雅》『緜蠻黄鳥』，《禮記》引作『緡蠻』，是其類也。」「魯『麃』作『穮』」者，《釋訓》：「緜緜，穮也。」是《魯詩》「緜」與毛同，「穮」與毛異。毛作「麃」，借字。魯作「穮」，正字也。孔疏順毛改爲「麃」，引：「孫炎曰：『緜緜，言詳密也。』郭璞曰：『芸不息也。』」其引郭注與今異。《釋文》引：「《説文》云：『穮，耨鉏田也。』《字林》云：『穮，耕禾間也。』」今《説文》作「穮，耘禾間也」，是以《字林》語溷入。

載穫濟濟，有實其積，萬億及秭。爲酒爲醴，烝畀祖妣，以洽百禮。有飶其香，邦家之光。有椒其馨，胡考之寧。【注】三家「椒」作「馥」。【疏】傳：「濟濟，難也。飶，芬香也。椒，猶飶也。胡，壽也。考，成也。」箋：「難者，穗衆難進也。有實，實成也。其積之乃萬億及秭，言得多也。烝，進；畀，予；洽，合也。進予祖妣，謂祭先祖先妣也。以洽百禮，謂饗燕之屬。芬香之酒醴饗燕賓客，則多得其歡心，於國家有榮譽。寧，安也。以芬香之酒醴祭於祖妣，則多得其福右。」○「三家『椒』作『馥』」者，《釋文》：「椒，沈作『俶』，尺叔反，云：『作「椒」者，誤也。』」阮氏元曰：「『椒』乃『馥』之誤。《隸釋》八《冀州從事張表碑》引作『有馥其馨』，《隸續》十一《膠東令王君廟門斷碑》亦作『有馥其馨』，是漢之經文作『馥』明矣。《晉左九嬪納楊后贊》曰『有馥其馨』，❶見《藝文

❶「九」，原作「貴」，據續經解本《齊詩遺説攷》十、《皇清經解》本《揅經室集》、宋本《藝文類聚》改。

類聚》十五。傅咸《答潘尼詩》曰『有馥其馨』，見《藝文類聚》三十一。是晉猶作『馥』矣。沈重作『俶』，尺叔反，「馥」字切音《廣韻》、《集韻》皆以「房」爲雙聲。「尺」字疑「房」之訛。且以作『椒』爲誤，此不知唐以前何時寫者損滅『馥』字，又損『房』爲『尺』，又誤『叔』爲『俶』，又由『俶』形與『椒』近而誤爲『椒』。❶陸氏《釋文》云『無故改爲「俶」』，而不知『俶』乃『馥』切音字之誤冒也。傳『椒，猶飶也』，當作『馥，猶飶也』，此蒙上『有飶其香』而言，飶香與馥香同。若是『握椒』、『椒椴』之『椒』，傳、箋皆不容無解『椒』之詞，而『椒，猶飶也』爲不詞矣。此經文明是『馥』字之本證。然非漢、晉四證，則此字無由臆造，永不知其誤而又誤矣。程氏恩澤曰：『《詩》「苾芬孝祀」，《文選》注、《衆經音義》並引《韓詩》作「馥芬孝祀」，「馥」字形聲不謬於六書，可補《説文》之遺。』元又謂：飶、苾皆從必，義同馥，音亦同馥，所以毛傳云『馥，猶飶也』。馥與飶同，此亦《詩》義同字變之例也。虙羲即伏羲與宓子賤，皆房六切，亦必、复同音之證。」愚案：阮説詳洽，惟所據皆本三家《詩》説，强毛就之則非。陳喬樅云：「案：《華嚴經音義》上引《字林》云：『馥，香氣盛也。』正《詩》『馥』字之訓。《廣雅・釋訓》：『馥馥、芬芬，香也。』馥馥即苾苾。《小雅・信南山》曰『苾苾芬芬』，三家《詩》作『馥馥芬芬』。蔡邕《司空臨晉侯楊公碑》曰『祀事孔明』，又曰『馥馥芬芬』，是其明證。何晏《景福殿賦》亦云『馥馥芬芬』，皆用《信南山》詩語。《廣雅》所釋，即據三家《詩》訓義也。《上林賦》『芬香漚鬱，酷烈淑郁』，『淑郁』正芬香之義。據《聘禮》『俶獻』，注：『古文「俶」作「淑」。』是『俶』又可通『淑』也。三家今文作『馥』，毛以『淑』爲『馥』之通假。

❶「俶」，原作「叔」，據續經解本《齊詩遺説攷》十、《皇清經解》本《揅經室集》改。

水旁與木旁形近，遂誤作『椒』耳。若毛同三家作『馥』，則馥、椒字形迥别，無緣致誤，沈重亦無因改字爲『俶』矣。」匪且有且，匪今斯今，振古如兹。【疏】傳：「且，此也。振，自也。」箋：「匪，非也。振，亦古也。饗燕祭祀，心非云且而有且，謂將有嘉慶禎祥先來見也。心非云今而有此今，謂嘉慶之事不聞而至也。言修德行禮，莫不獲報，乃古古而如此，所由來者久，非適今時。」○《釋詁》：「振，古也。」郭注：「《詩》曰：『振古如兹。』」箋蓋據魯義易毛。

《載芟》一章三十一句。

良耜【注】魯説曰：「《良耜》一章二十三句。秋報社稷之所歌也。」【疏】毛序：「秋報社稷也。」○「良耜」至「歌也」，蔡邕《獨斷》文，魯説也。齊、韓當同。

畟畟良耜，俶載南畝。【注】魯説曰：「畟畟，耜也。」播厥百穀，實函斯活。【疏】傳：「畟畟，猶測測也。」箋：「良，善也。農人測測以利善之耜熾菑是南畝也，種此百穀，其種皆成好含生氣，言得其時。」○《説文》「畟」下云：「治稼畟畟進也。」「畟畟，耜也」者，《釋訓》文，魯説也。孔疏引舍人注：「畟畟，耜入地之貌。」《爾雅》釋文：「畟，字或作『稷』。」《太玄經》注引作「稷稷」，是《魯詩》異文。或來瞻女，載筐及筥，其饟伊黍。【注】齊「饟」作「餉」。其笠伊糾，其鎛斯趙，以薅荼蓼。【注】三家「趙」作「𢱧」。魯「薅」作「茠」，「荼」作「蒤」。【疏】傳：「笠，所以禦暑雨也。趙，刺也。蓼，水草也。」箋：「瞻，視也。有來視女，謂婦子來饁者也。筐、筥，所以盛黍也。豐年之時，雖賤者猶食黍。饁者見戴糾然之笠，以田器刺地，薅去荼蓼之事，言閔其勤苦。」〇「齊『饟』作『餉』」者，《禮・郊特牲》鄭注：「《詩》曰：『其餉伊黍，其笠伊糾。』言野人之服也。」是《齊詩》如此。《説文》「饟」下云：「周人謂餉曰饟。」「餉」下云：「饟也。」是二字音近通用，義並同。陳喬樅云：「《説文》：『糾，三合繩也。』《郊特牲》言『草笠而至，尊野服也』，是詩『其笠伊糾』，謂以草爲笠，其繩惟三合之耳。」「三家『趙』作『撊』」者，馬瑞辰云：「《考工記》鄭注引《詩》『其鎛斯撊』，《集韻》引同，本三家《詩》。《集韻》又曰：『撊，或作「趟」。』是撊、趟一字，古文通借作『趙』，撊、趙雙聲通用，猶『朝』借作『輖』也。撊之言揫，《説文》、《廣雅》並云：『揫，刺也。』故撊亦爲刺耳。」「魯『薅』作『茠』，『荼』作『蒤』」者，《釋草》「蒤，委葉」，郭注：「《詩》云：『以茠蒤蓼。』」是《魯詩》如此。《説文》：「薅，拔去田草也。」重文作「茠」，引《詩》作「既茠荼蓼」。《釋文》引《説文》仍作「以茠」，與郭同，今本「既」字或誤也。「蒤」皆作「荼」，與毛同，與郭異。《爾雅》釋文：「荼，亦作『蒤』。」則本通作矣。　孔疏引：「王肅云：『荼，陸穢。蓼，水草。』由田有原有隰，故並舉水陸穢草。」荼蓼朽止，黍稷茂止。　穫之挃挃，積之栗栗。【注】魯説曰：「挃挃，穫也。栗栗，衆也。」齊、韓作「稽之秩秩」。　其崇如墉，其比如櫛，以開百室。【疏】傳：「挃挃，穫聲也。栗栗，衆多也。墉，城也。」箋：「百室，一族也。草穢既除而禾稼茂，禾稼茂而穀成熟，穀成熟而積聚多。如墉也、如櫛也，以言積之高大且相比迫也。其已治之，則百家開户納之。千耦其耘輩作，尚衆也。一族同時納穀，親親也。百室者，出必共洫間而耕，入必共族中而居，又有祭酺合醵之歡。」〇「挃挃」二句，《釋訓》文，魯説也。孔疏引：「孫炎曰：『挃挃，穫聲也。』李巡曰：『栗栗，積聚之衆。』」義皆與毛同。《釋名》「挃挃」作「銍銍」，云：「斷禾穗聲也。」挃、銍聲義相近。「齊、韓作『稽之秩秩』」者，《説文》：「稽，積禾也。」引《詩》「稽之秩秩」，蓋本三家。魯文同毛，則作「穧之秩秩」者，齊、韓文也。馬瑞辰云：「穧、積以雙聲爲義，《廣雅》亦曰：『穧，積也。』栗、秩古音同部，通用。《公羊·哀二年》經『戰于栗』，《釋文》：『栗，一本作「秩」』。是其證矣。《説文》：『秩，積也。』又『㮚』下云：『玉英華羅列秩秩。』㮚猶秩也，則秩秩與栗栗義亦同。蓋衆多則積，積之必秩然有序，其義正相成也。」百室盈止，婦子寧止。殺時犉牡，有捄其角。以似以續，續古之人。

【疏】傳：「黄牛黑脣曰犉。社稷之牛角尺。以似以續，嗣前歲，續往事也。」箋：「捄，角貌。五穀畢入，婦子則安，無行饁之事，於是殺牲報祭社稷。嗣前歲者，後求有豐年也。續往事者，復以養人也。續古之人，求有良司穡也。」〇《北堂書鈔》二十七引《韓詩》曰：「王者藏於天下，諸侯藏於百姓。」此「百室盈止」之義也。《鹽鐵論·力耕》篇：「古者尚力務本而種樹繁，躬耕趣時而衣食足，雖累凶年而人不病也。故衣食者民之本，稼穡者民之務也。二者修，則國富而民安也。《詩》曰：『百室盈止，婦子寧止。』」此《齊詩》義。馬瑞辰云：「《説文》：『觓，角皃。』『捄』即『觓』之叚借。《詩》『兕觵其觩』、『角弓其觩』作『觩』者，又『捄』之俗。」孫志祖云：「《禮·王制》『祭天地之牛角繭栗，宗廟之牛角握，賓客之牛角尺』，『賓客』即『社稷』之譌。《王制》以『祭』字貫下三句。若『賓客』，則不得言祭。《禮器》『牲不及肥大』，彼疏謂『郊牛繭栗，宗廟角握，社稷角尺』。」愚案：此數説固皆於毛合，惟《詩》疏引《禮緯·稽命徵》云：「宗廟、社稷角握。」《公羊·僖三十一年傳》何注亦云：「社稷、宗廟角握。」則知今文説祭社稷之牛不作「角尺」矣。陳奐云：「古之人，田祖、田畯皆是也。《籥章》：『凡國祈年于田祖，歈《豳雅》，擊土鼓，以樂田畯。』《甫田》傳：『田祖，先嗇也。』鄭司農注：『田畯，古之先教田者。』蓋亦古農官。」

《良耜》一章二十三句。

絲衣【注】魯説曰：「《絲衣》一章九句。繹賓尸之所歌也。」【疏】毛序：「繹賓尸也。高子曰：『靈星之尸也。』」箋：「繹，又祭也。天子諸侯曰繹，以祭之明日。卿大夫曰賓尸，與祭同日。周曰繹，商謂之肜。」〇「絲衣」至「歌也」，蔡邕《獨斷》文，魯説也。齊、韓當同。陳喬樅云：「劉向《五經通義》亦以『絲衣其紑』爲言王者祭靈星公尸所服之衣，與高子説合，知魯、毛義同。」胡承珙曰：「《史記・封禪書》：『漢興八年，或曰周興而邑郃，立后稷之祠，至今血食天下。於是高祖制召御史：『其令郡國縣立靈星祠，常以歲時祠以牛。』」張晏注：「龍星左角曰天田，則農祥也，晨見而祭之。」張守節《正義》引《漢舊儀》云：「五年，修復周家舊祠，祀后稷於東南，爲民祈農報厥功。夏則龍星見而始雩。龍星左角爲天田，右角爲大庭。天田爲司馬，教人種百穀爲稷。靈者，神也。辰之神爲靈星，故以壬辰日祠靈星於東南，金勝爲土相也。」其後《漢書・郊祀志》、《續漢書・祭祀志》皆因之。以漢法推周制，考《周語》虢文公曰：「農祥晨正。」❶伶州鳩曰：「昔武王伐殷，月在天駟。月之所在，辰馬農祥也。我太祖后稷之所經緯也。」《晉語》董因曰：「大火，閼伯之星也，是爲大辰。辰以成善，后稷是相。」此三條皆足爲周人祀靈星之證。《續漢書》云：「言祠后稷而謂之靈星者，以后稷又配食星也。」然則靈星之祀，其來甚古。《淮南・主術訓》：「君人之

❶「晨」，原作「農」，據續經解本《毛詩後箋》、《國語》改。

道，其猶零星之尸也。」「零」同「靈」。是靈星之有尸亦久矣。高子與孟子同時，去古未遠，故能確知此詩爲祀靈星之作也。《古今注》云：「元和三年初，爲郡國立稷及祠社、靈星禮器。」《後漢・東夷傳》：「高句驪好祠鬼神、社稷零星。」可知古者靈星之祀，與社稷爲類。《絲衣》詩之次於《載芟》、《良耜》，殆非無故矣。」喬樅謂：據《論衡・明雩篇》云：『水旱不時，雖有靈星之祀，猶復雩，恐前不備，彤繹之義也。』是知古者祭天地、社稷，皆有繹祭賓尸之禮。此《絲衣》詩爲繹賓尸之所歌，即承上《載芟》、《良耜》二詩言之。《載芟》、《良耜》爲一歲再祭之明文。《孝經援神契》曰：『仲春祈穀，仲秋穫禾，報社祭稷。社者，五土之主。稷者，百穀之長。祭社配以后土，祭稷配以后稷。』《五經通義》曰：『王社在藉田中，爲千畝，報功也。』《載芟》、《良耜》所云『祈報社稷』者，社即指王社言之。稷亦即靈星之祠，祀后稷也。《漢書・郊祀志》：『社者，土也。宗廟，王者所居。稷者，所以奉宗廟，供粢盛，人所食以生活也。王者莫不尊重親祭，自爲之主，禮如宗廟。』故鄭箋釋《絲衣》之『繹賓尸』，即據宗廟之禮申明其說。《載芟》、《良耜》二篇是正祭所歌，《絲衣》一篇則繹祭之樂章也。」蓋觀胡氏所論，已足證明靈星之祭爲古所有。益以陳氏之說，繹尸亦復有據，於義備矣。黄山云：「靈星所祭者天田，天田爲龍左角之星，非即龍也。龍主雨，天田主稷。惟其主稷，故爲祈報社稷繹尸之詩。而又以雩掍之，非也。龍見於建巳之月，於夏正亦爲四月，而云二月，亦非也。求雨之祭，至兩漢猶始立夏，止立秋。春雩、秋雩，古所謂非禮之雩，豈可爲典？要祈穀與祈雨有別，《月令》之『祈穀實』，因大雩而及之，然亦在仲夏八月，而『祈穀』實亦《月令》

所無。春社，祈也。秋社，報也。報尚何求？尤不可通也。惟周以后稷配天，非時不敢祭，故别立靈星以爲常祀。旱潦蟲蝗，蓋皆禱之，豈專爲求雨設哉？」

絲衣其紑，載弁俅俅。【注】魯、韓「載」作「戴」。韓「俅」作「頍」。自堂徂基，自羊徂牛，【注】韓「徂牛」作「來牛」。鼐鼎及鼒。【疏】傳：「絲衣，祭服也。紑，絜鮮貌。俅俅，恭順貌。基，門塾之基。自羊徂牛，言先小後大也。大鼎謂之鼐，小鼎謂之鼒。」箋：「載，猶戴也。弁，爵弁也。爵弁而祭於王，士服也。繹禮輕，❶使士。升門堂視壺濯及籩豆之屬，降往於基，告濯具。又視牲，從羊之牛，反，告充已，乃舉鼎冪告絜。禮之次也。鼎圜弇上謂之鼒。」〇「魯『載』作『戴』」者，《釋言》：「俅，戴也。」郭注：「《詩》曰：『戴弁俅俅。』」《釋訓》：「俅俅，服也。」郭注：「謂戴弁服。」是魯作「戴」。《説文》：「俅，冠飾貌。」引《詩》：「戴弁俅俅。」所引當亦魯文。《釋名》：「戴，載也，載之於頭也。」及箋：「載，猶戴也。」是爲毛通驛騎耳。《通典》四十四引劉向《五經通義》曰：「靈星爲立尸，故云：『絲衣其紑，會弁俅俅。』言王者祭靈星公尸所服之衣也。」「會」當是誤字。「韓『載』作『戴』，『俅』作『頍』」者，《玉篇・頁部》：「《詩》云：『戴弁俅俅。』或作『頍』。」此韓異文。《禮・禮器》鄭注引《詩・頌》曰：「自堂徂基。」明齊、毛文同。《説苑・尊賢》篇引：「《詩》曰：『自堂徂基，自羊徂牛。』言以内及外，以小及大也。」明魯、齊與毛同。「韓『徂牛』作『來牛』」者，《外傳》三載齊桓公設庭燎，末引《詩》曰：「自堂徂基，自羊來牛。」來之言至也，韓文獨異。《釋器》：「鼎絶大謂之鼐，圜弇上謂

❶「輕」，原作「經」，據明世德堂本《毛詩》、阮刻本《毛詩正義》改。

之鼐。」此魯説也。《説文》：「鼐，鼎之絶大者。」又引《魯詩説》：「鼐，小鼎。」疑字有誤。兕觵其觩，旨酒思柔。不吴不敖，【注】魯「吴」作「虞」，「敖」作「驁」。胡考之休。【疏】傳：「吴，譁也。考，成也。」箋：「柔，安也。繹之旅士用兕觵，變於祭也。飲美酒者皆思自安，不讙譁，不敖慢也，此得壽考之休徵。」○《釋文》：「吴，舊如字。《説文》作『吴』。吴，大言也。何承天云：『「吴」字誤，❶當作「吴」，❷從口下大，故魚之大口者名吴，胡化反。此音恐驚人也，❸音話。」」孔疏：「人自娱樂，必讙譁爲聲，故以娱爲譁。定本『娱』作『吴』。」據此，作「吴」者，乃定本、《釋文》本。孔疏據鄭箋本，則作「娱」。《泮水》篇「不吴不揚」，孔謂鄭讀「不吴」爲「不娱」，明鄭即本此詩作「不娱」讀之也。「魯『吴』作『虞』，『敖』作『驁』」者，《史記·孝武紀》引《詩》作「不虞不驁」。褚少孫用《魯詩》，是魯文如此。黄山云：「古吴、娱、虞三字音義並通。《泮水》『不吴不揚』，《衡方碑》亦作『不虞不揚』。《公羊·定四年》經『帥師伐鮮虞』，《釋文》：『虞，本或作「吴」，音虞。』《左·僖五年傳》『虞仲』，《漢書·地理志》、《吴越春秋》作『吴仲』。《釋名·釋州國》：『吴，虞也。太伯讓位而不就歸，封之於此，虞其志也。』是作『虞』、作『吴』，義皆同『娱』。《鄭風》『聊可與娱』，《釋文》亦云：『娱，本作「虞」。』《孟子》『驩虞如也』，《莊子》『許由虞于潁濱』，又通以『虞』爲『娱』。可知《魯詩》作『不虞』，仍爲『不

❶「吴」，宋本《釋文》作「吴」，通志堂本《釋文》作「吴」。當據通志堂本《釋文》改。

❷「吴」，通志堂本《釋文》作「吴」，當據改。

❸「人」，宋本、通志堂本《釋文》作「俗」。

娛』之義。孔疏本所據信而有徵。《釋文》於此篇云『吴，舊如字』。而於《泮水》篇云『吴，鄭如字，讙也』，亦即以讀娛者爲如字，故以『讙也』申明之，非謂如《説文》『大言』之『吴』字也。傳、箋訓『吴』爲『譁』，陸又釋『譁』爲『讙』，本皆就娛樂爲説。近儒必據《説文》『大言』之注以説『譁』，則非《詩》恉。蓋繹祭非正祭，娛則嬉，敖則嫚，皆慮遠於敬。若『吴』即是『大言』，與『敖』何別？觀『不吴不揚』，箋謂揚爲大聲，則吴不爲大言，尤其明證。敖，《釋文》：『本又作「傲」。』然《説文》有『敖』無『傲』，故魯文變爲『驁』。《吕覽·下賢》篇『士驁爵禄』，亦魯家以『驁』爲『敖』之證也。至《釋文》爲『吴』字引《説文》及何説，有因後儒訂其誤字而轉窒者。《説文》吴從夨口。夨，傾頭也，本即從大象形。陶潛文：『時矯首而游觀。』傾頭亦具有娛義。誤形從大，誤尚不遠，如《漢書·郊祀志》、《後漢書·戴就傳》引《詩》皆作『不吴』，是也。隋唐碑版文字則皆誤形爲『吴』，不從大而從天矣。或從夨作『吳』，爲今所承用，亦誤字也。《釋文》兼采兩讀，當原作：『吴，舊如字。《説文》作「吴吴」，大言也。何承天云：「『吴』字誤，當作『吴』，從口下大耳。」』是《説文》『吴吴』乃『吴吴』之誤。何説『吴』、『吴』又互誤也。監本於經注之『吴』皆已訂爲『吴』，獨於何説互誤之『吴』疑不敢訂，故猶存一『吴』字。近儒並訂此『吴』爲『吴』，又於《説文》之『吴』亦捆作『吳』，益紛而莫辨。盧文弨援《史記》改『不吴』爲『不虞』，固非矣。馬瑞辰云：『吴古音同瓠。故「碩人俁俁」，❶《韓詩》作「扈扈」。何胡化反，正讀近瓠。《説

---

❶「俁俁」，原作「娛娛」，據明世德堂本《毛詩》、阮刻本《毛詩正義》、馬瑞辰《通釋》卷四《簡兮》、本書卷三上《簡兮》改。

文》：「鱯，魚也。讀若瓠。」蓋魚之大口者本名鱯，與吳音近義同。』今案：《本草圖經》：『鮧口腹並大者爲鱯。』鱯音亦正同胡化反，馬以此通何讀，可云精審矣。而援臧庸之説，謂《釋文》不當多『作吳』二字，❶亦非也。《説文》『吳』，小徐引《詩》『不吳不揚』，謂『今寫《詩》者改「吳」作「吴」』音胡化切爲謬甚。馬亦謂何未檢《説文》，則何所謂『從口下大』本不合六書明矣。乃又以『吴』即『吳』古文之變體，是惑也。『吳』之古文作『吙』，推六書之義，本爲從口，夫聲，以夫、吳諧音也。段玉裁强説爲從口大，豈可據哉？」

《絲衣》一章九句。

酌【注】魯説曰：「《酌》一章九句。告成《大武》，言能酌先祖之道，以養天下之所敬也。」齊説曰：「周公作《勺》。《勺》，言能勺先祖之道也。」【疏】毛序：「告成《大武》也。言能酌先祖之道，以養天下也。」箋：「周公居攝六年，制禮作樂，歸政成王，乃後祭於廟而奏之。其始成，告之而已。」○「酌一」至「歌也」，蔡邕《獨斷》文，魯説也。《白虎通·禮樂》篇：「周樂曰《大武象》，周公之樂曰《酌》，合曰《大武》。周公曰《酌》者，言周公輔成王，能斟酌文、武之道而成之也。」《風俗通義》六：「武王作《武》，周公作《勺》。《勺》，言斟酌先祖之道也。《武》，言以功定天下也。」以上亦魯説。「周公」至「道也」，《漢書·禮樂志》文，齊説也。又「《籥》、《勺》羣慝」，晉灼注：「《勺》，周樂

❶「吳」，原作「也」，據馬瑞辰《通釋》改。

也。言以樂征伐也。」又《董仲舒傳》：「五帝、三王之道，改制作樂，而天下和洽，百王同之。虞氏之樂莫盛於《韶》，周之樂莫盛於《勺》。」張晏注：「《勺》，《周頌》篇名。言能成先祖之功，以養天下也。」陳喬樅云：「謂『周樂莫盛於《勺》』者，謂文王、武王之武功至是大成，故爲極盛耳。」《繁露・質文》篇：「周公輔成王受命，作宮邑於洛陽，成文、武之制，作《汋》樂以奉天。」《儀禮・燕禮》「若舞則《勺》」，鄭注：「《勺》，《頌》篇，告成《大武》之樂歌也。萬舞而奏之，所以美王侯，勸有功也。」以上皆齊説。酌，正字。汋，通用字，《荀子》、《左傳》並作「汋」。礿，譌字。勺，渻字也。韓説蓋同。

於鑠王師，遵養時晦。時純熙矣，是用大介。【疏】傳：「鑠，美；遵，率；養，取；晦，昧也。」箋：「純，大；熙，興；介，助也。於美乎文王之用師，率殷之叛國以事紂，養是闇昧之君以老其惡，是周道大興而天下歸往矣，愚案：「是」下奪「以」字。故有致死之士助之。」○馬瑞辰云：「『遵養時晦』，言用王師以取是晦昧也。晦昧既除，則天下清明，故下即接言『時純熙矣』。養，從傳訓『取』爲是。《左・宣十二年傳》晉隨武子曰：『兼弱攻昧，武之善經也。』下引：『仲虺有言曰「取亂侮亡」，兼弱也。《汋》曰「於鑠王師，遵養時晦」，耆昧也。』正引《詩》『遵養時晦』爲武經攻昧之證，是養晦即耆昧也，耆昧即攻昧也。攻昧，謂攻取是昧，與傳訓『養』爲『取』義合。《逸周書・允文解》曰『遵養時晦，晦明遂語，于時允武』，孔晁注：『養時晦昧而誅之，使昧者修明，而遂告以信武也。』❶以『遵養時晦』爲誅晦，亦與傳義合。王肅曰：『率以取是紂，定天下。』

---

❶「信」，原作「言」，據《抱經堂叢書》本《逸周書》改。

其説是也。『養』字古有『取』義，《月令》『羣鳥養羞』，羞謂羣鳥所藏之食，養謂取也。《呂覽・長見》篇『申侯善持養吾意』，猶云善探取吾意。『將』與『養』古同義。《桑柔》箋：『將，猶養也。』《廣雅》：『將，養也。』《孟子》『匍匐往將食之』，謂往取食之也。箋謂『養是闇昧之君以老其惡』，非詩義也。《左傳》杜注『須暗昧者惡積而後取之』，又承箋説之誤。」又云：「純熙，謂大光明也。武王既攻取昧晦，於時遂大光明，猶《緜》之詩曰『會朝清明』也。《釋詁》：『介，善也。』大介即大善，大善猶大祥也，故下即繼以『我龍受之』，正謂受此大善耳。」楊雄《長楊賦》「酌允鑠」，用魯經文。《燕禮》鄭注引《勺》詩曰：「於鑠王師，遵養時晦。」明齊、毛文同。《韓詩外傳》三兩引《詩》曰：「於鑠王師，遵養時晦。」《外傳》五引「於鑠王師，遵養時晦」，義與箋近，蓋別一解，爲韓所主。鄭即用韓易毛，《左傳》注亦本韓義也。

我龍受之。蹻蹻王之造，載用有嗣。【疏】傳：「龍，和也。蹻蹻，武貌。造，爲也。」箋：「龍，寵也。來助我者，我寵而受用之。蹻蹻之士，皆爭來造王，王則用之，有嗣傳相致。」○愚案：上文當如馬説，以此大善，我知爲天之寵而受之，遂誅商奄，滅國五十。蹻蹻武臣，爭來造王，王之所用，有相續不絶者，言周得人之盛也。

實維爾公，允師。【疏】傳：「公，事也。」箋：「允，信也。王之事所以舉兵克勝者，實維女之事信得用師之道。」○詩言爾之舉事既荷天寵，又得人和，信可爲後世師法矣。時周公歸政成王，天下太平，告成《大武》，詩不得專言文、武用兵之事，以爲義當如此也。《燕禮》鄭注引《勺》詩曰：「實維爾公，允師。」明齊、毛文同。

《酌》一章九句。

桓【注】魯説曰：「《桓》一章九句。師祭講武類禡之所歌也。」【疏】毛序：「講武類禡也。桓，武志也。」箋：「類也、禡也，皆師祭也。」〇「桓一」至「歌也」，蔡邕《獨斷》文，魯説也。齊、韓當同。

綏萬邦，婁豐年。【疏】箋：「綏，安也。婁，亟也。誅無道，安天下，則亟有豐熟之年，陰陽和也。」〇《左·宣十二年傳》引《頌》曰「綏萬邦，婁豐年」，而釋之云：「和衆豐財。」謂武七德之二事也。班固《靈臺詩》「屢惟豐年」，用齊經文。屢，俗字。 天命匪解，桓桓武王，保有厥士，于以四方，克定厥家。【疏】傳：「士，事也。」箋：「天命爲善不解倦者以爲天子，我桓桓有威武之武王，則能安有天下之事，此言其當天意也。於是用武事於四方，能定其家先王之業，遂有天下。」〇《漢書·匡衡傳》衡疏云：「陛下聖德純備，莫不修正，則天下無爲而治。《詩》云：『于以四方，克定厥家。』《傳》曰：『正家而天下定矣。』」案：文王刑于寡妻，至兄弟，以御家邦。武王率循文王之道，正家以定天下。亂臣有十，必兼婦人，此「克定厥家」之明證也。衡用齊義，與傳箋異。 於昭于天，皇以間之。【疏】傳：「間，代也。」箋：「于，曰也。皇，君也。於明乎曰天也，紂爲天下之君，但由爲惡，天以武王代之。」〇《釋詁》：「間，代也。」《書·益稷》疏引孫炎曰：「間，厠之代也。」知詩義同。言武王之德顯著于天，故命君天下以間代紂，付以誅紂有罪之權也。

《桓》一章九句。

賚【注】魯説曰：「《賚》一章六句。大封于廟，賜有德之所歌也。」【疏】毛序：「大封于廟也。賚，予也。言所以錫予善人也。」箋：「大封，武王伐紂時，封諸臣有功者。」〇「賚一」至「歌也」，蔡邕《獨斷》文，魯説也。《左・宣十二年傳》云：「昔武王克商而作《頌》。」知是伐紂後大封也。

文王既勤止，我應受之，敷時繹思。我徂維求定，【疏】傳：「勤，勞；應，當；繹，陳也。」箋：「敷，猶徧也。文王既勞心於政事，以有天下之業，我當而受之，敷是文王之勞心，能陳繹而行之，今我往以此求定，謂安天下也。」○胡承珙云：「《左傳》引此詩作『鋪時繹思』。敷，布也。鋪，亦布也。《大雅》『陳錫哉周』，彼箋云：『能敷恩惠之施，以受命造始周國。』彼疏引王肅云：『文王能布陳大利，以賜予人。』竊意此詩亦當云文王既勞心於政事，我當而受之，將布陳文王之恩惠，以錫予善人。我自今以往，惟求善人，以定王業耳。」愚案：「我徂維求定」者，言我自此以往，惟求與女諸臣共定天下耳，如此方與「大封」之意合。《中論・爵禄》篇：「先王之將封建諸侯而錫爵禄也，必於清廟之中陳金石之樂，隆宴賜之禮，宗人擯相，内史作策也。其《頌》曰：『文王既勤止，我應受之，敷時繹思。』由此觀之，爵禄者，先王之所貴也。」此魯説。時周之命，於繹思。【疏】箋：「勞心者，是周之所以受天命而王之所由也。於女諸臣受封者，陳繹而思行之。以文王之功業敕勸之。」○《説文》：「繹，㨨絲也。」「㨨，引也。」字與「抽」同。言是封爵雖我周之新命，於乎女諸臣盍即文王勤勞天下之意，更尋繹而引申之乎？兩「思」字皆語詞。

《賚》一章六句。

般【注】魯説曰：「《般》一章七句。巡狩祀四嶽河海之所歌也。」【疏】毛序：「巡守而祀四嶽河海也。般，樂也。」○「般一」至「歌也」，蔡邕《獨斷》文，魯説也。《史記・封禪書》：「周成王封泰山，禪社首，受命然後得封禪。《詩》云紂在位，文王受命，政不及泰山。武王克殷二年，天下未寧而崩。爰周德之洽維成王，成王之封禪，則近之矣。」陳喬樅云：「《史記》所引《詩》，即《魯詩》説。據《封禪書》言：『上招賢良趙綰、王臧等以文學爲公卿，欲議立古明堂城南，以朝諸侯。草巡狩、封禪、改曆、服色事。』綰、臧並申公弟子，益足證《魯詩》以《般》爲言封禪事矣。《史記》又云『孔子論述六藝，《傳》略言易姓而王，封泰山禪乎梁父者，七十餘王』，疑《傳》即指《魯詩傳》也。」《白虎通·封禪》篇：「王者易姓而起，必升封泰山何？報告之義也。始受命之日，改制應天，天下太平功成，封禪以告太平也。所以必於泰山何？萬物之始，交泰之處也。《詩》云：『於皇明周，陟其高山。』言周太平封泰山也。又曰：『墮山喬嶽，允猶翕河。』言望祭山川，百神來歸也。」陳喬樅云：「元本《白虎通》作『明周』，與《詩攷》引合。惟小字本作『時周』。」以上亦魯説。《易林·萃之比》：「德施流行，利之四鄉。雨師灑道，風伯逐殃。巡狩封禪，以告成功。」《益之復》、《旅之小過》同。此齊説。《尚書》孔《序》疏引《韓詩外傳》曰：「古封泰山禪梁甫者萬餘人，仲尼觀焉，不能盡識。」司馬貞補《史記·三皇本紀》引略同。陳喬樅云：「封禪之禮，古者帝王巡守必皆行之。封，即《堯典》『封十有二山』之『封』，鄭注『書大傳』云：『祭者必封，封亦壇也。』禪與墠同。《東門之墠》傳云：『墠，除地町町者。』然則封土爲壇，除地爲墠，乃巡守祭祀之常事，故經典皆未嘗特言之耳。」愚案：秦、漢以後，狃於所無，未免鄭重言之。其實古帝王無不巡狩，巡狩無不祭方嶽，則封禪之事，並非巡狩之外，經傳別有盛典。乾隆間東巡岱宗，祀典隆重，破除世俗拘墟陋見，所以爲千古之極則與?

於皇時周,【注】魯「時」作「明」。陟其高山,嶞山喬嶽,【注】魯「嶞」作「墮」。允猶翕河。

【疏】傳:「高山,四嶽也。嶞山,山之嶞嶞小者也。翕,合也。」箋:「皇,君;喬,高;猶,圖也。於乎美哉,君是周邦而巡守,其所至則登其高山而祭之,望秩於山川,小山及高嶽,皆信案山川之圖而次序祭之。河言合者,河自大陸之北敷爲九,祭者合爲一。」○「魯『時』作『明』」者,《白虎通》作「於皇明周」。餘俱引見上。明周,猶《時邁》詩之「明昭有周」也。以「高山」爲「四嶽」,「嶞山喬嶽」、「翕河」爲望秩之山川,魯說與傳同。《時邁》詩作於武王時,並非巡狩,魯說已詳之。此詩爲成王巡狩而作,魯說不誤,而說者猶以爲武王,斯亦傎矣。「魯『嶞』作『墮』」者,《釋山》「巒山,墮」,郭注:「謂山形長狹者,荆州謂之巒。《詩》曰:『墮山喬嶽。』」郝氏懿行以爲「墮」者,「嶞」之叚借。《字林》:「嶞,山之施嶞者。」是吕忱以嶞爲延施,即狹長也。一河播爲九河,九河同爲一河,其分合非圖不信,故曰「允猶」。

敷天之下,裒時之對,時周之命。【注】三家「命」下有「於繹思」句,與《賚》篇同。【疏】傳:「裒,聚也。」箋:「裒,衆;對,配也。偏天之下衆山川之神,皆如是配而祭之,是周之所以受天命而王也。」○言總山川之大小,因京畿之遠近,聚而配之,《書》所謂「偏于羣神」也。是我周之新命,所以獲神佑。「三家『命』下有『於繹思』句」者,《釋文》云:「『於繹思』,《毛詩》無此句,齊、魯、韓有之。今《毛詩》有者,衍文也。崔《集注》本有,是採三家之本,崔因有,故解之。」臧鏞堂云:「此句涉上《賚》篇而誤,即在三家,亦爲衍文。」阮元云:「《釋文》所說,自得其實。臧氏乃併三家此句亦以爲衍，誤矣。」愚案：《獨斷》言「《般》一章七句」，亦不數此句。陸云三家皆有，或《魯詩》有二本也。《禮·王制》：「五岳視三公，四瀆視諸侯。」《賚》封功臣而望其繹思，《般》祭山川之神亦望其繹思，一也。《時邁》之詩曰：「懷柔百神。」若神不能繹思，無爲用「懷柔」矣。臧氏謂「在三家亦爲衍文」，殆不然乎？

《般》一章七句。三家多「於繹思」一句，當爲八句。

《閔予小子》十一篇，十一章，百三十七句。三家當爲百三十八句。

詩三家義集疏卷二十七

長沙王先謙益吾著

駉弟二十七　詩魯頌【疏】

《漢書·地理志》：「魯地，奎、婁之分埜也。東至東海，南有泗水，至淮，得臨淮之下相、睢陵、僮、取慮，皆魯分也。周興，以少昊之虚曲阜封周公子伯禽爲魯侯，以爲周公主。其民有聖人之教化。瀕洙、泗之水，其民涉度，幼者扶老者而代其任。俗既益薄，長老不自安，與幼少相讓，故曰：『魯道衰，洙、泗之間齗齗如也。』」魯都在今山東兖州府曲阜縣。

駉【疏】毛序：「頌僖公也。僖公能遵伯禽之法，儉以足用，寬以愛民，務農重穀，牧于坰野，魯人尊之，於是季孫行父請命于周，而史克作是頌。」箋：「季孫行父，季文子也。史克，魯史也。」〇孔疏：「文公六年，行父始見於經。十八年，史克名見於《傳》。此詩之作，當在文公之世。天子巡守，采諸國之詩，觀其善惡，以爲黜陟。周尊魯若王者，巡守述職，不陳其詩，雖魯人有作，周室不采。故王道既衰，變《風》皆作，魯獨無之。至臣頌君功，亦樂使周室聞之，是以行父請焉。」愚案：史克作《頌》，惟見毛序，他無可證。三家《詩》説皆以《魯頌》爲奚斯作。楊雄文云：「昔正考父嘗睎尹吉甫矣，公子奚斯嘗睎正考父矣。」説《魯頌》者首雄，但云「奚斯睎考父」，不云「史克睎考父」，此魯説。班固《兩都賦序》：「昔皋陶歌虞，奚斯頌魯，皆見采於孔氏，列於《詩》、《書》，其義一也。」此齊説。曹植《承露盤銘序》：「奚斯《魯頌》。」此韓説。而皆不及史克。《後漢・曹褒傳》：「昔奚斯頌魯，考甫詠殷，夫人臣依義顯君，竭忠彰主，行之美也。」此又漢人承用皆屬奚斯之證。史克見《左傳》，在文公十八年。至宣公世尚存，見《國語》。奚斯見閔公二年，故文公二年《傳》已引《閟宮》之詩。不應季孫行父請命於周之前，已有史克先奚斯作《頌》，知毛序不足據矣。今特標舉，以顯三家之義。

駉駉牡馬，在坰之野。【注】三家「駉」作「駫」，「坰」作「駉」。【疏】傳：「駉駉，良馬腹幹肥張也。坰，遠野也。邑外曰郊，郊外曰野，野外曰林，林外曰坰。」箋：「必牧於坰野者，辟民居與良田也。《周禮》曰：『以官田、牛田、賞田、牧田任遠郊之地。』」○「三家『駉』作『駫』」者，《釋文》：「駉，古熒反。《説文》又作『駫』，同。」《説文》：「駫，馬盛肥也。」引《詩》蓋作「駫駫牡馬」。今本作「四牡駫駫」，因下「騯」字注引《詩》「四牡騯騯」而誤。作「駫駫」者，蓋三家《詩》。《顔氏家訓》云：「江南書皆『牝牡』之『牡』，河北本悉爲『放牧』之『牧』。」唐石經初刻作「牡」，改刻作「牧」。孔疏云：「定本作『牡馬』。」則注疏本作「牧馬」無疑。今作「牡馬」，非其舊也。胡承珙云：「禽獸之類，皆牡大於牝。詩意形容肥張，自當舉其牡者言之。」馬瑞辰云：「牧、牡一聲之轉，故本或作『牧』，或作『牡』。楊雄《太僕箴》：『僖好牡馬，牧于坰野。』《釋文》引《草木疏》云：『牡，騭馬也。』以釋經文『牡馬』，則當從《釋文》本作『牡馬』爲是。古馬政惟牡馬在牧，若牝馬，惟季春合牧，見《月令》，故詩但言牡馬耳。」「三家『坰』作『駉』」者，《説文》：「駉，牧馬苑也。《詩》曰：『在駉之野。』」亦三家文。

楊雄用魯經，《太僕箴》當作「駉」。今作「坰」，疑亦後人誤改。段注：「宜本作『在冋之野』。❶詩言牧馬在冋，故許引之，以證從馬冋會意。馬在冋爲駉，猶艸木麗于地爲蘽也。」黄山云：「段氏《詩經小學》引《説文》此條云：『許意「在駉之野」即「在野之駉」，倒句以就韻。』其義塙不可易矣。而於許書『駉』下則又删『從馬，冋聲』『聲』字，作『從馬冋』，改引《詩》爲『在冋之野』，以就其説。蓋段酷信古文，因《毛詩》作『坰』，與許書古文之『冋』同爲『冂』之重文，而『冂』下許注：『邑外謂之郊，郊外謂之野，野外謂之林，林外謂之冋。』與《釋地》文『郊』作『牧』者異，而適與此詩傳説同，故强許就毛，謂許亦作『在冋』，與『坰』本爲一字，『駉』則别爲『牧馬苑』，不關此詩也。實則毛作『在坰』，引此説以釋《詩》。許自爲『冂』作注，與『駉』各爲一字，於《詩》何涉乎？段改許書，又亂許例，反成奇謬矣。山意三家作『駫駫牡馬，在駉之野』，篇以《駉》名，正指此『駉』。下『薄言駉者』，亦即此『駉』，謂苑中馬各色皆備也，四章蓋同。若如《毛詩》『駉駉』既爲疊字，不應又變文單舉。就『駉』者之不誤，益知『駉駉』之爲誤文已。」薄言駉者，有驈有皇，【注】魯「皇」作「騜」。有驪有黄，以車彭彭。【疏】傳：「牧之坰野則駉駉然。驪馬白跨曰驈，黄白曰皇，純黑曰驪，黄騂曰黄。諸侯六閑，馬四種，有良馬，有戎馬，有田馬，有駑馬。彭彭，有力有容也。」箋：「坰之牧地，水草既美，牧人又良，飲食得其時，則自肥健耳。」○「魯『皇』作『騜』」者，《説文》：「驈，驪馬白胯也。《詩》曰：『有驈有騜。』」《釋畜》：「黄白，騜。」郭注：「《詩》曰：『騜駁其馬。』」《毛詩·豳風》作「皇駁」，與此作「有皇」同。郭據《魯詩》作

❶「在」，原脱，據《説文注》補。

「騜駁」，則作「有騜」者，亦魯文矣。段氏《詩經小學》云：「《説文》『驈』下引《詩》『有驈有騜』，而無『騜』字，蓋或闕遺。」於《説文》「驈」注又斥「騜」爲俗字，非也。馬瑞辰云：「上句『有皇』，傳：『黄白曰皇。』見《爾雅》。據三章『有雒』，《釋文》：『雒，本或作「駱」。』阮氏元謂《爾雅》舊有兩『駱』，蓋同名而異物，爲毛傳所本。竊謂此傳『黄騂曰黄』亦當作『黄騂曰皇』，與三章作兩『駱』者同，亦同名而異物，皆本《爾雅》爲説。《爾雅》爲淺人誤爲重出，删去其一。《毛詩》又爲後人疑二『皇』不應並用，因準詩人義同字異之例，叚『黄』爲『皇』，以與『皇』韻，猶三章改『駱』爲『雒』，又或改作『駁』也。黄白曰皇，黄騂亦曰皇，皆黄馬兼有別色之稱。若單稱『黄』，則止一色，傳宜云『純黄曰黄』，與『純黑曰驪』同訓，何由知其必爲黄騂乎？此固有以知『黄』爲『皇』之叚借也。《爾雅》：『皇，黄鳥。』蓋以皇、黄同音，叚『皇』爲『黄』，與此詩叚『黄』爲『皇』，可以互證。」黄山云：「黄、皇互通，如伏羲號皇雄氏，亦作黄熊氏；楚有苗賁皇，亦作釁盆黄，皆是。但謂『有黄』爲避上文之『皇』所借，則《有駜》之『駜彼乘黄』，何以亦作『黄』？蓋馬色本無正黄，即以黄騂者名黄，此易知也。『有雒』，《釋文》云：『雒，音洛。本或作「駱」。』觀《清廟》毛序《釋文》：『雒，音洛。本亦作「洛」。』則此『駱』明即『洛』字，涉上文而誤。阮不詳審，反疑《爾雅》舊有兩『雒』，臆度無稽。馬奈何亦沿其誤？《爾雅》既本作『黄白，騜』，『騜』固不能借『黄』，無待辨也。」愚案：「以車彭彭」者，以，用也。用車以駕，則彭彭然。《出車》詩「我出我車，于彼牧矣」，與此詩在牧出車合。楊雄《太僕箴》又云：「輦車就牧，而詩人興魯。」可以推見《魯詩》義訓也。

思無疆，思馬斯臧。【疏】箋：「臧，善也。僖公之思遵伯禽之法，反覆思之，無有竟已，乃至於思焉斯善。多其所及廣博。」○案：上「思」，思慮。下「思」，語詞。「思無疆」者，言僖公思慮深微，無有疆畔，即牧馬之法，亦皆盡善，致斯蕃庶，與《定之方中》詩美衛文公「匪直也人，秉心塞淵，騋牝三千」同意。

駉駉牡馬，在坰之野。薄言駉者，有騅有駓，有騂有祺，❶以車伾伾。【疏】傳：「蒼白雜毛曰騅，黄白雜毛曰駓，赤黄曰騂，蒼祺曰騏。伾伾，有力也。」○《説文》：「騅，馬蒼黑雜毛。」段注以《釋言》「菼，騅也」郭注「菼，艸色如騅」證之，知「蒼黑」爲「蒼白」之譌。《釋文》：「祺，字又作『騏』。」今相臺本作「騏」。段云：「蒼騏，即『蒼綦』也。《小戎》傳：『騏，騏文也。』正義作『綦文』。《尸鳩》傳：『騏，騏文也。』《釋文》作『綦文』。《顧命》馬、鄭本作『騏弁』，枚本作『綦弁』。是古通叚『綦』爲『騏』。此傳『蒼祺』，亦當是『蒼綦』之誤。」黄山云：「《説文》：『騏，馬青驪文如博棊也。』『驪，馬深黑色。』馬黑而近青，即爲蒼矣。《説文》『博棊』之『棊』，隸寫變『棋』，故《詩》譌爲『祺』。『有棋』，即馬文如博棊者。傳言蒼棋爲騏，謂蒼而棋文耳。棋文之馬既即是騏，故《釋文》：『棋，又作「騏」。』《小戎》、《尸鳩》二傳之『騏文』，皆言文，不言色，亦即棋、文兩字互通也。《説文》：『綦，蒼艾色。』《鄭風》『綦巾』，傳亦訓『蒼艾色』，正與許同。若如段作『蒼綦』，是蒼蒼艾色矣，於義爲窒，自不可從。餘詳《小戎》、《鳲鳩》篇。」愚案：《釋馬》：「蒼白雜毛，騅。黄白雜毛，駓。」明魯、毛同訓。郭注：「駓，今之桃花馬。」**思無期，思馬斯才。**【疏】傳：「才，多材也。」○陳奐云：「材，當爲『才』之誤。《叔于田》序：『叔多才而好勇。』《盧令》箋：『才，多才。』皆其證。」黄山云：「才、材古音義均互

---

❶「祺」，明世德堂本《毛詩》、阮刻本《毛詩正義》作「騏」。

通。《莊子·徐無鬼》「天下馬有成材」，《釋文》：「材，本作『才』。」是其例。就「成材」論，則固以「材」爲本字也。馬養成壯健，斯爲成材。詩意亦本如此，故傳以「材」釋「才」耳。」愚案：「思無期」者，思慮遠長，無有期限，即馬亦多成材也。

駉駉牡馬，在坰之野。薄言駉者，有驒有駱，【注】韓説曰：「驒，白馬黑髦也。」有駵有雒，以車繹繹。【疏】傳：「青驪驎曰驒，白馬黑鬣曰駱，赤身黑鬣曰駵，黑身白鬣曰雒。繹繹，善走也。」〇「白馬黑髦也」者，《釋文》云：「驒，《説文》：『馬文如鼉魚也。』《韓詩》及《字林》云：『白馬黑髦也。』」陳喬樅云：「《釋畜》音義引同。攷《説文》：『驒，青驪白鱗，文如鼉魚。』與《爾雅》『青驪驎，❶驒』合。驎、鱗音義同，孫炎云『色有深淺，似魚鱗』是也。而《釋文》引《韓詩》及《字林》説異。攷《爾雅》『白馬黑鬣，駱』，《釋文》引舍人同，衆家引此『鬣』並作『髦』。又引《説文》云：『白色馬，黑毛尾也。』則白馬黑髦乃駱之毛色。郝氏懿行謂《韓詩》、《字林》似因『有驒有駱』相涉而誤，其説是也。或曰《爾雅》釋文又引《廣雅》云：『白馬朱鬣曰駱。』疑《韓詩》以黑鬣者爲驒，朱鬣者爲駱，此非也。《廣雅》『駱』字乃『駮』之譌。段氏據《説文》引《逸周書·王會》篇『犬戎文馬，赤鬣縞身，目若黄金，名吉黄之乘』，與《山海經·海内北經》同。文，《説文》作『駮』。陸氏所引，乃《廣雅》譌本，宜訂正之。」愚案：三家異説者多，韓既以白馬黑髦爲驒，於駱必别有説。陸不並舉，故近儒皆疑爲誤，要亦未可定耳。《釋畜》：「白馬黑鬣，駱。」明魯、毛同訓。郭注：「《禮記》曰：『夏后氏駱

❶ 「驪」，原脱，據續經解本《韓詩遺説攷》十七、宋監本《爾雅》、阮刻本《爾雅注疏》補。

馬黑鬣。』」引《明堂位》文。《説文》：「駱，馬白色，黑鬣尾也。」《詩》釋文引樊、孫《爾雅》並作「白馬黑髦鬣尾」。《説文》「騂」、「駱」皆兼尾言，蓋許所見，不與樊、孫同。《詩》釋文：「雒，音洛。本或作『駱』，同。」説見上。思無斁，思馬斯作。【疏】傳：「作，始也。」箋：「斁，厭也。思遵伯禽之法，無厭倦也。作，謂牧之，使可乘駕也。」○「思無斁」者，思之詳審，無有厭倦。作，謂騰起。

駉駉牡馬，在坰之野。薄言駉者，有駰有騢，有驔有魚，以車祛祛。【注】韓説曰：「祛，去也。」【疏】傳：「陰白雜毛曰駰，彤白雜毛曰騢，豪骭白曰驔，一目白曰魚。❶祛祛，强健也。」○《釋畜》：「陰白雜毛，駰。彤白雜毛，騢。」明魯、毛同訓。孔疏引：「舍人曰：『駰，今之泥驄。』孫炎曰：『陰，淺黑也。』」《説文》：「騢，馬赤白雜毛。謂色似騢魚也。」孔疏引舍人曰：「今赭白馬。」《釋畜》：「驪馬黄脊，騽。」《説文》「驔」下云：「驪馬黄脊。讀若簟。」「騽」下云：「馬豪骭白也。」合毛傳證之，是驔、騽通。《釋文》：「今《爾雅》亦有作『驔』者。」《玉篇》、《廣韻》「騽」字俱兼二義，故《説文》段注疑「驔」、「騽」本一字，是也。《釋畜》：「一目白，瞯。二目白，魚。」《説文》作「驧」，云：「馬一目白曰瞯，二目白曰魚。」《釋文》：「魚，本又作『䲆』」，《字林》作『驗』。」皆或體。傳作「一目白」，蓋誤。「祛，去也」者，《文選》殷仲文《南州桓公九井詩》李注引薛君《韓詩章句》文。《廣雅・釋詁》：「祛，去也。」正本《韓詩》。石經從衣作「袪」，胡承珙曰：「袪本衣袂之名。《釋名》：『袂，掣也。掣，開也，開張之，以受臂屈伸也。』《廣雅》：『袪，開也。』馬之開張者强健，故毛以『袪袪』爲

❶「一」，明世德堂本《毛詩》、阮刻本《毛詩正義》作「二」。

『强健』。」陳喬樅云：「袪袪，薛君訓『去』，當爲疾驅之貌。傳訓『袪袪』爲『强健』，正用開張之義。凡字之從去者，多有『開張』義。❶《衆經音義》四引《埤蒼》云：『呿，張口頻伸也。』《吕覽·重言》篇『君呿而不唫』，高注：『呿，開也。』❷《莊子》『將爲胠篋』，《釋文》引司馬注曰：『從旁開爲胠。』《史記·老莊申韓傳》正義亦云：『胠，開也。』《漢書·兒寬傳》『合袪於天地神祇』，注引李奇曰：『袪，開散也。』馬之善馳者必骨幹開張，毛以『彊健』言之，是狀其善馳之貌，與《韓詩》義亦相成。」思無邪，思馬斯徂。【疏】箋：「徂，猶行也。思遵伯禽之法，專心無復邪意也，牧馬使可走行。」○案：「思無邪」者，思之真正，無有邪曲。徂，往也。往，歸往於彼，卬頭以指遠也。斯徂，即言能致遠。《韓詩外傳》三載公儀休相魯而嗜魚，末引《詩》曰：「思無邪。」明韓、毛文同。

《駉》四章，章八句。

有駜【疏】毛序：「頌僖公君臣之有道也。」箋：「有道者，以禮義相與之謂也。」○三家無異義。

有駜有駜，駜彼乘黄。【疏】傳：「駜，馬肥彊貌。馬肥彊則能升高進遠，臣彊力則能安國。」箋：「此喻僖公之用臣，必先致其禄食，禄食足而臣莫不盡其忠。」○《説文》：「駜，馬飽也。《詩》云：『有駜有

❶「張」，原脱，據續經解本《韓詩遺説攷》十七補。

❷「開」，原作「闢」，據續經解本《韓詩遺説攷》十七、《諸子集成》本《吕氏春秋》改。

駜。」」馬瑞辰以爲義本三家。愚案：馬飽則肥彊，義與毛相成。鄭箋「祿食足」之説，蓋即本三家中傳也。《鄭風》「乘乘黄」，傳云：「四馬皆黄。」此當同。夙夜在公，在公明明。【疏】箋：「夙，早也。言時臣憂念君事，早起夜寐，在於公之所。在於公之所，但明明德也。《禮記》曰：『大學之道，在明明德。』」○馬瑞辰云：「明、勉一聲之轉，『明明』即『勉勉』之叚借，謂其在公盡力也。箋説失之。」振振鷺，鷺于下。鼓咽咽，醉言舞，于胥樂兮。【疏】傳：「振振，羣飛貌。鷺，白鳥也，以興絜白之士。咽咽，鼓節也。」箋：「于，於；胥，皆也。僖公之時，君臣無事，則相與明明德而已。絜白之士羣集於君之朝，君以禮樂與之飲酒，以鼓節之咽咽然，至於無算爵則又舞，燕樂以盡其歡，君臣於是則皆喜樂也。」○《釋文》：「咽，本又作『鼝』，同。」馬瑞辰云：「《説文》『鼘』下云：『鼘鼘，鼓聲也。』引《詩》『鼗鼓鼘鼘』。今《商頌》作『淵淵』，及此詩作『咽咽』，皆『鼘鼘』之叚借。『鼘』借作『咽』，猶『姻』之重文作『婣』也。《釋文》作『鼝』，又『鼘』字之變體。《説文》：『淵或省水。』是淵、𣶒本一字。」

有駜有駜，駜彼乘牡。夙夜在公，在公飲酒。振振鷺，鷺于飛。鼓咽咽，醉言歸，于胥樂兮。【疏】傳：「在公飲酒，言臣有餘敬，而君有餘惠。」箋：「飛，喻羣臣飲酒醉欲退也。」

有駜有駜，駜彼乘駽。夙夜在公，在公載燕。自今以始，歲其有。【注】三家「有」下多「年」字。君子有穀，詒孫子，【注】魯「詒」下有「厥」字。于胥樂兮。【疏】傳：「青驪曰駽。歲其有豐年也。」箋：「載言則也。穀，善；詒，遺也。君臣安樂，則陰陽和而有豐年，其善道則可以遺子孫也。」○《釋畜》：「青驪，駽。」明魯、毛同訓。邢疏引孫炎云：「青毛黑毛相雜者名駽，今之鐵驄也。」「三家『有』下多『年』

字」者，《隸釋》載《西嶽華山廟碑》云：「歲其有年。」孔疏云：「定本、《集注》皆作『歲其有年』。」此從三家本也。《釋文》云：「本或作『歲其有矣』，又作『歲其有年』，『年』、『矣』皆衍字也。」愚案：歲，謂每歲。「有」下得「年」字語方足，不容謂之衍。「魯『詒』下有『厥』字」者，《列女·魯季姜》篇引《詩》曰：「君子有穀，貽厥孫子。」是魯有「厥」字。陳喬樅云：「《釋文》言：『本或作「貽厥孫子」、「詒于孫子」，皆是妄加。』今案：陸説非，是三家文與毛殊。據《列女傳》，是魯有『厥』字。然則或有『于』字者，乃齊、韓文。」黄山曰：「『駽』本平聲，『燕』三聲，並讀皆與『年』韻。《鴟鴞》『既取我子』，『子』讀入聲，與『穀』韻，是三家文異，而讀仍協也。」

《有駜》三章，章九句。

泮水【疏】毛序：「頌僖公能修泮宮也。」〇三家無異義。《釋文》：「頖宮，音判。本多作『泮』。」

思樂泮水，薄采其芹。【疏】傳：「泮水，泮宮之水也。天子辟廱，諸侯泮宮。言水則采取其芹，宮則采取其化。」箋：「芹，水菜也。言己思樂僖公之修泮宮之水，復伯禽之法，而往觀之，采其芹也。辟廱者，築土雝水之外，圓如璧，四方來觀者均也。泮之言半也。半水者，蓋東西門以南通水，北無也。天子諸侯宮異制，因形然。」〇《白虎通·辟雍》篇：「天子辟雍，諸侯泮宮。何以知有水也？《詩》曰：『思樂泮水，薄采其茆。』《詩訓》曰：『水圓如璧。』諸侯曰泮宮，半於天子宮也。明尊卑有差，所化少也。半者，象璜也。獨南面禮儀之方有水耳。其餘壅之言垣，愚案：「言」，疑作「以」。宮名之別尊卑也。明不得化四方也。不曰泮雍何？嫌但半天子制度也。《詩》云：『穆穆魯侯，克明其德。既作泮宮，淮夷攸服。』」陳喬樅云：「此魯說。

毛作『芹』，與『旂』韻，疑『荇』爲字誤也。《水經・泗水》注：『魯泮宮在高門直北道西，宮中有臺，高八十尺。臺南水東西一百步，南北六十步。臺西水南北四百步，東西六十步。臺池咸結石爲之。《詩》所謂「思樂泮水」也。』」《禮・王制》鄭注：「頖之言班也，所以班政教也。」又《禮器》鄭注：「頖，郊之學也。《詩》所謂『頖宮』也。」陳喬樅云：「此齊說。《說文》：『泮，諸侯饗射之宮，西南爲水，東北爲牆。』其說獨異。攷許氏《五經異義》釋『辟雍』據《韓詩》說，鄭君《駁異義》據《禮・王制》，謂大學即辟雍。又據《詩・頌・泮水》爲泮宮，復與辟雍同義之證。然則鄭所云半水，謂以南通水，是用《齊詩》之說。許所云西南爲水，是用《韓詩》之說也。酈言西南通水，與許合。其所偁《詩》，亦當爲韓矣。」陳奂云：「思，詞也。《禮・禮器》正義引《詩》作『斯樂泮水』，『斯』亦詞也。箋以『思』爲『思念』之『思』，失之。」又云：「《王制》：『天子命之教，然後爲學。小學在公宮南之左，大學在郊。天子曰辟雍，諸侯曰泮宮。』鄭注：『此小學、大學，殷之制。』案：殷制大學在郊，《靈臺》『辟雍』是也。周制天子大學在國，小學在郊，《文王有聲》『辟雍』是也。天子郊學、國學各四。諸侯用殷制，小學在國，大學在郊，各一。《鄉射・記》『君國中射，❶則皮樹中。於郊則閭中』，注：『國中，❷城中也，謂燕射也。於郊，謂大射也。大射於大學。』此諸侯大學在郊之義證矣。《明堂位》曰：『米廩，有虞氏之庠也。序，夏后氏之序也。瞽宗，殷學也。頖宮，周學也。』米廩，❸周之上庠，虞學也。序，周之東序，夏學也。

---

❶「君國中射則皮樹中」八字，陳奂《傳疏》無。

❷「國中」至「射也」九字，陳奂《傳疏》無。

❸「米廩周」至「膠也」四十五字，陳奂《傳疏》無。

瞽宗，周亦曰瞽宗，即殷之右學也。頖宮，周之東膠，周人名大學爲東膠也。魯路寢明堂與周同制，於路寢明堂四門外，亦得立四代之學。惟天子四門之學總爲辟廱，故瞽宗亦稱西廱。若魯，惟周學稱頖宮，則其餘三代之學，不必皆依頖宮形也。此魯國學之制也。《禮器》：『魯人將有事於上帝，必先有事於頖宮。』注：『頖，郊之學也，《詩》所謂「頖宮」也。字或爲「郊宮」。』蓋周四郊之學亦總爲辟雍。魯郊近於周郊，不必於四郊設四學。或亦從殷制，諸侯大學在郊者止有一泮宮，亦不四郊皆設泮宮也。此魯郊學之制也。《魯頌》『泮宮』與《禮器》『頖宮』同處，而與《明堂位》『頖宮』爲異處。泮宮在郊，其遠近未聞也。魯有國學，有郊學，國外郊内又有州黨之學，若矍相之圃之類。此州長、黨正爲主人，而魯侯所不至者也。魯侯之所至者，泮宮也。」魯侯戾止，言觀其旂。其旂茷茷，鸞聲噦噦。【注】三家「鸞」作「鑾」。齊、韓「噦」作「鉞」，亦作「鐬」。無小無大，從公于邁。【疏】傳：「戾，來；止，至也。言觀其旂，言法則其文章也。茷茷，言有法度也。噦噦，言其聲也。」箋：「于，往；邁，行也。我采水之芹，見僖公來至于泮宮，我則觀其旂茷茷然，鸞和之聲噦噦然，臣無尊卑，皆從君行而來。稱言此者，僖公賢君，人樂見之。」○《釋文》：「茷，本又作『伐』。」馬瑞辰云：「《羣經音辨》三曰：『「其旂伐伐」，伐伐，旂貌也。』『伐伐』即『茷茷』之渻，『茷茷』又『旆旆』之叚借。《六月》篇『白旆央央』，《釋文》：『旆，本作「茷」。』是茷、旆古同聲通用之證。『其旂茷茷』，猶《出車》篇『胡不旆旆』也。《説文》：『旆，繼旐之旗旆然而垂也。』旆旆正旂之垂皃。『旆』借作『茷』與『伐』，猶『發』可借作『旆』也。」《荀子》、《韓詩外傳》並引《商頌》「武王載發」，《毛詩》作「武王載旆」。「鸞聲噦噦」，與《庭燎》文句同。《采菽》作「鸞聲嘒嘒」，《釋文》：「嘒，呼惠反。」「噦，呼會反。徐又呼惠反。」見《庭燎》篇。其音同。《庭燎》傳：「噦噦，徐行有節也。」《采菽》傳：「嘒嘒，中節也。」其義亦同。說備於前，故此傳但云：「噦噦，言其聲也。」《禮・曲禮》釋文：「彗，徐音雖醉反。」聲讀同歲，故彗、歲二聲之字得以同聲通用。《雲漢》「有嘒其星」，《說文・言部》亦引作「有譿其星」，云：「譿，聲也。」又《口部》：「嘒，小聲也。」引《詩》：「嘒彼小星。」「噦，氣牾也。」義與譿、嘒異。是《毛詩》之「噦噦」就鸞聲言，本當作「譿」、作「嘒」。毛假「噦」爲「譿」，以通於「嘒」，直以爲同字耳。「噦噦其冥」，乃气牾之義；「鳴蜩嘒嘒」，乃小聲之義，則皆用本義也。「三家『鸞』作『鑾』。齊、韓『噦』作『鉞』」者，張衡《東京賦》「鑾聲噦噦」，此作「噦噦」，同毛。「鸞」作「鑾」，本《魯詩》文。《說文》「鑾」、「鉞」連文，「鑾，人君乘車四馬鑣八鑾，鈴象鸞鳥聲，和則敬也。從金，從鸞省。」「鉞，車鑾聲也。從金，戉聲。《詩》曰：『鑾聲鉞鉞。』」鑾既從鸞省，是「鑾」正字，「鸞」借字。許引《詩》亦作「鑾」，明三家皆作「鑾」。「噦」作「鉞」，與魯、毛並異，自當爲齊、韓文。「亦作『鐬鐬』」者，《說文》徐鉉注以「鐬」爲「鉞」之俗字。然《玉篇》：「鐬，呼會切，鈴聲也。」《廣韻》同。又《廣雅》：「鐬鐬，盛也。」正言聲之盛。是張揖所見《詩》已有作「鐬鐬」者，不得謂爲俗也。鉞字得聲於戉，亦與歲聲字通用者，歲從步戌聲，古讀戌爲舌上音，猶「葉」音之爲「涉」，「喫」音之爲「洽」。本於戉近，戉音王伐切，亦舌上音。故《說文・目部》之「眓」，❶即讀若《詩》曰「施罛濊濊」，《大部》之「奯」，亦讀若《詩》曰「施罛泧泧」。「眓」音同「濊」，「濊」又作「泧」，是其例。抑猶《毛詩》以「嘒」通「噦」，通以同聲，不必拘以本聲也。馬瑞辰乃謂歲從戉聲，鉞讀本字，謬矣。《七月》之「何以卒歲」，與「發」、「烈」協；《生民》之「以興嗣

❶「目」，原作「木」，據陳刻《說文》、《說文注》、楊刻《說文義證》、祁刻《說文繫傳》改。

歲」，與「軷」、「烈」協；《長發》之「率履不越」，與「達」、「發」、「烈」、「截」協，同也。而《長發》之「有虔秉鉞」，下協「烈」，而上協「旆」。旆，與「其旂茷茷」之「茷」亦同聲通用字，尤足爲今文作「鉞鉞」之塙證。古文借字作「鸞」。「噦」、「嘒」皆從口，以鳥聲爲聲，亦借也。今文正字作「鑾」。「鉞」、「鐬」皆從金，實指金鈴之聲，亦正也。然則《東京賦》或本作「鑾聲鐬鐬」，後人據毛改從金爲從口耳。

思樂泮水，薄采其藻。魯侯戾止，其馬蹻蹻。其馬蹻蹻，其音昭昭。載色載笑，匪怒伊教。【疏】傳：「其馬蹻蹻，言彊盛也。載色載笑，色温潤也。」箋：「其音昭昭，僖公之德音。僖公之至泮宫，和顔色而笑語，非有所怒，於是有所教化也。」○《韓詩外傳》三載「魯有父子訟者」、「當舜之時，有苗不服」、「季孫子治魯」共三條，《外傳》八載「曾子有過」一條，末俱引《詩》曰：「載色載笑，匪怒伊教。」明韓、毛文同。

思樂泮水，薄采其茆。魯侯戾止，在泮飲酒。既飲旨酒，永錫難老。順彼長道，屈此羣醜。【注】韓説曰：「屈，收也，收斂得此衆聚。」【疏】傳：「茆，鳧葵也。屈，收；醜，衆也。」箋：「在泮飲酒者，徵先生君子，與之行飲酒之禮，而因以謀事也。已飲美酒，而長賜其難使老。難使老者，最壽考也。長賜之者，如《王制》所云『八十月告存，九十日有秩』者與？順，從；長，遠；屈，治；醜，惡也。是時淮夷叛逆，既謀之於泮宫，則從彼遠道往伐之，治此羣爲惡之人。」○《韓詩外傳》三引：「《詩》曰：『思樂泮水，薄采其茆。魯侯戾止，在泮飲酒。』樂水之謂也。」《説苑·雜言》篇亦言「智者樂水」，引：「《詩》云：『思樂泮水，薄采其茆。魯侯戾止，在泮飲酒。』此之謂也。」明韓、魯與毛文同。「屈，收也，收斂得此衆聚」者，《釋文》引《韓詩》文，明韓訓亦與毛同。陳奂云：「《釋詁》：『屈、收，聚也。』『屈』訓『聚』，亦訓『收』，轉相爲訓。《文王世子》曰：『凡語於郊者，必取賢斂才焉。或以德進，或以事舉，或以言揚。曲藝皆誓之，以待又語。三而一有焉，乃進其等，以其序，謂之郊人，遠之。於成均，以及取爵於上尊也。』注：『天子飲酒於虞庠，則郊人亦得酌於上尊以相旅。』」《鄉射·記》曰「古者於旅也語」，然則云「屈，收」者，即「取賢斂才」之義。云「醜，衆」者，亦即「郊人相旅」之義。毛、韓解《詩》正與《禮記》合。陳喬樅云：「王肅云：『順彼仁義之長道，以斂此羣衆。』即用韓義以述毛也。箋釋『屈』爲『治』，蓋以『屈』爲『淈』之叚借。《釋詁》：『淈，治也。』某氏引此詩『淈此羣醜』，魯蓋訓『屈』爲『治』。此章未及伐淮夷之事，箋謂在泮宮謀治淮夷羣爲惡之人，與韓、毛不合。」愚案：魯訓「屈」爲「治」，蓋謂順常道以治不率教之人。不如箋説。❶

穆穆魯侯，敬明其德。敬慎威儀，維民之則。允文允武，昭假烈祖。【疏】傳：「假，至也。」箋：「則，法也。僖公之行，民之所法傚也。僖公信文矣，爲修泮宮也；信武矣，爲伐淮夷也。其聰明乃至於美祖之德，謂遵伯禽之法。」○案：烈祖，謂魯有功烈之祖，斥伯禽。如《商頌》「衎我烈祖」斥湯，「嗟嗟烈祖」斥大戊。此亦奚斯睎正考父之一端也。靡有不孝，自求伊祜。【疏】箋：「祜，福也。國人無不法傚之者，皆庶幾力行，自求福禄。」○王引之云：「孝，本作『𡥈』。《説文》：『𡥈，效也。從子，爻聲。』『效』與『傚』同。經文作『𡥈』而訓爲『效』，故箋云：『無不法傚之者。』《釋文》、正義所見本已誤爲『孝』，是以張參《五經

❶「不」上，疑脱「傳」字。

文字》失收『𢓊』字也。『靡有不𢓊』，謂僖公無事不法傚其祖，非謂國人傚僖公也。當承『昭假烈祖』爲義。」《韓詩外傳》八：「魏文侯問狐卷子曰：『父賢足恃乎？』對曰：『不足。』『子賢足恃乎？』對曰：『不足。』『兄賢足恃乎？』對曰：『不足。』『弟賢足恃乎？』對曰：『不足。』『臣賢足恃乎？』對曰：『不足。』文侯勃然作色而怒曰：『寡人問此五者於子，子一以爲不足者，何也？』對曰：『父賢不過堯，而丹朱放。子賢不過舜，而瞽瞍頑。兄賢不過舜，而象傲。弟賢不過周公，而管叔誅。臣賢不過湯、武，而桀、紂伐。望人者不至，恃人者不久。君欲治，從身始，人何可恃乎？《詩》曰：「自求伊祜。」』」愚案：據此，韓、毛文同。狐卷子語警世特深，故備録之。

明明魯侯，克明其德。既作泮宮，淮夷攸服。【疏】箋：「克，能；攸，所也。言僖公能明其德，修泮宮而德化行，於是伐淮夷所以能服也。」○《白虎通·辟雍》篇引《詩》：「穆穆魯侯，克明其德。既作泮宮，淮夷攸服。」引詳上。「穆穆」乃「明明」之誤，明魯、毛文同。魯侯修文德以來遠人，故修泮宮而廣德化，乃淮夷所悦服，非但武功也。矯矯虎臣，在泮獻馘。淑問如臯陶，在泮獻囚。【疏】傳：「囚，拘也。」箋：「矯矯，武貌。馘，所格者之左耳。淑，善也。囚，所虜獲者。僖公既伐淮夷而反，在泮宮使武臣獻馘，又使善聽獄之吏如臯陶者獻囚。言伐有功，所任得其人。」○《釋訓》：「矯矯，勇也。」《釋文》引舍人注：「矯矯，得勝之勇也。《詩》云：『矯矯虎臣。』」蔡邕《明堂月令論》：「《詩·魯頌》云：『矯矯虎臣，在泮獻馘。』諸侯泮宮獻馘，即《王制》所謂『以訊馘告』者也。」此魯説。《禮·王制》鄭注：「訊馘，謂所生獲斷耳者。《詩》曰：『在頖獻馘。』」《毛詩》「泮」、「頖」兩作。據此，知齊作「頖」也。《漢書·匡衡傳》衡疏曰：「淑問揚乎疆外。」是衡讀「問」爲「聲聞」之「聞」。以「淑問」爲善名，明齊義與箋説異。

濟濟多士，克廣德心。桓桓于征，狄彼東南。【注】韓「狄」作「鬄」，云：「除也。」【疏】傳：「桓桓，威武貌。」箋：「多士，謂虎臣及如皋陶之屬。征，征伐也。狄，當作『剔』。剔，治也。東南，斥淮夷。」○班固《竇車騎北征頌》「克廣德心」，明齊、毛文同。「『狄』作『鬄』，云『除也』」者，《釋文》引《韓詩》文。陳喬樅云：「《士喪禮》『四鬄去蹄』，注：『今文「鬄」作「剔」。』是狄、剔、鬄古皆通用。箋訓『剔』爲『治』，『治』與『除』同義，其説即本之《韓詩》也。」烝烝皇皇，不吳不揚。【注】魯「吳」作「虞」，「揚」作「陽」。不告于訩，在泮獻功。【疏】傳：「烝烝，厚也。皇皇，美也。揚，傷也。」箋：「烝烝，猶進進也。皇皇，當作『暀暀』。暀暀，猶往往也。吳，譁也。訩，訟也。言多士之於伐淮夷皆勸之，有進進往往之心，不讙譁，不大聲。僖公還在泮宮，又無以爭訟之事告於治訟之官者，皆自獻其功。」○馬瑞辰云：「《説文》：『烝，火氣上行也。』引申之爲厚，又爲美。《大雅》『文王烝哉』，《釋文》引《韓詩》曰：『烝，美也。』以傳訓『皇皇』爲『美』推之，『烝烝』亦當爲『美』。美與盛同義，『烝烝』、『皇皇』皆極狀多士之美盛耳。」「魯『吳』作『虞』，『揚』作『陽』」者，《漢衛尉衡方碑》作「不虞不陽」。《史記·武帝紀》褚少孫補，褚治《魯詩》，引「不吳不敖」作「不虞不驁」。《澤陂》詩「傷如之何」，魯作「陽如之何」。是作「不虞不陽」者，魯文也。《釋文》：「瘍，余章反。」盧文弨謂經文「揚」字，陸本原作「瘍」。阮元校《釋文》駁之，謂「瘍」當指傳之「傷」字，而校《毛詩》又從之，謂毛作「瘍」訓「傷」。今案：「揚」之訓「傷」，《雅》訓所無。「瘍」本通「傷」，《巧言》傳釋文：「瘍，本亦作『傷』。」《左·襄十七年傳》釋文：「傷，一本作『瘍』。」《廣雅·釋詁》又直訓爲「傷」。《釋文》出音，又列「吳」之下，「訩」之上，則以「瘍」爲經字，於説較長。

黄山云：「吴、虞同娱，説在《緇衣》篇，此亦魯、毛同義也。娱而歡呼，與忿鬩争喧有别。讙與歡同字。讙譁，即歡呼大聲，當如漢廷擊柱争功，醉而妄呼。箋訓『吴』爲『讙譁』，『揚』爲『大聲』。讙譁係臚歡之聲，大聲抗争，一二人之所獨，義自有别。《魯詩》『揚』作『陽』，《玉篇》訓『陽』爲『傷』，而《爾雅·釋詁》訓『陽』爲『予』，觀郭注引《魯詩》『陽如之何』，則魯義當爲『予』。予者，以己尚人，亦争自標許之意。《玉篇》所據，或本《韓詩》，疑韓字亦作『陽』，説與毛同耳。陳喬樅謂《玉篇》采毛，則毛字不作『陽』，魯義不同『傷』，未能合矣。『傷』本爲『憂傷』之『傷』，與『娱』反對，謂不自傷無功也。《廣雅·釋詁》『瘍』、『殤』之訓『傷』，皆爲憂傷，是其證。若察夷傷，當在畢戰之時，不當在獻功之地。若有功而負傷，又非所當諱也。王肅、孔疏説爲『傷損』，似尤未合。陸於『讙譁』二字爲箋作音，明見鄭本作『揚』矣。乃於『瘍』字出音，而無别作，此其上必有脱文。前《詩》『揚』字，惟《揚之水》釋文云：『揚，如字。或作「楊木」之字，非。』餘皆無音，則『瘍』亦必非『揚』之誤。而此條上文云：『吴，鄭如字，讙也。王音誤。作「吴」，音話，同。』上音誤，王音也。下音話，『吴』字之本音，即《緇衣》所載何音也。明明不同，何以下贅一『同』字？尋求其例，全文當亦作：『揚，鄭如字。王讀同「瘍」，余章反，同。』本與『瘍』連讀也。曰『同瘍』，則知本非爲『瘍』作音，而上文之有脱從可見。王所以『讀同瘍』者，亦謂『揚』不得直訓爲『傷』，毛訓『傷』，實借『揚』爲『瘍』，猶借『吴』爲『誤』。然則非經原作『瘍』，亦非傳之『傷』作『瘍』已。」陳奂云：「告者，『鞫』之假借字。《文王世子》『告于甸人』，注：『告，讀爲鞫。』與此『告』字同。鞫，亦作『簐』。《説文》：『簐，窮治罪人也。』『不告于訩』，言不窮治凶惡，惟在柔服之而已。」

角弓其觩，束矢其搜。戎車孔博，徒御無斁。既克淮夷，孔淑不逆。式固爾猶，淮夷卒獲。【疏】傳：「觩，弛貌。五十矢爲束。搜，衆意也。」箋：「角弓觩然，言持弦急也。束矢搜然，言勁疾也。博，當作『傅』。甚傅致者，言安利也。徒行者、御車者皆敬其事，又無厭倦也。僖公以此兵衆伐淮夷而勝之，其士卒甚順軍法而善，無有爲逆者，謂堙井刊木之類。式，用；猶，謀也。用堅固女軍謀之故，故淮夷盡可獲服也。謀，謂度己之德，慮彼之罪，以出兵也。」○陳奐云：「博，猶衆也。不逆，言率從也。」

翩彼飛鴞，集于泮林。食我桑黮，懷我好音。憬彼淮夷，【注】魯、韓「憬」作「獷」。《韓詩》曰：「獷彼淮夷。」韓説曰：「獷，覺寤之貌。」來獻其琛。元龜象齒，大賂南金。【疏】傳：「翩，飛貌。鴞，惡聲之鳥也。黮，桑實也。憬，遠行貌。琛，寶也。元龜尺二寸。賂，遺也。南，謂荆、楊也。」箋：「懷，歸也。言鴞恒惡鳴，今來止於泮水之木上，食其桑黮，爲此之故，故改其鳴，歸就我以善音，喻人感於恩則化也。大，猶廣也。廣賂者，賂君及卿大夫也。荆、楊之州，貢金三品。」○「魯『憬』作『獷』」者，楊雄《揚州牧箴》：「獷彼淮夷。」是魯作「獷」。「獷彼」至「之貌」，《文選·齊安陸昭王碑文》李注引《韓詩》薛君文。陳喬樅云：「《釋文》：『憬，《説文》作「懬」，音獷，云：「闊也。一曰：廣大也。」』今攷《説文》『懬』下無引《詩》語，蓋文脱佚耳。『懬』字訓『闊』，與毛傳『遠行』義近，是《毛詩》以『憬』爲『懬』之叚借。又《説文》：『憬，覺悟也。《詩》云：「憬彼淮夷。」』此文同毛，而義則同韓，是《韓詩》又以『獷』爲『憬』之叚借也。《説文》又云：『矍，讀若《詩》云「穬彼淮夷」之「穬」。』檢《説文》『穬』字無此訓。『穬彼』之『穬』，即『獷』字之譌。孟康《漢書音義》訓『獷』爲『彊』，孟用《齊詩》，《音義》所釋，即本齊故也。是齊與魯同作『獷』，説用『彊』，『獷』本義。韓釋

『獷』爲『覺悟』，疑字本作『應』，『應』或爲『懭』，形與『獷』相似，因而致誤耳。」蔡邕《和熹鄧后謚議》「來獻其琛」，明魯、毛文同。《易林·萃之中孚》：「元龜象齒，大賂爲寶。稽疑當否，衰微復起。」又《比之噬嗑》：「蒼梧鬱林，道易利通。元龜象齒，寶貝南金，爲吾歸功。」陳奂云：「傳意謂此淮夷既服，而聲教所被，雖荆、楊之遠，亦來大遺元龜、象齒與金也。『大賂』二字分屬上下，與『韋顧既伐，昆吾夏桀』文法相同。」愚案：《易林》「元龜象齒，大賂爲寶」，亦以「大賂」包上「元龜象齒」，據下「寶」字，可爲明證。龜、象俱出荆楚，交、廣尤多。雖《易林》之義不可究知，而「道易利通」，實由淮夷之不爲梗也。

《泮水》八章，章八句。

閟宫【疏】毛序：「頌僖公能復周公之宇也。」箋：「宇，居也。」〇三家無異義。

閟宫有侐，實實枚枚。【注】韓「侐」或作「閾」。又云：「枚枚，閒暇無人之貌也。」【疏】傳：「閟，閉也。先妣姜嫄之廟在周，常閉而無事。孟仲子曰：『是禖宫也。』侐，清淨也。實實，廣大也。枚枚，礱密也。」箋：「閟，神也。姜嫄神所依，故廟曰神宫。」〇「韓『侐』或作『閾』」者，《玉篇·人部》：「《詩》曰：『閟宫有侐。』侐，清淨也。或作『閾』。」陳喬樅云：「韓義與毛同。《釋文》不言《毛詩》或本作『閾』，則作『閾』者，乃《韓詩》異文，此顧氏獨采韓文也。」宫與廟通，《釋宫》：「宫謂之室，室謂之宫。」又：「室有東西廂曰廟，無東西廂有室曰寢。」閟與毖同。《釋詁》：「毖、神、溢，慎也。」郭注：「神，未詳。餘見《詩》、《書》。」邢疏引《書·洛誥》「夙夜毖祀」，而不及《詩》。就《書》義推之，則閟宫者，毖祀之宫也。此魯説。《周禮》「守祧，奄八人」，鄭注：「天子七廟。」賈疏：「通姜嫄廟爲八廟，廟一人，故八人也。」又《大司樂》「以享先妣」，鄭注：「姜嫄履大人跡，感神靈而生后稷，是周之先母也。周立廟自后稷爲始祖，姜嫄無所妃，是以特立廟而祭之，謂之閟宮。閟，神之。」鄭注《禮》用《齊詩》，箋《詩》即以齊易毛。《釋詁》「神」與「毖」同訓「慎」，慎則必主清靜，亦與《韓詩》「侐」義合，是三家説可互通。《大司樂》以時享爲文，姜嫄必四時皆祭。而毛傳「閟，閉也。常閉而無事」，可謂好爲異説矣。《春秋元命包》：「姜嫄游於閟宮，其地扶桑，履大人跡而生稷。」謂姜嫄行桑郊外，履跡生子，周因就其地立廟。主祀先妣，因以祠禖，猶后稷本爲周郊，因以祈穀。前漢武帝既得戾太子，而議祠禖及行桑祓除，至元后時尚沿故事，皆依據今文家説，非如《生民》傳以《吕覽》「高禖」傅會「郊禖」也。姜嫄行桑於閟宮之地，亦非先有閟宮，故曰「游於閟宮，其地扶桑」。名從主人，援後之閟宮以定其地也。武帝禖祠置石，則本無神。周祀姜嫄，廟在禖地，故孟仲子有「禖宮」之説。若謂以姜嫄爲禖神，仰非「享先妣」之義矣。惟此詩本以周之閟宮興魯之寢廟，閟宮在姜嫄履跡之地，自惟西周有之，他所無也。傳據爲周廟，與《守祧》賈疏合。鄭説「享先妣」，亦本就周立廟言。而於此詩「新廟奕奕」，乃曰「新者，姜嫄廟」，實爲大謬。魯之郊禘但始后稷，不得祀帝嚳，安得祀姜嫄？后稷但祀於郊，姜嫄安敢立廟？縱有禖祀，亦在郊野，不應在寢廟之中。而曰「治正寢，上新姜嫄之廟」，經外增飾，自不可從，故詳論之。「枚枚，閒暇無人之貌也」者，《釋文》引《韓詩》文。陳奂云：「傳釋『實實』爲『廣大』，末章『松桷有舄』，『舄，大貌』，義同。韓釋『枚枚』云云者，韓必連『實實』作訓，以狀其常閉，而與毛義異。」愚案：實、舄雙聲，有舄，即舄舄，亦猶實實，同訓爲大貌也。陸以其無異義，故置不言，而止引「枚枚」異訓耳。陳説非。赫赫姜嫄，其德不回。上帝是依，無災無害。彌月不遲，【疏】傳：「上帝是依，依其子孫也。」箋：「依，依其身也。彌，終也。赫赫乎顯著姜嫄也，其德貞正不回邪，天用是馮依而降精氣，其任之又無災害，不坼不副，終人道十月而生子，不遲晚。」○《列女·姜嫄傳》引《詩》云：「赫赫姜嫄，其德不回，上帝是依。」明魯、毛文同。是生后稷。降之百福，黍稷重穋，稙穉菽麥。【注】《韓詩》曰：「稙，長稼也。穉，幼稼也。」奄有下國，俾民稼穡。有稷有黍，有稻有秬。奄有下土，❶纘禹之緒。【疏】傳：「先種曰稙，後種曰穉。緒，業也。」箋：「奄，猶覆也。姜嫄用是而生子后稷，天神多與之福，以五穀終覆蓋天下，使民知稼穡之道，言其不空生也。后稷生而名弃，長大，堯登用之，使居稷官，民賴其功。後雖作司馬，天下猶以后稷稱焉。秬，黑黍也。緒，事也。堯時洪水爲災，民不粒食，天神多予后稷以五穀，禹平水土，乃教民播種之，於是天下大有，故云繼禹之事也。美之，故申說以明之。」○《呂覽·任地》篇高注：「晚種早熟爲稑，早種晚熟爲重。《詩》云：『黍稷重稑，稙穉菽麥。』」明魯、毛文同。「稙，長稼；穉，幼稼也」者，《釋文》引《韓詩》文。陳喬樅云：「《說文》『稙，早穜也。從禾，直聲』。『穉，幼禾也。從禾，屖聲』。許於『穉』不言『後種』者，穉從屖聲，屖者遲也，已具『後種』之義，故但云『幼禾』，引申之爲凡幼穉者之稱。『稙』本有『長』義，《釋名·釋親屬》曰：『青徐人謂長婦曰稙長，禾苗先生者曰稙，義取諸此也。』」陳奐云：「《七月》傳：『後熟曰重，先熟曰穋。』凡黍、稷、菽、麥皆有先後種熟之異，經於黍、稷言重穋，菽、麥言稙穉；傳又於重穋言熟，義具於《七月》。而此稙穉言先種、後種，皆

❶「土」，原作「士」，據明世德堂本《毛詩》、阮刻本《毛詩正義》改。

互詞以見者也。」

后稷之孫，實維太王。居岐之陽，實始翦商。【疏】傳：「翦，齊也。」箋：「翦，斷也。大王自豳徙居岐陽，四方之民咸歸往之，於時而有王迹，故云是始斷商。」○《釋詁》：「翦，勤也。」惠棟云：「大王自邠遷岐，始能光復祖宗，修朝貢之職，勤勞王事也。」陳喬樅云：「《晉書·習鑿齒傳》云：『昔周人詠祖宗之德，追述翦商之功。仲尼明大孝之道，高稱配天之義。』語意亦主勤商言。《釋詁》之訓，即魯義也。」至于文武，纘大王之緒。致天之届，于牧之野。無貳無虞，上帝臨女。敦商之旅，克咸厥功。【疏】傳：「虞，誤也。」箋：「届，極；虞，度也。文王、武王繼大王之事，至受命致天所罰極紂於商郊牧野。其時之民，皆樂武王之如是，故戒之云，無有二心也，無復計度也，天視護女，至則克勝。敦，治；旅，衆；咸，同也。武王克殷而治商之臣民，使得其所能，同其功於先祖也。后稷、大王、文王，亦周公之祖考也。伐紂，周公又與焉，故述之，以美大魯。」○「届，極；虞，度」，《釋言》文，是箋説本魯訓。郭注：「有所限極。」則爲商祚盡於此也。「敦」通「屯」，聚也，猶「裒荆之旅」。

王曰叔父，建爾元子，【注】魯説曰：「王者諸父兄不名。」韓説曰：「元，長也。」齊「曰」作「謂」。俾侯于魯。大啟爾宇，爲周室輔。【疏】傳：「王，成王也。元，首；宇，居也。」箋：❶「叔父，謂周公也。成王告周公曰，叔父，我立女首子，使爲君於魯，謂欲封伯禽也。封魯公以爲周公後，故云大開女居，以爲我

❶「箋」，原脱，據明世德堂本《毛詩》、阮刻本《毛詩正義》與本書體例補。

周家之輔，謂封以方七百里，欲其彊於衆國。」○「王者諸父兄不名」者，《白虎通・王者臣有不名》篇：「諸父諸兄不名，諸父諸兄者親，與己父兄有敵體之義也。《詩》云：『王曰叔父。』」此魯説。何休《公羊・桓四年傳》解詁云：「禮，君於臣而不名者有五。諸父兄不名，《詩》曰『王曰叔父』是也。」與《白虎通》合，此何用《魯詩》之證。又《封公侯》篇：「周公不之魯何？爲周公繼武王之業也。《詩》云：『王曰叔父，建爾元子，俾侯于魯。』周公身薨，天爲之變，成王以天子之禮葬之，命魯郊，以明至孝，天所興也。」又《攷黜》篇：「公功成封百里。《詩》曰：『王曰叔父，建爾元子，俾侯于魯。』」《孟子》：「周公之封於魯，爲方百里也。地非不足也，而儉於百里。」此言「封百里」，與箋「七百里」異，同爲魯説。「元，長也」者，《玉篇》一引《韓詩》文，此訓「元子」爲「長子」也。《漢書・淮陽憲王傳》王駿諭指曰：「禮爲諸侯制相朝聘之義，蓋以考禮壹德，尊事天子也。且王不學《詩》乎？《詩》云：『俾侯于魯，爲周室輔。』」駿傳吉學，此諭帝指同爲韓説。「齊『曰』作『謂』」者，見下。《漢書・律曆志》：「成王元年正月己巳朔，此命伯禽『俾侯于魯』之歲也。」班治《齊詩》，同爲齊説。

乃命魯公，俾侯于東。錫之山川，土田附庸。【疏】箋：「東，東藩，魯國也。既告周公以封伯禽之意，乃策命伯禽，使爲君於東，加賜之以山川、土田及附庸，令專統之。《王制》曰：『名山大川不以封諸侯。』附庸則不得專臣也。」○《禮・明堂位》鄭注：「上公之封，地方五百里，加魯以四等之附庸，方百里者二十四，并五五二十五，積四十九，開方之，得七百里。《詩・魯頌》曰：『王謂叔父，建爾元子，俾侯于魯。大啟爾宇，爲周室輔。乃命魯公，俾侯于東。錫之山川，土田附庸。』」此齊説。引《詩》「王曰」作「王謂」，與毛異，亦本齊經文。

周公之孫，莊公之子。龍旂承祀，六轡耳耳。春秋匪解，享祀不忒。【疏】傳：

「周公之孫，莊公之子，謂僖公也。耳耳然至盛也。」箋：「交龍爲旂。承祀，謂視祭事也。四馬，故六轡。春秋，猶言四時也。忒，變也。」○馬瑞辰云：「孔疏謂：『龍旂承祀，是宗廟之祭。』案：《司常》：『王建大常，諸侯建旂。』又曰：『交龍爲旂。』《覲禮》：『侯氏載龍旂，弧韣。』是龍旂本諸侯所建，朝覲且用之，則祭天、祭祖皆得建之。古《毛詩》説專指郊祀固非，孔疏亦泥。《郊特牲》：『旂十有二旒，龍章而設日月，以象天也。天垂象，聖人則之，郊所以明天道也。』是祭天之旂實兼有龍與日月。李氏黼平謂：『《明堂位》言日月而不言龍，此詩言龍而不言日月，皆各舉其一。』其説是也。孔疏據《明堂位》以駁龍旂祭天之説，誤矣。」皇皇后帝，皇祖后稷，享以騂犧，是享是宜，降福既多。【疏】傳：「騂，赤；犧，純也。」箋：「皇皇后帝，謂天也。成王以周公功大，命魯郊祭天，亦配之以君祖后稷，其牲用赤牛純色，與天子同也。天亦饗之宜之，多予之福。」○《繁露·郊祀對》云：「周公傅成王，成王遂及聖，功莫大於此。周公聖人也，有祭於天道。故成王令魯郊也。魯郊用純騂剛。周色上赤，魯以天子命郊，故以騂。」陳喬樅云：「董爲齊學。此詩『享以騂犧』，正魯郊用純騂之證。《曲禮》『天子以犧牛』，鄭注：『犧，純毛也。』謂毛之純色者。」周公皇祖，亦其福女。秋而載嘗，夏而楅衡。白牡騂剛，犧尊將將。毛炰胾羹，籩豆大房。萬舞洋洋，孝孫有慶。【疏】傳：「諸侯夏禘則不礿，秋祫則不嘗，唯天子兼之。楅衡，設牛角以楅之也。白牡，周公牲也。騂剛，魯公牲也。犧尊，有沙飾也。毛炰，豚也。胾，肉也。羹，大羹、鉶羹也。大房，半體之俎也。洋洋，衆多也。」箋：「此皇祖，謂伯禽也。載，始也。秋將嘗祭，於夏則養牲，楅衡其牛角，爲其觸觝人也。秋嘗而言始者，秋物新成，尚之也。大房，玉飾俎也，其制，足間有橫，下有柎，似乎堂後有房然。萬舞，干舞也。」○馬瑞辰云：「《説文》『告』下云：『牛觸人，角箸横木，以告人也。』與傳、箋言楅衡設於牛角者相類。至『楅』下云：『以木有所逼束也。』『衡』下云：『牛觸，横大木其角。』《韻會》所據小徐本無『其角』二字。段玉裁曰：『《説文》以設於角者謂之告，此云牛觸横大木，是闌閑之謂衡。大木斷不可施於角，此易明者。』案：段説是也。《封人》『凡祭祀，飾其牛牲，設其楅衡』，鄭司農曰：『楅衡，所以楅持牛也。』杜子春云：『楅衡，所以持牛，令不得抵觸人。』皆不云設於角。又《牛人》『凡祭祀，共其牛牲之互』，鄭司農曰：『互，謂楅衡之屬。』以《説文》訓梐枑爲行馬證之，行馬即今鹿角木，取其可以闌人也，則鄭司農亦以楅衡爲闌閑之類矣。《易・大畜》六五『豶豕之牙，吉』，鄭注讀牙爲互，互以禁豕放逸，與六四『童牛之牿』，❶牿以防牛抵觸正相類。」《公羊・文十三年傳》「周公白牡，魯公騂犅」，何休《解詁》云：「白牡，殷牲。周公死，有王禮，謙不敢與文、武同也。騂犅，赤脊。」言「赤脊」，非純色可知。若羣公不毛，則又不盡赤脊矣。《繁露・郊祀對》云：「武王崩，成王幼而在襁褓之中，周公繼文、武之業，成二聖之功，德漸天地，功被四海，故成王賢而貴之。《詩》云：『無德不報。』故成王使祭周公以白牡，上不得與天子同色，下有異於諸侯，以爲報德之禮。」案：《公羊》、《繁露》皆齊學，可以推見《齊詩》之義。剛者，「犅」之借字。《説文》：「犅，特也。」「特，牛父也。」騂犅，猶言騂牡。犅字從岡，取赤脊之義也。陳奂云：「犧、沙聲同。沙，讀爲娑，假借字也。傳云『有沙飾』，疑『沙』下奪『羽』字。孔疏云：『此傳言犧尊有沙羽飾。』是正義本有『羽』。《明堂位》『尊用犧、象、山罍』，注：『犧尊，以沙羽爲畫

❶「四」，原作「五」，據阮刻本《周易正義》改。

飾。』鄭同毛說，亦有『羽』，皆可證。《司尊彝》：『春祠、夏禴，其朝踐用兩獻尊。』鄭司農注云：『獻，讀爲犧。犧尊，飾以翡翠。』翡翠即羽也。《鄭志》：『張逸問曰：「犧，讀如沙。沙，鳳皇也。不解鳳皇何以爲沙？」答曰：「刻畫鳳皇之象於尊，其形娑娑然。或有作『獻』字者，齊人之聲誤耳。」』《禮器》『犧尊』疏、『布鼎』疏引鄭云：『畫尊作鳳羽娑娑然，故謂娑尊也。』案：此鄭注即《鄭志》沙爲鳳皇。其實沙爲羽之狀，非必謂鳳皇也。《莊子・天地》篇『百年之木，破爲犧尊』、《淮南・俶真》篇『百圍之木，斬而爲犧尊』，則犧尊木質，而畫以沙羽爲飾。阮諶以爲牛飾，王肅以爲牛形，悉爲臆說。」《禮・明堂位》云「周以房俎」，鄭注：「房，謂足下跗也。上下兩間，有似於堂房。《魯頌》曰：『籩豆大房。』」案：鄭注與箋大同，知齊「大房」義不異。張衡《東京賦》云：「物牲辯省，設其楅衡。」又云：「毛炰豚胉，亦有和羹。」用魯經文。俾爾熾而昌，俾爾壽而臧。保彼東方，魯邦是常。不虧不崩，不震不騰。【注】韓說曰：「騰，乘也。」三壽作朋，如岡如陵。

【疏】傳：「震，動也。騰，乘也。壽，考也。」箋：「此皆慶孝孫之辭也。俾，使；藏，善；保，安；常，守也。虧、崩，皆謂毀壞也。震、騰，皆謂僭踰相侵犯也。三壽，三卿也。岡、陵，取堅固也。」○「騰，乘也」者，《文選・甘泉賦》及顔延年《侍遊蒜山詩》李注引薛君《韓詩章句》文。馬瑞辰云：「震，當讀如『三川震』之『震』。騰，當讀如『百川沸騰』之『騰』。騰者，『滕』之叚借。《說文》：『滕，水超涌也。』正與『騰』之訓『乘』同義。孔疏云『震騰以川喻』，是也。」馬瑞辰云：「三壽，猶三老也。《晉姜鼎銘》『保其子孫，三壽是利』。《左・昭三年傳》『三老凍餒』，杜注：『三老，謂上壽、中壽、下壽，皆八十以上。』《文選》李注引《養生經》：『黃帝曰：「上壽百二十，中壽百年，下壽八十。」』皆三壽即三老之證。箋說非。」陳喬樅云：「張衡《東京賦》云：『送迎拜乎三壽。』衡治《魯詩》，蓋魯『作朋』之義如此。《漢書・禮樂志》注引李奇曰：『王者父事三老，兄事五更。《詩》云：「三壽作朋。」』與衡賦『三壽』説合，當亦魯訓。」

公車千乘，朱英緑縢，二矛重弓。公徒三萬，貝胄朱綅，烝徒增增。戎狄是膺，荆舒是懲，【注】魯「膺」作「應」，「舒」作「荼」。則莫我敢承。俾爾昌而熾，俾爾壽而富。黄髮台背，壽胥與試。【注】魯「台」作「鮐」。又曰：「壽胥與試，美用老人之言以安國也。」俾爾昌而大，俾爾耆而艾。萬有千歲，眉壽無有害。【疏】傳：「大國之賦千乘。朱英，矛飾也。縢，繩也。重弓，重於鬯中也。貝胄，貝飾也。朱綅，以朱綅綴之。增增，衆也。膺，當；承，止也。」箋：「二予重弓，備折壞也。兵車之法，左人持弓，右人持矛，中人御。萬二千五百人爲軍。大國三軍，合三萬七千五百人。言三萬者，舉成數也。烝，進也。徒進行增增然。懲，艾也。僖公與齊桓舉義兵，北當戎與狄，南艾荆及羣舒，天下無敢禦也。『俾爾』至『與試』，此慶僖公勇於用兵討有罪也。黄髮、台背，皆壽徵也。胥，相也。壽而相與試，謂講氣力不衰倦。『俾爾』至『有害』，此又慶僖公勇於用兵討有罪也。中時魯微弱，爲鄰國所侵削，今乃復其故，故喜而重慶之。俾爾，猶使女也。眉壽，秀眉，亦壽徵。」○《禮・明堂位》「革車千乘」，鄭注：「革車，兵車也。兵車千乘，成國之賦也。《詩・魯頌》曰：『公車千乘，朱英緑縢。』」《禮・少儀》鄭注：「《詩》云：『公徒三萬，貝胄朱綅。』亦鎧飾也。」明齊、毛文同。「魯『膺』作『應』，『舒』作『荼』」者，《史記・建元以來侯者年表》引《詩》：「戎狄是應，荆荼是懲。」史遷治《魯詩》，此魯作「應」、作「荼」異文之證。《淮南衡山傳贊》引《詩》仍與毛同，疑後人所改。《孟子》云：「周公方且膺之。」又曰：「無父無君，是周公所膺也。」趙岐注：「膺，擊也。懲，艾也。

周家時擊戎、狄之不善者，懲止荆、舒之人，使不敢侵陵也。」《孟子》釋文：「膺，丁本作『應』。」《呂覽・察微》篇、《處方》篇高注並曰：「應，擊也。」《攷工記》「斲目必荼」，又「寬緩以荼」，先鄭皆讀荼爲舒。《左・襄二十三年傳》「晉魏舒」，《史記・魏世家》索隱注引《世本》作「魏荼」。《荀子・大略篇》「諸侯御荼」，楊注：「荼，古『舒』字。」亦魯家「舒」作「荼」之證。《漢書・淮南衡山濟北王傳贊》：「《詩》云：『戎狄是膺，荆舒是懲。』信哉是言也。」《嚴朱等傳贊》、《匈奴傳贊》並引《詩》二句，明齊、毛文同。翟灝云：「首二章陳姜嫄、后稷、大王、文、武之功德。三章言成王封魯。四章『則莫我敢承』以上，皆言周公；『俾爾昌而熾』等句，亦謂周公俾之也。五章、六章繼周公而頌伯禽，所謂『淮夷來同』、『遂荒徐宅』，係伯禽事，見於《費誓》者也。七章、八章方頌僖公復宇。」案：《孟子》古説，聖門傳授，確指周公，自不可易。陳奐謂：「首從祀帝祀稷説起，因而享祀大廟，備陳魯以天子禮祀周公，工祝致告於僖公作嘏。下又極陳兵賦之大，征伐之美，工祝又致神意，再作嘏。此皆在廟中頌周公，不美僖公也。『萬有千歲，眉壽無有害』，皆嘏孝孫之詞。《少牢禮》工祝嘏主人之詞『眉壽萬年，勿替引之』，❶亦此意也。」愚案：「淮夷來同」，已見《泮水》。然《序》曰「僖公修泮宮」，而《詩》曰「既作泮宮，淮夷攸服」，亦仍是推原始作之伯禽而言，翟、陳之説非不合也。《孟子》引《詩》「戎狄是膺，荆舒是懲」，屬之周公，猶封魯謂周公之封於魯也。父在，子不得自專，故魯公之事，皆就周公言之耳。膺戎，即所以懲楚，不必定爲伐楚，故《孟子》之説，亦重在「膺」。新寢廟者，自爲僖公，而《詩》仍推原所本言之，其

❶「工」，原作「上」，據陳奐《傳疏》、阮刻本《儀禮注疏》改。

指一也。前疏已定，姑附其說於此。「魯台」至「壽也」，《釋詁》文，魯說也。張衡《南都賦》：「鮐背之叟，皤皤然被黃髮者。」即用《魯詩》語。《毛詩》作「台」，古文之消借。「壽胥」至「國也」，《新序・雜事》五引《詩》文。試，蓋讀如「明試以功」之「試」。《中論・夭壽》篇：「《詩》云：『萬有千歲，眉壽無有害。』人豈有萬千歲者，皆令德之謂也。」明魯、毛文同。《韋玄成傳》匡衡《禱廟文》「眉壽無疆」，用齊經文。

泰山巖巖，魯邦所詹。【注】魯一作「魯侯是瞻」。奄有龜蒙，遂荒大東。【注】魯「奄」作「弇」，「荒」作「幠」。《韓詩》曰：「荒，至也。」至于海邦，淮夷來同。莫不率從，魯侯之功。【疏】傳：「詹，至也。龜，山也。蒙，山也。荒，有也。」箋：「奄，覆；荒，奄也。大東，極東。海邦，近海之國也。來同，爲同盟也。率從，相率從於中國也。魯侯，謂僖公。」〇「魯一作『魯侯是瞻』」者，應劭《風俗通義》十：「東方泰山。《詩》云：『泰山巖巖，魯邦所瞻。』尊曰岱宗，岱者，長也。」應治《魯詩》，明魯、毛文同。《說苑・雜言》篇：「《詩》曰：『泰山巖巖，魯侯是瞻。』樂山之謂也。」此魯「一作」本。《韓詩外傳》三引此詩，以證「仁者樂山」之說，文仍與毛同。「魯『奄』作『弇』」者，《釋言》：「弇，同也。」郭注引《詩》曰：「奄有龜蒙。」奄，當爲「弇」。郭用《魯詩》舊注，蓋後人誤改。《漢書・諸侯王表序》「奄有龜蒙」，明齊、毛文同。「『荒』作『幠』」者，《釋詁》：「幠，有也。」郭注：「《詩》曰：『遂幠大東。』」陳喬樅云：「荒、幠一聲之轉。《禮・投壺》『毋幠毋敖』，《大戴禮》作『無荒無慠』，是通用之驗。」「荒，至也」者，《釋文》引《韓詩》文。盧文弨云：「若韓作『荒』，則與毛、鄭字無異，何須別出？浦氏聲之云疑是作『巟』，故訓爲『至』。《說文》：『巟，水廣也。』廣有大義，至亦大也。」

保有鳧繹，【注】魯「繹」作「嶧」。遂荒徐宅。至于海邦，淮夷蠻貊。及彼南夷，莫不率從。莫敢不諾，魯侯是若。【疏】傳：「鳧，山也。繹，山也。宅，居也。淮夷蠻貊，而夷行也。南夷，荊楚也。若，順也。」箋：「諾，應詞也。是若者，是僖公所謂順也。」○「魯『繹』作『嶧』」者，《釋山》：「屬者，嶧。」《御覽》四十二引舊注云：「言絡繹相連。今魯國鄒縣有嶧山，純石相積搆，連屬而成山，蓋謂此也。」郭注：「言駱驛相連屬。」義本此。陳奐云：「徐，讀爲𨛦。《説文》：『魯東有𨛦城。』段注：『《周禮·雍氏》注：「伯禽以王師征徐戎。」劉本「徐」作「𨛦」。《魯世家》：「頃公十九年，楚伐我，取徐州。」徐廣曰：「徐州在魯東。」是楚所取之徐州即𨛦地。』徐宅，𨛦戎之舊居。」南夷，即楚。伐楚，止帶説。僖四年從齊桓伐楚，兵事非魯專主也。

天錫公純嘏，眉壽保魯。居常與許，復周公之宇。【疏】傳：「常、許，魯南鄙、西鄙。」箋：「純，大也。受福曰嘏。許，許田也，魯朝宿之邑也。常，或作『嘗』，在薛之旁。《春秋》魯莊公三十一年『築臺于薛』是與？周公有嘗邑，所由未聞也。六國時，齊有孟嘗君，食邑於薛。」○馬瑞辰云：「《齊語》管子曰『以魯爲主，反其侵地堂、潛』，《管子》作『常、潛』，則常邑曾見侵於齊，莊公時復歸於魯，去僖公時未遠，故詩人尚舉以爲頌美之詞。《春秋》桓元年『鄭伯以璧假許田』，僖公時蓋亦復之，《春秋》未及載，猶齊桓反魯常、潛，《春秋》亦未載也。」魯侯燕喜，令妻壽母。宜大夫庶士，邦國是有。既多受祉，黄髮兒齒。【注】魯「兒」作「齯」。【疏】箋：「燕，燕飲也。令，善也。喜公燕飲於内寢，❶則善其妻，壽其母，謂爲之祝

---

❶「喜」，明世德堂本《毛詩》作「僖」，當據改。

慶也。與羣臣燕，則欲與之相宜，亦祝慶也。是有，猶常有也。兒齒，亦壽徵。」○《易林・豫之否》：「令妻壽母，宜家無咎。君子之歡，得以長久。」此齊説。「魯『兒』作『齯』」者，《釋詁》：「黄髮、齯齒，壽也。」此魯説。《書正義》引舍人曰：「黄髮，老人髮白復黄也。」孫炎曰：「黄髮，髮落更生者，老人壽徵也。」《説文》：「齯，老人齒也。」兒者，「齯」之叚借。《説文》依《魯詩》今文也。《釋名》：「九十曰黄耇，鬢髮變黄也。或曰齯齒，大齒落盡，更生細者如小兒齒也。」當亦魯説。陳喬樅云：「《爾雅》釋文：『兒，本今皆作「齯」，五兮反。一音如字。』『本今皆作「齯」』者，謂舍人及樊、孫諸本今皆作『齯』字，惟陸氏所據郭本作『兒』，故云然。然則『兒』字後人順毛所改也。」

徂來之松，新甫之柏。是斷是度，是尋是尺。松桷有舄，路寢孔碩。新廟奕奕，奚斯所作。孔曼且碩，萬民是若。【注】魯、齊「新」作「寢」，「奕」作「繹」。韓説曰：「曼，長也。」【疏】傳：「徂徠，山也。新甫，山也。八尺曰尋。桷，榱也。舄，大貌。路寢，正寢也。新廟，閔公廟也。有大夫公子奚斯者作是廟也。曼，長也。」箋：「孔，甚；碩，大也。奕奕，姣美也。修舊曰新。新者，姜嫄廟也。僖公承衰亂之政，修周公、伯禽之教，故治正寢，上新姜嫄之廟。姜嫄之廟，廟之先也。奚斯作者，教護屬功課章程也。至文公之時，大室屋壞。曼，修也，廣也。且，然也。國人謂之順也。」○唐石經「徠」作「來」。❶《水經・汶水》注：「汶水西南流，逕徂徠山西，山多松柏，《詩》所謂『徂徠之松』也。」《漢・地理志》泰山郡有梁父縣，

❶ 「徠」、「來」，原乙，據陳奐《傳疏》、馬瑞辰《通釋》乙正。

《後魏志》魯郡汶陽縣有新甫山，新甫即梁甫也。父、甫古通用。《白虎通》曰：「梁甫者，泰山旁山名。」又曰：「梁，信也。甫，輔也。」信，古讀如伸。伸、辛雙聲。《顔氏家訓・音詞》篇引《字林》「伸，音辛」，則知「梁」訓爲「伸」，「伸」讀同「辛」，故「梁甫」一作「新甫」。《白虎通》用魯訓也。「魯『新』作『寢』，『奕』作『繹』」者，《甘泉賦》云：「望通天之繹繹。」《太常箴》云：「寢廟奕奕。」蔡邕《獨斷》云：「宗廟之制，古學以爲人君之居，前曰朝，後曰寢。終則前制廟以象朝，後制寢以象寢。廟以藏主，列昭穆。寢有衣、冠、几、杖，象生之具。總謂之宫。《月令》『先薦寢廟』，《詩》云『公侯之宫』，《頌》曰『寢廟奕奕』，❶言相連也。是皆其文也。」《淮南・時則訓》高注：「前曰廟，後曰寢。《詩》云：『寢廟奕奕。』言相連也。」《吕覽・季春紀》高注引《詩》同。陳喬樅云：「《甘泉賦》正用《詩》語，然則魯文作『寢廟繹繹』。今楊雄《太常箴》、蔡邕《獨斷》、《吕覽》、《淮南》高注引《詩》俱作『寢廟奕奕』，後人據《毛詩》改之，並宜訂正。又《蔡邕集・胡太傅祠前銘》『新廟奕奕』，據《獨斷》所言『寢廟』連文，此用《詩》語，不得作『新廟』，皆後人妄改也。」「齊『新』作『寢』，『奕』作『繹』」者，《隸僕》鄭注：「《詩》云：『寢廟繹繹。』相連貌也。前曰廟，後曰寢。」是齊作「寢廟繹繹」，與魯同。「奚斯所作」者，言作詩，非言作廟。王延壽《魯靈光殿賦》云：「奚斯頌僖，歌其露寢。」《文選・兩都賦序》李注引《韓詩・魯頌》曰「新廟奕奕，奚斯所作」，薛君曰：「奚斯，魯公子也。言其新廟奕奕然盛，是詩公子奚斯所作也。」王賦注引同。「曼，長也」者，《文選・四子講德論》李注引《薛君章句》文。孔廣森云：「三家謂詩爲奚

---

❶「奕奕」，原脱，據續經解本《魯詩遺説攷》十九、四庫本《獨斷》補。

斯所作者，是也。此與『吉甫作頌，其詩孔碩』文義正同。《詩》之章句未有長於此篇者，故以『曼』言之。毛謂奚斯作廟，則『孔碩』、『且碩』詞意窘複矣。」愚案：薛於此特明詩爲奚斯作者，慮後人溷作詩於作廟也。餘見前文。

《閟宫》八章，二章章十七句，一章十二句，一章三十八句，二章章八句，二章章十句。

《駉》四篇，二十三章，二百四十三句。

詩三家義集疏卷二十八

長沙王先謙益吾著

那弟二十八　詩商頌

【注】魯説曰：「宋襄公之時，修仁行義，欲爲盟主。其大夫正考父美之，故追道湯、契、高宗所以興，作《商頌》。」齊説曰：「《商》，宋詩也。」韓説曰：「正考父，孔子之先也，作《商頌》十二篇。」【疏】「宋襄」至「商頌」，《史記·宋世家》文。揚雄《法言》：「昔正考甫嘗睎尹吉甫矣。」《大雅》云：「吉甫作頌，穆如清風。」考甫睎之，即謂作《商頌》。雄亦習《魯詩》者也。「《商》，宋詩也」者，《禮·樂記》鄭注文。不曰「宋」而曰「商」者，孔子編《詩》，魯定公諱宋故也。班固《漢書·地理志》：「宋地，房、心之分埜也。周封微子於宋，今之睢陽是，本陶唐氏火正閼伯之虚也。」班亦學《齊詩》者。「正考」至「二篇」，《後漢·曹褒傳》李注引《韓詩》薛君《章句》文。孔子編《詩》時，又佚其七篇也。《史記集解》亦云：「《韓詩·商頌》章句亦美襄公。」餘詳下。黄山云：「漢之睢陽，即今河南歸德府地，商邱縣爲府治。《志》云『閼伯之虚』者，本《左傳》『昔陶唐氏之火正閼伯居于商邱』也。商之亳都即在宋境，故《路史》云宋爲故亳商之舊都。《殷本紀》：『湯始居亳。帝仲丁遷于隞。河亶甲居相。祖乙遷于邢。盤庚渡河南，復居成湯之故居，治亳。』中宗帝乙在仲丁未遷隞之前，高宗武丁在盤庚復故居之後，是與湯皆居亳者也。遺烈具

在，宋之烝嘗必及焉。亳，亦作『薄』。《管子·輕重》篇：『湯以七十里之薄。』《荀子·議兵篇》：『昔者湯以薄。』《大傳》：『盍歸于薄。』《新序》：『趨歸薄兮。』皆即指亳。《左·莊十二年傳》『公子御説奔亳』，杜注：『亳，宋邑。』哀十四年《傳》：『桓魋請以鞌易薄，公曰：「薄，宗邑也。」』杜注：『宗廟所在。』皆其證。三亳之分，自周始見。《周書·立政》，後人援以説商之亳，謂西亳在偃師，南亳、北亳在宋州，爲故宋地。北亳亦名景亳，因景山得名。景山在河南府偃師縣，以山考地，皆相距不遠也。」

那【注】韓説曰：「湯爲天子十三年，年百歲而崩，葬於徵，今扶風徵陌是也。」【疏】毛序：「祀成湯也。微子至于戴公，其間禮樂廢壞，有正考甫者，得《商頌》十二篇於周之大師，以《那》爲首。」箋：「禮樂廢壞者，君怠慢於爲政，不修祭祀、朝聘、養賢、待賓之事，有司忘其禮之儀制，樂師失其聲之曲折，由是散亡也。自正考甫至孔子之時，又無七篇矣。正考甫，孔子之先也，其祖弗甫何以有宋而授厲公。」○魏源云：「讀三《頌》之詩，竊怪《周頌》皆止一章，章六七句，其詞噩噩。《商頌》則《長發》七章，《殷武》六章，且皆數十句，其詞灝灝。何文家之質，而質家之文也？及考《史記》、《後漢書》、《法言》諸書，始知《商頌》與《魯頌》一例，宋襄與魯僖同科，猶《書》之附《粊誓》、《秦誓》也。曰外此有徵乎？曰：《樂記》『肆直而慈愛者宜歌《商》，温良而能斷者宜歌《齊》』，鄭注：『《商》，宋詩也。』❶疏謂：『據下文「商人識之，故謂之《商》。齊人識之，故謂之

❶「宋」，原作「頌」，據續經解本《詩古微》、阮刻本《禮記正義》改。

《齊》」，知此《商》爲宋人所歌之詩，宋是商後故也。』鄭注所正錯簡二條，尚有未盡，當云：「《商》者，三代之遺聲也，商人識之。《齊》者，五帝之遺聲也，齊人識之。」蓋《商頌》在宋，《韶》樂在齊故也。《莊子》云：「曾子曳履而歌《商頌》，聲滿天地。」殆師乙所謂「宜歌《商》」者也。《左傳》哀二十四年釁夏曰：『周公、武公取于薛，孝、惠取于商，自桓以下取于齊。』杜注：『商，宋也。』《國語》『吴夫差闕爲深溝于商、魯之間』，韋注：『商，宋也。』又《左傳》哀九年曰『利以伐姜，不利子商』，杜注：『子商，宋也。』王引之云：「子，宜作『予』，通作『與』，敵也，言不利敵宋。」《逸周書・王會解》：『堂下三左，商公、夏公立焉。』《莊子》、《韓非》均有『商太宰』，與孔子、莊子同時，皆謂宋爲商之證。蓋魯定公名宋，故魯人諱宋稱商。夫子録《詩》據魯太師之本，猶衛之稱邶鄘，晉之稱唐，皆仍其舊。證一。《國語》『正考父校商名《頌》十二篇於周太師，以《那》爲首』，蓋考父生宋中葉，禮樂散缺，《頌》雖補作，難協樂章，故必從周太師審校音節，使合頌聲，乃敢施用。至衛宏續《序》，乃言『正考父得《商頌》十二篇於周太師』。夫校者，校其所本有。得者，得其所本無。改『校』爲『得』，傅會顯然。證二。或謂《左氏》稱正考父佐戴、武、宣，而《史記》稱其爲襄公大夫。《宋世家》戴、襄相距百有十六年，宣、襄相距亦七十九年。戴三十四年，武十八年，宣十九年，穆九年，殤十年，莊十九年，湣十一年，桓三十年卒，子襄公立。且考父生孔父嘉於殤公時，死華督之難，明爲嗣父執政，則考父必先卒於穆公之世，何由逮事八君？不知世家諸國年數淆訛。而穆公七年當魯隱元年，始入《春秋》，其前此戴、武、宣三世之年，尤不可考。假如三公之年共止十餘載，而孔父嘉嗣位，烏知非考甫中年引疾致仕，而襄公世尚存乎？孔父豔妻行路死甫壯年，考父佝僂循牆，中年勇退，安知懸車之後，不更存數十年耶？　商之老彭、伊陟，周之君奭、老聃，子夏，漢之張蒼、伏生、竇公，皆身歷數朝，年逾百載。恭則益壽，銘鼎可徵。而《那》頌之『温恭朝夕，執事有恪』，亦晬然三命，滋益恭之情文。證三。薛氏《鐘鼎款識》載《正考父鼎銘》云：『惟四月初吉，正考父作文王寶尊鼎。其萬年無疆，子孫永保用享。』案：《竹書紀年》：『商武丁子曰文丁。』此器當成於作《頌》之時，稱文丁爲文王，猶稱武湯爲武王也。考父大夫，止得祀其家廟。使非奉命作《頌》，何由作祭器以享先王乎？　則知《商頌》十二篇中，必有祀文丁之《頌》，而亡之矣。證四。《商頌》果作於商，如箋説《那》之祀成湯者爲太甲，箋云：「湯孫，太甲也。」《烈祖》之祀中宗者謂仲丁，中宗，太戊子仲丁。《玄鳥》之祀高宗者謂祖庚，箋云：「高宗崩，三年喪，禘于其廟，而後合祭于契廟，歌是詩。」則皆以子祭父，如成王之於文、武，何以遽稱之曰『自古』，『古曰在昔，昔曰先民』？　而且一則曰『顧予烝嘗，湯孫之將』，再則曰『顧予烝嘗，湯孫之將』，豈非易世之後，人往風微，庶冀先祖之眷顧，而祐我孫子乎？　證五。《那》序「祀成湯」，而傳以「烈祖」爲「湯有功烈之祖」，「湯孫」謂「湯爲人之孫子」，則是湯祀其先祖，非祀湯之詩矣。豈不與《序》相戾，且與《殷武》篇「湯孫之緒」相戾乎？　箋謂「嘉客顧念我扶助之」，亦非頌體。豈有清廟之中舍先王而專祈嘉客者乎？　宋時嘉客，謂附庸小國。《左傳》隱元年疏引《世本》：「宋之同姓有殷、時、來、宋、空同、黎、比髦、目夷、蕭。」又《殷本紀贊》曰：「其後有殷氏、來氏、宋氏、空桐氏、稚氏、比殷氏、❶目夷氏。」又《地里志》：「蕭，故蕭叔國，宋別封附庸。」皆當助祭于宋者也。《玄鳥》詩『武丁孫

❶「比」，續經解本《詩古微》、殿本《史記》作「北」。

子，武王靡不勝。龍旂十乘，大糦是承』，此正猶《魯頌》『周公之孫，莊公之子，龍旂承祀』，明謂先代之後，尚備車服禮樂器，以祀其先王也。豈如箋所云『孫子，即武丁。龍旂，謂助祭諸侯』之迂説乎？證六。上公交龍爲旂，《六月》詩吉甫出征，「元戎十乘」，明爲上公之制。《司馬法》「每乘三十人」，十乘則虎賁三百人也。是「龍旂十乘」明爲上公之制。君行師從，卿行旅從。箋乃謂助祭之諸侯，孔疏乃云：「諸侯當以服數來朝，而得十乘並至者，舉其有十耳，未必同時至也。」如其説，則諸侯來朝，每國止一乘乎？《長發》疏云：『商人禘嚳而郊冥。此詩若郊天，當以冥配。而不言冥者，馬昭謂：「宋爲殷後，郊祭天以契配。不郊冥者，異於先王，故其詩惟詠契德。宋無圜丘之禮，惟以郊爲大祭，且欲別之於夏禘，故云大禘也。」』馬昭學出鄭門，此實本《樂記》鄭注以《商》爲宋詩之説，孔疏反斥其虚妄，謂『是商世之《頌》，非宋人之詩』。豈知鄭之《詩》學不專用毛乎？證七。《殷武》詩三章箋云『時楚不修諸侯之職』，四章箋云『時楚僭號王位』，此亦鄭闇用《韓詩》，以三章、四章爲《春秋》僖四年『公會齊侯、宋公伐楚』之事，故箋以『歲時來辟』責包茅不貢之文，『不借不濫』責僭號稱王之義，與《魯頌》『荆舒是懲』皆侈召陵攘楚之伐，同時同事同詞，故宋襄作《頌》，以美其父。宋桓廿四年從戰召陵，逾六年卒。至襄公戰泓之敗，齊桓已没，在此詩後矣。楚入《春秋》，歷隱、桓、莊、閔止稱『荆』，至僖二年始稱『楚』，安得高宗即有『伐楚』之名？孔疏亦窮於詞，故云：『周有天下，始封熊繹爲楚子。於武丁之世，未審楚君何人。』證八。《易》稱『高宗伐鬼方，三年克之』，干寶注：『鬼方，北方國。』《漢書·五行志》：『武丁外伐鬼方，以安諸夏。』《後漢·西羌傳》：『武丁征西戎鬼方，三年乃克。故其《詩》曰：「自彼氐羌，莫敢不來王。」』范謂《易·既濟》高宗所伐鬼方，即《詩》之氐羌。《賈捐之傳》：『武丁地西不過氐羌。』《後漢·西羌傳》『武丁征西羌鬼方，三年乃克』，李注引《紀年》：『武乙三十五年，周季歷伐西落鬼戎。』《文選·趙充國贊》『鬼方賓服』，注引《世本注》：『鬼方，即漢之先零戎。』在涼州。蓋鬼之爲言歸也。東方物所始生，西方物所成就，故以西方爲鬼方。是高宗所伐者西戎，非南蠻明矣。歷攷傳記，從無殷高宗伐荆楚之文，亦無以荆楚爲鬼方之説。或引《大戴禮》及《楚世家》「陸終取于鬼方氏，生子六人，曰季連，羋姓」，爲荆楚即鬼方之證。不知陸終以南侯而取于西戎，猶周取狄后，魯娶吴孟子，豈得謂周即北狄，魯即南夷哉？紂脯鬼侯，《史記》作「九侯」，而《文王世子》「西方有九國焉，君王其終撫諸」，正謂文王懷昆夷之事。是鬼方者，高宗所伐。荆楚者，宋桓、襄父子所伐。蓋商初難服者，莫如西戎，故《詩》以『昔有成湯，自彼氐羌』爲言，而匡衡疏亦以成湯之服氐羌爲懷鬼方。以史證《詩》，虚實立見。證九。《大雅》厲王詩「内奰于中國，覃及鬼方」，即《西羌傳》厲王時征犬戎之事，皆指西夷。至《唐書·高祖紀》「夏曰熏鬻，商曰鬼方，周曰玁狁，漢曰匈奴」，此本干寶「鬼方，北方國」之説。蓋西北二夷，互相統屬，要之非東南夷也。《文選·東京賦》注引《韓詩》曰：『宋襄公去奢即儉。』正指《殷武》末章。乃箋謂『高宗之前，王有廢政教，不修寢廟，故高宗復成湯之道，新其路寢』。考武丁距般庚僅再世，小辛、小乙。般庚遷殷，必立寢廟，豈十餘年遽至廢壞？蓋宋襄圖霸中興，新其父廟，並頌其父之武功，與魯僖閟宫同時剏造，故陟景山之松柏，詠斲虔於旅楹，與《魯頌》徂徠路寢，若同一詞。視《周頌》邈若皇《墳》，曾殷人有此浮藻乎？證十。《後漢·祭祀志》注載東平王蒼引《詩傳》曰：『大樂必易，故《周頌》以一章成篇。』此所引蓋魯、韓《詩傳》。而《駟》疏亦云：『魯雖僭頌，體實《國風》，非告神之歌，故有章句。』又《關雎》疏云：『《風》、《雅》之篇無一章者。《頌》以告神，不必殷勤，故不重章。高宗一人，而《玄鳥》一章。《長發》、《殷武》重章者，武丁之德，下踰於魯僖，上不及成湯，明成功有大小，斯篇詠有優劣乎？』是漢唐諸儒已疑三《頌》之高下，皆軒周而輊商，故《法言》云『正考父常晞尹吉甫』，明其晞《雅》而不敢晞《頌》也。『公子奚斯晞正考父』，明其晞《商頌》而不敢晞《周頌》也。證十一。《左氏》：『季札觀周樂，爲之歌《頌》，曰：「美哉！盛德之所同也。」』杜注：『《頌》有殷、魯，故云「盛德之所同」。』若非皆周世所作，何以季札觀周樂，統之《周頌》中乎？證十二。《路史·後紀》注引鄭玄《六藝論》云『文王創基，至魯僖間，《商頌》不在數矣。孔子刪《詩》，録此五章，豈無意哉？「商邑翼翼，四方之極。」「我有嘉客，亦不夷懌。」豈能忘哉？景山，商墳墓之所在也』云云，此又鄭君初年用《韓詩》釋《殷武》爲宋詩之明文。證十三。然此猶未及其刪述之大義也。孔子自衞反魯，正禮樂，修《春秋》。據魯，新周，故殷，句。運之三代，見《孔子世家》。是以列《魯》於《頌》，示東周可爲之志焉。次《商》於《魯》，示黜杞存宋之微權焉。合《魯》、《商》於《周》，見三統循環之義焉。故曰：『我觀周道，幽、厲傷之。吾舍魯何適矣？』又曰：『杞不足徵也。吾學殷禮，有宋存焉。』聖人之情見乎辭，微董生、太史公書，其孰明之？」皮錫瑞云：「考父乃孔子之先，孔子距考父止數傳，漢初距孔子亦止數傳，年代相接，豈有譌誤？孔安國西漢大儒，史公嘗從之游，何至於孔子先人之事懵然不識？且《孔子世家》既載孟僖子、正考父佐戴、武、宣之言，而《十二諸侯年表》戴、襄相距凡百有十六年，則史公非不知考父之年必百三四十歲而後能相及也，乃《宋世家》仍用考父頌殷之語，其説必有所受，斷非自相矛盾。百齡以外之壽，古所恒有。父在子死，亦事之常。若謂孔父殉君，其父不應尚在，則春秋時明有其事，且即宋國之人。《左・文十六年傳》云：『初，公子蕩卒，公孫壽辭司城，請使意諸爲之。』意諸死昭公之難，歷文十七、十八兩年。宣十八年，成八年，凡二十八年，宋公使公孫壽來納幣，明見於經傳。《左傳》本不足以證三家説，以後人引《左氏》駁三家，故亦引《左氏》以間執其口。蕩意諸見殺，其父公孫壽可來納幣，何獨孔父見殺，其父正考父不可作《頌》乎？古人致仕，亦稱大夫。夫子曰『以吾從大夫之後』，可證考父作《頌》，年已篤老，非必尚在朝列，是皆不足以獻疑也。兩漢今、古文各有師承，《毛詩》、《左傳》皆古文，同出河間博士，故其義説多相出入。三家《詩》則與《公羊》、《穀梁》合，與《左氏》不合。《公羊》盛稱宋襄，以爲文王不是過。《史記・宋世家贊》明引《公羊》之説，云『傷中國無禮義，襃之也』，此《魯詩》與《公羊》爲一家之證。《左氏》則極詆宋襄，河間博士之治《毛詩》者，蓋習於《左氏》之説，以爲襄公不足頌，乃別創異義。此其蹤迹之可尋者也。陋儒不學，乃據《左傳》殤公即位，君子引《商頌》，以駁三家。無論古文説不足以難今文，即如《左氏》之言，左氏作《傳》在春秋末，距春秋初已二百餘年，其所引『君子曰』或亦事後追論，安見其人必爲殤公同時之人哉？魏氏列十三證，其言信而有徵。更爲推闡其義，以釋後學之疑，於十三證外，又得七證，具列於後。《那》『湯孫奏假』，無言傳，箋云：『湯孫，太甲也。』『於赫湯孫』，傳：『盛矣湯爲人子孫也。』箋云：『湯孫，呼太甲也。』《烈祖》『湯孫之將』，箋云：『中宗之享此祭由湯之功，故本言之。』《殷武》『湯孫之緒』，箋云：『是乃湯孫太甲之等功業。』愚案：毛、鄭解『湯孫』，似皆失之。祀湯而稱湯爲『湯孫』，稱謂殊屬不倫。以爲太甲，不應商人頌祖德專歸美於太甲。同一『湯孫』而前後異訓，恐非塙詁。『湯孫』乃主祭君之號，即當屬宋襄公。古者立二王之後，以其祖有功德。成王賜魯以天子禮樂，亦以周公功德比之二王後也。故《魯頌》稱僖公曰『周公之孫』，《商頌》稱襄公曰『湯孫』，稱謂相同。證一。『萬舞有奕』，箋云：『其干舞又閑習。』愚案：《公羊·宣七年傳》曰：『《萬》者何？干舞也。』何休《解詁》曰：『干，謂楯也。能爲人扞難而不使害人，故聖王貴之，以爲舞樂。《萬》者，其篇名。武王以萬人服天下，民樂之，故名之云爾。』箋以《萬》舞爲干舞，用《公羊》説。據何義，則《萬》舞之名始於周。若《商頌》作於商時，不得有《萬》舞。證二。『約軝錯衡，八鸞鶬鶬』，箋云：『諸侯來助祭者，乘篆轂金飾錯衡之車，駕四馬，其鸞鶬鶬然聲和，言車服之得其正也。』愚案：此篇上下文皆不及助祭之義，與《載見辟王》篇不同。此二句即當屬宋公之車。《采杞》篇云：❶『約軝錯衡，八鸞鶬鶬。』孔疏以爲：『「方叔元老」，則方叔五官之長，是上公也。上公雖非同姓，或亦得乘金路矣。』據孔疏義，宋是上公，而非同姓，與方叔正同，故亦得乘金路。又《干旄》疏引王肅云：『古者一轅之車，駕三馬則五轡。其大夫皆一轅車。夏后氏駕兩，謂之麗。殷益以一騑，謂之驂。周人又益一騑，謂之駟。』王基駁

❶「杞」，明世德堂本《毛詩》、阮刻本《毛詩正義》、本書卷十五《采芑》並作「芑」。

云：『《商頌》云：「約軧錯衡，八鸞鶬鶬。」是則殷駕四，不駕三也。』王基以《商頌》爲商時人作，故駁王肅之説。若如肅説，正可爲《商頌》作於周時之證。證三。『維女荆楚，居國南鄉』，箋云：『維女楚國，近在荆州之域，居中國之南方而背叛乎？』愚案：此似敵國相稱之詞。國，即當屬宋國。楚在宋南，故曰『南鄉』。若以天子臨諸侯，不當有『居國南鄉』之語。證四。『自彼氐羌，莫敢不來享，莫敢不來王，曰商是常。』愚案：此詩與《閟宫》『及彼南夷，莫不率從。莫敢不諾，魯侯是若』文法大同。『曰商是常』，與『魯邦是常』句法一律。《長發》篇『則莫我敢曷』，亦與《閟宫》『則莫我敢承』句同，皆同時人作之證。證五。『命于下國，封建厥福』，傳云：『封，大也。』箋云：『命之於國，以爲天子，大立其福。謂命湯，使由七十里王天下也。時楚僭號王位，此又所用告曉楚之義。』愚案：訓『封建』爲『大建』，義頗迂回。此當指周初封建微子於宋而言，謂微子深知天命，故得『命于下國』，封建之以錫福也。箋云『時楚僭號王位』，亦參用三家義，以此爲宋人詩。若商時，不聞楚僭王事。證六。『商邑翼翼，四方之極』，《後漢·樊準傳》引《詩》作『京師翼翼，四方是則』，李注：『《韓詩》之文也。』荀悦《漢紀》匡衡疏曰：『京邑翼翼，四方是則。』張衡《東京賦》『京邑翼翼，四方所視』。愚案：三家《詩》或作『京師』，或作『京邑』，皆從周人之稱。《白虎通·京師》篇云：『夏曰夏邑，商曰商邑，周曰京師。』是周以前，天子所居無『京師』之稱。三家以此爲周人作，故據周人所稱曰『京師』。毛以爲商人作，故據商人所稱曰『商邑』。證七。」先謙案：《詩》至唐時，齊、魯皆亡，《韓詩》僅存，學官專立毛、鄭，天下靡然不復考求古義，故司馬貞作《索隱》，疑正考父之年歲，徑駁《史記》爲謬説。如陸氏《音義》之稱引《韓詩》，存什一於千百，已屬難能可貴。僧貫休《君子有所思行》「我愛正考父，思賢作《商頌》」，猶用三家義，不可謂非特出也。魏、皮二十證精塙無倫，即令起古人於九原，當無異議。益歎陋儒墨守，使古籍沈埋爲可惜也。「湯爲」至「是也」，《御覽》八十三引《韓詩内傳》文，應是此詩《傳》，亦言祀湯，而文不全。

猗與那與，置我鞉鼓。【疏】傳：「猗，歎辭。那，多也。鞉鼓，樂之所成也。夏后氏足鼓，殷人置鼓，周人縣鼓。」箋：「置，讀曰植。植鞉鼓者，爲楹貫而樹之。美湯受命伐桀定天下，而作《濩樂》，故歎之多，其改夏之制，乃始植我殷家之樂鞉與鼓也。鞉雖不植，貫而摇之，亦植之類。」○馬瑞辰云：「猗、那二字疊韻，皆美盛之貌，通作『猗儺』、見《檜風》。『阿難』。見《小雅》。草木之美盛曰猗儺，樂之美盛曰猗那，其義一也。《上林賦》：『旖旎從風。』《説文》：『移，禾相倚移也。』又於旗曰旖施，於木曰檹施，義並與『猗那』同。❶傳訓『猗』爲『歎辭』，失之。」愚案：班固《典引》「於穆猗那」，是訓「猗那」爲平列字義，不以「猗」爲歎詞。又固《明堂詩》「猗與緝熙」，皆用《齊詩》經文。《禮·明堂位》「殷楹鼓」，鄭注：「楹謂之柱，貫中上出也。《殷頌》曰：『植我鼗鼓。』」愚案：齊「置」作「植」，故鄭引作「植」。此箋改讀，亦用齊文也。馬瑞辰云：「《説文》：『植，户植也。或從置作「櫃」。』是『櫃』本『植』之或體。《毛詩》作『置』，即『櫃』之省借。漢石經《論語》『置其

❶「猗」，原脱，據馬瑞辰《通釋》補。

杖而耘』，與《詩》假『置』爲『植』同。」孔疏：「《禮記》：『鼓無當於五聲，五聲不得不和。』是樂之所成，在於鼓也。鞉則鼓之小者，故連言之。」陳奐云：「《小師》『掌教鼓鼗』，《眂瞭》、《瞽矇》『掌播鼗』。❶魯用天子樂，其官有播鼗武，蓋重之也。周鼓亦不皆懸，惟鞉鼓乃懸之。《大射禮》：『鼗倚于頌磬西，紘。』紘，猶懸也。東西兩肆皆有磬、鐘、鑮，建鼓自北而南陳之，則西肆不得多設一器。鼗鼓在西肆頌磬之西，而特懸之，所以象西方功成。《禮器》：『廟堂之下，懸鼓在西。』其義證也。此皆周人以鼗鼓爲懸鼓之制。《爾雅》：『大鼗謂之麻，小者謂之料。』鼗有大小，鄭所據，其謂小者與？後儒説鼗悉依鄭説矣。《大司樂》：『宗廟之中，路鼓、路鼗。』路鼗，其大鼗也？鼗與鞉同。」

奏鼓簡簡，衎我烈祖。湯孫奏假，【注】魯「假」一作「嘏」。**綏我思成。**【疏】傳：「衎，樂也。烈祖，湯有功烈之祖也。假，大也。」箋：「奏鼓，奏堂下之樂也。烈祖，湯也。湯孫，太甲也。假，升；綏，安也。以金奏堂下諸縣，其聲和大簡簡然，以樂我功烈之祖成湯。湯孫太甲又奏升堂之樂，弦歌之，乃安我心所思而成之，謂神明來格也。《禮記》曰：『齊之日，思其居處，思其笑語，思其志意，思其所樂，思其所嗜。齊三日，乃見其所爲齊者。祭之日，入室，僾然必有見乎其位；周旋出户，肅然必有聞乎其容聲；出户而聽，愾然必有聞乎其歎息之聲。』此之謂思成。」○孔疏：「禮，設樂懸之位，皆鍾鼓在庭，故知『奏鼓』堂下樂也。」《白虎通·禮樂》篇：「《詩》云：『奏鼓簡簡，衎我烈祖。』」明魯、毛文同。「魯『假』一作『嘏』」者，《釋詁》：「嘏，大也。」郭注：「《詩》曰：『湯孫奏嘏。』」此舊注《魯詩》文。陳喬樅云：「王應

❶「鼗」，原作「鼓」，據求是堂本《毛詩後箋》、陳奐《傳疏》卷二十七《有瞽》、阮刻本《周禮注疏》改。

麟《詩攷》如此。今本注引《詩》仍作『假』，後人順毛改之。」馬瑞辰云：「『假』爲『嘏』之叚借，故傳訓『大』，而以爲大樂也。」❶愚案：《晉語》：「黄帝以姬水成，炎帝以姜水成。」韋注：「成，謂所生長以成功也。」宋國於商之舊畿，乃湯及中宗生長成功之地，故《那》之詩曰：「綏我思成。」《烈祖》之詩亦曰：「賚我思成。」湯孫，就奏大樂者言，自不指太甲。　鞉鼓淵淵，【注】三家「淵」作「鼝」。　嘒嘒管聲。既和且平，依我磬聲。

【疏】傳：「嘒嘒然和也。平，正平也。依，倚也。磬，聲之清者也，以象萬物之成。周尚臭，殷尚聲。」箋：「磬，玉磬也。堂下諸縣與諸管聲皆和平，不相奪倫，又與玉磬之聲相依，亦謂和平也。玉磬尊，故異言之。」○「三家『淵』作『鼝』」者，《説文》：「鼝，鼓聲也。《詩》曰：『鼗鼓鼝鼝。』」陳喬樅云：「淵、鼝古今字，三家皆當作『鼝』。」《廣雅・釋訓》：「鼝鼝，聲也。」正用魯、韓義。　管，簜也。陳奂云：「《大射儀》：『簜在建鼓之閒。』又云：『乃管《新宫》三終。』鄭注：『管，謂吹簜以播《新宫》之樂。』賈疏引《禹貢》注：『簜，大竹也。』諸侯下管《新宫》，天子下管《象》。」應劭《風俗通義》六引《詩》「嘒嘒管聲」，應用《魯詩》，明魯、毛文同。馬瑞辰云：「《孟子》『金聲而玉振之也』，近人通解謂：『金，鎛鍾也，聲以宣之於先。玉，特磬也，振以收之於後。』樂之終乃舞之始，❷擊磬以振動之，而樂中之衆聲悉隨磬而止，故曰終條理也。」《漢書・敘傳》：「既和且平。」《韓詩外傳》八引《詩》曰：「既和且平，依我磬聲。」明齊、韓與毛文同。　於赫湯孫，穆穆厥聲。　庸鼓有

❶「以」上，馬瑞辰《通釋》有「正義」二字。

❷「樂」上，馬瑞辰《通釋》有「許兵部宗彦曰」六字。

斁，【注】魯「庸」作「鏞」。萬舞有奕。【疏】傳：「於赫湯孫，盛矣湯爲人子孫也。大鍾曰庸。斁斁然盛也，奕奕然閑也。」箋：「穆穆，美也。於盛矣湯孫，呼太甲也。此樂之美，其聲鍾鼓則斁斁然有次序，其干舞又閑習。」○《釋文》：「庸，依字作『鏞』。」明古文借字。《廣雅》：「驛驛，盛也。」《文選·甘泉賦》注引《韓詩章句》曰：「繹繹，盛貌。」此傳釋「有斁」爲「斁斁然盛」，亦借字。陳奐云：❶「《賓之初筵》『籥舞笙鼓』，傳：『秉籥而舞，與笙鼓相應。』此詩『庸鼓有斁，萬舞有奕』，則《萬》舞與庸鼓相應，故特盛之。」皮錫瑞云：「祭湯而稱湯爲『湯孫』，稱謂不倫。以爲太甲，不應商人頌祖德專歸美於太甲。湯孫，乃主祭君之號，自當屬宋襄公。且《萬》舞之名，至周始有也。」詳見上。「魯『庸』作『鏞』」者，張衡《東京賦》「鏞鼓設」，衡用《魯詩》，明魯作「鏞」。又云「萬舞奕奕」，此用經文易字也。我有嘉客，亦不夷懌。自古在昔，先民有作。温恭朝夕，執事有恪。【疏】傳：「夷，説也。先王稱之曰自古，古曰在昔，昔曰先民。有作，有所作也。恪，敬也。」箋：「嘉客，謂二王後及諸侯來助祭者。我客之來助祭者，亦不説懌乎？言説懌也。乃大古而有此助祭禮，禮非專於今也。❷其禮儀温温然恭敬，執事薦饌則又敬也。」○魏源云：「宋時嘉客，謂附庸小國。如《左·隱元年傳》疏引《世本》及《史記·殷本紀贊》所載宋同姓，❸皆當助祭於宋者。」詳見上。陳奐云：「《魯

---

❶「陳奐」，原作「馬瑞辰」，據續經解本《毛詩後箋》、陳奐《傳疏》改。
❷「禮」，明世德堂本《毛詩》無。
❸「殷」，原作「因」，據續經解本《詩古微》、殿本《史記》改。

語》：『其輯之亂曰：「自古在昔，先民有作。温恭朝夕，執事有恪。」先聖王之傳恭，猶不敢專，稱曰自古。古曰在昔，昔曰先民。』韋注：『言先聖人行此恭敬之道久矣，不敢言創之於己，乃云受之於先古也。』」與箋義異。《荀子·大略篇》、《列女傳》二引「温恭朝夕，執事有恪」二句，明魯、毛文同。顧予烝嘗，湯孫之將。

【疏】箋：「顧，猶念也。將，猶扶助也。嘉客念我殷家有時祭之事而來者，乃太甲之扶助也。序助者來之意也。」○陳奂云：「烝嘗，時祭也。將，大也，謂祀事大也。」愚案：「大」不屬祀，謂客顧烝嘗，卜湯孫且昌大也。

《那》一章二十二句。

烈祖【疏】毛序：「祀中宗也。」箋：「中宗，殷王太戊，湯之玄孫也。有桑穀之異，❶懼而修德，殷道復興，故表顯之，號爲中宗。」○陳喬樅云：「《詩正義》引《五經異義》云：『《詩》魯說：丞相匡衡以爲殷中宗，周成、宣王皆以時毀。』又引古《尚書》説：『經稱中宗，明其廟宗而不毀。』『「謹案：《春秋公羊》御史貢禹説：王者宗有德，廟不毀。宗而復毀，非尊德之義。」鄭從而不駁，明亦以爲不毀也。』今攷《漢書·韋玄成傳》玄成等奏曰：『禮，王者始受命，諸侯始封之君，皆爲太祖。以下五廟而迭毀，毀廟之主藏乎太祖，五年而再殷祭，❷言壹禘壹祫也。祫祭者，毀廟與未毀廟之主皆合食於太祖，父爲昭，子爲穆，孫復爲昭，古之正禮也。周之所以七廟者，以后稷始封，文王、武

❶「穀」，原作「榖」，據阮刻本《毛詩正義》改。
❷「殷」，原作「毀」，據續經解本《魯詩遺説攷》二十、《漢書補注》改。

王受命而王，是以三廟不毁，與親廟四而七。非有后稷、文、武受命之功者，皆當親盡而毁。成王成二聖之業，制禮作樂，功德茂盛，廟猶不世，以行爲謚而已。』玄成治《魯詩》者，此魯説，謂周成王廟以時毁之説也。又光禄勳彭宣、詹事滿昌、博士左咸等議，『皆以爲繼祖宗以下，五廟而迭毁，後雖有賢君，猶不得與祖宗並列』，此亦『殷中宗、周成、宣王皆以時毁』之説也。滿昌治《齊詩》者，是《齊詩》與魯説同。惟王舜、劉歆議，以爲天子七廟，諸侯五廟，降殺以兩之禮：『七者，其正法數，可常數者也。宗不在此數中。宗，變也，苟有功德則宗之，不可豫爲設數。故於殷，太甲曰太宗，太戊曰中宗，武丁曰高宗。周公爲《無逸》之戒，舉殷三宗以勸成王。繇是言之，宗無數也。或説天子五廟無見文，又説中宗、高宗者，宗其道而毁其廟。名與實異，非尊德貴功之意也。迭毁之禮自有常經，❶無殊功異德，固以親疏相推及。至祖宗之序，多少之數，經傳無明文，至尊至重，難以疑文虚説定也。』歆等所言，即古《尚書》説『經稱中宗，明其廟宗而不毁』之義。然與魯、齊《詩》説不合。許氏治古文者，故《異義》『謹案』語用古《尚書》説。鄭君於許氏《異義》從而不駁，則《詩》箋之義，亦當以殷中宗廟爲宗而不毁矣。」黄山云：「殷禮後世無傳，匡衡謂殷中宗廟以時毁，《異義》據爲《魯詩》説，滿昌齊説復同，皆必本之此篇明矣。使三家此篇不云『祀中宗』，衡、昌之説將無所昉。既祀中宗矣，又何從知其廟之與周成、宣並毁？蓋七廟以時毁者，三

❶「經」，續經解本《魯詩遺説攷》二十、《漢書補注》作「法」。

王之通制。宋之祀中宗，侯國之變禮，周所特許，欲表彰殷先王之功德，以懷輯殷之遺民也。《書·多士》：『自成湯至於帝乙，罔不明德恤祀。』美殷之恤祀，固當恤殷祀矣。若紂之七廟在朝歌者，於中宗早已親盡而毀，三家必嘗因説此篇而論及之，惜其詳無聞耳。魯、齊既皆以《商頌》爲宋詩，必不以王者廟制歸之宋。衡、昌論王者廟制，亦本非詮《詩》。孔疏徇毛，誤依七廟説之，宜不可通。而古文《尚書》遷就之言，尤不足道矣。」

嗟嗟烈祖，有秩斯祜。申錫無疆，及爾斯所。既載清酤，賚我思成。【疏】傳：「秩，常；申，重；酤，酒；賚，賜也。」箋：「祜，福也。賚，讀如『往來』之『來』。嗟嗟乎我功烈之祖成湯，既有此王天下之常福，天又重賜之以無竟界之期，其福乃及女之此所。女，女中宗也。言承湯之業，能興之也。既載清酒於尊，酌以祼獻，而神靈來至，我致齊之所思則用成，重言『嗟嗟』，美歎之深。」○馬瑞辰曰：「《賈子·禮》篇：『祐，大福也。』有秩，即形容福之大皃。秩、呈雙聲。《説文》：『𢧢，大也。』『秩』即『𢧢』之叚借。《説文》引《詩》『秩秩大猷』作『𢧢𢧢大猷』，是秩、𢧢通借之證。」愚案：「及爾斯所」者，「斯所」乃宋公就宋之國言，以斯國土實即爾中宗受於成湯之舊畿。惟成湯之錫福無疆，授此土於爾，爾又遺之於我，易代受封，不失舊都，仍得祀爾於斯土，俾我於酹酒降神之初，即思爾生長斯所之成功也。亦有和羹，既戒既平。鬷假無言，【注】齊「鬷」作「奏」。時靡有爭。綏我眉壽，黃耇無疆。【疏】傳：「戒，至；鬷，總；假，大也。總大無言，無爭也。」箋：「和羹者，五味調，腥熟得節，食之，於人性安和，喻諸侯有和順之德也。我既祼獻，神靈來至，亦復由有和順之諸侯來助祭也。其在廟中，既恭肅敬戒矣，既齊立平列矣，至于設薦進俎，又總升堂而齊一，皆服其職，勸其事，寂然無言語者，無爭訟者，此由其心平性和，神靈用享，❶故安我以壽考之福。歸美焉。」○陳奐云：「『亦有』與『既載』對文，言『既載清酤，亦有和羹』也。和羹指祭祀言，不爲取喻而設。《左・昭二十年傳》晏子曰：『和如羹焉，水、火、醯、醢、鹽、梅，以亨魚肉，燀之以薪，宰夫和之，齊之以味，濟其不及，以洩其過。君子食之，以平其心。君臣亦然。君所謂可而有否焉，臣獻其否以成其可。君所謂否而有可焉，臣獻其可以去其否。是以政平而不干，民無爭心。故《詩》曰：「亦有和羹，既戒既平。鬷嘏無言，時靡有爭。」』晏子借『和羹』之『和』以喻君臣之和，而詩意本無關設喻。政平無爭，自釋《詩》『無言』無爭之義。『君子食之，以平其心』，是解『和羹』，不釋《詩》『既戒既平』也。箋與孔疏、杜注皆泥於晏子引《詩》之義，失詩恉矣。傳訓『戒』爲『至』，言神靈來至。平，和平也。『既戒既平』，猶言『神之聽之，終和且平』也。《禮・中庸》引《詩》『奏假無言，時靡有爭』，鄭注：『假，大也。此頌也，言奏大樂於宗廟之中，人皆肅敬，金聲玉色，無有言者。以時太平和合，無所爭也。』鄭注或本三家《詩》。」愚案：陳説是。「齊『鬷』作『奏』」者，鬷、奏雙聲字，故通用。《左傳》「假」作「嘏」，假、嘏亦通用字也。張衡《東京賦》「亦有和羹」，《蔡邕集・崔君夫人誄》「黃耇無疆」，明魯、毛文同。

約軧錯衡，八鸞鶬鶬。以假以享，我受命溥將。自天降康，豐年穰穰。來假來享，降福無疆。

【疏】傳：「八鸞鶬鶬，言文德之有聲也。假，大也。」箋：「約軧，轂

❶「享」，明世德堂本《毛詩》、阮刻本《毛詩正義》作「之」。

飾也。鸞在鑣，四馬則八鸞。假，升也。享，獻也。將，猶助也。諸侯來助祭者，乘篆轂金飾錯衡之車，駕四馬，其鸞鶬鶬然聲和，言車服之得其正也。以此來朝，升堂獻其國之所有，於我受政教，至祭祀，又溥助我，言得萬國之歡心也。天於是下平安之福，使年豐。享，謂獻酒使神享之也。諸侯助祭者來升堂，來獻酒，神靈又下與我以久長之福也。」○「約軧錯衡」，詳《采芑》篇。鸞，當作「鑾」。鶬鶬，猶瑲瑲也。皮錫瑞云：「此當屬宋公之車。上公雖非同姓，亦得乘金輅。周制駕四，故八鸞。」詳見上。《楚詞》王注：「將，長也。」此詩「將」字，王引之亦訓爲「長」，言宋君乘此上公之車而來於廟中，以升以獻，由我受周天子之命，既大且長，自天降安樂之福，得獲豐年，莫非我祖神靈之來至來享，降福無疆也。《韋玄成傳》匡衡謝毁廟告「受命溥將」，用齊經文。顧予烝嘗，湯孫之將。【疏】箋：「此祭中宗，諸侯來助之，所言『湯孫之將』者，中宗之享此祭由湯之功，故本言之。」○愚案：此「湯孫」亦指主祭之宋公。

《烈祖》一章二十二句。

玄鳥【疏】毛序：「祀高宗也。」箋：「祀，當爲『祫』。祫，合也。高宗，殷王武丁，中宗玄孫之孫也。有雊雉之異，又懼而修德，殷道復興，故亦表顯之，號爲高宗云。崩而始合祭於契之廟，歌是詩焉。古者君喪，三年既畢，禘於其廟，而後祫祭於太祖。明年春，禘于羣廟。自此之後，五年而再殷祭，一禘一祫，《春秋》謂之大事。」○案：《序》云「祀高宗」，箋改「祀」爲「祫」，以避下《殷武》序同也。然人君免喪，祫於太祖之廟，是以太祖爲主，不當云「祫高宗」。況三家以《商頌》爲宋詩，則此篇即爲宋公祀中宗之樂歌，明係烝嘗時祭之所用，乃曰「崩而始合祭於契之廟」，其説固不可用矣。

天命玄鳥，降而生商，宅殷土芒芒。【注】魯作「殷社芒芒」。【疏】傳：「玄鳥，鳦也。春分玄鳥降。湯之先祖，有娀氏女簡狄，配高辛氏帝，帝率與之祈于高禖而生契，❶故本其爲天所命，以玄鳥至而生焉。芒芒，大貌。」箋：「降，下也。天使鳦下而生商者，謂鳦遺卵，娀氏之女簡狄吞之而生契，爲堯司徒，有功，封商。堯知其後將興，又錫其姓焉。自契至湯八遷，始居亳之殷地而受命，國日以廣大芒芒然。湯之受命，由契之功，故本其天意。」○《史記·殷本紀》：「殷契，母曰簡狄，有娀氏之女，爲帝嚳次妃。三人行浴，見玄鳥墮其卵，簡狄取吞之，因孕生契。契長而佐禹治水有功。封於商，賜姓子氏。」陳喬樅云：「案：司馬遷贊云『余以《頌》次契之事』，則此《本紀》所敘契事，本之《詩傳》也。」「魯作『殷社芒芒』」者，《史記·三代世表》：「《詩傳》曰：『湯之先爲契，無父而生。契母與姊妹浴於玄邱水，有燕銜卵墮之，契母得，故含之，誤吞之，即生契。契生而賢，堯立爲司徒，姓之曰子氏。子者兹，兹，益大也。詩人美而頌之曰：「殷社芒芒，天命玄鳥，降而生商。」』商者質，殷號也。」愚案：此褚先生所引《詩傳》，與史遷微異。褚少孫亦習《魯詩》，不應所引《傳》異。《索隱》以爲出《詩緯》，故曰《詩傳》。愚意或作《傳》者欲神其事，以爲無父而生爾。「殷社芒芒」三語誤倒。《毛詩》作「土」，三家作「社」，多偏旁。《緜》「自土沮漆」，齊作「自杜」，亦其比也。社、土古

❶「禖」，原作「禖」，據明世德堂本《毛詩》、阮刻本《毛詩正義》改。

同音通用，故大社稱冢土。《公羊傳》「諸侯祭土」，何注：「土，謂社也。」皆其證。《楚詞・天問》：「簡狄在臺，嚳何宜？玄鳥致貽，女何喜？」王逸注：「簡狄，帝嚳之妃。玄鳥，燕也。簡狄侍帝嚳於臺上，有飛燕墮遺其卵，喜而吞之，因生契。」《淮南・修務》篇高誘注：「契母，有娀氏之女簡翟也。吞燕卵而生契，愊背而生。《詩》云『天命玄鳥，降而生商』是也。」《淮南・墬形訓》「有娀在不周之北，長女簡翟，少女建疵」，高注：「有娀，國名也。不周，山名也。娀，讀如『嵩高』之『嵩』。簡翟、建疵姊妹二人在瑶臺，帝嚳之妃也。天使玄鳥降卵，簡翟吞之以生契，是爲玄王，殷之祖。《詩》云『天命玄鳥，降而生商』也。」《吕覽・音初》篇：「有娀氏有二佚女，爲之九成之臺，飲食必以鼓。帝令燕往視之，鳴若謚隘，二女愛而争搏之，覆以玉筐。少選發而視之，燕遺二卵，北飛，遂不反。二女作歌，一終曰：『燕燕往飛，實始作爲北音。』」高注：「天令燕降卵于有娀氏女，吞之生契。《詩》云：『天命玄鳥，降而生商。』又曰：『有娀方將，立子生商。』此之謂也。」《白虎通・姓名》篇：「殷姓子氏，祖以玄鳥子生也。」《潛夫論・五德志》篇：「娀簡吞燕卵，生子契，爲堯司徒，職親百姓，順五品。」蔡邕《月令章句》：「簡狄以玄鳥至之日，有事高禖，而生契焉。故《詩》云：『天命玄鳥，降而生商。』」以上魯説。《丹鉛總録》引《詩含神霧》曰：「契母有娀浴於玄邱之水，睇玄鳥銜卵過而墮之，契母得而吞之，遂生契。」《易林・晉之剥》：「天命玄鳥，下生大商。造定四表，享國久長。」《禮・月令》鄭注：「高辛氏之世，玄鳥遺卵，娀簡吞之而生契。」以上齊説。《左・襄四年傳》引《虞人之箴》曰：❶「芒芒禹跡。」杜注：

❶「襄」，原作「昭」，據馬瑞辰《通釋》、阮刻本《春秋左傳正義》與本書體例改。

「芒芒，遠貌。」古帝命武湯，正域彼四方。方命厥后，奄有九有。【注】《韓詩》曰：「方命厥后，奄有九域。」韓説曰：「九域，九州也。」【疏】傳：「正，長；域，有也。九有，九州也。」箋：「古帝，天也。天地命有威武之德者成湯，使之長有邦域，爲政於天下。方命其君，謂徧告諸侯也。湯有是德，故覆有九州，爲之王也。」○馬瑞辰云：「正義引《尚書緯》云：『曰若稽古帝堯。古，天也。』《周書·周祝解》：『天爲古。』皆天稱古之證。古帝，猶言『昊天上帝』；『古帝命武湯』，猶『帝謂文王』，皆託天以命之也。正、域二字平列，即正其封疆之謂。方，讀爲旁。『方命厥后』，猶《晉語》『乃使旁告於諸侯』也。」「方命」至「州也」，《文選》潘勖《册魏公九錫文》注引《韓詩》薛君文。徐幹《中論·法象》篇：「成湯不敢怠遑，而奄有九域。」與《韓詩》字同，知三家今文作「域」也。域、有一聲之轉。商之先后，受命不殆，在武丁孫子。【疏】傳：「武丁，高宗也。」箋：「后，君也。商之先君受天命，而行之不解殆者，在高宗之孫子。言高宗興湯之功，法度明也。」○孔疏引王肅云：「商之先君成湯受天命，所以不危殆者，在武丁之爲人孫子也。」王引之以爲「武丁」當作「武王」，説詳下。武丁孫子，武王靡不勝。龍旂十乘，大糦是承。【注】韓「糦」作「饎」，説曰：「大饎，大祭也。」【疏】傳：「勝，任也。」箋：「交龍爲旂。糦，黍、稷也。高宗之孫子有武功有王德於天下者，無所不勝服，乃有諸侯建龍旂者十乘奉承黍稷而進之者，亦言得諸侯之歡心。十乘者，二王後、❶八州之大國與？」❷

❶ 「二」上，原衍「由」字，據明世德堂本《毛詩》、阮刻本《毛詩正義》删。
❷ 「與」，明世德堂本《毛詩》無。

○馬瑞辰云：「此詩祀高宗，何不美高宗而美高宗之孫子？惟王氏引之曰：『經文兩言「武丁」，疑皆「武王」之譌，而「武王靡不勝」則「武丁」之譌。蓋商之先君受命，不怠者在湯之孫子，故曰「在武王孫子」。「武王孫子」，猶《那》與《烈祖》之言「湯孫」也。湯之孫子有武丁者，繩其祖武，無所不勝，故曰「武王孫子，武丁靡不勝」。傳寫者上下互譌耳。』《大戴·用兵》篇引《詩》『校德不塞，嗣武于孫子』，與此形聲相近，『于』即『王』字脱下一畫耳。『在武王孫子』，下即接言『武王孫子，武丁靡不勝』，與《文王》篇『侯文王孫子，文王孫子，本支百世』，文法正相似。」愚案：上言高宗之能嗣祖德，下即接言今之承祀，文義亦復相承。黄山云：「『在武丁孫子』，猶云『在孫子武丁』，謂先后之子孫，惟武丁克肖也。『武王靡不勝』，猶云『靡不勝武王』，謂武丁於湯之業皆克負荷也。二句均倒文合韻，專美高宗，正以中興餘烈長在，故易世之後，猶得『龍旂承祀』也。王引之乃以《烈祖》之言『湯孫』爲比，欲改《詩》文，馬瑞辰又從而附益之。豈知據三家今文，『湯孫』固不得説爲太甲乎？」魏源云：「上公交龍爲旂。《六月》詩吉甫出征，『元戎十乘』，明爲上公之制。『龍旂十乘，大糦是承』，猶《魯頌》『周公之孫，莊公之子，龍旂承祀』，明謂先代之後尚備車服禮樂器，以祀其先王也。」詳見上文。「大糦，大祭也」者，《玉篇·食部》引《韓詩》文。皮嘉祐云：「《釋文》引脱上二字，故陳喬樅以韓爲作『糦』，與毛同。蓋古文作『糦』，今文作『饎』。《天保》《韓詩》『吉圭爲饎』，據此，是韓皆作『饎』也。」邦畿千里，維民所止，肇域彼四海。【疏】傳：「畿，疆也。」箋：「止，猶居也。肇，當作『兆』。王畿千里之内，其民居安，乃後兆域正天下之經界。言其爲政自内及外。」○《禮·大學》引《詩》云：「邦畿千里，惟民所止。」《王制》鄭注：「縣内，夏時天子所居州界名也。殷曰畿。《殷頌》曰：『邦畿千里，惟民所止。」周亦曰畿。」❶《文選・西京賦》注引《詩》作「封畿千里」。《西都賦》亦云：「封畿之内，厥土千里。」馬瑞辰以「封畿」爲本三家《詩》。但邦、封字同義通，《禮經》注皆作「邦」，漢人文或避高祖諱改字也。馬瑞辰云：「字訓『始』者作『肁』，《説文》：『肁，户始開也。』訓『擊』者作『肈』，李舟《切韻》：『肈，擊也。』經傳中通借『肈』爲『肁』，又譌作『肇』，故《玉篇》云：『肇，俗「肈」字。』張參《五經文字》曰：『肈，作「肇」譌。』是知《毛詩》今作『肇』者，俗譌字也。肇、兆古同音通用，見《書・堯典》及《大雅》箋。」「邦畿」以下，追述高宗中興之盛。

四海來假，來假祁祁，景員維河。殷受命咸宜，百禄是何。

【疏】傳：「景，大；員，均；何，任也。」箋：「假，至也。祁祁，衆多也。員，古文作『云』。河之言何也。天下既蒙王之政令，皆得其所，而來朝覲貢獻，其至也祁祁然衆多。其所貢於殷大至，所云維言何乎？言殷王之受命皆其宜也。百禄是何，謂當擔負天之多福。」○孔疏釋傳，謂「殷王之政甚大均，如河之潤物」。陳奂云：「高宗都景亳，在冀州域内，三面距河，故詩人言四海之朝貢來至于河者，乃大均也。」黄山云：「陳説善會《詩》恉。然以三家之義推之，猶未盡也。宋之國土，本即亳殷舊疆。自盤庚五遷後還都亳，高宗因而中興。今日之山河，皆先王之遺烈所在焉。『景員維河』者，當謂景山縣亘四周於河。凡此土疆，昔爲受命所宜，今仍『百禄是何』耳。本當前之地，追念中興，其爲宋詩益明已。《集傳》：『景，山名，商所都。《春秋傳》「商湯有景亳之命」是也。』員，與下篇『幅隕』義同，蓋言周也，景山四周皆大河。」

❶「亦」，原作「易」，據續經解本《齊詩遺説攷》十二、阮刻本《禮記正義》改。

《玄鳥》一章二十二句。

長發【疏】毛序：「大禘也。」箋：「大禘，郊祭天也。《禮記》曰：『王者禘其祖之所自出，以其祖配之。』是謂也。」○陳奐云：「《内司服》賈疏引《白虎通義》：『《周官》：「祭天，后、夫人不與。」』而詩首章先言有娀。《盤庚》言大享功臣從祀，鄭注：『大享，謂烝嘗。』而郊天無功臣從祀之文。或亦祀高宗之詩，上篇爲大祫，而此篇爲大禘與？而詩何不一及高宗也？《禮》無明文，宜從蓋闕。」愚案：此或亦祀成湯之詩。黄山云：「箋以此篇爲郊祭天之詩，謂殷後王所用之樂歌也。此仍毛説，不足以證三家。陳氏兩疑，猶之誤也。諸經言禘多矣，無大禘爲郊天之明文。惟《禮·祭統》：『周公既没，成王、康王追念周公勳勞，而欲尊魯，故賜以重祭，外祭則郊社是也，内祭則大嘗禘是也。』宋之有禘，本與魯同。大禘，即『大嘗禘』，抑即《盤庚》之『大享』，本爲内祭，功臣固得從祀，夫人亦當侍祠。諸侯不得郊天，在魯且然，宋固無郊天之事。蘇《傳》引《盤庚》『兹予大享于先王，爾祖其從與享之』，疑是禮起於殷，亦本無可疑也。《殷本紀》載武王『封紂子，以續殷祀，令修行盤庚之政，殷民大説』。宋國於亳殷舊都，必循盤庚舊典可知矣。朱子乃謂大禘不及羣廟之主，此宜爲祫祭之詩。然宋之大禘本即大享，變享言禘，重有禘也。魯禘於周公之廟，微子非其比，則當禘於湯之廟。詩本亦主祀湯而以伊尹從祀，其歷述先世，著湯業所由開，非皆祀之。否則宋爲諸侯，禮不得禘帝嚳，又安得及有娀乎？陳氏乃並以詩不及高宗爲疑，故曰猶之誤也。」

濬哲維商，長發其祥。洪水芒芒，禹敷下土方。外大國是疆，幅隕既長。【疏】傳：「濬，深；洪，大也。諸夏爲外。幅，廣也。隕，均也。」箋：「長，猶久也。隕，當作『圓』。圓，謂周也。深知乎維商家之德也，久發見其禎祥矣。乃用洪水，禹敷下土正四方、定諸夏、廣大其竟界之時，始有王天下之萌兆，歷虞、夏之世，故爲久也。」○馬瑞辰云：「《説文》：『容，深通川也。或作「濬」，古文作「濬」。』又曰：『叡，深明也，通也。古文作「睿」。』此詩濬、哲並言，『濬』當即『睿』之叚借。《廣雅》『叡』、『哲』並訓『智』，是也。濬哲，猶言明哲。傳、箋訓『深』，非。」「外大國是疆」者，京師爲内，諸夏爲外，言禹外畫九州境界也。有娀方將，帝立子生商。【疏】傳：「有娀，契母也。將，大也。契生商也。」箋：「帝，黑帝也。禹敷下土之時，有娀氏之國亦始廣大，有女簡狄吞鳦卵而生契，堯封之於商，後湯王因以爲天下號，故云『帝立子生商』。」○陳奂云：「《史記·殷本紀》：『桀敗于有娀之虚。』桀都河南，有娀與桀都相去當不甚遠。《淮南·墬形訓》『有娀在不周之北』，高注：『娀，讀如「嵩高」之「嵩」。』案：嵩高山在河南，於聲求義，高説自得諸師讀。《書·堯典》鄭注：『商國在太華之陽。』《括地志》：『商州東八十里商洛縣，本商邑，古之商國，契所封也。』司馬貞以爲商即相土所居商丘，誤。」契母吞鳦卵，詳《玄鳥》篇。又《列女·簡狄傳》云：「契母簡狄者，有娀氏之長女也。當堯之時，與其娣浴於玄邱之水。有玄鳥銜卵過而墜之，五色甚好。簡狄與其妹娣競往取之，簡狄得而含之，誤而吞之，遂生契焉。簡狄性好人事之治，上知天文，樂於施惠。及契長，而教之理，順之序。契之性聰明而仁，能育其教，卒致其名。堯使爲司徒，封於亳。及堯崩，❶舜

❶「及」，原作「又」，據續經解本《魯詩遺説攷》二十、《列女傳》改。

即位，乃敕之曰：『契，百姓不親，五品不遜。汝作司徒，而敬敷五教，在寬。』其後世世居亳，至殷湯興爲天子。君子謂簡狄仁而有禮。《詩》曰：『有娀方將，立子生商。』又曰：『天命玄鳥，降而生商。』此之謂也。頌曰：契母簡狄，敦仁厲翼。吞卵産子，遂自修飾。教以事理，推恩有德。契爲帝輔，蓋母有力。」《吕覽·音初》篇高誘注：「《詩》曰：『有娀方將，立子生商。』」《楚詞·離騷》王逸注：「有娀，國名。謂帝嚳之妃契母簡狄也，配聖帝，生賢子。《詩》曰：『有娀方將，帝立子生商。』」以上皆魯説也。高注引《詩》作「立子生商」，與《列女傳》合，疑《魯詩》本無「帝」字。王逸注有「帝」字，或後人順毛加之。

玄王桓撥，【注】韓「撥」作「發」，曰：「發，明也。」受小國是達，受大國是達。率履不越，【注】三家「履」作「禮」。遂視既發。【疏】傳：「玄王，契也。桓，大；撥，治；履，禮也。」箋：「承黑帝而立子，故謂契爲玄王。遂，猶徧也。發，行也。玄王廣大其政治，始堯封之商爲小國，舜之末年乃益其土地爲大國，皆能達其教令，使其民循禮，不得踰越，乃徧省視之，教令則盡行也。」○「『撥』作『發』，曰『發，明也』」者，《釋文》引《韓詩》文。蓋以「桓」、「發」二字平列，訓「桓」爲「武」，訓「發」爲「明」，言玄王有英明之姿。《白虎通·瑞贄》篇：「『玄王桓撥，受小國是達，受大國是達』，言湯王天下，大小國諸侯皆來見，湯能通達以禮義也。」是《魯詩》以「玄王」即湯。《漢書·禮樂志》：「昔殷、周之《雅》、《頌》，乃上本有娀、姜嫄，卨、稷始生，玄王、公劉，古公、太伯、王季、姜女、太任、太姒之德。」師古曰：「卨，殷之始祖。玄王，亦殷之先祖，承黑帝之德，故曰玄王。」是齊説以卨、玄王爲二人。卨是始祖。相土，卨孫。玄王成黑帝之德，而在相土前，則爲卨子、相土父，即昭明也。均與毛義異。《韓詩外傳》三載晉文公不賞陶叔狐事，引《詩》：「率禮不越，遂視既發。」

《蔡邕集・胡公碑》引：「率禮不越。」《漢書・宣帝紀》引「率禮不越」四句。「履」皆作「禮」，是三家文並與毛異。相土烈烈，海外有截。【疏】傳：「相土，契孫也。烈烈，威也。」箋：「截，整齊也。相土居夏后之世，承契之業，入爲王官之伯，出長諸侯，其威武之盛烈烈然，四海之外率服，截爾整齊。」〇《漢書・人表》：「相土，昭明子。」《五行志》：「相土，商祖契之曾孫，代閼伯後主火星。宋，其後也。」師古曰：「據魯典籍，❶相土即卨之孫。今云曾孫，未詳其意。」愚案：《人表》不誤，《五行志》衍「曾」字。班固《封燕然山銘》「勦凶虐兮截海外」，用齊經文。

帝命不違，至於湯齊。湯降不遲，聖敬日躋。昭假遲遲，上帝是祗。帝命式于九圍。

【注】《齊詩》曰：「帝命不違，至於湯齊。湯降不遲，聖敬日齊。昭假遲遲，上帝是祗。帝命式于九圍。」齊説曰：「帝，天帝也。《詩》讀湯齊爲湯躋。躋，升也。降，下也。齊，莊也。昭，明也。假，至也。祗，敬也。式，用也。九圍，九州之界也。此詩云殷之先君，其爲政不違天之命，至於湯升爲君，又下天之政教甚疾，其聖敬日莊嚴，其明道至於民遲遲然安和，天是用敬之，命之用事於九州，謂使王也。」韓説曰：「聖敬日躋，言湯聖敬之道上聞于天。」【疏】傳：「至湯與天心齊。不遲，言疾也。躋，升也。九圍，九州也。」箋：「帝命不違者，天之所以命契之事，世世行之，其德浸大，至於湯而當天心。降，下；假，暇；祗，敬；式，用也。湯之下士尊賢甚疾，其聖敬之德日進，然而以其德聰明，寬暇天下之人遲遲然，言急於己而緩於人，天用是故愛敬

❶「魯」，《漢書補注》作「諸」。

之也。天於是又命之，使用事於天下，言王之也。」○「帝命」至「王也」，《禮·孔子閒居》鄭注文，引《詩》「躋」作「齊」，與毛異，乃據《齊詩》，所述亦齊義也。「謂使王也」，與此箋「言王之也」同義。「聖敬」至「于天」，《文選·閒居賦》注引《韓詩》文。《外傳》三載孔子觀欹器、周公誡伯禽、子路盛服見孔子三事，《外傳》八載湯作《濩》、周公行謙德、田子方贖老馬、齊莊公避螳螂四事，並引「湯降不遲，聖敬日躋」，而推演之。《説苑·敬慎》篇引「湯降不遲，聖敬日躋」。《雜言》篇亦載子路盛服事，引「湯降」二句，而推演之。明魯、韓皆作「躋」，與毛同。

受小球大球，爲下國綴旒，何天之休。【疏】傳：「球，玉；綴，表；旒，章也。」箋：「綴，猶結也。旒，旌旗之垂者也。休，美也。湯既爲天所命，則受小玉，謂尺二寸圭也；受大玉，謂珽也，長三尺。執圭搢珽，以與諸侯會同，結定其心，於旌旗之旒縿著焉，擔負天之美譽，爲衆所歸鄉。」○《荀子·臣道篇》引《詩》「受小球大球，爲下國綴旒」，明魯、毛文同。《禮·郊特牲》鄭注：「《詩》云：『爲下國畷郵。』」正義：「此所引者，三家《詩》也。郵，謂民之郵舍。言成湯施布仁政，爲下國諸侯，在畷民之處所，使不離散。」陳喬樅云：「鄭所引，據《齊詩》之文。其釋『郵表畷』：『謂田畯所以督約百姓於井間之處。』引此詩『畷郵』爲證。攷《説文》：『畷，兩百間道也，廣六尺。』段注：『百者，百夫洫上之涂也。兩百夫之間有洫，洫上有涂，是謂兩百間道，是之謂畷。畷之言綴也，衆涂所綴也。於此爲田畯督約百姓之處，若街彈室者然，曰郵表畷。』又《説文》：『桓，亭郵表也。』郵亭爲督約百姓之所，故立表以示人。又《玉篇·田部》引：『《詩》云：「爲下國畷流。」畷，表也。』《玉篇》據《韓詩》之文。畷、綴以音同通用，郵、旒、流以聲假借也。」不競不絿，不剛不柔，敷政優優，【注】魯、齊「敷」作「布」。百禄是遒。【注】魯「優」作「憂」，「遒」作「揫」。❶【疏】傳：「絿，急也。優優，和也。遒，聚也。」箋：「競，逐也。不逐，不與人争前後。」○馬瑞辰云：「《廣雅》：『絿，求也。』蓋本三家《詩》。竊謂『絿』對『競』言，從《廣雅》訓『求』爲是。争競者多驕，求人者多諂，競、求二義相對成文。與下句『不剛不柔』，《雄雉》詩『不忮不求』，《左·昭二十三年傳》『不懦不耆』，❷句法正同。」❸《韓詩外傳》三「君子行不貴苟難」章引《詩》「不競不絿，不剛不柔」二句，「言當之爲貴」。「伯夷、叔齊目不視惡色」章引同，言：「中庸和通之謂也。」又《外傳》五「聖人養一性而御六氣」章、「朝廷之士爲禄」章並引《詩》二句，「言得中也」。皆推演之詞。「齊『敷』作『布』」者，《繁露·循天之道》篇：「德莫大于和，而道莫正于中。中和者，天地之美德達理也，聖人之所保守也。《詩》云：『不剛不柔，布政優優。』非中和之謂與？」董學《齊詩》，明齊「敷」爲「布」。《外傳》三「王者之等賦正事」章引《詩》曰：「敷政優優，百禄是遒。」明韓、毛文同。「魯『敷』作『布』，『優』作『憂』，『遒』作『揫』」者，《説文》：「憂，和之行也。《詩》曰：『布政憂憂。』」陳奂云：「古憂愁作『㥑』，優和作『憂』。許據《詩》作『憂憂』，本字；作『優優』，叚借字。《廣雅》：『憂憂，行也。』蓋本三家。」愚案：齊、韓並作「優優」，明作「布」、作「憂」者，乃《魯詩》也。《説文》：「揫，束也。」引《詩》曰：「百禄是揫。」《釋詁》：「揫，聚也。」與毛「遒」訓「聚」合，是《釋詁》「揫，聚」之訓正釋此詩，明魯「遒」作「揫」。束，謂收束，亦

---

❶「遒」，原作「道」，據續經解本《魯詩遺説攷》二十及本疏上下文改。

❷「二十三年」四字，原脱，據馬瑞辰《通釋》、阮刻本《春秋左傳正義》與本書體例補。

❸「法」，原作「義」，據馬瑞辰《通釋》改。

「聚」之義也。

受小共大共，【注】魯「共」作「珙」，或作「拱」。爲下國駿厖，【注】魯「駿厖」作「駿蒙」，齊作「恂蒙」。何天之龍，敷奏其勇。【注】齊「龍」作「寵」，「敷」作「傅」。【疏】傳：「共，法；駿，大；厖，厚；龍，和也。」箋：「共，執也。小共大共，猶所執搢小球大球也。駿之言俊也。龍，當作『寵』。寵，榮名之謂。」○「魯『共』作『珙』，或作『拱』」者，陳喬樅云：「《淮南·本經訓》高注：『蛩，讀《詩》「小珙」之「珙」。』藏本字作『拱』，從手，不從玉，未詳孰是。」愚案：魯本作「共」，見下。高引蓋「亦作」本。《說文》無「珙」字，當作「拱」。拱，謂拱執，猶言拱璧也。孔疏：「『拱，執』，《釋詁》文。以此章文類於上，玉必以手執，故易傳爲大拱、小拱也。」「魯『駿厖』作『駿蒙』」者，《荀子·榮辱篇》引《詩》：「受小共大共，爲下國駿蒙。」是魯作「駿蒙」。「齊作『恂蒙』」者，《大戴禮·衞將軍文子》篇：「《詩》云：『受小共大共，爲下國恂蒙。何天之寵，傅奏其勇。』」是齊作「恂蒙」。馬瑞辰云：「駿與恂，厖與蒙，❶古並聲近通用。《大學》『恂慄』，鄭注讀恂爲駿。《詩》『狐裘蒙戎』，《左傳》作『厖戎』，是其證。此詩當以『恂蒙』爲正。恂讀爲徇，《呂覽·忠廉》篇高注：『徇，猶衞也。』是『徇』有庇衞之義。『蒙』通作『幏』，《說文》：『幏，蓋衣也。』《廣雅·釋詁》：『幪，覆也。』『幪』即『幏』之俗。『爲下國恂蒙』，猶云爲下國覆庇耳。《荀子·榮辱篇》『是失羣居和一之道也』，下引《詩》此句爲證，則『恂蒙』有羣相庇廕之象。《法言》『震風凌雨，然後知夏屋之爲帡幪也』，恂蒙猶言帡幪耳。上章言『敷政』，故云

❶「厖」，原作「龐」，據馬瑞辰《通釋》改。

爲下國之表章；此章言『奏勇』，故云爲下國之覆庇，義固各有當也。董氏《讀詩記》引《齊詩》作『駿駹』，皆段借字。説《齊詩》者遂以馬釋之，誤矣。」陳喬樅云：「《大戴記》師傳與《齊詩》同爲后蒼所授，據《大戴記》所引，則《齊詩》作『恂蒙』信而有徵。董氏無稽妄言耳。」「齊『龍』作『寵』，『敷』作『傅』」，引見上。傳云：「龍，和也。」箋云：「龍，當作『寵』。」即據《齊詩》改毛。傳、敷以聲同通用。「敷奏其勇」，孔疏釋爲「湯之陳進其勇」。

不震不動，不戁不竦，百祿是總。【疏】傳：「戁，恐；竦，懼也。」箋：「不震不動，不可驚憚也。」○陳奐云：「『不震不動』，言不震作動搖也。潘眉云：『「不震不動，不戁不竦」二句，當在「敷奏其勇」之上，與上章一律。』奐案：《家語·弟子行》篇引《詩》『不戁不竦，敷奏其勇』，是王肅本不誤，此亦一證。」

武王載旆，有虔秉鉞。如火烈烈，則莫我敢曷。【注】魯、韓「旆」作「發」，「曷」作「遏」。【疏】傳：「武王，湯也。旆，旗也。虔，固；曷，害也。」箋：「有之言又也。上既美其剛柔得中，勇毅不懼，於是有武功，有王德，及建旆興師出伐，又固持其鉞，志在誅有罪也。其威勢如猛火之炎熾，誰敢禦害我。」○「魯、韓『旆』作『發』，『曷』作『遏』」者，《荀子·議兵篇》引《詩》云：「武王載發，有虔秉鉞。如火烈烈，則莫我敢遏。」《韓詩外傳》三載孫卿與臨武君議兵同。今本皆同毛。「發」字從《詩攷》訂正，「遏」字從元槧本改。是魯、韓皆作「發」、作「遏」也。《漢書·刑法志》作「旆」，雖述孫卿語，而所引《詩》仍據《齊詩》之文也。《五行志》上亦引「有虔秉鉞，如火烈烈」二句。《史記》「湯自把鉞以伐昆吾，遂伐桀」，正此詩「秉鉞」之謂。發，即「墢」之消借。陳喬樅云：「《説文》：『坺，治也。一曰：臿土謂之坺。《詩》曰：「武王載坺。」』《玉篇·土部》引《詩》同。又重文『墢』：『與「坺」同。』坺，今《詩》作『伐』。案：『伐』即『茷』字，與今『旆』同。《六月》篇『白茷央央』，《釋文》：『本又作「旆」。一曰：「旆」與「茷」古今字殊。』又《小戎》篇『蒙䩌有苑』，❶《玉篇》重文作『瞂』，云：『與「䩌」同。本亦作「伐」。』伐、發古字通用，《噫嘻》篇『駿發爾私』，箋云『發，伐也』可證。《説文》云『臿土謂之坺』，正《周禮》所云『一耦之伐，廣尺深尺謂之畎』也。然則《説文》所載『坺』字，即《毛詩》之古文。《玉篇》所載『墢』字，即《韓詩》之異文耳。」陳奐云：「『繼旐曰旆』，傳義見於《六月》。旗爲九旗之統稱，不得以繼旐之旆獨擅旗名。傳中『旆旗也』三字係後人誤竄。箋云『興師出伐』，是鄭所據《詩》作『載伐』，不得於上又加『建旆』二字，亦明係誤衍。今《漢書・刑法志》、《新序・雜事》三亦作『旆』，皆後人依誤本《毛詩》改之耳。」馬瑞辰云：「王氏引之言：『發，正字。旆、坺，皆借字。發，謂興師伐桀。』是也。惟既引《漢書・律曆志》述武王伐紂曰『癸巳，武王始發』，與此『發』字同義，又以『載』爲『則』，非也。載與哉通，哉，始也。載發，即始發，謂始興師。」苞有三蘖，【注】韓説曰：「蘖，絶。」齊「苞」作「包」，「蘖」作「枿」。莫遂莫達，九有有截。【注】魯、韓「有」作「域」。【疏】傳：「苞，本；蘖，餘也。」箋：「苞，豐也。天豐大先三正之後世，謂居以大國，行天子之禮樂，然而無有能以德自遂達於天者，故天下歸鄉湯，九州齊一截然。」〇「蘖，絶也」者，《釋文》引《韓詩》文。《漢書・貨殖傳》「山不茬蘖」，注：「蘖，髡斬之也。」髡斬，即斷絶之義，與韓説同。「齊『苞』作『包』，『蘖』作『枿』」者，《漢書・敘傳》「三枿之起，本根既朽」，劉德注：「《詩》云：『包有三枿。』《爾雅》『枿，餘也』。謂木斫髡而復枿生也。喻魏、齊、韓皆滅而後起，若髡木更生也。」蘖、枿一字。《廣韻》引《詩》「枹有三

❶ 「菀」，原作「宛」，據續經解本《韓詩遺説攷》十八、本書卷九《小戎》改。

栫」，包、枹皆假借字。「魯、韓『有』作『域』」者，《晉書・樂志》四《廂樂歌》：「九域有截。」以《玄鳥》「九有」作「九域」例之，知爲魯、韓《詩》也。《方言》：「達，芒也。」「遂」與「達」皆草木生長之稱。「莫遂莫達」，喻三國不能復興。　**韋顧既伐，昆吾夏桀。**【疏】傳：「有韋國者，有顧國者，有昆吾國者。」箋：「韋，豕韋，彭姓也。顧、昆吾，皆己姓也。三國黨於桀，惡，湯先伐韋、顧，克之。昆吾、夏桀，則同時誅也。」○《文選》李注引蔡邕《典引》注：「韋，豕韋。顧，己姓之國。皆夏諸侯，湯誅之。《詩》云：『韋顧既伐。』」《淮南・俶真訓》高注：「昆吾，夏伯，桀世也。」又《墬形訓》注：「昆吾，楚之祖，祝融之孫，陸終之子，爲夏伯。《詩》云：『昆吾夏桀。』」蔡、高皆魯説。《漢書・人表》韋、鼓、昆吾係夏桀世，師古曰：「豕韋國，彭姓。鼓，即顧國，己姓。昆吾，妘姓國也。三者皆湯所誅也。」愚案：班作《人表》以「鼓」爲「顧」，蓋《齊詩》作「鼓」。而其作《典引》又云「因討韋、顧，黎、崇之不恪」，蓋齊亦作「顧」也。陳喬樅云：「箋以顧、昆吾皆己姓，師古以昆吾爲妘姓，與鄭不同，蓋據舊注《齊詩》之説。據《周語》『彭姓豕韋，己姓昆吾』，而《人表》又有劉姓豕韋，則昆吾容或有妘姓也。」馬瑞辰云：「《人表》韋有三：其一韋，居下上，在夏帝癸時；其一大彭豕韋，居上下，在殷南庚、陽甲時；又其一劉姓豕韋，居中上，在武丁時。案：《表》於南庚、陽甲之豕韋始言大彭豕韋，❶則不以湯所伐之韋在帝癸時者爲彭姓矣。蓋湯滅韋，始以改封彭姓豕韋，故《鄭語》但曰豕韋爲商伯，不言在夏時爲侯伯也。夏時之韋，其姓已不可考，故《人表》不著其姓。箋謂湯所伐即彭姓豕韋，誤矣。至《世本》云豕韋防姓，防、

❶「大彭豕韋」，馬瑞辰《通釋》作「彭姓」。

彭聲近，以旁、彭互通類之，防姓即彭姓，亦未可當此詩之韋也。顧、鼓雙聲，故通用。《微子》「我不顧行遯」，《釋文》：「徐仙民音鼓。」是顧、鼓同音之證。」」陳奐云：「《郡國志》東郡白馬有韋鄉，今河南衛輝府滑縣東南五十里有廢韋城。《左·哀二十一年傳》：『公及齊侯、邾子盟于顧。』即故顧國也。今山東曹州府范縣東南有顧城。昆吾國，即衛帝邱，帝顓頊之虚也。夏后相亦居此。相爲澆滅，而少康邑諸綸。是衛本相都。夏道既衰，昆吾作伯，當在相滅之後。其居衛，亦必在相滅之後。《左·昭十二年傳》曰：『楚之皇祖伯父昆吾，舊許是宅。』《史記·楚世家》服虔注云：『昆吾曾居於許。』是也。昆吾居衛在後，居許在先。韋昭注《外傳》以『舊許』連讀，遂謂昆吾遷許在封衛後，至湯伐時，昆吾在許，誤也。今直隸大名府開州是其地。《書序》曰：『伊尹相湯伐桀，升自陑，遂與桀戰于鳴條之野。湯既勝夏，欲遷其社，不可。夏師敗績，湯遂從之，遂伐三朡，俘厥寶玉。湯歸自夏，至於大坰。』孔《傳》以爲桀都安邑，後儒皆依孔説。《漢書·地理志》臣瓚注：『《汲郡古文》云：「大康居斟尋，羿亦居之。」吴起對魏武侯曰「昔夏桀之居，左河、濟，右太華，伊闕在其南，羊腸在其北」，河南城爲值之。《周書·度邑》篇曰：「武王問太公曰：『吾將因有夏之居，南望過于三塗，北瞻望于有河。』」有夏之居，即河南是也。』近儒金鶚又據《國語》『伊、洛竭而夏亡』，攷《水經》：『伊水過伊闕，中至洛陽縣南，北入于洛，洛水東過洛陽縣南，又東北過鞏縣東，又北入于河。』『伊、洛竭而夏亡』，則桀時事也。以爲桀都在今河南洛陽縣之一證。奐案：夏桀之際，❶昆吾最强，顧在其東，豕韋在其西，俱在漢

❶「桀」，陳奐《傳疏》作「商」。

東郡界内連屬密邇。湯伐韋、顧，鋤其與黨，而昆吾已成孤立之形，斷非望西南而征許州也。湯爲諸侯時居南亳，即今河南歸德府商邱縣地。《書疏》載或説陳留平邱縣有鳴條亭，即今開封府陳留縣地。洛陽在商邱之西北，必經陳留。陳留當即古桀都西郊也。湯自商邱舉師，桀必自洛陽出兵相迎，故於陳留交戰。《書序》『戰於鳴條之野』，猶武王與紂戰於坶之野耳。《夏本紀》以爲桀走鳴條，非實録也。湯雖戰勝，桀國未亡，故《序》云『遷社，不可』也。桀因敗績，西走定陶。定陶，故三朡國，故《序》云『湯從之，伐三朡』也。開州在定陶北，擊柝相聞，昆吾與桀同日滅也。于是夏桀已亡，湯歸商邱即天子位，故《序》云『湯歸自夏』，《尚書大傳》所謂『湯放桀而歸于亳』也。因桀都洛陽之説，想當日湯伐情形，考之如此。」

昔在中葉，有震且業。允也天子，降予卿士。【疏】傳：「葉，世也。業，危也。」箋：「中世，謂相土也。震，猶威也。相土始有征伐之威，以爲子孫討惡之業，湯遵而興之。信也天命而子之，下予之卿士，謂生賢佐也。《春秋傳》曰：『畏君之震，師徒橈敗。』」○陳奂云：「中世，湯之前世也。《殷武》正義云：『《孟子》：「湯以七十里。」契爲上公，當爲大國，過百里。湯之前世，有君衰弱，土地減削，故至于湯時止有七十里耳。』案：此即前世震危之義也。」實維阿衡，實左右商王。【疏】傳：「阿衡，伊尹也。左右，助也。」箋：「阿，倚；衡，平也。伊尹，湯所依倚而取平，故以爲官名。商王，湯也。」○《説文》：「伊，殷聖人阿衡，尹治天下者。從人尹。」阿衡蓋師保之官。特設此官名以寵異之，及太甲時，改曰保衡。《呂覽》言伊尹生伊水之上。《史記·殷本紀》又言伊尹名阿衡。伊尹名摯，見《孫子·用間》篇。《淮南·修務訓》高注：「伊尹處於有莘之野，執鼎俎，和五味，以干湯，欲調陰陽行其道。《詩》曰『實維阿衡，左右商王』是也。」《呂覽·當染》篇高注：「湯，契後十二世孫，主癸之子，爲天乙。伊尹，湯相。《詩》云：『實維阿衡，實左右商王。』」兩引《詩》明魯、毛文同。

《長發》七章，一章八句，四章章七句，一章九句，一章六句。

殷武【疏】毛序：「祀高宗也。」○魏源云：「《春秋》僖四年：『公會齊侯、宋公，伐楚。』此詩與《魯頌》『荆舒是懲』，皆侈召陵攘楚之伐，同時同事同詞，故宋襄作《頌》，以美其父。」宋桓二十四年從戰召陵，逾六年卒。至襄公戰泓之敗，齊桓已没，在此詩後矣。詳見上。愚案：魏説爲此詩定論，毛序之僞，不足辨也。

撻彼殷武，【注】韓説云：「撻，達也。」**奮伐荆楚。罙入其阻，裒荆之旅。**【疏】傳：「撻，疾意也。殷武，殷王武丁也。荆楚，荆州之楚國也。罙，深；裒，聚也。」箋：「有鍾鼓曰伐。罙，冒也。殷道衰而楚人叛，高宗撻然奮揚威武，出兵伐之，冒入其險阻，謂踰方城之隘，克其軍率而俘虜其士衆。」○馬瑞辰云：「撻蓋勇武之貌。《釋言》：『疾，壯也。』《廣雅·釋詁》：『壯，健也。』疾與壯、健義近，傳訓『疾』者，亦壯武之義。《説文》：『虘，古文撻。』段玉裁曰：『從虍者，言有威也。』則『撻』字亦爲武皃。正義以爲伐楚之疾，失傳指矣。據《鄭風》『挑達』爲行疾之皃，達亦疾也，則韓、毛字異義同。」愚案：召陵之役，因伐蔡而遂伐楚，所謂出其不意，攻其無備，迅雷脱兔，正以疾見其武壯，孔疏未爲失也。殷武者，宋爲殷後，原其本稱，猶孔子之自稱「殷人」。殷武，猶言宋武也。楚入春秋，歷隱、桓、莊、閔，止稱「荆」。至僖二年始稱「楚」。言

「荆楚」者，著其實也。陳奂云：「罙，即『突』之隸變。《説文・穴部》：『突，深也。』本毛。《网部》『罙』下引《詩》『罙入其阻』，本三家。鄭箋於字同毛，而義用三家。若《閟宫》字從『翦商』，訓從『戩商』之例。」馬瑞辰云：「裒，即『捊』之别體。《説文》：『捊，引堅也。』❶引《詩》『原隰捊矣』。今《詩》作『裒』。《易・謙》象傳『君子以裒多益寡』，《釋文》：『鄭、荀、董、蜀才「裒」作「捊」，云：「取也。」』是『裒』即『捊』之證。裒爲聚，又爲取。《廣雅》：『捊，取也。』與《爾雅》訓『俘』爲『取』同義，❷故傳訓『裒』爲『聚』，而箋以『俘虜』易之。」有截其所，湯孫之緒。【疏】箋：「緒，業也。所，猶處也。高宗所伐之處，國邑皆服其罪，更自敕整，截然齊壹，是乃湯孫太甲之等功業。」〇諸侯伐楚，兵所到之處，無敢抗阻，故云「有截其所」。湯孫，謂宋桓公。

維女荆楚，居國南鄉。昔有成湯，自彼氐羌，莫敢不來享，莫敢不來王，曰商是常。

【疏】傳：「鄉，所也。」箋：「氐羌，夷狄國在西方者也。享，獻也。世見曰王。維女楚國，近在荆州之域，居中國之南方而背叛乎？成湯之時，乃氐羌遠夷之國來獻來見，曰商王是吾常君也。此所用責楚之義，女乃遠夷之不如。」〇皮錫瑞云：「國，即宋國。此似敵國相稱之詞。楚在宋南，故曰『南鄉』。若以天子臨諸侯，不當有『居國南鄉』之語。」氐羌，即高宗所伐之鬼方。魏源説。詳見上。楊雄《揚州牧箴》云：「自彼氐羌，莫敢不來庭，莫敢不來匡。」又《并州牧箴》：「莫敢不來貢，莫敢不來王。」疑皆《魯詩》「亦作」本。《鹽鐵論・

❶「堅」，原作「聖」，據馬瑞辰《通釋》、《説文注》改。

❷「俘」，原作「捊」，據馬瑞辰《通釋》、宋監本《爾雅》、阮刻本《爾雅注疏・釋詁》改。

論勇》篇：「故『自彼氐羌，莫敢不來王』，非畏其威，畏其德也。」荀悦《漢紀》二十：「《詩》云：『自彼氐羌，莫敢不來王。』」兩引《詩》同。蓋《齊詩》本無「莫敢不來享」一句也。黄山云：「此章上言『自彼氐羌』，下言『曰商是常』，則『自彼』之『彼』當屬湯言。蓋氐羌自湯至高宗時始一蠢動，仍爲高宗所創，常服屬於商也。是常，與《閟宫》『魯邦是常』同。若專就湯初言，不得爲『常』矣。」

天命多辟，設都于禹之績。歲事來辟，勿予禍適，【注】韓説曰：「適，數也。」稼穡匪解。

【疏】傳：「辟，君；適，過也。」箋：「多，衆也。來辟，猶來王也。天命乃令天下衆君諸侯，立都於禹所治之功，以歲時來朝覲於我殷王者，勿罪過與之禍適，徒敕以勸民稼穡非可解倦。時楚不修諸侯之職，此所用曉告楚之義也。禹平水土，❶弼成五服，而諸侯之國定，是以云然。」○馬瑞辰云：「《説文》：『迹，步處也。』或作『蹟』。古經傳因多叚『蹟』爲『績』。《漢書》凡『功績』字通借作『迹』是也。此詩又叚『績』爲『迹』。九州皆經禹治，因稱禹迹。《周書・立政》：『以陟禹之迹。』《詩》云『設都于禹之績』，正謂設都于禹所治之地。箋訓爲『功績』，失之。《文王有聲》篇『維禹之績』，『績』亦當讀爲『迹』。《左・哀元年傳》『復禹之績』，《釋文》：『績，一本作「迹」。』此古叚『績』爲『迹』之證。」「適，數也」者，《釋文》引《韓詩》文。王引之云：「予，猶施也。禍，讀爲過。《廣雅》：『謫，過，責也。』勿予過責，言不施過責也。」馬瑞辰云：「傳訓『適』爲『過』者，正讀適爲謫。韓云：『適，數也。』據《廣雅》『數』、『謫』並訓『責』，是韓亦讀適爲謫也。王讀禍爲過，適爲謫，正與毛、鄭

❶「土」，原作「士」，據明世德堂本《毛詩》、阮刻本《毛詩正義》改。

相發明。」愚案：天，謂王也。詩言周天子命衆諸侯建都於禹迹之地者，但令其歲時來王，不施過責，惟告之以勸民稼穡而已，非有所多求也。蓋宋於周爲客，惟歲事往朝，《周頌・有客》微子助祭於周廟，是其例。荆楚既平，國家無事，重新寢廟，以妥神靈，亦告太平之意耳。

天命降監，下民有嚴。不僭不濫，不敢怠遑。命于下國，封建厥福。【疏】傳：「嚴，敬也。不僭不濫，賞不僭，刑不濫也。封，大也。」箋：「降，下；遑，暇也。天命乃下視，下民有嚴明之君，能明德慎罰，不敢怠惰自暇於政事者，則命之於小國，以爲天子，大立其福。謂命湯，使由七十里王天下也。時楚僭號王位，此又所用告曉楚之義也。」○馬瑞辰云：「《説文》：『僭，儗也。』『僭』之本義爲以下儗上，引伸之爲過差。濫者，『㜮』之叚借。《説文》：『㜮，過差也。』引《論語》『小人窮斯㜮矣』。經典通作『氾濫』之『濫』。《禮器》『君子以爲濫』，鄭注：『濫，亦盗竊也。』正義曰：『是爲僭濫也。』是僭、濫二字同義。此承上文『下民有嚴』言，謂民知畏法，故不敢僭濫，非謂上之賞刑也。《左・襄二十六年傳》引《詩》以證『賞不僭，刑不濫』，特斷章取義耳。傳遂引以釋《詩》，誤矣。」陳奂云：「嚴，讀爲儼。《爾雅》：『儼，敬也。』《荀子・儒效篇》『嚴嚴乎其能敬己也』，楊倞注：『嚴，或爲儼。』」愚案：有嚴，猶嚴嚴也。下國，宋公自斥其國也。詩言周天子之命又下監觀四方，在下之民惟當嚴嚴乎敬以奉上，不敢有所僭濫，於民事不敢有所怠遑，天子乃命于下國，以封建錫其福焉。《孟子》所謂「慶以地」也。兩言「天命」，見宋與諸侯伐楚皆奉天子之威靈也。趙岐《孟子章句》十三：「不僭不濫，詩人所紀。」明魯、毛文同。

商邑翼翼，四方之極。【注】三家作「京邑翼翼，四方是則」。赫赫厥聲，濯濯厥靈。壽考且寧，以保我後生。【疏】傳：「商邑，京師也。」箋：「極，中也。商邑之禮俗翼翼然可則傚，乃四方之中正也。赫赫乎其出政教也，濯濯乎其見尊敬也，王乃壽考且安，以此全守我子孫。此又用商德重曉告楚之義。」○「三家作『京邑翼翼，四方是則』」者，《後漢·樊準傳》準上疏曰：「夫建化致理，由近及遠，故《詩》曰：『京師翼翼，四方是則。』」李注：「《韓詩》之文也。翼翼然盛也。」《後魏書·甄琛傳》：「《詩》稱『京邑翼翼，四方是則』。」後魏時，齊、魯《詩》已亡，所引《韓詩》也。《白帖》兩引《詩》同，亦據《韓詩》。《後漢·魯恭傳》恭疏引「四方是則」，張衡《東京賦》「京邑翼翼，四方所視」，魯、張皆治《魯詩》，張賦作「所視」者，改文以合韻也。《王符傳》、《潛夫論·浮侈》篇引「商邑翼翼，四方是極」，蓋後人據《毛詩》改之。《漢書·匡衡傳》衡疏曰：「道德之行，由内及外，自近者始，然後民知所法，遷善日進而不自知。是以百姓安，陰陽和，神靈應，而嘉祥見。《詩》曰：『商邑翼翼，四方之極。』『壽考且寧，以保我後生。』此成湯所以見至治，保子孫，化異俗，而懷鬼方也。」荀悦《漢紀》載衡疏云：「《詩》云：『京邑翼翼，四方是則。』此教化之原本，風俗之樞機，宜先正者也。」王引之云：「《漢紀》之文，本於《漢書·匡衡傳》，而《傳》載衡疏作『商邑翼翼，四方之極』，與《漢紀》不同者，後人以《毛詩》改之也。案：疏言『道德之行，由内及外，自近者始，然後民知所法』，故引《詩》『四方是則』以證之，『則』亦『法』也。若作『四方之極』，則失其指矣。顏注所見已是改竄之本，當據《漢紀》以正之。」皮錫瑞云：「《白虎通·京師》篇：『夏曰夏邑，商曰商邑，周曰京師。』是周以前，天子所居無『京師』之稱。三家以此爲周人作，故據周人所稱曰『京師』、『京邑』。毛以爲商人作，故據商人所稱曰『商邑』也。」《釋訓》「赫赫、濯濯，迅也」，孫炎注：「赫赫，顯著之迅。」《釋文》：「舍人本『赫赫』作『奭奭』。」陳喬樅云：「赫、奭古通，疑舍人本是《魯詩》之文。」《釋文》：「躍躍，樊光本作『濯濯』。」是古本有作「躍躍」者，與「迅」義合，疑亦《魯詩》也。言奭奭然揚其名聲，又躍躍然敬其神靈。「壽考」二句，言周王享世長久，與我侯國共保太平也。

陟彼景山，松柏丸丸。【注】《韓詩》曰：「松柏丸丸。」韓説曰：「取松與柏。」是斷是遷，方斲是虔。【注】魯「虔」作「榩」。松桷有梴，旅楹有閑，【注】韓説曰：「閑，大也，謂閑然大也。」寢成孔安。【注】韓説曰：「宋襄公去奢即儉。」【疏】傳：「丸丸，易直也。遷，徙；虔，敬也。梴，長貌。旅，陳也。寢，路寢也。」箋：「椹謂之虔。升景山掄材木，取松柏易直者斷而遷之，正斲於椹上，以爲桷與衆楹。路寢既成，王居之甚安，謂施政教得其所也。高宗之前，王有廢政教，不修寢廟者，高宗復成湯之道，故新路寢焉。」○張衡《冢賦》「陟彼景山」，明魯、毛文同。「松柏」至「與柏」，《文選·長笛賦》注引《韓詩》薛君文，引經明韓、毛文同。馬瑞辰云：「《詩·大雅·皇矣》『松柏斯兑』，傳：『兑，易直也。』古音兑讀如脱，脱、丸一聲之轉，故『丸丸』亦爲『易直』。《説文》：『丸，圜也。傾側而轉者。從反仄。』段玉裁曰：『易直，謂滑易而條直，又「丸」義之引申。』至《長笛賦》『丸梴彫琢』，『丸梴』特節取《詩》詞，薛注『取松與柏』，乃總括下『是斷是遷』等句釋之，與箋云『取松柏易直者』同義，非訓『丸丸』爲『取』也。李善注誤矣。」「魯『虔』作『榩』」者，《釋宮》：「椹謂之榩。」陳喬樅云：「《釋文》：『榩，本亦作「虔」。《詩》曰：「方斲是虔。」』《毛詩》作『虔』，《爾雅》用《魯詩》，當爲『榩』字。作『虔』者，或後人順毛改之。」《釋詁》：「旅，陳也。」又：「衆也。」皆魯訓，言陳列則必衆矣。傳訓「陳」，箋説爲「衆」，正以申傳，非異義。「閑，大也，謂閑然大也」者，《文選·魏都賦》「旅楹閑列」，李注引薛君《韓詩章句》文。《韓詩》「旅」義，注引未及。《逸周書·作雒》「旅楹」，孔鼂注：「旅，列也。」當本韓訓，故賦以「閑列」爲文，亦本一家之説，「列」即「陳」也。孔疏：「箋不解『閑』義。梴爲桷之長貌，則閑爲楹之大貌。王肅云：『桷楹以松柏爲之，言無彫鏤也。陳列其楹。有閑，大貌。』」今以《魏都賦》證之，則肅義實本《韓詩》。「宋襄」至「即儉」，《史記》司馬貞《索隱》、《文選》張衡《東京賦》李注引《韓詩》文。王肅云「無彫鏤」，正謂其儉也。愚案：考父頌商，本無可疑議。徒以年壽之故，致衆信不堅。今得皮氏引公孫壽爲證，足以冰釋羣惑。《毛詩》當漢世雖不立學官，而好古博覽之士亦間有取資。《漢書·杜欽傳》之引《小卞》，即是暗用毛義。至於此詩，則《賈捐之傳》云「武丁地南不過荆楚，西不過氐羌」，《後漢·黄瓊傳》「《詩》詠成湯之不怠皇」，則不獨用毛，兼采《左傳》。曹植文云：「感殷人路寢之義，嘉先民泮宫之事。蓋高宗、僖公嗣世之王，諸侯之國，猶著德于三《頌》，騰聲于千載。」植習《韓詩》，而亦旁參毛義，則鄭學大行之後時代爲之也。並著於此，以質學者。

《殷武》六章，三章章六句，二章章七句，一章五句。

《那》五篇，十六章，百五十四句。

《儒藏》精華編選刊

即出書目(二〇二三)

龜山先生語録
郭店楚墓竹簡十二種校釋
國語正義
涇野先生文集
康齋先生文集
孔子家語 曾子注釋
禮書通故
論語全解
毛詩後箋
毛詩稽古編
孟子正義
孟子注疏
閩中理學淵源考
木鐘集
群經平議
白虎通德論
誠齋集
春秋本義
春秋集傳大全
春秋左氏傳賈服注輯述
春秋左氏傳舊注疏證
春秋左傳讀
道南源委
桴亭先生文集
復初齋文集
廣雅疏證

三魚堂文集　外集
上海博物館藏楚竹書十九種校釋
尚書集注音疏
詩本義
詩經世本古義
詩毛氏傳疏
詩三家義集疏
書疑　東坡書傳　尚書表注
書傳大全
四書集編
四書蒙引
四書纂疏
宋名臣言行録
孫明復先生小集　春秋尊王發微
文定集

五峰集　胡子知言
小學集註
孝經注解　温公易説　司馬氏書儀　家範
揅經室集
伊川擊壤集
儀禮圖
儀禮章句
易漢學
游定夫先生集
御選明臣奏議
周易口義　洪範口義
周易姚氏學

北京大學《儒藏》編纂與研究中心　編

《儒藏》精華編選刊

詩三家義集疏

（中）

〔清〕王先謙　撰

陳錦春　王承略　校點

北京大學出版社
PEKING UNIVERSITY PRESS

詩三家義集疏卷七

長沙王先謙益吾著

魏葛屨弟七

【疏】《乙巳占》引《詩推度災》曰：「魏，天宿牽牛。」《御覽》二十六《時序部》引《詩含神霧》曰：「魏地處季冬之位，土地平夷。」《漢書·地理志》：「河東郡河北，《詩》魏國。」又曰：「魏國，亦姬姓也，在晉之南河曲，故其詩曰『彼汾一曲』、『寘諸河之側』。」陳奐云：「魏在商爲芮國地，與虞爭田，質成於文王。至武王克商，封姬姓之國，改號曰魏。春秋魯閔公二年，周惠王之十七年也，晉獻公滅魏。今山西解州芮城縣是其地。」　詩國風

葛屨【疏】毛序：「刺褊也。魏地陿隘，其民機巧趨利，其君儉嗇褊急，而無德以將之。」箋：「儉嗇而無德，是其所以見侵削。」○三家無異義。

糾糾葛屨，可以履霜。【疏】傳：「糾糾，猶繚繚也。夏葛屨，冬皮屨，葛屨非所以履霜。」箋：「葛屨賤，皮屨貴。魏俗至冬猶謂葛屨可以履霜，利其賤也。」○《說文》「丩」下云：「相糾繚也。」「繚」下云：「纏也。」「糾」下云：「繩三合也。」重言之曰「糾糾」。《士冠禮》：「屨，夏用葛，冬皮屨可也。」今以葛屨履霜，則是

儉不中禮，故刺其褊。《南山》詩：「葛屨五兩。」據《説苑·修文》篇，葛屨，親迎禮所用。摻摻女手，可以縫裳。【注】《韓詩》曰：「纖纖女手，可以縫裳。」韓説曰：「纖纖，女手之貌。」一作「攕攕」。【疏】傳：「摻摻，猶纖纖也。婦人三月廟見，然後執婦功。」箋：「言女手者，未三月未成爲婦。裳，男子之下服，賤，又未可使縫。魏俗使未三月婦縫裳者，利其事也。」〇「纖纖」至「之貌」者，《文選·古詩》注引《韓詩》文。古詩「纖纖擢素手」，本《韓詩》語。「纖」義訓「細」，言肌理細膩。《碩人》詩「手如柔荑」，即纖纖之貌也。《易林·困之中孚》：「絲苧布帛，人所衣服。摻摻女手，紡績善織。南國饒足，取之有息。」《易林》齊説，取義雖别，然文作「摻摻」，明齊與毛合。「一作『攕攕』」者，《説文》：「攕，好手貌。」引《詩》「攕攕女手」。文雖不同，義與韓合。陳喬樅云：「呂《記》引董氏云：『石經作「攕」。』則《説文》所引，據《魯詩》之文也。『摻』、『纖』皆『攕』之叚借，摻、纖同音，故得通用。《爾雅》『纁帛縿』，《釋文》：『縿，本或作「纖」。』是其證。」女者，未成婦之稱，不當令執婦功。《説文》：「上曰衣，下曰裳。」衣有尚之者，故爲裳。今以女手縫之，是褊之至無禮者也。要之襋之，好人服之。【疏】傳：「要，褄也。襋，領也。好人，好女手之人。」箋：「服，整也。褄也、領也在上，好人尚可使整治之，謂屬著之。」〇《説文》：「襋，衣領也。」與要皆屬衣言。箋云「在上」，是也。孔疏以爲裳要，非。《説文》：「服，用也。」縫裳，賤者之事，而使未成婦之好人爲之。彼要之襋之，非皆好人服用之乎？乃即令縫裳，失宜甚矣。

好人提提，【注】魯「提」作「媞」。【疏】傳：「提提，安諦也。」〇「魯『提』作『媞』」者，《釋訓》「媞媞，安也」，郭注：「好人安詳之容。」東方朔《七諫》「西施媞媞而不得見兮」，王逸注：「媞媞，好貌也。《詩》曰：『好人媞媞。』」是《魯詩》作「媞媞」，而訓爲「安」也。傳訓「提提」爲「安諦」，亦以「提」爲「媞」之借字。《禮・檀弓》「吉事欲其折折爾」，鄭注：「折折，安舒貌。《詩》曰：『好人提提。』」山井鼎《考文》云：「折折，古本作『提提』。」鄭注《禮》時未見毛傳，而訓「提提」爲「安舒」，與傳義合，知齊、毛文同。陳喬樅云：「《白帖》十二及《説文繫傳》引《詩》作『禔禔』，此《韓詩》之異文。《漢書敘傳》『姼姼公主，乃女烏孫』，孟康曰：『姼，音題。姼姼，惕惕，愛也。』師古曰：『孟説非也。姼姼，好貌。《魏詩・葛屨》之篇「好人提提」，音義同耳。』今案：《釋訓》：『忯忯、惕惕，愛也。』郭注：『《詩》：「心焉惕惕。」《韓詩》以爲悅人，故言愛也。忯忯，未詳。』《釋文》引李巡曰：『忯忯，和適之愛也。』攷《説文》：『忯，愛也。』『姼，美女也。或從氏作「𡛖」。』姼、𡛖字同，𡛖、忯音同，得相叚借。惟美女，故悦而愛之。師古以孟説爲非，過矣。氏、是古多通用。《覲禮》『太史是右』，注云：『古文「是」爲「氏」。』《曲禮》『是職方』，注云：『是，或爲氏。』故字之從是、從氏者，如提、媞、𡛖、低皆得通叚。❶『安舒』之訓，即所謂『好貌』。疑《齊詩》之説，讀提如姼。班氏《敘傳》語，亦本《齊詩》故傳也。」宛然左辟，【注】三家作「宛如左僻」。佩其象揥。【疏】傳：「宛，辟貌。婦至門，夫揖而入，不敢當尊，宛然而左辟。象揥，所以爲飾。」箋：「婦新至，慎於威儀如是，使之非禮。」○「宛如左僻」者，《説文》：「僻，辟也。」引此詩，蓋出三家。「宛如」即「宛然」也，「僻」即「辟」也。馬瑞辰云：「辟，讀如『便辟』之『辟』。《詩・板》『無爲夸毗』，正義：『夸毗者，便辟，其足前郤爲恭。』《論語》『師也辟』，亦謂便辟，好習容儀也。『便』與『旋』疊韻

❶ 「低」，續經解本《齊詩遺説攷》三作「姼」，疑當作「忯」。

而同義，故《左傳》以『便』爲『旋』。便辟與旋辟、般辟義同。《釋言》：『般，旋也。』《説文》：『般，辟也。象舟之旋。』《投壺》：『主人般旋，曰辟。賓般旋，曰辟。』《大射儀》『賓辟』，注：『辟，逡遁不敢當盛。』並與此詩『左辟』同義。般辟爲容，則易偏於一邊，故曰左辟。」象揥，義具《君子偕老》。佩，猶飾也。象揥本夫人所佩，詩蓋以刺其君。**維是褊心，是以爲刺。**【注】魯「維」作「惟」。【疏】箋：「魏俗所以然者，是君心褊急、無德教使之耳，我是以刺之。」〇《説文》「急」下云：「褊也。」「褊」下云：「衣小也。」《廣韻》：「褊，衣急。」賈誼書：「反裕爲褊。」褊小、褊陋，皆自衣旁推之。「魯『維』作『惟』」者，石經《魯詩》殘碑、《列女·魯秋潔婦傳》引此詩二句，「維」並作「惟」，與韓同。全《詩》有「維」字者皆然。

《葛屨》二章，一章六句，一章五句。

汾沮洳【疏】毛序：「刺儉也。其君儉以能勤，刺不得禮也。」〇《韓詩外傳》二：「君子有主善之心，而無勝人之色，德足以君天下，而無驕肆之容，行足以及後世，而不以一言非人之不善，故曰：君子盛德而卑，虛己以受人，旁行不流，應物而不窮。雖在下位，民願戴之。雖欲無尊，得乎哉？《詩》曰：『彼己之子，美如英。美如英，殊異乎公行。』」又曰：「君子易和而難狎也，易懼而不可劫也。畏患而不避義死，好利而不爲所非。交親而不比，言辯而不亂。盪盪乎其易不可失也，嗛乎其廉不可劌也，溫乎其仁厚之寬大也，超乎其有以殊於世也。《詩》曰：『美如玉。美如玉，殊異乎公族。』」魏源云：「據《外傳》之言，蓋歎沮澤之間，有賢者隱居在下，采蔬自給，然其才德實出乎在位公行、公路之上，故曰雖在下位而自尊，『超乎其有以殊於世』。蓋春秋時，晉官皆貴游子弟，無材世禄，賢者不得用，用者不必賢也。《毛詩》因次《葛屨》之下，並以爲『刺儉』，乃以所美爲刺，所刺爲美。試思『采莫』、『采蕒』，豈公卿之行？『如玉』、『如英』，非褊嗇之度。既極道其美，又何言不似貴人氣象乎？」愚案：魏說是也。《外傳》雖多推衍之詞，然皆依文順恉，從無與本詩相反者。《汾沮洳》果爲刺詩，韓在當時不容不知，何必取而曲暢其說。此智者所不爲，豈經師而昧此理邪？魯、齊當同韓義。

彼汾沮洳，言采其莫。【疏】傳：「汾，水也。沮洳，其漸洳者。莫，菜也。」箋：「言，我也。於彼汾水漸洳之中，我采其莫以爲菜，是儉以能勤。」○《漢書·地理志》「太原郡汾陽縣」下云：「北山，汾水所出，西南至汾陰入河。」汾陽，今山西忻州静樂縣。汾陰，今蒲州府榮河縣。朱右曾云：「蒲坂爲魏地，北接汾陰。《譜》言魏境北涉汾水，正義言其境踰汾。攷《水經注》『汾水西逕耿鄉城北』，古耿城在河津縣東南十二里，自河津縣西南至榮河縣九十里。河津爲耿地，則魏境不得踰汾矣。班固引《詩》但稱汾曲之句，所謂一曲者，汾水入河之處，稍折而西南，自南望之爲汾曲也。」陳奂云：「汾，晉水也。魏北汾西河，汾逕西南以入河，則汾曲即河曲矣。魏都蒲坂已爲魏之北境，蒲州至榮河縣百二十里，汾水尚在縣北。《水經》『河水南出龍門口，汾水從東來注之』，自龍門至華陰，皆汾水入河所會流，詩舉晉水爲言，其實魏無汾也。」沮洳，即漸洳，沮、漸雙聲字。《廣雅·釋詁》：「漸洳，溼也。」猶言汾旁之溼地矣。孔疏引陸璣《疏》云：「莫，莖大如箸，赤節，節一葉，似柳葉，厚而長，有毛刺，今人繅以取繭緒。其味酢而滑，始生可以爲羹，又可生食。五方通謂之酸迷，冀州人謂之乾絳，河、汾之間謂之莫。」馬瑞辰云：「《本草》『羊蹄』，陶隱居注：『又一種，極相似而味酸，呼爲酸摸。』即『酸迷』之聲轉。省言之曰莫，莫又轉蕪。《釋草》『須，蕵蕪』，郭注：『似羊蹄，葉細，味酢，可食。』蕵蕪即酸摸音轉，正此詩莫菜也。或疑《爾雅》不載莫菜，誤矣。」彼其之子，美無度。美無度，殊異乎公路。【疏】傳：「路，車也。」箋：「之子，是子也。是子之德美無有度，言不可尺寸。是子之德美信無度矣，雖然，其采莫之事，則非公路之禮也。公路，主君之軞車，庶子爲之。晉趙盾爲軞車之族是也。」○之子，指采菜之賢者。言其下位沈淪，食貧自給，才德内藴，容儀有輝。今在上之人富貴滿溢，不以君國爲心，彼美無度之賢者，其所爲殊不似我公路之大夫也。傳訓「路」爲「路車」，乃賓祀所用之車。箋誤以軞車之公行掍之，孔疏遂亦云：「公路與公行一也。以其主君路車謂之公路，主君之行列謂之公行，❶正是一官也。」馬瑞辰云：「《巾車》『掌王車之五路』，《車僕》『掌戎車之倅』，分路車、戎車爲二。此詩亦分公路、公行爲二，公路掌路車，主居守；公行掌戎車，主從行，不必爲一官。《左·宣二年傳》服虔注：『軞車，戎車之倅。』杜預注：『公行之官也。』箋以『軞車』釋『公路』，不若服、杜爲確。《左傳》：『宦卿之適以爲公族，又宦其餘子亦爲餘子，其庶子爲公行。』有餘子而無公路。此詩有公路而無餘子。公行以庶子爲之，公路較公行爲尊，當即以餘子爲之。餘子主公路而不以公路名，猶公行兼主庶子而不以庶子名。凡一官兼數事者，隨舉一事以名之耳。正義謂『餘子不掌公車，不得謂之公路』，非也。」

❶「君」，阮刻本《毛詩正義》作「兵車」。

彼汾一方，言采其桑。彼其之子，美如英。美如英，殊異乎公行。【疏】傳：「萬人爲英。公行，從公之行也。」箋：「采桑，親蠶事也。從公之行者，主君兵車之行列。」○馬瑞辰云：「『美無度』，度讀如『尺度』之『度』，與『美如玉』皆以器物爲喻，不得謂英獨指人言。英當讀如『瓊英』之『英』，如英猶云如玉，變文以協韻耳。」《韓詩》「美如英」四句，引見上，明韓、毛文同。惟韓「其」皆作「己」，詳見《鄭·羔裘》傳。

彼汾一曲，言采其藚。彼其之子，美如玉。美如玉，殊異乎公族。【疏】傳：「藚，水舄也。公族，公屬。」箋：「公族，主君同姓昭穆也。」○孔疏：「《釋草》『藚，牛脣』，郭注引《毛詩傳》云：『水蕮也。如續斷，寸寸有節，拔之可復。』陸璣《疏》云：『今澤蕮也。其葉如車前草大，味亦相似。』」郭於「藚，牛脣」不云即澤蕮，而於「蕍，❶蕮」下注云：「今澤蕮。」蓋以陸《疏》爲非。然《神農本經》云：「澤瀉，一名水舄。」《說文》：「藚，水舄。」亦用傳文。蘇頌云：「澤瀉，春生苗，多在淺水中，葉似牛舌。」《爾雅》「牛脣」之名，以形似耳。《爾雅》一物數名者多，不得因既有「蕍，蕮」，遂疑藚非澤瀉也。《漢志》引《詩》「彼汾一曲」，明齊、毛文同。《韓詩》「美如玉」三句，引見上，明韓、毛文同。

《汾沮洳》三章，章六句。

園有桃【疏】毛序：「刺時也。大夫憂其君，國小而迫，而儉以嗇。不能用其民，而無德教，日以侵

---

❶「蕍」，原作「渝」，據宋監本《爾雅》、阮刻本《爾雅注疏》改。下一「蕍」字同。

削，故作是詩也。」○三家無異義。

園有桃，其實之殽。【疏】傳：「興也。園有桃，其實之食。國有民，得其力。」箋：「魏君薄公稅，省國用，不取於民，食園桃而已。不施德教，民無以戰，其侵削之由由是也。」○《釋文》：「殽，本作『肴』。」《說文》：「肴，啖也。」又《賓之初筵》箋：「凡非穀而食之曰殽。」亦通。《呂覽·重己》篇高注：「樹果曰園。《詩》曰：『園有樹桃。』」或疑三家《詩》多「樹」字。陳喬樅云：「『樹』字衍文也。據石經《魯詩》殘碑，下章『園有棘』無『樹』字，是其明證。《初學記·園圃部》引《毛詩》亦作『園有樹桃』，知『樹』字皆衍。」案：園有桃，則食其實，以興國有民，則得其力。至君不能用其民，則國與無民等矣。心之憂矣，我歌且謠。【注】韓説曰：「有章曲曰歌，無章曲曰謠。」【疏】傳：「曲合樂曰歌，徒歌曰謠。」箋：「我心憂君之行如此，故歌謠以寫我憂矣。」○言有章曲則可以合樂也。「有章」至「曰謠」，《初學記》十五引《韓詩章句》文，《玉篇·言部》同，義與毛傳合。《列女·魯寡陶嬰傳》引《詩》二句，明魯、毛文同。《釋樂》：「徒歌謂之謠。」孔疏引孫炎曰：「聲消搖也。」郭注引《詩》「我歌且謠」以實之，知用舊注《魯詩》文。陳喬樅云：「謠，古字作『䚻』。《說文》：『䚻，徒歌。從言，肉聲。』䚻又通作『繇』。《廣韻》：『繇，喜也。《詩》曰：「我歌且繇。」』」作「繇」者，《齊詩》異文。《漢書·李尋傳》「人民繇俗」，「繇俗」即「謠俗」。尋用《齊詩》，此其證也。不我知者，謂我士也驕。彼人是哉，子曰何其？心之憂矣，其誰知之？其誰知之，蓋亦勿思。【疏】傳：「子曰何其，夫人謂我欲何爲乎？」箋：「士，事也。不知我所爲歌謠之意者，反謂我於君事驕逸故。彼人，謂君也。

曰，於也。不知我所爲憂者，即非責我，又曰君儉而嗇，所行是其道哉，子於此憂之何乎？如是，則衆臣無知我憂所爲也。無知我憂所爲者，則宜無復思念之，以自止也。衆不信我，或時謂我謗君，使我得罪也。」○「不我知者」，唐石經本、小字本同，岳本作「不知我者」，阮校已正其誤，今《集傳》本亦誤也。胡承珙云：「古者卿大夫皆可稱士。《儀禮·喪服》『公士大夫之衆臣爲其君』，注云：『士，卿士也。』是公士猶言公卿。《書·秦誓》疏云：『士者，男子之大號，臣通稱之。』」言不知我心懷憂者，聞我居位而歌謡，反謂我爲驕慢。今彼人之謀國果是哉，子之謂我驕者，意何居乎？我徒憂而無人知，既無人知，何不勿思。强自解説之詞也。蓋，與「盍」同。《禮·檀弓》「子盍言子之志於公乎」，與「盍嘗問焉」，鄭注皆訓「何不」。《釋言》「曷，盍也」，郭注：「盍，何不。」邢疏引《論語》「盍各言爾志」，皆其義。王引之曰：「凡言『盍亦』者，以『亦』爲語助。《左·僖二十四年傳》『盍亦求之』，盍求之也。《吴語》『王其盍亦鑑於人』，盍鑑於人也。《孟子》『盍亦反其本矣』，盍反其本也。」《韓詩外傳》九引《詩》曰：「心之憂矣，其誰知之？」明韓、毛文同。其言天下有道，則諸侯畏之。天下無道，則庶人易之。及范蠡行遊，天地同憂云云，則因「心之憂矣」推衍之。

園有棘，其實之食。心之憂矣，聊以行國。不我知者，謂我士也罔極。彼人是哉，子曰何其？心之憂矣，其誰知之？其誰知之，蓋亦勿思。【疏】傳：「棘，棗也。極，中也。」箋：「聊，且略之辭也。聊出行於國中，觀民事以寫憂。見我聊出行於國中，謂我於君事無中正。」○《説文》：「棘，小棗叢生者。」《方言》：「凡草木刺人，江、湘之間謂之棘。」蓋古人專以棘爲棗，本亦心而外有刺。其刺人之草木爲棘，又旁推後起之義也。聊，願也。行國，去國。罔極，失其中正之心。石經《魯詩》殘碑「園有棘，其實之」，闕。明魯、毛文同。

《園有桃》二章，章十二句。

陟岵【疏】毛序：「孝子之行役，❶思念父母也。國迫而數侵削，役乎大國，父母兄弟離散，而作是詩也。」箋：「役乎大國者，爲大國所徵發。」〇三家無異義。

陟彼岵兮，瞻望父兮。【注】魯説曰：「山多草木，岵。山無草木，峐。」韓説曰：「有木無草曰岵，有草無木曰屺。」【疏】傳：「山無草木曰岵。」箋：「孝子行役，思其父之戒，乃登彼岵山，以遥瞻望其父所在之處。」〇「山多」至「木峐」，《釋山》文。郭注云：「見《詩》。」此魯説，與毛異。《爾雅》釋文引《三蒼》、《字林》、《聲類》並云：「峐，猶屺字。」陳喬樅云：「郭云『見《詩》』，疑《魯詩》『屺』字作『峐』，郭據《爾雅》舊注而言也。《説文》：『岵，山有草木也。從山，古聲。《詩》曰：「陟彼岵兮。」』『屺，山無草木也。從山，己聲。❷《詩》曰：「陟彼屺兮。」』《釋名》：『山有草木曰岵。岵，怙也，人所怙取以爲事用也。山無草木曰屺。屺，❸圮也，無所

---

❶「之」，明世德堂本《毛詩》、阮刻本《毛詩正義》無。

❷「己」，原作「屺」，據續經解本《魯詩遺説攷》五、陳刻《説文》、《説文注》、楊刻《説文義證》、祁刻《説文繫傳》改。

❸「屺圮也無所出生也」八字，原脱，據續經解本《魯詩遺説攷》五、《釋名疏證補》補。

出生也。』」「有木」至「曰屺」，❶《玉篇·山部》引《韓詩》文，別爲一義，未詳所出。父曰嗟予子，行役夙夜無已，上慎旃哉，猶來無止。【注】魯「父」下有「兮」字，「無已」作「毋已」，「上」作「尚」。【疏】傳：「旃，之；猶，可也。父尚義。」箋：「予，我；夙，早；夜，莫也。無已，無解倦。上者，謂在軍事作部列時。」○此稱父戒己之意。「魯『父』下有『兮』字」者，宋洪适《隸釋》載石經《魯詩》殘碑，於第二「父」字下注云：「闕一字。」與毛異。陳喬樅云：「石經『父』下所闕，亦必『兮』字，疊上文『父兮』而言也。《毛詩》『父曰嗟予子』五字句，《魯詩》『父兮曰嗟予子』六字句，下『行役夙夜無已』亦六字句也。」下章「母」、「兄」下有「兮」字當同。「無」作「毋」者，毋已，禁戒之詞，勉其毋懈倦也。下「毋寐」當同。「『上』作『尚』」者，《毛詩》作「上」，古文。《魯詩》作「尚」，今文。《儀禮·鄉射禮》「上渥焉」，注：「今文『上』作『尚』。」《覲禮》「尚左」，注：「古文『尚』作『上』。」是其證。下二章「上」並當作「尚」，尚，庶幾也。傳：「旃，之；猶，可也。」言庶幾慎之哉，可以歸來，無致爲敵所止也。馬瑞辰云：「《左·隱七年傳》：『公之爲公子也，與鄭人戰於狐壤，止焉。』桓七年《傳》：『驂絓而止。』止皆退敗不能前進之稱。」

陟彼屺兮，瞻望母兮。【疏】傳：「山有草木曰屺。」箋：「此又思母之戒，而登屺山而望之也。」○《列女·魯臧孫母傳》引「陟彼屺兮」二句，明魯、毛文同。愚案：據《爾雅》，魯當作「峐」。此引作「屺」，後人順毛改之，或別本如此。《易林·泰之否》：「陟岵望母，役事不已。王政靡盬，不得相保。」此《齊詩》，合

❶「有木至曰屺」五字，原脱，據黎本《玉篇》及本書體例補。

上章詩文用之，非有異也。母曰嗟予季，行役夙夜無寐，上慎旃哉，猶來無棄。【注】魯「猶」作「猷」。【疏】傳：「季，少子也。無寐，無耆寐也。母尚恩也。」○陳奂云：「夙，早也。天未明而早起，故無孰寐，言行役不能偃息在牀也。『早夜』連文成義。此言行役太早，欲寐不得寐。箋謂早無寐、夜無寐，誤矣。」「魯『猶』作『猷』」者，《釋言》「猷，可也」，郭注：「猷來無棄。」是《魯詩》上下章「猶」皆作「猷」。馬瑞辰云：「『無棄』與『無死』同義。《說文》：『㱦，棄也。俗語謂死曰大㱦。』大㱦，猶云大棄也。」

陟彼岡兮，瞻望兄兮。兄曰嗟予弟，行役夙夜必偕，上慎旃哉，猶來無死。【疏】傳：「偕，俱也。兄尚親也。」○必偕，與《秦·無衣》之「與子偕行」、「與子偕作」同義。

《陟岵》三章，章六句。

十畝之閒【疏】毛序：「刺時也。言其國削小，民無所居焉。」○魏源云：「自續序造爲『國削小，民無所居』之說，而箋、疏、《水經注》各傳會之。箋云一夫止授十畝，疏謂田亦樹桑，地陿民稠，《水經注》：『故魏國城南、西二面，並去大河可二十餘里，北去首山可十餘里，處河山之間，土地迫隘，故《魏風》著《十畝》之詩。』不知俗之儉嗇，由磽瘠多山。地之褊小，由强鄰侵偪。且《魏風》『適彼樂郊』，民方離散，並無畏寇內入之事。苟有如季札所稱，以德輔此，則明主者踰山越河，大啟疆宇，又孰得而限之乎？」愚案：魏說是也。今從馬說。見下。

十畝之間兮，桑者閑閑兮，行與子還兮。【疏】傳：「閑閑，男女無別往來之貌。或行來者，或來還者。」箋：「古者一夫百畝，今十畝之間，往來者閑閑然，削小之甚。」○馬瑞辰云：「井田之法，一夫百畝。魏雖削小，未必僅止十畝。古者田野不得樹桑，此詩十畝蓋指公田也。《孟子》云『五畝之宅，樹牆下以桑』，《穀梁傳》『公田爲居』，《公羊・宣十五年》何注『還廬舍種桑荻雜菜』。❶民各受公田十畝，又廬舍各二畝半，環廬舍種桑麻雜菜。凡爲田十二畝半，詩言十畝者，舉成數耳。」桑者，謂采桑者。閑閑，據《釋文》，乃「亦作」本。原作「閒閒」，猶言寬閒也。《文選》宋玉《登徒子好色賦》注引《毛詩》亦作「閒閒」，知出後人妄改。閑閑，詩人言他國田蠶之樂，而羨其得所，相約偕行。王引之云：「《漢書・楊雄傳》顏注：『行，且也。』《文選》李注：『行，猶且也。』此詩『行與子還』、『行與子逝』，猶言還且與子歸、且與子往也。」子，謂同去之人。《説文》：「還，❷復也。」《廣雅・釋詁》：「還，歸也。」親見樂國，故言復歸。

十畝之外兮，桑者泄泄兮，【注】三家「泄」作「詍」，一作「呭」。行與子逝兮。【疏】傳：「泄泄，多人之貌。」箋：「逝，逮也。」○「三家『泄』作『詍』，一作『呭』」者，《説文》「詍」下云：「多言也。」引《詩》。又「呭」下同。「詍」、「呭」皆三家文。今毛傳《大雅》作「無然泄泄」。多言由於多人，故此又釋爲多人貌。《説文》：「逝，往也。」

《十畝之閒》二章，章三句。

❶「荻」，馬瑞辰《通釋》作「萩」，當據改。

❷「還」，原脱，據陳刻《説文》、《説文注》、楊刻《説文義證》、祁刻《説文繫傳》補。

伐檀【注】魯說曰：「《伐檀》者，魏國之女所作也。傷賢者隱避，素餐在位，閔傷怨曠，失其嘉會。夫聖王之制，能治人者食於人，治於人者食於田。今賢者隱退伐木，小人在位食祿，懸珍奇，積百穀，并包有土，澤不加百姓。傷痛上之不知，王道之不施，仰天長歎，援琴而鼓之。」又曰：「其詩刺賢者不遇明主也。」齊說曰：「功德不施於天下，而勤勞於百姓，百姓貧陋困窮，而家私累萬金，此君子所恥，而《伐檀》所刺也。」【疏】毛序：「刺貪也。在位貪鄙，無功而受祿，君子不得進仕爾。」○「伐檀」至「鼓之」，《御覽》五百七十八引蔡邕《琴操》文，此作詩之緣起。「其詩」至「主也」，司馬相如《上林賦》云「刺伐檀」，《史記索隱》、《文選》李注引張揖注文。邕《和熹鄧后謚議》云「何有伐檀，茅茹不拔」，亦用此文。邕、揖皆《魯詩》家也。「功德」至「刺也」，《鹽鐵論·國疾》篇文。桓寬，《齊詩》家也。《漢書·王吉傳》吉疏云：「今使俗吏得任子弟，率多驕驁，不通古今，至於積功治人，亡益於民，此《伐檀》所爲作也。」吉習《韓詩》，任子非前古所有，而刺在位尸祿同。諸說皆刺在位尸祿，賢不進用，與毛不異。

坎坎伐檀兮，【注】魯「坎」作「欿」，齊作「竷」。韓說曰：「斫木聲。」【疏】傳：「坎坎，伐檀聲。」○「『坎』作『欿』」者，《魯詩》石經殘碑文。《玉篇》云：「坎，或作『竷』。」重文「埳」，亦借「欿」，詳見下。所謂「賢者退隱伐木」也。《說文》引「坎坎鼓我」作「竷竷」，此詩亦當作「竷竷伐檀」，疑齊家異文。《玉篇·土部》：「《詩》云：『坎坎伐檀。』斫木聲也。」與毛義同文異，蓋韓訓。寘之河之干兮，【注】齊「之」作「諸」。

【疏】傳：「寘，置也。干，厓也。」○「齊『之』作『諸』」者，《禮・中庸》鄭注：「示，讀如『寘諸河干』之『寘』。寘，置也。」陳喬樅云：「《齊詩》三章並作『諸』，《漢書・地理志》引第二章『寘諸河之側』可證也。班據《齊詩》，鄭《記》注引與班同，是其用《齊詩》之明證。」愚案：伐木寘河間，以喻有材無用。河水清且漣猗。【注】魯「漣」作「瀾」，「猗」作「兮」。【疏】傳：「風行水成文曰漣。伐檀以俟世用，若俟河水清且漣。」箋：「是謂君子之人不得進仕也。」○「魯『漣』作『瀾』」者，《釋水》：「河水清且瀾猗。大波爲瀾。小波爲淪。直波爲徑。」孔疏引李巡曰：「分别水大小曲直之名。」郭注：「瀾，言涣瀾也。」「『猗』作『兮』」者，《隸釋》載石經《魯詩》殘碑「猗」作「兮」。猗、兮古通用，《書・秦誓》「斷斷猗」，《大學》引作「兮」。《爾雅》「猗」字，後人順毛所改。從闌、從連之字，古本通作，詳見《陳・澤陂》。不稼不穡，胡取禾三百廛兮？不狩不獵，胡瞻爾庭有縣貆兮？【注】魯「穡」作「嗇」。韓説曰：「廛，筭也。」【疏】傳：「種之曰稼，斂之曰穡。一夫之居曰廛。貆，獸名。」箋：「是謂在位貪鄙，無功而受禄也。冬獵曰狩，宵田曰獵。胡，何也。貉子曰貆。」○「魯『穡』作『嗇』」者，石經殘碑作「嗇」。馮登府云：「穡，古省作『嗇』，本作『嗇』。《禮・郊特牲》『主先嗇而祭司嗇也』，鄭注：『嗇，同穡。』《湯誓》『舍我穡事』，《史記》作『嗇』。《般庚》『服田力嗇』，漢成帝詔作『嗇』。《無逸》『知稼穡之艱難』，漢石經作『嗇』。《漢陳球碑》『稼嗇繁阜』，❶《張壽碑》『稼嗇滋殖』，古皆省『穡』爲

❶「嗇」，原作「三」，據洪氏晦木齋刻《隸釋》卷十改。

『畚』。」三百廛者，馬瑞辰云：「《易・訟》『九二，其邑人三百户』，鄭注：『下大夫采地方一成，其税三百家，❶故三百户。』《雜記》『大夫之喪，其升正柩也，執引者三百人』，鄭注：『諸侯之大夫邑有三百户之制。』疏引《訟》卦注爲證，云：『一成所以三百家者，一成九百夫，宫室、塗巷、山澤三分去一，餘有六百夫，畝又有不易、一易、再易，通率一家而受二夫之地，是定税三百家也。』又《論語》『奪伯氏駢邑三百』，孔注：『伯氏食邑三百家。』鄭注：『三百家，齊下大夫之制。』此詩『三百廛』，正義引《遂人》『夫一廛，田百畝』，即爲三百家，亦指下大夫采地之制言之。二章『三百億』、三章『三百囷』，變文以協韻。《吴語》『寡人其達王於甬句東，夫婦三百』，亦是三百家。有夫有婦，然後爲家，毛傳只言『一夫』者，言夫以該婦也。」「廛，篿也」者，《玉篇・广部》引《韓詩》文。皮嘉祐云：「《説文》：『篿，圜竹器也。』《玉篇》：『楚人謂折竹卜曰篿。』《離騷》王逸注：『楚人名結草折竹曰篿。』别一義也。案：廛爲民居，民居多是結草折竹成之，篿亦結草折竹，故廛可通篿。」箋：「冬獵曰狩，宵田曰獵。」析言也。渾言狩、獵不别。爾，謂素餐之人。《釋獸》：「貈子，貆。」箋：「貉子曰貆。」《釋文》：「依字作『貈』。」是也。《易林・乾之震》：「懸貆素餐，居非其安。失輿剥廬，休坐徒居。」《頤之益》同。又《謙之坎》：「懸貆素餐，食非其任。失望遠民，實勞我心。」皆斥在位貪鄙而引此詩。

彼君子兮，不素餐兮！【注】韓説曰：「素者，質也。人但有質朴，而無治民之材，名曰素餐。」魯説曰：「素者，空也。空虚無德，餐人之禄，故曰素餐。」【疏】傳：「素，空也。」箋：「彼君子者，斥伐檀之人，仕有功，乃肯受禄。」

❶「三」，原作「畣」，據馬瑞辰《通釋》改。

〇「素者，質」至「素餐」，《文選》潘岳《關中詩》注、傅咸《贈何劭王濟詩》注、曹植《七啟》注、《求自試表》注引薛君《韓詩章句》文。《外傳》二「商容固辭三公」，「晉文侯使李離爲大理，過聽殺人，自請死」，兩引《詩》文，皆推衍之詞。「素者，空」至「素餐」，《論衡·量知篇》文。《楚詞·九辨》王注：「謂居位食禄，無有功德，名曰素餐。」《孟子章句》十三：「無功而食禄，謂之素餐。」《説苑·修文》篇：「天地四方者，男女之所有事也。必先意其所有事，然後敢食穀也。《詩》曰：『不素餐兮。』此之謂也。」《潛夫論·三式》篇：「封疆立國，不爲諸侯。張官置吏，不爲大夫。必有功於民，乃得保位。故有考績黜陟、九錫三削之義。《詩》云：『彼君子兮，不素餐兮。』由此觀之，未有得以無功而禄者也。」❶《三國志》曹植上疏曰：「夫論德而授官者，成功之君也。量能而受爵者，畢命之臣也。故君無虚授，臣無虚受。虚授謂之謬舉，虚受謂之尸位，《詩》之『素餐』所由作也。」《魏志》注引魚豢曰：「爲上者不虚授，處下者不虚受，然後外無《伐檀》之歎，内無尸素之刺。」陳喬樅云：「《華歆傳》注引《世語》曰：『隗禧，字子牙，京兆人。魚豢嘗從問《詩》禧説齊、魯、韓、毛四家義，不復執文，有如諷誦。』今觀豢説《伐檀》詩云云，與曹植語合，是豢亦習《韓詩》也。」王充、王逸、趙岐、劉向、王符皆《魯詩》家也。曹植、魚豢皆《韓詩》家也。

坎坎伐輻兮，寘之河之側兮，【注】齊「之」作「諸」。河水清且直猗。【疏】傳：「輻，檀輻也。

❶「得」，原在「禄」上，據續經解本《魯詩遺説攷》五、《湖海樓叢書》本《潛夫論箋》（以下稱「《潛夫論箋》」）乙正。

側，猶厓也。直，直波也。」○蒙上章伐檀以爲輻也。《考工記・輪人》「三十輻共一轂」，鄭注：「今世輻以檀。」「齊『之』作『諸』」者，《漢書・地理志》：「《詩》曰：『寘諸河之側。』」詳上。《釋水》：「直波爲徑。」《釋名》：「水直波曰涇。涇，徑也，言如道徑也。」不稼不穡，胡取禾三百億兮？不狩不獵，胡瞻爾庭有縣特兮？【疏】傳：「萬萬曰億。獸三歲曰特。」箋：「十萬曰億。三百億，禾秉之數。」○《楚茨》傳：「露積曰庾。」禾三百億者，露積之數也。《方言》：「物無耦曰特。」《呂覽・務本》篇高注引：「《詩》云：『不稼不穡，胡取禾三百億兮？不狩不獵，胡瞻爾庭有縣特兮？』故曰非盜則無所取。」彼君子兮，不素食兮！【疏】《春秋繁露・仁義法》篇：「《詩》曰：『坎坎伐輻，彼君子兮，不素食舊誤「餐」，改正。兮！』先其事，後其食，謂治身也。」明齊、毛文同。石經《魯詩》殘碑有此二句，明魯、毛文同。

坎坎伐輪兮，寘之河之漘兮，河水清且淪猗。【注】魯「坎」作「欿」。魯說曰：「欿欿，聲也。」韓說曰：「順流而風曰淪。淪，文貌。」【疏】傳：「檀可以爲輪。漘，厓也。小風，水成文，轉如輪也。」○「『坎』作『欿』」者，石經《魯詩》殘碑作「欿欿」，與首章同。據此，知二章無異字。「欿欿，聲也」者，《廣雅・釋訓》文，知此詩魯說也。陳喬樅云：「聲，謂伐檀之聲。《廣雅》兼采三家，此魯訓也。《說文》：『坎，陷也。』《玉篇》：『坎，同埳。』作『欿』者，叚借字。《易》釋文：『坎，本作「埳」。劉本作「欿」。』」《說文》：「漘，水厓也。《詩》曰：『寘河之漘。』」「順流而風曰淪。淪，文貌也」者，《釋文》引《韓詩》文。《文選・雪賦》李注引薛君《韓詩章句》作「從流而風曰淪」，「從流」即「順流」也。《釋水》：「小波爲淪。」順流而有微風，故其波小也。《釋名》：「淪，倫也，水文相次有倫理也。」說與韓、《雅》相成。傳：「小風，水成文，轉如輪也。」案：言水轉如輪，則非小風矣。不稼不穡，胡取禾三百囷兮？不狩不獵，胡瞻爾庭有縣鶉兮？【疏】傳：「圓者爲囷。鶉，鳥也。」○《説文》「囷」下云：「廩之圜者。從禾在囗中。圜謂之囷，方謂之京。」「𥬠」下云：「篅也。」「篅」下云：「判竹圜以盛穀也。」三百囷，謂三百𥬠也。今俗作「囤」。鶉，字當作「𩀦」，詳具《鶉之奔奔》。

彼君子兮，不素飧兮！【注】韓説曰：「不素飧兮，無功而食禄，謂之素飧。人但有質朴，無治民之材，居位食禄，多得君之加賜，名曰素飧。素者，質也。飧者，君之加賜。小人蒙君加賜温飽，故言飧之也。」魯、齊「飧」作「湌」。【疏】傳：「熟食曰飧。」箋：「飧，讀如『魚飧』之『飧』。」○「不素」至「之也」，《玉篇·食部》引《韓詩》文。「魯『飧』作『湌』」者，《列女·齊田稷母傳》引：「《詩》：『彼君子兮，不素湌兮！』❶無功而食禄，不爲也。」此魯説也。「齊『飧』作『湌』」者，《鹽鐵論·散不足》篇：「古者君子夙夜孳孳思其德，小人晨昏孜孜思其力，故君子不素湌，❷小人不空食。」此亦申「不素湌」之義，齊説也。《説文》「飧」下云：「餔也。從夕食。」「餔」下云：「申時食也。」「湌」下云：「餐或從水。」桂馥謂「餐，當爲『飧』之誤。『湌』本『飧』之或字」，是也。《玉篇》：「飧，水和飯也。」《集韻》：「水沃飯曰飧。」《釋名》：「飧，散也，投水於中解散也。」《禮·玉藻》疏：「謂用飲澆飯於器中也。」蓋夕食澆水，取其易於下咽，今人尚爾。即魚飧亦是置魚飯中，似水澆飯，故受「飧」名也。

---

❶ 「湌」，原作「飧」，據續經解本《魯詩遺説攷》五改。

❷ 「湌」，原作「飧」，據續經解本《齊詩遺説攷》三改。

《伐檀》三章，章九句。

碩鼠【注】魯説曰：「履畝税而《碩鼠》作。」齊説曰：「周之末塗，德惠塞而耆欲衆，君奢侈而上求多，民困於下，怠於公事，是以有履畝之税，《碩鼠》之詩是也。」【疏】毛序：「刺重斂也。國人刺其君重斂，蠶食於民，不修其政，貪而畏人，若大鼠也。」○「履畝」至「鼠作」，《潛夫論·班禄》篇文，魯説也。「周之」至「是也」，《鹽鐵論·取下》篇文，齊説也。毛序以爲「刺重斂」，不若二家義尤明塙。《韓詩》當同。

碩鼠碩鼠，【注】齊説曰：「碩鼠四足，飛不上屋。」【疏】箋：「碩，大也。大鼠大鼠者，斥其君也。」○「碩鼠」至「上屋」，《易林·萃之乾》文，《困之需》同。《釋獸》「鼠屬」有鼫鼠，舍人、樊光同引此詩，以碩鼠爲彼五技之鼠也。❶《説文》：「鼫鼠五技，能飛不能上屋，能游不能渡谷，能緣不能窮木，能走不能先人，能穴不能覆身，此之謂五技。」今據《易林》語，是《齊詩》説亦以碩鼠爲五技之鼠，與《魯詩》同義。陳喬樅云：「《藝文類聚》九十五引樊光云：『《詩》碩鼠，即《爾雅》鼫鼠也。』是『碩』與『鼫』古字通。《易》釋文云：『晉如鼫鼠，《子夏傳》作「碩鼠」。』李鼎祚《周易集解》引《九家易注》：『鼫鼠喻貪，謂四也。體離欲升，❷體坎欲降。

❶「彼」，原作「被」，據續經解本《魯詩遺説攷》五、阮刻本《毛詩正義》改。
❷「欲」上，原衍「故」字，據續經解本《魯詩遺説攷》五、《周易集解》删。

游不度瀆，不出坎也。飛不上屋，不至上也。緣不及木，不出離也。穴不掩身，五坤薄也。走不先足，❶外震在下也。五技皆劣，四爻當之，故云『晉如鼫鼠』也。』鼫鼠喻貪之義，足與此詩相證明。」無食我黍。

【注】魯「無」作「毋」。【疏】箋：「女無復食我黍，疾其税斂之多也。」〇「魯『無』作『毋』」者，石經殘碑如此。陳喬樅云：「《吕覽·舉難》篇引仍作『無』，後人依毛改之也。」推之二、三章，作「毋」當同。三歲貫女，莫我肯顧。【注】魯「貫」作「宦」。【疏】傳：「貫，事也。」箋：「我事女三歲矣，曾無教令恩德來顧眷我，疾其不修政也。古者三年大比，民或於是徙。」〇「魯『貫』作『宦』」者，石經殘碑如此。《説文》：「宦，仕也。」《越語》「與范蠡入宦於吴」，注：「宦，爲臣隸也。」推之二、三章，作「宦」當同。韓「女」當作「汝」，以下文「女」字例推之。逝將去女，適彼樂土。樂土樂土，爰得我所。【注】韓「女」作「汝」，「適彼樂土」重句，不作「樂土樂土」。【疏】箋：「逝，往也。往矣，將去女，與之訣別之辭。樂土，有德之國。爰，曰也。」〇《白虎通·諫争》篇引「逝將去女」二句，明魯與毛同。「韓『女』作『汝』，『適彼樂土』重句」者，《外傳》二接輿辭楚相、伊尹去桀就湯二事，兩引「逝將去女」四句，「女」作「汝」，「適彼樂土」重一句，與毛異。盧文弨云：「《外傳》一本仍作『樂土樂土』，❷與毛同，非。後『適彼樂國』亦重上句，❸蓋重上句者是古本，後人以《毛詩》改之。」

❶「足」，原作「人」，據續經解本《魯詩遺説攷》五、《周易集解》改。
❷「本」，原脱，據續經解本《韓詩遺説攷》五補。
❸「國」，原作「土」，據續經解本《韓詩遺説攷》五改。

碩鼠碩鼠，無食我麥。三歲貫女，莫我肯德。逝將去女，適彼樂國。樂國樂國，爰得我直。【注】韓「女」作「汝」，「適彼樂國」重句。【疏】傳：「直，得其直道。」箋：「莫我肯德，不肯施德於我。直，猶正也。」○「韓『女』作『汝』，『適彼樂國』重句」者，《外傳》二田饒適燕，引《詩》四句，「女」作「汝」，「適彼樂國」重一句，與毛異。推之三章當同。

碩鼠碩鼠，無食我苗。三歲貫女，莫我肯勞。【疏】傳：「苗，嘉穀也。」箋：「不肯勞來我。」逝將去女，適彼樂郊。樂郊樂郊，誰之永號！【疏】傳：「號，呼也。」箋：「郭外曰郊。之，往也。永，歌也。樂郊之地，誰獨當往而歌號者，言皆喜説，無憂苦。」○案：石經《魯詩》殘碑「樂郊」下仍接「樂郊」，知魯、毛文同，與韓重句者異。《吕覽·舉難》篇「甯戚干齊桓公，歌《碩鼠》」，高注全引《詩》首章、三章，與毛同，是也。「毋」仍作「無」，「宦」仍作「貫」，後人妄改。「勞」誤作「逃」。《説苑·雜事》五田饒去魯之燕，《節士》篇介之推去晉入山，引《詩》與韓同，大誤。

《碩鼠》三章，章八句。

魏國七篇，十八章，百二十八句。

詩三家義集疏卷八

長沙王先謙益吾著

唐蟋蟀弟八【疏】

《乙巳占》引《詩推度災》曰：「唐，天宿奎婁。」《御覽》二十六引《詩含神霧》曰：「唐地處孟冬之位，得常山、太岳之風，音中羽。其地磽确而收，故其民儉而好畜，《寰宇記》作「善而畜積」。外急而內仁，五字從《寰宇記·河東道》四引增。此唐堯之所處。」《漢書·地理志》：「太原郡晉陽，故《詩》唐國，周成王滅唐，封弟叔虞。」又曰：「河東土地平易，有鹽鐵之饒，本唐堯所居，《詩·風》唐、魏之國也。其民有先王遺教，君子深思，小人儉陋，故《唐詩·蟋蟀》、《山樞》、《葛生》篇皆思奢儉之中，念死生之慮。」

詩國風

蟋蟀【注】齊說曰：「君子節奢刺儉，儉則固。孔子曰：『大儉極下，此《蟋蟀》所爲作也。』」魯說曰：「獨儉嗇以齷齪，忘《蟋蟀》之謂何。」【疏】毛序：「刺晉僖公也。儉不中禮，故作是詩以閔之，欲其及時以禮自虞樂也。此晉也而謂之唐，本其風俗，憂深思遠，儉而用禮，乃有堯之遺風焉。」箋：「憂深思遠，謂『宛其死矣』、『百歲之後』之類也。」○「君子」至「作也」，《鹽鐵論·通有》篇文，齊説也。「獨儉」至「謂何」，張衡《西京賦》文，魯説也。薛綜注：「儉嗇，節愛也。《蟋蟀》，《唐詩》，刺儉也。言獨爲節愛，不念《唐詩》所刺耶？」

蟋蟀在堂，歲聿其莫。【注】齊説曰：「蟋蟀在堂，流火西也。」《韓詩》曰：「蟋蟀在堂，歲聿其莫。」韓説曰：「聿，辭也。莫，晚也。言君之年歲已晚也。」【疏】傳：「蟋蟀，蛬也。九月在堂。聿，遂也。」○孔疏引：「李巡曰：『蛬，一名蟋蟀。蟋蟀，蜻蛚也。』郭注：『今趨織也。』陸璣《疏》云：『蟋蟀似蝗而小，正黑，有光澤如漆，有角翅。一名蛬，一名蜻蛚。楚人謂之王孫，幽州人謂之趨織。』」案：趨織即促織。以蟋蟀爲促織，誤自北人，文俗靡然，不可復正。其實促織乃絡緯也，鳴聲如織，故云：「促織鳴，嬾婦驚。」若蟋蟀之鳴，略無似織處，嬾婦何驚之有？孔疏又云：「《禮運》：『醴醆在户，粢醍在堂。』對文言之，則堂與户别，散則近户之地亦名堂，故禮言升堂者，皆謂從階至户也。此言『在堂』，謂在室户之外，與户相近，九月可知。言『歲聿其莫』，過此月後，歲遂將莫。《采薇》云『歲亦暮止』，下章云『歲亦陽止』，十月爲陽，明『暮止』亦十月也。」「蟋蟀」至「西也」，《説郛》引《詩汜曆樞》文。七月流火，流火既西，故蟋蟀在堂也。「蟋蟀」至「其莫」，《文選》張景陽《詠史詩》注引《韓詩》文，明韓、毛文同。「聿，辭也」者，《文選・江賦》注引薛君《章句》文。「莫，晚」至「晚也」，張景陽《詠史詩》注、沈休文《鍾山詩》注、《學省愁卧詩》注、陸士衡《長歌行》注、江文通《雜體詩》注、任昉《王文憲集序》注、袁宏《三國名臣序贊》注引薛君《章句》文，以「歲聿其莫」爲君之年歲已晚，義與毛異。魏源云：「《蟋蟀》、《山樞》之詩，並刺國君，諷以大康馳驅之節，則季札所美，必此數篇，而非晉昭曲沃之事明矣。《毛詩》以爲刺僖公、昭公，不過因《史記》謂唐叔至靖侯五世無年可紀，而年表起靖、僖以來，故

《唐風》即始於僖侯。史作「釐侯」。觀《韓詩章句》以『歲聿其莫』喻君年歲已晚，而僖侯止十八年，非必即《韓詩》所指也。」今我不樂，日月其除。無已大康，職思其居。【疏】傳：「除，去；已，甚；康，樂；職，主也。」箋：「我，我僖公也。蛬在堂，歲時之候，是時農功畢，君可以自樂矣。今不自樂，日月且過去，不復暇爲之，謂十二月當復命農計耦耕事。」又云：「君雖當自樂，亦無甚大樂，欲其用禮爲節也。又當主思於所居之事，謂國中政令。」好樂無荒，良士瞿瞿。【注】魯說曰：「瞿瞿、休休，儉也。」【疏】傳：「荒，大也。瞿瞿然顧禮義也。」箋：「荒，廢亂也。良，善也。君之好樂，不當至於廢亂政事，當如善士瞿瞿然顧禮義也。」○「瞿瞿」至「儉也」，《釋訓》文，魯說也。孔疏引李巡曰：「皆良士顧禮節之儉也。」《說文》：「䀠，左右視也。讀若拘，又若『良士瞿瞿』。」是許讀瞿瞿即䀠䀠也。以瞿瞿爲儉者，心存乎儉，左右顧視，惟恐其行事之有一未合於禮節，是以爲良士之儉也。

蟋蟀在堂，歲聿其逝。今我不樂，日月其邁。【疏】傳：「邁，行也。」○石經《魯詩》殘碑有此四句，缺「邁」字，明魯、毛文同。《漢·地理志》引《蟋蟀》之篇有「今我不樂」二句，明齊、毛文同。無已大康，職思其外。好樂無荒，良士蹶蹶。【注】魯說曰：「蹶蹶，敏也。」【疏】傳：「外，禮樂之外。蹶蹶，動而敏於事。」箋：「外，謂國外，至四境。」○《釋詁》：「蹶，動也。」《曲禮》「足毋蹶」，鄭注：「行遽貌。」故「蹶蹶」訓爲「敏」也。「蹶蹶，敏也」者，《釋訓》文，魯說也。

蟋蟀在堂，役車其休。今我不樂，日月其慆。【注】《韓詩》曰：「今我不樂，日月其陶。」陶，除也。【疏】傳：「慆，過也。」箋：「庶人乘役車。役車休，農功畢，無事也。」○「今我」至「除也」，《玉篇·阜部》

引《韓詩》文，引經明韓、毛文同。皮嘉祐云：「慆、陶音義並通。《菀柳》詩『上帝甚蹈』，《韓詩》作『上帝甚慆』，《玉篇》引作『上帝甚陶』，即其證。」《廣雅・釋詁》：「陶，除也。」即用韓義。毛訓「慆」爲「過」，韓訓「陶」爲「除」，除、過義亦通。無已大康，職思其憂。【疏】傳：「憂，可憂也。」箋：「憂者，謂鄰國侵伐之憂。」○《三國志》曹植疏：「任益隆者負益重，位益高者責益深。《書》稱『無曠庶官』，《詩》言『職思其憂』，此其義也。」曹習《韓詩》，韓義以負重責深爲憂，更爲切至。《列女・密康公母傳》引《詩》「無已大康，職思其憂」，明魯、毛文同。好樂無荒，良士休休。【疏】傳：「休休，樂道之心。」○魯説以「休休」爲「顧禮節之儉」者，外雖樸謹，中自寬裕也。《列女・楚子發母傳》：「《詩》云：『好樂無荒，良士休休。』言不失和也。」不失和，亦即寬裕意。

《蟋蟀》三章，章八句。

山有樞【疏】毛序：「刺晉昭公也。不能修道以正其國，有財不能用，有鍾鼓不能以自樂，有朝廷不能洒埽，政荒民散，將以危亡，四鄰謀取其國家而不知，國人作詩以刺之也。」○《史記・晉世家》：「當周公、召公共和之時，成侯曾孫僖侯甚嗇愛物，儉不中禮，國人閔之，唐之變風始作。」以此推之，三家與毛異義。下引張賦薛注，是魯説明作僖公。

山有樞，隰有榆。【注】魯「樞」作「蓲」。【疏】傳：「興也。樞，荎也。國君有財貨而不能用，如山、隰不能自用其財。」○「魯『樞』作『蓲』」者，石經殘碑作「蓲」。《釋木》「蓲，荎」，郭璞曰：「今之刺榆。《詩》

曰：「山有蓲。」」陳喬樅云：「郭引《詩》語，今本《爾雅》注文脱，此據《御覽》引補。」愚案：據《詩》釋文，《毛詩》雖亦「樞」、「蓲」兩作，然證以石經《魯詩》作「蓲」，則所引舊注《魯詩》文也。邢疏：「樞針刺如柘，其葉如榆，瀹爲茹，美滑如白榆。」陳藏器《本草拾遺》云：「江東有刺榆，無大榆。是樞即刺榆，榆即大榆。白榆謂之枌。樞、枌皆榆之種類耳。」子有衣裳，弗曳弗婁。子有車馬，弗馳弗驅。【注】魯、韓「婁」作「摟」。

【疏】傳：「婁，亦曳也。」○孔疏：走馬謂之馳，策馬謂之驅。馳、驅俱乘車之事，則曳、婁俱著衣之事。「魯『婁』作『摟』」者，《釋詁》：「摟，聚也。」此據《魯詩》。《説文》：「摟，曳聚也。」正釋此詩「摟」字。陳喬樅云：「《左・僖二十四年傳》『鄭子臧好聚鷸冠』，『聚』字與此同義。」「韓『婁』作『摟』」者，《玉篇・手部》：「《詩》曰：『弗曳弗摟。』摟，亦曳也。」陳喬樅云：「此所引《詩》，是據韓家之文。《玉篇》又云：『本亦作「婁」。』今《韓詩外傳》宓子賤、巫馬期治單父，引『子有衣裳』四句，作『婁』，係推衍之詞，即顧氏所云『亦作』本，蓋後人依《毛詩》改之耳。」宛其死矣，他人是愉。【注】魯、齊「愉」作「媮」。【疏】傳：「宛，死貌。愉，樂也。」箋：「愉，讀曰偷。偷，取也。」○「魯『愉』作『媮』」者，張衡《西京賦》「鑒戒《唐詩》，他人是媮」，薛綜注：「《唐詩》，刺晉僖公不能及時以自娛樂。」「齊『愉』作『媮』」者，《漢・地理志》：「《山樞》之篇曰：『宛其死矣，他人是媮。』」是據《齊詩》故文，明齊、魯文同。陳喬樅云：「《文選》韋孟《諷諫詩》『我王以媮』，注：『媮，與愉同。』《集韻》：『愉，或從女。』『偷，或從心。』則媮、愉、偷古皆通用。」又云：「《説文》：『媮，巧黠也。』『愉，薄也。』段注謂當作『薄樂也』。案：《論語》『私覿愉愉如也』，愉愉者，和氣之薄發於色也。引申之爲凡淺薄之稱，故『佻』又訓『愉』。媮爲巧黠，故引申之爲偷盜也。《説文》無『偷』字，當即作『媮』。」愚案：《鄭・羔裘》「舍命不渝」，韓「渝」作「愉」，亦其證。馬瑞辰云：「《釋文》：『宛，本亦作「苑」。』案：『宛』即『苑』之叚借。《淮南·本經訓》『百節莫苑』，高注：『苑，病也。』《俶真訓》『形苑而神壯』，高注：『苑，枯病也。』『苑』又通『菸』。《廣雅》：『蔫、菸、矮，蔫也。』《玉篇》：『萎，蔫也。』並與傳訓爲『死貌』義相近。」

山有栲，隰有杻。【疏】傳：「栲，山樗。杻，檍也。」○毛説栲、杻與《釋木》同。郭注：「栲似樗，色小白，生山中，因名云。亦類漆樹。杻似棣，細葉，葉新生可飼牛，材中車輞，關西呼杻子，一名土橿。」胡承珙云：「檍，《説文》作：『楮，梓屬，大者可爲棺槨，小者可爲弓材。』與《考工記》『取幹之道七，柘爲上，檍次之』合。」子有廷内，弗洒弗埽。子有鍾鼓，弗鼓弗考。宛其死矣，他人是保。【疏】傳：「洒，灑也。考，擊也。保，安也。」箋：「保，居也。」○馬瑞辰云：「正義：❶『洒，謂以水濕地而埽之，故轉爲灑。』案：《説文》：❷『灑，汛也。』❸『洒，滌也。古文以爲灑埽字。』是洒、灑二字本異義，古文以聲近故叚『洒』爲『灑』。」「弗鼓，當爲『弗鼓』。《説文》：『鼓，擊鼓也。讀若𣪊。』❹考者，『攷』之叚借。《説文》：『攷，敂也。』『敂，擊也。』」愚案：「廷」與「庭」通。庭内，猶言堂室也。《漢書·鼂錯傳》「今人家有一堂二内」，内之爲言室也。

山有漆，隰有栗。子有酒食，何不日鼓瑟？且以喜樂，且以永日。宛其死矣，他人入

❶「正義」，原脱，據馬瑞辰《通釋》、阮刻本《毛詩正義》補。

❷「説文」，原脱，據馬瑞辰《通釋》、陳刻《説文》、《説文注》、楊刻《詩文義證》、祁刻《説文繫傳》補。

❸「汛」，原作「汎」，據馬瑞辰《通釋》、陳刻《説文》、《説文注》、楊刻《説文義證》、祁刻《説文繫傳》改。

❹「𣪊」，《説文注》、祁刻《説文繫傳》作「屬」。

室。【注】魯「何」作「胡」。【疏】傳：「君子無故，琴瑟不離於側。永，引也。」○「魯『何』作『胡』」者，石經殘碑「酒食」至「喜樂」，餘缺，「何」作「胡」。陳喬樅云：「何、胡古通用字。《詩》『胡能有定』，傳云：『胡，何也。』又『胡臭亶時』、『胡斯畏忌』，❶箋並云：『胡之言何也。』《書・太甲》疏云：『胡之與何，方言之異耳。』」

《山有樞》三章，章八句。

揚之水【注】齊説曰：「揚水潛鑿，使石絜白。衣素表朱，戲遊皋沃。得君所願，心志娛樂。」【疏】毛序：「刺晉昭公也。昭公分國以封沃，沃盛强，昭公微弱，國將叛而歸沃焉。」箋：「封沃者，封叔父桓叔于沃也。沃，曲沃，晉之邑也。」○「揚水」至「娛樂」，《易林・否之師》文，《豫之小過》、《震之屯》同。「揚水潛鑿，使石絜白」者，石在水中，漂疾之水濯磨此石，有如鑿然，使石絜白。鑿之不已，故曰鑿鑿。「衣素表朱」者，即「素衣朱襮」。王念孫云：「襮之爲言表也。《呂覽・忠廉》篇『臣請爲襮』，高注：『襮，表也。』《新序・節士》篇作『臣請爲表』。班固《幽通賦》『張修襮而内逼』，曹注與高同。《易林》訓『襮』爲『表』，與毛義異，❷蓋本三家《詩》。」陳喬樅云：「《易林》用《齊詩》，則訓『襮』爲『表』，即本《齊詩》故傳也。」「戲遊皋沃」者，王念孫云：「即《詩》『從子于沃』、

---

❶「斯」，原作「思」，據續經解本《魯詩遺説攷》五、明世德堂本《毛詩》、阮刻本《毛詩正義》及本書卷二十三《大雅・桑柔》改。

❷「異」，原作「合」，據續經解本《齊詩遺説攷》三、《高郵王氏四種》本《經義述聞》改。

『從子於鵠』也。『鵠』與『皋』古同聲，若定四年《春秋》之『皋鼬』，《公羊》作『浩油』；《爾雅》『皋皋琄琄』，樊光本『皋皋』作『浩浩』，是其證。」馬瑞辰云：「皋之通鵠，猶《周禮》『皋舞』當爲『告舞』。皋者，澤也。見《鶴鳴》毛傳。皋沃，《豫之大過》又作『皋澤』，是知沃亦澤也。澤也、皋也、沃也，析言則異，散言則通。《左・襄二十五年傳》『鳩藪澤，牧隰皋，井衍沃』，此析言也。《鶴鳴》傳訓『皋』爲『澤』，《易林》『皋沃』一作『皋澤』，此散言也。❶曲沃本取沃澤之義，故《詩》別稱皋鵠以協韻。❷三家《詩》從本字作『皋』，毛叚借作『鵠』。傳云『鵠，曲沃邑』者，正謂鵠即曲沃，非謂曲沃之旁別有邑名鵠也。《水經注》：『涑水又西南，逕左邑縣故城南，故曲沃也。晉武公自晉陽徙此，秦改爲左邑縣，《詩》所謂「從子於鵠」者也。』以鵠與曲沃爲一，正與傳合。正義謂曲沃旁更有別名鵠，失傳恉矣。」「得君所願，心志娱樂」者，國人所願，皆在得君，故娱樂也。《齊詩》「襮」作「宵」，見下。此仍作「襮」者，魯、齊《詩》皆有作「襮」之本，又有作「綃」、作「宵」之本也。

揚之水，白石鑿鑿。【注】魯「揚」作「楊」。【疏】傳：「興也。鑿鑿然，鮮明貌。」箋：「激揚之水，波流湍疾，洗去垢濁，使白石鑿鑿然。興者，喻桓叔盛彊，除民所惡，民得以有禮義也。」○「魯『揚』作『楊』」者，《隸釋》載石經《魯詩》殘碑作「楊」。陳喬樅云：「《御覽》八百十五、八百十六引《詩》亦作『楊之水』，蓋三家

---

❶「此散言也」四字，原脱，據馬瑞辰《通釋》補。

❷「鵠」，原作「沃」，據馬瑞辰《通釋》改。

今文皆爲『楊』，惟《毛詩》古文作『揚』。」愚案：《詩》字當爲「揚」，叚借作「楊」，説詳《王・揚之水》。陳奐云：「白石，喻桓叔。白石之鑿鑿，由於水之激揚。桓叔之盛强，實由於昭公之不能修道正國。解者以揚水喻桓叔，非也。」素衣朱襮，【注】魯作「襮」，亦作「綃」。齊作「襮」，亦作「宵」。【疏】傳：「襮，領也。諸侯繡黼丹朱中衣。」箋：「繡，當爲綃。綃黼丹朱中衣，中衣以綃黼爲領，❶丹朱爲純也。國人欲進此服，去從桓叔。」○孔疏：「《郊特牲》云：『繡黼丹朱中衣，大夫之僭禮也。』大夫服玆爲僭禮，知諸侯當服之。中衣者，朝服、❷祭服之裏衣也。」「魯作『襮』，亦作『綃』」者，《士昏禮》注：「《詩》云：『素衣朱襮。』《爾雅》云：『黼領謂之襮。』《周禮》曰：『白與黑謂之黼。』刺黼以爲領，若今偃領矣。」《郊特牲》注：「《詩》云：『素衣朱襮。』襮，黼領也。」鄭注《禮》用魯義，與毛同。此魯作「襮」也。《郊特牲》「繡黼」，注：「繡，讀爲綃。綃，繒名也。❸《詩》曰：『素衣朱綃。』」《士昏禮》「宵衣」，注：「宵，讀爲《詩》『素衣朱綃』之『綃』。《魯詩》以綃爲綺屬。」此魯亦作「綃」也。正義：「箋從魯義，讀繡爲綃，以黼與繡共作中衣之領。《考工記》云：『白與黑謂之黼，五色備謂之繡。』若五色聚居，則白、黑共爲繡文，不得別爲黼稱。繡、黼不得同處，知非『繡』字，故破『繡』爲『綃』。綃是繒綺別名。於此綃上刺黼文，故謂之綃黼也。綃上刺黼以爲衣領，然後名之爲襮，故《爾雅》『黼領謂之襮』，襮爲領之別名。」此鄭説也。又云：「下章傳曰『繡，黼』，是以繡爲義，未必如鄭爲綃。傳意繡得爲黼

---

❶「中衣」，原脱，據明世德堂本《毛詩》、阮刻本《毛詩正義》補。

❷「服」，原作「衣」，據阮刻本《毛詩正義》改。

❸「繒」，原作「繪」，據續經解本《魯詩遺説攷》五、阮刻本《禮記正義》改。

者，繢是畫，繡是刺之，雖五色備具乃成爲繡，初刺一色即是作繡之法，故繡爲刺名。傳言『繡，黼』者，謂於繒之上繡刺以爲黼，非訓『繡』爲『黼』也。孫炎注《爾雅》云：『繡刺黼文以褗領。』是取毛『繡，黼』爲義，其意不與箋同。不破『繡』字，義亦通也。」「齊作『襮』，亦作『宵』」者，據《易林》文，此齊作「襮」也。《特牲饋食禮》鄭注：「《詩》有『素衣朱宵』。」此齊亦作「宵」也。陳喬樅云：「《儀禮》『宵衣』，鄭以爲此衣染之以黑，其繒本名爲宵。《記》有『玄宵衣』，正義：『此字據形聲爲綃，從糸，肖聲。但《詩》及《禮記》皆作「宵」字，故鄭引《詩》及《禮記》爲證。』《士昏禮》注破『宵』爲『綃』，是據《魯詩》『素衣朱綃』之文。齊叚『宵』爲『綃』，毛又叚『繡』爲『綃』也。」從子于沃。既見君子，云何不樂。【疏】傳：「沃，曲沃也。」箋：「君子，謂桓叔。」〇子，謂同謀之人。于，往也。案：《左傳》：「惠之二十四年，晉始亂，封桓叔於曲沃。三十年，晉潘父弒昭侯而納桓叔，不克。」此國人欲從桓叔之事也。曲沃，今山西絳州聞喜縣東左邑城。

揚之水，白石皓皓。素衣朱繡，從子于鵠。【注】齊「鵠」作「皋」。【疏】傳：「皓皓，潔白也。繡，黼也。鵠，曲沃邑也。」〇「齊『鵠』作『皋』」者，義見上。既見君子，云何其憂。【注】魯「何」作「胡」。【疏】傳：「言無憂也。」〇「魯『何』作『胡』」者，石經殘碑如此，足證上下章及全經「何」皆作「胡」。

揚之水，白石粼粼。【疏】傳：「粼粼，清澈也。」我聞有命，不敢以告人。【注】魯作「國有大命，不可以告人，妨其躬身」。【疏】傳：「聞曲沃有善政命，不敢以告人。」箋：「不敢以告人而去者，畏昭公謂己動民心。」〇「國有」至「躬身」，《荀子·臣道篇》引《詩》文。段玉裁云：「此所云即是詩之異文。前二章六句，此章四句，殊太短，恐漢初相傳有脱誤也。」愚案：荀子傳《詩》於浮丘伯，爲《魯詩》之祖，蓋《魯詩》如此。

大命，謂昭公有征討曲沃之命。不可告人，懼以漏師獲咎也。

《揚之水》三章，二章章六句，一章四句。

椒聊【疏】毛序：「刺晉昭公也。君子見沃之盛强，能修其政，知其蕃衍盛大，子孫將有晉國焉。」〇三家無異義。

椒聊之實，蕃衍盈升。【疏】傳：「興也。椒聊，椒也。」箋：「椒之性芬香而少實，今一梂之實，蕃衍滿升，非其常也。興者，喻桓叔晉君之支別耳，今其子孫衆多，將日以盛也。」〇阮元云：「『也』上脱『梂』字，箋『梂』字即承傳言之。」是也。《釋木》：「椒椴醜莍。」又云：「朻者聊。」孔疏引李巡曰：「椴，茱萸也。椒、茱萸皆有房，故曰莍。莍，實也。」郭注：「椒之房裏名爲莍也。」莍、梂通用字，朻、聊亦以聲近通借。《釋文》以爲語助，非也。應劭《漢官儀》：「皇后稱椒房，取其蕃實之義也。《詩》曰：『椒聊之實，蕃衍盈升。』」應用《魯詩》，明魯、毛文同。《文選》何晏《景福殿賦》、曹子建《求通親親表》李注，並引：「《詩》曰：『蔓延盈升。』美其繁興也。」蕃衍、蔓延聲同字變，蓋出三家。「美其繁興」，四字疑亦《詩》傳中語。彼其之子，碩大無朋。【疏】傳：「朋，比也。」箋：「之子，是子也，謂桓叔也碩，謂壯佼貌。佼，好也。大，謂德美廣博也。無朋，平均不朋黨。」〇案：詩以「椒聊」二句興此二句，止是美其繁衍盛大，庶意相比附「碩大無朋」。依傳義，惟言碩大無比，似未指其貌與德也。椒聊且，遠條且。【疏】傳：「條，長也。」箋：「椒之氣日益遠長，似桓叔之德彌廣博。」〇案：《廣雅·釋言》：「條，枝也。」《汝墳》傳：「枝曰條。」詩人言此椒聊之香氣日盛，惜其尚在遠枝耳。祝其遂有晉國也。《楚詞·九歎》「懷椒聊之蔎蔎兮」，王逸注：「椒聊，香草也。《詩》曰：『椒聊且。』」明魯、毛文同。陳奂云：「逸以椒爲香草，《説文》『椒』亦入《草部》，蓋草、木散文得通也。」

椒聊之實，蕃衍盈匊。彼其之子，碩大且篤。【疏】傳：「兩手曰匊。篤，厚也。」○案：言其盛大，且根柢厚也。《説苑·立節》篇論士欲立義行道，引《詩》「彼其之子，碩大且篤」而推衍之，明魯、毛文同。

椒聊且，遠條且。【疏】傳：❶「言聲之遠聞也。」❷箋：「言馨之遠聞也。」❸

《椒聊》二章，章六句。

綢繆【疏】毛序：「刺晉亂也。國亂，則婚姻不得其時焉。」箋：「不得其時，謂不及仲春之月。」○三家無異義。

綢繆束薪，三星在天。【疏】傳：「興也。綢繆，猶纏綿也。三星，參也。在天，謂始見東方也。男女待禮而成，若薪芻待人事而後束也。三星在天，可以嫁娶矣。」箋：「三星，謂心星也。心有尊卑、夫婦、父

---

❶ 「疏傳」，原脱，據明世德堂本《毛詩》、阮刻本《毛詩正義》及本書體例補。

❷ 「言聲之遠聞也」六字，原在上「篤厚也」下，據明世德堂本《毛詩》、阮刻本《毛詩正義》乙正。

❸ 「箋言馨之遠聞也」七字，義與傳重，疑爲衍文，當據明世德堂本《毛詩》、阮刻本《毛詩正義》删。

子之象，又爲二月之合宿，故嫁娶者以爲候焉。昏而火星不見，嫁娶之時也。今我東薪於野，乃見其在天，則三月之末，四月之中，見於東方矣，故云不得其時。」○案：《史記》：「參三星，直者爲衡石。」參、辰三月不相比，《夏小正》：「八月，辰則伏。」辰伏則參見，始嫁娶之候也。鄭以參見嫁娶爲得時，非。《詩正義》故易之：「《孝經援神契》：『心三星，中獨明。』是心亦三星也。《左·昭十七年傳》：『火出於夏爲三月，於商爲四月，於周爲五月。』《小星》箋：『心在東方，三月時。』則心星始見在三月矣。此箋云『三月之末，四月之中』者，正以三月至於六月，則有四月。此詩惟有三章，而卒章言『在戶』，謂正中直戶，必是六月昏。逆而差之，則二章當五月，首章當四月。四月火見已久，不得謂之始見。以詩人總舉天象，不必章舉一月。鄭差次之，使四月共當三章，而每章連舉兩月也。」馬瑞辰云：「今夕，即失時之夕。孔疏謂『今夕何夕』即『此三星在天之夕』，非傳恉。」如馬說，首句與次句虛搆一在天之參星，而不言爲何事，語不成義，古人亦無此文法，故知箋之易傳，非得已也。

今夕何夕？見此良人。【疏】傳：「良人，美室也。」箋：「今夕何夕者，言此夕何月之夕乎？而女以見良人。言非其時。」○孔疏：「下云『見此粲者』，粲是三女，故知良人爲美室。」胡承珙云：「漢興，因秦稱號，適稱皇后，妾稱夫人、美人、良人，見《漢書·外戚傳》。良人，當即因《詩》而有此稱。可見毛公以前經師，已有訓此『良人』爲『美室』者矣。」

子兮子兮，如此良人何？【疏】傳：「子兮者，嗟茲也。」箋：「子兮子兮者，斥取者。子取後陰陽交會之月，當如此良人何。」○王引之云：「嗟茲，即嗟嗞。《說文》：『嗞，嗟也。』《廣韻》：『嗞嗟，憂聲也。』《秦策》：『嗟嗞乎，司空馬。』《管子·小稱》篇：『嗟茲乎，聖人之言長乎哉。』《說苑·貴德》篇：『嗟茲乎，我窮必矣。』楊雄《青州牧箴》：『嗟茲天王，附命下土。』❶皆歎詞也。或作『嗟子』。《楚策》：『嗟乎子乎，楚國亡之日至矣。』《儀禮經傳通解續》引《尚書大傳》：『諸侯在廟中者，愀然若復見文、武之身，然後曰：「嗟子乎，此蓋吾先君文、武之風也夫。」』是『嗟子』與『嗟嗞』同。經言『子兮』，猶曰『嗟子乎』、❷『嗟嗞乎』也，故傳以『子兮』爲『嗟茲』。鄭謂『子兮子兮，斥娶者』，殆失其義。」

綢繆束芻，三星在隅。【疏】傳：「隅，東南隅也。」箋：「心星在隅，謂四月之末，五月之中。」今夕何夕？見此邂逅。【注】韓「逅」作「覯」，曰：「邂覯，不固之貌。」【疏】傳：「邂逅，解說之貌。」○《釋文》：「邂，本亦作『解』。覯，本又作『逅』。邂覯，解說也。」似陸所見《毛詩》本作「邂覯」，與今本不合。「『逅』作『覯』，曰『邂覯，不固之貌』」者，《釋文》引《韓詩》文。胡承珙云：「邂逅，會合之意。《淮南·俶真訓》『孰肯解構人間之事』，高注：『解構，猶會合也。』凡君臣、朋友、男女之會合，皆可言之。《魏志·崔季珪傳》注：❸「大丈夫爲有邂逅耳。」亦是遇合之意。傳云『解說之貌』，即因會合而心解意說耳。韓云『不固之貌』，則由不期而遇，卒然會合，故云不固。《後漢·閻后紀》：『安帝幸章陵，崩於葉，后與兄弟謀曰：「今晏駕道次，濟陰王在內，邂逅公卿立之，還爲大害。」』此『邂逅』亦謂倉卒遘會，與《韓詩》『不固』義近。總之，解覯大旨是狀與己會合者、

❶「土」，原作「士」，據馬瑞辰《通釋》、《高郵王氏四種》本《經義述聞》改。

❷「子」，原作「嗞」，據馬瑞辰《通釋》、《高郵王氏四種》本《經義述聞》改。

❸「季」，原作「李」，據續經解本《毛詩後箋》、殿本《三國志·魏書·崔琰傳》改。

之神情。」即《鄭風》所謂「有美一人，清揚婉兮。❶邂逅相遇，適我願兮」者也。子兮子兮，如此邂逅何？

綢繆束楚，【疏】王逸《楚詞·九歌》注：「綢繆，束也。《詩》曰：『綢繆束楚。』」明魯與毛同。三星在户。今夕何夕？見此粲者。【疏】傳：「參星正月中直户也。三女爲粲，大夫一妻二妾。」箋：「心星在户，謂五月之末，六月之中。」○孔疏：「此時貴者亦婚姻失時。」子兮子兮，如此粲者何？

《綢繆》三章，章六句。

杕杜【疏】毛序：「刺時也。君不能親其宗族，骨肉離散，獨居而無兄弟，將爲沃所并爾。」○三家無異義。

有杕之杜，其葉湑湑。【疏】傳：「興也。杕，特皃。杜，赤棠也。湑湑，枝葉不相比也。」○「杜，赤棠」，《釋木》文，詳《甘棠》詩。馬瑞辰云：「湑湑、菁菁，皆言葉盛。杜雖孤特，猶有葉以爲蔭芘。以杜之特喻君，以葉之茂喻宗族，興今之獨行無親爲杕杜不若也。」愚案：《裳裳者華》「其葉湑兮」，是「湑湑」與下「菁菁」同爲茂盛貌。傳釋「菁菁」爲「葉盛」，以「湑湑」爲「枝葉不相比次」，未免歧異。鄭又釋「菁菁」爲「希少之貌」，以曲附傳義，愈非詩恉，不如馬説妥順。馬又云：「之，猶者也。『有杕之杜』，猶云『有杕者杜』，與『有

❶「婉」，原作「姹」，據明世德堂本《毛詩》、阮刻本《毛詩正義》及本書卷五《野有蔓草》改。

頍者弁」、『有菀者柳』、『有卷者阿』句法正同。《小雅》『有棧之車』與『有芃者狐』相對成文，之猶者也。之、諸一聲之轉，《士昏禮》注：『諸，之也。』《左・僖九年傳》『以是藐諸孤』，即『藐者孤』也。《釋魚》：『龜，前弇諸，句。果；後弇諸，句。獵。』猶上云『俯者靈，仰者謝』也。是諸亦者也。諸、之古同訓，諸訓者，則之亦得訓者矣。」《淮南・說林訓》高注：「杕，讀《詩》『有杕之杜』之『杕』。」高用《魯詩》，明魯、毛文同。獨行踽踽，【注】魯、韓說曰：「踽踽，行也。」豈無他人？不如我同父。【疏】傳：「踽踽，無所親也。」箋：「他人，謂異姓也。言昭公遠其宗族，獨行於國中踽踽然，此豈無異姓之臣乎？顧恩不如同姓親親也。」○《說文》：「踽踽，疏行皃。《詩》曰：『獨行踽踽。』」疏行，猶獨行也。「踽踽，行也」者，《廣雅・釋詁》文。張揖用魯、韓《詩》，所引魯、韓說也。陳奐云：「父爲考，父之考爲王父，王父之考爲曾祖王父，曾祖王父之考爲高祖王父，是祖、曾、高皆父也。今以旁殺言之，曰昆弟，我之同於父者也。曰從父昆弟，我之同父於祖者也。曰從祖昆弟，我之同父於曾祖者也。曰族昆弟，我之同父於高祖者也。皆可謂之我同父。言他人不如我同父之親也。」嗟行之人，胡不比焉？人無兄弟，胡不佽焉？【疏】傳：「佽，助也。」箋：「君所與行之人，謂異姓卿大夫也。比，輔也。此人女何不輔君爲政令？」又云：「異姓卿大夫，女見君無兄弟之親親者，何不相推佽而助之？」○孔疏：「佽，古『次』字。❶欲使相推以次弟助之耳，非訓『佽』爲『助』也。」愚案：桓叔

❶「次」，原脱，據阮刻本《毛詩正義》補。

既封而叛，宗族相繼崩離，昭公以宗族爲皆不可恃，異姓卿大夫必從而和之，勸其疏棄宗族。然昭公但當修其政令，以圖自强，無怨及宗族之理，故望君所與行之人以道輔其君，仍篤親親之誼，庶不爲踽踽、睘睘之人耳。

有杕之杜，其葉菁菁。獨行睘睘，【注】魯「睘」作「煢」。豈無他人？不如我同姓。【疏】傳：「菁菁，葉盛也。睘睘，無所依也。同姓，同祖也。」箋：「菁菁，希少之貌。」○《釋文》：「睘，本亦作『煢』，又作『茕』。」馬瑞辰云：「《走部》：『赹，獨行也。從走，勻聲。讀若煢。』又《目部》：『瞏，❶目驚視也。從目，袁聲。』今省作『睘』。則『睘』、『茕』皆『赹』之叚借。『煢』又作『儝』，《方言》『儝，獨也』，郭注：『古「煢」字。』是也。『茕』即『煢』之或體。《説文》：『煢，回疾也。從凡，從營省聲。』段注：『回轉之疾也。引申爲煢獨，取裴回無所依之意。』」「魯作『煢』」者，王逸《楚詞・九思》注：「《詩》云：『獨行煢煢。』」劉向楚詞《九歎》：「獨煢煢而南行。」張衡《思玄賦》：「何孤行之煢煢兮。」三人習《魯詩》，皆作「煢煢」，是其證。程瑶田《宗法小記》云：「孫以祖之字爲姓，故同祖昆弟謂之同姓。是故自曾祖與族曾祖等而下之，旁及族昆弟，皆與我同姓於高祖者也。其宗子，所謂繼高祖之宗也。自祖父與從祖祖父等而下之，旁及於從祖昆弟，皆與我同姓於曾祖者也。其宗子，所謂繼曾祖之宗也。自父與世父、叔父等而下之，旁及於從父昆弟，皆與我同姓於祖父者也。其宗子，所謂繼祖之宗也。」案：此即同姓爲同祖之義。　嗟行之人，胡不比焉？人無兄弟，胡不

❶「瞏」，原作「睘」，據陳刻《説文》、《説文注》、楊刻《説文義證》、祁刻《説文繫傳》篆字及本疏上下文義改。

佽焉？

《杕杜》二章，章九句。

羔裘【疏】毛序：「刺時也。晉人刺其在位不恤其民也。」箋：「恤，憂也。」〇三家無異義。

羔裘豹祛，自我人居居。【注】魯説曰：「居居、究究，惡也。」又曰：「居居，不狎習之惡。」【疏】傳：「祛，袂也。本末不同，在位與民異心。自，用也。居居，懷惡不相親比之貌。」箋：「羔裘豹祛，在位卿大夫之服也。其役使我之民人，其意居居然有悖惡之心，不恤我之困苦。」〇王逸《楚詞·哀時命》注：「祛，袖也。《詩》云：『羔裘豹祛。』」《易林·蹇之家人》亦引此句，明魯、齊、毛文同。「居居、究究，惡也」者，《釋訓》文。「居居，不狎習之惡也」者，孔疏引李巡注文，此魯説，言雖遇故舊之人，妄自尊大，略無親愛，與毛傳「不親比」義同。胡承珙云：「《説文》處居字作『凥』，蹲踞字作『居』。曹憲《廣雅音義》云：『今居字乃箕居字，故居又與倨通。』《説文》『倨』訓『不遜』，倨傲無禮，故爲惡也。《漢書·郅都傳》『丞相條侯至貴居』，亦以『居』爲『倨』。言自我在位之人皆如此。」豈無他人？維子之故。【疏】箋：「此民，卿大夫采邑之民也，故云豈無他人可歸往者乎？我不去者，乃念子故舊之人。」

羔裘豹褎，自我人究究。【注】魯説曰：「究究，窮極人之惡。」【疏】傳：「褎，猶祛也。究究，猶居居也。」〇「究究，窮極人之惡也」者，孔疏引孫炎注文，亦《魯詩》舊説也。與人不合，疾之已甚。極，與《孟子》「極之於其所往」義同。劉向《九懷》「涕究究兮」，王逸注：「究究，不止貌也。」又自「窮極」義推之。豈無他人？維子之好。【疏】箋：「我不去而歸往他人者，乃念子而愛好之也。民之厚如此，亦唐之遺風。」

《羔裘》二章，章四句。

鴇羽【疏】毛序：「刺時也。昭公之後，大亂五世，君子下從征役，不得養其父母，而作是詩也。」箋：「大亂五世者，昭公、孝侯、鄂侯、哀侯、小子侯。」〇三家無異義。

肅肅鴇羽，集于苞栩。【疏】傳：「興也。肅肅，鴇羽聲也。集，止；苞，稹；栩，杼也。鴇之性不樹止。」箋：「興者，喻君子當居安平之處，今下從征役，其爲危苦，如鴇之樹止然。稹者，根相迫迮梱致也。」〇陸《疏》云：「鴇連蹄，性不樹止。」《釋文》：「鴇似雁而大，❶無後趾。」馬瑞辰云：「鴇蓋雁之類，❷雁亦不樹止也。曾目驗之，『無後趾』信然，即陸所云『連蹄』也。」「苞，稹」，《釋言》文，孫炎曰：「物叢生曰苞，❸齊人名曰稹。」❹《釋木》「栩，杼」，《嘉祐本草》引孫炎曰：「栩一名杼。」郭注：「柞樹。」蓋舊注《魯詩》之文。陸《疏》云：

❶「雁」，馬瑞辰《通釋》與宋本、通志堂本《釋文》作「鴈」。
❷「雁」，馬瑞辰《通釋》作「鴈」。下一「雁」字同。
❸「物」，原作「栩」，據阮刻本《毛詩正義》、《爾雅注疏》改。
❹「齊人名曰稹」五字，原脱，據阮刻本《毛詩正義》、《爾雅注疏》補。

「徐州人謂櫟爲杼，或謂之栩。其子爲皁，或言皁斗，其殻爲汁，可以染皁，今京洛及河内多言杼汁。」《説文》「栩」下云：「柔也。其實皁，一曰樣。從木，羽聲。」「柔」下云：「栩也。從木，予聲。讀若杼。」「樣」下云：「栩實也。從木，羕聲。」即今之「橡」字。王事靡盬，不能蓺稷黍，父母何怙？【注】齊説曰：「王事靡盬，秋無所收。」【疏】傳：「盬，不攻緻也。怙，恃也。」箋：「蓺，樹也。我迫於王事，無不攻緻，故盡力焉。既則罷倦，不能播種五穀，今我父母將何怙乎？」○王事者，《左傳》隱五年：「王命虢公伐曲沃。」桓八年：「王命虢仲立晉侯緡。」九年：「虢仲、芮伯、荀侯、賈伯伐曲沃。」皆王事也。《四牡》「王事靡盬」，傳：「盬，不堅固也。」不堅固，即「不攻緻」意。盡力王事，致曠田功，恐無以養父母。「王事」至「所收」，《易林・訟之復》文，此齊義也，與《毛詩》合。《鹽鐵論・執務》篇引「王事靡盬」三句，明齊、毛文並同。言吏不奉法以存撫人，愁苦而怨思。又因兵役而推言之。悠悠蒼天，曷其有所！【疏】箋：「曷，何也。何時我得其所哉。」○馬瑞辰云：「《三蒼》：『所，處也。』《廣雅》：『處，止也。』所爲處，即爲止。『曷其有所』，猶言曷其有止，與下二章『曷其有極』、『曷其有常』同義。」《韓詩外傳》二子路與巫馬期見富人處師氏，失言而慚，負薪先歸，以告孔子，孔子援琴而彈詩之首章，曰：「予道不行邪？使女願者。」此推衍之義。《韓詩》「蒼」作「倉」，詳《王・黍離》。《外傳》作「蒼」，誤。

肅肅鴇翼，集于苞棘。王事靡盬，不能蓺黍稷，父母何食？悠悠蒼天，曷其有極！

【疏】箋：「極，已也。」

肅肅鴇行，【疏】傳：「行，翮也。」〇馬瑞辰云：「行之訓翮，經傳無徵。鴇行，猶雁行也。《説文》：『𠤏，相次也。從匕十。鴇從此。』蓋鴇之飛比次有行列，故字從𠤏會意。訓行列爲是。」集于苞桑。王事靡盬，不能蓺稻粱，父母何嘗？【疏】《韓詩外傳》三引《詩》「父母何嘗」，明韓、毛文同。悠悠蒼天，曷其有常！

《鴇羽》三章，章七句。

無衣【疏】毛序：「美晉武公也。武公始并晉國，其大夫爲之請命乎天子之使，而作是詩也。」箋：「天子之使，是時使來者。」〇陳奐云：「禮，爲人臣者無外交。雖容或有周使適晉，晉大夫不得與天子之使交通。且命出自天子，又不得私相干請。『使』必『吏』之誤。『天子之吏』，謂三公也。列國大夫入天子之國稱士，士不得上通天子，故屬於天子之吏，若成二年《左傳》『晉侯使鞏朔獻齊捷於周，王使委於三吏，禮之如侯伯克敵使大夫告慶之禮』，杜注：『委，屬也。三吏，三公也。』此其義證矣。武公并晉，以寶器賂僖王，必有大夫至周，其大夫亦但能屬乎天子之吏爲君請命，僖王得賂，遂以武公爲晉侯。是請命在周，不在晉。由轉寫者『吏』誤作『使』，遂多謬説。此詩即其大夫所作，故爲美而不爲刺。」愚案：陳説是。三家無異義。

豈曰無衣七兮？【疏】傳：「侯伯之禮七命，冕服七章。」箋：「我豈無是七章之衣乎？晉舊有之，非新命之服。」○孔疏：「《典命》：『侯伯七命，其國家、宫室、車旗、衣服、禮儀皆以七爲節。』《大行人》：『諸侯之禮，冕服七章。』」不如子之衣，安且吉兮。【疏】傳：「諸侯不命於天子，則不成爲君。」箋：「武公初并晉國，心未自安，故以得命服爲安。」○案：如陳説，「使」作「吏」，則子即指天子之吏言。《典命》「王之三公八命」，《大行人》「冕服八章」。此言「不如子之衣」者，非敢較量章數，但謂子之衣由王所賜。今未得王新命，有衣與無衣同，故謂不如其「安且吉兮」。

豈曰無衣六兮？不如子之衣，安且燠兮。【疏】傳：「天子之卿六命，車旗衣服以六爲節。燠，暖也。」箋：「變七言六者，謙也。不敢必當侯伯，得受六命之服，列於天子之卿，猶愈乎不。」○陳奂云：「天子之卿，即侯伯也。天子之卿六命，出封侯伯加一等，則七命。晉爲侯伯之國，實七命，其在王朝，則亦就六命之數。詩人以『七』、『六』分章，實一意。」愚案：陳説是也。侯伯就封之後，亦入王朝爲卿士，如衛武公、鄭莊公父子皆是。故可言七，亦可言六，非謙也。燠，當從《釋文》作「奥」。《釋言》：「奥，暖也。」

《無衣》二章，章三句。

有杕之杜【疏】毛序：「刺晉武公也。武公寡特，兼其宗族，而不求賢以自輔焉。」○三家無異義。

有杕之杜，生於道左。【疏】傳：「興也。道左之陽，人所宜休息也。」箋：「道左，道東也。日之熱恒在日中之後，道東之杜，人所宜休息也。今人不休息者，以其特生陰寡也。興者，喻武公初兼其宗族，不求賢者與之在位，君子不歸，似乎特生之杜然。」彼君子兮，噬肯適我。【注】魯「噬」作「遾」，説曰：「遾，逮也。」韓作「逝」，説曰：「逝，及也。」【疏】傳：「噬，逮也。」箋：「肯，可；適，之也。彼君子之人，至於此國，皆可求之我君所。君子之人，義之與比。其不來者，君不求之。」○「魯『噬』作『遾』。遾，逮也」者，《釋言》：「遏、遾，逮也。」「東齊曰遏，❶北燕曰遾，皆相及逮。」陳喬樅云：「毛作『噬』，此作『遾』，蓋據《魯詩》文。郝懿行云：『《方言》：「蝎、噬，逮也。」蝎噬，遏遾並字之叚音。遏通作曷，遾通作逝。』」「韓作『逝』。逝，及也」者，《釋文》引《韓詩》文。陳喬樅云：「毛於《邶詩》『逝不古處』云：『逝，逮。』次章『逝不相好』云：『不及我以相好。』是訓『逝』爲『逮』，訓『逮』爲『及』，義皆展轉相通。此詩『噬』即『逝』之借字。」中心好之，曷飲食之？【疏】箋：「曷，何也。言中心誠好之，何但飲食之？當盡禮極歡以待之。」○胡承珙云：「《爾雅》『曷，盍也』，郭注：『盍，何不。』蘇氏《詩傳》云：『苟誠好之，曷不試飲食之，❷庶其肯從我乎？』是已以『曷』爲『曷不』矣。❸蓋緩言之，曰曷不，如『曷不肅雝』是也。急言之，則曰盍，亦曰曷，聲近義通，故《爾雅》曰：『曷，盍

---

❶「東」上，續經解本《魯詩遺説攷》五有「郭璞曰」三字，據宋監本《爾雅》、阮刻本《爾雅注疏》及本書體例，疑脱「郭注」二字。

❷「曷」，原作「何」，據續經解本《毛詩後箋》、宋淳熙七年蘇詡筠州公使庫刻蘇轍《詩集傳》（以下稱「蘇轍《詩集傳》」）改。

❸「曷不」，原作「盍」，據續經解本《毛詩後箋》改。

也。」」愚案：箋意好賢在能用，不專在飲食，故以「曷」爲「何」。然武公蓋並好賢之虚文，亦所弗講不舉，而又不能養，詩人以特生之杜爲興，則釋「曷」爲「盍」，尤與詩意相合。

有杕之杜，生於道周。【注】《韓詩》云：「周，右也。」【疏】傳：「周，曲也。」○「周，右也」者，《詩攷》引《釋文》載《韓詩》文。吕《記》引《釋文》云：「周，《韓詩》作『右』。」與今本《釋文》同，蓋誤。「道周」與上章「道左」對文，故韓訓「周」爲「右」，非「周」直作「右」也。馬瑞辰云：「右、周古音同部，『周』即『右』之借字。『右』通作『周』，猶《詩》『既伯既禱』，『禱』通作『禂』也。壽從𠃬聲，❶𠃬古作「𠷎」，❷從又聲。右從又，又亦聲。皆與「周」通用。毛訓『周』爲『曲』，據《蒹葭》詩『道阻且右』，箋：『右者，言其迂回。』即屈曲也。則傳訓『曲』，亦與『右』義相近。」彼君子兮，噬肯來遊。中心好之，曷飲食之？

《有杕之杜》二章，章六句。

葛生【疏】毛序：「刺晉獻公也。好攻戰，則國人多喪矣。」箋：「喪，棄亡也。夫從征役，棄亡不反，則其妻居家而怨思。」○孔疏：「其妻獨處於室，故陳妻怨之詞以刺君也。」三家無異義。

葛生蒙楚，蘞蔓于野。【疏】傳：「興也。葛生延而蒙楚，蘞生蔓於野，喻婦人外成於他家。」○陸

❶「𠃬」，原作「𠭊」，據馬瑞辰《通釋》改。
❷「𠃬古作𠷎」，原作「𠷎」，據馬瑞辰《通釋》改。

《疏》：「蘞似栝樓，葉盛而細，子正黑如燕薁，不可食。」馬瑞辰云：「《爾雅》『萰，兔荄』，郭注：『未詳。』《説文》：『薟，白薟也。或作「蘞」。』《本草》：『白蘞，一名兔核。』兔核與兔荄同，是蘞即《爾雅》之『萰』。」予美亡此，誰與獨處？【疏】箋：「予，我；亡，無也。言我所美之人無於此，謂其君子也。吾誰與居乎？獨處家耳。從軍未還，未知死生，其今無於此。」〇馬瑞辰云：「《少儀》『有亡而無疾』，鄭注：『亡，去也。』《史記·晉世家》『明因亦亡去』，亡即去也。《公羊傳》『季子使而亡焉』，《説苑·至公》篇作『季子時使行不在』，是『亡』即『不在』。『亡此』，猶云『去此』，又如俗云『不在此』耳。」胡承珙云：「與，當音餘。誰與，自問也，與《檀弓》『誰與哭者』語同。」黄山云：「誰與，讀如《皇矣》『此維與宅』之『與』，即予也。《皇矣》『因予懷明德』，『予』訓爲『我』，特變文以别之。此詩上有『予美亡此』，正同一例。夫因攻戰棄亡不返，則與婦以獨處、獨息、獨旦者，皆君也。不欲斥言君，第曰『誰與』，而怨君刺君自見矣。蓋與《白華》『之子之遠，俾我獨兮』辭意略同。」愚案：黄説較合。

葛生蒙棘，蘞蔓于域。予美亡此，誰與獨息？【疏】傳：「域，營域也。息，止也。」〇馬瑞辰云：「葛、蘞延於松柏則得其所，猶婦人隨夫榮貴。今詩言蒙楚、蒙棘、蔓野、蔓域，蓋以喻婦人失所，隨夫卑賤。至於『予美亡此』，則求貧賤相依而不可得矣。」

角枕粲兮，錦衾爛兮。【疏】傳：「齊則角枕錦衾。禮，夫不在，斂枕篋、衾席，韣而藏之。」箋：「夫雖不在，不失其祭也。攝主，主婦猶自齊而行事。」〇陳奂云：「夫從征役，既缺時祭，婦人斂藏枕、衾，乃特假夫在齊物以起興。」予美亡此，誰與獨旦？【疏】箋：「旦，明也。我君子無於此，吾誰與齊乎？獨自潔明。」○陳奐云：「旦，讀如『昧旦』之『旦』。祭，昧旦而興，質明而行事。夫不在，故自傷其獨旦也。」

夏之日，冬之夜。百歲之後，歸于其居。【疏】傳：「言長也。」箋：「思者於晝夜之長時尤甚，故極之以盡情。居，墳墓也。言此者，婦人專一，義之至，情之盡。」○《漢書・地理志》：「《葛生》之篇曰：『百歲之後，歸于其居。』」班引《齊詩》，明齊、毛文同。《後漢・蔡邕傳》：「邕作《釋誨》云：『百歲之久，歸于其居。』」邕用《魯詩》，「後」、「久」音近，疑魯異文。

冬之夜，夏之日。百歲之後，歸于其室。【疏】傳：「室，猶居也。」箋：「室，猶冢壙。」

《葛生》五章，章四句。

采苓【疏】毛序：「刺晉獻公也。獻公好聽讒焉。」○三家無異義。

采苓采苓，首陽之巔。【疏】傳：「興也。苓，大苦也。首陽，山名也。采苓，細事也。首陽，幽辟也。細事，喻小行也。幽辟，喻無徵也。」箋：「采苓采苓者，言采苓之人衆多非一也，皆云采此苓於首陽山之上，首陽山之上信有苓矣。然而今之采者未必於此山，然而人必信之。興者，喻事有似而非。」○馬瑞辰云：「《詩》言『隰有苓』，是苓宜隰不宜山之證，《埤雅》言葑生於圃，何氏楷言苦生於田，是三者皆非首陽山所宜有，而詩言采於首陽者，蓋設爲不可信之言，以證讒言之不可聽，即下所謂『人之譌言』也。」首陽者，舊説在河東蒲阪，或謂首陽即雷首，在今山西蒲州府北臨海。金鶚《求古録》云：「《曾子制言》篇『夷、齊居河、濟之間』，《莊子・讓王》篇『夷、齊北至于首陽之山，遂餓而死』，言北至於首陽，則首陽當在蒲阪之北。雷首南枕大河，❶不得言北也。況《論語》言『首陽之下』，是『首陽』二字名山，非言首山之陽也。蒲阪雷首山一名首山，不名首陽，則謂首陽在蒲阪者，非也。唐國即晉國。晉始封在晉陽，即夏禹都。至穆侯遷于翼，在今平陽。獻公居絳，亦屬平陽。詩所詠首陽，即夷、齊所隱之首陽也。平陽爲堯所都，又黃帝所葬，二子所願居。其地近河、濟，又在蒲阪之北，與曾子、莊子所言皆合，但非在河、濟之間。意二子先居河、濟，後乃隱於首陽。《史記》云『武王東伐紂，夷、齊叩馬而諫』，蓋在孟津之地，孟津正當河、濟間，是夷、齊去周尚未隱首陽，而居於河、濟之間也。又云『武王已平殷亂，天下宗周，夷、齊恥之，隱於首陽山，采薇而食，遂餓死』，是武王克商之後，乃隱於首陽山也。故曾子言『居河、濟之間』，而不言隱首陽，莊子言『北至首陽』，明自河、濟間而北去也。首陽之在平陽，可無疑矣。」愚案：夷、齊餓死之首陽，諸書皆言在洛陽東北，偃師縣西北二十五里，其相距數十里之鞏縣，當濟水入河，然與晉都無涉。詩人所詠，即目興懷，自以平陽爲合。無妨平陽自有首陽，不必果爲夷、齊所隱也。巔，俗「顛」字。人之爲言，苟亦無信。舍旃舍旃，苟亦無然。

【注】《韓詩》曰：「苟，且也。」【疏】傳：「苟，誠也。」箋：「苟，且也。爲言，謂爲人爲善言以稱薦之，欲使見進用也。旃之言焉也。舍之焉，舍之焉，謂謗訕人，欲使見貶退也。此二者，且無信受之，且無答然。」○段玉裁云：「傳以苟爲果之雙聲。」「苟，且也」者，《衆經音義》二引《韓詩》文。馬瑞辰云：「《説文》：『苟，艸也。』訓『誠』，訓『且』，訓『假』，皆雙聲假借。苟、假雙聲，苟、姑亦雙聲。訓『且』者，以苟爲姑之叚借。此詩『苟』

❶「南」，原作「陽」，據陳奐《傳疏》改。

字，當從韓訓『且』，❶謂姑置之，勿信、勿與、勿從也。」陳奐云：「王肅諸本作『爲言』，定本作『僞言』，與《釋文》『或作』本同。《沔水》、《正月》『民之訛言』，箋：『訛，僞也。』《説文》作『譌言』，無『訛』字。古爲、僞、譌三字同。《毛詩》本作『爲』，讀作『僞』也。爲言，❷即譏言，所謂小行無徵之言也。苟亦無信，誠無信也，『亦』爲語助。無然，無是也。《皇矣》『無然』，傳釋爲『無是』。無是者，無一是者也。」人之爲言，胡得焉？

【疏】箋：「人以此言來，不信受之，不答然之，從後察之，或時見罪，何所得？」○孔疏：「君但能如此不受僞言，則人之僞言者，復何所得焉？」

采苦采苦，首陽之下。【疏】傳：「苦，苦菜也。」○孔疏：「荼也。陸璣云：『苦菜生山田及澤中，得霜甜脆而美，所謂「堇荼如飴」。《内則》云「濡豚包苦」，用苦菜是也。』」人之爲言，苟亦無與。舍旃舍旃，苟亦無然。人之爲言，胡得焉？傳：「無與，勿用也。」

采葑采葑，首陽之東。【疏】傳：「葑，菜名也。」○詳《邶·谷風》。人之爲言，苟亦無從。舍旃舍旃，苟亦無然。人之爲言，胡得焉？

《采苓》三章，章八句。

唐國十二篇，三十三章，二百三句。

---

❶「韓」，馬瑞辰《通釋》作「箋」。

❷「爲」，原作「譌」，據陳奐《傳疏》改。

詩三家義集疏卷九

長沙王先謙益吾著

秦車鄰弟九

【疏】《乙巳占》引《詩推度災》曰：「秦，天宿白虎，氣主玄武。」《藝文類聚》三、《御覽》二十四引《詩含神霧》曰：「秦地處仲《北堂書鈔》引《詩緯》作「季」。秋之位，男懦弱，女高膫，❶白色秀身。律中南宮，四字從《書鈔》增。音中商，《書鈔》引《詩緯》作「徵」。其言舌舉而仰，聲清以揚。」注：「膫，❷明也。落消切。」《漢書·地理志》：「秦地，東井、輿鬼之分壄也。於《禹貢》時跨雍、涼二州，《詩·風》兼秦、豳兩國。天水、隴西及安定、北地、上郡、西河，皆迫近戎狄，❸修習戰備，高上氣力，以射獵爲先，故《秦詩》曰：『王于興師，修我甲兵，與子偕行。』及《車轔》、《四載》、《小戎》之篇，皆言車馬田狩之事。」以上皆齊說。案：非子始封地，《漢志》云隴西秦亭秦谷，今甘肅秦州清水縣。

詩國風

---

❶「膫」，原作「瞭」，據續經解本《齊詩遺説攷》四、《唐代四大類書》影印南宋紹興刻《藝文類聚》(以下稱「宋本《藝文類聚》」)、中華書局影印宋本《太平御覽》(以下稱「宋本《御覽》」)改。

❷「膫」，原作「瞭」，據續經解本《齊詩遺説攷》四、宋本《御覽》改。

❸「皆」，原作「而」，據《漢書補注》改。

車鄰【疏】毛序：「美秦仲也。秦仲始大，句。有車馬禮樂侍御之好焉。」○《左傳》服虔注：「秦仲始有車馬禮樂之好，侍御之臣，戎車四牡田狩之事。其孫襄公列爲侯伯，故有『蒹葭蒼蒼』之歌，《終南》之詩，追録先人《車鄰》、《駟鐵》、《小戎》之歌，與諸夏同風，故曰夏聲。」陳喬樅云：「服虔以《駟驖》、《小戎》爲秦仲之詩，與《毛序》不同，是據《魯詩》爲説。」《易林·大畜之離》：「延陵適魯，觀樂太史。《車轔》白顛，知秦興起。卒兼其國，「其」，疑作「六」。一統爲主。」《坎之剥》、《旅之泰》同，是《齊詩》説。《漢書·地理志》顔注：「《車轔》，美秦仲大有車馬。其詩曰：『有車轔轔，有馬白顛。』」陳喬樅云：「師古引《車轔》及《四驖》、《小戎》諸詩，皆襲舊注《齊詩》之説，故字多與毛不同。《毛詩·車鄰》『鄰』蓋『轔』之借字，《齊詩》今文用『轔』字。」愚案：服習《韓詩》，見《小雅·都人士》疏。據《釋文》：「鄰，本又作『轔』。」及《文選·藉田賦》、❶《曲水詩序》注所引，是毛亦有作「轔」之本，非獨三家，不能執爲同異之證也。

有車鄰鄰，有馬白顛。【注】魯、齊「鄰」作「轔」。魯説曰：「轔轔，車聲也。」【疏】傳：「鄰鄰，衆車聲也。白顛，的顙也。」○「轔轔，車聲也」者，王逸《楚詞·九歌·大司命》注，又引《詩》云：「有車轔轔。」此魯説也。明魯作「轔轔」。又《九辯》注：「軒車先導，聲轔轔也。」亦用魯文。「齊『鄰』作『轔』」者，《漢書·地理志》作「轔」。引見前。《釋畜》：「的顙，白顛。」孔疏引舍人曰：「的，白也。顙，額也。額有白毛，今之戴星

---

❶「賦」，原脱，據胡刻《文選》改。

馬也。」據此，知魯義與毛同。《易·説卦傳》：「震爲的顙。」《説文》：「旳，明也。」引《易》作「旳顙」。未見君子，寺人之令。【注】韓「令」作「伶」，云：「使伶。」【疏】傳：「寺人，内小臣也。」箋：「欲見國君者，必先令寺人使傳告之，時秦仲又始有此臣。」○君子，謂秦仲。《周禮·序官》内小臣、閽人、寺人、内豎皆奄官，是内小臣爲奄官之長，與寺人别。寺、侍古字通。《釋文》：「寺，本亦作『侍』。」序云「侍御之臣」，《左·襄二十九年傳》服虔注：「秦仲始有侍御之臣。」是寺人即侍臣，蓋近侍之通稱，不必泥歷代寺人爲説。「『令』作『伶』，云『使伶』」者，《釋文》引《韓詩》文。考案經典，凡命令、教令、號令、法令等用「令」字者，皆尊重之詞。至使令，亦間用之，蓋出自假借，當以「伶」爲正，故韓以「伶」易「令」也。《説文》「使」下云：「伶也。從人，吏聲。」「伶」下云：「弄也。從人，令聲。」此其本義，可以推見。《漢書·金日磾傳》：「其子爲武帝弄兒。」《司馬遷傳》：「固主上所戲弄，倡優畜之。」言其給事主上左右，卑賤不足道之人也。《廣雅·釋言》：「令，伶也。」《玉篇》：「伶，使也。」與《説文》訓解，其源皆自《韓詩》發之。古樂官稱伶，樂人稱優，不稱伶，唐後遂爲樂人專稱，「使伶」之義，無有能言之者矣。

阪有漆，隰有栗。【疏】傳：「興也。陂者曰阪，下濕曰隰。」箋：「興者，喻秦仲之君臣所有各得其宜。」○傳「阪」、「隰」義用《釋地》文。漆、栗，詳《定之方中》注。既見君子，並坐鼓瑟。【注】魯説曰：「並，併也。」【疏】傳：「又見其禮樂焉。」箋：「既見，既見秦仲也。並坐鼓瑟，君臣以閒暇燕飲相安樂也。」○《列女·齊孤逐女傳》引《詩》云：「既見君子，並坐鼓瑟。」明魯、毛文同。「並，併也」者，《釋言》文，郭注：「《詩》云：『並坐鼓瑟。』」蓋本舊注《魯詩》之文，而郭據之，此魯説也。並之言併，併之言皆。君臣皆坐，故曰併，與《曲禮》「並坐不横肱」之「並」義别。陳奂云：「《燕禮》：『公以賓及卿大夫皆坐，乃安。』此『並坐』之説也。『並坐』與『鼓瑟』不連讀。《燕禮》鼓瑟在堂，上有『上坐』之文。或據以解《詩》『並坐』爲樂工並坐。然鼓簧在堂下，《詩》亦言『並坐』，將作何解乎？」愚案：明郭注爲魯説，「並」字乃有確解。今者不樂，逝者其耋。【疏】傳：「耋，老也。八十曰耋。」箋：「今者不於此君之朝自樂，謂仕焉而去仕他國，其徒自使老，言將後寵禄也。」○樂，樂禮樂也。言今者不樂，往者其老矣。《釋言》：「耋，老也。」《春秋正義》引舍人注：❶「年六十稱也。」孔疏引孫炎注：「耋，鐵也。老人面如生鐵色。」郭注：「八十曰耋。」陳喬樅云：「《釋名》：『八十曰耋。耋，鐵也，皮黑如鐵。』與孫注同。桓寬《鹽鐵論》、王肅《易》注並以八十曰耋，服虔《左傳》注、馬融《易》注以七十爲耋，舍人注及何休《公羊》注以六十爲耋，説各不同。馬瑞辰謂：『《公羊·宣十二年》徐彦疏云：「『七十曰老』，《曲禮》文也。案：今《曲禮》『七十曰耋』，與此異也。」是徐所見《曲禮》有作「七十曰耋」者矣。又《曲禮》「八十、九十曰耋」，《釋文》云：「本或作『八十曰耋，九十曰耄』。」是陸所見《曲禮》有作「八十曰耋」者矣。蓋由諸儒所據《曲禮》本不同，故其説各異。至「六十曰耋」，未詳所出。古六字從入八，形近易譌。《周官·校人》注「六皆疑爲八之誤」，是其證也。疑舍人、何休皆以八十爲耋，傳寫者譌爲六十耳。』」

阪有桑，隰有楊。既見君子，並坐鼓簧。今者不樂，逝者其亡。【疏】傳：「簧，笙也。亡，喪棄也。」○陳奂云：「《燕禮》『小臣坐，授瑟，乃降，工歌《鹿鳴》、《四牡》、《皇皇者華》』，此升歌三終也。『笙入，

---

❶「正」，原作「注」，據續經解本《魯詩遺説攷》六、阮刻本《春秋左傳正義·僖公九年》改。

立于縣中，奏《南陔》、《白華》、《華黍》，此笙入三終也。上章『鼓瑟』是升歌，此章『鼓簧』是笙入。」《易林·咸之震》「並坐鼓簧」，明齊、毛文同。

《車鄰》三章，一章四句，二章章六句。

駟驖❶【疏】毛序：「美襄公也。始命，有田狩之事，園囿之樂焉。」箋：「始命，命爲諸侯也。秦始附庸也。」○三家無異義。

駟驖孔阜，六轡在手。【注】三家「駟」作「四」，「鐵」亦作「臷」。韓説曰：「阜，肥也。」【疏】傳：「鐵，驪；阜，大也。」箋：「四馬六轡，六轡在手，言馬之良也。」○「三家『駟』作『四』，『鐵』亦作『臷』」者，《漢志》引《詩》作「四臷」，是齊作「四臷」，「臷」乃「戴」之誤字。班固《東都賦》「覽駟鐵」，班用《齊詩》，當作「四臷」。此作「駟鐵」者，後人順毛改之也。《説文》「驖」下云：「馬赤黑色。《詩》曰：『四鐵孔阜。』」蓋魯、韓如此。「阜，肥也」者，《玉篇·阜部》引《韓詩》文。陳奐云：「駟，當作『四』。四馬曰駟。若下一字爲馬名，則上一字作『四』，不作『駟』。四鐵孔阜，猶云四牡孔阜耳。凡《碩人》、《小戎》、《四牡》、《采薇》、《杕杜》、《六月》、《車攻》、《吉日》、《節南山》、《北山》、《車舝》、《桑柔》、《嵩高》、《烝民》、《韓奕》，皆曰『四牡』。此詩曰『四鐵』，《載驅》、《六月》曰『四驪』，《四牡》、《裳裳者華》曰『四駱』，《采芑》曰『四騏』，《車攻》曰『四黃』，《大明》曰『四

❶「驖」，疑或作「鐵」。下一「驖」字同。

驖」，皆謂四馬也。《説文》、《漢志》引《詩》作『四』，可證『駟』字之誤。」《廋人》「以阜馬」，鄭注：「阜，盛壯也。」此《韓詩》訓「阜」爲「肥」，肥、壯、大一類之辭，其義無異。**公之媚子，從公于狩。**【疏】傳：「能以道媚於上下者。冬獵曰狩。」箋：「媚於上下，謂使君臣和合也。此人從公往狩，言襄公親賢也。」○陳奐云：「《卷阿》七章『維君子使，媚於天子』，言媚於上者。八章『維君子命，媚於庶人』，言媚於下者。箋言『使君臣和合』，非。」《列女・馮昭儀傳》引《詩》曰「公之媚子，從公于狩」，以證昭儀當熊事，明魯、毛文同。陳喬樅云：「疑《魯詩》之義以『媚子』爲嬪妾之稱，故劉向引之。」

奉時辰牡，辰牡孔碩。【疏】傳：「時，是；辰，時也。冬獻狼，夏獻麋，春秋獻鹿豕羣獸。」箋：「奉是時牡者，謂虞人也。時牡甚肥大，言禽獸得其所。」○孔疏：「『冬獻狼』以下，皆《獸人》文。獸人獻時節之獸以供膳，故虞人驅時節之獸以待射。」諸家讀「辰」爲「慎」，或讀爲「麎」，皆不如傳義之審。**公曰左之，舍拔則獲。**【疏】傳：「拔，矢末也。」箋：「左之者，從禽之左射之也。拔，括也。舍拔則獲，言公善射。」○胡承珙云：「《公羊》何注解第一殺、第二、三殺，皆自左膘射之，達於右，雖以死之遲速爲言，但考《儀禮》特牲、少牢，凡牲升鼎者，皆用右胖。載俎者，亦皆右體。鄉飲、鄉射用右體，與祭同。是射必中左，自以尚右之故。至驅禽待射，孔疏云『公命御者從禽之左逐之』，此誤會箋語。箋云『從禽之左射之』者，謂當禽之左射之。若逐禽而出其左，轉不便於射矣。《車攻》正義亦云「凡射獸，皆逐後從左厢而射之」，亦誤。但獸之來，不定在車左，設出於車右，而旋車向左則相背，故『公曰左之』者，蓋獸自遠奔突而來，公命御者旋當其左，以便於射耳。」

遊於北園，四馬既閑。【疏】傳：「閑，習也。」箋：「公所以田則克獲者，乃遊于北園之時，時則已習其四種之馬。」○陳奐云：「《書・無逸》『于觀于逸，于遊于田』，渾言之，遊亦田也。古者田在園囿中，北園，當即所田之地。首章言狩，此章言北園，與《車攻》篇上言狩、言苗，而下言於敖，文義正同。四馬，即四驖也。箋以序田狩、園囿分屬二事，遂謂公遊北園爲田獲以前，並讀『閑』爲『邦國六閑』，『四馬』爲『四種之馬』，非。」輶車鸞鑣，載獫歇驕。❶【注】魯、齊「歇」作「猲」，「驕」作「獢」。【疏】傳：「輶，輕也。獫、歇驕，田犬也。長喙曰獫，短喙曰歇驕。」箋：「輕車，驅逆之車也。置鸞於鑣，異於乘車也。載，始也。始田犬者，謂達其搏噬，始成之也。此皆遊於北園時所爲也。」○「輶，輕」，《釋言》文。鸞，當作「鑾」。鑣，義詳《衛・碩人》。鸞、和所在，經無正文。《玉藻》《經解》注引《韓詩内傳》曰：「鸞在衡，和在軾。」《大戴禮・保傅》篇、❷《吕覽》高注、《東京賦》薛注與韓同。《續漢書・輿服志》劉注載《白虎通》引魯訓曰：❸「和，設軾者也。鸞，設衡者也。」亦同韓義。《蓼蕭》傳：「在軾曰和，在鑣曰鸞。」《庭燎》傳：「將將，鸞鑣聲。」《異義》載《禮》戴、《詩》毛二説。謹案：云經無明文，且殷、周或異，故鄭亦不駁。《商頌・烈祖》箋云：「鸞在鑣。」以無明文，且殷、周或異，故爲兩解。《説文》：「人君乘車四馬鑣八鸞，鈴象鸞鳥之聲，和則敬也。」「鸞」、「鑣」連文，不必鸞定在鑣。古書兩解，今仍並存之。「魯作『猲獢』」者，《釋畜》：「狗屬：長喙獫，短喙猲獢。」孔疏引李巡注：「分別犬喙長短之名。」郭注：「《詩》曰：『載獫猲獢。』」張衡《西京賦》：「屬車之簉，載獫猲獢。」郭

❶「載」，原作「在」，據明世德堂本《毛詩》、阮刻本《毛詩正義》改。

❷「大戴」，原脱，據續經解本《毛詩後箋》、阮刻本《毛詩正義》、四庫本《大戴禮記》補。

❸「續」，原脱，據續經解本《毛詩後箋》、《後漢書集解》補。

注、張賦所據，《魯詩》之文，知魯作「猲獢」。薛綜賦注：「造，副也。」以輶車爲屬車之副，載是載於車，與箋訓「始」異義。陳奂以爲「從公媚子之所乘車」，則是人、犬並載，非也。「齊作『猲獢』」者，《漢志》集注引《詩》：「輶車鸞鑣，載獫猲獢。」陳喬樅云：「《釋文》：『歇，本又作「猲」。驕，本又作「獢」。』作『猲獢』者，三家今文也。《爾雅》陸本作『獥』，《釋文》云：『獥，《字林》作「猲」。』《説文》引《爾雅》作『獥』。今本《爾雅》『猲』，仍爲『猲』，從《説文》也。」

《駟驖》三章，章四句。

小戎【疏】毛序：「美襄公也。備其兵甲，以討西戎，西戎方彊，而征伐不休，國人則矜其車甲，婦人能閔其君子焉。」箋：「矜，夸大也。國人夸大其車甲之盛，有樂之意也。婦人閔其君子，恩義之至也。作者敘内外之志，所以美君政教之功。」〇三家無異義。馬瑞辰云：「《史記·秦本紀》：『武公十年，伐邽、冀戎，初縣之。』襄公時猶爲戎地，故《水經·渭水》注以邽戎板屋即《詩》西戎。《史記》：『襄公十二年，伐戎而至岐，卒。』《匈奴傳》亦云：『秦襄公伐戎至岐，❶始列爲諸侯。』《竹書紀年》：『平王五年，秦襄公帥師伐戎，卒於師。』是《史記》所言『襄公十二年，伐戎至岐，卒』也。《紀年》：『幽王四年，秦人伐西戎。』幽王四年正襄公元年，此詩蓋因襄公伐西戎作。」愚案：幽王十一年庚午因戎亂被弑，當襄公七年。其襄公元年甲子，乃幽王五年。當四年時，襄公尚未即

❶「秦」，原作「案」，據馬瑞辰《通釋》、殿本《史記》改。

位，其時秦、戎即有戰鬬，無與王事。《竹書》僞造，不足信也。襄公十二年乙亥，當平王五年，此有《史記》明文可據。以前戰事，書缺有間，不能確指其年矣。

小戎俴收，五楘梁輈。【疏】傳：「小戎，兵車也。俴，淺；收，軫也。五，五束也。楘，歷録也。梁輈，輈上句衡也。一輈五束，束有歷録。」箋：「此羣臣之兵車，故曰小戎。」○孔疏：「兵車大小應同，而謂之『小戎』者，《六月》云：『元戎十乘，以先啓行。』元，大也。先啓行之車謂之大戎，從後行者謂之小戎。」馬瑞辰云：「《齊語》『五十人爲小戎』，韋注：『小戎，兵車也，此有司之所乘。』與箋以小戎爲羣臣之兵車合。小戎爲羣臣所乘，蓋對元戎爲將帥所乘言之。天子不必無小戎，諸侯不必無元戎也。或謂『天子曰元戎，諸侯曰小戎』，非也。首章言『小戎』，二、三章即言『四牡』、言『俴駟』，是小戎駕四之證。王肅以小戎爲駕兩馬，非也。五十人爲小戎，自是齊制。惠氏棟疑周制以七十二人爲大戎，五十人爲小戎，亦非也。」《釋言》「俴，淺也」，郭注：「《詩》曰：『小戎俴收。』」張衡《東京賦》：「乃御小戎。」據郭注，明魯、毛文同，張賦亦用此經文也。《漢志》集注引《詩》曰：「小戎俴收，五楘梁輈。」明齊、毛文同。陳奂云：「《考工記》言軫最詳，不及後軫。車廣六尺六寸，輿深四尺四寸，其四面束輿之木謂之軫，《詩》謂之收。收，聚也，聚衆材而收束之也。升車皆從車後，故軫圍雖四面材，兩旁爲輢，前爲軓，其三面上有揜輿之版，納於輿下者，不可得而見。輿後一面無揜輿之版，所可見者，惟軫而已。詳阮氏《車制攷》。鄭、許云軫車後横木，皆指可見之軫而言。後軫無揜版，故謂之俴收也。」孔疏：「五楘是轅上之飾，故以五爲五束，言以皮革五處束之。」《説文》「楘」下云：「車歷録，束交也。」《韻會》引誤「交」作「文」。孔疏「因以爲文章歷録然。歷録，蓋文章之貌」，非也。王夫之云：「傳言『束有歷録』，則歷録自爲一物。古未聞以歷録狀文章者。束交者，束之互相交，如畫卦交爻作乂也。《廣雅》：『繀車謂之厤鹿。』厤鹿即歷録也。許慎説著絲於莩車爲繀，莩車者，紡車也。紡車相維之繩，上下轉相縈，是歷録者，紡車交縈之名，借以言車之桼也。輈之束有五，蓋輈體不可枘鑿，恐致脆折，故皆用束。其束之或金或革，未詳其制。於束之上更以絲交縈，如紡車之左右交縈，務爲纏固，此之謂歷録，何文章之有乎？」胡承珙云：「王説是也。《説文》『纀』下云：『曲輈纀縛。』讀若《論語》『鑽燧改火』之『鑽』。字或作『纘』。」此即所謂『五桼』，鄭司農云『騶車之輈，率尺所一縛』，是也。馬瑞辰云：「《考工記》：『國馬之輈，深四尺有七寸。』尺所一縛，宜爲五縛，正合《詩》『五桼』之制。」然則梁輈以革縛之，又纏束以爲固，謂之歷録，故毛云『束有歷録』，録，當本作「录」。《説文》：「录，刻木录录也。」小徐《繫傳》：「录录，猶歷歷也。」許云『車歷録束交也』。《説文》『鞏』下云：『車軸束也。』[1]『帣』下云：『車衡上衣。』與輈束謂之桼義一耳。」游環脅驅，陰靷鋈續。【疏】傳：「游環，靷環也。游在背上，所以禦出也。脅驅，慎駕具，所以止入也。陰，揜軓也。靷，所以引也。鋈，白金也。續，續靷也。」箋：「游環在背上無常處，貫驂之外轡，以禁其出。脅驅者，著服馬之外脅，以止驂之入。揜軓在軾前，垂輈上。鋈續，白金飾續靷之環。」○《釋文》：「靳環，居覲反。本又作『靷』。沈云舊本皆作『靳』。靳者，言無常處，游在驂馬背上，驂，當作「服」。《釋名》云：「在服馬背上。」以驂馬外轡貫之，以止驂之出。《左傳》『如驂之靳』，居覺反，無取於靷也。」胡承珙云：「《説文》：『靳，當膺也。』《巾車》鄭注：『纓，謂當胷。』

[1] 「車」，原脱，據續經解本《毛詩後箋》、陳刻《説文》、《説文注》、楊刻《説文義證》、祁刻《説文繫傳》補。

當胷即當膺也。《即夕》注：『纓，今馬鞅。』《説文》：『鞅，頸靼也。』靳、纓、鞅一物。蓋鞅壅服馬之頸，所以負軛，而上繫於衡，其下則當服馬之胷，故謂之頸靼，又謂之當膺。其上有環，可以貫驂馬之外轡，以禁其出。驂馬之首齊服馬之胷，胷上有靳，故《左·定九年傳》：『王猛曰：「吾從子如驂之靳。」』其環又謂之游環者，以其游動於服馬胷背之間，而能制驂馬之外出故也。正義云：『游環者，以環貫靷，游在背上。』然游環所以貫轡，非以貫靷也。轡以御馬，靷以引車，非可混爲一事。」「脅驅，慎駕具」者，駕具所該甚廣，《説文》：「鞁，車駕具也。」「䩪，❶車鞁具也。」「䩙，車鞁具也。」「䩕，車具也。」「䪜，車具也。」字皆從革，蓋以皮爲之。孔疏云：「脅驅者，以一條皮上繫於衡，後繫於軫，當服馬之脅，愛慎乘駕之具也。」「陰靷鋈續」者，胡承珙云：「軓在輿下，陰在軾前，陰高於軓，是名揜軓。箋云『揜軓在軾前，垂輈上』，所言止一面。孔疏謂以板木横側車前，所以陰映此軓，則似車左右亦有陰板，恐非。至陰靷者，謂陰下之靷，正義謂靷繫於陰板之上，亦非也。蓋靷從輿下而出於軓前，以繫於衡，其革不能如此之長，必須爲環以接續之，故曰鋈續。其後則繫於車軸，故《説文》以靷爲引軸。《廣雅》：『陰靷，伏兔也。』此語雖誤，然伏兔本在軸上，正以靷繫於軸，故張揖致有此誤。若靷繫於陰板之上，陰板非挽輿得力之處，何以引車？《詩》以『陰靷』連言，殆以其自下而出於揜軓之前，故曰陰靷耳。」王夫之云：「《廣雅》：『白銅謂之鋈。』鋈乃白銅之名，無沃灌之義。以鋈飾續環，蓋即今之嵌銅事件。作者必鑿鐵作竅，而以練成銅片嵌入之，若以銅液傾沃，則生熟不相沾洽。其上之漫出者，施

❶「䩪」，原作「鞛」，據馬瑞辰《通釋》、陳刻《説文》、《説文注》、楊刻《説文義證》、祁刻《説文繫傳》改。

以錯鑢，必動摇而不固矣。《釋名》云：『鋈，沃也。冶白金以沃灌靷環也。』《集傳》改『冶』爲『銷』，尤誤。世豈有已成之鐵，可用他金沃灌，而得相黏合者哉？」胡承珙云：「傳意鋈爲白金。鋈續者，❶即以白金爲續靷之環。鋈以觼軜者，以白金爲繫軜之觼。鋈錞者，以白金爲矛下之錞。孔疏泥於《爾雅》白金無鋈名，遂誤以爲沃灌。後乃以爲嵌銅塗銀之説。❷古人質樸，未必作此工巧。但靷環等似非白金之柔者所宜，❸則孔疏云『金、銀、銅、鐵總名爲金，此或是白銅、白鐵，未必皆白銀』，是也。」文茵暢轂，駕我騏馵。【注】《韓詩》「文茵暢轂」，韓説曰：「文茵，虎蓐。」【疏】傳：「文茵，虎皮也。暢轂，長轂也。騏，騏文也。左足白曰馵。」箋：「此上六句者，國人所矜。」○「文茵，虎蓐」，《玉篇·艸部》「茵」下引韓文，引經明韓、毛文同。《説文》：「騏，馬青驪文如博棊也。」《釋畜》：「馬後右足白，驤。左足白，馵。」黄山云：「傳『騏，騏文也』，下『騏』阮校据孔疏謂當改『綦』。案：《説文》：『綥，帛蒼艾色。綦，綥或從其。』『騏，馬青驪文如博棊也。』『驪，馬深黑色。』孔疏謂『色之青黑者名爲綦。馬名騏，知其色作綦文』，此説蓋誤。釋馬者，文與色各别。《説文》『騏，馬青驪』，言馬色也。『文如博棊』，言馬文也。博棊非有色可言，乃言驪馬青花文圜如棊子耳。然則傳之『騏文』，乃『棋』之譌。孔所見本之『綦文』，亦正『棊』之譌。《説文》曰『文如博棊』，此『棊』不能改『綦』，必

❶「鋈」，原脱，據續經解本《毛詩後箋》補。
❷「塗」，原作「鋈」，據續經解本《毛詩後箋》改。
❸「柔」，原作「𢇛」，據續經解本《毛詩後箋》改。

不諝也。今孔疏捏色與文而一之，固已不可從矣。綦爲蒼艾色，《鄭風》『綦巾』，傳説本同，箋亦曰『綦文』。孔疏於此更援鄭君《顧命》注，易爲青黑色者，艾之色，《荀子·正論篇》注曰『蒼白』，《後漢·馮魴傳》注曰『綟緑』，孔知蒼白既異驪馬之深黑，世又斷無緑色之馬，故以鄭訓青黑爲便，意謂可與《説文》『騏，馬青驪』之色合矣。其如博綦之文，仍歸無著。且馬色以白掩黑爲青，非如布帛青謂之葱，黑謂之黝。傳果以綦色説騏，必不自忘綦巾蒼白之訓。孔乃以鄭君《禮》注説毛傳，似尤不可從。」言念君子，温其如玉。【疏】箋：「言，我也。念君子之性温然如玉，玉有五德。」○孔疏引《聘義》君子比德如玉爲證。馬瑞辰云：「《聘義》言玉之德有十，與箋言五德不同。《管子·水地》言玉有九德，《荀子》言玉有七德，《説苑》又云玉有六美，皆非箋義所本。惟《説文》云：『玉，石之美。有五德：潤澤以温，仁之方也；䚡理自外，可以知中，義之方也；其聲舒揚，專以遠聞，❶智之方也；不橈而折，勇之方也；鋭廉而不技，❷絜之方也。』與箋云『五德』合。」愚案：《禮·聘義》引《詩》云：「言念君子，温其如玉。」《荀子·法行篇》亦引二句，明齊、魯與毛同。《韓詩外傳》二亦引「温其如玉」，明韓、毛文同。在其板屋，亂我心曲。【注】齊説曰：「民以板爲室屋。」【疏】傳：「西戎板屋。」箋：「心曲，心之委曲也，憂則心亂也。此上四句者，婦人所用閔其君子。」○「民以板爲室屋」者，《漢書·地理志》云：「天水、隴西山多林木，民以板爲室屋，故《秦詩》曰：『在其板屋。』」明齊、毛

❶「專」，馬瑞辰《通釋》、陳刻《説文》、楊刻《説文義證》、祁刻《説文繫傳》作「尃」。
❷「技」，馬瑞辰《通釋》、《説文注》、楊刻《説文義證》、祁刻《説文繫傳》作「忮」。

文同。顔注：「言襄公出征，則婦人居板屋之中，而念其君子。」《水經・渭水》注：「秦武公十年伐邽。漢武帝改爲天水郡。其鄉居悉以板蓋屋，《詩》所謂『西戎板屋』也。」孔疏：「謂『西戎板屋』，念想君子伐得而居之。」尋文究理，正義較顔注爲長。「其」字指西戎。馬瑞辰云：「《説文》：『曲，象器受物之形。』心之受事，如曲之受物，故稱心曲，猶水涯之受水處亦曰水曲也。」《韓詩外傳》二引《詩》「在其板屋，亂我心曲」，明韓、毛文同。

四牡孔阜，六轡在手。騏駵是中，騧驪是驂。【疏】傳：「黄馬黑喙曰騧。」箋：「赤身黑鬣曰駵。中，中服也。驂，兩騑也。」○馬瑞辰云：「《秦紀》言襄公用駵駒祀上帝，是秦以駵爲上。《説文》：『騮，赤馬黑髦尾也。』『騮』渻作『駵』。」龍盾之合，鋈以觼軜。【疏】傳：「龍盾，畫龍其盾也。合，合而載之。軜，驂内轡也。」箋：「鋈以觼軜，軜之觼以白金爲飾也。軜繫於軾前。」○馬瑞辰云：「龍、尨、蒙三字古聲近通用。《牧人》『凡外祭毁事，用尨可也』，注：『故書「尨」作「龍」。杜子春曰：「尨，當爲龍。」』《考工記・玉人》『上公用龍』，鄭司農云：『龍，當作尨。』《詩・旄邱》『狐裘蒙戎』，《左傳》作『尨茸』，是其證也。此詩『龍盾』蓋即下章之『蒙伐』，箋以爲厖伐也。作『龍』者，叚借字耳。」「鋈以觼軜」者，孔疏：「四馬八轡，而經、傳皆言六轡，明有二轡當繫之。馬之有轡者，所以制馬之左右，令之隨逐人意。驂馬欲入，則偪於脅驅，不須牽挽，故知納者，納驂内轡，繫於軾前。其繫之處，以白金爲觼也。」《説文》：「觼，環之有舌者。或作『鐍』。」徐鍇云：「言環形象玦。」通作「觖」，觖亦缺也。言念君子，温其在邑。方何爲期？胡然我念之。【疏】傳：「在敵邑也。」箋：「方今以何時爲還期乎？何以然了不來，言望之也。」○馬瑞辰云：「方之言將也。方何爲期，猶云將何爲期也。方、將音近而義同。箋釋爲『方今』，失之。」

俴駟孔羣，厹矛鋈錞。蒙伐有苑，【注】《韓詩》曰：「駟馬不著甲曰俴駟。」「伐」作「瞂」，「苑」作「菀」。❶【疏】傳：「俴駟，四介馬也。孔，甚也。厹，三隅矛也。錞，鐏也。蒙，討羽也。伐，中干也。苑，文貌。」箋：「俴，淺也，謂以薄金爲介之札。介，甲也。甚羣者，言和調也。蒙，厖也。討，雜也。畫雜羽之文於伐，故曰厖伐。」〇「駟馬」至「俴駟」，《釋文》引《韓詩》文。胡承珙云：「韓説與《管子・參患》篇『甲不堅密，與俴者同實。將徒人，與俴者同實』二『俴』字相近。然《清人》明言『駟介』，《左・成二年傳》鞌之戰，齊侯不介馬而馳，本非兵家之常。此詩方言兵甲之備，❷豈反以不介爲詞？韓義似不如毛。」馬瑞辰云：「韓説是也。《管子・參患》篇注：『俴，謂無甲單衣者。』又云：『俴，單也。人雖衆，無兵甲，與單人同也。』今案：人無甲謂之俴，馬無甲亦謂之俴。《左・成二年傳》『不介馬而馳之』，正《詩》『俴駟』之謂。竊疑毛傳本作『俴駟，不介馬也』，後人譌爲『四介馬也』，箋遂以『俴，淺』釋之耳。」陳喬樅云：「馬申韓義，是矣。然以毛傳『四介馬』爲『不介馬』之譌，則説近牽强。此詩『俴收』，傳訓『俴』爲『淺』，故箋於『俴駟』即用『俴，淺』爲義，謂以薄金爲甲之札。古之戰馬皆著甲，以金爲札，金厚則重，故云俴，謂以薄爲善也。韓則訓『俴』爲『單』，謂馬不著甲，以示其驍勇，猶《詩》美大叔于田，言其『袒裼暴虎』也。」馬瑞辰云：「厹，通作『仇』。《釋

❶ 「苑」，原作「宛」；「菀」，原作「苑」，據《大廣益會玉篇》、續經解本《韓詩遺説攷》五及本疏上下文改。下一「苑作菀」之「苑」、「菀」同。

❷ 「甲」，原作「車」，據續經解本《毛詩後箋》改。

名》：『仇矛，頭有三叉，言其可以討仇敵之矛也。』厹、酋聲相近。《考工記》『酋矛常有四尺』，蓋即《詩》之『厹矛』。『厹』借作『酋』，猶『遒』借作『勼』與『逑』也。《曲禮》鄭注：『鋭底曰鐏，取其鐏地。平底曰鐓，取其鐓地。』是鐏、鐓異物。而《説文》云：『鐓，矛戟柲下銅鐏也。』『鐏，柲下銅也。』蓋鐏與鐓對文則異，散則通，故毛傳亦云『錞，鐏也』。孔疏謂『取類相明，非訓爲鐏』，失之。」「『伐』作『瞂』，『苑』作『菀』」者，《玉篇·盾部》「瞂，盾也」，引《詩》曰：「蒙瞂有菀。」是據《韓詩》之文。《釋文》：「伐，本又作『瞂』。」《説文》：「瞂，盾也。」是「伐」乃「瞂」之叚借。《商頌·長發》「武王載旆」，《説文》引《詩》作「載坺」。❶《小雅·六月》「白旆央央」，《釋文》本作「白茷」。此詩「蒙伐」，韓作「瞂」，皆古今字異也。胡承珙云：「『蒙伐』之『蒙』，與『㲠』同訓『覆』。《説文》：『㲠，從火，㬱聲。』『䍜，䍜也。從羽，殹聲。』『敄，從攴，矛聲。』《周書》以爲討。』此數字聲皆相近。然則傳訓『蒙，討』，猶訓『蒙』爲『㲠』。討羽，猶言㲠羽也。『蒙』亦有『雜』義。《易·雜卦》『蒙雜而著』。《儀禮·鄉射·記》『旌各以其物，無物則以白羽與朱羽糅』，注：『此翿旌也。糅者，雜也。』據此，知翿爲雜羽之名。討與翿聲相近，故箋申『討』爲『雜』，釋『討羽』爲『雜羽』也。」黄山云：「析羽謂之旌。凡羽葆之屬，皆析分鳥羽以爲飾。討羽蓋由上揜下，順羽之序而治之，著於干以辟雨。必不析也。趙岐《孟子》注：『討者，上討下也。』討、伐義近，故傳取爲訓。《説文》：『討，治也。』『誅，討也。』治茅覆屋謂之誅茅，義蓋

❶「坺」，原作「拔」，據續經解本《韓詩遺説攷》五、陳刻《説文》、《説文注》、楊刻《説文義證》、祁刻《説文繫傳》改。

相昉。箋訓『蒙』爲『厖』，『討』爲『雜』，亦本無畫義。忽以畫羽爲説，自未堉。」虎韔鏤膺。交韔二弓，竹閉緄縢。【注】齊「閉」作「柲」，魯作「⿰韋必」。【疏】傳：「虎，虎皮也。韔，弓室也。膺，馬帶也。交韔，交二弓於韔中也。閉，紲；緄，繩；縢，約也。」箋：「鏤膺，有刻金飾也。」○韔，《廣雅》作「⿰革長」，云：「弓藏也。」《釋文》：「本亦作『暢』。」❶虎韔，謂以虎皮包之，而藏於弓室。嚴粲云：「鏤膺，鏤飾弓室之膺。」弓以後爲臂，❷則以前爲膺，故弓室之前亦爲膺。詩上言「虎韔」，下言「交韔二弓」，不應中及馬帶，傳説非也。韔爲藏弓之室，因名弓之藏亦爲韔。交韔，謂交互安置之。竹閉，以竹爲閉也。「齊『閉』作『柲』」者，《士喪禮》鄭注：「縢，❸緣也。《詩》云：『竹柲緄縢。』」又《既夕・記》注：「柲，弓檠。弛則縛於弓裹，備損傷。❹以竹爲之。《詩》云：『竹柲緄縢。』」鄭注《儀禮》多用《齊詩》，兩引此詩皆作「柲」字，蓋據《齊詩》文。「魯作『⿰韋必』」者，《考工記・弓人》「譬如終紲」、「引如終紲」，注：「紲，弓⿰韋必也。弓有⿰韋必者，爲發弦時備頻傷。《詩》云：『竹⿰韋必緄縢。』」鄭注《周禮》引《詩》作「⿰韋必」，蓋從《魯詩》也。陳奐云：「《説文》：『檠，榜也。』『榜，所以輔弓弩也。』『紲，繫也。』案：繫檠曰紲，因之呼檠曰紲。傳讀《詩》之『閉』爲《既夕・記》『有柲』之『柲』，而即以《考工記》『終紲』之『紲』釋之，實一物也。詩既言交弓於韔中，又用竹檠約之以繩，所以虞其翩反也。《角弓》傳『不善紲

❶「暢」，原作「鬯」，據馬瑞辰《通釋》及阮刻本《毛詩正義》改。

❷「臂」，原作「背」，據馬瑞辰《通釋》改。

❸「縢」上，原衍「弓檠曰柲」四字，據續經解本《齊詩遺説攷》四、阮刻本《儀禮注疏》删。

❹「損」，原作「捐」，據續經解本《齊詩遺説攷》四、阮刻本《儀禮注疏》改。

檠巧用，則翩然而反』，是其義矣。傳文『緄，繩；縢，約』疑互譌。《宋策》『束組三百緄』，此『緄』有『約』義。《少儀》『甲不組縢』，《周書》有《金縢》，此『縢』有『繩』義。《閟宮》『緑縢』，傳亦訓『縢』爲『繩』。緄縢，謂約之必以繩也。然賈公彦疏已作『緄，繩；縢，約』矣。」言念君子，載寢載興。厭厭良人，秩秩德音。

【注】韓「載」作「再」。魯「厭」作「愔」。【疏】傳：「厭厭，安静也。秩秩，有知也。」箋：「此既閔其君子寢起之勞，又思其性與德。」○「韓『載』作『再』」者，曹植《應詔詩》：「騑驂倦路，再寢再興。」陳喬樅云：「《文選》李注『騑驂』句引《韓詩》曰：『兩驂雁行。』於『再寢』句引《毛詩》曰：『言念君子，再寢再興。』攷《毛詩》『載寢載興』不作『再』字，子建用《韓詩》，故文與毛異。李引毛亦作『再』，乃順子建本詩之文耳。」「魯『厭』作『愔』」者，《列女·於陵子妻傳》引《詩》曰：「愔愔良人，秩秩德音。」毛作「厭」，借字，正字當作「懕」。《説文》：「懕，安也。」段玉裁以爲「愔」是「懕」之或體。《三倉》：「愔愔，性和也。」毛作「厭」者，魯、韓《詩》皆作「愔」。《湛露》「厭厭夜飲」，《韓詩》作「愔愔」，是其明證矣。

《小戎》三章，章十句。

蒹葭【疏】毛序：「刺襄公也。未能用周禮，將無以固其國焉。」箋：「秦處周之舊土，其人被周之德教日久矣。今襄公新爲諸侯，未習周之禮法，故國人未服焉。」○魏源云：「襄公初有岐西之地，以戎俗變周民也。豳、郃皆公劉、太王遺民，久習禮教。一旦爲秦所有，不以周道變戎俗，反以戎俗變周民，如蒼蒼之葭，遇霜而黄。肅殺之政行，忠厚之風盡，蓋謂非此無以自强於戎狄。不知自强之道在於求賢，其時故都遺老隱居藪澤，文、武之道未墜在人，特時君尚詐力，則賢人不至，故求治逆而難。尚德懷則賢人來輔，故求治順而易。溯洄不如溯游也。襄公急霸西戎，不遑禮教，流至春秋，諸侯終以夷狄擯秦，故詩人興霜露焉。」愚案：魏説於事理、詩義皆合，三家義或然。

蒹葭蒼蒼，白露爲霜。【疏】傳：「興也。蒹，薕；葭，蘆也。蒼蒼，盛也。白露凝戾爲霜，然後歲事成，國家待禮然後興。」箋：「蒹葭在衆草之中，蒼蒼然彊盛，至白露凝戾爲霜，則成而黄。興者，喻衆民之不從襄公政令者，得周禮以教之則服。」○「蒹，薕；葭，蘆」，《釋草》文。郭注：「蒹，似萑而細，高數尺。蘆，葦也。」陸《疏》云：「蒹，水草也。堅實，牛食之，令牛肥彊。青、徐州人謂之薕。」《御覽》十二、《事類賦·天部》引《詩含神霧》曰「陽氣終，白露凝爲霜」，宋均曰：「白露，行露也。陽終，陰用事，故白露凝爲霜也。」此齊義。愚案：魏源云：「毛傳謂『露凝爲霜，然後歲事成，國家待禮然後興』，然則下章『白露未晞』、『白露未已』，又何以取興乎？故知詩以霜興肅殺，非興禮教。」正與宋説合。蔡邕《釋誨》「蒹葭蒼而白露凝」，明用《魯詩》文。所謂伊人，在水一方。【疏】傳：「伊，維也。一方，難至矣。」箋：「伊，當作『緊』。緊，猶是也。所謂是知周禮之賢人，乃在大水之一邊，假喻以言遠。」○《説郛》引《詩氾曆樞》曰：「蒹葭秋水其思涼，猶秦西氣之變乎？」蓋齊説如此。陳奐云：「伊、維一聲之轉。伊其即維其，伊何即維何，伊人即維人。維，是也，猶言是人也。」遡洄從之，道阻且長。【注】《韓詩》曰：「阻，憂也。」又曰：「道阻，阻且險也。」【疏】傳：「逆流而上曰遡洄。逆禮則莫能以至也。」箋：「此言不以敬順往求之，則不能得見。」○「『阻，憂也』。又曰『道阻，阻且險也』」者，《玉篇・阜部》引《韓詩》文。皮嘉祐云：「《釋文》、《説文》俱云：『阻，險也。』《釋名・釋邱》：『水出其後，曰阻邱，背水以爲險也。』是『阻』本有『險』義。韓又訓『阻』爲『憂』者，《書・舜典》『黎民阻飢』，《釋文》引王注：『阻，難也。』《釋詁》及《詩》傳皆云：『阻，難也。』道難則心有憂危之意，故韓以『憂』、『險』並釋之。」遡游從之，宛在水中央。【注】魯説曰：「逆流而上曰㴑洄，順流而下曰㴑游。」【疏】傳：「順流而涉曰遡游。順禮求濟道來迎之。」箋：「宛，坐見貌。以敬順求之則近耳，易得見也。」〇「逆流」二句，《釋水》文，魯説也。孔疏引孫炎曰：「逆渡者，逆流也。順渡者，順流也。」陳奂云：「『而下』亦當作『上』。以逆、順分洄、游，渡水皆是鄉上也。傳就濟渡言，故云『順流而涉』。其實逆流而上，亦是涉也，不作『下』字。」愚案：陳説是。《説文》：「㴑，逆流而上曰㴑洄。㴑，向也。水欲下，違之而上也。❶從水，㡿聲。或從辵、朔。」㴑，正字。遡，或體。泝，又「㴑」之俗字。

蒹葭淒淒，白露未晞。所謂伊人，在水之湄。遡洄從之，道阻且躋。遡游從之，宛在水中坻。【疏】傳：「淒淒，猶蒼蒼也。晞，乾也。湄，水隒也。躋，升也。坻，小渚也。」❷箋：「未晞，未爲霜。升者，言其難至如升阪。」〇陳奂云：「宋本作『淒淒』，故傳讀爲『萋萋』，與上章『蒼蒼』同訓爲『盛』。若本作

❶「違之而」，原作「逆而之」，據陳奂《傳疏》、陳刻《説文》、《説文注》、楊刻《説文義證》、祁刻《説文繫傳》改。
❷「渚」，原作「堵」，據明世德堂本《毛詩》、阮刻本《毛詩正義》改。

『萋萋』訓『茂盛』，❶已見於《葛覃》傳，不當云『猶蒼蒼』矣。」胡承珙云：「《説文》、《釋名》『湄』義皆同《爾雅》，傳獨云『水隒』者，《説文》：『隒，崖也。』『崖，高邊也。』下文『道阻且躋』，『躋』爲『升』義，故此以水隒見其高意。」《甫田》箋：「坻，水中之高地也。」

蒹葭采采，白露未已。所謂伊人，在水之涘。遡洄從之，道阻且右。遡游從之，宛在水中沚。【注】韓「沚」作「洔」，説曰：「大渚曰洔。」【疏】傳：「采采，猶淒淒也。未已，猶未止也。涘，厓也。右，出其右也。小渚曰沚。」箋：「右者，言其迂迴也。」○《蜉蝣》傳：「采采，衆多也。」馬瑞辰云：「周人尚左，故以右爲迂回。」「韓『沚』作『洔』，説曰『大渚曰洔』」者，《文選》潘岳《河陽縣詩》李注引《韓詩》曰：「宛在水中洔。」薛君曰：「大渚曰洔。」「洔」同「沚」，「大」是「小」之誤。《説文》亦云：「小渚曰沚。」《爾雅》釋文：「沚，本或作『洔』。」《穆天子傳》「飲於板洔之中」，郭注：「洔，小渚也。」皆無異義。

《蒹葭》三章，章八句。

終南【疏】毛序：「戒襄公也。能取周地，始爲諸侯，受顯服，大夫美之，故作是詩以戒勸之。」○案：周地，岐以西之地。《鄭語》云：「平王之末，秦取周土。」蓋已至秦文公末年矣。三家無異義。

終南何有？有條有梅。【疏】傳：「興也。終南，周之名山中南也。條，槄；梅，柟也。宜以戒不

---

❶「茂」，陳奂《傳疏》無此字。

宜也。」箋：「問何有者，意以爲名山高大，宜有茂木也。興者，喻人君有盛德，乃宜有顯服，猶山之木有大小也。此之謂戒勸。」○陳奐云：「《漢書·地理志》：『右扶風武功大一山，古文以爲終南。垂山，古文以爲敦物。皆在縣東。』案：《禹貢》終南、惇物皆在雍州渭南。惇物爲武功縣南山，而終南爲漢京兆長安縣之南山，今陝西西安府南五十里終南山也。豐在長安西，鎬在長安東，則終南爲周豐、鎬之南山。以大一當終南，未是也。《漢書·匈奴傳》：『秦襄公伐戎至郊，❶始列爲諸侯。』據此，知襄公僅有岐西，尚無岐東。至豐、鎬之南山，必非秦履也。」胡承珙云：「岐之東西皆有終南，不必定至岐東之地。朱子謂襄公雖未能遽有周地，然既有天子之命矣。穀梁子曰：『王者無外命之則成矣。』《史記》載平王曰：『戎無道，奪我岐、豐之地，秦能攻逐戎，即有其地。』故秦襄公冢中鼎銘曰：『天王遷洛，岐豐錫公。』見《通鑑》前編。其言正與《詩序》相應。此大夫美其君能取周地，始爲諸侯。首舉周之名山，舍終南將何所舉？不必泥於襄地之未至終南。且箋云『至止者，受命服於天子而來』，是則襄公救周之後，受服西歸，道經終南，大夫因以起興，未爲不可也。」《釋木》：「梠，山榎。」孔疏引孫炎注引《詩》「有條有梅」，云：「條，梠也。」郭注：「今之山楸。」攸聲、舀聲古同部通用。柚條爲南方之木，非終南所有，故不得以條爲柚也。《釋木》：「梅，枏。」《說文》「梅」下云：「枏也。」「某」下云：「酸果也。」蓋酸果之梅以「某」爲正字，作「梅」者借字耳。《說文》「梅」字注又云：「可食。或作『楳』。」段注以爲淺人改竄，是也。君子至止，錦衣狐裘。【疏】傳：「錦衣，采色也。狐裘，朝廷之

❶「郊」，原作「郊」，據陳奐《傳疏》、《漢書補注》改。

服。」箋：「至止者，受命服於天子而來也。諸侯狐裘，錦衣以裼之。」○馬瑞辰云：「古者裼衣與裘色相稱。此詩狐裘，以《玉藻》證之，知爲狐白裘，❶則錦衣亦當從《玉藻》鄭注訓爲素錦。《玉藻》『君衣狐白裘，錦衣以裼之』，鄭注：『君衣狐白毛之裘，則以素錦爲衣覆之，使可裼也。』又曰：『凡裼衣象裘色也。』疏云：『凡裼衣象裘色者，狐白裘用錦衣爲裼，狐青裘用玄衣爲裼，羔裘用緇衣爲裼。』是皆與裘色相稱之證。又案：《玉藻》：『君子狐青裘，豹褎，玄綃衣以裼之。麑裘，青豻褎，絞衣以裼之。羔裘，豹褎，緇衣以裼之。狐裘，黄衣以裼之。』玄既爲綃衣，則下言絞衣、緇衣、黄衣，皆承上用綃可知。是知諸侯惟狐裘用錦，以别於天子用綃。《説文》：『綃，生絲也。』『錦，襄邑織文也。』綃與錦異其質，不異其色。《玉藻》云：『童子之節也，緇布衣，錦緣，錦紳并紐，錦束髮，皆朱錦也。』案：有朱錦，則有素錦矣。鄭云『以素錦爲衣覆之』，正與狐白裘色相稱。毛傳以錦衣爲采色，正義作『采衣』，失之。」顔如渥丹，其君也哉！【注】韓「丹」作「沰」，曰：「沰，赭也。」亦作「赭」。【疏】箋：「渥，厚漬也。顔色如厚漬之丹，言赤而澤也。其君也哉，儀貌尊嚴也。」○「『丹』作『沰』，曰『沰，赭也』」者，《釋文》引《韓詩》文。「亦作『赭』」者，《韓詩外傳》二引《詩》「顔如渥赭，其君也哉」，亦作「赭」，俱與毛異。黄山云：「《説文》：『丹，巴、越赤石。』『赭，赤土。』色並赤，故義可通，《簡兮》鄭箋即以『傅丹』訓『赭』可證也。《封氏聞見記》：『赭，或謂之柘木染。』《本草》：『柘木染，黄赤色，謂之柘黄。天子服。』柘黄即赭黄也。柘讀如蔗，與赭爲同音字。沰與柘皆石聲，亦可通赭，是沰又即赭也。」

❶「狐」，原脱，據馬瑞辰《通釋》補。

終南何有？有紀有堂。【注】三家「紀」作「杞」，「堂」作「棠」。【疏】傳：「紀，基也。堂，畢道平如堂也。」箋：「畢也、堂也，亦高大之山所宜有也。畢，終南山之道名，邊如堂之牆然。」○孔疏：「案：《集注》本作『屺』，定本作『紀』。以下文有堂，故以爲基，謂山基也。《釋丘》云：『畢，堂牆。』李巡曰：『堂，牆名。崖似堂牆曰畢。』郭注：『今終南山道名畢，其邊若堂之牆。』以終南之山見有此堂，知是畢道之側，其崖如堂也。」「三家『紀』作『杞』，『堂』作『棠』」者，《白帖》五引《詩》作「有杞有棠」，蓋本三家《詩》文。馬瑞辰云：「紀，當讀爲『杞梓』之『杞』。堂，當讀爲『甘棠』之『棠』。紀、堂皆叚借字。《左氏春秋》桓二年，『杞侯來朝』，《公》、《穀》並作『紀侯』。三年，『公會杞侯于郕』，《公羊》作『紀侯』。吳夫概奔楚爲棠谿氏，定五年《左傳》作『堂谿』。此皆杞紀、棠堂古得通借之證。」王引之説略同，謂《白帖》所引蓋《韓詩》，唐時齊、魯皆亡，惟《韓詩》尚存也。」君子至止，黻衣繡裳。【注】《魯詩》曰：「君子至止，黻衣繡裳。」魯説曰：「黻衣繡裳，君子之所服也。愛其德，故美其服也。」《韓詩》曰：「君子至止，紼衣繡裳。異色繼袖曰紼。」【疏】傳：「黑與青謂之黻，五色備謂之繡。」○傳義本《考工記》文，以「黻」與「繡」對言。《釋言》：「黻、黼，彰也。」又曰：「袞，黻也。」《論語》「而致美乎黻冕」，黻冕猶言袞冕；此詩「黻衣繡裳」，猶《九罭》詩「袞衣繡裳」，乃通言章服耳。君子德足稱服，故美之也。引「君子至止」二句，明魯、毛文同。「黻衣」至「服也」，《中論・藝紀》篇文。「君子」至「曰紼」，《玉篇・糸部》引《韓詩》文，❶「袖」，當爲「繡」，字之誤。青黑二文曰黻，是異色也。加以五色

❶「糸」，原作「絲」，據羅本、黎本《玉篇》改。

備曰繡，是繼繡也。黻通紱，紱亦通紼。《莊子・逍遥游》釋文：「紱，或作『紼』。」《堯廟碑》「印紼相承」，「紱」作「紼」，是三字以音近相通。韓作「紼」者，亦叚「紼」爲「紱」耳。九章黼、黻皆統於繡，《考工》「繡」與「黼」、「黻」對言，不能合而爲一也。佩玉將將，壽考不亡。【注】魯「將」作「鏘」。魯、齊「亡」作「忘」。【疏】「魯『將』作『鏘』，『亡』作『忘』」者，《中論・藝紀》篇引《詩》「佩玉鏘鏘，壽考不忘」，徐幹用《魯詩》也。「齊『亡』作『忘』」者，《漢書・禮樂志》「安世房中歌」作「壽考不忘」，班用《齊詩》也。毛作「將」及「亡」，皆古文渻借字。

《終南》二章，章六句。

黄鳥【疏】毛序：「哀三良也。國人刺穆公以人從死，而作是詩也。」箋：「三良，三善臣也，謂奄息、仲行、鍼虎也。從死，自殺以從死。」○《史記・秦本紀》：「秦繆公卒，葬雍，從死者百七十七人，秦之良臣子輿氏三人奄息、仲行、鍼虎亦在從死之中，秦人哀之，爲作《黄鳥》之詩。」《史記・敘傳》：「穆公思義，悼豪之旅。以人爲殉，詩歌《黄鳥》。」應劭《漢書注》：「秦繆公與羣臣飲酣，公曰：『生共此樂，死共此哀。』於是奄息、仲行、鍼虎許諾，及公薨，皆從死，《黄鳥》所爲作也。」以上魯説。《漢書・匡衡傳》疏云：「秦穆貴信，士多從死。」《易林・困之大壯》：「子輿失勞，黄鳥哀作。」又《革之小畜》：「子車鍼虎，善人危殆。黄鳥悲鳴，傷國无輔。」❶以上齊説。曹植《三良

❶「无」，原作「元」，據續經解本《齊詩遺説攷》四、《百子全書》本《焦氏易林》改。

詩》：「功名不可爲，忠義我所安。秦穆先下世，三臣皆自殘。生時等榮樂，既没同憂患。誰言捐軀易？殺身誠獨難。黄鳥爲悲鳴，哀哉傷肺肝。」以上韓説。三家皆謂秦穆要人從死，穆公既死，三臣自殺以從也。西國書記非洲諸國以人從死，動至無數。英、法禁之，然後衰息。蓋夷俗如此。

交交黄鳥，止于棘。【疏】傳：「興也。交交，小貌。黄鳥以時往來得其所，人以壽命終，亦得其所。」箋：「黄鳥止于棘，以求安己也。此棘若不安則移。興者，喻臣之事君亦然。今穆公使臣從死，刺其不得黄鳥止于棘之本意。」○馬瑞辰云：「《文選》嵇叔夜《贈秀才入軍詩》『咬咬黄鳥，顧儔弄音』，李注引《詩》『交交黄鳥』，又引古歌『黄鳥鳴相追，咬咬弄好音』。《玉篇》、《廣韻》並曰：『咬，鳥聲。』作『交交』者，渻借字耳。」又云：「詩以黄鳥之止棘、止桑、止楚爲不得其所，興三良之從死爲不得其死也。棘、楚皆小木，桑亦非黄鳥所宜止。《小雅·黄鳥》詩『無集于桑』，是其證也。詩刺三良從死，而以止棘、止桑、止楚爲喻者，棘之言急，《素冠》傳：「棘，急也。」桑之言喪也，楚之言痛楚也。《六書故》：「楚亦名荆，捶人即痛，因名痛楚。」古人用物多取名於音近，如松之言容，柏之言迫，栗言戰栗，《公羊·文二年》何注。桐之言痛，竹之言蹙，《白虎通》：「竹者，蹙也。桐者，痛也。」蓍之言耆，《白虎通》：「蓍之爲言耆也，久長意也。」皆此類也。」愚案：馬説精當。蔡邕《陳太邱碑文》：「交交黄鳥，爰止于棘。命不可贖，哀何有極？」邕習《魯詩》，明魯、毛文同。誰從穆公？子車奄息。維此奄息，百夫之特。臨其穴，惴惴其慄。彼蒼者天，殲我良人。如可贖兮，人百其身。

【注】魯「慄」作「栗」，「兮」作「也」。【疏】傳：「子車，氏；奄息，名。乃特百夫之德。惴惴，懼也。殲，盡；良，善也。」箋：「言誰從穆公者，傷之。特，❶百夫之中最雄俊也。穴，謂冢壙中也。秦人哀傷此奄息之死，臨視其壙，皆爲之悼慄。言彼蒼者天，愬之。如此奄息之死，可以他人贖之者，人皆百其身，謂一身百死猶爲之。惜善人之甚。」○馬瑞辰云：「《柏舟》『實維我特』，傳：『特，匹也。』此亦訓『特』爲『匹』，匹之言敵也、當也，猶云乃當百夫之德耳。『人百其身』，謂願以百人之身代之。言『人百其身』者，倒文也。箋『謂一身百死』，似非經義。」愚案：《左傳》作「子車氏」，《史記》作「子輿氏」，車、輿字異義同，故《易林》作「子車」，又作「子輿」也。「魯『慄』作『栗』」者，趙岐《孟子・公孫丑》章句：「惴，懼也。《詩》云：『惴惴其栗。』」《淮南・説山訓》注：「倕，讀《詩》『惴惴其栗』之『惴』。」是《魯詩》「慄」作「栗」，不與毛同。今《孟子注》閣本、監本、毛本俱作「慄」，此後人順毛所改。曹植《卞太后誄》：「痛莫酷斯，彼蒼者天。」引「彼蒼」句，明韓、毛文同。「魯『兮』作『也』」者，蔡邕《陳留太守胡公碑》作「如可贖也」，《隸續・平輿令薛君碑》「如可贖也，人百其身」，與邕引《魯詩》合，明魯作「也」，與毛異。

交交黄鳥，止于桑。誰從穆公？子車仲行。維此仲行，百夫之防。【疏】傳：「防，比也。」箋：「仲行，字也。防，猶當也。言此一人當百夫。」○陳奂云：「子車三子，不當兩稱名，一稱字。蓋若鄭祭仲足，祭，氏；仲，字；足，名矣。」臨其穴，惴惴其慄。彼蒼者天，殲我良人。如可贖兮，人百其身。

❶「特」，明世德堂本《毛詩》、阮刻本《毛詩正義》無。

交交黃鳥，止于楚。誰從穆公？子車鍼虎。維此鍼虎，百夫之禦。臨其穴，惴惴其慄。彼蒼者天，殲我良人。如可贖兮，人百其身。【疏】傳：「禦，當也。」

《黃鳥》三章，章十二句。

晨風【疏】毛序：「刺康公也。忘穆公之業，始棄其賢臣焉。」○三家無異義。

鴥彼晨風，鬱彼北林。【注】韓「鴥」作「鴪」。齊「鬱」作「温」。魯説曰：「晨風，鸇。」「晨」亦作「鷐」，「鬱」作「宛」。【疏】傳：「興也。鴥，疾飛貌。晨風，鸇也。鬱，積也。北林，林名也。先君招賢人，賢人往之駛疾，如晨風之飛入北林。」箋：「先君，謂穆公。」○「韓『鴥』作『鴪』」者，《外傳》八趙蒼唐對魏文侯，引此詩六句，作「鴪彼晨風」。宋綿初云：「鴪，字書音聿，❶疾飛貌。木華《海賦》『鴪如驚鳧之失侣』，與『鴥』字異而音義同。」「齊『鬱』作『温』」者，《易林・小畜之革》：「晨風之翰，大舉就温。」又《豫之革》：「晨風文翰，隨時就温。雄雌相和，不憂危殆。」陳喬樅云：「『温』與『蘊』通，當爲『鬱』之叚借。《雲漢》詩『温隆蟲蟲』，正義：『定本作「蘊」。』《釋文》：『《韓詩》作「鬱」。』可證也。《齊詩》異文蓋作『温彼北林』。魏曹丕詩『願爲晨風鳥，雙飛翔北林』，即用此詩語，意與《易林》『雄雌相合』之説合，其義皆本之《齊詩》。」愚案：舉就，如《論語》「色斯舉矣」之「舉」。疾飛，故云大舉。就者，集也。就、集一聲之轉。就温，猶《晉語》云「集菀」耳。「晨風，鸇」者，

❶「音」，原作「作」，據續經解本《韓詩遺説攷》五改。

《釋鳥》文，魯説也，與毛同。郭注：「鸇，鷂屬。」郝懿行云：「《詩》獨『鴥彼飛隼』與『鴥彼晨風』言鴥，可知鸇即隼矣。」「魯『晨』亦作『鷐』，『鬱』作『宛』」者，《説文》：「鸇，鷐風也。」「鷐，鷐風也。從鳥，晨聲。」「鴪，鸇飛貌。從鳥，穴聲。《詩》曰：『鴪彼鷐風。』」「鴪」與「鴥」字同，但有左右轉易之别。齊、韓、毛皆作「晨」，則作「鷐」者，《魯詩》「亦作」本也。《周官·函人》鄭注引《詩》「宛彼北林」，「宛」與「菀」同，亦「鬱」之借字。《史記·倉公傳》「寒濕氣宛」，即氣鬱也。韓、毛作「鬱」，齊作「温」，則作「宛」者，亦《魯詩》也。陸《疏》：「鸇似鷂，青黄色，燕頷句喙，向風摇翅，乃因風飛急疾，擊鳩鴿燕雀食之。」未見君子，憂心欽欽。【疏】傳：「思望之，心中欽欽然。」箋：「言穆公始未見賢者之時，思望而憂之。」如何如何？忘我實多。【疏】傳：「今則忘之矣。」箋：「此以穆公之意責康公，如何如何乎，忘我之事實多。」〇案：《外傳》趙倉唐對文侯言，中山君擊好《晨風》，誦「忘我實多」以感文侯，文侯大悦，是以「忘我」爲君忘其臣，箋説非也。張衡《思玄賦》引「忘我實多」，衡用《魯詩》，明魯、毛文同。

山有苞櫟，隰有六駮。【注】魯「苞」作「枹」。【疏】傳：「櫟，木也。駮，如馬，倨牙，食虎豹。」箋：「山之櫟，隰之駮，皆其所宜有也。以言賢者亦國家所宜有之。」〇陸《疏》云：「駮馬，梓榆也。其樹皮青白駮犖，遥視似駮馬，故謂之駮馬。下章云『山有苞棣，隰有樹檖』，皆山、隰之木相配，不宜云獸。」「駮」與「駁」古通用。崔豹《古今注》：「六駮，山中有木，葉似豫章，皮多癬駁，名六駮木。」即此。「魯『苞』作『枹』」者，《釋木》「樸，枹者」，郭注：「樸屬叢生者爲枹。《詩》所謂『棫樸枹櫟』。」案：毛作「苞櫟」，則作「枹櫟」者，《魯詩》也。未見君子，憂心靡樂。如何如何？忘我實多。

山有苞棣，隰有樹檖。【疏】傳：「棣，唐棣也。檖，赤羅也。」○馬瑞辰云：「《爾雅》：『唐棣，栘。常棣，棣。』據《小雅·常棣》傳一本作『常棣，栘也』，合以此傳『棣，唐棣也』，知傳與今本《爾雅》互易，蓋作『常棣，栘。唐棣，棣』，疑毛所見《爾雅》原作『唐棣，棣。常棣，栘』。《説文》：『栘，常棣也。』『棣，白棣也。』《爾雅疏》引陸《疏》云：『常棣，許慎云：「白棣樹也。如李而小，子如櫻桃，正白。又有赤棣，亦似白棣，子正赤，如郁李而小。」』❶今案：常棣既爲白棣，則唐棣爲赤可知。郭注乃以唐棣爲今白栘，似白楊，誤矣。」又云：「正義引陸《疏》云：『檖一名山棃，今人謂之楊檖，實如棃，但小耳。一名鹿棃，❷一名鼠棃。』是檖即山棃之小者，而《爾雅》、《説文》以爲羅。傳言『赤羅』者，羅、棃一聲之轉，赤羅猶言紅棃耳。《方言》：『樹，植立也。』樹檖蓋植立者，故對苞爲叢生言之。」未見君子，憂心如醉。如何如何？忘我實多。

《晨風》三章，章六句。

無衣【疏】毛序：「刺用兵也。秦人刺其君好攻戰，亟用兵，而不與民同欲焉。」○案：毛謂詩之篇第以世爲次，此在穆公後，宜爲刺康公詩。其實世次之説，出毛武斷，而審度此詩詞氣，又非刺詩，斷從齊説。見下。

❶「如」上，原有「亦」字，據阮刻本《爾雅注疏》删。

❷「鹿」，原作「廣」，據馬瑞辰《通釋》、阮刻本《毛詩正義》改。

豈曰無衣，與子同袍。【疏】傳：「興也。袍，襺也。上與百姓同欲，則百姓樂致其死。」箋：「此責康公之言也。君豈嘗曰女無衣，我與女同袍乎？言不與民同欲。」○子者，秦民相謂之詞。「豈曰無衣」，與《唐風》「豈曰無衣六兮」句法一例，言豈曰我無衣乎？但以我與子友朋親愛之情，子有袍，願與同著之。《釋名》：「袍，大夫著，下至跗者也。袍，苞也。苞，内衣也。」《吴越春秋》二引《無衣》之詩曰：「豈曰無衣，與子同袍。」長君用《韓詩》，明韓、毛文同。王于興師，脩我戈矛，與子同仇。【注】韓「仇」作「讎」。【疏】傳：「戈長六尺六寸，矛長二丈。天下有道，則禮樂征伐自天子出。仇，匹也。」箋：「于，於也。怨耦曰仇。君不與我同欲，而於王興師，則云脩我戈矛，與子同仇，往伐之。刺其好攻戰。」○于，往也。秦自襄公以來，受平王之命以伐戎。所興之師，皆爲王往也，故曰「王于興師」。孔疏：「《考工記·廬人》：『戈長六尺六寸。』《記》又云：『酋矛常有四尺。』注：『八尺曰尋，倍尋曰常。』常有四尺，是矛長二丈也。」「韓『仇』作『讎』」者，《吴越春秋》二引《詩》曰：「王于興師，與子同讎。」西戎弑幽王，是於周室諸侯爲不共戴天之讎。秦民敵王所愾，故曰「同讎」也。

豈曰無衣，與子同澤。【注】齊「澤」作「襗」。【疏】傳：「澤，潤澤也。」箋：「澤，褻衣，近污垢。」○《釋文》：「澤，如字。《説文》作『襗』，云：『袴也。』」孔疏：「箋以上袍下裳，則此亦衣名，故易傳爲『襗』。襗是袍類，故《論語》注云：『褻衣，袍襗也。』」陳喬樅云：「班固《北征頌》『寒不施襗』，班世習《齊詩》，此頌正用齊『襗』字。鄭易『澤』爲『襗』，亦據齊文也。《廣雅·釋器》：『襗，長襦也。』《釋名》：『襦，褁也，言温煖也。』襗是褻服，故以『近污垢』言之。《説文》訓『襗』爲『袴』，别爲一説。陸、孔並引以證鄭，未合。」王于興師，脩我矛戟，與子偕作。【疏】傳："作，起也。"箋："戟，車戟常也。"○孔疏："《考工記·廬人》：'常，長丈六。'"

豈曰無衣，與子同裳。王于興師，脩我甲兵，與子偕行。【注】齊"偕"作"皆"。【疏】傳："行，往也。"○"齊'偕'作'皆'"者，《漢書·趙充國辛慶忌傳贊》："山西天水、安定、北地處勢迫近羌、胡，民俗修習戰備，高尚勇力鞍馬騎射，故《秦詩》曰：'王于興師，脩我甲兵，與子皆行。'其風聲氣俗自古而然，今之歌謡慷慨，風流猶存耳。"偕、皆古通作。陳喬樅云："據班説，知《齊詩》不以無衣爲刺。皆，《地理志》引作'偕'，蓋後人順毛改之。"

《無衣》三章，章五句。

渭陽【疏】毛序："康公念母也。康公之母，晉獻公之女也。文公遭麗姬之難，未反而秦姬卒。穆公納文公，康公時爲太子，贈送文公于渭之陽，念母之不見也，我見舅氏，如母存焉。及其即位，思而作是詩也。"○《列女·秦穆姬傳》："秦穆姬者，晉獻公之女。賢而有義。穆姬死，穆姬之弟重耳入秦，秦送之晉，是爲晉文公。太子罃思母之恩而送其舅氏也，作詩曰：'我送舅氏，至於渭陽。何以贈之？路車乘黄。'君子曰：'慈母生孝子。'"《後漢書·馬援傳》注引《韓詩》曰："秦康公送舅氏晉文公於渭之陽，念母之不見也，曰：'我見舅氏，如母存焉。'"是魯傳、韓序並與毛合，《齊詩》亦必同也，惟毛以爲康公即位後方作詩。案：贈送文公乃康公爲太子時事，似不必即位後方作詩。魯、韓不言，不從可也。

我送舅氏，曰至渭陽。【注】魯「曰至」作「至於」。【疏】傳：「母之昆弟曰舅。」箋：「渭，水名也。秦是時都雍，至渭陽者，蓋東行送舅氏於咸陽之地。」○「魯『曰至』作『至於』」者，《列女·秦穆姬傳》引《詩》文。見上。咸陽在今陝西西安府長安縣，雍在今鳳翔府鳳翔縣西北。詩言至渭陽，未及渭水。孔疏云「雍在渭南，晉在秦東，行必渡渭」者，非也。水北曰陽。何以贈之？路車乘黃。【疏】傳：「贈，送也。乘黃，四馬也。」○陳奂云：「時穆公尚在，《坊記》：『父母在，饋獻不及車馬。』此贈車馬何也？《逸周書·太子晉》篇『師曠請歸，王子贈之乘車四馬』，孔注：『禮，爲人子，三賜不及車馬。此賜則白王然後行，可知也。』然則康公亦白穆公而行與？」

我送舅氏，悠悠我思。何以贈之？瓊瑰玉佩。【疏】❶傳：「瓊瑰，石而次玉。」○「悠悠我思」，魯傳、韓、毛序「念父母不見」之意，皆從此生出。因念舅氏而念母，思慕至深，言不盡意。馬瑞辰云：「瓊瑰，蓋『璿瑰』之譌。《說文》：『瓊，赤玉也。』段注謂「赤」當作「亦」。『璿，美玉也。』二義不同。篆文『瓊』作『瓊』，『璿』作『璚』，形近易譌。《說文》『璿』字注引《春秋傳》『璿弁玉纓』，今《左傳》譌作『瓊弁』，證一。古『璿』或作『琁』，『璿』譌爲『瓊』，今本《說文》因誤以『琁』篆廁『瓊』下。據《文選·陶徵士誄》『璿玉致美』李注引《說文》云：❷『琁，亦「璿」字。』是知《說文》『琁』字本廁『璿』下，今誤廁『瓊』下，證二。琁又通璇，《大荒西

❶「疏」，原脱，據本書體例補。

❷「李」，原作「字」，據馬瑞辰《通釋》改。

經》『西王母之山有璇瑰瑶碧』，郭注：『璇瑰，亦玉名。』而《文選・江賦》、《洛神賦》李注、《玉篇》、《廣韻》引《山海經》並作『璿瑰』，❶《大荒北經》亦言『璿瑰瑶碧』，是知『璇瑰』皆『璿瑰』之異文，非瓊瑰也，證三。《穆天子傳》『枝斯璿瑰』，郭注：『璿瑰，玉名。』引《左傳》『贈我以璿瑰』，即成十七年《左傳》『聲伯夢或與己瓊瑰』也，是知《左傳》『瓊瑰』亦『璿瑰』之譌，證四。經傳『瓊弁』、『瓊瑰』字皆當爲『璿』，故知此詩『瓊瑰』亦『璿瑰』之譌。《字林》：『瑰，石珠也。』《穆天子傳》『春山之琂』有璿珠，璿珠亦璿瑰之屬。璿爲美玉，不嫌與玉佩並言，猶《書》『璿璣玉衡』，《左傳》『璿弁玉纓』，不嫌璿、玉對舉也。傳云『石而次玉』者，蓋以對玉佩言，宜爲美石耳。據《莊子・外篇》『積石爲樹，名曰瓊枝』，是瓊爲玉、石通稱。毛作傳時或已譌『璿』爲『瓊』，故以爲『石而次玉』。若『璿』爲美玉，古未有以爲石者也。」

《渭陽》二章，章四句。

權輿【疏】毛序：「刺康公也。忘先君之舊臣，與賢者有始而無終也。」〇三家無異義。

於我乎，夏屋渠渠，【注】魯説曰：「夏，大屋也。」引《詩》。又曰：「渠渠，盛也。」亦作「蘧蘧」。《韓詩》曰：「殷商屋而夏門也。」傳曰：「周夏屋而商門。」**今也每食無餘。**【疏】傳：「夏，大也。」箋：「屋，具也。渠渠，猶勤勤也。言君始於我厚，設禮食大具以食我，其意勤勤然。今過我薄，其食我纔足耳。」〇「夏，

---

❶「璿」，原作「瓊」，據馬瑞辰《通釋》改。

大屋也」者，王逸《楚詞·招魂》章句文，引《詩》此句。《九章》注：「夏，大殿也。」引《詩》同。《淮南·本經訓》高注：「夏屋，大屋也。」王、高皆習《魯詩》，知魯訓與毛同。「渠渠，盛也」者，《廣雅·釋詁》文。張説皆本《魯詩》。「亦作『蘧蘧』」者，王延壽《魯靈光殿賦》云「揭蘧蘧而騰湊」，李注引：「崔駰《七依》曰：『夏屋蘧蘧。』高也。音渠。」案：渠、蘧字通。《左氏春秋·定十五年》「齊侯次于渠蒢」，《公羊》作「蘧蒢」。《西京賦》「蘧藕」，薛綜注以「蘧」爲「芙渠」，是其明證。延壽逸子，當習《魯詩》，蓋《魯詩》有異文亦作「蘧蘧」也。「殷商」至「門也」，《通典》五十五引《韓詩》文。下引「傳曰」云云，盧文弨云：「《通典》於『殷商屋』句引《韓詩》，則所引『傳曰周夏屋而商門』亦《韓詩》傳也。」陳喬樅云：「《御覽》百八十一《居處部》引崔凱曰：『禮，人君宮室之制，爲殷屋四夏也。卿大夫爲夏屋，隔半，以北爲正室，中半以南爲堂。』殷、商古並通用，殷屋即商屋也。是商屋、夏屋爲殷周宮室之異制，後人因以爲人君及卿大夫尊卑之等差。竊思殷屋之名，取義於中。中，正也。商從冏，章省聲，章亦正也。《釋山》曰『上正，章』，是其義已。《考工記》：『殷人重屋，堂修七尋，堂崇三尺，四阿重屋。』注云：『重屋，王宮正室，若大寢也。』《御覽》引桓譚《新論》曰：『商人謂路寢爲重屋。』商於虞、夏稍文，加以重檐四阿，故取名四阿，若今四柱屋重屋複笮也。然則殷屋即重屋，四夏即四阿。夏者，『厦』字之叚借。以其正中爲室，四面有霤，重承壁材也。惟夏屋以近北爲正室，中半以南爲堂，其制與商屋殊。商門之制，亦爲重屋。古人宮室，中爲大門，左右爲塾，塾皆有堂室。《考工記》『門堂三之二，室三之一』是也。門堂當南北之正中，其室亦當左右塾前後正中之處，故曰商門。周人夏屋，皆爲重簷，亦四面有霤，損益殷制而廣大之，規模益備，故曰夏屋，夏之爲言大也。後人定宮室之制，人君宮殿始有重屋四阿，卿大夫以下但爲南北簷，皆以近北爲正室，中半以南爲堂，如周人夏屋之制，故亦稱夏屋耳。夏門者，大門也。大門之爲夏門，猶高門之爲皋門，正門之爲應門也。漢有夏門，蓋沿古人之稱。李尤《夏門銘》曰：『夏門值孟位，月在亥。』其稱名之意，亦取義於大也。」于嗟乎！不承權輿。【注】魯「乎」作「胡」。【疏】傳：「承，繼也。權輿，始也。」○「魯『乎』作『胡』」者，《釋詁》「權輿，始也」，郭注：「《詩》曰：『胡不承權輿。』」案：毛讀「于嗟乎」句，「不承權輿」句。此引《詩》「乎」作「胡」，以「胡不承權輿」爲句，蓋本舊注所引《魯詩》，故文異而句讀亦異也。馬瑞辰曰：「『乎』通作『胡』，猶《論語》『不使大臣怨乎不以』，《三國志・杜恕傳》引作『怨何不以』也。『不承權輿』上多一『胡』字，詞義更婉。」又云：「權輿，即『蘿蕍』之叚借。《釋草》：『葭，華。蒹，薕。菼，薍。其萌蘿蕍。芛，蓳。華，榮。』郭注讀『其萌蘿』爲句，而以『蕍芛』連讀。據《說文》『䕢』下云：❶『灌渝，讀若萌。』則以『灌渝』二字連讀。䕢即萌也，灌渝即蘿蕍也，亦即權輿。蘿蕍本蒹葭始生之稱，因而凡草之始生通曰權輿。《大戴禮》『孟春，百草權輿』是也。因而人之始事亦曰權輿，此詩『胡不承權輿』是也。又《逸周書・周月解》云：❷『是謂日月權輿。』則日月之始通名權輿。皆以『權輿』二字連文。或謂『造衡始權，造車始輿』，未免望文生義矣。又案：《說文》『芛』下云：『草之皇榮也。』讀亦與郭異。均當以許讀爲正。」黃山云：「《儀禮》燕食皆因堂階行禮。無餘，謂屋無餘地，故曰『不承權輿』。箋訓『屋』爲『具』，反泥。」

---

❶ 「䕢」，原作「夢」，據馬瑞辰《通釋》、陳刻《說文》、《說文注》、楊刻《說文義證》、祁刻《說文繫傳》改。下一「䕢」字同。

❷ 「周」，原作「同」，據馬瑞辰《通釋》、《抱經堂叢書》本《逸周書》改。

於我乎，每食四簋。【疏】傳：「四簋，黍、稷、稻、粱。」○馬瑞辰云：「古者簋盛黍、稷，簠盛稻、粱。傳知『四簋』爲黍、稷、稻、粱者，《玉藻》『朔月四簋』亦謂黍、稷、稻、粱，故知《詩》『四簋』非專言黍、稷耳。《玉藻》云少牢『五俎四簋』，是四簋爲公食大夫之禮。❶《易》言『二簋可用享』者，蓋士禮也。簋與簠對文異，散文通。《詩》云『每食四簋』，又曰『陳饋八簋』，蓋皆言簋以該簠。孔疏謂『是平常燕食，器物不具，故稻粱在簋』，失其義矣。」今也每食不飽。于嗟乎！不承權輿。

《權輿》二章，章五句。

秦國十篇，二十七章，百八十一句。

❶「公」，馬瑞辰《通釋》無。

詩三家義集疏卷十

長沙王先謙益吾著

陳宛丘弟十

【疏】《乙巳占》引《詩推度災》曰：「陳，天宿大角。」《御覽》十八引《詩含神霧》曰：「陳地處季春之位，土地平夷，無有山谷。律中姑洗，音中宮、徵。」《文選·秋胡詩》李注引《詩緯》曰：「陳，王者所起也。」《笙賦》引《樂動聲儀》曰：「樂者，移風易俗。所謂聲俗者，若楚聲高，❶齊聲下也。所謂事俗者，若齊俗奢，陳俗利巫也。」《漢書·地理志》：「陳本太昊之虛，周武王封舜後嬀滿於陳，是爲胡公，妻以元女大姬。婦人尊貴，好祭祀，用史巫，故其俗巫鬼。《陳詩》曰：『坎其擊鼓，宛丘之下。無冬無夏，值其鷺羽。』又曰：『東門之枌，宛丘之栩。子仲之子，婆娑其下。』此其風也。」《漢書·匡衡傳》疏曰：「陳夫人好巫，而民淫祀。」《漢書·人表》「太姬，武王女」，張晏曰：「太姬巫怪，好祭鬼神。陳人化之，國多淫祀。」以上皆齊說。《漢志》又云：「淮陽國，陳故國。」今河南陳州府治附郭淮甯縣，陳故都也。

詩國風

❶「楚」上，原有一「□」，據續經解本《齊詩遺説攷》四、胡刻《文選》删。

宛丘【疏】毛序：「刺幽公也。淫荒昏亂，游蕩無度焉。」〇《齊詩》義微異，見下。魯、韓未聞。

子之湯兮，宛丘之上兮。【注】魯「湯」作「蕩」。魯説曰：「宛中，宛丘。」又曰：「丘上有丘爲宛丘。」又曰：「陳有宛丘。」【疏】傳：「子，大夫也。湯，蕩也。四方高，中央下，曰宛丘。」箋：「子者，斥幽公也。游蕩無所不爲。」〇「魯『湯』作『蕩』」者，《楚詞・離騷》王注：「蕩，猶蕩蕩，無思慮貌也。《詩》曰：『子之蕩兮。』」陳喬樅云：「三家今文每以訓詁代正經，如《芄蘭》詩『能不我甲』，毛傳：『甲，狎也。』《釋文》引《韓詩》作『能不我狎』。《大明》詩『俔天之妹』，毛傳：『俔，磬也。』正義引《韓詩》作『磬天之妹』。是其顯證。」「宛中」至「宛丘」，《釋丘》文，魯説也。孔疏引李巡、孫炎皆云：「四方高，中央下，曰宛。」《魯詩》舊注與毛義同。郭注：「宛丘，謂中央隆峻，狀如負一丘。」别出一解，非也。《爾雅》釋文：「宛，郭音蘊。」《韓詩外傳》「陳之富人觴於韞丘之上」，蘊、韞音同，蓋即此宛丘。《水經・渠水》注：「宛丘在陳城南道東。王隱云漸欲平，今不知所在矣。」洵有情兮，而無望兮。【疏】傳：「洵，信也。」箋：「此君信有淫荒之情，其威儀無可觀望而則傚。」

坎其擊鼓，宛丘之下。無冬無夏，值其鷺羽。【疏】傳：「坎坎，擊鼓聲。值，持也。鷺鳥之羽，可以爲翳。」箋：「翳，舞者所持以指麾。」〇《匡衡傳》注引張晏曰：「胡公夫人，武王之女大姬，無子，好祭祀鬼神，鼓舞而祀，故其詩曰：『坎其擊鼓，宛丘之下。無冬無夏，值其鷺羽。』」晏生漢魏之際，《齊詩》具存，晏注用《齊詩》，明齊、毛文同。晏推本胡公夫人，仍以爲嗣君好祭祀，其《序》「刺公淫荒昏亂」，傳斥「大夫」，箋斥「幽公游蕩無所不爲」之語，皆未之及，知《齊詩》無此説也。《地理志》注：「鷺鳥之羽以爲翿，立之而舞，以事神也。無冬無夏，言其恒也。」陳喬樅云：「《序》言『幽公游蕩無度』，不云『鼓舞以事神』也。師古以值翿爲事神之舞，必舊注所據《齊詩》之説，而師古襲用其義耳。」孔疏引陸璣云：「鷺，水鳥也。好而潔白，故謂之白鳥。齊、魯之間謂之春鉏，遼東、樂浪、吴、揚人皆謂之白鷺。青腳，高尺七八寸。尾如鷹尾，喙長三寸。頭上有毛十數枚，長尺餘，毿毿然與衆毛異好，欲取魚時則弭之。」《説文》舊作「值，措也」，段注：「措者，置也，非其義。依《韻會》所據正作『持』。《韻會》雖譌爲『待』，然轉刻之失耳。」愚案：毛訓「值」爲「持」，係手執之。依《説文》「措置」義，係供張之，皆就舞者言。惟顔師古説「值」爲「立」，則自詩人目中見此羽翿冬夏建設，於「刺嗣君」之指爲合。

坎其擊缶，宛丘之道。【注】魯説曰：「缶者，瓦器，所以盛漿。鼓之以節歌。」【疏】傳：「盎謂之缶。」〇「缶者」至「節歌」，應劭《風俗通義》文，此魯説。引此詩二句，與毛文同。無冬無夏，值其鷺翿。【疏】傳：「翿，翳也。」〇《説文》「翌」下云：「樂舞，以羽𦒉自翳其首，以祀星辰也。」翿之爲翳，蓋即此義。黄山云：「《説文·羽部》無『𦒉』。『翌』下注乃有之，即『翳』之渻文，而『翿』之本字翳，殹聲。殹、𦒉並𠷎聲，與「儔」「壽聲」異。隸寫掍之。與《周禮·地官》之『纛』同爲一字。《釋言》：『翿，纛也。纛，翳也。』郭注：『舞者所以自蔽翳。』正與『翌』下『以羽𦒉自翳其首』合。《君子陽陽》『左執翿』，傳：『翿，纛也、翳也。』」胡承珙據《説文》「翳」引《詩》「左執翿」，「儔」亦訓「翳」，謂「纛」俗字，「翿」即「儔」之或作。傳與《釋言》皆誤，當作「翳，翿也、翳也。」「值其鷺翿」，即「值其鷺儔」，故傳直訓「翳也」。則「鷺翿」之「翿」，不成爲可執之羽物矣，亦誤。餘詳

《王風》。

《宛丘》三章，章四句。

東門之枌【疏】毛序：「疾亂也。幽公淫荒，風化之所行，男女棄其舊業，亟會於道路，歌舞於市井爾。」〇三家無異義。

東門之枌，宛丘之栩。【疏】傳：「枌，白榆也。栩，杼也。國之交會，男女之所聚。」〇《釋木》「榆白，枌」，郭注：「枌榆先生葉，卻著莢，其皮色白。」漢有枌榆社，枌榆即白榆。「栩，杼」，《釋木》文，詳《唐風·鴇羽》篇。宛丘蓋地近東門，陳國之城門也。子仲之子，婆娑其下。【注】魯説曰：「婆娑，舞也。」【疏】傳：「子仲，陳大夫氏。婆娑，舞也。」箋：「之子，男子也。」〇子仲爲大夫氏，猶秦大夫子車氏也。「婆娑，舞也」者，《釋訓》文，魯説也，與毛同。孔疏引：「李巡曰：『婆娑，盤辟舞也。』孫炎曰：『舞者之容婆娑然。』」王逸《楚詞·九懷》注引《詩》「婆娑其下」，明魯、毛文同。黄山云：「《詩》『婆娑其下』，與『市也婆娑』即是一人。下章言『不績其麻』，則『子仲之子』亦猶『齊侯之子』、『蹶父之子』，明是女子子。箋因《毛序》云『男女棄其舊業』，遂以『之子』爲『男子』，非也。《漢書·地理志》載大姬『婦人尊貴，好祭祀，用史巫』。匡衡疏『陳夫人好巫』，張晏言『大姬巫怪』。《楚語》：『男曰覡，女曰巫。』《説文》：『覡，能齋肅事神明也。』『巫，祝也。女能事無形，以舞降神者也。』是于嗟而祝，婆娑而舞，皆唯女巫降神爲然，男子齋肅而已。巫怪之事，以大姬尊貴而好之，故國中尊貴女子亦化之。此詩既無男棄舊業之辭，三家亦無兼刺男子之説，不容以『齋肅』兩字傅會成之也。」

穀旦于差，南方之原。【注】韓「差」作「嗟」。【疏】傳：「穀，善也。原，大夫氏。」箋：「旦，明；于，曰；差，擇也。朝日善明，曰相擇矣，以南方原氏之女可以爲上處。」○穀旦，猶言良辰也，孔疏以爲「朝日善明，無陰雲風雨」是也。于差者，歌呼以事神之事也。「『差』作『嗟』」者，《釋文》引《韓詩》文。《釋文》又云：「王肅本『差』音嗟。」馬瑞辰云：「嗟，《説文》作『𧪄』，云：『𧪄，❶嗞也。』又云：『于，於也。象气之舒于。』又『訏』字注：『一曰訏𧪄。』『嗟』又通作『蹉』。《爾雅》：『嗟、咨，蹉也。』《玉篇》：『蹉，憂歎也。』古『吁』與『訏』多消作『于』，『嗟』與『𧪄』多消作『差』。《易》『大耋之嗟』，荀本作『差』，是也。此詩『于差』即『吁嗟』，與《雲漢》詩『先祖于摧』，箋讀爲『吁嗟』正同。《周官・女巫》：『旱嘆則舞雩。』《月令》『大雩帝』，鄭注：『雩，吁嗟求雨之祭也。』又《鄭志》答林碩難曰：『董仲舒曰：「雩，求雨之術，呼嗟之歌。」』呼嗟，猶吁嗟也。古者巫之事神，必吁嗟以請。」《春秋》莊二十七年「季友如陳葬原仲」，是陳有大夫姓原氏。上處者，舞位之前頭，《簡兮》篇「在前上處」是也。不績其麻，市也婆娑。【疏】箋：「績麻者，婦人之事也。疾其今不爲。」○《吕覽・愛類》篇高注引《詩》二句，明魯、毛文同。《潛夫論・浮侈》篇：「《詩》刺『不績其麻，女也婆娑』。」❷又婦人「不修中饋，休其蠶績，而起學巫祝，鼓舞事神，熒惑百姓」。此《魯詩》説，與齊同。《潛夫論》「市」作「女」，字之

❶「𧪄」，原作「⿰口𧪄」，據馬瑞辰《通釋》、陳刻《説文》、《説文注》、楊刻《説文義證》、祁刻《説文繫傳》改。

❷「女」，原作「市」，據《潛夫論箋》改。

誤，《後漢・王符傳》作「市」。陳喬樅云：「《説文》：『娑，舞也。從女，沙聲。《詩》曰：「市也媻娑。」』段注：『《詩音義》：「婆，步波反。」引《説文》作「媻」。《爾雅音義》但云：「娑，素何反。」不爲「婆」字作音，蓋陸所見《爾雅》作「娑娑」。《魯頌》傳曰：「犧尊，有沙飾也。」❶《鄭志》：「張逸曰：『犧，讀爲沙。沙，鳳皇也。不解鳳皇何以爲沙？』答曰：『刻畫鳳皇之象於尊，其形娑娑然。』」案：今經傳「娑娑」字皆改作「婆娑」。《詩》、《爾雅》即以「媻娑」連文，恐尚非古也。』喬樅案：張衡《思玄賦》『修初服之娑娑兮』，漢人文筆尚多用『娑娑』字。」

穀旦于逝，越以鬷邁。【注】韓「鬷」作「𢕛」。【疏】傳：「逝，往；鬷，數；邁，行也。」箋：「越，於；鬷，總也。朝旦善明，曰往矣，謂之所會處也，於是以總行，欲男女合行。」○馬瑞辰云：「于逝，猶吁嗟也。逝、噬古通用。《杕杜》詩「噬肯適我」，韓作「逝」。噬音近舒。《史記》陳筮，即《戰國策》之田荼。《釋名》：『嗚，舒也。』《説文》『嗚』字注：『孔子曰：「嗚，盱呼也。」』于逝猶盱呼，亦巫歌呼以事神耳。」陳奂云：「越，讀同粵。《爾雅》：『粵，于也。』《采蘩》、《采蘋》、《擊鼓》云『于以』，此云『越以』，皆合二字爲發語之詞。」「鬷」訓「數」，有「急聚」之義。鬷邁，猶言頻往會合耳。「韓『鬷』作『𢕛』」者，《玉篇・彳部》：「𢕛，數也。《詩》曰：『越以𢕛邁。』」此《韓詩》也，與毛字異義同。視爾如荍，貽我握椒。【注】魯説曰：「荍，芘芣。」【疏】傳：「荍，芘芣也。椒，芬香也。」箋：「男女交會而相説，曰我視女之顔色美如芘芣之華然，女乃遺我一握之椒，交博好也。此

❶「沙」，原作「娑」，據《説文注》、明世德堂本《毛詩》、阮刻本《毛詩正義》改。

本淫亂之所由。」○「荍，芘芣」者，《釋草》文，魯説也，與毛同。孔疏引：「舍人曰：『荍，一名蚍衃。』謝氏曰：『小草，多華少葉，葉又翹起。』陸《疏》云：『芘芣，一名荆葵，似蕪菁，華紫緑色，可食，微苦。』」馬瑞辰云：「椒亦巫用以事神者，《離騷》『巫咸將夕降兮，懷椒糈而要之』，王逸注『椒，香物，所以降神』是也。詩言『遺我』者，蓋事神畢，因相贈貽耳。」

《東門之枌》三章，章四句。

衡門【疏】毛序：「誘僖公也。愿而無立志，故作是詩，以誘掖其君也。」箋：「誘，進也。掖，扶持也。」○《列女·老萊子妻傳》老萊子卻楚王之聘，引此詩「衡門之下」四句以明志，「樂飢」作「療飢」。《古文苑》蔡邕《述行賦》曰：「甘衡門以寧神兮，詠都人以思歸。」此魯説。又《焦君贊》：「衡門之下，棲遲偃息。泌之洋洋，樂以忘飢。」又《郭有道碑》：「棲遲泌丘。」又《汝南周巨勝碑》：「洋洋泌丘，于以逍遥。」《韓詩外傳》二：「子夏讀《書》已畢，夫子問曰：『爾亦可言於《書》矣。』子夏對曰：『《書》之於事，昭昭乎若日月之光明，燎燎乎如星夜之錯行，上有堯、舜之道，下有三王之義，❶弟子所受於夫子者，志之於心不敢忘。雖居蓬户之中，彈琴以詠先生之風，有人亦樂之，無人亦樂之，亦可發憤忘食矣。《詩》曰：「衡門之下，可以棲遲。泌之洋洋，可以療

---

❶「下有」二字，原脱，據續經解本《韓詩遺説攷》六、光緒元年吴棠望三益齋刻《韓詩外傳》（以下稱「吴刻《韓詩外傳》」）補。

飢。」』夫子造然變容曰：『嘻！吾子可以言《詩》已矣。』」此韓説也。《漢書·韋玄成傳》：「宜優養玄成，勿枉其志，使得自安衡門之下。」《漢處士嚴發殘碑》：「君有曾閔之行，西遲衡門。」《山陽太守祝睦後碑》：「色斯舉矣，歿身衡門。」《武梁碑》：「安衡門之陋，樂朝聞之義。」皆言賢者樂道忘飢，無誘進人君之意，即爲君者感此詩以求賢，要是旁文，並非正義也。

衡門之下，可以棲遲。【疏】傳：「衡門，横木爲門，言淺陋也。棲遲，游息也。」箋：「賢者不以衡門之淺陋，則不游息於其下，以喻人君不可以國小，則不興治致政化。」〇孔疏：「《考工記·玉人》注：『衡，古文横，叚借字也。』門之深者有阿、塾、堂、宇，此惟横木爲之，言其淺也。《釋詁》：『棲遲，息也。』舍人曰：『棲遲，行步之息也。』」《藝文類聚》引劉楨《毛詩義問》曰：❶「横一木作門，❷而上無屋，謂之衡門。」馬瑞辰云：「棲遲，疊韻字。《説文》：『屖，屖遲也。』《玉篇》：『屖，今作「栖」。』《説文》『遲』籀文作『遅』，是屖遲即棲遲也。❸《説文》以『棲』爲『西』之或體，故《嚴發碑》作『西遲衡門』，《焦君贊》作『栖遲偃息』。《説文》遲或從𡰥，𡰥即古夷字，故《婁壽碑》作『徲徲衡門』，《孔彪碑》亦曰『餘暇徲徲』。『遲』又作『迟』，《李翊碑》『棲迟不就』，

❶「楨」，原作「禎」，據陳奂《傳疏》改。
❷「作門」二字，原脱，據陳奂《傳疏》、宋本《藝文類聚》補。
❸「遲」，原作「遅」，據馬瑞辰《通釋》改。

棲遟亦棲遲也。❶《隸釋・繁陽令楊君碑》『徲徥樂志』，『遲』又作『徥』。」愚案：班固《敘傳》：「棲遲於一丘，則天下不易其樂。」班用《齊詩》，是齊亦作「栖遲」。此賢人栖遲泌丘之上，居室不蔽風雨，横木爲門，若漢申屠蟠之因樹爲屋，簞食瓢飲，不改其樂，自道如此。《易林・咸之需》：「八年多悔，❷耕石不富。衡門屢空，使士失意。」與此詩無涉。泌之洋洋，可以樂飢。【注】魯、韓「樂」作「療」。【疏】傳：「泌，泉水也。洋洋，廣大也。樂飢，可以樂道忘飢。」箋：「飢者，不足於食也。泌水之流洋洋然，飢者見之，可飲以瘵飢，以喻人君慤愿，任用賢臣，則政教成，亦猶是也。」○《説文》：「泌，俠流也。」《文選・魏都賦》李注引作「水駃流也」。《邶風》「毖彼泉水」，傳：「泉水始出，毖然流也。」《韓詩》作「祕」，或作「駜」、「秘」、「泌」，注見《泉水》篇。當以「泌」爲正。蓋泉水直流之貌，義當從水作「泌」。《廣雅》：「丘上有木爲秘丘。」「木」是「水」之誤，「秘」是「泌」之誤。丘上有木乃其常，不當别作丘名。此必「水」譌作「木」，後人妄改「秘丘」耳。蔡邕《郭林宗碑》「棲遲泌丘」，《周巨勝碑》「洋洋泌丘」，俱引見上。其云「洋洋泌丘」，自是釋「洋洋」爲水出泌丘之上，否則一丘之土，不得云「洋洋」也。張、蔡皆用《魯詩》，知「泌丘」出魯説。「魯、韓『樂』作『療』」者，《列女傳》、《韓詩外傳》引作「可以療飢」。見上引。《説文》「瘵」下云：「治也。或作『療』。」此詩魯、韓作「療」，用或體。《釋文》言鄭本作「瘵」，用正文。毛本作「樂」，用渻借也。

❶「遲」，原作「遟」，據馬瑞辰《通釋》改。
❷「八年」，《百子全書》本《焦氏易林》作「入宇」。「悔」，原作「梅」，據續經解本《齊詩遺説攷》四、《百子全書》本《焦氏易林》改。

豈其食魚，必河之魴？豈其取妻，必齊之姜？【疏】箋：「此言何必河之魴然後可食，取其美口而已。何必大國之女然後可妻，亦取貞順而已。以喻君任臣何必聖人，亦取忠孝而已。齊，姜姓。」

豈其食魚，必河之鯉？豈其取妻，必宋之子？【疏】箋：「宋，子姓。」〇《易林·復之咸》云：「齊姜宋子，婚姻孔喜。」《革之訟》云：「臨河求鯉，燕婉笑弭。」雖取義各別，亦爲齊、毛文同之證。

《衡門》三章，章四句。

東門之池【疏】毛序：「刺時也。疾其君之淫昏，而思賢女以配君子也。」〇三家無異義。

東門之池，可以漚麻。【疏】傳：「興也。池，城池也。漚，柔也。」箋：「於池中柔麻，使可緝績作衣服。興者，喻賢女能柔順君子，成其德教。」〇胡承珙云：「《水經·渠水》注：❶『陳之東門内有池，池水東西七十步，南北八十許步。水至清潔而不耗竭，不生魚草。水中有故臺處，《詩》所謂「東門之池」也。』《元和志》：『陳州東門池在州城東門内道南，《詩·陳風》「東門之池，可以漚麻」，即此也。』此後代遷徙，已非故迹。若云城池，當在城外也。」馬瑞辰云：「《説文》：『漬，漚也。』『漚，久漬也。』《考工記》鄭注：『漚，漸也。』此傳訓『柔』，當讀同《生民》詩『或簸或蹂』之『蹂』，箋：『蹂之言潤也。簸之，又潤濕之。』《廣雅》『潤』、『漸』、『漚』並訓爲『漬』，是知柔亦漬也。箋云『於池中柔麻』，以柔麻即漚麻。孔疏乃云『漚柔，謂漸漬使之柔韌』，

❶「渠」，原作「潁」，據續經解本《毛詩後箋》、《合校水經注》卷二十二改。

非其恉矣。」彼美叔姬，可與晤歌。【疏】傳：「晤，遇也。」箋：「晤，猶對也。言叔姬賢女，君子宜與對歌，相切化也。」○《釋文》：「叔，音淑。」是陸所據本作「叔」，今各本作「淑」。陳奐云：「全《詩》『淑』字，箋並訓『淑』爲『善』，唯此本無注，則經本作『叔』，宜據以訂正。今從之。叔，字。姬，姓。『彼美叔姬』，猶言『彼美孟姜』耳。」馬瑞辰云：「《説文》『寤』下云：『寐覺而有言曰寤。』『晤』與『寤』通。《列女傳》引《詩》『可與寤言』，是其證也。『寤』借作『晤』，猶《邶風》『寤辟有摽』，《説文》引《詩》亦引作『晤』耳。《説文》：『寤，覺也。』此詩『晤歌』、『晤語』、『晤言』，即《考槃》詩『寤歌』、『寤言』。彼係獨處，此言與人。若如此詩傳、箋訓『遇』、訓『對』，則《考槃》上言『獨寐』，下不得言『寤歌』、『寤言』矣。」

東門之池，可以漚紵。彼美叔姬，可與晤語。【疏】孔疏：「陸云：『紵，亦麻也。科生，數十莖。宿根在地中，至春自生，不歲種也。荆、揚之間，一歲三收。今官園種之，歲再刈，刈便生剥之以鐵，若竹挾之表，厚皮自脱，但得其裏韌如筋者，謂之徽紵。南越紵布皆用此麻。』」《楚詞·九懷》：「假寐兮慜斯，誰可與兮寤語？」以上引馬説推之，「寤語」即「晤語」也。此用「可與寤語」，必三家文。

東門之池，可以漚菅。彼美叔姬，可與晤言。【疏】傳：「言，道也。」○孔疏：「《釋草》：『白華，野菅。』郭注：『茅屬。』《白華》箋云：『人刈白華於野，已漚之，名之爲菅。』然則菅者，已漚之名。未漚，則但名爲茅也。陸《疏》云：『菅似茅，而滑澤無毛，根下五寸中有白粉者，柔韌宜爲索，漚乃尤善矣。』」《韓詩外傳》九載楚莊王使聘北郭先生，先生謀諸婦而去之，引《詩》「彼美叔姬，可與晤言」。《列女·魯黔婁妻傳》亦引《詩》「彼美叔姬，誤作「孟姜」。可與寤言」，明韓、魯文與毛同。

《東門之池》三章，章四句。

東門之楊【疏】毛序：「刺時也。昏姻失時，男女多違，親迎女猶有不至者也。」〇三家無異義。

東門之楊，其葉牂牂。【注】齊「牂」作「將」。【疏】傳：「興也。牂牂然，盛貌。言男女失時，不逮秋冬。」箋：「楊葉牂牂，三月中也。興者，喻時晚也，失中春之月。」〇「齊『牂』作『將』」者，《易林·革之大有》：「南山之楊，其葉將將。」《旅之兑》同。《禮·内則》「取豚若將」，注：「將，當爲牂。」此牂、將通借之證。《釋詁》：「將，大也。」牂，借字。將，正字。昏以爲期，明星煌煌。【疏】傳：「期而不至也。」箋：「親迎之禮以昏時，女留他色，不肯時行，乃至大星煌煌然。」〇孔疏：「《序》言『親迎而女猶有不至者』，則是終竟不至，非夜深乃至也。」《易林·大畜之小畜》：「配合相迎，利之四鄉。昏以爲期，明星煌煌。」《益之謙》同。據《易林》引《詩》二句，明齊、毛文同。

東門之楊，其葉肺肺。昏以爲期，明星晢晢。【疏】傳：「肺肺，猶牂牂也。晢晢，猶煌煌也。」〇馬瑞辰云：「《説文》：『宋，草木盛宋宋然。讀若輩。』此詩『其葉肺肺』，《大雅》『荏菽旆旆』，《小雅》『萑葦淠淠』，《廣雅》：『芾芾，茂也。淠淠，茂也。』並當爲『宋宋』之叚借。」又云：「明星，謂啓明星，非泛言大星也。《小雅》『東有啓明，西有長庚』，傳：『日旦出，❶謂明星爲啓明。日既入，謂明星爲長庚。庚，續也。』《史記·

❶「日」，原作「云」，據馬瑞辰《通釋》、本書卷十八《大東》改。

天官書》：『太白出東方，庳近日，曰明星。高遠日，曰大囂。』是啓明一名明星之證。『明星煌煌』，謂天且明而不至也。《廣雅》：『晣晣，明也。』晢、晣同字。」

《東門之楊》二章，章四句。

墓門【疏】毛序：「刺陳佗也。陳佗無良師傅，以至於不義，惡加於萬民焉。」箋：「不義者，謂弑君而自立。」○《列女・陳辯女傳》：「辯女者，陳國採桑之女也。晉大夫解居甫使於宋，道過陳，遇採桑之女，止而戲之曰：『女爲我歌，我將舍女。』採桑女乃爲之歌曰：『墓門有棘，斧以斯之。夫也不良，國人知之。知而不已，誰昔然矣。』大夫又曰：『爲我歌其二。』女曰：『墓門有楳，當作「棘」，辨見下。有鴞萃止。夫也不良，歌以訊止。訊予不顧，顛倒思予。』大夫曰：『其楳則有，其鴞安在？』女曰：『陳，小國也。攝乎大國之間，因之以飢饉，加之以師旅，其人且亡，而況鴞乎？』大夫乃服而釋之。君子謂辯女貞正而有詞，柔順而有守。《詩》曰：『既見君子，樂且有儀。』此之謂也。」《楚詞・天問》「何繁鳥萃棘，而負子肆情」，王逸注：「晉大夫解居父聘吴，過陳之墓門，見婦人負其子，欲與之淫泆，肆其情欲。婦人則引《詩》刺之，曰：『墓門有棘，有鴞萃止。』故曰『繁鳥萃棘』也。言墓門有棘，雖無人，棘上猶有鴞，女獨不媿也。」此皆魯説，雖有使宋、使吴，採桑、負子之殊，記載小歧，情事相合。齊、韓未聞。

墓門有棘，斧以斯之。【疏】傳：「興也。墓門，墓道之門。斯，析也。幽間希行，用生此棘薪，維斧可以開析之。」箋：「興者，喻陳佗由不覩賢師良傅之訓道，至陷於誅絶之罪。」○墓門，蓋陳國野曠之地，故有棘生之。《左·襄二十五年傳》：「鄭師入陳，陳侯扶其大子偃師奔墓。賈獲與其妻扶其母奔墓。」當即其地。傳以爲「幽閒希行」，情事宜然。或謂是陳之城門，則城門非可行淫泆之所也。棘，刺䓁大夫。「斧以斯之」，有斷決之義，《列女傳》所謂「貞正有守」也。夫也不良，國人知之。【疏】傳：「夫，傅相也。」箋：「良，善也。陳佗之師傅不善，羣臣皆知之，言其罪惡著也。」○孔疏：「《郊特牲》云『夫也者，以知帥人者也』，注：『夫之言丈夫也。』」此亦當同。言汝以奉使之人，肆情於所過之國，行此不善之事，則國之人皆知之矣。知而不已，誰昔然矣。【注】魯説曰：「誰昔，昔也。」【疏】傳：「昔，久也。」箋：「已，猶去也。誰昔，昔也。國人皆知其有罪惡而不誅退，終致禍難，自古昔之時常然。」○「誰昔，昔也」者，《釋訓》文，魯説也。郭注：「誰，發語詞。」《釋詁》云：「疇，誰也。」故「誰昔」猶言「疇昔」是也。疇、誰一聲之轉。已，止也。國人知之，而汝不知止，則是發乎情，不能止乎禮義。自昔習爲不善之人皆然，鮮不後悔，前車可鑒也。

墓門有梅，有鴞萃止。【注】魯「梅」作「棘」。【疏】傳：「梅，枏也。鴞，惡聲之鳥也。萃，集也。」箋：「梅之樹善惡自有，徒以鴞集其上而鳴，人則惡之，性因惡矣。以喻陳佗之性本未必惡，師傅惡，而陳佗從之而惡。」○「魯『梅』作『棘』」者，《楚詞》「繁鳥萃棘」，王注引「墓門有棘，有鴞萃止」，是魯不作「梅」，毛字誤也。《列女傳》作「楳」，亦後人順毛改之。馬瑞辰云：「棘、梅二木美惡大小不類，❶非詩取興之指。『梅』

❶ 「木」，原作「本」，據馬瑞辰《通釋》改。

古作『某』，《玉篇》：『古文「某」作「槑」。』槑、棘形似，『棘』蓋譌作『槑』，因之《毛詩》作『梅』，又作『楳』耳。」又云：「正義：『鴞，惡聲之鳥，一名鵩，與梟異。梟一名鴟，元本脱「梟異」二字，依《校勘記》補。《瞻卬》云「爲梟爲鴟」是也。俗説以爲鴞即土梟，非也。』」案：鴞非即鴟梟，正義已辨之。至以鴞爲服，其説見《史記》及《巴蜀異物志》、《荆州記》。但考《漢書·賈誼傳》云『服似鴞』，則不以鴞即爲服。《周官·哲蔟氏》『掌覆夭鳥之巢』，注：『夭鳥，惡鳴之鳥，若鴞、鵩。』賈疏：『鴞之與鵩二鳥，俱是夜爲惡鳴者也。』是亦分鴞、服爲二。鴞蓋似服，而非即服也。《天問》『繁鳥萃棘』，王注引《詩》爲證，《廣雅》作『鷩』，云：『鷩鳥，鴞也。』則鴞即繁，而非服矣。『繁』通作『蕃』，《北山經》『涿光之山，其鳥多蕃』，郭注：『或曰即鴞。』是也。鴞之言呼號也，繁之言繁囂也，蓋皆狀其惡聲，因以命名。至其形，説者不一。有謂似鳩者，正義引陸《疏》：『鴞大如班鳩，緑色。』《西山經》『白於之山，其鳥多鴞』，郭注：『鴞似鳩而青色。』司馬彪《莊子》『鴞炙』注：『小鳩可炙。』是也。有謂似雞者，《索隱》引鄧展云：『似鵲而大。』又引《荆州記》：❶『巫縣有鳥如雌雞，其名爲鴞。』是也。《西山經》『黄山有鳥，其狀如鴞，名曰鸚鵡』，以鸚鵡爲似鴞，則與鴞似雌雞説亦相類。蓋鴞之類大小不同，要其爲惡聲則同也。」夫也不良，歌以訊之。訊予不顧，顛倒思予。【注】魯、韓「訊」亦作「誶」，「之」作「止」。

【疏】傳：「訊，告也。」箋：「歌，謂作此詩也。既作，又使工歌之，是謂之告。予，我也。歌以告之，汝不顧念我，言至於破滅顛倒之急，乃思我之言，言其晚也。」○《釋文》：「訊，又作『誶』。音信。徐息悴反，告也。」

❶「記」，原脱，據殿本《史記》卷八十四補。

《韓詩》：『訊，諫也。』」「諫」是「諫」之誤。《校勘記》云：「《説文》：『諫，數諫也。從言，從束。』七賜反。『諫，促也。』從言，從『約束』之『束』。音速。毛居正以爲從束，非是。小字本所附作『諫』，誤多一畫。」愚案：《列女傳》、《離騷》王注作「訊」，而《玉篇・言部》引：「《韓詩》曰：『歌以誶之。』誶，諫也。」《廣韻・六至》云：「誶，告也。」引《詩》「歌以誶止」。洪興祖《楚詞補注》亦作「歌以誶止」。王氏《廣雅疏證》云：「訊字古讀若誶，故經、傳二字通用。或以『訊』爲『誶』之譌，非也。」胡承珙《後箋》辨之尤悉。「魯、韓『之』作『止』」者，《列女傳》作「歌以訊止」，是據《魯詩》。《廣韻》、《楚詞補注》同作「誶止」，當是《韓詩》文。此章以二「止」字相應爲語詞，猶上章以二「之」字相應爲語詞也。毛作「之」，字誤。訊予，猶言予訊。我告汝，而猶不顧，及顛倒而思予，言亦無及矣，宜解大夫服而釋之也。

《墓門》二章，章六句。

防有鵲巢【疏】毛序：「憂讒賊也。宣公多信讒，君子憂懼焉。」○三家義未聞。

防有鵲巢，邛有旨苕。【疏】傳：「興也。防，邑也。邛，丘也。苕，草也。」箋：「防之有鵲巢，邛之有美苕，處勢自然。興者，喻宣公信多言之人，故致此讒人。」○馬瑞辰云：「『防』與『邛』對言，猶下章『中唐』與『邛』對言。邛爲丘名，則防宜讀如『隄防』之『防』，不得爲邑名。鵲巢宜於林木，今言『防有』，非其所應有也。不應有而以爲有，所以爲讒言也。詩之取興，與《采苓》同義。至《説文》：『邛，地名，在濟陰。』《後漢・郡國志》引《博物記》云：『邛地在陳國陳縣北，防亭在焉。』此後人因《詩》傳會，不足取證。」又云：「《釋草》：『茗，陵苕。』《詩・苕之華》正義引陸《疏》云：『苕一名鼠尾，生下溼水中，七八月中華紫，似今紫草。華可染皁，煮以沐髮即黑。』是苕生於下溼。今言『邛有』者，亦喻讒言之不可信。又古『葦芀』多假作『苕』。《豳風》傳：『荼，葦苕也。』若以『苕』爲『芀』之叚借，尤非邛所應有。二章『邛有旨鷊』，亦當爲下溼所生之草，但經傳無可考耳。」

誰侜予美？心焉忉忉。【注】韓「美」作「娓」，音尾，云：「美也。」【疏】傳：「侜張，誑也。」箋：「誰，誰讒人也。女衆讒人，誰侜張誑欺我所美之人乎？使我心忉忉然。所美，謂宣公也。」○《釋文》：「侜，《説文》云：『有廱蔽也。』忉，憂也。」孔疏：「臣之事君，欲君美好，故謂君爲所美之人。」「美作」至「美也」，《釋文》引《韓詩》文。馬瑞辰云：「《説文》：『美，甘也。』『媄，色好也。』❶是『美好』之字正作『媄』，今經典通用『美』。《周官》作『媺』，蓋古文。媺從微省，微、尾古通用，故『媄』又借作『娓』，猶微生一作尾生也。」陳喬樅云：「《説文》：❷『娓，順也。』『順』亦與『美』義近。」

中唐有甓，邛有旨鷊。【注】韓「鷊」作「虉」。魯、齊作「鷏」。【疏】傳：「中，中庭也。唐，堂塗也。甓，瓴甋也。鷊，綬草也。」○馬瑞辰云：「《爾雅》：『廟中路謂之唐，堂塗謂之陳。』據《逸周書・作雒解》『堤唐山廧』，孔晁注：『唐，中庭道也。』《文選》注引如淳曰：『唐，庭也。』是唐爲廟中路，又爲中庭道名，與堂塗

---

❶「色好」，原作「女美」，據陳刻《説文》、《説文注》、楊刻《説文義證》、祁刻《説文繫傳》改。

❷「説文」二字，原脱，據續經解本《韓詩遺説攷》六、陳刻《説文》、《説文注》、楊刻《説文義證》、祁刻《説文繫傳》補。

名陳者異。傳既以中爲中庭，又以唐爲堂塗，是誤合唐、陳爲一也。《考工記・匠人》『堂涂十有二分』，鄭注：『謂階前，若今令甓裓也。分其督旁之修，以一分爲峻也。』賈疏云：『名中央爲督，假令兩旁上下尺二寸，則取一寸於中，中央爲峻。』邵晉涵云：『蓋甃以甗甎，中央稍高起也。』今案：《釋文》：『裓，音階。』『裓』與『陔』通。《説文》：『陔，階次也。』鄭注言階前，而引令甓裓爲證，是知裓即陔，謂陔前之道也。古惟内朝有堂，有堂斯有階，有階斯有甓。其外朝、治朝皆平地爲廷，無堂斯無階，無階斯無甓。詩言『中唐有甓』，正設爲似有實無之詞，以見讒言之不可信也。令適即甓之合聲。《爾雅》『瓴甋謂之甓』，郭注：❶『甗甎也。今江東呼瓴甓。』《説文》：『甓，令甓也。』又曰：『墼，令適也。』甓、適、墼三字同韻，故通用。《廣雅》：『瓴甋、甓，甗甎也。』《通俗文》：『狹長者謂之甗甎。』據《吴語》韋昭注：『員曰囷，方曰鹿。』則甗甎蓋甎之長方者耳。『甓』又通作『壁』，《尚書大傳・周傳・牧誓》篇云『不愛人者，及其骨餘』，鄭注：『骨餘，里落之壁。』『骨』爲『胥』之譌。《説苑》作『餘胥』。趙坦云：『或引《尚書大傳》作「儲胥」。《長安志圖》漢瓦有曰儲胥、未央。古人謂瓦爲儲胥，鄭注以爲壁者，壁即甓也。甓爲磚，亦得爲瓦稱。』」「韓『鷊』作『虉』，魯、齊作『鷏』」者，《玉篇・艸部》：「虉，小草有雜色似綬。《詩》曰：『卭有旨虉。』」與毛異，明《韓詩》作「虉」。《説文》「鷏」下云：「綬艸也。」引《詩》「卭有旨鷏」，蓋魯、齊作「鷏」，正字。「鷊」、「虉」皆叚借字也。

誰侜予美？心焉惕惕。

【注】魯説曰：「惕惕，愛也。」韓説：「以爲説人也。」【疏】傳：「惕惕，猶忉忉也。」○《衆經音義》十三：「惕

❶「郭」，原作「鄭」，據馬瑞辰《通釋》、宋監本《爾雅》、阮刻本《爾雅注疏》改。

惕，疾也、懼也。」引《詩》「心焉惕惕」，此用毛説也。《楚詞・九章》「悼來者之悐悐」，《説文》「惕」、「悐」同字。「惕惕，愛也」者，《釋訓》文，此魯説。「以爲説人也」者，郭注引《韓詩》文。陳喬樅云：「郭不見《魯詩》，故引韓説『説人』之説，以證明《雅》訓。」愚案：愛、説同義。説宣公之可與爲善，惟恐爲讒人所壅蔽，陷於不明，是説人即愛君，魯、韓非有異義。

《防有鵲巢》二章，章四句。

月出【疏】毛序：「刺好色也。在位不好德，而説美色焉。」○三家無異義。

月出皎兮，【疏】傳：「興也。皎，月光也。」箋：「興者，喻婦人有美色之白皙。」○《説文》：「皎，月之白也。從白，交聲。《詩》曰：『月出皎兮。』」《文選》宋玉《神女賦》：「其少進也，皎若明月舒其光。」即用《詩》義。謝莊《月賦》注引《詩》「月出皦兮」。《王・大車》篇「有如皦日」，《韓詩》作「皎日」，是二文通借。佼人僚兮。舒窈糾兮，【疏】傳：「僚，好貌。舒，遲也。窈糾，舒之姿也。」○《釋文》：「佼，又作『姣』，古卯反。《方言》：『自關而東，河、濟之間，凡好謂之姣。』僚，本亦作『嫽』，同音了。」案：唐石經「佼」作「姣」。《史記・司馬相如傳》索隱、《衆經音義》九皆引《詩》「姣人嫽兮」。胡承珙云：「《荀子・非相篇》『古者桀、紂長巨姣美』，字作『姣』。《成相篇》『君子由之佼以好』，又作『佼』。是二字本多通借。《説文》：『僚，好也。從人，尞聲。』此本義。『嫽，女字也。』與『僚』異義。《方言》：『好，青、徐、海、岱之間曰釗，或謂之嫽。』蓋假『嫽』爲『僚』耳。」馬瑞辰云：「窈糾，猶窈窕，皆疊韻，與下『懮受』、『夭紹』同爲形容美好之詞，非舒遲之義。舒者，

『噬』之叚音。『噬』通作『逝』，又作『舍』。《杕杜》詩『噬肯適我』，《韓詩》作『逝』，此『噬』、『逝』通用之證。《春秋》『陳乞弒其君荼』，《公羊》作『舍』，《史記》作『筮』，此『荼』、『筮』、『舍』通用之證。《玉藻》『荼前詘後直』，注：『讀如「舒遲」之「舒」。』《史記・年表》『荆荼是懲』，即《詩》『荆舒』，則又『舒』、『荼』同音之證。『舒』爲發聲字，猶『逝』爲語詞也。『舒窈糾兮』，言窈糾也。『舒懮受兮』，言懮受也。『舒夭紹兮』，言夭紹也。猶之《日月》詩『逝不古處』，言不古處也。《碩鼠》詩『逝將去女』，言將去女也。《杕杜》詩『噬肯適我』，言肯適我也。《桑柔》詩『逝不以濯』，言不以濯也。『逝』皆發聲，不爲義也。以舒、舍同音推之，因知《孟子》『舍皆取諸其宮中而用之』，『舍』亦發聲，言許子何不爲陶冶，皆取諸其宮中而用之也，舊注「舍」爲「止」，或謂作陶冶之處，並失其義。舍猶舒也。《説文》又曰：『余，語之舒也。』余從八，❶舍省聲，亦舍、舒同類之證。傳訓『舒』爲『舒遲』，因以窈糾、懮受、夭紹爲舒之姿，蓋失之矣。」胡承珙云：「《史記・司馬相如傳》『青虬蚴蟉於東箱』，正義：『蚴蟉，行動之貌也。』又『驂赤螭青虬之幽蟉蜿蜒』，幽蟉、蚴蟉皆與窈糾同，即《洛神賦》所謂『矯若游龍』者也。」勞心悄兮。【疏】傳：「悄，憂也。」箋：「思而不見則憂。」○馬瑞辰云：「《淮南・精神》篇高注：『勞，憂也。』凡《詩》言『勞心』皆憂心。『勞心悄兮』，猶言『憂心悄悄』也。」愚案：《説文》：「悄，慐也。」

月出皓兮，佼人懰兮。舒懮受兮，勞心慅兮。【疏】《説文》：「皓，日出皃。」《釋詁》：「皓，光

❶「八」，原作「入」，據陳刻《説文》、《説文注》、楊刻《説文義證》、祁刻《説文繫傳》改。

也。」此言「晧兮」，借日以形月之光盛。《釋文》：「懰，好皃。」《玉篇》作「嬼」，云：「姣嬼也。」「懮受，舒遲之皃。」皆用《詩》義。《廣韻》、《集韻》、《類篇》並引《詩》「舒懮受兮」。懮受者，狀其心體之寬安也。《巷伯》詩「勞人草草」，《爾雅》作「慅慅」。單言之曰慅，是慅亦憂也。

月出照兮，佼人燎兮。舒夭紹兮，勞心慘兮。【疏】燎者，言其光明，與上「照」同意。胡承珙云：「《文選·西京賦》『要紹修態，麗服颺菁』，注：『要紹，謂嬋娟作姿容也。』《南都賦》：『致飾程蠱，要紹便娟。』『要紹』皆與『夭紹』同。」馬瑞辰云：「陳第、顧炎武、戴震並云『慘』當作『懆』。吴棫云八分『喿』多寫作『參』，因此致誤。又或謂魏、晉間避曹氏諱，故『喿』多作『參』。孔廣森謂：『宵豪爲侵覃之陰聲，故「慘」轉爲「懆」。』孔説是也。《檀弓》鄭注：『縿，讀如綃。』《説文》：『訬，讀若毚。』皆宵豪及侵覃音轉之證。《説文》：『懆，愁不安也。』《爾雅》、《廣雅》並曰：『慘，憂也。』《廣雅》又曰：『慘，懆也。』是字之從喿、從參者，聲近而義亦同。釋《詩》者當曰：『慘，讀若懆。』轉其音，不必易其字也。《釋文》於《北山》詩『或慘慘劬勞』，云：『字亦作「懆」。』於《白華》詩『念子懆懆』，云：『亦作「慘慘」。』至此詩及《正月》詩『憂心慘慘』、《抑》詩『我心慘慘』，《釋文》不曰『本作「懆」』，則古本皆作『慘』字，初無異本可知。張參《五經文字》云：『懆，千到反。見《詩》。』不著何篇，蓋仍指《白華》詩『念子懆懆』耳。或謂此詩『慘』字張參作『懆』，非。」

《月出》三章，章四句。

株林【疏】毛序：「刺靈公也。淫乎夏姬，驅馳而往，朝夕不休息焉。」箋：「夏姬，陳大夫妻，夏徵舒之母，鄭女也。徵舒字子南。夫字御叔。」○《易林・睽之萃》：「繼體守藩，縱欲廢賢。君臣淫佚，夏氏失身。」又《巽之蠱》：「平國不君，❶夏氏作亂。烏號竊發，靈公殞命。」《臨之晉》同。此齊說。綜此事始末，依《左傳》爲言。廢賢，謂殺洩冶。魯、韓蓋無異義。

胡爲乎株林？從夏南兮。【疏】傳：「株林，夏氏邑也。夏南，夏徵舒也。」箋：「陳人責靈公，君何爲之株林，從夏氏子南之母爲淫泆之行？」○株者，其地不詳。《後漢・郡國志》：「陳有株邑，蓋朱襄之地。」《路史》「朱襄氏都于朱」，注：「朱，或作『株』。」是株爲邑名，故下章單稱「株」也。《元和志》：「宋州柘城縣，本陳之株邑，《詩》『株林』是也。」故柘城在甯陵縣南七十里，在陳之東北。至《寰宇記》：「夏亭城在陳州西華縣西南三十里，城北五里有株林，即夏氏邑，一名華亭。」後人攷西華縣在陳州西八十里，夏亭在縣西南三十里。《記》又以柘城縣爲陳之株野，「下邑縣」云：「或以爲陳之株林。」《寰宇記》後出之書，前無所承。陳州顯證，疑出附會。柘城諸地，林、野分歧，尤乖考實。林者，《說文》：「邑外曰郊，郊外曰野，野外曰林。」《魯頌》傳同。此詩林、野顯然分列，傳以株林爲邑名，非也。夏南者，夏，氏；南，字；徵舒，名。《左・昭二十三年》疏引《世本》云：「宣公生子夏，子夏生御叔，御叔生徵舒。」是夏氏，陳公族也。胡，何也。詩設爲問答之詞，言何所爲而遊觀株林乎？曰從夏南遊耳。詩但云夏南，未言夏南母，語自含蓄，且留得下文一轉，此正風人立言之善，而箋乃釋「從夏南」爲「從夏氏子南之母」，亦非也。唐石經因箋遂作「從夏南姬」，大謬。

---

❶「君」，原作「均」，據續經解本《齊詩遺說攷》四、《百子全書》本《焦氏易林》改。

正義本兩「南」下有「兮」字，定本無「兮」字。各本從定本刪兩「兮」字，非是。今依陳奐本增。**匪適株林，從夏南兮。**【疏】箋：「匪，非也。言我非之株林，從夏氏子南之母爲淫泆之行，自之他耳。觝拒之詞。」○案：如箋說，則首章三句，非四句，與次章語意亦不相承接。後來釋此詩者，皆覺未安。今案：言「適株林」，則株林必有遊覽之樂。「從夏南」，則夏南當爲就見之臣。而株林無可觀，夏南非有見也，故國人又言曰：我知君非適株林，亦非從夏南也。諷刺意在言外。

駕我乘馬，說于株野。乘我乘駒，朝食于株。【疏】傳：「大夫乘駒。」箋：「我，國人；我，君也。君親乘胡承珙云：「此『乘』字當依經作『駕』。」君乘馬，乘君乘駒，變易車乘，以至株林。或說舍焉，或朝食焉。又責之也。馬六尺以下曰駒。」○臧鏞堂云：「《釋文》：『乘驕，音駒。沈云：「或作『駒』字，是後人改之。」《皇皇者華》篇内同。』」據此，知此詩及《皇皇者華》並作『驕』。其作『駒』者，後人所改。陸氏於此詩從沈作『驕』，於《皇皇者華》『維駒』作『駒』：『本亦作「驕」。』以『驕』爲『亦作』。正義並作『駒』，誤也。《說文》：『馬六尺爲驕。』引《詩》『我馬維驕』，則沈說確矣。鄭箋與《說文》合，尤可爲本作『驕』之證。《公羊·隱元年傳》注：「天子馬曰龍，高七尺以上。諸侯曰馬，高六尺以上。卿大夫士曰駒，高五尺以上。」與《說文》及毛、鄭略同，❶當出古傳記。「駒」必

---

❶「鄭」，原作「傳」，據續經解本《毛詩後箋》、清嘉慶四年臧氏拜經堂刻（以下稱「拜經堂刻」）《經義雜記》改。

「驕」之譌。徐疏引《詩》「皎皎白駒」，則唐時本已誤矣。❶又《說文》云：『馬二歲曰駒。』則知二詩作『駒』，非也。鄭云『馬六尺以下曰驕』，即《南有喬木》之『五尺以上曰駒』也。然則《喬木》亦當作『驕』矣。」胡承珙云：「株乃夏氏邑，在株野之外。駕我乘馬者，謂靈公本以諸侯車騎出至株野，託言他適，乃舍之而乘大夫所乘之驕，以至于株林，永夕永朝，淫蕩忘返。《國語》云『南冠已如夏氏』，是靈公當日實有易服微行之事，故箋云『變易乘車』也。」愚案：靈公初往夏氏，必託言遊株林。自株林至株野，乃稅其駕，然後微服入株邑，朝食於夏氏。此詩乃實賦其事也。

《株林》二章，章四句。

澤陂【疏】毛序：「刺時也。言靈公君臣淫於其國，男女相說，憂思感傷焉。」❷箋：「君臣淫於國，謂與孔寧、儀行父也。感傷，謂『涕泗滂沱』。」○三家無異義。

彼澤之陂，有蒲與荷。【注】魯「荷」作「茄」。【疏】傳：「興也。陂，澤障也。荷，芙蕖也。」箋：「蒲，柔滑之物。芙蕖之莖曰荷，生而佼大。興者，蒲以喻所說男之性，荷以喻所說女之容體也。正以陂中二物興者，喻淫風由同姓生。」○孔疏：「澤障，謂澤畔障水之岸。以陂內有此二物，故舉陂畔言之。」「魯

---

❶「時」，原作「詩」，據續經解本《毛詩後箋》、拜經堂刻《經義雜記》改。

❷「思」，原作「恩」，據明世德堂本《毛詩》、阮刻本《毛詩正義》改。

『荷』作『茄』」者，孔引《爾雅》樊光注文。陳喬樅云：「應劭《風俗通義》云：『《詩》云：「彼澤之陂，有蒲與荷。」傳曰：「水草交厝，名之爲澤。澤者，言其潤澤萬物，以阜民用也。」』應習《魯詩》，故引《魯詩》傳單稱『傳』，猶《白虎通義》用魯説，《辟雍》篇引『水圓如璧』云云，單稱『《詩》訓』；《姓名》篇引『文王十子』云云，單稱『《詩》傳』也。觀《風俗通義》此條下文引《韓詩内傳》，明著《韓詩》字，則上文引《詩》及傳之確爲《魯詩》無疑矣。魯『荷』作『茄』，與毛異。此『荷』字疑後人據毛改之。《釋草》：『荷，芙蕖。其莖茄。』樊光注：『《詩》曰：「有蒲與茄。」』《淮南・説山訓》高注：『荷，水菜，❶夫渠。其莖曰茄。』與《釋草》合，蓋《魯詩》之訓如此。此詩鄭箋云：『芙蕖之莖曰荷。』正義：『如《爾雅》，則芙蕖之莖曰茄。此言荷者，意欲取莖爲喻，亦以荷爲大名，故言荷耳。樊光注引《詩》作「有蒲與茄」，❷然則《詩》本有作「茄」字者。』喬樅案：鄭從三家《詩》文，自當作『茄』，不宜仍用『荷』字，『荷』當爲『茄』之誤。正義殊失鄭恉。又陸、孔俱見《韓詩》，而俱不言字異，則韓與毛同。」

有美一人，傷如之何？【注】魯、韓「傷」作「陽」。韓「如」作「若」。【疏】傳：「傷無禮也。」箋：「傷，思也。我思此美人，當如之何而得見之。」○孔疏：「毛於『傷如之何』下傳曰『傷無禮』，是君子傷此『有美一人』之無禮也。箋易傳，以爲思美人不得見之而憂傷。」陳奐云：「『有美一人』，謂有禮者也。言有美一人見陳君臣淫説無禮之甚，而爲之感傷也。」三説並通。「魯『傷』作『陽』」者，《釋詁》「陽，予也」，郭

❶「菜」，原作「草」，據續經解本《魯詩遺説攷》六、《道藏》本《淮南鴻烈解》改。

❷「有」，原脱，據續經解本《魯詩遺説攷》六、阮刻本《毛詩正義》補。

注：「《魯詩》云：『陽如之何？』今巴、濮之人自呼爲阿陽。」馬瑞辰云：「《易・説卦》『兑爲妾，爲羊』，鄭本『羊』作『陽』，注：『此陽讀爲養。無家女行賃炊爨，今時有之，賤於妾也。』是爲陽，讀同『廝養』之『養』。自稱『陽』者，謙詞也。」愚案：《魯詩》釋「陽」爲「予」，與毛義合。言此有美一人，我奈之何也。《防有鵲巢》篇稱其君曰「予美」，此詩言我所美之一人，其意同也。雖聽讒無禮，而我猶美之，親君之誼也。「韓『傷』作『陽』，『如』作『若』」者，《玉篇・阜部》引：「《韓詩》曰：『有美一人，陽若之何。』陽，傷也。」訓「陽」爲「傷」，與箋及傳、疏義合。思賢人不得見，無禮之甚，皆可傷之事也。寤寐無爲，涕泗滂沱。【疏】傳：「自目曰涕，自鼻曰泗。」箋：「寤，覺也。」〇案：寤寐，猶言不寐，詳《關雎》篇。君德淫昏，大亂將作，平居憂念，耿耿不寐，事權不屬，更無可爲，惟有涕泗滂沱而已。馬瑞辰云：「泗、洟古音同部，涕泗即涕洟也。《易》鄭注：『自目曰涕，自鼻曰洟。』《説文》：『洟，鼻液也。』『泗』即『洟』之借字。」胡承珙云：「《爾雅》：『呬，息也。』《説文》：『東夷謂息爲呬。』又曰：『息，喘也。從心，從自，自亦聲。』又：『自，鼻也。』據此，泗爲鼻液，與呬爲鼻息音同義近。滂沱者，《易・離卦》『出涕沱若』是也。」

彼澤之陂，有蒲與蕑。【注】魯「蕑」作「蓮」。【疏】傳：「蕑，蘭也。」箋：「蕑，當作『蓮』。蓮，芙蕖實也。蓮以喻女之言信。」〇《釋文》：「蕑，鄭改作『蓮』。」《釋草》：「荷，芙蕖。其實蓮。」邢疏：「《詩・陳風》云：『有蒲與蓮。』」陳喬樅云：「《御覽》九百七十五引《詩》『有蒲與蓮』，與邢疏同。《溱洧》篇『方秉蕑兮』，《釋文》引《韓詩》曰：『蕑，蓮也。』焦氏循據《御覽》引《韓詩》，以秉蕑爲執蘭，與毛不異，謂《釋文》所引當是『有蒲與蕑』之注，陸元朗誤載於《鄭風》。然則《韓詩》於此章亦止訓『蕑』爲『蓮』，「蕑」訓爲「蓮」者，蕑即蘭也。蘭從闌聲，蓮從連聲，闌、連古同聲通用。《伐檀》詩「河水清且漣猗」，《爾雅》作「瀾」。《説文》：「瀾，或從連作『漣』。」是其明證。「蕳」本訓「蘭」，又以聲近叚借爲「蓮」字。蘭、蓮皆澤中之香草也。字不作『蓮』也。鄭箋『茄』字既據《魯詩》改毛，則『蓮』字亦據《魯詩》可知矣。邢引《詩》語蓋據《爾雅》舊注之文。《御覽》所採，亦《魯詩》之佚句散見於百家者也。」

有美一人，碩大且卷。【疏】傳：「卷，好貌。」○《釋文》：「卷，本又作『婘』。」馬瑞辰云：「卷，即『婘』之渻借。婘，《説文》作『嬽』，云：『嬽，好也。』《説文》又云：『𠨬，讀若「書卷」之「卷」。』故知『嬽』即『婘』字。《廣雅》：『婘，好也。』《玉篇》：『婘，好皃。』」陳奂云：「《齊風》釋文云：『《韓詩》：「婘，好皃。」』好，謂有好德也。」愚案：以《齊風》推之，《韓詩》此章「卷」字，必用正字作「婘」。依傳義，乃謂君德自來美好。依箋義，則謂思賢人之美好也。寤寐無爲，中心悁悁。【疏】傳：「悁悁，猶悒悒也。」○悁悁，蓋悲哀不舒之意。陳喬樅云：「《文選》李注引《毛詩》曰：『勞心悁悁。』『中』字疑『勞』之誤。」愚案：《楚詞·九歎》：「勞心悁悁，涕滂沱兮。」張衡《思玄賦》：「悲離居之勞心兮，情悁悁而思歸。」衡用《魯詩》，疑魯作「勞心」，毛自作「中心」，而李注以毛爲誤字也。

彼澤之陂，有蒲菡萏。【疏】傳：「菡萏，荷華也。」箋：「華以喻女之顔色。」○《釋草》：「荷，芙蕖。其華菡萏。」《説文》：「菡藺，夫容。華未發爲菡藺，已發爲夫容。」「萏」乃「藺」之渻。有美一人，碩大且儼。【注】韓「儼」作「嬐」。説曰：「嬐，重頤也。」【疏】傳：「儼，矜莊貌。」○「『儼』作『嬐』。説曰『嬐，重頤也』」，《御覽》三百六十八引《韓詩》薛君文。《説文》「嬐」下引《詩》同。《廣雅·釋詁》：「嬐，美也。」正釋《韓詩》「嬐」字。案：「儼」訓「矜莊」，非狀婦人之美。重頤豐下，斯爲男子之貌。今俗云雙頰巴，或以《淮南》「靨輔在頰」當之，非是。高注明釋「靨輔」爲「頰上窐」。宋蘇軾詩所謂「雙頰生微渦」也。寤寐無爲，輾轉伏枕。【注】魯、韓「輾」作「展」。【疏】「魯、韓『輾』作『展』」者，《文選》卷二十九張茂先《雜詩》李注引《韓詩》二句文。《淮南·説山訓》高注引《詩》曰：「輾轉伏枕，寤寐咏嘆。」蓋引此詩「寤寐無爲，展轉伏枕」，而後人轉寫顛倒錯誤也。

《澤陂》三章，章六句。

陳國十篇，二十六章，百二十四句。

詩三家義集疏卷十一

長沙王先謙益吾著

檜羔裘弟十一

【疏】《乙巳占》引《詩推度災》曰：「檜，天宿招搖。」《漢書・地理志》：「濟、洛、河、潁之間，子男之國，虢、會爲大，恃勢與險，崈侈貪冒。」以上齊説。陳喬樅云：「《説文》：『鄶，祝融之後，妘姓。所封潧、洧之間，鄭滅之。從邑，會聲。』又云：『會，合也。』《方言》注：『會，兩水合處也。』《水經注》：『潧水出鄶城西北雞絡塢下，洧水東南逕城南。』鄶地居溱、洧之間，二水合流，故以『會』名國。作『檜』者，叚借字耳。」陳奂云：「《大戴禮・帝繫》篇：『陸終弟四子曰萊言，是爲云鄶人。云鄶人者，鄭氏也。』《水經注》引《世本》作『求言』。案：云，古『妘』字。妘鄶人，檜國之上祖。鄶人者鄭氏，鄶、鄭同地故也。其實鄶、鄭同地而不同城，《鄭譜》正義云：『《左・僖三十三年傳》稱「文夫人葬公子瑕于鄶城之下」，服注：「鄶城，故鄶國之墟。」杜注：「鄶國，在滎陽密縣東北。」新鄭在滎陽宛陵縣西南，是別有鄶城也。今河南開封府密縣東北有鄶城，是其地。』朱右曾云：『《左傳》言：「先君桓公與商人皆出自周，庸次比耦，以艾殺此地，斬之蓬蒿藜藋，而共處之。」此與《外傳》所云寄孥虢、鄶之事正合。商人與桓公之孥俱出自周，故推本桓公言之，非桓公時已滅虢、鄶也。桓公寄孥，則武公當桓公之世，已居鄶矣。寄孥在幽王九年，越二年而幽王滅。《公羊傳》云先鄭伯有通於鄶夫人者，《外傳》言鄶由叔妘，此鄭伯正指武公。通乎鄶夫人，蓋在此二年中。幽王既滅，武公乃與晉文侯共立平王，卒滅虢、鄶。世家言桓公之時，虢、鄶獻十邑。十邑者，通虢、鄶言之爲十邑，非虢、鄶之國有是十邑也。」」愚案：《水經·洧水》篇稱《竹書紀年》：「晉文侯二年，王子多父伐鄶，克之，乃居鄭父之丘，是曰桓公。」然攷文侯二年爲周幽王三年，時桓公未爲司徒，未謀於史伯，豈遽已滅鄶而居之？《紀年》之不可信，此又其一端也。

詩國風❶

羔裘【疏】毛序：「大夫以道去其君也。國小而迫，君不用道，好絜其衣服，逍遥遊燕，而不能自强於政治，故作是詩也。」箋：「以道去其君者，三諫不從，待放於郊，得玦乃去。」○王符《潛夫論·志姓氏》篇：❷「會在河、伊之間，其君驕貪嗇儉，滅爵損禄，羣臣卑讓，上下不。缺。❸詩人憂之，故作《羔裘》，閔其痛悼也。」符用《魯詩》，此魯説也。齊、韓無異義。

羔裘逍遥，狐裘以朝。【疏】傳：「羔裘以遊燕，狐裘以適朝。」箋：「諸侯之朝服緇衣羔裘，大蜡而

❶「詩國風」三字，原脱，據本書體例補。
❷「志姓氏」，《潛夫論箋》作「志氏姓」。
❸「不」下缺字，《潛夫論箋》作「臨」。

息民，則有黃衣狐裘。今以朝服燕，祭服朝，是其好絜衣服也。先言燕，後言朝，見君之志不能自强於政治。」○馬瑞辰云：「《論語》『狐貉之厚以居』，是燕居亦得服狐裘。如傳説，正見二者之相反，與箋意異。」愚案：《楚詞·九章》王注：「逍遥，遊戲也。《詩》曰：『狐裘逍遥。』」「羔」作「狐」，字誤。可證魯、毛文同。豈不爾思？勞心忉忉。【疏】傳：「國無政令，使我心勞。」箋：「爾，女也。三諫不從，待放而去，思君如是，心忉忉然。」

羔裘翱翔，狐裘在堂。【疏】傳：「堂，公堂也。」箋：「翱翔，猶逍遥也。」○陳奂云：「經言朝，傳云適朝。視朝在路門外治朝之宁，聽朝則在路門内燕朝之堂。《碩人》傳云『君聽朝於路寢』是也。首章適朝，二章在堂，其實一也。天子、諸侯皆二朝，解者誤以爲皆三朝。今試明之。《周禮·宰夫》『掌治朝』，《小司寇》、《朝士》『掌外朝』，其言朝位同，此外朝即治朝也。《司士》『正朝儀之位，太僕前，王入内朝，皆退』，《大僕》『王眂燕朝，則正位』，此内朝即燕朝也。《槁人》云『掌共外内朝宂食者之食』，然則天子朝唯有外、内二而已。諸侯與天子同。《禮·文王世子》：『其朝於公，内朝，則東面北上。臣有貴者，以齒。其在外朝，則以官，司士爲之。公族朝於内朝，内親也。雖有貴者，以齒，明父子也。外朝以官，體異姓也。』《魯語》：『天子及諸侯合民事於外朝，合神事於内朝。』《文王世子》之外朝，司士所掌，與《周官·司士》正朝儀位爲治朝者同。《魯語》之外朝合民事，與《周官·宰夫》掌諸臣萬民復逆爲治朝者同。又宣六年《公羊傳》：『靈公爲無道，使諸大夫皆内朝。趙盾已朝而出，與諸大夫立於朝。』何注：『從内朝出立於外朝。』蓋外朝有諸大夫位焉。從内朝出立外朝，即從燕朝而出俟治朝也。然則諸侯朝亦惟外、内二而已。鄭司農《朝士》注云：

『王有五門，外曰皋門，二曰雉門，三曰庫門，四曰應門，五曰路門。路門一曰畢門，外朝在路門外，内朝在路門内。』奂案：仲師説門、朝之制，確不可易。《緜》傳：『王之郭門曰皋門。王之正門曰應門。』天子五門，其一曰皋門，爲郭門，亦爲外城門。二曰雉門，爲内城門。皋、雉二門，出入不禁，其無朝可知。庫、應、路三門皆宫門，庫門爲大門，應門爲中門，路門爲内門。庫門以内，亦出入不禁，其無朝又可知。應門，宫之正門，在庫、路之中，故亦爲中門。朝君入應門，則應門以内始有朝。朝有外有内，以在路門之外内而名之也。天子外朝在應門内、路門外，内朝在路門内。諸侯庫、雉、路三門亦皆宫門，庫門爲大門，雉門爲中門，路門爲内門。諸侯外朝在雉門内、路門外，其内朝亦在路門内。仲師言天子二朝，而諸侯之二朝，可據理推也。後鄭《宰夫》注云：『治朝，在路門之外。』《文王世子》注云：『外朝，路寢門之外庭。』亦既以治、外爲一朝矣。乃《小司寇》注：『外朝，朝在雉門之外。』《朝士》注：『外朝，在庫門之外，皋門之内。』蓋易先鄭五門皋、雉、庫、應、路爲皋、庫、雉、應、路，故一説外朝在雉門外，一説外朝在庫門外。鄭氏本無定解。《朝士》注又云：『周天子、諸侯皆有三朝，外朝一，内朝二。内朝之在路門内者，或謂之燕朝。』然内朝即燕朝，古無二内朝之名。《玉藻》『朝服以日視朝於内朝』，疑『内』乃『外』之誤，或因下文聽政路寢言之，要不得據一端以該羣經，謂此内朝即治朝，而遂以爲有二内朝之説也。《書大傳》：『諸侯之宫三門三朝，其外曰皋門，次曰應門，又次曰路門。其皋門内曰外朝，應門内曰内朝，路門内曰路寢之朝。』《大傳》言諸侯門制與《禮記》不合，而與《緜》箋同。言三朝與先鄭不合，而與《朝士》注、《玉藻》注同，此鄭氏所據與？《大傳》張生、歐陽生多所增益。門制，詳《緜》篇。」又云：「堂在路門内。燕朝，路寢庭也。堂，路寢堂也。公堂者，以公所聽政之堂而名之也。《逸周書・大匡》篇『朝于大庭』，孔晁注：『大庭，公堂之庭。』與此傳『公堂』同。凡朝，君臣咸立於庭。《説文》：『廷，朝中也。』今通作『庭』。皆有門而不屋。路門左右塾謂之門側之堂，不當中門。其當中門者，自庫門以至路門，惟路寢乃有堂耳。《曾子問》：『諸侯旅見天子，雨霑服失容，則廢。』此路門外外朝無堂可證也。《春官・樂師》『車亦如之』，注：『王如有車出之事，登車於大寢西階之前，反降於阼階之前。』《大僕》注：『大寢，路寢也。』登車於路寢階前，此路門内内朝無堂可證也。《玉藻》：『朝，辨色始入。君日出而視之，退適路寢聽政，使人視大夫。大夫退，然後適小寢釋服。』注：『小寢，燕寢也。』《考工記》『外有九室，九卿朝焉』，注：『外，路門之表也。九室，如今朝堂諸曹治事處。』攷諸侯外朝亦有官府治事處，大夫治事，當在外朝之室，君聽政則在内朝之堂，視大夫朝罷，而後從路寢反燕寢也。《論語・鄉黨》記孔子『入公門，過位，攝齊升堂，出，降一等。没階，復其位』。《曲禮》『下卿位』，注：『卿位，卿之朝位也。』孔疏云：『卿位，路門之外門東北面位。』引鄭注《鄉黨》：『過位，謂入門右北面君揖之位。』案：此位即外朝之位，爲大夫治事之處。堂爲君聽政之處，諸臣復逆，必由外朝入内朝升堂，君與圖事，而臣復退俟於外朝之位也。升堂在過位之後，此惟路寢有堂又可證也。」豈不爾思？我心憂傷。

羔裘如膏，日出有曜。豈不爾思？中心是悼。【疏】傳：「日出照曜，然後見其如膏。悼，動也。」箋：「悼，猶哀傷也。」〇《周禮・大祝》「九㩆，四曰振動」，杜子春云：「動，讀爲『哀慟』之『慟』。」

《羔裘》三章，章四句。

素冠【疏】毛序：「刺不能三年也。」箋：「喪禮，子爲父，父卒爲母，皆三年。時人恩薄禮廢，不能行也。」○三家無異義。或引《魏書・李彪傳》：「周室淩遲，喪禮稍亡，是以要絰即戎，《素冠》作刺。」並舉《列女・杞梁妻傳》引《詩》「我心傷悲，聊與子同歸」二句，以爲《魯詩》異義。不知要絰、素冠二事並引，文不相屬，非可以此溷入戎事。又《列女傳》引《詩》「與子同歸」，以妻殉夫死，斷章取義。此篇專刺短喪，大恉明白，執禮匡時，所繫綦重，尤不當傳會曲説，淆亂正經也。

庶見素冠兮，棘人欒欒兮，【注】魯「欒」作「臠」。説曰：「棘，羸瘠也。《詩》曰：『棘人臠臠兮。』」

【疏】傳：「庶，幸也。素冠，練冠也。棘，急也。欒欒，瘠貌。」箋：「喪禮，既祥祭而縞冠素紕。時人皆解緩，無三年之恩於其父母，而廢其喪禮，故覬幸一見素冠。急於哀慼之人，形貌欒欒然臞瘠也。」○「庶，幸」，《釋言》文。素冠，三年之喪，初喪喪冠，小祥練冠，大祥縞冠，中月而禫綅冠，踰月吉祭乃玄冠，復平常。傳「練冠」就小祥説，箋「縞冠」就大祥説，要皆謂三年素冠。「欒作」至「臠兮」，《淮南・任地》篇高注文今本「人」下有「之」字，無「兮」字，轉寫錯誤。與毛訓異，❶魯説也。臠臠者，《説文》「臠」下云：「臞也。《詩》曰：『棘人臠臠。』」所引亦《魯詩》，作「臠」，正字；毛作「欒」，借字也。《釋詁》：「瘠，病也。」舍人注：「瘠，心憂憊之病也。」心憂

❶ 「淮南」，據《呂氏春秋・任地》及本書體例，疑當作「呂覽」。

而憊，故病羸瘠，亦魯説。《説文》有「臠」無「癵」，「癵」俗字。勞心慱慱兮。【疏】傳：「慱慱，憂勞也。」箋：「勞心者，憂不得見。」○《釋訓》：「慱慱，憂也。」勞心即憂心，與《月出》篇同。《説文》無「慱」字，《文選・思玄賦》李注引作「摶摶」。

庶見素衣兮，【疏】傳：「素冠，故素衣也。」箋：「除成喪者，其祭也，朝服縞冠。朝服，緇衣素裳。然則此言素衣者，謂素裳也。」○陳奂云：「《左・昭三十一年傳》『季孫練冠麻衣』，《檀弓》『主人深衣練冠，待于廟』，《雜記》『筮史練冠長衣』，是練冠所配之衣，或麻衣，或深衣，或長衣。麻衣即深衣。《喪服・記》『公子爲其母練冠麻，❶麻衣縓緣』，注云：『此麻衣者，如小功布深衣，爲不制衰裳變也。縓，淺絳也。一染謂之縓。練冠而麻衣縓緣，三年練之受飾也。』引《檀弓》曰：『練，練衣。黄裏，縓緣。』《間傳》『期而小祥，練冠縓緣。又期而大祥，素縞麻衣』，注云：『《喪服小記》曰：「除成喪者，其祭也，朝服縞冠。」此素縞者，《玉藻》所云：「縞冠素紕，既祥之冠。」麻衣十五升布，亦深衣也。謂之麻者，純用布，無采飾也。』然則小祥、大祥皆用麻衣。大祥之麻衣配縞冠，小祥之麻衣配練冠。傳意以此章『素衣』與上章『素冠』同時之服，素冠爲練冠，則素衣即《檀弓》之練衣，練衣即麻衣，衣、冠皆爲三年練之受服也。❷箋就既祥祭而言，素衣謂朝服緇衣素裳。但朝服麻衣色緇，三年麻衣色白。素者，白也。不得以緇爲素，明矣。又朝服無裳，鄭以素衣爲素裳，

---

❶「麻」，原脱，據陳奂《傳疏》、阮刻本《儀禮注疏》補。
❷「受」，原作「衣」，據陳奂《傳疏》改。

亦非是。」我心傷悲兮，聊與子同歸兮。【疏】傳：「願見有禮之人，與之同歸。」箋：「聊，猶且也。且與子同歸，欲之其家，觀其居處。」○案：孔疏因箋釋「同歸」爲同歸其家，遂以傳爲欲與「共歸己家」，解似過泥。陳奐云「同歸於禮」，是已。《孟子》云「既盟之後，言歸於好」，亦句例也。《列女・杞梁妻傳》哭夫殉死，引：「《詩》云：『我心傷悲，聊與子同歸。』此之謂也。」斷章取義，非詩恉。無二「兮」字，乃省文，古書多此例，如「棘人欒欒兮」，《説文》引亦無「兮」字。

庶見素韠兮，我心蘊結兮，聊與子如一兮。【疏】傳：「子夏三年之喪畢，見於夫子，援琴而弦，衎衎而樂，作而曰：『先王制禮，不敢不及。』夫子曰：『君子也。』閔子騫三年之喪畢，見於夫子，援琴而弦，切切而哀，作而曰：『先王制禮，不敢過也。』夫子曰：『君子也。』子路曰：『敢問何謂也？』夫子曰：『子夏哀已盡，能引而致之於禮，故曰君子也。閔子騫哀未盡，能自割以禮，故曰君子也。』夫三年之喪，賢者之所輕，不肖者之所勉。」箋：「祥祭朝服素韠者，韠從裳色。聊與子如一，且欲與之居處，觀其行也。」○孔疏：「喪服始終無韠。禮，大祥祭，朝服素韠。毛意亦以卒章思大祥之人也。」陳奐云：「韠象裳色。天子山、火、龍，諸侯火、龍，卿大夫山，此畫繪之韠，以配衮、鷩、毳、希之裳也。玄冕之服，天子朱韠，配朱裳。諸侯、卿大夫赤韠，配赤裳。士爵弁韎韐，配纁裳也。玄端不與裳相應，故士玄端爵韠，裳則有玄、黄、襍之異。朝服如深衣，有韠而無裳。」蘊，《校勘記》：「唐石經初刻『薀』，後改。《説文》：『薀，積也。從艸，温聲。』孔疏、《釋文》作『蘊』，即『薀』之俗字。」「聊與子如一」者，願與有禮之人用心如一。箋以爲「欲與之居處」，亦非。

《素冠》三章，章三句。

隰有萇楚【疏】毛序：「疾恣也。國人疾其君之淫恣，而思無情慾者也。」箋：「恣，謂狡狭淫戲，不以禮也。」〇三家無異義。

隰有萇楚，【注】魯説曰：「萇楚，銚弋。」猗儺其枝。【疏】傳：「興也。萇楚，銚弋也。猗儺，柔順也。」箋：「銚弋之性，始生正直，及其長大，則其枝猗儺而柔順，不妄尋蔓草木。興者，喻人少而端慤，其長大無情慾。」〇「萇楚，銚弋」者，《釋草》文，魯説也。郭注：「今羊桃。」陸《疏》：「葉長而狹，華紫赤色，枝莖弱，過一尺，引蔓於草上。」猗儺，枝柔之狀，詳見次章。夭之沃沃，樂子之無知。【注】魯説曰：「知，匹也。」【疏】傳：「夭，少也。沃沃，壯佼也。」箋：「知，匹也。疾君之恣，故於人年少沃沃之時，樂其無妃匹之意。」〇《桃夭》篇「夭」亦作「枖」，傳：「桃有華之盛者，夭夭，其少壯也。」《説文》：「枖，木少盛貌。」此「夭」亦謂少而壯盛，以下云「沃沃」，故訓「沃沃」爲「壯佼」，單訓「夭」爲「少」也。沃沃，與《氓》篇「沃若」義同，謂佼好而有光華也。《衆經音義》十引《蒼頡篇》云：「樂，喜也。」「知，匹也」者，《釋詁》文。郭注引《詩》，本《爾雅》《魯詩》説。箋説與同。馬瑞辰云：「《墨子·經上》篇：『知，接也。』《莊子·庚桑楚》篇注：『知者，接也。』《荀子·正名篇》云：『知有所合謂之智。』凡相接、相合皆訓匹。《廣雅》：『接，合也。』『知』訓『接』、訓『合』，即得訓『匹』。又古者謂相交接爲相知，《楚詞》『樂莫樂兮新相知』，言新相交也。交與合義亦相近。《芄蘭》詩『能不我知』，『知』正當訓『合』。『不我知』爲不我合，猶『不我甲』爲不我狎也。《曲禮》『男女非有行媒，不相知名』，《釋文》作『不相知』，以『名』爲衍字。今案：『不相知』即不相匹也。皆『知』可訓『匹』之證。」陳啟源云：「《爾雅》『知，匹』之詁，殆專爲此詩立訓，故箋用之。」愚案：鄭用三家，例不明出何詩。《魯詩》與《爾雅》同，顯《詩》在《雅》前，故《雅》訓多本魯義，以此及「陽，予也」等文推之可知。

隰有萇楚，猗儺其華。夭之沃沃，樂子之無家。【注】魯「猗儺」作「旖旎」，《詩》曰：「旖旎其華。」【疏】箋：「無家，謂無夫婦室家之道。」○「旖旎」至「其華」，《楚詞·九辯》王注文。劉向《九歎·惜賢》篇「結桂樹之旖旎兮」，《章句》引《詩》文同。王引之云：「萇楚之枝柔弱蔓生，傳、箋並以猗儺爲柔順。但華、實不得云柔順，而亦云猗儺，則猗儺乃美盛之貌矣。《小雅》『隰桑有阿，其葉有難』，傳曰：『阿然，美貌。難然，盛貌。』『阿難』與『猗儺』同，字又作『旖旎』，王訓『盛貌』，與傳異，蓋本三家。」胡承珙云：「猗儺固可以美盛言，而亦有柔順之義。《高唐賦》『東西施翼，猗狔豐沛』，此固近於美盛。若《上林賦》之『紛溶萷蔘，猗狔從風』，張揖曰：「旖旎，猶阿那也。」《考工記》先鄭注兩引皆作「倚移從風」。《説文》：「移，禾相倚移也。」此「倚移」亦與「柔順」義近。《南都賦》『阿那蓊茸，風靡雲披』，漢人詞賦多本《詩》、《騷》，此皆狀草木之柔靡，不得以『猗儺』爲專指美盛。又司馬相如《大人賦》『又徛𢓜，以招搖』，張揖曰：「徛𢓜，下垂貌。」揚雄《甘泉賦》『夫何旟旐郅偈之旖旎也』，王褒《洞簫賦》『形旖旎以順吹兮』，又『奏歡娛，莫不憚漫衍凱、阿那腲腇者已』，注云：「阿那腲腇，舒遲貌。」此則並非草木，更不得泥於美盛之訓。蓋《隰桑》之『阿難』爲美盛，《萇楚》之『猗儺』爲柔順，言各有當也。至華、實，皆附於枝，枝既柔順，則華、實亦必從風而靡，雖概稱『猗儺』不妨。」

隰有萇楚，猗儺其實。夭之沃沃，樂子之無室。

《隰有萇楚》三章，章四句。

匪風【疏】毛序：「思周道也。國小政亂，憂及禍難，而思周道焉。」○三家無異義。

匪風發兮，匪車偈兮。顧瞻周道，中心怛兮。【注】齊、韓「偈」作「揭」。韓「怛」作「⿱制心」。【疏】傳：「發發飄風，非有道之風。偈偈疾驅，非有道之車。怛，傷也。下國之亂，周道滅也。」箋：「周道，周之政令也。迴首曰顧。」○「齊『偈』作『揭』」者，《易林·渙之乾》：「焱風忽起，車馳揭揭。棄古追思，失其和節，憂心惙惙。」《睽之大過》、《需之小過》同。飈、猋、焱、飈、飄五字通作。焱，當爲「猋」之誤字。《楚詞·雲中君》注：「猋，去疾貌。」《釋天》李注：❶「扶搖暴風，從下升上，故曰猋。猋，上也。」焱風忽起，故曰發發。揭揭，謂疾驅。二事皆失其和節，故因時之不古而追思之。「韓『偈』作『揭』，『怛』作『⿱制心』」者，《漢書·王吉傳》：「吉治《韓詩》，上昌邑王疏曰：『古者師行三十里，吉行五十里。《詩》云：「匪風發兮，匪車揭兮。顧瞻周道，中心⿱制心兮。」說曰：是非古之風也。發發者，是非古之車也。揭揭者，蓋傷之也。』」所引《詩》說即《韓詩內傳》之說也。陳喬樅云：「偈，當爲『朅』之借字。《白帖》十一引此詩，正作『匪車朅兮』。《說文》：『朅，去也。』『去』與『疾驅』義近，故韓於《伯兮》詩傳訓『偈』爲『疾驅貌』。又《漢書》注云：『揭，高舉也。⿱制心，古「怛」字。』《說文》無『⿱制心』字。『怛』下云：『憯也。』重文『⿱旦心』下云：『怛或從心在旦下。』憯亦傷也，與毛傳訓『傷』

❶「天」，原作「文」，據阮刻本《毛詩正義·谷風》、《爾雅注疏》改。

合。馬瑞辰云：『《方言》：「怛，痛也。」《廣雅》同。《玉篇》：「怛，傷也。悬，驚也。」並丁割切。是「悬」乃「怛」之同音借字。』」愚案：《韓詩外傳》二云：「國無道，則飄風厲疾，暴雨折木，陰陽錯氛，夏寒冬温，春熱秋榮，日月無光，星辰錯行，民多疾病，國多不祥，羣生不壽，而五穀不登。當成周之時，陰陽調，寒暑平，羣生遂，萬物寧，故曰：其風治，其樂達，其驅馬也舒，其民依依，其行遲遲，其意好好。《詩》曰：『匪風發兮，匪車揭兮。顧瞻周道，中心怛兮。』」《外傳》引《詩》仍作「怛」，不作「悬」，知《韓詩》「亦作」本與毛不異。其因無道思成周之時，釋《詩》「顧瞻」句與毛同義，齊、韓古説如此，後人釋「匪」爲「彼」、「道」爲「路」者，皆未可從。

匪風飄兮，匪車嘌兮。顧瞻周道，中心弔兮。【疏】傳：「迴風爲飄。嘌嘌，無節度也。弔，傷也。」○王逸《楚詞・九歌》注：「飄，風貌。《詩》曰：『匪風飄兮。』」明魯、毛文同。《離騷》注：「融風，無常之風。」《説文》：「嘌，疾也。從口，票聲。《詩》曰：『匪車嘌兮。』」

誰能亨魚？溉之釜鬵。【疏】傳：「溉，滌也。鬵，釜屬。亨魚煩則碎，治民煩則散。知亨魚，則知治民矣。」箋：「誰能者，言人偶能割亨者。」○《釋文》：「溉，本又作『摡』。」《説文》：「摡，❶滌也。」引《詩》「摡之釜鬵」，即毛「又作」本。王逸《楚詞・九歎》注：「鬵，釜也。《詩》曰：『溉之釜鬵。』」《説苑・善説》篇亦引二句，明魯、毛文同。《儀禮・特牲饋食禮》鄭注：「亨，煮也。《詩》曰：『誰能亨魚？溉之釜鬵。』」明齊、

❶「摡」，原作「溉」，據陳刻《説文》、《説文注》、楊刻《説文義證》、祁刻《説文繫傳》改。

毛文同。《釋器》：「䰝謂之鬵。鬵，鉹也。」《説文》：「䰝，鬵屬。」「鬵，大釜也。」❶《韻會》引《説文》作「土釜」。又《説文》「䰞」下云：「秦名土鬴曰䰞。讀若過。」即今所謂鍋矣。孔疏引孫炎《爾雅注》以「䰝」爲「甑」，字誤。疏又云：「人偶者，謂以人意尊偶之也。《論語》注：『人偶，同位人偶之詞。』《禮》注云：『人偶相與爲禮儀。』皆同也。亨魚小伎，誰或不能？而云『誰能』者，人偶此能割亨者，尊貴之，若言人皆未能，故云『誰能』也。」馬瑞辰云：「漢時以相敬、相親皆爲人偶。《大射儀》『揖以耦』，注：『言以者，耦之事成於此，意相人偶也。』《聘禮》『每曲揖』，注：『每門輒揖者，以相人偶爲敬。』《公食大夫禮》『賓入三揖』，注：『相人偶。』此相敬謂之人偶也。《中庸》『仁者，人也』，鄭注：『人也，讀如「相人偶」之「人」，以人意相存偶之言。』《賈子・匈奴》篇：『胡嬰兒得近侍側，胡貴人更進得佐酒前，上時人偶之。』此相親謂之人偶也。《説文》：『仁，親也。從人二會意。』『人二』即相偶也。《説文》又云：『偶，桐人也。』『桐人』即『相人』形近之譌。」《校勘記》云：「尊偶、存偶，與《中庸》正義之『相親偶』、《表記》正義之『相愛偶』、《碩人》正義之『答偶』皆一也。」誰將西歸？懷之好音。**【注】**魯「誰」作「孰」。**【疏】**傳：「周道在乎西。懷，歸也。」箋：「誰將者，亦言人偶能輔周道治民者也。檜在周之東，故言西歸。有能西仕於周者，我則懷之以好音，謂周之舊政令。」〇孔疏：「於時檜在滎陽，周都豐、鎬，周在於西，故言西也。西歸者，欲令人之輔周治民也。若能仕周，則當自知政令。詩人欲歸之以好音者，愛其人，欲贈之耳，非謂彼不知也。」「魯『誰』作『孰』」者，《説苑・善説》篇言楚子皙因衞蘧

❶「大」，原作「六」，據陳刻《説文》、《説文注》、楊刻《説文義證》、祁刻《説文繫傳》改。

伯玉之力以重於楚，引《詩》二句，「誰」作「孰」，義同文異。《桑柔》篇「誰能執熱」，《墨子·尚賢》篇引作「孰能執熱」，蓋古書「誰」、「孰」通用，《魯詩》此篇自作「孰」也。

《匪風》三章，章四句。

檜國四篇，十二章，四十五句。

詩三家義集疏卷十二

長沙王先謙益吾著

曹蜉蝣弟十二

【疏】《乙巳占》引《詩推度災》曰：「曹，天宿弧張。」《藝文類聚》三、《御覽》二十一引《詩含神霧》曰：「曹地處季夏之位，土地勁急，音中徵，其聲清以急。」《詩經類攷》引「夏」誤「冬」，「勁急」作「勁險」。《經義攷》引「以急」作「以激」。《漢書·地理志》：「濟陰定陶，《詩·風》曹國也。周武王弟叔振鐸所封。昔堯所游成陽，舜漁靁澤，湯止于亳，故其民猶有先王遺風，重厚多君子，好稼穡，惡衣食，以致畜藏。」以上皆齊說。《風俗通·山澤》篇引《韓詩內傳》云：「舜漁雷澤，雷澤在濟陰成陽縣。」此似考證曹國地理之文，蓋《韓詩序》也。《水經·濟水》注：「濟水逕定陶縣故城南，縣故三朡國也，湯追桀伐三朡即此。」是周之曹，夏之三朡也。今山東曹州府定陶縣縣東有三朡亭。

詩國風

蜉蝣【疏】毛序：「刺奢也。昭公國小而迫，無法以自守，好奢而任小人，將無所依焉。」○《漢書·人表》：「曹昭公班，釐公子，作詩。」此齊說。魯、韓當同。

蜉蝣之羽，【注】魯說曰：「蜉蝣，渠略。」衣裳楚楚。【注】三家「楚」作「髗」。【疏】傳：「興也。蜉蝣，渠略也。朝生夕死，猶有羽翼以自修飾。楚楚，鮮明貌。」箋：「興者，喻昭公之朝，其羣臣皆小人也。徒整飾其衣裳，不知國之將迫脅，君臣死亡無日，如渠略然。」〇「蜉蝣，渠略」者，《釋蟲》文，魯説也。《説文》：「蟟，蟲蟟，❶一曰浮游。」《夏小正》：「浮游有殷。」明「蜉蝣」施虫乃後起字，不僅《釋文》所云「渠略」作「蟝蝺」爲俗也。《淮南·説林》篇：「浮游不飲不食，三日而終。」又《詮言》篇：「浮游不過三日。」則朝生莫死，甚言之耳。馬瑞辰云：「《爾雅》郭注言『蜉蝣似蛣蜣』，《方言》郭注又云『蜉蝣似天牛而小，有黑角』。《説文》：『蟝，渠蟝，一曰天社。』《廣雅》：『天社，蜣蜋也。』天牛蓋天社之別名。云『似天牛而小』，則浮游蓋小於蛣蜣。今以目驗，蛣蜣大僅六七分，知孔疏引陸《疏》云『大如指，長三四寸』，『寸』當爲『分』字之譌。」「衣裳楚楚」，指羣臣言。首句言蜉蝣之羽，次句若以衣裳爲比，嫌於重複。至麻衣，更不得以蜉蝣當之。郭注云「黄黑色」，不能謂之「如雪」也。「三家『楚』作『𪓐』」者，《説文》「𪓐」下云：「會五采鮮色也。《詩》曰：『衣裳𪓐𪓐。』」段注：「𪓐，正字。楚，借字。」心之憂矣，於我歸處。【疏】箋：「歸，依歸。君當於何依歸乎？言有危亡之難，將無所就往。」〇《説文》「処」下云：「止也，得几而止。從几，從夂。」「處」下云：「処或從虍聲。」歸處，猶依止也。言在朝之臣，其心不知憂國，不思國亡而身無所託也。我不敢自謂憂國，此心之憂，在於我依止之地，不勝其顧慮耳，彼羣臣獨何心乎？

蜉蝣之翼，采采衣服。心之憂矣，於我歸息。【注】《韓詩》曰：「采采衣服。」韓説曰：「采采，盛

---

❶「蟲」，原作「巨」，據陳刻《説文》、《説文注》、楊刻《説文義證》、祁刻《説文繫傳》改。

貌也。」【疏】傳：「采采，衆多也。息，止也。」○「采采」至「貌也」，《文選·鸚鵡賦》李注引《韓詩》薛君注文，引經明韓、毛文同。「盛貌」與「衆多」意同，言其羣臣競侈衣服，故韓曰「盛貌」，毛曰「衆多」也。

蜉蝣掘閲，麻衣如雪。【注】三家「掘」作「堀」。【疏】傳：「掘閲，容閲也。如雪，言鮮絜。」箋：「掘閲，掘地解閲，謂其始生時也。以解閲喻君臣朝夕變易衣服也。麻衣，深衣，諸侯之朝，朝服朝，夕則深衣也。」○案：閲、穴字同，宋玉《風賦》「空穴來風」，《莊子》云「空閲來風」，是閲即穴也。郭注：「蜉蝣藂生糞土中。」陸《疏》：「夏日陰雨時，❶地中出。」傳云「掘閲，容閲」者，言其物容身於閲，故掘閲而出也。箋云「掘地解閲」者，讀「閲」爲「脱」，其掘地出時，解脱而生，故以喻變衣服也。「三家『掘』作『堀』」者，《説文》「堀」下云：「突也。《詩》曰：『蜉蝣堀閲。』」此三家《詩》有作「堀」者，故許引文異。堀閲，亦是讀「閲」爲「脱」，言自土堀中解脱而出也。陳奂云：「麻衣，朝服也。凡布幅廣二尺二寸，八十縷爲升。朝服用十五升，緦則去朝服之半。二者精麤不同，用麻則一，故朝服與緦服皆得謂之麻衣。緦麻其色白，朝麻其色染緇。《鄭風》『緇衣』即麻衣矣。《禮記·間傳》：『又期而大祥，素縞麻衣。』《喪服小記》：『除成喪者，其祭也，朝服縞冠。』素縞即縞冠，則麻衣即朝服，此一證。《逸周書·大匡》篇：『及期日質明，王麻衣以朝。』日視朝之服，天子皮弁，諸侯朝服。王服朝服爲降等，則麻衣爲朝服，此又一證。《論語·子罕》篇：『子曰：「麻冕，禮也。」』麻亦麻衣也。古冕、弁得通稱。麻冕，麻衣而冕，與祭服『玄冕』玄衣而冕同。祭服用絲，朝服用麻。朝服如深

❶「日」，阮刻本《毛詩正義》、《爾雅注疏》作「月」。

衣，衣、裳不殊。諸侯朔視朝用皮弁服，亦謂之朝服，❶皆以麻爲之。凡衣皆連下裳言，朝服無裳，而有素韠。素韠，白韋爲之，故以雪比白。」較孔疏義晰。首、次章言羣臣，三章兼君、臣言之，其憂心更爲切至。《儀禮·喪服傳》鄭注：「《詩》：『麻衣如雪。』」明齊、毛文同。心之憂矣，於我歸説。【疏】箋：「説，猶舍息也。」〇《釋文》：「説，音税。協韻如字。」《禮·表記》：「《國風》曰：『心之憂矣，於我歸説。』」明齊、毛文同。鄭注：「欲歸其所説忠信之人也。」用齊義如字，讀與箋異。

《蜉蝣》三章，章四句。

候人【疏】毛序：「刺近小人也。共公遠君子，而好近小人焉。」〇三家無異義。

彼候人兮，何戈與祋。【注】齊「何」作「荷」，「祋」作「綴」。【疏】傳：「候人，道路送迎賓客者。何，揭；祋，殳也。言賢者之官不過候人。」箋：「是謂遠君子也。」〇《序官》：「候人，上士六人，下士十二人。」《左·宣十二年傳》：「隨季對楚使曰：『豈敢辱候人？』」是侯國亦有候人也。「何，揭」者，孔疏：「戈祋須人

❶「服」，原脱，據陳奂《傳疏》補。

擔揭，故以荷爲揭也。《廬人》：❶『戈柲六尺有六寸，❷殳長尋有四尺。』❸戈、殳俱是短兵，相類故也。且祋字從殳，故知祋爲殳也。」「齊『何』作『荷』，『祋』作『綴』」者，《禮·樂記》「行列綴兆」，鄭注：「綴，表也，所以表行列。《詩》云：『荷戈與綴。』」何、荷經典通用，《禮》釋文：「本又作『何』。」《説文》：「祋，殳也。❹從殳，示聲。或説：城郭市里高縣羊皮，有不當入而欲入者，暫下以驚牛馬曰祋，故。從示殳。」高縣羊皮，即綴表之義，故祋亦爲綴，文與毛異。《禮》正義謂鄭所見齊、魯、韓《詩》本不同也。《韓詩》唐時尚存，陸氏《釋文》於《毛詩》「祋」下不言《韓詩》異字，則作「綴」者，非《韓詩》也。《樂記》注是據《齊詩》之文。崔《集注》本亦作「綴」，言賢者官卑。

彼其之子，三百赤芾。【注】韓「其」作「己」，「芾」作「紱」。【疏】傳：「彼，彼曹朝也。芾，韠也。一命緼芾黝珩，再命赤芾黝珩，三命赤芾蔥珩。大夫以上赤芾乘軒。」箋：「之子，是子也。佩赤芾者三百人。」○《説文》「市」下云：「韠也。」市，即古「芾」字，篆文作「韍」。「一命」至「蔥珩」，《禮·玉藻》文。《玉藻》作「韍」。緼芾，赤黄之間色，所謂韎也。黝珩，《玉藻》作「幽珩」。《周禮》：「公侯伯之卿三命，其大夫再命，其士一命。」曹伯爵，一命爲士，再命爲大夫，三命爲卿，故士服緼芾。卿與大夫服赤芾，又得乘軒也。《左·僖二十八年傳》：「晉文公入曹，數之以其不用僖負羈，而乘軒者三百人也，且曰獻狀。」杜

---

❶「廬」，原作「盧」，據阮刻本《毛詩正義》、《周禮注疏》改。

❷「柲」，原脱，據阮刻本《毛詩正義》、《周禮注疏》補。

❸「尺」，原作「寸」，據阮刻本《毛詩正義》、《周禮注疏》改。

❹「殳」上，原衍「荷」字，據陳刻《説文》、《説文注》、楊刻《説文義證》、祁刻《説文繫傳》刪。

注：「言其無德居位者多，故責其功狀。」此正共公時事，與此「三百」文同，引《傳》以證《詩》也。「韓『其』作『己』，『芾』作『紱』」者，《後漢・東平憲王傳》李注：「赤紱，大夫之服。《詩・曹風》曰：『彼己之子，三百赤紱。』刺其無德居位者多也。」所引蓋據《韓詩》。

維鵜在梁，魯説曰：「鵜，鴮鸅。」不濡其翼。彼其之子，不稱其服。【疏】傳：「鵜，洿澤鳥也。梁，水中之梁。鵜在梁，可謂不濡其翼乎？」箋：「鵜在梁，當濡其翼，而不濡者，非其常也。以喻小人在朝，亦非其常。不稱者，言德薄而服尊。」○「鵜，鴮鸅」者，《釋鳥》文，魯説也。郭注：「今之鵜鶘也。好羣飛，沈水食魚，故名洿澤，俗呼之爲淘河。」陸《疏》：「鵜，水鳥，形如鶚而極大，喙長尺餘，直而廣，口中正赤，頷下胡大如數升囊。若小澤中有魚，便羣共抒水，滿其胡而棄之，令水竭盡，魚在陸地，乃共食之，故曰淘河。」《説文》「鵜」一作「鴺」。鵜乃貪惡之鳥，故以喻小人。鵜鳥在梁上，以不濡翼爲能。小人在高位，以尊服爲美。然鵜決非不濡翼之鳥，之子亦非稱其服之人也。《禮・表記》引《詩》：「維鵜在梁，不濡其翼。彼記之子，不稱其服。」鄭注：「鵜胡，污澤也。污澤善居水泥之中，在魚梁以不濡污其翼爲才，如君子以稱其服爲有德。」愚案：鄭注《禮》在箋《詩》前，此蓋據《齊詩》爲説，但語意似未完。《齊詩》作「彼記」。又《後漢・明帝紀》永平二年詔：「《詩》刺『彼己』。」陳喬樅云：「據永平三年詔，有『應門失守，《關雎》刺世』之語，知明帝所習亦《韓詩》。」《文選》曹植《求自試表》：「將挂風人彼己之譏。」漢帝、曹王皆用《韓詩》，故皆作「己」也。《左・僖二十四年傳》鄭子臧以鷸冠見殺，君子歎其服之不衷，亦引此詩作「彼己」。

維鵜在梁，不濡其咮。彼其之子，不遂其媾。【注】韓「咮」作「噣」。【疏】傳：「咮，喙也。媾，厚也。」箋：「遂，猶久也。不久其厚，言終將薄於君也。」〇「韓『咮』作『噣』」者，《玉篇·口部》：「噣，喙也。《詩》曰：『不濡其噣。』」又曰：「噣，亦作『咮』。」❶今毛作「咮」，則「噣」乃韓之異文。言鵜之爲物，當在污澤，今在梁上，則不能得魚，所處雖高，終爲濡其咮之鳥矣。彼其之子，宜居卑賤，今在高位，可謂厚矣。然無德以居之，終不能久遂其媾厚也。胡承珙云：「媾、厚疊韻爲訓。《衆經音義》二十二引《白虎通義》云：『媾，厚也。重婚曰媾也。』故孔疏以『重昏媾者，情必深厚』釋之。『遂，猶久』者，比方爲訓。『遂』訓『成』，亦訓『申』，皆有『久』意，故曰『猶久』。《國語》：『晉公子如楚，成王以周禮饗之，九獻，庭實旅百。既饗，令尹子玉請殺晉公子，王不許。又請止狐偃，王曰：「不可，《曹詩》曰：『彼其之子，不遂其媾。』郵之也。夫郵而效之，郵又甚焉。效郵，非義也。」』韋注：『媾，厚於其寵也。郵，過也。』詳楚子引《詩》之意，蓋謂九獻庭實是厚也，而又殺之，是不終其厚。《曹詩》所云『不遂其媾』者，其過同矣，故其下云『楚子厚幣以送公子於秦』，是則所謂終其厚矣。」

薈兮蔚兮，南山朝隮。【注】韓説曰：「薈，草盛貌。」魯「薈」作「嬒」。【疏】傳：「薈蔚，雲興貌。南山，曹南山也。隮，升雲也。」箋：「薈蔚之小雲，朝升於南山，不能爲大雨，以喻小人雖見任於君，終不能成其德教。」〇案：「薈兮蔚兮」者，言山雲如草莽也。《易林·履之恒》：「潼滃薈蔚，膚寸來會。津液下降，流潦滂沛。」《坤之恒》略同，明《齊詩》亦釋「薈蔚」爲雲興，言其必有大雨也。鄭以「薈蔚」爲小雲，如《易林》言，則焦以爲大雲。既經所不言，故兩説並通。但津液不降，則流潦無期耳。「薈，草盛貌」者，《玉篇·艸部》引

---

❶「咮」，原作「味」，據《大廣益會玉篇》改。

《詩》文，此韓説也。《説文》：「薈，艸多貌。」亦引此詩，即本韓義。《文選·西都賦》注引《蒼頡篇》云：「蔚，草木盛貌也。」此「薈蔚」本義，詩借以狀雲興之盛。「魯『薈』作『嬒』」者，《説文》「嬒」下云：「女黑色也。從女，會聲。《詩》曰：『嬒兮蔚兮。』」齊、韓、毛作「薈」，此作「嬒」者，乃《魯詩》。《文選·魯靈光殿賦》「蔥萃紫蔚」，李注：「蔚，文貌。」雲興欲雨，黑紫不定，任舉一色以狀之，故或爲嬒，或爲蔚也。南山者，《一統志》：「曹南山在曹州濟陰縣東二十里，《詩》『南山朝隮』是也。」《御覽·地部七》引《十道志》云：「曹南山有汜水出焉。」「隮」當爲「躋」，《説文》無「隮」字。荀爽《易·需卦》注：「雲上升極，則降而爲雨，故《詩》曰：『朝躋于西，崇朝其雨。』」爽習《齊詩》者也。鄭用齊義箋毛，又因此詩是言小人，故有不能爲大雨之喻。陳奐謂：「南山，喻在尊位者。雲有盛多之義。南山之朝，升雲薈蔚然，謂居尊位者之盛多。」承上「三百赤芾」爲言，於義亦通。婉兮孌兮，季女斯飢。【疏】傳：「婉，少貌。孌，好貌。季，人之少子也。女，民之弱者。」箋：「天無大雨，則歲不熟，而幼弱者飢，猶國之無政令，則下民困病矣。」○孔疏：「以『季女』爲少女、幼子，故以『婉』爲『少貌』，『孌』爲『好貌』。《采蘋》云『有齊季女』，謂大夫之妻。《車舝》『季女逝兮』，欲取以配王。皆不得有男在其間，故以『季女』爲『少女』。此言『斯飢』，當謂幼者並飢，非獨少女而已，故以『季女』爲人之少子、女子，皆本經爲訓，故不同也。伯、仲、叔、季，則季處其少。女比於男，則男强女弱，不堪久飢，故詩言少女耳。」陳奐云：「案：正義本傳文，當作『季人之少子女子』七字。定本云：『季，人之少子。女，民之弱者。』是定本以季女爲少弱之稱，❶義無分別，

❶「是」，原作「見」，據陳奂《傳疏》改。

則傳亦不必分釋其義。且經言女，不言民也。古毛傳當從正義本，今正義本從定本而誤。」愚案：傳析「季女」爲二，誠所不安。箋泛言「幼弱者飢」、「下民困病」，亦與經「季女」未合。詳味詩義，季女即候人之女也。蓋詩人稔知此賢者沈抑下僚，身丁困阨，家有幼女，不免恒飢，故深歎之，而其時羣枉盈庭，國家昏亂，篇中皆刺其君之近小人，致君子未由自伸。作詩本意，止於首尾一見，不著迹象，斯爲立言之妙。

《候人》四章，章四句。

鳲鳩【疏】毛序：「刺不壹也。在位無君子，用心之不壹也。」○三家無異義。陳喬樅云：「《魯詩》說《尸鳩》之義，詞無譏刺，與毛異解。」愚謂刺詩不在顯言，《關雎》、《鹿鳴》皆其例也。

鳲鳩在桑，其子七兮。【注】齊說曰：「鳲鳩七子，均而不殆。」韓說曰：「七子均養者，鳲鳩之仁也。」淑人君子，其儀一兮。其儀一兮，心如結兮。【疏】傳：「興也。鳲鳩，秸鞠也。鳲鳩之養其子，朝從上下，莫從下上，平均如一。言執義一，則用心固。」箋：「興者，喻人君之德，當均一於下也。以刺今在位之人，不如鳲鳩。淑，善；儀，義也。善人君子，其執義當如一也。」○《釋文》：「鳲，本亦作『尸』。」愚案：《方言》以鳲鳩爲戴勝，高誘、郭璞又並以爲吾楚俗所謂布穀，說詳《鵲巢》篇。「鳲鳩」至「不殆」，《易林・夬之家人》文。殆者，危而不安也。七子雖多，用心均平，則有安而無殆。「七子」至「仁也」，《魏志・曹植傳》上疏文。植用《韓詩》，言慈鳥之養子，以均見仁也，故在上位之善人君子，亦當執其公義齊一，盡心養民，有如物之結而不解。《漢書・鮑宣傳》上書曰：「陛下上爲皇天子，下爲黎庶父母，爲天牧養元元，視之當如一，合《鳲鳩》之詩。」正用風人平均養長之義。《荀子・勸學篇》：「行衢道者不至，事兩君者不容。目不兩視而明，耳不兩聽而聰。螣蛇無足而飛，梧鼠五技而窮。《詩》曰：『尸鳩在桑，其子七兮。淑人君子，其儀一兮。其儀一兮，心如結兮。』故君子結於一也。」又《成相篇》：「治復一，修之吉，君子執之，心如結。」此《魯詩》之説也。《列女・魏芒慈母傳》：「慈母有三子，前妻之子有五人，五子親附慈母，雍雍若一。慈母以禮義之漸率導八子，咸爲魏大夫卿士，各成於禮義。君子謂慈母一心。《詩》云：『尸鳩在桑，其子七兮。淑人君子，其儀一兮。其儀一兮，心如結兮。』言心之均一也。尸鳩以一心養七子，君子以一儀養萬物。一心可以事百君，百心不可以事一君，案：此二語《魯詩傳》文，見下引。此之謂也。」《説苑・反質》篇：「『尸鳩在桑，其子七兮。淑人君子，其儀一兮。』傳曰：『尸鳩之所以養七子者，一心也。君子所以理萬物者，一儀也。』」所稱「傳」，即《魯詩傳》。《潛夫論・交際》篇亦引「淑人君子」四句。以上魯家説。《淮南・詮言訓》：「賈多端則貧，工多技則窮，心不一也。有百技而無一道，雖得之弗能守，故《詩》曰：『淑人君子，其儀一也。其儀一也，心如結也。』君子其結於一乎？」引「兮」作「也」，蓋別一本，與《荀子》大旨略同，亦用魯義。《大戴禮・勸學》篇：「《詩》云：『鳲鳩在桑，其子七兮。淑人君子，其儀一兮。其儀一兮，心如結兮。』君子其結於一也。」又《緇衣》篇引「淑人君子」二句，「兮」作「也」，與《淮南》同，可爲諸家有別本作「也」之證。《易林・乾之蒙》：「鴶鵴鳲鳩，專一無尤。君子是則，長受嘉福。」又《隨之小過》：「慈鳥鳲鳩，執一無尤。寢門內治，君子悦喜。」以上齊説。《韓詩外傳》二云：「凡治氣養心之術，莫徑由禮，莫優得師，莫慎一好。好一則博，博則精，精則神，神則化。是以君子務結心乎一也。《詩》曰：『淑人君子，其儀一兮。其儀一兮，心如結兮。』」此韓家説。皆言君子當用心堅固不變，則事可成，不僅養民爲然。

鳲鳩在桑，其子在梅。【疏】傳：「飛在梅也。」○孔疏：「首章言生子之數，此『在梅』及下『在棘』、『在榛』，言其所在之樹。見鳲鳩均一養之，得長大而處他木也。」《淮南·時則訓》高注：「戴鵀，戴勝鳥也。《詩》曰『鳲鳩在桑，其子在梅』是也。」今本「鳩」誤爲「鳴」。據此，魯説以尸鳩爲戴鵀，餘已見前。馬瑞辰云：「梅，當爲梅杏之梅。以下『在棘』、『在榛』例之，知皆小樹，不得爲梅柟也。」淑人君子，其帶伊絲。其帶伊絲，其弁伊騏。【疏】傳：「騏，騏文也。弁，皮弁也。」箋：「其帶伊絲，謂大帶也。大帶用素絲，有雜色飾焉。騏，當作『璂』，以玉爲之。言此帶、弁者，刺不稱其服。」○孔疏：「《玉藻》説大帶之制云：『天子素帶，朱裏，終辟。諸侯素帶，終辟。大夫素帶，辟垂。士練帶，率，下辟。』是大夫以上大帶用素，故知『其帶伊絲』謂大帶用素絲，故言絲也。《玉藻》又云：『雜帶，君朱緑，大夫玄華，士緇辟。』是其有雜色飾焉。」《玉藻》注：「辟，讀如『裨冕』之『裨』。裨，謂以繒采飾其側。」皮弁配素帶，天子、諸侯、大夫同，通冕弁服皆用之，士用緇帶。傳「騏文」，《釋文》：「本作『綦』。」陳奂云：「《小戎》傳：『騏，綦文。』謂白馬而有蒼色文。此傳『騏，綦文』，謂白鹿皮而有蒼色組以飾弁也。《顧命》『四人騏弁』，鄭注：『青黑曰騏。』正謂青黑爲弁飾之色，『騏』乃『綦』之借字。」《弁師》云「王之皮弁，會五采玉璂」，注：「會，縫中也。璂，讀爲『薄借綦』之『綦』。❶綦，結

❶「之綦」二字，原脱，據阮刻本《周禮注疏》補。

也。皮弁之縫中，每貫結五采玉十二以爲飾，❶謂之綦。」引此詩云：「其弁伊綦。」是《詩》本作「綦」，毛以青黑文言，故借「騏」爲「綦」。鄭以會玉言，故破「綦」爲「璂」也。黄山云：「古大帶即鞶帶，亦即紳帶。本以革爲之，而拖以紳，故能佩物。鄭説《内則》『男鞶革，女鞶絲』，獨以鞶爲囊，致與『施鞶袠』之『袠囊』複，而於《周易》、《左傳》、《白虎通》、《説文》之言鞶帶皆不合。然鄭注《玉藻》『素帶』，亦但云合素爲之，不云素絲，以其不能通於大夫素韠也。兹乃謂『伊絲』爲大帶用絲，則何解於『伊騏』之弁仍爲皮弁乎？蓋絲爲未成布帛之名，僅可用以飾帶，如《玉藻》帶辟之屬，猶騏文亦係言皮弁之飾也。《小戎》『我馬維騏』，傳云：『騏，騏文也。』證以《説文》『騏，馬文如博棋』，知爲『棋文』之誤，以《小戎》本言馬也。此傳『騏文』則借馬文以喻弁飾，又即《淇奥》所謂『會弁如星』，有似博棋之文，而《釋文》之『綦文』則仍『棊文』之誤耳。鄭箋讀『騏』爲『璂』，説異而義實相成，必仍本於三家。孔疏以綦色青黑説《小戎》之『騏文』，正援《顧命》『騏弁』鄭注。此詩明爲騏弁，而鄭箋乃不作『綦』，遂亦不敢改字，仍以馬文釋之。陳猶沿孔前疏之失，又遷其説於『綦，結』，殆不可從。」愚按：黄説亦通。孔疏：「皮弁是諸侯視朝之常服，又朝天子亦服之。作者美其德能養民，舉其常服，知是皮弁。」陳奂云：「諸侯視朝玄冠，朔視朝皮弁，在朝君、臣同服，則朔視朝，大夫亦服皮弁。序云『在位君子』，統君、臣言也。」

鳲鳩在桑，其子在棘。淑人君子，其儀不忒。其儀不忒，正是四國。【疏】傳：「忒，疑也。正，長也。」箋：「執義不疑，則可爲四國之長，言任爲侯伯。」○《釋詁》：「貳，疑也。」王引之云：「『貳』乃『貣』

❶「玉」，原脱，據阮刻本《周禮注疏》補。

之誤，古忒、貣通用也。」《禮・緇衣》篇：「子曰：『爲上可望而知也，爲下可述而志也，則君不疑於其臣，而臣不惑於其君矣。』尹吉曰：『惟尹躬及湯咸有壹德。』《詩》云：『淑人君子，其儀不忒。』」鄭注：「君臣皆有壹德不貳，則無疑惑也。」以不忒爲不疑，與傳、箋義合。《大學》引：「《詩》云：『其儀不忒，正是四國。』其爲父子兄弟足法，而后民法之也。」又《經解》引《詩》云「淑人君子」四句，皆齊家說。《荀子・君子篇》：「尚賢，使能，等貴賤，分親疏，序長幼五者，依楊倞注補二字。此先王之道也。故仁者，仁此者也。義者，分此者也。節者，死生此者也。忠者，惇慎此者也。兼此而能之，備矣。備而不矜，一自善也，謂之聖。」末引：「《詩》曰：『淑人君子，其儀不忒。其儀不忒，正是四國。』此之謂也。」又《富國篇》：「人皆亂，我獨治。人皆危，我獨安。人皆失喪之，我按起而治之。故仁人之用國，非特將持其有而已也，又將兼人。」下引《詩》亦同。又《議兵篇》：「堯伐驩兜，舜伐有苗，禹伐共工，湯伐有夏，文王伐崇，武王伐紂，此四帝兩王皆以仁義之兵行於天下也，故近者親其善，遠方慕其德，兵不血刃，遠邇來服，德盛如此，施及四極。《詩》曰：『淑人君子，其儀不忒。』此之謂也。」何休《公羊・昭十八年傳》解詁引：「《詩》云：『其儀不忒，正是四國。』四國，天下象也。」《風俗通義》四引：「《詩》云：『淑人君子，其儀不忒。其儀不忒，正是四國。』傳曰：『一心可以事百君，百心不可以事一君。』」應習《魯詩》，所引「傳」即魯傳。又《列女・衛姑定姜傳》引《詩》「其儀不忒」二句，《楚昭定姜傳》引《詩》「淑人君子」二句，皆魯家說。除《緇衣》外，餘多淮演之詞。❶

❶「淮」，疑當作「推」。

鳲鳩在桑，其子在榛。淑人君子，正是國人。正是國人，胡不萬年。【疏】箋：「正，長也。能長人，則人欲其壽考。」○馬瑞辰云：「《説文》：『榛，木也。一曰：菆也。』《衆經音義》引《説文》：『榛，叢木也。』《字林》：『木叢生也。』《集韻》：『叢，或作「菆」。』是『菆』即『叢』字之或體。此詩上言『在棘』，則『在榛』宜訓叢木，不得讀爲『亲栗』之『亲』。」《韓詩外傳》二：「玉不作，不成器。人不學，不成行。家有千金之玉不知治，猶之貧也。良工宰之，則富及子孫。君子學之，則爲國用。故動則安百姓，議則延民命。《詩》曰：『淑人君子，正是國人。正是國人，胡不萬年。』」又《外傳》九：「夫鳳凰之初起也，翶翔十步，❶藩籬之雀喔咿而笑之。及其升於高，一詘一信，展而雲間，藩籬之雀超然自知不及遠矣。士褐衣緼著未嘗完也，糲藿之食未嘗飽也，世俗之士即以爲羞耳。及其出則安百姓，議則延民命，世俗之士超然自知不及遠矣。《詩》曰：❷『正是國人，胡不萬年。』」此韓家説，亦推演之詞。

《鳲鳩》四章，章六句。

下泉【注】齊説曰：「下泉苞稂，十年無王。荀伯遇時，憂念周京。」【疏】毛序：「思治也。曹人疾共公侵刻，下民不得其所，憂而思明王賢伯也。」○「下泉」至「周京」，《易林·蠱之歸妹》文，《賁之

---

❶「翶翔」，續經解本《韓詩遺説攷》六、吴刻《韓詩外傳》作「翽翽」。
❷「詩」，原作「傳」，據續經解本《韓詩遺説攷》六、吴刻《韓詩外傳》改。

姤》同，此齊説。何楷《世本古義》以爲曹人美晉荀躒納敬王於成周而作此詩。《左·昭三十二年傳》天王使告於晉：❶「天降禍於周，俾我兄弟並有亂心，以爲伯父憂。我一二親昵甥舅不遑啟處，于今十年，勤戍五年，余一人無日忘之。」自春秋昭二十二年王子朝作亂，至三十二年城成周，爲十年，與《易林》「十年無王」合。荀伯，即荀躒也。美荀躒而詩列《曹風》者，昭二十五年晉人爲黄父之會，謀王室，具戍人；二十七年會扈，令戍周；三十二年城成周，曹人蓋皆與焉，故曹人歌其事。愚案：何氏闡明齊説，深於《詩》義有裨，今從之。自文公定霸之後，曹之事晉甚恭，議成必皆從役，而成周之城，則曹人明書於經，故曹人在周者爲此詩。吕祖謙《讀詩記》曰：「《匪風》、《下泉》，思周道之詩，獨作於檜、曹，何也？政出天子，則强不陵弱，各得其所。政出諸侯，則徵發之煩，供億之困，侵伐之暴，惟小國偏受其害，所以睠懷宗周爲獨切也。」愚案：吕《記》於此詩齊義尤爲切合。魯、韓未聞。

洌彼下泉，浸彼苞稂。【疏】傳：「興也。洌，寒也。下泉，泉下流也。苞，本也。稂，童粱。❷非溉草，得水而病也。」箋：「興者，喻共公之施政教，徒困病其民。稂，當作『涼』。涼草，蕭、蓍之屬。」〇案：洌，當作「冽」。《説文》「冽」下云：「寒貌。」故字從冰。「洌」下云：「水清也。」引《易》「井洌寒泉，食」，而不引

❶「三」，原作「二」，據馬瑞辰《通釋》、阮刻本《春秋左傳正義》改。

❷「粱」，原作「梁」，據明世德堂本《毛詩》及本疏下文改。

《詩》，蓋以《詩》皆作「洌」，無作「冽」者。今本作「冽」，非也。《爾雅》：「沃泉縣出。縣出，下出也。」李巡曰：「水泉從上溜下出。」孔疏：「下泉，謂泉下流，是《爾雅》之沃泉也。」何楷云：「昭二十三年，天王居於狄泉，即此詩下泉。」愚案：杜注：「狄泉，洛陽城内大倉西南池水也，時在城外。」城成周，乃繞之城内。亦曰翟泉。《水經注》：「穀水東流，入洛陽縣之南池，即古翟泉也。在廣莫門道東，建春門路後，爲東宫池。」《洛陽伽藍記》：「太倉南有翟泉，周回三里，水猶澄清，洞底明浄，泉西有華林園，以泉在園東，因名蒼龍海。」「稂，童粱」，《釋草》文，郭注：「莠類也。」陸璣《疏》：「禾秀爲穗而不成，崱嶷然，謂之童粱。今人謂之宿田翁，或謂之守田也。」孔疏引此，「守」亦誤「宿」。《説文》「稂」，「蓈」之重文。「蓈」下云：「禾粟之采即「穗」本文。生而不成者，謂之董蓈。」「采」下云：「禾成秀也。」知陸《疏》實根據於此。蓈、粱雙聲，董蓈即童粱也。箋讀稂爲涼，云：「涼草，蕭、蓍之屬。」孔疏：「《釋草》不見草名涼者，未知鄭何所據。」然鄭改毛，或亦本三家遺説也。黄山云：「段玉裁沿《大田》釋文誤字，謂《説文》『蓈』下之『采』、陸《疏》『禾秀』之『秀』，皆『莠』字，稂即莠之未成者，非也。《孟子》『惡莠恐其亂苗也』，是在穀之始生曰苗時已名莠，不應爲穗時尚名稂。況《魯語》『馬餼不過稂莠』，韋注：『稂，童稂也。莠，似稷而無實。』既本無實，則不爲穗明矣。稂從禾，本禾屬，正文從艸，又即與莠同爲艸屬。《説文》：『莠，禾粟下生。』固宜與禾粟不成者爲類，故《爾雅》郭注云莠類，非謂即莠。此自禾粟失水變生者，故得水反病。若莠得水，則更驕驕桀桀，未聞病水也。」箋讀稂爲涼，李黼平疑爲皇，馬瑞辰疑爲莨，陳喬樅疑爲蔏，皆根據《雅》訓，取合鄭箋音義。然陸《疏》『守田』即稂。陳啟源、胡承珙據《釋文》『稂，又音良』，莨亦即稂，蔏蔞又似未可單名蔏，且《雅》注皇生廢田、蔏蔞生下田，《子虚賦》『卑溼則生藏萑』，生田者不屬蕭、蓍，非鄭改毛之恉。生卑下者，亦不當病水，尤非經恉。近世皆呼編蓆之草爲涼草，其席曰涼草席，草質粗勁，非《釋草》之鼠莞。其長過禾黍而無臺，亦非《釋草》之苻蘺。《子虛賦》『其高燥則生葴菥苞荔』，顔注：『苞，藨也，即今所用作席者。』《曲禮》『苞屨』訓爲藨蒯之菲，與今涼草合。藨蒯名苞，則爲有苞之草可知。孟康謂菥生涼州，而賦四者連舉，或皆涼州之草，故有涼草之名耳。此雖未必即箋之涼草，在鄭當有所本，故特破字爲訓。若果《爾雅》所有，則言『稂，當作涼』足矣，不待更申之曰『涼草，蕭、蓍之屬』也。」愾我寤嘆，念彼周京。【注】魯「愾」作「慨」，魯説曰：「慨，歎貌也。」韓作「嘅」，韓説曰：「嘅，滿也。」【疏】傳：「愾，嘆息之意。寤，覺也。念周京者，思其先王之明者。」○《説文》：「愾，大息也。從心，氣聲。《詩》曰：『愾我寤嘆。』」「魯『愾』作『慨』」者，王逸《楚詞・九嘆》注：「慨慨，歎貌也。《詩》曰：『慨我寤歎。』」逸習《魯詩》，用魯説也。《文選》李注二十三、二十六兩引《毛詩》作「慨」，是毛亦有別本作「慨」。「韓作『嘅』」者，《玉篇・口部》：「《詩》曰：『嘅我寤嘆。』」是《韓詩》作「嘅」。《廣雅》：「嘅，滿也。」即韓説也。周京，乃周室所居之京師也。云「念彼」者，馬瑞辰云：「《春秋》昭二十二年，『王子猛入于王城』，《公羊傳》：『王城者何？西周也。』二十六年『冬十月，天子入于成周』，《公羊傳》：『成周者何？東周也。』孔氏廣森以爲『稱成周不稱京師者，敬王新居東周，非故京師矣』。此詩云『念彼』，蓋王新遷成周，追念故京師王室之詞。自是以後，諸侯不復勤王，故列《國風》，《詩》亦終於此。」

洌彼下泉，浸彼苞蕭。愾我寤嘆，念彼京周。【疏】傳：「蕭，蒿也。」○《爾雅》「蕭，萩」，邢疏引陸璣《義疏》云：「今人所謂萩蒿也。或云牛尾蒿。」

洌彼下泉，浸彼苞蓍。愾我寤嘆，念彼京師。【疏】傳：「蓍，草也。」○《説文》：「蓍，蒿屬。」《公羊・桓九年傳》：「京師者何？天子之居也。京者何？大也。師者何？衆也。天子之居，必以大衆言之。」[1]是説天子之都名爲京師也。

芃芃黍苗，陰雨膏之。四國有王，郇伯勞之。【疏】傳：「芃芃，美貌。郇伯，郇侯也。諸侯有事，二伯述職。」箋：「有王，謂朝聘於天子也。郇侯，文王之子，爲州伯，有治諸侯之功。」○孔疏：「僖二十四年《左傳》『畢、原、酆、郇，文之昭也』，知郇伯是文王之子。爲州伯，有治諸侯之功，謂爲牧下二伯，治其當州諸侯。易傳者，以經、傳考之，武王、成王之時，東西大伯唯有周公、召公、太公、畢公爲之，無郇侯者，知爲牧下二伯也。」愚案：《易林》云「荀伯遇時，憂念周京」者，《左傳》昭二十二年十月，荀躒與籍談帥師納王于王城。二十六年七月，知躒與趙鞅帥師納王。荀氏在晉爲名卿，納王之事，身著勤勞，《詩》美其遇王室危亂之時，能以周京爲憂念，故言黍之苗芃芃然盛者，以陰雨能膏澤之。今四國尚知有王事者，以郇伯能勞來之也。《左・桓九年傳》：「荀侯伐曲沃。」《漢志》臣瓚注：「汲郡古文：『晉武公滅荀，以賜大夫原氏黯。』今河東有荀城，古荀國。」《水經注》：「汾水又西逕荀城，古荀國也。」又云：「涑水又西逕郇城，《詩》云：『郇伯勞之。』蓋其故國也。」是郇侯即荀侯，封國在冀州之境。若爲州伯，止治其當州諸侯，未必遠及兖州之曹，曹人何由思之？然則傳、箋二説，皆在疑似之間，《竹書》：「昭王六年，錫郇伯命。」正《紀年》乘間作僞處。不若齊義之信

---

[1]「大衆」，阮刻本《春秋公羊傳注疏》作「衆大之辭」。

而有徵也。經云「郇伯」，而齊作「荀伯」者，或《齊詩》本作「荀」，或《易林》讀「郇」作「荀」，皆不可知。要之，「郇」、「荀」一也。《説文》「郇」下云：「周武王子所封國，在晉地。從邑，旬聲。」《新附》「荀」下云：「草也。從艸，旬聲。」《左傳》「晉荀息」，《潛夫論·氏姓》篇作「郇息」。此詩「郇伯」，《周書·王會》篇作「荀伯」，與《易林》同。荀蓋本以國爲民。❶荀躒，説見前。《詩》稱「荀伯」者，晉荀氏舊以伯稱。《左·成十六年傳》「荀伯不復從」，謂荀林父也。後諸荀別爲知、中行二氏。昭五年《傳》「中行伯、魏舒帥之」，謂荀吴與魏舒也。十五年《傳》「以文伯宴」，三十一年《傳》「季孫從知伯如乾侯」，皆即謂荀躒也。《曹詩》稱「伯」，而仍繫以「荀」，如《春秋》之仍書曰荀吴、荀躒。《詩》亡然後《春秋》作，其例宜同。攷昭三十二年，敬王之十年，已在曹聲公之五年，距共公且六世矣。

《下泉》四章，章四句。

曹國四篇，十五章，六十八句。

---

❶「民」，疑當作「氏」。

詩三家義集疏卷十三

長沙王先謙益吾著

豳七月弟十三

【疏】《漢書・地理志》：「右扶風栒邑，有豳鄉，《詩》豳國，公劉所都。」《史記・劉敬傳》：「周之先自后稷，堯封之邰，積德累善，十有餘世，公劉避桀居豳。」又《匈奴傳》：「夏道衰而公劉失其稷官，變於西戎，邑於豳。」班世治《齊詩》，史公用《魯詩》，知齊、魯《詩》説同也。戴震云：「鄭《譜》：『豳者，后稷之曾孫曰公劉者，自邰而出，所徙戎狄之地名。』據宋天聖本《國語》及《史記》，載祭公謀父諫穆王，皆曰『昔我先王世后稷』，今本《國語》奪「王」字。謂先王世爲后稷之官，非謂棄也。韋注《國語》：「父子相繼曰世。」正以「世后稷」連讀。《史記・周本紀》：『后稷之興，在陶唐、虞、夏之際，皆有令德。后稷卒，子不窋立。』云『皆有令德』者，以不窋以前繼棄爲后稷者不一人，故以『皆有令德』統之也。不曰『棄卒』，而曰『后稷卒』，謂最後爲后稷之官者卒也。鄭誤以不窋爲棄之子，故以公劉爲棄之曾孫耳。曾孫亦玄孫以下之通稱。知鄭言「后稷之曾孫」，以后稷爲棄者，據鄭云「公劉以夏后太康時失其官」。案：后稷棄當夏禹時，至太康甫七十餘年，中隔不窋及鞠二代，故知箋言后稷必謂棄耳。《國語》言『不窋失官，竄於戎狄之間』。今慶陽府安化縣有不窋城，城東三里有不窋冢。毛氏奇齡謂公劉遷豳，應自不窋城遷，不應自邰遷也。」馬瑞辰云：「毛説非也。據《匈奴傳》云云推之，不窋失官以後，至子鞠時必嘗復其稷官，復居於邰。至公劉又遭夏桀之亂，復失其官，乃自邰遷豳耳。《竹書紀年》「少康三年復田稷」，此後人附會。惟誤以不窋爲棄子，失官在太康時，遂妄云少康時復官。以《公劉》詩『涉渭爲亂』考之，❶《水經注》：『渭水又東逕斄縣故城南，舊邰城也。』是邰在渭旁，非自邰遷，無由涉渭取材也。又《公劉》詩傳曰：『公劉居於邰而遭夏人亂，迫逐公劉，公劉乃避中國之難，遂平西戎，而遷其民，邑於豳焉。』案：邰，今武功縣。豳，今邠州。豳在邰北百餘里，不窋城又在豳北二百餘里。使公劉自不窋城遷，是自外而遷於内，非所以避中國之難也。戴氏謂邰之封自公劉始，復與《史記》言公劉失官、毛傳言公劉避難皆不合。邰之復，蓋在公劉以前耳。自后稷棄至公劉，中有十餘世，則知公劉失官，不在太康時矣。《史記·匈奴傳》：『公劉失其稷官。其後三百有餘歲，戎狄攻太王亶父。』案：亶父當殷武乙時，去夏桀正三百餘歲，是公劉與桀同時之證。《國語》韋注謂不窋失官在太康時，亦非。太康至桀二百六十餘年，公劉爲不窋孫，不能相距如此其遠。戴氏據《史記》言『孔甲淫亂，夏后德衰，諸侯畔之』，謂不窋失官當在孔甲時，蓋近之矣。」

詩

國風

七月【疏】毛序：「陳王業也。周公遭變，故陳后稷先公風化之所由，致王業之艱難也。」箋：「周公

❶「詩」，原作「時」，據馬瑞辰《通釋》改。

遭變者，管、蔡流言，辟居東都。」○《後漢·王符傳》：「《潛夫論·浮侈》篇曰：『明王之養民也，愛之勞之，教之誨之，慎微妨萌，以斷其邪。《七月》之詩，大小教之，終而復始。由此觀之，民固不可恣也。』」李注：「《七月》，《詩·豳風》也。大，謂耕桑之法。小，謂索綯之類。自春及冬，終而復始也。」符習《魯詩》，其論魯義也。《漢·地理志》曰：「昔后稷封斄，公劉處豳，太王徙郊，文王作酆，武王治鎬，其民有先王遺風，好稼穡，務本業，故《豳詩》言農桑衣食之本甚備。」

七月流火，九月授衣。【注】齊説曰：「爲寒益至也。」【疏】傳：「火，大火也。流，下也。九月霜始降，婦功成，可以授冬衣矣。」箋：「大火者，寒暑之候也。火星中而寒暑退，故將言寒，先著火所在。」○東方心星，亦曰大火。流火，火下也。火向西下，暑退將寒之候也。陳奂云：「《四月》篇『六月徂暑』，傳云：『六月火星中，暑盛而往矣。』本《月令》及昭三年《左傳》文爲説。攷《堯典》『日永星火，以正仲夏』，《夏小正》『五月初昏，大火中』，與《詩》、《月令》、《左傳》皆不合，蓋火在唐、虞、夏以五月昏中，六月西流。周以六月昏中，七月西流。其候逐歲漸差。《詩》雖作於周初，然公劉在夏末，或已七月西流。《春秋》哀十二年『冬十二月，螽』，《左傳》：『火伏而後蟄者畢。今火猶西流，司曆過也。』杜注：『火伏在今十月。猶西流，言未盡没，知是九月，曆官失一閏。』案火伏在九月，春秋之季，火伏在十月。九月猶西流，其候又差矣。此即後世歲差之法。」授衣者，馬瑞辰云：「《周官·典婦功》：『掌婦式之法，以授嬪婦及内人女功之事齎。』《典絲》：『頒絲於外内功，皆以物授之。』《典枲》：『以待時頒功而授齎。』凡言授者，皆授使爲之也。此詩『授衣』，亦授冬衣使爲之。蓋九月婦功成，絲麻之事已畢，始可爲衣，非謂九月冬衣已成，授衣之人也。」❶「爲寒益至也」者，《禮·月令》鄭注文，引此詩二句，齊説也。又《漢書·律曆志》引《詩》首句，明齊、毛文同。《易·雜卦傳》：「益，盛之始也。」一之曰觱發，二之曰栗烈。無衣無褐，何以卒歲？【注】韓「觱」作「畢」。韓説曰：「一之日畢發，夏之十一月也。二之日栗烈，夏之十二月也。」齊、魯「觱發」作「滭冹」。【疏】傳：「一之日，十之餘也。一之日，周正月也。觱發，風寒也。二之日，殷正月也。栗烈，寒氣也。」箋：「褐，毛布也。卒，終也。此二正之月，人之貴者無衣，賤者無褐，將何以終歲乎？是故八月則當績也。」○孔疏：「一之日者，數從一起而終于十，更有餘月，還以一二紀之。」俞樾云：「一之日、二之日、三之日、四之日，以周正紀數也。四月、五月、六月、七月、八月、九月、十月，以夏正紀數也。公劉徙豳，當有夏中葉，此因舊誤。則其俗必循用夏正。周公作詩，陳后稷先公風化之所由，故即本豳人之俗以立言，篇名《七月》，其曰『七月流火』，九月授衣』，皆夏正也。至夏正之十一月，在周爲正月。周公在周言周，故變其文曰『一之日』，以周正紀數，而又不與豳俗之用夏正者混而無別，正古人立言之善也。既曰『一之日』、『二之日』，則夏正之正月、二月不得謂之一月、二月，故從周正數之曰『三之日』、『四之日』。自是爲蠶月，蠶月者，夏之三月，以周正數之則五之日也。不言『五之日』者，以篇中有五月也。不言『三月』者，以篇中有三之日也。」皮嘉祐云：「此詩言月者，皆夏正。言一、二、三、四之日者，皆周正。改其名，不改其實。《逸周書·周月》篇云：『亦越我周，致伐于商，

❶「授衣之」，馬瑞辰《通釋》作「遂以授」。

改正異械，以垂三統。至於敬授民時，巡守祭享，猶自夏焉。』是爲此篇之確證。」愚案：「觱」即「𧢲」之俗字。《説文》「𧢲」下云：「羌人所吹角屠𧢲，桂馥云當作「篳篥」。以驚馬也。從角，𩫖聲。𩫖，古文誖字。」毛用借字也。「一之」至「月也」，《玉燭寶典》「仲冬」、「季冬」引《韓詩章句》文。韓作「畢發」，亦借字。齊、魯作「滭冹」者，《説文》「冹」下云：「一之日滭冹。」「一」上脱「《詩》曰」二字。「滭」下云：「滭冹，風寒也。」從發、從犮之字多通用，《碩人》篇「鱣鮪發發」，《釋文》作「鱍鱍」，《説文》作「鮁鮁」是也。寒盛曰滭冹，泉盛曰畢沸，「滭」省作「畢」，與《韓詩》同。火盛曰熚炥，同聲變字，皆自盛皃形容之。韓作「畢發」，則作「滭冹」者，齊、魯文也。據《釋文》引《説文》，「栗烈」作「颲颲」。案：《説文》並未引《詩》，《仌部》有凓、冽二字，當是正文。《孟子・滕文公》篇趙注：「褐，以毳織之，若今馬衣也。或曰：褐，枲衣也。一曰粗布衣也。」此「褐」當從「粗布衣」之訓。蔡邕《九惟文》用「無衣無褐」句，明魯、毛文同。

三之日于耜，四之日舉趾。同我婦子，饁彼南畝，田畯至喜。【注】《韓詩》曰：「三之日于耜，四之日舉趾。」韓説曰：「三月之時，可豫取耒耜修繕之。至於四月，始可以舉足而耕也。」齊「趾」作「止」。【疏】傳：「三之日，夏正月也。豳土晚寒。于耜，始修耒耜也。四之日，周四月也，民無不舉足而耕矣。饁，饋也。田畯，田大夫也。」箋：「同，猶俱也。喜，讀爲饎。饎，酒食也。耕者之婦子俱以饟來，至於南畝之中，其見田大夫，又爲設酒食焉。言勸其事，又愛其吏也。此章陳人以衣食爲急，餘章廣而成之。」〇「三之」至「耕也」者，《御覽》八百二十二、八百二十三引《韓詩》文，引經明韓、毛文同。「于」訓「修」，與傳同，讀于爲爲也，與《夏小正》「農緯厥耒」同意。「齊『趾』作『止』」者，《漢書・食貨志》：「春令民畢出在壄。《詩》曰：『四之日舉止。同我婦子，饁彼南畝。』」是《齊詩》作「止」。「趾」、

「止」今古文之異。《禮・月令》「孟春，命田舍東郊」，鄭注：「田，謂田畯，主農之官也。」《吕覽》高注以「田」爲「農大夫」，高用《魯詩》，推知《魯詩》「田畯」之訓與傳同。《釋訓》：「饎，酒食也。」《釋文》引舍人本作「喜」，釋云：「古作『饎』。」據此，知《魯詩》本亦作「喜」，而讀爲饎，故箋從魯義改毛也。

七月流火，九月授衣。【疏】箋：「將言女功之始，故又本於此。」春日載陽，有鳴倉庚。女執懿筐，遵彼微行，爰求柔桑。【疏】傳：「倉庚，離黄也。懿筐，深筐也。微行，牆下徑也。五畝之宅，樹之以桑。」箋：「載之言則也。陽，温也。温而倉庚又鳴，可蠶之候也。柔桑，穉桑也。蠶始生，宜穉桑。」○馬瑞辰云：「《爾雅》『春爲青陽』，故《詩》言『春日載陽』。《博物志》：『蠶，陽物，喜燥惡溼。《詩》言日之陽温，正可以生蠶時也。』養蠶在三月，生蠶在二月。《夏小正》『二月，有鳴倉庚』，與此詩『有鳴倉庚』合，『二月，采蘩』，亦與此詩『采蘩祁祁』合，又『二月，綏多士女』，與此詩『殆及公子同歸』，箋訓『歸』爲『嫁』合，則詩兩言『春日』，皆指二月無疑。正義以春日指蠶月，謂倉庚蠶月始鳴，誤矣。」張衡《東京賦》「春日載陽」，薛綜注：「陽，暖也。」陳喬樅云：「薛訓『陽』爲『暖』，當據魯故。鄭箋訓『温』，即本《魯詩》爲解。」《易林・同人之大過》亦引「春日載陽」，明齊、毛文同。倉庚，詳《葛覃》篇。《説文》云「鳴則蠶生」。《小爾雅》及《楚詞》王逸注並云：「懿，深也。」懿筐蓋深而難滿。《采薇》傳：「柔，始生也。」求柔桑以飼初出之蠶。春日遲遲，采蘩祁祁。女心傷悲，殆及公子同歸。【注】魯説曰：「遲遲，徐也。」【疏】傳：「遲遲，舒緩也。蘩，白蒿也，所以生蠶。祁祁，衆多也。傷悲，感事苦也。春女悲，秋士悲，感其物化也。殆，始；及，與也。豳公子躬率其民，同時出，同時歸也。」箋：「春女感陽氣而思男，秋士感陰氣而思女，是其物化，所以悲也。悲則始有與公子同歸之志，欲嫁焉。女感事苦而生此志。是謂《豳風》。」○「遲遲，徐也」者，《釋訓》文，蓋專爲此詩立訓，此魯義，與毛異。春日既舒，則采蘩者亦遲久而積多，故皆釋爲「徐」也。何楷《古義》引徐光啟云：「蠶之未出者，鬻蘩沃之則易出，故傳云所以生蠶。」春女多悲，有觸斯感，此天機之自然。又仲春昏期，皆有失時之懼。《荀子·彊國篇》楊注：「殆，庶幾也。」諸侯之女亦稱「公子」，見《公羊·莊元年傳》。公子嫁不愆期，故冀幸庶幾與女公子同時得嫁也。傳言豳公之子身率其民，同出同歸，男女不謀，情事未合，不若箋義爲長也。

七月流火，八月萑葦。【疏】傳：「薍爲萑，葭爲葦。豫畜萑葦，可以爲曲也。」箋：「將言女功自始至成，故亦又本於此。」○孔疏：「二草初生者爲菼，長大爲薍，成則名爲萑。初生爲葭，長大爲蘆，成則名爲葦。《月令》『具曲植筥筐』，注云：『曲，薄也。植，槌也。』薄用萑葦爲之。」案：「䒼」淆作「曲」。豫蓄之，以供來春養蠶。蠶月條桑，取彼斧斨，以伐遠揚，猗彼女桑。【注】韓「條」作「挑」。魯説曰：「女桑，桋桑。」【疏】傳：「斨，方銎也。遠，枝遠也。揚，條揚也。角而束之曰猗。女桑，荑桑也。」箋：「條桑，枝落采其葉也。女桑少枝長條，不枝落者，束而采之。」○「韓『條』作『挑』」者，《玉篇·手部》：「挑，撥也。《詩》曰：『蠶月挑桑。』枝落之采其葉。」陳喬樅云：「此《韓詩》異文也。『條桑』無傳，鄭云『枝落之采其葉』，即用韓義申毛。」《釋文》引《説文》云：「銎，斧空也。」「空」即「孔」字。《破斧》傳：「隋銎曰斧，方銎曰斨。」條，小枝也。遠揚，長枝去人遠揚起者，則取隋銎之斧、方銎之斨以伐之。「女桑，桋桑」者，《釋木》文，魯説也。《釋文》：「桋，或作『荑』。」淆字。傳作「荑」，借字。蓋草之初生者曰荑，木之初生者曰桋。毛釋「女桑」爲「荑桑」，知魯必用正字作「梀」，故《釋木》取魯説也。《節南山》傳：「猗，長也。」《説文》：「掎，偏引也。」諸家蓋讀猗爲掎，惟吕氏《讀詩記》引董逌曰：「《齊詩》：『掎彼女桑。』」出僞撰，今不取。傳：「角而束之。」「角」即「捔」字。《廣雅·釋言》：「捔，掎也。」疑亦此詩韓、魯家説，故張揖取入《雅》訓。**七月鳴鶪，八月載績。載玄載黄，我朱孔陽，爲公子裳。**【疏】傳：「鶪，伯勞也。載績，絲事畢而麻事起矣。玄，黑而有赤也。朱，深纁也。陽，明也。祭服，玄衣纁裳。」箋：「伯勞鳴，將寒之候也。五月則鳴，豳地晚寒，鳥物之候從其氣焉。凡染者，春暴練，夏纁玄，秋染夏。爲公子裳，厚於其所貴者説也。」○鳴鶪，《夏小正》作「伯鷯」，《方言》謂爲「鶡旦」。《爾雅》郭注云：「似鶷鶡而大。」《初學記》引《通俗文》云：「白頭鳥謂之鶷鶡。」《禽經》注謂形似鳭鴒。鳭鴒喙黄，伯勞喙黑。《御覽》九百二十三引曹植《惡鳥論》曰：「《詩》云：『七月鳴鶪。』七月，夏五月。鶪則伯勞也。伯勞以五月鳴，應陰氣之動。陽爲仁養，陰爲殘賊。伯勞蓋賊害鳥也。其聲鶪鶪，故以其音名云。」曹用《韓詩》，引《七月》句，明韓、毛文同。以七月當夏五月，誤也。《釋鳥》：「鶪，伯勞也。」孔疏引樊光注：「《春秋傳》：『少皞氏以鳥名官。❶伯趙氏，司至。』伯趙，鶪也。以夏至來，冬至去。」蔡邕《月令章句》云：「鶪，伯勞。伯勞，伯趙。應時而鳴，爲陰候也。」趙岐《孟子章句》：「鴃，博勞也。《詩》云：『七月鳴鴃。』應陰氣而殺物者也。」「鶪」作「鴃」，蓋《魯詩》「亦作」本。《吕覽·仲夏紀》注：「鶪，伯勞也。是月陰作於下，陽發於上，伯勞夏至後應陰而殺蛇，磔之於棘而鳴其上。」《文選》張衡《思玄賦》「鶗鴂鳴而不芳」，李注引服

❶「名」，原作「鳴」，據阮刻本《毛詩正義》改。

虔曰：「鵙鴂一名鶪。伯勞順陰而生，賊害之鳥也。」是魯家皆云伯勞以五月鳴，而詩文作七月，與韓同，故箋以爲豳地晚寒，候從其氣。孔疏以爲：「『載纘武功』，校一月。此校兩月。《月令》『季秋，草木黄落』，此云『十月隕蘀』。《月令》『季秋令民，寒氣總至，其皆入室』，此云『曰爲改歲，入此室處』。《月令》『季秋，天子嘗稻』，此云『十月穫稻』。《月令》『仲秋，天子嘗麻』，此云『九月叔苴』。《月令》『季冬，命取冰』，此云『三之日納于淩陰』，皆晚寒所致。」胡承珙云：「諸書云五月鶪鳴者，記其始鳴。詩則但言其鳴爲降寒之候，以起下文『載績』，故以七月、八月連言之，不必定指始鳴。蓋伯勞以夏至鳴，冬至去，五月以後皆其鳴時。其去化爲鼠，《説文》『鼢，地行鼠，伯勞所化』是也。」馬瑞辰云：「詩以鶪鳴誌將寒之候，或據其盛鳴之時言之。」二説最爲當理。績者，緝麻之名。孔疏：「『玄，黑而有赤』，謂色有赤黑雜者。《考工記·鍾氏》説染法云：『三入爲纁，五入爲緅，七入爲緇。』鄭注：『緅，今《禮記》作「爵」，言如爵頭色也。凡玄色者，在緅、緇之間，其六入者與？』謂三入赤，三入黑也。《士冠禮》注：『凡染絳，一入謂之縓，再入謂之赬，三入謂之纁，朱則四入矣。』故云『朱，深纁也』。《易·下繫》云：『黄帝、堯、舜垂衣裳，蓋取諸乾坤。』注云：『乾爲天，坤爲地。天色玄，地色黄。故玄以爲衣，黄以爲裳。土託位於南方，南方故云用纁。』是祭服用玄衣纁裳之義。染色多矣，而特舉玄黄，故傳解其意，由祭服尊故也。染夏者，染五色謂之夏。其色以夏翟爲飾。夏翟毛羽五色皆備成章，染者擬以爲深淺之度，是以放而取名。」陳奂云：「玄衣纁裳，就士而言，以見豳人亦自作服。經言『我朱孔陽，爲公子裳』，又以見豳公子朱裳亦是祭服也。」

四月秀葽，【注】魯説曰：「此味苦，苦葽也。」韓説曰：「葽草如出穗。」五月鳴蜩，八月其穫，十月隕蘀。【疏】傳：「不榮而實曰秀。葽，葽草也。蜩，螗也。穫，禾可穫也。隕，墜；蘀，落也。」箋：「《夏小正》：『四月，王負秀。』葽其是乎？秀葽也，鳴蜩也，穫禾也，隕蘀也，四者皆物成而將寒之候。物成自秀葽始。」○「魯説『此味苦，苦葽也』」者，《説文》：「葽，草也。從艸，要聲。《詩》曰：『四月秀葽。』劉向説云云。」此乃引劉釋《魯詩》之文也。段注：「苦葽，當是漢人有此語。漢時目驗，今則不識。其味苦，應夏令也。」陳啓源云：「宋曹粹中《詩説》據《爾雅》『葽繞，棘蒬』，郭注：『今遠志也。』又參以劉向苦葽之説，以爲即今藥中小草。案：苦葽之訓甚古，今藥中小草味極苦濇，醫家以甘草煮之方可用。又有葽繞之稱，曹説信爲有本。」愚案：《廣雅》：「蕀苑，遠志也。」與郭注合。葽一名葽繞者，語音長短之異。短言之曰葽，長言之爲葽繞也。「葽草如出穗」者，《玉燭寶典》「孟夏」引《韓詩章句》文。皮嘉祐云：「戴氏震謂葽者幽莠也。《戰國策》云：『幽莠之幼也似禾。』《夏小正》：『四月，秀幽。』幽、葽一聲之轉。《穆天子傳》：『珠澤之藪，爰有萑葦、茅蒲、茅萯、蒹葽。』郭注：『葽，莠屬。』引《詩》『四月秀葽』，則莠屬本有葽名。《御覽》引韋曜《毛詩答問》云：『《甫田》「維莠」，今之狗尾也。』《説文繫傳》引《字書》：『葽，狗尾草也。』程氏瑶田云：『禾一本一穗，莠一本或數莖，多至五六穗，穗多芒，類狗尾，俗呼狗尾草。』據此，是莠多穗。其穗之出亦如禾，故韓家謂葽草如出穗。雖未明指爲莠，而以莠之穗觀之，則訓葽爲莠甚明。」愚案：皮説亦通。惟莠似稷而無實，見韋昭《國語注》，陳啓源嘗目驗而信之。程瑶田雖不信韋説，然亦極辨葽之非莠。狗尾草所在皆有，人盡識之，是誠有實矣。程繪爲圖以之當莠，則莫不知其誤。《韓詩》謂葽如出穗，自仍指苦葽之形，非真出穗。小徐以狗尾草當之，亦誤也。《釋蟲》：「蜩，蜋蜩，螗蜩。」舍人注：「皆蟬也。方語不同，三輔以西爲蜩，梁、宋以東謂蜩爲蝘，楚地謂之蟪蛄。」孔疏引孫炎曰：「蜋，五色具。蜩，宮中小青蟬也。」《方言》：「蟬，楚謂之蜩，陳、鄭之間謂之蜋蜩，宋、衛之間謂之螗蜩。」與《爾雅》合。唐蜩即螗蜩，音同字變也。《夏小正》之「良」即蜋蜩，今俗謂之「伏良」者是也。如蟬而微小，鳴聲甚大而亮，不易捕捉，因譌爲「伏亮」。《說文》：「凡草木皮葉落陊地爲蘀。」引《詩》「十月隕蘀」。

一之日于貉，取彼狐狸，爲公子裘。【疏】傳：「于貉，謂取狐狸皮也。狐貉之厚以居。孟冬，天子始裘。」箋：「于貉，往搏貉以自爲裘也。狐狸以共尊者。言此者，時寒宜助女功。」○《說文》：「貉，北方豸種。從豸，各聲。」「貈，似狐，善睡獸。從豸，舟聲。《論語》曰：『狐貈之厚以居。』」今字通假作「貉」。貈與裘韻，作「貉」則詩失韻矣。《說文》：「貍，伏獸，似貙。」《埤雅》：「貍似貙而小，文采班然，脊間有黑理一道。」

二之日其同，載纘武功。言私其豵，獻豜于公。【疏】傳：「纘，繼；功，事也。豕一歲曰豵，三歲曰豜。大獸公之，小獸私之。」箋：「其同者，君臣及民因習兵俱出田也。不用仲冬，亦豳地晚寒也。豕生三曰豵。」○馬瑞辰云：「同之言會合也，《廣雅》：『集、合，同也。』謂冬田大合衆也。《周官》『惟田與追胥竭作』，故曰其同。《爾雅》：『蒐，聚也。』冬田之言同，猶春田之言蒐也。下章『我稼既同』，傳亦訓聚。」「豕一歲曰豵」，《騶虞》傳同。箋以一歲不中殺，故易傳。「豜」與「肩」同，鄭司農注《大司馬》職，引《豳詩》作「肩」。鄭傳《毛詩》，是《豳風》亦有作「肩」之本。《韓詩章句》「三歲曰肩」，知此亦當作「肩」也。孔疏：「『大獸公之，小獸私之』，《大司馬職》文。彼云『小禽私之』，禽、獸得通，因經言獸也。」《易林・晉之歸妹》：「獻豜及豵，以樂成功。」用《詩》「言私其豵」二句，明齊、毛文同。

五月斯螽動股，六月莎雞振羽。七月在野，八月在宇，九月在户，十月蟋蟀入我牀下。

【注】韓説曰：「宇，屋霤也。」【疏】傳：「斯螽，蚣蝑也。莎雞羽成而振訊之。」《釋文》：「訊，本又作『迅』，同。」箋：「自『七月在野』至『十月入我牀下』，皆謂蟋蟀也。言此三物之如此，著將寒有漸，非卒來也。」○斯螽者，即螽斯，詳具《周南》。動股，以兩股相切作聲。莎雞者，《釋蟲》：「螒，天雞。」樊光注：「謂小蟲黑身赤頭，一名莎雞。」李巡注：「一名酸雞。」《毛詩正義》。孫炎注同樊説，見《文選》注十二。莎、酸雙聲字。《名醫别録》云：「樗雞生沙内川谷樗樹上。」陶注云：「形似寒螿而小。」蘇頌《圖經》云：「莎雞生樗木上，六月便出，飛而振羽，索索作聲，人或畜之樊中。但頭方腹大，翅羽外青内紅，而身不黑，頭亦不赤，此殊不類，蓋别一種而同名也。今在樗木上者，人呼紅娘子，頭、翅皆赤，乃如郭説，然不名樗雞，疑即是此，蓋古今之稱不同耳。以生樗樹上名樗雞，又有生莎草間者，故名莎雞也。」愚案：此釋莎雞最確。若崔豹《古今注》、羅願《爾雅翼》，混莎雞、絡緯、蟋蟀爲一物，誤甚。《易林・既濟之臨》：「莎雞振羽。」明齊、毛文同。「宇，屋霤也」者，《釋文》引《韓詩》文。陳喬樅云：「《説文》：『宇，屋邊也。』又曰：『櫋，屋邊聯也。』『梠，楣也。』『楣，秦名屋邊聯也。齊謂之檐，楚謂之梠。』又曰：『霤，屋水流也。』《士喪禮》鄭注：『宇，梠也。』《釋名》：『梠，或謂之櫋。霤，流也，水從屋上流下也。』霤亦爲溜，《左傳》『三進及溜』。霤即屋梠之溜水處，❶然則宇也、霤也、梠也、檐也，異名而同實。」蟋蟀，詳具《唐風》。昔人以爲即促織，不知促織者，絡緯也。絡緯鳴如絡絲，吾楚俗呼紡紗婆，聞其聲似促人織也。攷《淮南・時則訓》高注：「蟋蟀、蜻蛚，促織也。《詩》曰：『七月在野。』」蓋自漢世已誤，今特

❶「即」，原作「及」，據續經解本《韓詩遺説攷》六改。

正之。《漢書・食貨志》引《詩》曰：「十月蟋蟀入我牀下。」明齊、毛文同。《楚詞・九辯》「哀蟋蟀之宵征」，王逸注：「謂『七月在野，八月在宇，九月在户，十月蟋蟀入我牀下』，是其宵征也。」據此，明魯、毛文同。穹窒熏鼠，塞向墐户。【注】韓云：「向，北向窗也。」【疏】傳：「穹，窮；窒，塞也。向，北出牖也。墐，塗也。庶人蓽户。」箋：「爲此四者以備寒。」○胡承珙云：「穹窒，謂窮極室中之穴隙而塞之，以禦寒氣，所謂『風雨攸除』也。其穴有鼠者，更熏而去之，所謂『鳥鼠攸去』也。」「北向窗也」者，《釋文》引《韓詩》文，與傳義合。《説文》亦云：「向，北出牖也。从宀，从口。《詩》曰：『塞向墐户。』」从口者，象中有户牖之形。「㐭」下：「從回，象屋形，中有户牖。」是口爲象形也。陳喬樅云：「《士虞禮》『啟牖鄉』，注：『鄉，牖一名。』《明堂位》『達鄉』，注：『鄉，牖屬。』鄉即向之叚借。《説文》：『牖，穿壁以木爲交窗也。』窗，古文作『囱』。《説文》『囱』下云：『在牆曰牖，有屋曰囱。』重文『窗』或從穴，俗又加心作『窻』耳。」孔疏：「《儒行》注：『蓽户，以荊竹織門。』以其荊竹通風，故泥之。」《吕覽・季秋紀》高注引《詩》此二句，明魯、毛文同。嗟我婦子，曰爲改歲，入此室處。【注】齊「曰」作「聿」。【疏】箋：「『曰爲改歲』者，歲終，而『一之日觱發，二之日栗烈』，當避寒氣，而入所穹窒墐户之室而居之，至此而女功止。」○「曰爲改歲」者，言歲之將改，乃先時教戒之詞，非謂改歲然後入室也。「齊『曰』作『聿』」者，《食貨志》：「春令民畢出於壄，冬則畢入於邑。《詩》曰：「十月」二句引見前。❶『嗟我婦子，聿爲改歲，入此室處。』所以順陰陽，備寇賊，習禮文也。」是《齊詩》作「聿」，與毛異。陳喬樅云：「聿、

❶「月」，原作「日」，據《漢書補注》及上下文義改。

曰皆詞，古多通用。《毛詩·角弓》『見晛曰消』，魯、韓作『聿』。《抑》『曰喪厥國』，《韓詩》作『聿』。《大明》『曰嬪于京』，《爾雅》注作『聿』。是三家文多以『聿』爲『曰』也。」

六月食鬱及薁，【注】魯、韓「薁」作「蒮」。七月亨葵及菽。八月剥棗，十月穫稻，爲此春酒，以介眉壽。【注】齊説曰：❶「古者穫稻而漬米麴，❷至春而爲酒。」【疏】傳：「鬱，棣屬。薁，蘡薁也。剥，擊也。春酒，凍醪也。眉壽，豪眉也。」箋：「介，助也。既以鬱下及棗助男功，又穫稻而釀酒，以助其養老之具。是謂《豳雅》。」○孔疏：「『鬱，棣屬』者，是唐棣之類屬也。劉楨《毛詩義問》云：『其樹高五六尺，實大如李，正赤，食之甜。』《本草》云：『鬱一名雀李，一名車下李，一名棣。生高山川谷，或平田中，五月時實。』一名棣，則與棣相類，故云棣屬。」疏又云：「蘡薁者，亦是鬱類而小别。《晉宫閣銘》云：『華林園中有車下李三百一十四株，薁李一株。』車下李即鬱，薁李即薁，二者相類而同時熟。」愚案：《史記·司馬相如傳》「隱夫鬱棣」，《漢書》作「隱夫薁棣」，是鬱及薁同類微别，又同時熟，故相連言之。而《史》、《漢》作「鬱」者，又可作「薁」也。毛傳以薁爲蘡薁，陸《疏》承之，以爲「車鞅藤實」，遂紛紜莫定矣。參證胡承珙説，蓋即唐棣、常棣二種，詳具《何彼襛矣》篇。「魯、韓『薁』作『蒮』」者，《釋草》「蒮，山韭」，邢昺疏：「韭生山中者名蒮。《韓詩》云：『六月食鬱及蒮。』」《説文》：「蒮，草也。從艸，隺聲。《詩》曰：『食鬱及蒮。』」所引蓋《魯詩》文。許於

❶ 「齊」，原作「魯」，據續經解本《齊詩遺説攷》四及本疏下文改。

❷ 「麴」，原作「麫」，據續經解本《齊詩遺説攷》四、阮刻本《禮記正義》改。

「薁」下但云「嬰薁也」，而不引經。獨於「藿」下引之，是三家今文必皆作「薁」，與毛異也。宋掌禹錫等《本草》、嘉祐蘇頌《本草圖經》皆引《韓詩》「食鬱及藿」，訓以《爾雅》「藿，山韭」。胡承珙以《説文》「藿」下引《詩》不及山韭爲疑。陳喬樅云：「邢疏多襲舊注，以《詩》之『藿』即山韭，自是舍人、樊光等舊義。《爾雅》説多據《魯詩》，疑《魯詩》亦作『食藿』，與《韓詩》同。胡説未免過泥。」惟山韭一物，尚待詳攷。「亨葵及菽」者，陳奂云：「《士虞·記》：『鉶芼，夏用葵。豆實葵菹。』亨葵以供鉶羹之滑，鄭注云『夏、秋用生葵』是也。《小宛》傳：『菽，藿也。』藿爲菽之少者。七月菽時尚少，蓋亨其少者耳。」剥者，「朴」之雙聲借字。棗須擊取，杜甫詩「堂前撲棗任西鄰」是也。「古者」至「爲酒」，《禮·月令》鄭注文，齊説也。引《詩》「十月」三句，明齊、毛文同。馬瑞辰云：「漢制以正月旦作酒，八月成，名酎酒。周制蓋以冬釀，經春始成，因名春酒。」愚案：鄭注云「至春而爲酒」，但先漬米麴爾，馬説非也。《初學記》二十七、《御覽》八百二十九引蔡邕《明堂月令章句》云：「十月穫稻，人君嘗其先熟。故在季秋九月熟者，謂之半夏稻。」《呂覽·孟夏紀》高注：「酎，春醞也。《詩》云：『爲此春酒，以介眉壽。』」明魯、毛文同。蔡、高皆魯家，所用魯義也。介，大也。酒，所以養老也。七月食瓜，八月斷壺，九月叔苴。❶采荼薪樗，食我農夫。【疏】傳：「壺，瓠也。叔，拾也。苴，麻子也。樗，惡木也。」箋：「瓜瓠之畜，麻實之糝，乾荼之菜，惡木之薪，亦所以助男養農夫之具。」○《左·莊八年傳》「瓜時而往，曰及瓜而代」，服注：「瓜時，七月。」壺，瓠也，楚南人謂之瓠瓜。古食瓠葉，亦斷瓠爲菹。《説文》：「叔，拾也。

---

❶「苴」，原作「且」，據明世德堂本《毛詩》、阮刻本《毛詩正義》改。

汝南名收芋爲叔。」苴，麻實，可食。荼，《月令》之「苦菜」也。樗，即臭椿，但可爲薪。皆以給食農夫也。

九月築場圃，十月納禾稼，黍稷重穋，禾麻菽麥。【注】三家「重穋」作「種稑」。【疏】傳：「春夏爲圃，秋冬爲場。後熟曰重，先熟曰穋。」箋：「場、圃同地，自物生之時，耕治之以種菜茹，至物盡成熟，築堅以爲場。納，内也。治於場而内之囷倉也。」○禾稼，統詞。重者，「種」之渻借。「三家『重穋』作『種稑』」，《説文》「種」下云：「先種後熟也。從禾，重聲。」「稑」下下云：❶「疾孰也。從禾，坴聲。《詩》曰：『黍稷種稑。』」「穋」下云：「稑或從翏。」毛作「重穋」，則作「種稑」者，三家文也。其「種埶」之字自作「穜」，從禾，童聲。穜、種二字久爲後人所亂。《周官·内宰》職云：「上春，詔王后帥六宫之人，生種稑之穜，而獻之於王。」先鄭注：「先穜後熟謂之種，後穜先熟謂之稑。」《舍人》職云：「以歲時縣種稑之穜，以共王后之春獻種。」《司稼》職云：「掌巡邦野之稼，而辨種稑之穜，周知其名，與其所宜地以爲法，而縣于邑閭。」程瑶田云：「北方農人皆知辨穜之植稺者，分别藏之，以待時雨，而播其穜之所宜。《説文》：「植，早穜也。」「稺，幼禾也。」雨應時則播植者，雨後時則播稺者，植者早穜，稺者遲穜也。稺之成也卑小，植之成也高大。至種稑之名，無知之者，然其義未嘗不寓於分别植稺及因時播穜之中。余居武邑，其俗播穜時嘗聞其略：稷植者，清明前下穜，其穫以秋分。稺者無正時，大率立夏後、夏至前皆其下穜時也，其穫在立秋、白露之間。粱與稷相繼下穜，稷先粱後。其植者以清明爲正時，遲之或至穀雨，穫亦以秋分，或稍後於稷焉。稺者播穫與稷略同。又有一種，

❶「下下」，疑衍一「下」字。

俗呼二耬子。耬，盛穀播種之器，形如斗，底中有孔，爲三股地立於前，股空其中，上通於底孔，股端有鐵鋭，其末如斗，兩旁施轅，設軛牛駕之行，行則股端鐵畫地，鐵上皆有小孔向後，一人在後扶其斗而摇之，穀種從底孔入三孔，復自小孔中漏出，恰入畫中，所謂耩也。耩，北方播種之名也。耩必以耬，故呼植者爲頭耬，稍遲旬日種者爲二耬。二耬非穉也，因别其名曰二耬。余曰：此種之稑者也。蓋植、穉容有同時穫者，二耬之穫必在植者之先，此後種先熟者也，殆一物而有種、稑之别與？」馬瑞辰云：「禾有爲諸穀通稱者，《聘禮》及《周官·掌客》皆言禾若干車，通謂粟之有藁者，及此詩『十月納禾稼』是也。有專指一穀言者，《吕氏春秋》云：『禾、黍、稻、麻、菽、麥六者之實。』又曰：『今兹美禾，來兹美麥。』《淮南子》：『雒水宜禾。』又曰：『中央宜禾。』及此詩『禾麻菽麥』是也。據《説文》：『禾，嘉穀也。』『粟，嘉穀實也。』『米，粟實也。』『粱，米名也。』四者相承而言，是粱者，粟之米也。粟者，禾之實也。此詩以禾與麻、菽、麥並言者，禾即粱也。戴侗《六書故》云：『北方多陸土，其穀多粱、粟，故粱、粟專以禾稱。』孔疏謂『更言禾字，以總諸禾』，非也。又案：粱爲今之小米，稷乃今之高粱，秦漢以來多誤以稷爲小米，辨詳程《九穀考》。」嗟我農夫，我稼既同，上入執宫功。【疏】傳：「入爲上，出爲下。」箋：「既同，言已聚也。可以上入都邑之宅，治宫中之事矣。於是時男之野功畢。」〇案：宫、室元可通訓。入此室處，究不得爲上也。箋云都邑之事，農夫之室非都邑也。宋儒范氏、董氏以爲官府之役，是亦事所當有，於經義、傳、箋皆合。下文「于茅」、「索綯」乃又計及野廬之事，所謂「公事畢，然後敢治私事」。今從之。晝爾于茅，宵爾索綯。亟其乘屋，其始播百穀。【注】魯説曰：「言教民晝取茅草，夜索以爲綯。綯，絞也。及爾閒暇，亟而乘蓋爾野外之屋。春事起，爾將始播百穀矣。」韓説曰：「穀類非一，故言百也。」【疏】傳：「宵，夜；綯，絞也。乘，升也。」箋：「爾，女也。女當晝日往取茅歸，夜作絞索，以待時用。亟，急；乘，治也。十月定星將中，急當治野廬之屋。其始播百穀，謂祈來年百穀于公社。」〇「言教」至「穀矣」，趙岐《孟子》引《詩》「晝爾于茅」四句《章句》文。王引之云：「索者，糾繩之名。綯，即繩也。索綯，猶言糾繩，與『于茅』文正相對。趙云：『索以爲綯也。』箋云『夜作絞索』，則是以索爲『繩索』之『索』。《爾雅》訓綯爲絞，而郭注云『糾絞繩索』，則是以絞爲『糾絞』之『絞』，胥失之矣。」「穀類」至「百也」，《文選・東都賦》李注引《韓詩章句》文。陳奂曰：「始，歲始也。周十一月歲始，故於十月中豫籌之。」《韓詩外傳》八：「子貢曰：『賜欲休於耕田。』孔子曰：『《詩》云：「晝爾于茅，宵爾索綯。亟其乘屋，其始播百穀。」爲之若此，其不易也，若之何其休也？』」《鹽鐵論・散不足》篇：「古者庶人春夏耕耘，秋冬收藏，昏晨力行，夜以繼日。《詩》云：『晝爾于茅，宵爾索綯。亟其乘屋，其始播百穀。』」以上韓、齊《詩》説，明與毛文皆同。

二之日鑿冰沖沖，三之日納于凌陰，四之日其蚤，獻羔祭韭。【注】韓説曰：「冰者，窮谷陰氣所聚不洩，則結而爲伏陰。」齊、魯「蚤」作「早」。魯説曰：「開冰室，取冰治鑑，以祭廟。春薦韭卵。」【疏】傳：「冰盛水腹，則命取冰於山林。沖沖，鑿冰之意。凌陰，冰室也。」箋：「古者日在北陸而藏冰，西陸朝覿而出之。祭司寒而藏之，獻羔而啓之。其出之也，朝之禄位，賓、食、喪、祭，於是乎用之。《月令》：『仲春，天子乃獻羔，開冰，先薦寢廟。』《周禮・凌人之職》：『夏，頒冰掌事。秋，刷。』上章備寒，故此章備暑，后稷先公禮教備也。」〇二之日，日體在北方之虚宿，是建丑之日也。「冰者」至「伏陰」，《初學記》引《韓詩》説文。陳喬樅云：「冰者，寒氣所聚。鑿冰，亦所以散固陰沍寒。深山窮谷之氣，故能調四氣之和，使冬無愆陽，夏無伏陰，人不夭札。否則凝聚不洩，結而爲伏陰矣。故先王重祭寒之禮，著斬冰之令，非獨藏以備暑已也。韓説於義尤精。」《禮·王制》鄭注、《吕覽·季冬紀》下、《仲春紀》高注並引「二之日鑿冰沖沖，三之日納于凌陰」，是魯、齊、毛三家作「凌」。《説文》：「滕，仌出也。」「出」是「室」之譌。引《詩》曰：「納于滕陰。」知《韓詩》作「滕」也。「齊、魯『蚤』作『早』」者，《禮·王制》鄭注引「四之日其早，獻羔祭韭」，《吕覽·仲春紀》高注同。《説文》：「早，晨也。從日在甲上。」早，正字。蚤，借字。「獻羔祭韭」者，言出冰之事。「開冰」至「韭卵」，亦《吕覽》高注文。《左·昭四年傳》云：「獻羔而啟之。」《月令》：「仲春，天子乃鮮羔開冰，先薦寢廟。」注：「鮮，當爲『獻』。」陳奐云：「《左傳》、《月令》皆不及祭韭者，文略也。《周禮》、《禮記》、《左傳》取冰、藏冰，皆在十二月。詩十二月取冰，正月藏冰，二月開冰。正義引《鄭志·答孫皓》云：『豳土晚寒，故可夏正月納冰。夏二月仲春，太簇用事，陽氣出，地始温，故禮應開冰，先薦寢廟。』又引服注《左傳》：『西陸朝覿而出之，謂二月日在婁四度，春分之中，奎始晨見東方，❶蟄蟲出矣，故以是時出之，給賓客喪祭之用。』鄭意本《爾雅》西陸爲昴，故依《周禮》孟夏頒冰爲説。」九月肅霜，十月滌場。朋酒斯饗，曰殺羔羊。躋彼公堂，稱彼兕觥，萬壽無疆。【注】齊「萬壽」作「受福」。【疏】傳：「肅，縮也。霜降而收縮萬物。滌場，功畢入也。兩樽曰朋。饗者，鄉人以狗，大夫加以羔羊。公堂，學校也。觥，所以誓衆也。疆，竟也。」箋：「十月民事男女俱畢，無飢寒之憂，國君閒於政事而饗羣臣。於饗而正齒位，故因時而誓焉。飲酒既樂，欲大壽無

❶「晨」，原作「辰」，據陳奐《傳疏》、阮刻本《毛詩正義》改。

竟。是謂《豳頌》。」○霜降之後，萬物收斂，天地之氣爲之清肅也。在場者皆已入倉，洗滌净矣。馬瑞辰云：「《士冠禮》、《士昏禮》醴尊皆側尊，無玄酒，注：『側，猶特也。』其《鄉射》、《大射》、《燕》、《鄉飲酒》、《特牲饋食》、《少牢饋食》諸禮，設尊並兩壺者，有玄酒。此詩『朋酒』兩樽，蓋兼玄酒言之。」又云：「案：鄉飲酒有鄉大夫，無加用羔羊之禮，此當從箋謂大飲之禮。『曰殺羔羊』，與上『曰爲改歲』，《韓詩》作『聿爲』，皆語詞也。孔疏以爲『見大夫而發此言，故稱曰』，失之。」愚謂「斯饗」統詞。《黨正》職云：「國索鬼神而祭祀，以禮屬民，而飲酒於序，以正齒位。」注云：「正齒位者，爲民三時務農，將闕於禮，至此農隙而教之尊長養老，見孝弟之道。」大飲則國君饗臣下，而皆必於學饗之。據經文用羊，知此「公堂」謂大學也。古之民且耕且學，八歲入小學，十五則升其俊異者入於大學。豳公國君，知序學之上亦設國學也。「齊『萬壽』作『受福』」者，《月令》「孟冬，大飲烝」，鄭注云：「十月農功畢，天子、諸侯與其羣臣飲酒於大學，以正齒位，謂之大飲。《詩》云：『十月滌場，朋酒斯饗，曰殺羔羊。躋彼公堂，稱彼兕觵，受福無疆。』是頌大飲之詩。」觵，同毛「亦作」本。受福，與毛異文，用《齊詩》也。「稱彼兕觥」者，「稱」乃「偁」之借字。《爾雅》：「偁，舉也。」孔疏「舉彼兕觥之爵」，正訓「稱」如「偁」。《説文》：「偁，❶揚也。」揚亦舉也。「稱彼兕觥」，猶《禮》言「揚觶」。《説文》「觵」下云：「兕牛角可以飲者，其狀觵觵，故謂之觵。」「觥」下云：「俗觵，從光。」孔疏：「兕觥，罰爵。此無過可罰，而云『稱彼』，故知舉之以誓戒衆人，使羣臣知長幼之序，令不犯禮也。」箋訓「萬壽」爲「大壽」者，《廣

❶「偁」，原作「稱」，據馬瑞辰《通釋》、陳刻《説文》、《説文注》、楊刻《説文義證》、祁刻《説文繫傳》改。

雅》：「萬，大也。」《簡兮》篇「方將萬舞」，《韓詩》：「萬舞，大舞也。」是「萬」自訓「大」，孔疏云「使得萬年之壽」，非也。又古器物銘「用蘄萬年」、「用蘄眉壽」、「萬年無疆」之類，皆自祝之詞，知所謂「萬壽無疆」者，亦頌禱常語，不爲異耳。鄭注《禮》時習《齊詩》，知大飲獻頌不謂「受福無疆」，鄰於卑輕，爲非祝君之詞。後箋《毛詩》，亦不以「萬壽無疆」特加崇重，仍釋之爲「大壽無竟」，古人立言有體，不尚虚浮也。其以「大飲」易毛傳，惟求於義有當而已。至所謂《豳雅》、《豳頌》者，《周禮·春官·籥章》：「中春，晝擊土鼓，龡《豳詩》，以逆暑。中秋夜迎寒，亦如之。凡國祈年于田祖，則龡《豳雅》，擊土鼓，以樂田畯。國祭蜡，則龡《豳頌》，擊土鼓，以息老物。」鄭注以《七月》之詩當之。箋《詩》即用其説，而後人非之。胡承珙云：「《詩疏》謂《周禮》注以《七月》首章『流火』、『觱發』之類爲《豳風》，『于耜』、『舉趾』之類爲《豳雅》，其後章穫稻、釀酒、躋堂、稱觥之事爲《豳頌》，與《詩》箋小異。《詩》箋則謂『殆及公子同歸』以上爲《豳風》，『以介眉壽』以上爲《豳雅》，『萬壽無疆』以上爲《豳頌》。信如所言，則割裂穿鑿，誠爲無理。今反復《禮》注、《詩》箋，知所謂三分《七月》者，皆疏家之誤，而鄭未嘗有是也。鄭於《周禮》具有師承，必非無本。《籥章》首言『掌土鼓、豳籥』，可見此一官專掌以籥龡《豳》，別無他詩，亦別無他器。鄭注《籥章》引《明堂位》曰：「土鼓、蒯桴、葦籥，伊耆氏之樂。」《秋官》「伊耆氏」，注云：「伊耆，古王者號，始爲蜡以息老物。」蓋八蜡皆爲農事。此龡《豳》亦多爲農事，故爲伊耆氏之樂耳。其所謂《豳詩》、《豳雅》、《豳頌》，舍《七月》一詩，更將誰屬？鄭注『龡《豳詩》』云：『《豳風·七月》也。龡之者，以籥爲之聲。《七月》言寒暑之事，迎氣歌其類也。此《風》也，而言《詩》，《詩》，總名也。』又曰：『《豳雅》，亦《七月》也。《七月》又有「于耜」、「舉趾」、「饁彼南畝」之事，是亦歌其類。謂之《雅》者，以其言男女之正。』又云：『《豳頌》，亦《七月》

也。《七月》又有穫稻、作酒、「躋彼公堂，稱彼兕觥，萬壽無疆」之事，是亦歌其類也。謂之《頌》，以其言歲終人功之成。』細繹注意，蓋籥章於每祭皆歈《七月》全詩，而其取義各異。取迎寒暑則曰《豳詩》，取言耕作則曰《豳雅》，故注云『謂之』者，言因此義而謂之雅，因彼義而謂之頌耳。又曰『歌其類』者，即《左傳》『歌《詩》必類』之義。鄭撮舉《詩》詞，正指類以曉人，則凡篇中言鑿冰、肅霜類乎寒暑之氣者，皆謂之『風』。言婦子入室，類乎男女之正者，皆謂之『雅』。其餘所不言者，以類推之而已。至箋《詩》於『殆及公子同歸』以下繫云『是謂《豳風》』，『以介眉壽』以下繫云『是謂《豳雅》』，『萬壽無疆』以下繫云『是謂《豳頌》』，『是謂』者，猶《禮》注云『謂之《雅》』、『謂之《頌》』也。蓋以《七月》全篇備風、雅、頌之義，籥章歈之，以一時而供三用，如二《南》爲房中之樂，而用之鄉人而爲鄉樂，用之邦國則爲燕樂，皆比類以取義，並非截然分首二章爲風，六章以上爲雅，八章以上爲頌也。孔疏不善讀箋、注，妄爲分別，致後人以三分《七月》之説歸咎鄭君。夫籥章所掌豳籥，明是總括之詞，在當日如何采詩入樂，以成節奏，後人已不能知，又安能判某章爲風，某章爲雅，某章爲頌邪？惟明乎鄭氏『歌其類』之義，則知《籥章》止言歈《豳》，必不當求諸《七月》之外。《籥章》言《豳詩》者，正謂《豳風》，以其詩固風體也。其曰《豳雅》、《豳頌》者，則又以詩入樂，各歌其類，合乎雅、頌故也。此可見詩與樂各有取義，亦非於一詩之中，❶隨事而變其音節。且風詩義兼雅、頌，猶雅詩亦兼風與頌，《大雅·崧高》云「其風肆好」，又云「吉甫作頌」。《大戴禮·投壺》篇：「凡雅二十六篇，其八篇可歌，歌《鹿鳴》、《貍首》、《鵲巢》、《采蘩》、《采蘋》、《伐檀》、《白駒》、《騶虞》。」此惟《鹿鳴》、《白駒》

❶「詩」，原作「時」，據續經解本《毛詩後箋》改。

在《小雅》，《貍首》已亡，餘皆國風，而謂之雅。又《漢・杜夔傳》云：「舊雅四曲，一《鹿鳴》，二《騶虞》，三《伐檀》，四《文王》。」而《伐檀》、《騶虞》皆風詩也。則不可謂別有《豳雅》、《豳頌》而亡之矣。」

《七月》八章，章十一句。

鴟鴞【注】魯説曰：「武王崩，周公當國，管、蔡、武庚等率淮夷而反，周公乃奉成王命興師東伐，遂誅管叔，殺武庚，放蔡叔。甯淮夷，東土二年而畢定。周公歸報成王，乃爲詩貽王，命之曰《鴟鴞》。」齊説曰：「《鴟鴞》、《破斧》，沖人危殆。賴旦忠德，轉禍爲福，傾危復立。」又曰：「鸋鴂鴟鴞，治成遇災。綏德安家，周公勤勞。」【疏】毛序：「周公救亂也。成王未知周公之志，公乃爲詩以遺王，名之曰《鴟鴞》焉。」箋：「未知周公之志者，未知其欲攝政之意。」〇「武王」至「鴟鴞」，《史記・魯世家》文，明爲詩貽王在誅管、蔡之後。「鴟鴞」至「復立」，《易林・坤之遯》文，《否之蠱》、《隨之井》、《革之歸妹》同。《坤之遯》、《隨之井》作「邦人」。案：作「沖人」義長。「鴟鴞」至「勤勞」，《大畜之蹇》文。《噬嗑之漸》略同。《史記》用魯説，《易林》用齊説，是魯、齊《詩》無異義。《韓詩》當同。黄山云：「周公大義滅親，又專行黜陟，非常之舉，朝廷所疑，故事定獻詩，藉明己意。以鴟鴞小鳥自比，引咎於己之謀王室者，本有未善，致貽朝廷憂，而心實無他也。武王崩，周公即已攝政，責無旁貸。若如箋説，獻詩始欲攝政，不獨三家所無，亦非毛指矣。」

鴟鴞鴟鴞，既取我子，無毁我室。【注】魯説曰：「鴟鴞，鸋鴂。」韓説曰：「夫爲人父者，必懷慈仁之養，以畜養其子也。」又曰：「鴟鴞鴟鴞，既取我子，無毀我室。鴟鴞，鸋鴂，鳥名也。鴟鴞所以愛養其子者，適以病之。愛養其子者，謂堅固其窠巢。病之者，謂不知托於大樹茂枝，反敷之葦蔄。風至，蔄折巢覆，有子則死，有卵則破，是其病也。」【疏】傳：「興也。鴟鴞，鸋鴂也。無能毀我室者，攻堅之故也。甯亡二子，不可以毀我周室。」箋：「重言鴟鴞者，將述其意之所欲言，丁寧之也。室，猶巢也。鴟鴞言，已取我子者，幸無毀我巢，我巢積日累功，作之甚苦，故愛惜之也。時周公竟武王之喪，欲攝政，成周道，致太平之功。管叔、蔡叔等流言云，公將不利於孺子。成王不知其意，而多罪其屬黨。興者，喻此諸臣乃世臣之子孫，其父祖以勤勞有此官位土地，今若誅殺之，無絶其位，奪其土地，王意欲誚公，此之由然。」○「鴟鴞，鸋鴂」者，《釋鳥》文，魯説也。孔疏引舍人曰：「鴟鴞，一名鸋鴂。」郭注「鴟類」，誤。「夫爲」至「子也」，《文選·洞簫賦》李注文，與下語蓋連類之文。「鴟鴞」至「病也」，《文選》陳琳《檄吴將校部曲》李注引《韓詩》文，引經明韓、毛文同。陳檄：「鸋鴂巢于葦苕，苕折子破，下愚之惑也。」注云：「苕，與『蔄』同。」引《荀子》云：「南方鳥名蒙鳩，爲巢編之以髮，繫之葦苕，苕折卵破。巢非不牢，所繫之弱也。」是李以鴟鴞爲即蒙鳩。陳喬樅云：「《方言》：『桑飛謂之工爵，自關而東謂之鸋鴂，自關而西謂之桑飛，或謂之懱爵。』《荀子》楊注亦云：『蒙鳩，鷦鷯也。蒙，當爲「蔑」。』引《方言》『桑飛或謂之蔑雀』爲證。蔑、蒙一聲之轉，懱、蔑字異，音義並同。《藝文類聚》九十二引《詩義疏》云：『鴟鴞似黄雀而小，喙刺如錐，取茅爲窠，以麻紩之，懸著樹枝，幽州謂之鸋鴂，❶

❶「鸋」，原作「鴪」，據續經解本《韓詩遺説攷》六、宋本《藝文類聚》改。

或曰巧婦，或曰女匠，關西謂之篾雀。《詩》曰：「肇允彼桃蟲。」今鷦鷯是也。』是鴟鴞與桃蟲爲一鳥矣。又引《説苑》曰：『鷦鷯巢於葦之苕，大風至，苕折卵破者，其所託者使然也。』《風俗通義》四：『由鴟鴞之愛其子，適所以害之者。』是魯家説鴟鴞與韓同。」愚案：以上魯、韓遺説，皆謂流言反間已得行於沖人，懼將傾覆王室，故閔之而力征衛國，比於小鳥之堅固其巢也。在周公行周之政、用周之人，豈有私屬黨哉？箋説於它書無徵，不敢據信。

恩斯勤斯，鬻子之閔斯。【注】魯「恩」作「殷」。【疏】傳：「恩，愛；鬻，稚；閔，病也。稚子，成王也。」箋：「鴟鴞之意，殷勤於此稚子，當哀閔之。此取鴟鴞子者，言稚子也。以喻諸臣之先臣亦殷勤於此，成王亦宜哀閔之。」○「魯『恩』作『殷』」者，蔡邕《胡公夫人哀讚》云「殷斯勤斯」，蔡用《魯詩》，是魯作「殷」。箋云「殷勤於此稚子」，亦本《魯詩》。孔疏：「恩之言殷也。」馬瑞辰云：「《釋言》：『鞠，稚也。』『鞠』一作『毓』，毓即『育』字。《説文》引《書》『教育子』，亦即《書》之『孺子』也。二叔流言，言公將不利於孺子，故公自言恩勤於王室者，惟稚子是閔恤也。」

迨天之未陰雨，徹彼桑土，綢繆牖户。今女下民，或敢侮予。【注】韓「土」作「杜」。魯説曰：「迨，及也。徹，取也。桑土，桑根也。言此鴟鴞小鳥，尚知及天之未陰雨，而取桑根之皮以纏綿牖户，人君能治國家，誰敢侮之？刺邠君曾不如此鳥。」【疏】傳：「迨，及；徹，剥也。桑土，桑根也。」箋：「綢繆，猶纏綿也。此鴟鴞自説作巢至苦如是，以喻諸臣之先臣亦及文、武未定天下，積日累功，以固定此官位與土地。我至苦矣，今女我巢下之民，寗有敢侮慢欲毁之者乎？意欲恚怒之。以喻諸臣之先臣固定此官位、土地，亦不欲見其絶奪。」○「『土』作『杜』」者，《釋文》引《韓詩》文。土、杜通用字。《緜》篇「自土」，《齊詩》作

「自杜」。《方言》：「東齊謂根曰杜。」是桑杜即桑根。「迨及」至「此鳥」，趙岐《孟子章句》文。趙習《魯詩》也。箋釋「綢繆」爲「纏綿」，與趙合，蓋亦用魯訓。陳喬樅云：「趙以《鴟鴞》爲刺邠君，以《小弁》爲伯奇作。攷《論衡》亦以《小弁》爲伯奇詩。《論衡》言《關雎》用魯説，則《小弁》亦魯説。趙説《小弁》用《魯詩》，則説《鴟鴞》亦《魯詩》也。周公詩貽成王，而以爲刺邠君也。不敢斥言王，故託邠君以爲諷，猶唐人詩之託言漢家也。」愚案：據此，當日公詩貽王，疑有託名邠君之事，故趙用爲故實。否則，此詩諷王，古今共曉，無趙獨不知之理。有備無患，民孰敢侮？詩猶言或以疑之者，見公周慎之深心也。時公雖誅武庚，寧淮夷，而殷餘未靖，奄國猶存，公憂懼未嘗稍釋，惟望王益加儆戒，勿予下民以可乘之隙，庶免再召外侮耳。

予手拮据，【注】韓説云：「口足爲事曰拮据。」予所捋荼，予所蓄租，【注】韓説云：「租，積也。」予口卒瘏，【疏】傳：「拮据，撠挶也。荼，萑苕也。租，爲；瘏，病也。手病口病，故能免乎大鳥之難。」箋：「此言作之至苦，故能攻堅，人不得取其子。」〇《説文》「据」下云：「戟挶也。」「挶」下云：「戟持也。」「戟」即「撠」之消。据、戟雙聲，挶、据疊韻，此皆從聲見義，極狀其勞。「口足爲事曰拮据」者，《釋文》引《韓詩》文。《説文》「拮」下云：❶「手口並有所作也。」即本韓爲説。韓意「予」指鳥自名，故易「手」爲「足」以明之。《芣苢》傳：「捋，取也。」荼者，傳以爲萑苕，《出其東門》箋以爲茅秀。《釋草》之「蕫、荂，荼。猋、藨，芀。葦醜

❶「拮」，原作「据」，據續經解本《韓詩遺説攷》六、陳刻《説文》、《説文注》、楊刻《説文義證》、祁刻《説文繫傳》改。

芀」，萑之荼也。《廣雅》之「蕍，茅穗」，茅之荼也。其物相類，皆得「荼」名。「蓄租」者，與「捋荼」義正相承。租讀如蒩。《説文》：「藉，祭藉也。」「蒩，茅藉也。」引《禮》曰：「封諸侯土，蒩以白茅。」又通作「苴」。《説文》：「苴，履中草。」謂以草藉履。鳥之爲巢，必以萑苕、茅秀爲藉，與藉履之以苴者正同，故以爲苴而蓄之，謂予所捋之荼、予所蓄之租也。傳：「租，爲也。」「爲」乃「薦」形近之譌。薦，猶藉也。薦、荐通。《説文》：「荐，薦席也。」《釋文》本亦誤「薦」作「爲」。「租，積也」者，《釋文》引《韓詩》文。租、積雙聲字。積累所以爲薦藉，義亦相近。「租」之訓「積」，猶「荐」之訓「聚」也。韋昭云：「荐，聚也。」卒瘏者，馬瑞辰云：「與『拮据』相對成文，卒當讀爲顇。《爾雅》：『顇，病也。』字通作『悴』。劉向《九歎》：『躬劬勞而瘏悴。』卒瘏猶瘏悴也。卒、瘏皆爲病，猶拮、据並爲勞也。傳又云『手病口病，故能免乎大鳥之難』，乃通釋『予手拮据』、『予口卒瘏』二句。孔疏謂傳以『手病口病』解詩『卒瘏』爲盡病，誤矣。」曰予未有室家。【疏】傳：「謂我未有室家。」箋：「我作之至苦如是者，曰我未有室家之故。」○言予所以手口俱病者，以前此未有室家之故，以喻兵戈不息，未及營洛定鼎之事也。

予羽譙譙，予尾翛翛，【疏】傳：「譙譙，殺也。翛翛，敝也。」箋：「手口既病，羽尾又殺敝，言己勞苦甚。」○譙譙，《釋文》：「字或作『燋』，同。」案：「譙」當爲「燋」。《説文》：「燋，所以然持火也。」此本義。《淮南·氾論》注：「燋，悴也。」此引伸義。燋燋正形容苦悴之狀。《衆經音義》六引《三蒼》「燋悴」作「顦顇」，是「燋」與「顦」通。《玉篇》引《楚詞》又作「顏色醮顇」。《説文》：「醮，面焦枯小也。」又云：「𤒉，火所傷也。焦，或省。」焦本火傷之名，而燋、醮、顦等字因之。古文作「譙譙」者，借字也。唐石經、宋《集韻》、光堯石經「翛」

皆作「脩」。《説文》:「脩,脯也。」《釋名》:「脯又曰脩。脩,縮也,乾燥而縮也。」詩言尾之能縮相同,故曰脩脩。《校勘記》云:「此經相傳有作『脩』、作『翛』二本。」愚謂《説文》無「翛」,《爾雅》亦不爲「翛」作訓。《莊子》「翛然」本作「儵然」,則此詩作「翛」之本,當即與「脩」形近而譌。予室翹翹,風雨所漂搖,予維音嘵嘵。【注】三家「搖」作「颻」,「音」下有「之」字。嘵,懼也。【疏】傳:「翹翹,危也。嘵嘵,懼也。」箋:「巢之翹翹而危,以其所託枝條弱也。以喻今我子孫不肖,故使我家道危也。風雨,喻成王也。音嘵嘵然,恐懼告愬之意。」○《廣雅·釋詁》:「翹,舉也。」《文選·雜詩》注:「翹,懸也。」葦苕輕舉,巢懸苕上,擬其狀曰「翹翹」。代爲危懼,故釋其義云「危」也。張衡《東京賦》「常翹翹以危懼」,衡用《魯詩》,知魯訓與毛同。《釋訓》:「翹翹,危也。」即本《詩》訓。《説文》:「漂,浮。」「搖,動也。」《文選·長楊賦》「漂崑崙」,注:「漂,搖蕩之也。」是「漂」、「搖」二字意義相因,故《蘀兮》詩云「風其漂女」也。「三家『搖』作『颻』」者,《尚書大傳》鄭注引《詩》「風雨所漂颻」,出三家文。《釋天》「扶搖謂之猋」,《釋文》引《字林》作「飆」,飆、颻同字。「『音』下有『之』字。嘵,懼也」者,《説文》云:「從口,堯聲。《詩》曰:『唯予音之嘵嘵。』」《玉篇·口部》、《廣韻·三蕭》引《詩》「予維音之嘵嘵」,並有「之」字,出三家文。「予唯」作「唯予」,《説文》之誤,《玉篇》、《廣韻》即本《説文》,當依二書乙正。「維」作「唯」,陳喬樅以爲《魯詩》。《釋訓》:「嘵嘵,懼也。」亦引《詩》魯、毛同文之證。

《鴟鴞》四章,章五句。

東山【注】齊説曰:「東山拯亂,處婦思夫。勞我君子,役無休止。」又曰:「東山辭家,處婦思夫。

伊威盈室，長股贏户。歎我君子，役日未已。」【疏】毛序：「周公東征也。周公東征，三年而歸，勞歸士。大夫美之，故作是詩也。一章言其完也，二章言其思也，三章言其室家之望女也，四章樂男女之得及時也。君子之於人，序其情而閔其勞，所以説之。説以使民，民忘其死，其唯《東山》乎？」箋：❶「成王既得金縢之書，親迎周公。周公歸，攝政。三監及淮夷叛，周公乃東伐之，三年而後歸耳。分别章意者，周公於是志伸，美而詳之。」〇「東山」至「休止」，《易林·屯之升》文。「東山」至「未已」，《家人之頤》文。皆齊説。魯、韓無異義。案：《尚書大傳》：「周公攝政，一年救亂，二年克殷，三年踐奄。」《大誥》云「肆朕誕以爾東征」，一年救亂事也。《史記·魯世家》：「管、蔡、武庚等果率淮夷而反，周公乃奉成王命，興師東伐，作《大誥》，遂誅管叔，殺武庚，放蔡叔，放殷餘民，甯淮夷，東土二年而畢定。」即釋《書》「居東二年，罪人斯得」二句也。《逸周書·作雒解》：「二年，又作師旅，臨衛攻殷，殷大震潰，王子禄父北奔，《史記》云「殺武庚」，此云「禄父北奔」，蓋追奔而殺之，所記異。管叔經而卒，乃囚蔡叔于郭淩。凡所征熊盈族十有七國。」此二年克殷事也。《墨子·耕柱》篇：「周公旦非關叔，辭三公，東處于商蓋。」管、關字通，非即罪之渻借，商蓋即商奄，「奄」通作「弇」，《爾雅》：「弇，蓋也。」故「奄」亦作「蓋」。東處即居東也。《金縢》「秋大熟」以下，乃《亳姑》逸文。東漢諸儒併《金縢》、《亳姑》爲一談，遂有成王感雷雨而迎周公返國之説。不

---

❶「箋成」至「詳之」五十一字，原脱，據明世德堂本《毛詩》、阮刻本《毛詩正義》及本書體例補。

知經雖闕佚，史公從安國問，故參酌古文班《志》云：「《史記》引《金縢》多古文説。」著爲世家者，不可誣也。謂《史記》不可信，豈伏生親見先秦完《書》，所述《大傳》亦不可信乎？既雷雨啟金縢，《史記》、《大傳》皆爲遷葬周公之事，則知無因雷雨迎周公之事。既周公非因雷雨迎歸，則知周公居東之非爲避居矣。《東山》詩「于今三年」，即踐奄而歸也。胡承珙云：「《大傳》：『奄君蒲姑謂禄父曰：「武王既死矣，今王尚幼矣，周公見疑矣，此百世之時也，請舉事。」然後禄父及三監叛也。』《左・昭九年傳》：『蒲姑、商奄，吾東土也。』又定四年《傳》：『因商奄之民。』《説文》：『䣊，周公所誅䣊國，在魯。』《皇覽》：『奄里在魯。』《括地志》：『兖州曲阜縣奄里，即奄國之地。』《後漢・郡國志》以魯爲古奄國，是魯即奄也。趙岐《孟子》注云：『奄，東方國。』據此，可知《孟子》『登東山而小魯』，即《詩》之『東山』。《弘明集》引宗炳《明佛論》云：『《孟子》登蒙山而小魯。』閻氏《四書釋地》云：『或曰費縣西北蒙山，居魯四境之東，一名東山。』然則東征踐奄，已入魯境。東山當是師行所至之地，故曰『我徂東山』。」詩爲周公勞歸士作，毛云「大夫美之」，殆非。以序代歸士述室家想望之情，大夫不能如此立言也。

我徂東山，慆慆不歸。我來自東，零雨其濛。【注】三家「慆」作「滔」，亦作「悠」。魯「零」作「靁」，齊、韓作「霝」。魯「濛」作「蒙」。【疏】傳：「慆慆，言久也。濛，雨貌。」箋：「此四句者，序歸士之情也。我往之東山既久勞矣，歸又道遇雨濛濛然，是尤苦也。」○東山者，魯之東山，其先爲奄之東山。《孟子》書「孔子登東山而小魯」，閻若璩《四書釋地》云：「費縣西北蒙山，在魯四境之東，一曰東山。」是東山即蒙山，亦即此詩之「東山」也。「『慆』作『滔』」者，《御覽》三十二引《詩》作「滔滔不歸」。《說文》「慆」下云：「説也。」「滔」下云：「水漫漫大貌。」《詩·江漢》箋：「順流而下滔滔然。」水久流不返，以喻人之久出不歸。作「慆」借字。「滔」正字。《楚詞·七諫》「年滔滔而日遠兮」，義亦爲久也。「亦作『悠』」者，魏武帝詩：「悲彼《東山》詩，悠悠使我哀。」魏文帝詩：「豈如《東山》詩，悠悠多憂傷。」是三家「滔」作「悠」之證。滔、悠古同聲通用。《論語》「滔滔者，天下皆是也」，《史記·孔子世家》及鄭本《論語》亦作「悠悠」。悠悠，亦久也。「魯『零』作『蘦』，齊、韓作『霝』」者，《說文》：「霝，雨零也。從雨，**㗊**，象零形。《詩》曰：『霝雨其濛。』」《釋詁》：「蘦，落也。」郭注：「蘦，見《詩》。」據此，「蘦」借字，「霝」正字。陳喬樅云：「許所偁《詩》，蓋毛氏也。今毛作『零雨』，非舊文。」愚案：《說文》引《詩》，三家爲多，偁引古文，特崇時尚，陳説非也。《爾雅》「蘦」是魯文，《說文》之「霝」蓋齊、韓所載矣。「魯『濛』作『蒙』」者，王逸《楚詞·七諫》注：「蒙蒙，盛貌。《詩》曰：『零雨其蒙。』」此魯借「蒙」爲「濛」。《爾雅·釋天》引《詩》同，蓋據舊注之文。「蘦」作「零」，亦魯「又作」本。

我東曰歸，我心西悲。制彼裳衣，勿士行枚。【疏】傳：「公族有辟，公親素服，不舉樂，爲之變，如其倫之喪。士，事；枚，微也。」箋：「我在東山常曰歸也，我心則念西而悲。勿，猶無也。女制彼裳衣而來，謂兵服也。亦初無行陳銜枚之事，言前定也。《春秋傳》曰：『善用兵者不陳。』」○馬瑞辰云：「『制彼裳衣』者，制，古『製』字，制其歸塗所服之衣也。『勿士行枚』者，喜今之不事戰陣，謂橫銜於口用枚也。箋正以『行陳銜枚』釋經『行枚』。」胡承珙云：「《傳》：『枚，微也。』蓋訓『枚』爲『徽』。微、徽古字通用。《周官》『銜枚氏』鄭注：『銜枚，止言語囂讙也。』《釋詁》：『徽，止也。』枚以止言，故亦可訓『徽』。孔疏訓『微』爲『微細』，非。」黄山云：「《說文》：

『微，隱行也。』隱行亦即微行。毛讀士爲事，謂勿事行微，猶言勿事微行。蓋古文家皆以周公居東爲微行，辟地至此，乃不然幸之也。鄭訓『枚』爲『銜枚』，而讀『行』爲『行陳』，亦必據三家改毛，以三家謂居東即東征，振旅而歸，故以勿銜枚爲幸也。」

蜎蜎者蠋，烝在桑野。【注】三家「蠋」作「蜀」。敦彼獨宿，亦在車下。【疏】傳：「蜎蜎，蠋貌。蠋，桑蟲也。烝，寘也。」箋：「蠋蜎蜎然特行，久處桑野，有似勞苦者。古者聲寘、填、塵同也。敦敦然獨宿於車下，此誠有勞苦之心。」○《釋蟲》：「蚅，烏蠋。」孔疏引樊光曰：「《詩》云：『蜎蜎者蠋。』」郭注：「大蟲如指似蠶。」「三家『蠋』作『蜀』」者，《爾雅》釋文引《說文·虫部》：「蜀，桑中蠶也。今本作「葵中蠶也」，「葵」蓋「桑」之誤字。《詩》曰：『蜎蜎者蜀。』」三家當用正字。段注：「今《毛詩》及《爾雅》左旁又加虫，非也。此桑中虫而言似蠶者，《淮南子》：『蠶與蜀相類，而愛憎異也。』」《釋言》：「烝，塵也。」孔疏引孫炎曰：「烝，物久之塵。」陳喬樅云：「傳訓『烝』爲『寘』，箋云『古聲寘、填、塵同』，此鄭依魯訓以通毛義也。」

我徂東山，慆慆不歸。我來自東，零雨其濛。果蠃之實，亦施于宇。伊威在室，蠨蛸在户。町畽鹿場，熠燿宵行。【注】韓說曰：「宵行熠燿，以爲鬼火，或謂之燐。」【疏】傳：「果蠃，括樓也。伊威，委黍也。蠨蛸，長踦也。町畽，鹿迹也。熠燿，燐也。燐，熒火也。」箋：「此五物者，家無人則然，令人感思。」○《釋草》：「果蠃之實，括樓。」今藥中括樓仁也。孔疏引孫炎曰：「齊人謂之天瓜。」今以其根切作片，曰天花粉，亦即「天瓜」之譌也。《說文》：「𦾓蔞，果蓏也。」「蓏」變爲「蠃」，猶「𦾓蔞」變爲「括樓」耳。《葛覃》傳：「施，移也。」宇，霤也，詳《七月》。《釋蟲》：「伊威，委黍。」又曰：「蟠，鼠負也。」《說文》：「蛜威，委黍。」「委黍，鼠婦也。」又曰：「蟠，鼠婦也。」兩鼠婦相混，後人併爲一物。孔疏引陸《疏》云：「伊威，在壁根下甕底土中生，似白魚者是也。」馬瑞辰云：「目驗之，色與白魚相似，長僅一二分，郝懿行云：「長半寸許。」形扁似鼈，多足，凡溼處皆有之，《圖經本草》所謂溼生蟲也。至《本草》之地鼈，《名醫别録》云『一名土鼈』，蘇恭注：『狀似鼠婦，大者寸餘。』此與鼠婦相似而大小不同。」郝云：「色黑。」又名蟅蟲，蓋即《爾雅》、《説文》之蟠，非伊威也。伊威，《本草》一作「蛜蝛」，《别録》一名蛜蝛。除「伊」字外，皆後起之字。宋蘇軾詩「卧聞風幔落蛜蝛」，此蟲未聞緣高善飛，疑誤。《釋蟲》：「蠨蛸，長踦。」郭注：「小鼅鼄長腳者，俗呼爲喜子。」《説文》：「蠨蛸，長股者。」陸《疏》云：「此蟲來著人衣，當有親客至，有喜。荆州、河内人謂之喜母，幽州人謂之親客，亦如蜘蛛爲羅網居之。」郝懿行云：「此蟲作網，但有縱理，而無横文，如絡絲之狀。陶注《本草》『蜘蛛赤斑，名絡新婦』，疑此是也。但所見皆黄色，無赤斑者，其腹幹甚瘦小。」《埤雅》引《小爾雅》云：「鹿之所息謂之場。」與《後漢·郡國志》「廣陵郡」劉注「麋暖」同。町畽，鹿迹所在也。《楚詞·九思》「鹿蹊兮躖躖」，其義正同，謂鹿所步處也。《説文》「町」下云：「田踐處曰町。」「畽」下云：「禽獸所踐處也。」《詩》曰：『町畽鹿場。』「畽」作「疃」，與《釋文》「亦作」本合。「熠燿」至「之燐」，陳思王《螢火論》引《韓詩章句》文。「熠燿宵行」，明韓、毛文同。傳「熒火」舊作「螢火」。孔疏引曹植此語，其下又云：「未爲得也。天陰沈數雨，在於秋日，螢火夜飛之時也，故云宵行。然腐草木得溼而光，亦有明驗。衆説並爲螢火，近得實矣。然則毛以螢火爲燐，非也。」段玉裁云：「熒火，當謂鬼火之熒熒然者也。淺人誤以《釋蟲》之『熒火，即炤』當之，又改其字從虫，其誤蓋始於陳思王也。」愚案：崔豹《古今注》：「螢火，一名燐。」《廣雅》：「景天、螢火，燐也。」蓋鬼火有光熒熒然，謂之燐；螢火有光熒熒然，亦可謂之燐，二者不嫌同名，陳思誤疑耳。不可畏也，伊可懷也。【疏】箋：「伊，當作『繄』。繄，猶是也。懷，思也。室中久無人，故有此五物，是不足可畏，乃可爲憂思。」〇上箋及此皆言「五物」，實四物也，謂果臝、伊威、蠨蛸、熠燿也。又宇、室、户皆言家中，鹿場則在野外，非室中。「熠燿宵行」，亦非室久無人之故也。

我徂東山，慆慆不歸。我來自東，零雨其濛。鸛鳴于垤，婦歎于室。【注】《韓詩》曰：「鸛鳴于垤，婦歎于室。」韓説曰：「鸛，水鳥，巢居知風，穴居知雨。天將雨，而蟻出壅土，鸛鳥見之，長鳴而喜。」洒埽穹室，我征聿至。【疏】傳：「垤，蟻冢也。將陰雨，則穴處先知之矣。❶鸛好水，長鳴而喜也。」箋：「鸛，水鳥也。將陰雨則鳴。行者於陰雨尤苦，婦念之則歎於室也。穹，窮；窒，塞；洒，灑；埽，拚也。穹窒鼠穴也。而我君子行役，述其日月，今且至矣。言婦望也。」〇陸《疏》：「鸛，鸛雀也。似鴻而大，長頸，赤喙，白身，黑尾翅。❷樹上作巢，大如車輪。卵如三升杯。泥其巢，一傍爲池，含水滿之，取魚置池中，稍稍以食其雛。」《説文》「雚」下云：「小爵也。「小」是「水」之誤。從萑，吅聲。《詩》曰：『雚鳴于垤。』」與《釋文》「又作」本合。「鸛鳴」至「而喜」，《文選》張茂先《情詩》李注引《韓詩》薛君章句文。「鸛鳴」二句，明韓、毛文同。孔疏：「將欲陰雨，水泉上潤，穴處者先知之，故螘避溼而上冢。鸛是好水之鳥，知天將雨，故長鳴而喜也。」

❶ 「處」下，明世德堂本《毛詩》有「者」字。

❷ 「黑」，原作「赤」，據阮刻本《毛詩正義》改。

婦念征夫行役之苦，則歎于室。《易林·大過之損》：「處子歎室。」用此經文，明齊、毛文同。洒埽室中，又窮塞室中之孔穴，以待我征夫之至。有敦瓜苦，烝在栗薪。【注】韓「栗」作「蓼」，云：「衆薪也。」【疏】傳：「敦，猶專專也。烝，衆也。言我心苦，事又苦也。」箋：「此又言婦人思其君子之居處，專專如瓜之繫綴焉。瓜之辨有苦者，❶以喻其心苦也。烝，塵；栗，析也。言君子又久見使析薪，於事尤苦也。古者聲栗、裂同也。」○「『栗』作『蓼』，云『衆薪也』」者，《釋文》引《韓詩》文。王應麟《詩攷》引作「聚薪也」，其義亦同。言思我君子，專專然如瓜之苦，塵久在衆薪之中。以瓜自喻，薪喻衆人。《玉篇·艸部》「蓼」與「蓼」同。蓼，辛苦之菜也。若讀如本字，則謂以苦瓜而久在衆蓼薪之中，於義亦通。箋讀栗爲析，是爲已析之薪，乃云「見使析薪」，似未爲得公勞歸士，代其室家序想望君子之情。軍士職事尊卑各異，不必人人見使析薪，自以上下二句皆是喻意爲合。「烝」訓「久」，與下「三年」意貫，較傳義長。自我不見，于今三年。

我徂東山，慆慆不歸。我來自東，零雨其濛。倉庚于飛，熠燿其羽。【疏】箋：〔首四句〕「凡先著此四句者，皆爲序歸士之情。倉庚仲春而鳴，嫁取之候也。熠燿其羽，羽鮮明也。歸士始行之時，新合昏禮。今還，故極序其情以樂之。」○案：《東山》一篇，所記時物皆非春日，故以爲推言始昏之時物。孔疏申毛，以爲興嫁子衣服鮮明，毛無此意也。之子于歸，皇駁其馬。【注】魯「皇」作「騜」。【疏】傳：「黄白曰皇，駵白曰駁。」箋：「之子于歸，謂始嫁時也。皇駁其馬，車服盛也。」○「魯『皇』作『騜』」者，《釋

❶「辨」，明世德堂本《毛詩》作「瓣」。

畜》：「騂白，駁。黄白，騜。」舍人曰：「騂赤色，名曰駁。黄白色，名曰騜。」孔疏引孫炎曰：「《詩》云：『騜駁其馬。』」郭注引《詩》同，即用舊注之文。毛用借字作「皇」，則作「騜」者，《魯詩》也。親結其縭，九十其儀。【注】韓説曰：「縭，帶也。」【疏】傳：「縭，婦人之褘也。母戒女施衿結帨。九十其儀，言多儀也。」箋：「女嫁，父母既戒之，庶母又申之。九十其儀，喻丁寧之多。」○「縭，帶也」者，《文選・思玄賦》注引《韓詩》薛君章句文。馬瑞辰云：「《説文》：『褘，蔽厀也。』是褘爲蔽厀之名。《爾雅》『衣蔽前謂之襜』，郭注：「今之蔽厀。」下即繼以『婦人之褘謂之縭』，二語相承，蓋謂男子之蔽厀名襜，婦人之蔽厀名縭也。《釋名》：『韠，蔽也，所以蔽厀前也。婦人蔽厀亦如之。』是婦人有蔽厀之證。《方言》：『蔽厀，齊、魯之郊謂之衻。』『衻』即《爾雅》之『襜』。《爾雅》釋文：「幨，❶本或作『襜』。❷《方言》作『衻』。」此「衻」即「襜」之證。蓋襜與縭對文則異，散文則通。《雜記》『繭衣裳，與税衣、纁衻爲一稱』，鄭注：『衻，婦人蔽厀。』是知《士昏禮》『女次，純衣纁衻』亦即蔽衻。鄭注訓「衻」爲「衣緣」，誤。此昏禮女服蔽厀之證也。上古蔽前，蔽厀象之，示不忘古。其制於衣帶前以韋爲一幅巾。《説文》：『市，從巾，象連帶之形。』市或作『韍』，《方言》：「蔽厀，或謂之韍。」又作『帗』。《説文》：『帗，一幅巾也。』據《方言》蔽厀有大巾之名，《釋名》亦有巨巾之稱，蓋對佩巾爲巾之小者言也。佩巾名帨，蔽厀稱大巾、巨巾，故得同名爲帨。《詩》『無感我帨兮』，當指縭言之，以其爲嫁時夫所親結也。此詩『結縭』

---

❶「幨」，原作「襜」，據馬瑞辰《通釋》及宋本、通志堂本《釋文》改。

❷「襜」，原作「衻」，據宋本、通志堂本《釋文》改。

謂結其蔽厀之帶，❶故韓説云：『縭，帶也。』帶所以繫，故《爾雅》又曰：『縭，緌也。』緌亦繫也。《士昏禮》『施衿結帨』，衿、紟古通用。《説文》：『紟，衣系也。』《漢書·楊雄傳》注引應劭曰：『衿，音「衿系」之「衿」。衿，帶也。』衣帶謂之衿，帨帶亦謂之衿，是知『施衿』即施帶以結其帨也。《爾雅》郭注以縭爲今之香纓，《士昏禮》鄭注以帨爲佩巾，孔疏以施衿爲《内則》之衿纓，皆失之。」陳喬樅云：「《士昏禮》『施衿結帨』，《後漢·馬融傳》云『施衿結縭』，張華《女史箴》云『施衿結離』，注：「離與縭古字通。」則縭之爲帨審矣。褘之爲物，所以蔽前。以其象巾之形，故謂之帨。以其象帶之緌，故謂之縭耳。《爾雅》釋文：『縭，本或作「褵」。』《玉篇·衣部》云：『褵，衣帶也。』」愚案：《釋器》：「婦人之褘謂之縭。縭，緌也。」孫炎注：「褘，帨巾也。」郭璞誤爲香纓，得馬、陳二説以暢《雅》訓，韓、毛注義並通矣。孔疏：「數從一而至於十，則數之小成。舉九與十，言其多威儀也。」《韓詩外傳》二云：「嫁女之家，三夜不息燭，思相離也。取婦之家，三日不舉樂，思嗣親也。故昏禮不賀，人之序也。三月而廟見，稱來婦也。厥明見舅姑，降於西階，婦降自阼階，授之室也。憂思三日，三月不殺，孝子之情也。故禮者，因人情爲文。《詩》曰：『親結其縭，九十其儀。』言多儀也。」

其新孔嘉，其舊如之何？【疏】傳：「言久長之道也。」箋：「嘉，善也。其新來時甚善，至今則久矣，不知其如何也。又極序其情樂而戲之。」○愚案：前此新昏既甚嘉矣，其久長之道又如之何？欲其同保家室，以樂太平。《易·序卦傳》：「夫婦之道，不可以不久也，故受之以恒。」《序》云「四章樂男女之得及時也」，謂及男女壯

❶「結其」，原乙，據馬瑞辰《通釋》乙正。

盛、天下漸定之時。

《東山》四章，章十二句。

破斧【疏】毛序：「美周公也。周大夫以惡四國焉。」箋：「惡四國者，惡其流言毁周公也。」〇周公東征後，遂兼行黜陟之典，非僅如毛説管、蔡、商、奄也。從三家爲正。見下。

既破我斧，又缺我斨。【疏】傳：「隋銎曰斧。斧斨，民之用也。禮義，國家之用也。」箋：「四國流言，既破毁我周公，又損傷我成王，以此二者爲大罪。」〇《釋文》：「隋，徒禾反，又湯果反。孔形狹而長也。」《説文》：「斨，方銎斧也。《詩》曰：『又缺我斨。』」斧言破，斨言缺，互詞，以喻四國破壞禮義，亂我周邦。箋以斧、斨分指周公、成王，胡承珙云：「喻周公者不變，何以喻成王者屢變與？箋不如傳明矣。」**周公東征，四國是皇。**【注】魯説曰：「皇，正也。」又曰：「言東征黜陟。周公黜陟，而天下皆正也。」齊説曰：「東行述職，征討不服。」【疏】傳：「四國，管、蔡、商、奄也。」箋：「周公既反，攝政，東征伐此四國，誅其君罪，正其民人而已。」〇「皇，正也」者，《釋言》文。郭注引《詩》「四國是皇」，釋「皇」爲「正」，明用魯義。「言東」至「正也」，《白虎通·巡狩》篇文，謂「三歲一閏，天道小備。五歲再閏，天道大備。故五年一巡狩，三年二伯述職黜陟，一年物有始終，歲有所成，方伯行國，時有所生，諸侯行邑。傳曰：『周公入爲三公，出爲二伯，中分天下，出黜陟。』《詩》曰：『周公東征，四國是皇。』言周公東征」云云。何休《公羊傳解詁》：「此道黜陟之時也。」引《詩》「周公」二句，與《白虎通》合，明魯、毛文同。《法言·先知》篇：「昔在周公，征於東方，四國是正。」以上皆魯説。「東行」至「不服」，《易林・井之小畜》文。《公羊・僖四年傳》：「古者周公東征則西國怨，西征則東國怨。」《公羊》齊學，此説必《齊詩》義。《後漢書》班固奏記：東平王蒼曰：「古者周公一舉則三方怨，曰：『奚爲而後己？』」李注引《孫卿子》曰：「周公東征而西國怨，曰：『何獨不來也？』南征而北國怨，曰：『何獨後我也？』」以上皆齊説。愚案：言天下皆正，則非獨管、蔡、商、奄，詩稱「四國」，猶《鳲鳩》篇「正是四國」之比，非有實指。東行述職，齊、魯説同。二舉三怨，即道黜陟，足見此詩並無別解，韓可知矣。《孟子》言「滅國者五十」，《逸周書・作雒解》：「周公立相天子，三叔及殷、東徐、奄及熊盈以略。凡所征熊盈族十有七國，俘維九邑，俘殷獻民，遷于九畢。」是「四國」不專指管、蔡、商、奄之明證。哀我人斯，亦孔之將。【注】魯説曰：「孔，甚也。」【疏】傳：「將，大也。」箋：「此言周公之哀我民人，其德亦甚大也。」○馬瑞辰云：「哀，憐也，愛也。《呂覽》『人主何可以不務哀士』，高注：『哀，愛也。』《中庸》『仁者，人也』，鄭注：『人也，讀如「相人偶」之「人」，以人意相存問之言。』《表記》『仁者，人也』，注云：『人也，謂施以人恩也。』古者相親愛謂之相人偶。《方言》：『凡言相憐哀，九疑、湘潭之間謂之人兮。』人斯，猶『人兮』也。『哀我人斯』，謂憐我而人偶之也。故詩言『亦孔之將』，與下章『嘉』、『休』同義。《廣雅》：『將，美也。』傳訓『將』爲『大』，古大與美亦同義。」「孔，甚也」者，王逸《楚詞・九章》注文，引《詩》「亦孔之將」，明魯、毛文同。

既破我斧，又缺我錡。【注】韓説曰：「錡，木屬。」【疏】傳：「鑿屬曰錡。」○陳奐云：「《説文》：『鑿，穿木也。』『錡，鉏御也。』穿木之器，其耑鉏御然。鉏御，猶齟齬也。」「錡，木屬」者，《釋文》引《韓詩》文。胡承珙云：「器之以木爲者多矣，不得遂名木屬，疑『木』爲『朩』之誤。《説文》：『朩，兩刃臿也。』《方言》：

『臿，宋、魏之間謂之鏵。』「茉、鏵古今字。」《説文》又云：「枲，茉臿也。從木入，象形，䀠聲。」「茉，從木丫，象形。宋、魏曰茉也。或從金亏作釫。」魯商瞿字子木，亦當爲「茉」之誤，或省借作「木」耳。陳喬樅云：「《詩·召南》傳：『釜有足曰錡。』郭璞《方言》注：『錡，三腳釜也。』釜之有足者名錡，鏵之有齒者亦名錡。然則錡之爲物，蓋如臿而有三齒，與茉之有兩刃者相似，故《韓詩》以爲茉屬，而《説文》以『鉏鋤』爲訓也。今世所用鋤猶有三齒、五齒者，蓋即是物。或以爲今之鋸，非是。」周公東征，四國是吪。【注】魯「吪」作「訛」。【疏】傳：「吪，化也。」〇「魯『吪』爲『訛』」者，《釋言》：「訛，化也。」郭注引《詩》「四國是訛」，明《雅》用《魯詩》。《節南山》箋：「訛，化也。」哀我人斯，亦孔之嘉。【疏】箋：「嘉，善也。」〇《大明》傳：「嘉，美也。」

既破我斧，又缺我銶。【注】韓説曰：「銶，鑿屬也。」【疏】傳：「木屬曰銶。」〇《説文》無「銶」字，「梂」下云：「一曰：鑿首也。」段注：「許所據《詩》或字從木作『梂』，❶『鑿首』之訓，即用《韓詩》説。鑿首，謂鑿柄也。」馬瑞辰云：「《廣雅》：『梂，柎也。』柎與弣同，弣亦柄也。《管子》書：『一車必有一斤、一鋸、一釭、一鑽、一鑿、一銶、一軻。』以銶、鑿並言，猶欘爲鉏柄，而《鹽鐵論》『鉏耰棘欘』亦以欘、鉏並言也。《釋文》引一解云：『即今之獨頭斧。』未詳何據。」陳喬樅云：「《説文》訓『梂』爲『鑿首』，蓋指鑿柄之耑而言。《曲禮》『進戈者前其鐏，後其刃。進矛戟者前其鐓』，注云：『後刃，敬也。三兵鐏、鐓雖在下，猶爲首也。銳底曰

❶「作」，原作「無」，據續經解本《韓詩遺説攷》六、《説文注》改。

鎛，取其鎛地。平底曰鐓，取其鐓地也。』《説文》：『鐓，柲下銅鐏也。』『鐏，柲下銅也。』段注：『鐏地者，可入地。鐓地者，著地而已。』然則梂爲鑿首，以金爲之，故字亦從金也。至毛傳以爲木屬者，胡承珙云：『銶亦臿類，蓋起土之物。《釋名》：「臿，插也，掘地取土也。」《大雅》「捄之陑陑」，箋云：「捄，捊也。」《説文》：「捊，引取土也。」捄與銶皆從求得聲，所以取土者謂之銶，因而取土亦謂之捄。《周官·鄉師》注引《司馬法》云：「輂一斧、一斤、一鑿、一梩、一鋤。」賈疏：「梩或解爲臿，或解爲鍬，臿、鍬不殊。」《司馬法》之「一梩」，或即《管子》之「一銶」，皆鍬、臿之類與？』」周公東征，四國是遒。【疏】傳：「遒，固也。」箋：「遒，斂也。」○孔疏：「遒訓爲聚，亦堅固之意。」陳奐云：「《廣雅》：『揫，固也。』古遒、揫聲通，若《長發》『百禄是遒』，三家《詩》作『揫』之例。揫亦斂聚意也。」哀我人斯，亦孔之休。【疏】傳：「休，美也。」

《破斧》三章，章六句。

伐柯【疏】毛序：「美周公也。周大夫刺朝廷之不知也。」箋：「成王既得雷雨大風之變，欲迎周公，而朝廷羣臣猶惑於管、蔡之言，不知周公之聖德，疑於王迎之禮，是以刺之。」○案：王欲迎周公，則朝廷無異説矣。而箋云羣臣有疑惑者，是今古文説所無。三家説不可見，今以蘇氏説明之。見下。

伐柯如何？匪斧不克。取妻如何？匪媒不得。【疏】傳：「柯，斧柄也。禮義者，亦治國之柄。媒，所以用禮也。治國不能用禮，則不安。」箋：「克，能也。伐柯之道，唯斧乃能之，此以類求其類也。

以喻成王欲迎周公，當使賢者先往。媒者，能通二姓之言，定人室家之道。以喻王欲迎周公，當先使曉王與周公之意者又先往。」○案：周公能以禮義爲國，今成王欲治天下，當迎周公歸也。宋蘇軾《詩傳》曰：❶「伐柯而不用斧，取妻而不用媒，豈可得哉？今成王欲治國，棄周公而不召，亦不可得也。」最合經意，今從之。

伐柯伐柯，其則不遠。【疏】傳：「以其所願乎上交乎下，以其所願乎下事乎上，不遠求也。」箋：「則，法也。伐柯者必用柯，其大小長短近取法於柯，所謂不遠求也。王欲迎周公使還，其道亦不遠，人心足以知之。」○周公用禮義之道，故東土得以速定。其法不遠，所謂「前事者，後事之師也」，故得公歸朝而天下治矣。蔡邕《太尉楊公碑》「閑於《伐柯》」，又《薦邊讓書》「成《伐柯》不遠之則」，皆用魯經文。王符《潛夫論·明忠》篇引「伐柯」二句，明魯、毛文同。《禮·中庸》引：「《詩》云：『伐柯伐柯，其則不遠。』執柯以伐柯，睨而視之，猶以爲遠，故君子以人治人，改而止。」此齊說。《韓詩外傳》二云：「原天命，治心術，❷理好惡，適情性，而治道畢矣。四者不求於外，不假於人，反諸己而存矣。《詩》曰：『伐柯伐柯，其則不遠。』」此韓說，明齊、韓亦同，皆就治道申成詩義。**我覯之子，籩豆有踐。**【疏】傳：「踐，行列貌。」箋：「覯，見也。之子，是子也，斥周公也。王欲迎周公，當以饗燕之饌行，至則歡樂以説之。」○「我覯之子」，與下篇句例同，而義則各别。下篇言見公，已拜上公之服，未得公歸之命。此章言公之不可不歸，預想見王之見公，必行饗燕

❶「軾」，據求是堂本《毛詩後箋》、筠州公使庫本蘇轍《詩集傳》，疑當作「氏」。

❷「術」，原脱，據續經解本《韓詩遺説攷》六、吴刻《韓詩外傳》補。

之禮也。《玉篇》引《詩》「籩豆有踐」，云：「踐，行也。」行讀如杭，與傳「行列」義合。

《伐柯》二章，章四句。

九罭【疏】毛序：「美周公也。周大夫刺朝廷之不知也。」○三家無異義。

九罭之魚，鱒魴。【注】魯説曰：「緵罟謂之九罭。九罭，魚罔也。」《韓詩》曰：「九罭之魚，鱒魴。」「九罭，取鰕茈也。」【疏】傳：「興也。九罭，緵罟，小魚之網也。鱒、魴，大魚也。」箋：「設九罭之罟，乃後得鱒、魴之魚，言取物各有器也。興者，喻王欲迎周公之來，當有其禮。」○「緵罟」至「罔也」，《釋器》文，魯説也。孔疏引孫炎曰：「九罭，謂魚之所入有九囊也。」緵、數一聲之轉，即《孟子》所謂「數罟」，趙岐注：「數罟，密網也。」《釋魚》「鮅、鱒、魴」，樊光曰：「《詩》云：『九罭之魚，鱒魴。』」《説文》：「鱒，赤目魚。」今目驗，赤眼魚與鯆魚相似，故毛以鱒與魴同爲大魚也。張衡《西京賦》「布九罭，摷鯤鮞」，鯤、鮞小魚，明以鱒、魴爲大魚。衡用《魯詩》，知魯義與毛同。「九罭」至「茈也」，《御覽》八百三十四引《韓詩》文，明韓、毛文同。「取鰕茈也」者，言以鰕之微細，亦不脱漏，極形其網密。《玉篇·艸部》：「茈，蓄也。」與魚網義不合。茈，當爲「比」，言細相比也。《説文》「茞」下云：「取蟣比也。」「取蟣比」與「取鰕比」意合。《漢書·匈奴傳》「比疏一」，《史》索隱引《蒼頡篇》：「靡者爲比，麄者爲梳。」「比」即俗之「枇」也，故以狀取魚密網。孔疏：「鱒、魴是大魚，處九罭之小網，非其宜，以興周公是聖人，處東方之小邑，亦非其宜。」我覯之子，衮衣繡裳。【注】韓「衮」作「綩」，云：「綩衣，纁衣也。」【疏】傳：「所以見周公也。衮衣，卷龍也。」箋：「王迎周公，當以上公之服往見之。」○覯，見也。之子，斥周公。時公拜王命，已得服上公之服。馬瑞辰云：「《爾雅》：『衮，黻也。』蓋釋此詩。『衮衣繡裳』，猶《終南》詩『黼衣繡裳』也。訓『衮』爲『黻』，乃通言，言黼黻文章之事，故《爾雅》又曰：『黼、黻，彰也。』黻衣猶云章服，非訓『衮』爲十二章之黻也。古者龍畫於衣，黻繡於裳，郭注《爾雅》謂『衮有黻衣』，失之。又案：傳：『衮衣，卷龍也。』《曲禮》『衮衣』字皆叚借作『卷』，蓋衮從㕣聲，與卷同音，故傳借作『卷』，《荀子》又借作『裷』。今《説文》作從公聲，形近傳寫之誤。」《淮南·説林訓》高注：「《詩》曰：『衮衣繡裳。』」明魯、毛文同。「『衮』作『綩』，云『綩衣，纁衣也』」者，《玉篇·糸部》引《韓詩》文。❶皮嘉祐云：「陳奂曰：『《士冠禮》「爵弁服，纁裳純衣」，純讀爲黗。《説文》：「黗，黑也。」純衣，猶玄衣也。』《類篇》：『綩，冠絭也。一曰：纁色衣。』士纁裳，非天子、諸侯之服。且古有纁裳，無纁衣。《士昏禮》：『女次，純衣，纁袡。』是女子之衣，非男子之衣。《禮》曰『不襲婦服』，則男子不服纁袡可知。且『纁袡』鄭注謂以纁緣其衣，亦不得爲纁衣之證。《韓詩》所謂『纁衣』，疑亦即純衣。熏與屯聲近得通，《禹貢》『杶幹栝柏』，《釋文》：『杶，本作櫄』。」此熏、屯通用之證。《韓詩》作『綩衣』者，《周禮·染人》注：『故書「纁」作「䊵」。』綩與䊵皆從宛聲，《韓詩》之『綩』，當即《周禮》故書之『䊵』。䊵與纁同，故韓以『綩衣』爲『纁衣』，實即禮服之純衣也。」

鴻飛遵渚，【疏】傳：「鴻不宜循渚也。」箋：「鴻，大鳥也，不宜與鳧鷖之屬飛而循渚。以喻周公今與凡人處東都之邑，失其所也。」○段玉裁云：「《説文》『鴻』下云：『鴻鵠也。』鴻鵠即黃鵠。黃鵠一舉，知山川

❶「糸」，原作「系」，據羅本、黎本《玉篇》改。

之紆曲，再舉知天地之圓方，見《楚詞·惜誓》。最爲大鳥。箋止云『鴻，大鳥』，不言何鳥，學者多云雁之大者。夫鴻雁遵渚，遵陸乃其常耳，何以傳云『鴻不宜循渚』、『陸非鴻所宜止』？則鴻非大雁也，正謂一舉千里之大鳥。常集高山茂林之上，不當循小洲之渚，高平之陸也。經、傳『鴻』字有謂大雁者，《曲禮》『前有車騎，則載飛鴻』，《易》『鴻漸于磐』，是也。有謂黄鵠者，此詩是也。單呼鵠，絫呼黄鵠、鴻鵠。黄言其色。鴻之言琟，言其大也。《小雅》傳云：『大曰鴻，小曰雁。』此因下言雁，決上言大雁，字當作『琟』，假『鴻』爲之，而今人遂失『鴻』本義。」公歸無所，於女信處。【疏】傳：「周公未得禮也。再宿曰信。」箋：「信，誠也。時東都之人欲周公留不去，故曉之云，公西歸而無所居，則可就女誠處是東都也。《豳譜》孔疏：「於時實未爲都，而云都，據後營洛言之耳。」今公當歸復其位，不得留也。」○胡承珙云：「鴻不宜遵渚，謂公不宜居東也。不宜居，則公應歸矣。而未有所也，故猶於東信處耳。『公歸』二字略逗。『無所』，猶《孟子》云『無處』。『於女』，猶言於東，不必定與東人相爾汝也。」黄山云：「傳言『未得禮』，特振旅之禮命尚未逮耳，非箋所謂迎周公當有其禮。」

鴻飛遵陸，【注】韓説曰：「高平無水曰陸。」【疏】傳：「陸非鴻所宜止。」○「高平無水曰陸」者，《玉篇·阜部》引《韓詩》文。《釋名》：「高平曰陸。陸，漉也，水流漉而去也。」流漉而去則無水，與韓合。公歸不復，於女信宿。【疏】傳：「宿，猶處也。」○胡承珙云：「孔疏引王肅訓『復』爲『反』，蓋用《小雅》『言歸斯復』，傳云：『復，反也。』但訓『反』，則『公歸』二字亦須讀斷，謂公本應歸而不得所以反之道，乃與上『無所』一例。否則，既曰歸，又曰不反，不可通矣。」《易林·損之蹇》：「鴻飛在陸，公出不復，伯氏客宿。」《漸之否》、《剥之升》、《中孚之同人》同。《師之震》「伯氏」上多「仲氏任只」一句，皆不可曉。

是以有袞衣兮，無以我公歸兮，【疏】傳：「無與公歸之道也。」箋：「是，是東都也。東都之人欲周公之留爲君，故云是以有袞衣，謂成王所齎來袞衣，願其封周公於此，以袞衣命留之，無以公西歸。」〇胡承珙云：「周公以道事君，使無所以迎之道，而徒以其服，是以有此袞衣，而終無與公歸之道，能無使我心悲乎？」愚案：周公既受上公之服，則王禮已加。召公歸，則振旅而歸耳。使必待王迎然後歸，不迎則不歸，以此爲與公歸之道，豈所以爲周公乎？胡説非是。「無以」讀作「無與」，以、與古字通用。言袞衣不言繡裳者，消文以成句也。無使我心悲兮。【疏】箋：「周公西歸，而東都之人心悲，思恩德之愛至深也。」❶〇時《鴟鴞》已貽之後，舉國皆知周公忠誠，而王未命歸，東人獨於公極其依戀，故詩人代爲周公悲，而望王之悔悟，無使我心傷悲也。

《九罭》四章，章三句。

狼跋【疏】毛序：「美周公也。周公攝政，遠則四國流言，近則王不知，周大夫美其不失其聖也。」箋：「不失其聖者，聞流言不惑，王不知不怨，終立其志，成周之王功，致大平，復成王之位，又爲之大師，終始無愆，聖德著焉。」〇三家無異義。

狼跋其胡，載疐其尾。【注】齊「疐」作「躓」，韓作「躓」。【疏】傳：「興也。跋，躐；疐，跲也。老狼

❶「思」，明世德堂本《毛詩》、阮刻本《毛詩正義》無。

有胡，進則躐其胡，退則跲其尾，進退有難，然而不失其猛。」箋：「興者，喻周公進則躐其胡，猶始欲攝政，四國流言，辟之而居東都也；退則跲其尾，謂後復成王之位而老，成王又留之。其如是，聖德無玷缺。」○《説文》「跋」下云：「蹎跋也。」「蹎」下云：「步行獵跋也。」《説文》無「躐」字。《集韻》引作「躐」。《玉篇》：「蹎，躐跋也。」《説文》：「疐，礙不行也。從叀引而止之也。」《釋言》：「跋，躐也。疐，跲也。」李巡曰：「跋，前行，曰躐。跲，卻頓，曰疐也。」郭引此詩。《雅》訓釋《詩》，可以推知魯、毛二家並無異義異字。「齊『疐』作『蹎』」者，《鹽鐵論·鍼石》篇：「『狼跋其胡，載蹎其尾。』君子之路，行止之道，固狹耳。」桓寬用《齊詩》，據此，齊作「蹎」。「韓作『躓』」者，《説文》「躓」下云：「跲也。《詩》曰：『載躓其尾。』」魯作「疐」，齊作「蹎」，則作「躓」者，《韓詩》文也。《易林·震之恒》：「老狼白獹，長尾大胡。前顛後躓，無有利得，岐人悦喜。」岐人，即豳人也。《詩》列《豳風》，漢世説《詩》者每假豳以立言，如《鴟鴞》之詩以貽成王，而以爲刺邠君。此詩「公孫碩膚」，解「公孫」爲「豳公之孫」也。《豳風》因周公陳《七月》之篇，周史刱立此名。《鴟鴞》、《東山》緣公作而附著之，凡美周公者亦入焉。公在東土，周大夫美之，與豳、岐何涉，而稱成王爲豳公之孫？有以知其必不然矣。《睽之需》、《蹇之剥》末句作「進退遇崇」，❶語句費解，疑有誤字。公孫碩膚，赤舄几几。【注】三家「几几」作「掔掔」，亦作「己己」。【疏】傳：「公孫，成王也，豳公之孫也。碩，大；膚，美也。赤舄，人君之盛屨也。几几，絇貌。」箋：「公，周公也。孫，讀當如『公孫于齊』之『孫』。孫之言孫遁也。周公攝政七年，致太

---

❶「崇」，續經解本《齊詩遺説攷》四、《百子全書》本《焦氏易林》作「祟」，當據改。

平，復成王之位，孫遁辟此，成公之大美。欲老，成王又留之，以爲大師，履赤舄几几然。」○上箋云：「興者，喻周公始欲攝政，四國流言，辟之而居東都也。」都，説見前。胡承珙云：「此詩當指周公攝政，四國流言時事。蓋其時疑謗忽起，王室傾危，二叔不咸，沖人未悟，周公欲進不能，欲退不得，正跋前疐後之狀。」愚案：胡説是也。周公惟攝政，故致流言，必不如箋作《鴟鴞》詩時始欲攝政也。當流言之起，成王疑公，蓋有二公所不能匡救者。公此時既已攝政，進而負扆，無以解於鬻子；退而弗治，無以告我先王。請命東行，内則遠嫌，外仍扞難，實處危疑恐懼之地。及四國果叛，連兵二年，罪人斯得，然後心迹大顯。衮衣既錫，旋亦召歸。豳人於公之歸，追紀德音，故以是詩美之耳。赤舄以金爲飾，謂之金舄。《車攻》箋：「金舄，黄朱色也。」《韓奕》以赤舄賜韓侯，此詩以赤舄美周公，是赤舄爲諸侯盛飾矣。「几几，絇貌」者，《士冠禮》注：「絇之言拘，以爲行戒。狀如刀衣鼻，在屨頭。」《漢書·王莽傳》「莽再拜，受衮冕句履」，孟康注：「今齊祀履。句，頭飾也，出履三寸。」《廣雅》：「几几，盛也。」詩蓋以狀盛服之貌。「一作『掔掔』」者，《説文》：「掔，固也。讀若《詩》『赤舄掔掔』。」蓋取金絇著屨掔固之貌。「亦作『己己』」者，《己部》又云：「讀若《詩》『赤舄己己』。」几、己同聲。陳奂云：「己，象萬物辟藏詘形。絇在屨頭，如刀衣鼻，自有詘形，故曰己己。」皆三家文也。

狼疐其尾，載跋其胡。公孫碩膚，德音不瑕。【疏】傳：「瑕，過也。」箋：「不瑕，言不可疵瑕也。」

《狼跋》二章，章四句。

豳國七篇，二十七章，二百三句。

詩三家義集疏卷十四

長沙王先謙益吾著

鹿鳴之什弟十四

【疏】陸德明曰：「什，音十。什者，若五等之君，有詩各繫其國，舉『周南』即題《關雎》。至於王者施教，統有四海。歌詠之作，非止一人。篇數既多，故以十篇編爲一卷，名之爲什。」

詩小雅

【疏】《史記·司馬相如傳贊》：「《大雅》言王公大人，而德逮黎庶。《小雅》譏小己之得失，其流及上。所以言雖外殊，其合德一也。」張揖曰：「謂文王、公劉在位，大人之德，下及衆民者也。己，詩人自謂也。己小有得失，不得其所，作詩流言，以諷其上也。」又《上林賦》「揜羣《雅》」，張揖曰：「《小雅》之材七十四人，《大雅》之材三十一人，故曰『羣《雅》』也。」閻若璩云：「《小雅》除笙詩七十四篇，《大雅》三十一篇，以篇數言也。」以上魯説，大、小《雅》並言。《荀子·大略篇》：「《小雅》不以於污上，自引而居下，疾今之政，以思往者，其言有文焉，其聲有哀焉。」淮南王《離騷》傳：「《小雅》怨悱而不亂。」服虔《左傳》注：「自《鹿鳴》至《菁菁者莪》，道文、武修小政，定大亂，致太平，是爲正《小雅》。陳喬樅云：「魯説以《鹿鳴》爲刺詩，而服虔又謂《鹿鳴》至《菁莪》爲正《小雅》者，案：《琴操》言『大臣昭然獨見，故歌以感之』，又言『乃援琴以刺之』，所謂『刺之』者，謂陳古以刺今。云『歌以感之』者，即微言諷諫之義也。」以上魯説。《禮·樂記》：「恭儉而好禮者，宜歌

《小雅》。」《初學記》二十一引《詩推度災》曰：「建四始五際，而八節通。」《詩》孔疏引《詩氾曆樞》曰：「《大明》在亥，水始也。《四牡》在寅，木始也。《嘉魚》在巳，火始也。《鴻雁》在申，金始也。」又曰：「卯酉之際爲革政，午亥之際爲革命。神在天門，出入候聽。卯，《天保》也。酉，《祈父》也。午，《采芑》也。亥，《大明》也。」孔疏云：「亥爲革命，一際也。亥又爲天門，出入候聽，二際也。卯爲陰陽交際，三際也。午爲陽謝陰興，四際也。酉爲陰盛陽微，五際也。」「革政」舊訛「改正」，「神」訛「辰」，依《郎顗傳》正。又《後漢書·郎顗傳》李注引《氾曆樞》曰：「凡推其數，皆從亥之仲起。此天地所定位，陰陽氣周而復始，萬物死而復蘇，大統之始，故王命一節爲之十歲也。」《漢書》翼奉上封事曰：「《易》有陰陽，《詩》有五際，《春秋》有災異，皆列終始，推得失，攷天心，以言王道之安危。」孟康注曰：「《詩内傳》曰：『五際，卯、酉、午、戌、亥也。陰陽終始際會之歲，於此則有變改之政也。』」臧鏞堂云：「孟引是《齊詩内傳》。」又《郎顗傳》條便宜七事曰：「漢興以來三百三十九歲，於《詩》三基，高祖起亥仲二年，今在戌仲十年。《詩氾曆樞》曰：『卯酉爲革政，午亥爲革命，神在天門，出入候聽。』言神在戌亥，司候帝王興衰得失，厥善則昌，厥惡則亡。臣以爲戌仲已竟，來年入季。仲終季始，歷運變改，故可改元，所以順天道也。」李注曰：「基，當作『期』，謂以三期之法推之也。」又引宋均注云：「神，陽氣，君象也。天門，戌亥之間，乾所據者。」程易疇云：「《河圖括地象》『西北爲天門』，楊炯《少姨廟碑》『崑崙西北之地，天門也』，可與乾據天門之説相發明。又孟康引《詩傳》於卯、酉、午、亥外加戌爲五際，又與天門戌亥之説合。」陳喬樅云：「《詩正義》引《氾曆樞》『辰在天門』，而釋之曰『亥又爲天門』，❶

❶ 「又」，原作「子」，據續經解本《齊詩遺説攷》五、阮刻本《毛詩正義》卷一之一及本疏上文改。

不可曉，當作『戌亥之間，又爲天門』，文義始足。《詩》三基之法，詳見《齊詩翼氏學疏證》。」《易林·革之賁》：「亥午相錯，敗亂緒業，民不得作。」又《困之革》：「申酉敗時，陰慝萌作。」又《姤之歸妹》：「將戌擊亥，陽藏不起。君子散亂，大上危殆。」又《巽之比》：「天門九重，深内難通。明登到暮，不見神公。」此與《詩緯》及郎顗説合。又《噬嗑之坤》：「甲戌己庚，隨時運行。不失常節，咸逢出生。各樂其類，達性任情。」此與翼奉「五性六情」義同。《後漢·張純傳》引《樂動聲儀》曰：「以《雅》治人，《風》成於《頌》。」《相如傳贊》索隱引《詩緯》曰：「《小雅》譏己得失，及之於上也。」《鹽鐵論·詔聖》篇：「王道衰而《詩》刺彰。」《漢書·禮樂志》：「周道始缺，怨刺之詩起。」陳喬樅云：「『怨刺之詩起』，《人表》以爲在懿王時。」以上齊説。

鹿鳴【注】魯説曰：「仁義陵遲，《鹿鳴》刺焉。」又曰：「《鹿鳴》者，周大臣之所作也。王道衰，君志傾，留心聲色，内顧妃后，設酒食嘉肴，不能厚養賢者，盡禮極歡，形見於色，大臣昭然獨見，必知賢士幽隱，小人在位，周道陵遲，自以是始，故彈琴以風諫，《文選·長笛賦》李注引蔡邕《琴操》云：「《鹿鳴》者，周大臣之所作也。王道衰，大臣知賢者幽隱，故彈琴風諫。」乃節引之也。歌以感之，庶幾可復。歌曰：『呦呦鹿鳴，食野之苹。我有嘉賓，鼓瑟吹笙。吹笙鼓簧，承筐是將。人之好我，示我周行。』此言禽獸得美甘之食，尚知相呼，傷時在位之人不能，乃援琴以刺之，故曰《鹿鳴》也。」【疏】毛序：「燕羣臣嘉賓也。既飲食之，又實幣帛筐篚，以將其厚意，然後忠臣嘉賓得盡其心矣。」箋：「飲之而有幣，酬幣也。食之而有幣，侑幣也。」〇《禮·學記》：「《宵雅》肄三，官其始也。」注云：「宵之言小也。習《小雅》之三，謂《鹿鳴》、《四牡》、《皇皇者華》也。此皆君臣宴樂相勞苦之詩，爲始學者習之，所以勸之以官，取其上下相和厚。」《儀禮·鄉飲酒》注云：「《鹿鳴》，君與臣下及四方之賓燕，講道修政之樂歌也。」鄭注《禮》時用《齊詩》，與毛義同。「仁義」至「刺焉」，《史記·十二諸侯年表》文。「鹿鳴」至「鳴也」，《御覽》五百七十八引蔡邕《琴操》文。魯説最先，以爲刺詩，乃相傳古訓，即思初之義也。《淮南·詮言訓》「樂之失刺」，高注：「鄉飲酒之樂，歌《鹿鳴》。《鹿鳴》之作，君有酒肴，不召其臣，臣怨而刺上者，非也。」是雖用魯説，而意以怨刺爲不然。《潛夫論·班禄》篇「忽養賢而《鹿鳴》思」，與馬、蔡説同。《琴操》用《魯詩》，明魯、毛文同。《後漢·明帝紀》：「永平十年，❶召校官弟子作雅樂，奏《鹿鳴》，帝自御壎、篪和之，以娱嘉賓。」《魏志》曹植疏：「遠慕《鹿鳴》君臣之宴。」明帝、陳思皆習《韓詩》，知韓與齊、毛義合。

呦呦鹿鳴，食野之苹。【注】魯説曰：「苹，藾蕭。」【疏】傳：「興也。苹，萍也。❷鹿得萍，呦呦然鳴而相呼，懇誠發乎中。以興嘉樂賓客，當有懇誠相招呼，以成禮也。」箋：「苹，藾蕭。」○「苹，藾蕭」，《釋草》文，魯説也。郭注：「今藾蒿也，初生亦可食。」陳喬樅云：「鄭訓『苹』爲『藾蕭』，是用魯訓改毛。孔疏：『箋易傳者，蓱是水中之草，非鹿所食，故不從之。』又引陸《疏》云：『藾蒿，葉青白色，莖似箸而輕脆，始生香，可生食。』其義蓋本之三家。」愚案：《管子·地員》篇：「其草宜苹蓨。」《説文》謂之艾蒿，以其色青白似艾也。

❶「十」，原作「九」，據《後漢書集解》卷二改。

❷「萍」，明世德堂本《毛詩》、阮刻本《毛詩正義》作「蓱」。下一「萍」字同。

陸賈《新語・道基》篇：「鹿鳴以仁求其羣。」《淮南・泰族訓》：「鹿鳴興於獸，而君子大之，取其見食而相呼也。」劉向《楚詞・七諫》「鹿鳴求其友」，王逸曰：「鹿得美草，口甘其味，則求其友而號其侶也。以言在位之臣不思賢念舊，曾且不若鳥獸也。」以上魯說。鄭《駁五經異義》曰：「此詩之意，言君有酒食，欲與羣臣嘉賓燕樂之，如鹿得苹草以爲美食，呦呦然鳴相呼，以款誠之意盡於此耳。」此齊說。孔疏云：「或以爲兩鹿相呼，喻兩臣相招，謂羣臣相呼，以成君禮。斯不然矣。此詩主美君懇誠於臣，非美臣相於懇誠也。若君有酒食，臣自相呼，財非己費，何懇誠之有？據鄭解此詩之意，是君召臣明矣。」許君《五經異義》蓋據魯說，鄭用齊說駁之。但既是君宴羣臣，賢人旅進，榮君之賜，招呼成禮，理原一貫。如《毛序》云君宴羣臣，傳亦云賓客相招，《齊詩》言君與羣臣燕樂，見上。《易林》用《齊詩》，其《升之乾》云：「白鹿呦鳴，呼其老少。喜彼茂草，樂我君子。」《師之比》、《益之恒》、《同人之蹇》、《明夷之蹇》皆云：❶「鹿得美草，鳴呼其友。」則亦兩義相成也。

我有嘉賓，鼓瑟吹笙。吹笙鼓簧，承筐是將。【注】魯說曰：「笙長四寸，十三簧，像鳳之身也。正月之音。物生，故謂之笙。《詩》云：『我有嘉賓，鼓瑟吹笙。』」又曰：「簧，笙中簧也。《詩》曰：『吹笙鼓簧，承筐是將。』」韓說曰：「承，受也。」【疏】傳：「簧，笙也。吹笙而鼓簧矣。筐，篚屬，所以行幣帛也。」箋：「承，猶奉也。《書》曰：『厥篚玄黄。』」○「笙長」至「是將」，應劭《風俗通義》六《聲音》篇文。「笙長四寸，十三簧」者，《釋樂》：「大者謂之巢，小者謂之和。」郭注：「列管瓠中，施簧管端，大者十九簧，小者十三簧。」

---

❶「明夷之蹇」「之蹇」二字，原脱，據續經解本《齊詩遺説攷》五、《百子全書》本《焦氏易林》補。

《宋書・樂志》：「宫管在中央，三十六簧曰竽。宫管在左旁，十九簧曰笙。」《北堂書鈔》一百十引《三禮圖》：「笙有雅簧十三，上六下七也。」「象鳳之身也」者，《説文》「笙」下注同。《初學記》十六引作「象鳳之聲」，誤。「簫」下注云：「參差管樂，象鳳之翼。」《五經析疑》云：「黄鐘爲始，象法鳳皇。」潘岳《笙賦》：「基黄鐘以舉韻，望儀鳳以擢形。寫簧翼以插羽，摹鸞音以厲聲。」「正月之音。物生，故謂之笙」者，《樂緯》：「六律，黄鐘十一月，大簇正月，姑洗三月，蕤賓五月，夷則七月，無射九月。六吕，大吕十二月，夾鐘二月，仲吕四月，林鐘六月，南吕八月，應鐘十月。陽爲律，陰爲吕，總謂之十二月律。」《白虎通・禮樂》篇：「笙者，太簇之氣，象萬物之生，故曰笙。」陳暘《樂書》：「笙，律中太簇，立春之音也。」《書・皋陶謨》鄭注：「東方之樂謂之笙。笙，生也。東方，生長之方，故名樂爲笙也。」《釋名》：「笙，生也，象物貫地而生也。」「簧，笙中簧也」者，《説文》「簧」下注同。王逸《楚詞・九嘆》注：「笙中有舌曰簧。《詩》云：『吹笙鼓簧。』」張衡《東京賦》：「我有嘉賓。」又《南都賦》：「嘉賓是將。」應、王、張習《魯詩》，所用皆魯文也。《鹽鐵論・散不足》篇用「鼓瑟吹笙」句，明齊、毛文同。「承，受也」者，《文選》盧諶《贈劉琨詩》注引薛君《章句》文。陳喬樅云：「毛傳『承』訓『奉』，奉、受義亦相成。《説文》：『承，奉也，受也。』此兼采毛、韓之訓。《左・成十六年傳》『使行人執榼承飲』，注：『承，奉也。』襄二十五年《傳》『承飲而進獻』，注：『承飲，奉飲。』此皆與毛訓同。《禮・玉藻》『士於大夫不承賀』，注：『承，猶受也。』《齊策》『而晚承魏之弊』，注：『承，受也。』此皆與韓訓同。又《易・歸妹》『女承筐，無實』，虞翻注：『自下受上曰承。』則詩之『承筐』，從韓訓『受』，於義爲長。」人之好我，示我周行。【疏】傳：「周，至；行，道也。」箋：「示，當作『寘』。寘，置也。周行，周之列位也。好，猶善也。人有以德善我者，我則置之於周之列位。言己維賢是用。」○《禮・緇衣》：「《詩》云：『人之好我，示我周行。』」鄭注：「行，道也。言示我以忠信之道。」或以爲《禮》注據齊說，《詩》箋用魯訓。愚案：皆非也。班固世習《齊詩》，其《東都賦・辟雍詩》云：「於赫太上，示我漢行。」正襲用「示我周行」句義，是釋「周」爲國，釋「行」爲「道」，齊說如此。鄭釋「周」爲「忠信」，與齊說異。又箋讀「示」爲「寘」，釋「周行」爲「周之列位」，乃參用《荀子・解蔽篇》《卷耳》詩「寘彼周行」句義。彼訓「周」爲「徧」，此釋「周」爲國，亦不全同，皆下己意也。今就齊説推之，蓋言賢臣嘉賓之來，愛好我者，皆示我以周邦應行之善道也。然則嘉賓之有益於人國大矣。

呦呦鹿鳴，食野之蒿。我有嘉賓，德音孔昭。視民不恌，君子是則是傚。我有旨酒，嘉賓式燕以敖。【注】三家「視」作「示」。魯「恌」作「偷」，韓作「佻」。魯「傚」作「效」，齊作「傚」，又作「詨」，亦作「效」。【疏】傳：「蒿，菣也。恌，愉也。是則是傚，❶言可法傚也。敖，遊也。」箋：「德音，先王道德之教也。孔，甚；昭，明也。視，古『示』字也。飲酒之禮，於旅也語。嘉賓之語先王德教甚明，可以示天下之民，使之不愉於禮義，是乃君子所法傚。言其賢也。」○孔疏引定本「愉」作「偷」。《釋文》：「菣，去刃反。」《釋草》：「蒿，菣。」孔疏引孫炎曰：「荆楚之間謂蒿爲菣。」郭注：「今人呼爲青蒿，香中炙啖者爲菣。」陸《疏》：「蒿，青蒿也。荆、豫之間，汝南、汝陰，皆曰菣也。」「三家『視』作『示』」者，《儀禮・鄉飲酒》云：「德音孔昭，示民不佻，君子是則是傚。我有旨酒，嘉賓式燕以敖。」鄭注：「言己有旨酒，以召嘉賓，既來示我以善

❶ 下「是」字，原脱，據明世德堂本《毛詩》、阮刻本《毛詩正義》補。

道，又樂嘉賓有孔昭之明德可則傚也。」陳喬樅云：「《燕禮》及《大射儀》注與此同。毛用古文，『示』作『視』。箋云『視，古「示」字』，知三家今文皆作『示民不恌』。孔疏：『昭十年《左傳》引此詩，服虔云：「示民不愉薄也。」』是服用三家今文作『示』之證。」「『恌』作『佻』」者，《說文》、《玉篇》引《詩》並作「示民不佻」。「亦作『偷』」者，張衡《東京賦》作「示民不偷」，張用魯作「偷」，則《說文》、《玉篇》所引作「佻」者，韓文也。「魯『傚』作『效』」者，蔡邕《郭有道碑銘》引「是則是效」，明魯作「效」。「齊作『傚』，又作『斆』，亦作『效』」者，《鄉飲酒》經文及鄭注皆作「傚」，《儀禮》注引作「斆」，《漢書·敘傳》「是則是效」，蓋「亦作」本也。張衡《司空陳公誄》引「德音孔昭」，亦見蔡邕《周巨勝碑銘》，明魯、毛文同。

呦呦鹿鳴，食野之芩。【注】韓說曰：「芩，黄芩也。《詩》曰：『食野之芩。』」【疏】傳：「芩，草也。」

○「芩黄」至「之芩」，《玉篇·草部》文，所引《詩》義蓋韓說。黄山云：「芩，不見於《釋草》。《說文》：『菳，黄菳也。』『芩，草也。《詩》曰：「食野之芩。」』『芩』下引《詩》與毛合。《玉篇》引《詩》訓『黄芩』，則爲《說文》之菳。雖《急就篇》、《廣雅》均即作『黄芩』，而在許書固有別也。《神農本草》：『黄芩，一名腐腸。』陶注云：『圓者名子芩，破者名宿芩。其腹中皆爛，故名腐腸。』《名醫别録》作『虛腸』。吴普《本草》：『一名内虛，二月生。赤黄葉兩兩四四相值，莖空中，或方圓，高三四尺。四月華紫紅赤，五月實黑根黄。』孔疏引陸璣云：『莖如釵股，葉如竹，蔓生澤中下地鹹處，爲草貞實，牛馬亦喜食之。』段玉裁云：『如陸說，則非黄芩藥也。《集韻》、《類篇》皆曰荶、䕾、芩三字同音，菜名，似蒜，生水中。《字林》、《齊民要術》皆曰「荶似蒜，生水中」，此則别是一草。』山案：荶生水中，既有葉如蒜，必非藚藻之屬。依水而生，蓋即陸說『生澤中下地』者，正毛所謂芩，非别一物也。且詳陸所言芩，即藥之石蘚，一名金釵股，亦可食。《本草》『蘚草一名蘚菜，一名蘚榮』可證也。《本草綱目》『金釵股』，李時珍曰：『石蘚狀似金釵，故名。今藥肆多生種者，人皆識之。莖如釵股，葉似蒜，差短亦如竹葉，灌以水則榮。』鹿食之芩在野，則生下澤者不類，自以黄芩爲合。《釋文》：『芩，其今反。《説文》：「莕也。」又其炎反。』其炎反，讀如黔。《本草》『黄芩』，注又云：『芩，黔也。』黔乃黑黄之色也，此同音爲訓，正今藥之黄芩。《釋文》亦兩説俱存矣。莕，即毛之芩。因毛訓『草』太寬，故引《説文》訓『莕』以申之，知《説文》注原本作『莕』，後人順毛改之耳。段注疑本作『莕屬』，殆不然。《説文》『蓈』下、『蓬』下皆訓『莕也』，即莕屬也。」我有嘉賓，鼓瑟鼓琴。鼓瑟鼓琴，和樂且湛。【疏】傳：「湛，樂之久。」〇《風俗通義》六：「《詩》云：『我有嘉賓，鼓瑟鼓琴。』雅琴者，樂之統也，與八音並行。然君子所常御者，琴最親密，不離於身。以爲琴之大小得中而聲音和，大聲不譁人而流漫，小聲不湮滅而不聞，適足以和人意氣、感人善心。❶故琴之爲言禁也，雅之爲言正也，言君子守正以自禁也。今琴長四尺五寸，法四時五行也。七絃者，法七星也。」我有旨酒，以燕樂嘉賓之心。【疏】傳：「燕，安也。夫不能致其樂，則不能得其志。不能得其志，則嘉賓不能竭其力。」〇《鹽鐵論·刺復》篇：「無《鹿鳴》之樂賢。」又曰：「殆非《鹿鳴》之所以樂賢也。」樂賢，即指燕樂嘉賓而言。《後漢·鍾離意傳》：「《鹿鳴》之詩必言宴樂者，以人神之心洽，然後天氣和也。」説《鹿鳴》無刺詞，蓋用齊、韓二家義。

❶「氣」，原脱，據《百子全書》本《風俗通義》補。

《鹿鳴》三章，章八句。

四牡【疏】毛序：「勞使臣之來也。有功而見知，則説矣。」箋：「文王爲西伯之時，三分天下有其二，以服事殷，使臣以王事往來於其職。於其來也，陳其功苦，以歌樂之。」○《詩汜曆樞》曰：「《四牡》在寅，木始也。」《儀禮·鄉飲酒》鄭注：「《四牡》，君勞使臣之來樂歌也。勤苦王事，念及父母，懷歸傷悲，忠孝之至，以勞賓也。」《燕禮》注同。以上齊説。魯、韓未聞。

四牡騑騑，周道倭遲。【注】齊「倭遲」作「郁夷」。《韓詩》曰：「周道威夷。」韓説曰：「威夷，險也。」

【疏】傳：「騑騑，行不止之貌。周道，岐周之道也。倭遲，歷遠之貌。文王率諸侯撫叛國，而朝聘乎紂，故周公作樂，以歌文王之道，爲後世法。」○「齊『倭遲』作『郁夷』」者，《漢書·地理志》「右扶風郁夷」，班固引《詩》曰「周道郁夷」，顔注：「《小雅·四牡》之詩曰：『四牡騑騑，周道倭遲。』《韓詩》作『郁夷』，言使臣乘馬，行於此道。」陳喬樅云：「注『韓』是『齊』之誤，韓作『威夷』，不作『郁夷』。班引《詩》以證『郁夷』，此據《齊詩》文。如引《齊詩》『子之營兮』及『自杜沮漆』，可證非用《韓詩》也。顔注蓋轉寫之誤。」愚案：《匡謬正俗》云：「遲，音夷，亦音遲。❶陵遲，或言陵夷，遲即夷也。」縣名「郁夷」，蓋因道險之故。後漢省。《地道記》：「郁夷省併郿。」《一統志》：「故城今隴州西五十里。」《易林·旅之漸》：「逶迤四牡，思歸念母。王事靡盬，不得安處。」

---

❶「音」，原作「云」，據四庫本《匡謬正俗》改。

《渙之復》同。焦用《齊詩》，而作「逶迤」者，郁、逶雙聲，逶、夷疊韻。《說文》「逶」下云：「逶迆，衺去之貌。」衺曲者，必險阻也。「周道」至「險也」者，《文選·西征賦》注、《金谷集詩》注、《秋胡詩》注、陸倕《石闕銘》注引《韓詩》薛君章句文。《文選》孫綽《天台山賦》亦引《韓詩》曰：「道威夷者也。」顏延年《北使洛詩》注引誤作「倭遲」，嵇康《琴賦》注引誤作「倭夷」，《詩》釋文亦誤云《韓詩》作「倭夷」。《廣雅》：「陂夷，險也。」即采薛說。逶迤、威夷並同聲字，齊、韓《詩》義不異耳。《禮·少儀》鄭注：「匪，讀如『四牡騑騑』。」明齊、毛文同。

豈不懷歸？ 王事靡盬，我心傷悲。【疏】傳：「盬，不堅固也。思歸者，私恩也。靡盬者，公義也。傷悲者，情思也。無私恩，非孝子也。無公義，非忠臣也。君子不以私害公，不以家事辭王事。」〇案：王，謂殷王紂也。《左·襄四年傳》：「文王帥殷之叛國以事紂。」使命頻煩，趨公奉職，周室之事，亦皆王事也。以公義爲重，故雖思歸而不歸。鄭《鄉飲酒》、《燕禮》注皆云：「采其勤苦王事，念將父母，懷歸傷悲，忠孝之至。」齊義如此。

四牡騑騑，嘽嘽駱馬。【注】三家「嘽」作「痑」。【疏】傳：「嘽嘽，喘息之貌。馬勞則喘息。白馬黑鬣曰駱。」〇「三家『嘽』作『痑』」者，《說文》：「嘽，喘息也。從口，單聲。《詩》曰：『嘽嘽駱馬。』」「痑，馬病也。從疒，多聲。《詩》曰：『痑痑駱馬。』」毛作「嘽嘽」，則作「痑痑」者，三家文也。《廣雅》：「痑痑，疲也。」正釋此詩之義。《玉篇》：「痑，吐安切。力極也。」引《詩》：「痑痑駱馬。」亦爲「嘽」通作「痑」，❶與和、桓音通爲一

❶「嘽」，原作「嘽嘽」，據馬瑞辰《通釋》改。

類，猶《漢書・地理志》「沛郡鄲」，孟康音多；《周緤傳》「鄲侯」，蘇林音多也。《説文》「撣」字注：「讀若『行遲驒驒』。」《漢書・敘傳》顔注引《詩》「驒驒駱馬」，亦三家《詩》之異文。

豈不懷歸？王事靡盬，不遑啟處。【注】魯「遑」作「偟」，説曰：「偟，暇也。」【疏】傳：「遑，暇；啟，跪；處，居也。臣受命，舍幣于禰乃行。」○胡承珙云：「《采薇》、《出車》皆作『不遑啟居』，《采薇》又有『不遑啟處』，是處、居義略同。『啟，跪』，《釋言》文。《左傳疏》引李巡：『啟，小跪也。』《釋名》：『跪，危也。兩膝隱地，體危隉也。啟，起也，啟一舉體也。』此析言之，其實啟即是跪。居，本當作『凥』。《説文》：『凥，處也。從尸得几而止。』大約古人有危坐，如今之跪，《詩》所謂『啟』也。有安坐，乃《説文》之『凥』，《詩》所謂『處』也。若居，則今人之蹲。《説文》：『居，蹲也。』『蹲，踞也。』踞，當作「居」。段注：『古人有坐，有跪，有蹲，有箕踞。跪與坐皆厀著於席，而跪聳其體，坐下其脾，《詩》所謂「啟處」。若蹲，則足底著地，而下其脾，聳其厀。若箕踞，則脾著席，而伸其腳於前，爲大不敬，三代所無。』此解分別甚晰。《廣雅・釋訓》：『啟，踞也。』恐非其義。」「魯『遑』作『偟』，偟，暇也」者，《釋言》：「偟，暇也。」郭注：「《詩》曰：『不偟啟處。』」陳喬樅云：「《爾雅》釋文：『偟，音皇。不遑，音皇。或作「偟」，通作「皇」。』是陸所見《爾雅注》引《詩》有依《毛詩》作『遑』者。然郭注所引《詩》本舊注之文，《釋言》正文既作『偟』字，則注所引當以或本作『偟』爲是。『偟』者，《魯詩》之文。作『遑』者，乃後人順毛改字耳。」《韓詩外傳》八：「魏文侯問李克：『人有惡乎？』」末引「不遑啟處」，此推演之詞，明韓、毛文同。

翩翩者鵻，載飛載下，集于苞栩。【疏】傳：「鵻，夫不也。」箋：「夫不，鳥之慤謹者，人皆愛之，可以不勞，猶則飛則下，止於栩木，喻人雖無事，其可獲安乎？感厲之。」○《廣雅》：「翩翩，飛也。」《釋鳥》：

「鵻其，夫不。」「其」字衍。今《爾雅》作「隹其，鳺鴀」，《釋文》：「隹，如字。旁或加鳥，非。」與《詩》釋文毛「又作」本合，亦與《繫傳》引《詩》合，又與《左·昭十八年》孔疏引《詩》及《爾雅》合。是此疏作「鵻」，後人順毛改之。今《爾雅》「鵻」作「隹」，據孔疏引正。陸《疏》云：「鵻其，今小鳩也。一名鵓鳩。」又云：「斑鳩，項有繡文斑然。鶻鳩，一名斑鳩，似鵓鳩而大。鵓今本作「鵓」，誤。鳩灰色，無繡項，陰則屏逐其匹，晴則呼之，語曰『天將雨，鳩逐婦』是也。」胡承珙云：「此疏以鵓鳩爲鵻，是鳩之小者，即此詩之夫不。以斑鳩爲鶻鳩，是鳩之大者，即《小宛》之鳴鳩。」愚案：《方言》云：「大者謂之鳻鳩，小者謂之鵓鳩，或謂鶻鳩。梁、宋之間謂之鵻。」鵻即鵻也。郭注：「鳻，音班。」《方言》與陸微異。班鳩即鳻鳩。據陸說，與鵓鳩以有無繡項爲判。但逐婦之鵓鳩，吾楚通呼班鳩，不分大小也。《説文》：「鶌鳩，鶻鵃也。」「鵻，祝鳩也。」不言大小。《方言》謂鵓鳩或謂鶻鳩，是鵓鳩又與鶻鳩無別矣。夫、鵓同音，俗呼勃姑，夫、勃音轉。楚俗呼鳩如拘，鵻、拘又雙聲字也。陳奐云：「《左·昭十七年傳》『祝鳩氏，司徒也』，杜注：『祝鳩，鵻鳩。鵻鳩孝，故爲司徒，主教民。』樊光亦云：『孝，故爲司徒。』案：詩言鵻集栩、杞，與養父母，故樊、杜以鵻鳩爲孝，或本三家說。栩，杼，詳《鴇羽》篇。」王事靡盬，不遑將父。【疏】傳：「將，養也。」〇王符《潛夫論·愛日》篇：「《詩》云：『王事靡盬，不遑將父。』言在古閒暇而得孝養，今迫促不得養也。」陳喬樅云：「據符說，《魯詩》之義，亦以《四牡》爲刺詩。遑，本當作『偟』，此後人轉寫改爲『遑』字也。」愚案：「閒暇得孝養，迫促不得養」，順文解釋，義本如此，似不能即據此爲刺詩。《韓詩外傳》七載齊宣王問田過：「君與父孰重？」末引此詩二句，乃推演之詞，明韓、毛文同。

翩翩者鵻，載飛載止，集于苞杞。【疏】傳：「杞，枸檵也。」〇案：「杞，枸檵」，《釋木》文。郭注：

「今枸杞也。」《廣雅》：「梢乳，苦杞也。地葥，梢杞也。」梢與枸同。王事靡盬，不遑將母。

駕彼四駱，載驟駸駸。豈不懷歸？是用作歌，將母來諗。【疏】傳：「駸駸，驟貌。諗，念也。父兼尊親之道，母至親而尊不至。」箋：「諗，告也。君勞使臣，述序其情。女曰我豈不思歸乎？誠思歸也。故作此詩之歌，以養父母之志，來告於君也。人之思，恒思親者，再言『將母』，亦其情也。」〇案：《説文》「驟」下云：「馬疾步也。」「駸」下云：「馬行疾也。《詩》曰：『載驟駸駸。』」此訓蓋出三家《詩》。《釋言》：「諗，念也。」讀與「念」同。王引之云：「來，詞之是也。『將母來諗』，言我惟養母是念。箋訓爲『往來』之『來』，非。」

《四牡》五章，章五句。

皇皇者華【疏】毛序：「君遣使臣也。送之以禮樂，言遠而有光華也。」箋：「言臣出使，能揚君之美，延其譽於四方，則爲不辱命也。」〇《鄉飲酒禮》鄭注：「《皇皇者華》，君遣使臣之樂歌也。更是勞苦，自以爲不及，欲諮謀於賢知，而以自光明也。」《燕禮》注同。此齊説。魯、韓未聞。

皇皇者華，于彼原隰。【注】魯「皇」作「葟」。【疏】傳：「皇皇，猶煌煌也。高平曰原，下溼曰隰。忠臣奉使，能光君命，無遠無近，如華不以高下易其色。」箋：「無遠無近，維所之則然。」〇「魯『皇』作『葟』」者，《釋言》：「皇，華也。」邢疏：「樊光曰：『《詩》曰：「皇皇者華。」』孫炎曰：『皇皇，猶煌煌也。』」陳喬樅云：「皇，字當作『葟』。據《釋草》『葟，華榮』，作『葟』可見。《釋草》音義云：『葟，音皇。本亦作「皇」。』是後人改

『堇』爲『皇』，樊光引《詩》當作『堇堇者華』，《魯詩》之文如此。孫炎云『堇堇，猶煌煌』，此申明其義也。《說文・舜部》『⿰舜生』下云：『華榮也。從舜，生聲。讀若皇。《爾雅》曰：「⿰舜生，華也。」』『堇』下云：『⿰舜生或從艸、皇。』許引《釋言》文，尤爲明證。毛作『皇』，乃古文叚借。又邵氏晉涵、臧氏鏞堂並據郭注《釋草》引此作『華皇也』，《釋文》亦先『華』後『皇』，謂今本誤倒作『皇華』。郝氏懿行又以《說文》所引《爾雅》『⿰舜生，華』乃《釋草》之文。喬樅謂數說皆非也。《說文》『⿰舜生』下云『華榮』，此據《釋草》爲訓。又引《爾雅》曰『⿰舜生，華也』，此稱《釋言》文，判然甚明。如以此句爲引《釋草》，是與上文詞複，又奪去『榮』字，羼入『也』字，許之引經，必不然矣。且詳樊光引《詩》之意，證『堇』非以證『華』，故孫炎復申『堇堇』之意。郭本倒作『華皇』，自係舛誤。陸據郭本爲音義，先『華』後『皇』，皆非。宜據《說文》正之。」駪駪征夫，每懷靡及。【注】魯「駪」作「侁」，韓作「莘」。【疏】傳：「駪駪，衆多之貌。征夫，行人也。每，雖；懷，和也。」箋：「《春秋外傳》曰：『懷和爲每懷也。』和，當爲『私』。衆行夫既受君命，當速行，每人懷其私相稽留，則於事將無所及。」○「魯『駪』作『侁』」者，《列女・晉文齊姜傳》云：「《周詩》曰：『莘莘征夫，每懷靡及。』夙夜征行，猶恐無及。況欲懷安，將何及矣。」陳喬樅云：「《列女傳》引『駪駪』作『莘莘』，《說苑・奉使》篇同。據王逸《楚詞・招魂》注：『侁侁，往來行聲也。《詩》曰：「侁侁征夫。」』逸用《魯詩》，是《魯詩》文爲『侁侁』也。『莘莘』乃《韓詩》之文，見王應麟《詩攷》引《韓詩外傳》。《說文》引《詩》『莘莘』亦本《韓詩》。三家韓最後亡，後人不曉『侁侁』爲《魯詩》，惟習見《韓詩》字作『莘莘』，又以《國語》所引與《韓詩》同，遂援以改《列女傳》、《說苑》之『侁侁』。《楚詞》及注『侁侁』字，舊校云：『侁，亦作「莘」。』是後人改『侁』爲『莘』之左驗。幸所改未盡者，尚得據之以證《列女傳》、

《說苑》之謁。《玉篇·人部》『侁』下云：『往來侁侁行聲。《詩》曰「侁侁征夫」也。』義與《楚詞》注合，皆本《魯詩》之訓。《廣韻·十九臻》『侁』字引《詩》同，又本《玉篇》。今本《楚詞章句》作『侁侁，往來聲也』，一作『侁侁，行聲也』，據《玉篇》，則『往來』下當有『行』字爲是。」「韓作『莘』」者，《詩攷》引《韓詩外傳》七：「趙王使人於楚，鼓瑟而遣之，曰：『慎勿失吾言。』」使者借瑟爲喻，末引：「《詩》曰：『莘莘征夫，每懷靡及』。蓋傷自上而御下也。」此推演之詞。陳喬樅云：「《說文》及《晉語》並引作『莘莘』，與《詩考》引《韓詩》同。今本《外傳》引《詩》作『征夫捷捷，每懷靡及』，則在《大雅·蒸民》矣。今本誤也，從《詩攷》訂正。」

我馬維駒，六轡如濡。載馳載驅，周爰咨諏。【疏】傳：「忠信爲周，訪問於善爲咨，咨事爲諏。」箋：「如濡，言鮮澤也。爰，於也。大夫出使，馳驅而行，見忠信之賢人，則於之訪問，求善道也。」○《釋文》：「駒，本亦作『驕』。」《說文》：「馬高六尺爲驕。從馬，喬聲。《詩》曰：『我馬維驕。』」《株林》詩「乘我乘駒」，《釋文》作「乘驕」，引沈重云：「或作『駒』字，後人改之。《皇皇者華》篇内同。」是沈所據此篇作「驕」也。

我馬維騏，六轡如絲。載馳載驅，周爰咨謀。【注】魯「謀」作「謨」。【疏】傳：「如絲，言調忍也。咨事之難易爲謀。」○陳奐云：「『易』字衍，《左傳》『咨難爲謀』，《說文》『慮難曰謀』，皆無『易』字。」「魯『謀』作『謨』」者，《淮南·修務訓》：「《詩》云：『我馬唯騏，六轡如絲。載馳載驅，周爰咨謨。』以言人之有所務也。」高注：「《詩·小雅·皇皇者華》之篇。六轡，四馬。如絲，言調勻也。諮，難也。《詩》言當馳驅以忠信往謨難事，不自專己，咨之至，乃聖人之務也。」陳喬樅云：「《毛詩》『周爰咨謀』，《釋文》：『咨，本亦作「諮」。』『謀』引作『謨』者，謀、謨一聲之轉。《釋詁》：『謨，謀也。』《書》『謨明弼諧』，《史·夏紀》作『謀明輔和』。《説苑·貴德》篇:『《詩》曰:「載馳載驅,周爰咨諏。」』據《淮南書》所引,《魯詩》當作『諮謀』。此作『咨諏』者,後人順毛改之。」

我馬維駱,六轡沃若。載馳載驅,周爰咨度。【疏】傳:「咨禮義所宜爲度。」○案:若,猶然也。《氓》傳云:「沃若,猶沃沃然。」

我馬維駰,六轡既均。載馳載驅,周爰咨詢。【疏】傳:「陰白雜毛曰駰。均,調也。親戚之謀爲詢。兼此五者,雖有中和,當自謂無所及,成於六德也。」箋:「中和,謂忠信也。五者,咨也、諏也、謀也、度也、詢也。雖得此於忠信之賢人,猶當云己將無所及於事,則成六德。言慎其事。」○案:傳、箋據《左傳》、《魯語》爲説。

《皇皇者華》五章,章四句。

常棣【注】韓序曰:「《夫栘》,燕兄弟也。閔管、蔡之失道也。」【疏】毛序:「燕兄弟也。閔管、蔡之失道,故作《常棣》焉。」箋:「周公弔二叔之不咸,而使兄弟之恩疏,召公爲作此詩,而歌之以親之。」○孔疏:「此解所以作《常棣》之意。咸,和也。言周公閔傷管、蔡二叔之不和睦,而流言作亂,用兵誅之,致令兄弟之恩疏,恐天下見其如此,亦疏兄弟,故作此詩,以燕兄弟,取其相親也。至厲王之時,棄其宗族,又使兄弟之恩疏。召穆公爲是之故,又重述此詩,而歌以親之。《外傳》云:『周文公之詩曰:「兄弟鬩於牆,外禦其侮。」』則此詩自是成王之時,周公所作,以親兄弟也。

召穆公重歌此詩。故鄭答趙商云：『凡賦《詩》者，或造篇，或誦古。』所云『誦古』，指此。《左傳》：『王怒，將以狄伐鄭。富辰諫曰：「不可。臣聞太上以德輔民，其次親親，以相及也。昔周公弔二叔之不咸，故封建親戚，以藩屏周。召穆公思周德之不類，故糾合宗族於成周，而作詩曰：『常棣之華，鄂不韡韡。凡今之人，莫如兄弟。』周之有懿德如是，猶曰『莫如兄弟』，故封建之。其懷柔天下也，猶懼有外侮。捍禦侮，莫如親親，故以親屏周。召穆公亦云。」』『周公弔二叔之不咸』，明本《常棣》是周公之辭，故杜預云『周公作詩，召公歌之』也。」「夫栘」至「道也」，呂祖謙《讀詩記》十七引《韓詩序》文。《夫栘》，即《常棣》也，韓序與毛序義同。《藝文類聚》八十九引《詩》曰：「《夫栘》，燕兄弟也。閔管、蔡失道。『夫栘之華，萼不煒煒。凡今之人，莫如兄弟。』」陳喬樅云：「《類聚》引《詩》直作『夫栘』，必《韓詩》也。《讀詩記》所引，當即據《類聚》本，而今本《類聚》不云《韓詩序》，蓋文脱耳。」《漢書・杜鄴傳》：「鄴聞人情，恩深者，其養謹。愛至者，其求詳。夫戚而不見殊，孰能無怨？此《棠棣》、《角弓》之詩所爲作也。」以《棠棣》與《角弓》並言，蓋周公之作此詩，與召公之歌此詩，皆言兄弟宗族之不宜疏遠，與《角弓》意同，故鄴並引之也。

常棣之華，鄂不韡韡。【注】魯「常」作「棠」，「鄂」作「萼」。韓「常棣」作「夫栘」，「鄂」作「萼」，韡作「煒」。【疏】傳：「興也。常棣，棣也。鄂，猶鄂鄂然，言外發也。韡韡，光明也。」箋：「承華者曰鄂。不，當作『柎』。柎，鄂足也。鄂足得華之光明，則韡韡然盛。興者，喻弟以敬事兄，兄以榮覆弟，恩義之顯，亦韡韡然。古聲不、柎同。」○「魯『常』作『棠』」者，蔡邕《姜伯淮碑》：「有棠棣之華，萼韡之度。」邕習《魯詩》，知魯作

「棠」。可以推知《杜鄴傳》之「棠棣」亦《魯詩》也。引見上。《釋木》作「棠棣，栘」。「常」乃「棠」之叚借字。「『鄂』作『蕚』」者，《姜伯淮碑》作「蕚」。引見上。又邕《彈棊賦》：「蕚不韡韡。」《説文》：「韡韡，盛也。《詩》曰：『蕚不韡韡。』」知《説文》所引爲《魯詩》。「韓『常棣』作『夫栘』」者，《讀詩記》、《藝文類聚》引《韓詩》文。引見上。《釋文》云：「毛傳『常棣，棣也』，本或作『常棣，栘』。」案：《釋文》以爲「常棣，栘」者，是也。韓以「夫栘」代「常棣」，則常棣之爲栘無疑。《秦風》「山有苞棣」，傳云：「棣，唐棣也。」以「唐棣」釋「棣」，則必以常棣爲栘。《説文》：「栘，棠棣也。」「棣，白棣也。」《玉篇》亦云：「栘，棠棣也。」皆可證栘之爲常棣。惟《爾雅》云「唐棣，栘。常棣，棣」，蓋轉寫之譌。且《文選·甘泉賦》注引《爾雅》正作「棠棣，栘」，則今本作「唐棣，栘」，或以聲同而誤。《論語》「唐棣之華」，何晏集解云：「唐棣，栘也。」然據《春秋繁露·竹林》篇引《論語》作「棠棣之華」。《文選·廣絶交論》李注引同，則知《論語》本亦作「棠棣」，故何訓爲「栘」也。孔安國《論語解》云：「唐棣，棣也。」是知孔作「唐棣」，與何異，故以爲「棣」。又《何彼穠矣》篇「唐棣之華」，毛傳：「唐棣，栘也。」經、傳「唐棣」皆當爲「常棣」之譌。《釋文》轉據當時《爾雅》誤本，而以毛傳訓「栘」爲誤，失之。段玉裁謂「常」與「唐」同字，亦非。馬瑞辰云：「《爾雅》邢疏於『栘』下引陸《疏》云：『奧李也。一名雀梅，一名車下李。』《藝文類聚》引《禮記義疏》云：『夫栘，一名薁李。』今案：薁李實似櫻桃，有赤、白二種。《説文》以棣爲白棣，則夫栘爲赤棣可知，皆即今郁李之類。郭注《爾雅》直以夫栘爲白棣，謂似今之白楊樹，❶失之。」又案：《論語》『唐棣』即

---

❶「樹」，原作「柳」，據馬瑞辰《通釋》改。

『棠棣』，而言『偏其反而』者，謂其華初開反背，終乃合并也。詩取以喻管、蔡失道，亦取其始華反背爲興。」「『鄂』作『蕚』」者，引見上。鄭訓「鄂」爲「蕚」，即本《韓詩》。「『韡韡』作『煒煒』」者，亦引見上。《説文》：「煒，盛赤也。」《衆經音義》十八引：「煒，盛明貌也。」「韡韡」作「煒煒」，韓蓋用叚借字。凡今之人，莫如兄弟。【疏】傳：「聞常棣之言，爲今也。」箋：「聞常棣之言，始聞常棣華鄂之説也。如此，則人之恩親，無如兄弟之最厚。」○案：「周公以二叔不咸」是既往之事，天下既定，宜篤親親之誼，故及今燕樂兄弟之時，序述《常棣》之言，使宗族共知此意也。

死喪之威，兄弟孔懷。【注】魯「兄」亦作「昆」。【疏】傳：「威，畏；懷，思也。」箋：「死喪，可畏怖之事。惟兄弟之親，甚相思念。」○案：言死喪之可畏，於他人皆然，惟兄弟不以爲畏，且甚思念之。《列女·聶政姊傳》：「君子謂聶政姊仁而有勇，不怯死以滅名。《詩》云：『死喪之威，兄弟孔懷。』言死可畏之事，惟兄弟甚相懷也。」明魯、毛文同，事亦與經意合。「魯『兄』亦作『昆』」者，蔡邕《童幼胡根碑》用「昆弟孔懷」，「兄」作「昆」，蓋《魯詩》「亦作」本。原隰裒矣，【注】魯「裒」作「捊」，云：「捊，聚也。」兄弟求矣。【疏】傳：「裒，聚也。求矣，言求兄弟也。」箋：「原也、隰也，以與相聚居之故，❶故能定高下之名，猶兄弟相求，故能立榮顯之名。」○「魯『裒』作『捊』，云『捊，聚也』」者，《釋詁》文。郭注：「《詩》曰：『原隰捊矣。』」明魯作「捊」。《説文繫傳》本《手部》「捊」下云：「引堅也。堅，土積也。從手，孚聲。《詩》曰：『原隰捊矣。』」《玉篇》引

---

❶「與相」，明世德堂本《毛詩》、阮刻本《毛詩正義》作「相與」。

《詩》同。《藝文類聚》引《詩》作「裦」。《爾雅》釋文：「裒，古字作『裦』，本或作『捊』。」《易・謙卦》釋文：「裒，鄭、荀、董、蜀才作『捊』。」毛作「裒」，通叚字。愚案：「原隰」句承上「死喪」言。凡人之於兄弟，同氣相愛，不間幽明。生則求其人，死則求其穴。雖高原下隰，捊聚一邱，猶灑涕墓門，含悲永隔。即或聞其野死，行邁呼天，如尹伯封之於伯奇，爲賦《黍離》之詩，列於《王風》，此正兄弟死喪相求之事也。

脊令在原，兄弟急難。【疏】傳：「脊令，雝渠也。飛則鳴，行則摇，不能自舍耳。急難，言兄弟之相救於急難。」箋：「雝渠，水鳥，而今在原，失其常處，則飛則鳴，求其類，天性也，猶兄弟之於急難。」○《説文》「䳭」下云：「石鳥。一名雝渠，一名精列。」精列、脊令一聲之轉。《上林賦》：「煩鶩庸渠，箴疵鵁盧，羣浮乎其上。」「雝渠」又作「庸渠」，賦語足爲箋説「水鳥」之證。每有良朋，況也永歎。【注】魯説曰：「每有，雖也。」【疏】傳：「況，兹；永，長也。」箋：「每，雖也。良，善也。當急難之時，雖有善同門來，兹對之長歎而已。」○「每有，雖也」者，《釋訓》文，魯説也。郭注：「《詩》曰：『每有良朋。』辭之雖也。」《玉篇》：「詞兩設也。」其單文亦爲「雖」，故《皇皇者華》傳：「每，雖也。」《釋文》：「況，作『兄』，非也。」段玉裁云：「《出車》『況瘁』，箋云：『兹益憔瘁。』戴氏云：『兹，今通用「滋」。《説文》：「兹，草木多益也。」「滋，益也。」詩之詞意，言不能如兄弟相救，空滋之長歎而已。《國語》韋注：『況，益也。』」玉裁案：此與《桑柔》、《召閔》傳及今文《尚書》『毋兄曰』、『則兄曰』正同作『兄』，是作『況』非。」胡承珙云：「古書中凡言『而況』，爲更進之詞。又『貺賜』之『貺』，古字止作『況』，皆兹益義之引申也。此蓋本無其字，依聲託義，字或作『況』，又作『兄』，又作『皇』，不得定以何者爲是也。」

兄弟鬩于牆，外禦其務。【疏】傳：「鬩，很也。禦，禁；務，侮也。兄弟雖內鬩，而外禦侮也。」○馬瑞辰云：「《釋言》：『鬩，恨也。』郭注：『相怨恨。』據《左・僖二十四年傳》正義引：❶『《爾雅》：「鬩，很也。」孫炎曰：「相很戾也。」李巡本作「恨」。』《爾雅》釋文：『鬩，恨也。孫炎作「很」。』是知孫、李本不同，郭注從李。今案：《曲禮》『很無求勝』，鄭注：『很，鬩也。』是很、❷鬩二字互訓，當作『鬩，很』爲是。《唐書・高麗傳》『今男生兄弟鬩很』，義本此詩。《說文》：『鬩，恒訟也。』『訟，争也。』《方言》：『宋、衛之間，凡怒而噎噫，謂之脅鬩。』俱與『很』義近，字以作『很』爲正。李巡本作『恨』，叚借字也。郭注釋爲『怨恨』，則非。」又云：「《釋言》：『務，侮也。』《左・僖二十四年傳》及《周語》引《詩》皆作『外禦其侮』，『務』即『侮』之叚借。務從敄聲，與霿從瞀聲正同，以霿讀近蒙證之，則務亦得讀若蒙，《爾雅》：「天氣下，地不應，曰霿。」《說文》、《漢・五行志》作「霿」，《洪範》作「蒙」，鄭、王本作「雺」，鄭注：「雺，音近蒙。」❸今案：「雺」即「霿」字之渻。瞀從敄聲，讀蒙，則務從敄聲，亦讀近蒙。正與『戎』音協，同在東、冬部。蓋古字亦有數讀，務本在尤、幽部，轉讀得與『戎』韻也。」每有良朋，烝也無戎。【疏】傳：「烝，填；戎，相也。」箋：「當急難之時，雖有善同門來，久也猶無相助己者。」古聲填、寘、塵同。」○馬瑞辰云：「傳訓『烝』爲『填』，箋訓『烝』爲『久』，謂『古聲填、寘、塵同』者，據《釋詁》『塵，久也』，《釋

---

❶「僖」，原作「昭」，據阮刻本《春秋左傳正義》改。

❷「很」，原作「狠」，據馬瑞辰《通釋》改。

❸「蒙」，原作「雺」，據馬瑞辰《通釋》、阮刻本《尚書正義》改。

言》『烝，塵也』爲説，謂傳『填』即『塵』也。填、塵同聲，猶古田、陳同聲。孫炎曰：『烝，物久之塵。』據《史記集解》引韋昭曰：『陳，久也。』知『塵』即『陳』之同聲叚借，非『塵埃』之『塵』。郭注《爾雅》謂『人衆所以生塵埃』，失其義矣。」愚案：「戎，相」，《釋言》文。相，助也。以上三章，皆就天性至情，兄弟宜相親厚之理，開喻宗族，使皆知敦崇睦誼也。

喪亂既平，既安且寧。雖有兄弟，不如友生。【疏】傳：「兄弟尚恩怡怡然，朋友以義切切然。」箋：「平，猶正也。安寧之時，以禮義相琢磨，則友生急。」○陳奂云：「此言喪亂既平之後，兄弟不如朋友者，愈以見兄弟之當親。『既安且寧』，即行燕兄弟、内相親之禮。以下三章皆是也。第五章爲承上起下之詞。」應劭《風俗通義》七引《詩》云：「雖有兄弟，不如友生。」應習《魯詩》，明魯、毛文同。

儐爾籩豆，飲酒之飫。【注】韓「儐」作「賓」，「飫」作「醧」。韓説曰：「夫飲之禮，不脱屨而即席者，謂之禮。跣而升堂者，謂之宴。能者飲，不能者已。謂之醧。」【疏】傳：「儐，陳；飫，私也。不脱屨升堂謂之飫。」箋：「私者，圖非常之事，若議大疑於堂，則有飫禮焉。聽朝爲公。」○「『儐』作『賓』，『飫』作『醧』」者，《文選·魏都賦》張載注引《韓詩》曰：「賓爾籩豆，飲酒之醧。」「儐」作「賓」者，儐、賓經典字義互通，不可枚舉。《廣雅·釋詁》：「賓，列也。」「賓」之訓「列」，猶「儐」之訓「陳」矣。「飫」作「醧」者，馬瑞辰云：「《角弓》篇『如食宜饇』，傳：『饇，飽也。』據《廣韻》『飫，飽也，厭也』，彼『饇』乃『飫』之借，此詩又借『飫』爲『醧』。以古音讀之，醧與豆、具、孺韻正協，作『飫』則聲入蕭宵部，毛蓋讀飫爲醧也。韓作『醧』，正字。毛作『飫』，借字。」「夫飲」至「之醧」，《初學記》十二引《韓詩内傳》文。「夫飲之禮」，《文選》班固《東都賦》注引薛君《韓詩章句》

亦作「飲酒之禮」，本《内傳》及薛君《章句》也。「不脱履而即席者，謂之禮」者，即毛傳「不脱屨升堂謂之飫」也。《周語》：「王公立飫，則有房烝。親戚宴享，則有肴烝。」又曰：「飫以顯物，燕則合好。」此是立飫之禮，較燕爲大。立飫以立爲禮，故不脱履而即席也。毛既訓「飫」爲「私」，又云「不脱屨升堂者謂之飫」，溷二「飫」爲一，故段氏以爲「不脱」之「不」衍文。馬氏以爲毛廣異義，不云「一曰」乃消文。鄭箋誤合爲一，故以「私」爲「圖非常之事」也。「跣而升堂，謂之宴」者，《東都賦》注亦作「下跣而上坐者，謂之宴」，即《周語》云「宴享則有肴烝」、「燕則合好」是也。燕則坐，坐則必跣而升堂，所謂「燕私以飫飽爲度煮」也。燕私，見《楚茨》、《湛露》。脱屨升堂，惟燕私爲然。「能者飲，不能者已，謂之醧」者，《魏都賦》注引同。《説文》「䭇」下云：「燕食也。」引《詩》「飲酒之䭇」，用《毛詩》借字。又「醧」下云：「宴私飲也。」「宴私」倒，依段注正。用《韓詩》正字。「醧」又通作「醞」。《廣韻》：「醞，能者飲，不能者止也。」胡承珙云：「宴、醧是一事，言宴，而醧在其中。鄭箋牽於《國語》之文，而以『圖非常』、『議大疑』爲飫，是謂飫别於燕。孔疏因之，遂謂此詩飫、燕雜陳，非也。」兄弟既具，和樂且孺。【疏】傳：「九族會曰和。孺，屬也。王與親戚燕，則尚毛。」箋：「九族，從己上至高祖，下及玄孫之親也。屬者，以昭穆相次序。」○《釋言》：「孺，屬也。」李巡曰：「孺，骨肉相親屬也。」黄山云：「皇侃《論語》『和爲貴』疏：『和，即樂也。』趙岐《孟子》『地利不如人和』注：『人和，得民心之所和樂也。』《詩》言『和樂』，亦即兄弟怡怡和順而樂之義。《論語》馬注：「怡怡，和順之貌。」毛謂『九族會曰和』，蓋承上文『既具』爲説。然『具』之訓『俱』，猶『翕』之訓『合』，皆概言兄弟偕來，與上下文『兄弟』一也。鄭以『上至高祖，下及玄孫』釋『九族』，此古文之説。若今文家，異姓有親屬者爲九族，與『閔管、蔡』不合，可信其必無此説矣。」

妻子好合，如鼓瑟琴。兄弟既翕，和樂且湛。【注】齊説曰：「琴瑟，聲相應和也。翕，和也。耽，亦樂也。」韓云：「耽，樂之甚也。」魯「湛」作「沈」。【疏】傳：「翕，和也。」箋：「好合，志意合也。合者，如鼓瑟琴之聲相應和也。王與族人燕，則宗婦内宗之屬，亦從后於房中。」○「琴瑟」至「樂也」，《禮·中庸》鄭注文。《中庸》引《詩》四句，明齊、毛文同，惟「湛」作「耽」。《鹽鐵論·取下》篇引「妻子好合」四句，亦《齊詩》也。「琴瑟，聲相應和也」者，姜宸英云：「《禮·明堂位》有大琴、大瑟，中琴、小瑟。凡用大琴，必用大瑟配之。用中琴，必用小瑟配之。然後大者不陵，細者不抑，而五聲和。蓋取其相配以爲和也。又有雅琴、頌琴，則雅瑟、頌瑟實爲之配，亦取琴瑟相合之義。」「翕，合也」者，與毛傳同。「耽，亦樂也」者，亦上「和樂」之文。《毛詩》釋文：「湛，又作『耽』。」是毛亦有作「耽」之本也。「樂之甚也」者，《釋文》引《韓詩》文。陳喬樅云：「『耽』、『湛』皆『媅』字之叚借。《説文》：『媅，樂也。』『媅』又作『妉』，《釋詁》：『妉，樂也。』《華嚴經音義》云：『《聲類》「媅」作「妉」。』《一切經音義》四：『媅，古文「妉」，同。』是也。『耽』字本義，《説文》訓『耳大垂』。『湛』字本義，《説文》訓『没』。皆以音同叚借爲『媅樂』字。據《韓詩》云『樂之甚也』，則從甚作『媅』者爲正，『妉』字乃其或體耳。」《韓詩外傳》八：「子貢曰：『賜欲休於事兄弟。』孔子曰：『《詩》云：「妻子好合，如鼓瑟琴。兄弟既翕，和樂且耽。」爲之若此，其不易也，如之何其休也？』」引《詩》四句，明韓、毛文同。「魯『湛』作『沈』」者，王逸《楚詞·招魂》注：「《詩》曰：『和樂且沈。』」王用《魯詩》，故文與毛異。陳喬樅云：「宋玉《招魂》『娱酒不廢，沈日夜些』，王注引《詩》『和樂且沈』，所以證明『沈』字。今本《楚詞》注依《毛詩》改『沈』爲

『湛』，失逸引《詩》之旨矣。」❶

宜爾室家，樂爾妻帑。【注】齊説曰：「古者謂子孫曰帑。此詩言和室家之道，自近者始。」魯「帑」作「孥」。【疏】傳：「帑，子也。」箋：「族人和，則得保樂其家中之大小。」○「古者」至「者始」，《禮·中庸》鄭注文，此總上文爲説也。「古謂子孫爲帑」者，言子而孫在其中，《左傳》「秦伯歸其帑」，《書》曰「予則帑戮汝」，皆是也。《禮記》釋文云：「帑，本又作『孥』。」知《齊詩》亦作「孥」也。「言和室家之道，自近始」者，《思齊》篇所云「刑于寡妻，至于兄弟」也。此箋言「族人和，則保樂其家」，又由和兄弟而推及兄弟之室家。妻子無不宜且樂，則合族之恩至矣。「魯『帑』作『孥』」者，趙岐《孟子章句》云：「孥，妻子也。《詩》曰：『樂爾妻孥。』」趙用《魯詩》也。《毛詩》釋文：「帑，依字吐蕩反。經典通爲『妻孥』字。今讀音奴，子也。」與魯字異義同。

是究是圖，亶其然乎？【疏】傳：「究，深；圖，謀；亶，信也。」箋：「女深謀之，信其如是。」○周公以管、蔡被誅，致令兄弟恩疏，恐天下亦疏兄弟，先正朝廷，爲萬民法，故作是詩，欲人於此窮究之，於此圖謀之，信理道之，必然共親睦其宗族，所以召穆、富辰於數百年後，猶誦述此詩，爲後世法戒也。《列女·齊傷槐女傳》引《詩》曰：「是究是圖，亶其然乎？」明魯、毛文同。

《常棣》八章，章四句。

❶「旨」，原作「音」，據續經解本《魯詩遺説攷》八改。

伐木【注】韓序曰：「《伐木》廢，朋友之道缺。勞者歌其事，詩人伐木，自苦其事，故以爲文。」魯說曰：「周德始衰，《伐木》有『鳥鳴』之刺。」【疏】毛序：「燕朋友故舊也。自天子至於庶人，未有不須友以成者。親親以睦，友賢不棄，不遺故舊，則民德歸厚矣。」○「伐木」至「爲文」，《文選》謝混《遊西池》詩注引《韓詩序》文。此文殘缺，不相通貫。言「《伐木》廢，朋友之道缺」者，此謂德衰道缺之後，故云「《伐木》廢」。若是舊《序》，不得破空即云「《伐木》廢」也。「勞者」至「爲文」，蓋是後來賢人幽隱，溷迹伐木，故歌此詩，如穆公之誦《棠棣》，後人即以爲其人之文也。《棠棣》，周公所作，賴有《左傳》富辰之言可以尋玫。否則，專據鄭箋，必謂召公所作矣。「勞者歌其事」，《文選·閒居賦》李注亦引作《韓詩序》，其上尚有「饑者歌食」句。《初學記》十五、《御覽》五百七十三並引《韓詩》曰「饑者歌食，勞者歌事」，以是知此文殘缺也。「周德」至「之刺」，蔡邕《正交論》文：「古之交者，其義敦以正，其誓信以固。逮夫周德始衰，頌聲既寢，《伐木》有『鳥鳴』之刺，《谷風》有『棄予』之怨。其所由來，政之失也。」蓋言君怠於政，不復求賢自輔，故有《伐木》「鳥鳴」之刺。《風俗通義·窮通》篇同，是魯、韓説合。《易林·夬之震》：「君明臣賢，鳴求其友。顯德之政，可以履事。」此齊説，直云明君求友之事，故可敷政顯德也。鄭箋云：「昔未居位在農之時，與友生於山巖伐木，爲勤苦之事。」孔疏：「此遠本文王幼少之時結友之事，言文王昔日未居位之時，與友生伐木山阪。」是鄭雖不能溯其由來，然必有所承也。孔又引：「《史記》：『太王曰：「我後世當有興者，其在昌乎？」』則文王在太王之時，年已長大，是諸侯世子之子。太王初遷於岐，民稀國小，地又隘險，而多樹木，或當親自伐木，所以勸率下民，不可以禮論也。」愚案：文王未履位之時，親自伐木，容有其事。其志在求賢，不憚艱險，登山伐木，特其借端。迨後身爲國君，懷周行而陟崔嵬，求干城而舉罝罔，皆出自少年物色之人。昔日之朋友，已爲今日之故舊。此所爲宴飲作歌，或即此詩之本義與？

伐木丁丁，鳥鳴嚶嚶。【注】魯說曰：「丁丁、嚶嚶，相切直也。」【疏】傳：「興也。丁丁，伐木聲也。嚶嚶，驚懼也。」箋：「丁丁、嚶嚶，相切直也。言昔日未居位在農之時，與友生於山巖伐木，爲勤苦之事，猶以道德相切正也。嚶嚶，兩鳥聲也。其鳴之志，似於有友道然，故連言之。」○「丁丁、嚶嚶，相切直也」者，《釋訓》文，魯說也。郭注：「丁丁，斫木聲。嚶嚶，兩鳥鳴。以喻朋友切磋相正。」蓋舊注述《魯詩》之說，郭承用之。鄭箋即用以改毛。出自幽谷，遷于喬木。【疏】傳：「幽，深；喬，高也。」箋：「遷，徙也。謂鄉時之鳥，出從深谷，今移處高木。」○徐幹《中論·貴驗》篇：「小人尚明鑒，君子尚至言。至言也，非賢友則無取之，故君子必求賢友也。《詩》曰：『伐木丁丁，鳥鳴嚶嚶。出自幽谷，遷于喬木。』言朋友之義，務在直切，以升於善道也。」徐用《魯詩》，以「遷于喬木」喻聞朋友直切之言，則升於善道，比例甚精。據此，明魯、毛文同。《易林·坤之比》：「出自幽谷，飛上喬木。」《同人之坎》同，明用《齊詩》文。嚶其鳴矣，求其友聲。【注】魯「嚶」作「鸎」。【疏】傳：「君子雖遷於高位，不可以忘其朋友。」箋：「嚶其鳴矣，遷處高木者。求其友聲，求其尚在深谷者。其相得則復鳴嚶嚶然。」○劉向《楚詞·七諫》篇「飛鳥號其羣兮」，王注：「言飛鳥登高木，志意喜樂則和鳴，求其羣而呼其耦。《詩》曰：『嚶其鳴矣，求其友聲。』」明魯、毛文同。「一作『鷃』」者，張衡《東京賦》：「雎鳩麗黃，關關嚶嚶。」又《歸田賦》：「王雎鼓翼，倉庚哀鳴。交頸頡頏，關關嚶嚶。」麗黃，倉庚，皆鷃也。是《魯詩》以「嚶嚶」屬鷃鳴，而「嚶其鳴矣」之「嚶」一作「鷃」，乃魯別本。《文選》張茂先詩「屬耳聽鷃鳴」，李注引《詩》作「鷃其鳴矣」。梁元帝《言志賦》曰：「聞鷃鳴而求友。」梁昭明太子《錦帶書·姑洗二月啟》：「啼鷃出谷，爭傳求友之聲。」皆承用魯家「一作」本耳。相彼鳥矣，猶求友聲。【注】韓說曰：「鳥，微物也。」矧伊人矣，不求友生。【疏】傳：「矧，況也。」箋：「相，視也。鳥尚知居高木呼其友，況是人乎？可不求之。」○「鳥，微物也」者，《文選》顏延年《曲水詩》李注、《鸚鵡賦》注引薛君《韓詩章句》文。王符《潛夫論·德化》篇引「相彼鳥矣，猶求友聲」，符用《魯詩》，明魯、毛文同。《魏志》曹植疏：「下思《伐木》『友生』之義。」曹用《韓詩》文也。神之聽之，終和且平。【疏】箋：「以可否相增減曰和。平，齊等也。此言心誠求之，神若聽之，使得如志，則友終相與和而齊功也。」○《淮南·泰族訓》、《韓詩外傳》九並引「神之聽之，終和且平」，班固《答賓戲文》引「神之聽之」句，明魯、韓、齊與毛文同。馬瑞辰云：「以經文求之，並無求通神明之意。且『神之』與『聽之』相對成文，不得言『神若聽之』也。《釋詁》：『神，慎也。慎，誠也。』神之，即慎之也。《荀子·非相篇》：『寶之珍之，貴之神之。』楊注：『神之，謂不敢慢也。』又曰：『辨之明之，持之固之。』句法與此詩同。《廣雅》：『聽，從也。』聽之，謂能聽從其言也。《小明》詩亦無求神之義，兩言『神之聽之』，❶義同

---

❶「兩」，原作「而」，據馬瑞辰《通釋》、明世德堂本《毛詩》、阮刻本《毛詩正義》及本書卷十八《小明》改。

此。《蜀志》郤正作《釋譏》云：『蓋《易》著行止之戒，《詩》有靖恭之歎，乃神之聽之，而道使之然也。』其所云『神之聽之』，亦當訓爲慎之從之，不以神爲神明。」終，猶既也。

伐木許許，釃酒有藇。【注】三家「許」作「所」，亦作「滸」。「藇」，亦作「醧」。【疏】傳：「許許，杮貌。以筐曰釃，以藪曰湑。藇，美貌。」箋：「此言前者伐木許許之人，今則有酒而釃之，本其故也。」○孔疏：「言嚮時與文王伐木許許之人，文王有酒而飲之，本其昔日之事也。」杮貌者，「柿」即「杮」之隸變。《廣韻》：「杮，斫木札也。」《說文》：「杮，削木朴也。」「朴，❶木皮也。」木皮曰朴，削木皮曰札，❷亦曰杮，讀如「肝肺」之「肺」。《說文》：「釃，下酒也。」凡作酒者，以筐漉酒曰釃。下，即漉也，可以取麤去細。❸「三家『許許』作『所所』」者，《說文》「所」下云：「伐木聲。《詩》曰：『伐木所所。』」《玉篇》同。許、所字古通，凡「何所」言「何許」，「幾所」言「幾許」也。「亦作『滸』」者，《後漢·朱穆傳》、《顏氏家訓·書證》篇、《初學記·器物部》引《詩》作「滸滸」。許、滸皆借字，以「所」爲正。《玉篇·草部》云：「藇，酒之美也。《詩》云：『釃酒有藇。』亦作『醧』。」《西部》云：「醧，美貌。亦作『藇』。」《廣韻·八語》云：「醧，酒之美也。亦作『藇』。」即本《玉篇》，是據三家之異文。有藇，猶藇藇也，故曰「美貌」。經文凡疊句雙字者，或變文作「有」，如此「有藇」及「庶士有朅」之類甚多。或以「美貌」當作「美也」者，非。又毛傳或去「有」字作訓，與「有洸有潰」之例不符，而後人從之，

❶ 「朴」，原脱，據陳奐《傳疏》、陳刻《說文》、《說文注》、楊刻《說文義證》、祁刻《說文繫傳》補。

❷ 「札」，原作「朴」，據陳奐《傳疏》改。

❸ 「取」、「去」，原乙，據陳奐《傳疏》乙正。

亦未合也。既有肥羜，以速諸父。【疏】傳：「羜，未成羊也。天子謂同姓諸侯、諸侯謂同姓大夫皆曰父，異姓則稱舅。國君友其賢臣，大夫、士友其宗族之仁者。」箋：「速，召也。有酒有羜，今以召族人飲酒。」○《釋畜》「未成羊，羜」，郭注：「今俗呼五月羔爲羜。」傳以經稱諸父、舅，《序》云「燕朋友故舊」，則此父、舅是文王之朋友也。禮，天子謂同姓諸侯、諸侯謂同姓大夫皆曰父，異姓則稱舅，故曰諸父、諸舅也。愚案：詩是周公所作，故依文王尊爲天子後稱之曰父、舅。文王微時朋友，皆是後來内外大臣，故有父、舅之名。而伐木求友之事，非周公亦無由知而述之也。寧適不來，微我弗顧。【疏】傳：「微，無也。」箋：「寧召之適自不來，無使言我不顧念也。」○陳奂云：「寧，猶胡也。胡，何也。適，之也。何之不來，言必來也。《式微》傳：『微，無也。』『式微』之『微』訓『無』，無與有對文。『微我』之『微』訓『無』，無與勿同義。二傳訓同意别。無我勿顧者，勿弗顧我也。無我有咎者，勿有咎我也。皆幸其來之詞。我，王自謂也。通章七『我』字同。」於粲洒埽，陳饋八簋。【疏】傳：「粲，鮮明貌。圓曰簋。天子八簋。」箋：「粲然已灑攩矣，陳其黍稷矣，謂爲食禮。」○《釋文》：「攩，本又作『拚』，甫問反。」孔疏：「《公食大夫禮》上大夫八簋，此天子云八簋者，據待族人設食之禮。上肥羜、釃酒爲燕禮，此是食禮，互陳之也。知是食禮者，燕禮主於飲酒，無飯食，此簋陳黍稷，是食禮可知。燕言『諸父』，食言『諸舅』，互文相通。」既有肥牡，以速諸舅。寧適不來，微我有咎。【疏】傳：「咎，過也。」○《易林·訟之井》：「大壯肥牡，惠我諸舅。内外和睦，不憂飢渴。」此用《齊詩》文。

伐木于阪，釃酒有衍。【疏】傳：「衍，美貌。」箋：「此言伐木于阪，亦本之也。」○案：衍之爲言盈溢也。酒旨且多，故云「美貌」。籩豆有踐，兄弟無遠。【疏】箋：「踐，陳列貌。兄弟，父之黨，母之黨。」○陳氏奂以箋爲非，謂兄弟爲九族之親，不爲異姓。孔疏云：「此燕朋友故舊，非燕族人，據族人爲朋友者，互説耳。」愚案：當日偕文王伐木者，有同族兄弟在内，語其名位，不及父、舅之尊；論其恩誼，亦在故舊之列，既有酒食燕享，亦當無遠也。民之失德，乾餱以愆。【疏】傳：「餱，食也。」箋：「失德，謂見謗訕也。民尚以乾餱之食獲愆過於人，況天子之饌，反可以恨兄弟乎？故不當遠之。」○《釋言》：「餱，食也。」《説文》：「餱，乾食也。」依乾餱言，故云乾食爲餱也。詩意極言人當謹於細微，隨事可以見人情，防失德。漢高祖以其嫂戛羹之故，封兄子爲羹頡侯，❶斯亦乾餱之比矣。《漢書·宣帝紀》詔曰：「酒食之會，所以行禮樂也。今或禁民不得具酒食相賀召，由是廢鄉黨之禮，令民無所樂，非所以導民也。《詩》不云乎『民之失德，乾餱以愆』。」顔注：「言人無恩德，不相飲食，則闕乾餱之事，爲過惡也。」又薛宣上疏曰：「是故鄉黨闕於嘉賓之懽，九族忘其親親之恩，飲食周急之厚彌衰，送往勞來之禮不行。夫人道不通，則陰陽否隔。和氣不興，未必不由此也。《詩》云：『民之失德，乾餱以愆。』」陳喬樅云：「薛宣之詞與孝宣詔書合。宣，東海郯人，與后倉同邑，所習當是《齊詩》。孝宣受《詩》東海澓中翁，亦當爲齊學，故述此詩大旨相同。顔注與《毛詩》傳、箋不同，蓋襲舊注之文。」據此，齊、毛文同。有酒湑我，無酒酤我。【疏】傳：「湑，茜之也。酤，一宿酒也。」箋：「酤，買也。此族人陳王之恩也。王有酒則泲茜之，王無酒酤買之，要欲厚於族人。」○「湑，茜之

❶「頡」，原作「頡」，據殿本《史記》卷十八、《漢書補注》卷三改。

也」者，上章傳云「以藪曰湑」，「藪」是「籔」之誤字。❶《説文》段注：「筐，盛飯之器。籔是漉淅之器。今人謂籔爲溲箕，漉酒較筐爲麤。」「莤，讀爲縮。束茅立之祭前，沃酒其上，酒滲下，若神飲之，故謂之縮。」《甸師》注：「縮酒，泲酒也。」《鳧鷖》箋：「湑，酒之泲者也。」陳奐云：「《説文》：『酤，一宿酒也。』『醴，酒一宿孰也。』此詩以酤、湑對文，猶《行葦》篇以酒、醴對文。《韓詩》以醴爲有汁滓者，酤與醴一酒也，然則有汁滓者謂之酤，滲去其汁滓者謂之湑。一宿，言易孰耳。『有酒湑我，無酒酤我』，此倒句也。我有酒則湑之，我無酒則酤之。言有酒則用滲去汁滓之酒，無酒則用有汁滓者也。汁滓之酒，禮非常設，故下文但云飲此湑矣，不更及酤也。」「酤，買也」者，《漢書・食貨志》載王莽時羲和魯匡言：「酒者，天之美祿，帝王所以頤養天下，享祀祈福，扶衰養疾。百禮之會，非酒不行。故《詩》曰『無酒酤我』，而《論語》曰『酤酒不食』。二者非相反也，夫《詩》據承平之世，酒酤在官，和旨使人，可以相御也。《論語》孔子當周衰亂，酒酤在民，薄惡不誠，是以疑而弗食。」愚案：文王時必無榷酤之政，匡言豈足爲據？「酤，買」之説，則三家《詩》義所有也，故箋用以改毛。

坎坎鼓我，蹲蹲舞我。【注】魯「蹲」作「墫」。説曰：「坎坎墫墫，喜也。」齊、韓「坎」作「竷」。【疏】傳：「蹲蹲，舞貌。」箋：「爲我擊鼓坎坎然，爲我興舞蹲蹲然，謂以樂樂己。」〇《釋文》：「蹲，本或作『墫』，同。《説文》：『士舞也。從士、尊。』」《釋訓》：「坎坎、墫墫，喜也。」此魯説。郭注：❷「皆鼓舞歡喜。」蔡邕《禮樂意》：

❶「籔」，原作「藪」，據陳奐《傳疏》改。
❷「郭」，原作「鄭」，據續經解本《魯詩遺説攷》八、宋監本《爾雅》、阮刻本《爾雅注疏》改。

「漢樂四品，三曰黄門，鼓吹天子，所以宴樂羣臣，《詩》所謂『坎坎鼓我，蹲蹲舞我』者也。」據此，魯、毛文同。《毛詩》既有「或作」本，蔡《意》亦引作「蹲」，則不得以「壿壿」爲《魯詩》也。《風俗通義》六：「《漢》：樂人侯調依琴作坎坎之樂，言其坎坎應節奏也。《詩》云『坎坎鼓我』，是其文也。」蓋坎坎者，擊鼓之聲，與鼓之節奏相應，故《釋文》引《説文》云：「舞曲也。」坎古音讀若空，故坎侯亦曰空侯。❶「齊、韓『坎』作『竷』」者，《説文》「竷」下云：「繇舞也。「繇」下衍「也」字，依段注訂正。從夊，❷從章，樂有章也。夅聲。《詩》曰：『竷竷鼓我。』」依段注從《韻會》訂舊本「舞」字之誤。魯、毛作「坎」，則作「竷」者，齊、韓文也。云「鼓我」、「舞我」者，亦是倒句，言我爲之擊鼓則坎坎然，我爲之興舞則蹲蹲然。迨我暇矣，飲此湑矣。【疏】箋：「迨，及也。此又述王意也。王曰及我今之閒暇，共飲此湑酒。欲其無不醉之意。」○案：詩言當日刱業未定，朋友故舊共任艱難，無暇燕樂。今幸及我國家閒暇之時，得共飲此湑酒。我文王之厚意，不遺故舊如此，諸臣孰不盡心以扶王室乎？

《伐木》三章，章十二句。【疏】陳啟源云：「此《毛詩》分爲六章，章六句。呂《記》、朱《傳》從劉氏説，分爲三章，章十二句。劉氏以三『伐木』爲章首，故分爲三章。其説良然。然此不自劉氏始也。案：凡傳、箋下疏語統釋一章者，例置每章之末。此詩若從毛，當六句一疏，分爲六條。今乃總十二句爲一疏，作

---

❶「空」，原作「疾」，據《百子全書》本《風俗通義》改。

❷「夊」，原作「文」，據續經解本《魯詩遺説攷》八、《説文注》改。

三次申述。又《序》下疏指『伐木許許』爲二章上二句，『伐木于阪』爲卒章上二句。又指『諸父』、『諸舅』爲二章，『兄弟無遠』爲卒章。是此詩三章，章十二句，孔疏已然，不始於劉氏也。但孔疏釋《詩》專遵毛、鄭，何此詩分章忽有異同，又不明言其故？劉欲改毛公章句，當援孔疏爲説，而竟以己意斷之。朱、呂亦止云從劉，俱若未見孔疏者，此皆不可解。」阮《校勘記》云：「案：《序》下標起止，云：『《伐木》六章，章六句。』正義又云：『燕故舊，即二章、卒章上二句是也。燕朋友，即二章「諸父」、「諸舅」，卒章「兄弟無遠」是也。』與標起止不合，當是正義本自作三章，章十二句。經注本作六章章六句者，其誤始於唐石經也。合併經注、正義時，又誤改標起止耳。」

天保【疏】毛序：「下報上也。君能下下以成其政，臣能歸美以報其上焉。」箋：「下下，謂《鹿鳴》至《伐木》，皆君所以下臣也。臣亦宜歸美於王，以崇君之尊而福禄之，以答其歌。」〇三家無異義。

《詩氾曆樞》曰：「卯酉之際爲革政。卯，《天保》也。」此齊説。

天保定爾，亦孔之固。【注】韓説曰：「言天之所以仁義禮智，保定人之甚固也。」魯説曰：「言天保佐王者，定其性命，甚堅固也。」【疏】傳：「固，堅也。」箋：「保，安；爾，女也。女，王也。天之安定女，亦甚堅固。」〇「言天」至「之甚固也」，《韓詩外傳》六文：「子曰：『不知命，無以爲君子。』言天之所生，皆有仁義禮智順善之心。不知天之所以命生，則無仁義禮智順善之心。無仁義禮智順善之心，謂之小人。故曰：『不知命，無以爲君子。』《小雅》曰：『天保定爾，亦孔之固。』言天之所以仁義禮智，保定人之甚固也。」「言天」至

「甚堅固也」，《潛夫論・慎微》篇文：「《詩》曰：『天保定爾，亦孔之固。俾爾亶厚，胡福不除？俾爾多益，以莫不庶。』此言也，言天保佐王者，定其性命，甚堅固也。使女性厚，何不治？此句字有脱誤。而多益之，甚衆庶焉。此下疑脱「罔」字。不遵履五常，順養性命，以保南山之壽，松柏之茂也。」此文脱誤不可讀，今依陳喬樅，略訂正之。俾爾單厚，何福不除？【注】魯「單」作「亶」，「何」作「胡」。【疏】傳：「俾，使；單，信也。或曰：單，厚也。除，開也。」箋：「單，盡也。天使女盡厚天下之民，何福而不開，皆開出以予之。」○馬瑞辰云：「除、余古通用。《爾雅》『四月爲余』，《小明》箋作『四月爲除』，❶是其證。余、予古今字，見《曲禮》鄭注。余通爲『予我』之『予』，即可通爲『賜予』之『予』。《説文》：『与，❷賜予也。与、與同。』『何福不除』，猶言何福不予。予，與也，授也。凡《史記》言『除吏』，《漢書》言『除官』，皆謂授官也。《左傳》言『天方授楚』，猶《説苑・善説》篇言『天方開楚』也。開與閉對文。《左傳》：『秦饑，晉閉之糴。』古以不與爲閉，則知以開爲與，是言開即有予義，故箋言『開出以予之』，以申明傳義。」「魯『單』作『亶』」者，《桑柔》篇引《釋詁》：「亶，厚也。」某氏注：「《詩》曰：『俾爾亶厚。』」《潛夫論》引同，見上。《風俗通義》七亦引「俾爾亶厚」，皆據魯文。「『何』作『胡』」者，《潛夫論》引作「胡」，見上。魯全《詩》例同。俾爾多益，以莫不庶。【疏】傳：「庶，衆也。」箋：

❶ 「小明」，原作「四月」，據馬瑞辰《通釋》、明世德堂本《毛詩》、阮刻本《毛詩正義》及本書卷十八《小明》改。

❷ 「与」，原作「與」，據馬瑞辰《通釋》、陳刻《説文》、《説文注》、楊刻《説文義證》、祁刻《説文繫傳》改。下一「与」字同。

「莫，無也。使女每物益多，以是故無不衆也。」○孔疏：「又使汝天下每物皆多有所益，以是之故，無不衆多也。」

天保定爾，俾爾戩穀。罄無不宜，受天百禄。【疏】傳：「戩，福；穀，禄；罄，盡也。」箋：「天使女所福禄之人，謂羣臣也。其舉事盡得其宜，受天之多禄。」○《釋詁》：「戩，福也。」《釋言》：「穀，禄也。」皆魯說。言俾爾之福禄，盡得其宜。即推之爾受於天之多禄，天降於爾之遠福，尚維日不足也。頌祝之詞，不以重複爲嫌。經似未言及羣臣。降爾遐福，維日不足。【疏】箋：「遐，遠也。天又下予女以廣遠之福，使天下溥蒙之，汲汲如日且不足也。」○案：此章承上「何福不除」言。

天保定爾，以莫不興。【疏】箋：「興，盛也。無不盛者，使萬物皆盛，草木暢茂，禽獸碩大。」○案：此章承上「以莫不庶」言。如山如阜，如岡如陵。【疏】傳：「言廣厚也。高平曰陸，大陸曰阜，大阜曰陵。」箋：「此言其福禄委積高大也。」○案：「高平」三句，皆《釋地》文。山、岡爲一類，阜、陵爲一類。《風俗通義》十：「《詩》云：『如山如阜。』阜者，茂也。言平地隆踊，不屬於山陵也。」又曰：「《詩》云：『如岡如陵。』陵有天性自然者。」應劭所引，當爲此詩魯說。《北堂書鈔·地部》一引《韓詩》云：「積土高大曰阜。」《文選·長楊賦》注引《韓詩》云：「四平曰陵。」當是此詩韓說。案：《廣雅》：「四隤曰陵。」隤，平隤也。四隤即四平，皆所謂大阜矣。如川之方至，以莫不增。【疏】箋：「川之方至，謂其水縱長之時也。萬物之收，皆增多也。」

吉蠲爲饎，是用孝享。【注】魯「蠲」作「圭」，「爲」作「惟」。魯説曰：「饎，酒食也。」齊「蠲」作「圭」。

【疏】傳：「吉，善；蠲，絜也。饎，酒食也。享，獻也。」箋：「謂將祭祀也。」○「魯『蠲』作『圭』，『爲』作『惟』」者，《釋文》：「蠲，舊音圭。」《蜡氏》注：「蠲，讀如《詩》『吉圭惟饎』之『圭』。圭，潔也。」惠棟云：「《呂覽》『臨飲食必蠲絜』，高注：『蠲，讀爲圭。』蓋三家《詩》作『吉圭惟饎』，故高讀從之。」陳喬樅云：「《淮南・時則訓》『湛熺必潔』，高注：『湛熺必令圭潔。』《孟子》書『卿以下必有圭田』，趙岐注：『圭，潔也。』圭潔之意，即本此篇魯訓，高、趙皆用《魯詩》者也。《宮人》注引《詩》與毛同，蓋後人轉寫改之。」「饎，酒食也」者，《釋訓》文，魯説也。「齊作『圭』」者，《儀禮・士虞》注引《詩》：「吉圭爲饎。」陳喬樅云：「鄭《禮》注所引多據齊、魯《詩》。此『爲』不作『惟』，蓋《齊詩》之文也。」「享，獻」，《釋詁》文。祭先人，故曰孝享。禴祠烝嘗，于公先王。

【注】魯説曰：「春祭曰祠，夏祭曰礿，秋祭曰嘗，冬祭曰蒸。」【疏】傳：「春曰祠，夏曰禴，秋曰嘗，冬曰烝。公，事也。」箋：「公，先公，謂后稷至諸盩。」○《釋文》：「諸盩，周太王父名。禴，本又作『礿』。」《禮・王制》鄭注：「《詩・小雅》曰：『礿祠烝嘗，于公先王。』此周四時祭宗廟之名。」明齊、毛文同。「春祭」至「曰蒸」，《釋天》文，魯説也，與毛同。孔疏引孫炎曰：「祠之言食。礿，新菜可汋。嘗，嘗新穀。蒸，進品物也。」陳喬樅云：「《釋詁》既釋祠、蒸、嘗、礿爲祭名，而此復見者，彼釋四者爲凡祭之通名，此釋四者爲四時之祭名，專爲此詩作解。詩言『于公先王』，知四者皆爲宗廟之祭也。四時之祭，夏、殷時禮，春礿、夏禘、秋嘗、冬烝。周則四時祭之外，更有禘，又有祫，與夏、殷不同，見《禮・王制》。據《大宗伯》文，則此四時祭名，周公所定也。郭注與孫炎文同，其襲用舊注，尤爲顯證。」愚案：《春秋繁露》云：「祠者，以正月始食韭也。礿者，以四月食

麥也。嘗者，以七月嘗黍、稷也。蒸者，以十月進初稻也。」又云：「始生故曰祠，善其司也。夏約故曰礿，貴所初約也。❶先成故曰嘗，嘗言甘也。畢熟故曰蒸，蒸言衆也。」張衡《南都賦》：「糾宗綏族，禴祠蒸嘗。」又《東京賦》：「躬追養於廟祧，奉蒸嘗與禴祠。」明魯、毛義異文同。「烝」作「蒸」，《說文》：「烝，火氣上行也。」「蒸，折麻中榦也。」「折麻中榦」有「衆」義，是「蒸」正字，「烝」借字。《五經文字·艸部》云：「蒸，《爾雅》以爲祭名。其經典祭烝多去艸，以此爲薪蒸。」今觀漢人引《詩》多作「蒸」，則去艸非也。又《易·萃卦》虞翻注引《詩》「禴祭蒸嘗」，「祀」作「祭」，陳喬樅謂是齊、韓之異字。《說文》：「祭，祀也。」是又文異而義同。君曰卜爾，【注】韓說曰：「卜，報也。」萬壽無疆。【疏】傳：「君，先君也。尸，所以象神。卜，予也。」箋：「君曰卜爾者，尸嘏主人傳神辭也。」○馬瑞辰云：「《大田》詩『秉畀炎火』，❷《韓詩》『秉』作『卜』，云：『卜，報也。』則此詩『卜爾』猶云報爾。」

神之弔矣，詒爾多福。民之質矣，日用飲食。【疏】傳：「弔，至；詒，遺也。質，成也。」箋：「神至者，宗廟致敬，鬼神著矣，此之謂也。成，平也。民事平，以禮飲食，相燕樂而已。」○「質，成」，《釋詁》文。陳奂云：「成，當讀『先成民，而後致力於神』之『成』。用，以也。日以飲食，此民成之實也。飲食者，民之大

❶「約」，宋嘉定四年江右計臺刻《春秋繁露》（以下稱「宋本《春秋繁露》」）作「礿」。

❷「大」，原作「倬彼甫」，據馬瑞辰《通釋》卷二十二《大田》、明世德堂本《毛詩》、阮刻本《毛詩正義》、宋本、通志堂本《釋文》改。

欲所存。」馬瑞辰云：「《廣雅》：『常，質也。』此詩『質』即爲常，謂民安其常，惟日用飲食。猶言『耕田而食，鑿井而飲』也。」羣黎百姓，徧爲爾德。【疏】傳：「百姓，百官族姓也。」箋：「黎，衆也。羣衆百姓，徧爲女之德，言則而象之。」○馬瑞辰云：「爲，當讀如『式訛爾心』之『訛』。訛，化也。『徧爲爾德』，猶言徧化爾德也。爲與化古皆讀若譌，故爲、訛、化古並通用。《堯典》『平秩南訛』，《史記·五帝紀》作『南爲』。《梓材》『厥亂爲民』，《論衡·效力篇》引作『厥率化民』。是其證矣。」

如月之恒，如日之升。【疏】傳：「恒，弦；升，出也。言俱進也。」箋：「月上弦而就盈，日始出而就明。」○《釋文》：「恒，本亦作『縆』，同。」馬瑞辰云：「《説文》：『縆，大索也。一曰：急也。』又曰：『揯，❶引急也。』王逸注《九歌》云：『緪，急張弦。』《廣韻》：『縆，急張。亦作「緪」。』是縆爲急張弦之貌，亦以狀月之上弦也。」愚案：張衡《冢賦》「如日之升」，明魯、毛文同。如南山之壽，不騫不崩。如松柏之茂，無不爾或承。【注】韓説曰：「承，受也。」【疏】傳：「騫，虧也。」箋：「或之言有也。如松柏之枝常茂盛，青青相承，無衰落也。」○「承，受也」者，《文選》盧諶詩注引《韓詩章句》文。陳喬樅云：「《假樂》詩言『受福無疆』，《桑扈》詩言『受福不那』。此詩承上章『貽爾多福』言之，以四者美頌多福，故言『無不爾或承』，猶第三章『以莫不增』，亦總『如山如阜，如岡如陵』二句言之。《儀禮·少牢饋食禮》曰『承致多福無疆，于女孝孫』，意亦猶是也。」

---

❶「揯」，原作「緪」，據陳刻《説文》、《説文注》、楊刻《説文義證》、祁刻《説文繫傳》改。

《天保》六章，章六句。

采薇【注】魯説曰：「懿王之時，王室遂衰，詩人作刺。」又曰：「古者師出不踰時者，爲怨思也。天道一時生、一時養人者，天之貴物也。踰時則内有怨女，外有曠夫。《詩》曰：『昔我往矣，楊柳依依。今我來思，雨雪霏霏。』」又曰：「家有《采薇》之思。」齊説曰：「周懿王時，王室遂衰，戎狄交侵，暴虐中國，中國被其苦，詩人始作，疾而歌之，曰：『靡室靡家，獫允之故。豈不日戒？獫允孔棘。』」又曰：「采薇出車，魚麗思初。上下促急，君子懷憂。」【疏】毛序：「遣戍役也。文王之時，西有昆夷之患，北有玁狁之難，以天子之命，命將率，遣戍役，以守衛中國，故歌《采薇》以遣之，《出車》以勞還，《杕杜》以勤歸也。」箋：「文王爲西伯服事殷之時也。❶昆夷，西戎也。天子，殷王也。戍，守也。西伯以殷王之命，命其屬爲將率，將戍役禦西戎及北狄之難，歌《采薇》以遣之。《杕杜》勤歸者，以其勤勞之故，於其歸歌《杕杜》以休息之。」〇「懿王」至「作刺」，《史記·周本紀》文，宋衷注：「時王室衰，始作詩也。」愚案：謂始作怨刺之詩。「古者」至「霏霏」，《白虎通·征伐》篇文。「家有」至「之思」，蔡邕《和熹鄧后謚議》文。以此與「人懷殿㕧之聲」對舉言之，是亦以《采薇》爲怨思之詩。皆魯説也。「周懿」至「孔棘」，《漢書·匈奴傳》文。《古今人表》：

❶「王」，原脱，據明世德堂本《毛詩》、阮刻本《毛詩正義》補。

「懿王，穆王子。詩作。」顔注：「政道既衰，怨刺之詩始作也。」「采薇」至「懷憂」，《易林・睽之小過》文。其《咸之涣》云：「上下促急，君子免憂。」「免」字蓋「懷」之誤。此齊説也。《韓詩》大旨當同。案：《采薇》乃君子憂時之作，魯、齊《詩》有明文。《毛序》立異，與下章《出車》、《杕杜》稱爲遣戍、勞還、勤歸，意倣周公《東山》之篇，次於文王之世，可謂謬矣。

采薇采薇，薇亦作止。【疏】傳：「薇，菜；作，生也。」箋：「西伯將遣戍役，先與之期以采薇之時。今薇生矣，先輩可以行也。重言采薇者，丁寧行期也。」○孔疏：「不待孟秋而仲春遣兵者，以患難既偪，不暇待秋故也。」曰歸曰歸，歲亦莫止。靡室靡家，玁狁之故。不遑啟居，玁狁之故。【疏】傳：「玁狁，北狄也。」箋：「莫，晚也。曰女何時歸乎？亦歲晚之時乃得歸也。又丁寧歸期，定其心也。北狄，今匈奴也。靡，無；遑，暇；啟，跪也。古者師出不踰時，今薇生而行，歲晚乃得歸，使女無室家夫婦之道，不暇跪居者，有玁狁之難，故曉之也。」○《釋文》：「本或作『獫允』。」《説文》無「玁狁」字。《史記・匈奴傳》：「唐、虞以上，有山戎、玁狁、葷粥，居于北蠻。」晉灼注：「堯時曰葷粥，周曰獫狁，秦曰匈奴。」《漢書・匈奴傳》引「靡室靡家」二句，見上。明齊、毛文同。

采薇采薇，薇亦柔止。曰歸曰歸，心亦憂止。憂心烈烈，載飢載渴。我戍未定，靡使歸聘。【疏】傳：「柔，始生也。聘，問也。」箋：「柔，謂脃脕之時。《釋文》：「脕，音問。」憂止者，憂其歸期將晚。烈烈，憂貌。則飢則渴，言其苦也。定，止也。我方守於北狄，未得止息，無所使歸問。言所以憂。」○孔疏：「言未得止定，無人使歸問家安否。」

采薇采薇，薇亦剛止。【疏】傳：「少而剛也。」箋：「剛，謂少堅忍時。」曰歸曰歸，歲亦陽止。王事靡盬，不遑啟處。憂心孔疚，我行不來。【注】魯「來」作「⿰來矣」，説曰：「不⿰來矣，不來也。」【疏】傳：「陽，歷陽月也。疚，病；來，至也。」箋：「十月爲陽，時坤用事，嫌於無陽，故以名此月爲陽。盬，不堅固也。處，猶居也。我，戍役自我也。來，猶反也。據家曰來。」○「『來』作『⿰來矣』，曰『不⿰來矣，不來也』」者，《釋訓》文，魯説也。《釋文》：「不⿰來矣，❶宜從來。今本作『俟』字。」陳壽祺云：「《説文·來部》『⿰來矣』稱《詩》曰：『不⿰來矣，不來。』即《爾雅》之文。重文『𢓊』云：『⿰來矣或從彳。』今訛作『俟』。《爾雅》此訓即釋《詩》『我行不⿰來矣』句。毛作『來』，用本字。魯作『⿰來矣』，用借字。《爾雅》以『不來』釋『不⿰來矣』，聲近爲訓。」陳喬樅云：「《説文》『《詩》曰』是『《爾雅》曰』之誤。後人轉寫，因上『來』字引《詩》，並此亦誤書作《詩》耳。」黄山云：「《説文》『⿰來矣』下云：『《詩》曰：「不⿰來矣，不來。」從來，矣聲。』『來』下云：『周所受瑞麥來麰。天所來也，故爲「行來」之「來」。』『矣』下云：『語已詞也。』是來爲行來，而⿰來矣爲已來。不⿰來矣，猶不歸。《説文》歸從止，止亦已也。因未歸來，知未行來，故曰『不⿰來矣，不來』。蓋《魯詩》説僅此四字，《雅》訓增『也』以合其書例耳。許書引經本多截句爲訓，又並所引經注而被以經名，亦西漢經師家法如此。如『達』下引《詩》曰『挑兮達』，止三字。『詁』下引《詩》曰『詁訓』，亦止二字。皆截句也。『閏』下引《周禮》曰『閏月，王居門中終月也』，『絰』下引《春秋傳》曰『宋司馬

❶「⿰來矣」，原作「俟」，據續經解本《魯詩遺説攷》八及宋本、通志堂本《釋文》改。

羥，字牛』，皆以注爲經也。此引《詩》曰『不竢，不來』，明即引《魯詩傳》文。陳喬樅謂『詩』是『爾雅』之誤，則兩字不應誤成一字，且不應又脱一『也』字，殆不然矣。」

彼爾維何？維常之華。【注】三家「爾」作「薾」。【疏】傳：「爾，華盛貌。常，常棣也。」箋：「此言彼爾者，乃常棣之華，以興將率車馬服飾之盛。」○「三家『爾』作『薾』」者，《説文》「薾」下云：「華盛貌。《詩》曰：『彼薾維何。』」是三家作「薾」，與毛異。馬瑞辰云：「《説文》『爾』下注：『麗爾，猶靡麗也。』《三蒼解詁》云：『爾，華繁也。』爾，古讀如彌，與靡音同，又讀近『旖旎』之『旎』，皆盛貌。後人借爲爾汝之稱，而『爾』之本義晦矣。」彼路斯何？君子之車。【疏】箋：「斯，此也。君子，謂將率。」○陳奐云：「《汾沮洳》傳：『路，車也。』路謂乘車，下文乃言兵車耳。或者軍帥自乘乘車，餘師旅乘戎車。」胡承珙云：「爾爲華盛之貌，非即華名，則路當爲車大之貌，非即車名可知。《釋詁》：『路，大也。』《書疏》引舍人注：『路，車之大也。』此言詩路車之大則可，若實以爲車名，與『彼爾』之文不相稱矣。」馬瑞辰云：「斯爲語詞。斯何，猶爲何也。」戎車既駕，四牡業業。【疏】傳：「業業然壯也。」○案：《烝民》「四牡業業」，傳：「業業，言高大也。」「壯」即「高大」之意。豈敢定居？一月三捷。【疏】傳：「捷，勝也。」箋：「定，止也。將率之志，往至所征之地，不敢止而居處自安也。往則庶乎一月之中三有勝功，謂侵也、伐也、戰也。」○馬瑞辰云：「古者言數之多，每曰三與九。蓋九者，數之究。三者，數之成。不必數之果皆三、九也。是故百囊罟而曰九罭，《楚詞》、《九歌》、《九辨》皆十一章而並曰九，此以九爲紀也。《易》『王三錫命』、『晝日三接』、『終朝三褫之』，《論語》令尹子文三仕三已、柳下惠三黜、季文子三思、泰伯三以天下讓，此以三爲紀也。此詩

「二月三捷」，特冀其屢有戰功，亦三錫、三接之類。《釋文》：『三，息暫反。』是也。箋以侵、伐、戰三者當之，鑿矣。」

駕彼四牡，四牡騤騤。君子所依，小人所腓。【注】魯「腓」作「芘」，齊作「萉」。【疏】傳：「騤騤，彊也。腓，辟也。」箋：「腓，當作『芘』。此言戎車者，將率之所依乘，戍役之所芘倚。」○「魯『腓』作『芘』」者，陳喬樅云：「《釋言》：『庇，蔭也。』舍人曰：『庇，蔽也。』《左・文十七年傳》正義。孫炎曰：『庇，覆之蔭也。』《衆經音義》九。芘、庇字通。《詩・桑柔》箋『人庇陰其下者』，《釋文》云：『本亦作「芘蔭」。』《雲漢》箋『我無所庇陰處』，《釋文》云：『本亦作「芘蔭」。』是字通之驗。《釋言》『庇，蔭』之訓，正釋此詩『芘』字。魯文作『芘』，箋蓋據以改毛。」「齊作『萉』」者，陳喬樅云：「《稽古編》云：『腓，亦作「萉」。班固《幽通賦》「安慆慆而不萉」，《文選》注引曹大家訓「萉」作「避」。《漢書》注云鄧展亦訓「避」，義與毛合。』喬樅謂班家學是治《齊詩》者，『萉』字當是《齊詩》異文。」案：張衡《南都賦》「駟飛龍兮騤騤」，衡蓋用《魯詩》文。四牡翼翼，象弭魚服。【疏】傳：「翼翼，閑也。象弭，弓反末也，所以解紒也。魚服，魚皮也。」陳奂云：「『末』下『也』字、『魚』下『服』字當衍。」箋：「弭，弓反末彆者，以象骨爲之，以助御者解轡紒，宜滑也。服，矢服也。」○馬瑞辰云：「古者弓末通名弭，弓之無緣者亦名爲弭。《釋名》：『弓，其末曰簫，言簫捎也。又謂之弭，以骨爲之，滑弭弭也。』《禮》稱『獻弓者執弭』，此弓末通名弭也。《爾雅》：『弓有緣者謂之弓，無緣者謂之弭。』《左傳》『左執鞭弭』，此以弭爲弓名也。李巡、孫炎説各不同。《左傳疏》引李巡曰：『骨飾兩頭曰弓，不以骨飾兩頭曰弭。』《儀禮疏》引孫炎曰：『緣，謂繳束而漆之。弭，謂不以繳束，骨飾兩頭者也。』當從孫説。《既夕禮》『有弭飾焉』，鄭注：

『弓無緣者謂之弭，弭以骨角爲飾。』❶孫説蓋本於鄭。《爾雅》郭注：『緣者繳纏之，即今宛轉也。』今案：象弭，特以象牙爲飾。弓之有緣者，繳束而漆之，其弭不露，故謂之弓。無緣者，其弭外見，故謂之弭。《説文》：『弭，弓無緣，可以解轡紛者。』今傳作『解紒』，《釋文》：『紒，本或作「紛」。』以《説文》證之，作『紛』者是。《説文》：『彆，弓戾也。』」豈不曰戒？玁狁孔棘。【注】齊「曰」作「日」。【疏】箋：「戒，警敕軍事也。孔，甚；棘，急也。言君子小人豈不曰相警戒乎？誠曰相警戒也。玁狁之難甚急，豫述其苦以勸之。」〇「齊『曰』作『日』」者，《漢書·匈奴傳》文。二句引見上。陳喬樅云：「《詩》釋文：『曰戒，音越。又人栗反。』《校勘記》云：『唐石經初刻作「曰」，後改「曰」作「日」，非也。箋云：「豈不曰相警戒乎？誠曰相警戒也。」鄭意是「曰」。』喬樅謂毛本或作『日』，三家實作『日』。《漢書》顔注云：『豈不日日相警戒乎？』以『日日』釋『日』字，是其顯證也。」

昔我往矣，楊柳依依。今我來思，雨雪霏霏。行道遲遲，載渴載飢。我心傷悲，莫知我哀。【注】韓説曰：「昔，始也。依依，盛貌。」齊「飢」作「饑」，「知」作「之」。【疏】傳：「楊柳，蒲柳也。霏霏，甚也。遲遲，長遠也。君子能盡人之情，故人忘其死。」箋：「我來戍止，而謂始反時也。上三章言戍役，次二章言將率之行，故此章重序其往反之時，極言其苦以説之。行反在於道路，猶飢渴，言至苦也。」〇「楊柳，蒲柳也」者，楊柳一名楊，《爾雅》「楊，蒲柳」是也。《王風》孔疏引《義疏》云：「蒲柳有兩種：皮正青者曰小

❶「骨」，原作「象」，據馬瑞辰《通釋》、阮刻本《儀禮注疏》改。

楊，其一種皮紅者曰大楊。其葉皆廣長似柳葉，可以爲箭幹，故《左傳》云『董澤之蒲』也。」思，詞也。「昔，始也」者，《釋文》引《韓詩》文。《廣雅·釋訓》：「昔，始也。」即本韓義。「依依，盛貌」者，《文選》潘安仁《金谷集作詩》注、謝玄暉《休沐重還道中》詩注，引《韓詩》曰「昔我往矣，楊柳依依」及薛君《章句》文。《車舝》篇「依彼平林」，傳：「依，木茂貌。」重言之曰依依。韓訓「盛貌」，茂、盛義同。王逸《楚詞章句》云：「據時所見，自哀傷也。猶《詩》云『昔我往矣，楊柳依依』也。」《廣雅》：「霏霏，雪也。」始見楊柳而往，及雨雪而來，此遣戍北狄之詞也。《白虎通·征伐》篇引「昔我」四句，引見上。明魯、韓與毛文同。「齊『飢』作『饑』，『知』作『之』」者，《鹽鐵論·備胡》篇云：「古者天子封畿千里，繇役五百里，音聲相聞，疾病相恤，無過時之師，無踰時之役。今戍邊郡者，殊絶遼遠，身在胡、越。老母垂泣，室婦悲恨。推其饑渴，念其寒苦。《詩》云：『昔我往矣，楊柳依依。今我來思，雨雪霏霏。行道遲遲，載渴載饑。我心傷悲，莫之我哀。』」《説文》「飢」下云：「餓也。」「穀不孰爲饑。」此當作「飢」，作「饑」者，《齊詩》通叚字。「知」作「之」，於義亦通。

《采薇》六章，章八句。

出車【注】魯説曰：「周宣王命南仲、吉甫攘獫狁，威蠻荆。」又曰：「玁狁攘而吉甫宴。」齊説曰：「懿王曾孫宣王興師命將，以征伐之。詩人美大其功，曰：『薄伐獫允，至于太原。出車彭彭，城彼朔方。』是時四夷賓服，稱爲中興。」【疏】毛序：「《出車》，勞還率也。」箋：「遣將率及戍役，同歌同時，欲其同心也。反而勞之，異歌異日，殊尊卑也。❶《禮記》曰：『賜君子、小人不同日。』此其義也。」〇「懿王」至「中興」，《漢書・匈奴傳》文。《古今人表》以怨刺詩爲懿王時，又以南仲與召虎、方叔、張中列第三等，次周宣王世。皆齊説。「周宣」至「蠻荆」，蔡邕《諫伐鮮卑議》文。「玁狁」至「甫宴」，蔡邕《釋誨》文。又《史記・衛將軍傳》載益封衛青詔書，亦並舉《六月》、《出車》二詩，皆以爲宣王時事，與《漢書》合，是魯説與齊同。《易林・睽之小過》、《咸之涣》皆有「采薇出車」之文，謂以采薇之時出戎車，非指《出車》詩篇也。《韓詩》大指當同齊、魯。

我出我車，于彼牧矣。自天子所，謂我來矣。【注】魯「車」作「輿」。【疏】傳：「出車就馬於牧地。」箋：「上『我』，我殷王也。下『我』，將率自謂也。西伯以天子之命，出我戎車於所牧之地，將使我出征伐。自，從也。有人從王所來，謂我來矣，謂以王命召己，將使爲將率也。先出戎車，乃召將率，將率尊也。」〇「魯『車』作『輿』」者，《荀子・大略篇》：「天子召諸侯，諸侯輦輿就馬，禮也。《詩》曰：『我出我輿，于彼牧矣。自天子所，謂我來矣。』」《史記・匈奴傳》「車」亦作「輿」。見下。車、輿古通作字，蓋魯作「出輿」也。亦詳《秦・黄鳥》篇。召彼僕夫，謂之載矣。王事多難，維其棘矣。【疏】傳：「僕夫，御夫也。」箋：「棘，急也。王命召己，己即召御夫，使裝載物而往。王之事多難，其召我必急，欲疾趨之。此序其忠敬也。」

---

❶「殊尊」，原乙，據明世德堂本《毛詩》、阮刻本《毛詩正義》乙正。

我出我車，于彼郊矣。設此旐矣，建彼旄矣。彼旟旐斯，胡不旆旆？憂心悄悄，僕夫況瘁。【疏】傳：「龜蛇曰旐。旄，干旄。鳥隼曰旟。旆旆，旒垂貌。」箋：「設旐者，屬之於干旄，而建之戎車。將率既受命行，乃乘焉。牧地在遠郊。況，兹也。將率既受命行而憂，臨事而懼也。御夫則兹益憔悴，憂其馬之政。」〇《易林·大過之損》云：「過時歷月，役夫憔悴。」蓋齊作「悴」，與箋合。《釋文》：「瘁，本亦作『萃』。依注作『悴』，音同。」

王命南仲，往城于方。出車彭彭，旂旐央央。【注】齊「仲」作「中」。魯「車」作「輿」。【疏】傳：「王，殷王也。南仲，文王之屬。方，朔方，近玁狁之國也。彭彭，四馬貌。交龍爲旂。央央，鮮明也。」箋：「王使南仲爲將率，往築城于朔方，❶爲軍壘以禦北狄之難。」〇「齊『仲』作『中』」者，《人表》作「南中」，列上之下，次周宣王世。魯説亦有南仲，宣王時爲將，詳見《常武》。文王時並無其人，此毛妄説也。《六月》篇云：「玁狁匪茹，整居焦穫。侵鎬及方，至于涇陽。」蓋玁狁居涇東之焦穫，偪近周京。縱兵四出，蹂躪方、鎬，涇陽之地。合此詩及《六月》、《采芑》二篇觀之，當日周廷命將，以方叔統重兵，阨駐涇西，屏蔽京邑，相機進擊。吉甫自涇陽進兵鎬地，南仲築城于方。玁狁見首尾受敵，遂大奔竄。於是吉甫追至大原，南仲移兵西戎，克獲而歸。兵事可考見者如此。「魯『車』作『輿』」者，陳喬樅云：「《史記·匈奴傳》：『周襄王時，戎狄居于陸渾，東至于衛，侵盜暴虐，中國疾之，故詩人歌之曰「戎狄是膺」，「薄伐獫狁，至于太原」。「出輿彭

❶「往」，原脱，據明世德堂本《毛詩》、阮刻本《毛詩正義》補。

彭，城彼朔方」。』王應麟《詩攷》遂以《出輿》爲襄王之詩，非也。《漢書・匈奴傳》自李陵降匈奴以前，皆録《史記》之文，惟狐鹿姑單于以下，張晏以爲劉向、褚先生所録，班彪又撰而次之。《漢書》既采録《史記》，不應彼此互異。又《史記》所引『戎狄是膺』，乃《魯頌・閟宫》之詩，何得與《雅》詩之《出輿》、《六月》合爲一事？此其舛錯顯然者。則《史記》此節蓋編簡爛脱，僅存引《詩》數語。後人掇拾遺文，次於『戎狄是膺』之下，遂致牴牾，宜援據《漢書》爲之補正。」愚案：《魯詩》作「輿」，故《史記》與《荀子》文同。而《衛將軍傳》仍作「出車彭彭」，蓋出後人妄改。阮元云：「《易》『舍車而徒』，鄭注作『輿』。《大有》『大車以載』，蜀才本作『輿』。此以輿爲車之證。《論語》『夫執輿者爲誰』，漢石經作『車』。《孟子》『十二月輿梁成』，《甫田》詩疏作『車』。『以其乘輿』，《御覽》作『車』。《剥》『君子得輿』，董遇作『車』。此以車爲輿之證。」

天子命我，城彼朔方。赫赫南仲，玁狁于襄。【注】齊、魯「襄」作「攘」。【疏】傳：「朔方，北方也。赫赫，盛貌。襄，除也。」箋：「此『我』，我戍役也。戍役築壘，而美其將率。自此出征也。」○楊雄《趙充國頌》「天子命我」，明魯、毛文同。《鹽鐵論・繇役》篇：「戎狄猾夏，中國不寧，周宣王、尹吉甫式遏寇虐。《詩》云：『薄伐獫允，至于太原。』『出車彭彭，城彼朔方。』自古明王不能無征伐而服不義，不能無城壘而禦强暴也。」《漢書・衛青傳》：「《詩》不云乎？『薄伐玁狁，至于太原。』『出車彭彭，城彼朔方。』」顔注：「詩人美出車而征，因築城以攘獫允也。」此魯、齊家連引二詩，申明築城之義。「齊、魯『襄』作『攘』」者，《漢書・敘傳》：「於惟帝典，戎、夷猾夏，周宣攘之，亦列《風》、《雅》。」《潛夫論・救邊》篇：「是故鬼方之伐，非好武也。獫允于攘，非貪土也。以振民育德，安邊宇也。」《後漢・馬融傳》：「疏云：『玁狁侵周，周宣王立中興之功，是以「赫赫南仲」，載在《周詩》。』」馬治《毛詩》，亦從三家義也。

昔我往矣，黍稷方華。今我來思，雨雪載塗。王事多難，不遑啟居。豈不懷歸？畏此簡書。【疏】傳：「塗，凍釋也。簡書，戒命也。鄰國有急，以簡書相告，則奔命救之。」箋：「黍稷方華，朔方之地六月時也。以此時始出壘征伐玁狁，因伐西戎，至春凍始釋而來反，其間非有休息。」○案：「黍稷方華」，始城方也。「雨雪載塗」，始伐戎也。《易林·復之蠱》「雨雪載塗」，明齊、毛文同。《說文》：「簡，牒也。」凡鄰國有急難之事，則書之於簡，謂之簡書。管仲以狄伐邢，請齊侯救之，曰：「《詩》云：『豈不懷歸？畏此簡書。』簡書，同惡相恤之謂也。請救邢，以從簡書。」見《左·閔元年傳》。

喓喓草蟲，趯趯阜螽。未見君子，憂心忡忡。既見君子，我心則降。赫赫南仲，薄伐西戎。【疏】箋：「草蟲鳴，阜螽躍而從之，天性也。喻近西戎之諸侯，聞南仲既征玁狁，將伐西戎之命，則跳躍而鄉望之，如阜螽之聞草蟲鳴焉。草蟲鳴，晚秋之時也。此以其時所見而興之。君子，斥南仲也。降，下也。」○案：《六月》詩「至于涇陽」，涇陽北方獫狁，西即西戎，所謂一舉而平二患也。《鹽鐵論·論誹》篇引「未見君子」四句，《列女傳·齊威虞姬傳》、《韓詩外傳》七各引「既見君子」二句，《後漢·東平王蒼傳》明帝報書引「未見君子」四句，明齊、魯、韓文與毛同。《潛夫論·邊議》篇云：「《詩》美薄伐。」齊家用此經文。

春日遲遲，卉木萋萋。倉庚喈喈，采蘩祁祁。執訊獲醜，薄言還歸。赫赫南仲，玁狁于夷。【疏】傳：「卉，草也。訊，辭也。夷，平也。」箋：「訊，言；醜，衆也。伐西戎以凍釋時反，朔方之壘息戍役，至此時而歸京師，稱美時物，以及其事，喜而詳之也。執其可言問所獲之衆以歸者，當獻之也。平者，平之於王也。此時亦伐西戎，獨言平玁狁者，玁狁大，故以爲始，以爲終。」○《説文》：「卉，艸之總名也。」《禮·王制》鄭注：「訊馘，所生獲斷耳者。《詩》曰：『執訊獲醜。』」《漢書·衛青傳》「執訊獲醜」，明齊、毛文同。馬瑞辰云：「《隸釋》有『執訊獲首』之語，蓋本三家《詩》，以『醜』爲『首』之叚借。」愚案：此或魯、韓文也。

《出車》六章，章八句。

杕杜【疏】毛序：「勞還役也。」箋：「役，戍役也。」○《鹽鐵論·繇役》篇：「古者無過年之繇，無踰時之役。今近者數千里，遠者過萬里，歷二期不還，❶父母愁憂，妻子詠歎。憤懣之恨，發動于心。慕積之思，痛于骨髓。此《杕杜》、《采薇》之詩所爲作也。」據《鹽鐵論》，是《齊詩》之説以《杕杜》及《采薇》同爲刺詩，與《毛序》異。魯、韓當與齊同。

有杕之杜，有睆其實。王事靡盬，繼嗣我日。日月陽止，女心傷止，征夫遑止。【疏】傳：「興也。睆，實貌。杕杜猶得其時蕃滋，役夫勞苦，不得盡其天性。」箋：「嗣，續也。王事無不堅固，我行役續嗣其日，言常勞苦，無休息。十月爲陽。遑，暇也。婦人思望其君子，陽月之時已憂傷矣。征夫如今已閒暇且歸也，而尚不得歸，故序其男女之情以説之。陽月而思望之者，以初時云『歲亦莫止』。」○《西京雜記》載董仲舒《雨雹對》云：「十月陰雖用事，而陰不孤立，此月純陰，嫌于無陽，故謂之陽月，詩人所謂『日月

❶「不」上，續經解本《齊詩遺説攷》五、《百子全書》本《鹽鐵論》有「長子」二字。

陽止』者。」董習《齊詩》，此齊説也。

有杕之杜，其葉萋萋。王事靡盬，我心傷悲。卉木萋止，女心悲止，征夫歸止。【疏】傳：「室家踰時則思。」箋：「傷悲者，念其君子於今勞苦。」

陟彼北山，言采其杞。王事靡盬，憂我父母。檀車幝幝，四牡痯痯，征夫不遠。【注】韓「幝」作「⿰糸羨」。【疏】傳：「檀車，役車也。幝幝，敝貌。痯痯，罷貌。」箋：「杞非常菜也，而升北山采之，託有事以望君子。不遠者，言其來，喻路近。」○案：我，征婦自我，言征夫之父母常爲憂念。「『幝』作『⿰糸羨』」者，《釋文》引《韓詩》文云：「幝，尺善反。⿰糸羨，音同。」《説文》「幝」下云：「車敝貌。」「⿰糸羨」下云：「偏緩也。」《廣雅》：「⿰糸羨⿰糸羨，緩也。」即韓義。段玉裁云：「《説文》古本當是『幝，巾敝貌』，故從巾。《詩》以爲車敝，其引申之義也。《釋文》蓋引《説文》『巾敝也，從巾單』，今本『巾』訛『車』，殊失陸意。」馬瑞辰云：「《説文》訓『⿰糸羨』爲『偏緩』，義本《韓詩》。又云：『繟，帶緩也。』幝、繟、⿰糸羨古音義同。物敝則緩，義正相通。」《爾雅》：「綰綰，病也。」黄山云：「《説文》：『㡀，敗衣也。從巾，象衣敗之象。』衣敗即巾敗。《説文》如常、裳，帬、裠，幝、褌，帙、袠，從巾之字，皆通作從衣，是『巾敝貌』即從巾之㡀。段注改『幝』爲『巾敝貌』，非也。《左·襄三十一年傳》『巾車脂轄』，《吴都賦》『吴王乃巾玉路』，陶淵明文『或巾柴車』，《周禮·春官》『巾車掌公車之政令』，鄭注：『巾，猶衣也。』賈疏：『謂以衣飾其車。』《説文》：『巾，佩巾也。』《玉篇》：『巾，本以拭物，後人著之於頭。』明巾可拭，亦可著。飾車兼二義，故掌車者以巾名。此巾可説車之證。幝，從巾，單聲。單，大也，亦盡也。巾㡀盡，則車敝之貌呈。幝幝，敝之甚也。敝、罷同音字。罷則緩，故敝亦爲緩。馬更以『帶緩』之『繟』通

『幝』、『痯』之間，可謂精能矣。」

匪載匪來，憂心孔疚。期逝不至，而多爲恤。【注】魯「期」作「胡」，「逝」作「誓」。【疏】傳：「逝，往；恤，憂也。遠行不必如期，室家之情，以期望之。」箋：「匪，非；疚，病也。君子至期不裝載，意不爲來，我念之憂心甚病。」○「魯『期』作『胡』」者，《呂覽・初學》篇高注文，引《詩》曰：「胡逝不至，而多爲恤。」知魯作「胡」也。言胡以久往不來，而使我多爲憂也。「齊『逝』作『誓』」者，《易林・益之鼎》云：「期誓不至，室人銜恤。」言家書之到，約期設誓，以爲必至而竟不至，使我多爲憂也。卜筮偕止，會言近止，征夫邇止。【疏】傳：「卜之筮之，會人占之。邇，近也。」箋：「偕，俱；會，合也。或卜之，或筮之，俱占之，合言於繇爲近，征夫如今近耳。」○孔廣森云：「會合之字皆從亼。《説文》：『亼，三合也。』《禮》：『旅占必三人。』會有三義，故云『會人占之』。若但以爲卜與筮會，於文似便，於訓未精。」

《杕杜》四章，章七句。

魚麗【注】齊説曰：「采薇出車，魚麗思初。上下促急，君子懷憂。」【疏】毛序：「美萬物盛多能備禮也。文、武以《天保》以上治内，《采薇》以下治外，始於憂勤，終於逸樂，故美萬物盛多，可以告於神明矣。」箋：「内，謂諸夏也。外，謂夷、狄也。告於神明者，於祭祀而歌之。」○「魚麗」至「懷憂」，《易林・睽之小過》文。當采薇出車之時，上下促急，故君子憂時而作是詩。思初，猶言思古也。此齊説。《儀禮・鄉飲酒》鄭注：「《魚麗》，言太平年豐物多也。物多酒旨，所以優賢也。」亦齊說。魯、韓當同。

魚麗于罶，鱨鯊。【疏】傳：「麗，歷也。罶，曲梁也，寡婦之笱也。鱨，楊也。鯊，鮀也。太平而後微物衆多。取之有時，用之有道，則物莫不多矣。古者不風不暴不行火，草木不折不芟。斧斤入山林，豺祭獸然後殺，獺祭魚然後漁，鷹隼擊然後罻羅設。是以天子不合圍，諸侯不掩羣，大夫不麛不卵，士不隱塞，庶人不數罟，罟必四寸，然後入澤梁。故山不童，澤不竭，鳥獸魚鼈皆得其所然。」○《大司寇》注：「麗，附也。」《釋器》：「寡婦之笱謂之罶。」孫炎曰：「罶，曲梁。其功易，故謂之寡婦之笱。」言當水曲處爲梁，以曲竹爲笱，承梁之孔，使魚入而不得出，若附於罶然。《説文》：「鱨，揚也。」段注：「揚，各本從木者誤。小徐《繫傳》本作『揚』。」林朝儀《蟲異賦》注：「鱨，今黄鱨魚也。性浮而喜飛躍，故一名揚。」陸《疏》：「鱨，一名揚，今黄頰魚。似燕頭魚，身形厚而長大，頰骨正黄，魚之大而有力解飛者。徐州人謂之揚黄頰，通語也。今江東呼黄鱨魚，亦名黄揚魚，魚尾微黄，大者長尺七八寸許。」陳啟源云：「孟詵《食療本草》有黄顙魚，亦名黄鱨魚，又名黄頰魚，無鱗而色黄，羣游作聲軋軋，故又名鉠䰾，又名黄䰾。其名黄揚，以其色黄而性揚也。」孔疏引舍人云：「鯊，石鮀也。」《説文》：「鯊，魚名，出樂浪番國。」《寰宇記》：「漳州出鯊魚皮。」未知即一魚否。君子有酒，旨且多。【疏】箋：「酒美而此魚又多也。」○馬瑞辰云：「『旨且多』、『多且旨』、『旨且有』，自專指酒言之。下章『物其多矣』，又承上章而推及衆物，《序》所云『美萬物盛多』也。箋以此屬魚，非。」

魚麗于罶，魴鱧。【疏】傳：「鱧，鯇也。」○《釋魚》：「鱧，鯇。」舍人曰：「鱧名鯇。」❶郭注：「鱧，鮦。」馬瑞辰云：「鯇、鮔古今字，即今俗稱鮔子魚。郭云鮦，今烏魚也。」《說文》「鱧」下云：「鱯也。」「鮷」下云：「鱧也。」「鱯」下云：「魚名。」《玉篇》：「鱯，似鮎而大。」君子有酒，多且旨。【疏】箋：「酒多而此魚又美也。」

魚麗于罶，鰋鯉。【疏】傳：「鰋，鮎也。」○《說文》「鮀」下云：「鮎也。」「鮎」下云：「鰻也。」「鰻」下云：「鮀也。」「鰋」下云：「鰻或從匽。」竊疑上章「鯊」當別一魚。君子有酒，旨且有。【疏】箋：「酒美而此魚又有。」

物其多矣，維其嘉矣。【疏】箋：「魚既多又善。」○案：物，即「萬物盛多」之「物」。

物其旨矣，維其偕矣。【注】魯「旨」作「指」，「維」作「唯」。下同。【疏】箋：「魚既美，又齊等。」○「魯『旨』作『指』，『維』作『唯』」者，《荀子・大略篇》：「『物其指矣，唯其偕矣。』不時宜，不敬交，不驩欣，雖指，非禮也。」楊倞注：「指，與『旨』同。」據此，則上三「旨」字魯皆作「指」。《賓筵》篇「飲酒孔嘉」，又言「飲酒孔偕」，是偕、嘉同義，皆謂善也。

物其有矣，維其時矣。【疏】箋：「魚既有，又得其時。」○《說苑・辨物》篇：「《詩》曰：『物其有矣，唯其時矣。』物之所以有而不絕者，以其動之時也。」《荀子・不苟篇》引二句同。《說苑》解「有」爲常有，「時」

❶「鯇」，原作「鮀」，據馬瑞辰《通釋》、阮刻本《毛詩正義》、《爾雅注疏》改。

爲用之以時，於經恉最合。

《魚麗》六章，三章章四句，三章章二句。

《南陔》，孝子相戒以養也。《白華》，孝子之絜白也。《華黍》，時和歲豐，宜黍稷也。有其義而亡其辭。愚案：此三篇已見卷首，三家不入。

《鹿鳴》之什十篇，五十五章，三百一十五句。

詩三家義集疏卷十五

長沙王先謙益吾著

南有嘉魚之什弟十五　詩小雅

南有嘉魚【疏】毛序：「樂與賢也。太平之君子至誠，樂與賢者共之也。」箋：「樂得賢者與共立於朝，相燕樂也。」〇《儀禮·鄉飲酒》鄭注：「《南有嘉魚》，言太平君子有酒，樂與賢者共之也。能以禮下賢者，賢者纍蔓而歸之，與之燕樂也。」此齊說，義與毛同。《詩氾曆樞》曰：「《嘉魚》在巳，火始也。」亦齊說。魯、韓無聞。

南有嘉魚，烝然罩罩。【注】韓「罩」作「淖」。【疏】傳：「江、漢之間，魚所産也。罩罩，篧也。」箋：「烝，塵也。塵然，猶言久如也。言南方水中有善魚，人將久如而俱罩之，遲之也。喻天下有賢者，在位之人將久如而並求致之於朝，亦遲之也。遲之者，謂至誠也。」〇《釋器》：「篧謂之罩。」李巡曰：「篧，編細竹以爲罩，捕魚也。」孫炎曰：「今楚罩也。」陳喬樅云：「《淮南·説林訓》：『釣者静之，罧者扣舟。罩者抑之，罣者舉之。爲之異，得魚一也。』郝氏懿行云：『今魚罩，以竹爲之。漁人以手抑按于水中以取魚，故《淮南》云

「罩者抑之」，抑即按也。』」愚案：烝，衆也。罩非一，故云罩罩。《説文》：「籗，罩魚者。」消作「籗」，今作「篧」者，非。「韓『罩』作『淖』」者，《廣雅》：「淖淖，衆也。」正釋此詩之義。魯作「罩」，與毛同，則《廣雅》「淖淖」之異文，當出《韓詩》。《説文》「鯙」下云：「烝然鯙鯙。從魚，卓聲。」或亦三家異字也。《易林·困之晉》：「南有嘉魚，駕黃取鰌。魴鯉瀰瀰，利來無憂。」《離之中孚》「鰌」作「遊」，「鯉」作「鱮」，「瀰瀰」作「詡詡」。《睽之泰》同。「駕黃」，二字疑有誤。「利來無憂」者，謂利賢者之來，與之宴樂，故無憂也。

君子有酒，嘉賓式燕以樂。【注】魯「燕」作「讌」。【疏】箋：「君子，斥時在位者也。式，用也。用酒與賢者燕飲而樂也。」○「魯『燕』作『讌』」者，《列女·魯季敬姜傳》引：「《詩》曰：『我有旨酒，嘉賓式讌以樂。』言尊賢也。」陳喬樅云：「此所引『我有旨酒』，乃『君子有酒』之誤。《鹿鳴》詩『我有旨酒，嘉賓式燕以敖』，句法相同，因而致誤耳。毛言與賢，劉言尊賢，魯義與毛同，惟『燕』作『讌』異。鄭注言『與之燕樂』，字作『燕』，知齊、毛文同。」

南有嘉魚，烝然汕汕。君子有酒，嘉賓式燕以衎。【注】魯説曰：「樔謂之汕。」齊、韓「汕」作「滻」。韓「燕」作「宴」。【疏】傳：「汕汕，樔也。衎，樂也。」箋：「樔者，今之撩罟也。」○孔疏引孫炎曰：「今之撩罟。」案：孫説同鄭。「樔謂之汕」者，《釋器》文，魯説也。李巡曰：「汕，以薄汕魚也。」《御覽》八百三十四引舍人曰：「以薄罺魚曰罺。」邵晉涵云：「壅草澤畔，蓄魚其中，名爲罺也。」《説文》：「汕，魚游水皃。《詩》曰：『烝然汕汕。』」《廣雅》：「滻滻，衆也。」《廣韻》汕、滻二字並所簡切。「滻滻」又「汕汕」之異文，蓋本齊、韓。《説文》：「衎，行喜皃。」「韓『燕』作『宴』」者，《玉篇》：「衎，樂也。《詩》曰：『嘉賓式宴以衎。』」《玉篇》所引，蓋出《韓詩》，「燕」作「宴」，與毛異。

南有樛木，甘瓠纍之。君子有酒，嘉賓式燕綏之。【疏】傳：「興也。纍，蔓也。」箋：「君子下其臣，故賢者歸往也。綏，安也。與嘉賓燕飲而安之。《燕禮》曰：『賓以我安。』」○據《鄉飲酒》鄭注「賢者纍蔓而歸之」，是《齊詩》以甘瓠纍蔓樛木，興賢者纍蔓君子，說與毛同。

翩翩者鵻，烝然來思。君子有酒，嘉賓式燕又思。【疏】傳：「鵻，壹宿之鳥。」箋：「壹宿者，壹意於其所宿之木也。喻賢者有專壹之意於我，我將久如而來遲之也。又，復也。以其壹意，欲復與燕，加厚之。」○馬瑞辰云：「又，即今之『右』字。古右與侑、宥通用。《大祝》『以享右祭祀』，注：『右，讀爲侑。』《彤弓》毛傳：『右，勸也。』右即侑也。❶《大司樂》『王三宥』，注：『宥，猶勸也。』宥亦侑之借也。此詩『又』當即『侑』之借，猶『侑』可通作『右』與『宥』耳。」

《南有嘉魚》四章，章四句。

南山有臺【疏】毛序：「樂得賢也。得賢則能爲邦家立大平之基矣。」箋：「人君得賢，則其德廣大堅固，如南山之有基趾。」○《儀禮・鄉飲酒》鄭注：「《南山有臺》，言太平之治，以賢者爲本。愛友賢者，爲邦家之基。民之父母，既欲其身之壽考，又欲其名德之長也。」❷齊義與毛大同。魯、韓未聞。

---

❶「右」，原作「勸」，據馬瑞辰《通釋》改。

❷「名」，原作「民」，據續經解本《齊詩遺説攷》五、阮刻本《儀禮注疏》改。下一「其名德」之「名」同。

南山有臺，北山有萊。【疏】傳：「興也。臺，夫須也。萊，草也。」箋：「興者，山之有草木，以自覆蓋，成其高大，喻人君有賢臣，以自尊顯。」○陸《疏》云：「舊説：夫須，莎草也，可爲蓑笠。《都人士》傳：『臺，所以禦雨。』是也。」胡承珙云：「《無羊》傳：『蓑，所以備雨。笠，所以禦暑。』則臺止可爲蓑，不可爲笠，止以禦雨，非以禦暑可知。陳啟源以郭氏《雅》注、陸氏《詩疏》皆承鄭箋臺皮爲笠之誤，是也。其又引《爾雅》『蒿侯莎』與『夫須』爲一草，則因《本草別録》謂莎一名夫須，《御覽》引《廣志》云『莎可以爲雨衣』而誤。不知『蒿侯莎』即《夏小正》之『緹縞』。羅願以爲其根即香附子者爲是，與臺不相涉。臺不妨亦有莎名，究不得以夫須爲蒿侯也。」陸《疏》：「萊，草名。其葉可食，今兖州人蒸以爲茹，謂之萊蒸。」馬瑞辰云：「萊、釐、藜三字古同聲通用。《爾雅》：『釐，蔓華。』《説文》：『萊，蔓華。』萊即釐，猶『來牟』一作『釐牟』。《齊民要術》引《詩義疏》曰：『萊，藜也。』《玉篇》、《廣韻》並云：『萊，藜草也。』是萊即藜也。萊草多生荒地，後遂言萊以概諸草，故《周禮》言『萊田』，《詩》亦言『汙萊』。孔疏乃云『非有別草名萊』，由不知萊即釐與藜耳。」

樂只君子，邦家之基。樂只君子，萬壽無期。【疏】傳：「基，本也。」箋：「只之言是也。人君既得賢者，置之於位，又尊敬以禮樂樂之，則能爲國家之本，得壽考之福。」○《左·襄二十四年傳》：「子産曰：『夫令名，德之輿也。德，國家之基也。有基無壞，毋亦是務乎？有德則樂，樂則能久。《詩》云：「樂旨君子，邦家之基。」有令德也夫。』」又昭十三年《傳》：「同盟于平丘，子産争承。自日中以争，至于昏，晉人許之。仲尼謂：『子産於是行也，足以爲國基矣。《詩》曰：「樂旨君子，邦家之基。」』子産，君子之求樂者也。」案：兩引《詩》皆作「旨」。旨與只皆語詞。求樂，謂以固其邦家爲樂。無期，猶言無竟。《易林·復之賁》：「使君壽考，南山多福。」言使君子多壽，與鄭注「欲其身之壽考」同義，齊説也。

南山有桑，北山有楊。樂只君子，邦家之光。樂只君子，萬壽無疆。【疏】箋：「光，明也。政教明，有榮曜。」○唐開成石經「只」皆作「旨」。丁晏云：「《衡方碑》：『樂旨君子，□□無疆。』亦用此篇之文，旨、只聲同叚借。」

南山有杞，北山有李。樂只君子，民之父母。【注】魯「樂只」作「凱悌」。樂只君子，德音不已。【疏】箋：「已，止也。不止者，言長見稱頌也。」○《釋文》：「杞，音起。《草木疏》：『其樹如樗，一名狗骨。』」《禮・大學》引：「《詩》云：『樂只君子，民之父母。』民之所好好之，民之所惡惡之，此之謂民之父母。」《齊詩》訓義極精。「魯『樂只』作『凱悌』」者，《白虎通・號》篇：「凱悌君子，民之父母。」《説苑・政理》篇同，皆魯説也。愷、凱、豈經傳通作。凱悌，樂易也。德心寬厚，能順民情，故可以爲民之父母。鄭《禮》注云「又欲其名德之長」，謂此章「德音不已」是也。

南山有栲，北山有杻。樂只君子，遐不眉壽。樂只君子，德音是茂。【疏】傳：「栲，山樗。杻，檍也。眉壽，秀眉也。」箋：「遐，遠也。遠不眉壽者，言其近眉壽也。茂，盛也。」○栲、杻，已見《山有樞》篇。《釋詞》云：「遐，何也。遐不，何不也。」愚案：《旱麓》詩「遐不作人」，《潛夫論・德化》篇引作「胡不作人」。《隰桑》詩「遐不謂矣」，《禮・表記》引作「瑕不謂矣」，鄭注：「瑕之言胡也。」是三家訓「遐」爲「胡」。鄭非不知，及箋《毛詩》，遂不恤曲爲遷就。近儒糾正，驚爲新得，不知實古義也。陳奂云：「《七月》傳：『眉壽，豪壽也。』義與此同。《方言》：『眉，老也。東齊曰眉。』或三家《詩》有謂眉爲老者。」愚案：箋訓「茂」爲「盛」，謂名德較前更進。

南山有枸，北山有楰。樂只君子，遐不黄耇。樂只君子，保艾爾後。【疏】傳：「枸，枳枸。楰，鼠梓。黄，黄髮也。耇，老；艾，養；保，安也。」〇陸《疏》云：「枸，山木，其狀如櫨，一名枸榾。高大如白楊，所在山中皆有。理白可爲函板。枝柯不直，子著枝端，大如指，長數寸，噉之甘美如飴。八九月熟，江南特美。今官園種之，謂之木蜜。」《明堂位》注作「枳椇」。《釋木》：「楰，鼠梓。」郭注：「楸屬也。今江東有虎梓。」鼠、虎音轉。陸《疏》云：「其樹葉木理如楸，山楸之異者，今人謂之苦楸。」郝氏懿行云：「今一種楸，大葉如桐葉而黑，山中人謂之檟楸，即虎梓也。」艾、乂古通用。保乂，猶《康誥》云「用保乂民」也。依傳，似經文當作「艾保」。

《南山有臺》五章，章六句。

《由庚》，萬物得由其道也。《崇丘》，萬物得極其高大也。《由儀》，萬物之生各得其宜也。有其義而亡其辭。愚案：此三篇亦見卷首，三家不入。

蓼蕭【疏】毛序：「澤及四海也。」箋：「九夷、八狄、七戎、六蠻，謂之四海，國在九州之外，雖有大者，爵不過子。《虞書》曰：『州十有二師，外薄四海，咸建五長。』」〇三家無異義。

蓼彼蕭斯，零露湑兮。【疏】傳：「興也。蓼，長大貌。蕭，蒿也。湑湑然，蕭上露貌。」箋：「興者，蕭，香物之微者，喻四海之諸侯，亦國君之賤者；露者，天所以潤萬物，喻王者恩澤不爲遠國，則不及也。」○《蓼莪》傳：「蓼蓼，長大貌。」此「蓼」義同。蕭，合馨香，以供祭祀之用。諸侯有與助祭祀之禮，故詩以「蓼蕭」起興。零者，「霝」之借字。湑，盛貌，露在物之狀。

既見君子，我心寫兮。【疏】傳：「輸寫其心也。」箋：「既見君子者，遠國之君朝見於天子也。我心寫者，舒其精意，無留恨也。」○我，諸侯自我。謂既見天子，我則盡輸其歸嚮之誠也。《列女·趙佛肸母傳》引《詩》云「既見君子，我心寫兮」，明魯、毛文同。

燕笑語兮，是以有譽處兮。【疏】箋：「天子與之燕而笑語，則遠國之君各得其所，是以稱揚德美，使聲譽常處天子。」○陳奂云：「朱《集傳》引蘇氏曰：『譽、豫通。凡《詩》之「譽」皆樂也。』蘇氏之説是也。《爾雅》：『豫，樂也。豫，安也。』則『譽處』，安處也。《吕覽·孝行》篇注：『譽，樂也。』《南有嘉魚》篇『嘉賓式燕以樂』，《車舝》篇『式燕且譽』。《六月》篇『吉甫燕喜』，《韓奕》曰『韓姞燕譽』。《射義》引《詩》『則燕則譽』，而釋之曰：『則安則譽。』是譽皆安、樂之意也。」愚案：詩言天子與之燕而笑語，則遠國諸侯是以咸有喜樂而居處兮。「燕」當從箋訓。陳氏奂釋爲「安」，與下句意複。《左·昭十二年傳》「宋華定來聘，公賦《蓼蕭》」，叔孫昭子以爲「宴語之不懷」，即指此章「燕笑語兮」也。釋「燕」爲「宴飲」，古義本如此。

蓼彼蕭斯，零露瀼瀼。既見君子，爲龍爲光。其德不爽，壽考不忘。【疏】傳：「瀼瀼，露蕃貌。龍，寵也。爽，差也。」箋：「爲寵爲光，言天子恩澤光耀被及己也。」○案：蕃，亦盛也。龍，古「寵」字。《左傳》「寵光之不宣」，謂受魯君之寵光，以魯君比《詩》之「君子」也。《易林·恒之蹇》云：「蓼蕭露瀼，君子龍光。鳴鸞噰噰，福禄來同。」《晉之大有》同，正用《齊詩》文。《晉之蠱》云「壽考不忘」，明齊、毛文同。

蓼彼蕭斯，零露泥泥。既見君子，孔燕豈弟。宜兄宜弟，令德壽豈。【疏】傳：「泥泥，霑濡也。豈，樂；弟，易也。爲兄亦宜，爲弟亦宜。」箋：「孔，甚；燕，安也。」○言既朝見君子，我心皆甚安而樂易，君子之爲人，於同姓兄弟諸侯無不咸宜，故令德遠聞，而有壽樂之福也。《沔水》傳：「兄弟，同姓臣也。」四海遠國，未必有同姓兄弟往封。此言君子接待同姓，無不相宜，故遠人慕德而稱願之。昭子謂華定「令德之不知」，指此。杜注「言賓有令德，可以壽樂」，蓋誤。

蓼彼蕭斯，零露濃濃。既見君子，鞗革沖沖。和鸞雝雝，【注】魯説曰：「和，設軾者也。鸞，設衡者也。」韓説曰：「鸞在衡，和在軾前。升車則馬動，馬動則鸞鳴，鸞鳴則和應。」萬福攸同。【疏】傳：「濃濃，厚貌。鞗，轡也。革，轡首也。沖沖，垂飾貌。在軾曰和，在鑣曰鸞。」箋：「此説天子之車飾者，諸侯燕見天子，天子必乘車迎于門，是以云然。攸，所也。」○《釋器》「轡首謂之革」，郭注：「轡，靶勒。見《詩》。」謂此。段玉裁云：「《説文》無『鞗』字，有『鋚』字：『鋚，鐵也。一曰：轡首銅也。從金，攸聲。』《石鼓詩》『田車既安』之下有『鋚勒』字。焦山周鼎有『攸勒』字，《博古圖·周宰辟父敦銘》三皆有『攸勒』字。疑《詩》經文『鞗革』皆『鋚勒』之譌。鋚勒，猶唐人所云金勒。古鐘鼎『鋚』省作『攸』，後人不知爲『鋚』字之省，輒製『攸』下從革之字。革者，『勒』字之省。轡首謂之勒。勒，馬頭絡銜，所以繫轡，故曰轡首。」陳喬樅云：「《載見》詩『鞗革有鶬』，鄭箋以鶬爲金飾貌，與《説文》云『鋚，轡首銅也』訓合。革爲轡首，以皮爲之。鋚爲轡首飾，以金爲之。孔疏謂鞗以皮爲之，誤。」和、鸞，均言鈴。賈子《新書·容經》云：「古者聖王居有法則，動有文章。登車則馬行，馬行則鸞鳴，鸞鳴而和應。聲曰和，和則敬，故《詩》曰：『和鸞噰噰，萬福攸同。』言動以紀度，則萬福之所聚也。」《續漢·輿服志》劉昭注引《白虎通·車旂》篇云：本書此篇佚，惟見《藝文類聚》七十一、《御覽》七百七十二。❶「車所以有和鸞者何？以正威儀，節行舒疾也。鸞者在衡，和者在軾。馬動則鸞鳴，鸞鳴則和應。其聲鳴，曰和敬。舒則不鳴，疾則失音，明得其和也。故《詩》云『和鸞雍雍，萬福攸同』。《魯訓》曰：『和，設軾者也。鸞，設衡者也。』」又《續漢·五行志》劉注引謝承書：「陳宣曰：宣字子興，沛國蕭人。博學，明《魯詩》。『王者承天統地，動有法度。車則和鸞，出則佩玉，動靜應天。』」張衡《東京賦》云：「珮以制容，鑾以節塗。行不變玉，駕不亂步。」薛綜注：「珮爲行容，鑾爲車節。行合容則玉聲應，馬步齊則和鑾響。並謂君之禮法。」❷皆魯家説也。「鸞在」至「和應」，《禮·經解》注引《韓詩内傳》文。又吕氏《讀詩記》十八引《韓詩》曰：「在軾曰和，在軛曰鸞。」軛在衡下，衡木縛軛。在軛，即在衡也。陳喬樅云：「《周禮·大馭》注：『鸞、和皆以金爲鈴。』《大戴禮·保傳》篇：『在衡爲鸞，在軾爲和。馬動而鸞鳴，鸞鳴而和應。』《毛詩傳》曰：『在軾曰和，在鑣曰鸞。』許氏《異義》載此二説：『謹案云：經無明文，且殷、周或異。』《白虎通》引《魯訓》、《禮》注引韓傳、鄭注《大馭》及《玉藻》皆同此説。《秦風·駟鐵》『輶車鸞鑣』，箋云：『置鸞於鑣，異於乘車。』《周禮疏》謂鄭以田車鸞在鑣，乘車在衡。然《蓼蕭》之『和鸞雝雝』亦乘車也。毛傳云『在鑣曰鸞』，箋不易之者，正義謂《駟鐵》已明之，從可知也。《商頌》之『八鸞鶬鶬』亦乘車也，箋又云『鸞在鑣，四馬則八鸞』，正義

❶「二」，據宋本《御覽》，疑當作「三」。

❷「君」下，原衍一「子」字，據續經解本《魯詩遺説攷》九、胡刻《文選》删。

謂以經無正文，且殷、周或異也。今攷車制，軾者，車前横木也。《漢書・李廣傳》注引服虔。高三尺三寸，圍七寸三分寸之一。《攷工記》注。衡者，轅前横木，縛軛者也。《莊子・馬蹄》釋文。衡下有兩軛，以叉馬頸。《左・襄十四年傳》正義引服虔。《左・桓二年傳》正義曰：『案：《攷工記》「輪崇、車廣、衡長參如一」，則衡之所容，惟兩服馬耳。見《攷工記・輿人》注。賈疏云：「以驂馬別有靷鬲，故衡惟容服也。」《詩》詞每言「八鸞」，當謂馬有二鸞。鸞若在衡，衡惟兩馬，安得置八鸞？以此知鸞必在鑣。』《説文・金部》『鑾』下云：『人君乘車四馬鑣八鑾，❶鈴象鸞鳥之聲，和則敬也。』許氏《異義》亦引《詩》云『八鸞鎗鎗』，則一馬兩鸞也。又云『輶車鸞鑣』，知非衡也。《續漢・輿服志》注引許慎曰云云，不言出《異義》。今以文義定之。然尚存兩疑，於《説文》則定爲鸞在鑣矣。若和之所設，諸家皆云在軾，惟《韓詩》云『在軾前』，軾前則近衡矣。服虔、杜預解《左傳》『錫鸞和鈴』，以爲鸞在鑣，則和在衡。服説見《史記・禮書》集解。正義謂鸞既在鑣，則和當在衡。此兼用韓、毛之説也。」愚案：同一金鈴，而有曰和、曰鸞之異，明以在衡、在軾别爲二名。古訓相承，原有目驗。魯、韓既合，齊説必同。徒以毛傳鸞鑣之訓，曲成「鑣」義，是許、鄭所不能定者，後人以臆斷之，得毋甚武乎？去古已遥，姑從蓋闕，餘詳《駟驖》篇。天子以此車服屈尊禮，接諸侯，遠人戴德，宜爲萬福之所同歸。昭子謂華定「同福之不受」，言其不答此詩也。《易林》「鳴鸞噰噰，福禄來同」，用《齊詩》文。雝、噰、雍字同，已見《何彼襛矣》篇。《白虎通》作「雍

---

❶「鑾」，原作「鸞」，據續經解本《韓詩遺説攷》七、陳刻《説文》、《説文注》、楊刻《説文義證》、祁刻《説文繫傳》改。

雍」，是魯、齊《詩》與毛異文。《新書》作「噰噰」，蓋魯家「亦作」本也。

《蓼蕭》四章，章六句。

湛露【疏】毛序：「天子燕諸侯也。」箋：「燕，謂與之燕飲酒也。諸侯朝覲會同，天子與之燕，所以示慈惠。」○《易林·屯之鼎》云：「湛露之歡，三爵畢恩。」《訟之恒》、《同人之離》同。又《訟之既濟》云：「白雉羣雊，慕德貢朝。湛露之恩，使我得歡。」是天子燕諸侯之説，三家與毛同也。《左·文四年傳》：「諸侯朝正于王，王宴樂之，於是乎賦《湛露》。」尤爲天子燕諸侯之塙證。

湛湛露斯，匪陽不晞。【疏】傳：「興也。湛湛，露茂盛貌。陽，日也。晞，乾也。露雖湛湛然，見陽則乾。」箋：「興者，露之在物湛湛然，使物柯葉低垂，喻諸侯受燕爵，其儀有似醉之貌，諸侯旅酬之則猶然，唯天子賜爵，則貌變肅敬承命，有似露見日而晞也。」○王逸《楚詞·九章》注：「湛湛，厚也。《詩》曰：『湛湛露斯。』」「厚」與「茂盛」義近。又《九歌》注：「晞，乾也。《詩》曰：『匪陽不晞。』」明魯、毛文義並同。厭厭夜飲，不醉無歸。【注】魯「厭」作「懕」，韓作「愔」。【疏】傳：「厭厭，安也。夜飲，燕私也。宗子將有事，則族人皆侍。不醉而出，是不親也；醉而不出，是渫宗也。」箋：「天子宴諸侯之禮亡，此假宗子與族人燕爲説爾。族人，猶羣臣也。其醉不出，不醉出，猶諸侯之儀也。飲酒至夜，猶云不醉無歸，此天子於諸侯之義。燕飲之禮，宵則兩階及庭門皆設大燭焉。」○「魯『厭』作『懕』」者，《釋訓》：「懕懕，安也。」《説文》：「懕，安也。從心，厭聲。《詩》曰：『懕懕夜飲。』」是魯本字，毛借字。張衡《南都賦》：「客賦醉言歸，主稱露未晞。」衡魯家《詩》，❶用魯文也。「韓作『愔愔』」者，《文選・魏都賦》李注引《韓詩》曰「愔愔夜飲」，薛君曰：「愔愔，和悦之貌也。」《文選・琴賦》注引同。《釋文》引韓作「愔愔」，與《選》注合。《三倉》云：「愔愔，性和也。」《聲類》云：「愔，和静貌。」《魏都賦》「愔愔醧燕」，即本《韓詩》。凡《毛詩》作「厭」者，魯、韓字多從音。如「厭浥行露」作「湆浥行露」，「厭厭其苗」作「稖稖其苗」，「厭厭良人」作「愔愔良人」，及此皆是。

湛湛露斯，在彼豐草。厭厭夜飲，在宗載考。❷【疏】傳：「豐，茂也。夜飲必於宗室。」箋：「豐草，喻同姓諸侯也。載之言則也。考，成也。夜飲之禮，在宗室同姓諸侯則成之，於庶姓其讓之則止。昔者陳敬仲飲桓公酒而樂，桓公命以火繼之，敬仲曰：『臣卜其晝，未卜其夜。』於是乃止。此之謂不成也。」○《釋言》：❸「茂，豐也。」故「豐」亦訓「茂」。胡承珙云：「經言『宗』者，如《左傳》『肸之宗十一族』，及『宗不余辟』之類。在者，於也。『在宗』，猶言於同姓也。於其人，非於其地。言必於同姓，乃有夜飲之禮，正以明異姓則否耳。」

湛湛露斯，在彼杞棘。顯允君子，莫不令德。【疏】箋：「杞也、棘也異類，喻庶姓諸侯也。令，善也。無不善其德，言飲酒不至於醉。」○胡承珙云：「凡木叢生，被露獨厚，杞、棘並有苞稱，故以並言。」

---

❶「家詩」，二字疑乙。

❷「載」，原作「在」，據明世德堂本《毛詩》、阮刻本《毛詩正義》改。

❸「釋言」至「訓茂」十字，原錯簡在下「在者於也」上，據續經解本《毛詩後箋》及本書上下文例乙正。

案：《四牡》「苞杞」，傳即「枸檵」也。

其桐其椅，其實離離。【注】《韓詩》曰：「其桐其椅，其實離離。」韓説曰：「離離，長貌。」豈弟君子，莫不令儀。【疏】傳：「離離，垂也。」箋：「桐也、椅也，同類而異名，喻二王之後也。其實離離，喻其薦俎禮物多於諸侯也。飲酒不至於醉，徒善其威儀而已，謂陔節也。」○「其桐」至「長貌」，《初學記》二十八引《韓詩章句》文，引經明韓、毛文同。陳喬樅云：「離離，毛訓『垂』，與『長』義相成。實長則垂，故其貌離離然也。」箋説「離離」爲俎實，非。張衡《西京賦》「朱實離離」，用《魯詩》文。又《南都賦》「接歡宴於日夜，終愷樂之令儀」，用《魯詩》「莫不令儀」文。

《湛露》四章，章四句。

彤弓【疏】毛序：「天子錫有功諸侯也。」箋：「諸侯敵王所愾而獻其功，王饗禮之，於是賜彤弓一、彤矢百、玈弓矢千。凡諸侯賜弓矢，然後專征伐。」○三家無異義。

彤弓弨兮，受言藏之。【疏】傳：「彤弓，朱弓也，以講德習射。弨，弛貌。言，我也。」箋：「言者，謂王策命也。王賜朱弓，必策其功以命之。受出藏之，乃反入也。」○《荀子·大略篇》：「天子雕弓，諸侯彤弓，大夫黑弓，禮也。」陳喬樅云：「《公羊·定四年傳》何休注：『天子雕弓，諸侯彤弓，大夫嬰弓，士盧弓。』所言與《荀子》略同。《釋文》：『嬰弓，見《司馬法》。』案：《北山經》『燕山多嬰石』，注：『石似玉，有符采嬰帶，所謂燕石也。』『嬰弓』之『嬰』蓋同。天子、諸侯皆彤弓矢，天子弓有雕飾，故曰雕弓。大夫、士皆盧弓矢，大夫弓亦有文飾，故曰嬰弓也。」荀爲《魯詩》之祖，何亦用《魯詩》，皆魯説也。孔疏：歌叙王意，故箋易傳。案：「言，我」，王自我也。受策出入，反敘諸侯意矣，非是。我有嘉賓，中心貺之。鐘鼓既設，【注】《韓詩》曰：「鐘鼓既設。」「設，陳也。」一朝饗之。【疏】傳：「貺，賜也。」箋：「貺者，欲加恩惠也。王意殷勤於賓，故歌序之。大飲賓曰饗。一朝，猶早朝。」○馬瑞辰云：「《説文》無『貺』字，『況，寒水也』。《釋詁》：『況，賜也。』《魯語》『況使臣以大禮』，況即貺也，是況、貺通作。《廣韻》：『況，善也。』『中心貺之』，正謂中心善之，猶《覲禮》云『予一人嘉之』，嘉亦善也。『貺之』與下『好之』、『善之』同義。箋云『貺者，欲加恩惠』，蓋亦訓『貺』爲『善』耳。」「鐘鼓既設。設，陳也」者，《玉篇・言部》引《韓詩》文，明韓、毛文同。皮嘉祐曰：「《禮・月令》『整設于門外』，注：『設，陳也。』《廣雅・釋詁》同。《説文》：『設，施陳也。』是『設』本訓『陳』，韓用古訓解之。」何楷云：「饗禮，見《大行人》。其牲則體薦，體薦則房烝，亦有飯食。《春人》云：『凡饗食，共其食米。』是饗禮兼燕與食矣。但燕或於寢，而饗則於朝。立成不坐，設几不倚，爵盈不飲，獻如其命數而止，不必時久，故一朝可以成禮。然亦見王者勤於待賓，賞不踰時如此。」胡承珙云：「天子饗禮雖亡，然大饗用鐘鼓，見《大司樂》、《樂師》、《大師》、《小師》、《眡瞭》、《鐘師》、《鼓師》、《鎛師》、《典庸器》者，皆有其文。《魯語》：『金奏《肆夏》、《繁》、《遏》、《渠》，天子所以享元侯也。』詩但言樂盛，即知禮隆。」孔疏：「燕或至夜，饗則禮成而罷，故以『一朝』言。」

彤弓弨兮，受言載之。我有嘉賓，中心喜之。鐘鼓既設，一朝右之。【疏】傳：「載之，載以歸也。喜，樂也。右，勸也。」箋：「載之，出載之車也。右之者，主人獻之，賓受爵，奠于薦右，既祭俎，乃席末坐卒爵之謂也。」○胡承珙云：「上言『鐘鼓既設』，則右、醻明是饗時之事。《楚茨》傳：『侑，勸也。』與此正同，是『右』爲『侑』之叚借。『右之』、『醻之』，當主侑幣、酬幣爲義。」詳見下章。

彤弓弨兮，受言櫜之。我有嘉賓，中心好之。鐘鼓既設，一朝醻之。【疏】傳：「櫜，韜也。好，說也。醻，報也。」箋：「飲酒之禮，主人獻賓，賓酢主人，主人又飲而酌賓，謂之醻。醻，猶厚也、勸也。」○何楷云：「禮於饗有侑賓勸飽之幣，上章言『右』是也。於飲有酬賓送酒之幣，此章言『醻』是也。饗爲飲禮，兼言右醻者，以饗亦兼食故也。《公食大夫禮》『賓三飯之後，公授宰夫束帛以侑』，注謂『君以爲食賓殷勤之意未至，復發幣以勸之，欲其深安賓也』。又《聘禮》云『若不親食，使大夫致之以侑幣』，注謂『君有疾病及他故，必致之者，不廢其禮』。又曰『致饗以酬幣，亦如之』，然則不親饗，以酬幣致之，明親饗有酬幣矣。侑幣，《公食大夫禮》用束帛，其酬幣則無文。《聘禮》注又引《禮器》曰：『琥璜爵，蓋天子酬諸侯也。』必疑琥璜爲天子酬諸侯之幣，以琥璜非爵名，而云『爵』，明以送酒也。食禮無爵可送，則琥璜饗酬所用也，謂饗禮酬賓，以琥璜將幣耳。《小行人》『合六幣，琥以繡，璜以黼』，則天子酬諸侯以繡黼，而琥璜將之。」胡承珙云：「何說甚是。然尚牽合於食禮之侑。《左・莊十八年傳》：『虢公、晉侯朝王，王饗醴，命之宥，杜注：「王之觀羣臣，❶則行饗禮。先置醴酒，示不忘古。飲燕，則命以幣物。宥，助也，所以助勸敬之意。言備設。」皆賜玉五瑴、馬三匹。』僖二十五年：『晉侯朝王，王饗醴，命之宥。』注：「既行饗禮而設醴酒，又加之以幣帛，以助懽也。」僖二十八年：『晉侯

❶「臣」，續經解本《毛詩後箋》、阮刻本《春秋左傳正義》作「后」。

獻楚俘于王，王饗醴，命晉侯宥。』注：「既饗，又命晉侯助以束帛，以將厚意。」是則饗禮本有侑幣。王禮或更有玉與馬，不必以兼食禮之故。至酬幣既見於《儀禮》。春秋時，秦后子享晉侯，歸取酬幣，終事八反。晉侯享范獻子，展莊叔執幣。皆饗有酬幣之證。《郊特牲》：『大饗君三重席而酢，三獻之介，君專席而酢。』有酢必有酬，此所以用酬幣也。《儀禮・覲禮》『饗禮乃歸』，注云：『禮，謂食、燕也。王或不親，以其禮幣致之。略言饗禮，互文也。』疏云：『以此文爲互，則饗、食、燕皆有酬幣、侑幣，是以《掌客職》「三饗三食三燕」云云，即云若弗酌，則以幣致之。』此節注疏，最爲明晰。饗禮既有侑、酬，則此詩『右之』、『醻之』，即饗時之侑幣、酬幣，不必牽及於食、燕矣。」

《彤弓》三章，章六句。

菁菁者莪【疏】毛序：「樂育材也。君子長育人材，則天下喜樂之矣。」箋：「樂育材者，歌樂人君教學國人，秀士、選士、俊士、造士、進士，養之以漸，至於官之。」○徐幹《中論・藝紀》篇：「先王之欲人之爲君子也，故立保氏，掌教六藝：一曰五禮，二曰六樂，三曰五射，四曰五御，五曰六書，六曰九數。教六儀：一曰祭祀之容，二曰賓客之容，三曰朝廷之容，四曰喪紀之容，五曰軍旅之容，六曰車馬之容。大胥掌學士之版，春入學舍，菜合萬舞。秋班學，合聲諷誦，講習不解於時。故《詩》曰：『菁菁者莪，在彼中阿。既見君子，樂且有儀。』美育人材，❶其猶人之於藝乎？既修其

---

❶「人」，續經解本《魯詩遺説攷》九、《百子全書》本《中論》作「羣」。

質，且加其文。文質著然後體全，體全然後可登乎清廟，而可羞乎王公。故君子非仁不立，非義不行，非藝不治，非容不莊。四者無愆，而聖賢之器就矣。」徐用《魯詩》，所説《詩》義乃魯訓也。古者育材之法，備於此矣。齊、韓無異義。

菁菁者莪，在彼中阿。【注】《韓詩》曰：「蓁蓁者莪。」韓説曰：「蓁蓁，盛貌也。」【疏】傳：「興也。菁菁，盛貌。莪，蘿蒿也。中阿，阿中也。大陵曰阿。君子能長育人材，如阿之長莪菁菁然。」箋：「長育之者，既教學之，又不征役也。」○「蓁蓁」至「盛貌」，《文選·東都賦》李注引《韓詩》薛君文。馬瑞辰云：「《集韻·一先》：『蓱，草貌。「蓱蓱者莪。」李舟説。』案：《説文》：『菁，韭華也。』『蓁，草盛貌。』『蓱，草貌。』則訓『盛貌』，當以『蓁』爲正字。《毛詩》作『菁菁』，《集韻》引作『蓱蓱』，皆借字。」陳喬樅云：「《桃夭》詩『其葉蓁蓁』，傳云：『至盛貌。』義與韓合。王逸《楚詞·招魂》注：『蓁蓁，積聚之貌。』『積聚』亦與『盛』義同。」《釋草》：「莪，蘿。」孔疏引：「舍人曰：『莪，一名蘿。』郭注：『今莪蒿也。』陸《疏》：『莪，蒿也，一名蘿蒿也。生澤田漸洳之處，葉似邪蒿而細，科生。三月中，莖可生食，又可蒸，香美，味頗似蔞蒿。』」「大陵謂之阿」，亦《釋地》文。據經文，莪非獨澤田有矣。

既見君子，樂且有儀。【疏】箋：「既見君子者，官爵之而得見也。見則心既喜樂，又以禮儀見接。」○案：君子，謂在上者。《左·文三年傳》：「公如晉，晉侯饗公，賦《菁菁者莪》。莊叔以公降拜，曰：『小國受命於大國，敢不慎儀？君貺之以大禮，何樂如之？抑小國之樂，大國之惠也。』」陳奂云：「莊叔釋《詩》『樂』，即經之『樂』。『慎儀』，即經之『有儀』。『貺之以大禮』，所謂『錫我百朋』也。」愚案：學士見君子，所樂非在得官。孔疏云：「此樂者，爲得官而樂也。」君子於人，無不以禮儀相接，亦非所以詠嘆也。據莊叔言「慎儀」，又言「何樂如之」，「樂」、「儀」皆屬己言。徐幹論育材之道，教以六藝、六儀，又云「既修其質，且加其文」。「且加其文」者，「且有儀」也。則可樂之事，當在修質。教以六藝，即修質之事。衆材入學，春秋講誦，習説羣樂，皆見君子後事也。《序》言「天下喜樂」，與此無涉。《列女・齊宿瘤女傳》引《詩》曰：「菁菁者莪，在彼中阿。既見君子，樂且有儀。」又《陳國辯女傳》引《詩》曰「既見君子」二句。合之《中論》所引，明魯、毛文同。

菁菁者莪，在彼中沚。既見君子，我心則喜。【疏】傳：「中沚，沚中也。喜，樂也。」〇《列女・齊鍾離春傳》引《詩》云：「既見君子，我心則喜。」明魯、毛文同。

菁菁者莪，在彼中陵。既見君子，錫我百朋。【疏】傳：「中陵，陵中也。」箋：「古者貨貝，五貝爲朋。賜我百朋，得禄多，言得意也。」〇陳奂云：「《淮南・道應》篇『散宜生得大貝百朋，以獻紂』，高注：『五貝爲一朋。』百朋，五百貝。《説文》：『貝，海介蟲也。古者貨貝而寶龜，周而有泉，至秦廢貝行錢。』是古用貝爲貨，周兼用泉布而貝不廢。《漢書・食貨志》：『大貝四寸八分以上，壯貝三寸六分以上，幺貝二寸四分以上，小貝寸二分以上。二枚爲一朋。不盈寸二分，漏度不得爲朋。是爲貝貨五品。』貝不盈六分，不得爲貨。此新莽制。」

汎汎楊舟，載沈載浮。既見君子，我心則休。【疏】傳：「楊木爲舟。載沈亦沈，陳奂依正義訂作「亦浮」，是。載浮亦浮。」箋：「舟者，沈物亦載，浮物亦載，喻人君用士，文亦用，武亦用，於人之材無所廢。休者，休休然。」〇《釋文》：「休，美也。」《淮南・説林訓》：「舟能沈能浮，愚者不加足。」高注：「舟船能載浮物，愚者不敢加足，畏其沈。《詩》曰『汎汎楊舟，載沈載浮』是也。」愚案：據高注，明魯、毛文同。孔疏云：「『載飛載止』及『載震載育』之類，傳、箋皆以『載』爲『則』。然則此『載』亦爲『則』，言則載沈物，則載浮物也。」案：「載」爲「則」，又於「則」下加「載」字，古訓皆不如此。

《菁菁者莪》四章，章四句。

六月【注】齊説曰：「宣王興師命將，征伐獫允，詩人美大其功。」魯説曰：「周室既衰，四夷並侵，獫允最彊。至宣王而伐之，詩人美而頌之，曰：『薄伐獫狁，至于太原。』又曰：『嘽嘽推推，如霆如雷。顯允方叔，征伐獫狁，荆蠻來威。』故稱中興。」又曰：「周宣王命南仲、吉甫攘獫狁，威蠻荆。」【疏】毛序：「宣王北伐也。」箋：「《六月》，言周室微而復興，美宣王之北伐也。」〇「宣王」至「其功」，《漢書・匈奴傳》文。「周室」至「中興」，《漢書・韋玄成傳》引劉歆議文。「周室」至「蠻荆」，蔡邕《諫伐鮮卑議》文。據此，齊、魯與毛同，韓蓋無異義。

六月棲棲，戎車既飭。四牡騤騤，載是常服。【疏】傳：「棲棲，簡閱貌。飭，正也。日月爲常。服，戎服也。」箋：「記六月者，盛夏出兵，明其急也。戎車，革輅之等也，其等有五。戎車之常服，韋弁服也。」〇馬瑞辰云：「棲、栖古同字，義與《論語》『栖栖』同，謂行不止也。《廣雅》：『徲徲，往來也。』徲徲即棲棲，謂往來不止之皃。『徲徲』通作『棲棲』，猶『瓠犀』通作『瓠棲』，皆音近借字耳。」《采薇》傳：「騤騤，彊也。」《易林・益之井》：「六月騤騤，各欲有望。專征未壯，候待旦明。」《蹇之小過》同，惟「專征」作「後來」。焦用

《齊詩》文。陳喬樅云：「『未壯』，皆『束裝』之譌。《出車》詩『召彼僕夫，謂之載矣』，箋言『召御夫使裝載物而往』，是謂載爲裝也。《太玄·玄錯》云『裝候時』，與《易林》『束裝候時』語意正同。」馬瑞辰云：「常服，箋說是。《左·閔二年傳》：『梁餘子養曰：「帥師者有常服矣。」』杜注：『韋弁服，軍之常也。』兵事以韋弁服爲常服，猶殷士以黼冔助祭，亦曰常服也。若傳以日月爲常，則於《文王》詩『常服黼冔』不可通矣。」**玁狁孔熾，我是用急。王于出征，以匡王國。**【注】齊「急」作「戒」。【疏】傳：「熾，盛也。」箋：「此序吉甫之意也。北狄來侵甚熾，故王以是急遣我。于，曰；匡，正也。王曰今女出征玁狁，以正王國之封畿。」○「齊『急』作『戒』」者，《鹽鐵論·繇役》篇：「《詩》云：『玁允孔熾，我是用戒。』故守禦征伐，所由來久矣。」是齊文，與毛異。盧文弨云：「戒，當作『悈』。《釋言》：『悈，急也。』」郝懿行云：「悈者，心之急也。『戒』即『悈』字之省。」謝靈運《述征賦》云：「宣王用棘於玁狁。」是六朝本有作「我是用棘」者，棘即急也，亦本三家《詩》。「王于出征，以匡王國」者，王引之云：「《爾雅》：『于，曰也。』曰，古讀聿。字本作『欥』，或作『曰』，或作『聿』。『王于興師』，王聿興師也。『王于出征』，王聿出征也。聿、曰古字通，故《爾雅》訓『于』爲『曰』。箋每以《爾雅》之『于，曰』爲《論語》『子曰』之『曰』，失其指矣。」馬瑞辰云：「『于』訓爲『曰』，曰，詞也。箋讀爲發聲之『曰』，失之。據詩云『以匡王國』、『以佐天子』，則知王不親征。『王于出征』，猶《秦詩》『王于興師』，不得謂王自興師也。王肅述毛，以前四章爲宣王親征，謬也。匡，助也。『以匡王國』，猶云『以佐天子』。匡又爲救，《左·成十八年傳》『匡乏困，救災患』，杜注：『匡亦救也。』救、助義亦相通。《廣雅》：『救，助也。』是其證。」

比物四驪，閑之維則。【疏】傳：「物，毛物也。則，法也。言先教戰，然後用師。」〇孔疏：「《夏官・校人》云：『凡大祭祀，朝覲會同，毛馬而頒之。凡軍事，物馬而頒之。』注：『毛馬，齊其色。物馬，齊其力。』比物者，比同力之物。戎車齊力尚强，不取同色。而『四驪』者，雖以齊力爲主，亦不厭其同色。無同色者，乃取異毛耳。『閑之』，是先閑習，故知『先教戰，而後用師』也。」維此六月，既成我服。我服既成，于三十里。王于出征，以佐天子。【疏】傳：「師行三十里。出征以佐其爲天子也。」箋：「王既成我戎服，將遣之，戒之曰：日行三十里，可以舍息。又曰：令女出征伐，以佐我天子之事，禦北狄也。」〇孔疏：「諸軍法皆以三十里爲限。《漢書・律曆志》計武王之行，亦準此也。」

四牡修廣，其大有顒。薄伐玁狁，以奏膚功。有嚴有翼，共武之服。共武之服，以定王國。【疏】傳：「修，長；廣，大也。顒，大貌。奏，爲；膚，大；公，功也。嚴，威嚴也。翼，敬也。」箋：「服，事也。言今師之羣帥，有威嚴者，有恭敬者，而共典是兵事。言文武之人備。定，安也。」〇《説文》：「顒，大頭也。」陳奂云：「『其大有顒』，猶言有顒其大，與『有蕡其實』、『有晥其實』句法同，特倒詞以合韻。」馬瑞辰云：「《釋文》：『共，王、徐音恭。』軍事以敬爲主，《左傳》所謂『不共是懼』也。『共武之服』，即言敬武之事，正承上『有嚴有翼』言之，嚴、翼皆恭也。」

玁狁匪茹，整居焦穫。【注】魯「穫」作「護」。侵鎬及方，至于涇陽。【疏】傳：「焦穫，周地接于玁狁者。」箋：「匪，非；茹，度也。鎬也、方也，皆北方地名。言玁狁之來侵，非其所當度爲也。乃自整齊而處周之焦穫，來侵至涇水之北。言其大恣也。」〇《易林・未濟之睽》云：「玁狁匪度，治兵焦穫。伐鎬及方，與周爭疆。元戎其駕，以安我王。」「匪度」，毛作「匪茹」，箋云「度也」，即用齊義申毛。言其不自量度，敢與上國爭彊也。整，即治也，故焦氏以爲「治兵」。「魯『穫』作『護』」者，《釋地》：「周有焦護。」是釋此詩。毛作「穫」，則作「護」者，《魯詩》也。郭注：「今扶風池陽縣瓠中是也。」《水經·瀘水》注：「瀘水東注鄭渠，渠首上承涇水於中山西邸瓠口，所謂瓠中也。」漢池陽縣屬馮翊，晉屬扶風郡，今陝西西安府涇陽縣西北有焦穫澤，即此「焦穫」，在渭北、涇東。《漢書·西域傳》：「自周衰，戎、狄錯居涇渭之北。」《史記·匈奴傳》：「犬戎殺幽王，遂取周之焦穫，而居于涇陽之間，侵暴中國。」蓋宣王時玁狁之「整居焦穫」，乃暫時逼處。一經驅逐，仍即遠竄。至幽王以後，犬戎遂據焦穫而有之矣。侵鎬，王肅以爲鎬京。王基駁之，云：「下章『來歸自鎬，我行永久』，故劉向曰：『千里之鎬，猶以爲遠。』」王駁是也，其地未聞。方者，《出車》篇「王命南仲，往城于方」是也。蓋玁狁駐兵於涇東，游騎蔓延，偏于涇北，特未敢踰涇水而南耳。涇陽者，涇水之北。秦有涇陽君，漢立涇陽縣，今甘肅平涼府平涼縣西四十里故城即其地也。據《史記》「取焦穫而居涇渭間」，是焦穫非遠。方爲南仲所城，鎬則劉向以爲千里，是鎬、方非近。孔疏云：「鎬、方雖在焦穫之下，不必先焦穫乃侵鎬、方。」其說是也。

織文鳥章，白茷央央。❶【注】魯作「帛旆英英」。【疏】傳：「鳥章，錯革鳥爲章也。白旆，繼旐者也。央央，鮮明貌。」箋：「織，徽織也。鳥章，鳥隼之文章，將帥以下，衣皆著焉。」○織文者，段玉裁云：「毛無傳，蓋讀與《禹貢》『厥篚織文』同。鳥章、帛旆，皆織帛爲之。箋易爲『徽識』，則其字作『識』。

❶「茷」，明世德堂本《毛詩》、阮刻本《毛詩正義》作「旆」。

《周禮》注、《左傳》注、《說文》皆作『徽識』。」胡承珙云：「徽識者，爲旗則大，在衣則小。鄭特推廣言之，非以『織文』二句專指在衣之徽識也。」鳥章者，《釋天》「錯革鳥曰旟」，孫炎曰：「錯，置也。革，急也。畫急疾之鳥於縿。」郭注：「以革爲之，置於旐端。」「白茷央央」者，今本「茷」作「旆」，《釋文》云：「白茷，本又作『旆』。繼旐曰茷。《左傳》『蒨茷』是也。一曰：旆與茷古今字。」孔疏本同，是陸、孔皆作「白茷」。「魯作『帛旆英英』」者，《公羊·宣十二年》疏引《釋天》云：「旌旂：緇廣充幅長尋曰旐。繼旐曰旆。」孫氏云：「緇，黑繒也。帛續旐末，亦長尋，《詩》曰『帛旆英英』是也。」所引即孫炎《爾雅注》文。毛作「白茷央央」，則作「帛旆英英」者，魯文也。陳喬樅云：「《公羊》注：『繼旐如燕尾曰旆。』《釋名》：『雜帛爲旆，以雜色綴其邊爲燕尾，將帥所建，象物雜也。』據孫說，旐用黑繒爲之，其繼旐之旆，則以絳帛續之爲燕尾。緇、絳相雜，故云雜帛爲旆。絳得專帛名者，周之正色，時王所尚也。此詩正義云：『言「白旆」者，謂絳帛，猶「通帛曰旃」，亦是絳也。』說與前儒合。惟《出其東門》正義及《周禮·司常》疏引此詩，皆以白旆爲白色，此賈、孔誤解。疑《六月》正義乃襲劉光伯《述義》語，故得不誤耳。央，《釋文》：『音英。或於良反。』知舊讀以『央』爲『英』之假借，故音從英。或讀失之矣。」元戎十乘，以先啟行。【注】《韓詩》曰：「元戎十乘，以先啟行。」韓說曰：「元戎，大戎，謂兵車也。車有大戎十乘，謂車縵輪，馬被甲，衡軛之上畫有劍戟，名曰陷陣之車，所以冒突，先啟敵家之行伍也。」【疏】傳：「元，大也。夏后氏曰鉤車，先正也。殷曰寅車，先疾也。周曰元戎，先良也。」箋：「鉤，鉤般，行曲直有正也。寅，進也。二者及元戎皆可以先前啟突敵陳之前行，其制之同異未聞。」○陳奐釋傳云：「『鉤車』以下，《御覽》六十五引《古司馬法》同。《古司馬法》：『兵車一乘，甲士十人。』然則甲士二五爲一乘，十乘百人，即甲士百人。諸侯有大功，賜以虎賁百人，得專征伐者，謂此也。吉甫帥師，元戎十乘。《左・昭十三年傳》劉獻公曰：『天子之老請帥王賦，「元戎十乘，以先啟行」。』正本此詩。」「詩曰」至「伍也」，《史記・三王世家》集解引《詩》曰「元戎十乘，以先啟行」，及韓嬰《章句》文，「元戎」二句本《韓詩》，明韓、毛文同。所謂韓嬰《章句》，即薛君《章句》也。馬瑞辰云：「韓言車制較詳。言『所以冒突，先啟敵家之行伍』者，《左・宣十二年傳》：『孫叔曰：「進之，甯我薄人，無人薄我。《詩》云：『元戎十乘，以先啟行。』先人也。《軍志》曰：『先人有奪人之心。』薄之也。」』是『以先啟行』即是薄人，故鄭訓爲『啟突敵陣之前行』，不爲自開其行列。《左傳正義》服虔引《司馬法・謀帥》篇云：❶『大前驅，啟乘車、大晨倅車屬焉。』所云『大前驅』，即元戎也。啟乘車與大晨倅車皆爲所屬，則是元戎居啟行之先，與韓、鄭以『啟行』爲突啟敵陣者義異。」或本魯、齊《詩》說。班固《燕然山銘》「元戎輕武」，用《齊詩》文。

戎車既安，如輊如軒。四牡既佶，既佶且閑。【疏】傳：「輊，摯；佶，正也。」箋：「戎車之安，從後視之如摯，從前視之如軒，然後適調也。佶，壯健之貌。」〇惠棟云：「摯，當作『輊』。《淮南子》高注：『輊，音至。』從車，不從手。」段玉裁云：「軒輊，即軒輖也。《既夕禮》鄭注：『輖，蟄也。』《說文》：『輖，重也。』謂車重也。《士喪禮》『軒輖中』，鄭：『輖，蟄也。』摯、蟄、輊同字，輖雙聲，許書有輖摯而已。摯者，依聲託事字也。軒言車輕，輖言車重，引申爲凡物之輕重。據此，《淮南》從車，誤也。」胡承珙云：「《淮南・人間訓》：

❶「帥」，原作「師」，據馬瑞辰《通釋》、阮刻本《春秋左傳正義・襄公二十三年》改。

『道者，置之前而不輦，錯之後而不軒。』《後漢・馬援傳》：『居前不能令人輊，居後不能令人軒。』皆謂平均調適，無所輕重低昂之意。凡車輊前者必軒後，軒，起也。前重則後輕，故後有軒勢。若後重則前輕，其前仰起，亦可曰軒。《集韻》分前頓曰輊、後頓曰軒，非是。然使從後視之不見有輊狀，❶則前必過於輕。從前視之不見有軒狀，則後必過於重，故曰『如輊如軒』，非真有輊軒而不啻。其輊軒則一低一昂，自然調適。箋語善於形容。」又云：「《說文》：『佶，正也。』引《詩》『既佶且閑』。詩上二句言車之善，下二句言馬之善。車以平均調適爲善，馬以整齊馴習爲善。佶者整齊，閑者馴習，不必如箋說『壯健』也。」張衡《東京賦》「既佶且閑」，明魯、毛文同。

薄伐玁狁，至于大原。【疏】傳：「言逐出之而已。」○案：《漢書・匈奴傳》：「周宣王時，獫狁内侵，至于涇陽，命將征之，盡境而還。其視戎狄之侵，譬猶蟁蝱之螫，❷敺之而已，故天下稱明。」與傳義合。《漢書・敘傳》：「薄伐獫狁。」《鹽鐵論・繇役》篇：「周宣王、尹吉甫式遏寇虐。《詩》云：『薄伐獫狁，至于太原。』」明齊、毛文同。《漢書・韋玄成傳》載劉歆引《詩》曰：「薄伐獫狁，至于太原。」明魯、毛文同。顧炎武云：「朱子《集傳》以爲今太原陽曲縣即《詩》之太原。案：古之言太原者多矣。若此詩，則當先求涇陽所在，而後太原可得而明也。《漢書・地理志》安定郡有涇陽縣，幵頭山在西，《禹貢》涇水所出。《後漢・靈帝紀》『段熲破先零羌於涇陽』，注：『涇陽，屬安定，在原州。』《郡縣志》：『原州平涼縣，本漢涇陽縣地，今縣西四十

---

❶「使」，原作「後」，據續經解本《毛詩後箋》改。

❷「蝱」，原作「蟲」，據續經解本《齊詩遺説攷》五、《漢書補注》改。

里涇陽故城是也。』然則太原當即今之平涼，而後魏立爲原州，亦是取古太原之名爾。計周人之禦玁狁，必在涇、原之間。若晉陽之太原，在大河之東，距周京千五百里，豈有寇從西來，兵從東出者乎？故曰：『天子命我，城彼朔方。』而《國語》『宣王料民于太原』，亦以其近邊，爲禦戎之備，必不料之於晉國也。」胡渭云：「漢安定郡治高平縣，後廢。元魏改置曰平高。唐爲原州治。後徙治平涼縣，西去故州一百六十里。故州即元開城縣，今固原州也。《小爾雅》『高平謂之大原』，則大原當在州界，非平涼縣。縣乃古涇陽，在固原之東。玁狁侵及涇陽，而薄伐之，以至於大原，蓋自平涼逐之出塞，至固原而止，不窮逐也。」陳奐云：「《方輿紀要》：『陝西平涼府鎮原縣，在府北百三十里，縣西二里有高平故城。』固原州在府西北百十里。鎮原爲唐之原州治，固原屬原州界西之中。疑古大原當在鎮原，平涼即涇陽地。從涇陽直北追至鎮原，不更向西北矣。《史記·匈奴傳》『武王伐紂，放逐戎夷涇洛之北』，當亦不甚相遠也。」案：當時吉甫直出涇陽，遂破玁狁。楊雄《并州牧箴》所云「宣王命將，攘之涇北」也。《藝文類聚》引。清鎬地而至大原，追逐千數百里，終宣王之世，邊境無事，功亦偉矣。文武吉甫，萬邦爲憲。【疏】傳：「吉甫，尹吉甫也，有文有武。憲，法也。」箋：「吉甫，此時大將也。」〇案：《崧高》「作誦」，是其文也。「薄伐玁狁」，是其武也。《漢書·人表》尹吉甫列上下第三等，次周宣王世。「憲，法」，《釋詁》文。

吉甫燕喜，既多受祉。來歸自鎬，我行永久。飲御諸友，炰鱉膾鯉。【疏】傳：「祉，福也。御，進也。」箋：「吉甫既伐玁狁而歸，天子以燕禮樂之，則歡喜矣，又多受賞賜也。御，侍也。王以吉甫遠從鎬地來，又日月長久，今飲之酒，使其諸友恩舊者侍之，又加其珍美之饌，所以極勸之也。」〇《漢書·陳湯傳》：「劉向曰：『吉甫之歸，周厚賜之。其《詩》曰：「吉甫燕喜，既多受祉。來歸自鎬，我行永久。」千里之鎬，猶以爲遠，況萬里之外，其勤至矣。』」向引《魯詩》，明魯、毛文同。《易林·豫之萃》云：「飲御諸友，所求大得。」《小畜之大過》同。《賁之頤》云：「炰鱉膾鯉。」明齊、毛文同。胡承珙云：「《大射儀》『羞庶羞』，注：『有炰鱉膾鯉』者。天子、諸侯之射，先行燕禮。此詩所言，其即燕禮之庶羞與？」愚案：詩上明言「燕喜」，胡以爲庶羞之禮，是也。王夫之云：「《禮》『與卿燕則大夫爲賓，與大夫燕亦大夫爲賓』，鄭注：『不以所與燕者爲賓，燕主序歡心，賓主敬也。』公父文伯飲南宫敬叔，露堵父爲客，此之謂也。君燕卿、大夫，膳夫爲主，而别命賓，則君與所燕者，皆尊安矣。天子之大夫稱字，張仲，大夫也。燕吉甫而命仲爲賓，此『與卿燕，大夫爲賓』之禮也。」侯誰在矣，張仲孝友。【注】魯說曰：「張仲孝友，善父母爲孝，善兄弟爲友。」【疏】傳：「侯，維也。張仲，賢臣也。善父母爲孝，善兄弟爲友。使文武之臣征伐，與孝友之臣處内。」箋：「張仲，吉甫之友，其性孝友。」○「張仲」至「爲友」，《釋訓》文，魯說也。《漢書·人表》張仲列上下第三等，次周宣王世，「仲」作「中」，蓋《齊詩》「亦作」本。《易林·離之坎》云：「《六月》、《采芑》，征伐無道。張仲、方叔，克勝飲酒。」又《小過之未濟》云：「《六月》、《采芑》，征伐無道。張仲、季叔，孝友飲酒。」馬瑞辰云：「歐陽《集古録》、薛氏《鐘鼎款識》並載有《張仲簠銘》五十一字，其文曰：『用饗大正，歆王賓，饌具召飤，張仲受無疆福，諸友飨飤具飽，張仲畀壽。』《簠銘》言『諸友』，與詩『飲御諸友』合，簠蓋因此時得與燕飲作也。《易林》云：『張仲季叔，孝友飲酒。』蓋以詩言『諸友』，當時叔季皆在，詩特言『張仲』以該叔季也。」此皆齊說。蔡邕《爲陳留縣上孝子狀》：「張仲孝友，侯在左右。周宣之興，實始于此。」又《張玄祠堂碑》：「其先張仲者，實以孝友爲名臣，左右王室。」《潛夫論・志姓氏》篇：❶「《詩》頌宣王，張仲孝友。」《後漢書》楊賜對書曰：「内親張仲，外任山甫。」此言張仲佐宣王處内。皆魯説。

《六月》六章，章八句。

采芑【疏】毛序：「宣王南征也。」〇三家無異義。《詩氾曆樞》曰：「午，《采芑》也。」此齊説。

薄言采芑，于彼新田，于此菑畝。【注】魯説曰：「田一歲曰菑，二歲曰新田。」【疏】傳：「興也。芑，菜也。田一歲曰菑，二歲曰新田，三歲曰畬。宣王能新美天下之士，然後用之。」箋：「興者，新美之，喻和治其家，養育其身也。士，軍士也。」〇孔疏引陸《疏》：「芑似苦菜，莖青白色，摘其葉，白汁出。肥可生食，亦可烝爲茹。青州人謂之芑。西河、雁門芑尤美，胡人戀之不出塞是也。」馬瑞辰云：「據《齊民要術》引《詩義疏》云：『蘧似苦菜，青州謂之芑。』《説文》：『蘧，菜也。』是知孔疏引兩『芑』字皆『蘧』之譌。蘧、芑聲之轉，故蘧謂之芑也。芑即苦菜，而陸云『似苦菜』者，宋《嘉祐本草》謂『苦苣野生者名褊苣，今人家常食爲白苣』，是苦菜有二種。陸蓋以芑爲家中種者，以苦菜爲野苦苣，今北人呼蘧蕒菜，故云『蘧似苦菜』也。據詩下文，則芑種於田，不爲野苣明矣。」「田一」至「新田」，《釋地》文，魯説也。孔疏引孫炎曰：「菑，音災。始災殺其草木也。新田，新成柔田也。」郭注：「今江東呼初耕地反草爲菑。」是魯、毛不異。《禮・坊記》鄭注：

❶ 「志姓氏」，《潛夫論箋》作「志氏姓」。

二歲曰畬，三歲曰新田。」《禮》注多據《齊詩》説，蓋齊、魯師説所傳異詞，故不同耳。方叔涖止，其車三千，師干之試。【疏】傳：「方叔，卿士也，受命而爲將也。涖，臨；師，衆；干，扞；試，用也。」箋：「方叔臨視此戎車三千乘，其士卒皆有佐師扞敵之用爾。《司馬法》：『兵車一乘，甲士三人，步卒七十二人。』宣王承亂，羨卒盡起。」〇《漢書·人表》方叔列上下第三等，次周宣王世。此齊説。揚雄《趙充國頌》：「昔周之宣，有方有虎。詩人歌功，乃列于《雅》。」此魯説。《説文》：「竦，臨也。」涖、竦聲近，俗作「莅」。陳奂云：「箋據《司馬法》一乘七十五人，正義因謂天子六軍千乘，三千乘十八軍。金氏鶚云：『天子六軍，七萬五千人耳。今用十八軍，二十二萬五千人，自古未有如此之多。《司馬法》本有二説，鄭《詩》箋及《論語》注引《司馬法》「兵車一乘，甲士三人，步卒七十二人」，而《小司徒》注又引《司馬法》「革車一乘，士十人，徒二十人」。鄭不詳其所以異，賈疏及《春秋》孔疏皆以七十五人爲畿内采地法。不知王者軍制，自畿内達之天下，安得有異？且士卒出於鄉遂，非出於采地也。江氏永謂七十五人者，邱甸之本法。三十人者，調發之通制。此説得之。然其解《周官》亦謂戰車七十五人，則亦誤也。車乘士卒，經典有明文。《周官》：「五伍爲兩，兩者，車一乘也。」是明言二十五人爲一乘矣。蓋兵車一乘，甲士十人，步卒十五人。甲士二伍，步卒三伍，士卒不相襍。凡用兵，選其强壯有勇者爲甲士，又選其尤者，使居車上，左人持弓矢，主射，右人持矛，主擊刺，中人主御，是謂甲首。《左傳》言「獲其甲首三百」，甲首者，甲士之首也。三百人，則車百乘也。餘甲士七人，蓋在車之左右。步卒十五人，蓋在車之後也。調發之制，一乘三十人，而戰止用二十五人，蓋用步卒五人將重車也。杜牧《孫子》注云：「炊家子十人，固守衣裝五人，廄養五人，樵汲五人。」此將重車二十五人也。每一乘兵車所出之卒，除五人將重車，是兵車五乘，重車一乘也。五乘，凡一百五十人，馬二十匹，其糗糧芻茭宜以大車載之矣。重車在兵車之後，將重車者，大抵老弱之人，皆步卒，而非甲士，故不用以戰。行則將重車，止則爲炊爨樵汲等事也。江氏謂四兩爲卒，以一兩之人將重車，抑又誤矣。伍、兩、卒、旅皆戰士，將重車者，非戰士也。以一兩之人將重車，則無以成卒，又何以成旅、師與軍乎？惟以二十五人爲一乘，按之諸書皆合。方叔南征，車三千乘，每乘二十五人，三千乘得七萬五千人，是王六軍之制也。」案：金説確不可易，又歷引《左傳》「帥車三十乘，甲士三千人」，《孟子》「革車三百兩，虎賁三千人」，與《管子》「一乘四馬，白徒三十人奉車兩」，並與《司馬法》「一乘三十人」合，可謂信而有徵矣。「師，衆」，《釋詁》文。「干，扞；試，用」，《釋言》文。「師干之試」，言軍士之衆，足爲扞禦之用也。」方叔率止，乘其四騏，四騏翼翼。路車有奭，簟茀魚服，鉤膺鞗革。【疏】傳：「奭，赤貌。鉤膺，樊纓也。」箋：「率者，率此戎車士卒而行也。翼翼，壯健貌。茀之言蔽也，車之蔽飾象席文也。魚服，矢服也。鞗革，轡首垂也。」○馬瑞辰云：「《説文》『𧗳』下云：『將𧗳也。』『將』下云：『帥也。』『帥』亦當作『𧗳』。毛作『率』者，『𧗳』之渻借。《韓詩》多借作『帥』。《説文》『𨓆』下云：『先道也。』音義與『𧗳』同。後假『率』爲之，又借作『帥』。若『率』之本義，自爲捕鳥畢。『帥』之本義，自爲佩巾耳。」《采薇》傳云：「翼翼，閑也。」奭，讀爲赫。有奭，即有赫，猶言赫赫也。孔疏：「《瞻彼洛矣》云：『韎韐有奭。』彼茅蒐染爲奭，故知赤貌也。」陳奐云：「《載驅》『簟茀朱鞹』，傳：『鞹，革也。』諸侯之路車，有朱革之質而羽飾。」是路車有赤飾也。《載驅》傳又云：「簟，方文席也。車之蔽曰茀。」《繕人》：「凡乘車，充其籠箙。」《説文》：「籠，笭也。」「笭，車笭也。」車笭即茀。矢箙繫於笭，故曰籠箙，是即詩之『魚服』

歟?」鉤膺者,陳奐云:「樊者,『緐』之借字。《説文》:『緐,馬髦飾也。』漢之羽葆幢以犛牛尾爲之,如斗,在乘輿左騑馬頭上。馬纓飾狀相似,是謂緐纓,亦與旌竿析羽注旄首相似,故《左·哀二十三年傳》言薦夫人馬稱『旌緐』。蔡邕《獨斷》云:『緐纓在馬膺前,如索帬。』《方言》:『帬,陳、魏之間謂之帔,自關而東,或謂之襬。』蔡以漢索帬比況緐纓,皆謂下垂緐多之狀。《晉語》『亡人之所懷挾纓纕』,韋注:『纓,馬纓也。』蓋以當時夷吾出亡,未立爲君,故馬皆有纓而無緐。《左·成二年傳》:『衞仲叔于奚請緐纓以朝。』《新書·審微》篇:『緐纓者,君之駕飾也。』是緐纓爲尊者之馬飾。馬有緐纓,猶人有緌纓。緌與纓異材,賤者止有冠纓,尊者以緌爲飾。人之纓結頷下,馬之纓結胸前。纓即馬帶,以革爲之。緐下垂,其上有鉤金以爲飾。先鄭、賈、馬、蔡、許説樊纓大略相同,惟鄭康成讀樊如『鞶帶』之『鞶』,謂今馬大帶也;纓,今馬鞅,與古説異。鞗革,詳《蓼蕭》篇。」

薄言采芑,于彼新田,于此中鄉。方叔涖止,其車三千,旂旐央央。【疏】傳:「鄉,所也。」箋:「中鄉,美地名。交龍爲旂,龜蛇爲旐。此言軍衆將帥之車皆備。」○馬瑞辰云:「鄉與黨對文則異,散文則通。《玉藻》鄭注:『鄉,黨之細者。』《淮南·道應訓》『北息乎沈墨之鄉,西窮冥冥之黨』,是鄉猶黨也。《左傳》服注、《公羊》何注、《國語》韋注、《釋名》並曰:『黨,所也。』黨爲所,則鄉亦爲所矣。《孟子》『出入無時,莫知其鄉』,即莫知其所也。《廣雅》:『所、[illegible],凥也。』古者公田爲居,廬舍在內,還廬舍種桑麻雜菜,疆畔則種瓜果,《小雅》所云『中田有廬,疆埸有瓜』也。中鄉,當指『中田有廬』言之。傳訓『鄉』爲『所』,亦以所爲凥也。」方叔率止,約軝錯衡,八鸞瑲瑲。【疏】傳:「軝,長轂之軝也,朱而約之。錯衡,文衡也。瑲瑲，聲也。」○約軝者，戎車長轂，《小戎》謂之「暢轂」。「朱而約之」，朱，其飾也。《考工記·輪人》言置轂之制：「五分其轂之長，去一以爲賢，去三以爲軹。容轂必直，陳篆必正，施膠必厚，施筋必數，幬必負榦。既摩，革色青白，謂之轂之善。」鄭注：「篆，轂約也。」《說文》「軝」下云：「長轂之軝也。」引《詩》或作「軧」。段注：「大車轂長尺五寸，田車、兵車、乘車轂長三尺二寸。五分三尺二寸之長，一爲賢，得六寸四分。三爲軹，得尺九寸二分。虛其一者，留以置輻也。《考工記》之軹，即《詩》之軝。軹，同音假借字。取此尺九寸二分者，以革約之而朱其革，《詩》所謂『約軝』也。容，如『製甲必先爲容』之『容』，先爲容轂之笵，盛轂於中，以治之飾之。陳篆者，刻畫其文，而以革縷若絲嵌約之，而後施膠施筋，而後幬之以渾革，而丸桼之，而摩之。革色青白，而後朱畫之。容轂以下，渾轂所同也。幬而朱之，軝所獨也。本是幬而朱之，毛云『朱而約之』，許云『以朱約之』者，既朱則似先朱其革，其意一也。」陳奐云：「錯衡，謂衡上束文也。《說文》：『轙，車衡三束也。曲轅轙縛，直轅𨏥縛。從革，爨聲。讀如《論語》「鑽燧」之「鑽」。或作「䡅」。』案：曲轅即曲輈。曲轅車衡，其約束之革，是曰轙。錯、轙聲相近。三束者，衡之文也。或謂以金飾衡者，誤以錯衡爲金戹耳。」《釋文》：「瑲，本作『鎗』。」瑲瑲，鑾聲。服其命服，朱芾斯皇，有瑲葱珩。【注】魯「芾」作「紼」。韓、齊、魯「珩」作「衡」。【疏】傳：「朱芾，黄朱芾也。皇，猶煌煌也。瑲，珩聲也。葱，蒼也。三命葱珩。言周室之强，車服之美也。言其强美，斯劣矣。」箋：「命服者，命爲將受王命之服也。天子之服，韋弁服，朱衣裳也。」○命服者，上公之服，朱芾、葱珩皆是。張衡《綬笥銘》「服其命服」，明魯、毛文同。《斯干》箋：「天子純朱，諸侯黄朱。」嫌於偪尊，故知此「朱」是黄朱也。煌煌，言其明也。有瑲，猶瑲瑲。「三命赤韍葱珩」，《禮·玉藻》

文。「魯『芾』作『紼』」者，《白虎通·紼冕》篇：「紼者，蔽也，行以蔽前者爾。有事因以列尊卑，彰有德也。天子朱紼，諸侯赤紼。《詩》云：『朱紼斯皇，室家君王。』又云：『赤紼金舄，會同有繹。』又云：『赤紼在股。』皆謂諸侯也。《書》曰：『黼黻衣黄朱紼。』亦謂諸侯也。並見衣服之制，故遠别之，謂黄朱亦赤矣。大夫葱衡，别於君矣。天子大夫朱紼葱衡，士韎韐。朱赤者，盛色也。是以聖人法之，用爲紼服，百王不易也。」陳喬樅云：「《易乾鑿度》：『天子、三公、九卿朱紱，諸侯赤紱。朱紱者，賜大夫之服也。』鄭注：『朱、赤雖同，而有深淺之别。』説與此合。然則諸侯惟得用赤紼，入爲王臣，始加賜朱紼。天子三公、九卿，皆服朱紼葱衡。方叔爲宣王卿士，故詩言『朱紼斯皇，有瑲葱衡』也。」「韓、齊、魯『珩』作『衡』」者，《玉府》注引《詩》傳曰：「佩玉上有葱衡，下有雙璜，衡牙、蠙珠以納其間。」賈疏謂是《韓詩》。唐時《韓詩》尚存，其言可信。又《晉語》注引《詩》傳曰：「上有葱珩，下有雙璜。」丁晏云：「明本舊本引《國語》注『珩』作『絎』，譌。今改正。」所引不知何《詩》傳也。《大戴禮·保傅》篇「下車以佩玉爲度，上有葱衡，下有雙璜，衡牙、玭珠以納其間，琚瑀以雜之。」蔡邕《月令章句》云：「佩上有葱衡，下有雙璜，琚瑀以雜之，衡牙、蠙珠以納其間。」是齊、魯家皆以衡、璜、衡牙爲佩玉之大名，中又有琚瑀雜貫之。賈疏云：「衡，横也，謂葱玉爲横梁，下以組懸於衡之兩頭，兩組之末，皆有半璧曰璜，故曰雙璜。又以一組懸於衡之中央，於末著衡牙，使前後觸牙，故曰衝牙。案：琚瑀所置，當於懸衡牙組之中央，又以二組穿琚瑀之内，角衺係衡之兩頭，組末係於璜。納其間者，組繩有五，皆穿於其間也。」

鴥彼飛隼，其飛戾天，亦集爰止。方叔涖止，其車三千，師干之試。方叔率止，鉦人伐鼓，陳師鞠旅。【疏】傳：「戾，至也。伐，擊也。鉦以静之，鼓以動之。鞠，告也。」箋：「隼，急疾之鳥也，飛乃至天，喻士卒勁勇，能深攻入敵也。爰，於也。亦集於其所止，喻士卒須命乃行也。『其車三千』，三稱此者，重師也。鉦也、鼓也，各有人焉。言『鉦人伐鼓』，互言爾。二千五百人爲師，五百人爲旅。此言將戰之日，陳列其師旅，誓告之也。陳師、告旅，亦互言之。」〇案：《説文》「鞠」下云：「蹋鞠也。」「鞫」下云：「窮理辠人也。」鞫、鞠經典通作。陳喬樅云：「張衡《東京賦》『陳師鞠旅』，衡習《魯詩》，是魯亦作『鞠』。《御覽》三百三十八引《詩》『陳師鞫旅』，字作『鞫』，蓋齊、韓異文。」顯允方叔，伐鼓淵淵，振旅闐闐。【注】魯説曰：「振旅闐闐，出爲治兵，尚威武也。入爲振旅，反尊卑也。」韓「闐」作「嗔」，齊作「輷」。【疏】傳：「淵淵，鼓聲也。入曰振旅，復長幼也。」箋：「伐鼓淵淵，謂戰時進士衆也。至戰止將歸，又振旅伐鼓闐闐然。振，猶止也。旅，衆也。《春秋傳》曰：『出曰治兵，入曰振旅，其禮一也。』」〇「顯允方叔」，猶言明信之方叔，謂其號令明而賞罰信也。淵淵，猶鼘鼘。「振旅」至「卑也」，《釋天》文，魯説也。陳奂云：「《爾雅》釋《詩》，兼及治兵，則振旅爲習戰。周制，春秋二時，教民三年，數軍實皆有治兵振旅習戰之事。《春秋·莊八年》：『春，王正月，師次于郎，以俟陳人、蔡人。甲午，治兵。』《公羊傳》：『出曰祠兵，入曰振旅，其禮一也，皆習戰也。』祠者，『治』之借字。《穀梁傳》：『出曰治兵，習戰也。入曰振旅，習戰也。』《晉語》：『治兵振旅，鳴鐘鼓以至于宋。』此行師習戰，皆有治兵振旅，並與詩言『振旅』同。箋謂『戰止將歸』，失經恉矣。」《爾雅》郭注：「闐闐，羣行聲。」陳喬樅以爲襲舊注《魯詩》説。《説文》：「闐，盛貌。」「盛」與「羣行」義近。「韓作『嗔嗔』」者，《説文》「嗔」下云：「盛气也。從口，真聲。《詩》曰：『振旅嗔嗔。』」《玉篇·口部》：「盛聲也。」引《詩》同。此韓説也。「齊作『輷』」者，左思《魏都賦》「振旅輷輷」，必是《齊詩》之異文。《文選》李注引《倉頡篇》曰：「輷輷，衆車聲也。呼萌切。今爲『輷』字，音田。」

蠢爾蠻荊，大邦爲讎。方叔元老，克壯其猶。【注】魯説曰：「蠢，不遜也。」韓説曰：「元，長也。」韓「猶」作「猷」。魯「猶」亦作「猷」。【疏】傳：「蠢，動也。蠻荊，案：當原作「荊蠻」。荊州之蠻也。元，大也。五官之長，出於諸侯，曰天子之老。壯，大；猶，道也。」箋：「大邦，列國之大也。猶，謀也。謀，兵謀也。」○案：此章兩「蠻荊」皆「荊蠻」誤倒，三家可證。傳釋爲「荊州之蠻」，孔疏亦有「荊蠻内侵」之語，知《毛詩》原亦作「荊蠻」。揚雄《揚州箴》「蠢蠢荊蠻」，本魯經文。《漢書・賈捐之傳》：「《詩》云：『蠢爾蠻荊，大邦爲讎。』言聖人起則後服，中國衰則先畔，動爲國家難，自古而患之矣。」捐之爲賈誼曾孫，誼孫嘉尚承家學，捐之所習，當亦《魯詩》。觀顔注釋爲「南荊之蠻」，知原引必作「荊蠻」。《通典・兵》四及《御覽・兵部》五十八引《漢書》，皆作「蠢爾荊蠻」，則今《傳》作「蠻荊」，乃襲毛本之誤。「蠢，不遜也」者，《釋訓》文。郭注：「蠢動爲惡，不謙遜也。」即魯家此詩之訓。王逸《九歎》注：「蠢蠢，無禮義貌。《詩》曰：『蠢爾蠻荊。』」無禮義，則不遜，與《雅》訓合。「荊蠻」亦誤倒。後魏肅宗詔、《文選・吴都賦》李注引《詩》皆作「蠢爾荊蠻」，蓋本《韓詩》。「元，長也」者，《玉篇・一部》引《韓詩》文。《易・乾卦・文言》：「元者，善之長也。」故韓説以「元」爲「長」。《後漢・章帝紀》「爲國元老」，李注：「元，長也。《詩》曰：『方叔元老。』」即據《韓詩》爲解。《玉篇・士部》：「壯，大也。《詩》曰：『克壯其猷。』」是據《韓詩》之文。「魯『猶』亦作『猷』」者，《鹽鐵論・未通》篇：「五十以上，血脈益剛，曰艾壯。《詩》曰：『方叔元老，克壯其猶。』故商師若荼，周師若烏。」明《齊詩》作

「猶」，與毛同。蔡邕《胡公碑》「方叔克壯其猷」，是《魯詩》亦作「猷」也。方叔率止，執訊獲醜。戎車嘽嘽，嘽嘽焞焞，如霆如雷。顯允方叔，征伐玁狁，蠻荆來威。【注】魯「焞」作「推」。【疏】傳：「嘽嘽，衆也。焞焞，盛也。」箋：「方叔率其士衆，執將可言問所獲敵人之衆以還歸也。言戎車既衆盛，其威又如雷霆。言雖久在外，無罷勞也。方叔先與吉甫征伐玁狁，今將往伐蠻荆，皆使來服於宣王之威，美其功之多也。」〇案：王逸《楚詞·九歌》注：「訊，問也。《詩》云：『執訊獲醜。』」明魯、毛文同。《漢書·韋玄成傳》載劉歆議引《詩》：「嘽嘽推推，如霆如雷。顯允方叔，征伐獫狁，荆蠻來威。」亦魯文。又《陳湯傳》載劉向亦引此詩五句，而「推推」作「焞焞」，「荆蠻」亦倒作「蠻荆」，與今毛本全同。向、歆遞傳《魯詩》，不應有異。觀《湯傳》顔注「令荆土之蠻畏威而來」，與《玄成傳》注「南荆之蠻，亦畏威而來服」，皆原作「荆蠻」釋之，《湯傳》之誤可見。陳喬樅曰：「段玉裁以《漢書》『推』字爲『輴』字之誤。《玉篇》：『輴，車盛貌。』《廣韻》：『輴輴，車盛貌。』推推即輴輴也。魯字與毛異，向必作『推推』。其作『焞焞』，亦俗人順毛所改。」愚案：楚爲荆蠻，見《晉語》。南有荆蠻，見《鄭語》。近儒引證尚多，但毛誤已久，故誤者皆襲之耳。

《采芑》四章，章十二句。

車攻【疏】毛序：「宣王復古也。宣王能内修政事，外攘夷狄，復文、武之境土，修車馬，備器械，復會諸侯於東都，因田獵而選車徒焉。」箋：「東都，王城也。」〇《易林·履之夬》云：「《吉日》、《車攻》，田弋獲禽。宣王飲酒，以告嘉功。」《鼎之隨》同，惟「宣王」句作「反行飲至」。班固《東都賦》

「嘉《車攻》」，用此經文，皆《齊詩》説。魯、韓無異義。

我車既攻，我馬既同。四牡龐龐，駕言徂東。【疏】傳：「攻，堅；同，齊也。宗廟齊豪，尚純也。戎事齊力，尚强也。田獵齊足，尚疾也。龐龐，充實也。東，雒邑也。」○案：「宗廟齊豪，戎事齊力，田獵齊足」，《釋畜》文。「尚純」、「尚强」、「尚疾」，傳增解之。孔疏引舍人曰：「田獵取牲於苑囿之中，追飛逐走，取其疾而已。」《玉篇·馬部》：「驡驡，充實皃。」顧書所載多《韓詩》，此云「充實皃」，與傳云「充實」義合，知必《韓詩》異文同訓也。雒在鎬東，成王作邑於雒，謂之王城，大會諸侯。宣王中興，復往會焉，故云「徂東」也。

田車既好，四牡孔阜。東有甫草，【注】三家「甫」作「圃」。駕言行狩。【疏】傳：「甫，大也。田者，大芟草以爲防，或舍其中，褐纏旃以爲門，裘纏質以爲槸，❶間容握，驅而入，轚則不得入，左者之左，右者之右，然後焚而射焉。天子發，然後諸侯發。諸侯發，然後大夫、士發。天子發，抗大綏。諸侯發，抗小綏。獻禽於其下，故戰不出頃，田不出防，不逐奔走，古之道也。」箋：「甫草者，甫田之草也。鄭有甫田。」○「魯『甫』作『圃』」者，《御覽》一百九十六引《白虎通》云：「圃，天子百里，大國四十里，次國三十里，小國二十里。苑圃在東方，所以然者何？苑圃，養萬物者也。東方，物所以生也。《詩》曰：『東有圃草。』」《周禮·閽人》疏、《廣韻》同。王逸《楚詞·九歎》注：「圃，野也。《詩》曰：『東有圃草。』」皆《魯詩》也。「齊作『圃』」者，班固《東都賦》「豐圃草以毓獸」，班用《齊詩》，是齊作「圃」。《後漢·馬融傳》注引《韓詩》曰：「東有

---

❶ 「裘」，原作「表」，據明世德堂本《毛詩》、阮刻本《毛詩正義》改。

圃草，駕言行狩。」薛君曰：「圃，博也，有博大茂草也。」《文選・東都賦》李注引薛説同，是韓作「圃」也。《水經・渠水》注云：「渠水歷中牟縣之圃田澤，澤多麻黄草，故《述征記》曰：『踐縣境，便覩斯卉，窮則知踰界。《詩》所謂「東有圃草」也。』」《元和志》：「圃田一名原圃，東西五十里，南北二十六里，西限長城，東極官渡，上承鄭州管城縣曹家陂。」宣王時無鄭國，此尚在王畿之内也。《御覽》八百三十一《資産部》引《韓内傳》云：「春曰畋，夏曰狩，秋曰獮，冬曰狩。天子抗大綏，諸侯抗小綏。羣小獻禽於其下，天子親射之旍門。夫田獵因以講道習武簡兵也。」案：「天子抗大綏」以下，皆言冬狩之事。旍門，旃門也，亦見《爾雅》注、《周禮・大司馬》、《穀梁・昭八年傳》。《易林・解之否》：「鳴鑾四牡，駕出行狩。」用齊經文。

之子于苗，選徒囂囂。建旐設旄，搏獸于敖。【注】魯「獸」作「狩」。【疏】傳：「之子，有司也。夏獵曰苗。囂囂，聲也。維數車徒者爲有聲也。敖，地名。」箋：「于，曰也。獸，田獵搏獸也。敖，鄭地，今近滎陽。」○《釋天》：「夏獵爲苗。」《周禮》、《左傳》、《穀梁傳》並云「夏苗」，惟《公羊傳》以爲無夏田説異。選徒者，選讀爲算，説詳《邶・柏舟》篇。《説文》：「算，數也。」《大司徒》「撰車徒」，鄭注：「撰，讀曰算。算車徒，謂數擇之也。」囂囂者，馬瑞辰云：「《釋言》：『躢，閑也。』郭注：『躢然，閑暇貌。』此『躢躢』亦閑暇貌也。」「搏獸于敖」，「搏」乃「薄」之誤。薄，詞也。臧玉林、段玉裁皆云「獸」當作「狩」，箋上「獸」字亦當作「狩」。胡承珙云：「此經疑本作『薄獸于敖』，猶《豳風》言『一之日于貉』也。彼箋云：『于貉，往搏貉以自爲裘也。』『往』訓『于』，『搏貉』訓『貉』，故此箋以『搏獸』訓『獸』。然則經當作『薄獸』，箋當作『獸，田獵搏獸也』。若經作『狩』，而箋云『狩，田獵搏獸也』，則上文已有『駕言行狩』，何不於次章箋之？《釋文》：『搏獸，音博。』❶此爲鄭箋作音，非是經文作『搏』。正義釋經云『往搏取禽獸於敖地』，則經文已誤『薄』爲『搏』矣。鄭所見《毛詩》自作『獸』，❷不作『狩』也。」馬瑞辰云：「《毛詩》作『薄獸』，即『薄狩』之叚借。箋云『田獵搏獸』者，亦以經言『薄獸』非『禽獸』之『獸』，故以『田獵搏獸』釋之耳。」「魯『獸』作『狩』」者，張衡《東京賦》「薄狩于敖」，薛綜曰：「敖，鄭地，今之河南滎陽也。謂周王狩也。《詩》曰：『建旐設旄，薄獸于敖。』」衡所習者《魯詩》，故作「狩」。薛所注者《毛詩》，故作「獸」也。《水經·濟水》注、《後漢·安帝紀》注、《班固傳》注引《詩》作「薄狩于敖」，所引蓋皆三家《詩》。于敖者，《續漢·郡國志》「河南滎陽縣有敖亭」，劉昭《補注》：「周宣王狩于敖。《左·宣十二年傳》：『晉師在敖鄗之間。』」即此。胡承珙云：「敖鄗，圃田，地本相近。《周語》『杜伯射王于鄗』，韋注引《周春秋》『宣王會諸侯田於囿，杜伯自道左』云云。『囿』當作『圃』。《墨子·明鬼》篇略同，而云『宣王合諸侯田於圃』。蓋圃即圃田，鄗即敖鄗。韋以『鄗』爲鄗京，誤矣。」

駕彼四牡，四牡奕奕。赤芾金舄，會同有繹。【注】韓説曰：「奕奕，盛貌。」齊作「翼翼」。魯「芾」作「紼」。【疏】傳：「言諸侯來會也。諸侯赤芾金舄。舄，達屨也。衍一「舄」字。時見曰會，殷見曰同。繹，陳也。」箋：「金舄，黄朱色也。」○「奕奕，盛貌」者，《文選》謝惠連《秋懷詩》注引薛君《章句》文。蔡邕《胡

❶「博」，原作「搏」，據續經解本《毛詩後箋》及宋本、通志堂本《釋文》改。
❷「自」，原作「目」，據續經解本《毛詩後箋》改。

廣黄瓊頌》「奕奕四牡」，用魯經文。陳喬樅云：「奕奕，《毛詩》傳、箋皆無訓釋。正義以爲『四牡之馬，奕奕然閑習』也。韓以諸侯皆來會，故以盛言之。《説文》：『䮾䮾，馬行疾而徐也。』引《詩》『四牡䮾䮾』。『行疾而徐』，亦閑習之貌。馬瑞辰云：『䮾與奕古聲近，蓋即此詩「奕奕」之異文。』」案：韓、魯、毛作「奕奕」，則作「䮾䮾」者，齊文也。天子朱芾，諸侯赤芾。「魯『芾』作『紼』」者，《白虎通·紼冕》篇引《詩》「赤紼金舄，會同有繹」，詳見《采芑》篇。《采芑》傳解「芾」云：「黄朱芾也。」蓋以賜上公服之。此「金舄」亦黄朱色，而以金爲飾，則達於天子，故曰「達屨」。《晏子春秋·上篇》：「景公爲屨，黄金之綦。」又晏子對曰：「古者人君大帶重半鈞，舄履倍重，不欲輕也。」《孟子》「豈謂一鉤金」，趙注：「謂一帶鉤之金。」《周禮》鄭注：「今東萊稱或以大半兩爲鈞。」此「大帶重半鈞」者，當是一帶鉤之金，重三分兩之一。「舄履倍重」者，當是兩舄之金，重一鈞，爲大半兩。此古人金舄之制也。「時見曰會，殷見曰同」，《大宗伯》文。其禮各别，此連言之。「有繹」，猶繹繹也。《文選·甘泉賦》注引《韓詩章句》云：「繹繹，盛貌。」

決拾既佽，弓矢既調。【注】魯「佽」作「次」。【疏】傳：「決，鉤弦也。拾，遂也。佽，利也。」箋：「佽，謂手指相佽比也。調，謂弓强弱與矢輕重相得。」○「魯『佽』作『次』」者，張衡《東京賦》「決拾既次」，薛綜曰：「決，以象骨著右手巨指，所以鉤弦也。拾，韝捍，著左臂也。」《周官·繕人》鄭司農注：「抉者，所以縱弦也。拾者，所以引弦也。《詩》云：『抉拾既次。』」《詩》家説或謂抉謂引弦彄也，拾謂韝扞也。」先鄭兼傳《毛詩》，而《解詁》所引《詩》「決」作「抉」，與毛「或作」本同。「佽」作「次」，乃用《魯詩》。是注《周官》時，尚用三家也。又《儀禮·鄉射》鄭注：「決，猶闓也，以象骨爲之，著右大擘指以鉤弦闓體也。遂，射韝也，以韋爲之，所以遂弦者也。其非射時，則謂之拾。拾，斂也，所以蔽膚斂衣也。」《士喪禮》鄭注：「決，猶闓也，挾弓以橫執弦。《詩》云：『決拾既佽。』」此齊說。《玉篇·手部》：「《詩》曰：『決拾既佽。』拾，所以引弦也。」此韓說。

射夫既同，助我舉柴。【注】魯「柴」作「胔」。齊、韓「柴」作「㧘」。【疏】傳：「柴，積也。」箋：「既同，已射，同復將射之位也。雖不中，必助中者舉積禽也。」○孔疏：「此文承諸侯之下，射夫即諸侯也。夫，男子之總名。」「魯『柴』作『胔』」者，張衡《西京賦》「收禽舉胔」，即用《魯詩》。薛綜注：「胔，死禽獸將腐之名也。」《說文》：「㧘，積也。《詩》曰：『助我舉㧘。』」《玉篇》同。蓋出齊、韓《詩》。馬瑞辰云：「《石鼓詩》有『射夫寫矢，具奪舉㧘』，與此詩義同。《說文》無『胔』有『骴』，云：『鳥獸殘骨曰骴。』引《明堂月令》曰：『掩骼埋骴。』蔡邕《月令章句》作『埋胔』，是知『胔』即『骴』之或體。」

四黃既駕，兩驂不猗。不失其馳，舍矢如破。【疏】傳：「四黃」二句，「言御者之良也」。「不失」二句，「言習於射御法也」。箋：「御者之良，得舒疾之中。射者之工，矢發則中，如椎破物也。」○不猗者，陳奐云：「猗，當作『倚』。《釋文》猗、倚二字音義迴別，具詳各篇。此詩《釋文》：『猗，於寄反。』則《釋文》本作『倚』字可證。不倚，無偏倚也。」《孟子·滕文公》篇引「不失其馳」二句，趙岐《章句》云：「言御者不失其馳驅之法，則射者必中之。順毛而入，順毛而出，一發貫臧，應矢而死者，如破矣。此君子之射也。」趙習《魯詩》，此用魯說。

蕭蕭馬鳴，悠悠旆旌。徒御不警，【注】魯說曰：「徒御不驚，輦者也。」大庖不盈。【疏】傳：「蕭蕭」二句，「言不讙譁也」。「徒，輦也。御，御馬也。不警，警也。不盈，盈也。一曰乾豆，二曰賓客，三曰充君之庖。故自左膘而射之，達於右腢，爲上殺。射右耳本，次之。射左髀，達於右䯚，爲下殺。面傷不獻，踐毛不獻，不成禽不獻。禽雖多，擇取三十焉，其餘以與大夫、士以習射於澤宮。田雖得禽，射不中，不得取禽。田雖不得禽，射中，則得取禽。古者以辭讓取，不以勇力取。」箋：「不警，警也。不盈，盈也。反其言美之也。射右耳本，『射』當爲『達』。三十者，每禽三十也。」〇不警，各本作「不驚」，依孔疏訂正。「徒御」至「輦者也」，《釋訓》文，魯説也。郭注：「步挽輦車。」陳喬樅云：「此以『輦者』釋詩『徒御』，御猶駕也。《漢書》注：『駕人以行曰輦。』以其徒步而挽車，故曰『徒御』。魯義蓋如此。毛訓『徒』爲『輦』，『御』爲『御馬』，與《雅》訓異。」張衡《西京賦》「徒御悦」，用魯經文。

之子于征，有聞無聲。【疏】傳：「有善聞，而無諠譁之聲。」箋：「晉人伐鄭，陳成子救之，舍於柳舒之上，去穀七里，穀人不知，可謂有聞無聲。」〇之子，即于苗之有司，聿從王行歸也。號令嚴肅，有嘉聞而無讙聲，可想君臣平日講習之善。允矣君子，展也大成。【疏】箋：「允，信；展，誠也。大成，謂致太平也。」〇案：此「君子」美宣王，則上「之子」非宣王明矣。《後漢・桓帝紀》梁太后詔曰：「展也大成，則所望矣。」后通《韓詩》，望帝能致太平，與箋説合。《禮・緇衣》引「允矣君子，展也大成」二句，明齊、毛文同。

《車攻》八章，章四句。

吉日【疏】毛序：「美宣王田也。能慎微接下，無不自盡以奉其上焉。」〇《左・昭三年傳》：「鄭伯如楚，子産相。楚子享之，賦《吉日》。既享，子産乃具田備。」此《吉日》爲出田之證。《車攻》由會諸侯而田獵，《吉日》則專美田事也。一在東都，一在西周。三家無異義。

吉日維戊，既伯既禱。【注】魯説曰：「既伯既禱，馬祭也。」【疏】傳：「維戊，順類乘牡也。伯，馬祖也。重物慎微，將用馬力，必先爲之禱其祖。禱，禱獲也。」箋：「戊，剛日也，故乘牡爲順類也。」○班固《東都賦》「采《吉日》」，用齊經文。「既伯既禱，馬祭也」者，《釋天》文，魯説也。郭注：「伯，祭馬祖也。將用馬力，必將祭其先。」《甸師》「禂牲禂馬」，杜子春云：「禂，禱也。爲馬禱無疾，爲田禱多獲禽牲。《詩》云：『既伯既禱。』」《説文》「禱」下云：「告事求福也。從示，壽聲。」「禂」下云：「禱牲馬祭也。從示，周聲。《詩》曰：『既禡既禂。』」重文「𩣡」下云：「或從馬，壽省聲。」《毛詩》之「禱」，蓋即「𩣡」之借字，故杜直引「既禱」以説《甸師》之「禂」也。段注《説文》據小徐本「𩣡」作「𩦠」，引《詩》四字亦爲小徐《繫傳》語，謂大徐《解字》本誤入正文，並以《詩》無此語爲疑。陳喬樅云：「小徐所引，自是三家異文。如《通論》中引《詩》『亦孔之㤅』，『僾』作『㤅』。『鶴鳴九皋』，無『于』字。『布政優優』，『敷』作『布』。《繫傳》中引《詩》『求民之瘼』，『莫』作『瘼』。『滭沸濫泉』，『觱』作『滭』，❶『檻』作『濫』。皆與毛異。《南唐書》稱『鍇讀書博記，所校讎尤審諦，江南藏書之多，爲天下冠，鍇力居多』，故三家《詩》遺文佚句，鍇多能稱述之也。『伯』得與『禡』通者，《大司馬》『有司表貉』，先鄭讀貉爲禡。《甸祝》『掌表貉之祝號』，杜子春讀貉爲百，《書》亦或爲『禡』。《肆師》『祭表貉則爲位』，鄭注：『貉，讀爲百。』古『禡』字借『貉』爲之，音讀如百，可爲『伯』、『禡』音近通借之證。」愚案：陳通

❶「觱」，原作「𧤏」，據明世德堂本《毛詩》、阮刻本《毛詩正義》及本書卷二十三《瞻卬》改。

「伯」、「禡」之讀甚精塙，其申小徐，雖足爲段氏解惑，惟駻既從馬，壽省聲，則從馬、𠃬者爲誤，𠃬乃疇字，非壽省也。王應麟之博雅，必非不見《繫傳》者。其《詩考》仍據「既禡既禂」爲許君所引《詩》文，則小徐本之見於注文，亦正如段氏之疑《詩》無此語而移改之耳。是其誤在小徐，若大徐奉敕修書，當不至併小徐之説亦誤爲許君正文也。

田車既好，四牡孔阜。升彼大阜，從其羣醜。【疏】箋：「醜，衆也。田而升大阜，從禽獸之羣衆也。」〇《還》傳：「從，逐也。」

吉日庚午，既差我馬。【疏】傳：「外事以剛日。差，擇也。」〇《漢書·翼奉傳》：「奉上封事曰：『知下之術，在於六情十二律而已。北方之情，好也。好行貪狼，申子主之。東方之情，怒也。怒行陰賊，亥卯主之。貪狼必待陰賊而後動，陰賊必待貪狼而後用，二陰並行，是以王者忌子卯也。《禮經》避之，《春秋》諱焉。南方之情，惡也。惡行廉貞，寅午主之。西方之情，喜也。喜行寬大，己酉主之。二陽並行，是以王者吉午酉也。《詩》曰：「吉日庚午。」上方之情，樂也。樂行姦邪，辰未主之。下方之情，哀也。哀行公正，戌丑主之。辰未屬陰，戌丑屬陽，萬物各以其類應。』」又曰：「師法用辰不用日。」馬瑞辰云：「日，謂十干。辰，謂十二支。十干五剛五柔，甲、丙、戊、庚、壬五奇爲剛日，乙、丁、己、辛、癸五偶爲柔日也。十二支六陰六陽，申、子、亥、卯、辰、未爲六陰，寅、午、巳、酉、戌、丑爲六陽也。毛言『外事用剛日』，則以庚爲吉。翼言『王者吉午酉』，又言『用辰不用日』，則以午爲吉。奉治《齊詩》，此齊、毛師説之不同也。《檀弓》：『杜蕢曰：「子卯不樂。」』《左·昭九年傳》：『辰在子卯謂之疾日。』疾日與吉日正相反，以子卯陰類爲疾日，則以午酉陽類爲吉日。翼奉云二陽二陰並行，是必子卯互刑、午酉相合之日，方爲疾日、吉日，非凡遇子卯皆疾，遇午酉皆吉也。蓋五行有刑德，行在東方子刑卯，行在北方卯刑子，子卯互刑，是以爲忌。以是推之，午酉並行，方爲吉日。火盛於午，金盛於酉。庚爲金，與酉同氣，則即酉之類也。故翼引《詩》『吉日庚午』，以爲午酉二陽並行之證。則奉雖用辰不用日，未始不兼取日與辰相配耳。」陳喬樅云：「應劭《風俗通義》六引《詩》『吉日庚午』，謂漢家盛於午，故以午祖也。是亦『用辰不用日』。應劭用《魯詩》，然則魯説亦與齊同矣。」獸之所同，麀鹿麌麌。【疏】傳：「鹿牝曰麀。麌麌，衆多也。」箋：「同，猶聚也。麕牡曰麌。麌復麌，言多也。」○張衡《東京賦》「獸之所同」，《西京賦》「麀鹿麌麌」，明魯、毛文同。薛綜曰：「同，聚也。言禽獸皆已合聚。」又曰：「鹿牝曰麀。麌麌，形貌也。」孔疏引《釋獸》：「麕：牡麌，牝麜。」郭注：「《詩》曰：『麀鹿麌麌。』」《釋文》引《説文》「麌」作「噳」，云：「麋鹿羣口相聚也。」與毛傳同。鄭箋改毛，以麌爲麕牡，與《爾雅》合，是據《魯詩》之訓，故郭用舊注同之。《釋獸》：「鹿：牡麚，牝麀。麕：牡麌，牝麜。」魯義以爲獸之所同，其類非一，既有牝鹿，又多牡麕也。漆沮之從，天子之所。【疏】傳：「漆、沮之水，麀鹿所生也。從漆、沮驅禽，而致天子之所。」○案：漆水有二，詳見《緜》詩。詩言麀麌之生，皆在漆、沮水旁。從，逐也。言自漆、沮水旁驅逐此獸，而致之天子之所也。此田在岐周，與東都無涉。

瞻彼中原，其祁孔有。【疏】傳：「祁，大也。」箋：「祁，當作『麎』。麎，麋牝也。中原之野甚有之。」○「瞻彼中原」者，即「天子之所」，上文所云「大阜」也。孔疏引《釋獸》：「麋：牡麔，牝麎。」某氏曰：「《詩》云：『瞻彼中原，其麎孔有。』」鄭箋改讀，與某氏引《詩》合，是據《魯詩》易傳之證。言此獸中原多有，不勞遠致也。儦儦俟俟，或羣或友。【注】《韓詩》曰：「駓駓俟俟，或羣或友。」韓説曰：「趨曰䮂，行曰騃。」【疏】傳：「趨則儦儦，行則俟俟。獸三曰羣，二曰友。」〇「駓駓」至「或友」，《後漢·馬融傳》李注引《韓詩》文。「趨曰䮂，行曰騃」，《文選·西京賦》李注引薛君《韓詩章句》文。據此，則《後漢》注作「俟俟」者，轉寫之誤也。《玉篇·馬部》云：「䮂䮂，字同駓駓，走貌。」《楚詞·招魂》「逐人駓駓些」，王逸注：「駓駓，走貌也。言其走捷疾。」張衡《西京賦》「羣獸䮂騃」，薛綜曰：「皆鳥獸之形貌也。」衡用《魯詩》，據此，《魯詩》文與韓同。《廣韻》：「䮂騃，獸行貌。」[1]即本此文。《説文》：「俟，大也。從人，矣聲。《詩》曰：『伾伾俟俟。』」與魯、韓及毛文皆異，蓋本《齊詩》。悉率左右，以燕天子。【疏】傳：「驅禽之左右，以安待天子。」箋：「率，循也。悉驅禽順其左右之宜，以安待王之射也。」〇張衡《東京賦》「悉率百禽」，用魯經文。薛綜曰：「悉，盡也。率，歛也。」愚案：驅而歛之，以之左之右，薛訓「率」爲「歛」，較箋訓「循」爲長。

既張我弓，既挾我矢。發彼小豝，殪此大兕。以御賓客，且以酌醴。【注】韓説曰：「醴，甜而不泲也。」【疏】傳：「殪，壹發而死。言能中微而制大也。饗醴，天子之飲酒也。」箋：「豕牡曰豝。御賓客者，給賓客之御也。賓客，謂諸侯也。酌醴，酌而飲羣臣，以爲俎實也。」〇發、殪，互詞。豝，詳《騶虞》篇。《六月》傳：「御，進也。」「醴，甜而不泲也」者，《文選·南都賦》注引薛君文。陳喬樅云：「《酒正》『二曰醴齊』，注：『醴，猶體也。成而汁滓相將，如今恬酒矣。』《呂覽·重己》篇高注：『醴者，以蘗與黍相體，不以麴

[1]「行」，原作「形」，據續經解本《韓詩遺説攷》七、《宋本廣韻·六止》改。

也，濁而甜耳。」《釋名》：「醴，禮也。釀之一宿而成禮，有酒味而已也。」《漢書・楚元王傳》「常爲穆生設醴」，注：「醴，甘酒也。」蓋醴謂酒之不泲者。《酒正》五齊，自醴以上尤濁，其用之祭祀，必以茅泲之，然後可酌，故《司尊彝》曰「醴齊縮酌」，包泛齊而言也。自盎以下差清，但以清酒泲之，而不用茅，故《司尊彝》曰「盎齊涗酌」，該緹齊、沈齊而言也。醴又入於六飲者，以其甜於餘齊，且不泲之，故與漿酏爲類耳。」張衡《西京賦》「酒車酌醴」，用魯經文。

《吉日》四章，章六句。

《南有嘉魚》之什十篇，四十六章，二百七十二句。

詩三家義集疏卷十六

長沙王先謙益吾著

鴻鴈之什弟十六　詩小雅

鴻鴈【疏】毛序：「美宣王也。萬民離散，不安其居，而能勞來還定安集之，至于矜寡，無不得其所焉。」箋：「宣王承厲王衰亂之敝而起，興復先王之道，以安集衆民爲始也。《書》曰：『天將有立父母，民之有政有居。』宣王之爲是務。」〇三家無異義。《詩氾曆樞》曰：「《鴻鴈》在申，金始也。」此齊說。

鴻鴈于飛，肅肅其羽。之子于征，劬勞于野。【注】魯說曰：「劬，亦勞也。」《韓詩》曰：「劬，數也。」【疏】傳：「興也。大曰鴻，小曰鴈。肅肅，羽聲也。之子，侯伯卿士也。劬勞，病苦也。」箋：「鴻鴈知辟陰陽寒暑。興者，喻民知去無道，就有道。侯伯卿士，謂諸侯之伯與天子卿士也。是時民既離散，邦國有壞滅者，侯伯久不述職，王使廢於存省諸侯，於是始復之，故美焉。」〇「鴻鴈于飛」者，陳奂云：「《説文·鳥部》：『鴻，鴻鵠也。』『鴈，鵝也。』《詩·九罭》之『鴻』謂鴻鵠，《匏有苦葉》之『鴈』謂鵝，其正字作『鴻』作『鴈』。《隹部》：『雁，鳥也。』『琟，鳥肥大琟琟也。或作「瑦」。』此『鴻鴈』乃野鳥，其正字當作『瑦雁』。《説文》所云

『雁鳥』，即今之野鵝。鴚，其大者也。」案：陳説明晰。「劬，亦勞也」者，王逸《楚詞・九嘆》注文，引《詩》云「劬勞于野」，明魯、毛文同。「劬，數也」者，《釋文》引《韓詩》文。《衆經音義》二十三引同。陳喬樅云：「劬得爲數者，勞與勤同義。《釋詁》：『劬勞，病也。勤，勞也。』數亦勤之意。數勞則病苦，故《韓詩》以『劬』爲『數』，毛傳以『劬勞』爲『病苦』也。《廣雅・釋詁》：『劬，數也。』即本韓義。」爰及矜人，哀此鰥寡。【注】魯説曰：「矜，苦也。」齊説曰：「爰及矜人，哀此鰥寡，上惠下也。」【疏】傳：「矜，憐也。老無妻曰鰥，偏喪曰寡。」箋：「爰，曰也。王之意，不徒使此爲諸侯之事與安集萬民而已。王曰當及此可憐之人，謂貧窮者，欲令賙餼之，鰥寡則哀之，其孤獨者收斂之，使有所依附。」〇「矜，苦也」者，《釋言》文，魯説也，正爲此詩「矜人」立訓。矜人，即《呂覽・貴因》篇所云「苦民」，總謂鰥寡孤獨可哀憐之人，不言孤獨者，文不備也。「爰及」至「下也」，《漢書・蕭望之傳》：「望之議曰：『古者藏於民，不足則取，有餘則予。《詩》曰：「爰及矜人，哀此鰥寡。」上惠下也。又曰：「雨我公田，遂及我私。」下急上也。』」蕭習《齊詩》，明齊、毛文同。「爰及」者，言惠必及於此四者之窮民。宣王能行文王之政，以成中興之美也。

鴻鴈于飛，集于中澤。之子于垣，百堵皆作。【注】韓説曰：「八尺爲板，五板爲堵，五堵爲雉。板廣二尺，積高五板爲一丈。五堵爲雉，雉長四丈。」【疏】傳：「中澤，澤中也。一丈爲板，五板爲堵。」箋：「鴻鴈之性，安居澤中，今飛又集于澤中，猶民去其居而離散，今見還定安集。侯伯卿士又於壞滅之國徵民起屋舍，築牆壁，百堵同時而起，言趨事也。《春秋傳》曰：『五板爲堵，五堵爲雉。』雉長三丈，則板六尺。」〇「八尺」至「四丈」，《左・隱元年傳》孔疏引許慎《五經異義》《韓詩》説文，視此疏所引爲備也。毛傳「一丈爲板，五板爲堵」，鄭據《春秋傳》，以板六尺易之。《異義》言《戴禮》同韓。又言古《周禮》及《左氏》説：「一丈爲板，板廣二尺。五板爲堵，一堵之牆長丈、高丈。三堵爲雉，一雉之牆長三丈、高一丈。」其言「一丈爲板」，於毛合，則毛固據古《春秋左氏》説矣。今《左・隱元年傳》「都城過百雉」，杜注：「方丈曰堵，三堵曰雉。一雉之牆，長三丈，高一丈。」雖未言板數，以「五板爲堵」推之，亦以丈爲板，仍即古説。又《公羊・定十二年傳》：「五板而堵，五堵而雉，百雉而城。」則板與堵之數，經皆未著，無可推定。而何注以八尺爲板，反於韓合，與毛、鄭皆異。孔謂鄭《春秋傳》爲指《公羊》，非也。據鄭《駁異義》言：「古之雉制，書傳各不得其詳。今以《左氏》説，鄭伯之城方五里，積千五百步也。大都三國之一，則五百步也。五百步爲百雉，則知雉五步。五步爲度，長三丈，則雉長三丈也。雉之度量於是定可知矣。」可知者，謂一雉三丈。五堵絫高一丈，仍長六尺，則可知板六尺。是鄭亦本《春秋左傳》爲説也。毛、鄭皆古文學。《左傳》正《春秋》古文，而其説有二，故傳、箋各主其一。《公羊》乃今文學，故何注獨與韓同耳。綜諸説觀之，板廣皆二尺，雉高皆一丈，堵皆五板，城皆百雉，而《韓詩》及何休《公羊》説詳《公羊解詁》。則皆五堵爲雉，雉長四丈，板長八尺。古《周禮》、《左氏》説則三堵爲雉，雉長三丈，板長一丈。毛不言雉，準以一丈爲板，知亦同之。鄭「五堵爲雉」，與前説同。「雉長三丈」，與後説同。「板六尺」，則與二説皆異。陳啟源云：「鄭引《公羊傳》以破毛傳，又據《左傳》『都城百雉』爲説，於義較優。」胡承珙云：「古人以板爲横數，堵爲直數。何注《公羊》云『八尺曰板，堵凡四十尺』，此誤以五板爲長數。❶孔謂其取

❶「五」，原脱，據續經解本《毛詩後箋》補。

《韓詩傳》，其實所據《韓詩》惟『八尺曰板』之文。所云『堵四十尺』，乃自用《春秋緯》説，與韓絶異，知不足信也。孔引王愆期《公羊》『五堵』注云：『諸儒皆以爲雉長三丈，堵長一丈。疑「五」誤，當爲「三」。』此正與古《周禮》、《左氏》合，勝何注多矣。毛雖不明雉數，亦必以三丈爲雉可知。然則《韓詩》雉長四丈之説，亦不足信也。古尺一丈，祇當今六尺有奇。鄭《駁異義》不用古《周禮》、《左氏》説，其注《考工》亦云『雉長三丈，高一丈』，是皆謂一丈爲板，並無板長六尺之説。」陳喬樅云：「何休《解詁》：『八尺曰板，堵凡四十尺。雉二百尺。百雉二萬尺，凡周十一里三十三步二尺，公侯之制。禮，天子千雉，蓋受百雉之城十。伯七十雉，子男五十雉。』徐疏：『古者六尺爲步，三百步爲里，計一里有千八百尺，十里即有萬八千尺。更以一里三十三步二尺爲二千尺，通前後爲二萬尺，故云二萬尺，凡周十一里三十三步二尺也。』據此，《公羊》説雉制與《韓詩》合。何氏據《春秋緯》公侯百雉二萬尺爲三千三百三十三步二尺推之，❶鄭《駁異義》『五百步爲百雉』不同。」愚案：《稽古》以鄭義爲優，特沿孔疏之説。胡承珙謂何、韓皆不足信，鄭箋説亦非，意在申毛。然板廣二尺以直言，曰一丈、曰八尺、曰六尺以横言，即是以長數言也。牆當先横接，乃可直絫。「百堵皆作」，非堵自爲堵，即非板自爲板，此不足以破何也。毛與古《周禮》、《左氏》説板長一丈，堵五板仍長一丈，以三乘一，則一三如三，故一雉爲三堵而長三丈。鄭箋板長六尺，堵五板仍長六尺，以五乘六，則五六得三，故一雉爲五堵，亦長三丈。《韓詩》、何《解詁》板長八尺，堵五板仍長八尺，以五乘八，則五八得四，故一雉爲五堵而長

❶ 上「尺」字，原作「雉」，據續經解本《韓詩遺説攷》八改。

四丈。皆積數之自然，不妨並存。鄭注《考工》仍言「雉長三丈、高一丈」，並不與箋歧。王愆期疑「五堵」之「五」爲「三」，乃以古文説今文，實欲並廢「八尺爲板」之説，謬也。胡乃謂其勝何，此不足以傲鄭，尤不足以破韓也。陳喬樅推《公羊》之制，謂如徐疏之説，可合《韓詩》。如推何所據《春秋緯》之説，則與鄭《駁異義》所言者不同，是誠然矣。然徐疏所言步里，自本《公羊》舊説，不必更以緯説爲疑。陳立謂如鄭説，則百雉之城不及二里，未免過隘。毛板説雖與鄭殊，亦雉長三丈，則其隘同矣。雉長三丈者爲過隘，則《韓詩》之雉長四丈者，固宜勝之。魯、齊不著，當同韓也。　雖則劬勞，其究安宅。【疏】傳：「究，窮也。」箋：「此勸萬民之辭，女今雖病勞，終有安居。」○陳奐云：「宣承厲王之變，萬民離散，遷徙無常。《十月之交》所謂『徹我牆屋，田卒汙萊』也。侯伯卿士爲之坏垣牆，補城郭，正勞來安集之事。箋謂『壞滅之國徵民起屋舍，築牆壁』，則是勞民役，非安民居矣。」胡承珙云：「此章『劬勞』屬流民言，與首尾異。非是。」

鴻鴈于飛，哀鳴嗸嗸。維此哲人，謂我劬勞。【疏】傳：「未得所安集，則嗸嗸然。」箋：「此，之子所未至者。此哲人，謂知王之意及之子之事者。我，之子自我也。」維彼愚人，謂我宣驕。【疏】❶傳：「宣，示也。」箋：「謂我役作衆民爲驕奢。」○王引之云：「『宣驕』與『劬勞』相對爲文，劬亦勞也，宣亦驕也。《左・昭二十九年傳》『廣而不宣』，『宣』與『廣』義相因。《易林・需之萃》曰『大口宣舌』，《大有之蠱》曰『大口宣脣』。又《小畜之噬嗑》『方喙廣口』，《井之恒》作『方喙宣口』，是宣爲侈大之意。宣驕，猶言驕侈，非謂

❶「疏」，原脱，據本書體例補。

宣示其驕也。箋義爲長。」

《鴻鴈》三章，章六句。

庭燎【疏】毛序：「美宣王也。因以箴之。」箋：「諸侯將朝，宣王以夜未央之時問夜早晚。美者，美其能自勤以政事。因以箴者，王有雞人之官，凡國事爲期，則告之以時，王不正其官，而問夜早晚。」○《易林·頤之損》：「庭燎夜明，追古傷今。《剥之大有》作「追嗣日光」。陽弱不制，陰雄坐戾。」此齊説。陳喬樅云：「《列女傳》：『宣王嘗夜卧晏起，后夫人不出房。姜后脱簪珥，待罪于永巷，使其傅母通言于王，曰：「妾之不才，至使君王失禮而晏朝，以見君王樂色而忘德也。敢請婢子之罪！」宣王曰：「寡人不德，實自生過，非夫人之罪。」遂復姜后，而勤于政事，早朝晏退，卒成中興之名。』宣王中年怠政，而《庭燎》詩作。脱簪之諫，當在此際。宣王感悟，能復勵精圖治，所以爲中興賢主也。」愚案：陳氏引《列女傳》姜后事，以證《易林》之説，是魯、齊説合。所謂「陰雄坐戾」者，殆即不出房之后夫人。宣王能納諫改過，所以爲賢，而《庭燎》之詩，亦不爲徒作矣。韓説未聞。

夜如何其？夜未央。庭燎之光。君子至止，鸞聲將將。【疏】傳：「央，旦也。旦，當作「且」。阮《校勘記》已正。庭燎，大燭。君子，謂諸侯也。將將，鸞鑣聲也。」箋：「此宣王以諸侯將朝，夜起曰：『夜如何其？』問早晚之詞。夜未央，猶言夜未渠央也。而於庭設大燭，使諸侯早來朝，聞鸞聲將將然。」○胡承珙云：「《鄭風》『士曰既且』，《釋文》：『且，音徂，往也。』詳此傳訓『央』爲『且』，亦當音徂。凡歲月日時過去者，皆謂之往。夜未央者，言夜未往也。」陳喬樅云：「《楚詞・離騷》云『時亦猶其未央』，王注：『央，盡也。』《九歌》云『爛昭昭兮未央』，王注：『央，已也。』《廣雅・釋訓》：『央，盡也。央，已也。』訓與王同，皆本《魯詩》之義。毛傳『旦』字即『且』形近之譌。陸音子徐反，則讀與渠近。且、渠古通。《史記・孔子世家》『雍渠』，《孟子》書作『癰疽』，《韓非子》作『雍鉏』。『渠』又通作『遽』。《魏都賦》『其夜未遽，庭燎晣晣』，王楙曰：『夜未渠央，渠當呼遽，謂夜未遽盡也。』其說得之。」馬瑞辰云：「《燕禮》『甸人執大燭於庭，閽人爲大燭於門外』，注：『庭大燭，爲位廣也。』『閽人』句，唐石經無『大』字，無者是也。庭位廣，故特用大燭，足見其餘皆不用。今燭以葦爲心，灌以脂膏，古燭止用樵薪，或以麻稭爲之。《說文》：『蒸，析麻中榦也。』《司烜》『共墳燭庭燎』，故書『墳』爲『蕡』，當從鄭司農說，以蕡燭爲麻燭。」「君子，謂諸侯」者，胡承珙云：「《閽人》：『大祭祀喪紀之事，設門燎。賓客亦如之。』則庭燎惟諸侯來朝乃設之，而常朝不用也。今案：諸書言賓至設燎，尚未必定是諸侯。末章『言觀其旂』，與《覲禮》『侯氏載龍旂弧韣』者合，故知君子是諸侯也。」

夜如何其？夜未艾。庭燎晣晣。❶君子至止，鸞聲噦噦。【注】魯「晣」作「晢」，「鸞」作「鑾」。齊、韓「噦」作「鉞」。【疏】傳：「艾，久也。晣晣，明也。噦噦，徐行有節也。」箋：「芟末曰艾，以言夜先雞鳴時。」○馬瑞辰云：「未艾，猶未央也。傳訓『艾』爲『久』，正與《說文》訓『央』爲『久』同義。箋『芟末曰

---

❶「晣」，原作「晰」，據明世德堂本《毛詩》、阮刻本《毛詩正義》及宋本、通志堂本《釋文》改。下六「晣」字同。

艾」，亦取艾割將盡之義。《左・昭元年傳》『國未艾也』，❶哀二年《傳》『憂未艾也』，杜注並訓爲『絶』。《小爾雅》：『艾，止也。』『艾』之訓『絶』，又訓『止』，猶央之爲盡，又爲已耳。」「『晣』作『晢』，❷『鸞』作『鑾』」者，張衡《東京賦》「庭燎晢晢」，又云「鑾聲噦噦」，衡習《魯詩》，是魯文如此。《釋文》：「毛『晣』，本又作『晢』。」❸與魯合，而「鸞」無異作本。《采菽》、《泮水》皆作「鸞聲」，是作「鑾」爲今文專字矣。「齊、韓『噦』作『鉞』」者，《説文》：「鉞，車鑾聲也。《詩》曰：『鑾聲鉞鉞。』」魯作「噦」，與毛同，則作「鉞」者，當爲齊、韓。餘詳《魯頌・泮水》篇。

夜如何其？夜鄉晨。庭燎有煇。君子至止，言觀其旂。【疏】傳：「煇，光也。」箋：「晨，明也。上二章聞鸞聲爾，今夜鄉明，我見其旂，是朝之時也。朝禮，別色始入。」○陳奐云：「言，語詞。箋訓『我』，失之。」

《庭燎》三章，章五句。

沔水【疏】毛序：「規宣王也。」箋：「規者，正圓之器也。規主仁恩也，以恩親正君曰規。《春秋傳》曰：『近臣盡規。』」○愚案：通篇意恉非對王之詞。三家未聞。

沔彼流水，朝宗于海。【疏】傳：「興也。沔，水流滿也。水猶有所朝宗。」箋：「興者，水流而入海，

❶「昭」，原作「傳」，據馬瑞辰《通釋》、阮刻本《春秋左傳正義》改。
❷「晢」，原作「晳」，據續經解本《魯詩遺説攷》十、胡刻《文選》改。下二「晢」字同。
❸「晢」，原作「晳」，據宋本、通志堂本《釋文》改。

小就大也，喻諸侯朝天子，亦猶是也。諸侯春見天子曰朝，夏見曰宗。」○馬瑞辰云：「沔、衍聲相近。《説文》：『衍，水朝宗于海皃也。』《廣韻》引《字統》曰：『衍，❶水朝宗于海，故從水行。』『沔』蓋『衍』之叚借。二章傳『其流湯湯，言放縱無所入也』，孔疏引定本作『放衍無所入』，正沔、衍同義之證。《説文》：『淖，水朝宗于海也。』淖即潮字。是古説『朝宗于海』，謂海潮上迎，來受尊禮。」鄭注《尚書》「江漢朝宗于海」，則言納水趨海，若《周禮》春朝夏宗，與此箋同，義皆可通。**鴥彼飛隼，載飛載止。**【疏】箋：「載之言則也。言隼欲飛則飛，欲止則止，喻諸侯之自驕恣，欲朝不朝，自由無所在心也。」○陳奂云：「海之朝宗，隼之飛止，兩喻皆興諸侯朝天子。首章言朝，次章言不朝。」愚案：如陳説，是言隼已飛而仍止。飛者遭厲王之亂，止者因宣王之興也。**嗟我兄弟，邦人諸友。莫肯念亂，誰無父母？**【疏】傳：「邦人諸友，謂諸侯也。兄弟，同姓臣也。京師者，諸侯之父母也。」箋：「我，我王也。莫，無也。我同姓異姓之諸侯，女自恣不朝，無肯念此於禮法爲亂者，女誰無父母乎？言皆生於父母也。臣之道，資於事父以事君。」○《潛夫論・釋難》篇：「且夫一國盡亂，無有安身。《詩》云：『莫肯念亂，誰無父母？』言皆將爲害，然有親者，憂將深也。」言亂之既生，有父母者，其憂更深。誰無父母，坐視亂兆而不肯一留念乎？言人盡放恣，大亂必成。王符用《魯詩》，是魯義如此。其《愛日》篇亦引此二句，患公卿苟先私計而後公義，謂其不肯憂國，則又與毛義合。

❶「衍」，原作「沔」，據馬瑞辰《通釋》改。

沔彼流水，其流湯湯。【疏】傳：「言放縱無所入也。」箋：「湯湯，波流盛貌，喻諸侯奢僭，既不朝天子，復不事侯伯。」○揚雄《荆州牧箴》「其流湯湯」，明魯、毛文同。鴥彼飛隼，載飛載揚。【疏】傳：「言無所定止也。」箋：「則飛則揚，喻諸侯出兵，妄相侵伐。」○《淮南·精神》篇高注：「飛揚，不從軌度也。」正與此詩「載飛載揚」義合。念彼不蹟，載起載行。心之憂矣，不可弭忘。【疏】傳：「不蹟，不循道也。弭，止也。」箋：「彼，彼諸侯也。諸侯不循法度，妄興師出兵，我念之憂不能忘也。」○蹟者，「迹」之或字。《釋訓》：「不蹟，「也」字誤衍。不道也。」知《魯詩》同訓。「載起載行」與「載飛載揚」相對爲文，正指諸侯跋扈之實。《周語》賈逵注：「弭，忘也。」是「忘」與「弭」同義。

鴥彼飛隼，率彼中陵。民之訛言，寧莫之懲。【注】韓説曰：「譌言，諠言也。」【疏】傳：「懲，止也。」箋：「率，循也。隼之性，待鳥雀而食，飛循陵阜者，是其常也，喻諸侯之守職順法度者，亦是其常也。訛，僞也。言時不令，小人好詐僞爲交易之言，使見怨咎，安然無禁止。」○孔疏：「詐僞交易之言者，謂以善言爲惡，以惡言爲善，交而換易其詞，鬭亂二家，使相怨咎也。」《説文》無「訛」字，引《詩》作「譌言」。寧，猶胡也。言民之譌言，胡不禁止之也。「譌言，諠言也」者，《玉篇·言部》引《韓詩》文。皮嘉祐云：「箋云：『譌，僞也。』韓訓『譌』爲『諠』，諠亦有僞義。《説文》：『諠，詐也。』《廣雅·釋詁》：『諠，欺也。』欺、詐皆僞也。《廣雅·釋言》：『譌，譁也。』《左·成十六年傳》注：『諠，譁也。』是譌、諠二字轉訓並通。」我友敬矣，讒言其興。【注】韓説曰：「讒言緣間而起。」【疏】傳：「疾王不能察讒也。」箋：「我，我天子也。友，謂諸侯也。言諸侯有敬其職、順法度者，讒人猶興其言以毀惡之，王與侯伯不當察之？」○馬瑞辰云：「上四句言王不能察讒，下二句勉諸侯以戒慎。敬者，戒也。《士昏禮》戒女曰：『必敬必戒。』❶敬亦戒也。《説文》：『警，言之戒也。』又曰：『儆，戒也。』《釋名》：『敬，警也。』言苟不知戒，則讒言之興無已。箋謂能敬其職，讒人猶興其言，失其義矣。」「讒言緣間而起」者，《文選》范蔚宗《宦者傳論》李注引《韓詩》，王應麟《詩考》以爲此詩《內傳》文。今本汲古閣《文選》「韓」誤作「地」。又《韓詩外傳》七：「傳曰：鳥之美羽句喙者，鳥畏之。魚之侈口垂腴者，魚畏之。人之利口贍詞者，人畏之。是以君子避三端：避文士之筆端，避武士之鋒端，避辯士之舌端。《詩》曰：『我友敬矣，讒言其興。』」此推衍之詞。

《沔水》三章，二章章八句，一章六句。

鶴鳴【疏】毛序：「誨宣王也。」箋：「誨，教也。教宣王求賢人之未仕者。」〇《後漢·楊震傳》「野無《鶴鳴》之士」，《楊賜傳》「速徵《鶴鳴》之士」，皆指隱士言。二楊皆魯説。《易林·師之艮》：「鶴鳴九皋，避世隱居。抱道守貞，竟不隨時。」《无妄之解》：「鶴鳴九皋，處子失時。」處子即處士，詩言賢者隱居，此齊説。《韓詩》蓋同。

鶴鳴于九皋，聲聞于野。【注】韓説云：「九皋，九折之澤。」魯説曰：「澤曲曰皋。」【疏】傳：「興也。皋，澤也。言身隱而名著也。」箋：「皋，澤中水溢出所爲坎。自外數至九，喻深遠也。鶴在中鳴焉，而野聞其鳴

❶「必敬必戒」，阮刻本《儀禮注疏》作「戒之敬之」。

聲。興者，喻賢者雖隱居，人咸知之。」○陸《疏》：「鶴鳴聞八九里。」「九皋，九折之澤」者，《釋文》引《韓詩》文，《廣韻》二引同。「澤曲曰皋」者，王逸《楚詞·離騷》注文，引《詩》云「鶴鳴于九皋」，明魯、毛文同。《論衡·藝增篇》亦云「鶴鳴九折之澤」，二王皆治《魯詩》，釋「皋」爲「澤曲」，以「九皋」爲「九折」，折亦曲也。曲至於九，以言其深遠也，與韓同義。楊雄《太玄經·首》：「次五，鳴鶴升自深澤。」蔡邕《焦君贊》：「鶴鳴九皋。」楊、蔡並用《魯詩》。古書引《詩》「九」上或無「于」字，徐鍇《説文繫傳·通論》中亦然，蓋有二本。魚潛在淵，或在于渚。

【疏】傳：「良魚在淵，小魚在渚。」箋：「此言魚之性，寒則逃於淵，温則見於渚，喻賢者世亂則隱，治平則出，在時君也。」○孔疏：「此文止有一魚，復云『或在』，是魚在二處。以魚之出没，喻賢者之進退，於理爲密。且教王求賢，止須言賢之來否，不當横陳小人，故易傳也。」愚案：疏説精當。樂彼之園，爰有樹檀，其下維蘀。

【疏】傳：「何樂於彼園之觀乎？蘀，落也。尚有樹檀而下其蘀。」箋：「之，往；爰，曰也。言所以之彼園而觀者，人曰有樹檀，檀下有蘀，此猶朝廷之尚賢者而下小人，是以往也。」○案：檀，宜樹者。蘀，宜下者。彼園，猶國也。朝廷清明如此，故可樂。它山之石，可以爲錯。【注】魯「錯」作「厝」。【疏】傳：「錯，石也，可以琢玉。舉賢用滯，則可以治國。」箋：「它山，喻異國。」○「魯『錯』作『厝』」者，《淮南·説林訓》高注：「礛諸，治玉之石。《詩》云『他山之石，可以爲厝』是也。」《修務訓》注引《詩》同。《説文》「厝」下云：「厲石也。《詩》曰：『他山之石，可以爲厝。』」陳喬樅云：「《釋文》云：『錯，《説文》作「厝」。』今據《淮南》注引《詩》作『厝』，知《説文》所引是魯文，❶

---

❶「魯」，續經解本《魯詩遺説攷》十作「三家」。

非偁毛也。《衆經音義》九引《詩》亦作「厝」。《漢書・地理志》『五方雜厝』，顔注引晉灼曰：『厝，古「錯」字。』《易・小過》注『無所錯足』，《釋文》：『錯，本又作「厝」。』皆以音同通叚。」愚案：「他山」與「彼園」相應，箋謂喻異國，是也。

鶴鳴于九皋，聲聞于天。【疏】箋：「天，高遠也。」〇《論衡・藝增篇》：「《詩》云：『鶴鳴九皋，聲聞于天。』言鶴鳴九折之澤，聲猶聞于天，以喻君子修德窮僻，名猶達于朝廷也。」《荀子・儒效篇》：「君子隱而顯，微而明，辭讓而勝。《詩》云：『鶴鳴于九皋，聲聞于天。』此之謂也。」《史記・滑稽傳》東方朔《答客難》云：「《詩》曰：『鶴鳴九皋，聲聞于天。』苟能修身，何患不榮？」荀、王、東方皆謂君子德修于身，名聞于遠，申明魯義，其意相同。《史記・東方傳》爲褚少孫所補，少孫亦治《魯詩》。張衡《思玄賦》：「遇九皋之介鳥兮，怨素意之不逞。游塵外以瞥天兮，據冥翳以哀鳴。」應劭《風俗通義》六：「《詩》曰：『鶴鳴九皋，聲聞于天。』」王逸《楚詞・九章》注：「鶴鳴九皋，聞于天也。」《蔡邕集・蔡朗碑》：「鶴鳴聞天。」此皆魯經文也。《韓詩外傳》七：孔子困於蔡、陳之間，答子路以須時，末引《詩》曰：「鶴鳴于九皋，聲聞于天。」此推衍之詞，明韓、毛文同。魚在于渚，或潛在淵。【疏】箋：「時寒則魚去渚，逃於淵。」〇愚案：見邦無道則隱。樂彼之園，爰有樹檀，其下維穀。它山之石，可以攻玉。【疏】傳：「穀，惡木也。攻，錯也。」〇《易林・明夷》卦：「他山之錯，與璆爲仇。」《歸妹之頤》同。此《齊詩》以石攻玉説也。愚案：詩全篇比喻，與《匏有苦葉》同體。

《鶴鳴》二章，章九句。

祈父【疏】毛序：「刺宣王也。」箋：「刺其用祈父，不得其人也。官非其人，則職廢。祈父之職，掌六軍之事，有九伐之法。祈、圻、畿同。」○《詩氾曆樞》曰：「酉，《祈父》也。」《易林・謙之歸妹》：「爪牙之士，怨毒祈父。轉憂與已，傷不及母。」以養不及母爲可傷也。並齊說。「爪牙之士」，謂爪牙之屬也。祈父掌祿士，故其屬士怨之，與下「爪士」解異。魯、韓見下。

祈父，【注】魯一作「頎甫」。【疏】傳：「祈父，司馬也，職掌封圻之兵甲。」箋：「此司馬也，時人以其職號之，故曰祈父。《書》曰『若疇圻父』，謂司馬。司馬掌祿士，故司士屬焉。又有司右，主勇力之士。」○「魯作『頎甫』」者，王符《潛夫論・班祿》篇：「班祿頗而《頎甫》刺。」陳喬樅云：「今本作『班祿頗而傾甫頼』，顧氏廣圻以『傾甫』爲『頎甫』之誤，❶即《詩》『祈父』也。今案：《隸釋》載《高陽令楊著碑》『頎甫班爵』，宋洪适云：『《詩》以「圻父」作「祈父」，此云「頎甫」，蓋又借用。』案：碑語正用此詩，知三家今文作『頎甫』。顧說甚塙。『頎』、『傾』形近致誤，『頼』字亦當作『刺』爲是。今訂正之。」愚案：據《易林》見上。《玉篇》見下。作「祈父」，是齊、韓並作「祈父」。王用《魯詩》，知惟魯作「頎甫」，用叚借字也。予王之爪牙。【注】韓「予」作「維」。胡轉予于恤，靡所止居？【疏】傳：「恤，憂也。宣王之末，司馬職廢，姜戎爲敗。」箋：「予，我；轉，移也。此勇力之士責司馬之詞也。我乃王之爪牙，爪牙之士當爲王閑守之衛，女何移我於憂，使我無所

❶ 下「甫」字，原作「父」，據續經解本《魯詩遺說攷》十、《潛夫論箋》改。

止居乎？謂見使從軍，與姜戎戰於千畝而敗之時也。六軍之士出自六鄉，法不取於王之爪牙之士。」○「韓『予』作『維』」者，《玉篇・牙部》：「牙，壯齒也。《詩》曰：『祈父，維王之爪牙。』」「予」作「維」，此據《韓詩》異文也。陳奂云：「維，爲也。與毛字異義同。我王之爪牙，斥祈父也。」愚案：《漢書・陳湯傳》：「戰克之將，國之爪牙，不可不重。」《辛慶忌傳》：「右將軍慶忌宜在爪牙官，以備不虞。」《馮奉世傳》：「奉世居爪牙官前後十年，爲折衝宿將。」《敘傳》「爪牙信、布」，謂韓信、英布也。是惟尊官大將方稱爪牙之職，武士卑官，不得以之自命。箋讀非，韓義是也。《左・襄十六年傳》：「穆叔見中行獻子，賦《圻父》。獻子曰：『偃知罪矣，敢不從執事以同恤社稷，而使魯及此。』」杜注：「詩人責祈父爲王爪牙，不修其職。」此注尤晰。穆叔賦《詩》，即以祈父斥獻子，皆謂大臣。箋用齊義也。

祈父，予王之爪士。胡轉予于恤，靡所底止？❶【疏】傳：「士，事也。底，至也。」○陳奂云：「爪事，謂祈父職掌我王爪牙之事也。《説文》：『底，柔石也。從厂，氐聲。或作「砥」。』『至』乃引申義。底與底音義均別。此篇之『底』與《小旻》之『伊于胡底』同作『底』者，誤。《爾雅》『底，止也』，郭注：『底義見《詩》傳。』」

祈父，亶不聰。胡轉予于恤，有母之尸饔？【注】韓「饔」作「雍」。【疏】傳：「亶，誠也。尸，陳也。孰食曰饔。」箋：「己從軍，而母爲父陳饌飲食之具，自傷不得供養也。」○「亶，誠」，《釋詁》文，責祈父聽

❶「底」，阮刻本《毛詩正義》作「底」。下一「底」字同。

之不聰也。「饔」與「飧」同。《説文》：「饔，孰食也。」隸變作「饔」。孔疏：「許氏《異義》引此詩曰『有母之尸饔』，謂陳饔以祭，志養不及親。」謂志於養，不及親存。或欲改「志」爲「恐」者，非。「韓『饔』作『雍』」者，《外傳》七：「曾子曰：『往而不可還者，親也。至而不可加者，年也。是故孝子欲養，而親不待也。木欲直，而時不待也。是故椎牛而祭墓，不如雞豚之逮親存。』」下即引《詩》曰：「有母之尸雍。」雍，古「饔」字。韓、許説合，與《齊詩》「傷不及母」義同，古訓如此。黄山云：「詩三言『胡轉予于恤』，即《蓼莪》『出則銜恤』之『恤』。蓋方居母憂而迫使服戎，故作詩以寫怨也。」《禮·曾子問》篇：「子夏問：『三年之喪卒哭，金革之事無辟也者，禮與？』孔子曰：『《記》曰：「君子不奪人之親，亦不可奪喪也。」』又問：『金革之事無辟也者，非與？』孔子曰：『吾聞諸老聃，昔者魯公伯禽有爲爲之也。』」鄭注：「伯禽封於魯，徐戎作難，卒哭而征之。」疏據《史記》，時周公猶在，此云「卒哭」者，爲母喪也。子夏見周代行金革無辟之事，故問。是母喪禦戎，周代沿習。雖已卒哭致事，不能辟役，而惟怨祈父之不聰，妨其饔祭。尸，主也，言己爲主祭之長子也。於義亦通。

《祈父》三章，章四句。

白駒【注】魯説曰：「《白駒》者，失朋友之所作也。其友賢居任也。衰亂之世，君無道，不可匡輔，依違成風，諫不見受，國士咏而思之，援琴而長歌。」韓説曰：「彼朋友之離別，猶求思乎白駒。」

【疏】毛序：「大夫刺宣王也。」箋：「刺其不能留賢也。」○「白駒」至「長歌」，蔡邕《琴操》文，魯説也。賢友居任而去，蓋有甚不得已者。范甯《穀梁傳注序》云：「君子之路塞，則《白駒》之詩賦。」

說與《琴操》合。「彼朋」至「白駒」，《藝文類聚》二十一引曹植《釋思賦》文，韓說也。陳喬樅云：「《文選》王粲《贈士孫文始詩》云：『白駒遠志，古人所箴。允矣君子，不遐厥心。既往既來，無密爾音。』曹攄《思友人詩》云：『思賢詠《白駒》。』皆用韓義。」毛之說《詩》，每以詩先後限斷時代，其說多不可從。宣末失政，尚非衰亂，毛特以詩寘於此，斷爲一王之詩耳。其爲賢人遠引，朋友離思，固無可疑。而必謂刺王不能留，則詩外之意也。齊說未聞。

皎皎白駒，食我場苗。縶之維之，以永今朝。【疏】傳：「宣王之末，不能用賢，賢者有乘白駒而去者。縶，絆；維，繫也。」箋：「永，久也。願此去者乘其白駒而來，食我場中之苗，❶我則絆之繫之，以永今朝。愛之，欲留之。」〇《楚詞·九歌》王注：「縶，絆也。《詩》曰：『縶之維之。』」據此，魯義與毛同。所謂伊人，於焉逍遥。【疏】箋：「伊，當作『繄』。繄，猶是也。所謂是乘白駒而去之賢人，今於何遊息乎？思之甚也。」〇於焉者，《玉篇》：「焉，是也。」言於是逍遥也。蔡邕《汝南周巨勝碑》「于以逍遥」，或《魯詩》有作「以」之本。

皎皎白駒，食我場藿。縶之維之，以永今夕。所謂伊人，於焉嘉客。【疏】傳：「藿，猶苗也。夕，猶朝也。」〇陳奐云：「藿猶苗，承上章言也。禾初生曰苗，因之穀蔬初生皆曰苗。場、圃同地，場即

❶「食」上，明世德堂本《毛詩》、阮刻本《毛詩正義》有一「使」字。

圃也。場圃毓草木，場有苗，非禾也。朩之少者曰藿，因之凡草木之幼少者皆曰藿。傳不謂藿爲朩，猶不謂苗爲禾也。夕猶朝，亦承上章言也。」愚案：在朝，則皆王人，去則客之。

皎皎白駒，賁然來思。【疏】傳：「賁，飾也。」箋：「願其來而得見之。《易卦》曰：『山下有火，賁。』賁，黄白色也。」○馬瑞辰云：「京房《易傳》：『五色不成謂之賁，文采雜也。』上言白駒，下不得言雜色。正義『蓋謂其衣服之飾』，非詩義也。《釋文》：『賁，徐音奔。』賁、奔古通用。《詩》『鶉之奔奔』，《表記》、《吕覽》引《詩》俱作『賁賁』是也。《弓人》鄭注：『奔，猶疾也。』賁然，蓋狀馬來疾行之皃。」爾公爾侯，逸豫無期。慎爾優遊，勉爾遁思。【疏】傳：「爾公爾侯邪，何爲逸樂無期以反也。慎，誠也。」箋：「誠女優遊，使待時也。勉女遁思，度己終不得見。自訣之詞。」○案：言爾是公侯，則任大貴重，與國同體，慮逸豫之無期耳。今官位不高，誠爾優遊待時，猶之可也。若爾有速遁之思，則願勉抑之。

皎皎白駒，在彼空谷。【注】韓、齊「空」作「穹」。韓説曰：「穹谷，深谷也。」【疏】傳：「空，大也。」○王符《潛夫論·本政》篇云：「《詩》傷『皎皎白駒，在彼空谷』，『巧言如流，俾躬處休』。蓋言衰世之士，志彌潔者身彌賤，佞彌巧者官彌尊也。」明《魯詩》作「空谷」，與毛同。「韓『空』作『穹』，曰『穹谷，深谷也』」者，《文選》班固《西都賦》李注、陸機《苦寒行》詩注引《韓詩》薛君章句文。惠棟云：「《韗人》『爲皋陶，穹者三之一』，鄭司農曰：『穹，讀爲「志無空邪」之「空」。』是古穹與空同。」陳喬樅云：「毛傳：『空，大也。』雖訓與韓異，而皆以『空』爲『穹』之叚借，《釋詁》『穹，大也』可證。《節南山》詩『不宜空我師』，傳訓『空』爲『窮』。案：《説文》：『穹，窮也。』是『空，窮』之訓，亦以『空』爲『穹』之借字。」「齊作『穹』」者，《西都賦》「幽林穹谷」，李注引《韓詩》爲證。然班用《齊詩》，此語當本齊文，故知齊作「穹谷」也。生芻一束，其人如玉。【疏】箋：「此戒之也。女行所舍主人之餼雖薄，要就賢人，其德如玉然。」○「生芻一束」，言欲以秣其駒。「其人如玉」，敬其德如玉也。《易林·坤之巽》：「白駒生芻，猗猗盛姝。」用齊經文。《後漢·郭林宗傳》載林宗有母憂，徐穉來弔，置生芻一束於廬前而去，林宗引此詩二句，言「吾無德以堪之」，可以推見詩義。毋金玉爾音，而有遐心。【疏】箋：「毋愛女聲音，而有遠我之心。以恩責之也。」○金玉者，珍重愛惜之意，恐其別去之後，不通音問，王粲所謂「無密爾音」，密猶秘也。遐心，即遁思。

《白駒》四章，章六句。

黄鳥【注】齊説曰：「黄鳥來集，既嫁不答。念我父母，思復邦國。」【疏】毛序：「刺宣王也。」箋：「刺其以陰禮教親而不至，聯兄弟之不固。」○「黄鳥」至「邦國」，《易林·乾之坎》文。陳喬樅云：「據焦氏所言詩義，蓋女適異國而不見答，故欲復其邦族，與毛異。但在下者夫婦相棄，亦上之人禮教不至有以致之。《竹竿》詩不答於夫，出遊寫憂而已，望其機之轉也。此則直云『不我肯穀』、『不可與處』，乃不答之甚者。曰『復我邦族』，是自異國來嫁，蓋畿内小國也。」

黄鳥黄鳥，無集于穀，無啄我粟。此邦之人，不我肯穀。【疏】傳：「興也。黄鳥，宜集木啄粟者。穀，善也。」箋：「興者，喻天下室家不以其道而相去，是失其性。不肯以善道與我。」○馬瑞辰云：「《廣雅》：『穀，養也。』《小弁》詩『民莫不穀』，《甫田》詩『以穀我士女』，箋並云：『穀，養也。』此詩『穀』亦當訓

『養』，猶《我行其野》篇『爾不我畜』，❶畜亦養也。」言旋言歸，復我邦族。【疏】傳：「宣王之末，天下室家離散，妃匹相去有不以禮者。」箋：「言，我；復，反也。」〇蔡邕《述行賦》「言旋言復」，又曰「復邦族以自綏」，皆用魯經文。

黄鳥黄鳥，無集于桑，無啄我粱。此邦之人，不可與明。言旋言歸，復我諸兄。【疏】傳：「不可與明夫婦之道。婦人有歸宗之義。」箋：「明，當爲『盟』。盟，信也。宗，謂宗子也。」〇陳奂云：「《儀禮·喪服》『不杖期』節『女子子適人者，爲昆弟之爲父後者』，傳：『爲昆弟之爲父後者，何以亦期也？婦人雖在外，必有歸宗，曰小宗，故服期也。』注云：『歸宗者，父雖卒，猶自歸宗。其爲父後服重者，不自絶於其族類也。曰小宗者，言是乃小宗也。小宗明非一也，小宗有四。』案：此謂婦人雖外成他家，有歸小宗之義，故爲昆弟之爲父後者服期也。又『齊衰』節『婦人爲宗子、宗子之母妻』，傳：『何以服齊衰三月也？尊祖也。尊祖故敬宗，敬宗者，尊祖之義也。』注云：『婦人女子子在室，❷及嫁歸宗者也。宗子繼别之後，百世不遷，所謂大宗也。』案：此謂婦人適人，有出必歸宗，不自絶於宗子，故爲大宗之子服齊衰也。《釋親》『宗族』節：『男子謂女子先生爲姊，後生爲妹。父之姊妹爲姑。王父之姊妹爲王姑，曾祖王父之姊妹爲曾祖王姑，高祖王父之姊妹爲高祖王姑。父之從父姊妹爲從祖姑，王父之從祖姊妹爲族祖姑。』案：此謂女子

---

❶「爾」，原作「亦」，據馬瑞辰《通釋》、明世德堂本《毛詩》、阮刻本《毛詩正義》及本書卷十六《我行其野》改。

❷下「子」字，原脱，據陳奂《傳疏》、阮刻本《儀禮注疏》補。

適人，而姑姊妹不絶九族之親，明有歸宗也。其姊妹與宗同父，同父宗者也。與宗同王父，同祖宗者也。與宗同曾祖王父，同曾祖宗者也。與宗同高祖王父，同高祖宗者也。婦人歸宗，父母在則歸婦室，父母既歿，則歸於諸父昆弟，謂之小宗。小宗既絶，則或歸於諸大宗之家。猶之將嫁之女，祖廟既毁，則必教於大宗之室。」

黄鳥黄鳥，無集于栩，無啄我黍。此邦之人，不可與處。言旋言歸，復我諸父。【疏】傳：「處，居也。諸父，猶諸兄也。」○陳奂云：「小宗四，大宗一。五宗之昆，諸兄也。五宗之父，諸父也。故傳云：『諸父，猶諸兄也。』鄭《駁五經異義》云：『婦人歸宗，女子雖適人，字猶繫姓。』明不與父兄爲異族。」

《黄鳥》三章，章七句。

我行其野【注】齊説曰：「黄鳥採蓄，既嫁不答。念吾父兄，思復邦國。」【疏】毛序：「刺宣王也。」箋：「刺其不正嫁娶之數，而有荒政，多淫昏之俗。」○「黄鳥」至「邦國」，《易林·巽之豫》文。陳喬樅云：「《毛詩》『言採其蓫』，《釋文》：『蓫，本亦作「蓄」。』據焦氏言『黄鳥採蓄』，是齊文作『蓄』。似《我行其野》與《黄鳥》爲一時事，故並舉之，如《六月》、《采芑》、《吉日》、《車攻》之例。《毛序》義異。詩述一人之事，毛、鄭則總一國而爲詞也。」

我行其野，蔽芾其樗。昏姻之故，言就爾居。爾不我畜，復我邦家。【疏】傳：「樗，惡木也。畜，養也。」箋：「樗之蔽芾始生，謂仲春之時，嫁取之月。婦之父、壻之父相謂昏姻。言，我也。我乃以此二父之命，故我就爾居，我豈其無禮來乎？　責之也。宣王之末，男女失道，以求外昏，棄其舊姻而相怨。」○孔疏引王肅，以爲惡木喻惡夫。胡承珙云：「方就其居，何得遽謂之惡？　至『爾不我畜』，乃可爲惡耳，不應首二句即以惡木斥惡人。」愚案：箋謂仲春樗生，是也。但此女行野之所見非嘉木，所采亦非嘉卉，言外意自含蓄不盡。

我行其野，言采其蓫。【注】齊、韓「蓫」作「蓄」。昏姻之故，言就爾宿。爾不我畜，言歸斯復。【疏】傳：「蓫，惡菜也。復，反也。」箋：「蓫，牛蘈也，亦仲春時生，可采也。」○「齊、韓『蓫』作『蓄』」者，《齊詩》見上。曹植《七啟》云「霜蓄露葵」，曹用《韓詩》也。陸《疏》：「蓫，今人謂之羊蹄。」《名醫别録》云：「羊蹄，一名蓄。」陶隱居注：「今人呼爲秃菜，即是蓄音之誤。」引《詩》云：「言采其蓄。」陸《疏》「羊蹄」，定本作「牛蘈」。《釋草》「藬，牛蘈」，郭注：「高尺許，方莖，葉長而鋭，有穗，穗間有華，華紫縹色，可淋以爲飲。」則毛云「惡菜」亦非。

我行其野，言采其葍。不思舊姻，求爾新特。【注】魯「思」作「惟」，「姻」作「因」。【疏】傳：「葍，惡菜也。新特，外昏也。」箋：「葍，䔰也，亦仲春時生，可采也。壻之父曰姻。我采葍之時，以禮來嫁女，女不思女老父之命而棄我，而求女新外昏特來之女。責之也。不以禮嫁，必無肯媵之。」○《釋草》「葍，䔰」，郭注：「大葉，白華，根如指，正白，可啖。」又云「葍，藑茅」，郭注：「葍華有赤者爲藑，藑、葍一種耳，亦猶蔆苕華黄、白異名。」《齊民要術》云：「一種莖赤有臭氣，即《爾雅》之『葍，藑茅』，毛傳所云『惡菜』也。　一種莖葉細而香，即《爾雅》之『葍，䔰』，郭注所云『根白可啖』也。」「魯『思』作『惟』，『姻』作『因』」者，《白虎通·嫁娶》篇：「婚者，昏時行禮，故曰婚。姻者，婦人因夫而成，故曰姻。《詩》曰：『不惟舊因。』謂夫也。」陳喬樅云：「魯、毛文異而義同。《釋詁》：『惟，思也。』《論語》『因不失其親』，《南史》王元規云『姻不失親』，是其證也。」愚案：婦因夫而成，故曰姻。《禮經》所云「合二姓之好」也。不思此義之重，而別求外昏，故曰「不惟舊因」。**成不以富，亦祇以異。**【疏】傳：「祇，適也。」箋：「女不以禮爲室家，成事不足以得富也，女亦適以此自異於人道。言可惡也。」○陳奐云：「成，即『誠』之借字。《論語》引此，以證愛惡之惑，與詩義略同。《説文・衣部》無『祇』，疑唐以前無從衣之『祇』字。《易・坎》釋文云：『祇，詞也。』富，猶賄也，即《氓》詩之『以我賄遷』也。異，猶貣也，即《氓》詩之『士貣其行』也。言誠不以外昏之有財賄，亦祇以舊姻之有貣行爲可惡也。」愚案：周室中葉，即有棄舊姻求新特之事。降及漢世，婚禮大壞，見於詩篇者甚多，女子重前夫，男兒愛後婦，其殆「亦祇以異」之嗣音與？

《我行其野》三章，章六句。

斯干【注】魯説曰：「周德既衰而奢侈，宣王賢而中興，更爲儉宮室，小寢廟。詩人美之，《斯干》之詩是也。上章道宮室之如制，下章言子孫之衆多也。」又曰：「昔周王德衰而《斯干》作，應運變通，自古有之。」【疏】毛序：「宣王考室也。」箋：「考，成也。德行國富，人民殷衆而皆佼好，骨肉和親，宣王於是築宮廟，羣寢既成而釁之，歌《斯干》之詩以落之，此之謂成室。宗廟成，則又祭先祖。」○「周德」至「多也」，《漢書・劉向傳》向疏文。楊雄《將作大匠箴》：「《詩》咏宣王，由儉改奢。」張衡《東京賦》：「改奢即儉，則合美乎《斯干》。」薛綜注：「《斯干》，謂宣王儉宮室之詩也。」以上美宣儉也。「昔周」至「有之」，蔡邕《宗廟祝嘏詞》文。皆魯説也。陳喬樅云：「蔡文上言遷都舊京，而即引《斯干》之詩以證之，是魯説謂宣王中興，有遷都之事也。」姚鼐云：「周之都嘗數遷，文王居豐，武王居鎬，穆王居鄭，懿王居廢丘。宣王遭厲王之禍，宜更擇都邑，建宮室。以《斯干》詩及『王餞于郿』度之，蓋宣王都南山之北、渭水之南雍郿間也。太史公云雍旁有吴陽、武時，雍東有好時，晚周嘗郊焉，事不誣也。故宣王鼓出於陳倉。方周未東遷之時，而周人士之詩已作。『王在在鎬』，《魚藻》詩人以傷今而思古焉，則未知其在鄭與？在犬丘與？抑宣王之世與？」又《漢書·翼奉傳》云：「奉以宮室苑囿奢泰難供，乃上疏言宜東徙成周，遷都正本，亡復繕治宮館不急之費，歲可餘一年之蓄。必有五年之蓄，然後大行考室之禮。」注引《斯干》之詩爲證。奉《齊詩》學也，言遷都儉宮室，與劉、楊、張、蔡説合，然則此詩魯、齊同義矣。韓説當同。

秩秩斯干，【注】魯説曰：「秩秩，清也。」幽幽南山。如竹苞矣，如松茂矣。兄及弟矣，式相好矣，無相猶矣。【疏】傳：「興也。秩秩，流行也。干，澗也。幽幽，深遠也。苞，本也。猶，道也。」箋：「興者，喻宣王之德如澗水之源，秩秩流出，無極已也。國以饒富，民取足焉，如於深山。言時民殷衆如竹之本生矣，其佼好又如松柏之暢茂矣。猶，當作『瘉』。瘉，病也。言時人骨肉用是相愛好，無相詬病也。」○「秩秩，清也」者，《釋訓》文，蓋專爲此詩立訓，狀澗水之清也，毛作傳所未及采。干，即「澗」之借字。《考槃》「在澗」，《韓詩》「澗」作「干」。馬瑞辰云：「猶、猷古通用。《方言》：『猷，詐也。』《廣雅》：『猶，欺也。』詩蓋謂兄弟相愛以誠，無相欺詐，即《左傳》『爾無我虞，我無爾詐』也。」

似續妣祖，築室百堵，西南其户。爰居爰處，爰笑爰語。【疏】傳：「似，嗣也。西鄉户，南鄉户也。」箋：「似，讀如『巳午』之『巳』。巳續妣祖者，謂巳成其宫廟也。妣，先妣姜嫄也。祖，先祖也。此築室者，謂築燕寢也。百堵，百堵一時起也。天子之寢有左右房，西其户者，異於一房者之室户也。又云南其户者，宗廟及路寢制如明堂，每室四户，是室一南户爾。爰，於也。於是居，於是處，於是笑，於是語。言諸寢之中，皆可安樂。」〇張衡《東京賦》「西南其户」，明魯、毛文同。約之閣閣，❶椓之橐橐。【注】魯「閣」作「格」，「橐」作「櫜」。【疏】傳：「約，束也。閣閣，猶歷歷也。橐橐，用力也。」箋：「約，謂縮板也。椓，謂搯土也。」〇案：約、縮皆謂以繩纏束之。「魯『閣』作『格』」者，《考工記·匠人》注引《詩》曰：「約之格格。」《釋訓》：「格格，舉也。」正釋此詩，魯説也。舉板而束之然後堅，故訓「格格」爲「舉」也。《説文》：「鞈，生革可以爲縷束也。」或據此以爲當作「鞈鞈」，其説亦通。但「格格」自訓「舉」，無勞改字也。「椓，謂搯土」者，孔疏：「取壤土投之板中，搯使平均，然後椓之也。搯者，以手平物之名，故字從手。」《玉篇》：「椓，擊也。《詩》曰：『椓之橐橐。』」顧用《韓詩》，是韓作「橐橐」，與毛同。《廣雅》：「櫜櫜，聲也。」作「櫜」，是用《魯詩》。「橐」即「櫜」之渻借。「椓之櫜櫜」，猶椓之丁丁，皆謂其聲耳。風雨攸除，鳥鼠攸去，君子攸芋。【注】魯「芋」作「宇」。【疏】傳：「芋，大也。」箋：「芋，當作『幠』。幠，覆也。寢廟既成，其牆屋弘殺，則風雨之所除也；

---

❶「約之閣閣」以下五句，明世德堂本《毛詩》、阮刻本《毛詩正義》别作一章。

其堅致，則鳥鼠之所去也；其堂室相稱，則君子之所覆蓋。」○「魯『芋』作『宇』」者，案：陳喬樅云：「揚雄《將作大匠箴》：『牆以禦風，宇以蔽日。寒暑攸除，鳥鼠攸去。』『芋』作『宇』，蓋《魯詩》。《大司徒》『美宮室』，❶注：『謂約椓攻堅，風雨攸除，各有攸宇。』『芋』作『宇』，當亦用魯說。宇之言覆也。」魯作「宇」，正字。毛作「芋」，借字。　如跂斯翼，❷【注】韓「跂」作「企」。【疏】傳：「如人之跂竦翼爾。」○孔疏：「如人跂足竦此臂翼然。」「韓『跂』作『企』」者，《玉篇·人部》：「企，舉踵也。《詩》云：『如企斯翼。』」《毛詩》釋文云：「跂，音企。」此引作「企」者，《韓詩》之異字。跂、企音義並同。　如矢斯棘，如鳥斯革，【注】韓「棘」作「朸」，云：「朸，隅也。」「革」作「䩯」，云：「䩯，翅也。」【疏】傳：「棘，棱廉也。❸革，翼也。」箋：「棘，戟也。如人挾弓矢戟其肘，如鳥夏暑希革張其翼時。」○「韓『棘』作『朸』，云『朸，隅也』」者，《釋文》文。《玉篇·木部》：「《韓詩》云：『如矢斯朸。』朸，木理也。」《說文》「朸」下云：「木之理也。從木，力聲。」段注：「《詩》『如矢斯棘』，韓作『朸』，毛曰『棘，棱廉也』，韓曰『朸，隅也』，學者多不解。及觀《抑》詩『惟德之隅』，傳：『隅，廉也。』箋申之曰：『如宮室之制，內有繩直，則外有廉隅。』然後知《斯干》詩謂如矢之正直，而外有廉隅也。」陳喬樅云：「韓『朸』正字，毛『棘』借字。　如矢之直，則得其理而廉隅整飭矣。毛、韓詞異而意一也。馬瑞辰云：『棘之通

❶「美」，阮刻本《周禮注疏》及宋本、通志堂本《釋文》作「媺」。
❷「如跂斯翼」以下五句，明世德堂本《毛詩》、阮刻本《毛詩正義》別作一章。
❸「棱」，明世德堂本《毛詩》、阮刻本《毛詩正義》作「稜」。

朸，猶馬勒通作「⿰革棘」，《水經注》棘門謂之力門也。』」「韓『革』作『䩐』，云『䩐，翅也』」者，亦《釋文》文。陳喬樅云：「《詩考》引作『䩐』，今本或作『勒』，乃『䩐』字之譌耳。《說文》『䩐』下云：『翅也。』正用《韓詩》。《廣雅·釋器》云：『䩐，翼也。』即本《韓詩》之文，而訓從毛傳。《毛詩》作『革』，乃以『革』爲『䩐』之渻借，故訓爲『翼』，翼即翅也。韓、毛小異而訓義同。《釋文》云『革，如字』，非也。」如翬斯飛，君子攸躋。【疏】傳：「躋，升也。」箋：「伊洛而南，素質五色皆備成章曰翬。此章四『如』者，皆謂廉隅之正，形貌之顯也。翬者，鳥之奇異者也，故以成之焉。此章主於宗廟，君子所升，祭祀之時。」○馬瑞辰云：「《爾雅》又云：『鷹隼醜，其飛也翬。』《說文》：『翬，大飛也。』此詩應取翬爲大飛之義，以狀簷阿之勢，猶今之飛檐也。」陳喬樅云：「詩上言『如跂』、『如矢』、『如鳥』，此言『如翬』，四『如』字皆以物象取譬，當以翬雉之義爲長。朱子《集傳》以爲『華采而軒翔』，其說得之。」

殖殖其庭，有覺其楹。噲噲其正，噦噦其冥，君子攸寧。【疏】傳：「殖殖，言平正也。有覺，言高大也。正，長也。冥，幼也。」箋：「覺，直也。噲噲，猶快快也。正，晝也。噦噦，猶煟煟也。冥，夜也。言居之晝日則快快然，夜則煟煟然，皆寬明之貌。此章主於寢，君子所安，燕息之時。」○案：《釋言》：「冥，窈也。」本或作「幼」，即「窈」之渻借，後遂誤爲「長幼」之「幼」，致生曲說。陳奐云：「噲噲、噦噦，義未聞。箋蓋用三家義。劉向說上章、下章，上章謂前五章，下章謂後四章，此亦三家說。」

下莞上簟，乃安斯寢。乃寢乃興，乃占我夢。吉夢維何？維熊維羆，維虺維蛇。【疏】傳：「言善之應人也。」箋：「莞，小蒲之席也。竹葦曰簟。寢既成，乃鋪席，與羣臣安燕，爲歡以落之。興，夙興也。有善夢，則占之。熊羆之獸，虺蛇之蟲，此四者，夢之吉祥也。」○《玉篇・草部》：「莞，似藺而圓，可爲席。《詩》曰：『下莞上簟。』」此韓説，與箋訓異。《漢書・藝文志》：「衆占非一，而夢爲大，故周有其官。《詩》載熊羆虺蛇、衆魚旐旟之夢，明著大人之占，以考吉凶。」此齊説也。《潛夫論・敘録》：「《詩》稱『吉夢』。」用魯經文。

大人占之，維熊維羆，男子之祥。維虺維蛇，女子之祥。【注】魯「維」作「惟」。【疏】箋：「大人占之，謂以聖人占夢之法占之也。熊羆在山，陽之祥也，故爲生男。虺蛇穴處，陰之祥也，故爲生女。」○「魯『維』作『惟』」者，《潛夫論・夢別》篇：「凡夢有象。《詩》云：『惟熊惟羆，男子之祥。惟虺惟蛇，女子之祥。』此謂象之夢也。」《後漢・楊賜傳》賜上封事，引《詩》「惟虺惟蛇」二語作「惟」。《漢書・五行志》下引《詩》曰：「維虺維蛇，女子之祥。」志述劉向云云，則此所引乃《魯詩》之文，亦當作「惟」，「維」字誤也。

乃生男子，【注】韓説曰：「男子生，以桑弧蓬矢，六射天地四方，明當有事天地四方也。」載寢之牀，載衣之裳，載弄之璋。【疏】傳：「半珪曰璋。裳，下之飾也。璋，臣之職也。」箋：「男子生而卧於牀，尊之也。裳，晝日衣也。衣以裳者，明當主於外事也。玩以璋者，欲其比德焉。玉以璋者，明成之有漸。」○「男子」至「方也」，《文選》二十九棗據《雜詩》注引《韓詩内傳》文。此詩預言之擬議之詞也。「璋，臣之職也」者，孔疏引：「王肅云：『羣臣之從王行禮者奉璋。』又《棫樸》曰『奉璋峩峩，髦士攸宜』是也。」其泣喤喤，朱芾斯皇，【注】魯「芾」作「紱」。室家君王。【疏】箋：「皇，猶煌煌也。芾者，天子純朱，諸侯黄朱。室家，一家之内。宣王將生之子，或且爲諸侯，或且爲天子，皆將佩朱芾煌煌然。」○「魯『芾』作『紱』」者，《白虎通・紼冕》篇：「天子朱紼，諸侯赤紼。《詩》云：『朱紼斯皇，室家君王。』」詳具《采芑》詩「朱芾斯皇」下。愚案：諸侯赤芾，而箋云「諸侯黄朱」者，諸侯入爲天子三公九卿，亦得賜朱芾，惟是黄朱，與天子純朱有別故也。

乃生女子，載寢之地，載衣之裼，【注】韓「裼」作「褅」，韓說曰：「褅，示之方也。」載弄之瓦。

【疏】傳：「裼，褓也。瓦，紡塼也。」箋：「臥於地，卑之也。褓，夜衣也。明當主於内事。坊塼，習其一所有事也。」○班昭《女誡》曰：「古者生女三日，臥之牀下，弄之瓦塼，而齊告焉。臥之牀下，明其卑弱，主下人也。弄之瓦塼，明其習勞，主執勤也。齊告先君，明當主繼祭祀也。」此齊說也。「韓『裼』作『褅』」者，《釋文》文。「褅，示之方也」者，孔疏引侯包《韓詩翼要》文。陳喬樅云：「褅，《説文》作『𧜵』，引《詩》曰：『載衣之𧜵。』許引即《韓詩》也。褅者，『𧜵』之渻文耳。正義引：『侯包云：「示之方也。」明褓制方令女子方正事人之義。』《釋文》云：『齊人名小兒被爲褓。』❶《玉篇》：『褅，褓也。褓，小兒衣也。』又云：『襁褓，負兒衣也。織縷爲之，廣八寸，長二尺，以負小兒於背上也。』則褅之製蓋方而長也。」無非無儀，唯酒食是議，無父母詒罹。【疏】傳：「婦人質無威儀也。罹，憂也。」箋：「儀，善也。婦人無所專於家事。有非，非婦人也。有善，亦非婦人也。婦人之事，惟議酒食爾，無遺父母之憂。」○《列女傳》：「孟母曰：『夫婦人之禮，精五飰，羃酒漿，養舅姑，縫衣裳而已矣。故有閨門之修，而無境外之志。《詩》曰：「無非無儀，惟酒食是議。」以言婦人無擅制之義，有三從之道也。』」馬瑞辰云：「《説文》：『非，違也。從飛下翄，取其相背。』《廣雅・釋言》亦

❶「褓」，原作「褅」，據宋本、通志堂本《釋文》改。

曰：『非，違也。』無非，即無違。此《士昏禮·記》所云『父送女，命之曰「夙夜無違命」，母曰「夙夜無違宫事」』也。箋以『非』對『善』言，訓爲惡，失之。《説文》：『儀，度也。』『儀』通作『義』。《左·襄三十年傳》：『君子謂宋共姬女而不婦，女待人，婦義事也。』王氏引之曰：『義，讀爲儀。儀，度也。言婦當度事而行，不必待人也。』『儀』又通作『議』。《左·昭六年傳》：『昔先王議事以制。』『議，讀爲儀。儀，度也。制，斷也。謂度事之輕重以爲斷制也。』今案：婦人，從人者也，不自度事以專制，故曰『無儀』，即《易·家人》爻詞所謂『無攸遂』也。《公羊傳》：『遂者，生事也。』❶婦人無義事，猶《公羊》言『大夫無遂事』也。《左傳》言『婦義事』者，處變之權。《詩》言『無儀』者，處常之道。孟母引《詩》此句，而釋之曰：『言婦人無擅制之義，而有三從之道也。』『三從』釋《詩》『無非』，『無擅制』正釋《詩》『無儀』。三家《詩》必有訓『非』爲『違』、『儀』爲『度』者，爲《列女傳》所本。婦有婦容，毛傳謂無威儀，固非。婦人以孝敬爲先，即善也，箋以『無儀』爲無善，亦非。」

《斯干》九章，四章章七句，五章章五句。

無羊【疏】毛序：「宣王考牧也。」箋：「厲王之時，牧人之職廢，宣王始興而復之，至此而成，謂復先王牛羊之數。」○三家無異義。

誰謂爾無羊？三百維羣。誰謂爾無牛？九十其犉。【疏】傳：「黄牛黑脣曰犉。」箋：「爾，

❶「生」，原作「主」，據馬瑞辰《通釋》、阮刻本《春秋公羊傳注疏·桓公八年》改。

女也。女，宣王也。宣王復古之牧法，汲汲於其數，故歌此詩以解之也。誰謂女無羊？今乃三百頭爲一羣。誰謂女無牛？今乃犉者九十頭。言其多矣，足如古也。」○《釋畜》「牛七尺爲犉」，郭注：「《詩》曰：『九十其犉。』」案：郭用舊注之文，此魯義也。陳喬樅云：「《釋畜·牛屬》又曰『黑脣，犉』，某氏注：『黄牛黑脣曰犉。』蓋犉名兼二義，毛傳與某氏説同。但詩下章明言『三十惟物』，毛云：『異毛色者三十也。』若以『九十其犉』爲專指黑脣而言，則與『三十惟物』句不合，當主『牛七尺曰犉』於義爲長。」愚案：邢疏引《尸子》説「六畜」云：「大牛爲犉，七尺。」此義最古。禮用羊者多，羊以多貴，故曰「三百維羣」。天子無故不殺牛，牛以肥貴，曰一元大武，曰博碩肥腯，則「九十其犉」已見物力之豐足，故《雅》訓用魯説，專主「七尺」言，以下兼有「三十惟物」句也。毛訓通謂「黄牛黑脣」，與此經不合，故舍人用之，而邢疏不采。《説文》主毛，乃獨取之，然不能以之釋此經也。爾羊來思，其角濈濈。爾牛來思，其耳濕濕。【疏】傳：「聚其角而息濈濈然。哃而動其耳濕濕然。」箋：「言此者，美畜産得其所。」○馬瑞辰云：「濈，《釋文》：『亦作戢。』《爾雅》：『戢，聚也。』《周南》傳：『戢戢，會聚也。』故傳以爲聚角貌。」

或降于阿，或飲于池，或寢或訛。【注】韓「訛」作「譌」，云：「譌，覺也。」【疏】傳：「訛，動也。」箋：「言此者，美其無所驚畏也。」○《玉篇·口部》引：「《詩》：『或寢或吪。』吪，動也。」是正字當作「吪」。「韓作『譌』，云『譌，覺也』」者，《釋文》引《韓詩》文。譌，古「訛」字。陳喬樅云：「《衆經音義》十二云：『訛，古文蔿、譌、吪三形同。』蓋皆以聲近通用。《書·堯典》『平秩南訛』，《史記·五帝紀》作『便程南譌』。《釋詁》『訛，動也』，《釋文》云：『訛，字又作「吪」，亦作「譌」。』是其證也。」爾牧來思，何蓑何笠，或負其餱。三十維物，爾牲則具。【疏】傳：「何，揭也。蓑，所以備雨。笠，所以禦暑。異毛色者三十也。」箋：「言此者，美牧人寒暑飲食有備。牛羊之色異者三十，則女之祭祀，索則有之。」○《説文》「衰」下云：「艸雨衣，秦謂之萆。」「萆」下云：「雨衣，一曰衰衣。」衰從艸，後人加之也。孔疏：「經言『三十維物』，則別色之物皆有三十，謂黑、赤、黄、白、黑毛色別異者各三十也。祭祀之物，❶當用五方之色。」《犬人》鄭司農注：「物，色也。」

爾牧來思，以薪以蒸，以雌以雄。【疏】箋：「此言牧人有餘力，則取薪蒸，搏禽獸，以來歸也。麤曰薪，細曰蒸。」○《淮南・主術訓》高注：「大者曰薪，小者曰蒸。」明魯義與箋説同。爾羊來思，矜矜兢兢，不騫不崩。麾之以肱，畢來既升。【疏】傳：「矜矜兢兢，以言堅彊也。騫，虧也。崩，羣疾也。肱，臂也。升，升入牢也。」箋：「此言擾馴從人意也。」○「不騫不崩」者，馬瑞辰云：「《説文》：『騫，馬腹縶也。』《史記・仲尼弟子列傳》閔損字子騫，蓋騫本馬腹縶陷之稱，引伸通爲虧損之稱，故此詩及《魯頌》皆言『不虧不崩』。《説文》：『虧，气損也。』損曰虧，亦可曰騫，故《漢書・鼂錯傳》『外無騫污之名』。」胡承珙云：「騫，謂羊不肥。崩，謂羊有疾。《齊民要術》：『羊有疾，輒相污。』又云：『羊有疥者，間別之，不別相染污，或能合羣致死。』」「麾之以肱，畢來既升」者，馬瑞辰云：「《列子》：『百羊而羣，使五尺童子荷箠而隨之，欲東而東，欲西而西。』即此詩二句之謂。『升』對上章『或降于阿，或飲于池』言，❷蓋謂升於高處，非入牢之謂也。」

---

❶「物」，阮刻本《毛詩正義》作「牲」。

❷「言」，原脱，據馬瑞辰《通釋》補。

牧人乃夢，衆維魚矣，旐維旟矣。大人占之，衆維魚矣，實維豐年。旐維旟矣，室家溱溱。【注】魯「維」作「惟」，「溱」作「蓁」。【疏】傳：「陰陽和，則魚衆多矣。溱溱，衆也。旐旟，所以聚衆也。」箋：「牧人乃夢見人衆相與捕魚，又夢見旐與旟。占夢之官得而獻之於宣王，將以占國事也。魚者，庶人之所以養也。今人衆相與捕魚，則是歲熟相供養之祥也。《易·中孚》卦曰：『豚魚吉。』溱溱，子孫衆多也。」○牧人者，《周官》牧人之職，詳具孔疏。「魯『維』作『惟』，『溱』作『蓁』」者，《潛夫論·夢别》篇：「《詩》云：『衆惟魚矣，實惟豐年。旐惟旟矣，室家蓁蓁。』此謂象之夢也。」此魯説。溱溱、蓁蓁皆借以形容其衆多也。《漢書·敘傳》注引應劭《音義》云：「周宣王牧人夢衆魚與旟旐之祥而中興。」應亦用《魯詩》也。《漢書·藝文志》：「《詩》載衆魚旐旟之夢，明著大人之占，以考吉凶。」此齊説。馬瑞辰云：「衆，即⿰虫衆也，乃『螽』或體字。《春秋》『有螽』，《公羊》皆作『⿰虫衆』。文二年『雨⿰虫衆于宋』，何休《解詁》曰：『⿰虫衆，猶衆也。』此詩『衆』又爲『⿰虫衆』之省借。⿰虫衆，蝗也。蝗多爲魚子所化。魚子旱荒則爲蝗，豐年水大則爲魚，即蝗亦化爲魚。《埤雅》云：『陂澤中魚子落處，逢旱日暴率變飛蝗。若雨水充濡，悉化爲魚。』是其證也。此詩牧人夢⿰虫衆蝗化爲魚，故爲豐年之兆。『衆惟魚矣』與『旐惟旟矣』二句相對成文。《爾雅》：『維，侯也。侯，乃也。』此詩二『維』字皆當訓『乃』。⿰虫衆乃魚矣，謂⿰虫衆化魚。旐乃旟矣，亦謂旐易以旟，蓋旟本以繼旐者也。《説文》：『旟，錯革鳥於上，所以進士衆。』旟有衆義，故爲『室家溱溱』之兆。丁氏希曾亦云：『「衆」乃「⿰虫衆」字之省。』引見盧文弨《鍾山札記》。」

《無羊》四章，章八句。

《鴻鴈》之什十篇，三十二章，二百三十句。

詩三家義集疏卷十七

長沙王先謙益吾著

節之什弟十七【疏】案：《毛詩》「節」下有「南山」二字，今依三家文删。　詩小雅

節【注】齊説曰：「周室之衰，其卿大夫緩於誼而急於利，亡推讓之風，而有争田之訟，故詩人疾而刺之，曰：『節彼南山，惟石巖巖。赫赫師尹，民具爾瞻。』爾好誼則民鄉仁而俗善，爾好利則民好邪而俗敗。」【疏】毛序：「《節南山》，家父刺幽王也。」箋：「家父，字，周大夫也。」〇「周室」至「俗敗」，《漢書》董仲舒對策文，下云：「由是觀之，天子大夫者，下民之所視效，遠方之所四面而内望也。近者視而放之，遠者望而效之，豈可以居賢人之位，而爲庶人之行哉？夫皇皇求財利，常恐乏匱者，庶人之意也。皇皇求仁義，常恐不能化民者，大夫之意也。居君子之位，而爲庶人之行，其患禍必至也。」案：董以《節》爲刺周大夫争田之詩，此齊説。師尹不善之事多端，而以争田興訟，好利至此，鄙孰甚焉，故舉以爲言也。三家皆止以《節》標目，《大戴禮》引「式夷式已」二句，盧辯注云：「此《小雅·節》之四章。」盧蓋據三家文也。《左·昭二年傳》「季武子賦《節》之卒章」，

亦止稱「節」。惟毛連「南山」爲文耳。

節彼南山，【注】韓説曰：「節，視也。」維石巖巖。【注】齊「維」作「惟」。赫赫師尹，民具爾瞻。憂心如惔，【注】韓「惔」作「炎」。不敢戲談。【疏】傳：「興也。節，高峻貌。巖巖，積石貌。赫赫，顯盛貌。師，大師，周之三公也。尹，尹氏，爲大師。具，俱；瞻，視；惔，燔也。」箋：「興者，喻三公之位，人所尊嚴。此言尹氏女居三公之位，天下之民俱視女之所爲，皆憂心如火灼爛之矣，又畏女之威，不敢相戲而談語。疾其貪暴，脅下以刑辟也。」○「節，視也」者，《釋文》引《韓詩》文。陳喬樅云：「韓訓『節』爲『視』者，節有省義，消節爲省，省視亦爲省，故『節』得訓『視』。下云『師尹具瞻』，故韓以『節』爲『視』，與下文相應也。」「齊『維』作『惟』」者，《禮・大學》：「《詩》云：『節彼南山，惟石巖巖。赫赫師尹，民具爾瞻。』」鄭注：「巖巖，喻師尹之高嚴也。師尹，天子之大臣爲政者。在下之民俱視所行而則之，可不慎其德乎？」《繁露・山川頌》云：「且積土成山，無損也。成其高，無害也。成其大，無虧也。小其上，泰其下，久長安，後世無有去就，儼然獨處，惟山之意。《詩》云：『節彼南山，惟石巖巖。赫赫師尹，民具爾瞻。』此之謂也。」據此及董策，引見上。齊作「惟」。《山川頌》言成其高大，蓋亦以「節」爲高大之貌，與毛傳同。又《禮・緇衣》、《漢書・成紀》詔、伏理以《齊詩》授成帝，見《後漢・伏湛傳》。《漢書・敘傳》亦引「赫赫師尹」二句，明齊、毛文同。《後漢・郎顗傳》顗拜章曰：「三公上應台階，下同元首。『節彼南山』，詠自《周詩》。」述齊義亦同。「『惔』作『炎』」者，《釋文》引《韓詩》文，又云：「字書作『焱』，《説文》作『𤆍』，才廉反，小爇也。」案：《説文》「惔」下云：「憂也。」引《詩》「憂心如惔」。段注謂：「《説文》引《詩》釋『惔』從炎之義，當作『憂心如炎』。《雲漢》詩『如惔如焚』，亦『如炎』之誤。」《說文》「炎」下云：「火光上也。」「美」下云：「小爇也。《詩》曰：『憂心如美。』」段注：「《節》詩古本毛作『如美』，故傳云『美，燔也』。今各本『如美』誤作『天』。」《鹽鐵論・散不足》篇引：「詩人傷而作詩，云：『憂心如惔，不敢戲談。』」明齊、毛文同。國既卒斬，何用不監。【注】韓說曰：「監，領也。」【疏】傳：「卒，盡；斬，斷；監，視也。」箋：「天下之諸侯日相侵伐，其國已盡絶滅，女何用爲職不監察之？」〇「監，領也」者，《釋文》引《韓詩》文。胡承珙云：「監者，臨也。《華嚴經音義》引《國語》賈注云：『臨，治也。』領亦治也。《禮・樂記》、《仲尼燕居》注並云：『領，猶治。』韓訓『監』爲『領』，猶訓『監』爲『臨』，義取理治也。」陳奐云：「用，以也。言國祚已盡滅斷絶。」愚案：陳說是。言國祚已盡滅斷絶，彼尹氏何以不起而臨治之。《潛夫論・愛日》篇：「《詩》云：『國既卒斬，何用不監。』傷三公據人尊位，食人重禄，而曾不肯察民之盡瘁也。」又《賢難》篇：「夫宵小朋黨而固位，讒妬羣吠齧賢，爲禍敗也豈希。三代之以覆，列國之以滅，後人猶不能革。此萬官所以屢失守，而天命數靡常者也。《詩》云：『國既卒斬，何用不監。』嗚呼，時君俗主，不此察也。」此魯說。言命之靡常，民之盡瘁，無言及天下諸侯意。「國既卒斬」，猶《書》祖伊所云「天既訖我殷命」也，不必如箋說。

節彼南山，有實其猗。赫赫師尹，不平謂何？天方薦瘥，【注】三家「瘥」作「嗟」。喪亂弘多。民言無嘉，憯莫懲嗟。【疏】傳：「實，滿；猗，長也。薦，重；瘥，病；弘，大也。憯，曾也。」箋：「猗，倚也。言南山既能高峻，又以草木平滿其旁倚之畎谷，使之齊均也。責三公之不平均，不如山之爲也。謂何，猶云何也。天氣方今又重以疫病，長幼相亂，而死喪甚大多也。懲，止也。天下之民皆以災害相弔喑，無一嘉慶之言，曾無以恩德止之者，嗟乎奈何。」〇《説文》：「瘥，瘉也。」無「疫」義。「三家『瘥』作『嗟』」者，《説文》：「嗟，殘薉田也。段注據《集韻》、《類篇》補「薉」字。《詩》云：『天方薦嗟。』」本三家文。言天降凶荒，人民流散，田蕪不治，故云「天方薦嗟」，與董説争田事無涉，義較毛作「瘥」爲長。「憯，曾」，《釋言》文。陳奂云：「憯，當作『朁』。《民勞》『憯不畏明』，《説文》引作『朁』，云：『曾也。』曾者，詞之舒也。朁、曾皆從曰會意。《釋詞》云：『「朁莫懲嗟」，朁莫懲也。言天降喪亂如此，而在位者曾莫知所懲也。嗟，句末語助耳，❶訓爲歎詞反贅。《十月之交》曰「胡朁莫懲」，下無「嗟」字可證。』案：『民言無嘉，憯莫懲嗟』，與《沔水》『民之訛言，寧莫之懲』文義亦同。」

尹氏大師，維周之氏。【注】魯「氏」作「底」。秉國之均，【注】齊「均」作「鈞」。四方是維，天子是毗，俾民不迷。【注】魯「毗」作「痺」，「俾」作「卑」。不弔昊天，不宜空我師。【疏】傳：「氏，本；均，平；毗，厚也。弔，至；空，窮也。」箋：「氏，當作『桎鎋』之『桎』。毗，輔也。言尹氏作大師之官，爲周之桎鎋，持國政之平，維制四方，上輔天子，下教化天下，使民無迷惑之憂。言任至重。至，猶善也。不善乎昊天，愬之也。不宜使此人居尊官，困窮我之衆民也。」〇馬瑞辰云：「《説文》：『氏，至也，本也。從氏下著一。一，地也。』氏星一名天根，亦取根本之義。又云：『榰，柱氏也。古用木，今以石。』案：柱氏即今之石磉，磉在柱下而柱可立，木必有根而本始建。大臣之爲國根本，亦猶是也。」「魯『氏』作『底』」者，《潛夫論·志氏

---

❶「句末」，原乙，據陳奂《傳疏》、《高郵王氏四種》本《經傳釋詞》乙正。

姓》篇：「尹吉甫相宣王，著大功績，《詩》云『尹氏大師，維周之底』也。」陳喬樅云：「《魯詩》以此尹氏爲尹吉甫，論其氏族，溯其祖考，是此詩陳古刺今，傷師尹之不善其職也。《穀梁·隱二年》注『氏、羌之別種』，《釋文》：『氏，本作「底」。』此氏、底通叚之證。」「齊『均』作『鈞』」者，《漢書·律曆志》：「鈞者，均也。陽施其氣，陰化其物，皆得其成就平均也。《詩》云：『尹氏大師，秉國之鈞，四方是維，天子是毗，俾民不迷。』」是齊「均」作「鈞」。陳喬樅云：「《史記·周本紀》引《書》『其罪惟均』作『惟鈞』。《魏大饗碑》『夏啟均臺之饗』，『鈞』作『均』，皆其證。」「魯『毗』作『痺』，『俾』作『卑』」者，《荀子·宥坐篇》：「《詩》曰：『尹氏大師，維周之氐。據此，上文作「底」者，魯之別本。秉國之均，天子是痺，卑民不迷。』是以威厲而不試，刑錯而不用。」痺者，「毗」之叚借。卑者，「俾」之叚借，「俾」作「卑」，與《詩》釋文同也。《說苑·政理》篇：「《詩》曰：『俾民不迷。』昔者君子導其百姓不使迷，是以威厲而不試，刑措而不用也。」劉用魯說，與《荀子》合。「俾民」不作「卑」，乃魯「亦作」本也。《韓詩外傳》三引：「孔子曰：『《詩》曰：「俾民不迷。」是以威厲而刑措不用。』」此荀、劉所本，與魯義大同。蔡邕《東鼎銘》：「毗於天子。」用魯經文。「不弔昊天」者，馬瑞辰云：「《漢書·五行志》載《左·哀十六年傳》『昊天不弔』，應劭注：『昊天不善于魯。』鄭衆《周禮·大祝》注引《左傳》作『昊天不淑』，淑亦善也。《書·大誥》『弗弔天降割于我家』，《多士》『弗弔昊天大降喪于殷』，《君奭》『弗弔天降喪于殷』，《逸周書·祭公解》『不弔天降疾病』，王引之云：『「弗弔天」、「弗弔昊天」，皆當連讀，猶此詩「不弔昊天」。』其說是也。下章『昊天不傭』、『昊天不惠』，均與『不弔昊天』同義。」蔡邕《焦君贊》、《太守胡君碑》、《崔君夫人誄》皆云「昊天不弔」，用魯經文。

弗躬弗親，庶民弗信。弗問弗仕，勿罔君子。式夷式已，無小人殆。瑣瑣姻亞，【注】❶魯説曰：「瑣瑣，小也。」則無膴仕。【疏】傳：「庶民之言不可信，勿罔上而行也。式，用；夷，平也。用平則已，無以小人之言至於危殆也。瑣瑣，小貌。兩壻相謂曰亞。膴，厚也。」箋：「仕，察也。勿，當作『末』。此言王之政不躬而親之，則恩澤不信於衆民矣；不問而察之，則下民末罔其上矣。殆，近也。爲政當用平正之人，用能紀理其事者，無小人近。壻之父曰姻。瑣瑣昏姻妻黨之小人，無厚任用之，置之大位，重其禄也。」○案：以下刺王之詞，言爲政必躬親之。《淮南·繆稱訓》：「君子見善則病其身焉，身苟正，懷遠易矣。《詩》云：『弗躬弗親，庶民弗信。』」《吕覽·孟春紀》高注亦引《詩》二句。《説苑·反質》篇：「齊桓公謂管仲曰：『羣臣衣服輿馬甚汰，吾欲禁之，可乎？』管仲曰：『《詩》云：「不躬不親，庶民不信。」君欲禁之，胡不自親乎？』」「弗」作「不」，蓋《魯詩》「亦作」本。古本《考文》「庶民弗信」，「弗」亦作「不」。「仕，察」，《釋詁》文。弗問弗察，則下人末罔其上矣。馬瑞辰云：「勿、末古通用。《禮·文王世子》『末有原』，鄭注：『末，猶勿也。』故箋訓『勿』爲『末』。然以『末罔』二字連讀，義終未洽。《釋詞》以『勿』爲語詞，勿罔即罔，猶之不顯即顯，不承即承，其説是也。」又云：「兩『式』字與下章『式月斯生』皆語詞。傳、箋訓爲『用』，非也。」胡承珙云：「《大戴禮·衛將軍文子》篇：『子貢曰：「學以深，厲以斷，送迎必敬，上友下交，銀手如斷，是卜商之行也。」孔子曰：「《詩》云：『式夷式已，無小人殆。』而商也，其可謂不險也。」』險即危殆。不險，謂子夏交友必慎，不

❶「注」，原脱，據本書體例補。

因小人以致危殆也。」愚案：夷者，平情，謂察吏必審。已者，剛斷，謂不可必去。故得不以小人致危殆。「瑣瑣，小也」者，《釋訓》文，魯説也。孔疏引舍人曰：「計謀褊淺之貌。」《旄丘》「瑣兮」，「瑣」訓「小」，是單文亦然也。陳奂云：「《都人士》箋：『尹氏、姞氏，周室昏姻之舊姓也。』彼疏引此『尹氏』以證。雖彼箋所言非經義，而尹氏爲周室昏姻，要必有徵。此詩刺幽王，而經言尹氏爲政不平，欲王躬親，則所謂『姻亞』，當即指尹氏。」

昊天不傭，【注】韓「傭」作「庸」，云：「庸，易也。」降此鞫訩。昊天不惠，降此大戾。君子如届，俾民心闋。君子如夷，惡怒是違。【疏】傳：「傭，均；鞫，盈；訩，訟也。届，極；闋，息；夷，易；違，去也。」箋：「盈，猶多也。戾，乖也。昊天乎，師氏爲政不均，乃下此多訟之俗。又爲不和順之行，乃下此乖争之化。病時民傚爲之，愬之於天。届，至也。君子，斥在位者。如行至誠之道，則民鞫訩之心息；如行平易之政，則民乖争之情去。言民之失由於上，可反復也。」○「傭，均」，《釋言》文。「『傭』作『庸』，云『庸，易也』」者，《釋文》引《韓詩》文。庸，「傭」之消。易者，平易也。《晉書·元帝紀》引《詩》「昊天不融」，蓋本齊、魯《詩》。融，亦「傭」之同音借字。直言「昊天不平」、「昊天不順」，不斥尹氏也。鞫、鞫古通作。如届者，言王不至行政之處，不視朝也。上章「弗躬弗親」，即其義。君子如至而躬親其政，則庶民弗信之心息矣。如夷者，君子如平其政，則庶民惡怒之心去矣。

不弔昊天，亂靡有定。式月斯生，俾民不寧。憂心如酲，誰秉國成？不自爲政，【注】齊「誰」下有「能」字，「政」作「正」。卒勞百姓。【疏】傳：「病酒曰酲。成，平也。」箋：「弔，至也。至，猶善也。定，止；式，用也。不善乎昊天，天下之亂無肯止之者，用月此生，言月月益甚也，使民不得安。我今憂之，如病酒之酲矣，觀此君臣，誰能持國之平乎？言無有也。卒，終也。昊天不自出政教，則終窮苦百姓。欲使昊天出圖書，有所授命，民乃得安。」○式，語詞也。言不善之昊天，亂無有止，而月且斯生，使民不得安。馬瑞辰云：「《玉篇》：『酲，一曰：醉未覺也。』《説文》作『一曰醉而覺』，『而』下脱『未』字。正義據誤本解之。《晏子春秋・内篇・諫上》云：『景公飲酒，酲三日而後發。晏子見曰：「君病酒乎？」』又曰：『今一日飲酒，而三日寢之。』三日寢，即上文『酲三日』也，則酲正醉而未覺之稱，從《玉篇》是。」曹植《應詔詩》「憂心如酲」，用韓經文。《釋詁》：「成，平也。」成、平互相訓。上章「秉國之均」，均亦平也，與「秉國成」同義，即執國政也。卒者，❶「瘁」之借字。國之大臣皆有爲政之責，何以不自爲政，坐視敗壞，使百姓至於瘁勞乎？此兼責朝臣。「齊『誰』下有『能』字，『政』作『正』」者，《禮・緇衣》引《詩》云：「誰能秉國成，不自爲正，卒勞百姓。」鄭注：「傷今無此人也。成，邦之八成也。誰能秉行之，不自以所爲者正，盡勞來百姓憂念之者與？疾時大臣專功争美。」陳喬樅云：「《周官》八成有以版圖聽人訟地者，齊家以是詩爲刺大夫緩義急利，争田成訟，故傷今之無人，莫能秉國成而治之也。」《潛夫論・敘録》「卒勞百姓」，用魯經文。

駕彼四牡，四牡項領。我瞻四方，蹙蹙靡所騁。【注】魯説曰：「蹙蹙，逑鞠也。」韓説曰：「騁，馳也。」【疏】傳：「項，大也。騁，極也。」箋：「四牡者，人君所乘駕，今但養大其領，不肯爲用。喻大臣自恣，

❶「卒」，原作「萃」，據馬瑞辰《通釋》改。

王不能使也。蹙蹙，縮小之貌。我視四方土地，日見侵削於夷狄蹙蹙然，雖欲馳騁，無所之也。」○《新序・雜事》五：「夫處勢不便，豈可以量功校能哉？《詩》不云乎？『駕彼四牡，四牡項領。』夫久駕而長不得行，項領不亦宜乎？」《潛夫論・三式》篇：「人情莫不以己爲賢而效其能者，周公之戒，不使大臣怨乎不以。《詩》云：『駕彼四牡，四牡項領。』」汪繼培注：「此引《詩》以明大臣怨乎不以，則以『四牡項領』而不得騁，喻賢者有才而不得試。《中論・爵禄》篇：『君子不患道德之不建，而患時世之不遇。《詩》曰：「駕彼四牡，四牡項領。我瞻四方，蹙蹙靡所騁。」傷道之不遇也。』」此魯說。《易林・噬嗑之歸妹》、《未濟之明夷》、《履之剥》、《否之屯》並云：「名成德就，項領不試。」此齊說。又《隸釋・堂邑令費鳳碑》：「栖遲歷稔，項領滯畜。」《抱朴子・嘉遁》篇：「空谷有項領之駿者，孫陽之恥也。」《勸學》篇：「項領之駿，騁迹於千里。」《博喻》篇：「兩絆而項領，則騏騄與蹇驢同矣。」皆用三家文，明古義如此，謂賢者之栖遲無所也。馬瑞辰云：「《説文》：『琟，鳥肥大琟琟然也。』傳蓋以『項』爲『琟』之叚借，故訓爲『大』。」然三家之説皆如此，則不自毛始。蓋馬項負軛不行，蹙縮癰腫，有如重項，失其駿也。箋以爲「喻大臣自恣」，失之。「蹙蹙，逑鞫也」者，《釋訓》文。《釋言》：「慄，慼也。」王引之云：「慼，當爲『蹙』。《儀禮》古文『縮』字皆作『蹙』。栗與蹙皆局縮不申之義，故此箋訓『蹙蹙』爲『縮小』。《詩・小明》、《召旻》傳並云：『蹙，迫也。』《釋訓》：『速速、蹙蹙，惟逑鞫也。』逑者，『憻』之叚借。《説文》、《廣雅》並云：『憻，迫也。』逑鞫義爲窮迫，蹙蹙蓋逼迫之皃，故《爾雅》以『逑鞫』釋之。」「騁，馳也」者，《文選・登樓賦》注引薛君《韓詩章句》文。《射雉賦》注、左思《詠史詩》注引同，「馳」作「施」，形近致誤。

方茂爾惡，相爾矛矣。既夷既懌，如相醻矣。【疏】傳：「茂，勉也。懌，服也。」箋：「相，視也。方争訟自勉於惡之時，則視女矛矣。言欲戰鬬相殺傷矣。夷，説也。言大臣之乖争，本無大讐，其已相和順而説懌，則如賓主飲酒相醻酢也。」○茂，盛也。其相惡盛時，幾欲持矛相刺。及事平而怨釋，則如賓主相酬酢。總之争利而已，謂小人之情態無常。此即指争田興訟而言。

昊天不平，【注】韓説曰：「萬人顒顒，仰天告訴。」我王不寧。不懲其心，覆怨其正。【疏】傳：「正，長也。」箋：「昊天乎，師尹爲政不平，使我王不得安寧。女不懲止女之邪心，而反怨憎其正也。」○「萬人」至「告愬」，《文選》任昉《百辟勸進牋》注暨沈約《齊安陸昭王碑》文注引薛君《韓詩章句》文。《荀子·正名篇》楊注：「顒顒，體貌敬順也。」陳喬樅云：「《箋》釋『不弔昊天，不宜空我師』，云：『不善乎昊天，愬之也。』此詩屢言『昊天』，如『昊天不庸』、『昊天不惠』，又『不弔昊天，亂靡有定』，及此『昊天不平』，皆呼天而愬之詞。《章句》云云，蓋即釋此詩也。」愚案：詩言昊天不平，使我王不得安。王不懲止其邪心，而反怨諫正者，是末如何也。

家父作誦，【注】三家「家」作「嘉」。以究王訩。式訛爾心，以畜萬邦。【疏】傳：「家父，大夫也。」箋：「究，窮也。大夫家父作此詩而爲王誦也，以窮極王之政所以致多訟之本意。訛，化；畜，養也。」○「三家『家』作『嘉』」者，蔡邕《朱公叔謚議》：「周有仲山甫、伯陽父、嘉父，優老之稱也。」是《魯詩》作「嘉父」。《漢書·人表》嘉父與譚大夫、寺人孟子並列中上。《士冠禮》「伯某甫」，鄭注：「周大夫有嘉甫。甫，或作『父』。」是《齊詩》作「嘉父」，知韓同也。《説文》：「誦，諷也。」「訩」下云：「説也。從言，匈聲。」「訩」下云：「或省。」《易林・大過之坎》：「坐争立訟，紛紛詾詾。」詩言王所言所行紛詾不定，故作此詩，以窮究王詾亂之説，而終望王化其心，以畜養萬邦也。陸賈《新語・術事》篇：「《詩》云：『式訛爾心，以蓄萬邦。』言一心化天下而缺二字。國治，此之謂也。」陳喬樅云：「《魯詩》學出荀卿，卿仕楚。陸賈亦楚人，其説《詩》當本荀卿。蓋《魯詩》『畜』或作『蓄』。」

《節》十章，六章章八句，四章章四句。

正月【疏】毛序：「大夫刺幽王也。」〇三家無異義。

正月繁霜，我心憂傷。民之訛言，亦孔之將。【疏】傳：「正月，夏之四月。繁，多也。將，大也。」箋：「夏之四月，建巳之月，純陽用事而霜多，急恒寒若之異，傷害萬物，故心爲之憂傷。訛，僞也。人以僞言相陷入，使王行酷暴之刑，致此災異，故言亦甚大也。」〇《淮南・泰族訓》：「逆天暴物，則日月薄蝕，五星失行，四時干乖，晝冥宵光，山崩水涸，冬雷夏霜。《詩》曰：『正月繁霜，我心憂傷。』天之於人，有以相通也。」《漢書・劉向傳》向上封事曰：「霜降失節，不以其時，其詩曰：『正月繁霜，我心憂傷。民之訛言，亦孔之將。』言民以是爲非，甚衆大也。此皆不和，賢不肖易位之所致也。」《白虎通・災變》篇：「天所以有災變何？所以譴告人君覺悟其行，欲令悔過修德，深思慮也。霜之爲言亡也，陽以散亡。」王逸《楚詞・九章》注：「孔，甚也。《詩》曰：『亦孔之將。』」皆魯説也。《漢書・五行志》引《五行傳》曰：「聽之不聰，是謂不謀，厥咎急，厥罰恒寒，厥極貧。」馬瑞辰云：「訛言孔將，是聽不聰也。念國爲虐，是急虐也。民今無禄，是極貧也。而『正月繁霜』，箋以爲恒寒之異，信乎天人相感，其理不爽。」陳喬樅云：「《漢志》夏侯始昌善推《五行傳》，與《齊詩》同一師法。劉向《五行傳論》即夏侯所推《傳》，向集而論之。《翼奉傳》言奉事后蒼治《齊詩》，爲始昌再傳弟子。其言《齊詩》『五際』，皆推本五行，以著天人之應。箋蓋用齊説也。」《易林·晉之蹇》「正月繁霜」，用齊經文。

念我獨兮，憂心京京。哀我小心，癙憂以痒。【疏】傳：「京京，憂不去也。癙、痒，皆病也。」箋：「念我獨兮者，言我獨憂此政也。」○《釋訓》：「京京，憂也。」《後漢·質帝紀》梁太后詔曰：「憂心京京。」后習《韓詩》，所用是韓經文。《釋詁》：「癙、痒，病也。」舍人曰：「皆心憂憊之病也。」孫炎曰：「癙者，畏之病也。」陳喬樅云：「《爾雅》釋文：『癙，《詩》作「鼠」。』案：『鼠』即『癙』之叚借，毛古文作『鼠』，三家今文作『癙』。今《毛詩》云『癙憂以痒』，此改從三家今文，非毛舊也。《雨無正》篇『鼠思泣血』，尚作『鼠』字可證。」

父母生我，胡俾我瘉？不自我先，不自我後。好言自口，莠言自口。憂心愈愈，【注】魯「愈」作「瘐」，説曰：「瘐瘐，病也。」是以有侮。【疏】傳：「父母，謂文、武也。我，我天下。瘉，病也。莠，醜也。愈愈，憂懼也。」箋：「自，從也。天使父母生我，何故不長遂我，而使我遭此暴虐之政而病。此何不出我之前，居我之後？窮苦之情，苟欲免身。自口，自，從也。此疾訛言之人，善言從女口出，惡言亦從女口出，女口一耳，善也、惡也同出其中，謂其可賤。我心憂政如是，是與訛言者殊塗，故用是見侵侮也。」○「魯『愈』作『瘐』，『瘐瘐，病也』」者，《釋訓》文。毛作「愈愈」，用叚借字，則作「瘐瘐」者，《魯詩》也。

憂心惸惸，念我無祿。民之無辜，并其臣僕。哀我人斯，于何從祿？瞻烏爰止，于誰之屋？【疏】傳：「惸惸，憂意也。古者有罪，不入於刑，則役之圜土，以爲臣僕。富人之屋，烏所集也。」箋：「無禄者，言不得天禄，自傷值今生也。辜，罪也。人之尊卑有十等，僕第九，臺第十。言王既刑殺無罪，并及其家之賤者，不止於所罪而已。《書》曰：『越茲麗刑并制。』斯，此；于，於也。哀乎今我民人見遇如此，當於何從得天禄免於是難？視烏集於富人之室，以言今民亦當求明君而歸之。」○惸，當作「惸」。《釋詁》：「惸惸，憂也。」《漢書·郭太傳》：「陳蕃、竇武爲閹人所害，林宗哭之，既而歎曰：『人之云亡，邦國殄瘁。瞻烏爰止，不知于誰之屋耳。』」李注：「言不知王業當何所歸。」郭、鄭同時，郭之解《詩》與箋意合，義本三家，特箋參用傳意耳。

瞻彼中林，侯薪侯蒸。民今方殆，視天夢夢。【注】魯説曰：「夢夢，亂也。」韓説云：「惡貌也。」齊「夢」作「芒」。既克有定，靡人弗勝。有皇上帝，伊誰云憎。【疏】傳：「中林，林中也。薪蒸，言似而非。王者爲亂夢夢然。勝，乘也。皇，君也。」箋：「侯，維也。林中大木之處，而維有薪蒸爾，喻朝廷宜有賢者，而但聚小人。方，且也。民今且危亡，視王者所爲，反夢夢然而亂，無統理安人之意。王既能有所定，尚復事之小者爾。無人而不勝，言凡人所定，皆勝王也。伊，讀當爲『緊』。緊，猶是也。有君上帝者，以情告天也。使王暴虐如是，是憎惡誰乎？欲天指害其所憎而已。」○《韓詩外傳》七載晏子對齊景公，末引：「《詩》曰：『瞻彼中林，侯薪侯蒸。』言朝廷皆小人也。」韓説乃箋所本。「夢夢，亂也」者，《釋訓》文，魯説也。孫炎曰：「夢夢，昏昏之亂也。」《説文》：「夢，不明也。」「不明」即「昏」義。「惡貌也」者，《釋文》引《韓詩》文。昏亂不明，即惡貌也。「齊『夢』作『芒』」者，《文選》陸機《歎逝賦》：「咨余今之方殆，何視天之芒芒。」即用此詩。李注：「芒芒，猶夢夢也。」《淮南・俶真訓》：「其道芒芒昧昧然。」是「芒芒」之義與「夢夢」同。魯、韓同毛，則作「芒芒」者，齊文也。黄山云：「《十月之交》傳：『騰，乘也。』箋：『百川沸出相乘陵者，由貴小人也。』此傳訓『勝』爲『乘』，即此義。故王述之申傳云：『王既有所定，皆乘陵人之事，言暴虐也。』傳又云：『皇，君也。』乃王自謂君如帝天，誰敢言憎怨乎？正傳所謂『爲亂夢夢然』也。箋乃云『欲天指害其所憎』，失之。」

謂山蓋卑，爲岡爲陵。民之訛言，寧莫之懲。【疏】傳：「在位非君子，乃小人也。」箋：「此喻爲君子賢者之道，人尚謂之卑，況爲凡庸小人之行。謂小人在位，曾無欲止衆民之爲僞言相陷害也。」○馬瑞辰云：「《釋山》：『山脊，岡。』《釋地》：『大陵曰阜。』《釋名》：『岡，亢也，在上之言也。陵，隆也，體高隆也。』《天保》詩『如岡如陵』，明以岡陵喻高。詩意謂訛言以山爲卑，而其實爲高岡、高陵。懲，當讀『無徵不信』之『徵』，謂訛言如此顯然，乃莫之徵驗，以刺君聽不聰。」愚案：馬説較晰，但「懲」字不必改「徵」。言訛言顯然，曾不懲止，此訛言所以益肆也。召彼故老，訊之占夢，具曰予聖，誰知烏之雌雄？【疏】傳：「故老，元老。訊，問也。君臣俱自謂聖也。」箋：「君臣在朝，侮慢元老，召之不問政事，但問占夢，不尚道德，而信徵祥之甚。時君臣賢愚適同，如烏雌雄相似，誰能別異之乎？」○《漢書・藝文志》：「或者不稽諸躬，而忌訞之見，是以《詩》刺『召彼故老，訊之占夢』，傷其舍本而憂末，不能勝凶咎也。」此齊説，與箋意合。

謂天蓋高，不敢不局。【注】韓、魯「局」作「跼」。謂地蓋厚，不敢不蹐。維號斯言，有倫有脊。哀今之人，胡爲虺蜴。【注】魯「維」作「惟」。齊「蹐」作「趚」，「脊」作「迹」，「蜴」作「蜥」。【疏】傳：「局，曲也。蹐，累足也。倫，道；脊，理也。蜴，螈也。」箋：「局蹐者，天高而有雷霆，地厚而有陷淪也。此民疾苦王政，上下皆可畏怖之言也。維民號呼而發此言，皆有道理。所以至然者，非徒苟妄爲誣辭。虺蜴之性，見人則走。哀哉今之人，何爲如是？傷時政也。」○「韓『局』作『跼』」者，曹植《卞太后誄》「跼天蹐地」，用韓經文。「魯『局』作『跼』」者，《説苑·敬慎》篇：「孔子論《詩》，至《正月》之六章，懼然曰：『不逢時之君子，豈不殆哉？從上依世則廢道，違上離俗則危身，故賢者不遇時，常恐不終焉。《詩》曰：「謂天蓋高，不敢不跼。謂地蓋厚，不敢不蹐。」此之謂也。』」此魯説，「局」作「跼」，與《釋文》毛「又作」本同。薛綜《西京賦》注：「跼，傴僂也。」《後漢·李固傳》：「居非命之世，天高而不敢跼，地厚而不敢蹐。」「敢」下疑脱兩「不」字，或「不敢」作「敢不」。意與《説苑》合。張衡《西京賦》：「豈徒跼高天，蹐厚地而已哉。」蔡邕《釋誨》：「天高地厚，而跼蹐之。」皆用魯經文。「魯『維』作『惟』」者，《列女·楚野辨女傳》引《詩》：「惟號斯言，有倫有脊。」《説文》「蹐」下云：「小步也。《詩》曰：『不敢不蹐。』」「趚」下云：「側行也。《詩》曰：『謂地蓋厚，不敢不趚。』」陳喬樅云：「蹐、趚古通用，故《詩》兩作。《説文·肉部》以『瘠』爲古文『膌』字，其明證也。魯、韓皆作『蹐』，則作『趚』者，當是《齊詩》。」「齊『蜴』作『蜥』」者，荀悦《漢紀·王商論》：「是以離世深藏，以天之高而不敢舉首，以地之厚而不敢投足。《詩》云：『謂天蓋高，不敢不跼。謂地蓋厚，不敢不蹐。哀今之人，胡爲虺蜴。』以六合之大，匹夫之微，而一身無所容焉，豈不哀哉？」愚案：荀悦云「不敢投足」，即《説文》訓「趚」爲側行步之義。悦用《齊詩》，所引「蹐」當作「趚」。今《漢紀》仍作「蹐」，蓋後人順毛改之。「蜥」作「蜴」，亦後人誤改。《鹽鐵論·周秦》篇：「《詩》云：『謂天蓋高，《易林·坤之師》亦用此句。不敢不局。謂地蓋厚，不敢不蹐。哀今之人，胡爲虺蜥。』」桓用《齊詩》，惟「蜥」字未改。《説文》「虺」下引《詩》曰：「胡爲虺蜥。」亦據齊文耳。「齊

『脊』作『迹』」者，《繁露・深察名號》篇：「是非之正，取之逆順。逆順之正，取之名號。名號之正，取之天地。謞而效天地者爲號，鳴而命者爲名，名號異聲而同本，皆號名而達天意者也。事各順於名，名各順於天。天人之際，合而爲一，同而通理，動而相益，順而相受，謂之德道。《詩》曰：『惟號斯言，有倫有迹。』此之謂也。」陳喬樅云：「董子以號爲名號，與箋説異。據此，推知《齊詩》之義，蓋局趚於訛言之相誣陷嫉時，是非倒置，邪説亂正，故陳此義以爲刺也。《説文》：『倫，一曰：道也。』《玉篇》：『迹，理也。』故董云惟名號之言有道有理，不可不深察也。」「胡爲虺蜴」者，《後漢・左雄傳》雄上疏曰：「《詩》云：『哀今之人，胡爲虺蜴。』言人畏吏如虺蜴也。」陳喬樅云：「《爾雅》以虺爲蝮，虺、蜴皆有毒，能傷害人，故畏之。雄此説本《齊詩》之訓，尋《鹽鐵論・周秦》篇引《詩》語意亦同。」

瞻彼阪田，有菀其特。天之扤我，如不我克。彼求我則，如不我得。執我仇仇，亦不我力。【疏】傳：「言朝廷曾無傑臣。扤，動也。仇仇，猶謷謷也。」箋：「阪田，崎嶇墝埆之處，而有菀然茂特之苗，喻賢者在閒辟隱居之時。我，我特苗也。天以風雨動摇我，如將不勝我，謂其迅疾也。彼，彼王也。王之始徵求我，如恐不得我。言其禮命之繁多。王既得我，執留我，其禮待我謷謷然，亦不問我在位之功力。言其有貪賢之名，無用賢之實。」○案：《釋訓》：「仇仇、敖敖，傲也。」敖、謷同。《釋文》引舍人本作：「仇仇、謷謷，毀也。」郭注以爲傲慢賢者。《禮・緇衣》：「《詩》云：『彼求我則，如不我得。執我仇仇，亦不我力。』」鄭注：「言君始求我，如恐不得。既得我，持我仇仇然不堅固，亦不力用我，是不親信我也。」《廣雅・釋言》：「扏扏，緩也。」王念孫云：「《集韻》：『扏扏，緩持也。』『扏扏』通作『仇仇』。《緇衣》注言『持我仇仇然不堅固』，即此『緩持』之意，與《廣雅》同義，蓋本於三家也。」陳喬樅云：「『彼求我則，如不我得』，言求我之急也。『執我仇仇，亦不我力』，言用我之緩也。三復詩詞，緩於用賢之説爲切，而傲賢之義爲疏矣。」「則」字句末語詞。箋但「云王之徵求我」，不釋「則」字，《集傳》始以「法則」釋之，非詩意。

心之憂矣，如或結之。今兹之正，胡然厲矣。燎之方揚，寧或滅之？赫赫宗周，褒姒威之。【注】齊「揚」作「陽」，「寧」作「能」。魯「威」作「滅」。【疏】傳：「厲，惡也。滅之，從陳奐補。滅之以水也。宗周，鎬京也。褒，國也。姒，姓也。威，滅也。有褒國之女，幽王惑焉而以爲后，詩人知其必滅周也。」箋：「兹，此；正，長也。心憂如有結之者，憂今此之君臣，何一然爲惡如是。火田爲燎。燎之方盛之時，炎熾熛怒，寧有能滅息之者？言無有也。以無有喻有之者爲甚也。」○「齊『揚』作『陽』，『寧』作『能』」者，《漢書·谷永傳》永對曰：「三代所以隕社稷，喪宗廟者，皆由婦人。《詩》云：『燎之方陽，能或滅之。赫赫宗周，褒姒威之。』」王應麟《詩攷》引如此，今《漢書》仍作「寧」，知後人所改也。《漢書·敘傳》：「炎炎燎火，亦允不陽。」張晏曰：「天子盛威，若燎火之陽。今委政王氏，不炎熾矣。」據二文，知《齊詩》「揚」作「陽」，同聲借字也。《五行志》引「褒姒威之」，亦出齊文。「魯『威』作『滅』」者，《列女·周褒姒傳》「褒姒者，童妾之女，周幽王之后也」云云，末引《詩》曰：「赫赫宗周，褒姒滅之。」《楚詞·天問》章句言褒姒事同，蓋本《魯詩》。《呂覽·疑似》篇高注亦引《詩》「赫赫宗周，褒姒滅之」，知魯「威」作「滅」，與《釋文》毛「或作」本同。威、滅古今字之異也。

終其永懷，又窘陰雨。其車既載，乃棄爾輔。載輸爾載，將伯助予。【疏】傳：「窘，困也。

大車重載，又棄其輔。將，請；伯，長也。」箋：「窘，仍也。終王之所行，其長可憂傷矣，又將仍憂於陰雨。陰雨，喻君有泥陷之難。以車之載物，喻王之任國事也。棄輔，喻遠賢也。輸，墮也。棄女車輔，則墮女之載，乃請長者見助，以言國危而求賢者，已晚矣。」〇案：終，猶既也。言王之行事，既其長可憂傷，又仍窘於陰雨，猶言又重之以陰雨，謂大亂作也。班固《漢書·敘傳》：「敢行稱亂，窘世薦亡。」謂淮南父子兩世相仍，再亡其國。箋訓「窘」爲「仍」，蓋即用齊義易毛也。《釋詁》「郡」、「仍」並訓爲「乃」。邵晉涵《正義》云「郡」通作「窘」，引箋爲證。揚雄《法言·孝至》篇「郡勞王師」，王引之謂即「仍勞王師」，是窘、郡音訓互通，《魯詩》當與齊同。說本陳喬樅，微有改易。陳奐云：「輔者，揜輿之版。《大東》傳：『箱，大車之箱也。』《方言》：『箱謂之輫。』《爾雅》：『棐，輔也。』『棐』與『輫』通。箱取輔相之義，則輔即箱矣。大車揜版置諸兩旁，可以任載。今大車既重載矣，而又棄其兩旁之版，則所載必墮，此其顯喻也。《左·僖五年傳》宮之奇設『輔車相依，脣亡齒寒』兩喻。《呂覽·權勳》篇：『虞之與虢也，若車之有輔也。車依輔，輔亦依車，虞、虢之勢是也。先人有言曰：「脣亡而齒寒。」』《韓子·十過》篇、《淮南·人間》篇並有此文。然則車之有輔，猶齒之有脣，最相切近。人之兩頰曰口輔，亦曰牙車，其命名即取車輔之義。自來解者不識輔爲何物，正義謂輔是可解脱之物，以今人縛杖於輻爲比況之詞。若是，則棄輔未即墮載，恐於經義無當也。」「載輸爾載」者，《易林·泰之同人》：「多載重負，捐棄于野。」齊義是也。「伯，長」，《釋詁》文。

無棄爾輔，員于爾輻。屢顧爾僕，不輸爾載。終踰絶險，曾是不意。【疏】傳：「員，益也。」箋：「屢，數也。僕，將車者也。顧，猶視也、念也。女不棄車之輔，數顧女僕，終用是踰度陷絶之險，女曾不以是爲意乎？以商事喻治國也。」○輻，亦作「輹」。《易・大壯》「九四，壯于大輿之輹」，《釋文》：「本又作『輻』。」壯，大也。大其輻，即益其輻，所謂「員爾輻」也。然即輔輻足恃，而將車之僕又當屢顧念之，則可以不輸爾載。雖絶險，終必踰之，譬之世亂雖棘，終克有濟也。曾是不以爲意，可乎？黄山云：「毛、鄭不爲『輔』作訓，必當時所共知。《釋詁》：『輔，俌也。』《説文》：『俌，輔也。』俌從人，猶僕從人，本以人爲輔。大車載物，以僕御車，必以俌輔行而護持其車，蓋古法自如此。車行恃輪輻，《老子》『三十輻共一轂，當其無，有車之用』，所謂無之以爲用者也。載重踰險，下有折輻之患，即上有輸載之虞。爲之輔者，或挽或推，所以助其車。兵車有車右，右，助也。輔，俌也，亦助也。箋言『棄女車輔，乃請長者見助』，猶言棄女車右耳。上章棄輔而呼將伯，伯，人也。本章不棄而屢顧僕，僕亦人也，則輔同爲人可知。孔疏謂車不聞有輔，是車内埇無名輔之件矣，故疑如今人縛杖於輻，爲可解脱之物，乃從《釋木》『輔，小木』生義。近儒或易爲伏兔，或易爲車箱，二者皆附車而成，不能解脱者也。且棄伏兔車先不可行，棄車箱物先不能載，其義視孔又短矣。」

魚在于沼，亦匪克樂。潛雖伏矣，亦孔之炤。【注】齊「炤」作「昭」。憂心慘慘，念國之爲虐。【疏】傳：「沼，池也。慘慘，猶戚戚也。」箋：「池魚之所樂而非能樂，其潛伏於淵，又不足以逃，甚炤炤易見，以喻時賢者在朝廷，道不行，無所樂；退而窮處，又無所止也。」○案：箋喻最晰，即《節》篇「我瞻四方，蹙蹙靡所騁」意。「齊『炤』作『昭』」者，《禮・中庸》引《詩》云：「潛雖伏矣，亦孔之昭。」言伏處而人見之甚明，意各有屬。《鹽鐵論・誅秦》篇：「《詩》云：『憂心慘慘，念國之爲虐。』」明齊、毛文同。《漢書・武帝紀》引此二句，亦三家文。

彼有旨酒，又有嘉殽。洽比其鄰，昏姻孔云。念我獨兮，憂心慇慇。【疏】傳：「言禮物備也。洽，合；鄰，近；云，旋也。是言王者不能親親以及遠。慇慇然痛也。」箋：「彼，彼尹氏大師也。云，猶友也。言尹氏富，與兄弟相親友爲朋黨也。此賢者孤特自傷也。」○案：詩言小人朋黨，飲食宴樂，合和鄰近，周旋昏姻，惟我孤特自傷，憂心慇慇然痛也。《易林·咸之無妄》、《睽之家人》並引「婚姻孔云」，齊「昏」皆作「婚」。

佌佌彼有屋，【注】魯說曰：「佌佌，小也。」齊、韓「佌」作「**佡**」。蔌蔌方有穀。【注】魯作「速速方轂」。民今之無禄，天夭是椓。【注】魯作「夭夭是加」。哿矣富人，哀此惸獨。【注】魯「惸」作「煢」。【疏】傳：「佌佌，小也。蔌蔌，陋也。君夭之，在位椓之。哿，可；獨，單也。」箋：「穀，禄也。此言小人富，而窶陋將貴也。民於今而無禄者，天以薦瘥夭殺之，是王者之政又復椓破之，言遇害甚也。此言王政如是，富人已可，惸獨將困也。」○「佌佌，小也」者，《釋訓》文，是魯與毛同。「齊、韓作『**佡**』」者，《說文》：「**佡**，小兒。從人，囟聲。《詩》曰：『**佡佡**彼有屋。』」與魯異，當爲齊、韓文也。蔌，當爲「遬」。《說文》：「速，籀文作『遬』。」此詩「遬遬」，三家作「速速」。《釋訓》：「蹙蹙、速速，惟逑鞫也。」逑鞫義爲窮迫。《釋文》：「方穀，本或作『方有穀』，非也。」是經本無「有」字。「魯作『速速方轂』」者，《後漢·蔡邕傳》：「《釋誨》云：『速速方轂，夭夭是加。』」王應麟《詩攷》云：「《邕傳》注載《韓詩》作『速速方轂』，謂小人乘寵，方轂而行。方，猶並也。」盧文弨云：「章懷先引《毛詩》『速速方穀』，及傳、箋云云，然後云《韓詩》亦同，謂與毛、鄭之說同作『穀』也。下云：『此作「轂」者，蓋謂小人乘寵，方轂而行。』乃章懷釋邕之文，故用『此』字、『蓋』字。王氏乃以爲

《韓詩》之説，誤矣。」愚案：「速速方轂」者，言小人窮迫驟貴，方轂而行。邕用《魯詩》，此魯作「轂」也。郝懿行云：「蹙蹙，縮小之貌。與『遫遫』皆爲狹小之意，故釋以『逑鞫』，於義亦通。」「夭夭是加」者，疑《魯詩》本無「椓」字。「哿」析「加」、「可」爲二字，「加」字上屬爲義，下作「可以富人」，❶故蔡文用詩作「夭夭是加」也。馬瑞辰云：「《説文》：『誣，加言也。』是加與諑譖義同。言民今貧而無禄者，雖夭夭盛美，不免受譖於人也。天、夭形近易譌，《毛詩》本譌作『天』，遂誤以『君』釋之耳。」「魯『惸』作『煢』」者，《孟子》書引「哿矣富人，哀此煢獨」，趙岐《章句》云：「哿，可也。詩人言居今之世，可矣富人，但憐憫此煢獨羸弱者耳。」王逸《楚詞·離騷》注：「煢，孤也。《詩》曰：『哀此煢獨。』」趙、王皆用《魯詩》，是魯作「煢」。楊雄《元后誄》「哀此嫈獨」，雄亦用《魯詩》，以「煢」字不便施之元后，故便文易字。

《正月》十三章，八章章八句，五章章六句。

十月之交【疏】毛序：「大夫刺幽王也。」箋：「當爲刺厲王。作《詁訓傳》時移其篇第，因改之耳。《節》刺師尹不平，亂靡有定。此篇譏皇父擅恣，日月告凶。《正月》惡褒姒滅周，此篇疾豔妻煽方處。又幽王時司徒乃鄭桓公友，非此篇之所云番也，是以知然。」〇《詩譜》：「問曰：『《小雅》之臣何以獨無刺厲王？』曰：『有焉，《十月之交》、《雨無正》、《小旻》、《小宛》之詩是也。』」此詩爲周幽王時十月辛卯朔日有食之，鄭箋用緯説，改爲周厲王時日食。阮元云：「《大衍術·日蝕議》

❶「以」，疑當作「矣」。

曰:『《小雅·十月之交》,梁虞𠠎以術推之,在幽王六年。《開元術》定交分四萬三千四百二十九入食限。《授時術議》曰:『幽王六年十月辛卯朔,泛交十四日五千七百九分入食限。』蓋自來推步家未有不與緯説異者。本朝時憲書密合天行,爲往古所無。今遵後編法,推幽王六年十月朔正得入交,言厲王時者,斷難執以争矣。」阮説詳《揅經室集》。馬瑞辰云:「唐傅仁均及一行並推算幽王六年乙丑歲建酉之月辛卯朔辰時日食,❶《國語》:『幽王二年,西周、三川皆震。』又曰:『是歲三川竭,岐山崩。』與此詩『百川沸騰,山冢崒崩』合,仍從《毛詩》刺幽王爲是。」愚案:《漢書·梅福傳》「數御《十月》之歌」,是《十月之交》,三家亦有止作《十月》者。《毛詩正義》本詩末作「《十月》八章」四字,唐石經同,今諸本皆增「之交」二字矣。三家義當與毛同。

十月之交,朔月辛卯。日有食之,亦孔之醜。彼月而微,此日而微。今此下民,亦孔之哀。【疏】傳:「之交,日月之交會。醜,惡也。月,臣道。日,君道。」箋:「周之十月,夏之八月也。八月朔日,日月交會而日食,陰侵陽,臣侵君之象。日辰之義,日爲君,辰爲臣。辛,金也。卯,木也。又以卯侵辛,故甚惡也。微,謂不明也。彼月則有微,今此日反微,非其常,爲異尤大也。君臣失道,災害將起,故下民亦甚可哀。」○案:《漢書·劉向傳》向上封事曰:「當是之時,日月薄蝕而無光,其詩曰:『朔月辛卯,日有蝕之,亦孔之醜。彼月而微,此日而微。今此下民,亦孔之哀。』」《漢書·元帝紀》永光四年詔引「今此下民」二

---

❶「辛卯朔」三字,原脱,據馬瑞辰《通釋》補。

句，《後漢・章帝紀》建初五年詔引「亦孔之醜」句，皆明魯、毛文同。孔疏引《詩推度災》曰：「十月之交，氣之相交。周十月，夏之八月。及其食也，君弱臣强，故天垂象以見徵。辛者，正秋之王氣。卯者，正春之臣位。日爲君，辰爲臣。八月之日交，卯食辛矣。辛之爲君幼弱而不明，卯之爲臣秉權而爲政，故辛之言新，陰氣盛而陽微，主其君幼弱而任卯臣也。」《漢書・翼奉傳》奉上封事曰：「臣奉竊學《齊詩》，聞五際之要，《十月之交》篇，知日蝕地震之效，昭然可明。」《後漢・馬嚴傳》嚴上封事曰：「日者，衆陽之長。食者，陰侵之徵。」嚴，援兄子。援習《齊詩》，嚴承家學，當亦《齊詩》。《郎顗傳》顗上封事曰：「日者，太陽，以象人君。政變於下，日變於天，清濁之占，隨政抑揚。天之見異，事無虚作。」《丁鴻傳》鴻上封事曰：「臣聞日者陽精，守實不虧，君之象也。月者陰精，盈虧有常，臣之表也。故日食者，臣乘君，陰陵陽，月滿不虧，下驕盈也。昔周室衰季，皇甫之屬專權於外，黨類彊盛，侵奪主勢，則日月薄食。故《詩》曰：『十月之交，朔月辛卯。日有食之，亦孔之醜。』變不虚生，各以類應。人道悖于下，效驗見于天。」皆齊説。

日月告凶，【注】魯「告」作「鞠」。不用其行。四國無政，不用其良。【疏】箋：「告凶，告天下以凶亡之徵也。行，道度也。不用之者，謂相干犯也。四方之國無政治者，由天子不用善人也。」○「魯『告』作『鞠』」者，劉向封事又引《詩》曰：「日月鞠凶，不用其行。四國無政，不用其良。」古告、鞠通，故魯作「鞠」。《後漢・章帝紀》元和三年詔：「今四國無政，不用其良。」用魯經文。《左雄傳》雄疏曰：「《詩》云：『四國無政，不用其良。』」明齊、毛文同。荀悦《漢紀》六引《詩》云：「日月告凶，不用其行。四國無政，曷用其良。」荀用《齊詩》，「曷」蓋誤字。《韓詩外傳》五言「君者，民之源也」云云，末引：「《詩》曰：『四國無政，不用其良。』」

不用其良臣而不亡者，未之有也。」彼月而食，則維其常。此日而食，于何不臧。【注】魯「食」作「蝕」。齊「維」作「惟」。齊説曰：「月食非常也，比之日食猶常也，日食則不臧矣。」韓説曰：「于何，猶奈何也。」【疏】箋：「臧，善也。」○「魯『食』作『蝕』」者，《史記·天官書》：「月蝕常也，日蝕爲不臧也。」《説苑·政理》篇：「《詩》所謂『彼日而蝕，于何不臧』者。」《史記集解》：「劉向以爲日月蝕及星逆行非太平之常，自周衰以來人事亂，故天文應之，遂變耳。」及上引「日月薄蝕」、「日有蝕之」，明魯作「蝕」。食、蝕今古文之異也。「月食」至「臧矣」，《漢書·天文志》引《詩》傳文。上引《詩》云：「彼月而食，則惟其常。此日而食，于何不臧。」「維」作「惟」。陳喬樅云：「此所引《齊詩》傳也。」司馬彪《續漢志》言馬續述《天文志》。續，馬嚴子。馬援父子並習《齊詩》，續當亦傳其家學。「于何，猶奈何也」者，《玉篇·于部》引《韓詩》文。皮嘉祐云：「于何，猶如何。于，猶如也。《易》『介于石』，即介如石也。如又通奈，《晉語》『奈吾君何』，奈何，如何也。《韓詩》乃詁訓通叚之證。」

爗爗震電，不寧不令。【疏】傳：「爗爗，震電貌。震，雷也。」箋：「雷電過常，天下不安、政教不善之徵。」○王逸《楚詞·遠遊》注：「靈爗，電貌。《詩》曰：『爗爗震電。』」此魯説。《初學記》二十、《御覽》六百三十五引《詩含神霧》曰：「爗爗震電，不寧不令。此應刑政之大暴，故震雷驚人，使天下不安。」《漢書·李尋傳》尋對曰：「《詩》所謂『爗爗震電，不寧不令』，其咎在於皇甫卿士之屬。」此齊説。百川沸騰，【注】韓「騰」作「滕」。山冢崒崩。高岸爲谷，深谷爲陵。哀今之人，胡憯莫懲。【疏】傳：「沸，出；騰，乘也。山頂曰冢。」「高岸」二句，「言易位也」。箋：「崒者，崔嵬。百川沸出相乘陵者，由貴小人也。山頂崔嵬者崩，君道壞也。易位者，君子居下、小人處上之謂也。憯，曾；懲，止也。變異如此，禍亂方至，哀哉今在位之人，何曾無以道德止之。」○《荀子・君子篇》：「以族論罪，以世舉賢，雖欲無亂，得乎哉？《詩》曰：『百川沸騰，《漢書・谷永傳》亦引此句。山冢崒崩。高岸爲谷，深谷爲陵。哀今之人，胡憯莫懲。』此之謂也。」孔疏引《詩推度災》曰：「百川沸騰，衆陰進。山冢崒崩，人無仰。高岸爲谷，賢者退。深谷爲陵，小臨大。」《李尋傳》尋對曰：「五行以水爲本，其星玄武婺女，天地所紀，終始所生。水爲準平，王道公正修明，則百川理，落脈通。偏黨失綱，則涌溢爲敗。今川水漂涌，與雨水並爲民害，此詩所謂『百川沸騰』者也，其咎在于皇甫卿士之屬。惟陛下留意詩人之言，少抑外親大臣。」《易林・晉之困》：「高岸爲谷，陽失其室。」又《明夷之比》：「深谷爲陵，衰者復興。」此齊説。「韓『騰』作『滕』」者，《玉篇・水部》：「《詩》曰：『百川沸滕。』水上涌也。」《玉篇》所引據《韓詩》，知韓作「滕」也。「胡潛莫懲」，解見《節》篇。

皇父卿士，番維司徒，【注】齊「番」作「皮」，韓作「繁」。家伯維宰，仲允膳夫，【注】齊「仲允」作「中術」。聚子內史，【注】齊「聚」作「掫」。蹶維趣馬，【注】齊「蹶」作「橜」。楀維師氏，【注】齊「楀」作「萬」，魯作「踽」。豔妻煽方處。【注】魯「豔」作「閻」，「煽」作「扇」。齊「豔」作「剡」。韓「煽」作「傓」，「處」作「熾」。【疏】傳：「豔妻，褒姒。美色曰豔。煽，熾也。」箋：「皇父、家伯、仲允，皆字。番、聚、蹶、楀，皆氏。厲王淫於色，七子皆用后嬖寵方熾之時並處位，言妻黨盛，女謁行之甚也。敵夫曰妻。司徒之職，掌天下土地之圖、人民之數；冢宰掌建邦之六典，皆卿也。膳夫，上士也，掌王之飲食膳羞。內史，中大夫也，掌爵禄廢置、殺生予奪之法。趣馬，中士也，掌王馬之政。師氏，亦中大夫也，掌司朝得失之事。六人之中，雖官有尊卑，權寵相連，朋黨於朝，是以疾焉。皇父則爲之端首，兼擅羣職，故但目以卿士云。」○《漢書·五行志》：「劉歆以爲，於《詩·十月之交》，則著卿士、司徒，下至趣馬、師氏，咸非其才，明小人乘君子，陰侵陽之象也。」《潛夫論·本政》篇：「否泰消息，陰陽不並，觀其所聚，而興衰之端可見也。稷、禹、皋陶聚而致雍熙，皇父、蹶、踽聚而致災異。」此魯說。《漢書·人表》以皇父卿士、司徒皮、太宰家伯、膳夫中術、内史掫子、趣馬橜、師氏萬並列下下，在幽王、褒姒之後。此齊說。「皇父卿士」，箋言「兼擅」者，孔疏云：「於六卿之外，更爲之都官，總統六官之事，兼擅爲名，故謂之卿士。」胡承珙云：「《周禮》六卿分職，三公不過兼官。都官之制，非經所有。經典言『卿士』者甚多，大率六卿中執政者是也。《左傳》『鄭武公、莊公爲平王卿士』，杜注：『王卿之執政者。』是也。此章首言『皇父卿士』，下二章又專稱『皇父』，則此『卿士』當是六卿之長。」「番維司徒」者，陳奂云：「《鄭語》：『幽王八年，鄭桓公友爲司徒。』詩作於幽王六年，爲司徒者番也。」「齊作『皮』」者，《地理志》「魯國蕃縣」，應劭曰：「蕃，音皮。」是蕃有皮音，故亦作「皮」。《儀禮·既夕》云「設披」，注言今文皆爲「藩」。《鄉射禮》「皮樹中」，注言今文「皮樹」爲「繁豎」。「韓作『繁』」者，《釋文》文。《漢書·百官表》「繁延壽」，注「繁」作「婆」。是古皮、繁同音，故又作「繁」也。「家伯維宰」者，家，氏姓。《春秋》桓十五年「天王使家父來聘」，是其證。「家伯」或作「冢伯」者，譌也。孔疏：「宰對司徒、内史等六官是列職之事，五者皆是一官之長，宰不當獨爲太宰之佐，以此知『家伯維宰』是冢宰也。」《易林·萃之蒙》：「家伯爲政，病我下土。」又《漸之井》：「家伯妄施，亂其在官。」此齊義。言「家伯爲政」，足見宰爲太宰，非宰夫矣。《周官》：「膳夫，上士二人。」「齊作『中術』」者，陳喬樅云：「『術』與『述』同，古又通作『允』，亦通作『聿』。《詩·

文王》『聿修厥德』，傳：『聿，述也。』《漢書・東平王宇傳》作『述修厥德』。《詩・大雅》『聿懷多福』，箋亦云：『聿，述也。』《繁露・郊祭》篇作『允懷多福』。皆術、允古通之證。」《周官》：「內史，中大夫一人。」「齊『聚』作『掫』」者，同音叚借字。《周官》：「趣馬，下士皁一人，徒四人。」《書・立政》篇有「趣馬蹶」，蓋宣王時蹶父之後，以字爲氏。「齊『蹶』作『橛』」者，《漢書・五行志》注引《詩》「橛維趣馬」，《人表》作「蹶」，乃字誤。《周官》：「師氏，中大夫一人。」《集韻》引《詩》作「㨢維師氏」，據唐石經初刻從手，後改從木，則「㨢」乃「楀」之變字。「齊『楀』作『萬』」者，顏注：「萬，讀曰㨢。」《漢書・游俠傳》有長安萬章，《急就篇》有萬段卿。「魯作『踽』」者，《潛夫論・本政》篇作「踽」，見上。是魯作「踽」。豔妻，傳以爲即褒姒。《方言》：「豔，美也。」「魯『豔』作『閻』，『煽』作『扇』」者，❶《漢書・谷永傳》：「昔褒姒用國，宗周以喪。閻妻驕扇，日以不臧。」又云：「抑褒、閻之亂外戚。」《班倢伃傳》云：「哀褒、閻之爲郵。」是褒姒、閻妻確爲二人。顏注：「閻，嬖寵之族也。《魯詩・小雅・十月之交》篇曰：『閻妻扇方處。』」顏不見《魯詩》，當是漢、魏諸家舊注引述《魯詩》之說，而顏襲用之也。「齊作『剡』」者，《中候擿雒戒》云：「剡者配姬以放賢，山崩水潰納小人，家伯罔主異載震。」孔疏以皇父、家伯、仲允蓋與后同姓剡。《中候》又云：「昌受符，厲倡孽，期十之世權在相。」自光武信讖，舉世風靡，說者遂以剡爲厲王后。故《左雄傳》雄上疏云：「幽、厲昏亂，不自爲政。褒、剡用權，七子黨進。」以「剡」配「褒」，以「厲」配「幽」，今作「褒豔」者，乃後人妄改。自康成用讖注經，《中候》更成鐵案，而此詩分屬厲王矣。案：

❶「煽」，原作「傓」，據本疏上注文改。

閻、剡音隨字變，齊、魯不同，學者各據所聞爲説，其非褒姒甚明。幽王之好内嬖，必不止一褒姒。詩人隨時紀實，亦猶漢成初年許、班之貴，舉其寵盛者而已。幽王十一年，戎滅西周，其得褒姒，《史記》在三年。此詩作於六年，當時申后之眷已衰，而褒姒之嬖未甚，三夫人之内，必更有剡姓擅寵者。天子八十一御，妻則在妃嬪之末，皆得名妻，不必如箋「敵夫」之説也。至八年而鄭桓公友代爲司徒，可知剡氏已替，姒氏益張，遂有奪后之事。説《詩》者先褒後剡，正以褒爲后耳。「韓『煽』作『傓』，『處』作『熾』」者，《説文》：「傓，熾盛也。《詩》曰：『豔妻傓方熾。』」與齊、魯不同，蓋《韓詩》如此。

抑此皇父，【注】《韓詩》曰：「抑，意也。」豈曰不時？胡爲我作，不即我謀？徹我牆屋，田卒汙萊。【注】《韓詩》曰：「汙，穢也。」曰予不戕，禮則然矣。【疏】傳：「時，是也。下則汙，高則萊。」箋：「抑之言噫。噫是皇父，疾而呼之。女豈曰我所爲不是乎？言其不自知惡也。女何爲役作我，不先就與我謀，使我得遷徙，乃反徹毁我牆屋，令我不得趨農，田卒爲汙萊乎？此皇父所築邑人之怨詞。戕，殘也。言皇父既不自知不是，反云我不殘敗女田業，禮，下供上役，其道當然。言文過也。」〇「抑，意也」者，《釋文》引《韓詩》文。宋綿初云：「戴侗《六書故》：『《論語》「抑與」之「與」，漢石經作「意與」之「與」』。《大戴禮》武王問師尚父曰：『黄帝、顓頊之道存乎？意亦忽不可得見與？』《後漢書》隗囂問班彪曰：『抑者縱之事復起於今乎？』抑、意一聲之轉。」「豈曰不時」者，馬瑞辰云：「時，謂使民以時。下言『田卒汙萊』，是奪民時之證。皇父不自以爲不時也。民之力作爲作，使民力作亦爲作。箋云『役作我』，正以『役』釋『作』。《廣雅》：『役，使也。』役，即古「役」字。『胡爲我役』，即胡爲我使也。孔疏云『汝何爲使我役作築邑之日』，於

『役作』上增『使我』二字以釋之，失箋恉矣。」《韓詩外傳》七載司城子罕相宋事，末引《詩》曰：「胡爲我作，不即我謀。」明韓、毛文同。卒，盡也。田不治，則下者汙而水穢，高者萊而草穢。「汚，穢也」者，《玉篇·水部》引《韓詩》文。皮嘉祐云：「《左·文六年傳》疏：『洿者，穢之別名。』《衆經音義》引《字林》：『汚，穢也。』汙、汚、洿字同。」

皇父孔聖，作都于向。擇三有事，亶侯多藏。不憖遺一老，俾守我王。【注】《韓詩》云：「憖，閶也。」魯「守」作「屏」。擇有車馬，以居徂向。【疏】傳：「皇父甚自謂聖。向，邑也。擇三有事，有司國之三卿，信維貪淫多藏之人也。」箋：「專權足己，自比聖人，作都立三卿，皆取聚斂之臣。言不知厭也。禮，畿内諸侯二卿。憖者，心不欲自彊之詞也。言盡將舊在位之人與之皆去，無留衛王。又擇民之富有車馬者，以往居于向也。」○向者，周東都畿内有二，一爲《左傳》隱十一年桓王與鄭之邑，《寰宇記》「向城在孟州河陽縣二十五里，杜注所云『軹縣向上』。今河南懷慶府濟源縣西南有向城」者也。一爲襄十一年「諸侯伐鄭，師于向」，杜注：「向城在長社東北。」《水經·渠水》注：「沙水首受洧水於長社縣東，東北逕向岡西，即鄭之向鄉也。長明溝又東，逕向城北，城側有向岡，《左傳》『諸侯師於向』者也。」《方輿紀要》云：「在開封府尉氏縣西南五十里。」愚案：濟源之向，周初爲蘇子邑，桓王與鄭，尚繫之蘇忿生，其前不得別封他人，則皇父所邑，當爲尉氏之向。「三有事」者，陳啟源云：「傳云『有同國之三卿』，『司』是誤文。《王制》鄭注：『小國亦三卿。』《白虎通·封公侯》篇引《王度記》曰：『子男三卿。』皇父作都，即是列國。此箋作『二卿』，『二』之誤文也。」「憖，閶也」者，《釋文》引《韓詩》文。《説文》猌又讀若銀。憖從猌聲，故字與「銀」通。《左·昭十一年》經「厥慭」，《公羊》經作「屈銀」，是其證也。銀、誾同音，故韓訓作「誾」。《說文》：「誾，和說而諍也。」《玉篇》：「誾，和敬貌。」與《說文》訓「慭」爲「謹敬」義合。言皇父不能謹敬事君，商留舊人，以衛我王也。「魯『守』作『屏』」者，蔡邕《陳太邱碑》：「天不慭遺一老，俾屏我王。」又《焦君贊》：「不遺一老，屏此四國。」蔡用魯經文，「守」皆作「屏」。「以居徂向」者，馬瑞辰云：「居者，語詞。『以居徂向』，猶云以徂向也。猶之『爾居徒幾何』即言爾徒幾何也，『我居圉卒荒』即言我圉卒荒也。箋訓『居徂』爲『往居』，失之。」

黽勉從事，不敢告勞。無罪無辜，讒口囂囂。【注】魯「黽勉」作「密勿」。魯、韓「囂」作「嗸」，魯又作「謷」、「敖」。魯說曰：「謷謷，毀也。」下民之孽，匪降自天。噂沓背憎，【注】三家「噂」作「僔」。職競由人。【疏】傳：「噂，猶噂噂。沓，猶沓沓。職，主也。」箋：「詩人賢者，見時如是，自勉以從王事。雖勞不敢自謂勞，畏刑罰也。囂囂，衆多貌。時人非有辜罪，其被讒口見椓譖囂囂然。孽，妖孽，謂相爲災害也。下民有此，言非從天墮也。噂噂沓沓，相對談語，背則相憎，逐爲此者，由主人也。」○「魯『黽勉』作『密勿』，『囂』作『嗸』」者，《漢書·劉向傳》向上封事曰：「君子獨處守正，不撓衆枉，勉彊以從王事，則反見憎毒讒愬，故其詩曰：『密勿從事，不敢告勞。無罪無辜，讒口嗸嗸。』」密、黽雙聲字，勿即勉也。《說文》：「勿，州里所建旗，象其柄有三游，所以趣民，故遽稱勿勿。」是「勿」有「勉」義，故得通假。向云「勉强」，正以「黽勉」說「密勿」。「又作『謷』、『敖』，謷謷，毀也」者，《釋訓》：「敖敖，傲也。」《釋文》引舍人本作：「謷謷，毀也，云：『衆口毀人之貌。』」即「囂囂」傳義。《潛夫論·賢難》篇：「《詩》云：『無罪無辜，讒口敖敖。』『彼人之心，于何其臻。』由此觀之，妬媚之攻擊也，亦誠工矣。聖人之居世也，亦誠危矣。」此皆《魯詩》本也。「韓作

『晢晢』」者，《釋文》引《韓詩》文。噂者，《説文》：「聚語也。」引《詩》：「噂沓背憎。」「三家作『僔』」者，《説文》：「僔，聚也。」引《詩》：「僔沓背憎。」此三家文，與《左・僖十五年傳》引同。《説文》：「沓，語多沓沓也。」是「僔沓」即聚語也。聚則笑語，背則相憎，小人之情狀，其主競逐爲此態者，由人爲之，非天降之孽也。《易林・解之節》：「下民多孽，君失其常。」又《乾之臨》：「疾慤無辜，背憎爲仇。」《蒙之革》、《謙之復》、《恒之艮》同，俱用齊經文。

悠悠我里，【注】魯「悠」作「攸」。韓「里」作「㾖」。亦孔之痗。四方有羡，我獨居憂。民莫不逸，我獨不敢休。天命不徹，【注】魯説曰：「不徹，不道也。」我不敢傚我友自逸。【疏】傳：「悠悠，憂也。里，病也。痗，病也。羡，餘也。徹，道也。親屬之臣，心不能已。」箋：「里，居也。悠悠乎我居今之世，亦甚困病。四方之人盡有饒餘，我獨居此而憂。逸，逸豫也。不道者，言王不循天之政教。」○「魯『悠』作『攸』」者，《釋訓》：「攸攸、嘒嘒，罹禍毒也。」樊光曰：「《詩》云：『攸攸我里。』」陳喬樅云：「『攸』字即『悠』之省，今本《爾雅》作『儵』，與樊本異。毛意以『里』爲『㾖』之叚字，鄭用魯義，故與毛異。」是陳氏以《雅》訓「攸攸」爲「憂」，與毛釋「悠悠」同。「里」讀如字，與鄭義同也。以「里」爲所居之地，與下「我獨居憂」句意不複。「韓『里』作『㾖』」者，《玉篇・疒部》：「㾖，病也。《詩》云：『悠悠我㾖。』」《玉篇》所引是《韓詩》，與毛訓義同。「不徹，不道也」者，《釋訓》文，魯説也。陳奐云：「天命不道，言天之令不循道而行，遂有日食震電之變。我不敢傚我友自逸，親屬之臣心不能已，故不敢傚友之逸豫，所謂『敬天之怒，無敢戲豫』也。」

《十月之交》八章，章八句。

雨無正【疏】毛序：「大夫刺幽王也。雨，自上下者也。衆多如雨，而非所以爲政也。」箋：「亦當爲刺厲王。王之所下教令甚多，而無正也。」〇「雨無正」，《集傳》載劉安世見《韓詩》作「雨無極」，《序》作「正大夫刺幽王也」，篇首多「雨無其極，傷我稼穡」二句。吕東萊《讀詩記》載董氏引《韓詩》，則作「雨無政」，《序》亦作「正大夫刺幽王也」，並引《章句》曰：「無，衆也。」案：詩曰「正大夫離居，莫知我勩」，是兼刺正大夫之詞，非正大夫刺幽王也。劉、董之説，未足據信。《易林・乾之臨》云：「《南山》、《昊天》，刺政閔身。」《蒙之革》、《謙之復》、《恒之艮》同。陳喬樅云：「據此説，知齊家即以『昊天』爲篇名，取首句『浩浩昊天』之語。焦氏以《南山》、《昊天》二詩對舉，《南山》即指『節彼南山』之詩。下句『刺政閔身』，『刺政』承《南山》言，謂『赫赫師尹，不平謂何』也。『閔身』承《昊天》言，謂『若此無罪，薰胥以鋪』也。」愚案：陳説甚新，但《節南山》篇名，三家作《節》，毛作《節南山》，無以「南山」名篇者。焦氏以「南山」、「昊天」相對，究係文言。以爲篇名，竊所未安，姑從蓋闕。三家《詩》義當與箋同。

浩浩昊天，不駿其德。降喪饑饉，斬伐四國。【疏】傳：「駿，長也。穀不熟曰饑，蔬不熟曰饉。」箋：「此言王不能繼長昊天之德，致使昊天下此死喪饑饉之災，而天下諸侯於是更相侵伐。」〇案：詩每借「天」以刺王，箋謂「王不能繼長昊天之德」，非也。《吕覽・下賢》篇高注：「鵠，讀『浩浩昊天』之『浩』。」據此，魯、毛文同。《新序·雜事》五云：「夫政之不平而吏苛，乃甚於虎狼矣。《詩》曰：『降喪饑饉，斬伐四國。』夫政不平也，乃斬伐四國，而況二人乎？」❶言饑饉之災，自天降之，以喪我民也。王又不平其政，以斬伐我四國，則饑饉之災，亦王召而降之也。《魯詩》訓義無「諸侯侵伐」意。**昊天疾威，弗慮弗圖。**【注】魯「弗」作「不」。**舍彼有罪，既伏其辜。若此無罪，淪胥以鋪。**【注】韓「淪」作「勳」，「鋪」作「痡」。魯、齊「淪」作「薰」。【疏】傳：「舍，除；淪，率也。」箋：「慮、圖，皆謀也。王既不駿昊天之德，今昊天又疾其政，以刑罰威恐天下，而不慮不圖。胥，相；鋪，徧也。言王使此無罪者見牽率相引而徧得罪也。」○昊，或作「旻」。孔疏：「上有『昊天』，明此亦『昊天』。定本皆作『昊天』，俗本作『旻天』，誤也。」《漢書·敘傳》顏注引此，亦作「昊天」。玩箋語兩「昊天」，知古本作「昊」也。「魯『弗』作『不』」者，楊雄《豫州牧箴》「不慮不圖」，用《魯詩》文。《敘傳》注引《詩》「不慮不圖」，箋語亦同，知三家作「不」也。「韓『淪』作『勳』，『鋪』作『痡』。魯、齊『淪』作『薰』」者，《後漢·蔡邕傳》「下獲熏胥之辜」，李注引：「《詩·小雅》曰：『若此無罪，勳胥以痡。』勳，帥也。胥，相也。痡，病也。言此無罪之人而使有罪者，相帥而病之，是其大甚。見《韓詩》。」《漢書·敘傳》「薰胥以刑」，顏注引晉灼曰：「齊、魯、韓《詩》作『薰』。薰，帥也。❷胥，相也。從人得罪相坐之刑也。」今據李注，韓別作「勳」，晉云然者，蓋「亦作」本。熏、薰、勳古通用，故蔡用《魯詩》，字亦作「熏」。《易·艮》卦

❶「二」，原作「一」，據續經解本《魯詩遺説攷》十一、《百子全書》本《新序》改。

❷「帥」，原作「師」，據《漢書補注》改。

「利薰心」，《釋文》引荀本作「動」。《釋訓》：「炎炎，薰也。」《釋文》本作「熏」，云：「亦作『薰』。」皆其證。《漢書·楚元王傳》注應劭引《詩》「論胥以鋪」，應用《魯詩》，當作「薰胥」，疑後人順毛改字，譌「淪」爲「論」。《鹽鐵論·申韓》篇：「《詩》云：『舍彼有罪，既伏其辜。若此無罪，淪胥以鋪。』痛傷無罪而累也。」「淪」字亦後人所改。

周宗既滅，靡所止戾。正大夫離居，莫知我勩。三事大夫，莫肯夙夜。邦君諸侯，莫肯朝夕。庶曰式臧，覆出爲惡。【疏】傳：「戾，定也。勩，勞也。覆，反也。」箋：「周宗，鎬京也。是時諸侯不朝王，民不堪命，王流于彘，無所安定也。正，長也。長官之大夫於王流于彘而皆散處，無復知我民之見罷勞也。王流在外，三公及諸侯隨王而行者，皆無君臣之禮，不肯晨夜朝暮省王也。人見王之失所，庶幾其自改悔而用善人，反出教令復爲惡也。」○周宗，當爲「宗周」，傳寫誤倒。《左·昭十六年傳》引《詩》正作「宗周既滅」，是詩本作「宗周」之證。鄭箋《詩》時所見《毛詩》尚作「宗周」，故解作「鎬京」，與「赫赫宗周」同。今箋作「周宗」者，後人因經誤作「周宗」而併改之也。孔疏謂宗周、周宗「文雖異而義同」，誤矣。國人作亂，厲王出奔，故云「宗周既滅，靡所止戾」也。馬瑞辰云：「《大宰》『建其正』，鄭注：『謂冢宰、司徒、宗伯、司馬、司寇、司空。』《左·襄二十五年傳》『自六正五吏』，杜注：『六正，三軍之六卿。』晉僭立六卿爲六正，則天子六卿本名六正可知。古以三公司天、地、人，爲三事。《白虎通》引《别名記》曰『司徒典民，司空主地，司馬順天』，是『三事』爲『三公』之義。《周書·立政》：『任人、準夫、牧，作三事。』某氏傳：『常任、準人及牧治，爲天、地、人之三事。』蓋官職雖多，天、地、人三事足以統之。」《周語》：「夙夜，敬也。」《後漢·章帝紀》詔曰：

「『三事大夫，莫肯夙夜』，《小雅》之所傷也。」帝學《魯詩》，明魯、毛文同。《左傳》：「朝夕獻善，敗于寡君。」又曰：「子革夕，子我夕。」皆以朝夕見君爲朝夕。莫肯，承上文「離居」言，且畏其暴也。《潛夫論・救邊》篇：「《詩》云：『庶曰式臧，覆出爲惡。』」明魯、毛文同。言王流彘之後，靡有悛心也。

如何昊天，辟言不信。如彼行邁，則靡所臻。凡百君子，各敬爾身。胡不相畏？不畏于天。【疏】傳：「辟，法也。」箋：「如何乎昊天，痛而愬之也。爲陳法度之言，不信之也。我之言不見信，如行而無所至也。凡百君子，謂衆在位者，各敬慎女之身，正君臣之禮，何爲上下不相畏乎？上下不相畏，是不畏于天。」〇《蔡邕集・蔡朗碑》「如何昊天」，明魯、毛文同。詩謂王法言不信而已，不必專爲我言。「凡百君子」，承上文「三事大夫」等言之。既隨王行，因亂離而廢君臣之禮，不敬王即不敬身也，不畏王即不畏天也。

戎成不退，飢成不遂。曾我暬御，憯憯日瘁。【疏】傳：「戎，兵；遂，安也。暬御，侍御也。瘁，病也。」箋：「兵成而不退，謂王見流于彘，無御止之者。飢成而不安，謂王在彘，乏於飲食之蓄，無輸粟歸餼者。此二者，曾但侍御左右小臣憯憯憂之，大臣無念之者。」〇國人仇王戎興於內，故成而不退。《楚語》韋注：「暬，近也。」「飢成不遂」，惟侍御左右之臣以爲憂病。獨夫情狀，可以概見。《後漢・蔡邕傳》：「《釋誨》云：『暬御之族，天隆其祐，主豐其禄。』」亦用《魯詩》文。凡百君子，莫肯用訊。聽言則答，譖言則退。【注】魯「訊」作「誶」，「答」作「對」。【疏】傳：「以言進退人也。」箋：「訊，告也。衆在位者，無肯用此相告語者，言不憂王之事也。答，猶距也。有可聽用之言，則共以詞距而違之。有譖毁之言，則共爲排退之。

羣臣並爲不忠,惡直醜正。」○《釋文》:「用訊,徐音息悴反,告也。」戴震云:「今本『訊』乃『誶』之譌。『訊,問』,『誶,告』,義各不同。《陳風·墓門》『歌以訊之』,《釋文》云:『本又作「誶」。』與此同,當作『誶』爲是。」「魯作『誶』」者,陳喬樅云:「《陳風》『歌以誶止』、『誶予不顧』,《列女傳》及《楚詞章句》所引《魯詩》皆作『誶』。此詩箋正云『誶,告也』,則《魯詩》作『誶』無疑。」《新序·雜事》五:「齊宣王謂閭丘邛曰:『子有善言,何見寡人之晚也?』邛對曰:『讒人在側,是以見晚也。《詩》曰:「聽言則對,譖言則退。」庸得進乎?』」《漢書·賈山傳》:「退誹謗之人,殺直諫之士,是以道諛媮合苟容。天下已潰,莫之告也。《詩》曰:『聽言則對,譖言則退。』」「答」皆作「對」,雙聲變轉,此《魯詩》文。傳釋此詩云:「以言進退人也。」《蕩》傳:「對,遂也。」《禮·月令》「遂賢良」,注:「遂,進也。」《易·大壯》「不能退,不能遂」,虞注:「遂,進也。」《爾雅》:「對,遂也。」郭注引《詩》「對揚王休」,對揚,謂進揚。聽言者,順從之言。謂王聞順從之言,則用而進之。聞讒譖之言,則斥而退之。導諛受譖,此所以「莫肯用誶」也。

哀哉不能言,匪舌是出,維躬是瘁。哿矣能言,巧言如流,俾躬處休。【疏】傳:「哀賢人不得言,不得出是舌也。哿,可也。可矣世所謂能言也,巧言從俗,如水轉流。」箋:「瘁,病也。不能言,言之拙也。言非可出於舌,其身旋見困病。巧,猶善也。謂以事類風切剴微之言,如水之流,忽然而過,故不悖遻,使身居安休休然。亂世之言,順説爲上。」○案:詩言哀哉此不能言之賢者,其趨事非恃舌之出話也,維以其身盡瘁於王事而已。若哿矣能言之小人,但聞其言之巧如流水然滔滔不絶,常使其身處於安閒之地,於事無裨也。是以君子務實。《潛夫論·本政》篇:「《詩》傷『巧言如流,俾躬處休』,蓋言衰世之士,佞彌巧者官彌尊也。」此魯説。

維曰于仕，孔棘且殆。云不可使，得罪于天子。亦云可使，怨及朋友。【疏】傳：「于，往也。」箋：「棘，急也。不可使者，不正不從也。可使者，雖不正從也。居今衰亂之世，云往仕乎，甚急迮且危。急迮且危，以此二者也。」○馬瑞辰云：「《釋詁》：『使，從也。』故箋以『從』釋『使』。二『云』字，皆臣答君之詞。『云不可使』，謂若事之不正者，即云不可從，此《左傳》所云『君所謂可，而有否焉，臣獻其否，以成其可』也。『亦云可使』，謂事雖不正，因君從之，亦云可使，此《左傳》所云『君之所可，據亦曰可』也。正義不知箋以『從』訓『使』，乃曰：『不從上命，則天子云我不可使。我若阿諛順旨，亦既天子云此人可使。』謂『可使』與『不可使』皆君論臣之意，殊失箋恉。」愚案：馬説是。「可使」、「不可使」，即今諺云此事使得、使不得也。

謂爾遷于王都，曰予未有室家。鼠思泣血，無言不疾。昔爾出居，誰從作爾室？【疏】傳：「賢者不肯遷于王都也。無聲曰泣血。無所言而不見疾也。遭亂世，義不得去，思其友而不肯反者也。」箋：「王流于彘，正大夫離居，同姓之臣從王，思其友而呼之，謂曰女今可遷居王都，謂彘也。其友辭之云，我未有室家於王都可居也。鼠，憂也。既辭之以無室家，爲其意恨，又患不能距止之，故云我憂思泣血，欲遷王都見女，今我無一言而不道疾者。言己方困於病，故未能也。往始離居之時，誰隨爲女作室，女猶自作之爾，今反以無室家距我。恨之詞。」○案：詩言我謂我友，爾何不遷於王之新都？則答以無室家可居，且憂思泣血，無言不以疾爲解。曾不思昔爾出宗周，而離居於他處之時，誰相從爲爾作室乎？其友蓋正大夫之等。

《雨無正》七章，二章章十句，二章章八句，三章章六句。

小旻【疏】毛序：「大夫刺幽王也。」箋：「所刺列於《十月之交》、《雨無正》爲小，故曰《小旻》。亦當爲刺厲王。」○三家《詩》義未詳。

旻天疾威，敷于下土。謀猶回遹，【注】齊「遹」作「穴」，韓作「鴥」，云：「僻也。」又作「泬」。何日斯沮。【注】韓説曰：「沮，止也，壞也。」謀臧不從，不臧覆用。我視謀猶，亦孔之邛。【疏】傳：「敷，布也。回，邪；遹，辟；沮，壞也。邛，病也。」箋：「旻天之德疾王者以刑罰威恐萬民，其政教乃布於下土。言天下徧知。猶，道；沮，止也。今王謀爲政之道回辟，不循旻天之德，已甚矣，心猶不悛，何日此惡將止。藏，善也。謀之善者不從，其不善者反用之，我視王謀爲政之道，亦甚病天下。」○《列女・儁不疑母傳》：「《詩》云：『昊天疾威，敷于下土。』言天道好生，疾威虐之行于下土也。」「昊」乃「旻」之譌，二字形近，故《雨無正》「昊天疾威」亦譌作「旻」。劉向用《魯詩》，義與箋説合，知鄭亦用魯義也。「齊『遹』作『穴』」者，《文選・幽通賦》「畔回穴其若兹兮」，曹大家注：「回，邪也。穴，僻也。」古遹讀如穴，回穴即回遹也。是《齊詩》文如此。「韓『遹』作『鴥』，云『僻也』」者，《釋文》引《韓詩》文，云：「義同。」《詩》：「鴥彼晨風。」「又作『泬』」者，《文選・西征賦》「事回泬而好還」，李注引《韓詩》曰：「謀猷回泬。」薛君《章句》曰：「回泬，邪僻也。」「邪」上脱「泬」字，依文義補。此《韓詩》「亦作」本。至《幽通賦》注亦引《韓詩》曰「謀猷回穴」，或《韓詩》亦有作「穴」之本，與齊同，不得以爲李誤也。「沮，止也，壞也」者，《史記・劉敬傳》索隱引《韓詩》傳文。案：「止」義與箋合，「壞」義與傳合。《漢書・陳湯傳》注亦云：「沮，止也，壞也。」或作「止壞」，《漢書・食貨志》注：「沮，止壞之。」《周勃傳》：「沮，止壞之意也。」

潝潝訿訿，【注】韓「潝」作「翕」，韓説曰：「翕翕訿訿，不善之貌也。」魯作「翕」，又作「歙」，「訿」亦作「呰」。亦孔之哀。謀之其臧，則具是違。謀之不臧，則具是依。我視謀猶，伊于胡底。【疏】傳：「潝潝然患其上，訿訿然思不稱乎上。」箋：「臣不事君，亂之階也，甚可哀也。于，往；底，至也。謀之善者俱背違之，其不善者依就之，我視今君臣之謀道，往行之將何至乎？言必至於亂。」○「韓『潝』作『翕』，曰『翕翕訿訿，不善之貌也』」者，《玉篇・言部》引《韓詩》文。「魯作『翕』」者，《釋訓》云：「翕翕訿訿，莫供職也。」此訓作「翕」。「又作『歙』」者，《漢書》劉向上封事曰：「衆小在位而從邪議，歙歙相是而背君子，故其詩曰：『歙歙訿訿，亦孔之哀。謀之其臧，則具是違。謀之不臧，則具是依。』」劉以「歙歙」爲「相是」之義，言其背正黨邪，翕然同聲，不顧是非也。《衆經音義》云：「吸，古文歙、噏二形。」是歙、噏字同。「『訿』一作『呰』」者，❶《荀子・修身篇》：「小人致亂，而惡人之非己也。致不肖，而欲人之賢己也。諂諛者親，諫諍者疏。修正爲笑，至忠爲賊。雖欲無滅亡，得乎哉？《詩》云：『噏噏呰呰，亦孔之哀。謀之其臧，則具是違。謀之不臧，則具是依。』此之謂也。」荀爲《魯詩》之祖，此亦魯説。呰、啙字同。《召緡》「皋皋訿訿」，傳：「訿，窳不供事也。」《説文》：「啙，窳也。」「窳，嬾也。」是「啙」與「訿」同。《史記・貨殖傳》注：「啙，病也。」《漢書・地理

❶「呰」，原作「啙」，據續經解本《魯詩遺説攷》十一及本疏上下文義改。

志》注：「呰，弱也。」訿訿者，呰窳病弱，隨人晝諾，不以職事爲意也。此輩在朝，故謀臧具違，不臧具依，所謀之道，將何所至乎？言必亂也。

我龜既厭，不我告猶。謀夫孔多，是用不集。【注】韓「集」作「就」。發言盈庭，誰敢執其咎？如匪行邁謀，是用不得于道。【疏】傳：「猶，道也。集，就也。謀人之國，國危則死之，古之道也。」箋：「猶，圖也。卜筮數而瀆龜，龜靈厭之，不復告其所圖之吉凶。言雖得兆，占繇不中。謀事者衆，而非賢者，是非相奪，莫適可從，故所爲不成。謀事者衆，訩訩滿庭，而無敢決當是非，事若不成，誰云己當其咎責者？言小人争知而讓過。匪，非也。君臣之謀事如此，與不行而坐圖遠近，是於道路無進於跬步，何以異乎？」○《禮·緇衣》引《詩》云：「我龜既厭，不我告猶。」明齊、毛文同。《漢書·藝文志》：「龜厭不告，《詩》以爲刺。」用齊經文。《潛夫論·卜列》篇：「《詩》曰：『我龜既厭，不我告猶。』」《淮南·覽冥訓》高注引《詩》同，明魯、毛文同。「韓『集』作『就』」者，《韓詩外傳》六載船人盍胥對晋平公，末引《詩》曰：「謀夫孔多，是用不就。」集、就雙聲字，故韓「集」爲「就」。王應麟《詩攷》引《外傳》作「不就」，而今本作「不集」，後人據《毛詩》妄改。《藝文類聚》九十引《外傳》作「蓋胥」，《文選》李注四引《外傳》亦作「蓋胥」。《左·襄八年傳》子駟引《詩》「如匪行邁謀，是用不得于道」，杜注：「匪，彼也。行邁謀，謀於路人也。不得於道，衆無適從也。」諸家以杜解爲長。

哀哉爲猶，匪先民是程，匪大猶是經，維邇言是聽，維邇言是争。如彼築室于道謀，是用不潰于成。【疏】傳：「古曰在昔，昔曰先民。程，法；經，常；猶，道；邇，近也。争爲近言。潰，遂也。」

箋：「哀哉今之君臣謀事，不用古人之法，不循大道之常，而徒聽順近言之同者，爭近言之異者。言見動軔則泥陷，不至於遠也。如當路築室，得人而與之謀所爲，路人之意不同，故不得遂成也。」○《鹽鐵論·復古》篇云：「《詩》云：『哀哉爲猶，匪先民是程，匪大猶是經，維邇言是聽。』此詩人刺不通於王道而善爲權利者。」桓用《齊詩》，引《詩》四句，明齊、毛文同。不法先民循大猶，是不通王道。聽邇言，即務權利也。爲政不明大體，逐淺近之權利，以爲經濟在是，不知其爲邇言也。所聽在是，所爭亦在是矣。班固《幽通賦》「迺先民之所程」，用齊經文。《呂覽·不二》篇高注：「《詩》曰：『如彼築室于道謀，是用不潰于成。』」明魯、毛文同。

國雖靡止，或聖或否。民雖靡膴，【注】韓「膴」作「腜」。韓說曰：「靡腜，猶無幾何。」或哲或謀，【注】《齊詩》「哲」作「悊」。或肅或艾。如彼泉流，無淪胥以敗。【疏】傳：「靡止，言小也。人有通聖者，有不能者，亦有明哲者，有聰謀者，艾，治也。有恭肅者，有治理者。」箋：「靡，無；止，禮；膴，法也。言天下諸侯今雖無禮，其心性猶有通聖者，有賢者。民雖無法，其心性猶有知者，有謀者，有肅者，有艾者。王何不擇焉，置之於位，而任之爲治乎？《書》曰：『睿作聖，明作哲，聰作謀，恭作肅，從作乂。』詩人之意，欲王敬用五事，以明天道，故云然。淪，率也。王之爲政者，如原泉之流行則清，無相牽率爲惡，以自濁敗。」○案：傳以「靡止」爲「小」，則「止」宜訓「大。」馬瑞辰云：「《抑》篇『淑慎爾止』，傳：『止，至也。』《爾雅》：『晊，大也。』《釋文》：『晊，本又作「至」。』《易》『至哉坤元』，猶言『大哉乾元』也。止、至同義，至爲大，則止亦爲大。『國雖靡止』，言國雖不大也。故傳云：『人有通聖者，有不能通聖者。』箋云：『有通聖者，有賢者。』此詩所言

『聖否』，與《論語》『賢者識其大者，不賢者識其小者』文法相類。彼對賢者言之，故識小爲不賢者。此對聖言之，故『或否』猶爲賢者耳。」「『膴』作『腜』，靡腜，猶無幾何」者，《釋文》引《韓詩》文。上文「靡止」，「止」訓「大」，則「靡腜」之「腜」宜訓「盛多」。胡承珙云：「《緜》詩『周原膴膴』，《文選·魏都賦》注引《韓詩》『膴』亦作『腜』。《左·僖二十八年傳》『原田每每』，亦與『腜』同。𡴎之義爲草盛上出，是膴、腜、每皆盛多之義。」愚案：王肅讀「膴」爲「幠」，云：「無大有人，言少也。」讀與韓異，而訓義同。詩言尚有哲謀肅乂之人可以輔治也。「齊『哲』作『悊』」者，《漢書·敘傳》「或悊或謀」，「哲」作「悊」，《齊詩》文。「無淪胥以敗」，言無令相率入於危亡，而無益於國事也。《列女傳》二：「《詩》云：『如彼泉流，無淪胥以敗。』」明魯、毛文同。

不敢暴虎，不敢馮河。【注】魯説曰：「暴虎，徒搏也。馮河，徒涉也。」人知其一，莫知其他。戰戰兢兢，如臨深淵，如履薄冰。【疏】傳：「馮，陵也。徒涉曰馮河，徒搏曰暴虎。一，非也。他，不敬小人之危殆也。戰戰，恐也。兢兢，戒也。如臨深淵，恐隊也。如履薄冰，恐陷也。」箋：「人皆知暴虎馮河立至之害，而無知當畏慎小人，能危亡也。」〇案：「暴虎」二句，《釋訓》文，魯説也。馮者，「淜」之叚音，《説文》：「無舟渡河也。」《荀子·臣道篇》：「仁者必敬人，凡人非賢，則是不肖也。人賢而不敬，則是禽獸也。人不肖而不敬，則是狎虎也。禽獸則亂，狎虎則危，災及其身。《詩》曰：『不敢暴虎，不敢馮河。人知其一，莫知其他。戰戰兢兢，如臨深淵，如履薄冰。』此之謂也。」《呂覽·安死》篇高注：「無兵搏虎曰暴，無舟渡河曰馮。喻小人而爲政，不可以不敬，不敬之則危，猶暴虎、馮河之必死也。『人知其一，莫知其他』，一，非也。人皆知小人之爲非，不知不敬小人之危殆。」《淮南·本經訓》高注：「人皆知暴虎、馮河立至害也，故曰『知其一』。而不知當畏眘小人危亡也，故曰『莫知其佗』。」皆魯説。並言宜畏慎小人，此最古義。《後漢・郅惲傳》：「暴虎馮河，未至之戒。」用韓經文。《鹽鐵論・詔聖》篇引：「《詩》曰：『不敢暴虎，不敢馮河。』爲其無益。」以比刑法峻則民不犯。雖係齊家言，然是斷章取義。《説苑》引零句尤多，不具録。

《小旻》六章，三章章八句，三章章七句。

小宛【疏】毛序：「大夫刺幽王也。」箋：「亦當爲刺厲王。」○三家《詩》義未詳。《晉語》「秦伯宴公子重耳，秦伯賦『鳩飛』」，韋注：「『鳩飛』，《小雅・小宛》之首章。曰：『宛彼鳴鳩，翰飛戾天。我心憂傷，念昔先人。明發不寐，有懷二人。』言己念晉先君及穆姬不寐，以思安集晉之君臣也。」《左・昭元年傳》「趙孟賦《小宛》之二章」，又稱「小宛」，不稱「鳩飛」，蓋當時篇有二名故也。

宛彼鳴鳩，翰飛戾天。【注】韓「戾」作「厲」，云：「厲，附也。」我心憂傷，念昔先人。【注】齊「昔」作「彼」。明發不寐，有懷二人。【疏】傳：「興也。宛，小貌。鳴鳩，鶻鵰。翰，高；戾，至也。行小人之道，責高明之功，終不可得。先人，文、武也。明發，發夕至明。」○馬瑞辰云：「《釋鳥》：『鶌鳩，鶻鵃。』郭注：『似山鵲而小，短尾。』《淮南》許注：『屈，短也。』『屈』與『屈』通。《説文》：『屈，無尾也。』《玉篇》：『屈，短尾也。』鶌鳩蓋以短屈得名。宛、屈義同。《説文》：『宛，屈草自覆也。』宛蓋鶌鳩短尾之貌，短、小義近，故傳以『宛』爲『小貌』。《考工記・函人》『眂其鑽空，欲其惌也』，鄭司農注：『惌，小孔貌。』惌、宛義同。陸《疏》：『鳴鳩，班鳩也。』班鳩蓋非今俗所稱班鳩，或鶌鳩一名班鳩耳。《吕覽・季春紀》『鳴鳩拂其羽』，高

注：『鳴鳩，班鳩也。是月拂擊其羽，直刺上飛數十丈乃復者是也。』《淮南·時則訓》高注亦云：『鳴鳩，奮迅其羽，直刺飛入雲中。』是鳴鳩實能高飛，詩蓋以鳴鳩短尾，似難高舉，而翰飛可以戾天，以興人主當勉於爲善。傳謂以鳴鳩不可戾天爲興，非詩義也。」愚案：馬説精當。由高注「鳴鳩」推之，《魯詩》當云小鳥奮翼高飛，亦能至天，必無不可戾天之喻，如毛所云也。楊雄《逐貧賦》「翰飛戾天」，用魯經文。「韓『戾』作『厲』，云『厲，附也』」者，《文選·西都賦》李注引《韓詩》曰「翰飛厲天」，薛君《章句》曰：「厲，附也。」厲，正字。戾，借字。「厲，附也」者，鳥飛極高，自下視之，如與天相附麗。附、傅字通。《菀柳》篇「有鳥高飛，亦傅于天」，義亦同也。《廣雅·釋詁》：「厲，近也。」《吕覽·上農》篇注：「厲，摩也。」近天、摩天，皆與「附天」義合。「念昔先人」者，王不能勇於爲善，行文、武之道，故我心念先人文、武而憂傷也。「齊『昔』作『彼』」者，《繁露·楚莊王》篇：「《詩》云：『宛彼鳴鳩，翰飛戾天。我心憂傷，念彼先人。明發不寐，有懷二人。』人皆有此心也。」董用《齊詩》，是齊作「彼」。《禮·祭義》：「《詩》云：『明發不寐，有懷二人。』」鄭注：「明發不寐，謂夜至旦也。二人，謂父母。」陳喬樅云：「《祭義》下云『文王之詩也』，孔疏以爲詩人陳文王之德以刺，亦得爲文王之詩。案：毛傳訓『先人』爲『文、武』，則『明發不寐』二語，即陳文王之德。《禮記》云『文王之詩』，猶云詩言謂文王也。」愚案：詩言文即以該武，以「明發不寐」二語爲陳文王之德，説亦可通。文王爲子止孝，雞鳴問寢，是「不寐」、「有懷」之證。王逸《楚詞·招魂》注：「發，旦也。《詩》云：『明發不寐。』」《載驅》篇「齊子發夕」，「發」即訓「旦」，言旦夕皆在，與此詩「明發」義同。「明發不寐」者，猶言達旦不寐也。《禮》鄭注：「明發不寐，謂夜至旦。」訓同，傳衍一「發」字。

人之齊聖，飲酒温克。彼昏不知，壹醉日富。【注】魯「壹」作「一」。各敬爾儀，天命不又。

【疏】傳：「齊，正；克，勝也。醉而日富矣。又，復也。」箋：「中正通知之人，飲酒雖醉，猶能温藉自持以勝。童昏無知之人，飲酒一醉，自謂日益富，夸淫自恣，以財驕人。今女君臣各敬慎威儀，天命所去，不復來也。」○王引之云：「《爾雅》『齊』、『速』俱訓爲『疾』。《書大傳》『多聞而齊給』，鄭注：『齊，疾也。』《荀子·修身篇》：『齊明而不竭，聖人也。』《非十二子篇》：『聰明聖知，不以窮人。齊給速通，不以先人。』然則速通謂之齊，大通謂之聖。」《禮·内則》「柔色以温之」，鄭注：「温，藉也。」正義：「言子事父母，當和柔顔色，承藉父母，若藻承藉玉然。」《禮器》「故禮有擯詔，樂有相步，温之至也」，鄭注：「皆爲温藉，重禮也。」正義：「温，謂承藉。凡玉以物緼裹承藉，君子亦有威儀以自承藉。」《釋文》：「温，紆運反。」是温藉即藴藉也。詩言飲酒雖醉，能以温藉自勝，故曰温克也。《論語》孔注：「富，盛也。」昏蒙之人，他無所知，知壹醉而已，且日益加盛，安望其勉於爲善？「魯『壹』作『一』」者，《列女傳》八：「《詩》云：『彼昏不知，一醉日富。』」是魯作「一」。箋云「一醉」，正用《魯詩》之文。各者，並王君、臣俱戒之。《新序·雜事》五：「《詩》曰：『各敬爾儀，天命不又。』」明魯、毛文同。

中原有菽，庶民采之。螟蛉有子，蜾蠃負之。【注】三家「蜾」作「蠇」。教誨爾子，式穀似之。【疏】傳：「中原，原中也。菽，藿也。力采者則得之。螟蛉，桑蟲也。蜾蠃，蒲盧也。負，持也。」箋：「藿生原中，非有主也，以喻王位無常家也，勤於德者則得之。蒲盧取桑蟲之子，負持而去，煦嫗養之，以成其子。喻有萬民不能治，則能治者將得之。式，用；穀，善也。今有教誨女之萬民用善道者，亦似蒲盧。言將得而子也。」○中原者，謂原田之中。菽者，衆豆之總名。後以小豆名荅，遂專名菽爲大豆。藿者，豆之葉也，采者不禁。《易林・小畜之大過》「中原有菽」，用齊經文。「螟蛉有子，蜾蠃負之」者，《釋蟲》：「螟蛉，桑蟲。」《御覽》五百四十五引舍人曰：「螟蛉，桑上小青蟲也，似步屈。」郭注：「俗謂之桑蟃，亦曰戎女。」又曰「果蠃，蒲盧」，郭注：「即細腰蜂也，俗呼爲蠮螉。」楊雄《法言・學行》篇：「螟蛉之子殪而逢蜾蠃，祝之曰：『似我，似我。』久則肖之矣。」此魯說。《禮・中庸》鄭注：「蒲盧，蜾蠃，謂土蜂也。《詩》曰：『螟蛉有子，蜾蠃負之。』螟蛉，桑蟲也。蒲盧取桑蟲之子去而變化之，以成爲己子。」此齊說。凡物之渾沌無知而微有知者，謂之冥靈，然無定字，《莊子》書名木爲「冥靈」，《詩》名蟲曰「螟蛉」，聲同字變也。《說文》一作「螟蠕」，蛉、蠕同音通用。《齊侯鎛鐘鼎銘》「霝命難老」，即「令命」也。《廣雅》：「霝，令也。」是霝、令相通之證。「三家『蜾』作『蠣』」者，《說文》「蠣」下云：「蠣蠃，蒲盧，細腰土蠭也。天地之性，細腰純雄無雌。❶《詩》曰：『螟蛉有子，蠣蠃負之。』」「蜾」下云：「蠣或從果。」據上文，魯、齊皆作「蜾」，則作「蠣」者，蓋《韓詩》文也。土蠭所負，不止桑蟲，曾於春夏間目驗，或窗櫺，或筆管，此蟲累土成圓孔，長約半寸許，取花樹上青蟲，或灰白色蠅虎，及長腳綠蜘蛛，如高粱子大者，皆寘其中，對孔作聲，煦嫗良久，以土封其頂。自累土負子封頂，每來必作聲，約近十日，乃去不復來。其後蟲出，遂成細腰蠭矣。似，當讀如「嗣續」之「嗣」。《列女・楚子發母傳》：「教誨爾子，式穀似之。」此用魯文，明與毛同。

❶「雌」，陳刻《說文》、《說文注》、楊刻《說文義證》、祁刻《說文繫傳》作「子」。

題彼脊令，【注】魯「題」作「相」，「脊令」作「鶺鴒」。載飛載鳴。我日斯邁，而月斯征。夙興夜寐，毋忝爾所生。【注】三家「毋」作「無」。【疏】傳：「題，視也。脊令不能自舍，君子有取節爾。忝，辱也。」箋：「題之爲言視睇也。載之言則也。則飛則鳴，翼也口也，不有止息。我，我王也。邁、征，皆行也。王日此行，謂日視朝也。而月此行，謂月視朔也。先王制此禮，使君與羣臣議政事。日有所決，月有所行，亦無時止息。」○「魯『題』作『相』，『脊令』作『鶺鴒』」者，《釋鳥》：「鶺鴒，雝渠。」郭注：「飛則鳴，行則搖。」《漢書・東方朔傳》：「《答客難》曰：『王所以日夜孳孳敏行，而不敢怠也，譬若鶺鴒，飛且鳴矣。』」《中論・貴驗》篇：「《詩》曰：『相彼脊令，載飛載鳴。我日斯邁，而月斯征。』遷善不懈之謂也。」陳喬樅云：「《中論》説《詩》與東方生語，皆述魯義，『脊令』當作『鶺鴒』，《魯詩》之文然也。題，魯作『相』，相亦視也。《潛夫論・讚學》篇：『《詩》云：「題彼鶺鴒，載飛載鳴。我日斯邁，而月斯征。夙興夜寐，無忝爾所生。」是以君子終日乾乾，進德修業者，非直爲博己而已也。❶蓋乃思述祖考之令問，而以顯父母也。』王亦用《魯詩》，仍作『題彼鶺鴒』，疑後人順毛所改耳。」「三家『毋』作『無』」者，據上引《魯詩》作「無」。《大戴禮・立孝》篇：「《詩》云：『夙興夜寐，無忝爾所生。』」《韓詩外傳》八引《詩》「我日斯邁」四句，皆作「無」。又曹植《魏德論謳》用「載飛載鳴」，明魯、齊、韓「毋」皆作「無」，它文與毛同也。

交交桑扈，率場啄粟。哀我填寡，【注】韓「填」作「疹」，「疹，苦也。」宜岸宜獄。【注】韓「岸」作

❶「博」，原作「傳」，據《潛夫論箋》改。

「犴」，云：「鄉亭之繫曰犴，朝廷曰獄。」握粟出卜，自何能穀。【疏】傳：「交交，小貌。桑扈，竊脂也。言上爲亂政，而求下之治，終不可得也。填，盡；岸，訟也。」箋：「竊脂肉食，今無肉而循場啄粟，失其天性，不能以自活。仍得曰宜。自，從；穀，生也。可哀哉我窮盡寡財之人，仍有獄訟之事，無可以自救，但持粟行卜，求其勝負，從何能得生。」○《釋鳥》「桑扈，竊脂」，郭注：「俗呼青雀，觜曲，食肉，喜盜膏脂食之，因以名云。」《淮南·説林訓》：「馬不食脂，桑扈不啄粟，非云廉也。」高注：「桑扈，青雀，一名竊脂。」謂竊脂爲肉食，是魯説如此，而箋從之。以不啄粟之鳥，而今循場啄粟，乃無所得食，而亂其常也。《易林·同人之未濟》：「桑扈竊脂，啄粟不宜。亂政無常，使我孔明。」《齊詩》説與魯同。「『填』作『疹』」，「『疹，苦也』」者，《釋文》引《韓詩》文。胡承珙云：「古從真、從㐱之字互相叚借。毛訓『填』爲『盡』，蓋以『填』爲『殄』之借字。《瞻卬》詩『邦國殄瘁』，傳云：『殄，盡也。』韓作『疹』者，『疹』乃籀文『胗』字。『胗，脣瘍也』，非其義。韓蓋以『疹』爲『瘨』之借字，《説文》：『瘨，病也。』《雲漢》、《召旻》箋並云：『瘨，病也。』《雲漢》釋文：『瘨，《韓詩》亦作『疹』。』」陳喬樅云：「古以病、苦互訓。《吕覽·權勳》篇、《貴卒》篇注並云：『苦，病也。』《廣雅·釋詁》：『病，苦也。苦，窮也。』然則《韓詩》『疹，苦』之訓，其義當爲窮苦，猶《毛詩》『填，盡』之訓，其義亦爲窮盡，故箋云『可哀哉我窮盡寡財之人，仍有獄訟之事，無可以自救』也。」「宜犴」至「曰獄」，《釋文》引《韓詩》文，《初學記》二十引同。《説文》：「豻，胡地野狗。從豸，干聲。或從犬作『犴』。《詩》曰：『宜犴宜獄。』」豻、犴字通作。《周官·射人》注：「豻，讀如『宜豻宜獄』之『豻』。」《漢書·刑法志》「豻獄不平」，顔注引服虔云：「鄉亭之獄曰豻。」《荀子·宥坐篇》「獄犴不治」，楊倞注引《詩》「宜犴宜獄」。《御覽》六百四十三引應劭《風俗通》

云：「宜犴宜獄，犴，司空也。《周官》：『凡萬民有罪離于法者，役諸司空，令平易道路也。』」是犴者，訟繫之地，有罪令服此役也，獄則讞成而入，故韓以「鄉亭」、「朝廷」分屬之。「握粟出卜，自何能穀」者，《鹽鐵論・五刑》篇：「法令，衆人不知所辟。此斷獄所以滋衆，而民犯禁也。《詩》云：『宜犴宜獄，握粟出卜，自何能穀。』刺刑政繁也。❶故治民之道，務篤其教而已。」《淮南・覽冥訓》高注亦引《詩》「握粟出卜」二句，明齊、魯文與毛同。《管子》云：「守龜不兆，握粟而筮者屢中。」《説文》：「貞，卜問也。從卜，貝以爲贄。」《繫傳》引：「《詩》：『握粟出卜。』謂古者求卜必用貝。握粟，其至微者也。」則粟所以酬卜。《莊子・人間世》：「鼓筴播精，足以食卜人。」《史記・日者傳》：「夫卜而有不審，不見奪糈。」皆酬卜之粟也。黄山云：「詩言『出卜』，自係貞卜於人。言『握粟』，自係爲贄甚薄。所望者奢而所持少，正由窮盡寡財，不能盡善也。《管子》『握粟而筮』，即用詩語。惠棟引此，以爲如求兆於豬肩、羊膊，雖得吉卜，安能爲善？可謂得詩指矣。馬瑞辰乃以爲非詩義，則《詩》胡不云『以粟』，而必言『握粟』乎？」

温温恭人，如集于木。惴惴小心，如臨于谷。戰戰兢兢，如履薄冰。【疏】傳：「温温，和柔貌。如集木，恐隊也。如臨谷，恐隕也。」箋：「衰亂之世，賢人君子雖無罪，猶恐懼。」○《韓詩外傳》七載孫叔敖對狐丘丈人，引「温温恭人」四句；又載孔子言明王有三懼，引「温温恭人」六句，明韓、毛文同，惟錯入「如臨深淵」句，當爲衍文。《文選・幽通賦》「蓋惴惴之臨深兮，乃二《雅》之所祗」，用齊經文。

❶ 「政」，《百子全書》本《鹽鐵論》作「法」。

《小宛》六章，章六句。

小弁【注】魯説曰：「《小弁》，《小雅》之篇，伯奇之詩也。伯奇仁人，而父虐之，故作《小弁》之詩。」又曰：「《履霜操》者，尹吉甫之子伯奇所作也。吉甫娶後妻，生子曰伯邦。乃譖伯奇於吉甫，放之於野。伯奇清朝履霜，自傷無罪見逐，乃援琴而鼓之。宣王出遊，吉甫從之，伯奇乃作歌以言，感之於宣王。王聞之曰：『此孝子之辭也。』吉甫乃求伯奇於野而感悟，遂射殺後妻。」齊説曰：「讒邪交亂，貞良被害，自古而然。故伯奇放流，孟子宫刑，申生雉經，屈原赴湘。《小弁》之詩作，《離騷》之詞興。」又曰：「尹氏伯奇，父子生離。無罪被辜，長舌所爲。」【疏】毛序：「刺幽王也。太子之傅作焉。」○「小弁」至「之詩」，趙岐《孟子章句》文，「公孫丑問曰：『高子曰：「《小弁》，小人之詩也。」』孟子曰：『何以言之？』曰：『怨。』曰：『固哉，高叟之爲詩也。《小弁》之怨，親親也。親親，仁也。』曰：『《凱風》何以不怨？』曰：『《凱風》，親之過小者也。《小弁》，親之過大者也。親之過大而不怨，是愈疏也。親之過小而怨，是不可磯也。愈疏，不孝也。不可磯，亦不孝也。』」「履霜」至「後妻」，蔡邕《琴操》文。《文選·舞賦》李注引略同。《御覽》五百八十八《琴部》引楊雄《琴清英》云：「尹吉甫子伯奇至孝，後母譖之，自投江中，衣苔帶藻，忽夢見水仙賜其美藥，唯念養親，揚聲悲歌，船人聞而學之。吉甫聞船人之聲疑，思伯奇，作《子安》之操。」愚案：伯奇逐後，于野投江，蓋傳聞不一。《履霜操》是求之於野，《子安操》則求之於江，莫知所終也。《後漢·黄瓊傳》：「伯奇至賢，終於放流。」李注引《説苑》曰：「王國子前母子伯奇，後母子伯封。欲立其子爲太子，「欲立」上當有「後妻」二字。説王曰：『伯奇好妾。』王不信。其母曰：『令伯奇於後園，妾過其旁，王上臺視之即可知。』伯奇入園，後母陰取蜂十數置單衣中，過伯奇邊曰：『蜂螫我。』伯奇就衣中取蜂殺之。王遥見之，乃逐伯奇也。」《漢書·馮奉世傳贊》注引《説苑》略同。愚案：尹吉甫爲周名臣，不聞封國所在。《説苑》稱「王」、稱「太子」，未知其審據。《琴操》後母子爲伯邦，《説苑》則欲立者爲伯封。《王風·黍離》篇，三家以爲伯封求兄之作，而又載别説亂之，皆當闕疑。此魯説。「讒邪」至「詞興」，《漢書·馮奉世傳贊》文。陳喬樅云：「『小弁』句承伯奇言，『離騷』句承屈原言，蓋舉首尾以包中二人，否則文法偏枯矣。據此，班亦以《小弁》爲伯奇作，班用《齊詩》也。」《漢書·武五子傳》壺關三老茂上書曰：「孝己被謗，伯奇放流，骨肉至親，父子相疑，何也？積毀之所生也。」「尹氏」至「所爲」，《易林·訟之大有》文，《中孚之井》、《家人之謙》同。又《豐之鼎》云：「讒言亂國，覆是爲非。伯奇流離，恭子憂哀。」《巽之觀》同，亦齊説。《韓詩》未聞。

弁彼鸒斯，歸飛提提。【注】❶魯説曰：「鸒，卑居。」民莫不穀，我獨于罹。何辜于天，我罪伊何。心之憂矣，云如之何。【疏】傳：「興也。弁，樂也。鸒，卑居。卑居，雅烏也。提提，羣貌。幽王取申女，生太子宜咎。又説褒姒，生子伯服，立以爲后，而放宜咎，將殺之。舜之怨慕，日號泣于旻天，于

❶「注」，原脱，據本書體例補。

父母。」箋：「樂乎彼雅烏，出食在野甚飽，羣飛而歸提提然。興者，喻凡人之父子兄弟出入宮庭，相與飲食，亦提提然樂，傷今太子獨不。穀，養；于，曰；罹，憂也。天下之人無不父子相養者，我太子獨不然，曰以憂也。」○《説文》：「昪，喜樂也。」段注引此詩，「弁」即「昪」之叚借。「鷽，卑居」者，《釋鳥》文，魯説也。孔疏：「此鳥名『鷽』，而云『斯』者，語辭。傳或有『斯』者，衍字，定本無『斯』。」《釋文》前出「鷽斯」後：「一云：斯，語辭。」並當以後説爲正。疏引《爾雅》蓋亦無「斯」，今本有「斯」者，誤也。傳又云「卑居，雅烏也」者，《説文》：「鵯，卑居也。」鵯、鷽一字。又云：「雅，楚烏也。一名鷽，一名卑居，秦謂之雅。」「雅」即「鴉」也。《爾雅》郭注：「雅烏小而多羣，腹下白，江東亦呼爲卑烏。」可悟「居」即「烏」音之變轉。❶《水經・濕水》注引犍爲舍人以爲壁居，「壁」即「卑」音之變轉。馬融説以爲賈烏，「賈」又「雅」音之變轉，非異名也。《小爾雅》云：「小而腹下白，不反哺者，謂之雅烏。」《法言・學行》篇：「頻頻之黨，甚於鵯斯。」「黨」即「羣」也。「提」作「頻」，與「罹」不協，疑本作「題彼脊令」之「題」，而讀如提。題題，猶「題彼」耳。左思《魏都賦》「𦐊𦐊精衛」，李注：「𦐊𦐊，飛貌也。」《説文》：「翄，翼也。或作『𦐊』。」《廣韻》：「翄翄，飛貌。」翄、𦐊同字，是「提提」即「𦐊𦐊」之借字矣。伯奇言雅烏得食，羣飛而樂。天下之民，亦莫不得生聚爲樂。唯我一人失所而憂，我有何辜于天，橫被寃枉，我罪果伊何乎？心之憂矣，如之何而後得順於親也。趙岐《孟子章句》云：「《詩》曰『何辜于天』，親親而悲怨之詞也。」明魯、毛文同。

❶「鳥」，疑當作「烏」。

踧踧周道，鞫爲茂草。我心憂傷，惄焉如擣。【注】韓「擣」作「疛」，云：「疛，心疾也。」假寐永歎，維憂用老。【注】韓「假」作「寤」，「維」作「唯」，魯作「惟」。心之憂矣，疢如疾首。【疏】傳：「踧踧，平易也。周道，周室之通道。鞫，窮也。惄，思也。擣，心疾也。」箋：「此喻幽王信褒姒之讒，亂其德政，使不通於四方。不脱冠衣而寐曰假寐。疢，猶病也。」〇鞫，讀同鞠。詩言顧瞻周道，本平易也。今途窮而不通，乃爲茂草所鄣塞。《楚詞》東方朔《七諫》：「何周道之平易兮，然蕪穢而險戲。」喻意正同。蔡邕《述行賦》：「周道鞫爲茂草兮，哀正路之日荒。」用魯經文。「惄，思」，《釋詁》文。「『擣』作『疛』，云『疛，心疾也』」者，《釋文》引《韓詩》文。盧文弨云：「《吕覽·盡數》篇『氣鬱處腸，則爲張爲疛』，高注：『疛，跳動也。』與『擣』義相近。」胡承珙云：「《説文》『疛』雖訓『腹痛』，然心、腹義本可通。《玉篇》：『疛，心腹疾也。』引《吕覽》云『身盡疛腫』，是『疛』不專訓腹疾。毛殆以『擣』爲『疛』借，故直訓『心疾』與？」陳喬樅云：「《廣雅》：『疛，病也。』《玉篇》：『疛，心腹疾也。𤸫，同上。又，病也。』《廣韻》：『疛，心腹病也。𤸫，上同。』是『疛』與『𤸫』同字。」假寐者，王逸《楚詞·九懷》注：「不脱冠帶而卧曰假寐。《詩》曰：『假寐永歎。』」王用《魯詩》，明魯、毛文同。王注即箋説所本。「韓『假』作『寤』，『維』作『唯』，魯作『惟』」者，《後漢·質帝紀》梁太后詔曰：「寤寐永歎，重懷慘結。」李注：「寤，覺也。寐，卧也。《詩》曰：『寤寐永歎，唯憂用老。』」梁太后治《韓詩》，此詔即用韓語。李注所引亦韓文，故「寤」字、「唯」字與毛不同。《論衡·書虚篇》：「伯奇放流，首髮早白。《詩》曰：『惟憂用老。』」此詩之爲伯奇作，信而有徵矣。王充用《魯詩》，「維」作「惟」。《説文》：「疢，熱病也。從疒，從火。」《詩》蓋借爲煩熱之義。《後漢·桓帝紀》梁太后詔曰：「疢如疾首。」明韓、毛文同。《漢書·中山靖王勝傳》對帝傷讒言，末引《詩》云：「我心憂傷，惄焉如擣。假寐永歎，唯憂用老。心之憂矣，疢如疾首。」靖王當景、武間，此對蓋用《魯詩》。顏注：「擣，築也。言我心中憂思如被擣築。」陳喬樅云：「『擣築』之訓，蓋舊注據《魯詩》爲説，而小顏襲用之。」

維桑與梓，必恭敬止。靡瞻匪父，靡依匪母。不屬于毛，不離本誤「罹」，據唐石經正。**于裏。天之生我，我辰安在？**【疏】傳：「父之所樹，已尚不敢不恭敬。毛在外，陽，以言父。裏在内，陰，以言母。辰，時也。」箋：「此言人無不瞻仰其父取法則者，無不依恃其母以長大者，今我獨不得父皮膚之氣乎？獨不處母之胞胎乎？何曾無恩於我？我生所值之辰安所在乎？謂六物之吉凶。」○《穀梁傳》「古者公田爲居」，范注：「損其廬舍，家作一園，以種五菜。外種楸桑，以備養生送死。」《舊五代史》王建立曰：「桑以養生，梓以送死。」此桑梓必恭之義也。其父祖所樹，子孫見之，則追念而加敬。何況我之父母，乃我所瞻仰而依附者，焉有不恭敬乎？張衡《南都賦》：「永世克孝，懷桑梓焉。真人南巡，覩舊里焉。」此用魯經文。桑梓必在里居，後遂稱「桑梓」爲故里耳。詩又言豈不附屬於我父之毛乎？不離麗於生母之裏乎？何爲如此無恩之甚也。「我辰安在」者，馬瑞辰云：「《左傳》：『日月之會，是謂辰。』《大宗伯》疏：『辰即二十八星也。』蓋日月所會，於二十八宿各有所值之辰，故日月所會爲辰，二十八宿亦爲辰。人生時月宿所值，星吉則人亦吉，星凶則人亦凶。韓昌黎詩云：『我生之辰，月宿南斗。牛奮其角，箕張其口。』義本此詩。辰當指月宿所值之星而言，非兼言六物也。」黄山云：「《桑柔》篇『我生不辰，逢天僤怒』，與此篇『天之生我，我辰安在』義正相發。箋於《桑柔》亦訓『辰，時也』，即本此傳説。而此又別爲六物吉凶之説，言我吉安在可也，豈可言我凶安在乎？馬瑞辰駁之宜矣。然『日月之會，是謂辰』，引申即爲時會之義。《公羊》『大火爲大辰』，《楚辭》『夕宿辰陽』，皆訓『辰』爲『時』。毛説必與今文相合。若必泥爲生人時月宿所值，則《桑柔》之『不辰』將爲無所值矣，此箋之所以仍訓『辰』爲『時』，而馬氏遂窮不爲説也。昌黎『我生之辰』，亦言我之時耳，非定指月宿所值之星也。」

菀彼柳斯，鳴蜩嘒嘒。【注】韓説曰：「嘒嘒，小聲也。」有漼者淵，萑葦淠淠。【注】魯「萑」作「莞」，韓作「藿」。魯説曰：「淠淠，茂也。」譬彼舟流，不知所屆。【注】魯「屆」作「艐」。心之憂矣，不遑假寐。【疏】傳：「蜩，蟬也。嘒嘒，聲也。漼，深貌。淠淠，衆也。」箋：「柳木茂盛則多蟬，淵深而旁生萑葦，言大者之旁，無所不容。屆，至也。言今大子不爲王及后所容，而見放逐，狀如舟之流行，無制之者，不知終所至也。遑，暇也。」〇「嘒嘒，小聲也」者，《玉篇·口部》引《詩》文。毛傳云：「聲也。」《玉篇》云：「小聲。」是韓訓。《説文》亦云：「嘒，小聲也。」皆即用韓義。曹植《蟬賦》：「《詩》詠鳴蜩，聲嘒嘒兮。」亦韓經文也。「魯『萑』作『莞』」者，《説苑·雜言》篇：「《詩》云：『菀彼柳斯，鳴蜩嘒嘒。有漼者淵，莞葦淠淠。』言大者之旁，無所不容。」「萑」作「莞」，通用字。《儀禮·公食大夫禮·記》「加萑席」，鄭注：「今文『萑』皆爲『莞』。」是也。「韓作『藿』」者，《韓詩外傳》七載楚莊王飲酒絶纓事，末引：「《詩》曰：『有漼者淵，藿葦淠淠。』言大者無不容也。」「萑」作「藿」，字同。箋説「言大者之旁無不容」，即本魯、韓舊義。「淠淠，茂也」者，《廣雅·釋訓》文，與毛訓異，即本魯故。「魯『屆』作『艐』」者，《釋詁》：「艐，至也。」《釋文》引孫炎曰：「艐，古『屆』字。」陳喬樅云：「艐字從舟，即此詩『譬彼舟流，不知所艐』之『艐』。《説文》：『艐，舟著沙不行也。』《方言》：『艐，至也。』又曰：『艘，宋語也。古《雅》之别語也。』郭注：『《雅》，謂《風》、《雅》。』毛作『屆』，魯作『艘』，故孫炎謂：『艘，古屆字。』」愚案：伯奇放逐，無所適歸，故云「譬彼舟流，不知所屆」。

鹿斯之奔，維足伎伎。雉之朝雊，尚求其雌。譬彼壞木，【注】魯「壞」作「瘣」。疾用無枝。心之憂矣，寧莫之知。【疏】傳：「伎伎，舒貌，謂鹿之奔走，其足伎伎然舒也。壞，瘣也，謂傷病也。」箋：「雊，雉鳴也。尚，猶也。鹿之奔走，其勢宜疾，而足伎伎然舒，留其羣也。雉之鳴，猶知求其雌。今大子之放棄，其妃匹不得與之去，又鳥獸之不如。太子放逐，而不得生子，由內傷病之木，❶內有疾，故無枝也。寧，猶曾也。」〇《釋文》：「伎，本亦作『跂』。」《白帖》引《詩》「維足跂跂」，即毛「亦作」本也。以「維」不作「惟」之故。《淮南·原道訓》高注：「跂跂，行也。」是魯必作「跂跂」。《説文》：「䞋，一曰：行皃。」《玉篇》：「䞋䞋，鹿走也。」又曰：「行貌。」顧用《韓詩》，是韓必作「䞋䞋」。徐璈云：「伎伎，即奔皃。」馬瑞辰云：「徐説是也。『伎』又通作『歧』。《字林》：『歧歧，飛行貌。』是伎伎乃速行。《爾雅》：『鹿，其迹速。』《説文》：『速，疾也。』《夏小正》『鹿人從』，大戴傳：『鹿之養也，離羣而善之。』離、麗通。善之即善走也，《説文》：『麗，旅行也。鹿之性，見食急則必旅行。』皆鹿羣萃善行之證。《詩》言『維足伎伎』，蓋言鹿善從其羣，見前有鹿則飛行以奔之，與雉求其雌取興正同。傳訓爲『舒貌』，非。」《淮南·時則訓》高注、《吕覽·季冬紀》高注兩引《詩》「雉之朝雊，尚求其雌」，明魯、毛文同。《禮·月令》鄭注亦引《詩》二句，明齊、毛文同。「魯『壞』作『瘣』」者，《釋

❶「由」，明世德堂本《毛詩》、阮刻本《毛詩正義》作「猶」。

木》「瘣木，苻婁」，《釋文》引樊光曰：「《詩》云：『譬彼瘣木，疾用無枝。』苻婁者，尫傴內病，磈磊無枝也。」此《爾雅》用《魯詩》經文之證。《説文》：「瘣，病也。《詩》云：『譬彼瘣木。』❶一曰：腫旁出也。」《中論・藝紀》篇：「木無枝葉，則不能豐其根幹，故謂之瘣。」毛作「壞」，「瘣」之叚借。伯奇言鹿、雉尚有羣侶，己病自內發，無人相助，猶傷病之木，無枝葉相扶，故雖心憂，而曾無知我者，徒自傷耳。

相彼投兔，尚或先之。行有死人，尚或墐之。【注】齊、韓「墐」作「殣」。君子秉心，維其忍之。心之憂矣，涕既隕之。【疏】傳：「墐，路冢也。隕，隊也。」箋：「相，視；投，掩；行，道也。視彼人將掩兔，尚有先驅走之者，道中有死人，尚有覆掩之成其墐者。言此所不知，其心不忍。君子，斥幽王也。秉，執也。言王之執心，不如彼二人。」○《列女・魏乳母傳》：「夫慈故能愛，乳狗搏虎，伏雞搏狸，恩出於中心也。《詩》曰：『行有死人，尚或墐之。』」趙岐《孟子章句》云：「《凱風》言『莫慰母心』，母心不悦，知親之過小也。《小弁》曰『行有死人，尚或墐之』，而曾不閔已，知親之過大也。」是魯作「墐」，與毛同。「齊、韓『墐』作『殣』」者，《説文》：「殣，道中死人，人所覆也。《詩》曰：『尚或殣之。』」所引當是齊、韓文。《左傳》「道殣相望」，正用「殣」字。《漢書・馮奉世傳贊》引《詩》曰：「心之憂矣，涕既隕之。」用齊經文。

君子信讒，如或醻之。君子不惠，不舒究之。伐木掎矣，析薪杝矣。舍彼有罪，予之佗矣。【疏】傳：「伐木者掎其巔，析薪者隨其理。佗，加也。」箋：「醻，旅醻也。如醻之者，謂受而行之。惠，

❶「譬彼」二字，原脱，據陳刻《説文》、《説文注》、楊刻《説文義證》、祁刻《説文繫傳》補。

愛；究，謀也。王不愛大子，故聞讒言則放之，不舒謀也。掎其巔者，不欲妄踣之。杝，謂觀其理也。必隨其理者，不欲妄挫折之。以言今王之遇大子，不如伐木析薪也。予，我也。舍褒姒讒言之罪，而妄加我大子。」〇言吉甫之信讒，如有人以酒相醻，得即飲之。由不愛伯奇之故，聞讒即逐，不復舒緩察究之，譬伐木者必以繩曳其顛，析薪者必順其理。今横見枉害，乃伐木析薪之不如乎？然循此自明，則彼將有罪，故甯舍之而自他道，所以爲仁孝也。申生曰：「君實不察，其非我辭，姬必有罪。」伯奇之用心，正與之同。舊説以爲刺父不治，是視申生爲不若矣。上篇「舍彼有罪，既伏其辜」，伏辜之罪，罪已著者也。此未著者也，曰「予之佗矣」，明舍者在己，非爲刺之。蓋事本易明，而終不忍自明耳。

莫高匪山，莫浚匪泉。君子無易由言，耳屬于垣。無逝我梁，無發我笱。我躬不閱，遑恤我後。【疏】傳：「浚，深也。念父孝也。」下全引《孟子》「高子曰『《小弁》小人之詩也』」至「五十而慕」。箋：「山高矣，人登其巔。泉深矣，人入其淵。以言人無所不至，雖逃避之，猶有默存者焉。由，用也。王無輕用讒人之言，人將有屬耳於壁而聽之者，知王有所受之，知王心不正也。逝，之也。之人梁，發人笱，此必有盜魚之罪。以言褒姒淫色，來嬖於王，盜我大子母子之寵。念父孝也，大子念王將受讒言不止，我死之後，懼復有被讒者，無如之何，故自決云，我身尚不能自容，何暇乃憂我死之後也。」〇胡承珙云：「《詩》言無高而非山，無浚而非泉，山高泉深，莫能窮測也。以喻人心之險猶山川，君子苟輕易其言，耳屬者必將迎合風旨，而交構其間矣。」馬瑞辰云：「《釋詁》：『繇，於也。』繇、由古通。《抑》詩『無易由言』，箋：『由，於也。』此詩『無易由言』，當與同義，戒君子無易於言也。」《韓詩外傳》五：「孔子侍坐於季孫，季孫之宰通曰：『君使人假馬，其與之乎？』孔子曰：『吾聞君取於臣謂之取，不曰假。』季孫悟，告宰通曰：『今以往，君有取謂之取，無曰假。』孔子正假馬之名，而君臣之義定矣。《詩》曰：『君子無易由言。』名正也。」據《外傳》，知韓、毛文同。一言正名，知言不可不慎也，可證箋説訓「由」爲「用」之誤。「無逝」四句，義已具前《谷風》。特此詩伯奇念父之深，憂家之亂，我躬危苦，尚寘不言，較《谷風》用情更婉而篤矣。黄山曰：「祖毛者皆謂此篇必爲刺幽王，而後可當親之過大。然公孫丑舉《凱風》爲比，則《小弁》本事必應與《凱風》同類。彼僅不悦其子，此則徑逐其子，故孟子以爲『親之過大』，論其過之大，非謂其事之大也。且幽王因廢申后而及太子，其事固以廢后爲主。得寵忘舊，不關信讒。太子辭宫廟而出奔，亦不當取喻桑梓。趙岐《章句》定爲伯奇自作，無可疑矣。」

《小弁》八章，章八句。

巧言【疏】毛序：「刺幽王也。大夫傷於讒，故作是詩也。」○《易林·隨之夬》云：「辯變白黑，巧言亂國。大人失福，君子迷惑。」此齊説。魯、韓無聞。

悠悠昊天，曰父母且。無罪無辜，亂如此憮。昊天已威，予慎無罪。昊天大憮，予慎無辜。【疏】傳：「憮，大也。威，畏；慎，誠也。」箋：「悠悠，思也。憮，敖也。我憂思乎昊天，愬王也。始者言其且爲民之父母，今乃刑殺無罪無辜之人，爲亂如此，甚敖慢無法度也。已、泰，皆言甚也。昊天乎，王甚可畏，王甚敖慢，我誠無罪而罪我。」○且，語餘聲，與「其樂只且」、「匪我思且」之「且」同。箋訓爲「且況」之「且」，非。《釋文》：「且，徐七餘反。觀箋意，宜七也反。」亦疑其誤。詩言思天，即刺王也。曰王乃民之父母，且民本無罪辜，而刑政之亂如此其大矣。《列女・王章妻傳》：「《詩》曰：『昊天已威，予慎無罪。』言王爲威虐之政，則無罪而遘咎也。」是此二句魯、毛文同。魯釋「威」作「威虐」，與毛訓「畏」爲愬王於天異。「幠，大」，《釋詁》文。大幠，承上「亂」言。《釋文》：「大，音泰。本或作『泰』。」箋即作「泰」。《新序・節士》篇引《詩》作「太幠」。《韓詩外傳》四、《外傳》七三引皆作「太幠」。《說文》：「幠，愛也。」是「幠」魯、韓皆借字，亦與毛異。

亂之初生，僭始既涵。【注】三家「僭」作「譖」，「涵」作「減」，云：「少也。」亂之又生，君子信讒。君子如怒，亂庶遄沮。君子如祉，亂庶遄已。【疏】傳：「僭，數；涵，容也。遄，疾；沮，止也。祉，福也。」箋：「僭，不信也。既，盡；涵，同也。王之初生亂萌，羣臣之言不信與信，盡同之不別也。君子，斥在位者也。在位者信讒人之言，是復亂之所生。君子見讒人，如怒責之，則此亂庶幾可疾止也。福者，福賢者，謂爵禄之也。如此則亂亦庶幾可疾止也。」○「三家『僭』作『譖』」者，《衆經音義》五引《詩》作「譖始既涵」。毛作「僭」，蓋以爲「譖」之借字。《說文》：「譖，愬也。」言譖愬之始，王盡涵容之。「『涵』作『減』，云『少也』」者，《釋文》引《韓詩》文。胡承珙云：「謂亂萌初起，僭端尚少也。」陳喬樅云：「《禮・月令》『水泉涵竭』，《吕覽・仲冬紀》作『減竭』。《漢書・石奮傳》『九卿咸宣』，服虔音『減損』之『減』，《史記・酷吏傳》作『減宣』。蓋古音讀減如咸，故與『涵』通用。」愚案：涵、咸固可通，然與「減少」義不合。蓋王初聽言，人未能必王之信，不敢多言，故始雖譖愬，既亦減少。及見王信讒，則紛然並進，而亂成矣。當時情事蓋如此。《廣雅・釋詁》三：「減，少也。」即本《韓詩》訓義。下「君子」，仍屬王說。君子如當讒譖之始，怒責言者，則亂可以疾沮。抑或降福於爲所言者之賢人，則亂亦可疾止。乃始則聽，終則信，讒人得志矣。《潛夫論・衰制》篇：「《詩》云：『君子如怒，亂庶遄沮。君子如祉，亂庶遄已。』是故君子之有喜怒也，善以止亂也。故有以誅止殺，以刑禦殘。」此魯説，訓「祉」爲「喜」。《左・宣十七年傳》范武子曰：❶「吾聞之，喜怒以類者鮮，易者實多。《詩》曰：『君子如怒，亂庶遄沮。君子如祉，亂庶遄已。』言君子之喜怒，以已亂也。」與魯説正同。《魯語》「慶其喜而弔其憂」，韋注：「喜，猶福也。」是福亦喜也。《莊子・讓王》篇「時祀謹敬而不祈喜」，祈喜，即祈福也。

君子屢盟，亂是用長。君子信盜，【注】韓説曰：「盜，讒也。」亂是用暴。盜言孔甘，亂是用餤。匪其止共，維王之邛。【疏】傳：「凡國有疑，會同則用盟而相要也。盜，逃也。餤，進也。」箋：「屢，數也。盟之所以數者，由世衰亂，多相背違。時見曰會，殷見曰同。非此時而盟，謂之數。盜，謂小人也。《春秋傳》：『賤者窮諸盜。』邛，病也。小人好爲讒佞，既不共其職事，又爲王作病。」○傳引《周官・司盟》，「屢」當作「婁」。《潛夫論・交際》篇：「『君子屢盟，亂是用長。』大人之道，周而不比。微言相感，掩若同符，又焉用盟？」《列女・殷紂妲己》、《楚考李后》二傳引「君子信盜」六句，明魯、毛文同。《説苑・政理》篇：「《詩》云：『匪其止共，惟王之邛。』此傷姦臣蔽主以爲亂者也。」此魯説。「盜，讒也」者，《玉篇・次部》引《韓詩》文。上云「君子信讒」，今直云「信盜」，易「讒」言「盜」，恐讀《詩》者於此致疑，故申言之曰：「盜，讒

❶「宣」，原作「昭」，據阮刻本《春秋左傳正義》及本書體例改。

也。」讒人變亂國，是并人主刑賞之柄而盜之，故直謂之盜也。《禮・表記》：「《小雅》曰：『盜言孔甘，亂是用餤。』」鄭注：「盜，賊也。孔，甚也。餤，進也。」《禮・緇衣》：「《小雅》曰：『匪其止共，惟王之邛。』」鄭注：「匪，非也。邛，勞也。言臣不止於恭敬，其職惟使王之勞。此臣使君勞之詩也。」愚案：《詩》釋文：「共，本又作『恭』。」此與毛「又作」本同。止，讀如「爲人臣，止於敬」之「止」。訓「邛」爲「勞」，此齊說。《韓詩外傳》四兩引《詩》曰「匪其止共，惟王之邛」，釋云：「言不恭其職事，而病其主也。」此箋説所本。三家「維」皆作「惟」。

奕奕寢廟，君子作之。秩秩大猷，聖人莫之。【注】三家「秩秩」作「𢧢𢧢」。魯「莫」作「漠」，齊作「謨」，「猷」作「繇」。他人有心，予忖度之。躍躍毚兔，遇犬獲之。【注】齊、韓「躍」作「趯」。【疏】傳：「奕奕，大貌。秩秩，進知也。莫，謀也。毚兔，狡兔也。」箋：「此四事者，言各有所能也。因己能忖度讒人之心，故列道之爾。猷，道也。大道，治國之禮法。遇犬，犬之馴者，謂田犬也。」〇戴震云：「國家宗廟宫室故在，皆君子之爲也。典章法度具存，皆聖人所定也。彼讒人者有心破壞之，我安得不忖度其故。忖度之，則情狀得。譬如狡兔之躍，遇犬則獲矣。」「三家『秩秩』作『𢧢𢧢』」者，《説文》：「𢧢，大也。從大，𢦏聲。讀若《詩》『𢧢𢧢大猷』。」此三家文也。「秩」蓋「𢧢」之叚借。「魯『莫』作『漠』」者，《釋詁》：「漠，謀也。」舍人注：「漠，心之謀也。」陳喬樅云：「《詩》釋文：『莫，又作「漠」。』一本作「謨」。」然則三家今文有作『漠』者。《洪範五行傳》：『思心曰睿，睿作聖。』詩言『聖人漠之』，故《爾雅》注以心之謀爲訓。」愚案：《釋文》所引，自是《毛詩》「又作」本，與三家文同。陳説欲以《釋文》所引溷爲三家文，未敢附和。「齊『猷』作『繇』，『莫』作

『謨』」者，班固《幽通賦》「謨先聖之大繇兮」，《文選》注曹大家曰：「謨，謀也。繇，道也。言人當謨先聖人之道。」《漢書》顔注：「《詩・小雅・巧言》之篇曰：『秩秩大繇，聖人謨之。』」陳喬樅云：「《文選》李注：『《毛詩》「匪大猷是經」，或作「繇」字，誤。』案：顔注引《巧言》詩爲證，正作『大繇』。此據舊説所引《齊詩》之文。班用《巧言》之篇，非用《小緍》也。李説非。繇、猷字與猶同，猶、繇古通。《禮・檀弓》『咏斯猶』，注：『猶，當爲「摇」。』秦人猶、繇聲相近。』《釋詁》：『繇，喜也。』注引：『《禮記》曰：「詠斯猶。」即「繇」也。古今字耳。』《釋詁》『謨』、『謨』同訓爲『謀』。《後漢・文苑傳》注引《詩》亦作『聖人謨之』。」《繁露・玉杯》篇：「《詩》曰：『他人有心，予忖度之。』此言物莫無鄰，察視其外，可以見其内也。」明齊、毛文同。《韓詩外傳》四載齊桓與管仲謀伐莒，末引《詩》曰：「他人有心，予忖度之。」明韓、毛文同。「齊、韓『躍』作『趯』」者，《易林・謙之益》云：「狡兔趯趯，良犬逐咋。」《未濟之師》同。是齊作「趯趯」。《史記・春申君傳》集解引《韓詩章句》曰：「趯趯，往來貌。獲，得也。言趯趯之毚兔，謂狡兔數往來逃匿其蹟，有時遇犬得之。」是韓作「趯趯」。《戰國策》：「白起與韓、魏共伐楚，楚使黄歇説秦昭王曰：『王妬楚之不毁也，而忘毁楚之强韓、魏也。』」又曰：「楚國，援也。鄰國，敵也。《詩》曰：『他人有心，予忖度之。躍躍毚兔，遇犬獲之。』」高誘注：「他人有毁害之心，己忖度之。躍躍，跳走也。毚，狡也。喻狡兔騰躍，以爲難得也。或時遇犬獲之，喻讒人如毁傷人，遇明君則治汝罪也。」《史記》取《國策》文入《春申傳》，引《詩》「躍躍」誤「趯趯」，「他人有心」二句又誤倒在下。《新序・善謀》篇引《詩》又沿《史記》而誤倒，惟作「躍躍」尚不誤耳。《説文》：「趯，躍也。」字異義同。《史記》、《新序》俱用《魯詩》，每與齊、韓異。然因引此章四句誤倒，遂疑《魯詩》句前後亦與齊、韓、毛異，則非。

說三家經文者，不可不知也。

荏染柔木，君子樹之。往來行言，心焉數之。蛇蛇碩言，【注】魯「蛇蛇」一作「虵虵」。出自口矣。巧言如簧，顔之厚矣。【疏】傳：「荏染，柔意也。柔木，椅、桐、梓、漆也。蛇蛇，淺意也。」箋：「此言君子樹善木，如人心思數善言而出之。善言者，往亦可行，來亦可行，於彼亦可，於己亦可，是之謂也。碩，大也。大言者，言不顧其行，徒從口出，非由心也。顔之厚者，出言虚僞，而不知慙於人。」〇胡承珙云：「《説文》：『栠，弱皃。從木，任聲。』《毛詩》借『桂荏』之『荏』爲之。染，即『冄』字之借。《説文》：『冄，毛冄冄也。』徐鍇云：『冄冄，弱也。』又通作『姌』。《説文》：『姌，弱長皃。』❶《廣雅·釋訓》：『栠栠、姌姌，弱也。』」愚案：據《廣雅》，魯、韓《詩》「荏染」當有作「栠姌」者。柔木，非泛言柔弱之木，故傳以「椅、桐、梓、漆」實之，而箋以柔木爲善木也。《説文》：「尌，立也。」《廣雅》：「樹，立也。」「樹」即「尌」之借字。馬瑞辰云：「《釋詁》：『行，言也。』郭注：『今江東通謂語爲行。』是行言二字平列而同義，猶云語言耳。箋以往來皆可行爲行言，非。」愚案：箋以立木喻立言，樹木必由我心擇而取之，行言亦必由我心審而出之，非可苟也。《潛夫論·交際》篇：「《詩》傷『蛇蛇碩言，出自口矣。巧言如簧，顔之厚矣』。」此魯、毛同字之證。「一作『虵虵』」者，《呂覽·重己》篇高注：「酏，讀如《詩》『虵虵碩言』之『虵』。」《魯詩》「又作」本也。《説文》從它之字，隸寫多誤爲從也，以篆文它、也形近而掍，前已辨之。「虵」即「蛇」之俗體。蛇蛇，又「訑訑」之借字。《説文》

❶「長」，原脱，據續經解本《毛詩後箋》、陳刻《説文》、《説文注》、楊刻《説文義證》、祁刻《説文繫傳》補。

「詑」下云：「沇州謂欺曰詑。」《玉篇》：「訑，詭言也。」「訑」亦即「詑」之俗體。詑詑碩言，正謂大言欺人。毛訓「淺意」，於義未堝。《易林・師之乾》：「一簧兩舌，佞言諂語。」《坤之夬》下句作「妄言謀訣」，字誤。用齊經文。

彼何人斯，居河之麋。【注】魯「麋」作「湄」。無拳無勇，職爲亂階。既微且尰，【注】魯說曰：「既微且尰，骭瘍爲微，腫足爲尰。」齊、韓「尰」作「瘇」。爾勇伊何？爲猶將多，爾居徒幾何？

【疏】傳：「水草交謂之麋。拳，力也。骭瘍爲微，腫足爲尰。」箋：「何人者，斥讒人也。賤而惡之，故曰何人。言無力勇者，謂易誅除也。職，主也。此人主爲亂作階，言亂由之來也。此人居下溼之地，故生微腫之疾，人憎惡之，故言女勇伊何，何所能也。猶，謀；將，大也。女作讒佞之謀大多，女所與居之衆幾何人傣能然乎？」○班固《漢書・敘傳》「彼何人斯」，明齊、毛文同。「魯『麋』作『湄』」者，《釋水》：「水草交爲湄。」郭注：「《詩》曰：『居河之湄。』」所引據舊注《魯詩》文。湄，正字。毛作「麋」，借字。《齊語》：「桓公問曰：『於子之鄉，有拳勇股肱之力秀出於衆者。』」韋注：「大勇爲拳。」古書或作「捲」、「攉」，字同。《漢書・朱博傳》龔勝議及《潛夫論・三式》篇皆引「職爲亂階」，明魯、毛文同。勝治《魯詩》。「既微」至「爲尰」，《釋訓》文，魯說也，引經明魯、毛文同。《淮南・俶真訓》高注：「骭，自厀以下，脛以上也。」《廣韻》引《三蒼》云：「癓，足上創。」「癓」俗字，義與《小雅》合。《衆經音義》引《通俗文》曰：「腫足曰瘇。」「齊、韓『尰』作『瘇』」者，《說文》：「瘇，脛氣足腫。」引《詩》曰「既微且瘇」，蓋齊、韓文。「爲猶將多」者，《廣雅》：「猶，欺也。」猶、猷古通。《方言》：「猷，詐也。」將多，猶孔多。馬瑞辰云：「居，語助，讀與『日居月諸』、『以居徂向』、『上帝居歆』同。箋訓『居處』之『居』，非。」陳奂云：「徒，猶直也。《定之方中》傳以『直』訓『徒』，此以『徒』爲『直』。『爾居徒幾何』，猶言爾直幾何也。」

《巧言》六章，章八句。

何人斯【疏】毛序：「蘇公刺暴公也。暴公爲卿士，而譖蘇公焉，故蘇公作是詩而絶之。」箋：「暴也、蘇也，皆畿内國名。」〇《淮南・精神訓》：「延陵季子不受吴國，而訟閒田者慙矣。」高注：「訟閒田者，虞、芮及暴桓公、蘇信公是也。」陳喬樅云：「據高注，知《魯詩》之説是以暴公與蘇公因争閒田搆訟，而蘇公作此詩以刺之也。」愚案：暴、蘇搆衅，起於争田。至暴之譖蘇，則必隙末之後，因事陷之，曲全在暴，非因争田搆訟而作此詩也。二人皆王朝卿士，其争田興訟，曲直固不可知，然亦輕朝廷而羞當世之士矣。大抵西周末造，朝臣競利營私，風氣日下，以尹氏太師而有與人争田之訟，其他更無論矣。是以移易風俗，必自上始。

彼何人斯，其心孔艱。胡逝我梁，不入我門？伊誰云從？維暴之云。【疏】傳：「云，言也。」箋：「孔，甚；艱，難；逝，之也。梁，魚梁也。在蘇國之門外。彼何人乎？謂與暴公俱見於王者也。其持心甚難知，言其性堅固，似不妄也。暴公譖己之時，女與之乎？今過我國，何故近之我梁，而不入見我乎？疑其與之而未察，斥其姓名爲太切，故言何人。譖我者是言從誰生乎？乃暴公之所言也。由己情而本之，以解何人意。」〇人，即下章「二人從行」之一人。明知其人，而言「彼何人」者，深惡之。詩主刺暴，詩中暴止一見，專責此人，據文其意可知也。孔艱者，謂其心深而甚難察。胡爲至我國門外魚梁之上，不入我之國門乎？所從者誰？惟從暴之言耳。王夫之云：「《春秋》：『公子遂壬午及趙盾盟于衡雍。乙酉，及雒戎盟于暴。』相去三日，就盟兩地，暴與衡雍相近可知。衡雍，在今懷慶府。蘇者，蘇忿生之國，今懷慶府温縣。蘇、暴二國，境土犬牙相入，故嫌忌而相謗。」胡承珙云：「《路史》：『暴，辛公采地，鄭邑也。一云隧。』「隧」上脱一「暴」字。《左·成十七年傳》云：「楚侵鄭，及暴隧。」是暴一名暴隧，春秋時鄭地也。其地在今懷慶府原武縣境，與温接壤。」

二人從行，誰爲此禍？胡逝我梁，不入唁我？始者不如今，云不我可。【疏】箋：「二人者，謂暴公與其侶也。女相隨而行見王，誰作我是禍乎？時蘇公以得譖讓也。女即不爲，何故近之我梁，而不入弔唁我乎？女始者於我甚厚，不如今日也。今日云我所行有何不可者乎？何更於己薄也。」○此禍者，蓋蘇被譖得罪，卒致失國。《左傳》所云桓王與鄭以蘇忿生之田者，即司寇蘇公之世業也。詩言爲此禍者誰也？爾若無愧，胡以聞我受譴，至我梁而不入弔唁我乎？爾始於我厚，不似今日之疏。聞人云爾，不以我爲可者，何也？

彼何人斯，胡逝我陳？【注】韓説曰：「堂塗左右曰陳。」我聞其聲，不見其身。【注】魯「身」作「人」。不愧于人？不畏于天？【疏】傳：「陳，堂塗也。」箋：「堂塗者，公館之堂塗也。女即不爲，何故近之我館庭，使我得聞女之音聲，不得覩女之身乎？女今不入唁我，何所愧畏乎？皆疑之未察之辭。」○「堂塗左右曰陳」者，《玉篇·阜部》引《韓詩》文。皮嘉祐云：「《釋宮》：『堂塗謂之陳。』孔疏引孫炎曰：『堂塗，堂下至門之徑也。』今《爾雅》作『堂途』。郝懿行曰：『《鄉飲酒禮》注：「三揖者，將進揖，當陳揖，當碑揖。」陳在堂下，因有「下陳」之名。《晏子·諫上》篇云「辟拂三千，謝于下陳」，蓋言屏退之，謝於堂下而去也。古者狗馬之屬以爲庭實，故曰「充下陳」。婢妾卑賤，與庭實同，故亦曰「充下陳」。俱本《爾雅》也。』堂塗，《考工記·匠人》作『堂涂』，鄭注引《爾雅》亦作『堂涂』。涂，借字。途，或體字。」陳奂曰：「《匠人》『堂涂十有二分』，鄭注：『謂階前，若今令甓裓也。分其督旁之修，以二分爲峻也。』賈疏：『漢時名堂涂爲令甓裓。令甓，今之塼也。裓則塼道也。名中央爲督。假令兩旁上下尺二寸，則取二寸於中央爲峻。』焦循曰：『裓即陔。陔，階次也。蓋室南有堂，堂下有階，東西階及門之涂以甓甃之，是謂之堂涂，亦謂之陳。陳者，「敶」之借字。《説文》：「敶，列也。」謂敶列於東西也。』」《釋名》：「陳，堂塗也，謂賓主相迎陳列之處也。」塗乃堂下本名，謂之陳者，塗之别名也。韓云塗左右曰陳，左右與東西無二義也。箋云「公館之堂塗」者，正義：「禮有公館、私館。公館者，公家築爲别館以舍客也。上云『不入我門』，則不得入所居之宫，以館者所以舍客，故雖不見主，得至其陳。」胡承珙云：「凡通問皆可謂之聲。聞其聲，不見其身者，蓋通問而不請見也。」「魯『身』作『人』」者，《列女·衛靈夫人傳》引《詩》云：「我聞其聲，不見其人。」詩又云，爾行蹤如此詭秘，不愧於人之指目乎？不畏於天之監察乎？所以深責之也。《禮·表記》：「《小雅》曰：『不愧于人，不畏于天。』」鄭注：「言人有所行，當慙愧于天人也。」明齊、毛文同。

彼何人斯，其爲飄風。胡不自北？胡不自南？胡逝我梁？祇攪我心。【疏】傳：「飄風，暴起之風。攪，亂也。」箋：「祇，適也。何人乎，女行來而去，疾如飄風，不欲入見我。何不乃從我國之南，不則乃從我國之北，何近之我梁，適亂我之心，使我疑女。」〇胡承珙云：「《匪風》傳用《爾雅》『迴風爲飄』文，此但云『暴起之風』者，惟狀其去來之疾，不取迴旋。此詩前四章三言『逝梁』，一言『逝陳』，則正義所云『數過其門而不入』者，是也。」

爾之安行，亦不遑舍。爾之亟行，遑脂爾車。壹者之來，云何其盱。【疏】箋：「遑，暇；亟，疾；盱，病也。女可安行乎？則何不暇舍息乎？女當疾行乎？則又何暇脂女車乎？極其情，求其意，終不得一者之來見我，於女何病乎？」○馬瑞辰云：「脂，音支，即『支』字之叚借。支與榰通。《爾雅》：『榰，柱也。』《楚詞》王逸注：『軔，榰車木也。』《玉篇》：『軔，礙車輪木。』《節南山》詩箋：『氐，當爲「桎鎋」之「桎」。』《釋文》：『桎，礙也。』軔所以支車使止，『脂爾車』即榰爾車，亦以軔支而止也。詩蓋言爾之緩行，且不遑舍息，爾之急行，豈暇榰爾車以止之。遑正言不遑也。舊訓脂車爲膏車，失其義矣。膏車所以行，非所以止也。」黄山云：「《左·襄三十一年傳》：『巾車脂轄，隸人、牧、圉各瞻其事。』是諸侯賓至主國，當命主車之官爲脂其車，非賓自脂也。《詩》言爾之安行時，亦不肯止舍，以待我之牢禮。爾之亟行時，我即欲脂爾車轄，以助爾行，而尚何及？故曰『遑脂爾車』，正怪其盱也。孔疏謂『言汝安舒，不見汝閒暇舍息。言汝急疾，又見汝閒暇脂車』。夫脂車爲時幾何？既不舍息，何名閒暇？此依箋爲説，非『云何其盱』之恉。」愚案：上章三「逝梁」，一「逝陳」，此章又分「安行」、「亟行」，是何人過蘇國者非一次，故詩云望其「壹者之來」，亦何病於女乎？

爾還而入，我心易也。【注】韓「易」作「施」，云：「善也。」還而不入，否難知也。壹者之來，俾我祇也。【疏】傳：「易，説也。祇，病也。」箋：「還，行反也。否，不通也。祇，安也。女行反入見我，我則解説也。反又不入見我，則我與女情不通，女與於譖我與否復難知也。一者之來見我，我則知之，是使我心安也。」○行去而不入猶曰事亟，還則無可解矣。「『易』作『施』，云『善也』」者，《釋文》引《韓詩》文。馬瑞辰云：「易、施古音不同部，而義近。《皇矣》詩『施于孫子』，箋：『施，猶易也。』《易·繫詞》上『辭有險易』，京房注：『易，善也。』凡相善即相説，韓、毛義正相成。《書·盤庚》『不惕予一人』，《白虎通》引作『不施予一人』，亦易、施通用之類。」愚案：何人以從暴譖蘇，内愧而不肯來見，詩人既知其從行，又知其不入，而仍望其來者，意切而詞婉也。箋以爲「疑之未察」，蓋非。刺何人，即是刺暴，而以爲不直斥暴譖者，亦非也。

伯氏吹壎，仲氏吹篪。及爾如貫，諒不我知。出此三物，以詛爾斯。【疏】傳：「土曰壎，竹曰篪。三物，豕、犬、雞也。民不相信，則盟詛之，君以豕，臣以犬，民以雞。」箋：「伯、仲，喻兄弟也。我與女恩如兄弟，其相應和如壎篪，以言俱爲王臣，宜相親愛。及，與；諒，信也。我與女俱爲王臣，其相比次，如物之在繩索之貫也。今女心誠信，而我不知，且共出此三物以詛女之此事。爲其情之難知，己又不欲長怨，故設之以此言。」○《漢書·律曆志》：「土曰壎。」《小師》字作「塤」。《釋樂》云：「大塤謂之嘂。」孫炎曰：「音大如叫呼也。」郭注：「塤，燒土爲之，大如鵝子，鋭上平底，形如稱錘，六孔。小者如雞子。」《釋樂》又云「大篪謂之沂」，孫炎曰：「篪聲悲。沂，悲也。」郭注：「篪，以竹爲之，長尺四寸，圍三寸。一孔上出一寸三分，名翹。邢疏引「寸」上無「一」字。孔《詩疏》引「一寸」二字作「徑」一字，「三分」下無「名翹」二字。橫吹之。小者尺二寸。《廣雅》云八孔。」《小師》注鄭司農云七孔，蓋不數其上出者。又《周官》疏引《禮圖》言九孔，《風俗通義》言十孔，傳聞異也。孔疏：「《世本》云：『暴辛公作塤，蘇成公作篪。』譙周《古史考》云：『古有塤篪。周幽王時，暴辛公善墳，蘇成公善篪。記者因以爲作，謬矣。』《世本》之謬，信如周言。其云蘇公、暴公所善，亦未知所出。蘇、暴並公卿，不當自善於樂之小器以相親也。」❶愚案：詩言同爲王臣，班聯比次，如物在繩之相貫，親切極矣。我之信諒，爾猶不我知乎？故欲出三物以詛之。毛傳所言三物分三等。《左・隱十一年傳》：「鄭伯使卒出豭，行出犬、雞，以詛射潁考叔者。」此一時用三物。《禮・曲禮》「涖牲曰盟」，賈疏載《異義》：「《韓詩》云：『天子、諸侯以牛、豕，大夫以犬，庶人以雞。』」此於三物外增牛，合盟詛言之也。

爲鬼爲蜮，則不可得。【注】韓説曰：「短狐，水神也。」有靦面目，【注】魯説曰：「靦，姡也。」視人罔極。作此好歌，以極反側。【疏】傳：「蜮，短狐也。靦，姡也。反側，不正直也。」箋：「使女爲鬼爲蜮也，則女誠不可得見也。姡然有面目，女乃人也。人相視無有極時，終必與女相見。好，猶善也。反側，輾轉也。作八章之歌，求女之情，女之情反側極於是也。」〇「短狐，水神也」者，《御覽》九百五十引《韓詩内傳》文，「内」誤作「外」。即釋此詩「爲鬼爲蜮」之文，又奪「短」上「蜮」字。九百九《獸部》引《韓詩外傳》曰「狐，水神也」，亦因原書併「短」字奪去，輯書者遂誤載入《獸部》。「狐」乃「弧」字之叚借也。《御覽》引《玄中記》曰：「水狐者，視其形，蟲也；其氣，乃鬼也。長三四寸，其色黑，廣寸許，背上有甲，厚三分許。其頭有物向前，如角狀，見人則氣射人，去二三步即射人，中十人，六七人死。」《説文》：「蜮，短狐也。似鼈，三足，以氣射害人。」❷段

---

❶「善」，阮刻本《毛詩正義》作「言」。

❷「害」，原脱，據陳刻《説文》、《説文注》、楊刻《説文義證》、祁刻《説文繫傳》補。

注：「狐，當作『弧』。」《春秋》經作「蜮」，《穀梁·莊十八年傳》云：「蜮，射人者也。」注：「一名短狐。」《左》釋文：「『狐』作『弧』。一名射景。」《詩義疏》云：「人在岸上，景見水中，投人景則殺之，故曰射景。」一名射工。《左》、《穀梁》釋文並云：「蜮，《本草》謂之射工。」亦名水弩。《漢書·五行志》：「劉向以爲蜮生南越，亂氣所生，故聖人名之曰蜮。蜮，猶惑也。在水旁，能射人，射人有處，其甚者至死。南方謂之短狐，近射妖，死亡之象也。劉歆以爲蜮盛暑所生，非自越來也。」顔注：「即射工也。亦呼水弩。」《五行志》「狐」亦作「弧」。此物以其能射害人，故受「弧」名。以居水中，故人又以爲水神也。《文選·東京賦》李注引《漢舊儀》曰：「魊，鬼也。」魊、蜮蓋通作字。又引《漢舊儀》曰：「昔顓頊氏有三子，一居水中，爲魍魎蜮鬼。」是蜮亦鬼類，故與鬼並言也。《荀子·儒效篇》、《正名篇》並引《詩》「爲鬼爲蜮」六句。王逸《楚詞·大招》注：「蜮，短狐也。《詩》云：『爲鬼爲蜮。』」明魯、毛文同。「靦，姡也」者，《釋言》文，魯説也。《釋文》引孫炎曰：「靦，人面姡然。」孔疏引《説文》：「靦，面見人。」今本「人」作「也」。「姡，面靦也。」今本「靦」誤「醜」。《越語》：「范蠡曰：『余雖靦然而人面哉，吾猶禽獸也。』」韋注：「靦，面目之皃。」足正後人據誤本《説文》以「姡」爲「面醜」、「面慙」之非。極，窮也。

《何人斯》八章，章六句。

巷伯【疏】毛序：「刺幽王也。寺人傷於讒，故作是詩也。」箋：「巷伯，奄官。寺人，内小臣也。奄官，上士四人，掌王后之命，於宫中爲近，故謂之巷伯，與寺人之官相近。讒人譖寺人，寺人又傷其將及巷伯，故以名篇。」〇黄山云：「《後漢·孔融傳》『寃如巷伯』，李注引毛萇注：『巷伯，内小臣也。掌王后之命於宮中，故謂之巷伯。伯被讒將刑，寺人孟子傷而作詩，以刺幽王也。』與傳言孟子將踐刑而作詩異。箋説又異二毛，其釋篇名，謂由寺人傷讒言將及巷伯，既非事實，尤涉不經。班固習《齊詩》，《司馬遷傳贊》言『《小雅》巷伯之倫』，顔注亦云：『巷伯，奄官也。遇讒而作詩。』《馮奉世傳贊》又言『孟子宮刑』，張晏注亦云：『孟子被讒見宮刑，作《巷伯》之詩。』《後漢・宦者傳》李注前引《毛序》、毛萇注，後又云巷職即寺人之職，與毛注異，不知所出。然使巷伯即寺人，則説巷伯者可云即寺人官名，説寺人孟子者可云即巷伯。而經師訖無此説，則亦難定。惟準之齊説，知此篇古無正解，不妨并存也。」

萋兮斐兮，成是貝錦。【注】韓「萋」作「緀」。彼譖人者，亦已大甚。【疏】傳：「興也。萋斐，文章相錯也。貝錦，錦文也。」箋：「錦文者，文如餘泉、餘蚳之貝文也。興者，喻讒人集作己過以成於罪，猶女工之集采色以成錦文。大甚者，謂使己得重罪也。」○《説文》：「萋，草盛。」非「錦文」義。《説苑・立節》篇：「《詩》曰：『萋兮斐兮，成是貝錦。彼譖人者，亦已大甚。』」是魯作「萋」，與毛同。「韓作『緀』」者，《説文》：「緀，帛文貌。《詩》曰：『緀兮斐兮，成是貝錦。』」未載何家經文。《玉篇・糸部》「緀」下引《韓詩》曰：「文貌也。」「緀」訛作「萋」，今從《説文》引《詩》訂正。後檢唐卷子本《玉篇》引《韓詩》實作「緀」，知許用韓文也。陳喬樅云：「《文選》陸機《文賦》李注引薛君《韓詩章句》曰：『靡，好也。』王應麟《詩考》屬之《烈文》篇『無封靡於爾邦』，其義未當。據曹植《魏德論》，以『荆人風靡』與『交益影從』對文，是讀靡爲『披靡』之『靡』，則義不得訓『好』。曹習《韓詩》者也。竊意『靡，好』之訓即釋《巷伯》詩『緀斐』之義。《韓詩内傳》『斐』字當訓爲

『靡』，故薛君《章句》申釋之曰：『靡，好也。』《方言》二云：『東齊言布帛之細者曰綾，秦晉曰靡。』郭注：『靡，細好也。』其義亦當本之《韓詩》。」貝錦者，《禹貢》謂之織貝。陸《疏》：「貝，水介蟲，古者貨貝是也。餘蚳，黄爲質，白爲文。餘泉，白爲質，黄爲文。又有紫貝，其白質如玉，紫點爲文，皆行列相當。」正義：「言非徒譖讓小辜，乃至極刑重罪，是爲大甚。」

哆兮侈兮，【注】魯「哆」作「誃」。成是南箕。彼譖人者，誰適與謀？【疏】傳：「哆，大貌。南箕，箕星也。侈之言是必有因也。斯人自謂辟嫌之不審也。昔者顔叔子獨處于室，鄰之釐婦又獨處于室，夜暴風雨至而室壞，婦人趨而至，顔叔子納之，而使執燭，放乎旦而蒸盡，縮屋而繼之，自以爲辟嫌之不審矣。若其審者，宜若魯人然。魯人有男子獨處于室，鄰之釐婦又獨處于室，夜暴風雨至而室壞，婦人趨而託之，男子閉户而不納。婦人自牖與之言曰：『子何爲而不納我乎？』男子曰：『吾聞之也，男子不六十不間居。今子幼，吾亦幼，不可以納子。』婦人曰：『子何不若柳下惠然？嫗不逮門之女，國人不稱其亂。』男子曰：『柳下惠固可，吾固不可。吾將以吾不可，學柳下惠之可。』孔子曰：『欲學柳下惠者，未有似於是也。』」箋：「箕星哆然踵狹而舌廣，今讒人之因寺人之近嫌而成言其罪，猶因箕星之哆而侈大之。適，往也。誰往就女謀乎？怪其言多且巧。」○《説文》：「哆，張口也。」「魯『哆』作『誃』」者，《釋言》：「誃，離也。」郭注：「見《詩》。」陳喬樅云：「邢疏引此詩『哆兮侈兮』，以誃、哆音義同。今據郭注明言『見《詩》』，當是舊説據《魯詩》之文引『誃兮侈兮』爲證，故郭云然。《説文》：『誃，離别也。讀若《論語》「跢足」之「跢」。』今《論語》『跢』字作『啟』，啟，開也。『離』亦有『開』義。張口，猶開口。故誃、哆訓義相通。」《史記・天官書》索隱引《詩汜曆樞》

曰：「箕爲天口，主出氣。」陳喬樅云：「《天官書》：『箕爲敖客，曰口舌。』索隱：『宋均曰：敖，調弄也。箕以簸揚，調弄爲象，故《詩》曰：「哆兮侈兮，成是南箕。」』」孔疏：「箕四星，二爲踵，二爲舌。踵之二星已哆然而大，舌又益大。踵狹，對舌爲狹耳。侈者，因物而大之名。禮於衣袂半而益一謂之侈袂，星因物益大而名之爲侈也。」

緝緝翩翩，謀欲譖人。【注】韓「翩」作「繽」，云：「緝緝繽繽，往來皃也。」齊、魯「緝」作「咠」。慎爾言也，【注】韓「也」作「矣」。謂爾不信。【疏】傳：「緝緝，口舌聲。翩翩往來貌。」箋：「慎，誠也。女誠心而後言，王將謂女不信而不受。欲其誠者，惡其不誠也。」○「翩作」至「皃也」，《玉篇・糸部》「緝」下云：「《韓詩》曰：『緝緝繽繽，謀欲譖言。』緝緝，往來皃也。」又《糸部》「繽」下云：「《韓詩》曰：『緝緝繽繽，謀欲譖言。』繽繽，往來皃也。」皮嘉祐云：「緝緝、繽繽，韓皆以爲往來貌者，《行葦》篇『授几有緝御』，箋：『緝，猶續也。』往來相續，故曰緝緝。『繽繽』既訓『往來』，『緝緝』自當同訓。《漢書・楊雄傳》『繽紛往來』，是『繽繽』之訓『往來』，尤爲有據。《韓詩》兩訓較毛義爲優。」「齊、魯『緝』作『咠』」者，《說文》「咠」下云：「咠語也。」引《詩》作「咠咠翩翩」，與韓、毛異，蓋齊、魯文。《說文》「聶」下云：「附耳私小語也。」與傳「口舌聲」之義合。毛作「緝緝」，乃「咠咠」之叚借。「韓『也』作『矣』」者，《韓詩外傳》三言：「受命之士，正衣冠而立，儼然人望而信之。其次，聞其言而信之。其次，見其行而信之。既見其行而衆皆不信，❶斯下矣。《詩》曰：『慎爾言矣，謂爾不信。』」是韓「也」作「矣」。

❶「其」，原脱，據續經解本《韓詩遺説攷》八、吴刻《韓詩外傳》補。

捷捷幡幡，【注】三家「捷」作「唼」，亦作「倢」。謀欲譖言。豈不爾受？既其女遷。【疏】傳：「捷捷，猶緝緝也。幡幡，猶翩翩也。遷，去也。」箋：「遷之言訕也。王倉卒豈得不受女言乎？已則亦將復訕誹女。」〇「『捷捷』作『唼唼』」者，《漢書·楊雄傳》：「《反離騷》云：『靈修既信椒蘭之唼佞兮。』」蘇林注：「唼，音《詩》『唼唼幡幡』之『唼』。」「亦作『倢倢』」者，《衆經音義》十六引《詩》作「倢倢幡幡」。皆三家文。「豈不爾受，既其女遷」者，言倉卒間豈不受爾之譖言而憎惡他人，既而知女言不誠，亦將遷憎惡他人之心轉而憎惡女矣。

驕人好好，勞人草草。【注】魯「好」作「旭」，「草」作「慅」。蒼天蒼天，視彼驕人，矜此勞人。【疏】傳：「好好，喜也。草草，勞心也。」箋：「好好者，喜讒言之人也。草草者，憂將妄得罪也。」〇驕、憍同字。「魯『好』作『旭』」者，《釋訓》：「旭旭，憍也。」即「好好」之異文。馬瑞辰云：「《女曰雞鳴》詩『旭日始旦』，《釋文》引《說文》：『旭，讀若好。』此旭、好同音之證。又，『好』古通『玫』，從丑聲，與旭從九聲同，二字並許九切，故通用。」「『草』作『慅』」者，《釋訓》：「慅慅，勞也。」邢疏引《詩》「勞人草草」，是「慅」即「草」之異文。又《廣雅》云：「慅慅，憂也。」曹憲音草。勞人，即憂人也。呼天，即訴王也。欲其視察彼驕人，而矜憫此勞人。

彼譖人者，誰適與謀？取彼譖人，【注】齊、韓「譖」作「讒」。投畀豺虎。豺虎不食，投畀有北。有北不受，投畀有昊。【疏】傳：「投，棄也。北方寒涼而不毛。昊，昊天也。」箋：「付與昊天，制其罪也。」〇「彼譖人者」，三家皆與上同作「譖」。下「取彼譖人」，無「者」字，直呼爲「譖人」而已。或作「讒人」，其義同也。「齊、韓作『讒』」者，《禮·緇衣》鄭注：「《巷伯》六章曰：『取彼讒人，投畀豺虎。豺虎不食，投畀有北。有北不受，投畀有昊。』此其惡惡欲其死亡之甚也。」荀悅《漢紀》亦引：「《詩》云：『取彼讒人，投畀豺虎。』疾之深也。」此齊作「讒」之證。《後漢·馬援傳》朱勃上疏曰：「《詩》云：『取彼讒人，投畀豺虎。豺虎不食，投畀有北。有北不受，投畀有昊。』此言欲令上天而平其惡。」李注引《續漢書》曰：「勃能説《韓詩》。」此韓作「讒」之證。《漢書·武五子傳》壺關三老茂上書曰：「《詩》云：『取彼譖人，投畀豺虎。』」又《説苑·建本》篇：「《詩》云：『投畀豺虎。豺虎不食，投畀有北。有北不受，投畀有昊。』」二書合之，此章魯經文皆全，獨作「譖」與毛同也。

楊園之道，猗于畝丘。寺人孟子，作爲此詩。凡百君子，敬而聽之。【疏】傳：「楊園，園名。猗，加也。畝丘，丘名。寺人而曰孟子者，罪已定矣，而將踐刑，作此詩也。」箋：「欲之楊園之道，當先歷畝丘，以言此讒人欲譖大臣，故從近小者始。寺人，王之正內五人。作，起也。孟子起而爲此詩，欲使衆在位者慎而知之。既言寺人，復自著孟子者，自傷將去此官也。」○《釋丘》：「如畝，畝丘。」郭注：「丘有壟界如田畝。」邢疏引李巡曰：「謂丘如田丘曰畝丘也。」孫炎曰：「方百步。」孔疏：「楊園亦園名。於時王都之側蓋有此園丘，詩人見之而爲詞也。」《漢書·古今人表》寺人孟子列中之上，張晏注：「寺人孟子，違於《大雅》，以保其身。既被宮刑，怨刺而作。」《馮奉世傳贊》「孟子宮刑」，張晏注：「寺人孟子，賢者被讒見宮刑，作《巷伯》之詩也。」

《巷伯》七章，四章章四句，一章五句，一章八句，一章六句。

《節》之什十篇，七十九章，五百五十二句。

詩三家義集疏卷十八

長沙王先謙益吾著

谷風之什弟十八　詩小雅

谷風毛序：「刺幽王也。天下俗薄，朋友道絶焉。」○《潛夫論·交際》篇：「夫處卑下之位，懷《北門》之殷憂，内見譴於妻子，外蒙譏於士夫。嘉會不從禮，餞御不逮衆，貨財不足以合好，力勢不足以杖急。懽忻久，交情好，曠而不接，則人無故自廢疏矣。漸疏則賤者愈自嫌而日引，貴人逾務黨而忘之矣。夫以逾疏之賤，伏於下流，而望日忘之貴，此《谷風》所爲内摧傷也。」據此，可推知《魯詩·谷風》篇說。齊、韓無異義。

習習谷風，維風及雨。將恐將懼，【注】《韓詩》曰：「將恐將懼。」韓說曰：「將，辭也。」維予與女。將安將樂，女轉棄予。【疏】傳：「興也。風雨相感，朋友相須。言朋友趨利，窮達相棄。」箋：「習習，和調之貌。東風謂之谷風。興者，風而有雨則潤澤行，喻朋友同志則恩愛成。將，且也。恐懼，喻遭厄難勤苦之事也。當此之時，獨我與女爾，謂同其憂務。朋友無大故，則不相遺棄。今女以志達而安樂，棄恩忘舊，薄之甚。」○「東風謂之谷風」，見《邶鄘衛・谷風》詩。「將恐」至「辭也」，《文選》任昉《策秀才文》注引《韓詩》薛君《章句》文，引經明韓、毛文同。楊雄《甘泉賦》注引同。《蔡邕集・正交論》云：「古之交者，其義敦以正，其誓信以固。逌夫周德始衰，頌聲既寢，《伐木》有『鳥鳴』之刺，《谷風》有『棄予』之怨。其所由來，政之缺也。」《後漢書》朱穆《崇厚論》云：「虛華盛而忠信微，刻薄稠而純篤稀，斯蓋《谷風》有『棄予』之嘆，《伐木》有『鳥鳴』之悲。」皆用魯經文。

習習谷風，維風及頽。將恐將懼，寘予于懷。將安將樂，棄予如遺。【注】魯「予」作「我」。

【疏】傳：「頽，風之焚輪者也。風薄相扶而上，喻朋友相須而成。」箋：「寘，置也。置我於懷，言至親己也。如遺者，如人行道遺忘物，忽然不省存也。」○《釋天》：「焚輪謂之頽。」孔疏引：「李巡曰：『焚輪，暴風從上來降，謂之頽。頽，下也。』孫炎曰：『迴風從上下曰頽。』」趙坦云：「焚，當讀爲『鄭伯之車僨于濟』之『僨』。《左・襄二十四年傳》『象有齒，以焚其身』，《釋文》引服虔云：『焚，讀曰僨。僨，僵也。』風之大者，足以翻車，故曰焚輪。『焚』一作『棼』，皆叚借字。」胡承珙云：「焚輪，疊韻。《文選・海賦》『渭濆淪而滀潔』，注：『濆淪，相糾貌。』又《封禪文》『紛綸葳蕤』，注引張揖云：『紛綸，亂貌。』皆疊韻形容字。頽風曰焚輪者，謂其回旋糾亂之狀，猶『濆淪』、『紛綸』也。」陳喬樅云：「《釋文》：『焚，本作「棼」。』棼亦亂也。《左傳》『猶治絲而棼之也』，義與『紛』同，亦足爲『棼輪』訓作『糾亂』之證。」愚案：傳言「風薄相扶而上」，似與《雅》注釋「頽風」爲「從上下」者相反。孔疏解爲「二風并力，相扶而上」。夫谷風東風，乘陽上達，理之正也。惟以風薄爲頽風，力薄則頽固是。暴風，迴風也，其力正厚，安得言薄？故自陳啟源以下，辨論紛起，皆謂「薄」當爲「迫」，此亦定義也。蓋谷風本和而柔能克剛，頽風暴下迴旋而來，迫於上升之風，則仍迴旋而上，此即輕氣升物、紙鳶騰空之理。若頽風亦爲自下而上之風，則無待相扶，亦不得言迫矣。焚輪與扶摇，皆風之名詞。「焚」喻其暴，「輪」喻其迴。合言之，即紛綸棼亂之狀。《稽古編》謂焚取「火炎上」，固泥。即趙氏以「輪」爲「翻車」，亦可存而不論也。「魯『予』作『我』」者，《新序・雜事》五引《詩》曰：「將安將樂，棄我如遺。」陳喬樅云：「《文選》郭泰機《答傅咸詩》注引同。又《釋言》疏引亦然。」蓋《魯詩》作「我」。《韓詩外傳》七載宋玉見楚襄王，末引《詩》「將安將樂」二句，明韓、毛文同。《魏志》曹植疏「《谷風》有『棄予』之歎」，用韓經文。

習習谷風，維山崔嵬。【注】韓「崔嵬」作「岑原」。無草不死，無木不萎。【注】魯「維」作「惟」，「無」皆作「何」。忘我大德，思我小怨。【疏】傳：「崔嵬，山巔也。雖盛夏萬物茂壯，草木無有不死葉萎枝者。」箋：「此言東風，生長之風也。山巔之上草木猶及之，然而盛夏養萬物之時，草木枝葉猶有萎槁者，以喻朋友雖以恩相養，亦安能不時有小訟乎？大德，切瑳以道相成之謂也。」○「韓『崔嵬』作『岑原』」者，《玉篇・山部》引《韓詩》曰：「岑原，山巔也。」案：《方言》十二：「岑，高也，大也。」《廣雅・釋詁》訓同。《説文》「原」作「邍」，云：「高平之野，人所登。」與《皇矣》傳「高平曰原」合。《大司徒》：「五曰原隰，其植物宜叢物。」《爾雅・釋地》：「可食者曰原。」則岑原爲山巔可植草木處，猶《孟子》「岑樓」，趙注訓爲「山之鋭嶺者也」。毛作「崔嵬」，而《爾雅・釋山》訓爲「石山戴土」，《卷耳》傳誤爲「土山戴石」。戴石之山不能毓草木，故此傳易前説爲「山巔」，與韓同，知魯、齊亦同矣。《説文》：「崔，大高也。」「嵬，高不平也。」「崔」義難同「岑」，而「嵬」義乃適與「原」反。《魯詩》「嵬」作「巍」，《説文》：「高也。」《楚辭・初放》「高山崔巍兮」，王注：「高貌。」是特泛言山巔之高。毛訓「山巔」，亦讀嵬爲巍，要以韓義爲備矣。《説文》「萎」下云：「食牛也。」「矮」下云：「病也。」《詩》作「萎」，「矮」之通借字。《中論・修本》篇：「『習習谷風，惟山崔巍。何木不死，何草不萎。』言盛陽布德之月，草木猶有枯落而與時謬者，况人事之報德乎？」「草」、「木」字蓋轉寫誤倒。此魯説，與毛義合。楊雄《逐貧賦》引「忘我大德，思我小怨」，明魯、毛文同。《禮・檀弓》鄭注：「萎，病也。《詩》云：『無木不萎。』」鄭正讀萎爲矮，引《詩》明齊、毛文同。

《谷風》三章，章六句。

蓼莪【疏】毛序：「刺幽王也。民人勞苦，孝子不得終養爾。」箋：「不得終養者，二親病亡之時，時在役所，不得見也。」〇《釋訓》：「哀哀、悽悽，懷報德也。」郭注：「悲苦征役，思所生也。」《爾雅》正釋此詩之旨，是魯説以《蓼莪》爲「困于征役，不得終養」而作。《後漢・陳寵傳》寵子忠疏云：「父母於子，同氣異息，一體而分，三年乃免於懷。先聖緣人情而著其節，制服二十五月。是以《春秋》臣有大喪，君三年不呼其門。閔子雖要絰服事，以赴公難，退而致位，以究私恩，故稱『君使之，非也；臣行之，禮也』。周室陵遲，禮制不序，《蓼莪》之人，作詩自傷，曰：『瓶之罄矣，惟罍之恥。』言己不得終竟子道者，亦上之恥也。」陳喬樅云：「忠於《春秋》稱公羊説，亦齊學也。此據《齊詩》之説，與《大戴禮・用兵》篇引《詩》義同。」見下。是齊説與毛合。《韓詩》當同。

蓼蓼者莪，匪莪伊蒿。哀哀父母，生我劬勞。【疏】傳：「興也。蓼蓼，長大貌。」箋：「莪已蓼蓼長大，我視之以爲非莪，反謂之蒿。興者，喻憂思，雖在役中，心不精識其事。哀哀者，恨不得終養父母，報其生長己之苦。」〇《蓼蕭》傳：「蓼，長大貌。」重言之，則曰蓼蓼。又《菁菁者莪》傳：「莪，蘿蒿也。」《釋草》：「莪，蘿。」舍人云：「莪，一名蘿。」郭注：「今莪蒿也。」陸璣云：「莪，蒿也。一名蘿蒿。三月中，莖可生食，又可蒸，香美，味頗似蔞蒿。」蓋蒿類衆多，此莪秋老，亦有蒿名。始生香美可食，謂之莪，成蒿則不可食矣。今見長大者，以爲是莪，不知非莪，乃是蒿也，故箋以爲憂思則心不精識。

蓼蓼者莪，匪莪伊蔚。哀哀父母，生我勞瘁。【疏】傳：「蔚，牡菣也。」箋：「瘁，病也。」〇《釋草》：「蔚，牡菣。」舍人云：「蔚，一名牡菣。」郭注：「無子者。」陸璣云：「三月始生，七月華，華似胡麻華而紫赤，八月爲角，角似小豆角而長。一名馬新蒿。」孔疏引同。郭云「無子」，而陸云「有角」，蓋空角無實，故以牡名。莪三月尚可食，老則同蒿而莫辨矣。蔚則七月華似胡麻，雖不可食，宜若成實可期。及終無子，則望全空。詩人自傷不得養父母，義更進而意更深也。

缾之罄矣，【注】三家「缾」作「瓶」，「罄」作「窒」。維罍之恥。鮮民之生，不如死之久矣。【注】齊「生」下有「矣」字。無父何怙？無母何恃？【注】韓説曰：「怙，賴也。恃，負也。」出則銜恤，入則靡至。【疏】傳：「缾小而罍大。罄，盡也。鮮，寡也。」箋：「缾小而盡，罍大而盈，言爲罍恥者，刺王不使富分貧、衆恤寡。此言供養日寡矣，而我尚不得終養，恨之言也。恤，憂；靡，無也。孝子之心，怙恃父母依依然，以爲不可斯須無也，出門則思之而憂，旋入門又不見，如入無所至。」〇《説文》「缾」下云：「罋也。或作『瓶』。」「罋」下云：「汲缾也。」「罄」下云：「器中空也。《詩》曰：『缾之罄矣。』」「窒」下云：「空也。

《詩》曰：『瓶之窒矣。』」毛作「罄」，作「窒」者，三家文也。《釋器》：「罍，器也。小罍謂之坎。」郭注：「罍形似壺，大者受一斛。」一斛者，十斗也。《聘禮・記》：「十斗曰斛。」《三禮圖》云：「罍大一斛，其所容甚多，瀉酒於缾，以供斟酌。」此缾小罍大之證。《左・昭二十四年傳》鄭子太叔對范獻子曰：「今王室實蠢蠢焉，吾小國懼矣。然大國之憂也，吾儕何知焉？吾子其早圖之。《詩》曰：『缾之罄矣，惟罍之恥。』王室之不寧，晉之恥也。」此引缾喻己小國，罍喻晉大國。雖是斷章，亦取缾小罍大之義。缾小而盡，以喻己不得養父母。罍大而恥，以喻上之人征役不息，使人民有不得終養者，爲上之恥也。陳忠疏引《詩》二句意同，已見上。箋謂「不使富分貧，衆恤寡」，則恥在富與衆，不在上，非詩恉。「齊『生』下有『矣』字」者，《大戴禮・用兵》篇：「《詩》云：『鮮民之生矣，不如死之久矣。』」盧辯曰：「《小雅・蓼莪》之三章也，亦困于兵革之詩也。」明《齊詩》多一「矣」字。胡承珙云：「以無怙恃，❶故謂之鮮民，言其薄德而寡怙也。」「怙賴」至「負也」，《釋文》引《韓詩》文。《衆經音義》一引同。馬瑞辰云：「《釋言》：『怙，恃也。』《説文》：『怙，恃也。』『恃，賴也。』是怙與恃散文通，對文異。《唐風》以陟岵興望父，即取可怙之義，《釋名》『岵，怙也』，是矣。恃、負互訓。《説文》：『負，恃也。』《漢書・高帝紀》『嘗從王媼、武負貰酒』，如注：『俗謂老大母爲負。』顏注：『劉向《列女傳》：「魏曲沃負者，魏大夫如耳之母也。」此則古語謂老母爲負耳。』謂母爲負，蓋取可恃之義。」

父兮生我，母兮鞠我。拊我畜我，【注】三家「拊」作「撫」。長我育我。顧我復我，出入腹

---

❶「以」上，續經解本《毛詩後箋》有「放齋詩説曰」五字。

我。欲報之德，昊天罔極。【注】魯「昊」作「皞」。【疏】傳：「鞠，養；腹，厚也。」箋：「父兮生我者，本其氣也。畜，起也。育，覆育也。顧，旋視也。復，反覆也。腹，懷抱也。之，猶是也。言欲報父母是德，昊天乎我心無極。」○「三家『拊』作『撫』」者，《後漢・梁竦傳》「撫我畜我」，蓋三家文。《韓詩外傳》七言爲人父之道，末引「父兮生我」六句，作「拊我」，與毛同。然則作「撫」者，齊、魯文也。《説文》：「慉，起也。」箋蓋讀畜爲慉。「腹，厚」，《釋詁》文。馬瑞辰云：「『腹』與『複』通。《説文》：『複，重衣貌。』重衣亦厚之義。詩歷言拊、畜、長、育、顧、復，而終以『出入腹我』，蓋言『出入』，則已舉在內、在外，無所不該，故以『腹我』括之，見其無所不愛厚也。」黄山云：「《初學記》十七引《詩》『出入復我』，『腹』作『復』，疑三家異文。《禮・月令》『水澤腹堅』，《呂覽》作『水澤復』，高注：『復，或作「複」。』是腹、複、復互通。作『復』，與上『復我』同文異解。」「魯『昊』作『皞』」者，《漢書・鄭崇傳》哀帝詔云：「欲報之德，皞天罔極。」帝從韋玄成、韋賞受《魯詩》，此詔所稱《詩》詞，當是魯文。顔注：「皞，字與『昊』同。」曹植《責躬詩》「昊天罔極」，曹習《韓詩》，明韓、毛文同。《魏志》植疏「終懷《蓼莪》『罔極』之哀」，用韓經文。

南山烈烈，飄風發發。民莫不穀，我獨何害。【疏】傳：「烈烈然，至難也。發發，疾貌。」箋：「民人自苦見役，視南山則烈烈然，飄風發發然，寒且疾也。穀，養也。言民皆得養其父母，我獨何故覩此寒苦之害。」○胡承珙云：「傳云『至難』者，義當如『行路難』、『蜀道難』之『難』，以『烈烈』爲險阻之狀。《玉篇》、《廣韻》：『巁，巍也。』《集韻》、《類篇》：『巁，力蘗切。山高貌。古有巁山氏。』《禮・祭法》注：『厲山氏，炎帝也，起于厲山。或曰烈山氏。』然則『烈烈』爲山之高峻，故傳以爲『至難』。」三家無異文，則「烈烈」當同訓也。

《漢書・王吉傳》吉疏云:「是非古之風也,發發者。」又曰:「冬則爲風寒之所匽薄。」顏注:「發發,飄風貌。匽與偃同,言遇疾風則偃靡也。」吉用《韓詩》,鄭云「發發然,寒且疾」,當即本韓説申毛。

南山律律,飄風弗弗。民莫不穀,我獨不卒。【疏】傳:「律律,猶烈烈也。弗弗,猶發發也。」箋:「卒,終也。我獨不得終養父母,重自哀傷也。」〇律律,王安石以爲「山之崒嵂」。《説文》無「嵂」字。《玉篇》有「硉」字,云:「硉矹,危石。」《文選・七發》「上擊下律」,注云:「律,當爲『硉』。」是律、硉同字,故傳云:「律律,猶烈烈也。」《楚辭・怨思》「飄風蓬埃拂拂兮」,王注:「拂拂,塵埃貌。」《文選》顏延年《應詔讌曲水詩》「滯瑕難拂」,李注:「拂,亦作『弗』,古字通。」是「弗弗」即「拂拂」矣。

《蓼莪》六章,四章章四句,二章章八句。

大東【疏】毛序:「刺亂也。東國困於役而傷於財,譚大夫作是詩以告病焉。」箋:「譚國在東,故其大夫尤苦征役之事也。魯莊公十年,齊師滅譚。」〇《潛夫論・班祿》篇:「賦斂重而譚告通。」陳喬樅云:「譚,本皆誤作『譯』,莫知其爲指此詩矣。顧廣圻據《毛詩序》『譚大夫作此以告病』,證『譯』字即『譚』之譌,其説是也。」愚案:「譚告通」者,蓋《魯詩》原有此文,言譚大夫告東國之病苦,具詩上達於周廷也。《後漢・楊震傳》震疏云:「《大東》不興於今。」震習《魯詩》,是魯篇名亦作「大東」。《易林・復之兑》:「賦斂重數,政爲民賊。杼軸空虛,去其家室。」《否之豐》、《晉之復》同。焦用《齊詩》經文,與毛序義合。《漢書・古今人表》譚大夫次厲王世,然則非幽王詩也。

有饛簋飧，有捄棘匕。周道如砥，其直如矢。君子所履，小人所視。睠言顧之，潸焉出涕。【疏】傳：「興也。饛，滿簋貌。飧，熟食，謂黍、稷也。捄，長貌。匕，所以載鼎實。棘，赤心也。如砥，貢賦平均也。如矢，賞罰不偏也。睠，反顧也。潸，❶涕下貌。」箋：「飧者，客始至，主人所致之禮也。凡飧、饔餼，以其爵等爲之牢禮之數陳。興者，喻古者天子施予之恩於天下厚。天子之恩厚，君子皆法傚而履行之，其如砥矢之平，小人又皆視之，共之無怨。言，我也。此二事者，在乎前世，過而去矣，我從今顧視之，爲之出涕。傷今不如古。」○《説文》：「饛，盛器滿貌。」《方言》、《廣雅》並曰：「朦，豐也。」義亦與「饛」近。馬瑞辰云：「詩蓋以饔飧之滿，興古者邦國之富，不若今之『杼柚其空』也。不必如箋以爲致飧之禮。」又云：「匕，所以載牲體，亦以取黍稷。少牢饋食禮，饔人所摡者牲體之匕，廩人所摡者黍稷之匕。『棘匕』承上『簋飧』言，王氏念孫以爲黍稷之匕，是也。《説文》：『匕，所以比取飯。一名柶。』《士冠禮》鄭注：『柶狀如匕，以角爲之。』是以角爲之名柶，以木爲之名匕。《雜記》：『匕用桑，長三尺。』棘匕對桑匕言。古者喪用桑匕，吉用棘匕，皆取聲近爲義。桑言喪，則棘爲吉，非必如傳以棘之赤心爲喻也。」❷《説文》：「厎，柔石也。」重文作「砥」。《孟子》引《詩》「周道如厎」四句，趙注：「厎，平；矢，直；視，比也。周道平直，君子履直道，小人比而則之。」趙用《魯詩》也。愚案：詩言昔者邦國殷富，王道平直，君子率履，小人遵守。世教陵遲，民多踰犯。

❶「潸」，原作「潛」，據明世德堂本《毛詩》、阮刻本《毛詩正義》改。

❷「以棘」二字，原脱，據馬瑞辰《通釋》補。

今顧念之，惟傷懷出涕而已。魯義如此。《鹽鐵論·刑德》篇：「《詩》云『周道如砥，其直如矢』，言其易也。『君子所履，小人所視』，言其明也。故德明而易從，法約而易行。法者，緣人情而制，非設罪以陷人也。」《韓詩外傳》三：「《詩》曰『周道如砥，其直如矢』，言其易也。『君子所履，小人所視』，言其明也。『睠焉顧之，潸焉出涕』，❶哀其不聞禮教而就刑誅也。」言賦斂困窮，民不知急公奉上之義，踰越禮教，終陷刑罪，故睠顧而出涕。齊、韓所説，與魯義合。《荀子·宥坐篇》引《詩》「睠言」作「眷焉」，「潸焉」作「潸然」，❷亦魯異文。

小東大東，杼柚其空。糾糾葛屨，可以履霜。佻佻公子，【注】魯「佻」作「苕」，韓作「嬥」，云：「往來貌。」行彼周行。既往既來，使我心疚。【疏】傳：「空，盡也。佻佻，獨行貌。公子，譚公子也。」箋：「小也、大也，謂賦斂之多少也。小亦於東，大亦於東，言其政偏，失砥矢之道也。譚無他貨，惟絲麻耳，今盡杼柚不作也。葛屨，夏屨也。周行，周之列位也。言時財貨盡，雖公子衣屨不能順時，乃夏之葛屨，今以履霜送轉餫，因見使行周之列位者而發幣焉。言雖困乏，猶不得止。既，盡；疚，病也。言譚人自虚竭餫送而往，周人則空盡受之，曾無反幣復禮之惠，是使我心傷病也。」○惠周惕云：「『小東大東』，言東國之遠近也。《魯頌》『遂荒大東』，箋：『大東，極東也。』《大司徒》『以土圭之法正日景，日東則景夕多風』，鄭注：『謂大東近日也。』皆以大東爲極東。遠言大，則近言小可知矣。譚爲東國，因其國而及其鄰封，故言『小東

❶「潸」，原作「潛」，據續經解本《韓詩遺説攷》九、吴刻《韓詩外傳》改。

❷二「潸」字，原作「潛」，據續經解本《魯詩遺説攷》十二改。

大東』。」馬瑞辰云：「《釋文》：『杼，《説文》云：「盛緯器。」柚，本又作「軸」。』案：《説文》：『杼，機持緯者。』《釋文》引作『盛緯器』，蓋誤。《玉篇》：『桫，織桫也。亦作「梭」。』《御覽》引《通俗文》：『所以行緯謂之桫。』《説文》無桫、梭字。杼即梭也。《説文》：『縢，機持經者。』段注：『縢即軸也。謂之軸者，如車軸也。』『縢』通作『勝』。《淮南子》曰：❶『後世爲之機杼勝複，以便其用。』又曰：『黼黻之美，在于杼柚。』作『柚』者，叚借字也。」《易林》「杼柚空虚」，引見上。陳忠疏「杼柚將空」，並用齊經文。糾糾，義具《魏風》。「魯作『佻佻』」者，《釋訓》：「佻佻、契契，見下。愈遐急也。」是魯與毛同。「愈遐急也」者，明爲《大東》作訓，是「佻佻」本義，狀其遠行急切之意。「一作『苕苕』」者，王逸引《詩》作「苕苕公子」。詳下。佻本音苕，《文選·魏都賦》注引《爾雅》郭注云：「佻，音『葦苕』。」蓋以音近通借，乃魯「亦作」本。「作『嬥嬥，往來貌』」者，《釋文》引《韓詩》文。《廣韻·二十九篠》「嬥」下引同。韓訓「往來貌」者，蓋以「嬥嬥」爲「趯趯」之借字。《廣雅》：「嬥嬥，好也。」《説文》：「嬥，直好皃。」此「嬥嬥」本訓，蓋出《齊詩》，字同而義異也。《楚詞·九歎》「征夫勞於周行兮」，王逸注：「行，道也。《詩》云：『苕苕公子，行彼周道。』」陳喬樅云：「『周行』作『周道』，『道』與『疚』亦韻。臧鏞堂云：❷『逸訓「行」爲「道」，而引《詩》以證之，字當本作「行」。』其説亦通。」愚案：此詩訓「周行」爲「周道」，詞義俱順，《魯詩》實勝箋説。馬瑞辰云：「『既往既來』，謂數數往來，疲於道路，並無厚往空來之義，箋説非。」

❶「淮」，原作「惟」，據馬瑞辰《通釋》、《道藏》本《淮南鴻烈解·氾論訓》改。

❷「鏞」，原作「䭵」，據續經解本《魯詩遺説攷》十二改。

有冽氿泉，無浸穫薪。契契寤歎，哀我憚人。薪是穫薪，尚可載也。哀我憚人，亦可息也。【疏】傳：「冽，寒意也。側出曰氿泉。穫，艾也。契契，憂苦也。憚，勞也。載，載乎意也。」箋：「穫，落，木名也。既伐而析之以爲薪，不欲使氿泉浸之，浸之則將濕腐不中用也。今譚大夫契契憂苦而寤歎，哀其民人之勞苦者，亦不欲使周之賦斂小東大東極盡之，極盡之則將困病，亦猶是也。薪是穫薪者，析是穫薪也。尚，庶幾也。庶幾析是穫薪，可載而歸蓄之，以爲家用。哀我勞人，亦可休息養之，以待國事。」○《釋文》：「穫，鄭『木名也』，字則宜作木旁。」《釋木》：「檴，落。」某氏注：「可作栝圈，皮韌，繞物不解。」邢疏即引此箋作「檴」爲證。《雅》訓本《魯詩》文，是箋乃據魯改毛。陳喬樅云：「陸《疏》：『今椰榆也。其葉如榆，其皮堅韌，剝之長數尺，可爲絙索，又可爲甑帶。其材可爲杯器。』與某氏《爾雅》注合，皆本魯訓也。」王逸《楚詞·九歎》注：「契契，憂貌也。《詩》云：『契契寤歎。』」陳喬樅云：「《楚詞》『契』字，舊校云一作『挈』。案：《廣雅·釋訓》：『栔栔，憂也。』曹憲音栔爲挈。臧鏞堂云：❶『曹音「挈」字，疑與正文互易。「栔」本作「契」。蓋毛作「契」，三家作「挈」。《廣雅》據三家本作「挈挈，憂也」，與逸注合。今《楚詞》及注「契契」字是後人所改，有舊校可證也。』」《釋詁》：「癉，勞也。」郭注：「《詩》曰：『哀我癉人。』」是魯作「癉」，用本字。毛作「憚」，用借字。《毛》釋文：「字亦作『癉』。」是毛「又作」本與魯同。《釋木》：「采薪，即薪。」陸《釋文》引樊光注：「《詩》云：『薪是檴薪。』荆州曰柞木采木，時人不曉薪意，言薪謂身。即薪，伐之也。」

---

❶「鏞」，原作「鏽」，據續經解本《魯詩遺説攷》十二改。

東人之子，職勞不來。西人之子，粲粲衣服。舟人之子，熊羆是裘。私人之子，百僚是試。【疏】傳：「東人，譚人也。來，勤也。西人，京師人也。粲粲，鮮盛貌。舟人，舟楫之人。熊羆是裘，言富也。私人，私家人也。是試，用於百官也。」箋：「職，主也。東人勞苦，而不見謂勤，京師人衣服鮮絜而逸豫。言王政偏甚也。自此章以下，言周道衰，其不言政偏，則言衆官廢職，如是而已。舟，當作『周』；裘，當作『求』，聲相近故也。周人之子，謂周世臣之子孫，退在賤官，使搏熊羆，在冥氏、穴氏之職。」「私人」云云，「言周衰，羣小得志。」○案：東人非獨譚人，大東、小東皆有之。據《雅》訓「佻佻、契契，愈遐急也」，是譚國在遠東，故作詩者以「大東」名篇。

或以其酒，不以其漿。鞙鞙佩璲，【注】魯「鞙」作「琄」，齊、韓作「絹」，「佩」作「珮」。不以其長。維天有漢，監亦有光。跂彼織女，終日七襄。【注】韓説曰：「襄，反也。」【疏】傳：「或醉於酒，或不得漿。鞙鞙，玉貌。璲，瑞也。漢，天河也。有光而無所明。跂，隅貌。襄，反也。」箋：「佩璲者，以瑞玉爲佩，佩之鞙鞙然。居其官職，非其才之所長也。徒美其佩而無其德，刺其素食。監，視也。喻王闓置官司，而無督察之實。襄，駕也。駕，謂更其肆也。從旦至莫七辰，辰一移，因謂之七襄。」○案：《韓詩外傳》七載陳饒對宋燕語，末引《詩》曰：「或以其酒，不以其漿。」與毛義同。「『鞙』作『琄』」者，《釋訓》：「皋皋、琄琄，刺素食也。」孔疏引某氏曰：「琄琄，無德而佩，空食祿也。」是魯作「琄琄」，與毛「或作」本同。《集韻・四十一迥》：❶

❶「迥」，原作「迴」，據一九八九年中華書局影印《宋刻集韻》改。

「琄，佩玉貌。」言「琄琄」而係璲之組自見，故詩以「長」言之。云「不以其長」，而無德而佩之，刺意隱然言外，箋說正本《雅》訓。又《御覽》六百九十一引《詩》「絹絹珮璲」，「鞙」作「絹」，「佩」作「珮」，疑齊、韓異文。或云，「或以其酒」四句，承上起下，言東人貢賦入周，或以酒往，而視之不以爲其漿。佩璲琄琄然，而不以爲其長。承上文「不來」意，言羣小驕貴，不解恤下，惟王如天，略無所察，故下皆以天爲喻。漢者，天河也，亦曰雲漢。監，視也。光，謂如水光。天河不辨有星，故毛云「有光而無所明」。孔疏：「《説文》：『跂，頃也。』字從匕。孫毓云：『織女三星，跂然如隅。』然則三星鼎足而成三角，望之跂然，故云『隅貌』。」《開元占經》引《詩氾曆樞》云：「織女内正紀綱。」此齊説。《春秋合誠圖》云：「織女，天女也，成衣立紀，故齊制成文，繡應天道。」「韓説曰『襄，反也』」者，《文選》顔延之《夏夜呈從兄詩》李注引薛君文，與毛傳同。上引《韓詩》曰：「跂彼織女，終日七襄。雖則七襄，不成報章。」明韓、毛文同。孔疏謂：「終一日歷七辰，至夜而回反。」胡承珙云：「經言日，並不及夜。況移七襄而至夜，亦不得謂之回反。蓋反即更也，《吕覽·察微》篇、《知度》篇高注並以反爲更。此言『反』者，亦謂從旦至莫，七更其次。箋言『更其肆』者，申傳，非易傳也。《爾雅》：『襄，除也。』《斯干》傳：『除，去也。』除去者，變更之義，故韓、毛皆以襄爲反。」《御覽》八百二十五載王逸《機賦》云「終日七襄」，明魯、毛文同。

雖則七襄，不成報章。睆彼牽牛，不以服箱。【注】三家「不」下有「可」字。東有啟明，【注】三家「啟」作「启」。西有長庚。【注】《韓詩》曰：「太白晨出東方爲启明，昏見西方爲長庚。」有捄天畢，載施之行。【疏】傳：「不能反報成章也。睆，明星貌。河鼓謂之牽牛。服，牝服也。箱，大車之箱也。日旦出謂明星爲啟明，日既入謂明星爲長庚。庚，續也。捄，畢貌。畢，所以掩兔也，何嘗見其可用乎？」箋：「織女有織名爾，駕則有西無東，不如人織相反報成文章。以，用也。牽牛不可用於牝服之箱。啟明、長庚，皆有助日之名，而無實光也。祭器有畢者，所以助載鼎實，今天畢則施於行列而已。」○傳云「反報」，猶反復也。《易林·小過之比》：「天女踞牀，不成文章。」《大畜之益》「踞」作「推」。焦用齊經文。「河鼓謂之牽牛」者，《釋天》文。今《爾雅》「河」作「何」，《釋文》音胡可切。胡承珙云：「郭注：『今荆州人呼牽牛星爲擔鼓。擔者，荷也。』鼓星在天漢之旁，故名河鼓。牽牛在鼓星之下，故謂之何鼓。」《天官書》：「牽牛爲犧牲，其北河鼓。河鼓大星，上將；左右，左右將。」明河鼓與牽牛異。郝懿行云：「牽牛三星，牛六星。《天官書》誤以牛星爲牽牛，❶故以何鼓、牽牛爲二星。牟廷相云：『牛宿其狀如牛，何鼓在牛頭上，則是牽牛人也。』何鼓中星最明，故《詩》曰：『睆彼牽牛。』」「三家『不』下多『可』字」者，《文選·思玄賦》李注引《詩》：「睆彼牽牛，不可以服箱。」與下文「不可以簸揚」、「不可以挹酒漿」句法一例。《毛詩》無「可」字，有者三家文。馬瑞辰云：「《考工記》：『大車牝服，二柯又三分柯之二。』先鄭注：『牝服，謂車箱。服，讀爲負。』《說文》：『箱，大車牝服也。』皆以牝服與箱爲一。後鄭云：『牝服長八尺，謂較也。』蓋以牝服爲左右較，而以箱爲大車之輿，其義當與毛傳同，故此箋申毛云『不可用於牝服之箱』。然以經文求之，『服』當作虛字解，不得以爲牝服。服之言負也。車箱以負器物，謂之服。牛以負車箱，亦謂之服。《思玄賦》『羈要褭以服箱』，李注：『服，駕也。

❶「書」，原脱，據馬瑞辰《通釋》、郝氏家刻《爾雅義疏》補。

箱，車也。』蓋取驥服鹽車之義，而『服箱』之字則本之於《詩》。又古詩『牽牛不負軛』，亦本此詩爲説。自軛牛頸處言之則曰負軛，自牛負車言之則曰服箱，服與負一也。《淮南・説山訓》：『剥牛皮鞟以爲鼓，正三軍之衆，爲牛計者，不若服於軛也。』服於軛即負軛也，則知服箱猶云負箱耳。」「三家『啟』作『启』」者，《説文》：「啟，教也。」「启，開也。」《釋天》：「明星謂之启明。」是魯作「启」。韓亦作「启」。見下。《大戴禮・四代》篇：「《詩》云：『東有開明。』」疑景帝諱改「启」爲「開」。❶「太白」至「長庚」，《史記・天官書》索隱引《韓詩》文。何氏《古義》云：「《廣雅》：『太白謂之長庚。』知長庚與啟明是一星。特從來解説，東西不明，似每日東西兩見。夫東西非同時，當晨見東方，去夕見之期甚遠。及夕見西方，去晨見之期甚遠。啟明、長庚，因東、西見而異其名耳。」胡承珙云：「太白名長庚，不止見《廣雅》。鄒陽《上梁孝王書》曰：『衛先生爲秦畫長平之策，太白食昴。』張衡《週天大象賦》曰：❷『衛生設策，長庚入昴。』此太白爲長庚之證，又在張揖前。若何氏疑太白不能一日東西兩見，則又不然。《新法表異》云：『金星或合太陽而不伏，水星或離太陽而不見。所以然者，金緯甚大，凡逆行，緯在北七度餘，而合太陽於壽星、大火二宫，則雖與日合，其光不伏。一日晨夕兩見者，皆坐此故。水緯僅四度餘，設令緯向是南合太陽於壽星，嗣後雖離四度，夕猶不見也。合太陽於降婁，後雖離四度，晨猶不見也。』此二則用渾儀一測便見，非舊法所能知也。」「有捄天畢，載施之行」者，❸孔疏

❶「景」上，據續經解本《齊詩遺説攷》七、馬瑞辰《通釋》，疑脱「避」字。
❷「賦」，原脱，據續經解本《毛詩後箋》補。
❸「載」，原作「在」，據明世德堂本《毛詩》、阮刻本《毛詩正義》及本疏上下文義改。

云：「祭器、掩兔之畢，俱象畢星爲之。必易傳者，孫毓云：『祭器之畢，狀如畢，星名，象所出也。畢弋之畢，又取象焉，而因施網於其上，雖可兩通，箋義爲長。』」胡承珙云：「此説非也。《史記・天官書》：『畢曰罕車，爲邊兵，主弋獵。』《後漢・蘇竟傳》：『畢爲天網，主網羅無道之君。』是天官家言，皆謂畢爲田器。證一。《説文》：『畢，田网也。』又『率』下云：『捕鳥畢也。』是畢之制字，亦止有田器一義。證二。《盧令》序：『襄公好田獵畢弋。』《鴛鴦》詩『畢之羅之』，傳云：『畢，掩而羅之。』是《序》及《詩》言畢者，皆爲田具。祭器之畢，不見於《詩》。證三。《漸漸之石》篇『月離于畢』，傳：『畢，噣也。』此用《爾雅》『濁謂之畢』文。《史記・律書》：『濁者，觸也，言萬物皆觸死也。』《索隱》引孫炎云：『掩兔之畢，或呼爲濁。』郭注本之。是田器濁、畢兩名，皆取星象。若謂祭器取象在先，則祭器之畢更無『濁』名。證四。《易・繫詞》：『佃漁始于包犧。』茹毛飲血之時，未必即有祭器，自應以田獵之畢取象在先，而助載鼎實者爲後。證五。且本經下句明言『載施之行』，《兔罝》云『施于中逵』、『施于中林』，若非畢翳，何得言『施』？證六。然則箋義雖可通，究當以傳爲正也。」

維南有箕，不可以簸揚。維北有斗，不可以挹酒漿。維南有箕，載翕其舌。【注】韓「翕」作「吸」。維北有斗，西柄之揭。【疏】傳：「挹，𣂏也。翕，合也。」箋：「翕，猶引也。引舌者，謂上星相近。」○《説文》：「簸，揚米去糠也。」《韓詩外傳》四引：「《詩》：『惟南有箕，不可以簸揚。惟北有斗，不可以挹酒漿。』言有其位，無其事也。」「韓『翕』作『吸』」者，《玉篇・口部》：「《詩》云：『惟南有箕，載吸其舌。』吸，引也。」顧用《韓詩》，此韓文也。陳奐云：「《禮・曲禮》『以箕自鄉而扱之』，注：『扱，讀曰吸，謂收糞時也。』

《少儀》『執箕膺揭』，注：『膺，親也。揭，舌也。持箕將去糞者，以舌自鄉。』蓋三家《詩》作『吸』訓『引』。引舌内鄉似箕形。」愚案：箋説即用韓義改毛。引舌内鄉，象吸之形，兼取箕斂之義也。下四句與上四句雖同言箕、斗，自分兩義。上刺虚位，下刺斂民也。《玉篇·斗部》：「枓，有柄，形如北斗星，用以斟酌也。《詩》云：『唯北有斗。』亦飲水器也。」陳喬樅云：「此篇『唯北有斗』四句，毛傳均無訓釋。《玉篇》所説枓形云云，引《詩》爲證，蓋亦據韓説也。」馬瑞辰云：「《説文》：『枓，勺也。』『勺，所以挹取也。』《詩》作『斗』者，皆『枓』之借字。正義：『箕、斗並在南方之時，箕在南而斗在北，故云南箕北斗。』《集傳》兼采南斗、北斗二説。案：孔疏以爲南斗，是也。《爾雅》：『析木之津，箕、斗之間，漢津也。』郭注：『箕，龍尾。斗，南斗。』是凡箕、斗連言者，皆爲南斗。王氏念孫云：『南斗之柄常向西而高於魁，故經言「西柄之揭」。若北斗之柄，固不常西，即指西亦不得云揭。』其説是也。」

《大東》七章，章八句。

四月【疏】毛序：「大夫刺幽王也。在位貪殘，下國構禍，怨亂並興焉。」〇此篇爲大夫行役過時，不得歸祭，怨思而作。《中論》之説與《左氏》同。詳下。故首章即以「先祖」爲言，與下篇《北山》勞於從事，不得養父母，首章即言「父母」，詩旨正爲一類。《毛序》泛以爲「在位貪殘，下國構禍」，未得其要。

四月維夏，六月徂暑。先祖匪人，胡寧忍予？【疏】傳：「徂，往也。六月火星中，暑盛而往矣。」箋：「徂，猶始也。四月立夏矣，至六月乃始盛暑。興人爲惡亦有漸，非一朝一夕。匪，非也。寧，猶曾也。我先祖非人乎？人則當知患難，何爲曾使我當此亂世乎？」〇《中論·譴交》篇：「古者行役過時不反，猶作詩怨刺，故《四月》之篇稱：『先祖匪人，胡甯忍予？』」徐用《魯詩》，是《魯詩》以爲「行役過時不反」而作。《左·文三年傳》杜注：「《四月》之詩，行役踰時，思歸祭祀。」説與《中論》合，是此詩古無異義。蓋四月不反，已爲過時。又歷秋至冬，故作詩以刺。因言四月立夏，六月暑盛又將往矣，不能歸而祭祀，故思先祖也。陳奐云：「匪，彼也。彼，猶其也。胡、寧，皆何也。『先祖匪人，胡寧忍予』，言先祖其人何忍予而降禍亂也，與《雲漢》『父母先祖，胡寧忍予』文義正同。」王夫之云：「匪人者，猶匪他人也。《頍弁》之詩曰『兄弟匪他』，義同此。自我而外，不與己親者，或謂之他，或謂之人，皆疏遠不相及之詞，猶『父母生我，胡俾我瘉』也。」愚案：寧，如陳説。匪人，當如王説。祖先之於己身，默相佑助，有息息相通之理。己不能歸而祭祀，故思先祖。先祖届享祭之時，亦必念我，故言先祖匪猶他人，胡忍予之不歸也。文義大順。讀者泥於箋訓，故以爲悖慢之言。

秋日淒淒，百卉具腓。亂離瘼矣，【注】韓「具」作「俱」，「瘼矣」作「斯莫」，魯作「斯瘼」。爰其適歸。【疏】傳：「淒淒，涼風也。卉，草也。腓，病也。離，憂；瘼，病；適，之也。」箋：「具，猶皆也。涼風用事而衆草皆病，興貪殘之政行而萬民困病。爰，曰也。今政亂，國將有憂病者矣，曰此禍其所之歸乎？言憂病之禍，必自之歸爲亂。」〇《左·宣十二年傳》引《詩》「亂離瘼矣」，《左傳》、《毛詩》皆古文也。「韓『具』作『俱』，『瘼矣』作『斯莫』」者，《文選》謝靈運《九日送孔令詩》李注引《韓詩》曰：「秋日淒淒，百卉俱腓。」薛君曰：「腓，變也。《詩》釋文止引《韓詩》云『變也』」一句。言俱變而黄也。」潘安仁《關中詩》李注引《韓詩》曰：「亂離斯莫，爰其適歸。」薛君曰：「莫，散也。」《文選》任昉《爲范尚書讓吏部表》注引《韓詩》，與毛同。馬瑞辰云：「莫，讀如『散漠』之『漠』。《説文》：『漠，北方流沙也。』『沙，水散石也。』是沙漠義取漠散。」「魯作『斯瘼』」者，《説苑·政理》篇：「《詩》不云乎？『亂離斯瘼，爰其適歸。』此傷離散以爲亂者也。」仲長統《昌言·法誡》篇曰：「亂離斯瘼，怨氣并作。」趙壹《刺世疾邪賦》曰：「原斯瘼之攸興，實執政之匪賢。」皆用《魯詩》。然韓、魯「爰」字並無作「奚」之本，惟《家語》作「奚其適歸」，僞書未敢據證。常璩《華陽國志》引「亂離瘼矣，奚其適歸」，任昉表「亂離斯瘼，欲以安歸」，似亦用作「奚」之本，但皆在晉以下僞書大行之時矣。

冬日烈烈，【注】魯「烈烈」作「栗栗」。飄風發發。民莫不穀，我獨何害。【疏】箋：「烈烈，猶栗烈也。發發，疾貌。言王爲酷虐慘毒之政，如冬日之烈烈矣；其亟急行於天下，如飄風之疾也。穀，養也。民莫不得養其父母者，我獨何故覩此寒苦之害？」○「魯『烈烈』作『栗栗』」者，蔡邕《九惟文》用「冬日栗栗」句。烈、栗一聲之轉，故「烈」魯作「栗」。「冬」以紀時，與夏、秋同，不必如箋説。

山有嘉卉，侯栗侯梅。【注】三家「侯」作「維」。廢爲殘賊，【注】魯説曰：「廢，大也。」莫知其尤。【疏】傳：「廢，忕也。」箋：「嘉，善；侯，維也。山有美善之草，生於梅栗之下，人取其實，蹂踐而害之，令不得蕃茂。喻上多賦斂，富人財盡，而弱民與受困窮。尤，過也。言在位者貪殘，爲民之害，無自知其行之過者。言忕於惡。」○「三家『侯』作『維』」者，《白帖》九十九引《詩》曰：「山有嘉卉，維栗維梅。」黄山云：「《蕩》之『侯作侯祝』，《正月》之『侯薪侯蒸』，皆即爲作祝，爲薪蒸，則『維栗維梅』，亦指嘉卉爲栗、梅。《文選・思玄賦》李注：『卉，草木凡名也。』是栗、梅亦可以卉名之，不必如箋説嘉草生梅、栗下矣。栗薦豆籩，梅和鼎實，皆祭先所資，故詩及之。」「廢，大也」者，《釋詁》文，魯説也。郭注：「《詩》曰：『廢爲殘賊。』」《爾雅》「廢，大」之詁專釋此詩。《列子・楊朱》篇「廢虐之主」，張湛注：「廢，大也。」《列女・漢霍夫人傳》：「《詩》云：『廢爲殘賊，莫知其尤。』言其忕於惡，不知其爲過也。」「忕於惡」，謂習慣爲惡，與傳説同，皆用魯義。《韓詩外傳》七言「不知爲政者，使情厭性」云云，末引《詩》曰：「廢爲殘賊，莫知其尤。」明韓、毛文同。

相彼泉水，載清載濁。我日構禍，曷云能穀？【注】《韓詩》曰：「曷云能穀。」「云，辭也。」

【疏】傳：「構，成；曷，逮也。」箋：「相，視也。我視彼泉水之流，一則清，一則濁。刺諸侯並爲惡，曾無一善。構，猶合集也。曷之言何也。穀，善也。言諸侯日作禍亂之行，何者可謂能善。」○泉水本清，受染則濁，喻行役構禍，不能自絜也。馬瑞辰云：「《爾雅》、《説文》並曰：『遘，遇也。』構者，『遘』之叚借。構禍，猶云遇禍。《集傳》訓爲遭禍，得之。」「曷云」至「辭也」，《玉篇・云部》引《韓詩》文，引經明韓、毛文同。皮嘉祐云：「《文選》傳咸詩注引《周南・卷耳》『云何吁矣』，《章句》同。」

滔滔江漢，南國之紀。盡瘁以仕，寧莫我有。【疏】傳：「滔滔，大水貌。其神足以綱紀一方。」箋：「江也、漢也，南國之大水，紀理衆川，使不雝滯。喻吴、楚之君，能長理旁側小國，使得其所。瘁，病；仕，事也。今王盡病其封畿之内以兵役之事，使羣臣有土地曾無自保有者，皆懼於危亡也。吴、楚舊名貪殘，今周之政乃反不如。」○案：詩人行役，至江、漢合流之地，即水興懷，言江、漢爲南國之綱紀，王朝反不能爲天下之綱紀也。馬瑞辰云：「有，讀如『相親有』之『有』。『寧莫我有』，猶《王風・葛藟》篇『亦莫我有』

也。《左・昭二十年傳》『是不有寡君也』，杜注：『有，相親有也。』詩人傷己之盡力勞病以事國，而不見親有於上耳。」

匪鶉匪鳶，翰飛戾天。匪鱣匪鮪，潛逃于淵。【疏】傳：「鶉，鵰也。鵰、鳶，貪殘之鳥也。大魚能逃處淵。」箋：「翰，高；戾，至；鱣，鯉也。言鵰、鳶之高飛，鯉、鮪之處淵，性自然也。非鵰、鳶能高飛，非鯉、鮪能處淵，皆驚駭辟害爾。喻民性安土重遷，今而逃走，亦畏亂政故。」○陳奐云：「匪，彼也。傳云『鵰、鳶，貪殘之鳥也』者，以喻貪殘之人處於高位。『大魚』上，疑奪『鱣鮪』二字。云『鱣鮪，大魚，能逃處淵』者，以喻今民不能逃避禍害，是大魚之不如矣。」黄山云：「簡書驅迫，登高臨深，故有戾天、逃淵之感。『鳶飛戾天，魚躍于淵』，是其恒性。舉鶉以配鳶，舉鱣鮪以概魚耳。《何草不黄》篇曰：『匪兕匪虎，率彼曠野。』孔子在厄，以之自比，正同此恉。他詩如『匪載匪來』、『匪教匪誨』，『匪』皆不訓『彼』。陳主申毛以抑鄭，其説未塙。」馬瑞辰云：「《釋文》：『鶉，徒丸反。❶字或作「鷻」。鳶，以專反，鴟也。』《説文》：『鵰，鷻也。』『鷻，鵰也。』正義引：『《説文》：「鶉，鵰也。」從敦而爲聲，字異於「鶉」也。』今案：《説文》「隹」字注：『一曰「鶉」字。』隹即隼也，鶉即鷻也。是『鷻』古或借作『鶉』之證。至『鵪鶉』之『鶉』，《説文》自作『䧿』耳。又《説文》『鷻』字別引《詩》『匪鷻匪鳶』，『鳶』當即今『鶚』字，五各反，與『鳶』異。據正義引《蒼頡解詁》云：『鳶，鴟也。』又引《説文》：『鳶，鷙鳥也。』則經文原作『鳶』字。王氏引之云：『「鳶」字見於《小雅》、《大雅》、《周官・射鳥氏》、

❶「丸」，原作「凡」，據馬瑞辰《通釋》及宋本、通志堂本《釋文》改。

《曲禮》、《中庸》、《爾雅·釋鳥》、《蒼頡篇》，不應《説文》不載，蓋《説文》有此字，而傳寫者脱之也。其「鷻」字注引《詩》「匪鷻匪鳶」，當作「匪鷻匪鳶」，蓋本作「鳶」字，因下「鳶」字篆文相連，寫者遂誤爲「鳶」耳。』今案：王説是也。《説文》『鳶』字、『鳶』字蓋同訓爲『鷙鳥』，傳寫者誤删其一。段玉裁乃欲據《説文》誤本改經文之『鳶』爲『鳶』，失之。」愚案：《説文》「鳶」，徐鉉疑從「萑」省，故爲與專切，此與下「天」、「淵」爲韻。若徑從弋，即《隹部》之「隿」，音、義俱非。「鳶」即「鳶」，段未失也。

山有蕨薇，隰有杞桋。君子作歌，維以告哀。【注】魯「維」作「唯」。【疏】傳：「杞，枸檵也。桋，赤楝也。」箋：「此言草木生各得其所，人反不得其所，傷之也。告哀，言勞病而愬之。」〇蕨薇、杞桋，草木之微者。嘉卉殘賊，山隰所有僅此，喻其窮也。「桋，赤楝」，《釋木》文。郭注：「好叢生山中。」蓋山隰皆有。「魯『維』作『唯』」者，蔡邕《袁滿來墓碑》「唯以告哀」，是魯作「唯」。《易林·大有之賁》：「作此哀詩，以告孔憂。」用齊經文。

《四月》八章，章四句。

北山【疏】毛序：「大夫刺幽王也。役使不均，己勞於從事，而不得養其父母焉。」〇《後漢·楊賜傳》賜疏云：「勞逸無别，善惡同流，《北山》之詩所爲作。」此魯説。齊、韓蓋同。

陟彼北山，言采其杞。偕偕士子，朝夕從事。王事靡盬，憂我父母。【疏】傳：「偕偕，强壯貌。士子，有王事者也。」箋：「言，我也。登山而采杞，非可食之物，喻己行役，不得其事。朝夕從事，言不得休止。靡，無也。盬，不堅固也。王事無不堅固，故我當盡力勤勞於役，久不得歸，父母思己而憂。」〇《易林・夬之解》：「登高望家，役事未休。王事靡盬，不得逍遥。」《鼎之困》同，此《齊詩》義。「登高望家」，説詩首二句也。采杞，適然之事耳。偕偕，傳訓「強壯貌」，「強」當爲「彊」。《説文》：「彊，弓有力也。」「偕，彊也。」引《詩》：「偕偕士子。」士讀爲事，士子，從事王朝之子也。「王事靡盬」，義當盡力。特久役不歸，使我父母憂思耳。

溥天之下，【注】三家「溥」作「普」。莫非王土。率土之濱，莫非王臣。大夫不均，我從事獨賢。【疏】傳：「溥，大；率，循；濱，涯也。賢，勞也。」箋：「此言王之土地廣矣，王之臣又衆矣，何求而不得，何使而不行。王不均大夫之使，而專以我有賢才之故，獨使我從事於役。自苦之辭。」〇「三家『溥』作『普』」者，《韓詩外傳》一引《詩》：「普天之下，莫非王土。」《後漢・桓帝紀》梁太后詔：「普天率土，遐邇洽同。」是韓作「普」。班固《明堂詩》：「普天率土，各㠯其職。」是齊作「普」。《荀子・君子篇》、《新書・匈奴》篇、《史記》司馬相如《難蜀父老文》、《白虎通・封公侯》篇、《喪服》篇皆引《詩》：「普天之下，莫非王土。率土之濱，莫非王臣。」是魯作「普」。惟《白虎通》及《漢書・王莽傳》引《詩》「濱」作「賓」，蓋是《魯詩》「亦作」本。趙岐《孟子章句》九注云：「普，徧；率，循也。徧天下循土之濱，莫有非王者之臣。」今王不均大夫之使，乃使從王事獨勞乎？故《孟子》引《詩》云：「此莫非王事，我獨賢勞也。」訓「賢」爲「勞」，正傳所本。《鹽鐵論・地廣》篇：「《詩》云：『莫非王事，而我獨勞。』刺不均也。」是齊義相同。箋云「專以我有賢才之故」云云，人無自命爲「賢才」者。若王以爲獨賢，則已受知大用矣，而猶「不已于行」、「靡事不爲」乎？

四牡彭彭，王事傍傍。嘉我未老，鮮我方將。旅力方剛，經營四方。【疏】傳：「彭彭然不得息，傍傍然不得已。將，壯也。旅，衆也。」箋：「嘉、鮮，皆善也。王善我年未老乎？善我方壯乎？何獨久使我也？王謂此事衆之氣力方盛乎？何乃勞苦使之經營四方。」○馬瑞辰云：「彭、旁雙聲，古通用。《説文》：『騯，馬盛也。』引《詩》：『四牡騯騯。』即《詩》『四牡彭彭』之異文。《廣雅》：『彭彭、旁旁，盛也。』《説文》『傍』字訓『近』，此詩『傍傍』即『旁旁』之借字。」又云：「《方言》：『踞、膂，力也。東齊曰踞，宋魯曰膂。』戴震《疏證》曰：『「膂」通作「旅」，《詩》「旅力方剛」是也。』《廣雅》：『膂，力也。』王念孫《疏證》曰：『《大雅·桑柔》云「靡有旅力」，《秦誓》曰「旅力既愆」，《周語》云「四軍之帥，❶旅力方剛」，義並與「膂」同。膂、力一聲之轉。今人猶呼力爲膂力，古之遺語也。』今案：《方言》又曰：『膂，儋也。甌、吴之外鄙謂之膂。』❷郭注：『儋者用膂力，因名云。』是力謂之膂，擔者用力亦謂之膂。古者行人奔走，多以負擔爲喻，《左傳》『弛于負擔』是也。詩下言『經營四方』，則『旅力』正當從《方言》『儋也』之訓。傳訓爲『衆』，失之。」

或燕燕居息，或盡瘁事國。【注】魯「燕燕」作「宴宴」，「瘁」作「顇」。或息偃在牀，或不已于行。【疏】傳：「燕燕，安息貌。盡力勞病以從國事。」箋：「不已，猶不止也。」○「魯『燕燕』作『宴宴』，『瘁』

---

❶「帥」，原作「衆」，據鍾校《廣雅疏證》、《國語·周語中》改。

❷「甌」，原作「甄」，據《四部叢刊》影宋本《方言》（以下稱「宋本《方言》」）、乾隆間孔繼涵刻《微波榭叢書》本《方言疏證》（以下稱「孔刻《方言疏證》」）改。

作『頩』」者，《漢書·五行志》劉歆説《詩》曰：「或宴宴居息，或盡頩事國。」陳喬樅云：「歆述士文伯引《詩》語，與今《左傳》異，知其從《魯詩》之文也。」

或不知叫號，或慘慘劬勞。或棲遲偃仰，或王事鞅掌。【疏】傳：「叫，呼；號，召也。鞅掌，失容也。」箋：「鞅，猶何也。掌，謂捧之也。負何捧持以趨走，言促遽也。」○孔疏：「『不知叫號』者，居家用逸，不知上有徵發呼召。」《潛夫論·邊議》篇：「《詩》痛『或不知叫號，或慘慘劬勞』。」明魯、毛文同。《後漢·郎顗傳》拜章曰：「棲遲偃仰，寢疾自逸。」用齊經文，删一「或」字。馬瑞辰云：「鞅掌二字疊韻，即秧穰之類。《説文》：『秧，禾若秧穰也。』《集韻》：『禾下葉多也。』禾之葉多曰秧穰，人之事多曰鞅掌，其義一也。傳言『失容』者，亦狀事多之皃。胡承珙云：『《莊子·庚桑楚》篇「擁腫之與居，鞅掌之爲使」，《釋文》引崔云：「鞅掌，不仁意。」案：不仁，猶言手足不仁。不仁，則手容不能恭，足容不能重，即是「失容」之意。』」

或湛樂飲酒，或慘慘畏咎。或出入風議，或靡事不爲。【疏】箋：「咎，猶罪過也。風，猶放也。」○馬瑞辰云：「《説文》：『酖，樂酒也。』又：『媅，樂也。』二字音、義並同。此詩『湛樂』及《抑》詩『荒湛于酒』，皆『酖』字之叚借。《氓》篇『士之耽兮』、『女之耽兮』，及《常棣》詩『和樂且湛』，《賓之初筵》詩『子孫其湛』，《釋詁》『妉，樂也』，皆『媅』字之叚借。風議，即放議。放議，猶放言也。」

《北山》六章，三章章六句，三章章四句。

無將大車【疏】毛序：「大夫悔將小人也。」箋：「周大夫悔將小人，幽王之時，小人衆多，賢者與之從事，反見譖，❶自悔與小人並。」〇《易林・井之大有》云：「大輿多塵，小人傷賢。皇父司徒，使君失家。」陳喬樅云：「據《易林》『皇父司徒』云云，則《齊詩》之説或以此爲刺厲王時也。」愚案：《十月之交》篇「皇父卿士」，仍當在幽王時，箋以爲厲王，非也。陳沿箋説之誤。魯、韓未聞。

無將大車，祇自塵兮。無思百憂，祇自疷兮。【疏】傳：「大車，小人之所將也。疷，病也。」箋：「將，猶扶進也。祇，適也。鄙事者，賤者之所爲也。君子爲之，不堪其勞。以喻大夫而進舉小人，適自作憂累，故悔之。百憂者，衆小事之憂也。進舉小人，使得居位，不任其職，愆負及己，故以衆小事爲憂，適自病也。」〇孔疏：「《冬官》『車人爲車』有大車，鄭云：『大車，平地載任之車。』❷其車駕牛，故《酒誥》曰：『肇牽車牛，遠服賈用。』是小人之所將也。」小人扶進大車而塵及己，君子扶進小人而病及己，故以爲喻。疷，當依唐石經作「疧」。《釋詁》：「疧，病也。」《説文》：「疧，病也。從疒，氏聲。」《後漢・張衡傳》載衡《思玄賦》「思百憂以自疢」，疹、疢字同。馬瑞辰云：「古音脂與真互轉，支、真亦互轉。疷當讀如疹，故與『塵』韻，猶《説文》『趁，讀若塵』也。三家蓋有作『疹』者。」陳喬樅云：「張用《魯詩》，『疢』字是據魯文。李注引《詩》『祇自重兮』爲證，非也。」

---

❶ 「譖」下，明世德堂本《毛詩》、阮刻本《毛詩正義》有「害」字。

❷ 「載任」，原乙，據阮刻本《毛詩正義》、《周禮注疏》乙正。

無將大車，維塵冥冥。無思百憂，不出于熲。【疏】傳：「熲，光也。」箋：「冥冥者，蔽人目明，令無所見也。猶進舉小人，蔽傷己之功德也。思衆小事以爲憂，使人蔽闇，不得出於光明之道。」○《荀子・大略篇》：「君人者不可以不慎取臣，匹夫者不可以不慎取友。取友善人，不可不慎，是德之基也。《詩》曰：『無將大車，維塵冥冥。』言無與小人處也。」《韓詩外傳》七：「魏文侯之時，子質仕而獲罪焉，去而北游，謂簡主曰：『從今以後，吾不復樹德於人矣。』簡主曰：『何以也？』質曰：『吾所樹堂上之士半，吾所樹朝廷之大夫半，吾所樹邊境之人亦半。今堂上之士惡我於君，朝廷之大夫恐我以法，邊境之人劫我以兵，是以不復樹德於人也。』簡主曰：『噫！子之言過矣。夫春樹桃李，夏得陰其下，秋得食其實。春樹蒺藜，夏不可採其葉，秋得其刺焉。由此觀之，在所樹也。今子所樹，非其人也。故君子先擇而後種焉。』《詩》曰：『無將大車，惟塵冥冥。』」據此，魯、韓《詩》義並與《序》合。「熲，光」，《釋詁》文。

無將大車，維塵雍兮。無思百憂，祇自重兮。【疏】箋：「雍，猶蔽也。重，猶累也。」○《釋文》：「雍，字又作『壅』。」

《無將大車》三章，章四句。

小明【疏】毛序：「大夫悔仕於亂世也。」箋：「名篇曰《小明》者，言幽王日小其明，損其政事，以至於亂。」○三家無異義。

明明上天，照臨下土。我征徂西，至于艽野。二月初吉，載離寒暑。心之憂矣，其毒大苦。念彼共人，【注】齊「共」作「恭」。涕零如雨。豈不懷歸？畏此罪罟。【疏】傳：「艽野，遠荒之地。初吉，朔日也。罟，網也。」箋：「明明上天，喻王者當光明如日之中也。照臨下土，喻王者當察理天下之事。據時幽王不能然，故舉以刺之。征，行；徂，往也。我行往之西方，至於遠荒之地，乃以二月朔日始行，至今則更夏暑冬寒矣，尚未得歸。詩人，牧伯之大夫，使述其方之事，遭亂世，勞苦而悔仕。憂之甚，心中如有藥毒也。共人，靖共爾位，以待賢者之君。懷，思也。我誠思歸，畏此刑罪羅網我，故不敢歸爾。」○言王如天，於下土之事，當無不照察。《説文》：「艽，遠荒也。從艸，九聲。」引《詩》「至于艽野」。其地不著，故但以「遠荒」言之。溯二月上旬吉日啟行之時至於今，已離歷寒暑。我心甚憂，如毒藥之苦。我念彼靖共職位之賢人，可爲師法，惟以古道自勉，經歷艱難，不覺涕零如雨。非不懷歸，亦畏此罪罟，不能歸也。「齊『共』作『恭』」者，《鹽鐵論·執務》篇：「古者行役不踰時，春行秋反，秋往春來，寒暑未變，衣服不易，固已還矣。今則繇役極遠，寒苦之地，危難之處，今兹往而來歲還，故一人行而鄉曲悵，一人死而萬人悲。《詩》云：『念彼恭人，涕零如雨。豈不懷歸？畏此罪罟。』」此齊説，「共」與「恭」同也。

昔我往矣，日月方除。曷云其還？歲聿云莫。念我獨兮，我事孔庶。心之憂矣，憚我不暇。念彼共人，睠睠懷顧。【注】魯、韓作「眷眷懷顧」。豈不懷歸？畏此譴怒。【疏】傳：「除，除陳生新也。憚，勞也。」箋：「四月爲除。昔我往至於艽野以四月，自謂其時將即歸，何言其還，乃至歲晚尚不得歸。孔，甚；庶，衆也。我事獨甚衆，勞我不暇，皆言王政不均，臣事不同也。睠睠，有往仕之志也。」

○方除，毛、鄭異義，説皆可通。「魯作『眷眷』」者，王逸《楚詞・九歎》注：「眷眷，顧貌。《詩》曰：『眷眷懷顧。』」「韓作『眷眷』」者，《文選・登樓賦》注、《思玄賦》注、陸雲《答張士然詩》注、謝惠連《西陵遇風詩》注、王粲《從軍詩》注「顧」誤作「歸」。引《韓詩》曰：「眷眷懷顧。」《説文》有「眷」無「睠」。詩言「我事孔庶」，本欲不顧而歸。然「念彼共人」，又爲之眷眷而反顧焉，且懼歸而獲譴也。

昔我往矣，日月方奥。曷云其還？政事愈蹙。歲聿云莫，采蕭穫菽。心之憂矣，自詒伊戚。念彼共人，興言出宿。豈不懷歸？畏此反覆。【疏】傳：「奥，煖也。蹙，促也。戚，憂也。」箋：「愈，猶益也。何言其還，乃至於政事更益促急，歲晚乃至采蕭穫菽，尚不得歸。詒，遺也。我冒亂世而仕，自遺此憂。悔仕之辭。興，起也。夜臥起宿於外，憂不能宿於内也。反覆，謂不以正罪見罪。」○詩借「奥」爲「燠」。陳奂云：「伊，維也。《雄雉》箋：『伊，當作「繄」。』繄，猶是也。」孔疏：「箋以宣二年《左傳》『自詒繄慼』，《小明》云『自詒伊戚』，爲義既同，故此及《蒹葭》、《東山》、《白駒》各以「伊」爲「繄」。《小明》不易者，以『伊慼』之文與《左傳》正同，爲『繄』可知。」案：據此，則孔所見《左傳》作『繄』，與此詩作『伊』義同矣。」「興言出宿」者，思慮展轉，不能安寢也。

嗟爾君子，無恒安處。靖共爾位，【注】魯「共」一作「恭」。齊「共」作「恭」。韓「靖共」作「静恭」。正直是與。神之聽之，式穀以女。【疏】傳：「靖，謀也。正直爲正，能正人之曲曰直。」箋：「恒，常也。嗟女君子，謂其友未仕者也。人之居無常安之處，謂當安安而能遷。孔子曰：『鳥則擇木。』共，具；式，用；穀，善也。有明君謀具女之爵位，其志在於與正直之人爲治，神明若祐而聽之，其用善人則必用女。是使聽天任命，不汲汲求仕之辭。言女位者，位無常主，賢人則是。」○「嗟爾君子」，斥王也。不指在位之大夫，亦非望未仕之君子。言君子當勤於政，毋苟自安處，靖恭天位，惟正直之人與之爲治，神明祐聽之，必用天禄與女矣。特其詞意甚隱耳。「魯『共』一作『恭』」者，《中論·法象》篇言「君子謙讓莊敬，四者備而福禄從之」，引《詩》：「靖共爾位，正直是與。神之聽之，式穀以女。」是魯亦訓「穀」爲「禄」。《漢書·淮陽王欽傳》元帝璽書曰：「《詩》不云乎『靖恭爾位，正直是與』。」「齊『靖共』作『靖恭』」者，《禮·表記》：「《小雅》曰：『靖恭爾位，正直是與。神之聽之，式穀以女。』」鄭注：「靖，治也。爾，女也。式，用也。穀，禄也。言敬治女位之職，正直之人乃與爲倫友。神聽女之所爲，用禄與女。」「韓『靖共』作『静恭』」者，《韓詩外傳》四「《韶》用干戚」云云，末引《詩》曰：「静恭爾位，正直是與。誤作「好是正直」。神之聽之，式穀以女。」

嗟爾君子，無恒安息。靖共爾位，【注】齊「無恒」一作「毋常」，「靖共」作「靖恭」，一作「静共」。韓「靖共」作「静恭」，亦作「靖恭」。好是正直。神之聽之，介爾景福。【疏】傳：「息，猶處也。介、景，皆大也。」箋：「好，猶與也。介，助也。神明聽之，則將助女以大福。謂遭是明君，道施行也。」○《荀子·勸學篇》：「《詩》曰：『嗟爾君子，無恒安息。靖共爾位，好是正直。神之聽之，介爾景福。』」《説苑·貴德》篇引《詩》「靖共爾位」四句，與《荀子》同，明魯、毛文同。「齊『無恒』一作『毋常』，『靖共』作『靖恭』，一作『静共』」者，《大戴禮·勸學》篇：「《詩》曰：『嗟爾君子，無恒安息。靖共爾位，好是正直。神之聽之，介爾景福。』」《禮·緇衣》：「《詩》云：『靖恭爾位，好是正直。』」《繁露·祭義》篇：「《詩》曰：『嗟爾君子，毋常安息。静共爾位，好是正直。神之聽之，介爾景福。』」「無」作「毋」，「靖」作「静」，古通用。「恒」作「常」者，《墨子·非儒》

篇「陳恒」作「陳常」，知「常」亦通「恒」。陳喬樅以爲漢避諱改，未塙。「韓『靖共』作『靜恭』，一作『靖恭』」者，《韓詩外傳》四載齊桓公伐山戎，末引《詩》曰：「靜恭爾位，好是正直。誤作「正直是與」。神之聽之，介爾景福。」《外傳》七載衛獻公出走反國，末引《詩》曰：「靖恭爾位，好是正直。」

《小明》五章，三章章十二句，二章章六句。

鼓鍾【疏】毛序：「刺幽王也。」○孔疏：「鄭於《中候握河紀》注云『昭王時，《鼓鍾》之詩所爲作』者，鄭時未見《毛詩》，依三家爲説也。」馬瑞辰云：「鄭君先通《韓詩》，以《鼓鍾》爲昭王詩，蓋《韓詩》之説，故王應麟《詩攷》以孔疏所引列入《韓詩》。」陳喬樅云：「《中候》多齊説，如《擿雒戒》言『剡者配姬以放賢』，是其明證。他若《契握》言『玄鳥翔水遺卵，娀簡拾吞，生契封商』，《稷起》言『蒼耀稷生感迹昌』，皆與《詩緯》合。《鼓鍾》之詩，鄭據《齊詩》爲説也。」

鼓鍾將將，淮水湯湯，憂心且傷。淑人君子，懷允不忘。【疏】傳：「幽王用樂不與德比，會諸侯于淮上，鼓其淫樂以示諸侯，賢者爲之憂傷。」箋：「爲之憂傷者，嘉樂不野合，犧象不出門，今乃於淮水之上作先王之樂，失禮尤甚。淑，善；懷，至也。古者善人君子，其用禮樂，各得其宜，至信不可忘。」○《説文》：「鎗，鍾聲也。」重言之曰鎗鎗。將將，同音借字。《風俗通義》十：「淮出南陽平氏桐柏大復山，東南入海。《詩》云：『淮水湯湯。』」明魯、毛文同。南陽，漢郡，今之南陽府。昭王南巡，蓋將由此入漢也。王會諸侯於淮上，而奏先王之樂，失禮之甚，聞者傷之。《漢書·循吏傳贊》用「淑人君子」，明齊、毛文同。王引之

《釋詞》云：❶「允，語詞。」

鼓鍾喈喈，淮水湝湝，憂心且悲。淑人君子，其德不回。【疏】傳：「喈喈，猶將將。湝湝，猶湯湯。悲，猶傷也。回，邪也。」○《太玄》「鍾鼓喈喈」，范望注：「喈喈，和聲也。」《說文》：「喈，鳥鳴聲。」「龤，樂和龤也。」此「喈」即「龤」之叚借。又：「湝，水流湝湝也。」《列女・蓋將之妻傳》引《詩》曰：「淑人君子，其德不回。」明魯、毛文同。

鼓鐘伐鼛，淮有三洲，憂心且妯。【注】韓作「憂心且陶」，陶，暢也。淑人君子，其德不猶。【疏】傳：「鼛，大鼓也。三洲，淮上地。妯，動也。猶，若也。」箋：「妯之言悼也。猶，當作『瘉』。瘉，病也。」○《淮南・主術訓》「鼛鼓而食」，高注：「鼛鼓，王者之食樂也。《詩》曰：『鼓鍾伐鼛。』」陳喬樅云：「《荀子・正論》：『天子者代睪而食，《雍》而徹乎五祀。』代睪，當爲『伐皋』，鼛、皋古字通用。『《雍》而徹乎五祀』者，謂徹於竈也。《膳夫職》：『王卒食，以樂徹于造。』《主術訓》又云：『奏《雍》而徹，已飯而祭竈。』❷蓋徹饌而設之於竈，若祭然。造、竈古字通用。專言之，則曰竈。連類言之，則曰五祀。據此，『鼓鍾伐鼛』，王者之食樂，《魯詩》之說即本荀子。」「淮有三洲」者，朱右曾云：「《水經注》：『淮水又東，爲安豐津，淮東有洲，俗號關洲，蓋津關所在，故斯洲納厥稱焉。』通校全淮，惟此有洲，在今霍邱縣北。」陳奐云：「縣東北十五里有大業

---

❶「王」，原作「主」，據《高郵王氏四種》本《經傳釋詞》改。

❷「飯」，原作「反」，據續經解本《魯詩遺說攷》十二、《道藏》本《淮南鴻烈解》改。

陂，周二十餘里人呼水門塘，相傳古名鎮淮洲，陷爲陂。淮水自霍邱縣東流經正陽鎮，合潁水淮洲。陷爲陂當在潁水入淮之處，《左傳》所稱『潁尾』也。」愚案：大水中洲坍漲不常，淮水三洲最古，據朱、陳二説，二洲一已爲陂，另一洲更無可考。古南江併於中江，亦其比也。「憂心且陶，陶，暢也」者，《衆經音義》十二、《後漢書》注八十一、《文選》注三十四引《韓詩》文。陳喬樅云：「《廣雅·釋言》：『陶，憂也。』正合韓訓。《説文》云：『暢，不生也。』《玉篇》同。《禮·月令》曰：『地氣且泄，是謂發天地之房，諸蟄則死，民必疾疫，又隨以喪，命之曰暢月。』暢月云者，當即以『不生』爲義，與訓作『暢達』相反，則『暢』之本義與『鬱』近。古人以『鬱陶』連文，訓爲『憂思』，陶猶鬱也，知《韓詩》以『陶』訓『暢』，暢亦有憂鬱義矣。王氏念孫曰：『凡一字兩訓而反復旁通者，如亂之爲治，故之爲今，擾之爲安，臭之爲香，不可悉數。《爾雅》：「鬱陶、繇，喜也。」又云：「繇，憂也。」「繇」字即有憂、喜二義，鬱陶亦猶是也。故喜氣未暢曰鬱陶，《檀弓》疏引何氏云：「鬱陶，懷喜未暢意。」是也。憂思憤盈亦曰鬱陶，《楚詞·九辨》「豈不鬱陶而思君兮」，王注：「憤念蓄積盈胷臆也。」《孟子》書「象曰『鬱陶思君爾』」，《史記·五帝紀》「我思君正鬱陶」，是也。暑氣蘊隆亦謂之鬱陶，摯虞《思游賦》「戚溽暑之鬱陶兮」，夏侯湛《大暑賦》「乃鬱陶以興熱」，是也。事雖不同，而同爲鬱積之義，故命名亦同。閻若璩謂憂、喜不同名，《廣雅》誤訓「陶」爲「憂」，其説非也。』《説文》引《詩》『憂心且怞』，蓋齊、魯《詩》文。」愚案：《説文》：「怞，朗也。」朗、暢同意，皆憂之達於外者。毛作「妯」訓「動」，暢與動義亦相成，是即依韓訓作「暢達」説之，非不可矣。

鼓鐘欽欽，鼓瑟鼓琴，笙磬同音。以雅以南，以籥不僭。【注】韓説曰：「王者舞六代之樂，舞四夷之樂，大德廣之所及。」又曰：「南夷之樂曰南。四夷之樂，惟南可以和於雅者，以其人聲音及籥不僭差也。」【疏】傳：「欽欽，言使人樂進也。笙磬，東方之樂也。同音，四縣皆同也。以雅以南，爲雅爲南也。舞四夷之樂，大德廣所及也。東夷之樂曰昧，南夷之樂曰南，西夷之樂曰朱離，北夷之樂曰禁。以爲籥舞，若是爲和而不僭矣。」箋：「同音者，謂堂上、堂下八音克諧。雅，萬舞也。萬也、南也、籥也，三舞不僭，言進退之旅也。周樂尚武，故謂萬舞爲雅。雅，正也。籥舞，文樂也。」○《廣雅》：「欽欽，聲也。」此魯、韓義。「鼓瑟鼓琴」，瑟琴在堂上也，歌《詩》以弦之。箋以「上下」釋「同音」者，笙管在下，鐘磬在上。傳言「四縣皆同」，即上與下同也。以三舞釋雅、南、籥者，傳明言爲雅、爲南、爲籥舞，是爲三舞也。「王者」至「所及」，《文選·魏都賦》李注引《韓詩内傳》文。「南夷」至「差也」，《後漢·陳禪傳》李注引薛君文。是韓説以「雅」統六代之樂，以「南」表四夷之樂。《説文》：「樂，五聲八音之總名。」六代、四夷雖言舞，仍以聲音爲節奏，故以南和於雅爲不僭。籥者，南籥。「不僭」承上「同音」言，則傳、箋以舞説不僭，孔疏謂四夷之樂專爲舞，皆非矣。《春官·大胥》「以六樂之會正舞位」，鄭注：「大同六樂之節奏，正其位，使相應也。」賈疏：「六樂，即六代之樂。」《鞮鞻氏》「掌四夷之樂，與其聲歌」，鄭注：「四夷之樂，東方曰韎，南方曰任，西方曰株離，北方曰禁。《詩》云『以雅以南』，是也。言與其聲歌，則云樂者，主於舞。」賈疏：「四夷樂名出《孝經鈎命訣》。」所引助時生、養、殺、藏之説，與《白虎通》引《樂元語》「東夷之樂持矛舞，助時生。南夷之樂持羽舞，助時養。西夷之樂持戟舞，❶助

❶「夷」，原作「方」，據續經解本《韓詩遺説攷》九、續經解本《白虎通疏證》三改。

時煞。北夷之樂持干舞，助時藏」合。《白虎通》又云：「受命而六樂，樂先王之樂，明有法也。與四夷之樂，❶明德廣及之也。」又云：「合歡之樂儛於堂，四夷之樂陳於右。」又云：「一説東方持矛，南方歌，西方戚，北方擊金。」鄭注《禮》時用《齊詩》，其言六代、四夷之樂與韓合，則齊説同韓。云「樂主於舞」者，鄭以別於六樂之專言節奏也。云「南方曰任」者，《白虎通》：「南夷之樂曰南。南之爲言任也，任養萬物。」蓋就舞言曰任，就歌言曰南。方其舞則執籥秉翟，及其歌則歛籥合聲。南夷歌，而東仍持矛，西乃舞戚，北則擊金以輔之，故「一説」與前異，而薛君惟南「聲音及籥不僭差」之説愈明矣。鄭雖以「任」釋舞，而仍以「南」爲其聲歌，故引《詩》「以南」證之。其《文王世子》注云：「南，南夷之樂也。《詩》曰：『以雅以南，以籥不僭。』」亦其證。《東都賦》云：「四夷間奏，德廣所及。僸、佅、兜、雅，罔不具集。」《白虎通》「南夷之樂曰南」，舊本亦作「曰兜」，兜、南一聲之轉。言「間奏」，是明主聲樂矣。《陳禪傳》又載陳忠劾奏禪曰：「古者合歡之樂舞於堂，四夷之樂陳於門，故《詩》云：『以雅以南，韎任朱離。』」南、任并舉，亦歌、舞并言。班賦「德廣」之詞，忠奏「合歡」二語，均見《白虎通》，明齊説一貫也。蔡邕《獨斷》云：「王者必作四夷之樂，以合天下之歡心，祭神明和而歌之，以管籥爲之聲。」此即本《鞮鞻氏》「祭祀則歛而歌之」，鄭注云：「吹之以管籥爲之聲。」蔡學《魯詩》，則魯説亦同齊、韓，皆以聲歌合雅也。齊家以堂上之樂合歡指六代，蔡指四夷者，概言之，均以合歡也。《禮》注引《詩》，明齊、毛文同。《風俗通義》亦引《詩》「以籥不僭」，云：「籥者，樂器，竹管，三孔，所以和衆聲

❶「與」，續經解本《白虎通疏證》三作「興」。

也。」明魯、毛文同。

《鼓鐘》四章，章五句。

楚茨【疏】毛序：「刺幽王也。政煩賦重，田萊多荒，饑饉降喪，民卒流亡，祭祀不饗，故君子思古焉。」箋：「田萊多荒，茨棘不除也。饑饉，倉庾不盈也。降喪，神不與福助也。」〇王逸《楚詞·離騷》注：「薋，蒺藜也。《詩》曰：『楚楚者薋。』」是魯作「楚薋」。《禮·玉藻》鄭注：「采齊，當爲『楚薺』之『薺』。」是齊作「楚薺」。韓蓋與毛同。

楚楚者茨，言抽其棘。自昔何爲？我蓺黍稷。我黍與與，我稷翼翼。我倉既盈，我庾維億。以爲酒食，以享以祀，以妥以侑，以介景福。【疏】傳：「楚楚，茨棘貌。抽，除也。露積曰庾。萬萬曰億。妥，安坐也。侑，勸也。」箋：「茨，蒺藜也。伐除蒺藜與棘，自古之人何乃勤苦爲此事乎？我將樹黍稷焉。言古者先王之政，以農爲本。茨言楚楚，棘言抽，互辭也。黍與與，稷翼翼，蕃廡貌。❶陰陽和，風雨時，則萬物成。萬物成，則倉庾充滿矣。倉言盈，庾言億，亦互辭，喻多也。十萬曰億。享，獻；介，助；景，大也。以黍稷爲酒食，獻之以祀先祖，既又迎尸，使處神坐而食之，爲其嫌不飽，祝以主人之辭勸之，所以助孝子受大福也。」〇「茨，蒺藜」，《釋草》文。郭注：「布地蔓生，細葉，子有三角刺。」《說文》

❶「廡」，原作「𤻓」，據明世德堂本《毛詩》、阮刻本《毛詩正義》改。

「茨」下云：「以茅葦蓋屋。」「薺」下云：「蒺藜也。」《玉篇》：「薋，蒺藜也。」《說文》訓「草多貌」，是齊正字，魯、毛借字。馬瑞辰云：「棘，古作『朿』。《釋草》：『朿，刺。』《方言》：『凡草木刺人，北燕、朝鮮之間謂之朿。』又曰：『自關而西謂之刺，江、湘之間謂之棘。』《說文》：『朿，莿也。』『莿，朿也。』棘爲草名，又爲凡草刺人之通稱。『楚楚者茨，言抽其棘』，棘即茨上之棘，猶之『翹翹錯薪，言刈其楚』，楚即薪中之楚也。故傳云『楚楚，茨棘貌』，正以明茨、棘爲一。箋分茨、棘爲二，失之。」楊雄《并州牧箴》「自昔何爲」，明魯、毛文同。《說文》：「旟旟，衆也。從㫃，與聲。」是「與與」有「衆」義。《廣雅》：「翼翼，盛也。」張衡《南都賦》：「菽麥稷黍，翼翼與與。」用魯經文。《說文》：「倉，穀藏也。」「庾，倉無屋者。」胡廣《漢官解詁》：「在邑曰倉，在野曰庾。」是庾本在野積穀之稱，蓋若今之囤也。馬瑞辰云：「億，《說文》作『意』，云：『意，滿也。一曰：十萬曰意。』是『億』之本義訓『滿』，與『盈』同義。王氏引之曰：『《易林》言「倉盈庾億」，《乾之師》、《比之師》、《坤之恒》同。億亦盈也，語之轉耳。此「億」字但取「盈滿」之義，非紀其數，與「萬億及秭」之「億」不同。』其說是也。」

濟濟蹌蹌，絜爾牛羊，以往烝嘗。或剥或亨，或肆或將。祝祭于祊，【注】魯「祊」作「閍」。齊、韓「祊」作「鬃」。祀事孔明。先祖是皇，神保是饗。孝孫有慶，報以介福，萬壽無疆。【疏】傳：「濟濟蹌蹌，言有容也。亨，飪之也。肆，陳；將，齊也。或陳于互，或齊其肉。祊，門內也。皇，大；保，安也。」箋：「有容，言威儀敬慎也。冬祭曰烝，秋祭曰嘗。祭祀之禮，各有其事，有解剥其肉者，有煮熟之者，有肆其骨體於俎者，或奉持而進之者。孔，甚也。明，猶備也、絜也。孝子不知神之所在，故使祝博求之平生門内之旁待賓客之處，祀禮於是甚明。皇，暀也。先祖以孝子祀禮甚明之故，精氣歸暀之，其鬼神又安而饗其祭祀。慶，賜也。疆，竟界也。」○「魯『祊』作『閍』」者，《禮・禮器》正義引《釋宫》：「廟門謂之閍。」《郊特牲》正義引同，皆與《詩疏》引《爾雅》文異。又《詩疏》引李巡注：「閍，故廟中門名也。」孫炎注：「《詩》云『祝祭于祊』，謂廟門也。」與《左・襄二十四年傳》疏引亦同。陳喬樅云：「《毛詩》作『祊』，《詩》、《左傳》正義引《爾雅》李、孫舊注亦作『祊』，此順《詩經》改字也。《爾雅》經文作『閍』，是用魯文。李、孫注亦當同。今本《爾雅》作『閍謂之門』，郝氏懿行曰：『《禮・郊特牲》「廟門曰祊」，正義以爲《釋宫》文。《禮器》正義亦引《釋宫》「廟門謂之閍」。參以李、孫二注並以「廟門」釋「閍」，疑《爾雅》古本當作「廟門謂之閍」。賴有注、疏可證。惟《左傳》正義引《爾雅》與今本同，或出後人所改耳。』」「齊、韓『祊』作『鬃』」者，《説文》「鬃」下云：「門内祭先祖所以徬皇。《詩》曰：『祝祭于鬃。』」「祊」下云：「鬃或體。」據《春秋正義》，《魯詩》作「閍」，則作「鬃」者，齊、韓文也。陳奂云：「凡祭宗廟之禮，廟主藏於室中。于其祭也，祝以詔告之，所謂『直祭祝于主』也。廟門之内，皆祖宗神靈所馮依焉。孝子不知神之所在，于其祭也，祝以博求之，所謂『索祭祝于祊』也。是祊祭當在事户前。至繹祭，主未納室，故無詔室之祭，亦必無索神之祭。鄭注《禮》以祊爲繹，宜於廟門外。箋《詩》又以門内爲大門内，非廟門内，鄭箋常自用其《禮》注，孔疏曲護，解廟門外爲繹祭之祊，廟門内爲正祭之祊，則《詩》之『祊』與《禮・郊特牲》、《禮器》之『祊』爲二祭矣。焦循《宫室圖》云：『繹祭之名，見於諸經者，絶不與「祊」混，祊皆正祭索神之名，所云爲祊於外而出於祊者，皆對室中言，非門外也。』焦説是已。」蔡邕《司空臨晉侯楊公碑》「祀事孔明」，明魯、毛文同。「孝孫有慶」三句，祝爲尸致福於主人之詞。

執爨踖踖，爲俎孔碩，或燔或炙。君婦莫莫，爲豆孔庶。爲賓爲客，獻醻交錯。禮儀卒度，【注】韓「儀」作「義」。笑語卒獲。神保是格，報以介福，萬壽攸酢。【疏】傳：「爨，饔爨、廩爨也。踖踖，言爨竈有容也。燔，取膟膋。炙，炙肉也。莫莫，言清靜而敬至也。豆，謂內羞、庶羞也。繹而賓尸及賓客。東西爲交，邪行爲錯。度，法度也。獲，得時也。格，來；酢，報也。」箋：「燔，燔肉也。炙，肝炙也。皆從獻之俎也。其爲之於爨，必取肉也肝也肥碩美者。君婦，謂后也。凡適妻稱君婦，事舅姑之稱也。庶，脃也。祭祀之禮，后、夫人主共籩豆，必取肉物肥脃美者也。始主人酌賓爲獻，賓既酌主人，主人又自飲酌賓曰醻，至旅而爵交錯以徧。卒，盡也。古者於旅也語。」〇胡承珙云：「《釋訓》：『踖踖，敏也。』《說文》：『踖，長脛行也。從足，昔聲。一曰踧踖。』《爾雅》本釋此詩之『踖踖』，合之《說文》，『長脛』者敏於行。『執爨踖踖』，以『敏』爲本義。至『一曰踧踖』，乃《論語》馬注所謂『恭敬貌』者，與《詩》義別。」王逸《楚詞・九歎》注：「爨，炊竈也。《詩》云：『執爨踖踖。』」明魯、毛文同。馬瑞辰云：「《釋訓》：『慔慔，勉也。』疑此詩『莫莫』之異文，當本三家。《說文》：『慔，勉也。』亦敬謹之意，與傳『敬至』義合。」又云：「交者，『这』之消借。《說文》：『这，會也。』錯者，『逪』之叚借。《說文》：『逪，交逪也。』《特牲饋食禮》『衆賓及衆兄弟交錯以辯』，鄭注：『交錯，猶言東西。』蓋渾言則交錯爲東西行，析言則東西正相值爲这，東西邪行爲逪。旅酬行禮，皆一这一逪也。」《呂覽・慎行》篇高注：「酬，報也。《詩》曰：『獻酬交錯。』」明魯、毛文同。張衡《南都賦》「獻酬既交」，用魯經文。班固《東都賦》「獻酬交錯」，明齊、毛文同。「韓『儀』作『義』」者，《韓詩外傳》四三引《詩》：

「禮儀卒度，笑語卒獲。」今本皆與毛同，係後人妄改。王應麟《詩攷》引作「義」。《肆師》「治其禮儀」，注：「故書『儀』爲『義』，鄭司農云：『義，讀爲儀。』」《左傳》「邾儀父」，《漢書・鄒陽傳》作「義父」。《說文》云：「義者，己之威儀也。」故經傳多以「義」爲「儀」。《荀子・修身篇》：「人無禮則不生事，無禮則不成國家，無禮則不寧。《詩》曰：『禮儀卒度，笑語卒獲。』此之謂也。」《禮論》引《詩》同。《禮・坊記》：「《詩》云：『禮儀卒度，笑語卒獲。』」鄭注：「卒，盡也。獲，得也。言在廟中者不失其禮儀，皆歡喜得其節也。」明魯、齊並與毛同。陳奐云：「此章及明日繹祭，祭畢而饗燕賓客，由饗燕而推本於神報介福，則祀事至此畢矣。下三章又複敘祭祀始末，以明思古之情。」

我孔熯矣，式禮莫愆。工祝致告，徂賚孝孫。苾芬孝祀，【注】《韓詩》曰：「馥芬孝祀。」韓說曰：「馥，香貌也。」神嗜飲食。卜爾百福，如幾如式。既齊既稷，既匡既勑。永錫爾極，時萬時億。【疏】傳：「熯，敬也。善其事曰工。賚，予也。幾，期；式，法也。稷，疾；勑，固也。」箋：「我，我孝孫也。式，法；莫，無；愆，過；徂，往也。孝孫甚敬矣，於禮法無過者，祝以此故致神意，告主人使受嘏，既而以嘏之物往予主人。卜，予也。苾苾芬芬有馨香矣，女之以孝敬享祀也，神乃歆嗜女之飲食，今予女之百福，其來如有期矣，多少如有法矣。此皆嘏詞之意。齊，減取也。稷之言即也。永，長；極，中也。嘏之禮，祝徧取黍稷牢肉魚擩于醢以授尸，孝孫前就尸受之，天子使宰夫受之以筐，祝則釋嘏詞以勑之。又曰長賜女以中和之福，是萬是億，言多無數。」○馬瑞辰云：「《少牢饋食禮》『皇尸命工祝』，鄭注：『工，官也。』《書・皋陶謨》『百工』即百官。『工祝』正對『皇尸』爲君尸言之，猶《書》言『官占』。傳言『善其事曰工』，非。」《潛夫論・敍録》「《詩》有工祝」，用魯經文。「馥芬」至「貌也」，《文選》蘇武《古詩》注引《韓詩》及薛君文。《衆經音義》十四引《韓詩》同，惟無「薛君曰」三字。馬瑞辰云：「《釋詁》：『享，孝也。』『享』訓爲『孝』，故享祀亦謂之孝祀。《論語》『而致孝乎鬼神』，猶言致享乎鬼神也。箋謂『以孝敬享祀』，非。」

禮儀既備，鐘鼓既戒。孝孫徂位，工祝致告。神具醉止，皇尸載起。鼓鐘送尸，神保聿歸。諸宰君婦，廢徹不遲。諸父兄弟，備言燕私。【疏】傳：「致告，告利成也。皇，大也。燕而盡其私恩。」箋：「鐘鼓既戒，戒諸在廟中者，以祭禮畢，孝孫往位堂下西面位也，祝於是致孝孫之意，告尸以利成。具，皆也。皇，君也。載之言則也。尸，節神者也。神醉而尸謖，送尸而神歸，尸出入，奏《肆夏》。尸稱君，尊之也。神安歸者，歸於天也。廢，去也。尸出而可徹，諸宰徹去諸饌，君婦籩豆而已。不遲，以疾爲敬也。祭祀畢，歸賓客之俎，同姓則留與之燕，所以尊賓客、親骨肉也。」○《白虎通・祭祀》篇：「祭所以有尸者何？鬼神聽之無聲，視之無形，升自阼階，仰視榱桷，俯視几筵，其器存，其人亡，虛無寂寞，思慕哀傷，無所寫泄，故坐尸而食之，毀損其饌，欣然若親之飽。尸醉，若神之醉矣。《詩》云：『神具醉止，皇尸載起。』」此魯説。《魏志・文帝紀》曹植誄「神具醉止」，明韓、毛文同。

樂具入奏，以綏後禄。爾殽既將，莫怨具慶。既醉既飽，小大稽首。神嗜飲食，使君壽考。孔惠孔時，維其盡之。子子孫孫，勿替引之。【疏】傳：「綏，安也。安然後受福禄也。將，行也。替，廢；引，長也。」箋：「燕而祭時之樂復皆入奏，以安後日之福禄，骨肉歡而君之福禄安，女之殽羞已行，同姓之臣無有怨者，而皆慶君，是其歡也。小大，猶長幼也。同姓之臣燕已醉飽，皆再拜稽首，曰神乃歆嗜君之飲食，使君壽且考。此其慶詞。惠，順也。甚順於禮，甚得其時，維君德能盡之，願子孫勿廢而長行之。」〇《易林·臨之蒙》：「神嗜飲食，使君壽考。」明齊、毛文同。《釋訓》：「子子孫孫，引無極也。」舍人注：「子孫長行美道，引無極也。」此魯説。蔡邕《九祝詞》：「子子孫孫，勿替引之。」明魯、毛文同。《韓詩外傳》三：「傳曰：喪祭之禮廢，則臣子之恩薄。臣子之恩薄，則背死忘生者衆。《小雅》曰：『子子孫孫，勿替引之。』言祭禮重也。」

《楚茨》六章，章十二句。

信南山【疏】毛序：「刺幽王也。不能修成王之業，疆理天下，以奉禹功，故君子思古焉。」〇三家義未聞。

信彼南山，維禹甸之。【注】韓「甸」作「敶」。畇畇原隰，曾孫田之。我疆我理，南東其畝。

【疏】傳：「甸，治也。畇畇，墾辟貌。曾孫，成王也。疆，畫經界也。理，分地理也。或南或東。」箋：「信乎彼南山之野，禹治而丘甸之，今原隰墾辟，則又成王之所佃。言成王乃遠修禹之功，今王反不修其業乎？六十四井爲甸。甸方八里，居一成之中。成方十里，出兵車一乘，以爲賦法。」〇「韓『甸』作『敶』」者，《周官·稍人》「邱乘」，注：「乘，讀與『維禹敶之』之『敶』同。」賈疏云：「《毛詩》『維禹甸之』，不言『敶』者，鄭君先通《韓詩》，此據《韓詩》而言。」胡承珙云：「毛訓『甸』爲『治』者，甸讀爲田。《説文》：『田，敶也。』《釋地》李巡注：『田，敶也。謂敶列種穀之處。』夫敶列種穀，固有『治』義矣。韓字雖作『敶』，亦當同毛訓『治』。《爾雅》：『神，治也。』邵晉涵謂神爲敶之轉。又《説文》：『敒，❶理也。』理即爲治，亦以聲近義同也。《小司徒》鄭注：『甸之言乘也。』『乘』亦可訓『治』。《豳風》『亟其乘屋』，箋云『乘，治』，是也。此箋必申以『邱甸』者，以下文疆理南畝皆所以奉禹功，故又本『甸，治』之意推而言之。賈疏謂『鄭據《韓詩》爲説，❷「敶」是軍陳，故訓爲「乘」』，殆未必然。」「畇畇原隰」者，馬瑞辰云：「《均人》注：『旬，❸均也。讀如「⿱勻田⿱勻田原隰」之「⿱勻田」。』《玉篇》：『⿱勻田，均也。』『⿱勻田』與『畇』音近而義同，作『⿱勻田』者蓋《韓詩》。畇，《釋文》云：『本亦作「眴」。』《小爾雅》、《廣雅》並曰：『旬，治也。』畇即旬也，畇亦均也。《夏小正》『農率均田』，均田即除田，除即治也。《釋訓》：『畇畇，田也。』正取『曾孫田之』爲訓。《説文》有『均』無『畇』，郝懿行謂『畇』即『均』之或體。」疆者，謂定其大界。理者，細分其地脈也。「南東其畝」者，《左・成二年傳》：「晉郤克伐齊，使齊之封内盡東其畝。賓媚人曰：『先王疆理天下，物土之宜，而布其利。今吾子疆理諸侯，而曰盡東其畝而已，唯吾子戎車是利，無顧土宜。』」杜注：「晉之伐齊，循壟東行易。」蓋南東必因地勢，齊在晉東，故晉使東畝爲不顧土宜也。又《吕覽・簡選》篇「晉文公東衞之畝」，高注：「使衞耕者皆東畝，以遂晉兵也。」程瑶田云：「釋『阡陌』者，皆言南北曰阡，東西曰陌。《風俗通》具二義，曰：『南北曰阡，東西曰陌。河東以東西爲阡，南北爲陌。』天下之川皆東流，故川横則澮縱，洫又横，溝又縱，遂又横。遂横者，其畛必縱，而畝陳於東，是故東畝者，天下之大勢

❶「敒」，原作「敶」，據續經解本《毛詩後箋》、陳刻《説文》、《説文注》、楊刻《説文義證》、祁刻《説文繫傳》改。

❷「據」，原作「注」，據續經解本《毛詩後箋》、阮刻本《周禮注疏・稍人》改。

❸「旬」，原作「甸」，據馬瑞辰《通釋》、阮刻本《周禮注疏》改。

也。遂上有徑，當百畝之間，故謂之陌。其徑東西行，故曰『東西曰陌』也。遂上之徑東西行，則溝上之畛必南北行。畛當千畝之間，故謂之阡，而曰『南北曰阡』也。此『阡陌』之通義，出於東畝。東畝者，天下之大勢也。然亦有南畝者，河東之川獨南流，河爲川之最大者，而或南流，則其畝必南陳而爲南畝矣。南畝甽橫，則遂縱，徑亦縱而爲南北行，豈不南北爲陌乎？溝橫，畛亦橫而爲東西行，豈不東西爲阡乎？由是洫又縱，澮又橫，而川則縱而南流矣。河東之川，天下之大川也，而獨南流，故特舉之，以爲『東西爲阡，南北爲陌』之例。河至大伾又北流，則畫畝與河東川之南流者同爲南畝，而晉人欲使齊盡東其畝，此賓媚人所以有『無顧土宜』之斥也。『阡陌』之名，從《遂人》百畝、千畝，百夫、千夫生義，而《匠人》之『阡陌』，則因乎《遂人》而名之，義不係乎畝與夫之千百。命名之事，惟變所適，亦自然之勢也。」陳奐云：「《詩》言畝有南東，則阡陌亦必南東，程説足以證三代定畝之至意。天下之川，東西流者畝必東，南北流者畝必南，其大較也。河東之川南流，豳、岐、豐、鎬在大河之西，其川與河東之川同是南流，其畝必南陳，故《七月》、《甫田》、《大田》、《載芟》、《良耜》等篇皆云『南畝』。此篇言疆理天下，故云南東畝也。」

上天同雲，【注】韓説曰：「雪雲曰同雲。」雨雪雰雰，【注】三家「雰」作「紛」。益之以霢霂。既優既渥，既霑既足，生我百穀。【疏】傳：「雰雰，雪貌。豐年之冬，必有積雪。小雨曰霢霂。」箋：「成王之時，陰陽和，風雨時，冬有積雪，春而益之以小雨，潤澤則饒洽。」〇「雪雲曰同雲」者，《藝文類聚》二、《御覽》十二引《韓詩外傳》文。又云：「凡草木花多五出，雪花獨六出者，陰極之數。雪花曰霙。」又云：「自上而下曰雨雪。」《初學記》二、《歲華紀麗》一之四。陳喬樅云：「《初學記》：『同雲，謂陰雲竟天，同爲一色。』又《埤雅》

引《詩》『上天同雲』，而釋之曰：『冬爲上天，燠則雲暘而異，寒則雲陰而同。』故《韓詩》以雪雲爲同雲也。」「三家『雰』作『紛』」者，《白帖》二兩引《詩》「雨雪紛紛」，與毛異。《説文》「雰」即「氛」字，云：「祥气也。」❶與雪無涉。蔡邕《九惟文》「上天同雲」，明魯、毛文同。《釋天》：「小雨謂之霢霂。」《説文》「霢」下訓義同。徐鍇引《詩》「潤之以霢霂」，「益」作「潤」，蓋《韓詩》異字。又「漫」下云：「澤多也。」引《詩》「既漫既渥」，亦據三家文。毛作「優」，同音通叚。「霑」下云：「雨霂也。」「渥」下云：「霑也。」「浞」下云：「濡也。」「足」亦「浞」之借字。

疆埸翼翼，黍稷彧彧。曾孫之穡，以爲酒食。畀我尸賓，壽考萬年。【疏】傳：「埸，❷畔也。翼翼，讓畔也。彧彧，茂盛貌。」箋：「斂稅曰穡。畀，予也。成王以黍稷之稅爲酒食，至祭祀齊戒，則以賜尸與賓。尊尸與賓，所以敬神也。敬神，則得壽考萬年。」

中田有廬，疆埸有瓜。【注】韓「疆」作「壃」。是剥是菹，獻之皇祖。曾孫壽考，受天之祜。【疏】傳：「剥瓜爲菹也。」箋：「中田，田中也。農人作廬焉，以便其田事。於畔上種瓜，瓜成又入其稅，天子剥削淹漬以爲菹，貴四時之異物。皇，君；祜，福也。獻瓜菹於先祖者，順孝子之心也。孝子則獲福。」○《吕覽·孟春紀》高注：「《詩》曰：『中田有廬，疆埸有瓜。』無休廢也。」引經明魯、毛文同。「『疆』作『壃』」

❶ 「气」，原脱，據陳刻《説文》、《説文注》、楊刻《説文義證》、祁刻《説文繫傳》補。

❷ 「埸」，原作「場」，據明世德堂本《毛詩》、阮刻本《毛詩正義》改。

者，《韓詩外傳》四：「古者八家而井田，方里爲一井。廣三百步、長三百步爲一里，其田九百畝。廣一步、長百步爲一畝，廣百步、長百步爲百畝。八家爲鄰，家得百畝。餘夫各得二十五畝。家爲公田十畝，餘二十畝爲廬舍，各得二畝半。八家相保，出入更守。是以其民和親而相好。《詩》曰：『中田有廬，壃埸有瓜。』」「疆」作「壃」，見《詩考》。今本仍作「疆」，乃誤改。《史記·晉世家》「出壃乃免」，與「疆」同也。又《周禮·載師》賈疏、《衆經音義》十三引皆作「畺」。《說文》：「畺，界也。」重文「疆」從土、彊。疆從土，則「壃」即「疆」之渻文。陳喬樅云：「此與《穀梁傳》及《漢書·食貨志》合。《穀梁》、《魯詩》同一師傳，班固《漢志》皆用《齊詩》，是三家義同。《穀梁傳》曰：『古者什一藉而不税。三百步爲里，名曰井田。井田者，九百畝，公田居一。私田稼不善則非吏，公田稼不善則非民。』又曰：『古者公田爲居，井竈蔥韭盡取焉。』《食貨志》曰：『井方一里，是爲九夫。八家共之，各受私田百畝、公田十畝，是爲八百八十畮，餘二十畝以爲廬舍。出入相友，守望相助，民是以和睦，而教化齊同，力役生産可得而平也。其家衆男爲餘夫，亦以口受田如比。❶民年二十受田，六十歸田。種穀必雜五種，以備災害。田中不得有樹，用妨五穀。還廬樹桑，菜茹有畦，瓜瓠果蓏殖於疆易。在壄曰廬，在邑曰里。於里有序，而鄉有庠。春令民畢出在壄，冬則畢入於邑。所以順陰陽，備寇賊，習禮文也。《穀梁傳》言『古者公田爲居』云云，《食貨志》言『公田餘二十畝』云云，正此詩所謂『中田有廬，疆埸有瓜』也。《公羊傳》曰：『古者什一而藉。什一者，天下之中正也。』何休注：『聖人制井田之法，而

❶ 「比」，原作「此」，據《漢書補注》卷二十四上改。

口分之。一夫一婦，受田百畝，以養父母妻子。五口爲一家，公田十畝，即所謂什一而税也。廬舍二畝半，凡爲田一頃十二畝半。八家而九頃，共爲一井，故曰井田。廬舍在内，貴人也。公田次之，重公也。私田在外，賤私也。多於五口，名曰餘夫，以率受田二十五畝。在田曰廬，在邑曰里。五穀畢入，民皆居宅，男女同巷，相從夜績，至於夜中。女功一月得四十五日，作從十月，盡正月止。男女有所怨恨，相從而歌。饑者歌其食，勞者歌其事。男年六十，女年五十者，官衣食之，使之民間求詩。鄉移於邑，邑移於國，國以聞於天子。故王者不出牖户而知天下所苦，不下堂而知四方。』説亦與《食貨志》同。《公羊》爲齊學，邵公用《魯詩》，其所述多齊、魯《詩》義。范甯《穀梁》注即用邵公語。他如趙岐之注《孟子》，宋均之注《樂緯》，咸同此説。其義甚古，不可易也。《詩》孔疏乃以諸儒爲失，其説非是。馬瑞辰曰：『《説文》：「廬，寄也。秋冬去，春夏居。」古者井田之制，私田在外，公田在中，廬又在公田之中，故曰「中田有廬」。《詩正義》拘《孟子》「九一而助」之説，謂鄭以爲助則九而助一，貢則什一而貢一，❶通率爲什中取一，❷因謂古無公田二十畝爲廬舍之説。案：《孟子》所云「皆什一」者，正謂什一分而取其一。❸《詩正義》以「什一使自賦」謂什一而貢一，是也。而以「九一」爲九而助一，則非。「九一而助」，舉其大數，實則除去廬舍二十畝，爲八百八十畝，八家各

❶「什」，原作「十」，據續經解本《韓詩遺説攷》九、馬瑞辰《通釋》、阮刻本《毛詩正義》改。

❷「爲」，原作「而」，據續經解本《韓詩遺説攷》九、馬瑞辰《通釋》、阮刻本《毛詩正義》改。

❸「什」，原作「十」，據續經解本《韓詩遺説攷》九、馬瑞辰《通釋》改。

得田一百一十畝，❶只稅其十畝，正爲什一而稅其一，此《孟子》所謂「其實皆什一」也。《攷工記・匠人》賈疏以爲「什外取一」，亦什一而取一之義。先儒或以「什一」爲什而取一，則與經文「其實皆什一」爲不合矣。』」《易林・小過之漸》：「中田有廬，疆埸有瓜。進獻皇祖，曾孫壽考。」用齊經文。

祭以清酒，從以騂牡，享于祖考。執其鸞刀，以啟其毛，取其血膋。【疏】傳：「周尚赤也。鸞刀，刀有鸞者。言割中節也。」箋：「清，謂玄酒也。酒，鬱鬯五齊三酒也。祭之禮，先以鬱鬯降神，然後迎牲。享于祖考，納亨時。毛以告純也。膋，脂膏也。血以告殺，膋以升臭，合之黍稷，實之於蕭，合馨香也。」○從，獻也。孔疏：「從，是相亞之詞。」《御覽》五百二十四引《詩》「享以祖考」，「于」作「以」，連上爲三「以」，與下三「其」字應，蓋本三家文。《公羊・宣十二年》何注：「鸞刀，宗廟割切之刀，環有和，鋒有鸞也。」《禮・郊特牲》云：「割刀之用，而鸞刀之貴，貴其義也，聲和而後斷也。」張衡《東京賦》「執鸞刀以袒割」，用魯經文。鸞，《考文》本作「鑾」。《說文》：「鑾，從金，從鸞省。」訓爲「鸞鈴，象鸞鳥聲和」，與《公羊》說「鸞刀」義正合。膋，《說文》引《詩》作「膫」，云：「牛腸脂也。」「膋」即「膫」之重文。毛作「膋」，知三家作「膫」。《郊特牲》「膟膋」，鄭訓「腸間脂也」。《祭義》「膟膋」，鄭又訓「血與腸間脂也」。初無定說。而《祭義》釋文引《字林》「膋是牛腸間脂也」，與《說文》合，是《說文》義爲塙矣。

是烝是享，苾苾芬芬。【注】魯「苾」作「馥」。 祀事孔明，先祖是皇。報以介福，萬壽無疆。

❶ 下「一」字，原作「二」，據續經解本《韓詩遺說攷》九、馬瑞辰《通釋》改。

【疏】傳：「烝，進也。」箋：「既有牲物而進獻之，苾苾芬芬然香，祀禮於是則甚明也。皇之言暀也。先祖之靈歸暀是孝孫，而報之以福。」○「魯『苾』作『馥』」者，蔡邕《司空臨晉侯楊公碑》「馥馥芬芬」，是用《魯詩》。何晏《景福殿賦》亦云「馥馥芬芬」。《廣雅・釋訓》：「馥馥、芬芬，香也。」皆據魯文。邕碑「祀事孔明」，明魯、毛文同。

《信南山》六章，章六句。

《谷風》之什十篇，五十四章，三百五十六句。